In einem Spannungsbogen von privater Hoffnung und tatsächlich gelebtem Leben erfindet ein Erzähler unter wechselndem Namen sich immer wieder neu. »Wir fangen noch einmal an. Wir geben nicht auf.« Wie ein Motto verweisen diese Sätze auf die fünf Romane, die Lars Gustafsson als Zeitgemälde über die Wirklichkeit der ausgehenden 60er Jahre angelegt hat.

Im ersten Band, einer romanhaften Autobiographie, begegnet dem Leser zunächst *Herr Gustafsson persönlich*, um dann in den folgenden Bänden mit dessen Doppelgängern und Stellvertretern an einer Art *Familientreffen* teilzunehmen; ein ernstes Spiel von großer Komik und selbstironischem Witz mit den verschiedenen Lebensmöglichkeiten, die in jedem Menschen stecken. Im zweiten Band, den melancholischen *Wollsachen*, verliebt sich der Lehrer Lars Herdin in die Freundin seines besten Schülers; im dritten, dem Ökothriller *Das Familientreffen*, wird Lars Troäng, Direktor einer Sonderkommission für den Umweltschutz, in eine Lügenspirale verwickelt, aus der es nur einen Ausweg gibt; im vierten, *Sigismund*, tritt noch einmal Lars Gustafsson aus sich heraus und gewährt Zugang zu den »privatesten« Geheimnissen, seinen Erinnerungen, Phantasien und Tagträumen; im letzten Band, *Der Tod eines Bienenzüchters*, begegnet ein freiwilliger, glücklicher Einzelgänger der eigenen Todesgewissheit und findet zu seinem verdeckten Ich. In allen fünf Romanen spricht unter wechselndem Namen einer, der wie Lars Gustafsson 1936 geboren ist. In 2006 werden sie alle zusammen 70 Jahre alt. Ein guter Grund, diese immer wieder aktuellen Werke der Hoffnung auf eine andere und bessere Welt in einem Band vorzulegen.

Lars Gustafsson, Lyriker, Philosoph und Romancier, wurde 1936 in Västerås/Mittelschweden geboren. Nach langen Jahren in Austin/Texas und einem Aufenthalt im Wissenschaftskolleg zu Berlin lebt er heute wieder in Schweden. Sein Gesamtwerk ist im Hanser Verlag erschienen. Im Fischer Taschenbuch Verlag: *Die Tennisspieler* (Bd. 15648) und *Der Tod eines Bienenzüchters* (Bd. 14983).

Lars Gustafsson
Risse in der Mauer

Fünf Romane

Herr Gustafsson persönlich
Wollsachen
Das Familientreffen
Sigismund
Der Tod eines Bienenzüchters

Aus dem Schwedischen von
Verena Reichel

Fischer Taschenbuch Verlag

Herr Gustafsson persönlich

Zur Erinnerung an Hector Berlioz

In most books, the *I*,
or first person, is omitted;
in this it will be retained.

Henry David Thoreau

I
Trauerarbeit

Im Schraubstock der Mächte

Über den Flußtälern von Rhein und Main lag die bleigraue Schicht der schwefeldioxydvergifteten Luft wie ein Deckel. Frankfurts chemische Industrien mischten eine tückische kleine Dosis von tödlichem Gift in die Luft; wie ein unsichtbares Gift drang meine eigene Müdigkeit immer tiefer in die feinen Gefäße und Schichten des Organismus ein.

Ich fühlte eine Müdigkeit, die größer war als Jahre und Tage, und ich wußte, daß sie tieferen Quellen entsprang als nur der Luft, dem Ort und der Stunde.

Noch einige Tage zuvor hatte ich die schwache Hoffnung genährt, daß mein Freund E., dieses kluge reptilartige Geschöpf, der nach seiner jahrelangen Tätigkeit als Ratgeber bei Fidel zuletzt aus der kubanischen Gemeinschaft ausgestoßen worden war und nun wieder einsam in einer abgeschiedenen Villa in Friedenau seine Manuskripte ordnete, mir einige Tage der Ruhe würde schenken können, eine Atempause, eine kleine Weile jener kostbaren und seltsamen Kühle, über die nur er verfügt.

Einige wenige Reptilien sind freundliche Geschöpfe. Sie betrachten uns mit ihren ruhigen, klügeren Augen, sie hören uns geduldig an.

Sie verstehen uns nicht, ebensowenig wie wir sie verstehen, aber sie betrachten uns ohne Verachtung und ohne Liebe.

Schon jetzt am Nachmittag, zwei Stunden vor dem Abflug nach Berlin, begann ich die Sinnlosigkeit meines Entschlusses zu erkennen. Und ich sah mich selbst als ein mechanisches Wesen, ein aufgezogenes Blechmännchen mit einem Schlüssel im Rücken, das seinem festgelegten Programm folgt und es nicht mehr aufhalten kann.

Einige Tage zuvor hatte ich den Hotelportier am Telefon einige Worte auf polnisch sagen hören, und am gleichen Nachmittag, während ich wartend vor seiner geschmacklos eleganten Loge saß, hatte ich aus Spaß einige der wenigen mir bekannten polnischen Wendungen vorgebracht.

Diese Worte hatten uns zu Landsleuten gemacht. Und als ich jetzt meine Rechnung bezahlen wollte, beugte er sich vertraulich über die

Theke und ließ durchblicken, als würde er mir damit eine besondere Gunst erweisen, daß er für zwanzig Mark bereit sei, mir ohne weitere Umstände ein Zimmer für die Buchmesse des nächsten Jahres zu besorgen. Mit einem plötzlichen Kältegefühl im Zwerchfell erkannte ich das ganze Ausmaß meiner Leere, meiner Verzweiflung. Nächstes Jahr!

Allein der Gedanke, daß jemand die leichtfertige Kühnheit, den blinden Optimismus besitzen könnte, an so etwas wie den Oktober des nächsten Jahres zu denken, ließ mich mit schmerzenden Lungen Atem holen.

Ich gab ihm zehn, was ihn offenbar erstaunte, ohne daß ich ausmachen konnte, ob er darüber staunte, daß die Summe groß oder daß sie klein war. Wir trennten uns mit ein paar höflichen Phrasen, und als ich endlich draußen auf der Straße stand, in dem immer schwerer lastenden Nebel, der blau war von Auspuffgasen, hatte ich einen Augenblick lang das Gefühl, als wäre meine letzte Verbindung zur Menschheit abgebrochen.

Nicht unähnlich einem Ballon, der das letzte seiner locker befestigten Schleppseile abgestreift hat, fühlte ich mich in eine immer größere Leere hineintreiben.

Montags geht der Linienflug der Pan American von Frankfurt am Main nach Westberlin um 18:10. Man reist von der Inlandhalle ab, und das ist mir immer paradox erschienen. Zwei Länder könnten sich nicht mehr voneinander unterscheiden als das narbige, das kluge Berlin mit seinem lebhaften, scharfen Intellekt, mit seinen revolutionären Gruppen, marxistischen Kinderläden, anarchistischen Kommunen, seinen blauen, roten, weißen Pamphleten, seinen Straßencafés und Buchhandlungen, Berlin, diese geheimnisvolle Schmiede zukünftiger Kräfte, eingesperrt hinter hohen Mauern und Minengürteln inmitten endloser Kartoffeläcker, dieses Berlin, das alles weiß, alles erfahren und seit langem seinen Zustand akzeptiert hat, und die dumme, geldstrotzende Bundesrepublik mit ihren Supermärkten, ihren transportablen Fernsehgeräten und ihren knarrenden Prachtmöbeln, schweren Teppichen, gläsernen Tischplatten und Sesseln aus schwarzem Leder und Stahlrohr.

Aber man reist nach Berlin, mit der Maschine der Pan American um 18:10 Uhr, von der Inlandhalle in Frankfurt ab.

Ich gab meine bleigraue Reisetasche am Schalter auf, mit dem Gefühl, daß das eine völlig sinnlose Maßnahme sei, daß mir aber auch nichts Sinnvolleres einfallen würde. Prinzipiell hätte ich (da ich eine amerikanische Kreditkarte in der Tasche hatte) ebensogut einen Flug nach Rom, Tel Aviv, Karachi oder Söndre Strömsfjord auf Grönland buchen können – es hätte keinen Unterschied gemacht. Ich hätte auch zur Autobahn gehen und nach Heidelberg trampen können (wenn meine Tasche nicht so schwer gewesen wäre, aber die hätte ich andererseits leicht in der Wartehalle des Flugplatzes stehenlassen können), um mich in irgendeinem schäbigen Motel an der Autobahn Richtung Bonn oder Karlsruhe als Kellner anstellen zu lassen und zu vergessen, wer ich bin und wer ich war.

In regelmäßigen Abständen wurde die Decke der Wartehalle von den explosionsartigen Geräuschen der Jetmaschinen erschüttert, die über mich hinwegflogen. Und mit sinnlosem Neid dachte ich an die gewaltige Kraft, die freigesetzt die großen Motoren der Boeingmaschinen antrieb, an die freigesetzten Flammen von expandierendem Gas in ihren Verbrennungskammern, an die ungeheure Geschwindigkeit der mit Karbid legierten stählernen Schaufelräder im Inneren ihrer Motoren.

Bis zum Abflug der Maschine war es noch so lang hin, daß man nur zögernd meine Tasche angenommen hatte. Ich saß zusammengesunken auf einem Stuhl in der Wartehalle, eine ungeöffnete Ausgabe der *Zeit* auf dem Schoß, und überlegte, ob es überhaupt noch einen Sinn für mich hätte, zu dem kleinen Tabakladen links neben dem Eingang der Wartehalle zu gehen und ein rotes, altmodisches Päckchen Rothändle zu kaufen, diese starken Zigaretten, die man nur in Deutschland bekommt und die mit ihrer bitteren Nikotinladung das Wurmblut in meinen Adern noch in einem zumindest bewegungsähnlichen Zustand halten konnten.

Dies war der Zustand am Montag, dem 13. Oktober 1969, um 16:35 nachmittags, mitteleuropäischer Zeit.

Hier beginnt nun ein Roman. Gott weiß, wie er enden wird!

Dreiunddreißig Jahre alt, also inmitten meines Lebensweges, wie es früher hieß, fand ich mich in einen dunklen und finsteren Wald versetzt, nein, ein Wald war es nicht, sondern etwas, das einem Wald glich, ein dunkler und düsterer Ort, kalt von all dem Beton, in Kästchen eingeteilt, die zu verschiedenen gewaltigen Flugzeugriesen führten, und wo die Decke von dem ungeheuren Spiel der Kräfte erschüttert wurde, weil der rechte Weg abhanden gekommen war.

Hatte es ihn jemals gegeben? Ich weiß nicht. Der rechte Weg, ein Weg für mich? Und welcher Weg ist heute der rechte?

Niemand soll mir mangelnde Gewissenhaftigkeit vorwerfen.

Die Wege, die ich ging, bin ich gründlich gegangen. Ich habe immer die Karten zu Rate gezogen, die zur Hand waren, ich habe nach bestem Vermögen versucht, die Abweichungen des Kompasses in getrennten Kraftfeldern auszugleichen.

Im Jahr 1936 geboren, von stärkeren Klassenkameraden in einer riesigen ziegelroten Volksschule mißhandelt und malträtiert, als Einzelkind in einer exzentrischen Familie von Einsamkeit geplagt, für dumm bis zur Lernunfähigkeit gehalten, als vermutlich geistesschwach zum Schularzt geschickt und der ganzen Verachtung ausgesetzt, die einem kraftlosen und vielleicht auch debilen Kind zukommt, veränderte ich mich rasch, als in der Pubertät ein heimliches und der Wissenschaft noch unbekanntes Gift sich in einem versteckten Winkel meines Körpers bildete und mein großes träges Gehirn befruchtete, das einen allzu großen Raum beanspruchte, um von einem Anstaltsinsassen oder einer verblödet grinsenden Hilfskraft in dem Kartoffellager eines einsamen Vorstadtviertels herumgeschleppt zu werden. Und jenes Gift befruchtete diesen trägen Gallertklumpen, entzündete ihn, wie man eine Lötlampe entzündet.

An die Zeit vor der Pubertät (sie begann übrigens ein paar Jahre früher als bei den Schulkameraden, und ich erschreckte sie beim Turnen fast zu Tode durch den plötzlichen starken Haarwuchs um meine Männlichkeit herum) habe ich dunkle, runde, wolkenähnliche Erinnerungen, in die hie und da, wie eine Nadel in einem Polster, etwas Scharfes eingebettet ist, ein Frosch aus grünem Blech, der hüpfen konnte, wenn man ihn aufzog, meine Angst vor Motorrädern, eine Schlange, die sich durchs Gras windet, wie ich einmal fast bis zur Taille in einem vom Regen aufgeweichten lehmigen Acker versank und von einem vorbeikommenden freundlichen Onkel gerettet wurde. Nach der Pubertät ist jede Erinnerung glasklar; eine gleichmäßig helle Beleuchtung war in den Raum gekommen. Von meiner Einsamkeit nach dieser seltsamen Veränderung ebensosehr geplagt wie davor, wurde ich nun in der Schule als großes Licht behandelt, verließ das Gymnasium mit einem Ehrenstipendium, wurde an der Universität als junges Genie begrüßt, studierte in Uppsala und Oxford die ausgefallene, aber notwendige Wissenschaft, die sich in Ermangelung einer treffenderen Bezeichnung Philosophie nennt, wurde aber von Verzagtheit ergriffen angesichts dieses ganzen Handwerks, schrieb unter dem Einfluß einer unklaren, einer unglücklichen Liebe einen Roman, wurde plötzlich begrüßt als Teil des besonderen, unterbezahlten und zweifelhaften Betriebs, den man die schwedische Literatur nennt, schrieb weitere Bücher, noch viele weitere, wurde von einigen Kritikern als Genie gefeiert, von anderen für einen Dorfidioten gehalten, zwei Auffassungen, die sich beide mit dem Bild dekken, das ich selbst von meinem Leben habe, bekam Freunde und Feinde, schrieb Tausende von Zeitungsartikeln, geriet in eine immer unklarere Beziehung zu meinem Professor und zu den geheimnisvollen Machtsphären der Universität und faßte vor neun Jahren Wurzel bei der klugen Familie Bonnier, in deren Verlagshaus ich eine Freistatt gefunden habe.

Ich weiß – das erklärt gar nichts, erklärt auch nicht, warum ihr mich in diesem düsteren Wald findet.

Die dunkle Decke aus schwarzgrauem Beton vibrierte unter den Schallwellen der riesenhaften Lötlampen. Um mich herum drängelten sich Geschäftsleute mit Specknacken, uralte, krumme Damen, amerikanische Touristen, ein Herr mit einem Papagei in einem Käfig und kleine, erschreckend vitale Kinder, die ihre Puppen und Bären mit den Händen umklammert hielten.

So viele entschlossene, zielstrebige Menschen, alle in ernsthaften Angelegenheiten unterwegs! Und ich selbst kaum mehr als eine sinnlose Posse.

Und von der Einsamkeit wie von einem Glasgefäß umgeben, nicht unähnlich einem mittelalterlichen Homunculus in seinem Kolben, den gerade ein unvorsichtiger Alchimist durch sein allzu leichtfertiges Spiel mit Säuren und Scheidewässern erzeugt hat, in einem Zustand jenseits von Angst und Hoffnung, ließ ich mich im Flugzeug auf einem Fensterplatz nieder, zusammengerollt wie ein Embryo auf dem allzu engen Sitz, umgeben von dem Geruch durchnäßter Wollsachen.

So zusammengekrümmt und in mich gekehrt lieferte ich mich unbekannten Mächten aus, wie Flugpassagiere sich immer im Augenblick des Starts unbekannten Mächten mehr oder weniger ausliefern.

Immer noch zusammengekauert und geschüttelt von einer Kälte, die eher von innen kam als aus der kleinen Ventilationsdüse an der Decke über mir, sah ich in zehntausend Meter Höhe, mit der dicken bleigrauen Wolkendecke im Dunkel unter mir, den zarten Schimmer der Abendröte die dünne Luft färben.

Und da im gleichen Augenblick, hörte ich eine tiefe Altstimme neben mir

– Ah!

sagen, mit einem so deutlichen Ausdruck ästhetischen Genusses, daß dasselbe Gefühl sich einen Moment lang auf mich übertrug. Und ich erinnerte mich ganz genau, daß ich früher einmal, als ich noch den Namen Lars Gustafsson trug und mit menschlichen Lungen atmete und nicht wie jetzt embryonal zusammengekauert in einem Glaskolben reiste, etwas Ähnliches gefühlt hatte und daß es wie ein Rausch gewesen war.

Ich blickte vorsichtig nach rechts und konnte eine rotblonde Haargardine ausmachen, die jetzt im letzten Abendlicht einen deutlichen Goldton annahm.

Die Atmosphäre um uns herum hatte sich merkbar verändert.

Was heißt »uns«?

Von der Dame neben mir strahlte geheimnisvoll eine dunkle, eine erdbraune, eine mütterliche Kraft auf mich aus, als sei der Erdgeist selbst in weiblicher Gestalt, heraufbeschworen von meiner eigenen Leere, meiner eigenen Verzweiflung, mir zu Hilfe gekommen.

Meine nackte, trockene, harte Müdigkeit begann plötzlich in eine gewöhnliche, triviale Schläfrigkeit überzugehen. Ich seufzte tief auf und rollte mich in meiner embryonalen Haltung noch fester, noch hilfloser zusammen, aber diesmal hatte ich den Kopf leicht an die Schulter der fremden, ungesehenen Dame gelehnt, die eine dunkelbraune, flauschige Strickjacke trug.

Durch mein offenes Ohr strömte eine milde, geheimnisvolle Wärme. Und unter dem Ohrläppchen konnte ich deutlich die äußerste Spitze ihres Schlüsselbeins wahrnehmen und schwach, sehr schwach, aber doch spürbar, das ferne Schlagen ihres starken Herzens.

Ich schloß die Augen und ließ mich im Halbschlaf durch das Luftmeer tragen, von dieser unbekannten Mutter umschlossen und geborgen wie ein richtiger Embryo in dem Körper seiner ihm ebenso unbekannten Mutter.

Ich muß eingeschlummert sein, ich muß fünf, zehn Minuten geschlafen haben. Als die starke Boeingmaschine auf ihren breiten Flügeln in einem turbulenten Sonnenuntergangswind zehntausend Meter über Preußen erzitterte, erwachte ich und merkte, daß mein Kopf im Schoß der fremden Dame ruhte. Offenbar mit großer Mühe balancierte sie in der einen Hand eine Tasse Tee und ein Stück Mürbekuchen, alles sehr vorsichtig, um mich nicht zu stören. Und endlich sah ich ihr Gesicht.

Es war nicht schön. Aber auch keineswegs abstoßend. Über einer wohlgeformten Nase mit breiten, sensiblen Nasenflügeln wölbte sich eine breite, eine schöne Stirn, wie man sie fast nur bei großen Mathematikern und Philosophen findet. Ihr Mund mit den ungewöhnlich vollen, sinnlichen Lippen war von jenem feinen Netzwerk von Falten umgeben, das nur extrem kultivierte Menschen haben, die mit äußerst genauer Artikulation sprechen. Und diese kleinen Fältchen sagten mir, daß sie etwa in meinem Alter sein müßte, zwischen dreißig und fünfunddreißig Jahren.

Und an der einen Schläfe, diskret unter einer Locke des rotbraunen Haares verborgen, zeichnete sich deutlich, als rote Erhebung auf der leicht sommersprossigen Stirn, eine Narbe ab, die ich aus irgendeinem Grund mit dem Schlag eines Gummiknüppels in Verbindung brachte.

Sie ist also Studentin, oder vielleicht eher noch Hochschullehrerin in Berlin. Es ist die Spur eines Polizeiknüppels, dachte ich.

In diesem Moment bemerkte ich ihre Augen, ihre wunderbaren Augen. Durch die leichten kleinen Wölbungen der Kontaktlinsen blickten mich mit wunderbarer Klarheit, mit blauer, nicht eisiger, eher zerstreuter Freundlichkeit, ruhig und durchdringend, die intelligentesten Augen an, die ich je gesehen habe.

Diese Augen nahmen sich Zeit, es war nicht die geringste Spur von Angst darin, ihr Ausdruck erinnerte mich an den Blick eines feinen alten Botanikers, der auf einem abgelegenen Felsbord in den lappländischen Bergen endlich die seltene Carexart findet, die er schon seit langem dort vermutet hat.

Die großen Nasenflügel weiteten sich ein wenig, es war ein Lachen in diesen Augen, aber auch etwas Ernstes, etwas, das mich aufforderte: ich solle die Welt verändern oder zumindest ihrer Veränderung nicht entgegenarbeiten, etwas, das mir sagte, daß diese Augen nicht nur mich wahrnahmen, sondern auch meinen Platz in der Geschichte, in der Wirklichkeit, im dialektischen Zusammenhang.

Sie sahen mich an, sanft und klug, nicht wie ein fremdes Insekt, das einem an einem Sommertag mit gebrochenen Flügeln auf das Fensterbrett flattert, sondern wie etwas, das auch im Prinzip voll und ganz zu begreifen und aus seinen historischen und gesellschaftlichen Voraussetzungen zu erklären war.

In diesem Augenblick, wurde mir schmerzhaft bewußt, daß mein Nacken auf der harten kleinen Armlehne zwischen unseren Sesseln ruhte und daß, während mein eines Ohr noch die milde Wärme der großen, mütterlichen Brust dieser Fremden einatmete, ja, wirklich: einatmete, mein anderes Ohr völlig zerknautscht wurde von dem Aschenbecher, den die Boeing Inc. in weiser Voraussicht in diese Armlehne eingebaut hatte. Die infernalischen Blechkanten waren nun gerade dabei, wie ein gieriger, eifersüchtiger junger Schäferhund an meinem Ohr herumzukauen.

Ich richtete mich auf, machte im Sitzen eine leichte Verbeugung:
– Verzeihung,

und ließ mich an das runde Flugzeugfenster zurücksinken, benommen und glücklich, als sei ich nach einem großen und stürmischen Fest nach Hause gekommen.

Die Dame antwortete mit einem verbindlichen Nicken, trank dann, von meinem mageren Gewicht befreit, ihren Tee aus, reichte der Stewardeß die Tasse zurück und begann in der großen geflochtenen Basttasche zu kramen, die die ganze Zeit über zu ihren Füßen gestanden hatte. Zum Vorschein kamen der Reihe nach

Horkheimer-Adorno »Dialektik der Aufklärung«

Elias Canetti »Die Blendung«

Georg Lukács »Geschichte und Klassenbewußtsein«

Und nach einer kurzen Unterbrechung, die dem entzückten Herumblättern, Abschmecken, Beriechen, Prüfen diente und dazu noch einem kleinen Lachen über etwas, das offenbar ganz oben auf einer rechten Seite in dem Roman des alten sephardischen Meisters Canetti stand, und nach einer weiteren Pause, um irgendwelche Nasentropfen in die große, empfindliche Nase zu inhalieren, folgten rasch hintereinander zwei kleine Bücher aus Carl Hansers berühmter gelber Reihe.

Wolf Wondratschek »Früher begann der Tag mit einer Schußwunde« und, zu meiner aufrichtigen Verblüffung, mein eigenes verzweifeltes kleines Buch, mein frostklirrender, unwirklicher, düsterer Roman

»Der eigentliche Bericht über Herrn Arenander«,

den sie mit leicht gerunzelter Stirn und mit jenem nachdenklich prüfenden Gesichtsausdruck betrachtete, wie man ihn oft bei jemand antrifft, der unvorbereitet ein Stück aus einem arabischen Prosatext lesen soll. Sie nieste kurz, als hätte ein winziges Staubkorn zwischen den kleinen Seiten des Buches ihre sensible Nase irritiert, und dann verschwand »Der eigentliche Bericht über Herrn Arenander« wieder in der Basttasche. Darauf vertiefte sie sich in Wondratscheks avancierte, labyrinthische Prosa.

Und ich, der ich meinen jüngeren Kollegen niemals getroffen, nicht einmal etwas von ihm gelesen habe, Wolf Wondratschek, geboren 1943 in Rudolstadt/Thüringen, z.Zt. wohnhaft in Frankfurt am Main, das wir eben in Finsternis und Verzweiflung hinter uns gelassen hatten, Verfasser mehrerer Stereohörspiele und 1968 mit dem »Leonce und Lena-Preis« ausgezeichnet für sein Gedicht

»Als Alfred Jarry merkte, daß seine Mutter eine Jungfrau war, bestieg er sein Fahrrad«

Ich hätte diesen Wolf Wondratschek töten, auslöschen, vernichten und seine Buchstaben ins Meer streuen können.

Was hat Wolf Wondratschek mir voraus?

Und ich war wieder daheim in der kalten Nacht meiner Verzweiflung, daheim in meiner Melancholie, meiner Sinnlosigkeit, meiner Trauer.

Wir durchflogen nun auf 2000 Meter Höhe eine gewaltige Wolkendecke, und bald breitete sich unter uns, mit Hunderttausenden von Lichtern illuminiert, das furchtbar erfahrene, das kluge, das schizophrene Berlin aus.

Vor meinen müden, starren Augen glitt nun der schwere Kopf der lesenden Dame mit seiner roten Haarmähne vorbei, ihre mächtige Denkerstirn, ihre großen, geheimnisvollen Ohren, verborgen unter den schweren Haargardinen: sie lehnte sich über mein Knie hinweg, um die Stadt unter sich durch das Fenster in Besitz zu nehmen. Meine Nase streifte ihr Haar mit seinem milden Duft nach Moschus, nach Moschusochse, und beim Anblick der Stadt unter uns sagte sie zum zweiten Mal

– Ah!

Beide beugten wir uns mit derselben Bewegung zum Fenster vor. Vollkommen glücklich betrachteten wir die Stadt unter uns. Gewaltige, breite Straßen glitten vorbei, Rauch stieg aus den Schornsteinen auf, die Kirchtürme trugen kleine Kränze aus roten Warnlichtern.

Es war plötzlich Nacht geworden und sternklar. Mit zurückgenommener Schubkraft glitt die Maschine über die letzten Dächer auf Tempelhof zu, und plötzlich fiel mir ein, daß wir noch kein einziges Wort gewechselt hatten, daß sie nichts gesagt hatte außer zweimal dieses tiefe »ah«.

Fieberhaft suchte ich nach einem Satz, nach einem Anhaltspunkt. Müde, unglücklich sah ich die Lichter der Landebahn unter uns herangleiten, spürte, wie die Räder aufsetzten, sah die Markierungslichter unter uns verschwinden, jedes gleich einem vertanen Tag, fühlte alle Kräfte verebben und alle Möglichkeiten schwinden und dann wieder die aufsetzenden Räder.

Homunculus in seiner Flasche. Rings um mich her liegt Berlin. Und in seiner großen einsamen Villa in Friedenau wartet mein Freund E. auf eine Nachricht von mir.

Die Passagiere stehen auf, Wollmäntel fegen mir über die Nase, sie hebt ihre geflochtene Tasche auf und geht, ich bleibe noch sitzen und lasse ihr höflich Platz, damit sie ihren duffelcoatartigen Mantel anziehen kann. Und in dem Augenblick, als sie auf den Ausgang zugeht, dreht sie sich zu mir um und sagt mit warmer, lebhafter Stimme, als glaubte sie daran:

– Auf Wiedersehen!

Kleiner Stachel der Verzweiflung im Herzen, scharfe Spitze, die tief eindringt, schwarze Strudel der Ohnmacht! Die einzige freundliche Macht, die einzige Wurzelfaser, die mich noch in der Wirklichkeit festhält, gibt mich auf und verschwindet.

Und immer weiter hinab auf dem dunklen Wasser ...

In meinem Leben sind bei zwei oder drei Gelegenheiten Wunder geschehen. Ich habe mich immer geweigert, an sie zu glauben, weil damit Konsequenzen für alle übrigen persönlichen Glaubensvorstellungen verbunden sind, Spekulationen über Gottheiten, Mächte, niedere und höhere Gewalten und Strukturen, die meine Vernunft nicht beherrscht. Der Wunderglaube führt rasch zu einem unkontrollierbaren Irrationalismus, einem System von Ordnungen jenseits des Menschen, die für mich erschreckend sind und verboten.

Gleichwohl habe ich sie zwei oder drei Mal geschehen sehen: und das seltsame ist, daß sie sich so deutlich von jedem anderen Ereignis unterscheiden, wenn sie sich begeben, daß man sie keinen Augenblick lang verkennen kann.

Eins dieser Wunder geschieht jetzt.

(Und mit dem seltsamen Gefühl, daß es als eine Art wohlwollende *Machtdemonstration* eintraf, daß das Ganze als freundlicher, aber ernstgemeinter Fingerzeig für mich bestimmt war, der ich vor meiner eigenen Rettung davonzulaufen versuchte, sah ich es kommen.)

Ein Großteil der Passagiere war jetzt aufgestanden, ich sah das mütterliche Wesen, das mich vor kurzem beschützt hatte, nach dem freundlich gemeinten »Auf Wiedersehen« sich auf den Ausgang zubewegen. Da scheppert es im Lautsprecher, und ich höre die sonore, metallische Stimme der Stewardeß: – Meine Damen und Herren! Eine Maschine, die direkt vor uns steht, muß starten. Aufgrund der Sicherheitsvorschriften muß ich Sie deshalb leider bitten, sich freundlicherweise noch einen Augenblick auf Ihre Plätze zu setzen.

Wir setzen uns, wir setzen uns wie zwei Begnadigte. Und atemlos sage ich:

– Sie sind in Frankfurt gewesen?

– Ja. Ich war auf der Buchmesse.

– Ich auch. Aber ich bin davongefahren.

– Kennen Sie den Dozenten Janos Elbert in Budapest?

(Ich habe sie einmal, viel später, gefragt, wie sie auf die wahnwitzige Idee kommen konnte, diese Frage zu stellen, und da hat sie mir versichert, das sei absolut die einzige gewesen, die ihr überhaupt einfiel.)

Im letzten Frühjahr hatte ich zwei Wochen in Budapest verbracht, auf die Einladung des ungarischen Schriftstellervereins hin hatte ich nächtelang in verräucherten Cafés bei Czardasmusik und leisen Gesprächen mit ungarischen Intellektuellen gesessen, ich hatte den PEN-Club und den Schriftstellerverein besucht, ich hatte atemlos dem mageren, intensiven Georg Lukács in seiner Wohnung in Budapest gelauscht, ich hatte die seltsamen blauen Nebel gesehen, die in der Dämmerung die unwirklich breiten Boulevards einhüllen. Ein paar schöne Frühlingstage lang war ich durch das grüne Hügelland gefahren, vorbei an der Donaubiegung, wo langmähnige Pferde auf den Sandbänken des Flusses weiden, über das schöne Visjagrad mit den Ruinen von König Matthias' rotem Palast, immer weiter flußabwärts bis in die Gegenden, wo der seltsame Balaton mit seinem milchweißen Wasser alles Licht zum Himmel zurückwirft.

Ich hatte Dutzende von Intellektuellen getroffen, Verleger, Redakteure, Journalisten mit gelbgefleckten Fingern, liebenswerte alte Lyriker, die darüber klagten, daß es unmöglich sei, Limericks in ungarischer Sprache zu verfassen. Ich hatte gehört, wie die Regierung gepriesen und verflucht wurde, wie die neue ökonomische Politik als terroristisch dargestellt wurde oder als Riesenfortschritt, als stalinistisch, als liberal, als freidenkerisch.

Zusammen mit dem alternden Meister Tibor Déry hatte ich einen blühenden Feigenbaum betrachtet und hatte ihn reden hören über seine Müdigkeit und darüber, daß er keinen Hunger auf die Welt mehr habe, daß keine Reise ihn mehr locken könne, hatte ihn erzählen hören vom Glockenklang, der am Feiertagabend in Wellen an den Weinbergen des frühlingshaften Balaton entlangschwebt.

Und auf all diesen Reisen, bei all diesen Gesprächen hatte ich einen Mann zum Begleiter, der mir nicht von der Seite wich, den klugen, freundlichen Dozenten für Slawistik und Redakteur bei Nágyvilag, Doktor Janos Elbert.

Janos Elbert mit den häßlichen, vortretenden Vorderzähnen, die einen in den ersten beiden Tagen unentwegt dazu brachten, sich zu fragen, wie er es anstellen mochte, ein Käsebrot zu essen, Janos Elbert, der jahrelang im Nachtzug die hundertzwanzig Kilometer lange Strecke zwischen Zagreb und Budapest fuhr und von einem englischen Kollegen gefragt wurde:

– Did you get time to get your pyjama on, really?

Janoș Elbert mit seiner schönen Frau Susie, die einer dunklen Madonna auf einem mittelalterlichen ungarischen Altar glich, der kleine Janočka mit seinem sprudelnden Geplapper und seinem kleinen abgenutzten Spielzeugauto unterm Arm

und wie noch von der Terrasse des Flughafengebäudes der kleine Janočka mir mit seinem roten Auto zugewinkt hatte ...

– Ja, antwortete ich. Den Dozenten Janos Elbert kenne ich sehr gut.
– Was halten Sie von seinen Zähnen?

Das Haus an der Fregestraße

Graubrauner Nebel wälzte sich draußen vor den hochgewölbten Rundbögen Tempelhofs, dieses nazistischen Gebäudes, das einst der Architekt Ernst Sagebiel entworfen hatte. Bald würde kein Flugzeug mehr landen können.

Noch ganz benommen wickelte ich mir den Schal zweifach um den Hals und fror in meinem leichten Herbstmantel, fror und bewachte meine Reisetaschen und Aktenmappen, meine liebe, erfahrene, mütterliche braune Aktenmappe, die mich auf so vielen Kongressen in so vielen Teilen der Welt begleitet hat, auf so vielen Reisen im Triebwagen durch die Ebene von Uppland, bei so vielen ländlichen Vortragsveranstaltungen, so vielen Universitätsseminaren, und die schweigend so viele fremde Manuskripte in sich aufgenommen hatte und dazu noch die kleine schwarze Tasche für den Rasierpinsel, den Rasierapparat, Zahncreme und Kopfwehtabletten. Ja, diese braune Aktenmappe mit dem unbegrenzten Fassungsvermögen hatte sogar einmal als Angeltasche bei einer Forellentour zum glasklaren Panther Lake in The Adirondacks gedient, und einmal, als sie auf dem Rücksitz eines israelischen Taxis stand, hatte sie nach einem Überfall der Al Fatah auf die West-Jordanbank das 9-mm-Geschoß einer Handfeuerwaffe weich aufgefangen und es, leicht verformt und gequetscht, wieder von sich gegeben. Als ich nun diese Aktenmappe und meine große graue Reisetasche bewachte, hatte ich plötzlich noch eine unter meine Obhut bekommen, eine kleinere aus solide gegerbtem Rindsleder, die sich vertrauensvoll an meine große graue lehnte, während ihre Besitzerin, die marxistische Philosophiedozentin Johanna Becker, auf dem labyrinthischen Parkplatz verschwand.

Wer war sie? Wer hatte im letzten Augenblick diese gütige, rettende Macht zu meiner Hilfe geschickt? Sollte ich mich geirrt haben? Existierten trotz allem Engel?

Und welcher furchtbaren Bedrohung war ich ausgesetzt, welche übermenschlichen Aufgaben erwarteten mich, da man zu meinem Schutz eine so außergewöhnliche Maßnahme ergriffen hatte? Und wer war »man«?

Und was meinte ich übrigens mit diesem »im letzten Augenblick«? Meinte ich es ernst?

Ich hatte das unklare Gefühl, einer Katastrophe entronnen zu sein, ohne daß ich herausfinden konnte, worin diese eigentlich hätte bestehen können.

So wartete ich am Rand des Bürgersteigs, fünf, zehn, fast fünfzehn Minuten lang. Der Nebel wurde dichter. Plötzlich fiel mir auf, daß der Verkehr an dem großen Flugplatz, der eben noch so lebhaft war, unglaublich schnell abgenommen hatte, seit das Landeverbot bekannt geworden war. Nur ab und zu tastete sich ein vereinzeltes Taxi durch den Nebel, die Scheinwerfer verdunkelt von dem Dunstkreis millionenfacher, plötzlich aufleuchtender Feuchtigkeitströpfchen.

Mir wurde die plötzliche Veränderung bewußt: beim Einflug nach Berlin war das Wetter noch klar gewesen. Jetzt war es nach neun Uhr, und der Nebel wurde dichter. In seinem großen, leeren Haus an der Fregestraße wartete sicher mein Freund E. seit einer halben Stunde. Hätte ich gleich ein Taxi genommen, wäre ich schon dort...

Schritte kamen näher und verhallten im Nebel. Manchmal schienen sie von weither zu kommen, dann war es wieder, als seien sie direkt hinter meinem Rücken. Mit angespannten Sinnen spähte ich in das Dunkel. Mit klammen Fingern stopfte ich meine Pfeife und zündete sie an.

Es kam mir in den Sinn, daß ich so unvorsichtig gewesen war, beim Aussteigen auf der Gangway laut und deutlich zu sagen, zu wem ich unterwegs war. In Berlins revolutionärer Welt ist E. kein unbedeutender Mann, ebenso verhaßt bei der CIA wie bei den kleinen fanatischen Agitationsgruppen am Rande der APO. Die geheimen Informationen, die er über Kuba besitzt, könnten eine ganze Abteilung des State Department monatelang beschäftigen.

Und ich selbst? Ich selbst, unverbesserlicher Kleinbürger, Hypochonder, Lyriker: hatte ich nicht tatsächlich in vielen revolutionären Zellen persönliche Freunde, Kontakte, Einblicke; Guerillakämpfer aus Goa, unterwegs über Stockholm, um sich der FRELIMO in Angola anzuschließen, spanische Marxisten, die Anarchistische Allianz in Malmö, die Revolutionäre Förderation in Oslo, die Black-Panther-Gruppen in London, die entschlossene und unsentimentale Gesellschaft für Sozialen Fortschritt in der Odengatan, die scheue und geheimnisvolle Väster Våla Kommunale Befreiungsgruppe mit ihren schweigsamen Männern in Regenmänteln, die manchmal aus Mooren oder schmalen Bachbetten in der Gegend hinter dem Landsberg auftauchten und mich und meinen Hund prüfend musterten, bevor sie mich mit einem grimmigen Lächeln des Wiedererkennens meinen misanthropischen Spaziergang fortsetzen ließen!

Es gehört zu meinem Schicksal, meinem Charakter, meiner historischen Situation, daß ich, jämmerlicher Spießbürger, der ich noch im letzten Jahr 24 Iggesund-Aktien besaß (die ich verkaufte, um ein Auto anzuschaffen, nachdem ich zuvor einen Industriellen in meinem Freundeskreis über die Entwicklung auf dem Großmarkt befragt und erfahren hatte, daß Iggesund noch in diesem Dezennium zum Untergang verurteilt und von der Liquidation kaum weiter entfernt ist als Ramnäs Bruk), ich, der ich in meinem ganzen Leben noch nichts Radikaleres getan habe, als der FNL Fünfzigmarkscheine zu schicken, mich kaum rühren kann, ohne mit Revolutionären in Kontakt zu kommen. Sie lieben mich. Irgend etwas an mir läßt sie mich als einen natürlichen Verbündeten, fast als Freund betrachten. Irgend etwas an mir sagt ihnen, daß ich im Grunde genommen zu genau den Menschen gehöre, die sie zu befreien haben, ja, daß ihr verzweifelter und entschlossener Kampf gegen die lähmende kolonialistische oder postindustrielle Übermacht auf geheimnisvolle Art insgesamt verfehlt wäre, wenn er nicht auch dazu beitragen könnte, mich ein ganz klein bißchen weniger melancholisch zu machen.

Und während die Feuilletonschreiber der großen Zeitungen mit Abscheu und Verachtung von meiner unklaren, halbliberalen Ichsucht sprechen, finde ich mich nicht selten bei schwarzem, kräftigem Tee, pechschwarzem Kaffee und Tequila in spärlich beleuchteten Räumen, zu denen die Liberalen von gestern, die die Taschenbuchausgaben von Antonio Gramsci aufgeschlagen auf dem Nachttisch liegen haben, nicht einmal im Traum Zutritt bekommen könnten.

Unsere gemeinsame Verweigerung der bestehenden Wirklichkeit gegenüber, unsere gemeinsame tiefe, dunkle, trotzige Überzeugung, daß der Mensch, daß der Intellekt letztlich die Geschichte zu formen vermag, verbindet uns und macht uns zu Freunden.

Jetzt kam mir in den Sinn, daß jemand, der tatsächlich wußte, wie viele derartige Freunde ich habe, und außerdem wußte, daß ich jetzt ohne einen offensichtlichen äußeren Anlaß unterwegs war, um E. in seiner Villa an der Fregestraße zu besuchen, daß dieser Jemand dann leicht die Situation mißdeuten könnte.

Hinter der hohen Ligusterhecke waren wieder Schritte im Nebel zu hören. Ich konnte ein Schaudern nicht unterdrücken und wickelte mir den wollenen Schal noch ein weiteres Mal um den Hals. Während der Stunden, in denen der Flugverkehr wegen des Herbstnebels stillgelegt wird, ist der große Platz vor Tempelhof also ein sehr einsamer Ort. Ich begann das Warten unerträglich zu finden. Was bereitete man vor?

Wer »man«? Und diese Johanna, wer war sie? Warum hatte sie mich hier zurückgelassen mit dieser eigentümlich maskulinen, bauchigen Rindsledertasche, die von breiten Lederriemen wie von Sattelgurten umspannt wurde?

Ich spähte so angestrengt in den Nebel hinter mir, daß es eine Weile dauerte, bis ich bemerkte, daß ein sehr mitgenommener Volkswagen hinter mir gehalten hatte. Sowohl seine vorderen wie seine hinteren Kotflügel wiesen kräftige Beulen auf, die offenbar ganz frisch waren, denn der Rost hatte sich noch nicht hineingefressen.

Mit einem Seufzer der Erleichterung entdeckte ich Johanna Bekker, die schon dabei war, unsere Taschen in den Kofferraum zu laden.

Im Inneren des kleinen Autos herrschten Licht und Wärme. Ihre schwere rotblonde Haargardine leuchtete im Schein der kleinen Deckenlampe, die jetzt brannte, weil die Tür noch halb offenstand, und aus dem Autoradio kam der dunkle, männliche und trotzige Marsch aus Hector Berlioz' »Symphonie Phantastique«. Es war ein Gefühl wie nach Hause zu kommen, und mit einem Seufzer des Wohlbehagens machte ich den vergeblichen Versuch, mich in dem kleinen Auto wieder zu meiner embryonalen Haltung zusammenzurollen. Die nackten, spitzen Finger hatten wieder nach meinem Herzen getastet, und wieder hatten sie ihr Ziel verfehlt. Ich atmete aus.

Johanna Becker betrachtete mich aufmerksam, mit jener alles durchschauenden Liebe, die in dem Luftraum über Preußen einen Augenblick lang an meine innersten Wurzeln gerührt hatte.

– So können Sie nicht sitzen, sagte sie mit ihrer tiefen Altstimme. Sie müssen die Sicherheitsgurte umschnallen!

– Warum denn?

– Weil ich erst vor acht Tagen meinen Führerschein gemacht habe.

– Und da fahren Sie schon im Berliner Verkehr?

– Ja; um die Angst zu überwinden. Nach diesen Worten ließ sie mit einem kurzen, unbeschreiblichen kleinen preußischen Lachen den Wagen in den Verkehr hinausgleiten, kreuzte mit verbissener Miene eine riesige Chaussee, wo kreischende Bremsen anzeigten, daß es nicht allen so leicht fiel wie ihr, die Angst zu überwinden.

Mit einer Geschwindigkeit von achtzig Stundenkilometern bewegten wir uns durch den dichten abendlichen Verkehr, durch Steglitz auf das idyllische Friedenau zu.

Man konnte in diesem Nebel kaum etwas von der Außenwelt erkennen; wir durchquerten unbekannte Vorortviertel, bis plötzlich die rote Backsteinkirche, die zu den vernehmlichen architektonischen Schönheiten Friedenaus zählt, aus dem Nebel auftauchte.

Hier passierte der erste Zusammenstoß. Er war nur ganz leicht; ich hatte sie gebeten, unvorsichtigerweise, könnte man meinen, aber im nachhinein hat man gut reden, mir die hegelianischen Wurzeln des marxistischen Mystifikationsbegriffes zu erläutern.

Mit dem gleichen unbeschreiblichen, kurzen preußischen Lachen wie vorhin kletterte sie aus dem Auto, stellte fest, daß der rechte elegante Kotflügel des parkenden Sportwagens verbeult war, daß er aber bestimmt von dem Gummihammer eines erfahrenen Autoklempners wieder gerichtet werden könnte, und steckte mit einer Geste, die von beachtlicher Übung zeugte, eine Visitenkarte aus ihrer imponierenden Handtasche unter den Scheibenwischer des fremden Wagens.

Nach weiteren fünfzehn Minuten mußten wir beide feststellen, daß wir offenbar in einem unüberwindlichen Labyrinth von Einbahnstraßen gelandet waren. Sie lachte wieder ihr preußisches Lachen – ein Mittelding zwischen einem kurzen Schnauben und einem Niesen, und stellte fest:

– Es sieht so aus, als hätten wir Schwierigkeiten, die Fregestraße zu finden.

– Ich könnte eine Ewigkeit hier drinnen bei Ihnen sitzen. Lassen Sie sich Zeit.

Auf diese Erwiderung hin ließ sie sich mit einem warmen, perlenden weiblichen Lachen über das Steuer nach vorn fallen, und dann, nachdem sie lange in dieser Stellung weitergefahren war, sah sie mit vor Lachen tränenfeuchten Augen zu mir auf.

In diesem Augenblick passierte der zweite Zusammenstoß.

Seltsamerweise war es wieder ein roter Sportwagen, aber diesmal komischerweise ein Volvo, dem der hintere Kotflügel eingedrückt worden war.

Wir waren gerade dabei, die Visitenkarte unter dem Scheibenwischer zu befestigen, als ich aufsah und das Haus hinter der Gitterpforte wiedererkannte.

Ich lud meine Taschen aus, setzte mich wieder in den Wagen, legte den Kopf in ihren Schoß und flüsterte:

– Wir müssen uns wiedersehen!

Mit ihrer starken, sommersprossigen Hand strich sie mir übers Haar, griff rasch in ihre Handtasche und reichte mir noch eine ihrer offenbar zahllosen Visitenkarten. Ich steckte sie in meine Hemdtasche.

Machtlos sahen wir einander einen Augenblick lang an, mit uralter Vertrautheit strichen wir einander übers Haar.

Mit einem Kreischen verschwand der kleine Wagen um die Ecke, und ich kehrte zu meinen Taschen am Straßenrand zurück, der erfahrenen Aktenmappe und der großen grauen. Ein magerer Mann in weißen Hosen aus englischem Leder und einem weißen Sweater lehnte sich nachdenklich über den Zaun und betrachtete mich. Er mußte schon lange dort gestanden haben. Mit uraltem Eidechsenglanz leuchteten die Augen in seinem Reptilgesicht.

– Du bist ziemlich spät dran, sagte er und nahm meine Tasche. Endlich stand ich vor meinem Freund E.

– Du hast dich nicht verändert, sagte er.

– Ich habe einen Bart, sagte ich.

– Ich glaube nicht, daß dieser Bart etwas Besonderes bedeutet, sagte er.

Mit tiefer Zuneigung betrachtete ich dieses seltsame Geschöpf. Er hatte mich schon mindestens einmal gerettet.

In dem riesigen, hellen Wohnzimmer wartete bereits die Teekanne auf uns.

Kurze Unterbrechung der Erzählung

Die sechziger Jahre waren zu Ende gegangen. Frühling und Herbst zugleich, die Zeit, als der Wind zu wehen begann! Die Zeit, als unsere kollektiven Träume sich veränderten und uns tief in den nächtlichen Schlaf hinein verfolgten mit ihren schwachen, deutlichen Warnsignalen, diese Zeit des beginnenden Sturms, des blankeren Eises, der größeren Einsamkeit; und die Zeit, als die Menschen einander wieder fanden; wie kurz, wie bedeutungslos erschien nicht diese Zeit, als sie plötzlich zu Ende war! Ist sie vielleicht doch nur eine Schwelle gewesen?

Nach und nach triumphierte in den Ländern Europas die durch Gesetze geregelte Ordnung der Welt. Die präzise geeichten Mechanismen der Kompromisse, der Lügenmaschinerien, der schändlichen Absprachen, mit denen die Macht herrscht und der erste Frost fällt, die empfindlichen Uhrwerke, die im Inneren der Staaten die Zeit bemessen, waren für ein paar kurze Jahre in der Mitte des Dezenniums aus dem Gleichgewicht geraten. 64 veränderten sich sogar unsere Träume; das Bild Nixons verschmolz mit dem Bild von Rudolf Hess, der noch in seiner abgelegenen Zelle gefangen saß. Bei unserem Erwachen änderte sich der Tonfall.

1967 wurde es allen bewußt, daß der Traum und die Wirklichkeit wiederum ein Zwiegespräch begonnen hatten. Es war die Zeit der Ketzer, der geschlossenen Gesellschaften, der geheimen Sekten, der kollektiven Großfamilien. Oh, wie es stürmte!

In der ganzen Welt stürmte es: es pfiff durch alte morsche Gebäude! In Asien brannten und tobten die Kriege, und der Geruch nach verbrannten Wäldern, verbrannten Häusern wehte mit dem starken, gleichmäßigen Wind über die Hügel Asiens. Die mörderischen Geschwader, die einst das unschuldige Dresden angeflogen hatten, flogen nun Tag und Nacht ihre Angriffe auf Hanoi, es war eine Zeit für Mörder, eine mörderische Zeit, eine blutige, entsetzliche Zeit, aber auch eine Zeit der Hoffnung, eine glückliche Zeit der Verneinung.

Wir hingen an unseren Fernsehapparaten und sahen, wie unsere Welt sich veränderte, und zuinnerst begannen wir zu ahnen, daß der kleine Schimmer von Wahnsinn, die kleine, unterdrückte gelbe Flamme der Schizophrenie, die in uns allen brennt, nicht vergebens gewesen war, daß der kleine Rest von Wahnsinn, den wir durch die Kindheit, durch die Wehrpflicht, durch die kultivierten Seminare an alten Universitäten mit eichengetäfelten Wänden hindurch gerettet hatten, doch irgendwie im Recht war. Daß er da war, weil wir ihn einmal brauchen würden.

Es war eine dieser Zeiten, in der die Schizophrenie zu ihrem Recht kommt, weil sie, nur sie, dem Zustand der Welt entspricht.

Mächtig erhoben sich alte, fast vergessene Schriften aus dem Dampf der Lokomotiven und dem Kohlenstaub des vergangenen Jahrhunderts: Marx, Bakunin, Tschernyschewski, und hinter ihnen ein noch längeres Gefolge, das fast kein Ende nehmen wollte, ein mächtiger Zug von Geistern und Ideen.

Wir sahen, wie die japanischen Studenten mit ihren langen starken Knüppeln Sturm liefen, wie sie sich auf dem Schlachtfeld der Straße gegen die Übermacht schlugen, nicht zu Hunderten, sondern zu Zehntausenden. Und in einem Land nach dem anderen liefen die schwarzen Brigaden der Polizei mit ihren Wasserwerfern, Tränengasbomben, Panzerwagen Sturm. Am 20. Dezember 1967 wurden die Demonstranten in einem Hinterhalt in der Barnhusgatan eingekesselt, es war die Nacht, in der man Jan Myrdal seine Brille herunterschlug, die Nacht, in der die junge schwedische Generation ihre Lektion in Gemeinschaftskunde auf eine für die Zukunft entscheidende Art auslernte und abschloß. Überall marschierten die schwarzen Polizeiarmeen, die Panzerwagen rasselten, die Helikopter warfen ihre seltsamen insektenhaften Schatten auf Harvard und Cornell, auf Frankfurt und Amsterdam. In Berlin wurde die dreiunddreißigjährige Dozentin für theoretische Philosophie Johanna Becker von einem Polizeiknüppel bewußtlos geschlagen, der gegen ihre rechte Schläfe gerichtet war, aber zu weit hinten traf, um den dünnen Schädelknochen zu zerschmettern.

Da die Gruppe, zu der sie gehörte, in einer wilden Flucht begriffen war, ließ man sie im Rinnstein liegen und begnügte sich damit, nach ihr zu treten. Am Anfang der fünfziger Jahre, als sie auf ähnliche Weise bei einer Demonstration in Paris zusammengeschlagen wurde – damals ging es um Algerien –, hatten freundliche Menschen sie fast unmittelbar darauf in den Schutz eines Treppenhauses gezogen. In Berlin gibt es diese Tradition nicht.

Ich stelle mir ihr wunderbares rotblondes Haar vor, wenn sie da liegt, von Blut und Schmutz befleckt. Dieses Haar habe ich gestreichelt.

Und das Frühjahr 1968! Das Frühjahr, in dem der adrette schwedische Lektor an der Sorbonne, der geistreiche Privatmann Jan Ifvarsson auf die Straße hinaustritt und seinen netten kleinen BMW ordentlich und unwiderruflich in eine Barrikade eingebaut findet, die gerade von der Gendarmerie mit Granatfeuer dem Erdboden gleichgemacht wird! Das Frühjahr, in dem Traum und Wirklichkeit einander so nahe kamen, daß es einen Augenblick, lang schien, als würde sich die alte Wirklichkeit tatsächlich auflösen, und wo mitten unter den gewaltigen Inschriften auf Wänden und Bretterzäunen das eine, das mächtige alchimistische Wort auftauchte, das die politische Polizei dazu brachte, mit dem Verbrennen ihrer Papiere zu beginnen, und das de Gaulles Kanzleibeamte zu dem Versuch veranlaßte, mit stumpfen Federmessern ihre Namen von den schlimmsten Dokumenten zu kratzen:

DER TRAUM IST WIRKLICHKEIT

ausgerechnet in diesem Frühjahr war es auch schon zu Ende. Unerbittlich tickten die feinen Uhrwerke weiter in ihrer sicheren newtonschen Zeit. Ihre heimlichen Unruhen hatten sich verschoben, die Bremsblöcke waren in ihren mächtigen Ketten herabgefallen, die Gewichte, Zehntausende von Tonnen schwer, zeigten wieder nach unten.

In Piranesis bitteren Gefängnissen spielt sich alles im Innenraum ab, und wird eine Öffnung sichtbar, ein Gewölbe, das das Tageslicht hereinläßt, dann bemerkt man gleich dahinter ein weiteres Gewölbe.

Sekten tauchten auf. Finstere Ketzergruppen gediehen. In abseits gelegenen Wohnungen in Östermalm sonderten sich fanatische Jugendliche ab, die sich eben noch Seite an Seite mit den anderen auf der Barnhusgatan geschlagen hatten, schalteten das Radio aus, zerrissen die Zeitungen und begannen mit methodischer Langsamkeit und nicht ohne jenes Quentchen von Gewalt und ausgeklügelter Grausamkeit, das ein Kennzeichen der heiligen Inquisition ist, einander methodisch auszumerzen.

Man setzte die Volksschullehrerbrille auf, zog ein sektiererhaftes Gesicht und sprach von unser aller Schuld und Sünde. Da war ein Zischen wie von Schlangen, ein Seufzen wie auf Gebetsversammlungen.

Der alte Feind war wieder da, aber diesmal kam er von einer ganz unerwarteten Seite, und bald hatten wir wieder das gewohnte alte tabakbraune skandinavische Gebetshaus statt der neuen, der freien Kathedrale der erträumten Welt. Wir hatten geglaubt, nur noch um Haaresbreite von einer ästhetisch-erotischen Gesellschaft entfernt zu sein, und drückten doch schon die Armesünderbank.

(Du lügst, du Teufel! Du hast nicht recht!)

Die sechziger Jahre waren zu Ende gegangen. Die Kriege dauerten an, die Gegensätze nahmen zu. Die Demonstranten verschwanden von den Straßen, Sekten und Ketzergruppen verschwanden in einem Laubhaufen zusammen mit dem braunen Laub des Vorjahres, das unter den von Abgasen halb erstickten Bäumen der europäischen Boulevards zusammengekehrt wurde.

Aber etwas blieb zurück. Der lange Marsch durch die Institutionen begann. In seit langem versteinerten Körperschaften begann man wieder miteinander zu reden. Funktionäre, die seit der Nachkriegszeit selbstgefällig auf ihren Floskeln des Einverständnisses herumgekaut hatten, spürten eine Unruhe, ahnten in der Abenddämmerung etwas fast Vergessenes. Es entstand eine Unruhe, sie kam und ging, aber sie war da.

Und die Sprache, wie veränderte sie sich nicht! Wie viele tote alte Phrasen, wieviel morsches Lügenwerk wurde da nicht ausgemerzt!

Es war, als hätten die Menschen zu guter Letzt miteinander zu reden begonnen, als wäre nur noch wenig Zeit übrig, als hätten sie es alle eilig.

1964 hatten wir nachts Träume anderer Art zu träumen begonnen.

Aber im Laufe des Dezenniums sollte es noch einmal zu einer Veränderung unserer Träume kommen.

Die verborgene Gesellschaft unter der sichtbar triumphierenden; das Vertrauen, das ursprüngliche naive Vertrauen war ein für allemal erschüttert, aber das Vertrauen auf die Sprache, auf die kompromißlerischen Phrasen, auf die Versicherungen der Machthaber, daß wir in der besten aller Welten lebten, war auch bei den Machthabern selbst erschüttert, so daß jeder sich schließlich umblickte, als hätte er jemand anders hinter sich stehen.

Und im Herbst 1969, als die Zeitungen sich rasch umorientierten, die Formulierungen sich änderten, die Löwen der großen Worte sich wie verschreckte Mäuse in ihre Löcher verkrochen angesichts der Androhung einer Handelsblockade von seiten der mächtigen und kriegführenden USA, ja, da war es, als wäre niemand imstande gewesen, dieses Schauspiel (wie viele solche kleine Pantomimen hat die Geschichte nicht schon gesehen) anders zu nennen als bei seinem rechten Namen.

Und da war niemand, der nicht innerlich über dieses abgeschmackte Spektakel höhnisch gelacht hätte.

Und gerade in den letzten Jahren dieses Dezenniums war es, als ob inmitten all dieser Verwirrung, all dieser Lügenhaftigkeit, die ihre Blöße mit ihren eigenen Lumpen nicht mehr bedecken konnte, sich etwas anderes hören ließe, eine schwächere Stimme, aber eine kristallklare.

Die Mystik, die wie die allerschwächste Flöte vom Beginn des Dezenniums an zu hören gewesen war, in den Seminaren der Logik verirrt, wie die Erkennungsmelodie einer Radiostation vom Rauschen starker Störsender über stacheldrahtbeladene Grenzzonen hinweg gestört, in unklarem Eklektizismus verwaschen und verdreht, im dummen derben Marktgeschrei der Happeningkunst ertrunken, von neubekehrten Pamphletisten in blindem Eifer mit einem Achselzucken abgetan, diese Musik verschaffte sich zu guter Letzt auf seltsame Weise Gehör.

Nicht umsonst hatten Traum und Wirklichkeit einander einen Augenblick lang berührt, nicht umsonst war einen Augenblick lang das Unwirkliche in unserer eigenen Welt (stinkender Rauch, tote Augen, Bombergeschwader, der Höllenlärm der Fabrikhallen) deutlich hervorgetreten und hatte sich eine andere, eine kommende Welt als die wirkliche abgezeichnet.

Im Frühjahr 1969 malt Ulla Viggen ihr liebevolles und seltsames Porträt des jungen Poeten Peter Cornell.

Der Porträtierte ist auf diesem Bild bleicher und introvertierter, als er in Wirklichkeit erscheinen mag.

Seine Augen sind geöffnet. Er hat einen Gesichtsausdruck wie jemand, der gerade sehr nahe daran war, sich an etwas zu erinnern, das er schon so vollständig vergessen hatte, daß er sich nicht entsinnen kann, es vergessen zu haben.

Im Hintergrund taucht ein sehr blaues, ganz endloses Meer auf, von einer unsichtbaren Sonne beschienen.

In diesem Bild offenbart sich die neue Stockholmer Malerei zum ersten Mal ganz und gar, wird sie in all ihrem Botticellischen Glanz sichtbar. Helligkeit, Liebe, offenes Meer.

Die sechziger Jahre waren zu Ende gegangen. Und ich? Von welchem Beobachtungsposten aus, auf welcher Walstatt hatte ich diese Kämpfe mit angesehen?

Von der Kulisse aus. Wie die Artisten unter der Zirkuskuppel: ratlos.

Ein Privatmann, nicht besonders erfolgreich, am Ende der sechziger Jahre

Der Herr, den E. mit seinen kalten, klugen, eisblauen Augen immer noch aufmerksam betrachtete, stand nach wie vor unschlüssig, von seinen Taschen umgeben, in dem großen, weißen Eßzimmer des Hauses.

Sein Haar war noch zerrauft von Johanna Beckers sommersprossiger, mütterlicher Hand.

Als nun der Duft von starkem Tee und getoastetem Brot ihn erreichte, breitete sich ein Ausdruck zögernden Glücks auf seinem Gesicht aus; er legte den grauen Mantel und den rotbraunen Schal ab.

Ein landendes Flugzeug glitt in geringer Höhe über die Hausdächer hin und brachte für einen Augenblick die Fensterscheiben zum Klirren.

(Tatsächlich wiederholte sich dies alle zehn Minuten in dem Haus an der Fregestraße, und es verlieh allen Gesprächen, die dort geführt wurden, einen willkürlichen, aber nicht einseitigen Charakter. Einige Argumente, und man wußte im voraus nie, welche, waren von vornherein dazu verurteilt, in dem majestätischen Dröhnen der landenden Flugzeuge unterzugehen.)

Die runde Brille mit der braunen Fassung war am 13. Dezember 1963 in Turin gekauft worden.

Er war eher klein als hochgewachsen. Aber trotz seiner Kleinheit und seiner auffallenden Magerkeit – eine intimere Betrachtung hätte enthüllt, daß alle Rippen deutlich zu spüren und zu zählen waren, sogar auf dem Rücken – war er bemerkenswert muskulös. Seine breiten Handgelenke und die großen kräftigen Hände machten ihn zu genau der Person, die jeder gern zur Hand hat, wenn Glaskonserven mit allzu fest aufgeschraubten Deckeln geöffnet werden sollen.

Auffallend war der dichte braune Bart, von dem E. vorhin gesagt hatte, daß er nichts Besonderes bedeute.

Er irrte sich.

Im Laufe von zehn Jahren hatte ich gesehen, wie die Fotografien, die meinen Rezensionen in den Zeitungen beigegeben wurden, sich veränderten. Am Anfang des Dezenniums stellte man mich noch als eine Art anämischen, bebrillten Jüngling dar; Hilfspfarrer oder außerordentlicher Anwärter auf das Lehramt.

Es war eine relativ idyllische Zeit, als meine Bücher für exzentrisch und im Prinzip unverständlich, aber selbstverständlich für völlig statthaft gehalten wurden. Meine Verleger brachten sie mit zerstreuter Gleichgültigkeit heraus. Kein Mensch erwartete, daß ich damit fortfahren würde, welche zu schreiben.

Ich lebte in Frieden und Teeduft in einem Zimmer mit Vorplatz im vierten Stock, in der Öfre Slottsgatan 5 in Uppsala. Meine Fenster lagen im Schatten eines mächtigen Ulmenwipfels.

Gegenüber, auf der anderen Seite der Straße, wohnte ein zierliches dunkelhaariges Mädchen, und zur Winterzeit pflegte ich mit Schneebällen an ihre Fensterscheibe zu klopfen, die ich vorsichtig von meinem Fenster aus hinüberwarf.

Die Jahre vergingen.

Dann begann sich dieser bleiche Lehramtsanwärter in den Zeitungen schrittweise zu verändern. Ich weiß weder, wo man die Bilder herbekam, noch weiß ich, wie man sie Schritt für Schritt zu verändern wußte, aber an einem Frühlingstag im Jahre 1969 merkte ich, daß die Entwicklung abgeschlossen war.

Aus jeder Zeitung sah mir jemand entgegen, der angeblich ich sein sollte, der aber tatsächlich so etwas war wie ein böser Zwerg, der kaum mehr sein Wasser halten konnte, ein boshafter Gnom, der aber unbedingt Pipi machen mußte, eine Art Inbegriff aller Kälte, Abstraktion und Teufelei, eine Art schiefmäulige, gefühllose Mißgeburt.

Da legte ich mir meinen großen, dichten, starken Vollbart zu, nicht unähnlich dem braunen Fell eines Bären.

Damit habe ich mich ein für allemal von dem Bild distanziert, das die Öffentlichkeit von mir hat. Macht nur weiter mit euren schiefmäuligen Monstren! Wer, wenn er meinen Namen hört, sich einen boshaften Zwerg vorstellt, der kaum mehr sein Wasser halten kann, mag das jetzt nach Lust und Laune tun.

Bitteschön! Greift zu! Mir könnt ihr nichts vormachen!

Ich kenne euch wohl! Ich weiß Bescheid über euch, ihr kreischenden und grinsenden Wasserspeier unter den Regenrinnen der Zeit, ich kenne euer teuflisches Gelächter. Noch ist eure Frist nicht abgelaufen, noch seid ihr nicht zu schön geformtem Sandstein erstarrt!

Ich kenne dich wohl, du kläffende, bellende, winselnde Hundemeute!

Verwachsene Windhunde mit eigentümlich tränenseligen, großen blutdürstigen Augen, Ulmer Doggen mit roten geifernden Lefzen, triefend vor Gier! Bizarre Köter, aus verschiedenen Rassen gemischt, die nur ein heiseres, krächzendes Bellen zustande bringen, und Möpse, massenhaft Möpse, unglaubliche Mengen von fetten, kurzbeinigen kleinen Möpsen – wer hätte gedacht, daß ihr so schnell laufen könnt? Und Schoßhunde sind dabei, die niedlichsten Schoßhunde mit kleinen roten Schleifen und Bändchen, chinesische Schoßhündchen, alle müssen sie dabeisein! Schnell, schnell!

Jäger, blas in dein Horn! Es knistert in der verharschten Schneedecke, es leuchtet silberhell auf den verschneiten Feldern, es riecht nach Menschenfleisch. Heute nacht kriegen wir ihn! Schnell, schnell!

Heute nacht kriegt ihr mich nicht.

Kurz und gut: deshalb habe ich meinen Bart.

Unruhig näherte ich mich dem gedeckten Tisch. Die Brotscheiben dufteten in ihrem Korb, die ambrafarbene Apfelsinenmarmelade glänzte, der Tee dampfte in seiner braunen Kanne. Da ich während des ganzen Fluges geschlafen oder zumindest in einer Welt geruht hatte, die dem Schlaf sehr nahe ist, begann ich nun deutlich zu spüren, daß der Hunger wie ein Sturm in mir wütete. Und ohne unser Gespräch fortzusetzen, stürzte ich auf den großen einladenden Tisch zu.

Ich bin hungrig, immer hungrig, ungeduldig, schnell. Fast alle Ereignisse gehen mir zu langsam. Ich stampfe mit dem Fuß auf und zähle die Minuten, wenn der Zug an einem Zweigbahnhof hält, ich drehe die Telefonstrippe zu einer Spirale, wenn ein wortreicher oder allzu schwerfälliger Mensch mir etwas zu erklären versucht, was ich schon längst begriffen habe. Wenn das Schreiben eines Zeitungsartikels so viel Zeit braucht, daß es sich bis zum Mittagessen hinzieht, werfe ich ihn mit einem Fluch in den Papierkorb und greife das Thema nie wieder auf, im Rundfunkstudio weigere ich mich, die Sendung abzuhören, die ich gerade gesprochen habe. Ich verbrauche alles, Bücher, Freunde, Ideen, als wäre es etwas, das man essen kann.

(Ich? Oder mein lächerliches Schattenbild? Nicht immer. Nicht immer Ich.)

Ich bin hungrig. Immer hungrig. Meine Metabolismen brennen wie eine Azetylenflamme.

Ich esse den ganzen Tag vom Erwachen gegen sechs Uhr morgens an bis zum Schlafengehen um zwölf Uhr nachts. Um Haaresbreite bin ich stets vom äußersten Hunger entfernt, aber mehr auch nicht. Gelingt es mir nicht, eine ständige, gleichmäßige Zufuhr von Essen zu sichern, waschbeckengroße Tassen mit Tee, Beefsteaks, Käsebrote, gerate ich leicht in einen überreizten, zornigen Zustand, der erst in Wutausbrüche übergeht und dann in Apathie.

Ich bin davon überzeugt, daß ich in tiefe Ohnmacht versinken und dann sterben würde, wenn man mich vierundzwanzig Stunden lang ohne Essen lassen würde. Ich bin friedlich, wie alle größeren Säugetiere, solange man mich nicht angreift, aber ich weiß mit Bestimmtheit, daß ich für Nahrung würde töten können.

Jetzt hatte ich seit sechs Stunden nichts gegessen. Es mußte eine Veränderung geschehen sein, ich muß sozusagen in einem anderen geistigen Klima geweilt haben, einem bedächtigeren, einem glücklicheren als meinem gewohnten, mit einer tieferen Atmung, einer ruhigeren Wärme.

Jetzt wurde ich wieder in mein eigenes Dasein zurückgerissen, und der Hunger machte sich über mich her.

Ich erinnere mich an diesen Hunger seit meinem dritten Lebensjahr.

Auch die sechziger Jahre hatte ich hungernd verbracht.

Ich erinnere mich an die seelenlose Prosa, in der wir am Anfang des Dezenniums miteinander redeten, in Uppsalas schrecklichen Cafés mit ihrem seltsamen Duft von verfaulendem Holz. Wir hausten in der angelsächsischen Erkenntnistheorie, wie man in einem heruntergekommenen Hotel haust, ohne Enthusiasmus, aber froh, überhaupt eine Wohnstatt zu haben. Seitdem habe ich auch in den Philosophien des Kontinents gewohnt, habe an anderen Töpfen geschnuppert. Ich fühle mich fast ebenso heimisch bei Hegel und Marx, bei dem stolzen Bakunin wie bei dem kleinen eigensinnigen, schiefäugigen Sartre und dem klugen Lukács … Er sei gesegnet! In seiner dunklen

Wohnung, hinter schweren Gardinen, in der V. Beograd in Budapest sah er mich lange mit seinen großen, braunen Rehaugen an und sagte:

– Junger Mann, Sie müssen Geduld haben. Wir können uns nicht aussuchen, in welcher Geschichtsperiode wir leben wollen.

Ich sah den Sturm langsam kommen. Er machte mir nicht angst, sondern er machte mich frei. Er entsprach einem Sturm in mir selbst.

Aber ich handelte nicht.

Ich sah Ideen kommen und sah sie sich blamieren.

Ich selbst blamierte mich nicht.

Ich sah die Einsicht kommen und sah sie zu Sentimentalität verfaulen, zu schalen und glücklichen Schuldgefühlen.

Ich selbst blieb verschlossen.

Wie fing es an? Wenn ich mich nur erinnern könnte!

Treuloses Gedächtnis! Wenn ich dich darum bitte, dich zu erinnern, dann erinnerst du dich statt dessen an etwas anderes! Wenn ich versuche, mich an meine Ungeduld zu erinnern, dann erinnere ich mich plötzlich nur an Ruhe. Wenn ich versuche, mich an mich selbst zu erinnern, dann erinnere ich mich nur an die Welt, die mich umgibt.

Immer größer wurde die Macht der öffentlichen Lüge. Es begann mit kleinen Rissen, Unstimmigkeiten, einem mikroskopischen Abstand zwischen der Welt, von der man redete, und der Welt, die tatsächlich da war.

Der Morgenzug sollte laut Fahrplan um 9:40 in Stockholm ankommen, aber er kam niemals früher als 9:50. Eine Kleinigkeit, könnte man meinen, aber sie war da. Die Züge wollten nicht mehr so recht mit dem Fahrplan übereinstimmen, weil man so tun wollte, als gingen die Züge schneller, als es tatsächlich der Fall war.

Die Alltagsprosa hatte seit langem ihre Rolle als Sprache des Realismus, als Sprache der Wissenden, der Eingeweihten ausgespielt. Jene, die wirklich Bescheid wußten, jene, die an Macht und Einfluß teilhatten, sprachen die Verwaltungssprache mit ihren geheimnisvollen Abstraktionen und Abkürzungen, eine Sprache, die Schwarz zu Weiß machen konnte und an der nur jemand, der Mitglied war, jemand, der über die streng bewachten Schlüssel verfügte, ablesen konnte, daß Nein war, was alle als Ja auffaßten, und daß das, was alle

Unwissenden und Außenstehenden als Nein auffaßten, ein heimliches Ja war.

So waren die großen Universitätsreformen der sechziger Jahre durchgesetzt worden, unter dem Motto: Erkenntnis für alle; tatsächlich aber bedeuteten sie eine Einschränkung des Wissens, das zugleich der Schlüssel zur Freiheit, zur Einsicht, zu einer besseren, weniger unpersönlichen Zukunft war.

So waren die gewaltigen Kompromisse im Inneren des Staatsgefüges eingebaut und vor der Außenwelt verborgen worden: unter dem Deckmantel des Pluralismus, des Wirtschaftslebens, der Gewerkschaftsbewegung, der Interessengruppen verbarg sich eine einzige, gewaltige, zentralistische Macht. Regionalpläne wurden ausgebreitet, staatliche Zentren abgerissen, die Landgemeinden wurden entvölkert, bis ihr allmählicher Verfall mit rostenden Maschinen auf den Ackern, mit einstürzenden Dächern und windschiefen Gebäuden schließlich zum Inbegriff der ländlichen Siedlung überhaupt wurde. Innerhalb von Schwedens Grenzen wurden die Landgebiete langsam ausgeräumt und von einer unsichtbaren Besatzungsmacht, die sie in ihrer Gewalt hatte, in weiße, blaue und rote Zonen aufgeteilt.

Die Risse weiteten sich, immer größer wurde der Abstand zwischen Sprache und Wirklichkeit: da war eine Lügenmaschinerie am Werke, und die Lüge breitete sich aus wie eine Infektion und drang in alle Ecken und Ritzen ein.

Mächtig tobten die Oktoberstürme in jenem Jahr; 1969. Der Wald wurde abgemäht wie Gras, die Telefondrähte ringelten sich um gebrochene Masten, es klapperte und heulte in rissigen Bauwerken.

Jetzt kamen Wahrheiten zutage. Das elende Spekulationsgeschäft mit dem Wohnungsbau in den fünfziger und sechziger Jahren, wo die Decken mit Büroklammern befestigt und die Wände mit Tesafilm aneinandergeklebt wurden, zeigte sein wahres Gesicht. Da brachen die Wände heraus! Da flogen die Dächer davon!

Die Experten sprachen von einem neu entdeckten Gesetz: dem Vacuumeffekt.

Der Vacuumeffekt galt nicht für die 103 Meter hohe Turmspitze Nicodemus Tessins des Jüngeren in Västerås, die jahrhundertelang allen Blitzen des Himmels getrotzt hatte, er galt nicht für die Peterskirche in Rom, er galt nur für die Spekulationsbauwerke der fünfziger und sechziger Jahre.

So überlistete die Witterung zu guter Letzt die Grammatik.

Und als 1969 um die Weihnachtszeit die Bergarbeiter in den Erzgebieten im Norden aus ihren Gruben herauskamen und erklärten, sie hätten genug, da geschah etwas Bemerkenswertes: ihre Syntax war einfach, rein, verständlich, und die Funktionäre, die Bergwerksdirektoren, die Minister konnten sich nicht mehr verständlich machen, da ihre Sprache im Vergleich zu dieser verworren, dunkel, vieldeutig, schamlos verschlüsselt war.

Da wurde auch eine Wahrheit offenbar.

Und jene Augen! Jene mütterlichen und durchdringenden Augen, die mich ein paar Minuten lang auf meiner Reise so ruhig und forschend betrachtet hatten.

Sie hatten mich etwas gefragt. Und ich wußte, was.

Wie groß war mein eigener Anteil an der Lüge? Wie tief war die Ansteckung, war das Virus in mich selbst eingedrungen?

Welchen parallellaufenden Prozessen bei mir selbst entsprach dies alles? War ich ein Lebender oder ein Toter? War ich ein kleines Pelztier, das den Frost im tiefsten Winter verschläft und sich im Schlaf regt? Oder war das alles schon nicht mehr möglich? War der kleine kalte Punkt da drinnen schon gewachsen, hatte er schon so viele von den feinen Schichten der Seele erobert, daß es kein Zurück mehr gab?

Hungrig. Ruhelos. Wie ein Holzwurm Bücher und Manuskripte durchfressend. Unterwegs in den mit weichen Teppichen belegten Gängen des mütterlichen, höhlengleichen Bonnierschen Verlagshauses. Verfasser einer Reihe von Büchern, die einander nach und nach wiederaufnahmen, bis nichts mehr übrigblieb. Warm und kalt zugleich, unfähig zu festen zwischenmenschlichen Beziehungen und zugleich furchtbar treu und blind ergeben demjenigen, der mich ein einziges Mal gesehen hatte.

Jetzt war ich *gesehen* worden; aus der tiefsten Gleichgültigkeit, aus der totalen Nichtigkeit, die für mich das natürliche und selbstverständliche Ende des Dezenniums bedeuteten, war ich zu verzweifelter Aufmerksamkeit erwacht, als mich schließlich jemand angesehen hatte.

Daran klammerte ich mich, wie ein Ertrinkender sich an den dünnsten schwächsten Weidenzweig des Ufers klammert.

In dem Haus an der Fregestraße tickten die Uhren. E. sah nachdenklich zu, wie ich ein Butterbrot nach dem anderen aß und wie der Inhalt des Marmeladentopfes merkbar zusammenschrumpfte. In der rechten Hand balancierte er versonnen ein scharfgeschliffenes, breites halbmeterlanges Messer, eine Zuckerrohrmachete aus Kuba.

Äußerlich war mir nichts anzusehen. Mit ihren seltsamen, klugen und liebevollen Augen hatte die fremde Dame mich aus der Tiefe der Gleichgültigkeit geweckt. Zwei Stunden lang hatte ich mich vollkommen ruhig gefühlt.

Jetzt kam der Schmerz, der der Preis des Wachseins ist.

E. fragte:

– Und was tust du eigentlich in Stockholm?

Ich sah von meiner Teetasse auf, ein Privatmann, nicht besonders erfolgreich, am Ende der sechziger Jahre, und antwortete:

– Ich erlebe meine Zeit, ich zerhacke meine Zeit in kleine Stücke, ich laufe hungernd von einem Teil meines Lebens zum anderen. Ich sehe in ziemlich deutlichen Umrissen, was geschieht, was geschehen wird und muß, aber ich überschaue es nicht.

Ich schreibe Essays, ich rezensiere Theaterpremieren, ich lese vergessene Philosophen an meinem Kaminfeuer in Västerås, ich habe an ein sehr langes Gedicht letzte Hand angelegt: ich werde es dir zeigen, es heißt »Liebeserklärung«.

– Weshalb?

– Weil es eine Liebeserklärung ist.

– An wen.

– Oh, an irgend jemand. An *jemand.*

– Natürlich an jemand.

– An einen besseren Menschen, der kommen muß, an eine bessere Menschheit – und es ist meine feste Überzeugung, daß die Zeit gekommen ist, wo man wählen muß zwischen Untergang und Gemeinschaft.

– Wer war sie?

– Eine sephardische Dame. Ich habe sie flüchtig an einem Ort gesehen. Sie ist fort.

Er strich liebevoll mit der Fingerspitze an der rasiermesserscharfen Schneide des gewaltigen Messers entlang und erwiderte:

– Ich hatte unrecht. Du hast dich verändert.

– Jetzt bin ich sehr müde; du kannst nicht sehen, wie sehr. Ich muß schlafen.

Donnerstag mit drei Barschen

Das erleuchtete Zifferblatt an der Adolf-Fredrik-Kirche zeigte schon halb sechs. Die Bäume auf dem Friedhof bogen sich unter der weißen Schneelast. Es war dies oder jenes Jahr, vor oder nach den Episoden, die ich gerade erzählt habe.

Auf dem Sveavägen pflügte sich der Verkehr durch dicken Schneematsch, der bis an die Häuserwände hochspritzte.

Im Inneren des großen Verlagshauses ebbten Lärm und Unruhe des Tages allmählich aus. Das Telefongeklingel verstummte, nur vereinzelt wurden noch Schritte laut; nach und nach erloschen in den Arbeitsräumen die Lichter.

Deutlicher war nun das schwache, aber durchdringende Geräusch der Druckpressen zu vernehmen, es versetzte die gläsernen Wasserkaraffen in Schwingung: so hatten die Prismen in den Kristallüstern des Direktionszimmers jahrzehntelang vibriert.

Ich machte die Lichter in meinem Zimmer aus, brachte eine feierliche, fast zeremonielle Ordnung in die wachsenden Stöße von Büchern und Manuskripten auf meinem Tisch, riß das Kalenderblatt ab und drehte den Schlüssel zweimal in dem altertümlichen Türschloß um.

In der rasch einfallenden Winterdämmerung hörte ich, wie Daniel Hjorth, unser verantwortlicher Herausgeber, mit gerundeten schonischen Diphthongen den Mädchen im Sekretariat ein Rezept für Leberpastete erläuterte. Sie hörten ihm ruhig zu, müde nach der Arbeit des Tages, die Köpfe zwischen den Armen auf den Tisch gelegt.

An der Garderobe, wo der altertümliche Schirmständer die Regenschirme der Besucher mit einem so eisenharten Patentgriff umschließt, daß nicht selten der Bürodiener geholt werden muß, um sie wieder freizubekommen, entdeckte ich Gerard Bonnier. Das letzte Licht fing sich in seinem roten Bart, während er erst nachdenklich die Reste eines zerrissenen Exemplars von *Dagens Nyheter* aus seinen noch feuchten Galoschen zog und sich dann bemühte, eine Whiskyflasche, die vermutlich für den Hausbesuch bei einem lebensmüden Lyriker bestimmt war, in eine bereits vollgepfropfte Aktentasche zu zwängen. In diesen stillen Ringkampf mit der Außenwelt vertieft, nickte mir der Verleger freundlich und zerstreut zu, als er mich durch die Tür hinausgehen sah.

Die schwere Eichentür schlug hinter mir zu, wie sie schon hinter so vielen Besuchern zugeschlagen war: mit einem glücklichen oder einem unglücklichen Klappen.

Ich stand auf dem Sveavägen. Über mir dröhnten die Schläge der Kirchturmuhren, der rote Winterhimmel, der Sturm der Zeit. Schnee fiel. Unruhige Elstern duckten sich in die Friedhofsbäume. In einem Auto bellte ein eingesperrter Schäferhund. Und in seinen Augen sah ich Trauer.

Wie das Bewußtsein eines schwer gestörten Psychopathen käuten die Schlagzeilen der Zeitungen mit monomaner Hartnäckigkeit die gleichen Gedanken über Gewaltverbrechen und seelenlose Sexualakte wieder wie an schon so vielen Abenden vorher. Wie schon so oft zuvor suchte meine Phantasie, von einem schützenden Instinkt getrieben, Zuflucht bei Hector Berlioz: bei seinem Leben, seinen Mißerfolgen, seinem stolzen Trotz.

Schwer spielte dieser Trotz in meiner Phantasie, und begleitet von der unhörbaren, düsteren Pracht des Marschsatzes aus der »Symphonie Phantastique«, ging ich den Sveavägen hinauf, die schwere mütterliche Aktenmappe im düster feierlichen Takt des Marsches schwenkend.

Wie eine Scheibe von opalisierendem Glas reflektierte der vergiftete Dunstkreis über der Hauptstadt das Licht.

Meine Donnerstage sind von einer eigentümlichen Freiheit geprägt.

Infolge des seltsamen, doppelten Lebens, das ich seit Beginn der sechziger Jahre geführt habe – vier Tage in der Woche zu Hause bei meiner Familie, meiner klugen Frau, meinen kleinen Kindern und meinen Büchern, drei Tage in Stockholm –, hatte ich es mir zur Gewohnheit gemacht, den Donnerstagabend fruchtbaren Nichtigkeiten zu widmen. Die Zeit war zu kurz, um heimzufahren, zu kurz, um ernsthaft an etwas zu arbeiten.

In den ersten Jahren hatte ich diese Donnerstagnächte in irgendwelchen Hotels verbracht, manchmal bei einem Freund, in irgendeiner entlegenen Vorstadt, morgens gegen sechs von fremden kleinen Kindern geweckt, die mir Teddybären unter die Nase hielten und mit bonbonverschmierten kleinen Fingern in meinem Haar wühlten und mit den gleichen Fingern die Manuskripte in meiner Aktenmappe gründlich untersuchten, mit dem Morgenaufwasch in einer fremden Küche beschäftigt, kalten Winterwinden auf den Plattformen entlegener U-Bahnstationen ausgeliefert.

Dieses unruhige Leben, dieses Donnerstagsexil, das übrigens meiner Frau sehr viel bedeutet hat, die an den Donnerstagabenden die Zeitungsartikel schreibt, zu denen ich ihr an anderen Abenden vor lauter Reden keine Zeit lasse, veränderte sich radikal im Jahre 1966, als die Tante meines Mitarbeiters starb.

Diese kleine Wohnung in der Hagagatan mit ihrem Duft nach Kurzwarenladen, mit ihrem altmodischen Gasherd und ihren Öldrucken zeichnete sich vor allem dadurch aus, daß man morgens, wenn man sich seinen Tee kochen oder sein Ei braten wollte, die Küche immer in einer gespannten Erwartung betrat, wen man dort wohl antreffen würde.

Ich hatte das kleinste Zimmer zu meiner Verfügung. Es war ausgestattet mit einem prachtvollen Kachelofen, einem Sessel und einem winzigen Schreibtisch, auf dem in schweren Stapeln meine Bücher ruhten.

(Bücher verfolgen mich wie eine Pest. Ich unternehme nie etwas, um sie mir zu beschaffen. Wo ich mich auch befinde, wachsen sie um mich empor, wie Pilze auf einem bestimmten Boden wachsen. Dicke Folianten, dünne Pamphlete, Bände, in denen es von Notizzetteln wimmelt, folgen mir wie anhängliche Geschöpfe durchs Leben. In meinem Haus in Västerås gibt es nur in der Küche freie Wandflächen; in meinem Arbeitszimmer füllen sie Wände und Tische und die Bodenflächen, die man nicht unbedingt zum Gehen braucht: machtlos sehe ich den Augenblick näher rücken, wo meine Familie und ich von den Büchern hinausgedrängt werden und eine eigene Wohnung suchen müssen.)

Die übrigen Zimmer waren manchmal von dem Besitzer, öfter aber von seinen Freunden und noch öfter von den Freunden seiner Freunde bevölkert.

Das hatte schließlich die sonderbare Folge, daß man beim Frühstück grundsätzlich jedermann antreffen konnte. In dieser Küche mit ihren freundlich bemalten Kräuterdosen aus Porzellan und den verbeulten Aluminiumtöpfen habe ich mich beim Frühstück mit großen Schauspielerinnen unterhalten, mit dünnen Cambridgedozenten, alten Kindheitsfreunden, kurzhaarigen jungen Männern, die vielleicht noch vierundzwanzig Stunden davor zu einem amerikanischen Marineverband in Vietnam gehört und die Angst der Gejagten noch im Blick hatten, mit russischen Bassisten, jungen Maoisten, die mich bei einer Tasse Tee mit geeigneten Zitaten aus dem handlichen Büchlein des Großen Vorsitzenden erfreuten. Die Wohnung hat ihre großen Zeiten gehabt und ebenso lange Zeiten, wo sie so stumm und tot war, daß ihre Stille mich fast wahnsinnig machte und ich anfing, auf die asthmatischen Atemzüge eines alten Ehepaares zu achten, das in der Wohnung darüber wohnt und sich offenbar jeden Abend ein neues Bett zusammenschreinert, bevor es sich schlafen legt.

Eine Zeitlang wohnte hier eine ganze Familie mit einem kleinen Kind, über dessen Körbchen ich nicht selten im Dunkeln stolperte, wenn ich nach einer Theaterpremiere spät nach Hause kam.

An diesem zerkratzten Küchentisch sind nach und nach die Ideen der sechziger Jahre diskutiert worden, angefangen mit Alain Robbe Grillets Romanen bis hin zum Straßentheater am Ende des Dezenniums, ja, ich wage zu behaupten, daß einige davon hier entstanden sind. Denn da niemand erwartet hatte, den anderen hier zu finden, sind zwischen den Gruppen Funken übergesprungen; geheimnisvolle und unwahrscheinliche Kontakte sind zustande gekommen, fruchtbare Ströme haben sich zwischen Kraftfeldern entwickelt, von denen niemand glaubte, daß sie zueinander in Beziehung stünden.

Jetzt erlebte die Wohnung in der Hagagatan eine ihrer langen stillen Perioden. Ein hochgetürmter Berg von Post versuchte mich zu Fall zu bringen, als ich zur Tür hereinkam. Eine Teetasse stand ausdruckslos noch immer an der Stelle, wo ich sie abgesetzt hatte. Ein riesiges Portrait von Che Guevara, das jemand beim Telefon in der Garderobe hinterlassen hatte, starrte mich mit feuchten Augen an.

Von plötzlicher Müdigkeit überwältigt, heulte ich lange und ausdrucksvoll mit kleinen nachschluchzenden Lauten; ich zog mich mit beiden Händen an den Ohren und streckte die Zunge heraus, so weit ich nur konnte. Die totale Sinnlosigkeit dieser leeren Wohnung, all der Repliken und Geräusche, die sie erfüllt hatten, brach über mich herein wie eine Sturzflut.

Der Tag war anstrengend gewesen. Die Vormittagsstunde, in der ich gewöhnlich meine Post durchsehe und die Arbeit des Tages einteile, war mir von einem Herrn gestohlen worden, der mich rechthaberisch davon zu überzeugen versuchte, daß wir alle in Wirklichkeit im Inneren der Welt, im Inneren des Erdballs lebten und daß die Sterne und die Galaxien in Wirklichkeit nichts anderes seien als Widerspiegelungen unserer eigenen neurotischen Ängste.

Ich machte den Fehler, ihm sofort zu sagen, daß ich ganz seiner Meinung sei.

Das machte ihn mißtrauisch, und er begann sogleich kleinlich nach sektiererischen Abweichungen meines Standpunktes zu suchen. Ich versicherte ihm, daß *einige* Galaxien nicht Widerspiegelungen unserer eigenen neurotischen Angst seien, sondern daß sie eine viel wichtigere, viel bedrohlichere Bedeutung hätten.

Das erschreckte ihn, und er bat um weitere Details. Ich teilte ihm mit, daß ich in Wirklichkeit ein Homunculus sei, den ein Alchimist in einer hermetisch geschlossenen Glasflasche züchtete, und daß ich mich deshalb nicht äußern könne, bevor nicht jemand den Pfropfen herauszöge.

Der hartnäckige Herr verstummte abrupt, zog vorsichtig seine fettfleckigen, zerknitterten und insgesamt unappetitlichen Manuskripte über den Tisch zu sich heran und verdrückte sich mit einem Blick, der angstvolles Erstaunen verriet, rasch aus dem Zimmer.

Der Mann war riesig, mit ungewöhnlich großen Ohren, die ihm ein komisches, hundeähnliches Aussehen verliehen, und trug einen johannisbeerfarbenen Blazer, der an den Ellbogen mit Leder verstärkt war.

Kaum hatte ich ihn mit einem erleichterten Seufzer durch die Tür verschwinden sehen, als auch schon eine muntere Stimme von der Kulturredaktion des *Expressen* mich fragte, ob ich in einer halben Stunde nach Marieberg kommen könnte, um mich mit drei Barschen fotografieren zu lassen.

– Warum denn? Ich will mich nicht mit Barschen fotografieren lassen.

– Du hast dich doch schon damit einverstanden erklärt. Hast du nicht selbst versprochen, für die Sonntagsausgabe ein Rezept für Barsche in Sahnesoße zu liefern?

Herr Winbladh aus Sundyberg rief zum vierten Mal in dieser Woche an und bat mich, meine Ablehnung von »Am Strand des Binnensees« ausführlicher zu begründen.

Ich antwortete ihm, sein Gedicht sei zwar sicher sehr verdienstvoll, es scheine mir aber in ein anderes Jahrhundert zu gehören. Herr Winbladh bat mich, zum dritten Mal in dieser Woche, ihm eine säuberlich numerierte Aufstellung der Regeln zu schicken, die man bei einem modernen Gedicht zu beachten habe.

Die Sekretärin legte mir einen Zettel auf den Tisch:

DIE ALBANISCHEN JOURNALISTEN WOLLEN NICHT LÄNGER WARTEN

Herr Winbladh versicherte, er könne uns, wenn er nur eine solche Liste mit Regeln bekäme, innerhalb von kürzester Zeit mit besseren Gedichten beliefern, als wir sie je zu veröffentlichen in der Lage gewesen seien.

Zerstreut hörte ich zu und blätterte dabei die morgendliche Korrespondenz durch. Ein Herr ließ ein dreißigjähriges Abonnement streichen, weil er unsere versteckte Propaganda für den Kommunismus nicht länger ertragen konnte. Vilhelm Moberg stellte fest, ich hätte endlich »die Maske fallenlassen«, indem ich die Rede des Ministerpräsidenten veröffentlichte, und kündigte sein Abonnement, das glücklicherweise ein zwanzigjähriges Gratisabonnement war. Eine neu herausgekommene, auf Matritzen abgezogene Zeitschrift verkündete in einem wehmütigen Leitartikel, daß ich ein wichtiges Element in der kapitalistischen Propaganda sei und Weisungen von Tel Aviv bekäme.

(Aber Israels Hauptstadt ist Jerusalem.)

DIE ALBANISCHEN JOURNALISTEN SIND JETZT SEHR UNGEDULDIG

Ich versicherte Herrn Winbladh, er werde in zwei Tagen eine Liste erhalten, einen Codex, ein endgültiges Verzeichnis, das in 22 Punkten erschöpfend Auskunft geben werde über die Ansprüche, die man heutzutage an ein Gedicht mit dem Niveau von T. S. Eliots »Waste Land« stellt.

Ich legte den Hörer mit dem zähen Nachdruck auf die Gabel, mit dem der Held eines Dschungelfilms die Erwürgung einer lebensgefährlichen Boa Constrictor beendet.

In diesem Augenblick rief Tor Nilsson, mein väterlicher Freund, aus der Setzerei an und berichtete, daß mein Umbruchschema irgendwo in der Mitte der Zeitschrift eine Seite leer gelassen hatte. Davor und dahinter lagen bedruckte Bogen: sie mußte gefüllt werden.

Nervös an meiner durch und durch feuchten Pfeife ziehend, begann ich auf einem Notizblock ein Rezept für Aalrutte in Sahnesoße zu entwerfen, als der Bildredakteur von der Feuilletonseite des *Expressen* anrief und mich an die Barsche erinnerte.

– Habt ihr denn Barsche?

– ?

– Ihr braucht Barsche, um mich mit Barschen fotografieren zu können.

– Daran habe ich nicht gedacht. Aber das ist schnell erledigt. Wir schicken einen Funkwagen nach Stockholm und lassen den Chauffeur ein paar Barsche kaufen. Ich rufe dich dann wieder an.

Diese Findigkeit verschaffte mir eine Frist.

DIE ALBANISCHE KULTURDELEGATION IST JETZT FORTGEGANGEN UM IHRE ARTIKEL ZU SCHREIBEN

Es klopfte an die Tür. Mit seiner unbeschreiblichen karierten Sportmütze schief auf dem Kopf, sanft lächelnd, stand Göran Sonnevi in der Tür. Der stille Poet strahlte Wärme und eine ganz sanfte Kraft aus. Eine Aura von Ruhe umgab ihn. Ich legte ihm instinktiv den Arm um die Schulter, zog ihn an mich und fühlte, wie die Stille um ihn langsam auf mich überging.

Aus der Tasche zog er ganz sacht ein zusammengefaltetes Papier.

Es war ein Gedicht, und einzig dieses Gedicht konnte die leere Seite füllen, die bis zum Abend voll sein mußte.

Mit welch einer blinden Selbstverständlichkeit handeln nicht die Guten! Wie sehr sticht nicht ihre schlafwandlerische Sicherheit ab von unserer Unsicherheit, unserem Mißtrauen! Wie geduldig und langsam wächst nicht das Bild des neuen Menschen, das liebevolle, das allein unsere Bedingungen ändern kann!

Wann werden wir lernen, wie blindlings wir darauf angewiesen sind, auch mitten im Sturm, daß einige das Gute wollen?

Die Glocken dröhnten, der Schnee fiel von dem bleiernen Himmel, die Taxis hetzten den Restaurants der Stadt entgegen. Um mich herum Unklarheit, Opportunismus, Dummheit zum System erhoben und zu einer treibenden Kraft der Gesellschaft verwandelt. Die Literatur auf einem schmalen, einem lebensgefährlichen Plateau balancierend, immer weiter an den Rand der gewaltigen sterilen Lügenmaschinerien der Bewußtseinsindustrie gedrängt, die Kritik von ihrer eigenen Situation, ihrem verzweifelten Opportunismus gelähmt, der sie zwischen mädchenhafter Gefallsucht und unklarer Sentimentalität hin und her schwanken ließ. Über uns die weißen Strukturen des Todes, die Lügensprache der Ämter, die falschen Kompromisse des Staates, die toten, gleichsam gefrorenen Gesichter derer, die die Macht vertreten, der verkrüppelte, aufgezwungene Infantilismus der von ihnen beherrschten Menschen, die Erotik in eine Angelegenheit für Massageapparate verwandelt, nach dem Konsummodell zu einer Frage der Klitorisreizungen gemacht. Und dasselbe schleichende Gift in meinen eigenen Adern unterwegs.

Nachdem Sonnevi mich verlassen hatte, ging ich fort, um mich mit drei Barschen fotografieren zu lassen. Die Suche nach einem Taxi, das mich in den abgeschiedenen Vorort bringen sollte, in dem die großen Stockholmer Zeitungen seit Mitte der sechziger Jahre ihren von der Umwelt isolierten Platz haben, führte mich bis hinunter zum Herzen der Stadt.

Und in dem grauen Winterlicht sah ich die gewaltigen grauen Gebäude sich auftürmen: die ungeheuren Steinmassen des Schlosses, der riesige Block der Kanzlei, der Reichstag auf seiner Insel, und spürte plötzlich zu meiner Überraschung, wie tief ich all das haßte, wie ich den Zentralismus dieses Landes haßte, seine Halbbildung, seine falschen Ansprüche, seinen eiskalten Ämterhochmut, seinen grenzenlosen Zynismus.

Ich stand an dem Geländer, das zum Wasser hinunterführt, im spritzenden Schneematsch, und haßte Schweden, haßte es bis tief in das siebzehnte Jahrhundert hinein.

Aber außerhalb des Lichtkreises, dort, wo die Dämmerung rascher fiel und wo jetzt wohl die kleinen Kinder mit ihren Ranzen auf dem Rücken auf schmalen, freigepflügten Wegen heimwärts gingen, vorbei an Melkschemeln und verfallenden Gemeindehäusern, da lag das Land, schweigend, und weder Segenssprüche noch Verwünschungen würden seine Stille stören können.

Auf dem Grund der gefrorenen Seen schliefen die Schwalben

ihrer Zeit entgegen, tief unter dem Schnee der Wiesen, die Linné einmal *pratis vestmanniae* genannt hatte, schliefen dicht zusammengedrängt die Feldmäuse, und die Wärme, die diese blinden, haarigen kleinen Tiere vereinte, würde niemand stören können.

Der Engel, der Swedenborg besucht hatte, war noch nicht fort. In einem Wald von Jahren versteckt, harrte der Gewaltige auf seine Zeit. Und irgendwo, in einer anderen Zeit, bei Dahingegangenen oder Ungeborenen, flatterten noch tausend bunte Schmetterlinge über Västmanlands frühlingsgrüne Wiesen.

Es muß an diesem Tag, in diesem Augenblick gewesen sein, daß mir zum ersten Mal bewußt wurde, wie weit mich meine Resignation schon geführt, wie tief die Verzweiflung in mir Fuß gefaßt hatte. Ich wußte nicht, wie lange schon. Seit den späten sechziger Jahren? Oder seit ihrem Beginn? Wo sollte ich suchen? Was würde ich finden?

Ich wußte noch nicht, daß der Augenblick, in dem wir die Tiefe unserer Verzweiflung erkennen, ein hoffnungsvoller Augenblick ist. Plötzlich die eigene Trauer in ihrem ganzen entsetzlichen Ausmaß zu sehen heißt, am Schluß angelangt zu sein.

Die Phase, die die Psychologen Trauerarbeit nennen, beginnt.

Durch den Schneematsch pflügte sich das Taxi auf Marieberg und auf die gewaltigen Komplexe der Bewußtseinsindustrie zu. Der Chauffeur, ein magerer Student, der den derben Ledermantel nicht recht ausfüllte, betrachtete mich im Rückspiegel durch seine dünne Goldrandbrille. Er wollte mich von irgend etwas überzeugen und gebrauchte viele abstrakte Wendungen. Nachdem ich lange zerstreut mit »Ja« und »Nein« geantwortet hatte, wurde mir plötzlich klar, daß der junge Mann von Leo Trotzki und der Idee der permanenten Revolution redete. Es war ein noch sehr junger, ein unerfahrener Mann.

Ich hörte kaum zu. Meine Trauerarbeit hatte begonnen.

Das Mädchen mochte etwa einundzwanzig oder zweiundzwanzig Jahre alt sein. Sie trug zu dem kurzen grünen Rock hübsche goldene Strümpfe, ihre Augenlider waren bläulich getönt, ihr langes dunkelbraunes Haar fiel ihr bis auf die Schultern. Auf ihrem Schreibtisch stand eine halbleere Teetasse, und ein halbfertiges Farbdruckschema für eine kommende Sonntagsnummer bedeckte die Tischfläche. Auf dem großen Papierbogen bildeten Zeichen vieler verschiedenfarbiger Stifte ein Muster, das ebenso kompliziert war wie eine Bahnnetzkarte. In Quadraten und Rechtecken waren säuberlich die Namen von Berühmtheiten verzeichnet. Kriminelle Profiboxer, Teenageridole, Playboyadvokaten würden diese Seiten füllen: ihr steriler Aufmarsch sollte anderen helfen, die Leere zu füllen, die das Leben hinterlassen hatte.

Der Feuilletonredakteur war in London, um ins Kino zu gehen. Björn Nilsson war in die Kantine gegangen, um mit Olof Lagercrantz seinen Nachmittagskaffee zu trinken. Aus dem abgelegenen Zimmer des geistreichen und freundlichen Musikkritikers drangen die Klänge der Solobratsche aus Berlioz' »Harold in Italien«.

Das Mädchen telefonierte mit entlegenen Teilen des Unternehmens.

– Sie haben Schwierigkeiten, Barsche zu bekommen. Es ist nicht die richtige Saison.

– Bitten Sie sie, es mit Plötzen zu versuchen!

– Das können wir nicht. Es müssen Barsche sein. Sie haben doch ein Rezept für Barsche geschrieben. Ordnung muß sein.

Wir warteten. Ein Funkwagen war offenbar unterwegs zwischen Fischgroßhändlern und Eislagern von Haga bis Skanstull, auf der Jagd nach meinen Barschen. Der Fotograf ließ sich nicht blicken.

Mitte der sechziger Jahre waren fast alle Zwischenwände im Inneren des Zeitungshauses abgerissen worden.

Hier und da war eine Schreibmaschine zu hören. Die meisten Mitarbeiter waren ausgegangen. Fremde Hände schrieben in einer fremden Sprache. Die Weltgeschehnisse wurden isoliert und zu »Nachrichten« zerhackt, Nebensächlichleiten wurden mit großen Feldschlachten gleichgesetzt. Hier herrschte eine Grammatik, die Kontinuität, Erinnerung, Bekanntschaft unter den Menschen leugnete, um sie statt dessen in illusorischer Gemeinschaft um gleichgültige Ereignisse, Gegenstände und Personen zu versammeln. Hier wurde eine neue Art von Welt geschaffen, eine, die es niemals gegeben hat und die doch existierte, weil sie die einzige war, die Millionen von Lesern beschrieben wurde, und also die bekannte Welt. Hier wurde auf breiter Ebene jene Syntax gezüchtet, die man einmal für bemerkenswert gehalten hatte, als sie zu Anfang des Dezenniums in den neuen französischen Romanen auftauchte: die zersplitterte, die Syntax der nivellierten Ereignisse, die jedem Ereignis den gleichen Stellenwert gab und sie alle gleichmäßig voneinander isolierte.

So sieht ein Ort aus, wo das Bewußtsein einer Zeit entsteht.

Wenn man den Blick an der Decke entlangwandern ließ, konnte man erkennen, was für kolossale Proportionen der Raum tatsächlich hatte.

Die Größe der Bodenfläche verdeckten wie üblich in der modernen Bürolandschaft Tische, Wandschirme, Stühle, weiche, dämpfende Teppiche, verdorrte Kaktuspflanzen und Kaffeeautomaten. Nur vereinzelte Details unterbrachen die Monotonie der Raumaufteilung: ein riesiger Käfig mit Wellensittichen auf einem Tisch und ein Karton mit munteren weißen Ratten, die gerade dabei waren, sich einen Weg nach draußen zu nagen, hinter einer Gardine verborgen.

Dann und wann trafen neue Berichte von dem Funkwagen und seiner Besatzung ein. Einem Gerücht zufolge sollte es in einem Eislager in Söder Barsche geben, ein Motorradkurier nahm sich ein übergangenes Geschäft in der Altstadt vor.

Ich konnte mir unschwer vorstellen, wie es zu diesem Zeitpunkt in meiner Redaktion aussah: wütende ältere Herren, die mich anzutreffen gehofft hatten, um mir persönlich ihr Abonnement aufzukündigen, schüchterne junge Poeten, ergeben wartend, ein Journalist vom Observer, der mit mir über die Sünde in Schweden sprechen wollte, die Finanzabteilung, die mein Budget einsehen wollte, Doktor Per Meurling, der sich die Wartezeit damit vertreiben würde, einem Mädchen in der Telefonzentrale ein schönes und zutiefst obszönes Märchen aus der Māhābāratha zu erzählen, über dem sie alle anderen Telefongespräche vergessen würde, bis sein Gespräch schließlich durchkam, Herr Winbladh, der telefonisch Auskunft haben will, ob ich nicht die Gedichte bekommen habe, die er heute morgen abgeschickt hat ...

Ich beschloß, das alles zu vergessen. Das Mädchen erzählte von ihrem Leben. Ihre Knie waren mager, die Hände mit den gepflegten Nägeln nervös und lebhaft. Sie hatte in der Modeabteilung einer der großen Wochenzeitschriften angefangen, wo sie den Mannequins die Kleider aus der Garderobe brachte. In einer Zeitschriftenredaktion nach der anderen hatte sie mit Bildern, mit Layouts gearbeitet: mit den appetitlichen Farbfotos von gustavianischen Wohnzimmern, bevölkert mit neuernannten Regierungspräsidenten, Hummersoßen, mit dem Kronprinzen, dämlich, in der Uniform eines Seeoffiziers, mit naturkrausem Haar und dem ergebenen Blick des unrettbar Verlorenen, Premieren im Vasatheater mit dem Luxuspack und den Gipsmasken in einer schrecklichen, vergoldeten Prozession. All diesen Bildern, die an die Stelle des Lebens zu treten versuchen, hatte sie gedient, treu ergeben und mit einer Ehrenhaftigkeit, die es ihr verbot, Plötzen zu nehmen statt Barsche.

Sie lächelte ein scheues Lächeln.

Die Kanzlerkonferenz

So setzte die Trauer ihr Werk fort. Der Winter war gekommen, das Eis legte sich langsam und feierlich über die großen västmanländischen Seen, die Höfe versanken immer tiefer im Schnee, das dunkle, schwarzblaue Eis verdichtete sich in den Schleusen des Kolbäcksån. Im frühen Morgengrauen und in der späten Dämmerung gingen die kleinen Kinder mit ihren Ranzen auf dem Rücken zwischen hohen Schneewällen die Wege entlang und wollten nichts als schlafen. Aber aufs Land durfte ich nicht kommen: da gab es allzu viele Ereignisse, allzuviel Welt. Mein Kachelofen in Västerås strahlte im Laufe der Tage eine immer stärkere Wärme aus: welche unsinnigen Mengen von toten Manuskripten, verunglückten Essays, nie abgeschickten Briefen kann so ein alter blauweißer Kachelofen nicht schlucken!

Je tiefer es in den Winter hineinging, um so zahlreicher wurden die Phantasiegestalten, mit denen meine kleinen Kinder die Zimmer bevölkerten: »Herr Nipson« rief an, »Maj-Britt« wohnte auf dem Speicher, und früh am Morgen, unter ihren roten Decken, hörten sie »Maj-Britts« leichte Schritte, in der Dämmerung lief »Der große Hase« über den Hof.

Mich beunruhigte es, wenn sie den ganzen Tag lang mit niemand anderem als mit ihren Phantasiegestalten redeten und keinen von uns Erwachsenen eines Blickes würdigten.

Meine Frau, die klüger ist als ich, sah mich erstaunt an und sagte:
– Aber das brauchen sie doch!

Eines Morgens rief mein stellvertretender Redakteur an und teilte mir sehr sanft, sehr ruhig mit, daß er es jetzt wohl nicht mehr schaffen würde.

Schlaftrunken fragte ich ihn, wer zum Teufel seiner Meinung nach um sieben Uhr früh irgend etwas schaffen könnte. Er erklärte mir, daß er es wohl nicht mehr schaffen würde, mein stellvertretender Redakteur zu sein.

In den letzten drei Jahren hatte dieser nervöse und hellhörige Mann ein Doppelleben geführt: tagsüber mein Assistent, nachts Theaterkritiker. Er war eines dieser Wesen, die man manchmal in

Schlafwagen oder in den Wartesälen der großen Flugplätze oder auf dem Gang irgendeines Hotels trifft und die den Eindruck erwecken, als würden sie niemals anderswo leben als auf Flugplätzen, in Schlafwagen, in Hotelgängen. Die Abende verbrachte er im Zuschauerraum, die Nächte im Schlafwagen; in langen, ruhigen, bedächtigen Satzgefügen flossen seine großen, hochgeschätzten Theaterkritiken dahin.

Unsere Bekanntschaft reichte zurück bis in die fünfziger Jahre, in die Seminare von Uppsala, wir hatten ein Jahrzehnt lang kein einziges unfreundliches Wort gewechselt, wir hatten Hand in Hand gearbeitet, seine Kontakte zur Umwelt waren sanft und bedächtig.

Und jetzt schaffte er es nicht mehr.

Ich nahm das als ein Zeichen, als eine Warnung. Die großen magnetischen Felder um mich her waren in einer Veränderung begriffen, neue, unüberschaubare Zusammenhänge waren am Entstehen.

Die Zeitschrift würde mich monatelang ganz in Anspruch nehmen, mich in ihrer unkontrollierbaren Papierflut ertränken, bis ich einen Stellvertreter gefunden hätte. Es würde viel Zeit vergehen, aus dem Zusammenhang gerissene Eindrücke und Stunden würden mich jagen.

Drei Wochen waren vergangen seit jener Reise, die den Ausgangspunkt bildete. Sie ruhte in mir. Sie verhielt sich still. Spät in der Nacht, wenn alle zur Ruhe gegangen waren, spielte meine Stereoanlage in dem großen Arbeitszimmer den düsteren, trotzigen Marsch aus Hector Berlioz' »Symphonie Phantastique«.

Seine dunklen Töne waren das Zeichen. Sonst war alles still. Meine Aufzeichnungen zu Racines Tragödien beschäftigten mich zur Nachtzeit am Kachelofen. Das langgezogene »Speravimus« aus einem Chorsatz in Berlioz' »Te Deum« beschäftigte meine Phantasie: worauf sollten wir hoffen? Was hatten wir zu erhoffen?

Privatbriefe gab es selten in dem mit Grünspan überzogenen Messingkasten unten am Zaun.

In den Zeitungen empörten sich pflichtschuldigst die konservativen Dozenten, die jetzt, am Ende der sechziger Jahre, über Nacht zu kritischen Staatsbürgerdiensten einberufen worden waren, über meine gerade in Buchform erschienenen Zeitungsplaudereien. Ich fand das natürlich und konsequent.

Nicht einmal E'.s charakteristische Schriftzüge tauchten auf einem der Umschläge im Briefkasten auf. Manchmal, spät am Abend, Jan Myrdals tiefe, starke Stimme aus Mariefred am Telefon: zu dieser Stunde des Abends sprachen wir über den Gang der Welt.

Die Papierstöße wuchsen. Die Tage in Stockholm wurden immer zahlreicher. Bizarre Tage.

Der Kanzler aller Universitäten des Landes berief die Mitglieder sämtlicher Fakultätsausschüsse zu einer Konferenz im Hotel Foresta ein, die Zeitung *Expressen* feierte mit fürstlichem Pomp ihr fünfundzwanzigjähriges Jubiläum. Ola Billgren stellte in der Galerie Belle in Västerås aus. Eigentümlich kontrastierte auf seinen Bildern roter Feuerschein gegen weißes Tageslicht.

Am Ende des Jubiläumsdiners, während in einer Ecke von Berns Salons noch getanzt wurde, konstatierte die Gesprächsrunde bei einem müden Kognak mit gedämpften Seufzern ein letztes Faktum: 1969 war das Jahr, in dem die Büstenhalter endgültig von den Busen der Mädchen verschwanden.

Am Morgen nach dem großen Jubiläumsfest kam ich mit einem schweren Kopf, noch halb im Schlaf, im Foresta an, um an dem Gespräch der vereinigten Fakultätsausschüsse mit dem Kanzler teilzunehmen. Wortkarg begrüßte ich meine Kollegen vom humanistischen Fakultätsausschuß, lange schmale, kleine rundliche, jungenhaft bewegliche Professoren; ich kannte sie noch aus den dunstgeschwängerten Studentenkantinen und Seminarräumen meiner ersten Jugend, die nun schon vor langer Zeit von Baggerschaufeln in Uppsalas geschändetem und mißhandeltem Zentrum in Schutt verwandelt worden waren. Das große Konferenzzimmer war bis zum letzten Platz besetzt. Per Olof Ekelöf, Professor für Prozeßrecht, nickte mir auf seine trockene, wiedererkennende Art zu, als wollte er sagen: So, auch du, mein Junge? Warum brauchten sie dich als Geisel? Ich landete neben einer freundlichen, etwa fünfzigjährigen Laborgehilfin aus dem paläozoologischen Institut in Uppsala, Vertreterin einer Personalkategorie, die laut der letzten Satzung korporativ im Ausschuß repräsentiert sein sollte, ich borgte mir Streichhölzer, ich balancierte mit Mühe meinen schmerzenden Kopf mit seinem verworrenen Inhalt in den Händen.

Die freundliche Dame erklärte mir, daß ich den gewaltigen Stoß von vervielfältigten Papieren vor mir nicht behalten, sondern mir eins davon nehmen und den Rest weitergeben sollte. Kanzleidiener rollten einen unförmigen Overheadprojektor heran, weitere Kanzleidiener verteilten Diagramme an den Wänden, der Zeigestock wurde aufs Katheder gelegt, flüsternde Assistenten liefen geschäftig mit kleinen Zetteln zwischen den Tischen der Ministerialräte hin und her.

Wurde eine Schlacht vorbereitet, oder war es nur ein Scheingefecht, ein Manöver? Die Ministerialräte knipsten an den Schlössern ihrer Aktenmappen herum, die Kanzleidiener sammelten falsch verteilte Papiere wieder ein, das Hotelpersonal servierte Mineralwasser.

Die große Universitätsreform der sechziger Jahre hatte im großen und ganzen den Universitäten keine Mitbestimmung bei ihrer eigenen Planung und Verwaltung eingeräumt. In dieser Reform ging die Aufteilung der Wissenschaften in hermetisch voneinander getrennte, an das Wirtschaftsleben und die Gesellschaft angepaßte Fächer Hand in Hand mit einer fast totalen Zentralisierung der Macht über die Universitäten.

Die Fakultätsausschüsse, ursprünglich konzipiert als selbständige Organe mit der Möglichkeit, die Ängste und Nöte der Universität unmittelbar der Regierung vorzutragen, waren in letzter Minute durch einen geschickten Federzug irgendwo in den Labyrinthen der Bürokratie auf eine bedeutungslose Gutachterfunktion reduziert worden. Sie waren nunmehr harmlose Ableitungskanäle für die Unzufriedenheit, die nicht ausbleiben konnte, wenn die monatelang ausgearbeiteten Zuschußforderungen der Universitäten jedes Jahr mit der Regelmäßigkeit eines Uhrwerks beschnitten wurden und sich damit als illusionistisches Blendwerk entpuppten. Die Universitätspolitik war ein Meisterstück der Kunst der öffentlichen Lüge: auf dem Papier bestand jede Institution unangetastet fort, Pläne wurden niedergeschrieben, Komitees versammelten sich, uralte Einrichtungen wurden beim Namen genannt, als existierten sie noch, Gutachten kursierten zwischen den Instanzen, ohne jemals gelesen zu werden, kurz gesagt: hinter hohen Opernkulissen wirkte eisern die gleiche unsichtbare, zentralistische Hand wie auf so vielen anderen gesellschaftspolitischen Gebieten, hier jedoch mit größerer Konsequenz, mit einer grandioseren Diskrepanz zwischen Wort und Wirklichkeit, zwischen der Konnotation der Wörter und ihrer Denotation, zwischen Sinn und Bedeutung als auf irgendeinem anderen sozialpolitischen Sektor.

Welches Ereignis hatte dieses Treffen veranlaßt? Hatte sich irgendwo durch die Fugen des Gemäuers eine Unsicherheit eingeschlichen, war irgendein Geflüster bis zu einem großen, hellhörigen Ohr vorgedrungen, war irgendeine unendlich komplizierte syntaktische Konstruktion unter ihrer eigenen Schwere zusammengebrochen und hatte den ihr anvertrauten geheimen Inhalt dem Tageslicht preisgegeben?

Einbildungen! Phantasmagorien!

Endlich stand der Kanzler auf dem Katheder. Die geschmeidige, durchtrainierte Gestalt strahlte Vitalität und Gewandtheit aus. Ein jungenhafter Haarschopf fiel ihm in das sonnengebräunte Gesicht. Mit einem fröhlichen Lächeln ließ er seinen Blick über die Versammlung wandern und raschelte einladend mit seinem Manuskript, das diskret auf kleine Zettel im Duodezformat beschränkt war. Das Mineralwasser sprudelte im Glas. Er gehörte dem Typ an, der Anfang April seinen Sportwagen an der Promenade von Cannes entlanglenkt, im September pfeifend über die Golfbahnen von Cornwall schlendert: sein helles, demokratisches Polohemd zeichnete sich von der dunkelgrauen, düsteren Draperie im Hintergrund ab.

Die paläozoologische Laborgehilfin gab mir ein paar starke Tabletten, die sie gegen Menstruationsschmerzen bei sich hatte. Sie wirkten rasch: mein pochendes Kopfweh verschwand: vorsichtig legte ich den Kopf zwischen die Arme. Ein Fragment aus Claudio Monteverdis »Madrigali e canzonette«, erschienen 1651 in Venedig, schwebte mit halluzinatorischer Deutlichkeit durch mein Gedächtnis: »Con dardo di morte Il cor saneró.*

Glücklich versank ich in einer Welt, in der es keine Universitätsreformen gab, in der kein Vertrauen enttäuscht werden konnte: warme Dunkelheit und die goldenen Wellen des Madrigals: Dunkelheit, Wehmut und die goldene Schlinge eines Haares.

Aus dem leichten Schlummer wurde ich jedoch aufgestört. Ich

* »Mit dem Dolch des Todes/ werde ich mein Herz heilen«

hatte das Gefühl, nicht mehr allein zu sein. Den Kopf noch zwischen den Armen auf den Tisch gestützt, schlug ich die Augen auf. Ich merkte, daß der Kanzler der Universität mich mit seinen aufmerksamen, leuchtendblauen Augen ansah. In meiner Schlaftrunkenheit hatte ich den Eindruck, daß er mich zum Reden aufforderte. Ein diffuses Schuldgefühl veranlaßte mich, augenblicklich ums Wort zu bitten.

Ich erklärte, daß meine Erfahrungen mit kontinuierlicher, langfristiger Planung begrenzt seien und daß ich gerade deshalb den eben vorgetragenen, hervorragenden Ausführungen mit großem Gewinn gelauscht hätte. Ich wies auf die Gefahr hin, die in jeder prognostischen Tätigkeit liegt: daß die Prognose nämlich, all ihrem Anspruch auf empirischen Unterbau und auf größtmögliche Objektivität zum Trotz, in Wirklichkeit zu etwas anderem, etwas Subjektivem werde, zu einem Instrument in der Hand der beschlußfassenden Behörden. Die möglichen Folgen: mangelnder Realismus, eine Kluft zwischen Wirklichkeit und Plan, zwischen dem Begriffsapparat der Prognosen und der historischen Entwicklung, stellten eine nicht zu unterschätzende Gefahr dar.

Auf einen Punkt wolle ich die Aufmerksamkeit ganz besonders lenken: im Kanzleramt beschäftige man sich in außerordentlich großem Umfang mit der Einrichtung beziehungsweise Abschaffung von Planstellen an den Hochschulen. Wesentlicher als diese Planstellen seien aber vielmehr die Funktionen, die diese Planstellen erfüllen sollten. Kein Plan könne letztlich von der Frage absehen, welches die vornehmlichsten Aufgaben einer Universität seien, das heißt von der Frage, was Wissen ist und welche Aufgabe es in einer lebendigen Gesellschaft hat.

Ich setzte mich mit einer leichten Verbeugung. Ein angespanntes Schweigen folgte auf meine Rede. Ich deutete es so, daß ich zu weit gegangen sei; ich hatte mich blamiert.

Ich versank in einen düsteren Halbschlaf, der Kopf sank immer tiefer zwischen die Arme. In langer Reihe folgten die Redner aufeinander. Ausbaupläne, Materialbudgets und bevölkerungsstatistische Prognosen bis hin zum Jahre 1985 (Herrgott! Wer wagt es, in seinem Privatleben Pläne für 1985 zu machen? 1985 kann ich mich in einem Internierungslager befinden, im Scheinwerferlicht in einer arktischen Landschaft bei Kiruna von Schäferhunden bewacht. 1985 findet meine Ordination unter feierlichen Zeremonien im Dom zu Västerås statt. 1985 liege ich bewußtlos in einer Klinik, mit Schläuchen in der Nase. 1985 pflüge ich in Ångermannland einen Acker mit einem Holzpflug, den ich selbst hergestellt habe und der von meinen Kindern gezogen wird. 1985 redet man in Saint Tropez über den exzentrischen Schweden, von dessen Yacht aus gerade ein schnelles Motorboot zum Festland geschickt wird, um zwei elegante Mannequins in weißen, breitrandigen Hüten an Bord zu holen, 1985 sind wir alle tot, 1985 zeichnet sich deutlich das Bild des neuen, des liebenden Menschen ab. Kurz gesagt: allein schon der Begriff 1985 enthält eine Herausforderung, eine Obszönität, die sich niemand in seinem Privatleben erlauben würde, die wir uns aber schamlos im Namen der Gesellschaft erlauben, als wäre sie weniger lebendig, weniger ausgeliefert, weniger blind und verletzlich als wir selbst) wurden von dem Overheadprojektor in eleganten Diagrammen auf die weiße Leinwand geworfen.

Plötzlich bemerkte ich etwas, das meine Aufmerksamkeit erregte. Kein einziger von den Rednern versäumte es, Bezug zu nehmen auf »Herrn Gustafssons Ausführungen«, »wie Herr Gustafsson schon sagte«, »die Gustafssonsche Beobachtung«. Ich erstarrte. Ich hörte genau zu, ohne jedoch den Zusammenhang recht zu verstehen. Griff man mich an, oder berief man sich auf mich, oder verwies man nur auf mich? Was war geschehen? Was hatte ich gesagt? Was hatte ich denn jetzt bloß angestellt?

In diesem Augenblick verkündete der Vorsitzende, daß in der Galerie ein leichter Lunch serviert werde und daß alkoholische Getränke extra bezahlt werden müßten.

Dann standen wir in Grüppchen auf den Gängen herum. Durch die Kippfenster des Hotels Foresta fiel die beginnende Winterdämmerung. Schiffe arbeiteten sich durch den Sund. Dort, wo die Brücke am anderen Ufer endet, tauchte verschwommen die aufgetürmte Masse des Värtagaswerks auf, das Gaswerk, in dem Knut Jaensson arbeitete und wo durch Kohlenrauch, Dunst und Nebel, die die strenge Kälte des Nachmittags noch verstärkte, riesige gelbe Flammen aus den hohen Schornsteinen aufstiegen. Es gibt den Ernst. Es gibt die Güte. Ich muß meinen Ernst wiedergewinnen. Irgendwo wird man ihn eines Tages brauchen. Ich kann mich nicht ewig von meiner eigenen Angst zum Narren machen lassen, einer Angst, die mir von Menschen eingegeben wurde, die mir schon lange nichts mehr bedeuten und die sie ihrerseits von Menschen geerbt haben, die schon lange tot sind. Welch ein Narrenspiel ist nicht meine Gebrechlichkeit, meine Angst, meine Furcht davor, daß niemand mich lieben könnte. Und wie sehr habe ich nicht den Kräften des Todes, des Untergangs gedient, indem ich die Liebe verleugnete, die in mir ist. Es gibt nur eine Wahl: die zwischen Gemeinschaft und Untergang, und wir müssen uns entscheiden.

Ich werde von Dämonen gejagt, wo ich auch bin, verfolgt mich das Geflüster der Konspirationen, man verachtet mich und lacht mir offen ins Gesicht: das große durchdringende Teufelsgelächter des Hohns, das Hohngelächter, das die ausgeschlossenen Wasserspeier an den Außenmauern von Notre Dame in den Raum schleudern.

Aber hätte das irgendeine Bedeutung, wenn ich nicht selbst mit dem Hohn zusammenarbeitete, wenn ich mich nicht selbst mit dem Tod in mir einließe?

Die Konspirationen sind da, sie umgeben mich wirklich. Das Hohngelächter läßt sich nicht verleugnen: es ist da. Aber auch Viren umgeben mich: in dem Luftvolumen eines Zimmers sind immer Zehntausende von Virusarten vorhanden, immer ein paar Bakterien der großen Pest. Mit ihnen arbeite ich nicht zusammen. Mein Körper braucht sie nicht, sie berühren mich nicht.

Ich weiß, daß meine Angst letztlich ein Narrenspiel ist. Ich weiß, daß die Kraft da ist, daß ich zuinnerst aus reinster Kraft bestehe.

Nicht die Nähe des Todes war es, sondern daß ich mich mit dem Tod einließ. Nicht der Zustand der Welt machte mich trauern, sonder daß ich ihren Zustand als selbstverständlich hinnahm: das ist meine Trauer.

Geheimnisvoll bewegten sich die fernen, hohen Flammen des Gaswerks. In der Stadt waren die Lichter schon angezündet. Ich spürte eine Hand auf meiner Schulter.

– Was Sie gesagt haben, sagte der jüngste der Ministerialräte, war außerordentlich interessant. Können wir uns beim Lunch nicht zusammensetzen?

– Was Sie gesagt haben, führt unter anderem zu der Konsequenz, daß die Posten der Professoren abgeschafft und durch ein System von beweglichen Ämtern ersetzt werden könnten. Vielleicht könnten wir uns einmal bei einer Tasse Tee treffen und ein bißchen eingehender darüber diskutieren?

– Was Sie gesagt haben, erinnert mich an etwas, was ich in einem Artikel in Tiden zu formulieren versucht habe, sagte der dritte Ministerialrat.

– Der Kanzler würde großen Wert darauf legen, Sie beim Kaffee an seinem Tisch zu haben, sagte ein Bürosekretär, da er leider bisher keine Gelegenheit hatte, Sie zu begrüßen.

Mit unsicheren Händen entfaltete ich meine Serviette und breitete sie auf meinem Schoß aus. Propere Damen in frischgestärkten Schürzen servierten Schollenfilets, die mit dünnen Zitronenscheiben garniert waren, und harte, halbgare Kartoffeln. Professoren und Beamte plauderten miteinander. Verschlüsse von Bier- und Sprudelflaschen knallten.

– Haben Sie nach »Letzte Tage und Tod des Poeten Brumberg« eigentlich noch einen Roman geschrieben? fragte ein rotbäckiger kleiner Dozent am Ende des Tisches.

– In meinem Ministerium ist ein kleines Zielsetzungskomitee in Vorbereitung, sagte ein magerer, sehr gepflegter Herr, den ich nicht kannte. Das heißt, es ist noch keine Vorlage eingebracht worden, aber das kommt noch. Die meisten Mitglieder sind schon benannt, aber könnten Sie nicht vielleicht?

Eine glänzende Karriere auf dem Ausbildungssektor eröffnete sich mir.

Diskurs über den Briefwechsel des Winters

Nun vergingen die kurzen Tage immer schneller. Die Zeit selbst schien mir Böses oder Gutes zu wollen. Manchmal erwachte ich in der schwarzen Dunkelheit in meinem Zimmer in der Hagagatan, schüttelte die Bücher ab, über denen ich am Abend zuvor eingeschlafen war und die kreuz und quer auf der roten Decke aufgeschlagen lagen, und wurde hellwach bei ihrem Lärm.

Manchmal fand das Erwachen auch zu Hause in Västerås statt: ein erschrecktes kleines Kind kroch lautlos in mein Bett und machte sich ein warmes und sicheres Nest unter meinem Arm, drehte sich im Schlaf um und verschwand in seiner eigenen Welt.

Schnee fiel, er sank in großen, trägen Flocken herunter. Die Spatzen fanden keine Sonnenblumenkerne und Brotkrümel mehr auf meinem Futterbrett, die rundliche, freundliche Postbotin stapfte durch den Schnee, ihre Tasche war voll von Einladungen zu rumänischen Lyriktagen, Diskussionsabenden in Stockholm und Malmö über den Zustand und die Krise der Welt, neuen Lyriksammlungen, Vietnambulletins, Le Mondes Wochenbeilage mit detaillierten Berichten über Kämpfe im Mittleren Osten, Revolutionsbewegungen in Lateinamerika und die beginnende große Dämpfung der Konjunktur in den Vereinigten Staaten, über den Krieg im Sudan, den Krieg im Irak, den Krieg in Vietnam, den Krieg in Laos, den Krieg zwischen Nigeria und Biafra. Da kamen Bücher von norwegischen Soziologen an, mit Formeln gespickte Aufsätze von amerikanischen Universitäten, an denen ich einmal Vorlesungen über Logik gehalten habe, Einladungen zu christlichen Meditationstagen in Runmarö, auf Matritzen abgezogene Zeitschriften, in denen Mitglieder der linken Organisationen einander beschimpften, Einladungen zum Philosophischen Verein in Uppsala, wo die Dozenten Åqvist und Wennerberg Seminare zum Thema »Die Logik der Fragen« veranstalteten, und Briefe von Schweizer Theatern, die die »Nächtliche Huldigung« spielen wollten.

Privatbriefe, die lebendigen Stimmen, die waren seltener, die hatten es schwer, sich Gehör zu verschaffen in diesem babylonischen

Marktgewimmel von Angebot und Gegengebot. Ein Junge aus Lund schickte mitten im Schnee einen Brief und fragte mich etwas über meine Lyrik: jemand hatte ihn aufgefordert, eine Art Seminararbeit zu schreiben. Ich war erstaunt, fast schockiert darüber, daß diese Gedichte immer noch für irgend jemand existierten. Für mich waren diese dünnen Büchlein so unwiederbringlich fern und verloren wie die regnerischen Sommer der frühen sechziger, der späten fünfziger Jahre.

Die Lyriker der sechziger Jahre, ein Tranströmer, ein Sonnevi, ein Forssell, ein Petter Bergman, hatten, wie ich selbst, in einer fast unmöglichen Situation ihr Bestes gegeben. Sie hatten sich ihre Handwerksehre erhalten, sie hatten es vermieden, ihr Gedicht zum Objekt zu machen, zu frostig sterilen Verkaufsprodukten von der Art, mit denen die Maler dieser Periode unter verzweifelten Witzeleien ihre Zeit verplempert hatten. Keiner von ihnen, und am allerwenigsten ich selbst, hatte die Kraft oder den Mut oder die Zähigkeit gehabt, mit Überzeugungskraft und Stärke zu reden. Sie hatten, jeder auf seine Weise, auf Gebiete hingewiesen, wo noch menschliche Werte vorhanden waren, hatten sie nervös eingekreist, sie im grellen Blitzlicht der Metaphern zu fotografieren versucht. In einer Sprache, die scheu und rein und keusch sein konnte wie bei Sonnevi oder unrein, obszön und aufdringlich wie bei Lars Norén, hatten sie Formen der Unruhe, des Entsetzens, des Glücks, der Verzweiflung gezeigt, aber immer mit einer unausgesprochenen Scheu, als könnte die Lyrik nicht mehr selbstverständlich einen Platz in der Welt beanspruchen.

Und ich selbst? Der Brief des Studenten aus Lund erinnerte mich mit fast physischem Schmerz an alles, was meine eigene Lyrik mich einmal gekostet hatte, wie ich sie ein für allemal der schon toten, sterilen Gewänder entledigt und langsam, langsam versucht hatte, sie das Sprechen zu lehren, wie ich sie zu lehren versucht hatte, einen Zustand festzuhalten, eine Unruhe, ein Glück, eine Trauer, weil diese festgehaltenen Zustände auf eine erschreckende Weise das letzte waren, was mich mit mir selbst und mich selbst mit der Geschichte verband, mit der Geschichte des lebendigen Menschen, des kommenden Menschen.

Und wie zuletzt, als sie sprechen konnte, niemand zugehört hatte. Und hatte ich ihr etwa selbst zugehört?

In diesen Gedichten gab es, in verschiedenen Formen, auf verschiedene Arten, das Bild einer Freiheit, einer Möglichkeit zu fliegen, einer Möglichkeit sogar zur Liebe. Vorsichtig, über die Schulter, mit halb abgewandtem Gesicht, hatte ich von dieser Welt der Möglichkeiten geflüstert, als gehörte sie nur mir (oder fast nicht einmal das), als wäre sie ein Kuriosum, das es nur dort geben könnte. Ich hatte geredet, ohne auch nur einen Augenblick lang zu begreifen, daß ich von der Welt aller Menschen, einer gemeinsamen Welt sprach.

Die Lyrik der sechziger Jahre: wieviel Genialität bei einem Tranströmer, einem Sonnevi, einem Forssell! Die Lyrik der sechziger Jahre: wieviel Genialität umsonst! Oder war es nur so, daß ich ihnen meine eigene Trauer und Machtlosigkeit zuschreiben wollte?

Vielleicht waren es nur diese verschwundenen Sommer, diese verschwundenen glasklaren Wintertage, an denen ein Fenster geöffnet wird und plötzlich einen Lichtstrahl ins Zimmer wirft oder ein kleiner schwarzer Hund ziellos übers Eis davonläuft, die fröstelnde Unruhe in den verschwundenen Wintern der sechziger Jahre, die ich verleugnen wollte. Sprich über die Schulter! Sprich gegen den Wind! Sonst besteht Gefahr, daß du gehört wirst!

Mitten im Schnee, hätte ich fast gesagt, entdeckte ich eine neue Malerei, eine, die nicht aus leerer Gewitztheit bestand, keine tote Fabrikation sich anpreisender Handelsobjekte, vielmehr eine, die mit Überzeugungskraft und Wärme redete. Eine neue Kunst strampelte schon in ihrer Gebärmutter. Sie kam von unerwarteter Seite.

In ihrem Atelier, wo Ranken aus dreißig Blumentöpfen sich an den hellen Wänden entlangschlängelten und wo kleine Wildkaninchen über Tische und Stühle sprangen, zeigte mir Ulla Viggen den blauen, endlosen Sommerhimmel, über den dünne Wolkenstreifen zogen, und erklärte, daß sie ohne jedes Gefühl von Anstrengung male, mit einer Kunststoffarbe, die innerhalb von einer Minute trockne und danach nicht mehr verändert oder retuschiert werden könne. Jan Håfström lehnte sich in dem Schaukelstuhl vor, in dem er während des ganzen Gesprächs still gesessen hatte, und sagte mit plötzlicher Überzeugung:

– Ich muß dies wiederholen: es gibt einen Ozean auf allen Seiten.

Was hatte ich von diesen Menschen zu lernen? Was sahen sie? Was wurde hier vorbereitet?

In einer Gesellschaft, die morsch war von Lügen und Kompromissen, in der nicht nur die Menschen, sondern auch der Staat selbst im eisenharten Griff größerer Mächte gefesselt waren, in der die Ruhe gewahrt wurde durch das stupide Geflatter des Fernsehens, durch die Müdigkeit und Betäubung der Muskeln, durch die feste Überzeugung, daß alles, was uns zustieß, Natur war und sich nicht würde verändern lassen, sprach jemand: von der Überwindung der Angst, von einem Ozean, den es auf allen Seiten gab.

Und die Wintertage vergingen, immer schneller, als wollte die Zeit etwas. Briefe kamen an, Briefe und Zeichen, auf bekannten und unbekannten Kanälen.

Während der Revolution von 1830 streift Hector Berlioz durch die Straßen von Paris. Barrikaden, ausgerissene Bäume, geschwärzte Fassaden, Tote ... Und vor allem: Menschen in Bewegung, ein Volksgewimmel, erschreckte, unklare, entschlossene Gesichter. Er hat Angst vor dem Schrecklichen, aber er fühlt sich auch sicher. Sicherheit und Angst vermischen sich, und er geht mit raschen Schritten den Boulevard mit seinen abgesägten Bäumen entlang.

Weiter unten hört er auf der Straße Gesang, eine singende Gruppe von Handwerkern und Gardesoldaten, die sich den Aufständischen angeschlossen hatten: sie singen seine eigene Musik, eine seiner Hymnen, aber mit neuen Worten, aus der feierlichen Hymne ist ein Revolutionslied geworden! Mit seiner prachtvollen Stimme schließt er sich den Sängern an, er singt mit, ein Handwerksbursche, der den Gesang leitet, ein baumlanger Kerl mit pickligem Gesicht, ein richtiger Klugscheißer, verbessert ihn an einer Stelle, verbessert ihn, Berlioz!

Jetzt lernt er etwas über sich selbst, das er noch nicht wußte. Auch dies gehörte zu dem, was seine Musik wollte: sie war nicht nur für ihn selbst da.

Der Winter vergeht, Schneematsch platscht einem um die Füße, die Briefe häufen sich, die Herausforderungen häufen sich, die Trauer setzt ihr Werk fort.

Eines Abends sitze ich im Restaurant Gourmand, in der Nähe des Sveavägen, allein, mit einem dieser gegrillten Beefsteaks, die das einzige sind, was Stockholms sterile, phantasielose Restaurants bieten können, einen wäßrigen, einen unbegabten Wein im Glas, und dazu eine halbgare Kartoffel in Stanniolpapier. Ein paar eigentümlich feminine Jünglinge neben mir reden mit lispelnden Stimmen von der »entzückenden« Einladung bei einem ihrer Väter oder jemandes anderem Vater, sie trinken das seelenlose, nivellierte, unpersönliche Mischgesöff aus mittelmäßigen Weinen, das sich »Le Cardinal« nennt, und loben es, als wüßten sie etwas von den humanen, lebendigen Kulturprodukten, die die Bordeauxweine sind, sie sprechen über eine ihrer Freundinnen, der ihr Vater das Monatsgeld auf zweitausend Kronen erhöht hat. Sie sind so demonstrativ laut, daß ich mich frage, ob ich zu ihrem Tisch hinübergehen und ihnen zu der Erhöhung gratulieren soll.

Der schreckliche, schwere Bratendunst in dem schlecht gelüfteten Restaurant wird plötzlich aufdringlich: ich nehme immer mehr Gesichter um mich her wahr. Diese Gesellschaft mit dem Vater im gestreiften Anzug, mit einem unbeweglichen, toten Gesicht (dem Gesicht der Macht), der Mutter, die ständig redet, dem Sohn, der sich beflissen vorbeugt, der Tochter, die schweigend dabeisitzt. Diese Herren, die dasitzen und ganz unverhohlen über einen abwesenden Kollegen aus ihrer eigenen Abteilung herziehen und hoffen, daß er möglichst viele Fehler macht, damit sie ihn loswerden können, dieser gräßliche, kraushaarige junge Mann im Blazer mit den fetten Backen der dasitzt und über die Elchjagd spricht. Wo bin ich gelandet? Warum bin ich hierhergegangen? Und die Stimmen! Gibt es hier keinen einzigen Menschen, der über eine normale Stimmlage verfügt? Keinen einzigen, vielleicht mit Ausnahme der italienischen oder möglicherweise arabischen jungen Kellner, die servieren. Gequetschte Falsette, effeminierte Männerstimmen, gekünstelte Aufschreie, falsche Betonungen, schlechte, verschwommene, umherfließende Vokale, vermanschte Konsonanten, ein stakkatohafter, gehetzter, schneidender Rhythmus, wo bin ich? Gibt es hier niemanden, der *sprechen* kann? Was sind das eigentlich für Tonfälle, für Stimmlagen, die hier vorherrschen? Wer hat sie uns aufgezwungen? Bratengeruch, schaler Parfumduft, Zigarettenrauch, all das habe ich vorhin nicht einmal bemerkt, und jetzt erstickt es mich beinahe.

Mit diskreten Zeichen gebe ich dem Ober zu verstehen, daß ich zahlen will. Er sieht mich nicht. Ich winke den italienischen oder türkischen Kellnern. Sie sehen mich nicht, Herr Warburg, der Wirt, durchquert den Raum, nickt liebenswürdig nach allen Seiten. Ich räuspere mich, ich huste. Man hört es nicht. Es ist plötzlich, als hätte ich aufgehört zu existieren, als wäre ich für niemand mehr greifbar, außer mir selbst.

Nun folgen vierzig sonderbare, qualvolle Minuten, die ich für immer als grenzenlose Hölle im Gedächtnis behalten werde.

Kellner kamen und gingen. Neue Gäste trafen ein, wurden zu neuen Tischen geleitet, bestellten ihre Fleischstücke, ihre gebackenen Kartoffeln und bekamen sie. Gäste bekamen ihre Rechnungen, bezahlten, verschwanden.

Nur mich sah man nicht. Einmal, an einem windigen Frühlingsmorgen mit Regen von der Ostsee her, hatte ich zweiundvierzig Minuten lang in dem großen einsamen Speisesaal des Hotels Sopot in Gdansk gesessen und mein Frühstück zu bezahlen versucht. (Eine Eigentümlichkeit der polnischen Kellner ist ihre totale Unkenntnis der elementaren numerischen Algebra, in der sich die Mathematik der Wirtshausrechnungen im wesentlichen abspielt, und sie vermeiden es so lange wie möglich, auf die Probe gestellt zu werden.)

Es war ein kalter, windiger Morgen in Gdansk. Die Kastanien ließen ihre eben ausgeschlagenen Blätter im Regen hängen. Graue Wellen schlugen an den Strand. Aber im großen und ganzen war alles gut. Nichts bedrohte mich: die großen Räume mit ihren Stuckornamenten waren von dem grauen und keuschen Licht des Maimorgens erfüllt.

Die Luft war rein.

Im Restaurant Gourmand war ich gezwungen, siebenundvierzig Minuten lang zu warten, während meine Lungen bis in die feinsten Kapillaren hinein Bratenfett einatmeten, während mir langsam der Kopf vor rasenden Schmerzen platzte, während die affektierten Tenöre und die gequetschten Soprane um mich herum sich zu einem Höllenlärm steigerten, mit ihren Steuerrückständen, ihren Taschengeldern, ihren Elchjagden, ihren Aufenthalten auf den Balearen, ihrer verschwommenen Phonetik, ihrer steifen toten Syntax. Das Hohngelächter der Dämonen, das Kläffen der Hunde!

Was hinderte mich daran zu schreien, zu rufen, mit den Armen auszuschlagen oder wenigstens die Stimme zu erheben? Ich weiß es nicht. Ich war allzu niedergeschlagen, allzu paralysiert, schon allzu gedemütigt, um deutlich zu machen, wer ich war, wo ich mich befand.

(Wenn ich als kleines Kind litt, dann litt ich auf die gleiche Art. Und im Innersten dieses abscheuliche, *verlegene* Gefühl, daß man sich dies alles selbst zufügt.)

Ich will Frieden haben, Klarheit, Vernunft, größere Ansprüche, eine reinere Syntax – ich wäre bereit, viel mehr zu bezahlen, als es diese erbärmliche Rechnung verlangt, wenn ich nur in die reine Winterluft hinauskommen könnte (es hat jetzt zu schneien aufgehört), wenn ich meine eigenen Gedanken wieder ganz deutlich vernehmen könnte.

Und endlich, nach siebenundvierzig Minuten, entdeckt mich einer der Kellner und läßt mich zahlen. Paralysiert und gedemütigt nehme ich die widerlichen kleinen Rabattmarken entgegen, die er mir überreicht.

Bevor ich draußen bin, kommt mir der glückliche Einfall, die idiotischen kleinen Papierfetzen den effeminierten Jünglingen zu geben, die kaum reagieren können, als ich auch schon zur Tür hinaus bin, die für immer hinter mir zuschlägt.

(Wie viele Türen schließt man nicht auf diese Art in einem Leben? Wie viele öffnet man?)

Und spüre, ganz weit im Hinterkopf, daß ich etwas vergessen habe, etwas Wichtiges, daß etwas fehlt, ein wichtiges Spurenelement, das in mikroskopischen Dosen den empfindlichen Geweben des Körpers zugeführt werden muß, damit sie nicht absterben, etwas mit klarerer Luft, und daß nur nicht . . .

Noch den ganzen Sveavägen entlang, noch auf der Treppe zur Wohnung in der Hagagatan such ich in meiner Erinnerung nach dieser verlorenen Substanz; ich setze Teewasser auf den Gasherd, ohne mich recht erinnern zu können, noch bleich vor Wut über die Demütigung, daß mich in einem Restaurant niemand hat sehen wollen, und gedemütigt davon, daß ich mich von etwas so Bedeutungslosem demütigen lasse, und mit dem glasklaren Bewußtsein, daß dies mein Problem gewesen ist, seit ich drei Jahre alt war: daß niemand mich hat sehen wollen. Und ist es nicht doch eine Lüge? Sieht nicht meine Frau mich an mit ihren flinken, klaren Augen, sehen nicht meine kleinen Kinder mich an? Was kann ich mehr begehren? (Briefwechsel, Widerhall, Kommunikation, was auch immer, auch Widersprüche: denn die Welt ist da, wo dir widersprochen wird.)

Daß jemand mich ansehen, mich auf eine besondere, auffordernde Art ansehen würde, als könnte ich ...

Sehr leicht finde ich unter den unzähligen Namen, Telefonnummern, Adressen, Kryptogrammen in meinem kleinen schmutzigen Taschennotizbuch mit den Eselsohren die richtige Nummer heraus.

Den Kopf neben dem uralten Wandtelefon an die braune Tapete gelehnt, die nachdunkelnden Rosen der Tapete betrachtend, ab und zu einen Blick auf die undeutliche Bleistiftschrift des Notizbuches werfend, taste ich mich durch die lange Richtnummernserie, die zu dem internationalen Telefonnetz führt, durch die Richtnummer, die über endlose preußische Lehmäcker, durch Koaxialkabel tief unter den Gräben der Alleen auf Berlin zuführt. Ferne Stimmen und ein Rauschen. Es ist eine Nacht voller Störungen, voll von fremdem Gemurmel. Und dann schließlich das fremde und glockenhelle Läuten. Eine tiefe Männerstimme antwortet.

– Piatowski.

– Professor Piatowski?

– Leider nein.

– Dozent Piatowski?

– Nein.

– Genosse Piatowski?

– Nein. Keineswegs. Also hier ist der Gärtner Piatowski in der Königin-Louisenstraße.

– Ach wie gut, Herr Piatowski, daß ich sie erreicht habe.

– Ja?

– Es geht um meine Stockrosen.

– Ach so?

– Sie sind noch nicht herausgekommen.

– Das kann möglicherweise daran liegen, daß wir heute den zweiten Dezember haben.

– Meinen Sie wirklich, Herr Piatowski?

– Ja, freilich.

– Also schön, Herr Piatowski. Dann sehen wir uns vielleicht, wenn es Frühling wird?

– Ja freilich.

– Also dann, vielen Dank, Herr Piatowski. Und auf Wiedersehen. Darf ich Sie bitten, die Neffen zu grüßen?

– Danke, das werde ich ausrichten.

– Und Fräulein Elfriede?

– Fräulein Elfriede?!?

– Ja natürlich.

– Sie müssen sich geirrt haben!

– Das glaube ich auch. Auf Wiedersehen, Herr Piatowski.

Verflucht sei meine Angewohnheit, die 9 und die 4 immer so zu schreiben, daß sie nicht zu unterscheiden sind!

Wieder hinaus in das geheimnisvoll summende Leitungsnetz. Aber jetzt ist es wie verhext, Sperrzeichen unterbrechen mich, der Anschluß ist nicht in Ordnung, ich bekomme ein Besetztzeichen, bevor ich eine einzige Ziffer gewählt habe, ich werde mit dem Nachtwächter in einer Brauerei in München verbunden, mit einem Nachtclub in Södertälje: jegliche Kommunikation verweigert sich mir, gleitet mir aus den Händen. Niemand will mich hören.

(Niemand liest meine Bücher. Die Kellner im Gourmand sehen mich nicht. Ich gehöre zu einer Welt, die nur in der Phantasie existiert. Sie könnte sich auflösen.)

Ziehe dann den kleinen Korbstuhl ans Telefon, setze mich zurecht, räuspere mich, krempele die Hemdsärmel hoch und beginne wieder von vorn 00949-3 11 ...

Die glasklare Stimme, die jeden Vokal bis zur Vollendung artikuliert, in der jeder Konsonant vor Leidenschaft und Kraft, vor Menschlichkeit vibriert, ist augenblicklich da. Durch den letzten Sturm des Monats Oktober, durch Regen und Herbst, durch Schneefall und Stille des Winters, durch die Monate, die vergangen sind, durch all meine mühsame Trauerarbeit dringt er hindurch: mein Ariadnefaden.

– Guten Abend, Frau Dozentin, hier ist der Gärtner Piatowski aus der Königin-Louisenstraße.

– Guten Abend.

– Es geht um Ihre Stockrosen.

– Meine *Stockrosen*?

– Ja, sie machen mir langsam Sorgen. Sie hätten um diese Zeit schon herauskommen müssen. Es ist ja heutzutage schwer, Personal zu bekommen. Ich glaube, einer meiner jüngeren Mitarbeiter hat einen Fehler gemacht: er hat sie zu tief in die Erde gesetzt. Man muß sie umgraben, alles muß wieder aufgerissen werden. Die Genauigkeit hat sehr zu wünschen übriggelassen. Ich schicke zwölf meiner besten Leute schon morgen früh um fünf Uhr, oder nein, wenn es Sie nicht stört, möchte ich sie schon um halb vier schicken. Und dazu ein paar von meinen besten Stockrosen, zwei Wagenladungen voll, und Rosen für Ihre Wohnung, rote, rosa, gelbe mit kleinen roten Streifen, Peace, Queen Elizabeth, Frühlingszauber, Pink Cloud, Miss Liberty, Schneewittchen, Sangershausen, Poulsens Pink (ein Samenkatalog aus dem Sommer 1959 lag zufällig auf dem Tischchen neben dem Wandtelefon), Lili Marleen, nein, nicht Lili Marleen, Moulin Rouge – ich werde Ihre Wohnung mit Rosen überschwemmen, ich werde sie zu einem Meer von wunderbaren Blumen machen.

Das tun wir immer, wenn wir bei unseren Kunden einen Fehler gemacht haben: das steht im Reglement. Paragraph drei, zweiter Absatz.

Ich hörte ihr starkes, befreiendes Lachen.

– Herr Piatowski, ich durchschaue Sie. Sie rufen nicht aus der Königin-Louisenstraße an, Sie rufen aus Stockholm an. Wie lieb von Ihnen, daß Sie anrufen.

– Erinnern Sie sich an mich?

– Natürlich erinnere ich mich an Sie. Ich denke oft an Sie. Sie habe ich wirklich *gesehen*. Wie geht es Ihnen eigentlich? Ich finde, Ihre Stimme klingt so merkwürdig. Ist die Verbindung schlecht? Oder sind Sie jetzt wieder unglücklich? Warum trifft man Sie nur an, wenn Sie unglücklich sind? Ich möchte gern wissen, wie Sie aussehen, wenn Sie glücklich sind. Was tun Sie da oben den ganzen Winter? Jagen Sie Bären? Oder Rentiere?

– Ich bin mit einer Arbeit beschäftigt.

– Was ist es denn für eine Arbeit?

– Eine Trauerarbeit.

– Die leisten wir alle. Sie können beruhigt sein.

– Ja, die leisten wir alle. Können Sie mir helfen?

– Ja. Vielleicht.

Später, tief in der Nacht, las ich. 1966 schreibt Jan Håfström: »Aber ich fühle, wie die Museen allmählich entneurotisiert werden, das fest verankerte Entsetzen vor dem Unbekannten jenseits des Jura läßt nach, und all diese Garantien, Sicherheitsprojektionen können abgeschrieben werden. Es gibt einen Ozean auf allen Seiten.

Ich muß dies wiederholen: es gibt einen Ozean auf allen Seiten.«

Der Sturm

Ein Ozean auf allen Seiten?

Aber wie erreichen wir ihn? Kam nicht in fast allen Erzählungen der Schluß allzu früh, allzu leicht? Ozean auf allen Seiten – ich sehe dich nicht, denn du bist hinter dem Wald, der Zeit, den Kontinenten verborgen. Ich glaube schon, daß es dich gibt, aber zwischen dir und mir und zwischen uns und dir ist die Geschichte, und die müssen wir leben.

Nein. Ich fange noch einmal an. Es gibt in der Epik keine Abkürzungswege und nur eine Möglichkeit, zu erzählen, wer ich bin: es zu tun.

Ich versuche über meine Zeit zu reden und finde nichts als meine Angst, und ich weiß nicht, was zuerst kommt: meine Angst oder die Angst der Zeit, in der ich lebe. Ich weiß nicht, was lächerlicher ist: das Narrenspiel, in dem ihr mich zappeln seht, oder das Narrenspiel, in dem ihr selbst agiert. Nun gut, dann laßt uns lächerlich sein, und laßt uns nach Herzenslust übereinander lachen! Daß es nutzlos ist, uns zu verstecken, zu schweigen, uns zu verstellen, das wissen wir ja. Lügen haben wir ja schon mehr als genug.

Zwei oder drei Tage blieb ich in dem Haus an der Fregestraße, wie viele es genau waren, weiß ich nicht mehr.

In dieser Woche leuchtete ein klares, nüchternes Oktoberlicht über Berlin, es durchdrang den feinen blauen Schleier von Steinkohlenrauch. Die großen Bäume an den Straßen der ruhigen Villenvororte waren noch grün, die Zigarettenreklamen an den Zeitungsständen leuchteten in frischen Farben.

Die Morgenstunden hatte ich für mich, da E. niemals vor elf Uhr aufsteht. Ich machte in diesen Tagen Morgenspaziergänge, in einem Zustand glücklicher Leere, und sah die Straßen zum Leben erwachen. Oder ich saß in E.'s großem hellen Wohnzimmer und hörte Bachs Goldbergvariationen aus seinen großen erstklassigen Lautsprecherboxen: Musik und Sonnenlicht.

Es waren Tage der glücklichen Leere: ein Zwischenspiel.

Mein Gastgeber störte mich kaum, er hielt sich meist in seinem riesigen Arbeitszimmer im Obergeschoß auf. Ich hörte seine elektrische Schreibmaschine mit unwirklicher Geschwindigkeit klappern: ich habe in meiner Jugend erstklassig ausgebildete Funker bei der Marine Morsetexte in die Maschine schreiben hören, nicht einmal sie schrieben so schnell.

Beim Frühstück führten wir ruhige, kluge Gespräche. In Berlin herrschte Ruhe, herrschten Kompromisse und Diskussionen in den Seminaren vor. Die Jahre der Demonstrationen waren zu Ende, und jetzt hatte etwas anderes begonnen, oder jedenfalls schien es so.

An den Abenden gingen wir manchmal aus. Irgendeine Freundin spielte in einer stillen Wohnung für uns Klavier, lud uns zu einer Zigarette mit blauem, haschischfarbenem Rauch ein.

Ich entschloß mich, Johanna Becker zu besuchen. Sie lud mich zum Lunch ein, ohne Umschweife und auf jene selbstverständliche Art, die mich schon im Flugzeug aus Frankfurt bei ihr hatte Schutz suchen lassen wie bei einer Mutter: sie schien mich und alles, was ich tat, als etwas völlig Natürliches zu betrachten.

Wie sich herausstellte, wohnte sie in einem stillen Haus in Steglitz.

Als ich die Treppe heraufkam, stand sie schon in der geöffneten Tür ihrer Wohnung im zweiten Stockwerk und wartete auf mich. Sie hatte eine orangefarbene Bluse und braune Hosen an, ihr Kopf mit dem roten Haar erschien mir imponierend und noch majestätischer und respekteinflößender als bei unserer ersten Begegnung. Zu meinem Erstaunen trug sie eine große dunkle Brille, die ihre eigentümlichen, klugen Augen, wie sie mir noch von den Ereignissen von neulich her in Erinnerung waren, gänzlich verbarg.

– Sind Sie es?

– Ja, gewiß!

(Sie müßte mich eigentlich sehen, sie konnte nicht umhin, mich zu sehen.)

– Wissen Sie, heute morgen ist mir etwas ganz Merkwürdiges passiert. Ich bin fast blind, weil ich eine Art Bindehautentzündung bekommen habe. Ich glaube nicht, daß es gefährlich ist, ich habe mich für heute nachmittag bei einem Augenarzt angemeldet, aber immerhin ist es mir dadurch nicht möglich, Sie zu sehen; vielleicht habe ich die Entzündung bekommen, weil irgend etwas in mir Sie nicht sehen will, aber ich möchte Sie jedenfalls sehen. Und im Augenblick bedeutet es nur, daß Sie das Essen machen müssen.

Ich betrat den Flur. Er war sehr groß: über einer handgeschnitzten Eichentäfelung tanzten Nymphen und Satyrn aus einem vergangenen Jahrhundert. Durch buntbemalte Scheiben fiel Licht in das Wohnzimmer und in das riesige, mit Bücherwänden vollgestellte Arbeitszimmer, das bis zum letzten nur erdenklichen Fleck mit Manuskripten und Büchern vollgestopft war.

So kam es, daß ich vier Tage nach meiner Ankunft in Berlin in der Küche einer fremden Philosophin stand und nach Bratpfannen und Tomaten suchte.

Einem Impuls folgend, legte ich ihr die Tomaten feierlich in die Hand, eine nach der anderen, als beständen sie aus einem seltsamen, kostbaren Material und müßten mit äußerster Behutsamkeit behandelt werden.

In ihren Küchenschubladen konnte man sich erstaunlich leicht zurechtfinden. Messer und Gabeln mit gelben Elfenbeingriffen lagen in einer mustergültigen Ordnung, der Korkenzieher befand sich genau dort, wo ich ihn vermutet hatte, das Öl zischte in der Pfanne.

In einer Schublade lagen schwere silberne Dessertlöffel, mit Herzogkronen verziert und, wie ich vermutete, in der Endphase des Zweiten Weltkriegs aus einem brennenden, ausgebombten Haus geholt, liebevoll durch Lebensmittelkrisen gerettet, in denen Antiquitäten allein noch als Zahlungsmittel fungierten, Überbleibsel einer vergangenen Zeit, die ihr ebenso fremd sein mußte wie mir, und die dennoch durch sie ebenso wie durch mich sprach und sie gerade in dem Augenblick mit Blindheit schlug, als wir einander sehen und miteinander reden wollten.

Schweigend deckte ich den kleinen Tisch im Wohnzimmer. Mitten ins Tageslicht, das durch die langen, gelben Vorhänge fiel, stellte sie eine violette Kerze in einem silbernen Leuchter, und ich half ihr beim Anzünden.

Sie aß mit gesundem Appetit. Ich selbst schnipselte zerstreut an dem riesigen Beefsteak herum und nippte vorsichtig am Wein.

– Sie essen nichts? Es macht mich nervös, daß Sie nichts essen.

Als die großen Oktoberstürme 1969 begannen, war ich schon längst wieder zu Hause. Die Boote im Hafen wurden gegeneinander geworfen, die uralten Bäume auf dem Friedhof jenseits der Straße bogen sich wie Grashalme im Wind, mächtige Zweige fielen mit einem dumpfen Geräusch auf die Grabsteine und rissen die alten Kreuze aus schwerem Gußeisen zu Boden.

Die Wälder auf den Mälarinseln wurden niedergemäht wie Gras, die Telefonleitungen verstummten, Dächer lösten sich von morschen Gebäuden und fielen mit gewaltigem Krachen auf parkende Autos, drückten sie zusammen, bis sie aussahen wie weggeworfene Streichholzschachteln.

Als der Sturm kam, nahm ich ihn als etwas völlig Natürliches hin, und ich glaube, ich habe mir nie richtig klargemacht, ob er in mir selbst tobte oder außerhalb. Er war die logische Fortsetzung meiner Reise, und ich betrachtete ihn als etwas Selbstverständliches.

In meinen Windfängen (wie habe ich mich in meiner Kindheit gefürchtet vor den großen schwarzen Windfängen aus Schwarzblech über den Schornsteinen, wie lebendig wirkten sie, wenn der Wind sie bewegte) pfiff der Wind wie auf Orgelpfeifen, die västmanländischen Seen überschwemmten die herbstlichen Sumpfwiesen, das Wasser stieg bis hoch hinauf an die Wurzeln der Birken und Erlen, und die schon an Land gezogenen Boote wurden wieder abgetrieben.

In der zweiten Nacht nach meiner Heimkehr standen meine Frau und ich glücklich am Fenster und sahen, wie der Wind ein Gespenst in den Hof hereinwirbelte, ein Stück Pappe, so groß wie ein ausgewachsener Mann, und wie es fünf, zehn Minuten lang einen ganz eigentümlichen Tanz aufführte, bis es zwischen den Latten des Zauns wieder verschwand, ebenso schnell, wie es gekommen war.

Es war zwei Uhr, und wir spielten Hector Berlioz' »Symphonie Phantastique« in voller Lautstärke, und ich erzählte meiner Frau, daß ich endlich einen Vergilius gefunden hatte, jemand, der bereit war, mich durch die Kreise des Infernos zu führen, und daß ich mich nach langem Zögern schließlich entschlossen hatte, diese klügere, diese ausgestreckte Hand zu ergreifen und die Wanderung zurück in die vergangenen Jahre zu beginnen, den dunklen Fluß hinauf, gegen den

Strom, durch immer schwärzere Strudel, bis hin zu einem Land, das ich noch nicht oder sehr lange nicht mehr gesehen hatte, das ich aber betreten mußte, um weiterleben zu können.

In Hector Berlioz' »Symphonie Phantastique« gibt es ein Thema, das »Estellethema« oder auch »l'idée fixe« genannt wird. Das etwas gedehnte, ein klein wenig zu lang gezogene, zu hartnäckige oder zu rechthaberische Thema verfolgte mich von dieser Nacht an, durch den ersten Novemberschnee, durch aufreibende und schwere Tage in der Redaktion der Zeitschrift, auf Skitouren durch die verschneiten Wälder, am Schreibtisch, im Bett bei meiner Frau, es folgte mir so getreulich, als hätte mir jemand damit die Stirn gezeichnet, ja diese kleine Tonfolge aus den späten zwanziger Jahren des neunzehnten Jahrhunderts folgte mir durch die unklare, die zweideutige schwedische Wirklichkeit, die sich jeden Morgen am Frühstückstisch in den Schlagzeilen der Zeitungen ankündigte. Hartnäckig wie eine Wahrheit drang es durch die Berichte über Gewaltverbrechen, über das Leben der Berühmtheiten, das uns in den Zeitungsnotizen so dargelegt wurde, daß wir uns und unsere Lebensweise darin stellvertretend wiedererkennen sollten, in einer Schattenwelt (die aber wirklich war), in einer Welt, in der die Menschen Masken trugen (aber die Maske war ihr wirkliches Gesicht), in einem Spiegelkabinett mit lauter komischen Zerrspiegeln (aber die Spiegel sagten die Wahrheit), bis tief in den Winter hinein sollte das hartnäckige Thema mich verfolgen.

Tatsächlich spielte dieses Thema schon in Berlioz' Leben eine eigentümliche Rolle.

Woher es stammt, weiß ja niemand, aber zum ersten Mal taucht es als kleines Flötenthema in einem Quintett auf, das der große, der ständig verkannte und verachtete, ja gehaßte Meister im Alter von zwölfeinhalb Jahren schrieb. Die ganze unaussprechliche Sehnsucht des kleinen Jungen ist in diesem Thema enthalten: das Leben hat begonnen, er ist in einem Alter, in dem der Mensch sich seinen Schatz an Formen, an Visionen zulegt. »Das Alter, in dem man so empfindlich ist, daß es scheint, als sähe und höre man fast allzuviel, so daß alles, was einem später geschieht, ein Rückzug ist«, ein langer Rückzug von dem Augenblick an, als man die Welt so tief und sehnsuchtsvoll sah, daß einem die Augen zu brennen schienen.

In Berlioz' erstem reifen Werk, der strahlenden Ouvertüre zu der Oper »Les Francs–Juges«, machen wir erneut mit dem Thema Bekanntschaft: jetzt ist es stark geworden, jetzt steht es in A-Dur, es ist leuchtend und prachtvoll geworden. Es ist stolz, es ist freimütig, es ist unbekümmert.

Und immer noch die gleiche hartnäckige Sehnsucht. Es strebt weit über den Horizont hinaus.

Aber wenn wir dem kleinen Thema in seiner endgültigen Form begegnen, als gereiftem Gedanken in der »Symphonie Phantastique«, dann ist es in einer veränderten Situation, unter ganz anderen musikalischen Bedingungen.

Bestimmend für den Charakter dieser Sinfonie ist ein Trotz, ein dunkler, selbstsicherer Trotz. Und sie ist erfüllt von der Überzeugung, daß alles verloren ist und daß es verboten, ja wahrhaftig verboten ist, es als verloren anzusehen. Und deshalb ist der Satz, der »Gang zum Richtplatz« heißt, ein so vollkommen einzigartiges Musikstück: es ist wirklich ein *Marsch zu einem Richtplatz* und dennoch triumphierend, silberglänzend, stolz – sogar verächtlich.

Wie ein gewaltiger Sturm tobt dieser Trotz durch die letzten Sätze der Sinfonie: das ist gerade so ein Sturm, der die Dächer von gleisnerischen Bauwerken reißt, Würstchenbuden verrückt und die Neonreklamen von den Mauern reißt, so daß darunter die häßlichen braunen Flecken im Verputz sichtbar werden, ein Sturm, der mit den Überbleibseln des alten Jahres einen Tanz aufführt und sie zu Gespenstern und Trollen macht. Das ist ein Sturm, der durch die Welt rast und zeigt, daß allzu vieles auf Lügen gebaut war.

Und wenn nun dieses langgezogene, hartnäckige, sehnsuchtsvolle Thema, das etwas zu beweisen scheint, nein, nicht scheint, das felsenfest und für alle Zukunft von etwas überzeugt ist, wenn es nun nach seinem Besuch in dem Flötenquintett des kleinen Jungen, nach seinem kurzen, stolzen Zwischenspiel in jener Ouvertüre (er ist noch jung, noch voller Hoffnung, die Verachtung hat ihm noch nichts anhaben können) dann schließlich in der Phantastischen Sinfonie seinen Platz findet, ja, dann erscheint es wie ein Fremdkörper.

Es ist in diesem musikalischen Material nicht beheimatet, es ist ein Besucher, der sich durch lauter unbekannte, fremde Landschaften bewegt. Es drängt sich dreist zum Mittelpunkt der Handlung vor, es ist aufsässig, es gerät in Situationen, die dem Thema selbst völlig fremd sind. Es ist zugleich die Hauptperson der Erzählung und der Erzähler selbst, wie es sich da durch eine stürmische, eine unklare Erzählung seinen Weg bahnt.

Man nennt es auch »l'idée fixe«. Das ist gar nicht so dumm. Ein Begriff aus dem psychologischen Wortschatz des neunzehnten Jahrhunderts, eine Bezeichnung für Vorstellungen, die sich durch widersprüchliche Erfahrungen nicht erschüttern lassen. Ob es ein Zeichen von Krankheit oder von Gesundheit ist, wenn man an einer solchen Idee festhält: das kann nur die Geschichte selbst entscheiden. Laßt es stürmen! Haltet fest, haltet fest! Und was ihr auch tut, verleugnet euch nicht selbst!

Dann kommt früher oder später der Tag, an dem ihr erkennt, daß ihr auf allzu schwachen Grund gebaut habt, alles wird vom Sturm geschüttelt und verändert, haltet fest! Sonst kommt der Tag, an dem ihr euer Leben nur noch gedämpft und von ferne hört, wie eine Wasserader in der Bergwand: und ihr könnt sie nicht erreichen.

Erotik: Berlioz' große Sinfonie ist aus einer hoffnungslosen, einer wahnwitzigen Verliebtheit geboren, und es ändert nichts an ihrer Hoffnungslosigkeit, daß er schließlich die bekommt, die er liebt. Er kann sie doch nicht erreichen. Und noch nach jahrelanger Ehe arbeitet er an der Vollendung seiner Sinfonie, verbessert schrittweise ihre Instrumentation, schafft größere Klarheit in ihren Einzelheiten. Aber das ist eine andere Geschichte.

Im Oktober 1827 sieht Berlioz zum ersten Mal die irische Schauspielerin Harriet Constance Smithson. Der Anlaß ist die erste Aufführung von Shakespeares Hamlet in Paris. Sie spielt die Ophelia. Sie hat einen überwältigenden Erfolg, und Berlioz ist von dieser seltsamen weiblichen Gestalt fasziniert, er weiß nicht, was er mehr liebt: die Rolle oder die Schauspielerin. Ihre Bewegungen fesseln ihn und auch die ungewöhnliche, ein ganz klein wenig scharfe Klangfarbe ihrer Stimme.

Aus diesem Augenblick heraus wird ein Kunstwerk geboren.

Laßt euch nicht verwirren von der Räuberromanze der äußeren »Handlung«, mit der die Sinfonie in den Konzertprogrammen ausgestattet ist: diese »Träume – Dasein voller Leidenschaften«, dieser »Ball«, diese »Szene auf dem Lande«, der »Gang zum Richtplatz«, »Traum eines Hexensabbats« haben euch nichts zu sagen. Diese ganze Mythologie von verratener Liebe, von einer schönen Frau, die sich allmählich in einen Dämon verwandelt, diese Racheträume könnt ihr ruhig beiseite lassen.

Berlioz kannte das Publikum seiner Zeit. Er wußte auch um seine gefährdete Situation angesichts einer feindseligen und höhnischen Kritik, die Lorbeeren ernten wollte, indem sie ihn für verrückt erklärte, er konnte genau abschätzen, welches Maß an Vulgarität von ihm gefordert wurde, damit man ihn überleben ließ: er war, kurz gesagt, wie wir alle in der Geschichte verankert, und er bezahlte, wie wir alle, bis auf Heller und Pfennig den Preis, den die Geschichte uns abverlangt.

Der eigentliche Inhalt der Sinfonie, der Gedanke, in den sie sich versenkt, ist die Verliebtheit. Und sie ist der Anfang, sie kann niemals etwas anderes sein als der Anfang.

Wir fangen noch einmal an. Wir geben nicht auf. Ich versuche, über meine Zeit zu sprechen, und finde plötzlich nichts als meine eigenen Fluchtträume und Phantasien, ich versuche, über meine Angst zu sprechen, und finde nur die privaten Tagträume, mit denen wir alle der Angst zu entgehen versuchen. Aber dann ist ja der Tagtraum uns allen gemein, dann ist er ebenso öffentlich wie der Leitartikel in *Aftonbladet* und die letzten Kursnotierungen an der Börse? Denn ist nicht auch die Angst eine Währung? Hat nicht auch die Flucht ihre Politik?

Ja, so ist es.

Die Lügen lassen wir gelten. Die Träume verleugnen wir. Wir fangen noch einmal an.

Johanna Becker betrachtete mich lange mit ihren großen, klugen, eigentümlich dunkelblauen Augen. Ich schälte nervös eine Birne und sprach von der glänzenden Arbeit von Professor Habermas über den Strukturwandel des Öffentlichkeitsbegriffs, die ich gerade gelesen hatte. Habermas gehörte zu ihren Lehrern und Freunden: das Thema müßte sie interessieren.

Statt auf meine (wie mir schien) klare und nicht ganz unbegabte Konversation zu hören, sah sie mich fortwährend an. Ihr schwerer Kopf war in diesem Augenblick prachtvoll: es schien mir, als trüge der breite, kräftige Hals auf seiner starken Säule die Gewalt, Klugheit, Listigkeit, Liebe, Verzweiflung und den Trotz von Jahrhunderten. Die feinen Fältchen umspielten ihren Mund. Ihr Blick hatte einen Ausdruck von – wie soll ich es am besten beschreiben – »liebevollem Durchschauen«, aber es war auch etwas Schmerzliches, etwas Gequältes darin, das ich bisher noch nie gesehen hatte.

Ich fühlte, daß ich vor diesem Blick nichts verbergen konnte.

Sie unterbrach mich mitten in einem Satz, oder ich verstummte von selbst, als hätte ich eingesehen, daß dieses Habermasspiel ebenso gut beendet werden konnte.

– Sie haben nicht viele Freunde, oder?

– Ich habe ein paar. Und ich habe meine Frau. Aber Sie haben recht, viele sind es nicht.

– Haben Sie darüber nachgedacht, woran das liegen mag?

– Ja.

– Nun, und wissen Sie es?

– Nein.

– Sie haben eine sehr starke Atmosphäre von Angst um sich. (Und in diesem Augenblick wußte ich, daß sie die Wahrheit sagte. Jahrzehnte begannen sich in mir zu regen, meine eigene, schwache piepsige Stimme aus meiner Kindheit, die ich so lange nicht mehr gehört hatte – wer erinnert sich schon an die Stimme, die er als Kind gehabt hat –, war in meiner Erinnerung deutlich zu hören, es war ein Augenblick, den zu erleben nur ganz wenigen Menschen jemals vergönnt ist, und ich, der ich immer zu verstehen geglaubt hatte, was Marcel Proust mit der »wiedergefundenen Zeit« meinte, erkannte plötzlich, daß ich es *nicht* verstanden hatte, bis jetzt, bis zu diesem Augenblick, und wie wirklich, wie vollkommen greifbar die Vergangenheit sein kann, wie Brot oder Erde zwischen den Fingern oder wie Steine, die auf einem Kiesweg knirschen, oder ein Hund, der am Weg bellt. Und der einzige Unterschied zwischen meinem Augenblick und Prousts, wenn ihr mir diesen vielleicht allzu kühnen, allzu anspruchsvollen Vergleich gestattet, war, daß es sich hier nicht um ein in Lindenblütentee getauchtes Madeleineküchlein handelte, sondern um die tiefblauen, gequälten und durchdringenden Augen einer preußischen Philosophiedozentin.)

– Haben Sie auch Angst vor mir?

(Und sie antwortete, ja, sie antwortete, und als sie antwortete, wußte ich, daß die sechziger Jahre zu Ende waren, daß die Revolutionen einmal gelingen würden, daß Lüge lange währen kann, daß aber die Wahrheit länger währt, daß die Verzweiflung ein Ende haben muß, daß wir weniger über uns selbst wissen, als wir glauben, daß wir aber einmal mehr wissen werden, daß die Bomberflugzeuge, die mit ihrer Last von Kernwaffen und Tod Tag und Nacht und von einem Horizont zum anderen fliegen, eines Tages vielleicht nicht mehr fliegen werden und daß die Gerechtigkeit in Reichweite ist, wenn sie sich uns vielleicht auch noch entzieht, kurz gesagt, ich wußte in diesem Augenblick, daß die Welt nicht tot und versteinert ist, und wußte, daß alles, was ich bislang geschrieben hatte, mit einer halben und irgendwie verschwommenen Erkenntnis meiner selbst geschrieben worden war, und diese Einladung hatte eine solche Macht, daß ich sofort bereit war, auch dies als Tatsache zu akzeptieren, und über Berlins breiten Straßen und Dächern lag ein helles Sonnenlicht, das den blauen Dunst des Kohlenrauchs durchdrang, und es war genau ein Uhr mittags, und schwer und gewaltig und qualvoll lag der Herbst vor mir, und sie antwortete)

– Nein, überhaupt nicht. Sie sind sehr angenehm. Aber ich spüre Ihre Angst, und die ist gewaltig.

Sie müssen schon lange damit gelebt haben. Die Angst, die man immer mit sich herumträgt, spürt man selbst nicht. Vielleicht erscheint sie Ihnen als Teil des natürlichen Zustandes der Welt?

– Aber ist nicht die Angst der natürliche Zustand der Welt?

– Nein. Sie beherrscht die Welt, aber sie ist nicht notwendig.

Bei Marx hat jede Klasse ihre Maske, ihre Charaktermaske, der Aristokrat hat seine, der Kapitalist eine andere, und, wohlgemerkt, auch der unterdrückte Proletarier hat seine. Diese Masken sind wirklich, sie sind Gesichter, sie sind notwendig, aber nur so lange, wie die Ursachen dieser Notwendigkeit fortbestehen. Die Angst, die Sie fühlen, und die so ansteckend wirkt, daß man sie schon spüren kann, wenn Sie sich nähern und eine Treppe heraufkommen, diese Angst ist die Ihre und ist zugleich nicht die Ihre.

(Und während ich hilflos meinen Kopf in ihrem Schoß barg, fuhr sie fort:)

– Ich wünschte um Ihrer selbst willen, daß Sie eine Reise in Ihr eigenes Inferno unternehmen könnten, denn es ist da, ich weiß, daß es da ist. Ich wünschte, ich könnte ihnen den Weg zeigen.

– Wollen Sie mein Vergilius sein?

(Mit ihrer sommersprossigen Hand strich sie mir langsam übers Haar. Ich hörte das dumpfe Tropfen des Wasserhahns, wie eine Trommel, wie eine näher rückende Armee, in der Küche. Der Sonnenstreifen auf dem Boden hatte sich ein paar Zentimeter weiterbewegt und ließ ihr rotes Haar wie Gold aufleuchten. Sie war keineswegs schön. Wären nicht ihre Augen gewesen, dann hätten ihr schwerer Kopf und der kurze Hals einen fast grotesk anmutenden Eindruck machen können.)

(Hatte sie einen Mann? Augenscheinlich wohnte sie allein in der Wohnung. Eine Frau? Es war mir gleichgültig.)

(Und sie antwortete langsam und freundlich, als hätten wir einander ein Leben lang gekannt, ja, als wäre sie meine physische Mutter:)

– Ich will es versuchen.

Ihr wißt, wie der Herbst verging.

Ihr wißt, wie der Winter kam. Ihr wißt, wie die Trauer begann. Nun fiel der Frost über das Land, es ging auf Weihnachten zu. Die Dunkelheit verdichtete sich, die Tage wurden langsamer, wurden träge, der Schlaf saß mit jedem Morgen tiefer im Auge.

In der Turmspitze von Tessins mächtiger Kirche wurden die Turmlichter angezündet, die immer an Weihnachten angezündet werden, in den kältestarren Bäumen des Friedhofs flogen die frierenden Dohlen hin und her.

Das Kaufhaus auf der anderen Seite des Marktplatzes hatte bis acht Uhr offen, die Parkplätze waren voll von schimpfenden Autofahrern, die Hausfrauen schleppten mit müden Gesichtern (Gesichtern?) ihre spätindustriellen Konsumwaren. In Asien gingen die Kriege weiter.

Zottige västmanländische Bauern mit holzschnittartigen Gesichtern und schweren blaugefrorenen Nasen verkürzten Weihnachtsbäume mit ihren kurzen scharfen Äxten. Auf der Torggatan schepperten Lautsprecher zwischen den Hauswänden. Der Prediger der Heilsarmee und der unsichere Gymnasiast von der FNL versuchten einander zu übertönen. Sammelbüchsen für Vietnam und für die Heilsarmee appellierten unter den wachsamen Augen der Polizeiwachtmeister. Der große Weihnachtsbaum des Stadthotels leuchtete mit hundert Glühbirnen.

Und eine eigentümliche Liebe bahnte sich ihren Weg durch meine Trauer. Mich verfolgte das laute, gedehnte Thema aus der »Symphonie Phantastique«, und da war Trotz, und es war dunkel, und das Thema war dennoch da, und ich wußte noch nicht, was es bedeutete.

Die Schwalben schliefen auf dem Grund der gefrorenen Seen. Und am Morgen des Neujahrstages, am 1. Januar 1970, nach einem mächtigen Schneefall, der alles zudeckte, flogen sie aus den Bäumen auf, sammelten sich in immer größeren Scharen und umkreisten die Türme und Kirchturmspitzen der Stadt, flogen hinaus über den gefrorenen Mälarsee und wieder zurück über die Stadt.

Und an den Fensterrahmen gelehnt, meinte ich sie dahinschweben zu sehen wie einen ruhelosen, krächzenden Schwarm von aufgestörten Geistern.

II
Flußaufwärts

Nun sehe ich das Leben breiter werden
denn ich spüre des Lebens Grausamkeit

Lindegren

Über das Reden

Die Frankegatan mündet in den Köpingsvägen. Kiesbestreute Steigung und rechts ein grüner Kiosk, der im Sommer eine Art Sonnendach hat.

Im Westen, parallel zur Frankegatan, ebenso kiesig und holprig, verläuft der Djuphamnsvägan. Parallel dazu im Osten verläuft die Pistolgatan. Da wir von den westlichen Stadtteilen reden (in Västerås 1939), liegt die Pistolgatan auf dieselbe Weise parallel zur Frankegatan im Osten.

Osten und Westen sind, könnte man sagen, neutrale Richtungen: im Westen gibt es eine Birke, die man von einem Hallentisch an einem Fenster aus sieht, im Osten sieht man gar nichts, da es in dieser Richtung kein Fenster gibt.

Der Süden ist freundlich, der Süden hat nichts Bedrohliches. Im Süden liegt der Mälarsee (aber den kann man nicht sehen), im Süden hat der Himmel immer eine hellere Farbe.

Der Norden ist feindlich, fremd, bedrohlich. Von Norden kommen alle Gefahren, morgens die Scharen von Fahrradfahrern auf dem Weg nach Norden, abends in südlicher Richtung zurück auf der Straße, die vom Köpingsvägen abgeht.

(Jetzt, im Jahre 1939, ist die Luft noch klar und rein. Im Frühling vermischt sich der Geruch von verbranntem Laub in den Gärten mit der milden Feuchtigkeit, die vom Mälarsee heraufdringt. Was es an Autos gibt, ist kaum der Rede wert.)

Der Köpingsvägen führt in östlicher Richtung in die Stadt hinein: linkerhand ein Postamt, ein Kolonialwarenladen mit scheußlichen eulenartigen Augen, die für irgend etwas Reklame machen, rechterhand eine Tennishalle mit weißgekleideten Tennisspielern (sie bewegen sich undeutlich), dann links eine Glasschleiferei, mit einer Werkstatt im Hof, wo Riemen unter der Decke entlanglaufen, rechts wieder ein Lebensmittelgeschäft, und jetzt, bevor die Straße einen Berg hinunterführt (dreihundert Meter weiter westlich liegt die Grenze der bekannten Welt) nach rechts und in die Floragatan hinein, und nach vielen weiteren Schritten auf der rechten Straßenseite (da es Häuser nur auf der rechten Straßenseite gibt; links ist ein Park) Großmutter Emmas Haus.

(Einunddreißig Jahre später, in einer westasiatischen Wüste, wenn ich ihre Haartracht mit der der wunderbaren Sephardischen vergleiche, die am Cafétisch mir gegenüber sitzt, beide haben dunkles Haar, hinter die Ohren zurückgestrichen, und eine Art Spange, werde ich entdecken, daß ich sie geliebt habe.) Bei ihr zu Hause *redet* man: sie ist das Zentrum des Redens. Aber schon einen Kilometer weiter westlich, schon auf der Pistolgatan, *beginnt das Reden.*

Das Reden ist weiblich. Das Reden ist Weichheit, Wärme, Leben. Das Reden ist Mütterlichkeit, Wärme, Wiege.

Hier redet man nicht, aber schon dort drüben beginnt es. Es wird geredet. An der Wand hängt feierlich das schwarze Telefon, mit Kurbel und blanker Gabel. Wer hineinspricht, muß seine Stimme verändern.

(Namnamruf – was ist das für ein Ruf?)

Wo man schweigt und einander nur ansieht, ohne ein Wort zu wechseln, da ist alles gefroren, da ist Eis und Stille. Ein paar vereinzelte Möwen verirren sich über die Hausdächer und schweben in der Luft darüber hin, verschwinden aber wieder auf den großen See hinaus. Es ist eine reinere Luft. Die Bäume stehen im Herbst ganz still, und es gibt ein paar Häuser, die sehen aus, als hätten sie Fenster wie Augen, Augen, die stieren können. Was sehen solche Häuser mit ihren Augen?

(Und warum diese Angst vor Augen? Ist es eine Angst davor, gesehen zu werden, oder eine Angst, nicht gesehen zu werden? Noch als ich zwanzig war, fiel es mir sehr schwer, Leuten in die Augen zu sehen; jetzt, da die Wißbegier schon längst die Angst überwunden hat, sehe ich so tief in sie hinein, wie ich nur kann, bis ich es fast als Berührung empfinde; ich gebe nicht auf!)

Es ist eine sehr stille Welt. Manchmal kommt Schnee in gewaltigen Mengen, die Straßen sind kaum mehr befahrbar, immer mehr Schnee, schließlich liegt die ganze Welt in Schnee gehüllt da, die Häuser verschwinden, die Bäume verschwinden, eine einzige Fläche, über die der Schnee in schnellen kleinen Wirbeln dahinzieht.

Aber dann gibt es das Reden. Wir reden uns wieder warm. Dort drüben, auf der anderen Seite der Pistolgatan und immer weiter ostwärts reden sie, und könnte man so weit hören, dann würde man einen ganzen Chor von Stimmen hören können, ein Gemurmel, sie reden, Telefone klingeln, Stimmen rufen, die Arbeiter an den entsetzlichen Bohrmaschinen reden *laut* miteinander, sie sind dabei, die Straße neu zu pflastern, an der Bushaltestelle (Buslinie I, prachtvolle blaue Wagen, die ein paar Jahre später noch prachtvoller werden mit dem schwarzen Rauch und den Feuerflammen aus ihren Treibgasgeneratoren) reden zwei Mädchen miteinander.

Je weiter nach Osten, desto mehr Reden.

Es ist die Welt der Menschen, und ihr Reden ist das einzige, was mir sagt, daß es sie gibt, was mich mit ihnen verbindet. Die Schwerkraft zieht mich in ihre Richtung, nach Osten, ich spüre die Anziehungskraft ihres Redens, und das Gemurmel sagt mir, daß es die Welt gibt.

Ich liebe diese warme Welt,wo man redet. Alles zieht mich dorthin. *Plötzlich.*

Das Wort plötzlich benutze ich immer noch öfter als die meisten anderen Menschen.

Plötzlich bedeutet, daß die Welt von einem Augenblick auf den anderen nicht mehr dieselbe ist. Wenn es am ruhigsten ist, kann das Unwetter kommen. Es gibt keine Gleichgewichtslage, keine Ruhe, die nicht im nächsten Augenblick vom heftigsten Sturm abgelöst werden könnten.

Hier herrscht Wärme, Ruhe, fast Geborgenheit: »plötzlich« zieht es sich zum Sturm zusammen, Fenster schlagen, ein Brief kommt mit der Post, das Telefon klingelt, Katastrophen brechen herein gleich schweren Wellen: was gerade noch so sicher war, ist »plötzlich« unwiderruflich verloren.

»Plötzlich« verändere ich mich selbst. Ordnung, Gleichgewicht, Harmonie, die Arbeit geht mir leicht und ohne Anstrengung von der Hand, ich tue meine Pflicht, es herrscht Ruhe zwischen mir und der Welt, meine Kinder spielen auf dem Hof, ich höre ihre hellen Stimmchen.

Wenn sich dann die Welt nicht »plötzlich« verändert, verändere ich mich. Ich werde unruhig, verzweifelt, die Gedanken verwirren sich, ich kann nicht mehr schreiben, nachtschwarze Unruhe, Dunkelheit und Elend überrollen mich in Wellen, Zorn und Bitterkeit sammeln sich in mir an.

Nach außen hin bleibe ich kalt. Niemand hat je meine Hand zittern sehen, wie die Hände meiner Kollegen auf einer Verlagskonferenz manchmal einen Augenblick lang am Pfeifenkopf zittern, wenn sie meinen, ihre besten Ideen verpfuscht zu sehen, nicht einmal meinem Blick kann man eine Veränderung anmerken, es ist nur dieses »plötzlich«.

Die Unruhe angesichts dieses »plötzlich« verdirbt mir auch meine besten Stunden, denn wenn alles ruhig ist, bedeutet das nur, daß »plötzlich« noch nicht eingetreten ist. Und durch dieses Paradox kann »plötzlich« die ganze Welt vergiften.

(»Plötzlich« fielen die Atombomben auf Hiroshima und Nagasaki, plötzlich, um drei Uhr nachts, klopfte es in einer Wohnung in Mitteleuropa an die Tür, schwere Stiefel schlurfen draußen die Treppe hinauf, »plötzlich« im Februar erschienen die Bombergeschwader über Dresden, »plötzlich« kamen sie am nächsten Morgen zurück, als die Feuerwehren sich in der brennenden Stadt abkämpften, und weit oben an den Alpenhängen fand man Papiere, die aus den brennenden Apotheken hinaufgewirbelt waren, fünf Eimer füllten die Eheringe der Toten.)

»Plötzlich« ist keine Phantasmagorie, es ist eine Wahrheit, nicht nur über mich, sondern eine Wahrheit über die ganze Welt.

»Plötzlich«, wie ich an der Hand meiner Mutter gehe, kommt ein Motorradfahrer die Straße entlang, der Lärm erschreckt mich fast zu Tode, ich versuche, mich in einer stachligen Weißdornhecke zu verstecken, und steche mich natürlich an all den spitzen Dornen. »Plötzlich«, als ich froh und glücklich vom Kiosk her komme, sehe ich eine Frau, häßlich, unförmig, die ein Kind in meinem Alter auf einem Schlitten zieht. Das Kind ist riesengroß, es muß hundert Kilo wiegen, und die leeren blauen Augen in seinem entsetzlichen Wasserkopf betrachten mich höhnisch.

»Plötzlich« wird mich begleiten, bis ich sterbe.

Aber »plötzlich« nähern wir uns dem ersten Kreis, und das ist kein Scherz mehr, versteht ihr:

Oh, mein Vergilius, mein Lehrer, mein Begleiter (in unserem Jahrhundert muß es schon in den unteren Kreisen eine Frau sein, die uns führt), nun mußt du bei mir sein, strecke deine sommersprossige Hand aus, denn jetzt spüre ich schon die Nähe des ersten Kreises!

(Aber jetzt kannst du ja nicht bei mir sein, denn jetzt bist du ja nur ein sehr fettes kleines Mädchen, das noch nicht recht laufen kann und entsetzlich abstehende Ohren hat. Dich erschrecken jetzt die großen runden Metallkugeln an dem Denkmal für Otto Lilienthal (der als erster mit einem Drachen flog), wenn du im Park von Lichterfelde auf der Lichtung zwischen den Bäumen spielst.

Oder kannst du vielleicht trotzdem bei mir sein? Dann zeig mir den Weg! Komm!)

Der Gebrauch des Imperfekts.

Gehe mit Madeleine in den Park, es ist schon in den siebziger Jahren, Januar, klirrend kalt, und sage zu ihr:

– Das war aber mal ein schöner Spaziergang.

und sie antwortet:

– Wie meinst du das? Er hat ja noch gar nicht richtig angefangen?

– Ich meine, daß er schön war.

– Möchtest du, daß wir wieder heimgehen?

– Aber nein.

Ich meine nur, daß das ein schöner Spaziergang war.

– Du willst damit sagen, daß er schön *ist.*

Zeit wie Kristalle, Standbilder aus Schnee, Schneemänner, als sähe jemand anders in einem alten, vergilbten Fotoalbum die Bilder, die ich gerade sehe, ich habe nicht genug Vertrauen, nicht genug Zuversicht, um im Präsens zu reden.

(Zur Zeit des blutigen Zusammenbruchs des Inkareiches wurde ein alter Indianer von einem Jesuitenpfarrer interviewt, es ist eine von den wenigen Aufzeichnungen, und er sagt: »Es *gab* vier größere Winde, sie *kamen* aus den vier wichtigsten Himmelsrichtungen, nämlich ...«)

Bilder, man kann nicht unterscheiden zwischen Bildern *von* etwas und Bildern von etwas, das ist, wenn man nicht glaubt, daß die Welt sich verändern und beeinflussen läßt. Ich selbst werde ebenso unerreichbar und unzugänglich für Liebe oder Argumente wie jener Herr auf der Panoramapostkarte (vergilbt) von 1902 aus Boston, die man zu Hause bei Onkel Fritz in einen Apparat schiebt, so daß das Bild dreidimensional wird und man hineinsehen kann.

(Der Herr geht übrigens in einem Hafen spazieren, Baumwollballen werden auf die Schiffe verladen, und Männer mit kleinen Karren machen sich mit ihnen zu schaffen. Ist der Herr mit dem Strohhut ihr Aufseher, ihr Vormann? Oder ist es nur ein Tourist, der im Hafen spazierengeht?)

Ich rede im Imperfekt. Ich sehe die Welt in Bildern, liebe sie, sammle sie, kehre zu ihnen zurück, beschreibe sie, als wollte ich, daß sie mir helfen sollten, etwas zu beweisen.

(Daß ich ebenso unbeweglich bin wie sie.)

Das Imperfekt gebraucht derjenige, welcher glaubt, daß alles unwiderruflich ist, daß es fertig zu ihm kommt, daß er sich niemals selbst sein Leben wird schaffen können.

Imperfekt bedeutet, die Geschichte mißzuverstehen (und zu glauben, daß sie immer im Imperfekt steht), Imperfekt bedeutet, nicht zu verstehen, daß die Welt, daß unser Leben von uns erzeugt wird.

(Und daß wir also imstande sind, eine Welt ohne Imperfekt zu schaffen.)

Imperfekt bedeutet, sich für Mineralogie zu halten, wo wir doch ein lebendiger Strom sind. Es ist möglich, ein ganzes Leben im Imperfekt zu verbringen, im Imperfekt zu reden, zu essen, zu lieben, ja, in diesem blinden Tempus zu denken, sich so weit von all den anderen Zeitformen zu entfernen, daß du, wenn du eine lebendige Hand über deine Hand streichen siehst, sagst: sie strich mit ihrer lebendigen Hand über meine Hand.

und dann kommt das Eis, und schließlich kannst du sehen, wie jene, die im Imperfekt gelebt haben, im Eis festgefroren sind, ihre Gesichter knapp über der bläulichweißen Eiskante, ihr Atem raucht wie aus frisch geöffneten Angellöchern an einem Sonntag im Februar auf dem Mälarsee, wenn sie schließlich aus ihrem Eis heraus zu reden versuchen, und es ist entsetzlich . . .

(Begleiterin, ich sehe sie *von hier aus* deutlich genug, zwinge mich nicht, näher zu gehen!)

Das Reden ist Wärme, Mütterlichkeit, Wiege. Das Reden ist Form, mütterliche Kraft. Und schon damals, 1939, habe ich beim Reden das Gefühl (ich sitze oft auf der Toilette und rede ununterbrochen mit mir selbst), daß nicht ich es bin, der redet, sondern daß jemand in mir redet, etwas, das so ursprünglich ist, daß es älter ist als die ältesten Bilder.

(Der Umzug zur anderen Straßenseite hinüber: ich trage allein eine Backrolle und habe Schwierigkeiten beim Laufen, weil ich gerade erst laufen gelernt habe: 1937)

Das Reden ist etwas Weibliches, ist das Weibliche in mir. Zu reden,

(und später zu schreiben)

bedeutet die einzige Geborgenheit, die einzige Wärme, die es in der Welt gibt.

Und angesichts dieses »plötzlich«, dieses »Imperfekts« gibt es nur einen Ausweg, eine Verteidigung; und das ist das Reden.

Irgendwo an der Pistolgatan beginnt das Reden, dann wird es immer mehr, je weiter man kommt, es wächst zu einem großen Gemurmel an, ja, es wird immer mehr (und ihr habt keine Ahnung, wie die Stimmen mit den Jahren an Stärke und Zahl zugenommen haben).

Das Reden: ich erinnere mich an meine Stimmen. Die erste ist so klein und schrill, daß sie weder männlich noch weiblich ist, sie gleicht der eines Vogels. Und dann kommt eine Zeit, eine schreckliche, qualvoll genierende Zeit, wo ich mit einer kleinen, einer absichtlich kindlichen Stimme rede, obwohl ich schon zur Schule gehe: ich will mich so klein wie möglich machen, so unbedeutend, daß niemand mich entdeckt. Und natürlich ist das Ergebnis gerade umgekehrt; man findet mich komisch, fremd, wie ein seltsames Tier, das sich bei den Menschen eingeschlichen hat und das reden kann. Und ich staune noch heute über die Toleranz, mit der man mir begegnete. Man mißhandelte mich nur ein klein wenig, man lachte mich aus, aber nur ein klein wenig,

(Geruch von Pissoirs, und Balsampappeln und der Kies auf dem Schulhof) man hatte auch irgendwie Angst vor mir, und wenn einer der Lehrer (und sie waren wirklich Lehrer, denn indirekt, durch ihre eigene Verachtung und ihre eigene Brutalität lehrten sie mich alles über die Unterdrückung und die Brutalität, die in der Gesellschaft herrschten, in der sie mit ihrer Arbeit betraut waren, mit ihren Ohrfeigen, ihrem Haarzausen, ihren Linealschlägen auf zerbrechliche siebenjährige Finger – und das war damals nicht etwas, das eben so war und auch hätte anders sein können, sondern es war ihre einzige Art zu existieren, die einzige Art der Welt zu existieren – und nicht, wie ich es jetzt sehe, ein Spiegel, der nur ihr eigenes Bild von den Verhältnissen wiedergab und die Verhältnisse selbst, unter denen sie lebten.)

einen Sündenbock suchte, der aus der Reihe herausgeholt und geohrfeigt oder ausgeschimpft oder mit dem Zeigestock auf den Hintern gehauen werden sollte, zur Warnung für alle anderen, wählte er immer mich und zeigte damit ganz deutlich den Ekel, den wachsenden Widerwillen, den im Grunde alle gegen mich hegten

(und noch heute kann ich niemals eine Grenze passieren, wie neulich nachts im Taxi die italienische Grenze bei Brissago, ohne daß man ausgerechnet mich und mein Gepäck für eine eingehende Musterung auswählt)

und auf die gleiche Weise habe ich ein für allemal mich selbst dazu ausgewählt, gemustert zu werden, und weiß, daß ich das muß, und schließlich habe ich gelernt, daß die einzige Art, sich mustern zu lassen, das Mustern ist, und ich sehe mit ebenso offenen, musternden Augen dem Musternden ins Auge, so daß wir einander mustern, und wir erleben beide einen Augenblick der Liebe und des Hasses, und das Reden beginnt wieder,

und wir lassen einander in Ruhe.

Ich. Alle Menschen nennen sich »ich«, und es gibt nur einen einzigen, der sich zu Recht »ich« nennt, und das ist der, der gerade in diesem Augenblick redet. »Ich« bedeutet also: »der Redende«. Und nichts anderes, nichts Geheimnisvolles, Unverwechselbares, keine Substanz und auch kein Klumpen aus Metall verbirgt sich hinter den Worten. Darum nennst du dich »ich« mit dem gleichen Recht, wie »ich« mich »ich« nenne, und das ist der Grund für das »ich«, das mit einer solch ungestümen Beharrlichkeit meine düstere Erzählung durchdringt; ich weiß, daß es auch dir gilt, *du* weißt, daß es auch *dir* gilt und daß die Schmach nicht nur mir allein zukommt. Wir wollen es im Gedächtnis behalten und so tun, als ob es uns nichts mehr anginge. Wir erwähnen es nicht mehr.

Das tüchtige Reden. Das tüchtige Reden beginnt plötzlich, irgendwann im Alter von vierzehn oder fünfzehn Jahren.

Das tüchtige Reden erfolgt mit einer klaren, nicht mehr unsicheren, etwas sonoren Stimme, das tüchtige Reden bringt man zuerst stehend an seinem Platz vor, ohne sich auf den Pultdeckel zu stützen.

(An der Wand Schatten von den Zweigen einer riesigen Ulme.)

Es ist ein seltsames Abenteuer, für den Dümmsten in der Klasse gehalten zu werden und plötzlich der einzige zu sein, der sich auf die Satzanalyse versteht. Appositionen, Attribute, adverbiale Bestimmung, Subjektergänzung des Prädikats und die Objektergänzung, die noch viel raffinierter ist, Adverbialkonstruktionen, Subjektregel – es gibt nichts, was mit der Maschinerie des Redens zu tun hat, das ich nicht sofort verstehe. Und der schrecklichen Satzlehre

(kleines graues Buch, sehr mitgenommen davon, im Riemen herumgetragen und über die Schulter geworfen zu werden)

werde ich zuerst ebenbürtig und werde später stärker als sie, und dieses ganze, plötzliche, egozentrische Interesse für die Maschinerie des Redens beginnt im gleichen Frühling wie die richtige Pubertät, so daß Grammatik und Pubertät zusammenfallen (das eigentümlich gesteifte Glied, das schließlich zu reden beginnt),

und mit dem tüchtigen Reden beginnt eine gefährliche, eine gewaltsame Zeit.

Rede in den Seminaren der fünfziger Jahre, und der Professor nickt, zehn fünfzehn zwanzig verworrene und unwissende Jünglinge, die in den Begriffen der Wissenschaft und der Grammatik zu reden lernen, und die zu denken meinen, wenn sie nur reden und die Terminologie in neuen Mustern auf den Tisch legen, in immer neuen,

(ohne eigentlich über die Terminologie hinauszukommen)

Rede in den literarischen Vereinen der sechziger Jahre, und ich weiß, daß meine Stimme steigt und fällt, so daß man ihr schwer folgen kann, und in dieser Zeit am Anfang der sechziger Jahre werde ich mehr und mehr zum Greis, ich schiebe jetzt die Schultern vor und gehe mit einem hartnäckig schaukelnden Gang, und wir reden miteinander

(ohne eigentlich über die Terminologie hinauszukommen)

und ich bin bereit, unser Recht auf das Reden zu verteidigen, unser Recht, die Worte zu drehen und zu wenden, wider den weltweiten, abgründigen Chor von hohnlachenden Wasserspeiern mit seinen kleinen Dämonen, die sich winden und glucksen vor Lachen, unser Recht, zu denken und zu reden, wider die grinsende Verachtung, die dumpfe Stille, das höhnisch lächelnde Mißtrauen, die *heimliche Übereinkunft*.

(Ich erinnere mich, wie ich 1956 während eines Militärmanövers mit einem jungen Fähnrich auf einem nächtlichen Gang durch das Hågatal unterwegs war und wie ich ihm die ganze Zeit über Leibniz' Philosophie erläuterte und wie hartnäckig er in der Dunkelheit schwieg, bis er mir schließlich zu schweigen *befahl*.)

Denn wo es die Möglichkeit zu intellektuellem Leben gibt, da gibt es auch den Anfang einer Veränderung, und das *erinnert* sie allzusehr daran, daß es so ist.

Das Reden: ich erinnere mich an meine Prosatexte, wie sie sich öffneten und zusammenballten gleich menschlichen Händen und wie sie sich unter einem seltsamen Mangel an Liebe schließlich wie im Krampf zusammenballten.

(Sommer auf Gotland 1965: die ganze Insel kreideweiß und erschreckend und bedrohlich, und ganze Nachmittage an der Schreibmaschine, ohne daß auch nur ein Wort geschrieben wurde, *kein einziges Wort*, und die Fliegen, die im Zimmer umhersummten, und in meinem Gedächtnis steht noch heute das ganze Zimmer still und ist eine einzige, eine schreckliche, eine ungeschriebene Prosa,)

und wo das Reden aufhört, da beginnt eine schreckliche, eine kristallische Welt, eine verlockende Stille, und das Gefährliche lockt mit seinen Verheißungen von Stille, vom Frieden des Todes, und die im Eis Festgefrorenen, deren Atem aussieht wie viele kleine Rauchfahnen, und die eingefrorenen Aalraupen, und die blutunterlaufenen Augen der Tiere, und ein Eisreich ohne Wiederkehr und ohne Ende, und laß dich nie mehr davon verlocken,

denn schließlich ist einzig und allein das Reden wichtig, mit lauter oder leiser Stimme, klar oder verworren, aber reden, wenn man auch nur im Dunkeln flüstert, ein Flüstern zwischen Mündern und Ohren in dem stillen nächtlichen Zimmer (und nur ein einziger Vogel zwitschert draußen und sagt, daß der Morgen naht) denn nur

im Reden ist es, nur dort, und eine Art Liebe, die es möglich macht,
die geballte, die krampfhaft geschlossene Hand wieder zu öffnen,
und eine Art Hoffnung (und die Nacht endlich zu Ende)
und nur im Reden ist Mütterlichkeit, Wärme und Wiege.

Die Krocketspieler im grünen Gras

Es kann schwierig sein, auf dem Fahrrad zu fahren und zugleich eine Unterhaltung zu führen: fährt man bergab, gehen Argumente verloren.

Und in den Steigungen ist man so außer Atem, wenn man einander schließlich eingeholt hat, daß man die Sache nicht mehr deutlich genug ausdrücken kann, um sich verständlich zu machen.

Sören Nordentoft, ein magerer, dunkler und ernsthafter dänischer Theologe, dem immerzu die Haare in die Stirn fielen, hatte außerdem ernstliche Schwierigkeiten mit seinem Fahrrad. Dann und wann sprang die Kette ab, und wir hielten an, um sie gemeinsam zu reparieren.

Mächtige Weiden neigten sich über das Wasser, die gewaltigen Eichen gaben uns Schatten, die Weiden tauchten ihre Blätter in den Strom, von weitem hörte man das Geräusch der sorgfältig instand gehaltenen, liebevoll gepflegten Schleusen mit den weiß und rot bemalten Schleusenschlüsseln. Schmucke Rettungsringe hingen an den Einfassungen des Beckens.

Nordentofts lange schmale Finger hantierten ernsthaft aber erfolglos an der Fahrradkette, er wischte das Öl am grünen Gras ab.

Und ich, der ich noch nicht entdeckt hatte, daß Dänemark die kultivierteste und reifste Nation Europas ist, ich traute mir nicht einmal zu, den fünischen Dialekt zu verstehen, den er sprach, und der so sanft und langsam war, daß ich mir nie darüber klarwerden konnte, wann er wirklich deprimiert war und wann er einfach nur so sprach.

Darum unterhielten wir uns miteinander in einem Englisch, das die Sportfischer an der Uferböschung mit ihren weißen Strohhüten, die echte Engländer waren und ihr ganzes Leben in Oxfordshire zwischen grünen Hügeln oder in eichengetäfelten Senior Common Rooms in dem mit gotischen Turmspitzen geschmückten Oxford zugebracht hatten, sich schaudernd nach uns umsehen ließ.

Dieser erste Sonntag im Juni 1951, tief in den fünfziger Jahren, umgab uns und flößte uns nicht mehr Angst ein, als wir selbst zustande brachten. Wir lebten wie in Glasflaschen eingeschlossen in der

Geschichte (Homunculi im Kolben des Alchimisten) und wußten kaum, daß wir geschichtliche Erscheinungen waren.

Am siebzehnten Mai dieses Jahres war ich einundzwanzig Jahre alt geworden, Sören Nordentoft, der irgendwo in der Nähe des Bahnhofs in einem mit Büchern und gewaltigen Manuskripten über Heidegger vollgestopften Mansardenzimmer wohnte und das Fahrrad bei seinen Wirtsleuten in dem kleinen Verschlag neben der Küche abstellte, war vierundzwanzig Jahre alt.

Wir waren sozusagen die einzigen Freunde, die wir hatten, und lernten uns durch einen Zufall kennen: in dem großen, runden, mittelalterlichen Raum, der von einem Petroleumofen mit glühend rotem Eisengitter spärlich beheizt wurde und zu jener Zeit Gilbert Ryles Arbeitszimmer im Magdalene College war.

Der Philosoph, der damals, 1957, noch umgeben war von dem Glanz seines Buches »The Concept of Mind« (eines Buches im Geist der fünfziger Jahre, das aufzeigen wollte, daß es nichts Psychisches gäbe, sondern daß vielmehr alles, was wir Bewußtsein nennen, nichts anderes sei als ein Reden, ein Reden, das aus physiologischen Antworten auf äußere Impulse bestehe; damals, 1957, eine vielgelesene und bewunderte Arbeit) saß in seinem Ledersessel und rauchte seine lange, gerade Pfeife. Wenn er sie ab und zu aus dem Mund nahm, konnte man gleich viel besser verstehen, was er zu sagen hatte.

Nordentoft kam aus Leiden: er war Existentialist. Ich kam von der Königl. Universität in Uppsala: ich war logischer Empirist.

Ryle behandelte uns mit onkelhaftem Wohlwollen, ich glaube, er war bemüht, uns bleiche und introvertierte Jünglinge zu bezaubern, er war bemüht, uns zu Freunden zu machen.

Es war die Zeit, in der man vorsichtig davon sprach, »Brücken zu schlagen zwischen den kontinentalen und den angelsächsischen Philosophien« (in Zürich und Genf hatten geheimnisvolle Ausschüsse schon mit der Vorbereitung der großen Zollunion begonnen, aber davon wußten wir nichts, da wir es für wichtiger hielten, den Unterschied zwischen dem »Sein an sich« und dem »Sein für sich« zu kennen, und da man uns gelehrt hatte, sorgfältig zu unterscheiden zwischen dem Wissen und der Welt, dem Wissen und der Wirtschaft, dem Wissen und dem, worüber es Wissen vermitteln sollte), und ich glaube, daß der Philosoph es genoß, einen dänischen Existentialisten und einen schwedischen Empiristen an dem Petroleumofen in seinem turmförmigen Zimmer sitzen zu sehen: es muß ihm das Gefühl gegeben haben, sich im Zentrum des Geschehens zu befinden.

Der Philosoph sprach mit einer starken, autoritativen, wenn ich mich recht erinnere, Baßstimme. Auf den Rasenflächen, die jetzt Anfang Juni wunderbar weich und grün waren, draußen vor seinen Fenstern mit den bleigefaßten Scheiben, spielten ein paar Dozenten Krocket.

Von diesem Nachmittag an trafen Nordentoft und ich uns täglich: der Zauber beruhte zur Hälfte darauf, daß wir niemals die gleichen Bücher gelesen hatten und daß wir beide fest davon überzeugt waren, alles, womit der andere sich beschäftigte, sei nichts anderes als ein Haufen liebenswerter Nutzlosigkeiten. Ich war in einem Alter, in dem ich mich noch nicht dazu entschlossen hatte, irgendeinem Menschen ernsthaft zuzuhören.

Wir verbrachten lange Abende in dem verräucherten und überfüllten Socratic Club, wir hörten Mrs. Anscombe, die gerade die ersten großen Ausgaben von Ludwig Wittgensteins nachgelassenen Schriften redigiert hatte, mit Peter Winch über sie diskutieren, wir sahen das scharfgeschnittene Profil von John Langshaw Austin und den etwas trockenen, sehr unpersönlichen Peter Frederic Strawson. Dies war eine neue Philosophenschule, die sich schon Feinde gemacht und Anhänger gefunden hatte, ihr Programm war diffus und ihre Basis schmal, aber sie erleichterte das Denken wieder, da sie bereit war, alles von Anfang an zu überprüfen. Sie brauchte ihre ausländischen Schüler und behandelte sie mit ausgesuchter Freundlichkeit, es gehörte zu ihrem Programm, selbst die kindlichsten und unreifsten Ansichten mit größtem Ernst anzuhören, da einer ihrer Grundsätze besagte, daß die Alltagssprache philosophische Wahrheit enthielte und daß die Philosophen am besten daran täten, die Welt in Ruhe zu lassen, nachdem sie sie in aller Stille verstanden hatten.

Es war ein Zug von Selbstquälerei, von Selbstverleugnung darin. Diese Philosophie war so bescheiden, daß sie sich nicht selten dafür entschuldigte, überhaupt zu existieren.

Sie bedeutete viel für unser Selbstvertrauen.

Und wir radelten den Weg nach Abingdon hinauf, vorbei an den Anglern mit ihren gelben oder weißen Hüten, und reparierten dann und wann Sören Nordentofts abspringende Fahrradkette und diskutierten darüber, ob die Welt eine begriffliche oder eine rein physische Existenz habe.

Im Fahrtwind schnappte ich Sören Nordentofts Argumente auf, die in solchen Situationen oft etwas Klagendes an sich hatten. Wir waren in einem Alter, in dem wir noch ohne Falsch diskutierten, ohne technische Kniffe und Finessen, ohne Überredungsversuche und ohne jede Eleganz, und die Zweige der Bäume streiften uns manchmal übers Gesicht.

Und dann weiter hinauf, in die Hügel, zwischen niedrigen, sorgsam gepflegten Decken hindurch und an Herden von weidenden Schafen vorbei.

Ich interessierte mich ernsthaft für die Frage, ob diese Welt wirklich nur die Widerspiegelung einer anderen sei.

– Heideggers »Sorge«, sagte Nordentoft, ist ein Existentialmodus, das heißt, eine Art sich zu verhalten, eine Art zu existieren. Und in dem Wort sind zugleich »Fürsorge« und »Besorgnis« enthalten. In einem aktiven, einem interessierten Verhältnis zur Außenwelt zu stehen, das schließt zugleich einen Schmerz, eine Besorgnis über die eigene Existenz mit ein.

Und als wir oben auf der Kuppe des Hügels angekommen waren, sahen wir die weißen Kondensstreifen einiger Flugzeuge, die in so enormer Höhe flogen, daß die Maschinen selbst nicht zu sehen waren.

Es waren die mit Atombomben beladenen amerikanischen Maschinen, die jeden Morgen zu ihrer Patrouille über die freie Welt starteten und die in der Abenddämmerung mit ihrer tödlichen Last zu den großen militärischen Luftstützpunkten irgendwo außerhalb von Oxford zurückkehrten. Zwischen Frühstück und Nachmittagstee hatten sie bereits ganze Kontinente überflogen, grüne Hügel, Polareis, schneebedeckte Berge, und als sie bei Sonnenuntergang landeten, hoben anderswo wieder andere ab.

In meinem Zimmer in Magdalene College, ganz oben unter dem mittelalterlichen Dach, lagen auf dem kleinen Tisch die Bücher in säuberlicher Ordnung, das Schreibpapier und die großen Notizblöcke, und an der Wand die Karikatur von Bertrand Russell, aus »Punch« ausgeschnitten.

Es war ein warmer und feuchter Sommer.

Auf einem Giebel, nur fünfzig Meter von mir entfernt, ruhte ein gewaltiger Wasserspeier, eines dieser Kalksteingeschöpfe, halb Vogel und halb Dämon, mit denen die gotischen Baumeister jedes ernste Gebäude zu schmücken liebten, sei es, um die wirklichen Dämonen fernzuhalten, oder um sie aus dem Haus zu haben. Er war nur einer in einer Reihe von dreißig anderen, aber der einzige, der von meinem Fenster aus zu sehen war.

Diese ganze spröde gotische Stadt, mit all ihren Türmen und Kirchturmspitzen, war von diesen Kalksteindämonen beherrscht, die in den Nächten wirklich ins Mondlicht hinauszulachen schienen.

Man sagt sich gern, daß diese Gebäude aus einer Zeit stammen, in der fast alles Angst ist, und vergißt dabei die Kondensstreifen am Sommerhimmel unserer eigenen Zeit.

Nachts hatte ich manchmal das Gefühl, daß dieser Steindämon anfangen könnte, vorsichtig seine festgefrorenen Steinflügel zu bewegen – regte er sich nicht eben im Mondschein – und daß er in einem einzigen langen Gleitflug zu mir herunterfegen und zum offenen Fenster hereinkommen und *auf mich herabstoßen würde.* Und in gewissen Nächten war das eine ganz reale, eine handgreifliche Möglichkeit.

(Während ich an diesem Punkt meiner Erzählung angekommen bin, befinde ich mich in einem altertümlichen, weißgekalkten Turm hoch oben an einem Hang in einem Dorf im Herzogtum Novara. Es ist Ende Februar, die Erde dampft von Regen und früher Wärme, die Vögel zwitschern, milde blaue Luft bedeckt das Flußtal unter mir. In der Ferne sehe ich durch das Fenster die weißen Gipfel der Alpenmauer, die mich vor Nordeuropa schützt, sehe die Schneestürme dort oben in den Pässen kommen und gehen. Überall bellen kleine Hunde, die Weinstöcke werden beschnitten und nach dem Winter an frischen, weißlichen Holzpfählen befestigt. Um mich her helles Tageslicht, Freiheit, Ruhe; Februar 1970. Aber als ich diese drei alten Reisehandbücher über Oxford auf meinem Tisch in dem größten Zimmer des Turms ausbreite und Stadtpläne und Fotografien von Gebäuden betrachte – das ist für mich fast die einzige Art, die rätselhaften Widerstände, die Blockierungen des Gedächtnisses zu überwinden, die mich vom Jahre 1957 trennen – da spüre ich den Schauer einer alten Angst.

Und erst jetzt, nicht 1957, sondern jetzt, 1970, in einem Turm in Novara, begreife ich, daß es Angst war. Plötzlich ist mir all das als Angst in Erinnerung.)

Ich erinnere mich nicht, wie weit wir auf unserer Radtour kamen oder ob ich sie mit all den anderen verwechsele, die immer weiter flußaufwärts führten, aber ich erinnere mich an ein Krocketspiel später im gleichen Sommer, in einem Garten auf dem grünen Gras. Sonnenstühle, Krocketbögen im ganzen Garten verteilt, das sehr trockene Geräusch der Schläger, die die Kugeln anstoßen, mein vorsichtiger Versuch, mich von auf die Untertasse geschwapptem Tee zu befreien, indem ich rasch die ganze Untertasse über einem Busch ausschwenke (das tut man natürlich nicht), und Nordentoft in weißen Hosen, die er für elegant hält.

Mrs. Harriet Spencer, eine magere, drahtige, sonnengebräunte Dame in den Mittdreißigern, hatte uns auf ich weiß nicht was für Wegen und durch welche Verbindungen kennengelernt: doch, es war irgend etwas mit einem armenischen Mädchen, das ich fast vergessen hätte, sie hieß Tamara mit Vornamen (ungeheuer langes kohlschwarzes Haar und kohlschwarze Augen), und Nordentoft hatte ihre Bekanntschaft gemacht, als ihr Reitpferd auf der großen Promenade in Christ Church Meadow unruhig wurde (während die Hühner im Nachbarhof gackern und die Hunde ganz aufgeregt in der Dunkelheit bellen, weil ein Fuchs sich in einen der Weingärten geschlichen hat, suche ich in den alten Reisehandbüchern nach Christ Church Meadow. In Christopher Hobhouses Oxford finde ich ein Bild von der breiten Promenade unter hohen Bäumen, bequeme Bänke sind an dem Kiesweg entlang aufgestellt, und mit einem leisen Schauer von Unruhe oder Unbehagen erkenne ich auf der Fotografie den leichten, silbergrauen Dunst wieder, der ganze Sommertage lang über diesen Wiesen hängen konnte, aber nichts auf diesem Bild sagt mir, daß es wirklich erlaubt ist, in Christ Church Meadow zu reiten, und vielleicht ist die ganze Geschichte schon von Anfang an erlogen.

Möglicherweise würde einer von den englischen Alpinisten, denen ich hier in Novara manchmal auf den Bergpfaden oben begegne, mir diese Frage beantworten können, und wenn ich das nächste Mal einen treffe, werde ich ihn unverzüglich fragen; es gibt den Typ des Engländers, der sofort antworten würde, klar und korrekt, um dann seinen Weg fortzusetzen, und obwohl ich glaube, daß ich mittlerweile die zugrundeliegende Mentalität durchschauen kann, hätte ich trotzdem noch große Lust, dieses Experiment zu machen), und sie muß es gewesen sein, die uns bei dieser Mrs. Spencer einführte.

(Dies ist eine von den Geschichten, bei denen man ununterbrochen nach Ausflüchten sucht, um sie nicht erzählen zu brauchen.)

Eine magere, drahtige Dame, die damals nicht älter war, als ich es heute bin, die wir aber natürlich automatisch als »älter« betrachteten. Sie hatte ein ansteckendes Lachen und einen ungezwungenen, freundlichen Plauderton, sie war geschieden oder Witwe, und so eine Art Pensionsgast wohnte im Haus, ein mageres, bleiches und äußerst wortkarges Mädchen aus Bourges in Frankreich, das sich zur Teezeit selten blicken ließ, und im übrigen auch zu keiner anderen Zeit.

(Sie verabscheute uns, seit Nordentoft einmal höflich gefragt hatte, ob die Wörter »Bourges« und »bourgeoisie« etwas miteinander zu tun hätten, und das haben sie natürlich.)

An den Sonntagen, bei schönem Wetter, endeten unsere Radtouren nicht selten in diesem Garten, und wir saßen im Gras und hörten dem Gespräch zu und sprachen uns gegen Mr. Edens Eingreifen im Suezkrieg aus, durch das Englands Stellung als Kolonialmacht ein für allemal ein Ende gefunden hatte.

Und da taucht ein weißhaariger, etwas exzentrischer Onkel auf, der einmal ein Kinderbuch geschrieben hatte und sich deshalb Schriftsteller nannte, und der manchmal von einem Professor Tolkien sprach, der in dieser Gegend wohnte und ein paar bemerkenswerte Märchen geschrieben hatte, die wir natürlich nicht gelesen hatten, möglicherweise, weil sie bisher nur im Manuskript existierten. Wir sahen ihn sogar zuweilen vorbeigehen, mit einem scharfgeschnittenen, schweren Profil und dunklen, zerstreuten Augen.

Mrs. Spencer, ich muß auf sie zurückkommen. Ihr Profil ist mir als ziemlich klein, »scharf« in Erinnerung. Ihre Bewegungen waren anmutig, entspannt. Sie hatte keine große Autorität, nicht einmal eine sonderlich bedeutende Intelligenz, aber sie behandelte uns als selbstverständliche Erscheinungen, und das war genug, um uns in ihrer Nähe so etwas wie Erleichterung, Ruhe, ja sogar Sicherheit empfinden zu lassen, oder vielleicht sollte ich für mich sprechen: ich empfand es so.

(Ist jener Sommer wirklich einmal ein Teil *meiner* Erfahrung gewesen? Wenn ich im Jahr 1970 über mich selbst rede, fühle ich mich ganz in meine Erzählung eingeschlossen, wenn ich über mich selbst rede, wie ich 1939 war, bin ich auch ganz und gar in meinem Leben drin, aber an dieser Stelle finde ich mich plötzlich wie eine Art Archivar oder Archäologe mühsam in ein paar fortgeworfenen kleinen Scherben, Splittern, Fragmenten herumstochern, die nach einer Explosion im Gedächtnis zurückgeblieben sind. Diese Explosion muß so heftig gewesen sien, daß sie kaum etwas von dem ursprünglichen Erlebnis übriggelassen hat.)

Und ich kann mich zum Beispiel nicht im geringsten an irgendeines unserer Gesprächsthemen erinnern, obwohl wir offenbar stundenlang miteinander geredet haben müssen.

Wie furchtbar verworren und introvertiert ich zu jener Zeit gewesen sein muß, kann ich mir nur vergegenwärtigen, indem ich mich zu fragen versuche, welchen Standpunkt ich zu den Ereignissen dieser Zeit eingenommen habe: und ich erinnere mich nur an jene Kondensstreifen der Atomwaffenträger über dem grünen Gras und wie sie mich erschreckten.

Man hörte Stimmen, Stimmen und Lachen aus den Gärten, Autos auf den größeren Hauptstraßen, Geschirrklappern aus irgendeiner Küche, deren Tür offenstand, die Stimmen unten vom Fluß, wo Sonntag war und wo es von Booten wimmelte, die Geschichte war überall um mich herum, alles veränderte sich von Tag zu Tag, es war mitten in den fünfziger Jahren, und ich, ich war so bewußtlos in mich selbst eingeschlossen wie ein Homunculus in seine Flasche, auf den zurückzukommen die Erzählung mich immer wieder zwingt.

Bei den Philosophen gehörte es zum guten Ton, sich nicht für die Welt zu interessieren, die im Vergleich mit der Philosophie als unwesentlich angesehen wurde, und wenn ich mich in der Erinnerung umsehe, finde ich einen Haufen Neurotiker, bleiche, angespannte, in sich gekehrte Seminarstars vom gleichen Typ wie ich selbst, in Uppsala, in Oxford. Ihr nervöses, angespanntes Mitschreiben in den Vorlesungen, ihr Unvermögen, außerhalb des bizarren kleinen Zauberkreises, den sie um sich gezogen hatten, auch nur ein vernünftiges Wort zu wechseln, und gar nicht selten ihre offene Unfreundlichkeit, ihr kühler Hochmut.

Genauso muß ich ausgesehen, genau diesen Eindruck muß ich gemacht haben, und je länger ich in meiner Erinnerung suche, desto weniger finde ich an persönlicher Eigenart, Neurose oder Verrücktheit und desto mehr an Milieu und sozialem System.

Und ich erinnere mich an immer mehr solche Seminare, mit immer mehr solchen bleichen Gesichtern mit der gleichen Weigerung, ein persönliches Wort zu wechseln, die gleichen angespannten, nervösen Gesichter, die gleiche verzweifelte Kälte, die gleiche Sehnsucht nach einer mütterlichen Kraft, um sich von ihr tragen zu lassen, und die gleiche Glasflasche überall – je länger ich hinsehe, desto mehr Gesichter von 1957 erkenne ich, die meinem eigenen gleichen.

Das war nicht unbeabsichtigt. Das lag nicht an den Lebensumständen.

Dies war das Gefängnis, in dem die Intellektuellen der fünfziger Jahre eingesperrt waren.

Nein, ihr braucht mich nicht daran zu erinnern, daß zur gleichen Zeit andere in anderen Gefängnissen eingesperrt waren.

Mrs. Spencer bezeigte mir, wie ich schon erzählte, ein wohlwollendes, ein nachsichtiges Interesse. Ich fand das unbegreiflich, da ich es zu jener Zeit überhaupt unbegreiflich fand, daß ich auf irgendeinen Menschen einen Einfluß haben könnte, wenn nicht durch meine Argumente.

(Und sie interessierte sich natürlich nicht für die Frage, ob die Welt eine begriffliche oder eine physische Existenz habe.)

Und natürlich fühlte ich mich geschmeichelt.

Und in Wirklichkeit war es natürlich so, daß sie mich besser und deutlicher sah als ich mich selbst.

Ich habe von der Angst erzählt, die dort überall zugegen war. Jetzt nahm sie rasch Gestalt an.

Es fing so an:

Auf einem Spaziergang fragt mich Mrs. Spencer, ob ich die kleinen Kreidestriche bemerkt habe, die die Straßenarbeiter an verschiedenen Stellen am Trottoir entlang gemacht hatten, zur Vorbereitung für das Aufreißen irgendeiner Rohrleitung in der Straße. Ich habe sie bemerkt.

Es sind Pfeile, Kreise, Ziffern.

Ich finde die Frage lustig, aber auch ein wenig seltsam, sie pflegt nicht auf die Art zu scherzen. Wir gehen weiter und reden von etwas anderem.

Als ich sie das nächste Mal besuche (ich weiß nicht mehr, ob ich allein kam oder ob Nordentoft dabei war), fragt sie mich, ob ich nicht manchmal die Angst gespürt habe, die in ihrem Haus ist.

(Bisher erschien sie wirklich als die sicherste, die unproblematischste Person, die man sich nur vorstellen kann, jemand, der auch anderen Sicherheit einflößt durch sein entspanntes, sorgloses Verhältnis zur Außenwelt.)

Ich antworte: nein, überhaupt nicht, und sie sagt, daß es dort auch nichts gibt, wovor man sich fürchten müßte. Ich antworte, daß ich das wirklich hoffe, und sie sitzt eine Weile stumm da und sagt dann, daß sie manchmal eine *entsetzliche Bedrohung* zu spüren meint.

Ich weiß nicht mehr, worauf ich das Gespräch bringe, aber ich bringe es auf ein anderes Thema, schiebe die Sache beiseite.

Schon ein paar Tage danach komme ich wieder, verwirrt und beunruhigt. Sie ist im Garten damit beschäftigt, ein paar Blumen zu schneiden, sie empfängt mich freundlich wie immer, und erst als ich sehe, wie sie sich ein Glas Wasser eingießt, und ihre Hand dabei zittern sehe, begreife ich, daß sie sehr große Angst hat.

Ich lasse mir nichts anmerken. Ich tue, zu meiner Schande, nichts, um mehr zu erfahren, ich frage sie nicht, ich erkläre mich nicht bereit, ihr zuzuhören, sondern gehe heim, mit einem wachsenden Gefühl der Unruhe.

Diese Erzählung ist nun zum Ende gelangt. Ich werde nicht der Versuchung erliegen, ihr einen anderen Schluß zu geben.

Als ich von dieser Harriet Spencer nach Hause gehe, ganz verwundert, weiß ich, daß sie in einem Inferno lebt. Es gibt nichts in meiner Erziehung, in meinem Hintergrund, in meinen Erfahrungen, was mir eine Alternative zu meiner Handlungsweise böte.

Als ich ein paar Jahre später einen Brief bekomme, der beiläufig erwähnt, daß diese Frau wegen unheilbarer Schizophrenie in Pflege ist, erst da begreife ich, wie sehr ich sie geliebt haben muß.

Drei Dinge zur Erinnerung, drei Anhaltspunkte:

Der Kreis der Philosophen, der Kaltherzigen, der Hochmütigen und Unberührbaren, und das Gefängnis, das sie für sich und ihre Jünger gebaut haben.

Die Kondensstreifen der in großer Höhe fliegenden, atomwaffenbeladenen Flugzeuge am blauen Sommerhimmel: gotische Turmspitzen und Kondensstreifen.

(Und da ist niemand, der nicht auf die gleiche Weise Verrat üben würde.)

Und schließlich: die Krocketspieler im grünen Gras. Wenn ich mir Mühe gebe, kann ich hören, wie ihre Schläger mit trockenen, nüchternen Geräuschen die Kugeln anstoßen.

La guerre froide continue

Wenn man an einem Tag Anfang März von einem der Grundstücke auf Östra Ågatan aus sieht, wie diese mit warmem Rot bemalte Schloßfassade von der aufgehenden Sonne angestrahlt wird (und der armselige schmutzige Fluß auf der anderen Seite der Straße endlich eisfrei ist und frei dahinfließt), dann kann man sie als ein Symbol auffassen oder als eine Verheißung von Freiheit, Glück, Hoffnung.

Sie bekommt dann ein überirdisches Aussehen. Sie zieht den Blick an.

Ich weiß nicht, wie oft ich mich schon blind gestarrt habe an solchen Gesichtern, wie oft der Widerschein einer Hausfassade mich gefesselt hat, wie oft ich gesehen habe, wie das Licht die Welt malt. Canaletto, Elias Martin, Ola Billgren: ich glaube, ich weiß, was ihr meint!

Du malst deine mächtigen Lichtbrunnen über Stockholms Hafen, und der Wald der Schiffsmaste wird durchdrungen von heimlichem Glück, das Wasser leuchtet mit geheimnisvollem Licht. Die plötzliche Flut, der Katarakt von Licht läßt dort, wo einmal Stockholms Hauptbahnhof liegen wird, ein paar schlichte Giebel in verklärten, goldenen Farben aufflammen.

In die irdische Stadt Stockholm mit ihren Bettlern, ihren Kneipen, die voll sind von grölenden Stimmen, mit ihren skrofulösen Kindern, ihren brutalen Intrigen, ihren halbnackten, einfältig singenden Huren, ihrem Schmutz und ihren Verbrechen, malst du mit deinem geheimnisvollen Licht eine andere, eine himmlische Stadt, ein Jerusalem hinein.

Wie vibriert nicht das goldene Licht über deinen Gewässern und Inseln! Und die Luft selbst wird zu einem lebendigen, kristallklaren Raum, in dessen Schattierungen der Gedanke sich fängt.

Und du, Elias Martin, weißt, daß man dich um deiner Visionen willen lieben wird. Du schmeichelst der Stadt, du schmeichelst dem Hof und der Majestät, indem du dieses geheimnisvolle Licht über den Inseln spielen läßt. Man wird dich feiern:

man wird dir recht geben.

Und niemand wird dir so recht geben wie ich.

Wie oft hat nicht dieses Licht mit seinen Verheißungen mich gefesselt. Canaletto, Martin, Billgren, ich bewundere euch, ich bewundere euer Wissen vom Glück, eure tiefe Kenntnis darüber, wie das Licht malt.

Aber mich haben solche Bilder jahrzehntelang behindert, ich bin immer wie paralysiert vor ihnen stehengeblieben: und ich bin sicher, hätte man mein Gesicht gesehen, während ich sie ansah, man hätte es einfältig, töricht, dumm gefunden.

Ich will mich nicht mehr durch Bilder davon abhalten lassen, mein Leben zu betrachten.

In Uppsala ist 1958 die Situation also folgende:

Der kalte Krieg geht weiter.

Der große Streit um die schwedischen Angestelltenrenten, der noch ein ganzes Dezennium lang den schwedischen Parlamentarismus beeinflussen und verändern wird, ist in eine entscheidende Phase eingetreten.

Den ganzen Winter lang hört man die Schneeschaufler auf den Hinterhöfen der Öfre Slottsgatan, und ich habe einen unruhigen Schlaf. Bücher, Bücher, überall Bücher, sie bedecken meine Tische und Stühle.

Herbert Tingsten nimmt an großen Debatten in der Aula teil und diskutiert über Gott und die christliche Sexualmoral. Arthur Koestler kommt im Mai und redet über »The unity and continuity of Europe« Sven Delblanc raucht kleine schmale Zigarillos auf der Treppe der Universitätsbibliothek Carolina. Per Olov Enquist stellt sich bei den Akademischen Meisterschaften im Hochsprung für Uppsala auf. Göran und Tora Palm wohnen im Hinterhof in einem kleinen Zimmer, das von einem Petroleumofen immer sehr warm gehalten wird. Im Café Alma lehrt der geistreiche Thorild Dahlquist in einem Kreis von atemlosen Zuhörern Moralphilosophie. Es ist ein schrecklicher Winter.

(Die Stadt hat noch etwas Lebendiges an sich: sie ist mit Stimmen und Gesichtern bevölkert. Aus dem Anfang der sechziger Jahre, dem Beginn meiner großen Stummheit, ist sie mir dagegen völlig leer, entvölkert in Erinnerung, ohne auch nur einen einzigen Menschen auf den Straßen, bis auf den Kolonialwarenhändler Kihlgren mit seiner großen weißen Schürze. Das liegt natürlich ausschließlich an meiner eigenen Verweigerung. Aber aus dem Jahr 1959 ist mir kein einziges Gesicht auf einer Straße in Uppsala in Erinnerung.)

Die Raucher auf der Treppe der Carolina bleiben nicht lang und haben sich die Mäntel um die Schultern gelegt.

In diesen Jahren werden die Forschungsausschüsse und Arbeitsgemeinschaften vorbereitet, die allmählich die Wissenschaft dem schwedischen Wirtschaftsleben anpassen sollen, Mittel für Stipendien fließen in die naturwissenschaftlichen Fakultäten, und die Arbeit auf dem humanistischen Sektor verwandelt sich in ein provinzielles, ein verstaubtes Kuriositätenhandwerk. Mit jedem Jahr wird die Stadt immer mehr zur Provinz, aber noch ist das nicht ganz offensichtlich.

Von den alten Gastwirtschaften sind noch ein paar übriggeblieben, Lindholms etwa, mit seiner Treppe und seiner ekligen fetten Katze und dem Geruch nach dem ewig gleichen, zähen und harten Gulasch.

Die kleinen Spuren in den Hinterhöfen der Öfre Slottsgatan laufen kreuz und quer. Spätnachts kann man Verzweifelten begegnen, die nicht in ihren Zimmern bleiben wollen und die weder Mut zum Leben noch zum Sterben haben.

Bauernstadt, mit den hohen Stiefeln der Bauern unten an den Marktständen und dem feuchten Geruch des Tauwetters von den ländlichen Gebieten Upplands her, die nichts anderes sind als eine Fortsetzung der sibirischen Taiga auf unserer Seite des Bottnischen Meerbusens.

Und fast überall Böswilligkeit, bodenlose Gleichgültigkeit. Ein scheinheiliger liberaler Konformismus bei *Dagens Nyheter*, bei der NATO, bei Herbert Tingsten bietet sich als Alternative zu einem Konservatismus, der so viel schlimmer, so viel brutaler, so viel liebloser ist, daß selbst diese verschwommene Scheinheiligkeit mit ihrer Moralphilosophie und ihrem Glauben an die freie Welt sich wie ein wärmendes Heim ausnimmt.

Ich erinnere mich daran, wie an den Geruch von nassen Wollsachen, und die Seminare, wo das tüchtige Reden manchmal ein Fenster öffnete, erscheinen mir fast als Lichtpunkte.

(Wo das Reden ist, gibt es immer noch eine Möglichkeit.)

Ja, es war ein schrecklicher Winter. Ich las und las, Tage und

Nächte hindurch, glaube ich (und mittags ein Täßchen Kaffee und ein Brot mit Käse und eins mit Leberpastete aus Schonen im Café Alma, und Thorild Dahlquist möchte nie Butter auf sein Brot haben. Sein feines, intelligentes Gesicht schwebt mir in diesen Jahren als Ideal vor, er ist ein Mann, der sich »von der Welt befreit hat«. Ich mag ihn noch heute sehr gern, aber ich glaube, daß es ganz falsch war, ihn als Vorbild zu betrachten. Was ich brauchte, ja, das einzige, was mich aus meinem gefrorenen Hochmut hätte befreien können, war natürlich, mich mit dem größten Hunger und der größten Entschlossenheit in die Welt hineinzuwerfen, sie mit den Lippen, den Händen, dem Glied zu berühren, ihr Brennen im Rücken zu fühlen. Und da war niemand, der bereit gewesen wäre, mir das zu sagen.

Diese entsetzlichen dicken Steinmauern zum Café im Kellergeschoß der Universität hinunter: sie hielten ja sogar die Frühlingssonne ab, und das Licht fiel durch den Zigarettenrauch wie auf einer Zeichnung des rätselhaften Meisters Piranesi).

Studierte Philosophie und machte bereits nach einem Jahr meinen Magister und fand, daß kaum ein Buch mit dem anderen übereinstimmte, und erinnere mich genau, daß ich fast immer von irgend jemand unterbrochen oder kurz abgefertigt wurde, bevor ich ausreden konnte, und Tag für Tag der gleiche kleine Rundgang durch den Schnee und das Geräusch der Schneeschaufler aus den Hinterhöfen.

Nein. Ich vereinfache. Ich lüge nicht, aber ich mache es mir zu leicht, ich fange wieder an, wir geben nicht auf:

... von nassen Wollsachen in den Garderoben der Speisesäle, und nasse Wolle vermischt mit dem Essensgeruch, und die kurzen Stiefel der Mädchen (in dem Alter, in dem man sie wirklich braucht und in dem sie einen von allem Bösen erretten könnten, haben sie noch unbestimmte, verschwommene Züge und haben noch nicht zuhören gelernt) und wie sie, in Wolle und Essensgeruch gehüllt, herumlaufen, und das kleine Kino Fyris, das die ganze Filmgeschichte wieder und wieder zeigt, und der Geruch von feuchten Wollsachen, ich fange wieder an, wir geben nicht auf, und ich weiß die ganze Zeit über, daß hier etwas nicht stimmt,

(ich stelle mich selbst als ziemlich schmal, mager und bleich dar, Mitleid heischend und mit einer Art abwartender Haltung allem gegenüber, was mich umgibt, und das ist offenbar alles Lüge)

In Uppsala, im Vorfrühling 1958, sehe ich folgendermaßen aus: ich bewege mich in einer unbeschreiblichen, etwas schaukelnden Gangart, von der ich später etwas, aber nicht viel, zurückbehalten werde. Ich schaue gern auf die Straße hinunter oder zur Wand hin, und wenn ich manchmal jemandem begegne, den ich allem Anschein nach grüßen muß, tue ich das mit übertriebener Freundlichkeit. Ich habe bereits angefangen, eine gewohnheitsmäßige *Verbindlichkeit* zu entwikkeln, die im Grunde das genaue Gegenteil ist und die ich gegen Ende der sechziger Jahre mit großer Entschlossenheit abzulegen versuchte, als ich schließlich ihre Unaufrichtigkeit erkannt hatte.

In dieser Gangart drücken sich meine Unsicherheit und zugleich ein fast brutales Selbstvertrauen aus. Meine Stimme ist müde, gedehnt und nasal, die Artikulation nicht immer die beste, und wenn sie rechthaberisch wird und sich ereifert, wird sie auch ein wenig schrill.

Mein »brutales Selbstvertrauen« äußert sich in einem völligen Mangel an Respekt vor Autoritäten, ich traue meinen Professoren nicht über den Weg, ich kann kühl und abweisend selbst mit den Menschen sprechen, die mir ein wohlwollendes Interesse entgegenbringen, meist, um sie auf die Probe zu stellen und zu sehen, ob ihr Interesse auch dafür noch ausreicht.

Ich habe keine Ahnung, wie abstoßend ich wirke, wie anmaßend und zugleich abweisend ich mit den Menschen in meiner Umgebung reden kann.

Und abwartend? Hol's der Teufel! Ich möchte mich nur bitten lassen, weiter nichts. Mit sicherem Instinkt habe ich erkannt, daß der nur halbwegs Interessierte, der nur halbwegs Bekehrte, der nur halbwegs Gläubige immer die Oberhand hat, immer einen bedeutend größeren Einfluß ausüben kann als der schon Bekehrte, der schon genau Definierte. Allem Unbestimmten, Abwartenden wohnt eine Macht inne; man kann sie benutzen und kann auch von ihr benutzt werden.

Wenn ich mich selbst sehe, im Vorfrühling 1958 in Uppsala, dann meine ich ein Spiegelbild, den Abdruck einer Mythologie, eines ganzen Gefängnisses von Mythologien zu sehen, aber ich kann sie nicht benennen.

Und schon etwas weniger wirklich.

In diesem Winter befindet sich Johanna Becker in Paris. Sie sitzt auf einer Bank im Jardin du Luxembourg, mit einem kleinen ungewissen Lächeln, ein Buch auf dem Schoß. Ihr Gesicht hat weder Autorität noch Schwere, sie ist ein schüchternes kleines Mädchen. Der lange, billige Baumwollrock hat ein lustiges Muster aus Laternenpfählen, das zu der Zeit vielleicht gerade in Paris populär war. Sie hat eine dicke Jacke oder einen Mantel über den Schultern und dazu einen dicken Schal. Zu ihren Füßen steht eine Aktenmappe aus irgendeinem billigen Material.

Sie hat sehr wenig Geld und teilt es an verschiedenen Tagen abwechselnd für Essen und für Bücher ein. Sie blättert oder liest in einem dicken staatswissenschaftlichen Buch, das gerade herausgekommen ist und für dessen Verfasser, einen bekannten Professor, sie eine ohnmächtige Liebe hegt. Sie besucht alle seine Vorlesungen, und er nimmt es nicht wahr oder gibt vor, es nicht zu bemerken. Das Buch, in dem sie blättert, ist teuer. Damals, 1958, hat es 42 Mark gekostet. (Sie kann es sich schwer abgewöhnen, in Mark zu rechnen. Sie schaut schüchtern in die Kamera, und ich glaube, der starke Sonnenschein ist ihr lästig. Sie singt, mit einer schönen klaren Sopranstimme, die ich nie gehört habe, und an bestimmten Tagen in der Woche singt sie im Chor des Pariser Konservatoriums mit. Dadurch hat sie auch einen kleinen Nebenverdienst. Sie ist sehr schüchtern.)

Das ist ja entsetzlich! Ich *kann* mich selbst nicht so beschreiben, wie ich im Jahre 1958 aussah! Ich weiß es ganz einfach nicht. Ich erinnere mich daran, wie meine Teekanne aussah, ich erinnere mich an ein Bücherbord, das ich aus Ziegelsteinen und Brettern baute, als die anderen nicht mehr ausreichten (und Göran Printz-Påhlsons »Die Sonne im Spiegel« kam in diesem Frühjahr heraus, und alle Leute – alle Leute? – sprachen von etwas, das sie »Metapoesie« nannten), ich erinnere mich an die lächerlichsten Einzelheiten, sogar an ein verschüttetes Glas Milch in dieser Bar auf der Drottninggatan, und was ich zur Kellnerin sagte, und an bestimmte klare Morgen, aber ich kann mich überhaupt nicht an *mich selbst* erinnern.

Es ist, als hätte ich nicht existiert! Und es sind erst zwölf Jahre her!

Wir fangen wieder an, wir geben nicht auf!

Gibt es Persönlichkeiten? Oder gibt es nur Situationen? Und diese entsetzliche Narrenfigur mit viel zu langem Schlips und einer Jacke mit solchen Flicken aus Sämischleder auf den Ellbogen, wie sie in den fünfziger Jahren populär waren, die sich in dieser unbeschreiblichen, schaukelnden, monströsen Gangart bewegt – wer soll das eigentlich sein?

Gab es da nichts anderes, keine Wärme, keine Hoffnung, gar nichts? War das Ganze schon von vornherein ein verlorenes Spiel? Nein, so war es nicht.

So ist es nie. Wir sind es, die es verloren geben.

Am einunddreißigsten März 1958 beginnt die Schneeschmelze. Und dies ist keine von den banalen Wetterbeschreibungen, in denen zu brillieren kontinentale Kritiker uns primitive und wilde Skandinavier ständig beschuldigen, dies ist ein wichtiger Teil meiner Erzählung.

An diesem ungewöhnlich warmen Tag, der also der erste Frühlingstag ist, und nicht nur der erste Frühlingstag in diesem Jahr, der erste Frühlingstag seit vielen Jahren, ein Tag, an dem das Reden einen seiner Triumphe feiern wird, suche ich den Dozenten Sören Halldén auf, um bei ihm eine Prüfung abzulegen. Halldén, der erstaunlich schüchtern ist, stellt keine richtigen Fragen, wir plaudern ein wenig über dies und jenes miteinander, werfen einander nervös, aber nicht unfreundlich Stichworte zu, wir plaudern eher über Philosophie, als daß wir über Philosophie reden, die Frühlingssonne draußen und das nervöse, ein wenig ungeduldige Temperament des sehr intelligenten Lehrers hindern uns daran, uns auch nur einen Augenblick lang richtig auf die Prüfung zu konzentrieren. Nach einer halben Stunde, als ich immer noch auf den eigentlichen Beginn der Prüfung warte, bittet er um mein Prüfungsbuch und trägt die Note mit einer Geste ein, die so deutlich seine Verachtung dieser ganzen Universität und all ihren Vorschriften gegenüber enthüllt, daß ich mir vor lauter Entzücken ein Lachen nicht verkneifen kann,

und wir fühlen uns irgendwie als Kameraden und gehen durch den englischen Park, um in dem ewigen Café zusammen Kaffee zu trinken, und ich habe keine Ahnung, daß mich an diesem Tag noch eine Prüfung erwartet. Ungefähr um Viertel vor eins entschuldigt sich der Dozent und geht, er hat viel zu tun, da er im Lauf der Zeit Professor in Lund werden wird, aber davon wird er noch über viele Jahre hinaus nichts wissen.

Und ich, ich bleibe noch fünf oder zehn Minuten dort, gehe dann die Treppe hinauf, ins Licht hinaus, den Berg hinunter, wo die Vormittagsstunden alles zu Wasser geschmolzen haben, so daß es nun wie ein kleiner Fluß den Rinnstein hinabströmt, und da sind ein paar Leute, die ich kenne, und ich finde den klugen, den empfindsamen Björn Nilsson mit seinem hinkenden Bein und seinem erschöpften kleinen Lachen, und auch die rundliche dunkle Maria Brohult ist da, und der ganze Winter ist auf einmal fort, jetzt löst sich etwas, und ein paar Schatten fliegen auf, ein paar Vogelschwärme (schwarze), die vier, fünf, vielleicht auch zehn Jahre lang über mir gehangen haben, verschwinden für einen Augenblick (die Freiheit existiert), und da ist ein Mädchen mit langem, ein wenig rötlichem Haar und einer langen schönen Nase, sie ist mindestens einen Kopf größer als ich. Wir nennen sie Ingrid Bergström,

und sie sagt

natürlich haben wir uns schon getroffen, erst vor ein paar Tagen im Café unten, aber du hast mich nicht gesehen, und Björn Nilsson, der nicht weiß, daß wir im nächsten Dezennium jahraus und jahrein fast jeden Tag miteinander telefonieren werden, wenn er in der Kulturredaktion des *Expressen* gelandet ist, sagt

jetzt lassen wir uns alles den Buckel runterrutschen, jetzt wollen wir Streichhölzer segeln lassen

und tatsächlich fangen wir an, Streichhölzer segeln zu lassen, groß und klein läuft ihnen nach und feuert sie an und hilft ihnen über all die Hürden aus alten Zigarettenschachteln, gebrauchten Präservativen, verlorenen großen Haarnadeln, über Stock und Stein und all das Gerümpel hinweg nach solch einem Winter, und ich nehme diese Ingrid Bergström an der Hand (es ist eine lange, schmale, etwas winterbleiche Hand mit ein paar braunen Pünktchen darauf), und wir laufen zusammen die Straße hinunter

(das ist schon unendlich lange her)

und ich strample vor Glück in meinem Glaskolben

und wir laufen

und ich sehe, daß dieses Mädchen einen kleinen Frosch aus Zinn am Revers ihres hellblauen Mantels trägt, und sie erzählt, daß sie vier Schwestern hat, und da beginnt ein Reden, und es wird über eine lange Zeit hinweg weitergehen und sehr lange glücklich sein, bevor es wieder unglücklich wird, aber das ist eine andere Geschichte

und wir laufen, ohne zu wissen, wohin wir laufen.

Jetzt wird es nur noch zehn Tage dauern, aber das weiß ich nicht, bis ich mit der Erzählung beginnen werde, die »Letzte Tage und Tod des Poeten Brumberg« heißen und mich ein für allemal von der Philosophie abbringen und in etwas anderes hineinführen wird, das noch schwerer ist und mich noch mehr beschädigen wird und durch das ich hindurch muß

laufen die Drottninggatan, die Västra Ågatan entlang, über die Brücke, auf die Östra Ågatan, und als sie mir drei Tage später einen Brief schreibt, beginnt er mit den Worten:

(und ich bin wieder an dem Punkt angelangt, wo ich mich nicht mehr an der Sentimentalität stoße, weil ich begonnen habe, wieder auf den Wert der Worte zu vertrauen)

»Schloß im Morgenlicht«

(Am 31. März 1958 singt Johanna Becker im Pariser Konservatorium unter der Leitung von Igor Markevitch Mozarts Krönungsmesse. Mit strahlender Klarheit steigen die hohen Sopranstimmen in dem einleitenden Chorsatz auf, und sie ist vollkommen glücklich und findet, daß der schwere Chorsatz »sich wie von selbst singt«.

Solange sie singt, wird sie vollständig glücklich bleiben. Und ich weiß nicht, daß es sie gibt.)

Versuch der Rekonstruktion und Analyse eines mittelalterlichen Bestiariums

Fünfziger Jahre. Man hatte die Begrenzungen des Daseins kennengelernt. Man hatte gelernt, daß es voller Grenzen war.

Man hatte auch allerhand neue Möglichkeiten kennengelernt, die sich dem Fleißigen, dem Tüchtigen, dem Realisten auftaten.

Der große Konjunkturaufschwung des Koreakrieges wollte gar nicht mehr abflauen, die Zuwachsraten der schwedischen Industrie stiegen von Jahr zu Jahr; nun erschienen ausländische Arbeitskräfte und neue Tochtergesellschaften in neuen Ländern.

Paris wurde populär, obwohl anscheinend niemand etwas unternehmen konnte, um die Torturen in Algerien zu verhindern. Weinflaschen kamen auf die Tische der Literaturclubs, nach dem Hering und dem Branntwein der vierziger Jahre nun der Vin Rouge d'Algérie der fünfziger und Sveciakäse, der neuerdings in dicke Scheiben geschnitten wurde. Die Poesie blühte und das Lied, das Couplet. Bastbespannte Flaschen aus Italien schmückten, auch wenn sie schon ausgetrunken waren, ziemlich viele Wohnzimmer, und die Malerei wurde metaphysisch und änderte immer wieder ihre Richtung:

In den ersten Nachkriegsjahren Fischermädchen auf Ibiza, dann Konkretismus, wobei die halbe Kunst darin bestand, eine Fläche gegen eine andere, gelbe, in der rechten oberen Ecke auszubalancieren. Dann erschien die Gedichtsammlung »Strountes« von Gunnar Ekelöf, und die Malerei ging vom Konkretismus über zum Informalismus, es entstanden Graffiti, possenhafte und geistreiche Spielereien: innerhalb von zehn Jahren änderte sich der Charakter fast aller Bilder, sie wurden mehr Gegenstand als Gemälde.

Die Universität erhielt Stipendien, allerdings mehr in den nützlichen Fakultäten als in den unnützen. Mit der Produktivität stieg der Lebensstandard, die Zusammenarbeit zwischen Arbeit und Kapital erlebte eine Glanzperiode, und in aller Stille wurde der Grund zu ein paar bedeutenden Vermögen gelegt.

Man hatte zusammenzuarbeiten gelernt: man wußte praktisch über alle Möglichkeiten Bescheid.

In einem ungewissen Sonnenlicht wuchsen schöne neue Mietshäuser in Rosa und Blau, Pastell und Hellrot aus frühlingshaft weichen Lehmäckern empor. Bulldozer und Bagger dröhnten Tag und Nacht, und die Angestellten der Wohnungsvermittlungen bekamen jetzt ihre Machtstellung: die Bauunternehmer wurden zu Fürsten. Die alten Stadtkerne fielen in einer Wolke von Staub und Rauch zusammen, Uppsalas Markt bekam ein Kaufhaus, das aussah, als wäre seine Fassade aus spitzenbesetzten Damenunterhosen gemacht.

Gott wurde geleugnet, die Ehe wurde geleugnet, die Ideologien wurden geleugnet; aber bedeutsamer noch war, daß man die Geschichte leugnete.

Sie war 1945 in Angst und Schrecken zu Ende gegangen. Es gab den kalten Krieg, es gab die Forderung nach einer schwedischen Atombombe, es gab Vorschläge für ein neues Strafgesetz, aber die Geschichte, die gab es nicht.

Es war eine seltsame Zeit, als in den Zeitungen die Leitartikel mit dem Feuilleton übereinstimmten. Die Poesie blühte. Die literarischen Zeitschriften handelten von Literatur und die Romane vom Leben. Die Stearinkerzen brannten.

Die Intellektuellen dieser Periode pendelten atemlos zwischen Metaphysik und Anpassung hin und her, ungefähr so, wie die Funktionäre und Juristen und die neuen Leitartikelschreiber mit dem Personenzug zwischen Stockholm und Uppsala hin- und herpendelten.

In dieser neuen, harmonischen Gesellschaft mit blauen und rosa Mietshäusern und einer ständig steigenden Zuwachsrate war es leicht, Karriere zu machen. Reihenhäuser, die eleganten Reihenhäuser für Ärzte und Anwälte schossen empor wie Pilze, Hecken wurden gepflanzt und Gartenmäuerchen angelegt. Der Berufssport stand hoch im Kurs, und nach allgemeiner Übereinkunft war das einzige, was wir von der Welt kennenlernen können, die alleräußerste Oberfläche der Welt, nicht die Absicht, sondern das Verhalten, nicht der Umgang mit der Macht, sondern die Macht, nicht die Bedeutung der Sprache, sondern lediglich die Sprache. Per Olof Sundman trat zum ersten Mal an die Öffentlichkeit und beschrieb in seinen Untersuchungen die Rolle, die die Macht jetzt in unser aller Leben zu spielen begonnen hatte. Die Privatsphäre blühte.

Ich träume manchmal von diesen mittelalterlichen Tierbüchern, *Bestiarien,* die ein alter Dominikaner mir einmal in The Bodleian Library in Oxford zeigte. Sie beschreiben alle bekannten Tiere, und einige davon sind Phantasieungeheuer, die es natürlich auch alle gegeben hat, aber nur als Spiegelungen von etwas anderem, das der Verfasser erlebt hat. Drachen und Meeresungeheuer von der Art, wie sie sich auf manchen Landkarten fröhlich tanzend und hohe Wasserstrahlen speiend vor Islands Küste winden. Sie werden mit einer ebenso großen Fülle an Details und mit der gleichen autoritativen Ruhe geschildert wie die existierenden Tiere (und falls es zu irgendeinem Streit kommen sollte, braucht man nur auf Aristoteles zu verweisen. Der weiß Bescheid).

Die private Wahrheit dieser Bücher mit ihren wunderbaren handgemalten Illustrationen ist natürlich um ein Vielfaches größer als ihre biologische Wahrheit. Sie sagen viel mehr über die Träume des Verfassers aus, aber nicht nur das: sie sagen noch mehr aus über die Träume, die man zum Zeitpunkt der Entstehung dieser Bücher für natürlich und richtig hielt.

Und über diesen Umweg kommt dann doch eine historische Wahrheit zum Vorschein, und wenn wir nach so langer Zeit zu diesen Büchern zurückkehren, geschieht das nicht um ihrer offensichtlichen Lügenhaftigkeit, sondern um ihrer verborgenen Wahrhaftigkeit willen.

Die Welt, in der meine Erzählung spielt, ist ein Bestiarium. Die Bestien, die diese Kreise bevölkern, werdet ihr vielleicht nicht auf den ersten Blick wiedererkennen, aber dennoch weigere ich mich zu glauben, daß meine Geschichte sich am Ende als »privat« erweisen wird.

Die Wahrheit müßt ihr nach eigenem Gutdünken herausfinden. Nach politischen Tugenden werdet ihr bei mir vergeblich suchen. Wenn ich irgendwelche Tugenden besitze, so sind sie persönlich, und es braucht im allgemeinen sehr viel Zeit, um sie zu finden.

Mehr sage ich nicht.

Die Versuchung, bei den Bildern stehenzubleiben, ist fast übermächtig. Homunculus in seiner Flasche, aber nicht nur Homunculus. Ich habe nichts gegen diese Bilder, ich wäre hilflos ohne sie, ich liebe sie, aber ich weiß, in dem Augenblick, in dem ich bei ihnen stehenbleibe, bin nicht nur ich, ist auch meine Erzählung verloren.

Dieser Kreis ist mit Bestien bevölkert, mit seltsamen Tieren und Geschöpfen, dreiköpfigen Ungeheuern, seltsamen Organismen mit Echsenkörper und Vogelköpfen, die sich mit gesundem Appetit gegenseitig in Leber und Nieren hacken.

Wieviel davon nur eine Widerspiegelung meiner eigenen Verzweiflung ist und wieviel zur Umwelt gehört, weiß ich nicht: Nach der griesgrämigen Kälte, dem Neid, der Brutalität und dem Hochmut der akademischen Welt kam ich Ende der fünfziger Jahre mit der literarischen in Berührung.

Und ich fand es erstaunlich, daß diese Gruppe von Leuten, die ich dort antraf, überhaupt dazu imstande war, irgend etwas zu produzieren, sei es von Wert oder nicht. So sehr schienen diese Leute mit dem ewigen Wiederkäuen erlittener Kränkungen und dem aufeinander Herumhacken beschäftigt zu sein: ich meinte, eine Strafkolonie zu sehen, in der die Gefangenen zu ihrer gegenseitigen Bestrafung ausersehen waren.

Da tobten entsetzlich wichtigtuerische Kämpfe, aber sie drehten sich nicht um Fortschritt oder Reaktion, nicht um Freiheit oder Unfreiheit, sie drehten sich um das Prestige des einzelnen und seine kleinen diminutiven Veränderungen, sie wurden mit so zweifelhaften und primitiven Mitteln ausgetragen, daß man meinte, es mit bösartigen und zugleich gehemmten Kindern zu tun zu haben, die so verschreckt und boshaft sind, daß sie sich nicht trauen, die Puppe des anderen Kindes wegzuwerfen, sondern nur heimlich versuchen, die Fingerspitze vom kleinsten Finger der Puppe abzubrechen.

Und diese muffige Welt, diese kleine schwedische provinzielle Literaturhölle, wo alle Beteiligten dazu ausersehen schienen, einander zu quälen und auszuschließen, wo das kalte harte Unverständnis, die grinsende Verachtung und die freche hemmungslose Lüge, die kleinen, halbwegs machtlosen Fehden in einem solchen Ausmaß das Dasein erfüllten, daß es darüber hinaus kaum noch etwas anderes zu geben schien, war doch nur ein mikroskopischer Ausschnitt, ein kleiner, fast idyllischer Sonderfall der Wirklichkeit, die mich umgab.

Mein ganzes Leben lang hatte ich die Außenwelt als feindlich empfunden (und mit ihr Kontakt aufzunehmen war mir nur möglich in den äußeren und inneren Gegenden, in denen das Reden zu

Hause ist), jetzt sah ich sie mehr aus der Nähe: und sie bestätigte laut ihre Feindseligkeit, ihren Haß, ihre selbstverständliche Verachtung.

Dieser wimmelnde, zischende, wütende und aufgebrachte Haufen von Bestien jagte mir eigentlich nie Angst ein: ich hatte ja immer mit ihm verkehrt, nur die Formen hatten gewechselt. Aber er bestätigte, was ich zu wissen glaubte, er lieferte einen Beitrag zu meiner Kosmologie.

Das Bestiarium.

Die eiskalte Hölle, wo alle unentwegt reden und alle einander unentwegt mißverstehen.

Die glühendheiße Hölle, wo du mit der größten, der äußersten Anstrengung redest (denn es ist schwer, Atem zu holen, die Luft verbrennt dir die Lungen), aber immerzu sitzt jemand gleich neben dir (Wasserspeier) und redet mit einer schrilleren, schärferen Stimme und deutet jedes deiner Worte so aus, daß es seine Bedeutung ändert und sich ins Gegenteil verkehrt,

und ein Chor von Stimmen, glucksend und höhnisch lachend, sie werfen sich gegenseitig deine mißverstandenen Worte unter Kichern und Hohngelächter wie Bälle zu, und du kannst sie nie mehr erreichen und dir nie mehr Gehör verschaffen, und das Zerrbild, das entsetzliche, entstellte Echo hallt immer stärker und lauter

und eine dunkle, eine dämmergleiche Hölle (eine Landschaft wie auf einem der äußeren Planeten, ein Eisplanet, der sich langsam, kaum einen Tag pro Jahr, um die eigene Achse dreht)

sie sitzen um dich herum und betrachten dich, ganz in Eis gekleidet, mit Bärten aus Eis, Kappen aus Eis, eingehüllt in mächtige Pelze aus Eis, und sie machen alle zehn Jahre eine Bewegung, aber so unmerklich, daß du sie kaum wahrnimmst, wenn du nicht äußerst aufmerksam bist

und du redest, immer eindringlicher, mit immer stärkerer Überzeugung, mit der größten Deutlichkeit, deren du irgend fähig bist

und sie verstehen dich nicht

Die Hölle der Narren, wo alle unter Heulen, Weinen und Klagen einem sehr kleinen roten Ball nachrennen, bis einer ihn eingefangen hat und ihn seufzend umklammert

(in diesem Augenblick, steigert sich das Weinen und Klagen der anderen zu solcher Stärke, daß es jeden vernünftigen Laut übertönt)

Ich weigere mich, bei diesen Bildern stehenzubleiben. Ich gebe nicht auf. Wir fangen wieder an.

Man ermutigt das kleine Klind oder man warnt es. Man schlägt ihm auf die Finger. Und das Kind lernt, daß die Welt dort ist, wo dir widersprochen wird.

Diese Lektion ist einfach, und sie sollte lange vorhalten. Jetzt versteht das Kind den Unterschied zwischen sich und der Welt, und das Zusammenspiel zwischen dem Kind und der Welt kann beginnen.

Jetzt weiß das Kind sich zu benehmen, und eben das sollte die Welt auch tun, aber das tut sie keineswegs.

Die Welt benimmt sich nicht. Sie widerspricht dir. Du versuchst, so zu handeln, wie man es von dir erwartet, aber wenn du schlau genug bist, wirst du merken, daß deine Erwartung immer um einen Schritt hinterher ist. Deine eigene Erfahrung stimmt nie mit der Welt überein, denn daß sie deine Erfahrung verändert, das macht die Welt aus.

Und das Kind lernt, zwischen sich selbst und den Fremden zu unterscheiden, zwischen seinem Leben und fremdem Leben. Es lernt, zwischen der Privatsphäre und der anderen, fremden, öffentlichen zu unterscheiden.

Es dauert lang und ist schwer, Zugang zu der Erfahrung eines anderen Menschen zu finden, es ist so kompliziert und wechselhaft, wie du es dir nie vorgestellt hättest, als du zum erstenmal darüber nachzudenken begannst. An einem Nachmittag kannst du durch bloßen Zufall über ein fremdes Leben mehr erfahren als in zehn Jahren davor. Und die Liebe, die eine Form des Wissens ist, mißbraucht der verschreckte, unsichere Mensch dazu, Macht zu erlangen, da Macht die einzige solide soziale Beziehung ist, mit der die Gesellschaft ihn vertraut gemacht hat.

Du fühlst ein Bedürfnis nach Liebe, nach einem Punkt, wo Gleichberechtigung herrscht, du ahnst die Möglichkeit, über andere etwas zu wissen, was das Wissen über dich selbst unendlich erweitern würde.

Rätselhafte Widerstände stellen sich in den Weg.

Wir existieren in einer schizophrenen Form des sozialen Lebens. Fremde Mächte haben unser normales Leben okkupiert; und genau wie fremde Eroberer die Ureinwohner von Venedig in einen entlegenen Sumpf hinaustrieben, wo sie ihre Stadt auf Pfählen im Wasser bauen mußten, haben die Mächte, die uns und unsere Kräfte ausbeuten, uns in eine unfruchtbare Einöde getrieben, die wir das private Leben nennen.

Das »Fremde« hat auch uns selbst erobert und uns in einen einsamen Winkel gedrängt, in den Sumpf unserer eigenen Existenz, den wir »Privatleben« nennen; Heim, Familie, Liebe geben uns kurze Stunden einer Freiheit, die wir in der Arbeit, im Umgang mit anderen, im sozialen Leben verdrängen und für verboten halten.

Wir verfügen nicht über uns selbst, und deshalb leben wir das Leben unserer Masken. An die Stelle der Liebe tritt die Macht, die rohe, brutale Macht, und der Kampf um Prestige, der nichts anderes ist als der Kampf um die Anerkennung unserer Masken, die Furcht einflößen sollen. Wir haben gelernt, in der Grammatik der Macht zu sprechen.

Der Unterschied zwischen öffentlich und privat, zwischen der Maske und dem lebendigen Menschen ist der Punkt, an dem unser historischer Zustand offenbar wird.

Bei den Liebenden gibt es einen Augenblick, zu dem sie immer zurückkehren, und das ist der Augenblick, bevor sie sich kennenlernten.

Sie kehren wieder und wieder dahin zurück und erzählen einander unermüdlich davon.

Es ist, als würde ihre Liebe irgendwie von diesem Augenblick *handeln*.

Und daher rührt dieses Bedürfnis, sich eine gemeinsame Vergangenheit zu schaffen, wo es keine gemeinsame Vergangenheit gibt, und das ist ein Ausdruck der tiefsten Zuneigung.

Eingeschlossen in die schützende Glasblase, ihrer Liebe blicken sie unentwegt zurück auf diesen ursprünglichen Augenblick, in dem sie beide *Fremde* füreinander waren, als enthielte er eine ungeheure Verlockung.

Und so ist es auch, denn in diesem Augenblick schwebt uns die Möglichkeit einer anderen Art von Leben vor.

(In fünf, in zehn Minuten könnte es beginnen, wann immer wir wollen ...

Und es beginnt nicht.)

Und diese Tiermasken, die wir uns übers Gesicht gestreift haben, sind keine Spielzeuge, wir tragen sie nicht für eine Rolle. Sie sind unsere Gesichter, und solange sie da sind, bleibt die Liebe nur eine Möglichkeit, eine Hoffnung, bestenfalls eine Einsicht.

Ich bin jetzt an dem Punkt angelangt, wo meine Erzählung weitergehen kann, ohne sich in heillose Lüge und Verstellung zu verstricken.

Die Aufrichtigkeit, der Austausch an Erfahrung, die äußerste Vertraulichkeit, die ich mir erträumte, als ich meine Erzählung begann, läßt sich innerhalb dieser Erzählung nicht verwirklichen, läßt sich innerhalb dieses schreibenden Herrn Gustafsson selbst nicht verwirklichen.

In dem Zustand der Geschichte, in dem wir uns befinden, läßt sich das nicht verwirklichen. Und wenn ich dieser Einsicht zum Trotz so schriebe, als wäre die Gleichberechtigung schon fest begründet und die Liebe möglich, so würde ich doch wieder erstarren in der Welt der Bilder, der unbeweglichen Figuren, der Tiermasken, in der Welt des Bestiariums.

Denn auch ich trage eine Maske, und diese Maske ist mein Gesicht. So müssen Traum und Wirklichkeit nebeneinander hergehen und sich gegenseitig unentwegt ein Bein stellen.

Die Menschen um mich herum: ich habe sie als Bestien beschrieben, als erschreckende, höhnische Dämonen, die nur dazu da sind, um einander mit Sticheleien und Hohngelächter zu quälen. Ich habe ein paar Jahre lang mit der Möglichkeit einer totalen Misanthropie gespielt und nach einer Art endgültiger Hoffnungslosigkeit gesucht, die befreien sollte.

(Blaues Eis, wirbelnder Wind über den Gesichtern der Festgefrorenen.)

Glaubt mir, ich kannte die Arithmetik nur zur Hälfte. Ich blieb bei diesen fiktiven »inneren« Bedingungen stehen, die nur mein eigenes Spiegelbild der äußeren Bedingungen waren.

Es gibt keine Dämonen, keine Bestien. Es gibt nur äußere Ordnung der Macht, die unser inneres, unser lebendiges Leben okkupiert. Stell nicht die Menschen in Frage, stell die Macht in Frage. Stell nicht die Liebe in Frage, sondern stell nur die Liebe unter den äußeren Bedingungen der Macht in Frage.

Dann wirst du sehen, wie das Bestiarium sich verändert, wie es sich auch nur als eines der Zerrbilder der Macht entpuppt in deinem eigenen deformierenden Spiegel.

Die Tiermasken fallen ab, und lebendige Menschen werden hinter diesen entsetzlichen Bestien sichtbar. Der Höllenlärm verstummt, und du siehst um dich her Erstaunte, Erschreckte, Hilflose, wie du selbst einer bist. Es gibt nur deine Angst und ihre Angst und die Angst vor ein und demselben.

Ist also Liebe möglich? Ja und nein.

Mit dem Mädchen, wir nennen es Ingrid Bergström, das ich an jenem Märztag im Jahre 1958 traf, unterhielt ich in den ausgehenden fünfziger Jahren lebhafte, unruhige, unglückliche Beziehungen.

Wir glaubten immer, daß sehr bald, in ein paar Tagen oder Wochen, alle Mißverständnisse zwischen uns ausgeräumt sein würden. Das Glücksgefühl, wenn wir einander ansahen (ohne zu sprechen), sagte uns, daß nichts uns daran hindern könnte, einander zu verstehen.

Zeitweise erschien uns jedes Wort, das gesprochen wurde, als Überfall oder Hinterhalt, als Falschheit und heimtückische Stichelei. Wir dachten immer, daß gleich um die Ecke ein besserer Zustand auf uns wartete. Wenn wir miteinander so reden wollten, daß wir uns endgültig verstanden, wurde uns immer bewußt, daß wir keine Zeit hatten, daß einer von uns in einem Zug wegfahren mußte, daß etwas anderes wichtiger war. Ich erinnere mich an ihr kluges, hilfloses Gesicht, an ihre lieben, kurzsichtigen Augen.

Wir kamen nie auf den Gedanken, uns auch nur einen Augenblick lang zu fragen, ob die äußeren Bedingungen, die Gesellschaft, in der wir lebten, etwas mit der Sache zu tun haben könnten.

Zum letzten Mal traf ich sie an einem Frühlingsabend im Jahre 1959. Die Kastanien blühten. Ich ging langsam heimwärts, die Straße entlang, und blätterte in einer Zeitung. Ich hatte das Gefühl, wieder heimzukehren zu dem, was mein war, heimzukehren zur Verzweiflung.

Glaubt mir, wir kennen die Arithmetik nur zur Hälfte.

Jetzt wurde es Zeit für neue Bombergeschwader. Und wir stellten nicht die Welt in Frage, sondern nur uns selbst.

In Pratis Vestmanniae

Genug jetzt von der Angst.

Linné nennt sie »*pratis Vestmanniae*«; die västmanländischen Wiesen. Mit einer verfallenden Scheune hier und da als dunklere Masse im Sommerlicht, mit weißen Flecken von Geißbart und den roten Windröschen am Waldrand, mit ganz weichem, ganz rotem Gras, das Rotschwingel heißt, breiten sie sich im Sommer aus. Vereinzelt sieht man dort noch Schmetterlinge; es ist ein Abwanderungsgebiet, und keine Industrien verpesten mehr die Luft. Alte landwirtschaftliche Geräte, die noch das Schild »International Harvester« tragen, mit zerfressenen Buchstaben wie bei einer etruskischen Inschrift, rosten im hohen Gras. In feuchten, etwas tiefliegenden Teilen der riesigen Wälder wächst noch die Nachtviole, und Ende Mai, wenn der Kuckuck noch in den Lichtungen ruft, erfüllt sie die ganze Welt mit ihrem geheimnisvollen Duft.

Und genau dort, wo der 59. Breitengrad das Land durchquert, liegt die Gemeinde Väster Våla, über die der Reisende Olof Grau in seiner västmanländischen Reisebeschreibung von 1754 vermerkte, daß der überwiegende Teil dieses Sprengels unter Wasser liege.

Der Åmänningen, der größte von Västmanlands Binnenseen, ist über zehn Kilometer lang und an der breitesten Stelle fünf Kilometer breit. Er ist voller Inseln, Buchten und Verengungen, und der ganze See ist voll von den seltsamsten, riesigen Steinblöcken. Bei Niedrigwasser im Monat Juni tauchen sie auf und werden sichtbar, bei Hochwasser im September und Oktober bilden sie verräterische Untiefen unter dem Wasserspiegel. Genauso unzugänglich sind auch die Strände, auf denen massive Steinblöcke kreuz und quer verstreut liegen, waldbewachsener Strand, Humuserde, Wachsbeeren und Heidekraut gehen unmittelbar über in den steinigen Strand mit seinen uralten Hoch- und Niedrigwassermarken.

Um den See herum gibt es sehr wenig Besiedlung. Die abgelegenen Dörfer bevölkern Holzfäller und Sommergäste. Die schmalen, steinigen Wege sind gar nicht selten mit der Schlacke von verlassenen Hütten aus dem achtzehnten Jahrhundert gebaut; die schönsten taubenblauen Steine verbergen sich im weißen Staub der Landstraße, der zur Sommerzeit in riesigen Wolken hinter den Autos aufwirbelt.

Und an einem klaren Herbsttag können die in ein Gespräch vertieften Spaziergänger auf dem Weg zwischen Scharen, riesigen Scharen von krächzenden Elstern entlanggehen, die auffliegen und sich auf den Telefondrähten niederlassen. Und in dem alten Dorf bei Sörby fliegen abends im Juli die Schwalben unter den Dachziegeln aus und ein: das ist Freiheit, und sie verwandeln die Luft in ein Luftmeer, machen sie sichtbar.

Die ins Gespräch vertieften Spaziergänger auf dem Weg bemerken nicht die Krähen um sich her. Sie gehen kaum zur Seite, wenn der Sohn des einzigen Bauern in der Gegend mit viel zu hoher Geschwindigkeit in seinem häßlichen kleinen Auto vorbeifährt: er lebt davon, in der Scheune seines Vaters Reparaturen zu machen (diese ländliche Gegend hat den ganzen Kreislauf mitgemacht und ist nun wieder unterwegs in das industrielle Zeitalter hinein, aber in aller Heimlichkeit, von unten her).

Auf einem kleinen sandigen Bergrücken, mit Aussicht auf eine kleinere, nacheiszeitliche Bucht des Åmänningen oder Litorinameeres, wo friedliche Schafe weiden, baute ich in einem Frühling und ein paar Sommern Mitte der sechziger Jahre das erste Haus, aus dem gesündesten Kiefernholz, das in den Innenwänden tausend Astknorren hat und noch nach Firnis und Wald duftet. Mit der Zeit kamen noch ein paar Zimmer dazu, als Obdach für Bücher, Kinder, Ruder, Fischnetze, Bilder von Vulkanausbrüchen und Schiffskatastrophen (wo es ruhig ist, umgebe ich mich immer mit solchen Bildern, ohne auch nur einen Augenblick darüber nachzudenken) und für die alte schwere Hobelbank mit all den Scharten und Spuren von Sägen, die zu weit gesägt haben, und Stemmeisen, die zu tief geschlagen haben.

Mitten in den Hochsommernächten kann man das unbeschreibliche Schluchzen des Luchses von der anderen Seite des Tales her hören.

(In der Nacht, als die ersten Astronauten den Mond betraten, übertönten die entsetzlichen Klagelaute des Luchses vom Waldrand her die rasselnden metallischen Radiostimmen aus einer anderen Welt.)

Und im Spätherbst hüllt sich die Gegend jedes Jahr in einen mächtigen Nebel, der so dicht ist, daß man nicht einmal mehr das

Haus auf dem anderen Hügel sehen kann. Es ist die Zeit, wo die Schwalben zur Ruhe gehen und ihren Schlaf beginnen. Und an einer bestimmten Stelle draußen auf dem See (ich habe ein altes, fünf Meter langes Boot, das allen Winden gewachsen ist, die auf dem Åmänningen vorkommen können und das einen dieser altmodischen Motoren hat, die beim Starten niemals streiken), an der allertiefsten, kann man schwere, dumpfe Glockenschläge unter dem Wasser hören, als gäbe es eine Kirche tief unten in dem bodenlosen Loch. Ich nenne sie »Septemberkirche unter dem Wasser« und stelle mir vor, daß es eine Kirche für die Ungeborenen ist, für die, die einmal kommen und die Gegend in Besitz nehmen werden, Menschen in einer besseren, einer zukünftigen Welt, die die zugewachsenen Äcker wieder bebauen und neue Boote auf den See schicken werden statt derer, die jetzt unten an der Sumpfwiese verfaulen, wo die Weiden ihre Zweige ins Wasser hängen lassen.

Ich weiß nicht, wie sie ihre Boote bauen werden, ob mit flachem Boden oder mit hohem Vordersteven, ich weiß nicht, ob sie eine technisch weit fortgeschrittene Kultur haben werden oder eine nur geringfügig entwickelte, ob sie ihre Häuser in Dorfgemeinschaften anlegen werden oder weit voneinander entfernt, aber ich hoffe und glaube, daß ihre humanen Instrumente den unseren überlegen sein werden, daß sie tief ineinander hineinhorchen und mit selbstverständlicher Klugheit ein verfeinertes Netz von Freundschaften und Toleranz zwischen diesen Inseln, Buchten und Sunden knüpfen und diese ruhig abwartende, diese immer noch *frühe* Welt in Besitz nehmen werden.

Während der Sommer in der Mitte der sechziger Jahre machte ich es mir zur Gewohnheit, in der Gemeinde Väster Våla zu wohnen und an den Tagen, die meine Anwesenheit in Stockholm erforderten, mit dem Zug dorthin zu fahren.

Wie ein ganz kleines Kind, das aus der warmen Badewanne springt und in der Wohnung herumläuft, nur um des Vergnügens willen, wieder ins warme Wasser schlüpfen zu dürfen, so freute ich mich über den krassen Wechsel zwischen diesen beiden Welten, die nichts anderes gemein haben, als daß sie in der gleichen historischen Zeit existieren und daß die eine die Rohwaren, die Arbeitskraft, die Lebensmöglichkeiten der anderen kolonialistisch ausbeutet.

An solchen Tagen stand ich gewöhnlich um sechs Uhr morgens auf, wenn noch ein leichter Nebel über den Wiesen lag, und radelte mit der schweren erfahrenen Aktenmappe und ihrer Sündenlast an Manuskripten und Briefen auf dem Gepäckträger die steilen Steigungen nach Ängelsberg hinauf, wo der Bahnhofsassistent mit seinen Rangierern immer gegen sieben Kaffee trank, während der See sich still wie Quecksilber, wie geronnenes Blei vor dem Bahnhofsgebäude ausbreitete.

Zwischen dem Klingeln der Signale und den Telefongesprächen mit dem Bergwerk in Norberg, das seinen täglichen Bedarf an Förderwagen bestellte (das war noch ein paar Jahre vor der Schließung der Gruben in Norberg), pflegten wir uns über Schweden zu unterhalten und über unsere Fremdheit in dem neuen Reich, das jetzt entstand.

Diese Menschen, die keine andere Kunst beherrschten als die, eine Bahnstation tadellos instand zu halten, fünfmal täglich Signale und Weichen zu überwachen, Wege zu harken und die Pelargonien in ihren großen gußeisernen, von schwarzer Firnis glänzenden Töpfen draußen vor dem Bahnhofsgebäude zu pflegen, verfaulte Eisenbahnschwellen gegen neue, nach Imprägnierungsmitteln und schwarzem Kreosot duftende auszutauschen, kurz gesagt, diese redlichen Fachleute lebten in der ständigen Angst, daß eines Morgens ein Brief mit dem Dienstkuvert der Schwedischen Eisenbahn ankommen und in ein paar kurzen Zeilen mitteilen würde, daß der Bahnhof stillgelegt werden sollte. Sie lebten nicht nur in der Angst: sie waren überzeugt davon, daß dies eintreffen müsse, und waren sich nur nicht sicher, an welchem Tag es geschehen würde.

Sie fühlten sich schon herabgesetzt, überflüssig, und sprachen von der Bürokratie des zentralistischen Staates, wie man von einer fremden Okkupationsmacht spricht.

Zu dieser Zeit begann ich (wie alle in meiner Generation) vorsichtig die Türen zu ganzen intellektuellen Welten zu öffnen, die man uns durch Schule, Gymnasium und Universität hindurch verschlossen gehalten hatte, und während dieser Periode füllte sich mein Tisch mit Theoretikern, von Bakunins »Die Reaktion in Europa« bis zur »Kritik der Wirtschaftsphilosophie« und mit modernen Denkern wie Habermas und André Gorz.

Aber fast mehr als alle Bücher lehrte mich der Kontakt mit diesen Leuten, etwas zu sehen, was noch kurz zuvor zu sehen unmöglich gewesen war. Ich glaubte, zwei Gesellschaften in ein und derselben zu erkennen. Die eine, glanzvoll in ihrer Machtvollkommenheit, mit Inlandzügen zwischen Kongressen unterwegs, bei Soireen im Modernen Museum auf die Kulturpolitik anstoßend, zu Verständigungsverhandlungen in Harpsund, im Speisesaal der Großen Gesellschaft in der Arsenalsgatan über Kaffeetassen flüsternd, mit dem technischen und administrativen abstrakten Jargon ausgerüstet, der seit der Nachkriegszeit endgültig die Alltagsprosa abgelöst hatte, eine undeutliche, intellektuelle, vage Sprache, mit verfeinerten Mitteln ausgestattet, um die konkreten Wahrheiten in abstrakten Euphemismen zu verstecken. Diese Gesellschaft bewegte sich glanzvoll in der denkbar besten aller Welten. Glanzvoll und eingeschlossen bewegten sich ihre Verwalter und die Eichmeister ihrer Gewichte und Zahnräder in der ihnen eigenen Sprache, die die Sprache der Macht war und zugleich ihre Harmonie, ihre Vernünftigkeit, ihre Zweckmäßigkeit zum Ausdruck brachte.

Und eine andere Gesellschaft: Mopedfahrer mit Rucksäcken auf dem Rücken, im strömenden Regen unterwegs auf steil ansteigenden Wegen durch den gelichteten Tannenwald. Leere Schulhäuser, verrammelte Kaufläden, alte Leute, auf den Bus wartend, der immer seltener fuhr und bald ganz eingezogen werden sollte.

Und zutiefst das Gefühl, daß eine unabwendbare, eine unausweichliche Entwicklung diese Menschen irgendwie wertlos gemacht hatte und daß die wesentlichen Entwicklungen in einer anderen Welt stattfanden.

Diese Menschen hatten nicht resigniert, waren nicht bereit, gleichgültig ihr Schicksal hinzunehmen, aber sie waren gelähmt von dem Gefühl, daß es nirgends in der blanken Mauer einen Riß gab, in dem die Spitze eines Brecheisens Platz gehabt hätte.

Ich meinte, eine abgedrängte, eine untere Gesellschaft zu sehen, bevölkert mit Menschen, deren Werte auf die gleiche undeutliche, auf die gleiche paralysierende und unfaßbare Weise bedroht waren, wie meine eigenen Werte es zu sein schienen.

Im Morgennebel tauchten oft Rehböcke längs der Bahnlinie auf, graue Häuser und steinige Wege für den Holztransport, die in große

Waldgebiete hineinführten. An den kleinen Bahnhöfen stiegen die Ingenieure zu und redeten in ihrer eigentümlichen Sprache, mit ihrem »Maßnahmen ergreifen«, ihrer »Kapazitätsausnützung«, ihrer eingeengten Paketsprache, die jede Wertung und Deutung einer menschlichen Handlung außerhalb ihres engsten, ihres eingeschränktesten professionellen Zusammenhangs ausschloß.

Und im Frühjahr, Sommer und Herbst kehrte ich in jenen Jahren gewöhnlich spät in der Abenddämmerung zurück, die Aktenmappe vollgestopft mit neu herausgekommenen Büchern, Angelhaken, Schnapsflaschen und ein paar Pfund Erdbeeren. (Eine eigentümliche Ausformung des internen Kolonialismus in Schweden äußert sich darin, daß Obst und Gemüse im Sommer auf dem Lande nicht zu bekommen sind.)

Diese scharfen Schnitte, die der Zug bei seiner Fahrt hin und zurück durch das Land machte, lehrten mich mehr über seine Geheimnisse und seine heimliche Unruhe als eine lange Auslandsreise mich hätte lehren können. Und an einem solchen nebligen Morgen meinte ich zu sehen, wie das Vergangene sich klärte: wie eine Fliege auf einem Uhrpendel hin- und herschwingend, meinte ich ein Muster zu erkennen, in dem schließlich auch ich selbst sichtbar wurde.

Die ins Gespräch vertieften Spaziergänger sind weiter vorangekommen auf ihrem Weg, durch die Scharen von Krähen hindurch, die um sie herumflatterten und sie begleiteten. Auf diesem Weg bin ich in einer dunklen Januarnacht im Jahre 1967, bei knirschender Kälte und Neuschnee einem verirrten Engel begegnet, der einen Augenblick lang in ungeheurer Geschwindigkeit über dem Boden stand. Es kam für uns beide überraschend, und wir wandten erschrocken das Gesicht ab, bis die Begegnung vorüber war.

Und danach war keine Spur im Schnee zu sehen.

Meine Frau geht, besonders wenn so ein ländlicher Weg naß ist vom Regen und sie ihre Gummistiefel trägt, in einer nachdenklichen, etwas vorgebeugten Haltung, die eigentlich besser zu einem pensionierten Professor passen würde.

Ihre Zerstreutheit ist nur eine scheinbare, blitzschnell kann sie sich bücken und ein ungewöhnliches Insekt neben ihrem Fuß einfangen, ihr Intellekt gleicht dem einer Schwalbe im Flug – immer wenn ich langsam, schwerfällig, mühsam denke, entdecke ich, daß sie mir schon voraus ist und sich bereits am Ziel befindet. Dieser pfeilschnelle Intellekt ist für sie so selbstverständlich, daß es ihr nie einfallen würde, ein Aufhebens davon zu machen.

Ich selbst gehe lieber ohne Strümpfe in Sandalen und lasse das Wasser fließen, wie es will: in den Schuh hinein und wieder heraus. Das ist eine Gewohnheit, die ich seit meiner Kindheit beibehalten habe.

Sie kommt mir gar nicht selten wie eine Schwester vor, mir, der ich nie Geschwister gehabt habe. Wir haben keine Heimlichkeiten voreinander, schaffen es aber seltsamerweise irgendwie, die Geheimnisse des anderen in Ruhe zu lassen.

In dieser Gegend und in der Gegend etwas weiter südlich, nach Ramnäs und Seglingsbergs Hüttenwerken zu, habe ich tatsächlich fast jeden Sommer gewohnt, seit ich fünf Jahre alt war. Das ist die einzige wirkliche Kontinuität in meinem Leben.

Ich erinnere mich an ein paar entsetzliche, ein paar total mißglückte Versuche zu Anfang der sechziger Jahre, den Sommer auf Gotland oder im Schärengebiet vor Stockholm zu verbringen. Gotlands planes Licht, dem die Schattierungen fehlen, nicht unähnlich dem Licht über den orientalischen Wüsten, über Negev und Sinai, machte mich unglücklich, schutzlos, rastlos. Ich radelte immer wieder zum Kolonialwarenladen und zurück, ganze Vormittage lang, weil die Rastlosigkeit mich unentwegt dazu zwang, etwas zu tun. Das Fehlen tiefer Wälder erstickte mich fast, das Meer, ohne Inseln und Sunde, eiskalt noch bis in den Juli hinein, mit monotoner Brandung gegen verwitternden Kalkstein schlagend, empfand ich als Bedrohung. Und die Gegend war in einem Zustand des Verfalls, des Absterbens und der Arbeitslosigkeit begriffen, der so viel weiter fortgeschritten war als in meiner Heimatgegend, daß ich schauderte und in Asien zu sein meinte.

Vom Stockholmer Schärengebiet ist mir nur ein riesiges Holzschloß draußen auf der Insel Värmdön in Erinnerung, hoch oben auf einem terrassenförmig angelegten Hügel, mit einem Turm aus grünem Blech und einer Unmenge von verwitternden gedrechselten Balkonbrüstungen. Das Haus gehört der Verwandtschaft meiner

Frau; es wurde etwa zu der Zeit gebaut, als August Strindberg in dieser Gegend wohnte. Es bezeichnete mit solch entsetzlicher Deutlichkeit den Verfall einer absterbenden bürgerlichen Gesellschaft, daß es mich erschrocken und beklommen machte. Ebenso deutlich wie das Wissen um die riesigen Raketen, die in ihren Betonbunkern auf den verschiedenen Kontinenten lauern, brachte mir der Speicher des alten Hauses auf Värmdön zu Bewußtsein, daß ich zu den Letzten einer historischen Periode gehöre.

Das war nicht meine Kleinbürgerlichkeit, das war ein fremdes Großbürgertum, neunzehntes Jahrhundert oder Jahrhundertwende, das ich nur durch die Literatur kennengelernt hatte.

Die kleinen Puppen mit ihren Porzellankörpern, denen bei einem wilden Spiel ein Finger abgebrochen worden war. Die Gartenschaukel, deren Bänder und Polster von Ratten zerfressen waren, die Strohhüte, die irgendwo verschimmelten, wo man das Dach nicht abgedichtet hatte, die kleinen Erdbeerkörbe und Springseile. Und unten am Wasser: das Badehaus mit dem beweglichen Holzgestell, das einem Fischkasten glich, mit einer Luke darin, die es ermöglichte, ins offene Wasser hinauszuschwimmen. Das alles grün von Algen, zerfallend.

Der früh verstorbene Arne Sand hat dieses Haus in den fünfziger Jahren ein paarmal besucht; ich vermute, daß es für einige seiner letzten Romane eine Rolle spielte: es bot ein Abbild des labyrinthischen Gebäudes, das ihm immer vorgeschwebt hat.

Auf mich wirkte es lähmend: ich konnte früh am Morgen erwachen, voller Arbeitslust und Energie; ich brauchte nur die Treppe hinunterzugehen und den Geruch aus der Küche zu spüren, den gar nicht unangenehmen, ganz neutralen Talggeruch von den Festmählern einer vergangenen Epoche (Entenpresse aus glänzendem Messing), brauchte nur den Schirmständer aus schwerem Porzellan mit seinen Spazierstöcken und Elfenbeingriffen zu sehen, in das große weiße Eßzimmer zu treten und ein kleines Kleidungsstück meines Kindes (zu dieser Zeit hatte ich nur eines) weit unten auf der Terrasse im Wind flattern zu sehen, um deutlich zu spüren, daß dieser ganze schöne Sommertag von vornherein sinnlos war, daß er nur einen weiteren Zerfall mit sich bringen, weitere Sekunden und Minuten zur Summe des Zerfalls hinzuaddieren konnte. Ja, die Zeit selbst war an diesem Ort nichts als Zerfall, Verwitterung, Entropie.

Und das Echo von verlorenen Kindheitssommern fremder kleiner Kinder.

Ich kehrte also nach Västmanland zurück, in die Gegend, wo ich als Fünfjähriger ganze Tage am Seestrand gesessen und mit dem groben, rasselnden Kies gespielt habe und wo im Juli der Sonnenrauch über den großen Seen liegt. Der Duft des feuchten, erhitzten Tannenwaldes schlug mir wieder entgegen und die Geräusche von den Waschstegen und der Lärm der Traktoren im Wald. In diesem fast verödeten Land lag eine Zukunft, eine Möglichkeit, mit vernünftigen Mitteln die Welt zu verbessern.

Und dies war ein Wendepunkt.

Hier war es möglich, wieder zu hoffen. Ich weiß eigentlich nicht, warum, aber es war möglich, wieder zu hoffen.

Vielleicht war es der Einfluß meiner Frau, ihre Klugheit, ihre Großzügigkeit, ihre Perspektive. Vielleicht war es die Entdeckung, daß das, was ich als Schweden empfand, die Behörden, die Verlage, die großen Zeitungen, die Universitäten, Theater, die öffentliche Meinung, die Modeschwankungen mit ihrer nervösen, ahistorischen Unruhe, die Schöntuerei, die Angst und Unruhe in dem, was unsere ideengeschichtliche Entwicklung darstellen sollte, hier, zweihundert Kilometer von Stockholm entfernt, nichts bedeutete. Scheinleben, unruhige Bewegungen an der Oberfläche, Sturmmöwen, die im vormittäglich glitzernden Wasser kleine Fische jagen. Aber tief darunter ein mächtiger Meeresstrom. Schweden war etwas anderes.

Die Spaziergänger sind nun bis zu den Moorwiesen unterhalb des Hügels am Dunshammarhof gelangt, wo die Boote liegen und wo immer ein paar davon den Sommer über liegenbleiben und in der Sonne schrumpfen und leck werden. Der Wasserspiegel hat jetzt einen extremen Tiefstand erreicht, und Baumstämme und Pfähle aus vergangenen Jahrhunderten kommen ans Tageslicht.

Es dauert lange, furchtbar lange, bis man unterscheiden lernt zwischen der eigenen subjektiven Unruhe und den langsamen Bewegungen der Geschichte. (Diese Erzählung tut es nicht, und sowohl ihre Wahrheit als auch ihre Unwahrheit besteht darin, daß sie es nicht tut.)

Das vorige Jahrhundert tauchte auf, aus dem Kohlenrauch und dem Höllenlärm der Fabriken: seine Gedanken wurden wieder sichtbar, Wurzeln kamen ans Tageslicht, die jahrzehntelang niemand gesehen hatte.

Bei meinem Studium der amerikanischen Philosophen des neunzehnten Jahrhunderts stieß ich auf die utopischen Bewegungen dieser Zeit, die unmöglichen Experimente mit einem neuen Leben, die Owens, Fourier und viele andere ein paar glückliche und unglückliche Dezennien lang betrieben. Ich lernte die eigentümliche Oneida Community kennen, in der ein paar Jahrzehnte lang achthundert Menschen in einer strengen und freundlichen Gemeinschaft lebten. All ihr Eigentum teilten sie, ihre erotische Gemeinschaft war total.

Natürlich war ich mir im klaren über das Illusorische, das Zufällige, das Unzulängliche dieser Experimente, über den oberflächlichen und verworrenen Grund, auf dem sie gestanden haben. (Und tatsächlich ist das auch alles in sich zusammengebrochen.)

Trotz ihrer Verworrenheit, ihrer Isoliertheit haben diese Stimmen aus der Tiefe des vorigen Jahrhunderts eine ungeheure Anziehungskraft.

Sie waren, selbstverständlich, »unmögliche« Erscheinungen, ein unvernünftiger Aufstand gegen die stärkeren Kräfte, die zur gleichen Zeit die zukünftige Welt gestalteten, aber zugleich waren sie ja vollkommen »möglich«. Man sucht sich sein Leben nicht aus. Aber es gibt auch keine naturgegebene Notwendigkeit, die darüber herrscht.

Verzagtheit, Resignation, Kapitulation angesichts der eigenen Angst kamen eigentlich Ausflüchten gleich, und der radikale Pessimismus war letzten Endes kaum mehr wert als irgendeine Phantasterei: ich hätte mich ebensogut dafür entscheiden können, Alchimist zu werden.

Es ist der zwanzigste August 1968, und wir gehen zu den Moorwiesen hinunter, um uns um das Boot zu kümmern, das nach dem letzten Regen voller Wasser ist. Und alles fließt umher, Schöpfgefäße, Ruder, Benzinkanister, Sturmstreichhölzer in ihren wasserdichten Futteralen, die Seile und die Trosse und die Schwimmkugeln, bis schließlich die gelbe Lenzpumpe auftaucht und ich den grünen Plastikschlauch daran befestige, der immerzu abgehen will, und beginne, das klare, ein wenig nach Humus duftende, unwahrscheinlich weiche Wasser über die Reling zu pumpen, mit hochgerollten Hosenbeinen auf dem schlüpfrigen Vorratskasten stehend. Und wie ich da stehe, sage ich zu Madeleine, meiner Frau:

– Glaubst du, daß wir am Ende sind oder am Anfang?

Und sie antwortet:

– Am Anfang. An irgendeinem Anfang. In irgendeiner Zeit.

Es ist ein Tag vor der sowjetischen Okkupation der Tschechoslowakei. Das wissen wir selbstverständlich nicht.

Über die Triumphe und Niederlagen der Phantasie

Es gibt Winterabende (in Stockholm), die etwas so Leeres und Feindseliges an sich haben, daß nicht einmal die Bücher mehr sprechen. Ich kauere mich in der kleinen tabakbraunen Küche in der Wohnung an der Hagagatan mit einem Butterbrot und einer Tasse Tee an der Heizung zusammen. In dem kleinen häßlichen Radio aus gelbem Plastik knistert es von fremden, weit entfernten Stimmen. Die Nachbarn in der Wohnung darüber haben wieder mit ihrer seltsamen Zeremonie von Knallen, Krachen und Fluchen begonnen, dazwischen plötzlich eine unheilschwangere Stille, dann erneutes Knallen. Die ersten zehn Male habe ich das für ein Familiendrama mit tödlichem Ausgang gehalten, bis mir klar wurde, daß es ihre Art war, in ihren ausziehbaren Patentbetten schlafen zu gehen.

Lange bevor sie sich zusammengerollt haben und mit ein paar mürrischen Worten eingeschlafen sind, die sich durch die Zwischendecke nur wie das leise Schwirren einer Cellosaite anhören, habe ich mir schon ein anschauliches Bild gemacht von den entsetzlichen und blutigen Szenen, die sich dort oben abgespielt haben.

Es frappiert mich, ein übers andere Mal: was für ein grobes, kümmerliches Organ ist doch die Phantasie! Mit welch einer Leichtigkeit bewegt sie sich: verglichen mit dem schwerfälligen, mühsamen Wissen.

Beim geringsten Zeichen bin ich bereit, die Welt um mich her mit Bedeutungen, mit Signalen, *Humaniora* zu füllen.

Und wenn das Rauschen der Wasserleitungsrohre in der Küche sich einen Augenblick lang abschwächt und das Radio verstummt ist, dann meine ich, das Klagen und das Lachen aus all diesen Kreisen zu hören (ringförmig ineinandergelagert in einem perfekt funktionierenden Mikrokosmos), die mein Inferno sind. Das Rauschen der Wasserleitungen verschmilzt mit dem Brausen jener entsetzlichen, freiwilligen und unfreiwilligen Erinnerungen, und ich lausche stumm dem endlosen Brausen meiner eigenen Phantasie. Und zugleich ist das alles kaum näher oder greifbarer als das Geräusch einer weit entfernten Galaxis im Radioteleskop.

Genau zu diesem Zeitpunkt stehen mit Atomwaffen ausgerüstete Raketen startbereit in Betonbunkern an ganzen Kontinenten entlang. Perfekt geschulte Experten verfolgen auf ihren Instrumenten Stunde für Stunde den Zustand in ihrem Inneren und überwachen ihre Starttauglichkeit. Ein unkluger, beschränkter, gefrorener Verstand bestimmt darüber, in welchem Augenblick dieser Tod losgelassen werden soll, um Stadtviertel zu Glas zu zerschmelzen und die feinen, geheimnisvollen Kerne menschlicher Zellen bis in unzählige Generationen hinein zu vergiften. In der Mandschurei, dem mongolischen Grenzgebiet nach China zu, trainieren gerade jetzt starke Truppenkonzentrationen auf beiden Seiten der Grenze für den Krieg, von dem man annimmt, daß er endgültig die Machtverhältnisse zwischen der Sowjetunion und China entscheiden wird.

Unsichtbare, auf Zeitzündung eingestellte Uhrwerke ticken um mich herum. Es ist genug Tod da, um mein dünnes, kurzes Leben Hunderte von Malen auszulöschen.

Diese Entwicklung geht weiter, weil irgend jemand sie braucht. Das neue Jahrbuch des Instituts für Friedensforschung in Stockholm berichtet darüber, wie die Massenaufrüstung im letzten Teil der sechziger Jahre um durchschnittlich vier Prozent zugenommen hat. (Jahre, die viele von uns für Jahre der sich verringernden Kriegsgefahr hielten.)

Bekannte Fakten. Jeder halbwegs gebildete Diplomingenieur kennt sie.

Vor diesen Fakten versagt meine Phantasie. Sie wälzt sich in Beilhieben, Angstschreien und wilden Dramen, wenn die Nachbarn über dem Zwischenboden fluchend an ihren ausgeleierten Ausziehbetten zerren, aber angesichts der Möglichkeiten des Todes, angesichts seiner realen Möglichkeiten, bleibt sie so stumm und passiv wie eine kleine Marmorkugel, die über einen Marmorboden rollt.

Mit diesem bizarren geistigen Rüstzeug lebe ich, und mit ihm werde ich sterben. Auch die Phantasie ist ein Gefängnis.

In der Literatur sind alle Mahlzeiten entweder großartiger oder ärmlicher als in Wirklichkeit, jeder Beischlaf bekommt ungeheure Dimensionen, alle Reisen führen in die seltsamsten Abenteuer hinein.

Auch der innere Mikrokosmos, die inneren Höllenkreise strahlen in einem Licht, das fast immer ein wenig zu grell wirkt, ein wenig zu bengalisch, immer mischt sich eine eigentümliche Lust in die Seelenqualen.

Sind Phantasie und Wissen unvereinbar? Sind Gefühl und Vernunft immer unabhängig voneinander?

Nach fünfzehn Jahren ideengeschichtlichen und philosophischen Studiums stelle ich mir Fragen, die so naiv, so plump und unqualifiziert sind, daß der jüngste Gymnasiast sie als Scheinprobleme entlarven würde, als verworrenen Quatsch, als Literatur für Illustriertenleser, Psychologie für Leute, die Zeitstudien betreiben, und für Angestellte in der Schulbehörde.

(Und wieder rauscht es in den Rohren. Putz löst sich von der Decke und landet vor mir auf dem Tisch, macht das Brot ungenießbar. Strindberg: Inferno. Warnungen.

Auch Strindbergs Inferno enthält eine Wahrheit.)

Ich weiß das.

Und doch habe ich immer stärker bei der Dichtung Zuflucht gesucht (als wäre sie eine Mutter), je klarer ich mir wurde über das Bedrohliche, das Zufällige an meiner eigenen Situation und an der anderer. Ich glaube zu wissen, wie Angst und Lust verschmelzen können. Ich weiß, glaube ich, wie Angst und Phantasie einander dabei helfen können, Lust zu schaffen. Mir fehlt durchaus nicht ein gewisser Hang zum Illusionismus.

Aber ich glaube an das Reden. Für mich ist das Reden Mütterlichkeit, Wärme, Wiege.

Im Oktober 1968 taucht in Berlin, in einem literaturwissenschaftlichen Seminar, wo ich gerade irgendeinen Aufsatz lese, ein Herr auf, der behauptet, eine meiner Novellen verfilmen zu wollen, jene, die von Bakunins Reise handelt.

Er ist angenehm, nahezu gewinnend, aber er hat etwas Verworrenes an sich, er stolpert von einer Idee zur anderen. Er ist sehr hartnäckig, er möchte meine Novelle verfilmen; er hat einen guten Namen und hat verschiedene Preise für seine ausgezeichneten Fernsehfilme bekommen.

Ich verspreche ihm, mir die Sache zu überlegen und ihm irgendwann ein Exposé für ein Drehbuch zu schicken. Einige Zeit später liefere ich tatsächlich ein Exposé, das zeigt, wie sich die Novelle ohne größere Schwierigkeiten zu einem Film ausweiten lassen könnte. Ich bekomme ein paar freundliche Zeilen zur Antwort.

Im Dezember 1968, in den Vorweihnachtstagen, bin ich von meiner Reise durch den Mittleren Osten nach Västerås zurückgekommen. Ich bin todmüde, zerrissen von Zweifel und Unruhe über den schrecklichen Zustand zwischen Frieden und Krieg, dessen Zeuge ich geworden war, und fast Tag und Nacht damit beschäftigt zu versuchen, das Gesehene zu verstehen.

Zu dieser Sorge um den Frieden, um menschliche Werte, um Menschen, deren Schicksal mich etwas angeht, kommt noch etwas anderes hinzu: eine sephardische Dame, die in dieser Erzählung nicht vorkommt, hat an mein Innerstes gerührt, hat einer Zärtlichkeit und Verzweiflung die Pforten geöffnet, die ich nicht für möglich gehalten hätte; eine Sensibilität, die ich seit meinem siebten oder achten Lebensjahr für verloren, verleugnet oder unterdrückt gehalten habe, strömt mit ungeahnter Kraft hervor, es ist ein Gefühl, als würde ich mich häuten, ich bin außerstande, mich gegen was auch immer zu wehren, ich bin im Begriff, ein anderer zu werden.

Ich bin nicht mehr imstande, der Welt gegenüber Gleichgültigkeit zu empfinden, einzelne Gesichter aus einem fremden Erdteil passieren noch im Schlaf Revue.

In diesen Vorweihnachtstagen 1968 taucht der Regisseur auf, er hat einen Geldgeber mitgebracht, wir finden einen Tisch in einem Restaurant in der Nähe der Adolf-Fredrik-Kirche (die Weihnachtsessen haben begonnen), wir unterhalten uns vielleicht eine Stunde lang. Diese Leute haben sich die Mühe gemacht, von Berlin hierherzukommen, um mit mir ein Filmprojekt zu erörtern: ich will sie nicht enttäuschen.

Ich erkläre, daß es nur eine Möglichkeit gebe, meine Novelle zu verfilmen, und die sei, das zu verfilmen, was tatsächlich dasteht. Der Produzent fliegt mit der nächsten Maschine nach Hause, offenbar glücklich und zufrieden, der Regisseur begleitet mich heim nach Västerås und verbringt drei Tage mit mir, unentwegt über den Film diskutierend.

Ich höre mit zerstreuter Aufmerksamkeit zu, es schneit in dichten Flocken, meine Kinder haben mich einen Monat lang kaum gesehen und bekommen mich jetzt auch nicht zu sehen, ich komme nicht dazu, Weihnachtsgeschenke zu kaufen, mit einer an Wahnwitz grenzenden Geduld findet Madeleine sich mit der Situation ab.

Der Regisseur okkupiert mein Arbeitszimmer, breitet große Skizzen über den ganzen Boden aus: er hat mit seinem Film angefangen.

Meine Novelle sei wirklich hervorragend, aber sie müsse erweitert werden, sagt er. Er kennt ein paar Viertel in London, die sich hervorragend für ein paar Straßenszenen eignen. In der Novelle kommt ein Frauenmörder vor, der René Bick heißt, Dieser René Bick ist hervorragend, aber wir müssen mehr aus ihm machen: wir müssen ihn zeigen, wie er auf sein Opfer wartet, seine Glacéhandschuhe, sein Lächeln.

Und Anarchisten: wir dürfen über den Anarchismus nicht nur reden, wir müssen ihn zeigen.

Er will den Film in Farbe drehen: er hat eine Szene im Kopf mit einem Bombenattentat auf einer Schlittschuhbahn, rotes Blut fließt über das Eis.

Wie in Trance gehe ich mit diesem seltsamen Magnetiseur in den verschneiten Straßen von Västerås spazieren, ich antworte mechanisch mit Ja und Nein. Mein Unterbewußtsein ist an ganz anderen Orten und verarbeitet mit dumpfen, langsamen Bewegungen meine Erlebnisse von ganz anderen Orten und Zusammenhängen.

(Nicht die Attentate sind es, die mich am Anarchismus interessieren, und gerade jetzt interessiert mich der Anarchismus überhaupt nicht.)

Zugleich bin ich fasziniert von der unbestreitbaren Bildphantasie dieses Mannes, aber ebensosehr von seiner eigentümlichen Fixiertheit ans neunzehnte Jahrhundert, ans Verbrechertum, an die Bilder vom Kristallpalast, kombiniert mit dem Frauenmörder in schwarzem Zylinder und weißen Handschuhen.

(Meine ursprüngliche Novelle ist jetzt am Horizont verschwunden.)

Am Nachmittag vor dem Weihnachtsabend gelingt es mir, den Mann loszuwerden, er winkt mir unten am Bahnhof noch herzlich zum Abschied, und der Zug verschwindet im Schnee. Ich vergesse ihn und die ganze Angelegenheit im Augenblick seiner Abreise und fahre mit dem Auto auf vereisten Straßen nach Hallstahammar, um dort einen Weihnachtsbaum zu schlagen.

In den Tagen zwischen Weihnachten und Neujahr beginne ich endlich mit meinem Essay über die Reise in den Mittleren Osten, ich versuche, jede Leidenschaftlichkeit zu vermeiden, ich versuche, in einer menschlichen Tonart zu schreiben, ich widerstehe jeder übereilten und vereinfachenden Parteinahme, ich verwerfe die Versuche, mit ein paar einfachen, angelernten marxistischen Wendungen den Krieg auf einen Konflikt mit selbstverständlichen Standpunkten zu reduzieren. Der Essay endet mit etwas, was einem erschöpften Schluchzer gleicht.

Irgendwann im Laufe des Januars beginne ich nachts wieder ruhiger zu schlafen.

An einem Morgen gegen Ende des Monats ruft mich der Filmregisseur wieder an, als ich gerade in der Redaktion von Bonniers Litterära Magasin sitze und meine Morgenpost durchsehe. Er befindet sich jetzt in London, das Filmteam wird in zehn Tagen ankommen, er ist dabei, Drehorte für die Innenaufnahmen seines Films zu suchen.

– Für welchen Film?

– Aber wir haben doch das Manuskript an Weihnachten fertiggestellt!

– Herrgott, und ich habe geglaubt, wir hätten ein paar Vorschläge diskutiert und verglichen!

– Natürlich: da sind noch ein paar kleine Details, die wir jetzt ausarbeiten müssen. Sie müssen nach London kommen.

Ich weise darauf hin, daß ich kein Millionär bin. Er verspricht, die Fahrkarte per Eilboten zu schicken: ich bin schon zu tief in diese Angelegenheit verstrickt, um mich ihr überhaupt noch entziehen zu können, ich erörtere die Angelegenheit beim Mittagessen mit den Mädchen im Verlag und mit Karl Otto Bonnier, der ein vernünftiger Mensch ist, wir kommen überein, daß ich am besten hinfahre und herausfinde, worum es eigentlich geht. Noch am gleichen Nachmittag befinde ich mich in einem abgelegenen Haus in Kensington. Da ist der Regisseur, umgeben von zwei, drei jungen Assistenten, er kocht förmlich über vor Ideen, man hat in der Nähe ein Hotelzimmer für mich gemietet, seine Ideen sind erschreckender und bizarrer als je zuvor.

Ganz offensichtlich ist er dabei, einen Film zu entwickeln, einen bizarren, einen erschreckenden, einen furchtbaren Film. Was er mit meiner Novelle zu tun haben soll, kann ich nicht einmal mehr ahnen.

Wir diskutieren die halbe Nacht hindurch über Außenschauplätze, seine Phantasie reißt mich mit, ich erinnere mich an das Palmenhaus in Kew Gardens, eine Schöpfung des neunzehnten Jahrhunderts in Gußeisen und Glas, ich werde am nächsten Morgen um acht Uhr aus dem Bett geholt und in einem Volvo Duett dort hingefahren, der offenbar fürchterlich überzüchtet ist und jeder nur denkbaren Verkehrsregel trotzt, einer der jungen Assistenten fährt ihn (ich weiß nicht, ob er Engländer ist oder Deutscher), und wir kommen zu dem winterlichen Park und hinein in das Palmenhaus, wo uns feuchte tropische Luft entgegenschlägt. Ich kenne mich sofort wieder aus, als ich die gußeisernen Galerien sehe, die hohen Baumstämme, die Orchideen.

Eine völlig vergessene Erinnerung taucht wieder auf. Hier war es, wo mich vor zehn Jahren erstmals Unruhe und Angst vor Harriet Spencer aus Oxford überkamen, weil sie mich gewarnt hatte, ausdrücklich gewarnt vor einer gewissen sehr großen gelben Orchidee, vor der ich einen Augenblick stehenblieb.

Die ganze Landkarte *dreht sich*, wie es manchmal geschieht, wenn man zu einem Ort zurückkommt, dessen Umgebung man nicht besonders gut kennt, dreht sich um dreißig Grad und bleibt in neuen Himmelsrichtungen liegen.

Ich werde noch stiller und zerstreuter, der Regisseur und seine Assistenten suchen neue Kamerawinkel.

Wieder eine wilde Autofahrt zu ein paar Straßen in der Gegend von Green Park; sie könnten aus dem zweiten Band des »Kapitals« stammen, ein Industrieslum, der sich seit der Mitte des neunzehnten Jahrhunderts erhalten hat. Erneute Diskussionen im Hotel.

Ich frage sehr vorsichtig, was denn eigentlich meine Rolle in diesem ganzen Zusammenhang sei und wie um Gottes willen man in zehn Tagen zu drehen beginnen wolle.

Man sagt mir, daß nur noch ein paar kleine ergänzende Szenen fehlten und daß ich sie am nächsten Tag schreiben solle.

Ich befinde mich jetzt in einem völlig erschöpften, willenlosen Zustand, ich setze mich hin und schreibe auf englisch eine Szene, die überhaupt noch nicht in der Diskussion aufgetaucht ist: Bakunin besucht den geisteskranken Cafiero im Gefängnis. Cafiero öffnet und schließt während des ganzen Gesprächs das Fenster und schlägt es hart gegen den Rahmen: er versucht, den Sonnenstreifen zu fangen, der durch das schmutzige Glas hereinfällt. Ich überlege mir allen Ernstes, ob ich sie als mein eigenes kleines Geheimnis für mich behalten soll, zeige sie aber am nächsten Vormittag her: allgemeine Begeisterung, erneut eine große Diskussion, der ganze Film muß mit Rücksicht auf diese Szene umgebaut werden, wir sind jetzt alle todmüde und haben uns in einen Haufen wahnwitziger Fanatiker verwandelt, die unentwegt aneinander vorbeireden, meine Rettung ist die Uhr, die anzeigt, daß es Zeit ist, zum Flughafen hinauszufahren. Wir scheiden in allgemeiner Begeisterung und mit dem Versprechen, uns in ein paar Wochen in Paris wiederzutreffen. Neben meiner Novelle existieren nun eine Menge von bizarren und chaotischen, grillenhaften Einfällen, die im Augenblick des Abflugs zu einem Nichts zusammenschrumpfen.

Mir ist, als sei ich in der Hölle gewesen und von Dämonen verfolgt worden oder als habe eine seltsame Verschwörung mich für einen Zweck ausgenützt, den ich selbst nicht verstehen kann.

Es folgen ein paar Wochen, in denen es mir glückt, die ganze Angelegenheit zu vergessen, dann kommt wieder ein Brief mit der enthusiastischen Bitte um weitere Szenen für Innenaufnahmen, die mit Cafiero ist glänzend, reicht aber für einen Film nicht aus, die Angelegenheit eilt jetzt, da in vierzehn Tagen das Filmteam ankommt.

Dieser Brief hat gerade einen neuen, fürchterlichen Migräneanfall bei mir ausgelöst, als ein Brief des Produzenten eintrifft, der mich höflich, aber bestimmt von meinem Auftrag als Manuskriptautor entbindet. Ich antworte in einem wütenden Brief, daß ich nicht das geringste begriffe und daß ich gegen jeden Idioten prozessieren würde, der weiterhin versuchen sollte, meine Novelle über Bakunins Reise zu verfilmen.

Auch dies ist noch nicht das Ende dieser wahnwitzigen Geschichte: ungefähr eine Woche später kommt wieder ein Brief vom Produzenten, der höflich und mit versöhnlichen Worten einen Scheck über einen ganz ordentlichen Geldbetrag übersendet, als Entgelt für meine Mühe.

Ich begreife die ganze Angelegenheit immer weniger.

Wenn ich diese Geschichte in Gesellschaft erzähle, komme ich meist nur unter Schwierigkeiten zum Ende, da ich mich vorher gewöhnlich vor Lachen winde: wenn ich sie in meiner Einsamkeit überdenke, erscheint sie mir heute noch erschreckend. Ich erschrecke über meine eigene Nachgiebigkeit, über die unerbittliche Logik, mit der ich in einen völlig fremden und belanglosen Zusammenhang hineingezogen werde, und am allermeisten über die sonderbare Kontaktlosigkeit, über die Phantasiewelt, in der sich alles abspielt.

Beim geringsten Zeichen bin ich bereit, die Welt um mich her mit Bedeutungen, mit Signalen, mit *Humaniora* zu füllen.

Wer kommt für das Unwirkliche auf: ich oder die Welt?

Meinem eigenen Leben gegenüber kann mich zuweilen eine solche Verwirrung, ein solches Mißtrauen überkommen, daß ich mir keinen anderen Ausweg weiß, als ein anderes Leben auszuleihen und es anstelle meines eigenen zu erzählen.

Nur dann, wenn mein Interesse von mir selbst auf jemand anders übergeht, habe ich das Gefühl, daß sich wieder Freiheit einstellt, daß der Blick sich weitet, daß der Atem ruhiger geht.

Weit von mir selbst entfernt, bin ich imstande zu reden. Ein paar Straßen weiter: und das Reden ist Mütterlichkeit und Schutz. Es ist meine Wärme, meine einzige Form. Meine Wiege.

III
Ein anderes Leben

Vite, y-a-t'il d'autres vies?

Rimbaud

Ein anderes Leben

Auf den historischen Übersichtskarten sind die mächtigen Bewegungen der Armeen und Armeekorps als dicke und dünnere schwarze und rote Pfeile zu sehen. Sie schwenken in mächtigen Bögen nach Norden und Süden, sie teilen sich an bestimmten Stellen.

Die verzweifelte Massenflucht mit Karren, Wagen und Pferden, die im Frühjahr 1945 unter dem näher rückenden Kanonendonner in Sachsen begann, erlebte Johanna nur bruchstückweise.

Sie war acht Jahre alt und wohnte nach dem Tod der Eltern bei einer Tante in einem abgelegenen Dorf. Noch im vorhergehenden Herbst war sie zur Schule gegangen und hatte gelernt, sich blitzschnell auf dem eisigen Schulweg in den Graben zu werfen, wenn die amerikanischen Jäger im Tiefflug über den Weg fegten und auf alles, was sich rührte, ihre Maschinengewehrsalven abfeuerten. Ein früher Frost war in den Pfützen auf dem Weg: es klirrte.

Da die Tante alt und nicht mehr besonders tatkräftig war, lebten Johanna und ihr Bruder in einem mehr oder weniger verwilderten Zustand. Als der Schulunterricht irgendwann gegen Ende des Herbstes endgültig aufgehört hatte, übernachtete sie nicht selten im Wald.

Sie war zu dieser Zeit fast erschreckend häßlich. Ihr rotes Haar war sehr kurz geschnitten (wegen der Läuse), die unregelmäßigen, großen Zähne wurden von einer grotesken Drahtklammer zusammengehalten. Der schwere Kopf ließ die viel zu großen, sehr abstehenden roten Ohren noch besonders auffällig erscheinen.

Sie sprach einen bäurischen und derben sächsischen Dialekt, den sie sich im letzten Jahr in der Schule zugelegt hatte. An dem Tag, als die Bevölkerung dieses Ortes ihre Karren und Wagen zur Flucht bereitmachte, bekamen ihr Bruder und sie die Masern, und die Bauern weigerten sich, sie in einem der Wagen mitzunehmen. Pausenlos fiel ein kalter Regen, der Kanonendonner von der Front war immer deutlicher zu hören. Die Geschwister standen mit der apathischen Tante am Fenster und sahen den langen Zug der Flüchtlinge im Regen davonziehen.

Ein paar Stunden später kam eine Dame im Auto vorbei, die ohne Kommentar die beiden Geschwister und die Tante in ihren Wagen aufnahm, der nun bis zum Dach mit Kindern und Koffern vollgepackt war. Die Dame behauptete, ihre eigenen Kinder hätten schon die Masern gehabt.

Jetzt sah Johanna zum ersten Mal Tote. Sie lagen in unregelmäßigen Haufen, manchmal nur zwei oder drei, manchmal mehr, mit klaffenden Mündern am Wegrand.

Auf ihrer Reise kamen sie unendlich langsam voran. Als die Nacht hereinbrach, hatte Johanna hohes Fieber. Verworrene Bilder bewegten sich hinter den Augenlidern.

Johanna hatte Glück: zu dieser Zeit wurden die Krankenhäuser evakuiert, das heißt, das noch übriggebliebene Personal verließ sie und verließ die Patienten, Sterbende und Invalide, die nun nur noch die Wege entlangkriechen konnten. Die Dame im Auto brachte sie in ein Krankenhaus, das nicht aufgegeben wurde. Noch im tiefsten Fieber jammerte sie: sie wußte, daß der kleine Bruder nicht mehr mit ihr war.

Die überanstrengten Krankenwärter stellten eine doppelseitige Lungenentzündung fest. Sie rechneten damit, in nur wenigen Tagen wieder ein Bett frei zu bekommen, und sie brauchten es.

Und während die deutsche Schreckensherrschaft also schließlich zusammenbrach und sich in Chaos, Massenflucht und Tod auflöste, versank Johanna Becker, damals ein achtjähriges Kind, in immer tiefere Bewußtlosigkeit. Der Atem wurde langsamer, der Puls nahm immer mehr ab. Am 24. April 1945 um zehn Uhr vormittags stellte ein Arzt, der aus irgendwelchen Gründen in der letzten Woche an diesen Ort gekommen war, den klinischen Tod des Mädchens fest.

Der Arzt, ein sonderbarer und schweigsamer Mann mit einem völlig kahlen Kopf und einer furchtbaren Narbe hinter dem rechten Ohr, die von einem Splitter stammte, der an einem Vormittag bei Marschall Schukows Kurskoffensive in sein Gehirn eingedrungen war und sich dort allmählich eingekapselt hatte, beschloß, es mit einer Herzmassage zu versuchen.

Der Leiter dieses Krankenhauses hieß Herr Uhlich. Herr Uhlich war ein älterer, düsterer Herr, der zumindest bis vor kurzem über einen dieser vielfach gefalteten Specknacken verfügt hatte, wie man sie noch heute in Zugabteilen und in Warteschlangen in der Bundesrepublik Deutschland vor sich sehen kann.

An einem schönen Morgen mitten im Mai geht dieser Herr Uhlich mit drei ziemlich hohen Offizieren der Roten Armee im Krankenhauspark spazieren. Herr Uhlich ist sehr bemüht, einen äußerst korrekten und sympathischen Eindruck auf diese Herren zu machen, da es in ihrer Macht steht, das Krankenhaus jederzeit für militärische Zwecke zu beschlagnahmen; sie haben für Tausende von schwerverwundeten Soldaten die Verantwortung zu tragen.

Als diese ernsten Herren von ihrem nachdenklichen Rundgang auf dem breiten Gartenweg zurückkehren und genau unter dem Balkon auf der Vorderseite des Krankenhauses stehenbleiben, da sehen sie ein außerordentlich häßliches Kind in einem langen weißen Nachthemd, mit entsetzlich abstehenden Ohren und kurzgeschnittenem rötlichen Haar, das ihm wie Igelstacheln um den Kopf steht. Dieses Kind tritt auf den Balkon hinaus, sieht sie mit einem strahlenden Lächeln an, das seine Zahnklammer in ihrem ganzen verführerischen Metallglanz enthüllt. Triumphierend hebt es die Hand zum Nazigruß und ruft so laut und deutlich, daß es unmöglich mißzuverstehen ist)

– Heil Hitler, Herr Uhlich!

Auf diese Weise erfuhren Herr Uhlich und die Welt, daß Johanna wieder aus ihrer Bewußtlosigkeit aufgetaucht war.

Es gibt ein Bild von 1948, dem Jahr der Berliner Blockade. Sie steht mitten in einem Kohlfeld in einem Garten, sie hält einen Spaten in der Hand und hat ein mageres, sehr entschlossenes Aussehen. Es ist übrigens auf viele Jahre hinaus das letzte Mal, daß sie mager aussieht. Noch zur Zeit ihres Abiturs wird sie unter ihrer Fettleibigkeit leiden. Das Haar ist etwas länger geworden: es ist ungemein glattgekämmt, obwohl sie sich im Freien aufhält. Sie hat irgendeine schreckliche Kittelschürze an. Der Mangel an Steinkohle und Elektrizität in der abgeschnittenen Stadt hält sie davon ab, nachts zu lesen. Sie friert ganz entsetzlich. Sie lebt hauptsächlich von Kartoffeln und Kartoffelschalen. Sie hat für den Katholizismus zu schwärmen begonnen, und das wird in ihrer Generation in den nächsten fünf Jahren sehr üblich werden. Sie ist sehr unsicher, sehr schüchtern.

Wenn es jemandem gelingt, ihr Vertrauen zu gewinnen, dann redet sie, rasch, klar, nervös und lebhaft, aber das ist etwas, was selten geschieht.

Sie macht 1956 ihr Abitur. Sie ist selbstverständlich die Beste in ihrer Klasse, aber bei ihren Kameraden nicht besonders beliebt, die sie schweigsam, vor allem aber häßlich finden. Sie ist oft krank, es gibt lauter unbestimmte organische Symptome, die kein Arzt richtig diagnostizieren kann. Nicht selten muß sie deswegen der Schule fernbleiben. Dann hat sie dumpfe, qualvolle Magenschmerzen. Sie selbst beschreibt sie so, daß »ein Mühlstein sich langsam in ihrem Bauch drehe«.

Sie hat sich jetzt zur Gewohnheit gemacht, das rötliche Haar immer wie eine Gardine herunterhängen zu lassen, damit es die Ohren verbirgt. Außerdem hat sie diese immer mit großen, unter der Haarmähne unsichtbaren Heftpflastern nach hinten geklebt.

Ausgerechnet in der Abiturientenprüfung in Geschichte, als sie gerade über Heinrich von Navarra spricht, der König von Frankreich werden soll, löst sich das rechte Pflaster. Blutrot vor Scham entfaltet sich das rechte Ohr, es hat den Umfang eines kleineren Segels.

Sie verliert völlig den Faden und kann während der ganzen Stunde kein einziges Wort mehr sagen.

Sie empfindet sich selbst als Monstrum.

Aber schon im nächsten Jahr, als sie als Kindermädchen bei einem französischen Chirurgen in der Bretagne arbeitet, einem freundlichen kleinen Herrn mit einer großen Kinderschar, der sie mit einer Mischung aus amüsiertem Interesse und überheblicher Nachsicht behandelt, löst sich das Problem und verschwindet aus ihrem Leben. Ihr Arbeitgeber sagt:

– Aber liebes Kind, das läßt sich mit einer einfachen Operation und einer Woche Krankenhausaufenthalt erledigen.

Auf der Taxifahrt zum Krankenhaus, wo er an bestimmten Tagen über den Operationssaal verfügen kann, macht der Arzt die Bemerkung, sie sei sich doch hoffentlich im klaren, daß es sich um eine ziemlich teure Operation handele. Sie ist verzweifelt, da sie fast überhaupt kein Geld hat, sagt aber vor lauter Überraschung und Angst nichts.

Die Summe, die ziemlich groß ist, bezahlt schließlich der Arzt.

Im folgenden Herbst, sie wohnt in einem Mansardenzimmer in der Rue des Quatre Vents in der Nähe der Rue de Seine und lebt von irgendeiner Rente (ihr Vater ist 1941 gestorben), verliebt sie sich heftig in einen ihrer Professoren. Sie kauft unter großen finanziellen Opfern (sie hat immer zwischen Büchern und Essen zu wählen) sein Hauptwerk, das gerade herausgekommen ist. Es ist ein sehr umfangreiches Buch über politische Ökonomie. Durch dieses Buch macht sie mit dem klassischen Marxismus Bekanntschaft.

Der Professor, anfangs über ihre hartnäckige Bewunderung verblüfft, nimmt sie eines Tages in seine Wohnung mit – sie sind nach der Vorlesung ein Stück zusammen gegangen, weil sie ihm noch ein paar Fragen stellen wollte, und der große Humanist findet sie so kompliziert, daß er unbedingt seine Bibliothek zur Hand haben muß, um sie beantworten zu können.

Das gelbe Sonnenlicht fällt durch hohe, weiße Gardinen herein. Die Bibliothek ist sehr groß, den Arbeitstisch, der mit Manuskripten und Büchern überladen ist, ziert ein sehr moderner Briefbeschwerer, dessen äußere Schichten milchig weiß sind, mit einem inwendigen roten Würfel im Zentrum, signiert von dem venezianischen Glasbläser Venini. Der Professor sieht sich im Zimmer um, schließt die Tür, sucht in irgendeinem Bücherregal herum, kommt dann aber zurück und versucht, zerstreut und plump (und ohne jede Aggressivität), ihre Bluse aufzuknöpfen (die dunkelblau ist, sehr billig, mit einem Muster aus Maschinenstickerei).

Sie entschuldigt sich mit einer unter diesen Umständen völlig lächerlichen Höflichkeitsfloskel und stürzt aus dem Zimmer. Sie rennt, glühendrot im Gesicht, von der Rue Monsieur Le Prince über die Rue Racine und fängt erst wieder an zu gehen, ganz außer Atem, als sie in der Rue des Quatre Vents auf der Höhe des Restaurants »Au Savoyard« angekommen ist.

Mit einem Gefühl ungeheurer Befreiung erlebt sie jetzt Marx' Philosophie. Sie hat ihren Vater immer geliebt, aber sie hat zugleich gelernt, ihn als aktiven Teilnehmer an einem riesenhaften Verbrechen zu betrachten. Keine von diesen Wahrheiten hat sie verleugnen können.

Jetzt stößt sie auf einen Begriffsapparat, der es ihr zum ersten Mal ermöglicht, diese scheinbar unvereinbaren Tatsachen auf einmal zu verstehen, zu akzeptieren und zu vereinen.

Ein junger Italiener, ein Student, nimmt sie mit zu einer Demonstration gegen den Krieg in Algerien, einer der letzten, riesigen. Es kommt zu gewaltsamen Schlägereien zwischen Faschisten und Sozialisten. In dem Augenblick, als sie die Polizei zum Angriff übergehen sieht, kommt ihr schlagartig zum Bewußtsein, daß sie sich hier zum ersten Mal in ihrem Leben mit denen identifiziert, die geschlagen werden.

Während sie die Sturzhelme näher kommen sieht, versucht sie sich tastend in einer neuen Grammatik und findet ein »wir«.

Später wird sie bewußtlos geschlagen. Die fliehende Volksmenge trampelt über sie hin. Ein Tabakhändler schleppt sie in seinen Laden.

Dies geschieht am 14. März. Das nächste Mal wird sie bei den Osterdemonstrationen in Berlin, fast genau zehn Jahre später, bewußtlos geschlagen werden.

Sie hat die rätselhaften Barrieren durchbrochen. Ist es so, daß sie sich selbst verständlich geworden, im Grunde aber derselbe Mensch geblieben ist? Ist sie es, die sich verändert hat, oder ist es die Geschichte?

Schon am 31. März singt sie im Chor des Pariser Konservatoriums die Sopranstimme in Mozarts Krönungsmesse. Sie fühlt eine ungeheure, paradoxe Freude über diese feierliche, jubelnde und fremde Musik.

Ihr Gesicht ist noch jugendlich verschwommen.

Später wird das Profil schärfer werden und zugleich feiner und ausdrucksvoller. Der Kopf wird eine ganz andere Schwere bekommen und der Hals feine Falten. Die Augen werden eine wehmütige, eine durchdringende Schärfe bekommen, die sie jetzt noch nicht haben.

Sie hat ein qualvolles, ein fast unerträgliches Jahrzehnt vor sich. Krankheiten, Enttäuschungen, der überraschende Tod naher Freunde.

Noch heute leuchtet ihr schweres, kluges Gesicht vor Glück, wenn sie über diesen Augenblick spricht.

Und noch immer verändert sie sich und wird, wenn sie intensiv einer Musik zuhört, ungeheuer schön.

Sie ist frei.

IV
Der Verbündete

der Schimmer der Abendröte,
die sich zur Morgenröte neigt

Ekelöf

Notizen in einer verwandelten Landschaft

So mein Vergilius, so meine Wanderung, so die Kreise, die ich besuchte, so meine Zeit ...

Natürlich stellte ich mir die Frage, ob ich sie liebte.

Nein, Heuchler, ich stellte sie nicht!

Für so etwas haben wir keine Zeit mehr! Ich habe mir keine derartige Frage gestellt, nicht im November, nicht im Dezember, und auch nicht jetzt im März, wo ein leichter Nieselregen auf den Lago Maggiore fällt.

(Duft von Rauch in den kahlen Gärten, von blauem Rauch, von Frühling, von Nebel, von trockenen Bergen, die der Regen durchtränkt.)

Ich habe diese Frage niemals gestellt: sie wurde mir gestellt, im gleichen Augenblick, als sie sich in jenem Flugzeug neben mich setzte und ich den Kopf an ihre Schulter lehnte und das starke Schlagen ihres Herzens hörte.

Ich frage mich nicht, ob ich jemanden liebe. Wenn ich das täte, wäre nicht ich es, der die Frage stellte, Hunderte von betagten Romanen, Filmszenen, verstaubte Dramen, Zahnpastareklamen würden an meiner statt fragen.

Ich stelle keine Zahnpastafragen.

Wir müssen es uns abgewöhnen, die sinnlosen Fragen zu stellen, die man uns statt der wirklichen Fragen suggerieren will. Wir müssen lernen, mit eigenen Worten zu sprechen: mit eigenen Worten zu leben.

Wir müssen ...

uns weigern, uns von einer toten Grammatik beherrschen zu lassen.

Wir müssen unsere eigene Sprache sprechen (die schmerzhafter ist) und unsere Gefühle in ihrer ganzen Tiefe kennenlernen (was schmerzhaft ist).

Eine unmögliche Liebe?

Ja natürlich! Unmöglich für die Zahnpastareklame und unmöglich auch für mich.

Aber nur aus dem Grund, weil wir aller Wahrscheinlichkeit nach in einer historischen Epoche leben, in der Liebe überhaupt unmöglich und jede Liebe dazu verurteilt ist, an ihrem Anfang stehenzubleiben, Verliebtheit zu sein.

Wir sind dazu verurteilt, am Anfang zu leben.

Das ist unser Sinn.

Ihr besteht darauf? Ihr möchtet unbedingt einen Liebesroman erzählt bekommen? Aber ihr habt doch schon so viele davon gelesen!

Ja, ich liebte sie.

Aber man tauscht nicht eine lebendige Sprache gegen eine tote.

Also fühlte ich Schmerz, Verwirrung, Unruhe: ich wurde gezwungen, mich langsam zu verändern.

Daher diese Kreise, diese Zeit, diese Prüfung, dieser Vergilius.

Seit jenen Oktobertagen war sie bei mir, so greifbar, als säße sie neben mir mit ihrem schweren, preußischen, rothaarigen Kopf auf dem gebogenen Hals und ihren kräftigen Schultern, so greifbar, als starrten ihre großen, tiefblauen Augen unverwandt in die meinen.

Und natürlich sollte ich sie wiedersehen. Aber das ist eine andere Geschichte, die ihr zu gegebener Zeit auch zu hören bekommen werdet. Ihr müßt Geduld haben: ich gebe mich nicht mit Zahnpastareklame ab.

Ihr werdet es zu hören bekommen, das Ganze, wie wir auf einem Hohlweg nach links abbogen, wie sie die Führung übernahm und mir voranging und wie wir schließlich einen Schimmer des sternenübersäten Nachthimmels sahen.

(Warum sollte ich mit einer gewohnten Regel brechen, wenn ich weiß, daß es euch unterhalten könnte?)

Ja, ich liebte sie. Aber ich tausche nicht eine lebendige Sprache gegen eine tote.

Es wurde natürlich, ich hatte es die ganze Zeit schon gewußt, ein furchtbarer Winter. Die Schneestürme lösten einander ab, das Thermometer vor dem Haus sank auf zwanzig, neunundzwanzig, dreißig Grad. Über die spiegelglatten Landstraßen glitt in kleinen Strudeln und Strömen der aufgewirbelte Schnee.

Man lieferte uns dem Winter aus.

Das Autofahren auf den spiegelglatten Winterstraßen, im Schneetreiben, wenn gerade die erste Dunkelheit hereinbricht, versetzt mich in einen eigentümlichen Zustand der Ausgelassenheit.

Wenn man in der Dämmerung an einem sehr kalten Januartag auf einem großen västmanländischen See von einem lange genug anhaltenden Schneesturm überrascht wird und die Richtung verliert . . .

Welche Wollust!

Ganz allmählich, in diesem Winter, diesem Januar, in den wenigen hellen Stunden zwischen Sonnenaufgang und Sonnenuntergang, mitten in dem Frost meines vierunddreißigsten Winters wurde mir, glaube ich, zum ersten Mal in meinem Leben bewußt, in welch ungeheurem Ausmaß meine Phantasie im Dienste des Todes stand. Nicht nur in seinem Dienst stand: von ihm geknechtet worden war.

Ich bin überzeugt, daß ich schon als Vierjähriger mit dem Selbstmord als einer Möglichkeit zu rechnen begonnen habe, als realistische Komponente meines Lebens, als etwas Zugehöriges.

Es gab eine Formel: ich will sterben –

und diese Formel war immer zur Hand, um mich freizumachen von der Welt, sie war da an den schwarzen Dezembermorgen, wie ein kleiner bitterer Tropfen im Blut (wie der kleine bittere Tropfen der Beerenwanze), sie war in den nackten Zweigen, in den stierenden Fenstern, sie war in meiner Prosa, sie war in den Zeilen meiner Gedichte, in meiner müden Stimme. Alles andere kam und ging, aber diese Formel blieb.

Alles andere kam und ging, aber der Tod blieb. Ich war ein Teil im Zusammenhang des Todes, und der Tod bewies etwas. Aber was?

Etwas.

Er machte mich ruhig. Zu seinem Preis machte er mich ruhig.

Und ich! Ich Tor ließ es geschehen!

Und begriff nicht, daß ich damit von vornherein zum Kreis der Verräter zählte.

Die Bombergeschwader flogen über die Schauplätze der Welt und streuten ihren Tod aus, ihre Ruinen, ihre dunklen, verkohlten Kadaver. In den kilometertiefen Kühlkellern in abgelegenen Forschungsanlagen, hinter Stacheldraht und von wilden Hunden bewacht, lagerte der Tod von Millionen in hochvirulenten Bakterienbomben. Und er erschreckte mich nicht. Ich hatte zu sehr teil an ihm, ich rechnete mit ihm als einem Teil der Möglichkeiten dieses Lebens.

Denn ebendieser Tod hatte sich schon längst

(O Wollust!)

meiner bemächtigt, er war in meinen Därmen und Nieren, und spät am Abend, wenn der Tabakrauch dicht in einem Zimmer hing, war er gegenwärtig als ein fremder und bitterer Duft im Rauch. Er war mein eigenes Bild vom Zusammenhang und der Ordnung der Welt. Ich hatte teil an ihm. Und er erschreckte mich nicht.

Und so wurde ich mir darüber klar, daß es nicht einen Tag gab, nicht einen einzigen gewöhnlichen Alltag mit Telefongesprächen und Gängen zu Postämtern und soziologischen Studien in der Warteschlange der Weinhandlung und angebrannten Beefsteaks im Restaurant Nimbus und Autofahrten und der Nase im Katalog der Königlichen Bibliothek und den eigentümlichen Schornsteinaufsätzen in ein paar vergessenen Vierteln der vornehmen westlichen Stadtteile von Västerås, ich sage, nicht einen einzigen Tag, an dem nicht dieses

Ich will sterben

irgendwie im Hintergrund gegenwärtig war, wie das Geräusch entfernter Stimmen im Telefonhörer, die einen mitten im Gespräch stören, und ebenso selbstverständlich wie bei jemand anders die Gewohnheit, an der rechten Augenbraue zu zupfen oder sich den Bart zu kämmen, genau so eine Gewohnheit war diese Formel

Ich will sterben

und es war dasselbe Gefühl, wie wenn man eine Quittung unterschreibt, um irgendeinen Gegenstand aus einem Lager ausgehändigt zu bekommen, wo man sich Werkzeuge und Spaten für irgendein bemerkenswertes Vorhaben holt, und in diesem

ich will sterben

war meine Geborgenheit verbrieft, meine Unabhängigkeit von all den anderen, die schließlich nach Belieben mit mir umspringen konnten, mich verlassen, mich verachten, mich mißhandeln oder mich lieben, wie es ihnen gerade gefiel, da ich doch letztlich immer die höhere Karte haben und jedes Spiel gewinnen würde, und darum war ich ausgeschlossen

Ich will sterben

und darin war nicht nur mein eigener Tod beschlossen, sondern auch der Tod der anderen, denn zutiefst bedeuteten diese Worte nichts anderes, als daß von vornherein jede Hoffnung aufgegeben, die Wette verloren, der Ausgang von vornherein festgelegt war.

Ich war ein Teil im Zusammenhang des Todes, ich hatte mich zu seinem Verbündeten machen lassen. Zwischen mir und den Bombergeschwadern, den virulenten Bakterien in ihren Kühlkellern, den Gefangenenlagern mit ihren Scheinwerfern und elektrisch geladenen Stacheldrahtbarrieren, zwischen mir und den schwarzen Rauchsäulen dieses Dezenniums gab es eine Verbindung, eine Übereinstimmung.

Und das war der innerste, der letzte Kreis:

Ich sah mein eigenes Gesicht, es trat deutlich hervor, es war kein Zweifel mehr möglich, daß es meines war. Ich sah es an, und was ich sah, war Tod.

Ja selbstverständlich liebte ich sie.

Gesicht

(Jetzt im März 1970: Ich kann die Ereignisse nicht mehr in der Reihenfolge erzählen, in der sie tatsächlich stattgefunden haben: sie durchdringen einander.

Der Anfang: Duft von Regen, von Frühling, von Nebel, von trockenen Bergen, die der Regen durchtränkt. Mit diesem Frühling beginnen, zaghaft, die siebziger Jahre:)

Gesicht, weibliches, auf den Ellbogen gestützt und über mich gebeugt, als ich erwache. Diese großen blauen Augen haben mich lange, vielleicht eine halbe Stunde lang betrachtet, während ich schlief, als wollten sie ergründen, ob ich irgendein Geheimnis hätte. Ich habe kein Geheimnis.

Aber dafür fällt das Sonnenlicht durch eine orangefarbene Gardine und beleuchtet das Gesicht, so daß ich all seine kleinen roten Sommersprossen, die Fältchen, die kräftigen Lippen, die kleinen, energischen Linien um den Mund herum sehe. Und durch das halboffene Fenster ist mitten im Februar ein Spatz zu hören, es ist eine sehr ruhige Straße, sehr ruhig, mit ruhigen Häusern, ruhigen Bäumen und von weit her die Geräusche von Schulkindern in einer Volksschule, Volksschulkinder fangen immer sehr früh am Morgen an, ob es nun Winter ist oder Frühling.

Es ist so früh, daß ich mich nicht mehr daran erinnern kann, wo ich bin oder wer es ist, der mich ansieht. Gleichwohl akzeptiere ich es, gesehen zu werden; ja, wahrhaftig, ich lasse mich ansehen, und es ist ganz selbstverständlich, daß jemand mich ansehen mag. Und als ich dieses Gesicht sehe, denke ich über all die fremden Menschen nach, all die fremden Gesichter, die es geformt haben, all die fremden Jahrhunderte, die es in sich schließt.

Ich finde mich vor eine Frage gestellt, die ich nicht beantworten kann.

Im Sonnenlicht hebt sich deutlich jede der kleinen rötlichen Sommersprossen ab, ein Schimmer der großen, unregelmäßigen Zähne ist zu sehen, eine Locke fällt in die gerunzelte, mächtige Stirn, und das Gesicht sieht mich weiter ruhig an, während ich aufwache, und mein Gesicht wacht ruhig weiter auf.

So wie wenn ein fürchterlicher Lärm viele Stunden lang angehalten hat, eine Druckpresse, die sehr lange in Betrieb war, oder vielleicht ein Schiffsmotor auf einer sehr langen Schiffsreise, und dieser Lärm dann aufhört, und man sich erst nachdem es still geworden ist darüber klar wird, daß der Lärm da war, ohne daß man ihn überhaupt noch bemerkt hat.

Gerade so wird es still.

In diesem Winter dauert ein und derselbe Schneesturm praktisch Tag für Tag an, von Mitte Februar bis Mitte April.

Mitte Februar begab ich mich auf eine Irrfahrt durch die Städte, Flugplätze und Bahnhöfe Zentraleuropas, die mich zu einem einsamen Ort am Lago Maggiore führte. Ich saß dreißig Tage lang in einem Turm (einem Turm, über den ich noch mehr erzählen werde) – blauer Rauch stieg über den Weinbergen auf, zögernd zog Nebel über den großen See, in der frühlingshaft feuchten Luft schlugen die Blüten der Salweide aus, eine um die andere. Hier gab es nicht mehr nur einen einsamen Spatz auf einem Baum, sondern einen Chor von Vögeln.

Spät in einer Märznacht kam ich nach Schweden zurück: immer noch tobte der gleiche Schneesturm wie in der Nacht, in der ich abgereist war.

Nach zehn Tagen fuhr ich nach Zürich, um einem Regisseur ein Stück zu erklären, das er im Theater inszenieren sollte: die Kastanien schlugen aus, wir tranken Kaffee und Tee auf der warmen Terrasse eines Gartenlokals: die Worte flogen leicht und frisch durch die warme Luft.

Am Tag darauf, und da hatten wir schon Anfang April, war ich wieder in Schweden: der gleiche Schneesturm tobte.

Es war, als wollte er mich auf irgendeine subtile Art *zur Ordnung rufen.*

Herrgott! Ordnung, Ziel, Zusammenhang, Konsequenz in einem Leben, das die Außenwelt nicht einmal einen Augenblick lang eine Kontinuität, einen Zusammenhang wahren läßt!

Selbst mein Gedächtnis ist seit zwei Jahrzehnten gespalten, zerstückelt, es hat sich, um zu überleben, den Umständen angepaßt, so daß ich mich an ganz verschiedene Dinge in einem Park in Västerås, an einem Schreibtisch in Stockholm erinnere, wenn ich einen einsamen Spatz vor einem halboffenen Fenster in Berlin höre.

Das, woran ich mich an dem einen Ort erinnere, läßt sich unmöglich an dem andern ins Gedächtnis rufen: und von mir fordert man einen Zusammenhang!

(Sacht, teilnahmsvoll, freundlich:) »Die ganze Nacht lang hast du im Schlaf geredet, sehr unruhig, in einer fremden, eigenartigen Sprache, die ich nicht verstehen kann.« (Tröstend, erklärend:) »Vermutlich war es Schwedisch«.

Es geht auf Mitte Februar zu, der gleiche Schneesturm: auf dem Speicher der großen wissenschaftlichen Bibliothek in Mittelschweden treffe ich einen Archivarbeiter, den ich wiedererkenne. Es ist mein alter Freund und Schulkamerad G., der intelligenteste und vielversprechendste Schulkamerad, den ich je hatte. Er kommt mir sehr freundlich entgegen, wir halten einander mit aufrichtiger Herzlichkeit eine ganze Minute lang an den Händen. Aber wie um Himmels willen ist er hier gelandet?

Ich suche in seinem Gesicht nach den Spuren irgendeiner Katastrophe, finde aber nur Freundlichkeit und aufrichtige Freude, mich zu sehen.

Im Januar hat er nach meiner Telefonnummer gesucht, sie nicht gleich gefunden, da ich nie einen Titel benutze, hat daraus geschlossen, daß die Nummer geheim sei, und deshalb die Fernsprechauskunft nicht angerufen.

Jetzt sagt er natürlich nicht, was er gewollt hat.

Was hat er gewollt?

Ein Gefühl, daß alles eilt, immer mehr eilt, daß Liebe, Wärme, Vertrauen nottun: daß wir dies alles sehr schnell etablieren müssen, ohne Rücksicht auf alle Regeln und gegen den Willen derer, die uns daran hindern wollen, die uns vorschreiben wollen, wie diese Sprache zu sprechen sei.

Jetzt habe ich sein Gesicht, fragend, freundlich, ganz deutlich vor mir. Es sind nur drei Minuten oben auf dem Speicher einer Bibliothek, wo die Archivarbeiter sich aufhalten. Ich kann ein Bild davon festhalten, sehr deutlich, fünfzig, sechzig Sekunden lang, es füllt sich von selbst mit den Einzelheiten.

Dann verschwindet es wieder.

Eine mnemotechnische Übung. Auch die Liebe kann als eine mnemotechnische Übung angesehen werden.

Ein Heimatland ist nichts anderes als ein System von Gewohnheiten. Das Überraschende, manchmal Überwältigende an einer Reise in ein fremdes Land ist, daß man gezwungen wird, sie zu ändern, ob man will oder nicht. Eine Neurose ist nichts anderes als ein System von Gewohnheiten. Eine entschlossene Übung mit unseren eigenen Erinnerungen würde – sie nicht verändern –, denn das können wir nicht, würde uns aber vollkommen klarmachen, daß unsere Leben verändert werden müssen.

Wahrscheinlich war es dies, worauf die psychoanalytische Schule aus war. Da sie einen Gesprächsstoff für den Arzt und den Patienten brauchte, erfand sie also die »Neurose«.

Mit dem gleichen Nachdruck, mit dem Kant fragt:

– Sind also synthetische Urteile a priori möglich? muß ich wieder und wieder fragen:

– Ist also Liebe in dieser Gesellschaft möglich?

Lautet die Antwort auf nein, so müssen wir einen neuen Menschen, eine neue Welt erschaffen.

Dies und nichts anderes ist die schreckliche Einsicht, zu der mich die Erforschung meiner selbst gebracht hat. Wenn ihr bereit seid, mir noch ein wenig Geduld zu schenken, werde ich auch das Beweismaterial vorlegen, das vielleicht noch ausstehen mag.

Ich bin mir natürlich klar darüber, daß dieses Ergebnis mir auch Gelächter und Verachtung einbringen wird. Ich habe diese Konsequenz sehr wohl bedacht und bin bereit, sie auf mich zu nehmen.

(Mnemotechnische Übung: Material vom Dezember 1968, der okkupierte Teil des Jordantales:)

Gesicht, das von einer Taschenlampe beleuchtet wird. Kopfbedeckung aus Wolle, weder Käppchen noch arabische Kopfbedekkung, also weder ein Jude noch ein Araber. Vermutlich gehört dieses Gesicht einem Drusen.

Rechts im Graben liegt sein Lieferwagen, mit den Rädern nach oben, die sich immer noch drehen. Aus dem Laderaum ergießen sich leere Apfelsinenkisten wie aus einem Füllhorn.

Aus irgendeinem unbegreiflichen Anlaß hat der Mann versucht, einen militärischen Straßenposten gewaltsam zu durchbrechen (Nagelteppich, Soldaten in Wollpullovern mit tschechoslowakischen Maschinenpistolen, Kohlenfeuer am Wegrand, sternklarer Himmel und nur +3 Grad C), hat sich aber im letzten Moment eines anderen besonnen und ist natürlich direkt in den Graben geschlittert.

Wie gewöhnlich *weiß* ich, daß dies geschehen wird, schon als seine Scheinwerfer zum ersten Mal oben am Hang auftauchen, und bewege mich mit meinem Dolmetscher unter einem Vorwand dreißig Meter weiter fort, ein paar Minuten bevor das Unglück geschehen ist. Der Soldat in der Straßensperre wirft sich nach rechts. Hätte er sich nach links geworfen, wäre er gestorben. Er hätte sich natürlich ebensogut für links entscheiden können.

Der Mann, der weder Jude noch Muslim, sondern vermutlich Druse ist, sitzt jetzt auf einer Kiste am Feuer. Während der diensttuende Offizier seine Papiere prüft und die Soldaten untersuchen, was von seinem Wagen übriggeblieben ist, übernehme ich es (in meiner Eigenschaft als neutraler Journalist), die große, ungefährliche Fleischwunde über seinem linken Auge zu verbinden. Das über das Auge herunterströmende Blut behelligt ihn sehr, da Blut auch eine Salzlösung ist.

Seltsamerweise kann ich das ganz genau nachfühlen, da ich mir selbst einmal eine große Wunde an genau der gleichen Stelle zugezogen habe, 1956 bei einem Fahrradunglück in der Nähe von Järlåsa. Dies zu erklären würde jedoch Lizentiatkenntnisse der arabischen Umgangssprache erfordern. Ich halte die Taschenlampe in der linken Hand, den Wattebausch mit Desivon oder was zum Teufel die israelische Heimwehr auch immer in ihren Verbandskästen hat, in der rechten Hand.

Um zu zeigen, daß ich nicht ängstlich bin, reibe ich fester als nötig mit dem Wattebausch über die Wunde.

Um zu zeigen, daß er nicht ängstlich ist, hält er den Kopf vollkommen still.

Ich bemerke, daß ein starker, unverkennbarer Haschischduft aus seinem Mund kommt. Der Mann riecht nach Haschisch wie eine Diskothek in der Stockholmer Altstadt.

Ich lege jetzt eine Mullbinde über die Wunde, kann sie aber nur festmachen, indem ich sie das linke Auge ganz bedecken lasse.

Das rechte Auge sieht mich jedoch weiter mit einem forschenden, fragenden Ausdruck an. Während ich in dieses einsame Auge blicke, das wahrscheinlich von der Taschenlampe stark geblendet wird, grüble ich über all die fremden Jahrhunderte nach, die es in sich schließt.

Die Frage, die man mir stellt, kann ich nicht beantworten.

(Mnemotechnische Übung: Mädchen von 1958:) April 1958, Frühlingsabend, sehr heller Frühlingsabend, jenseits der Straße der Fyris, im Frühlingshochwasser rauschend, braun von Schlamm, barbarisch in seiner eigenen Fracht aus weggeworfenen Erinnerungen an den Winter badend, die vom Fjärdingen und Svartbäcken und von den schrecklichen Slumvierteln in der Gegend des Seminars her kommen: leere Kisten, zerknitterte alte Zeitungen, Präservative, abgerissene Blätter aus Notizbüchern, abgetriebene Embryos, alles muß er mit sich führen und sich darin wälzen.

Blaues Licht, schwacher Wind, dünne Frühlingsabendwolken, die kommen und gehen, parodistische Abendwolken, parodistische ferne Jugend!

Ich kannte damals diese Ingrid Bergström seit zwei oder drei Wochen: ein langer, schmaler, magerer mädchenhafter Körper, ein etwas gebeugter Rücken, kleine Brüste, langes Haar und tatsächlich, wenn ich mich recht erinnere, kleine braune Sommersprossen (aber nicht so viele) auf den Schultern.

Über sich selbst im unklaren, freundlich, launisch und natürlich voll von gewaltigen Ambitionen, die allzu verworren sind, um verwirklicht zu werden.

An einem Abend im April 1958 soll ich »früh nach Hause gehen«.

Sie hat irgendeine Prüfung, auf die sie sich vorbereiten muß. Das behauptet sie wenigstens.

Eine einzige Lampe leuchtet in dem dämmrigen Zimmer. Sie sitzt auf ihrem Sofa, in einem Wollpullover und langen Hosen.

Ich bin schon fast an der Tür, da überkommt mich irgendein Impuls.

Ich renne beinahe zurück und lege für einen Augenblick den Kopf in ihren Schoß.

Da sagt sie:

– Wie kindisch du bist.

Auf dem Heimweg bin ich natürlich fest entschlossen, niemals zurückzukehren.

Aufgabe: Wie sieht ihr Gesicht aus, als sie das sagt? Ich kann mich unmöglich daran erinnern, ich kann es nicht festhalten.

Die Frage, die man mir stellt, kann ich nicht beantworten.

Der Anfang. Die Form, in der wir die Liebe empfinden, ist der Anfang.

Wir gleichen alle diesen Familien, die man überall antrifft, die das Nordische Familienlexikon haben, aber nur den ersten Band:

»A – Asunden«.

Die Risse in der Lügenmauer

Sie ist nie geborsten, es war ein allzu mächtiges Bauwerk, aber da war ein Riß, mit bloßem Auge nicht wahrnehmbar, der eben noch nicht dagewesen war. Würde er sich verbreitern?

Februar 1970: das Feuer in meinen Kachelöfen focht einen ungleichen Kampf mit dem Frost aus: die Kinder gingen nicht mehr ins Freie. Der Himmel wurde grün vor Kälte.

Immer noch konnte man jeden Abend die Streikführer vom Erzbergwerk auf dem Fernsehschirm sprechen sehen. Ihre Sprache wurde immer deutlicher, immer reiner.

Die Menschen wollten keine Kinder mehr sein.

Eine Wahrheit hatte bei ihnen Fuß gefaßt, sie standen da und sprachen, und ihre lebendige Sprache vibrierte bis in die lebendigen Kapillaren und Zellen der Gesellschaft hinein.

Es fiel noch mehr Schnee.

Wir besitzen unsere Sprache nicht. Sie kommt zu uns oder läßt uns im Stich, und vor allen Dingen dürfen wir niemals glauben, daß wir uns verstecken können.

»Man soll keine Geheimnisse haben.« (Strindberg)

Im Traum sah ich Johanna Becker, groß und schwer und vorgebeugt, in der Winterdämmerung auf Skiern unterwegs über das weiße Eis des Åmänningen, mit einer roten Zipfelmütze zielstrebig unterwegs zu der kleinen Insel Gerholmen, wo die Hauptperson in »Der eigentliche Bericht über Herrn Arenander« verschwindet und mit anonymer Stimme erzählt, wie er ein Boot auf der Insel birgt.

Auf dieser Insel liegt tatsächlich ein geborgenes Boot, leck nach vielen Wintern und Sommern. Es wurde tatsächlich von mir geborgen. Was hatte sie dort zu suchen?

In diesem Traum brachte ich sie mit Fridtjof Nansens Tante in Verbindung. Warum? (Delacroix: »Die Freiheit auf den Barrikaden«. Sie ist die Frau mit der Fahne.)

Ich schickte ihr einen Brief und beschrieb das alles und schloß mit der Frage, was sie denn, so zielstrebig, in meinen Träumen zu suchen hätte.

Irgendwo war die Lügenmauer gesprungen, der Riß war durchlässig. Würde er größer werden?

Mit jedem eiskalten Tag wurde mir immer deutlicher bewußt, daß meine Trauerarbeit, meine Untersuchungen keine private Angelegenheit mehr waren. Das erschreckte mich: waren wir alle, ich sage *alle*, in diesen Monaten daran beteiligt, ohne es selbst zu wissen?

Als die Zeiten sich wendeten und diese Gesellschaft sich schließlich zu fragen begann, welche Mächte sie okkupiert hätten, da stellte sich diese Frage auch mir. Keine Laune, keine seltsamen hormonellen Veränderungen, nichts als die blanke Notwendigkeit zwang mich, nach den Quellen der Angst zu suchen.

Es gab keine andere Möglichkeit mehr, als sich die Frage zu stellen, wer man sei.

Ich stellte sie mir und entdeckte, in welch einem erschreckenden Ausmaß die Antwort von anderen bestimmt war.

Es fiel noch mehr Schnee.

An den Tagen, die ich zu Hause verbrachte, fiel es mir schwer zu arbeiten, zu lesen, es fiel mir sogar schwer, Notizen für einen Artikel zu machen. Es war ein Zustand, in dem Sprache weh tat.

Wenn die Dunkelheit anbrach, lag ich gewöhnlich auf dem roten Sofa in meinem Arbeitszimmer, ich hörte Berlioz zu, ich wußte nicht mehr, wozu er gut sei, außer daß er mich an etwas erinnerte, was ich vor langer Zeit einmal gewollt haben mußte, und mir zu Bewußtsein brachte, daß ich aus einem langen und hartnäckigen Schlaf aufgewacht war, ob ich wollte oder nicht. Da ich nicht wußte, wozu diese Musik gut sei, schrieb ich einen Artikel über sie.

Ich konnte, im Halbdunkel, stundenlang daliegen, und unentwegt quälten mich Erinnerungen ganz bestimmter Art:

(ich sehe mich selbst, irgendwann in den Jahren 1961-63, ein frisch ernanntes Genie, mit vielen Hms, nasal und zerstreut einen Vortrag auf dem Katheder irgendeiner Volkshochschule halten, Gott weiß wo, über Poesie und Semantik, oder irgend etwas anderes, was ein einfallsreicher Veranstalter per Telefon mit mir abgesprochen hat, und je länger ich rede, desto deutlicher wird mir bewußt, wie eine dünne Schicht von Feindseligkeit mich von meinen Zuhörern trennt und sie von mir.

Dieser hm-machende, zerstreute, arrogante Typ bin nicht ich, und sie sind auch nicht sie selbst, und die Sprache, die ich spreche, ist weder die meine noch die ihre, und draußen fällt ein herbstlicher Regen.

Es gibt allzu viele, die unsere Gedanken für etwas anderes benutzen wollen. Das ist eine der Voraussetzungen dafür, daß man mich zum Reden aufgefordert hat: daß ein gewisses Maß an Unverständnis zwischen meinen Zuhörern und mir herrscht. Das ist es, wozu ich benutzt werde.

Nur ein Millimeter trennt uns davon, die Wahrheit zu erkennen.)

Februar: nach einem Besuch im Dramaten, dem Stockholmer Stadttheater, wo ich irgendein Stück rezensiert habe, an das ich mich nicht mehr erinnere, und nachdem ich meine Rezension an die Zeitung durchtelefoniert habe (ich schreibe sie gewöhnlich in irgendeinem Café in der Nähe des Theaters und gebe sie so schnell wie möglich durch: ich liebe Theaterkritiken, weil sie mich zwingen, von meinen Erlebnissen zu berichten, lange bevor ich mit ihnen fertig bin, und ich daher über sie berichten kann, ohne daß es weh tut. Denken tut immer weh, und bei mir geht es immer mit einem gewissen trockenen Schmerz in der Zwerchfellgegend einher, und darum stöhne ich oft so laut in Zügen und Flugzeugen, daß freundliche ältere Damen kommen und mir schmerzstillende Mittel anbieten, die ich dann annehmen muß, weil ich ihnen niemals die Wahrheit erklären könnte, ohne mich lächerlich zu machen. Aber Theaterkritik tut nicht weh, und theoretisch gesehen könnte ich sie in uneingeschränkten Mengen produzieren: es sind ja nur Menschen, die man beschreibt, und Menschen sollte man uneingeschränkt beschreiben können), gehe ich nachdenklich heim in die Hagagatan.

Jetzt bin ich wieder nicht ehrlich. Es stimmt zwar, daß ich auf dem Heimweg in die Hagagatan war, aber das war natürlich nicht das eigentlich interessante. Das waren vielmehr meine vagen Versuche, den fragmentarischen, undeutlichen Eindruck von einem schwer zu definierenden Mädchen zu formulieren, das durch irgendeinen Zufall auf dem Sitz neben mir gelandet war und deren tiefes Lachen in keiner Weise mit ihrem Aussehen übereinstimmte. Ich hatte nicht ein einziges Wort mit ihr gewechselt (diese idiotischen Regisseure, die nicht wissen, was sie tun, wenn sie im Theater alle Pausen streichen), gleichwohl hatte sie aber meinen Eindruck von diesem Abend entscheidend bestimmt, da wir die ganze Zeit über vorsichtig unsere Schultern aneinandergedrückt hatten, in dem verzweifelten Versuch zu ergründen, welche rätselhaften Barrieren uns trennten.

Auf dem Heimweg überkamen mich Verzweiflung und Depressionen angesichts all dieses Lebens, das vorsichtig an uns vorbeistreift, und eine heftige, fast biologische Neugier auf all diese Geheimnisse, die sich in den anderen abgekapselten Zellen in einer Gesellschaft abspielen müssen, die dadurch funktioniert, daß die Menschen fast lautlos aneinander vorübergehen.

(Nie kann ich meine Kollegen nachmittags mit ihren Aktenmappen und Taschen vom Verlag nach Hause gehen sehen, ohne insgeheim darüber betrübt zu sein, daß ich nicht die Fortsetzung ihres Tages sehen darf, und das, obwohl ich im Grunde genommen weiß, daß der unsichtbare Teil ihres Lebens kaum fesselnder ist als der sichtbare Teil.)

Ich ging also heim in Richtung Hagagatan, da es ein Donnerstagabend war, und um mich herum entfaltete die Stadt ihr geheimnisvolles, abgekapseltes Kasernendasein. Es fiel Schnee.

Als ich in die Hagagatan einbog und mich dem Haus Nummer 16 näherte, in dem die alte Wohnung liegt, hörte ich durch den dämpfenden Schnee lautes Rufen, Grölen und Schreien.

Vor der Tür standen zwei Männer, betrunkene finnische Matrosen, wie mir schien, und zerrten energisch an der Klinke. Hinter der Tür, mit einem auffallend weißen Gesicht, vielleicht war es auch der Zorn, der es so weiß machte, stand ein kleines, zorniges Frauenzimmer: sie muß etwa in meinem Alter gewesen sein. Sie entwickelte, trotz ihrer Kleinheit, eine furchtbare Kraft und schaffte es tatsächlich, die Tür trotz der vereinten Anstrengungen der Matrosen (oder was sie nun waren) zuzuhalten, bis nur noch Zentimeter fehlten, um sie ins Schloß schnappen zu lassen. Und das wollte sie offenbar.

Sie trug einen schwarzen, adretten Wintermantel, an einem Arm hing ein großes Einkaufsnetz (wer kauft schon nachts um halb zwölf Lebensmittel ein?), die Lippen waren mit irgendeinem unbeschreiblichen lilafarbenen Lippenstift bemalt, der die kosmetische Entsprechung zu den neobrutalen Leichtbetonfassaden in der Architektur darstellt. Das Mädchen, die Frau oder die Dame hatte insgesamt einen vagen Zug von Hysterie, von aufgestacheltem sozialen Ehrgeiz an sich, ich wußte schon im voraus, daß, wenn sie zu reden anfinge, sie in einem affektierten Falsett reden würde.

Auf der anderen Seite der Glasscheibe standen die finnischen Matrosen, der eine klein, mitten im Winter ohne Kopfbedeckung, in einer abgetragenen Lederjacke, mit einem blonden Haarschopf, der schon lang keinen Kamm mehr gesehen hatte, und großen, seichten, treuherzigen blauen Augen, die jetzt irgendwie ganz verzweifelt durch die Türscheibe starrten. Der andere war größer, er trug eine Sportmütze und einen Sommermantel mit verschlissenen Ärmeln. Sein Gesicht war narbig, das Augenlid ein wenig geschwollen.

Mein Eintreffen löste allgemeine Verwirrung aus. Beide Seiten ließen die Tür los, und ich blieb auf der Schwelle stehen, genau zwischen den Matrosen und der Dame. Alle nahmen es für gegeben, daß ich in dem Haus daheim sei.

Mir wurde sofort klar, daß ich in eine Falle geraten war.

Man würde mich zum Handeln zwingen, ich würde Partei ergreifen müssen. Ich wußte schon vom ersten Augenblick an, von welcher Seite die Forderungen kommen würden, und ich wußte, daß der anderen Seite meine Sympathie gehörte. Ich wußte, daß ich unwiderruflich dazu verurteilt war, auf der falschen Seite zu kämpfen.

Vermutlich würde man mich ziemlich übel zurichten. Mitten in der aufsteigenden Angst spürte ich einen unbeschreiblichen Überdruß. Ich zog die Möglichkeit in Betracht, ganz ruhig meinen Weg ins Haus fortzusetzen, die Treppen hinauf, und so zu tun, als sei nichts geschehen.

– Dem Himmel sei Dank, daß Sie gekommen sind, sagte die Dame. Sie sprach tatsächlich mit affektierter Falsettstimme und mit häßlichen verschwommenen Vokalen, genau wie ich es erwartet hatte.

– Kann ich irgendwie behilflich sein, sagte ich.

– Diese beiden Strolche versuchen, in das Haus einzudringen, sagte die Dame mit einer Stimme, die vor Empörung bebte.

– Diese Dame sagt, daß Sie ins Haus einzudringen versuchen?

– Wir wohnen hier, sagte der kleinere Matrose mit entschlossener Stimme.

Auch er hatte erkannt, daß die Weichen schon gestellt waren, daß er nur kämpfen konnte oder verlieren.

– Ja, damit ist das Problem doch wohl gelöst, sagte ich.

– Sie wohnen gar nicht hier, sagte die Dame.

– Wir werden hier bei einem Kumpel wohnen, sagte der Matrose mit dem geschwollenen Augenlid. Diese Schreckschraube versucht, uns am Hereinkommen zu hindern. Es ist so verdammt kalt. Wir müssen zu unserem Kumpel, damit wir bei ihm pennen können.

– Nehmen Sie sich in acht, sonst werde ich dafür sorgen, daß die Polizei kommt, kreischte die Dame mit neu aufflackernder, hysterischer Energie.

Mir war klar, daß jeden Augenblick einer der Nachbarn aufwachen und ins Treppenhaus schauen könnte. Das würde noch größere Anforderungen an mich stellen.

– Aber was ist denn so schlimm daran, sie zu ihrem Kumpel zu lassen, sagte ich.

Die Dame stieß ein Wutgeheul aus, so unartikuliert, daß ich wußte, sie würde sich auf mich werfen und mich kratzen, wenn ich ihr widerspräche.

– Sehen Sie denn nicht, daß das Strolche sind. Widerliche Fuselstrolche, die hier eindringen wollen.

Die Strolche zitterten vor Kälte in der erzwungenen Untätigkeit. Die Schneeflocken waren feinkörniger geworden; ein Schneesturm war im Anzug.

Trauer und Müdigkeit regten sich in mir wie Kinder. Es wude ganz still, nur das Geräusch des Windes war zu hören und von weither ein Bus auf der Odengatan. Bis zur Ankunft der Schneeräumer mit ihren klappernden Pflügen und ihren schweren, lärmenden Traktoren waren es noch viele Stunden hin.

Über den Stadtteilen im Zentrum leuchtete der Himmel in seinem gelblichroten, kranken Winterlicht.

Hätte die blondierte Dame nicht darauf bestanden, daß ich Anteil nehmen, sie schützen, weiß Gott, vielleicht sogar Rache an ihnen üben sollte, so hätten sie leicht irgendwo auf dem Boden in der Wohnung da oben übernachten können. Der stellvertretende Redakteur von Bonniers Litterära Magasin war verreist. Der letzte amerikanische Deserteur hatte sich mitsamt seiner verschlissenen Tasche kurz vor Weihnachten zu irgendeiner Volkshochschule in Sörmland davongemacht.

Der Himmel begann am Horizont ins Grünliche zu spielen. Es würde wieder eine Eisnacht werden.

Jetzt, im Februar, transportierte die Polizei jeden Morgen von den Gittern der U-Bahnschächte, aus verlassenen Industriegebäuden oder aus den verschmutzten Schlupfwinkeln unter den Brücken steifgefrorene tote Körper ab.

Nicht auszuschließen, daß die beiden rotäugigen, nach Brennspiritus duftenden Finnen in die morgige Ernte eingehen würden.

Die Ausgesperrten sahen aus, als würden sie gleich zu weinen anfangen.

Die Dame dachte ganz konzentriert nach. Unter halbgeschlossenen Augenlidern wälzte sie irgendeinen Plan. Ich war mir darüber klar, daß sie mit irgend etwas Teuflischem, Widerlichem herausrükken würde.

Die Lösung kam überraschend. Mit erneuter hysterischer Kraft und mit einem Wutgeheul warf sich die Dame gegen die Tür.

Diesmal wäre sie zugeschnappt, wenn der Kleine nicht die Fingerspitzen dazwischengehabt hätte.

Aufheulend vor Schmerz und Erniedrigung, warf er sich ins Treppenhaus hinein, das von seinem Geschrei widerhallte. Der Kumpel folgte ihm ängstlich nach. Die blondierte Dame suchte hinter meinem Rücken Schutz. Ich war es, den er schlagen mußte.

Er war übermüdet, unterernährt, angetrunken. Ich war wohlgenährt, glasklar, gesammelt.

Als ich behutsam seinem Schlag auswich, fiel er ganz einfach vornüber auf die Treppe und blieb so liegen. Der Kumpel zerrte ihn wieder auf die Füße. Ich steckte mir die Brille in die Manteltasche und machte mich für die Fortsetzung bereit.

Es gab keine Fortsetzung.

Der Ausgesperrte massierte wimmernd seinen Ellbogen, den er sich offenbar beim Sturz angeschlagen hatte. Der Kumpel zerrte ihn hinaus. Er tröstete ihn mit ein paar finnischen Worten, wieder und wieder. Es klang einlullend, wie ein Kinderreim, ein Trostvers, ein Gutenachtlied.

Als die Tür hinter ihnen zuschlug, war der ganze Himmel grün.

Ohne mich umzudrehen, nahm ich meine mütterliche Aktenmappe und begann, die Treppe hinaufzugehen.

Kaum hatte ich die erste Hälfte der Treppe geschafft, als die Blondierte mich einholte. Sie zog mich am Ellbogen.

– Erlauben Sie, daß ich mich bei Ihnen bedanke. Gott, war ich glücklich, als Sie kamen!

Ich sah ihr ins Gesicht, und es strahlte förmlich von einem Gefühl, das wohl Glück gewesen sein muß.

Zu meinem Entsetzen sah ich, daß es nicht mehr ganz so häßlich war. Es strahlte vor aufrichtiger Dankbarkeit.

Das war zuviel für mich.

Ich raste die restlichen Treppenstufen hinauf, hantierte ungeschickt mit dem Schlüssel, bis ich endlich die Tür aufbekam.

Ich lag lange angezogen, hellwach auf dem Rücken im Bett und starrte mit bereits eiskalten Augen die Wasserflecken an der Decke an.

Das war ein Wendepunkt.

Jahre der Trauer und der Unklarheit lagen hinter mir.

Ich mußte leben oder fliehen. Den Riß konnte ich nicht länger verleugnen.

Die Schneestürme toben über Nordeuropa

Hoch über den heftigen Schneestürmen, die über ganz Nordeuropa tobten, die Wege zuschütteten und in den großen Städten den Verkehr stillegten, flog lautlos in seiner Höhe das silberne Flugzeug. Es schwenkte nach Norden und passierte ein weiteres Sturmzentrum östlich von Hamburg, bog dann in den nördlichen Luftkorridor ein, der nach Berlin führt.

Weiter nördlich, in Öresund, schoben sich Treibeismassen vom Bottnischen Meerbusen heran, die Fähren blieben mit hilflos dröhnenden Triebwerken vor Helsingör liegen. Und noch weiter nördlich, in den västmanländischen Wäldern, starben Hirsche mit blutigen Hufen an ihren schneebedeckten Futterkrippen, stürzten die Bäume mit einem langsamen, melancholischen Geräusch um, das in den treibenden Eismassen verschluckt wurde und erstarb, sanken die Devisenreserven, wurden die Feuilletonseiten unter Druck gesetzt, kämpften die Sekten, wurden die Lehrpläne vereinfacht, traten die Komitees zusammen, verstummten die Demonstranten.

Und ich? Ich wechselte den Schauplatz.

In der rechten Tasche der dicken braunen Reisejacke hatte ich einen Kamm, einen Kalender, der für die nächsten fünf Wochen keine Termineintragung aufwies, einen Schlüssel zu einem Turm in der Gegend des Lago Maggiore; er gehörte einem kleinen, freundlichen, schwedischen Margarinedisponenten, der jahrelang nicht mehr dort gewesen war (»modernes Badezimmer von Gustavsberg, bequeme dicke rote Teppiche auf der Treppe, die sich innerhalb der meterdicken langobardischen Steinmauern durch vier Stockwerke hochwindet«), das kleine abgenutzte Adreßbuch mit Hunderten von Telefonnummern und Adressen, in der rechten Westentasche dreitausend Kronen, die den Vorschuß für ein Hörspiel darstellten, in der linken Jackentasche eine sehr kleine, lederbezogene Taschenlampe ...

(Der elegante ältere Herr im Kaufhaus NK zeigte mir alle erdenklichen Modelle, angefangen mit halbmeterlangen, phallusähnlichen, die für Wettsegler auf dem Meer und für Rohrleger gedacht waren, bis zu eigenartigen kleinen Konstruktionen, die am Schlüsselbund einer Dame befestigt werden sollten.

– Wozu werden Sie sie eigentlich brauchen?

– Um eine verrostete Eisenpforte zu öffnen, an einem Ort, wo es vermutlich stockdunkel ist.

– Aha, ich glaube, dann wird diese hier am besten passen. Man bezeichnet sie als *Reisetaschenlampe.*)

Die mütterliche Aktenmappe wölbte sich vor lauter Büchern, Papieren, Isländerpullovern, Unterhosen zum Wechseln, Notizblöcken Kugelschreibern, Pfeifenreinigern, Anschovisbüchsen.

Wie zur Besinnung kommen?

Der Kapitän machte mit einer undeutlichen, norddeutschen metallischen Stimme über den Lautsprecher darauf aufmerksam, daß die Maschine im dichten Schneegestöber möglicherweise nicht würde landen können. Die Passagiere flüsterten besorgt miteinander. Ein paar Minuten später versprach er, jedenfalls einen Versuch zu machen. Die mächtigen Landeklappen an den Flügeln glitten heraus, die Geschwindigkeit verringerte sich, internationale Flugsicherungs-Systeme und Radiopeilgeräte dirigierten uns durch den schmalen Korridor. Iirgendwo tief unten mußte die weitläufige Stadt liegen.

Von den Lichtern war nichts zu sehen. Die Passagiere bewegten sich unruhig in ihren Sitzen, die fetten Herren aus Hamburg und Lübeck mit ihren gefälteten Specknacken husteten nervös aus ihren Sesseln heraus.

Nur ich blieb ruhig. Ich hatte ja kein Ziel.

Ich weiß nicht, ob es für mich das Wichtigste ist, zur Besinnung zu kommen.

Das freudianische Proletariat verkriecht sich in seine Schlupfwinkel, streichelt sich gegenseitig die Seelen, wie man Katzen streichelt, läßt sich zum Klang melancholischer Stimmen, die mit warmem Vibrato aus meterhohen Lautsprechern vom Aufruhr singen, in dem blauen Rauch orientalischer Harze versinken.

Ich weiß trotz allem nicht, ob ich zum freudianischen Proletariat gehöre.

Die Luftbremsen versetzten die Maschine in heftige Schwingung. Gleichgültig dachte ich an die kurze Landebahn unter uns, die zwischen dichten Wohnvierteln eingezwängte alte Exerzierheide. In den Tagen der Luftbrücke, kurz vor Beginn der seltsamen fünfziger Jahre, als alle drei Minuten Kohl und Kartoffeln mit dem Flugzeug eingeflogen wurden, muß es auch Schneestürme gegeben haben.

(Meine Frau auf dem Stockholmer Flughafen Arlanda, in Wollschals eingehüllt: wenn du einen Ort findest, wo es wärmer ist als fünfzehn Grad, mußt du mir telegraphieren. Bis dahin bleibe ich hier und kümmere mich um meine Prüfungen. Sie hat seit den fünfziger Jahren unentwegt Prüfungen abgelegt: ist es nicht arabische Umgangssprache, so ist es numerische Analyse.)

Nun, lieber Freund, die Zinngrubenarbeiter auf der Hochebene von Bolivien, was machen die, wenn sie von Neurosen heimgesucht werden?

Das freudianische Proletariat, es flieht … und bestätigt damit seine Stellung als Proletariat.

Und das sogenannte »Innenleben«, zeichnet es sich nicht gerade dadurch aus, daß es uns nicht zwischen Illusion und Wirklichkeit unterscheiden läßt?

Die Wirklichkeit entsteht erst dann, wenn man mit dem Kopf gegen die Wand rennt, erst dann, wenn man auf Widerspruch trifft. »Die Hölle«, sagt der eifrige Sartre, »das sind die anderen.« Die anderen, das ist die Wirklichkeit, sage ich.

Und jetzt tauchten endlich die Lichter auf, erschreckend nah unter uns, die Luftbremsen versetzten die ganze Maschine in eine starke Vibration. Und mitten in dem dichten Schneetreiben landeten wir, unter vollem Einsatz der Schubumkehr, in Berlin.

Ich ließ meine Taschen in der Aufbewahrung und sprang in einen Bus. Die Straßen lagen fast verödet da, dann und wann kämpfte sich ein Auto mit flackernden Scheinwerfern durch das dichte Schneegestöber. Jetzt würde es eine Weile dauern, bis wieder Flugzeuge landen könnten. Die Kirchenglocken tönten von allen Seiten schwach durch den Schnee: es mußte wohl Samstag abend sein. Durch die langen, verlassenen Straßen fegte kreuz und quer der Schnee: man konnte nicht mehr ausmachen, woher er kam.

Ich stieg am Bahnhof Zoo in die Buslinie 25 um und fuhr durch die dichter werdende Dunkelheit nach Friedenau hinaus.

E.'s Haus lag dunkel an seiner Vorstadtstraße, jenseits der Gartenpforte war der Schnee unberührt, die kleine Klingel an der Haustür war festgefroren. Es konnte Monate her sein, seit jemand die Tür geöffnet hatte. Im Schein der spärlichen, gelben Straßenlaternen, die unruhig im Wind schwankten, machte die ganze Straße einen seltsam menschenleeren, furchteinflößenden Eindruck. Was sollte ich hier?

Es war nicht mehr Oktober, es war Mitte Februar.

E. mochte sich auf irgendeinem anderen Kontinent befinden.

Und plötzlich erkannte ich, daß ich diesen sonderbaren Abstecher nach Berlin nur aus einem einzigen Grund gemacht haben konnte, um nämlich eine Art Wiederholung herbeizuführen, eine »gjentagelse«, wie der geplagte Kierkegaard sagt, um noch einmal, wie bei meinem letzten Besuch, diese plötzliche Erleichterung zu spüren, in der meine ganze Trauerarbeit, meine Unruhe, alles, was seither geschehen war, seinen Ursprung hatte.

Irgendwo, tief drinnen im Labyrinth des Winters, mußte ich falsch gewählt haben, an einer unmerklichen Stelle hatte ich irgendeinen Gedankenfehler gemacht, der mich ganz einfach zum Ausgangspunkt zurückgeführt hatte.

Es gab für mich nicht den geringsten Grund, hier zu sein. Der Wind pfiff durch die Straßen, die gelben Laternen schaukelten im Wind. Mitten in den Schneesturm mischte sich der diskrete Geruch nach Steinkohlenrauch, der immerzu über Berlin liegt.

Ich fühlte mich nicht verzweifelt. Ich fühlte mich enttäuscht.

Dieser sonderbare Zirkel würde beliebig lange weitergehen können.

An der Friedrich-Wilhelmskirche unten gelang es mir, ein freies Taxi zu finden. Es schlitterte lebensgefährlich im Neuschnee auf der Stadtautobahn nach Steglitz, der Chauffeur schien fast beleidigt, daß jemand unter diesen Umständen überhaupt seine Dienste in Anspruch nehmen wollte. Am Schöneberger Rathaus gab er ganz einfach auf. Ich bezahlte ihn ohne besondere Freigebigkeit und suchte mir vorgebeugt meinen Weg durch die kleinen Straßen westlich vom Steglitzer Volkspark. Der kleine Kanal lag gefroren da, Lastkähne steckten im Eis fest, im Park flatterten unruhig ein paar verfrorene Enten, und man hörte die klagenden Laute irgendeines größeren Vogels, sie klangen wie ängstliche Hilferufe.

Der Schneefall ließ plötzlich ein wenig nach, der Wind flaute ab, der Mond schien durch die schneebedeckten Baumwipfel im Park.

Ich fand das Haus einzig mit Hilfe der Erinnerung. Zwei mächtige Birken standen unten am Gartentor. Sie bewegten sich unruhig in dem immer schwächer werdenden Wind. Es mußte früher einmal ein Patrizierhaus gewesen sein. Zwischen der Außenpforte und der Eingangstür war eine Zeitung eingeklemmt; ich trat ein. Der intensive Geruch nach Bohnerwachs stach mir in die Nase, bizarre Stahlstiche aus der wilhelminischen Ära schmückten das Treppenhaus. Ihre Tür war angelehnt.

Ich trat ein und zog die Tür hinter mir ins Schloß.

Durch die halboffene Tür zwischen dem Vorplatz und dem Arbeitszimmer sah ich sie in einem tiefen Sessel sitzen. Sie las anscheinend, beim Licht einer orangefarbenen Lampe. Das rote, schwere Haar fiel kupferglänzend zu beiden Seiten herunter und ließ ihr häßliches, schweres, wunderbares Profil nur ahnen. Offenbar war sie allein, rechnete aber so fest damit, daß jemand kommen würde, daß sie nicht einmal den Kopf hob, als sie meine Schritte im Vorplatz hörte. Ich legte den Mantel ab, von dem der Schnee in schweren Fladen auf den Bastteppich des Vorplatzes fiel, zog meine nassen Schuhe aus, die sonst unvermeidlich dem Teppich im Arbeitszimmer geschadet hätten, und ließ mich zu ihren Füßen nieder.

Sie schrak zusammen, warf das Buch zur Seite und sah mich streng mit ihren großen dunkelblauen Augen an.

Ihre Socken, aus gelbem Frottee, dufteten nach Steinkohlenrauch, Küchendunst, Bohnerwachs. Die kurze sommersprossige Hand strich mir übers Haar. Sie hatte braune Kordsamthosen an (sehr abgetragen) und einen orangefarbenen Pullover.

Ihr Haar hatte den gleichen Steinkohlenduft wie ihre Füße.

Nachdenklich ließ ich meine Finger über ihren Kopf wandern: ich ahnte das gewaltige Gehirn unter dieser mächtigen Wölbung.

Draußen hatte es wieder zu schneien begonnen. Ich hörte einen Spatz, ja, es muß ein Spatz gewesen sein, in einer der Birken vor dem Haus zwitschern.

Ruhig, ergeben fast, schob sie mich zur Seite und sagte mit ungewöhnlich tiefer, deutlicher Altstimme:

– Es wäre sicher schwer, deine Mutter zu sein.

Sie machte sich in einer Ecke des Zimmers mit irgend etwas zu schaffen, verschwand, kam zurück.

Durch das Zimmer tönten, viel zu laut für Nachbarn, für die Nacht, für die Zeit, für die Gelegenheit, und doch ganz richtig, die jubelnden, glanzvollen Soprane der Einleitungschöre zu Mozarts Krönungsmesse.

Gegen sechs Uhr morgens hörte ich den Spatz im Baum noch einmal singen. Er mußte die ganze Nacht dort gesessen haben.

Ein Frühstück in Preußen

Du, der du Tausende von Kilometern von hier hättest sein sollen, du, der du ein verschlossenes Haus hättest öffnen sollen, du, der du zu dir selbst hättest zurückkehren sollen, um endgültig festzustellen, an welchem Punkt du in die Irre gegangen bist, du sitzt nun, während immer noch Schneesturm herrscht, schon den dritten Tag im tiefsten Preußen und frühstückst.

Im Osten, Norden, Westen und Süden die verschneiten Straßen der Deutschen Demokratischen Republik, gestutzte Weidenalleen, Traktorenstationen, Landwirtschaftskollektive. Der Wind pfeift durch mörtelduftende Baustellen am Alexanderplatz, die Volkspolizisten frösteln in ihren Pelzen und fingern mit Wollhandschuhen an ihren runden russischen Maschinenpistolenmagazinen, die Schneeräumer klappern auf den Dächern, noch ungeübt in ihrer Tätigkeit. Im Westen gehen die Studenten mit ihren langen Schals und ihren kleinen Goldrandbrillen zu ihren Vorlesungen an der Freien Universität, die Professoren streiken, die Dozenten verfassen Manifeste, klein wie schwarze Punkte spazieren verwegene Herren über das schon tragfähige Eis der Westberliner Binnenseen, und auf der kleinen Wiese am Wannsee laufen die Hasen aufgeschreckt über den verharschten Schnee!

Die Wahrheit ist weit von hier.

In den großen hellen Räumen, wo die gelben Gardinen das Licht filtern, wo es mild nach Bohnerwachs duftet und schwere staubige Bücher in den Regalen mit Tausenden von kleinen Zetteln zwischen den Seiten den schnitzelbestreuten Weg zeigen, den man gehen muß, um so etwas wie einer Wahrheit näherzukommen, ist es so still wie in einer Kirche. Johanna Becker wendet den fetten preußischen Schinken, schlägt noch ein Ei in die Pfanne und serviert das alles auf grobem schwarzen Brot. Noch herrscht tiefer Winter. Das schwere rote Haar hat sie unter einem Seidentuch verborgen, wegen des Bratendunstes, ihre resoluten, sommersprossigen, klugen Hände zünden den kleinen Rechaud an, auf dem die Teekanne stehen soll.

Sie sieht ganz einfach schrecklich aus. Sie lächelt eins ihrer seltenen Lächeln. Über dem Küchentisch hängt ein vergilbtes Papier mit der kleinen Devise:

ES WIRD MIT SPRINGER BÖSE ENDEN

und daneben zwei kokette, gehäkelte Biedermeiertopflappen an einem gelben Messingknauf. Es summt und rauscht in der Gasflamme des Durchlauferhitzers. Kirchenuhren schlagen.

– Das ist eine friedliche Stadt.

– Ja, sehr friedlich. Und gestern hat der Senat ein Gesetz verabschiedet, das den Gebrauch von Handgranaten und Schnellfeuerwaffen gegen Demonstranten gestattet.

– Ich meine: hier ist es friedlich.

– Das ist selten.

– In Stockholm benutzen die Damen keinen Büstenhalter mehr. Er ist seit 1968 verschwunden.

– Ich will meinen gern wegwerfen.

– Die Zeitschriften gehen ein, die Rundfunkredakteure werden gefeuert, wenn sie sich nicht an geheime vervielfältigte Weisungen halten, die Demonstranten wird man mit Handgranaten empfangen. In Stockholm darf man keine Handgranaten werfen, weil es vielleicht nie nötig sein wird, die Kritiker verkünden mit viel Geschrei, daß wir wieder zur Literatur zurückkehren müßten, die Tschechoslowakei wurde am 21. August 1968 okkupiert, es gibt kein Glück, das länger währen könnte als drei Tage, es war verantwortungslos von mir, Kinder in die Welt zu setzen, da ich nicht weiß, ob sie bis zum Erwachsenenalter in dieser Welt am Leben bleiben werden. Ich fürchte mich, ich bin voller Verachtung, ich glaube nicht an deine Theorien vom Überbau, ich bin nicht sicher, ob deine Lehre vom Mehrwert mehr ist als nur die halbe Wahrheit, ich habe nicht teil am Krieg in Vietnam. Deine Freunde finde ich dogmatisch, humorlos, in sektiererische Auseinandersetzungen verstrickt.

Vielleicht schon in zehn Jahren wirst nicht nur du, werde auch ich mich so unmöglich, so unwirklich ausnehmen wie die Menschen des Jahres 1848, als alles möglich war, sich im Jahre 1860 ausnehmen. Die große Chance ist nun schon verpaßt. Die große Freiheitsbewegung ist 1968 gestorben, und du und deine Freunde wissen das. Und trotzdem tut ihr so, als ginge es euch nichts an.

Und ich weiß nicht, wie ihr es überhaupt noch schafft, ich weiß nicht, woher ihr euren Mut nehmt, ich weiß nicht einmal, ob ihr so ganz recht habt, und dennoch weiß ich, daß bei euch die Wahrheit ist, wenn auch eine Wahrheit, die es noch nicht gibt. Ich werde dich lieben bis in meinen Tod. Du bist die Freiheit auf der Barrikade, du bist die einzige Form der Hoffnung, die es gibt, du bist der einzige Mensch, der mich streng wie ein Richter ansehen kann und mich dennoch Mut fassen läßt.

(Und ich vergrub noch einmal den Kopf in ihrem Schoß, der nach Kordsamt und Bratendunst duftete. Sie strich mir leicht mit der Hand über den Nacken, und ich spürte, daß mich nichts auf der Welt mehr würde erschrecken können.)

– Du hast ein sehr schönes Profil, weißt du das? Du erinnerst mich oft an eine Stelle aus Thomas Manns »Herr und Hund«. Weißt du, an welche?

– Nein.

– Es ist die Stelle, wo Bauschan, der Hund also, einen Hasen aufspürt und ihn herumjagt, bis etwas Phantastisches geschieht: der Hase kommt und legt den Kopf in Thomas Manns Schoß, und er sagt, jetzt war der Hase Hund, und ich war sein Herr.

Ich weiß nicht, wieviel Zeit meines Lebens ich damit zugebracht habe zu verachten.

– Nein, du hast große Angst.

– Es ist nicht Angst. Es ist wirklich Verachtung. Ich verachte schlappe Schöntuerei, vorsichtige Zeitungsartikel, billige Erfolge, schlechte Logik, unklare Sprache, trübe Sentimentalität, ich verachte die öffentliche Lüge, ich verachte den Anti-Intellektualismus, den Haß auf alles, was nach Denken aussieht, und ich verachte alles in mir, was daran teilhat.

– Dann hast du also doch Angst.

– Warum denn?

– Weil du dich mit alldem abgefunden hast.

– Du findest meine Angst nicht nur lächerlich; wie ich sehe, findest du auch, daß es eine altmodische Angst ist. Was kümmert dich meine altmodische antiquierte liberale Selbstverwirklichung? Was kümmert es dich, ob sich jemand frei *fühlt*, ob Raum wird für Liebe, Wärme, Reife oder nicht. Für dich spielt das keine Rolle: für dich ist das Wesentliche nicht, welches Maß an Empfänglichkeit, an Einfühlungsvermögen, an aufrichtiger Klugheit ich in meinem Leben erreichen kann, du hast andere Ziele vor Augen, und die betreffen die Allgemeinheit.

(Nie, niemals werde ich vergessen, wie furchtbar streng sie mich ansah.)

– Du irrst dich. Ich wünsche mir nichts mehr als Liebe, Wärme, Hoffnung.

Aber ich glaube nicht, daß du dies jemals auf eigene Faust wirst verwirklichen können.

Die Nase im Haar ihres Nackens vergraben, so daß die häßlichen entzündeten Pickelchen darauf sich nur ein paar Millimeter vor meinen Augen befanden und aussahen wie eine rätselhafte Berglandschaft auf einem fernen Himmelskörper, fuhr ich fort (und spürte, wie Verzweiflung und Geborgenheit sich wahnwitzig miteinander vermischten):

– Die Hölle, das sind die anderen.

– Die anderen, das ist unsere einzige Hoffnung.

– Und wir.

– Sind ihre einzige Hoffnung.

– Und die Geschichte?

– Ist nicht nur ihre Geschichte. Es ist auch die unsere.

– Was nützt das in Kambodscha, wenn die Amerikaner in ein paar Monaten zum Angriff übergehen?

Schweden. Eisenerzfelder, weiße Nächte, Neutralität zuerst Deutschland gegenüber, dann Amerika und Großbritannien gegenüber, eine Stadt, die sich auf den Postkarten über ein paar eigentümliche Inseln mit Brücken dazwischen hinstreckt, unruhige Dichter, Bild von dir und deinem Hund unter weißen Birken, und der Hund ist schwarz, und du hast noch nie einen Menschen sterben sehen …

(behutsam hielt ich ihr Ohrläppchen zwischen meinen Lippen)

– Du hast unrecht. An einem frühen Morgen im Jahre 1956 in Uppsala habe ich meine Wirtin sterben sehen. Sie bekam eine Gehirnblutung, als sie gerade in ihrer engen Küche stand und sich ihren ekligen Morgenbrei kochte, und beim Sturz hat sie sich an dem harten Herdrand ihre Schläfe und das Auge zerschmettert, und der Brei lief über den Herd, da der Topf weiter vor sich hin kochte und schließlich überlief und die ganze Wohnung mit dem schrecklichen Geruch nach Angebranntem füllte. Da gingen ein jüngerer jämtländischer Student mit Namen Enquist und ich ganz still in die Küche und sahen den großen unförmigen Körper mit einem auf unnatürliche Weise eingeknickten Bein in dem feierlichen Morgenlicht daliegen.

Und wir wußten beide, daß es ein verfehltes, ein durch und durch unglückliches Leben gewesen war. Sie war mit zwanzig von ihrem Verlobten verlassen worden und hatte, eingeschlossen in eine stickige, übelriechende Wohnung, vierzig Jahre damit zugebracht, Studenten auszuschimpfen, die die Gardinen verräucherten, oder sich mit ihrer Schwester zu zanken.

Sie pflegten in dem Vorplatz vor meinem Zimmer zu stehen und sich zu zanken, und an einem bestimmten Punkt ihres Gezänks wechselten sie immer von der ersten in die dritte Person über, und jetzt, da sie tot war, war das Zimmer voll von dem Geruch nach angebranntem Brei und dem Altfrauengeruch, und als ihre Schwester von der Markthalle nach Hause kam (es war in Uppsala, wo dies geschah), hatten der andere Student und ich schon nach Leuten telefoniert, die sie nun abholen kamen.

Ich weiß, daß du Tote zu Hunderten gesehen hast, steifgefrorene Körper in ausgebrannten Panzerwracks, tote Flüchtlinge in zusammengeschossenen Kolonnen im Winter an Sachsens Straßen, und daß du ein achtjähriges Mädchen warst, als du das sahst, aber es ist der gleiche Tod.

– Du mißverstehst mich.

Ich rede nicht so viel vom Tod; ich frage mich, warum du dich so dafür interessierst.

– Weil ich mir jahrelang gesagt habe, daß der Tod mein Verbündeter ist. Und ich meinte natürlich meinen eigenen Tod.

– Aber du hast vergessen, daß ...

– Ja.

Daß man nicht der Verbündete des Todes sein kann, ohne mit allem, was Tod heißt, im Bunde zu sein.

– Aber du liebst doch deine Frau, deine Kinder?

– Ja. Wie Schwalben, die in der Dämmerung eines Sommerabends um eine alte Kate fliegen oder wie etwas, was mich aus einem unruhigen Schlaf weckt, wie die Ruhe an gewissen sehr frühen Sommermorgen, aber

– Aber?

– Aber ich habe nie gewagt, sie zu stören.

– Womit?

– Mit dem Tod.

– Ich denke so viel über dich nach, wie ich schon lange über keinen Menschen mehr nachgedacht habe,

(wir befanden uns jetzt unter dem Frühstückstisch auf dem gelben Teppich, sie hatte den schweren Kopf ganz vertrauensvoll an meine Brust gelehnt)

und da ist etwas, was ich schwer begreifen kann.

– Und das wäre?

– Du fürchtest dich, fürchtest dich sehr. Und es gibt tausenderlei Dinge, vor denen man sich fürchten kann, das stimmt schon.

– Ja.

– Aber das ist es nicht, du fürchtest dich vor etwas anderem. Und das, das ist etwas, wovor man nicht die geringste Angst zu haben braucht. Du hast Angst, nicht vor Polizeiknüppeln, nicht vor Einzelzellen aus Zement, nicht vor brennenden Dörfern, nicht vor den Bombergeschwadern, die die Küsten ferner Länder anfliegen.

Du hast Angst davor, dich lächerlich zu machen. Du hast Angst vor dir selbst.

– Dann will ich damit aufhören.

Sehr lange sah uns der bleiche Wintervormittag ganz still liegen, bevor die allerkleinste Bewegung uns an den Tag verriet.

Und während ich mir noch eine Scheibe des duftenden Brotes aus dem betagten Toaster nahm und sie dick mit duftendem Honig bestrich, den fleißige Bienen irgendwo da draußen in der flachen Arbeiter- und Bauernrepublik gesammelt haben mußten, die uns auf allen Seiten umgab, setzten wir unser unterbrochenes Gespräch fort. Sie legte sich eine weiße Baumwolljacke um die starken runden Schultern, um die schweren Brüste. Der Tee war kalt geworden und schmeckte jetzt bitterer, donnernd fiel die Post in den alten braunen Briefkasten an der Außentür. Sie machte keine Anstalten, sie holen zu gehen.

– Weißt du übrigens, daß ich von den böhmischen Königen abstamme?

– Nein.

– Und von wilhelminischen Majoren, nazistischen Obersten, klavierspielenden Damen, zigarrenrauchenden Gutsbesitzern ... – Ein entfernter Vorfahre von mir mußte nach Amerika fahren, weil er bei einer Schlägerei einen Mann totgeschlagen hatte.

– Du willst mich aufziehen.

– Es gibt eine Geschichte, antwortete ich. Hingegen glaube ich nicht an Vorfahren. Sie sind die Geschichte, nicht mehr, nicht weniger. Hinter dir kann ich die Verbündeten des Todes sehen, Generationen auf Generationen, angefangen mit den Rittern, die Münzers Bauern niedergeschlagen und mit den Füßen nach oben in den Rauchfang gehängt haben, bis hin zu den Panzerdivisionen bei Kursk. Das bedeutet, daß du in der Geschichte verankert bist, aber nichts weiter. Und nicht mehr, als ich selbst in der Geschichte verankert bin.

Sie kaute mit gutem, mit gierigem Appetit an dem letzten Honigbrot. Die Wangen hatten Farbe bekommen, ihre frischen weißen Zähne glänzten über dem Honig, die schwellenden roten Lippen glänzten. Noch nie habe ich jemand mit solch einem Appetit essen sehen.

Und zwischen den Bissen sagte sie etwas Unverständliches.

– Was hast du gesagt?

– ?

– Du ißt so, daß ich nicht verstehen kann, was du sagst. Du mußt erst fertig kauen!

Das tat sie, und endlich konnte ich verstehen, was sie zu sagen hatte.

– Werde nie zum Verbündeten des Todes.

Ich nickte still. Und einen Augenblick lang lächelten wir einander an, als hätten wir erst jetzt erkannt, wer wir sind.

Da schlugen alle Uhren elf.

Die Schneestürme lassen langsam nach

Die riesige Flughafenhalle war voll von wartenden Passagieren in dicken Wintermänteln. Der Schneesturm flaute allmählich ab, die Lautsprecher verkündeten, daß die ersten Maschinen schon wieder gestartet seien. Wir kamen in letzter Sekunde an, und unter souveräner Mißachtung von Beulen und Stoßstangen stieß Johanna Becker mit ihrem schrecklichen kleinen Wagen in eine Parklücke hinein.

Wir bahnten uns einen Weg durch die Volksmenge. Fette Specknacken rauchten dicke Zigarren, Herren mit dunklen Hornbrillen und flachen administrativen Aktenmappen schimpften am Schalter der Pan American herum, um mit der ersten Maschine wegzukommen. Eine dünne alte Dame mit einem Papageienkäfig in der Hand bekam einen hysterischen Anfall und wurde laut weinend weggebracht. Der Papagei war grün, giftgrün, mit einem giftiggelben Schnabel.

– In meinem Elternhaus, sagte Johanna Becker, hatten wir zwei starke Hunde, drei Schildkröten, einen Käfig mit Wellensittichen, einen Käfig mit einem Papagei, zwei Aquarien und ein Kätzchen.

– Ich glaube dir, sagte ich. Alle Deutschen sind verrückt, und diejenigen, die in Berlin wohnen, sind besonders verrückt. Du bist in einer Menagerie aufgewachsen. Du bist eine Löwin.

– Und du bist ein Monstrum.

– »Es gibt Monstren, die gut sind.«

– Das glaube ich überhaupt nicht.

– Oh doch. Und »eines Abends, wenn das ganze Universum rot wie Purpur ist, werden sie aufwachen und dich mit ihren sanften Augen ansehen.«

– Tatsächlich.

– Das steht in einem Gedicht von Eugène Guillevic, einem bretonischen Dichter, geboren 1907, seit den Tagen der Widerstandsbewegung Mitglied der kommunistischen Partei Frankreichs, wohnhaft in der Nähe der Rue des Quatre Vents, in einer kleinen Wohnung mit vier Katzen.

– In der Nähe der Rue des Quatre Vents hat einmal ein Professor der Staatswissenschaft versucht, mich zu verführen, als ich nach der

Vorlesung mit ihm nach Hause gegangen war, um mir ein Buch von Plechanow zu borgen.

– Und was hast du da getan?

– Ich habe ihm einen Blumentopf an den Kopf geworfen und einen Eimer Wasser über ihm ausgeschüttet.

– Ces Allemands, ils sont affreux.

– Ich war sehr häßlich, hatte schadhafte Zähne und viel zu große, abstehende Ohren. Er hat mich beleidigt. Er wußte, daß ich häßlich bin.

– Du bist sehr häßlich. Und gerade deshalb finde ich, daß du schön bist. Du bist sehr mutig. Polizisten werden dich von ihren Pferden herunter auspeitschen, man wird dich schlagen, dich treten, wenn du im Rinnstein liegst, man wird dich internieren, dich in Betonzellen sperren. Es gibt kein schöneres Gesicht als deins.

Zur Antwort nahm sie meine rechte Hand und grub mir in einem so plötzlichen Anfall von Verlassenheit, Trauer, Schmerz, Wehmut, ja sogar Liebe, die Zähne in den Zeigefinger, daß ich laut aufschrie und sich rechts und links die Leute nach uns umdrehten und uns nachsahen. (Und noch heute sind die Spuren von diesen lebendigen frischen Zähnen tief in meinen Finger eingegraben, und ich sehe sie in diesem Augenblick, während er über die grünweißen Tasten der Schreibmaschine hüpft.)

Als sie den Finger bluten sah, küßte sie ihn leicht und wickelte ein Taschentuch mit kindlicher Spitze darum. Mir wurde klar, daß wenn ich auch nur einen Augenblick länger geblieben wäre, ich für immer geblieben wäre.

Ängstlich um meine Wunde bemüht, verschwand ich durch den Zoll.

Ich sah sie stehen, allein, breitbeinig, wehmütig. Auf dem roten Haar saß ein unbeschreibliches, kokettes Hütchen aus schwarzlakkiertem Bast, von derselben Art, wie sie meine Großmutter Emma in den dreißiger Jahren zu tragen pflegte. Aus den tiefen blauen Augen strahlte eine wunderbare Wärme.

In einer Wolke von eiskaltem, kristallisiertem Schnee hob die Boeingmaschine ab und bog in den Luftkorridor A über Preußen ein, von den geheimen Radarsystemen vieler Länder bewacht.

In einer halben Stunde würden wir in Frankfurt sein.

In Zürich fiel kein Schnee mehr, aber auch dort gab es keinen Frühling. Ich fuhr in die Stadt, leer, fast glücklich, stellte meine Taschen in dem riesigen, eigentümlich gemütlichen Bahnhof ein, ging die Bahnhofstraße hinauf. Privatbanken und Uhrmacherwerkstätten, nackte Bäume, ein Café, wo ich hungrig jenen Wurstsalat aß, der in den Arbeiterkneipen in Zürich immer ganz unten auf der Speisekarte steht.

Zwei ländliche Jünglinge, weder Knaben noch Männer, scherzten laut mit der Servitrice in dieser bizarren Sprache, die Schwyzerdütsch genannt wird, und einige der kehligen, zischenden Konsonanten erinnerten mich einen Augenblick lang an die geheimnisvolle hebräische Sprache und riefen so schmerzhaft, so heftig eine Erinnerung wach, daß es mir die Tränen in die Augen trieb.

(Eine Nacht in Jaffa. Ich gehe Hand in Hand mit A., einer sephardischen Dame, durch die schmalen Straßen und Treppen der arabischen Kasba, auf der Suche nach ihrer Schwester, die sich in einer der Haschischhöhlen in den Obergeschossen der Häuser befinden muß, und es kommt ein ungeheurer Gewitterregen, eine Glühbirne explodiert wie ein Gewehrschuß in der Gasse vor uns, und wir lachen und laufen durchnäßt und glücklich durch den Regen, laufen und laufen und lachen unbändig. Und haben keine Namen mehr.)

Und es ist sonderbar und zugleich so typisch für die Natur des Gefühls, nicht für diese zurechtgelegten Gefühle, die man in Romanen findet, sondern für die wirklichen, die unkontrollierbaren und scharfsinnigen Gefühle, die mehr über uns wissen als wir selbst, daß mich während der ganzen restlichen Reise die furchtbarste Leere, die entsetzlichste Sehnsucht quälte, nicht nach der tiefen, mütterlichen Wärme, die mich eben noch umschlossen hatte (und die mich vor der Verzweiflung gerettet hatte), sondern nach dieser anderen, fernen, ekstatischen Erinnerung.

Unsichtbar begleitet von A., einer sephardischen Dame, ging ich auf die Straße hinaus (und wurde erst an der Tür von dem pickeligen schweizerischen Frauenzimmer aufgehalten, das hartnäckig fünf Franken und vierzig Rappen für meine Koteletts und mein Bier von mir verlangte). Sie schmiegte sich an mich, schmiegte ihre unendlich schmale, kühle Hand in meine, neigte ihren wunderbaren, vollendeten Kopf auf dem langen schmalen Hals zur Seite und lachte ihr leises Lachen. Goldschmuck glitzerte an ihren Ohrläppchen, kleine grüne Steine klirrten an ihrem kunstvollen Gürtel, sie bewegte sich mit tanzenden leichten Schritten, und gleich würden taubensanft gurrend die ersten hebräischen Worte von ihren Lippen kommen.

– Oh nein. Mir kannst du nichts vormachen, sagte ich. Du bist meine Anima, das Weibliche, das tief in meiner Seele wohnt, und das ich schützen und bewahren muß. Du bist der Frieden, die Liebe, das Glück. Du bist die bessere Zukunft der Menschheit, der Sinn der Utopien. Daß du dich mir zeigst, ist ein gutes Zeichen, ein Friedenszeichen, ein Zeichen dafür, daß ich wieder lebe, daß der Frost keine Macht über mich hat. Aber mach mir nichts vor, bitte!

Sie folgte mir mit tanzenden, leichten Schritten bis hin zum Bahnhof, der jetzt am Abend freundlich beleuchtet war. Und noch vom Fenster des Italienexpresses aus sah ich ihre schmale Hand, mit kunstvollem jemenitischen Schmuck besteckt, zum Abschied winken.

In der dichter werdenden Dämmerung glitt der eigentümlich leere Zug (nur eine amerikanische Dame mit lilagetöntem Haar schlief in einer Ecke des Abteils) auf die Eisenbahnbrücke über die winterliche Limmat hinaus, der Vollmond schien über der Kuppel des Observatoriums, und die Temperatur fiel sichtlich, so daß über der Alpenkette im Süden der Himmel grün wurde.

Ich blickte zurück, in mein Leben hinein, und wußte nicht mehr, ob es glücklich war oder unglücklich, verlogen oder aufrichtig. Ich wußte nur, daß es nicht mehr selbstverständlich war, daß die Kälte am Ende siegen würde.

Zerstreut, ohne zu lesen, blätterte ich in der rührigen *Neue Zürcher Zeitung*. Krisen im Mittleren Osten und erneute überraschungsangriffe auf Vietnam füllten die Seiten.

(Und die Erinnerung an ein paar Kirschbäume in Västerås, am Anfang der fünfziger Jahre, wenn man zur Schule radelte, und die langen Paradigmen der griechischen Grammatik, in denen die Sprache sich kristallisierte und ihre uralten Geheimnisse preisgab, und die Kirschbäume, und der Staub oben im Speicher des Schultheaters, und die sonderbare, kleisterartige Farbe, die zum Bemalen der Kulissen benutzt wird, und Fürsorglichkeit und Liebe allem Lebendigen gegenüber, und Kirschbäume, und das Gefühl von einem heimlichen Gift im Blut, und etwas mit Zeit, und daß nur nicht ...)

Zwischen schneebedeckten Dörfern hindurch kletterten wir jetzt rasch bergauf. In eineinhalb Stunden würde der schnelle, pünktliche D-Zug (so ganz anders als unsere eigenen, unterentwickelten Eisenbahnen mit ihren Lügenfahrplänen, ihren stillgelegten Bahnhöfen und einstündigen Verspätungen) in Olten sein, dem Ort, an dem Friedrich Dürrenmatts poetischer und zutiefst pessimistischer Kriminalroman »Das Versprechen« seinen Anfang nimmt.

In der dünneren Luft wurde der Himmel immer grüner. Nach und nach kamen die Sterne hervor. Die Schneewehen an der Bahnlinie, die dann und wann im Lampenlicht irgendeiner einsamen Station auftauchten, türmten sich immer riesenhafter auf; ein Meter, zwei Meter, drei Meter ...

Bald leuchteten die Gletscher mit geheimnisvollem Licht im Schein des Mondes. Die amerikanische Dame schlief, oder vielleicht war sie schon tot. Die Brille baumelte ihr an sinnreichen Kettchen um den Hals, ein Buch war von ihrem Schoß herabgeglitten. Ich unternahm einen kleinen Spaziergang in dem geheizten Wagen, bis hin zur Tür des Speisewagens mit dem Schild

NICHT FÜR GASTARBEITER

und auf dem Rückweg nahm ich ihr Buch auf, das zu Boden gefallen war, und legte es ihr vorsichtig in den Schoß. Sie hätte meine Mutter sein können, nein, meine Großmutter, ich kann mir ihre gequetschte schrille Sopranstimme vorstellen, man hatte sie gezwungen, ihr ganzes Leben lang ein kleines Mädchen zu bleiben, ein kleines Mädchen mit gequetschter, sich einschmeichelnder Sopranstimme, und zumindest ein paar von ihren Enkeln würden im nächsten Sommer oder in irgendeinem anderen Sommer oder vielleicht schon im Mai durch die Kugeln der helmbewehrten Polizeiarmeen in Berkeley oder Cornell fallen, und ich nahm, wie gesagt, ihr Buch auf und legte es vorsichtig auf ihren Schoß zurück und las

Henry David Thoreau, »Walden oder Leben in den Wäldern« und legte es vorsichtig zurück, ohne sie zu stören, und legte ihr den lilafarbenen Schal um die Schultern zurecht und setzte mich wieder auf meinen Platz und las die Todesanzeigen in der *Neuen Zürcher Zeitung*.

(Was hilft es einem Menschen, seine Sensibilität, seine Fähigkeit zur Liebe, Wärme, Freiheit zu entfalten, wenn die Welt Liebe, Wärme, Freiheit nicht *zuläßt*? Und ist Liebe überhaupt möglich in dieser Welt?)

Nun bremste der Zug, fast lautlos zwischen den meterhohen Schneewällen, vor einer Station ab. Auf dem erleuchteten Bahnsteig tauchten starke, bärtige junge Männer auf, Rucksäcke auf dem Rükken und schwere Skier mit scharfgeschliffenen Stahlkanten auf der Schulter.

Wir hatten Göschenen erreicht, wo der gewaltige Sankt-Gotthard-Tunnel beginnt, der zu der Zeit entstand, als der Suezkanal gebaut wurde und Nordenskjöld die Nordostpassage durchquerte. Und ich dachte an Strindbergs »Das Märchen vom Sankt Gotthard« über den Gemsjäger aus dem Kanton Uri, der sich in ein Mädchen aus Schwyz verliebt und ihr verspricht, durch den Berg zu kommen.

»Denn er hatte ihren Willen bekommen«

(Werden wir durch den Berg gehen? Oder wird der Berg auf uns fallen? Tief drinnen in tiefen Tunneln wird die Schwerkraft der Dinge von den sie umgebenden Bergmassen beeinflußt.)

Am anderen Ende des Tunnels, in Airolo, sah ich die Sterne wieder.

Und dann? Dann? Ja, nun beginnt meine Erzählung sich schließlich dem Ende zu nähern, und obwohl noch viel zu erzählen ist, weiß ich, daß das, was noch aussteht, nichts anderes ist als ein Ende. Es ist ein regenschwerer Tag im Juli 1970, an dem ich dies schreibe. Durch die Espen in der Gemeinde Väster Våla weht ein schwacher Wind, die Fische gehen ins Netz, an den alten ausgetretenen Wegen entlang wachsen die gleichen Erdbeeren wie früher, das Holz der alten Zäune verblaßt zu Silber wie früher, es sind noch viele Kräuter aus der vorsommerlichen Flora da. In diesem Jahr gibt es viel Rotschwingel, dieses weiche, rötliche Gras, das in trockenen Gegenden wächst und von dem es heißt, es prophezeie Krieg. Der Briefträger kommt auf seinem kleinen Rundgang vorbei und überreicht feierlich Zeitungen und Briefe, die ich jetzt mit schwächerem Interesse öffne. Ich bin *der Zeit hinterher*, ich spüre weder Trauer noch Hoffnung, ich schreibe, weil ich erzählen muß, aber ohne Trauer und ohne Freude.

Denn dies alles hat mich verlassen und ist jetzt anderswo.

Jetzt hat jemand anders die Aufgabe, Spiegel zu sein. Die Kinder spielen im hohen Gras mit Fahrradschläuchen und Reifen (ich habe die Reifen all meiner Fahrräder erneuert, denn wenn der große Krieg kommt, wird es kein Benzin für mein Auto mehr geben, und kommt er nicht in diesem Herbst, dann kommt er in einem anderen Herbst.) Und *es hat mich wieder verlassen*, und der Wind geht durch das Gras, das hohe västmanländische Gras, durch die Wiesen Västmanlands, durch die *Pratis Vestmanniae.* Und alles ist gut, und ich schreibe meine Erzählung zu Ende, bis zu dem Punkt, an dem es Zeit ist, zu schließen. Und ich bitte euch demütig: mißtraut mir nicht!

Also: am anderen Ende des Tunnels, bei Airolo, sah ich die Sterne wieder.

Der Turm in Cannobio

In Locarno stieg ich aus dem Zug und ging auf die Straßenseite des Bahnhofs hinaus. Es duftete nach Kräutern, die Blätter knospender Bäume bewegten sich in der lauen Luft.

Der Schnee war fort, die Schneestürme waren verstummt, sie waren weit fort, auf der anderen Seite der Alpenmauer.

Ein älterer, würdevoller Taxichauffeur nahm mir die Taschen und die mütterliche Aktenmappe ab und versprach, mich über die Grenze zu bringen.

(Erst viel später sollte mir klarwerden, was für einen unverschämt hohen Preis er verlangte, im Vergleich mit den italienischen Taxifahrern auf der anderen Seite.)

Der gewaltige Lago Maggiore schimmerte im Mondschein. Der kleine scharfe Scheinwerferkegel des Zollbootes glitt über das Wasser, in lebensgefährlichen Windungen schlängelte sich die Straße durch die Felsen an der Westseite des Sees entlang. Die italienischen Carabinieri blinkten im Mondschein mit ihren Taschenlampen; der Taxichauffeur lehnte sich heraus und erklärte:

– Das ist ein Schwede, er will zu einer Villa auf der anderen Seite.

Aber die Carabinieri gaben sich damit nicht zufrieden: sie fahndeten nach palästinensischen Terroristen aus der Schweiz.

(Ich habe in den letzten zehn Jahren bisher noch keinen Zoll passieren können, ohne daß die Zollbeamten sich augenblicklich wie die Habichte mit ihren Stichprobenkontrollen auf mich stürzen. Sie mögen meine Augen nicht, und ich habe daraus gelernt und habe seit einem Jahrzehnt nicht einmal eine Flasche Wein geschmuggelt.)

– Was ist denn das hier?

– Das sind Bücher, Tenente.

– Aber das ist doch ein Karton?

– Ja, gute Bücher bewahrt man in Kartons auf.

– Das ist mir nicht bekannt. Sie müssen den Karton öffnen.

(Woher kommt nur dieses abscheuliche, *beschämte* Gefühl, wenn andere Leute einem die Habseligkeiten durchwühlen? Ich *fühle* mich als Verbrecher, genauso, wie man sich als Verbrecher fühlt, wenn man allein in einer dunklen Gasse einem Polizisten begegnet.)

– Das ist Racine.

– Ist er Kommunist?

– Nein. Er ist Jansenist.

– Was ist das?

– Das steht nicht auf Ihrer Geheimliste. Jetzt hören Sie mal gut zu. Und ich schlug das Buch aufs Geratewohl irgendwo auf und las im Schein des Mondes, der eine breite glitzernde Bahn über den See warf, während immer mehr Carabinieri aus dem kleinen weißgestrichenen Zollhäuschen strömten, die wunderbaren Verse aus Bérénice, mit dem feierlichen, rhetorischen Tonfall, der bei den Schauspielern an der Comédie Française noch heute üblich ist:

»He bien! régnez, cruel; contentez votre gloire:
je ne dispute plus. J'attendais, pour vous croire,
Que cette même bouche, apres mille serments
D'un amour qui devait unir tous nos moments,
Cette bouche, à mes yeux s'avouant infidèle,
M'ordonnat elle-même une absence éternelle.
Moi-même j'ai voulu vous entendre en ce lieu.
Je n'écoute plus rien; et pour jamais, adieu.
Pour jamais! Ah! Seigneur, songez-vous en vous-même
Combien ce mot cruel est affreux quand on aime?«

Die Carabinieri, sprachkundig genug, romanisch genug in ihrem gewohnten Sprachbereich, um das, was sie da hörten, sehr gut zu verstehen, lauschten atemlos. Der Hauptmann selbst kam heraus, die Jägermütze in der Hand, und flüsterte dem Leutnant zu:

– Was ist denn das?

– Das ist ein schwedischer Schriftsteller. Er will zu einer Villa auf der anderen Seite von Brissago.

Von einer fernen Klosterkirche her schlug es jetzt zwölf. Mit tränenerstickter Stimme, es waren meine ersten Tränen, seit ich das schreckliche Gymnasium verlassen habe, wo ich jeden Morgen über den hoffnungslosen, verlorenen Tag weinte, der vor mir lag, die ersten Tränen, deren ich seit 1955 fähig war, fuhr ich fort:

»Dans un mois, dans un an, comment souffrirons-nous,
Seigneur, que tant de mers me séparent de vous?
Que le jour recommence et que le jour finisse,
Sans que jamais Titus puisse voir Bérénice,
Sans que de tout le jour je puisse voir Titus!
Mais quelle est mon erreur, et que de soins perdus!
L'ingrat, de mon départ consolé par avance,
Daignera-t-il compter les jours de mon absence?
Ces jours si longs pour moi lui sembleront trop courts.«

– Bravo, Signore, rief der Hauptmann mit plötzlicher Begeisterung. Bravissimo! Sie müssen nach Cannobio fahren und Ihr Werk vollenden! (Trotz der späten Stunde hatte sich hinter uns eine beträchtliche Autoschlange angesammelt.) Ich schluckte meine Schluchzer herunter, schwenkte meine karierte Sportmütze durch die Luft und rief mit lauter Stimme: Es lebe das freie Italien! Es lebe der flammende Geist Garibaldis! Genossen Carabinieri, ich werde das freie Brissago, das voll ist vom verpflichtenden Andenken an den großen Leoncavallo, von Euch grüßen!

Unter den Hurrarufen der Soldaten passierte ich die Grenze.

Nur der schweizerische Taxichauffeur wirkte ein wenig griesgrämig. Er räusperte sich mehrmals, als wollte er etwas sagen, schien es sich aber jedesmal wieder anders zu überlegen. Schließlich wandte er sich mir mit finsterer Miene zu und sagte:

– Monsieur, Brissago haben wir vor zehn Minuten auf der anderen Seite der Grenze passiert. Brissago liegt in der Schweiz! Brissago gehört jetzt und in alle Zukunft zum freien Kanton Ticino der Schweizerischen Eidgenossenschaft!

Cannobio lag in der nächtlichen Dunkelheit verlassen da. Es war jetzt fast ein Uhr. Ratlos hielten wir auf dem kleinen Markt vor der Kirche an.

– Und wie finden wir zu Ihrer Villa, sagte der Taxichauffeur.

– Das weiß ich nicht, sagte ich. Ich habe sie noch nie gesehen. Nervös sah der Chauffeur sich um. Aus einem Fenster drang Gelächter und Gegröle.

– Sie heißt La Toretta und muß auf der anderen Seite des kleinen Flusses oder Baches liegen, der »Il Cannobino« heißt, sagte ich.

(Vor ein paar Tagen, während Johanna Becker unterwegs war, um Hackfleisch und Zwiebeln zu kaufen, hatte ich in ihrer Bibliothek eine Mappe mit hervorragenden, zerfledderten deutschen Generalstabskarten gefunden, auf denen es von eingezeichneten kleinen roten und blauen Quadraten und Rechtecken wimmelte, und sie waren mir eine große Hilfe gewesen.)

– Wir müssen nur nach rechts abbiegen, dann einer Hecke bis zur Kuppe eines Hügels folgen, der 754 Meter über dem Meer liegt, und dann über eine Hängebrücke fahren, sagte ich.

Der Mann tat wie ihm geheißen, und meine Anweisungen stimmten natürlich bis ins kleinste Detail. Die Hängebrücke tauchte im Mondlicht auf. Nur war sie einen halben Meter breit, bestimmt für alte Frauen mit einem Reisigbündel auf dem Rücken, für einen einzelnen Esel. Die Villa mußte mindestens fünf Kilometer weiter oben liegen.

Wir kehrten zu der kleinen Piazza zurück. Aus dem offenen Fenster drang immer noch Gelächter und Gegröle. Mit dem Chauffeur zusammen sah ich zum Fenster hinein. Es muß irgendeine Art Cafélokal gewesen sein, aber nur für eine geschlossene Gesellschaft bestimmt; durch den dichten Tabakrauch konnte ich Weinflaschen, einfache Gläser, braungebeizte Stühle erkennen und auf den Stühlen eine Gesellschaft von lärmenden Kartenspielern.

Niemand nahm von uns Notiz: ja, ein eisiges Schweigen breitete sich aus. Die Kartenspieler hatten abgetragene altmodische Jacken und schwarze Hosen an. Lange Schnurrbärte hingen ihnen in die knochigen, dunklen Gesichter. Ein Schild an der Wand verkündete, daß hier Cannobios Taxifahrer ihr Hauptquartier hätten. Ein gelblicher Hund schlief in einer Ecke.

– Liebe Freunde, sagte ich. Ich suche ein Haus, einen alten Turm, der La Toretta heißt. Er soll irgendwo auf der anderen Seite des Cannobino liegen, und man kann ihn bei der Dunkelheit unmöglich finden.

Ein wölfischer Mann am oberen Tischende betrachtete mich mit fast angeekeltem Desinteresse. Der Älteste prustete los, als hätte ich etwas unbeschreiblich Komisches gesagt.

In diesem Augenblick wurde mir bewußt, daß ich seit meinem Frühstück in Preußen nichts mehr gegessen hatte. Mit gierigen Blikken betrachtete ich eine Platte mit ausgetrockneten Schinkenbroten.

– Übrigens, sagte ich, da liegen ja ein paar Butterbrote. Sind Sie sicher, daß Sie die noch brauchen? Ich könnte mir sonst durchaus vorstellen, mich ihrer anzunehmen.

(Man würdigte mich nur eines mürrischen Schweigens.)

Ich umkreiste die Butterbrote. Die Stille im Raum war total. Der schweizerische Taxichauffeur stand vorsichtig abwartend in der Tür.

– Ich könnte mir durchaus vorstellen, eine Kleinigkeit dafür zu bezahlen, sagte ich.

Aber sie sind ziemlich trocken; viel wird es nicht. Fünfzig Lire, würde ich sagen.

– Diese Butterbrote, sagte der größte und wölfischste der Herren am Tisch, gehören il Padrone, und er würde bestimmt nicht begeistert sein, wenn Sie sie aufäßen.

Ein lautes Lachen der Wolfsmeute begleitete diese Erwiderung.

Mir wurde klar, daß weitere Vorstöße mich zu Demütigungen zwingen würden. Und irgend etwas Uraltes in mir rief laut: um Gottes willen, schnell, demütige dich, mach dich lächerlich, kriech am Boden entlang, leck ihnen die Schuhe, mach komische Grimassen, sing ein lustiges Lied, biete dich an, ihnen das Kartenspiel abzuheben, mach sie glauben, daß du ihre politischen Ansichten teilst (sie sind natürlich allesamt Schwarzhemden), daß du den Papst liebst und Mussolini bewunderst, sing die Arie des Herzogs aus Rigoletto mit dem unendlich langgezogenen hohen C.

Die Wölfe sahen mich weiter mit unverhohlenem Interesse an.

Einsamkeit, Enttäuschungen, Bitterkeit, Feigheit des ganzen letzten Jahrzehnts lasteten in diesem Augenblick auf mir. Auf der kleinen Piazza draußen bellte ein Hund, der schweizerische Chauffeur, der möglicherweise Unheil witterte, rauchte draußen vor der Tür resigniert eine Zigarette, die Kartenspieler hatten ihr Blatt aus der Hand gelegt.

Nein. *Jetzt ist Schluß mit den Demütigungen.*

– Richten Sie Ihrem Padrone aus, sagte ich, daß der Revisor der Staatlichen Verkehrsinspektion nach ihm gefragt hat und daß er morgen früh um sieben, nein, nicht um sieben, um sechs Uhr wiederkommen wird.

Und ohne ein Wort der Erklärung verließ ich die verwirrten Kartenspieler.

Dreihundert Meter weiter unten auf der Straße kam ein weißhaariger, singender alter Mann in ausgefransten Kleidern dahergeschwankt. Wenn mich nicht alles täuschte, war er tatsächlich so betrunken, daß er auf der Straße umgefallen und eingeschlafen wäre, wenn ich ihn nicht gerade noch im rechten Augenblick am Ellbogen gepackt hätte.

– La Torretta, oh, daran kann ich mich sehr gut erinnern, das ist der kleine weiße Turm bei dem Hügel am Weg nach Traffiume hinauf. In meiner Jugend bin ich oft da vorbeigekommen, wenn ich zu einem Mädchen unterwegs war, das oben im Dorf wohnte.

– Gibt es eine Autostraße dorthin, sagte sacht der schweizerische Chauffeur, ganz geknickt durch die Mißerfolge.

– Autostraße? Doch, das muß es geben.

Er setze sich zu uns in den Wagen und füllte ihn mit einem ungeheuer intensiven Duft nach Rotwein, Knoblauch, altem Bock und ich weiß nicht was noch alles.

Sobald er in die Wärme des Autos kam, schien er einschlafen zu wollen. Ich brachte durch diskretes Schütteln wieder Leben in ihn.

– La Torretta?

– Oh, La Torretta, an den Frühlingsabenden bin ich daran vorbeigegangen, es muß vor dem Krieg gewesen sein, 1908 oder 1909, als der ganze Weg voller Apfelblüten war, sie fielen herunter wie Schnee.

– Und die Autostraße?

– Ja, fahren Sie genau nach Süden, nach Brissago zu, und nach der großen Brücke biegen Sie links ab.

Das taten wir und kamen auf eine schmale Straße zwischen weißgekalkten Häusern. Es war jetzt fast zwei Uhr, das Auto kam mit knapper Not zwischen den Hauswänden durch, aufgeschreckte Hunde rannten bellend vor uns her.

– Gilda hieß sie, oder hieß sie gar nicht so? Sie verließ mich wegen eines Alpenjägers aus Traffiume, aber im Frühjahr 1908 bin ich diesen Weg jeden Abend gegangen.

Sie glauben mir nicht?

Und ohne eine Antwort abzuwarten, begann er mit heiserer, fast fauchender Greisenstimme etwas zu singen – O Cielo, si può morir –, was ich erst nach geraumer Zeit als eine Arie von Donizetti wiedererkannte. Der Mond schien über die Weinberge, in allen Dörfern bellten

Hunde, und am Februarhimmel leuchteten die Sterne mit ihrer ganzen überwältigenden Klarheit. In der Ferne wieherte ein Pferd, und als der Wagen jetzt auf einem schlammigen Weg hielt, der offenbar die Trennungslinie zwischen zwei Weinbergen bildete, hörte man auch das Jaulen flinker kleiner Füchse im Dunkeln. In meinen Eingeweiden tobte der Hunger, die Erinnerung an die Schinkenbrote war noch lebendig, und dies alles durchdrang mit halluzinatorischer Deutlichkeit die Erinnerung an das morgendliche Frühstück in Preußen, an Johanna Beckers gütige, verzweifelte, geduldige tiefblaue Augen, die mir etwas sagen zu wollen schienen, was mit Worten nicht zu sagen war.

Es gab hier kein einziges Haus, doch, jetzt kam der Mond hinter einer Wolke hervor, und der alte weiße Turm auf seinem Hügel wurde sichtbar. Der alte Mann war eingeschlafen, Speichel tropfte aus seinem Mundwinkel, der schweizerische Chauffeur half mir mit erschöpfter Miene die Taschen an einem hohen Zaun mit Eisenpforten abzuladen. Ich erinnerte ihn freundlich, aber bestimmt daran, daß wir von vornherein einen festen Preis dafür vereinbart hatten, daß er mich vom Bahnhof in Locarno bis zu dem Haus brachte, erklärte mich aber bereit, ihm weitere 10 Franken für all seine Mühe zu bezahlen. Seltsamerweise protestierte er nicht. Mit mürrischen, mißtrauischen Blicken sah er zu, wie ich geschickt die kleine Taschenlampe aus der mütterlichen Aktenmappe und den Schlüsselbund aus der Tasche fischte. Das uralte, verrostete Schloß – stimmte es wirklich, daß es seit acht Jahren niemand mehr geöffnet hatte, oder hatte ich das nur geträumt – protestierte bereits, als der Schlüssel hineingesteckt wurde, der schweizerische Chauffeur sah immer mißtrauischer aus. Die Spaliere der Weinberge glänzten im Mondschein, die kleinen Füchse jaulten, die Hunde bellten, ein Pferd wieherte irgendwo ganz in der Nähe im Dunkeln.

– Ist das nun das richtige Haus oder nicht, fragte ich mich und wurde mir sofort darüber klar, daß man das nur auf eine einzige Art feststellen konnte, indem man nämlich probierte, ob der Schlüssel ins Schloß paßte. Falls es ein Fehlschlag war, würde überdies der Taxichauffeur – mit jedem Augenblick wurde seine Haltung feindseliger – die Polizei rufen: zweifellos würde man mich verhaften. Wie sollte ich jemals beweisen können, daß ich in ehrbaren Geschäften unterwegs war?

(Halb unbewußt hatten wir uns in den sechziger Jahren so darauf eingestellt, in einem Polizeistaat zu leben, daß wir den Übergang überhaupt nicht bemerkten und jetzt mit der größten Selbstverständlichkeit damit rechneten, ins Gefängnis geworfen und an Betonwänden mißhandelt zu werden, als sei das die selbstverständlichste Sache der Welt.)

Ich riskierte es, den Schlüssel abzubrechen: mit einer letzten entschlossenen Drehung meines starken, breiten Handgelenks (das mit ziemlich dichtem Haarwuchs bedeckt ist) öffnete ich das uralte Schloß und ließ die Pforte aufschwingen. Mit einem Grunzen kehrte der Chauffeur zum Auto zurück, und gerade als er vor dem Tor wenden wollte, wachte der alte Mann auf, steckte den Kopf zum Fenster heraus und rief:

– Gilda, die Apfelblüten fallen auf dein langes schwarzes Haar, deine Schritte sind wie ein Tanz, deine schmalen Händchen schimmern so weiß im Mondschein, und der Alpenjäger ist 1916 gestorben und Gilda im nächsten Frühjahr im Kindbett, und ich gehe nie mehr an La Torretta vorbei, nie mehr, hören Sie, nie mehr unter der Apfelblüte nach Traffiume!

Signor, hören Sie? Signor, verstehen Sie mich, verstehen Sie, daß ich sage, daß das Leben unerträglich ist? Haben Sie das verstanden?

Unerträglich!

Ich sah, wie der davonfahrende Wagen ein feines, silberhelles Staubwölkchen in dem immer intensiveren Mondlicht aufwirbelte.

Aus der Nähe erschien der Turm riesengroß. Er war tatsächlich ganz rund; drei Stockwerke hoch und mit einem Dach aus schwarzem Schiefer obenauf, schien er bis zum Sternenhimmel aufzuragen.

Ich kletterte die schroffen Steinstufen hinauf, steckte den zweiten, kleineren Schlüssel ins Schloß, und dann leuchtete die Taschenlampe in einen Vorplatz mit eichengetäfelten Wänden. Ich drehte an einem Schalter, und elektrisches Licht flammte auf. Ich schleifte meine Taschen herein und schloß mit einem Seufzer der Erleichterung die Tür hinter mir.

Eine Wendeltreppe schlängelte sich zwischen den Stockwerken hoch. Meine Schritte hallten im Treppenhaus wider. Abgesehen von vereinzelten Spinnennetzen schien alles noch in einem unverändertten Zustand zu sein. Altmodische englische Jagdszenen schmückten die Wände. In der kleinen Bibliothek fiel Verputz auf den schweren Eichenschreibtisch, als ich den Bretterboden überquerte.

Durch das Fenster sah ich die unsteten, glitzernden Lichter ferner Orte an den Alpenhängen. Ich stieß ein Fenster auf und lüftete den Muff aus. Der leichte Wind der Februarnacht strich durch das frische junge Gras. Die Luft war kristallklar. Die kleinen Füchse jaulten in den Weinbergen.

Durch ein Wirrwarr von Spinnweben tastete ich mich in die Küche hinunter. Da lag eine viele Jahre alte Kolonialwarenrechnung, oder war es ein Merkzettel, den jemand dort vergessen hatte. Das Papier war vergilbt und hatte sich mit seinen verblassenden Bleistiftzeichen zusammengerollt, und es erinnerte mich wieder an den nagenden Hunger, den ich spürte.

Das Geschirr war säuberlich hinter Glas in den schönen grünen Schränken an den kreisrunden Wänden aufgereiht (die Küche lag zur Hälfte unter der Erde), und hinter einer der Türen konnte ich eine verstaubte Flasche Wermut und ein Paket englischer Kekse ausmachen. Sie waren strohtrocken, aber immer noch eßbar.

Und zum ersten Mal seit dem Frühstück setzte ich mich zum Essen: Wermut und Kekse, bis ich den Hunger nicht mehr ganz so stark spürte.

Ich muß einen Augenblick über dem Küchentisch eingenickt sein: ein sonderbarer Typ tauchte auf, bärtig, bebrillt, in kurzen *Lederhosen*, und stellte sich als »Dr. Gustafsson aus München« vor. Er ließ sich unaufgefordert nieder und begann ein fürchterliches Gespräch über moderne schwedische Lyrik, in dem er behauptete, daß er Artur Lundkvist über alles bewundere. Er vertiefte sich immer mehr in die stilistischen Raffinessen von »Weißer Mann« und »Brücken der Nacht« und regte sich jedesmal auf, wenn ich Lundkvists Sammlungen nicht exakt auseinanderhalten konnte. Ich schlich mich diskret ins Badezimmer hinaus, um wenigstens für einen Augenblick diesem unerträglichen Schwätzer mit seiner etwas heiseren, schleppenden Stimme und seinem weichen, geschwätzigen bayerischen Dialekt zu entkommen, aber das Badezimmer war besetzt von einem riesenhaften, schnurrbärtigen, schweinsrosa Artur Lundkvist. Er badete, daß der Dunst in gewaltigen Wolken im Raum stand, das Wasser lief über den Rand der Wanne wie aus einem Füllhorn, und er war eifrig damit beschäftigt, sich mit einer ungeheuren Rückenbürste den mächtigen Rücken zu schrubben. An den Handtuchhaken hatte er einen Lorbeerkranz gehängt, dessen trockene Blätter sich jetzt in der plötzlichen dampfenden Wärme lösten und nach und nach zu Boden fielen. Die ganze Szene hatte einen unbeschreiblichen Charakter von uralter Ländlichkeit, von dem Oktoberschlachtfest der Bauern aus Göinge und von altnordischen Riten.

Mit einem Schreckensgeheul sprang ich vom Küchentisch auf und raste sämtliche Treppen hinauf. Der leere Turm hallte fürchterlich von meinen Schritten wider: irgend etwas wollte mir weismachen, daß Wölfe mich verfolgten, ohne daß irgendwelche Wölfe zu sehen waren.

Ich machte mir das eiskalte Bett im Schlafzimmer zurecht, entdeckte, daß die Füße steif wie Eisklumpen waren, stand auf und holte ein Paar Frotteesocken aus der Aktenmappe und merkte, daß sie nicht mir gehörten, sondern Johanna Becker. Blind vor Einsamkeit und Angst in diesem kalten, abgelegenen Turm, isoliert von allem, was mir eben noch nah zu sein schien, erschreckt von meiner eigenen Vergangenheit, erschreckt von der sich verdunkelnden Welt der Zukunft, übermüdet nach einem der längsten Tage meines Lebens, wie ein Astronaut im leeren Raum schwebend, drückte ich in der pechschwarzen Dunkelheit blindlings wie ein Kind diese gelben, etwas flauschigen Frotteesocken an die Nase.

Ihr Duft nach Bohnerwachs, Bratöl, Steinkohlenrauch und der unendlich leichte Duft eines fremden Lebens folgten mir bis in den Schlaf.

Ich stand am nächsten Morgen auf, als es noch dunkel war. Ich stellte meine Reiseschreibmaschine auf den Tisch. Eine Wolke von Verputz fiel von der Decke herunter. Ich wischte ihn mit einer einzigen Handbewegung weg und spannte einen Bogen Papier in die knirschende, unwillige Maschine. Es konnte nicht später sein als sieben Uhr.

Langsam, unendlich langsam, wie aus der Tiefe der Ereignisse dieser letzten Monate heraus, begann ich zu schreiben:

»Über den Flußtälern von Rhein und Main lag die blaugraue Schicht der schwefeldioxydfarbenen Luft wie ein Deckel. Frankfurts chemische Industrien mischten eine tückische kleine Dosis von tödlichem Gift in die Luft.«

Meine Trauerarbeit war zu Ende. Eine andere Trauer hatte begonnen. Mit dem zunehmenden Tageslicht traten draußen vor dem Fenster immer mächtiger, immer ferner die Gipfel der Alpen hervor.

Bald war es heller Tag.

Inhalt

Wollsachen

Ein König saß
auf einem Faß.
Dann fiel er hinein,
und du mußt's sein.

Abzählvers

Eine Nacht in San Franzisko

Wir fangen noch einmal an. Wir geben nicht auf.

Ich hatte die Kreolen tanzen sehen, Hand in Hand über den grünen Rasen des Parks, zum Klang einer kleinen Flöte oder Hirtenpfeife. In die Kabelstraßenbahn stieg am Union Square ein chinesisches Mädchen ein, so redselig, so munter, so lustig, daß sie den ganzen Wagen zum Lachen brachte. Sie war sehr kokett, trug schwarze Hosen, einen schwarzen Pullover mit einem lila Baumwollbändchen um die Taille und ging von einem Passagier zum anderen und lachte und scherzte.

Sie stieg in Chinatown an der Haltestelle am Washington Square aus, wie man sich das hätte denken können, und wir vermißten sie alle.

Ich glaube, ich könnte immer noch ihr Portrait in Kohle zeichnen, wenn ich es nur versuchte. Der glückliche Mensch ist der rätselhafteste.

Es war Anfang Mai 1972, und es waren schon Jahre vergangen, seit ich jenen Turm in Cannobio verlassen hatte.

Zwei Tage zuvor hatte es eine Demonstration gegen den Krieg in Vietnam gegeben, fünfzigtausend Teilnehmer und nicht mehr hunderttausend, wie es Ende der sechziger Jahre üblich gewesen war, ein Meer von roten Fahnen, viele schwarze Fahnen, »Witches for Peace« mit langen roten flatternden Haarsträhnen im leichten Wind und leuchtendblauen Augen, alte ergraute Spanienkämpfer mit weißem Haar unter der Fahne der American Legion, weiches grünes Licht unter den Eukalyptusbäumen, die Demonstranten nicht unähnlich bunten Schmetterlingen, wie sie da unter den Bäumen vor dem Kezar Stadium umherschlenderten oder im Gras lagen und sich unterhielten, und im Hintergrund die berittenen Polizisten wie schwarze Ritter, Schreckensritter mit heruntergelassenen Visieren, in immer engeren Kreisen um die flatternden Schmetterlinge im Gras.

Sekten, Häretiker, Okkultisten Hand in Hand mit buddhistischen Mönchen und Schwarzen Panthern, Kaliforniens unruhige und ideenreiche Frührenaissance: die neue Zeit unterwegs, und ich selbst so fremd ihr gegenüber wie ein mittelalterlicher Scholar angesichts der richtigen Frührenaissance.

Ein junger Anwalt aus Oakland begleitete mich. Ich glaube, er war eigentlich Ire, ein magerer, etwas schüchterner rothaariger Mann mit einer großen Brille. Auf eine lustige Art erinnerte er mich an einen meiner Kompaniekameraden beim Königl. Uppländischen Regiment, Baracke zwölf im Barackenlager, im Jahre 1956. Wir redeten hin und wieder miteinander, hatten aber nicht viel Zeit dazu. Wir waren allzusehr damit beschäftigt, das, was geschah, zu beobachten und daran teilzunehmen.

Über die schwarzen geharnischten Polizisten mit ihren meterlangen schwarzen Knüppeln oder Stöcken in den Händen sagte er, daß sie niemals die Demonstrationszüge angriffen, solange sie geschlossen blieben. Erst wenn sie sich in kleine Gruppen auflösen, nähern sie sich auf ihren schwarzen Pferden, umringen die zerstreuten Grüppchen der Demonstranten, schlagen hier und da zu, nehmen den und jenen fest, begnügen sich damit, irgend jemandem mit den Knüppeln auf die Nieren zu klopfen.

Ich kam nicht dazu, das Schauspiel zu erleben, da dieser Anwalt, der mich an einen Kameraden vom Komiß erinnerte, dessen Namen ich vergessen hatte, offenbar meinte, eine gewisse Verantwortung für mich zu haben, weil er mich dorthin mitgenommen hatte. Er setzte mich unten vor dem Holiday Inn am Fisherman's Wharf ab, eine ziemlich idiotische Unterkunft, wenn man in San Franzisko ist, wo ich jedenfalls wohnte, und ich erinnere mich, daß es ein sehr heißer Nachmittag war, der erste heiße nach ein paar Tagen mit eiskalten Winden von der Bucht her.

Diese Küste reiste ich entlang, um an den Universitäten meine Gedichte zu lesen: Robin Fultons Übersetzung mit den eigentümlichen Illustrationen von Arthur Tress lag zuoberst in der mütterlichen Aktenmappe, die nunmehr so kaputt war, daß ich sie mit Stopfnadel und Eisengarn jeweils zwischen den Flughäfen reparieren mußte.

Es war in der Tat entsetzlich viel Zeit vergangen, seit ich jenen Turm in Cannobio verlassen hatte.

Mein Hotelzimmer hatte zwei Eckfenster. Das eine ging auf die Straße hinaus, und gegenüber konnte man The Cannery sehen, eine zur Touristenfalle umgebaute alte Konservenfabrik, wo man Austern mit geriebenem Meerrettich bekommen konnte.

Durch das andere Fenster sah ich die Bucht. Schnelle Zerstörer von der Siebten Flotte, beim Einfahren und Ausfahren unter der Brücke durch, schwerbeladene Napalmschiffe aus Oakland auf dem Weg nach Südostasien, hübsche Ausflugsboote.

Und, im Dunst schwebend, weiß wie eine Luftspiegelung auf seiner hohen Berginsel, Alcatraz, das verlassene, gefürchtete alte Bundesgefängnis. Ich erinnere mich, wie ich schon als Zwölfjähriger häufig im Kiosk an der Ecke der Bomansgatan und der Kristiansborgsallee *Geschichten aus dem Leben* kaufte und spannende Erzählungen von der Klippeninsel Alcatraz las, einem Gefängnis, aus dem im Lauf seiner ganzen Geschichte nur zwei oder drei Gefangenen die Flucht geglückt war, weil die furchtbar starken und eiskalten Meeresströmungen um die Insel herum alles Leben vernichteten. Alcatraz, die Pinguininsel; früher einmal mit Klippenvorsprüngen und Felsborden, auf denen es von diesen feierlichen Vögeln wimmelte, als die ersten spanischen Schiffe in die Bucht hineinsegelten, dann Strafkolonie für die gefährlichsten bundesstaatlichen Verbrecher:

Al Capone, stundenlang mit einem Tennisschläger und einem Ball vor der Zellenwand stehend. Er schlägt seinen Ball und fängt ihn auf, wieder und wieder.

Darüber hatte ich schon als Junge in *Geschicbten aus dem Leben* gelesen. Das ist so ein Ort, der mit zur ersten Bildung gehört: ich hatte schon von Alcatraz gehört, lange bevor ich etwas von der Jungfrau von Orléans oder vom Staatsstreich Gustavs III. hörte.

Ich brauchte keinen Augenblick lang zu schwanken, als ich am ersten Morgen den Rolladen hochzog und den weißen Berg dort draußen in dem kalten blauen, morgendlich ruhigen Wasser der Bucht schweben sah.

Zwischen Alcatraz dort draußen in der Bucht und mir selbst spürte ich eine Beziehung. Es wäre mir nie in den Sinn gekommen, mit dem Ausflugsboot dort hinauszufahren, um nachzusehen.

Das ist ein Fegefeuerberg, sagte ich mir. Er mag jetzt leer und verlassen aussehen. Aber er ist nicht leer.

Zuletzt lebten irgendwelche Indianer dort draußen, es war ein ganzer Clan, sie hatten die Gebäude in Besitz genommen und behaupteten, die Insel gehöre ihnen, sie habe schon immer ihnen gehört. Dann ereignete sich eine Katastrophe irgendwelcher Art, die nie ganz aufgeklärt wurde. Die Tochter des Häuptlings stürzte sich aus freien Stücken aus einem der hohen Fenster und zerschellte auf den Klippen, und seitdem liegt die Insel mit dem riesigen weißen Gefängnis leer und verlassen da. Und einmal im Jahr greifen San Franziskos Behörden einen Vorschlag auf, Alcatraz zu einem Zentrum der Künste, der Malerei und Musik zu machen, aber ohne daß sich irgend jemand so recht für die Sache interessieren mag.

Alcatraz ist verlassen. Das große Bundesgefängnis steht leer. Aber es ist dennoch nicht leer. Das ist solch ein Berg, wo die Seelen geläutert werden.

Die Welt ist voll von solchen verlassenen Häusern. Und sie können uns gefangenhalten, ohne daß wir sie jemals aufzusuchen brauchten. Sucht man sie aber auf, so erkennt man sie, wenn man zur Tür hereinkommt, an der unnatürlichen Kälte, die dort drinnen herrscht.

Ich ging schon um zehn Uhr zu Bett, da ich mich auf unerklärliche Art beunruhigt und müde fühlte.

Man kann nicht ein so ruheloses und inhaltsreiches Leben führen, wie ich es in den letzten Jahren geführt habe, ohne daß es sein Recht geltend macht. Manchmal wird man wirklich müde. Bis auf den Tod.

Im Fernsehen erläuterte der Meteorologe den Wetterbericht für die nächsten vierundzwanzig Stunden in The Bay Area. Einer von diesen eiskalten dichten Pazifiknebeln, die bewirken, daß die Stadt im Sommer ein so viel schlechteres Klima hat als im Winter, war offenbar auf dem Weg in die Bucht hinein, obwohl jetzt erst Anfang Mai war. Am nächsten Morgen würde man die mächtigen Nebelhörner draußen vor der Golden-Gate-Brücke hören können, mit ihrem abscheulichen Laut von sterbenden Meeresungeheuern. Ich drehte die Heizung im Zimmer auf, holte eine Flasche Lauders Scotch Whisky, der mit geheimnisvoll goldgelbem Glanz unter der Nachttischlampe leuchtete, legte mich hin und blätterte in Hugh Kenners Studie über Ezra Pound.

Es wurde tatsächlich eine eigentümliche Nacht. Ich träumte, unruhig und tief. In fremden Erdteilen, wo die Zeitunterschiede und die fremden Düfte, die durchs Fenster kommen, ihre Klauen in die empfindlichen Schichten schlagen, in denen die Träume geboren werden, träumt man oft wahrhaftigere und tiefere Träume von sich selbst als jemals zu Hause. Es ist, als würde ein tieferer Bodenschlamm aufgewühlt.

Wovon träumte ich?

Selbstverständlich von der Pinguininsel dort draußen. Sie lag die ganze Zeit über draußen im nächtlichen Dunkel der Bay und wollte mir Böses. Oder wollte sie das nicht? Irgend etwas wollte sie jedenfalls.

Ich träumte von Alcatraz. Ich war dort eingesperrt, natürlich, und zugleich war ich es nicht. Ich träumte von meinem Volksschullehrer, und er gab mir Ohrfeigen, und demütig nahm ich das hin. Ich träumte von den schwarzen Rittern auf ihren riesigen Pferden, und sie hoben sich ungeheuer wuchtig von dem Spiel des Laubschattens auf der Erde ab. Ich träumte von einem unruhigen Wind in den Wipfeln der Eukalyptusbäume. Ich träumte, daß ich mit meinem Volksschullehrer redete und sagte: Ich durchschaue euch schon. Eure Gesichter wechseln immerzu, aber ihr wollt alle dasselbe, Volksschullehrer, beschränkte Provinzkritiker, schikanöse Zollbeamte, niederträchtige Feldwebel, die mich zwingen, über den ganzen Exerzierplatz zu robben, obwohl ich Bronchitis habe, ich kenne euch schon.

Aber das wirklich Wichtige werdet ihr nicht finden, wie sehr ihr euch auch anstrengt. Denn das habe ich draußen auf Alcatraz versteckt. Im untersten Keller, im untersten muffigen Keller, unter Spinnweben und Schutt und alten verschimmelnden Sträflingskleidern, die seit Al Capones Zeit nicht mehr getragen worden sind, da habe ich mein Herz versteckt. Ich habe es so tief unten versteckt, daß ihr es nie mehr finden werdet, und mächtige eiskalte Meeresströmungen schützen es vor euch.

Und dieser junge Anwalt von der Demonstration tauchte auf, und plötzlich fiel mir ein, daß er gar nicht der Anwalt aus Oakland war, der in einem Büro als einziger weißer Jurist arbeitete, sondern er war viel jünger und hieß Lars Herdin und studierte in Uppsala Mathe, und es war irgendwas Besonderes mit ihm los, aber ich konnte mich nicht daran erinnern, was es war, Lars Herdin hieß er.

Und das chinesische Mädchen aus der Kabelstraßenbahn tauchte auf, und sie nickte freundlich, ein bißchen wie die chinesische Nickpuppe, die bei Großmutter Emma daheim in der Floragatan hoch oben auf einem dunklen Schrank stand. Ich legte den Kopf in ihren Schoß, das ist mein erster Impuls, wenn ich eine Frau sehe, und sie schien nichts dagegen zu haben, sondern sang ein seltsames kleines Wiegenlied im Dialekt von Kanton, und dann lachte sie wieder.

Ich zuckte zusammen und fragte: Du gehörst doch wohl nicht zu einem der fünf *Tong*, du kommst doch wohl nicht aus den unterirdischen Kellern von Chinatown, wo die jungen Mädchen im Sterben liegen, weil sie krank geworden sind, und die Bordellbesitzer kein Geld dafür aufwenden wollen, sie zum Begräbnis nach China heimbringen zu lassen? Hörst du, von dort kommst du doch nicht? sagte ich besorgt. Sie lachte nur und wippte und nickte mit ihrem runden dunkelhaarigen Nickpuppenkopf und sang weiter ihr kleines Wiegenlied. Ist es wahr, daß es unterirdische Gänge in Chinatown gibt und Häuser mit fünf oder sechs Kellergeschossen, die nur die *Tongs* kennen? sagte ich besorgt.

Die Tongkriege sind schon lange zu Ende, sagte sie. Ist es wahr, daß alle deine Brüder für fünfzehn Dollar pro Kopf gekauft worden sind, um dann bei Morgans Eisenbahnbau an Malaria zu sterben, sagte ich. Und sie nickte freundlich und spielte mit meinem Haar!

Kennst du diesen Burschen Herdin, sagte ich. Natürlich, sagte sie, er ist tot. Warum ist er tot? Er wurde von einem Lastwagen überfahren, als er aus dem Haus ging, um eine Abendzeitung zu kaufen, sagte sie. Mein Gott, sagte ich, das habe ich ja tatsächlich in der Zeitung gelesen.

Sie nickte und sang, und aus ihrem wollenen Pullover duftete es wie im Hafen von Kanton, nach Meerwasser, Zimt, großen Quallen, die sich durch das ölige Wasser unter den Brücken winden.

Morgen kommt der Nebel wieder, sagte ich.

Sie nickte wieder genauso chinesisch.

Du bist eine richtige Nickpuppe, sagte ich.

Sie nickte und lachte und sang.

Wenn der Nebel kommt, kann man Alcatraz nicht mehr sehen. Und dann können sie auch mein Herz nicht finden, sagte ich.

Das habe ich dort draußen versteckt, aber sage es niemandem weiter.

Warum muß es da draußen in dem kalten Nebel sein? sagte das chinesische Mädchen.

Damit niemand es findet, sagte ich, und es mir wegnimmt. Mein Herz sollen sie nicht finden. Übrigens ist Alcatraz ein Fegefeuerberg, sagte ich. Dort werden die Seelen geläutert.

Ihre Augen waren sehr schwarz: weiches Dunkel, dunkel wie das ölige schwarze Wasser unter einem Kai in Kanton, dunkel wie das Wasser eines nächtlichen Flusses, wenn der Mond nicht mehr scheint, dunkel wie die innersten Grotten in Yenan, und in diesem weichen, öligen Dunkel ertrank ich, bevor ich erwachte.

Es war sieben Uhr morgens und trotzdem ungewöhnlich dunkel draußen. Der Nebel hatte sich tatsächlich vom Stillen Ozean herangewälzt, wie ein riesiges Meerestier, von Seattle bis ganz nach Süden breitete er sich aus. San Franziskos abscheulicher naßkalter Sommernebel war in diesem Jahr schon im Mai gekommen, und ein Chor von großen und kleinen Nebelhörnern heulte und brüllte längs der Küste, während der Nebel sich mächtig über gezackte Klippen und Riffe heranwälzte, und die Nebelhörner tönten bis in das tiefe grüne Dunkel unter den Wipfeln der Riesensequoias, und die Nacht war zu Ende.

Eine musikalische Nabelschnur in Västmanland

Västmanland, Juni 1971

Rings um die Stadt, das Haus, rings um den Mälaren herum herrschte der schönste, der allerwunderbarste Frühsommer. Die Gärten standen weiß in der Apfelblüte, dünner blauer Rauch stieg hinter den Zäunen auf, wo man altes Reisig und Laub vom Vorjahr verbrannte und allen möglichen Krempel, der dem Winter angehörte und nicht mehr gebraucht wurde. Die Mälarinseln schwammen dunkel draußen im Dämmerlicht der Buchten, die eigentümlichen Schreie der Haubentaucher und Brachvögel klangen über das helle Wasser herüber, sogar der blanke Asphalt der Autobahn drinnen auf dem Festland wurde schön, als er das Dämmerlicht widerspiegelte. Hagedorn und Schlehen standen in schweren duftenden Stauden und leuchteten in intensivem Weiß.

Leichte Sommerwolken zogen über den Himmel, die ganze Welt duftete, es muß ungefähr um zehn Uhr abends herum gewesen sein. Im Friedhof vor meinem Haus wimmelte es von Drosseln, und es war eine ganze Weile her, seit ich zuletzt die Kopfhörer von meinen Ohren genommen hatte.

Mir gegenüber saß meine Frau, selbst die leichte, schmale Fassung ihrer Brille leuchtete im Sommerlicht, und sie hatte einen hellwachen, aufmerksamen Ausdruck, so, als lausche sie in sich hinein oder nach draußen auf etwas, das kommen würde.

Ich hatte mir ein Paar Stereo-Kopfhörer eines neuen Modells gekauft, mit einem sehr starken elektrischen Widerstand, die eine Tonwiedergabe liefern, mit der sich kein Karlssonlautsprecher der Welt messen kann, und ich hatte mir außerdem ein dreißig Meter langes Kabel auf einer patenten kleinen Rolle besorgt, die sich von selbst aufspult und bereitwillig nachgibt, wenn man weitergeht.

Auf diese Weise konnte ich überall in meinem Haus, das ziemlich groß ist, umhergehen, ohne den Kontakt mit Monteverdis Marienvesper von 1610 zu verlieren. Ich konnte in den Bücherregalen herumsuchen, mich an den Schreibtisch setzen und ein paar Briefe beantworten oder mit meiner Frau im Garten sitzen, ohne auch nur einen Augenblick lang die Verbindung mit meinem Cambridgeverstärker und, durch ihn, mit einer anderen Welt zu verlieren.

So saß ich an den Sommerabenden am Gartentisch, mit meinem Borkum Riff und meinen quengeligen alten Feuilletonartikeln und meinen Vorarbeiten zu einem Essay über Racine, aus dem nichts Rechtes werden wollte, obwohl er sieben Jahre alt war, und durch dies alles hindurch

»Nigra sum, sed formosa, filiae Jerusalem«

aus der Vesper, und das Kabel des Verstärkers ringelte sich über Schwellen und Fensterbänke, durch Stachelbeerbüsche und Blumenbeete wie eine zweite, musikalische Nabelschnur.

Ich ging so weit, daß ich manchmal tatsächlich vergaß, daß wir Besuch hatten, und mich zusammen mit Nachbarn und Freunden am Gartentisch niederließ, ohne mir die Kopfhörer abzunehmen, was sie ein wenig verdrießlich stimmte.

Wie ihr wohl versteht, war dies keine richtig glückliche Zeit, aber ich machte sie mir so glücklich, wie ich konnte. Ein paar Jahre lang war ich mir vorgekommen wie in einem Strudel. Nun war ich aus ihm heraus, aber das machte mich auch nicht sonderlich glücklich. Eine dumpfe Unlust herrschte im Land, und Gott weiß, ob sie von der Arbeitslosigkeit herrührte oder von den Konjunkturen oder vom intellektuellen Leben, das aus den Fugen gegangen war, aber ich traf keinen einzigen Menschen, der nicht einen gequälten, einen unglücklichen, sogar verbitterten Eindruck machte. Es war, als hätte man irgendwo den Boden unter den Füßen verloren.

Das bißchen, was von der Literaturzeitschrift BLM übriggeblieben war, sie kam mittlerweile nur noch viermal im Jahr heraus, ließ sich mit einem einzigen Stockholmaufenthalt pro Woche betreuen, und ich begann das Land um mich her zu entdecken, Västmanland, das ich mir seit Jahren nicht mehr richtig gründlich angesehen hatte, da ich so beschäftigt gewesen war mit der Zeitschrift, mit meinen Reisen, mit Büchern und Ideen.

Jetzt sah ich es wieder, Västmanland, das Linné um seiner blühenden Frühsommerwiesen willen gepriesen hat, und es war ein Gefühl wie heimzukehren.

Beinah mein ganzes Leben lang bin ich eher unglücklich gewesen als glücklich, und trotzdem habe ich kein Talent dazu. Früher oder später komme ich immer auf einen Ausweg, auf eine Möglichkeit, mich wegzustehlen und doch noch ein wenig Glück in irgendeinem Winkel zu finden.

Und im Juni 1971 waren es die Stereo-Kopfhörer an der langen Nabelschnur.

»Surge, amica mea, surge,
iam hiems transiit,
flores apparuerunt
in terra nostra«

– Was singt er da, fragte meine Frau und legte den Kopf an einen der Hörer.

»Steh auf, steh auf, meine Freundin, und folge mir,
der Winter ist schon vergangen,
und die Blumen sind hervorgekommen
in unserem Land«

sagte ich und legte die Kopfhörer auf den Gartentisch.

Es war wirklich ein friedlicher Abend. Die Drosseln auf dem Friedhof waren ganz für sich. Hin und wieder gingen abendliche Wanderer die Blåsbogatan entlang, gedämpfte Stimmen und das Geräusch von Schuhen im Kies und der Gesang der Vögel, das war alles.

Ich wollte gerade sagen, daß es vielleicht doch ein wenig kühl zu werden beginne und daß wir hineingehen sollten, als ein Auto mit gelbem Scheinwerferlicht, das im Sommerlicht noch besonders gelb wirkte, in die Blåsbogatan einbog. Es hielt draußen vor dem Tor mit dem charakteristischen kleinen Schlußgebrumm eines abgeklapperten alten Volvos.

– Wer mag das sein, so spät?

– Keine Ahnung.

Ein magerer Mann in meinem Alter, mit etwas schütterem Haar

und Goldrandbrille und großen blauen Augen schaute zwischen den Latten des Zauns durch.

– Hallo, ich störe hoffentlich nicht.

Es war Ternberg. Er ist ein Vetter von mir, den ich ein paarmal im Jahr sehe. Manchmal bleibt er über Nacht und trinkt einen Schluck mit uns, wenn er auf seinen Reisen vorbeikommt.

Ternberg ist Pfarrer. Er ist auf irgendeine Art für das Stiftsgut in Rättvik tätig, wo er kirchliche Freizeiten und Meditationsübungen leitet, und zwischendurch fährt er mit seinem alten Volvo in der ganzen Diözese herum. Er ist auch schon Seemannspfarrer in Hongkong gewesen.

Er ist, wie ich schon sagte, mager, wohlerzogen und nett. Selbst wenn er fett, unangenehm und niederträchtig wäre, hätte ich ihn trotzdem empfangen müssen. Er ist immerhin mein Vetter, und ich habe nicht sonderlich viel Kontakt zu meiner Verwandtschaft. Ich bin der einzige Sohn meines Vaters, und der wiederum war der einzige Sohn seines Vaters, und so habe ich wirklich mein ganzes Leben lang mit den Verwandten sehr sparsam umgehen müssen.

– Komm herein, sagte ich. Bist du müde?

– Nicht im geringsten, sagte er munter. Ich bin heute früh in Rättvik losgefahren, und erst hatte ich etwas in Virsbo zu tun, dann war ich bei einem russischen Studienkreis in Hallstahammar, und bei dieser Gelegenheit habe ich in Nibble bei Großmutter Tekla vorbeigeschaut (sie sollte im Jahr darauf ihren hundertsten Geburtstag feiern). Morgen werde ich nach Fagersta und Trummelsberg fahren.

– Trummelsberg, sagte ich.

– Freilich, sagte er. Wir haben in Trummelsberg jetzt eine kleine Kirche. Das Hüttenwerk hat einiges Geld dafür gegeben und sogar ein Glasfenster von Randi Fischer bezahlt, und eine internationale Arbeitsgruppe von Jugendlichen aus aller Welt hat sie dann 1961 gebaut. Hast du das nicht gewußt?

– Ich bin seit vielen Jahren nicht mehr in Trummelsberg gewesen, sagte ich.

– Es ist enorm gewachsen, sagte er. Seit das neue automatisierte Walzwerk entstanden ist. Es wimmelt dort von Finnen und Deutschen und Türken und Jugoslawen. Der katholische Pfarrer aus Västerås kommt zweimal im Monat vorbei und hält in derselben Kapelle katholische Gottesdienste ab.

– Donnerwetter, sagte ich.

Wir reden sehr selten über kirchliche Angelegenheiten. Er ist, wie gesagt, ein netter Kerl. Mitte der sechziger Jahre trug er sogar eine Zeitlang ein FNL-Abzeichen am Revers, aber neuerdings trägt er es nicht mehr. Vielleicht hat er es verloren. Oder er ist von irgendeinem Vorgesetzten ausgeschimpft worden.

– Komm herein mit deiner Tasche. Soll ich dir einen Tee machen, sagte meine Frau, oder magst du vielleicht einen Whisky.

– Ich nehme gern einen Whisky, sagte er.

Er sagt gern »alldieweil«, und alle Leute nennt er »die Freunde«.

– Ich hatte einen Defekt am Keilriemen, gleich nach der Abzweigung nach Surahammar, sagte er. Aber ein paar Freunde in einem alten Amiwagen hatten einen Reserveriemen. Sie haben ihn mir sogar ausgewechselt. Ich brauchte nicht einmal mein Werkzeug herauszuholen.

– Das war aber nett von ihnen, sagte meine Frau.

Er verschnaufte sich hörbar hinter seinem Glas, putzte seine Brille und schaute hinüber zu Tessins mächtigem Kirchturm, der zwischen den schweren, abwärts geneigten Baumwipfeln hindurchschimmerte. Ein paar rastlose Dohlen, die nicht zur Ruhe kommen wollten, umkreisten den Turm.

Es gibt eine alte västmanländische Geschichte von dem Mütterchen aus Fläckebo, das nach Väster Färnebo kam. Fläckebo liegt oben im Wald, bei Färnebo ist er zu Ende, die Täler des Mälaren weiten sich aus, man sieht nur Äcker, so weit das Auge reicht, es ist vorbei mit der Dunkelheit, vorbei auch mit den Seen, dem Moränengeröll, den Bergrücken. Statt Windröschen und Wollgras wachsen dort Weizen und Roggen, die sich im Wind wiegen.

– Herrje, ich hatte keine Ahnung, daß die Welt so groß ist, sagte das Mütterchen aus Fläckebo, als es nach Väster Färnebo kam.

Nördlich von uns verläuft die Grenze am Hüttenwerk von Skultuna vorbei, wo der träge, braune, krebsreiche Svartån zum letztenmal ein paar kleine temperamentvolle Wasserfälle zustande bringt und dann, schwerfällig wie ein Gemeinderat von Kolbäck, der für eine neue Kläranlage plädiert, zwischen hohen Schlammbänken dahinfließt, nach Västerås hinunter, wo er im Schatten hoher Weidenbäume in den Mälaren einmündet.

Es ist ganz einfach ein Waldrand, und nördlich davon beginnt ein Schweden anderer Art. Am Gut von Forsby steht eine mächtige Eiche, sie muß dreihundert oder vierhundert Jahre alt sein, und sie bildet den Endpunkt für etwa dreißig Pflanzenarten. Nördlich von Forsby wachsen keine Misteln, kein Hagedorn und keine Schlehe, kein Knabenkraut, kein Ahorn.

Dann kommt der Waldrand. Die alte Landstraße, die kaum jemand benutzt außer Waldarbeitern auf dem Moped und Fuhrleuten, die mit einer solchen Überladung fahren, daß sie Angst haben, von der Polizei geschnappt zu werden, und das will schon etwas heißen. Dort wimmelt es von Elchen, und dann und wann landen sie im Schoß von unachtsamen Autofahrern, mit blutendem Kopf und zersplittertem, zerschlagenen Geweih. Die Straße führt durch eine Art Sumpfland, durch Moore. Es duftet nach Humus und Geißbart, Heidemyrte – es ist eine würzige Mischung. Die Höfe werden zusehends immer seltener. Tief drinnen im Wald liegt das einsame Gehöft Bovallen mit seiner weißen Mauer, und dann wird es wieder dichter.

Das Buschwerk breitet sich mit ungeheurer Geschwindigkeit über die Ackerflecken der Kleinbauern aus, und der Wald wird mit jedem Jahr dunkler und tiefer, nur hier und da öffnen sich riesige Kahlschläge, wo die Erdbeeren einen besonderen, einen süßeren Geschmack bekommen.

Das Sumpfland, das Moorland dehnt sich dreißig oder vierzig Kilometer nach Norden hin aus, erst in den Wäldern um Ramnäs und Gunnilbo endet es oder, richtiger gesagt, dort beginnt es, denn jeder vernünftige Landschaftsschilderer würde sich natürlich von Norden nach Süden bewegen, so, wie die Wasserläufe fließen, aber ich kann mich niemals von der Art und Weise lösen, wie ich diese Landschaft erlebte, als ich mich in den vierziger Jahren erstmals auf meinem verbeulten und klobigen Jungensfahrrad in sie hineinwagte.

Um die Hüttenwerke von Ramnäs herum fließt so gut wie überall Wasser; zwischen dem alten Werk und den Werksschuppen aus dem achtzehnten Jahrhundert gibt es ein Gebiet, das Spängen genannt wird, dort überqueren eine Menge von schmalen kleinen Holzbrükken unzählige Wasserläufe, von denen einige unterirdisch sind, andere vollständig sichtbar, sie fließen zwischen kleinen Inseln durch, die von Pflanzenwuchs überquellen und auf denen es von Schlangen wimmelt.

Schleusen, Kraftwerksluken, dunkle Stauwasser, Strudel, an denen riesengroße Hechte stehen, zumindest in meiner Kindheit standen sie dort und schnappten nach Sauerstoff.

Es ist jetzt sehr still in dieser Gegend; vereinzelte Hüttenbetriebe, die sich mit riesigem Grundbesitz und mit ausländischen Arbeitskräften über Wasser halten, verfallende Häuser, langgestreckte Werksgebäude, deren Fenster von arbeitslosen Jugendlichen eingeschlagen worden sind, alte Leute, die am Sonntagnachmittag bei Kaffee und Kuchen auf der Veranda sitzen.

Und Wasser, überall Wasser. Hier bildet das Stromsystem des Kolbäcksån eine ganze Seenkette; man wird höher und höher hinaufgeschleust, und je höher hinauf man kommt, um so mehr weitet sich die Landschaft. Zuerst kleine dunkle Gewässer, Seerosen und uralte Hechte, Schilf und Laichkraut, dann Seen mit moosigen, unsicher schwankenden Ufern. Dann immer größere, immer weitere Seen. Das Hüttenwerk von Virsbo, und kurz vor dem Werk eine eigentümliche Landzunge, auf der ganz weit draußen ein verlassener Hof liegt, wo man seit Jahrzehnten keinen Menschen mehr gesehen hat, und wo eine eigentümliche Eiseskälte in den Zimmern herrscht, eines von diesen Häusern, die einen eigentümlich unsicher machen, man holt tief Luft, wenn man zur Tür hereingekommen ist, man spürt eine überdeutliche, schleichende Angst, obwohl die Räume völlig leer sind, nur hier und da flattert ein Tapetenfetzen im Luftzug, der durch die Tür hereinkommt.

Und dann schließlich öffnet sich die gewaltige Wasserfläche des Åmänningen, blau von hohen Bergrücken und Hügeln, freies offenes Wasser. Zwanzig Kilometer lang und zehn Kilometer breit, mit Tausenden von geheimnisvollen Strömungen und Untiefen, frisches Wasser, das um den Bug rauscht und nur die allerschwächste braune Färbung hat, den allerschwächsten bitteren Geschmack von Humus.

Im südlichen Teil des Sees gibt es einen Kessel, Bo Gryta, der bis zu dreißig Metern tief ist. Fünfundzwanzig Meter tief lotet man durch klares Wasser (das schon nach dem vierten kohlschwarz wird), die letzten fünf Meter bestehen aus Sedimenten, die sich aus den oberen Seen im Stromsystem hier abgelagert haben, weil diese noch keine vollständigen Kläranlagen besitzen (das ist so am billigsten für die Fabriken, denen fast der gesamte Strand in gewissen Teilen dieser Gegend gehört), und den ganzen Schlamm hat dieser Kessel aufgesammelt, seit dem Beginn des zwanzigsten Jahrhunderts, als noch schwerbeladene Erzkähne auf diesen Gewässern kreuzten, schwer von Erz und mit knarrendem Tauwerk, während die Schiffer am Steuer saßen und Matten aus Platting webten. Zu jener Zeit gab es dort eine einzige Schicht von riesigen fetten Krebsen, die sich träge in den Schlammgründen draußen bewegten. Auch der Lachs gedieh. Noch heute werden in diesen Gewässern im Winter solche Zanderfänge gemacht, daß sie die *Vestmanlands Läns Zeitung* zu Meldungen darüber veranlassen.

All die alten rätselhaften Geschichten über Bo Gryta und über das, was sich dort verbirgt, sollen in dieser Erzählung nicht erwähnt werden. Und ungefähr das gleiche gilt auch für die einsamen, grenzenlos großen Wälder westlich vom Åmänningen, für die alten Spuren mittelalterlicher und noch älterer Eisengrubenlöcher an der von der Menschheit und der Zivilisation abgewandten Seite des Landsbergs.

Worauf ich hinauswill, ist, daß ein ganzes Stück weit drinnen in diesen Wäldern im Westen, mit einer Anfang der sechziger Jahre im Auftrag des Arbeitsamts gebauten modernen Industriestraße versehen, die Großgemeinde Trummelsberg liegt, in einem nach Westen führenden Flußtal mit einem eigenen kleinen Stromsystem, das seine Wasserscheide oben auf einer ausgedehnten Hochebene hat, die sich nach Westen zu bis in die Gegend von Gunnilbo und Skinnskatteberg erstreckt.

Trummelsberg ist eine Großgemeinde und stellt alle möglichen Arten von Gußwaren und Walzgut her, und es gibt dort eine ungeheure Menge von zugewanderten Arbeitskräften, am Ort wohnen wohl ungefähr sechs- bis siebentausend Menschen, und drumherum eine spärlich besiedelte Landschaft, wie üblich im Västmanland, mit den üblichen verfallenden Höfen, wo ein aufgeweckter Sohn des Hauses die Scheune zu einer Werkstatt umgebaut hat, mit landwirtschaftlichen Geräten, die draußen auf den Feldern verrosten, und vereinzelt eine abgelegene Tankstelle mit einer Gulf-Tanksäule aus der Zeit vor dem Ersten Weltkrieg und einem Blechschild mit der Reklame für das Waschmittel »Waschbär«.

Wenn der Herbst kommt, wird es so still in dieser Landschaft, daß sie vor Stille beinahe dröhnt.

Dann und wann kommt ein Zug vorbei, aber jetzt halten täglich nur noch zwei in Ängelsberg. Seit die Gruben in Norberg stillgelegt worden sind, rangieren auf dieser Linie keine Erzzüge mehr.

Die Gewässer liegen sehr still da, schwer und ölig. Und an solchen Herbsttagen kann man dann und wann einen einsamen Vogel in der Stille rufen hören, als schreie er aus Trauer über etwas Verlorenes.

Aber jetzt herrschte Frühsommer, und die lange helle Nacht wurde schließlich so kalt, daß wir, meine Frau, der Pfarrer und ich, vor den Mücken fliehen und mit unseren Gläsern in mein Arbeitszimmer umziehen mußten.

– Du siehst doch ein bißchen müde aus, sagte ich zu dem Pfarrer.

– Nun ja, sagte er. Es hat in letzter Zeit ein bißchen viel Arbeit gegeben.

Er strich sich mit der Hand über sein ordentlich gekämmtes rotes Haar.

Meine Frau wollte grade aufstehen, um die Gästelaken zu holen und das Gästebett zurechtzumachen, das in dem Zimmer steht, in dem wir sonst gewöhnlich fernsehen und unseren Nachmittagstee trinken, als er plötzlich für einen Augenblick hellwach wurde, mich scharf fixierte, als sei ihm grade etwas eingefallen, und sagte:

– Erinnerst du dich an einen von den Freunden in Uppsala, der Lars Herdin hieß?

Herdin, Herdin – Herdin?

– Mager, etwas schüchtern, Mathematiker.

– Ach ja, klar, sagte ich. Jetzt weiß ich, wen du meinst. Lars Herdin, ja, er war ja genauso alt wie ich.

Doch, noch sehr gut.

Herdin habe ich früher einmal sehr gut gekannt. Meine erste Erinnerung an ihn stammt von irgendeinem Tanzabend des Studentenverbandes Västmanland-Dalarna in den fünfziger Jahren in Uppsala. Überall Mädchen, die nach billigem Parfüm und Schweiß riechen, die meisten von der Margaretha-Schule und aus dem Schwesternwohnheim, und Herdin steht an einen Türpfosten gelehnt und schaut ein bißchen schüchtern nach dem Mädchen.

Sechsundfünfzig wurden wir beide zum Königl. Uppländischen Regiment eingezogen und verbrachten den warmen Sommer 1956 beim Regiment. Ich interessierte mich in diesem Sommer nur für zwei Dinge, für ein Mädchen, das nicht da war, weil sie die Stadt verlassen hatte, um an irgendeinem idiotischen Ort in Norrbotten zusammen mit Tora Palm Erdbeeren zu pflücken (waren es wirklich Erdbeeren, die sie pflückte?), und für Leibniz' Philosophie. Ich erinnere mich, daß ich Herdin Leibniz' Philosophie erläuterte und daß es ihm leichtfiel, sie zu verstehen. Das tat ich zwischen der Bushaltestelle oben an dem Dreiecksplatz und der Baracke Nummer zwölf, in der wir wohnten. Ich erinnere mich so genau daran, weil es einer von diesen Sommerabenden war, an denen man ganz deutlich eine Art Mikroklima spürt, oben an der Bushaltestelle war es kälter, und je mehr wir uns dem Barackenquartier näherten, desto lauer wurde die Luft.

Unsere Kameraden waren richtige Wilde, eine Mischung aus Bauernrekruten und frechen Bengeln aus der Stockholmer Südstadt, die die Vorgesetzten zum Wahnsinn trieben und nie ihre Socken wechselten.

Es roch immer nach nasser Wolle in dieser Baracke und nach Waffenöl und nach scharfem, postpubertärem Schweiß. Es war ein Ort, der gut war gegen Einsamkeitsgefühle.

Herdin borgte sich von mir ein Exemplar von Lars Forssells »Der Narr«, das weiß ich noch sehr gut. Ich habe es nie geschafft, das Buch wieder zurückzubekommen. Ich erinnere mich, daß ich ihm im Sommer 57 aus Oxford schrieb und ihn bat, es mir zu schicken, aber ich glaube nicht, daß ich je eine Antwort bekommen habe.

Herdin war ein zerstreuter Typ.
Am 16. März 1957 wurden wir entlassen, und beim Entlassungsfest, das in einer Wirtschaft außerhalb der Stadt gefeiert wurde, fiel Herdin sehr früh um. Ich erinnere mich noch dunkel daran, daß wir uns um irgendeinen Rote-Bete-Salat stritten, nicht er und ich, sondern wir alle, die gesamte Baracke zwölf bewarf sich mit Roten Beten.

Im Gegensatz zu mir, dem Alkohol eigentlich überhaupt nichts ausmacht, vertrug Herdin ihn nicht besonders gut.

Es war überhaupt ein etwas chaotisches Abschiedsfest. Die Sache mit den Roten Beten ärgerte die Dame, der die Wirtschaft gehörte, und sie drohte mit der Polizei, falls wir nicht verschwänden.

Wir hatten gar keine Lust zu verschwinden. Wir hatten für unser Entlassungsfest bezahlt. Der Höhepunkt war erreicht, glaube ich, als jemand einen alten Vorhang zwischen der Wirtsstube und dem Flur herunterriß, sich in ihn einwickelte und einschlief.

Die Wirtin, mit stripsigen grauen Haarsträhnen und einem Mund wie ein Hecht, stand am Telefon und versuchte heulend die Polizei anzurufen. Es war ziemlich weit draußen auf dem Lande, nach dem Hågatal zu, und ich glaube nicht einmal, daß sie die Polizei erreichte. Es würde mich übrigens gar nicht wundern, wenn ihr jemand auch noch das Telefonkabel herausgerissen hätte.

Jedenfalls wurden wir um zwei Uhr nachts rausgeworfen, was zur Folge hatte, daß dreißig Personen in einer Einzimmerwohnung in Sala Backar übernachten mußten. Ich erinnere mich noch an den entsetzlichen Hexenschuß, den ich davon bekam, daß ich oben auf dem Regal in der Garderobe schlief, aber ein Soldat kann ja, wie jeder weiß, in den unmöglichsten Stellungen schlafen.

Ich habe ihn tatsächlich sechzehn oder siebzehn Jahre danach wiedergesehen. Das war 1970, an einem Abend im September, auf dem Platz vor dem Dom in Västerås. Grade an diesem Abend waren ziemlich viele Leute dort.

Er tauchte für einen Augenblick in dem Gewühl auf, ich erkannte ihn sofort, und wir wechselten ein paar Worte:

– Na sowas, grüß dich

– Wie geht's dir denn so

– Na ja, man lebt

Ich habe ihn als einen kleinen, mageren Typen in Erinnerung, mit ziemlich markanten Backenknochen und einer hohen schmalen Stirn. Damals trug er eine von diesen Brillen aus rostfreiem Stahl, die aussehen, als wären sie mit einem Druckknopf hinter den Ohren befestigt.

Von Uppsala her wußte ich übrigens, daß er Technik, Physik und Mathematik studiert hatte und als echte Begabung galt. Er schrieb eine von diesen Dissertationen, die nur ein paar Seiten umfassen, aber sofort in einer Zeitschrift abgedruckt werden. Dann hatte er von der amerikanischen Luftwaffe ein Stipendium bekommen, um irgendwelche numerischen Asymmetrien ausfindig zu machen – in den fünfziger Jahren waren in Uppsala ziemlich viele solcher Forschungsgelder der amerikanischen Luftwaffe im Umlauf, es hatte damit also nichts Besonderes auf sich. Das war zu der Zeit, als man sich mit etwas beschäftigte, was man Wettrennen im Weltraum nannte und was damals für ungeheuer wichtig gehalten wurde.

Auf jeden Fall blieb die Sache anscheinend irgendwie stecken. Er kam mit seinen Asymmetrien nicht vom Fleck, seine Altersgenossen bekamen nach und nach ihre Habilitationsschrift fertig und wurden auf flotte amerikanische Lehrstühle berufen, aber aus ihm selbst wurde nichts, und nach ein paar Jahren war er fort.

– Warum fragst du nach Lars Herdin, sagte ich.

– Ich hatte letzte Woche eine verflixt traurige Pflicht, sagte der Pfarrer. Ich mußte seine Mutter ausfindig machen, sie wohnt in Hallstahammar, und mußte ihr mitteilen, daß er verunglückt ist.

– Mein Gott, sagte ich, ist er tot.

– Ja. Er war nur aus dem Haus gegangen, um eine Abendzeitung zu kaufen. Und dann kam ein Lastzug von der Fabrik, mit Kurbelwellen. Völlig überladen, natürlich, und konnte nicht mehr bremsen. Du weißt, wie es in Trummelsberg aussieht. Die Durchgangsstraße führt quer durch den Ort, und niemand kümmert sich um die Geschwindigkeitsbegrenzung.

– Du willst damit sagen, daß es in Trummelsberg passiert ist, sagte ich.

– Ja.

– Was hatte er denn da zu tun?

– Hast du das nicht gewußt? Er ist in den letzten zehn Jahren dort Lehrer gewesen. An der Zentralschule. Für Mathematik und Physik.

So war das also mit Lars Herdin. Geboren am 17. Mai 1936. Gestorben in Trummelsberg, als er unterwegs war, um eine Zeitung zu kaufen, am 6. Juni 1971. Ein magerer Typ, hohe Backenknochen, schmale hohe Stirn, Nickelbrille, Doktor der Mathematik, ziemlich schweigsam.

Später habe ich immer öfter über ihn nachgedacht.

Es steckt eine Geschichte dahinter. Sie handelt, so könnte man sagen, von einem Zustand, an dem zwar sehr vieles Lüge ist, aber nicht alles. Es gibt Risse im Beton, es sickert, es ist zu hören. Es ist die Wahrheit, nein, nicht die Wahrheit, aber es sind Wahrheiten, die da durchsickern.

Sie geht so:

Auf, auf, ihr müden Seelen

Bis um achtzehnhundertvierzig herum schien es nur immer bergab zu gehen. Das Bergbaukonsortium in Stockholm war voll von Pessimisten, die Grubenverwaltung seufzte, ein Hüttenwerk nach dem andern wurde stillgelegt, der dunkle Hochwald rollte wie eine mächtige Woge über die kleinen Eisenhütten und Hammerwerke hinweg.

Die alten, schwerbeladenen Erzkähne stampften mit knarrenden Stagen bei jedem Wetter über den großen See, außer wenn er mit Eis bedeckt war. Manche kamen niemals an, jedoch die meisten. Wenn es in den Hüttenwerken kein Roheisen mehr herzustellen gab, wurden die Arbeiter gewöhnlich in den Wald geschickt, um sich von Blaubeeren und von der Elchjagd zu emähren, und an jedem Freitag wurden die Aufsässigen zum Gutsherrn befohlen und bekamen eine Tracht Prügel. Das Roheisen wurde, falls es also Abnehmer dafür gab, von einer endlosen Reihe von Trägern in langen Hemden und mit Lederschürzen auf die flachen, plumpen Erzkähne verladen.

Anfang Oktober roch der ganze Wald nach verfaulten Pilzen, und der rote Hüttenrauch kroch niedrig über die roten Häuserzeilen unter den Ahornbäumen hin. Die Zwergmaräne wurde für den Winter in Fässern eingesalzen.

Anfang der vierziger Jahre des neunzehnten Jahrhunderts tauchten in dieser Gegend englische Eisenbahningenieure auf. Sie vermaßen das Land mit seltsamen kleinen Messingfernrohren auf dreibeinigen Podesten, sie schlugen im Wald Pfähle ein und verblüfften die kleinen Buben durch ihre eigentümliche, papageienartige Sprache.

Irgend jemand war auf die Idee gekommen, die Eisenbahnlinie von Bergslagen bis hierher auszubauen. Das dauerte ein paar Jahre, und dann war die Zeit der Erzkähne vorbei.

Ein neues Kapitel in der Kolonisation dieses Gebiets war angebrochen.

Der alte Graf Hermansson von Trummelsberg, der uns noch heute leicht vorwurfsvoll mit seinem Backenbart aus dem Portrait in der »Geschichte der Trummelsberger Hüttenwerke« entgegenblickt, hatte sich noch ein paar Jahre zuvor Auge in Auge mit dem Konkurs befunden. Nun konnte er die Seitenflügel seines Gutshauses ausbauen, wo heute die Diplomkaufleute einquartiert sind, soweit sie nicht in dem häßlichen achtstöckigen Hochhaus aus neobrutalem Beton am Vegavägen sitzen.

Nun kamen Schwäne in die Seerosenteiche, und neue Rundeisenwalzwerke entstanden, wo Schmiede in feierlichen langen Hemden und darunter nackt wie die Engel heftig schlingerndes Walzeisen einfingen und es in die nächste Walzstraße hineinbeförderten, sechzehn Stunden lang jeden Tag. Sozialisten mit schwarzen breitkrempigen Hüten erschienen auf Velozipeden und verteilten vor den Hütten Flugblätter und wurden von eben erst eingestellten Werkspolizisten in Mützen mit blanken Schirmen fortgejagt. Da tobten die Streiks, Werkspolizisten bekamen Beulen ins Genick, Betriebsleiter schickten Telegramme an Regierungspräsidenten, und berittene Schwadronen vom Königl. Västmanländischen Regiment wurden alle paar Jahre auf dem Trummelsberger Bahnhof ein- und ausgeladen, aber davon wurde weiter kein Aufhebens gemacht. Das Motto des Hüttenwerks lautete ja: Per aspera ad astra, und die Erzkonjunktur stieg und fiel, je nachdem wie die unbegreifliche europäische Politik mit ihren Balkankriegen und Bismarcks und Ballonaufstiegen und Sepoyaufständen sich gebärdete, und abends saßen die Leute auf den Veranden der langgestreckten roten Werksgebäude, wie sie es immer schon getan hatten, und tranken in aller Ruhe ihren Kaffee.

Und die Konjunktur stieg und stieg. Jünglinge in Sportmützen bastelten an Motorrädern von Husqvarnas Vapendepots ausgezeichnetem Fabrikat herum. Kaufmann Berg von Bergs Viktualien ließ sich zusammen mit seinen Verkäufern, Jansson und Gustafsson, auf der Treppe fotografieren, und man kann sehen, daß sowohl das Scheuerpulver »Scheuerwichtel« als auch Pellerins Pflanzenmargarine nach Trummelsberg gelangt sind und daß auf dem Hof vor dem Laden eine von diesen farbenfrohen Tanksäulen steht. Die Züge kamen und gingen mit der schönsten Regelmäßigkeit – die englischen Eisenbahningenieure waren Männer, die sich auf ihr Handwerk verstanden, und zweimal täglich kamen die endlosen Erzzüge mit ihren Kippwagen aus dem Norden und dazwischen die kürzeren Roheisenzüge in südlicher Richtung, und Personenzüge natürlich, die Salonwagen der ersten Klasse mit Kristallkaraffen und Gasbeleuchtung, maiglöckchenförmigen Lüstern, die der Schaffner in der Dämmerung anzündete, während die Betriebsleiter nach und nach an den einzelnen Werken ausstiegen, wo sie im Auto abgeholt wurden, die schmucke zweite Klasse mit Damen, die keinen Luftzug vertrugen und die III. Klasse mit braunen Holzbänken, ausgespucktem Kautabak und einem starken Geruch nach alten Apfelsinen.

Handlungsreisende und Diplomingenieure in Knickerbockern, Nähmaschinenvertreter und junge Burschen mit Schwielen an den Händen, die nach Västerås unterwegs waren, um ihren Wehrdienst abzuleisten, Gutsfräulein und Wanderprediger, Landschaftsmaler und Volksschullehrer stiegen ein und aus. Es war eine ganz kleine, ganz freundliche Eisenbahnlinie, und sie verlief parallel zur Seenkette, so daß man hier und da alte Männer beim Fischen in flachen geteerten Kähnen langsam zwischen den Bäumen den Strom entlanggleiten sah, und Seezeichen, die vor den scharfgezackten Untiefen in der Stromrinne warnten, und das alles sah sehr ruhig, sehr friedlich und hübsch aus.

Sonntag morgens stand eine Schar von Zeitungsjungen am Bahnhof unten und wartete darauf, daß die Zeitungen aus dem vorletzten Wagen herausgeworfen würden, und es gab einen fürchterlichen Lärm und Streit, bis jeder Junge seine Stapel bekommen hatte, und wie ein Schwarm von schwarzen Elstern in ihren Kapitänsmützen schwangen sie sich auf ihre Fahrräder und verteilten sich über den Ort.

Und nach und nach erschienen große schwarze Schlagzeilen über den Weltkrieg und den Fleischwolf von Verdun und den Fliegerhelden Rittmeister von Richthofen und seine berühmte Rote Schwadron und Frontkarten und Rationierungsverordnungen und Zeppeline über London. Und die Roheisenpreise stiegen und stiegen, und es kamen endlose Züge mit Schrott an, allen möglichen Arten von Schrott, so verbeult und verbogen und zerfetzt, daß selbst der Leibhaftige sich nicht vorstellen konnte, was all dieser arme Schrott im Laufe seines Daseins mitgemacht hatte. Und das alles wanderte zusammen mit dem besten Nordsee-Erz und basischer Holzkohle in die Hüttenöfen, um als erstklassiges Trummelsberger Roheisen wiederzuerstehen, mit dem Firmenzeichen, einem großen gediegenen »H«

(nach den Grafen Hermansson) in einem tadellosen Hochrelief auf jedem Block.

Nun wurden schmucke weiße Angestelltenhäuschen am Bergrücken entlang gebaut, aber die Werkmeister wohnten weiter unten, am Långgärdesvägen. Und sowohl die Angestellten als auch die Werkmeister wurden immer zahlreicher. Das Unternehmen wurde irgendwann nach dem Tod des letzten Grafen Hermansson in eine Aktiengesellschaft umgewandelt, und kaum war dieser feine alte Ehrenmann unter die Erde gekommen, da gingen schon ein paar seltsame Dinge vor, die mit dem Zusammenbruch des Kreuger-Konzerns zusammenhingen, nachdem der Konzernchef in Paris durch eine Kugel den Tod gefunden hatte. Und ein paar Monate lang hielt ganz Trummelsberg den Atem an, denn wie sich herausstellte, besaß die Trummelsberger Hüttenwerke AG mehr von diesen Kreugerschen Debentures auf bestem handgehämmertem Lessebopapier als gut war, und praktisch jeden Tag kamen neue Herren mit dem Zug an und fuhren wieder ab, und im ganzen Walzwerk ging das Gerücht um, daß die Stillegung der Hüttenwerke in Kürze bevorstehe; man wußte nicht mehr so recht, für wen man eigentlich arbeitete oder bei wem man angestellt war, aber die Monate vergingen, und es geschah eigentlich nichts Besonderes, und in dieser Angelegenheit war auch weiterhin keine vollständige Klarheit zu erlangen.

Aber nun war die Zeit weit vorgerückt, und der Bischof Manfred Björkquist beendigte das große Treffen der kirchlichen Erneuerungsbewegung in Sigtuna mit den schönen und mahnenden Worten:

»So laßt uns denn weiterarbeiten!«

Und genau das tat man auch. Trummelsberg arbeitete weiter, man legte sich Vorrichtungen für Gesenkschmieden und Präzisionsguß zu und zog Kleinbauern von den umliegenden Höfen und Waldarbeiter und alle möglichen alten Männer heran, und es dauerte nicht lange, bis man eine recht beachtliche Produktion von Propellerwellen in Gang gebracht hatte. Als die Svenska Aeroplan Aktiengesellschaft in aller Stille Hitlers Luftwaffe aufzubauen begann, war Trummelsberg an einer Ecke mit dabei, und das war gar nicht so übel.

Eine Heinkel 111 braucht Propellerwellen aus hochwertigem Schweißstahl, und auf dem Grund des Ärmelkanals und unter den Sanddünen bei Tobruk und in abgelegenen Waldlichtungen in der

Gegend von Kursk liegen Wracks der Heinkel 111 mit ihren sonderbaren Konstruktionen der oberen und unteren Glaskanzeln, zusammengesunken wie Pilze vom Vorjahr, die Propeller verbeult und verbogen wie welke Margeriten. Und wenn man im Rost herumstochert, kann man am Endstück der Propellerwelle ein ganz diskret aufgeprägtes »H« finden, und das ist ein »H«, das für die Grafen Hermansson steht.

Die Demokratie siegte auf der ganzen Linie, die Heinkel 111 verschwand aus dem Luftmeer, und auf der Kungsgatan wurde der Sieg der Demokratie in einer aus den Fenstern flatternden Papierwolke gefeiert. In Trummelsberg erschien Per Albin Hansson und trug das sozialdemokratische Nachkriegsprogramm auf einer zusammengeschreinerten Tribüne auf dem Konsummarktplatz vor (der kurz nach dem Krieg zum erstenmal als Markt bezeichnet und nach dem frisch verputzten Konsumladen benannt wurde), und das sozialdemokratische Nachkriegsprogramm war keine schlechte Sache, in mancher Hinsicht sogar ganz glänzend.

Und obwohl man sich immer noch nicht recht darüber klargeworden war, für wen man jetzt eigentlich arbeitete, nachdem die Grafen Hermansson mit ihren Backenbärten unwiderruflich zu Grabe getragen worden waren und die etwas anonymen Direktoren in grauen Anzügen in der Großen Villa oben auf dem Bergrücken so etwa im Abstand von drei Jahren abgelöst wurden, so daß sie nicht einmal zu richtigen Spitznamen kamen, ging Trummelsberg ganz vortrefflichen Zeiten entgegen. Jetzt gibt es dort Kaufhäuser, Domus, Forum, Punkt, Epa, Imbißstuben, Spirituosenläden und Eisenwarengeschäfte.

Im Zentrum der Hüttenwerke ragt jetzt auch, es ist kurz vor dem großen Herbststurm im Jahre 1969, die sechziger Jahre gehen mit anderen Worten zu Ende, der Wolkenkratzer der Werksverwaltung mit ganzen zwölf Stockwerken auf, hoch wie ein Förderturm. Und in seinem Schatten liegt das Gasthaus Bergsmannen, das eine Grillbar für werktags hat und einen vornehmen Raum mit Tischtüchern und Weinausschank für Freitag abends, wo dann ein hochgewachsener Portier dafür sorgt, daß nicht jeder hereinkommt.

Abends nach sechs liegt Trummelsberg ganz still da, wie auf einem Bild Olle Olssons von Hagalund, aber doch anders, im Winter wie im Sommer gleich still, und die einzigen Leute, die man draußen sieht, sind ein paar Jugendliche am Kiosk, die sich hartnäckig dort treffen statt in dem Jugendheim, das die Gemeinde zusammen mit den Freikirchlichen einen Kilometer draußen vor dem Ort unterhält.

Was tun die sechstausend Einwohner von Trummelsberg an den Winterabenden? Sitzen sie nur da und schauen sich das Fernsehprogramm an?? Das wäre ein voreiliger Schluß. Wer kann so dumm sein, sich einzubilden, daß sie die Geduld dazu hätten, jeden Abend drei bis vier Stunden lang dazusitzen und sich bedeutende Persönlichkeiten anzuschauen?

Oben auf dem Bergrücken liegt auch die Zentralschule, mit einem weiten Blick über den See, in weißen, einstöckigen Flachbauten, der Stolz der Gemeinde, mit Ziegelwänden in den Gängen und Kleiderhaken aus gedrechseltem und gebeiztem Kiefernholz und einem intensiven Geruch von nasser Wolle in den Gängen.

Trummelsberg selbst hat etwa sechstausend Einwohner, aber das Einzugsgebiet der Schule ist bedeutend größer, sie ist ja, wie der Name schon sagt, eine Zentralschule. Die Kinder kommen aus dem ganzen umliegenden Land, sogar noch aus der Gegend von Gunnilbo und Virsbo kommen sie.

Früh in der winterlichen Dunkelheit stampfen sie an irgendeinem Milchkannenständer im Schnee herum, verschlafen und kläglich, und warten darauf, daß der Schulbus sie aufliest. Sie sind so verschlafen, daß sie nicht einmal miteinander reden, die Älteren fischen einen Zigarettenstummel aus der Tasche und rauchen ein bißchen.

In der dichten, von Schnee erfüllten Dunkelheit abends gegen sieben kommt der Bus wieder vorbei und setzt sie ab.

Wovon dieser Landstrich eigentlich lebt, ist nicht leicht zu sagen. Es ist nicht einmal ganz leicht zu sagen, was er eigentlich enthält.

Die kleinen Wege verlieren sich im Wald. Einige davon führen zu Orten, wo Menschen wohnen, andere nicht.

Die Birkenhaine sind schon seit langem mit chemischen Mitteln weggespritzt worden, an ihrer Stelle wachsen jetzt Tannen. Grundbesitzer gibt es nur ganz wenige, meist sind es Hüttenwerksgesellschaften, die ungeheure Territorien besitzen.

Die letzten harnäckigen Versuche, Vieh zu züchten, währten bis weit in die sechziger Jahre hinein, bis die Molkereizentrale sich Tankwagen zulegte, die zu groß waren, um die Seitenwege zu befahren.

Und auf alle Fälle waren für die Milch neuartige Kühltanks erforderlich, die sich niemand leisten konnte.

Die Bevölkerung dieser Gegend ist es gewöhnt, einen langen Weg zur Arbeit zu haben, einen langen Weg überallhin. Man wohnt fast hinter dem Steuer. Man behilft sich mit den absonderlichsten Autos, die mit immer zahlreicheren und immer häufiger selbstgefertigten Ersatzteilen zusammengeflickt werden. Und seltsamerweise scheint sich die halbe Gegend davon ernähren zu können, daß sie sich gegenseitig die Autos repariert.

Es gibt kaum noch eine Scheune, in der nicht jemand an alten Motoren herumschweißt und herumbastelt, ausgeleierte Federn auswechselt und in die alten Lenkschubstangen eines Lastwagens neue Gewinde schneidet, um daraus Lenkschubstangen für einen Volvo zu machen.

Die Schließung der Dorfschulen hat zur Folge, daß man die Kinder nicht sehr oft zu Hause sieht. Sie kommen spät in der Abenddämmerung heim, essen ein bißchen was und schlafen tief, bis sie früh am nächsten Morgen in der schwarzen Winterdunkelheit geweckt werden müssen.

Aber das ist vergleichsweise belanglos, wenn man bedenkt, was die Einziehung der Omnibuslinie für alte Leute ohne Führerschein bedeutet hat, die nun mit dem Moped über die Landstraßen fahren oder zu Hause bleiben müssen, oder was die Schließung der Entbindungsklinik in Fagersta für die Wöchnerinnen bedeutet hat.

In der Dunkelheit, in der Oktoberdunkelheit kann es so aussehen, als läge dieser Landstrich ganz verlassen da. Als hätten sich alle Leute in ein anderes Land begeben, und das haben sie ja in gewisser Weise auch getan.

Wenn man aber seinen Wagen zum Halten bringt und den Motor abstellt und aussteigt, um zu lauschen, dann wird man nach einem kurzen Augenblick hören, wenn das Ohr sich gewöhnt hat, daß es Geräusche gibt, daß es Leben gibt in der Dunkelheit.

Irgendwo, weit entfernt, blinkt gelbes Licht in einem Fenster. Ein Hund bellt über einen See herüber, jemand geht über einen schotterbestreuten Hof. Von irgendwoher kommen Hammerschläge. Jemand ruft aus einem offenen Fenster nach jemandem, der nicht antwortet.

Ein Schaf blökt kindlich und klagend weit draußen auf einer Wiese, ein Traktor springt plötzlich blindlings mitten in der Dunkelheit an.

Es gibt dort ein labyrinthisches, unklares Leben. Es ist eine zur Hälfte verlorene Landschaft, aber nur zur Hälfte, nicht mehr.

Sie weigert sich aufzugeben. Sie gibt nicht auf.

Diese Stelle im ersten Satz, wo es anfängt, etwas schneller zu gehen

Im Hades riecht es nach nasser Wolle!

Nach nassen, ekligen Wollsachen, die lange im Regen draußen gehangen haben (vielleicht deshalb, weil jemand sie dort vergessen hat).

Nach nassen, ekligen Wollsachen an einer halbverfaulten Wäscheleine, die den halben Herbst über draußen gehangen haben (und die Wäscheklammern sind schon grau, nein, silbrig geworden).

Nach nassen, ekligen Wollsachen, die lange in irgendeinem alten Bottich gekocht haben, in einer abgelegenen Waschküche mit eingemauertem Waschkessel, der mit Holz beheizt wird, und wo der Wasserdampf an den Wänden entlangrieselt.

Nasse Wollsachen in einem Schulkorridor an einem Morgen im Februar, wenn draußen Schneematsch ist, der säuerliche Geruch nach Jugend, Pubertätsmenstruationen, Wollmänteln, roten Stiefeln mit nassen Einlegesohlen.

Ja. Im Hades gibt es Wolle. Wälder aus Wolle. Und Pilze, verfaulende Pilze, Kuhpilze, Parasitenpilze, formlose Massen, die über die Baumstümpfe rinnen.

Im Hades ist immer Herbst. Und deshalb sind die Gräben im Hades immer voll von Milchtüten, gebrauchten Präservativen, die langgezogen sind wie traurige Rauchfahnen im Herbstwind, verrosteten Fahrrädern und einem Ball, mit dem schon lange kein Kind mehr gespielt hat, zerfallenden Kartons, wo die Sommergäste ihren Müll abgestellt haben, Embryos, in sich zusammengerollt und mit übergroßen Augen schlafend.

Ja. Im Hades haben sie die Landschaft restlos aufgebraucht.

Ich heiße Lars Herdin. Ich bin jetzt vierunddreißig Jahre alt, und die sechziger Jahre sind zu Ende gegangen. Ich wohne in Trummelsberg, wo ich als Studienrat Mathematik und ein paar andere Fächer in der Oberstufe der Zentralschule unterrichte.

In diesem Jahr, 1970, habe ich schließlich den Tag für meinen Selbstmord festgelegt. Den ersten Oktober. Das ist ein Umzugsdatum.

Ich wohne im Obergeschoß eines gelben Holzhauses, das einem Werkmeister namens Eriksson gehört. Am Kågevägen Nummer 3. Er hat die Wohnung im Erdgeschoß, ich habe zwei Zimmer mit Küche im Obergeschoß. Jetzt im Spätherbst gibt es kaum noch Blätter in seinem Garten. Sie sind mit dem großen Herbststurm vor einer Woche fortgeweht. Er hat oben auf der Hügelkette viele Bäume umgerissen und hat die Landstraße für eine Nacht und einen ganzen Vormittag unbefahrbar gemacht, weil die Bäume wie Zündhölzchen quer über die Straße gefallen sind. Ein paar alte Fördertürme sind oben in der Gegend von Norberg eingestürzt: hier haben ein paar Häuser ihr Dach verloren. In den Zeitungen führt man das auf etwas zurück, was Vakuumeffekt genannt wird. Das ist natürlich Quatsch. Es gibt keine Vakuumeffekte. Die Häuser sind billig gebaut, saumäßig gebaut ganz einfach, die Dächer sind nicht festgenagelt, sondern an den Dachstuhl geheftet. Häuser werden nicht mehr für Menschen gebaut, die kommen, um zu bleiben.

Die meisten Waldwege sind nach drei Wochen immer noch nicht zu benutzen. Man kann nach Fagersta telefonieren, aber das ist auch schon alles.

Ich sitze an meinem Tisch im hintersten Raum, wo ich unter der Dachschräge meine Bücher habe, bis ganz hinauf, und zwei Aquarelle von Sand und eine Reproduktion von Turners »Sklavenschiff wirft Kranke und Sterbende ins Meer, gerät in einen Taifun«. Sitze an meinem Tisch und lebe noch, obwohl vor ein paar Wochen der erste Oktober gewesen ist.

Sitze an meinem Tisch und sehe eine ganze Stunde zum Fenster hinaus, ohne eigentlich überhaupt an irgend etwas zu denken.

Und die Luft ist voll von allen möglichen ruhelosen Krähen, die durch irgend etwas beunruhigt zu sein scheinen und sich nicht wieder niederlassen mögen. Es sieht fast so aus, als ernährten sie sich von dem roten Rauch des Hüttenwerks.

Und sie bewegen sich so, wie sich die kleine Gruppe von Halbwüchsigen mit ihren Mopeds dort unten am Kiosk am Ende der Straße hin und her bewegt, ohne je weiter als zehn Meter vom Fleck zu kommen.

Ich hatte mich also für den ersten Oktober entschieden. Ich weiß nicht, wie oft ich unten gewesen bin, um Erikssons Garage im Keller auszukundschaften. Er bewahrt dort seine Werkzeuge und Reservereifen und Schweißaggregate auf, und dort stellt er auch jeden Abend seinen alten Mercedes ein. Der Mercedes springt leicht an und läuft sehr leise, und die Garage ist sehr schlecht belüftet, und kein Mensch hätte etwas gemerkt, bevor es zu spät gewesen wäre. Erikssons hören nicht einmal das Telefon klingeln, wenn sie abends vor dem Fernsehapparat sitzen. Es soll völlig schmerzlos sein und sehr rasch gehen.

Der Körper, den man dann findet, wird etwas steif und schwer zu bewegen sein, aber das wäre ja eher ein Problem für die Gemeinde gewesen als für mich.

Dieser große alte bequeme Wagen hatte wirklich etwas Verführerisches, wie er da stand und nur darauf wartete, daß ihn jemand zu einem Ausflug benutzt.

Und zu was für einem Ausflug! Man kann alle Kontinente auslöschen, alle historischen Epochen, alle Regeln der Mengenlehre, die Booleanische Algebra und die provenzalische Lyrik, Kathedralen, Flottenkonvois und Erdteile, einfach indem man einen alten Mercedes ein paar Minuten lang in der Kellergarage eines alten Hauses am Rande eines Bergbaugebiets laufen läßt.

Ich habe mein ganzes Leben lang den Eindruck gehabt, daß ich mich mehr oder weniger zu so etwas wie einem idiotischen Ringkampf mit der Wirklichkeit habe verleiten lassen, und sie ist die ganze Zeit über als ein ausnehmend unfairer und gemeiner Gegner aufgetreten, der einen an völlig unerwarteten Stellen trifft, gerade wenn man dabei ist, ihn irgendwie in den Griff zu bekommen.

Diesmal sollte er jedenfalls sein blaues Wunder erleben, dieser Teufel!

Ein alter Mercedes in einer Garage reicht vollkommen dazu aus, um mit dem ganzen Universum Schluß zu machen.

Das ist es, was man unter Willensfreiheit versteht.

Diesmal würde er mich jedenfalls nicht so einfach überlisten können wie all die Male zuvor. Jetzt war ich am stärksten, und er war der Schwächere.

Die Garage also. Ich hatte mir gedacht, daß ich da schnell mal hineinschlüpfen würde, am Abend oder Nachmittag des ersten Oktober, um die Welt auszulöschen.

Es hat alles sein Gutes, wie man so sagt. Erstens gab es nichts mehr, wofür es sich zu leben gelohnt hätte, da ich auf die schwerste Probe meines Lebens gestellt worden war und sie nicht bestanden hatte.

Zum zweiten habe ich schon immer mir selbst gegenüber eine Art von nagendem Haß empfunden, der allerdings nie so recht eine Chance gehabt hatte, lichterloh aufzuflammen, aber jetzt brannte er wirklich.

Und drittens ging es einfach um die Bequemlichkeit. Die Stapel mit langweiligen mathematischen Klassenarbeiten los sein, die gleichen Klassenarbeiten jahraus, jahrein. Nicht mehr aufstehen, die Zähne putzen und zur Winterzeit morgens im Schnee frieren müssen, Winter für Winter. Nicht mehr im Februar die Steuererklärung machen, keine schmutzigen Laken mehr zur Wäscherei bringen brauchen, nicht mehr im Lehrerzimmer sitzen und über Gehaltsstufen und Mallorca-Reisen tratschen brauchen. Nicht mehr älter werden brauchen und sich dabei immerzu einbilden, daß es mit allem vorangehe im Leben, wo man doch mit jedem Jahr nur ein bißchen abgestumpfter, ein bißchen tauber, ein bißchen dümmer wird.

Keine – wie man so sagt – gefühlsmäßig bedingte Angelegenheit. Ein vernünftiger Entschluß.

Ich bin ein ganz und gar überflüssiges Produkt. Kein Mensch hat jemals wirklich eine vernünftige Verwendung für mich gehabt.

Das ist, glaube ich, ein ziemlich weitverbreitetes Gefühl. Man braucht keineswegs so etwas wie ein Sonderling oder Eigenbrötler zu sein, um es zu haben. Daß die Leute sich nicht etwas häufiger den Luxus gönnen, sich das Leben zu nehmen, liegt wahrscheinlich eher an einem Mangel an rein technischem Wissen als daran, daß sie es nicht wollten. Sie können es sich, wie üblich, nicht leisten.

Kurz und gut, ich hatte ihn in der Falle. Diesmal würde er mir nicht davonkommen, dieser Teufel.

Jetzt ist es schon tief im November, und es ist nichts daraus geworden.

Zwei Tage davor habe ich mir nämlich drei Finger der linken Hand ganz verflucht in einer Autotür geklemmt. Ein Werklehrer namens Jansson, jung, drahtig, mit einer ebensolchen Frau, fragte mich, ob sie mich nicht nach Hause fahren sollten, da sie den gleichen Weg hatten und es so verdammt kalt war.

Ich bedankte mich und ließ mich auf dem Rücksitz zwischen all ihren Einkaufstaschen und Windelpaketen nieder. Wir fuhren durch den Ort, und sie plauderten frisch und munter drauflos, über eine Sauna, die sie sich bauen wollten, und über ihren Jüngsten, der grade einen Zahn bekommen hatte, und ich saß da und fand die ganze Situation recht komisch, da ich von ihrer allgemeinen Begeisterung angesteckt wurde, so daß ich ebenfalls lebhaft und unbekümmert zu reden begann, und beim Aussteigen stellte ich mich so ungeschickt an, daß ich die Finger in der Tür hatte, als Jansson sie mit einem munteren »Tschüß« zuschlug.

– O je! sagte er. Ist dir was passiert?

– Ach was, es war gar nicht so schlimm, sagte ich, es hat fast nur den Handschuh erwischt.

– Glück gehabt, sagte er.

Irgend etwas hielt mich davon ab, diese netten Leute dadurch zu betrüben, daß ich ihnen erzählte, wie hundsgemein ich mich wirklich geklemmt hatte. Und was spielte das übrigens schon für eine Rolle?

Zuerst fühlte es sich auch nicht so schlimm an. Als ich in meine Diele hinaufkam und den Handschuh auszog, sah es nur ein bißchen weiß aus auf dem halben kleinen Finger, der Spitze des Ringfingers und der Spitze des Mittelfingers der linken Hand.

Es blutete nicht einmal. Nur der Nagel des kleinen Fingers sah etwas merkwürdig aus. Ich ging in die Küche und ließ kaltes Wasser darüberlaufen. Erst dann kamen die Schmerzen.

Ich fragte mich, ob wohl ein Knochen gebrochen wäre. Aber ich konnte alle Gelenke bewegen. Ich ließ immer noch das Wasser darüberlaufen, was etwas unbequem war, da ich noch den Mantel anhatte und den *Expressen* und den Schlüsselbund in der rechten Hand hielt, und darum ging ich wieder in die Diele hinaus, um den Mantel aufzuhängen.

Kaum war ich dort draußen, als es schon wieder verdammt weh zu tun begann.

So was Idiotisches, dachte ich, aber es wird wohl vorübergehen.

Es begann tief drinnen in den Fingern und strahlte gleichsam zu den Nägeln hin aus, nicht viel anders als ein richtiges altmodisches Zahnweh, und es wurde mir plötzlich bewußt, daß ich keine solchen Schmerzen mehr gehabt hatte, seit ich ein Kind war und wirklich die widerlichsten Zahnschmerzen hatte, die natürlich immer an Feiertagen einsetzten, an Weihnachten, Neujahr, Mittsommer, wenn kein Zahnarzt Dienst hatte.

Ich erinnere mich an einen Weihnachtsabend, an dem es damit anfing, daß ich irgendwelche Karamelbonbons aß, die meine Mutter gemacht hatte, und ein Backenzahn plötzlich in einem wahnsinnigen, weißglühenden Schmerz förmlich explodierte, als hätte sich irgendein fremdes Wesen in meinem Kiefer niedergelassen.

Es endete, wenn ich mich recht erinnere, damit, daß ich herumlief (ich war erst zehn Jahre alt) und mit dem Kopf gegen die Wände rannte, bis es meinen Eltern gelang, den diensttuenden Arzt zu erreichen, der mir ein stark morphiumhaltiges Medikament gab, das mich in der normalen Welt festhielt, bis der Zahn am zweiten Weihnachtsfeiertag herausgezogen wurde.

Ganz so weh tat es in den Fingern nicht, aber es war das gleiche unheimliche Gefühl, als ob der Schmerz ein Eigenleben hätte, als ob er ein fremdes Wesen sei, das sich in mir niedergelassen hatte, um zu bleiben.

Ich war nicht mehr mein eigener Herr. Ein fremder, lebhafter Dämon hatte von mir Besitz ergriffen und nahm meine Aufmerksamkeit in Anspruch, indem er hartnäckig in meinen Fingerspitzen pochte.

Ich saß auf dem Rand der Badewanne und ließ mir eine halbe Stunde lang eiskaltes Wasser über die Finger laufen und konnte keinen vernünftigen Gedanken fassen. Dann stand ich auf und nahm einen ordentlichen Schluck Whisky zu mir. Er machte mir nur Kopfschmerzen.

Reduziert, erniedrigt, gedemütigt von diesen verdammten idiotischen Fingerspitzen, mit denen ich nichts zu tun haben wollte, die genaugenommen vollkommen überflüssig waren in der Situation, in der ich mich befand, ließ ich mich am Telefon nieder und fing an, nach Doktor Dybergs Nummer zu suchen.

Sein automatischer Anrufbeantworter teilte mit, daß er bis Mitte November verreist sei, und verwies alle Einwohner von Trummelsberg mit ihren Nöten und geklemmten Fingern nach Hallstahammar, das mindestens vierzig Kilometer weit von hier entfernt ist.

Angesichts der Vorstellung, im Schneetreiben mit dieser lächerlich schmerzenden Hand vierzig Kilometer weit Auto fahren zu müssen, zog ich es vor, zu Hause zu bleiben. Ich nahm mir noch einen Whisky und eine Kopfwehtablette gegen die Schmerzen.

Die Uhr an der Wand tickte und tickte. Unablässig fiel der frühe, allzu frühe Schnee. Ich frage mich, ob es nicht der erste Schnee in diesem Jahr gewesen ist.

Nach einer Weile versuchte ich, ein wenig in einem Roman zu lesen.

Es ging. Ich verstand, was ich las; auch wenn der Schmerz immer noch da war, hatte er doch sozusagen einen Rahmen erhalten: er war beim Lesen mit dabei.

Als ich das nächste Mal aufsah, waren zwei Stunden vergangen. Ich legte mich ins Bett und starrte an die Decke.

Der Schmerz war eigentlich das einzige, was existierte. Er klopfte und pochte durch die ganze Welt, und ich hatte keine Sorgen mehr, keine Depressionen, keine Sinnlosigkeit, über die ich hätte klagen können.

Statt dessen hatte ich ihn. Er war sozusagen mein Sinn. Er brauchte mich, und ich brauchte ihn.

Und ich lag die halbe Nacht lang da und schaute zur Decke hinauf und dachte: jetzt weiß ich, wer ich bin: ich bin ein Mann, dessen linke Fingerspitzen pulsieren und schreien.

Ich habe zu guter Letzt jemanden gefunden, der eine Verwendung für mich hat.

Und diese blöde alte Wanduhr tickte und schlug, es wurde zwei, und es wurde drei, und dann und wann wachte ich auf und nahm mir einen Whisky.

Gegen vier Uhr morgens schien es so, als hätte es etwas nachgelassen. Es pulsierte nicht mehr. Ich machte Licht und nahm mir meine zwanzigste Zigarette und wickelte die Binde ab. Das war nicht leicht. Ich mußte meine Zähne zu Hilfe nehmen. Die Finger waren jetzt rot und geschwollen und von grotesker Größe.

Das also bin ich, dachte ich. So sehe ich aus. Körper.

Nichts als Körper. Ein mit Flüssigkeit angefüllter, unbestimmter Körper. Das bin ich. Ein Körper. Und so schlief ich ein.

Begebenheiten von vor einem Jahr

Und so gewann er wieder. Er hat gewonnen!

Der pochende, bohrende, klopfende Dämon in den Fingerspitzen führte mich Schritt für Schritt zurück bis zu dem Punkt, an dem ich angefangen hatte.

Wie hat es denn angefangen?

Vor einem Jahr? Vor zwei Jahren? Vor mehr als dreißig Jahren?

Vor einem Jahr.

November. Dunkelheit. Es riecht faulig von den abgemähten Feldern, aufgeschreckte Hasen laufen weg und verstecken sich in den Stoppeln.

Die Seen liegen da wie Blei.

Als die erste Dämmerung über den Tälern und Seen bei Trummelsberg anbricht, sieht man, daß der Himmel bleigrau ist. Wolken türmen sich auf.

Müde schleppt sich ein Fernlastzug mit einer Länge von vierundzwanzig Metern, lebensgefährlich für Kinder und Radfahrer, den Berg zum Ort hinauf.

Er hat einen viel zu niedrigen Gang eingelegt, und deshalb wacht Ingrid, siebenunddreißig, Lehrerin für Englisch und Schwedisch, langsam aus einem Traum auf, der seltsamerweise von Kartoffelklößen handelte. Von fetten, ekligen Kartoffelklößen mit viel Butter drauf, die jemand sie zu essen zwang.

Noch während sie mit einer mageren, etwas rauhen und rötlichen Hand nach dem Lichtschalter tastet, um nachzusehen, wie spät es denn um Himmels willen auf ihrem Wecker ist, spürt sie den ekligen Geschmack im Mund.

Ihr kurzgeschnittenes blondes Haar klebt an der Stirn. Sie hat ein schmales, feines Gesicht, aber eine sonderbar kurze, schmale Stupsnase.

Ihr Körper in der etwas verwaschenen Schlafanzugjacke ist lang, knabenhaft schlank, die Augen sind braun. Sie ist eine außerordentlich gute Turnerin und trainiert immer noch, sobald sie einen Babysitter bekommen kann.

Sie hat einen dicken kleinen Jungen, der drei Jahre alt ist und den größten Teil seiner Zeit in einem Kindertagesheim verbringt, aber sie ist nicht verheiratet.

Das Kind, das Thomas heißt (so heißen sehr viele Kinder in diesen Jahren), hat noch Sand in den Augen und mag nicht aufwachen. Draußen ist es pechschwarz, und es hat aufgehört zu schneien.

Sie berührt mit der Hand ihre kleinen, straffen Brüste, die aus irgendeinem unerfindlichen Grund zu schmerzen begonnen haben, und tastet sich ins Badezimmer hinaus, wo vorwurfsvoll Haufen von schmutziger Wäsche auf dem Boden liegen, Spielsachen lebensgefährlich verstreut sind und die Handcreme »Handolén« und das Plastikfutteral für das Pessar, das lange nicht benutzt worden ist, wo endlich das kalte Wasser und zuinnerst die ganze Angst des Morgens ist: diese ganze abscheuliche Angespanntheit angesichts eines Tages, von dem man schon weiß, daß er nicht anders sein wird als all die übrigen.

Lars Herdin ist manchmal hier zu Besuch. Er redet viel. Er hat ihr auch diesen Band mit Jan Myrdals »Schriftstellerei« gegeben, der auf dem Tisch liegt.

Der Junge – er ist nicht von Lars Herdin – hat rundliche, rötliche und zappelige Händchen, und es ist nicht leicht, sie durch die Ärmel des Jäckchens zu bekommen. Sie tut ihr Bestes, um nicht ungeduldig zu werden. Er ist ein liebes und geduldiges Kind, das seinen Teddybären zwischen dem Tagesheim und ihrer Zweizimmerwohnung herumschleppt, um alle Welten zusammenzuhalten, die es gibt.

In derselben morgendlichen Dunkelheit sitzt ein Junge namens Lars Carlsson im Schulbus und versucht, sein Bedürfnis nach einer Zigarette zu unterdrücken, denn im Bus darf nicht geraucht werden. Es ist recht still und ruhig, die meisten schlafen, und es versucht nicht einmal jemand, nach den Mädchen auf den hintersten Sitzen zu grapschen.

Lars Carlsson dreht und wendet Bells »Geschichte der Mathematik« hin und her, um sie unter die kümmerliche Deckenbeleuchtung des Schulbusses zu bekommen.

Er hat scharfe, lebendige Wieselaugen mit einem viel zu kleinen

Abstand dazwischen und Sommersprossen um die Nase, und von vorn gesehen hat er eine gewisse Ähnlichkeit mit einem kleinen Fuchs.

Alles, was um ihn herum ist, z. B. diese morgendliche Dunkelheit und diese verdammte, spiegelglatte Straße, auf der der Bus schleudert und schlittert und abbremst, wenn ihm eine Holzfuhre entgegenkommt, kümmert ihn einen Dreck.

Er ist grade bei der Stelle angekommen, wo sich der junge Gauss in der Dorfschule, die er besucht, als Mathematikgenie entpuppt.

Das geht so zu:

Der Lehrer in dieser Schule, der nicht sonderlich begabt und auch nicht besonders energisch ist, möchte die Zeit herumbringen, ohne sich allzusehr anzustrengen.

Deshalb schreibt er eine arithmetische Reihe an die Tafel:

297 + 495 + 693 ...

bis zu hundert von diesen Gliedern, von denen jedes um 198 zunimmt und die man alle zusammenzählen soll.

Nach ein paar Minuten wirft der junge Gauss seine Schiefertafel hin, und es steht eine einzige Zahl darauf.

Er ist auf den Dreh gekommen.

Jetzt kommt eine Geschwindigkeitsbegrenzung von fünfzig Stundenkilometern, und man kann schon die Fabrikschornsteine der Schmelzhütte in der ersten schwachen Dämmerung sehen, und es sind nur noch fünf Minuten, bis sie in den freigepflügten Hof der Zentralschule einbiegen und ihre Parkas in den nach Wollsachen riechenden Gängen aufhängen werden.

Der kleine Lars Carlsson weiß, daß er ein Genie ist, alles übrige kümmert ihn im Grunde einen Dreck.

Lars Herdin ist sein Lehrer, und er ist grade dabei, sich darüber klarzuwerden, daß er ein Genie in seiner Klasse hat.

Ein Vertreter für landwirtschaftliche Maschinen namens Putte Jonsson ist noch nicht weiter als bis Västerås gekommen. Denn dort steht der Schlafwagenzug aus Norrköping und wartet, während sein Wagen in die Richtung von Trummelsberg umrangiert wird. Seine langen roten Schnurrbartenden ringeln sich fast um seine Backen herum, als er den Kopf immer tiefer ins Kissen bohrt und sich gegen die unerwartete Stille zu wehren versucht, die jetzt entstanden ist, nachdem der Wagen aufgehört hat zu fahren.

Er träumt einen komplizierten, recht unangenehmen Traum, der etwas mit Hämorrhoiden zu tun hat. Auf der Höhe des Ramnäser Bahnhofs wird er mit einem Ruck aufwachen und begreifen, daß es nicht sein Dackel ist, der mit flinken kleinen Klauen über den Linoleumboden daheim in der Wohnung in Norrköping läuft, sondern irgendein Klappern von den Ventilen an der Decke.

Er hustet und wird wach, und seine Luftröhre ist ganz rostig von den allzu vielen Zigaretten gestern abend, als er im Speisewagen saß und ein paar ungewöhnlich nette Typen aus Växjö traf, mit denen er sich bis Mitternacht unterhalten hat.

Putte Jonsson liebt es, sich mit Leuten zu unterhalten: seine Telefonrechnungen sind viel zu hoch.

Das liegt daran, daß er eine Eigenschaft besitzt. Man könnte sie Güte nennen.

Auf der Höhe der Kirche von Väster Våla hat Putte Jonsson seinen blau und weiß getupften Schlips gebunden und sich das gekämmt, was von seinen rötlichen Haaren noch zu beiden Seiten der Glatze übrig ist. Er geht auf den Gang hinaus und lächelt die Putzfrau, die den Gang entlanggelaufen kommt, so warmherzig an, daß sie einen Augenblick lang eine plötzliche Wärme tief in ihrem Zwerchfell drinnen spürt und sich für einen kurzen Moment daran erinnert, wie dieser See zur Mittsommerzeit auszusehen pflegt. Er stellt sich ans Fenster und wärmt sein rheumatisches Knie an der Heizung.

Der See ist eine schneeweiße Fläche, die sich im Dämmerlicht zwischen schneebedeckten bleigrauen Inseln im Unendlichen verliert. Und weit weg, auf einer Landzunge, es muß in einer Entfernung von über zehn Kilometern sein, blinkt für einen Augenblick ein Licht auf, als käme es von einer fernen Galaxis.

Es kommt von den starken Neonröhren an der Decke in Viktor Ebbelings riesigem Atelier. Es ist größer als das Haus, in dem er wohnt, beide Gebäude liegen ganz weit draußen auf einer Landzunge, mit einer Entfernung von über zehn Kilometern bis zum nächsten Hof.

Die Zufahrtswege sind erbärmlich, und zu dieser Jahreszeit fährt

Ebbeling nicht selten mit seinem alten Volkswagen über das Eis nach Ängelsberg, wenn er einkaufen will.

Außer dem Installateur aus Norberg oder dem Elektriker aus Fagersta kommt hier nur selten jemand vorbei. Es ist still im Haus, seit seine Frau gestorben ist.

Das Atelier ist seit sechs Uhr früh erleuchtet, die Neonröhren knistern unter der Kiefernholzdecke mit ihrem Sternenhimmel aus Astknorren. Ebbeling ist in einem Alter, in dem man morgens nicht mehr müde ist.

Er sitzt mit einer Decke über den Knien da, den Heizofen so nah daneben, daß es ein Wunder ist, daß die Decke nicht jeden Moment Feuer fängt.

Die Farben hat er neben sich auf einem Marmortisch zurechtgestellt, und vor ihm breitet sich die graugrüne Imprimitur für das aus, was zum »Interieur 1969« werden soll. Diese Untermalung duftet nach Dammarfirnis und Temperafarben, eine geheimnisvolle Anti-Landschaft aus Farben, auf die im fertigen Gemälde das Licht aufprallen wird, um mit erneuter Kraft die oberen Farbschichten zu beleuchten. Es sind solche geharzten Imprimituren oder Untermalungen, auf denen die Leuchtkraft eines Canaletto, eines Chardin beruht.

Jetzt taucht er den breiten Biberhaarpinsel in einen seiner Näpfe, und unsäglich dünn, schummernd, in einem Netzwerk von tausend Tropfen läßt er die feine Lasur mit ihren schimmernden mikroskopischen Farbkörnchen über eine drei Quadratzentimeter große Fläche im Zentrum der Leinwand hinströmen.

Für ihn hat die Dunkelheit vor den Fenstern keine selbständige Existenz.

Das Mädchen. Sechzehn oder siebzehn Jahre alt, eher klein als groß, etwas rundlich, mit weichem Gesicht, ziemlich entschlossenem Kinn. Weiches rotbraunes Haar, das bis weit über die Schultern fällt, recht freundliche braune Augen, breite Hüften, ein kurzer Wollrock. Wenn sie sich auf einem Sofa zusammenkauert, um Platten zu hören, fällt das lange Haar, nein, legt sich das etwas rötliche Haar über ihre Hüfte. Die ziemlich großen, weichen Brüste führen beinah ein Eigenleben unter dem weichen wollenen Pullover. Sie trägt keinen Büstenhalter.

Sie besitzt eine Eigenschaft. Sie riecht gut. Wenn ihr in diesem Moment an ihrem Haar riechen könntet, würdet ihr spüren, daß es einen schwachen, aber deutlichen Duft nach Moschus hat.

Sie wohnt in einem Mietshaus am Stadtrand zusammen mit ihrem Vater und ihrer Mutter und ihren beiden Brüdern, die grade dabei sind, im Keller ein Boot zu bauen. Weiß der Himmel, wie sie es durch die Kellertür herausbekommen wollen.

Sie hört den Zug kommen, dreht sich aber um und schläft wieder ein: sie hat Schnupfen und Fieber und hat nicht vor, irgendwo hinzugehen. Im Fieber verwandelt sie das Geräusch des Zuges in irgendeine Katastrophe, einen fernen Vulkanausbruch, einen Wasserfall, einen Schiffbruch, irgend etwas Großes und Gewaltsames, das sich weit entfernt abspielt und sie nicht betrifft.

In dem Augenblick, als Lars Herdin in den Schulhof einbiegt, sie sind immer noch dabei, den benachbarten Park nach dem großen Herbststurm in Ordnung zu bringen, in den Baumwipfeln hängen halb abgebrochene Zweige, fällt ihm ein, daß er die Hälfte der korrigierten Klassenarbeiten zu Hause vergessen hat.

Tod und Teufel! Abgrund der Hölle! Gibt es etwas Schlimmeres, als ausgerechnet vor sich selbst dumm dazustehen!

In der Vorhalle mit den kunstvoll gerippten Betonwänden ist es schon schwarz vor Schülern, die da herumstehen und sich aufwärmen. Da er sie ernst nimmt, ist er ein ziemlich beliebter Lehrer. Sie nicken und erwidern seinen Gruß, als er vorbeigeht und ihnen zunickt. An der Tür zum Lehrerzimmer begegnet er zwei Polizisten, die grade herauskommen, und da er sein ganzes Leben lang zu den Menschen gehört hat, die niemals einen Zoll passieren können, ohne sich wie Schmuggler zu fühlen, niemals einem Polizisten begegnen können, ohne sich wie steckbrieflich gesuchte Bankräuber zu fühlen, erstarrt er augenblicklich, und ihm wird eiskalt.

Einen Augenblick lang ist er vollkommen davon überzeugt, daß er es ist, den sie holen gekommen sind. Vielleicht hat er die Schulkasse veruntreut oder eine seiner Schülerinnen vergewaltigt oder dem Direktor eins in die Fresse gehauen oder alle seine Dienstzeugnisse und alle Eintragungen in den Klassenbüchern gefälscht.

Wenn jemand etwas Derartiges behaupten würde, wäre es seine erste Reaktion, sich zu fragen, ob es nicht stimmte.

Aber auch diesmal haben sie es nicht auf ihn abgesehen.

Drinnen steht der Direktor, Dr. Måns Wedelin, der sie zur Tür begleitet hat.

Er ist der Typ eines modernen Direktors. Er schreibt reaktionäre Buchbesprechungen im Trummelsberger Lokalblatt und fährt mit einer harten viereckigen Aktentasche zu Medienkonferenzen und Studientagen und stümpert abscheuliche audiovisuelle Lehrpläne zusammen, die nicht dazu da sind, irgend jemandem auch nur das geringste beizubringen, sondern lediglich ihrem Urheber ermöglichen sollen, sich einen Mercedes Sportwagen zu halten.

Lars, der gottlob nicht das geringste mit dem Schwedischunterricht zu tun hat und der FLN-Gruppe seiner Schule ganz unverhohlen samstags auf dem Marktplatz vor dem Tempokaufhaus zehn Kronen zu spenden pflegt, und zwar so, daß alle es sehen können, und der unbestritten hier der maßgebliche Mathematiklehrer ist, schätzt sich glücklich, daß er nichts mit ihm zu tun zu haben braucht. Im Kollegium macht er ohnehin fast nie den Mund auf. Daß die Schule um der Schüler willen da sei, daran hat er sowieso nie geglaubt.

Sie ist dazu da, um die Zahl der Arbeitslosen niedrig zu halten und um die Jugend so lange unterzubringen, daß das Arbeitsamt dieses Landes eine annehmbare Statistik vorweisen kann.

In einer richtigen Schule würde man natürlich Studien treiben, fünfzig Bände pro Schuljahr durchgehen, und die Schüler würden von Stunde zu Stunde Fragen stellen, immer raffiniertere Fragen.

Daß eine Schule keine richtige Schule ist, sieht man schon, wenn man zur Tür des Klassenzimmers hereinkommt: alles ist darauf ausgerichtet, daß der Lehrer Fragen stellt und nicht die Schüler.

Lars Herdin ist kein Lehrer. Er wäre gern einer, aber er ist es nicht.

Er ist ein gutbezahlter Aufseher in einem halbwegs arktischen Internierungsinstitut für unproduktive Arbeitskräfte in den untersten Altersstufen. Er weiß das. Er kann nicht viel dagegen tun.

– Ja, es sieht so aus, als wären wieder Mopeds verschwunden. Ich muß mir ein paar Jungens vornehmen und sie verhören.

– Aus meiner Klasse auch?

– Ach weißt du, das kann ich noch nicht so genau sagen.

Der Direktor kennt keinen einzigen Schüler, keinen einzigen Namen. Letztes Jahr war da eine Geschichte mit einer Maschinenpistole, einer richtigen, gestohlenen Maschinenpistole aus einem Waffendepot des Militärs. Sie machte in drei verschiedenen Klassen der Oberstufe die Runde und wurde zu immer atemberaubenderen Preisen weiterverkauft, bis sich schließlich jemand dazu hinreißen ließ, mit ihr herumzufuchteln, als er auf einen etwas doofen Turnlehrer namens Ekberg wütend wurde, der sich einbildete, er könnte die obersten Klassen schikanieren.

Ekberg bekam einen kleineren Schock und mußte ein paar Wochen lang im Bett bleiben und Valium schlucken, und ein Polizeiverhör folgte dem anderen. Dieser Idiot glaubte, sie hätten ihn erschießen wollen!

Aber für einen gepiesackten und machtlosen Sechzehnjährigen besteht das Vergnügen am Besitz einer richtigen MP Modell 45 und einiger Schachteln Patronen natürlich nicht darin, damit herumzuschießen, sondern einfach darin, daß sie da ist, in einer Schachtel unter dem Bett, daß man sich ausmalen kann, was man damit anstellen könnte.

Wenn man keine Rücksicht darauf nimmt, daß die Menschen ein Seelenleben haben, dann werden sie unbegreiflich.

Hades! Im Hades stinkt es nach nasser Wolle! Durch den Gang – und nur die Hälfte dieser verdammten Klassenarbeitshefte dabei – die Treppe hinauf, in den nächsten Gang hinein, und fast überall nasse, feuchte Wollsachen. Zur Tür hinein.

Als Lars Herdin ein Junge war und ein altes vornehmes sadistisches staatliches Gymnasium besuchte, erhoben sich noch alle Schüler und standen stramm, wenn der Lehrer hereinkam.

In Trummelsberg ist man demokratisch und sagt nur grüß Gott.

– Grüß euch. Auf Probleme konzentrieren könnt ihr euch immer noch nicht, aber ein paar von euch fangen an, so ungefähr zu kapieren, worum es bei der ganzen Sache geht. Lars hat natürlich wie üblich alles richtig gemacht, aber darauf braucht er sich nicht allzuviel einzubilden, denn er kann schließlich nichts dafür, daß er begabt ist.

Gelächter, wie üblich.

Danach kommt Clara mit fünf Richtigen. Das ist gut. Daran kann man sehen, daß sie seit dem letztenmal fleißig gearbeitet hat.

Sie strahlt, dieses kleine dralle rotbäckige Kind, und sieht so zufrieden aus, daß es mich fast bis zum Wahnsinn reizt.

O Gott, wie langweilig sie die Aufgaben löst, was für eine blöde kindliche Handschrift sie hat, was für Pickel auf der Stirn. Und durch welche Berge von Multiplikationen sich das arme Kind bei jeder Klassenarbeit hindurchquält, nur, weil sie sich nicht auf die Logarithmentafel zu verlassen wagt.

Es stinkt förmlich nach Mutti um sie herum!

Und so teile ich weiter Mathematikhefte aus, bis mir plötzlich einfällt, daß ich nur die Hälfte dabeihabe. Großer Auftritt, sehr dankbar, die Klasse lacht, bis sie fast unter die Bänke kullert, als ich die Aktenmappe zum dritten Mal um und um kehre und sie schüttele.

Aha, sage ich, das war es also, was neulich in das Paket an meinen Bruder in Neuseeland hineingeraten ist. (Natürlich habe ich keinen Bruder in Neuseeland.) Dann wollen wir mal die Weltkarte aufrollen, könnte der Klassensprecher das bitte tun, und jetzt kann uns jemand zeigen, wie weit eure Hefte schon gekommen sind. Nehmen wir an, daß sie mit dem Postzug nach Genua gehen. Der Postzug hat eine durchschnittliche Geschwindigkeit von siebzig Stundenkilometern. Für die Zollkontrolle und das Umladen am Kai von Genua rechnen wir sechzehn Stunden.

Die M/S Singapore, die eure Hefte irgendwo in der Tiefe ihres Containerladeraums befördert, ist ein Schiff moderner Bauart, ausgestattet mit zwei Dieselmotoren von Whatts, die im Durchschnitt eine Geschwindigkeit von zweiundzwanzig Knoten machen. Das Schiff fährt nach Wellington. Mein Bruder wohnt in Bluff.

Jetzt macht euch mal dran und rechnet das aus, die Entfernungen habt ihr auf der Karte!

Ich spiele recht viel Theater mit der Klasse. Da sie selbst keine besondere Begabung fürs Theaterspielen haben, mögen sie es gern. Sie langweilen sich nie so richtig.

Ich bin eigentlich so etwas wie ein Verführer. Ich erinnere mich, daß ich dieses Gefühl schon im Café Alma in Uppsala gehabt habe, in den fünfziger Jahren, als man dort noch richtigen Kaffee bekam und wir an den Nachmittagen dort zu sitzen und uns zu unterhalten pflegten, viel zu lange eigentlich, denn statt dessen hätten wir in der Universitätsbibliothek Carolina sitzen sollen. Ich habe ja gottlob trotzdem meinen Doktor gemacht, das hat also keine so große Rolle gespielt, und eigentlich hätte ich viel öfter mit viel mehr Leuten reden sollen.

Jedenfalls: was für ein Gefühl es war, wenn alle plötzlich ganz still wurden und nur mir zuhörten, weil das, was ich sagte, so bizarr oder so überraschend war, daß sie ganz einfach nicht anders konnten als zuhören, nur zuhören ...

Probleme mit der Disziplin und alles, was darüber geredet wird, junge Aushilfslehrer, die zusammenbrechen und einen hysterischen Schluckauf bekommen oder zusammenbrechen und in eine Klinik gebracht werden müssen, sind mir unbegreiflich. Es ist doch keine Kunst, Ordnung in eine Klasse zu bringen. Man bezaubert sie ganz einfach. Man macht in jeder Stunde etwas Überraschendes, etwas wirklich Überraschendes.

Der einzige, der nicht zu bezaubern ist, ist dieser kleine wieselhafte Carlsson. Er sitzt da, mit einem ungewöhnlich kleinen Abstand zwischen den Augen und der unangenehmen Angewohnheit übrigens, überhaupt nie jemandem in die Augen zu sehen und niemals spontan ein vernünftiges Wort zu sagen, sondern erst, wenn er gefragt wird.

Das ist mein Mathematikgenie. Wenn er rechtzeitig Unterstützung erhält, von seinem sozialen Milieu loskommt und von diesen widerlichen Lehrplänen, kann er ohne Schwierigkeiten Professor der Mathematik werden und sich in ein paar Jahren an eine amerikanische Universität holen lassen. Und wenn er einen wirklich guten Charakter besitzt – weiß der Teufel, ob er den besitzt –, wäre es sogar möglich, daß er die Mathematik ein Stück vorantreiben und etwas

Erfreulicheres zustande bringen könnte als nur die übliche alte Leier, eine neue Axiomatisierung zusammenzubasteln.

Wenn mit mir etwas los wäre, würde ich mich um ihn kümmern, ihm helfen, ihm die richtigen Bücher in die Hand drücken, ihm etwas Privatunterricht geben. Das würde ihm zumindest einen Start ermöglichen. Und sein Selbstvertrauen stärken, denn was er jetzt hat, ist kein Selbstvertrauen, es ist nur so eine Art Trotz. Er hält seinen kleinen genialen Funken so krampfhaft umklammert, daß es einen wundernimmt, daß er nicht immerzu zittert.

Alles an ihm provoziert bei mir eine Art Väterlichkeit, falls man nun bei einem Menschen wie mir überhaupt von Väterlichkeit sprechen kann, eine protestierende, eine widerwillige Väterlichkeit, aber dennoch eine Väterlichkeit. Und diese Väterlichkeit besteht zur Hälfte darin, daß ich keineswegs sicher bin, ob ich sehen möchte, wie ein junges Genie aus ihm wird, ein Dozent im Blazer, mit überheblichem, kaltem Blick und elastischen Schritten unterwegs zum Seminar im Institut für Quantenchemie neben dem Kino Fyris in Uppsala, wo ausländische Forscher bewundernd und neidisch mit den hektographierten Papieren rascheln. Ich bin keineswegs sicher, daß er sich am MIT oder in Cornell wohl fühlen würde, mit einer amerikanischen Frau, zwei Autos in der Garage und Whisky in einem Faculty Club mit Eichentäfelung, kurzum, ich weiß nicht, ob es mit meiner Väterlichkeit zu vereinbaren ist, wenn ich ihm helfe.

Was zum Teufel soll denn sonst aus ihm werden? So etwas wie ich?

Verdammt noch mal! Wenn wir doch nur im neunzehnten Jahrhundert in Preußen gelebt hätten! Ich hätte an den Kurfürsten geschrieben und ihm ein Stipendium verschafft, und die Sache wäre gelaufen! Und ich wäre in die Geschichte eingegangen als derjenige, der einem großen Mathematiker ein Stück auf den Weg geholfen hat, bis er soweit war, daß er auf eigenen Füßen stehen konnte, und er wäre ein hochverehrter und geliebter Onkel in Göttingen oder Leipzig oder Berlin geworden, mit langem Bart und ehrfurchtsvollen Schülern mit sorgfältig gespitzten Bleistiften und Schmissen im Gesicht.

Aber Herrgott noch mal, ein Mathematikgenie im Jahre 1969!

Wieder und wieder sage ich mir, daß ich versuchen muß, mich

zusammenzunehmen. Aber es ist nicht nur das. Ich habe auch ein bißchen Angst vor ihm, er ist etwas zu kühl, etwas zu ... Ich weiß nicht. Ich weiß nicht das geringste bißchen.

Er wohnt etwa zehn Kilometer weit von hier. Sein Vater hat irgendeine unbeschreibliche Autowerkstatt in Scheunen und Schuppen rings um etwas herum, was einmal ein ganz gewöhnlicher Bauernhof gewesen sein muß. Es ist einer der Plätze, wo der ganze Abhang vor dem Stall schließlich vollgestellt ist mit halbwegs oder total ausgeschlachteten alten Autowracks und wo Leute zusammenkommen, weiß der Teufel was für welche, während eine billige Schweißung an irgendeinem PV Jahrgang 1961 gemacht wird. Es ist immer ganz voll von Leuten dort; Verwandte, Bekannte, kleine Gören in kurzen Lederjacken, die auf dem Rücksitz von irgend jemandes MC hergekommen sind, und eine Zigarette macht die Runde.

Wenn ich hinführe, würden sie glauben, es handle sich um eine Art Polizeiaktion der Schule, und wenn ich mit ihnen ins Gespräch käme, bestünde nicht die geringste Chance, daß mir etwas einfiele, worüber ich reden könnte.

Irgendwann im letzten Frühling, im Frühjahr 1969 also, als es von den Dächern tropfte und ich in dieser ausgelassenen Stimmung war, die für mich immer etwas gefährlich ist, weil ich dann eine Spur zu vertraulich werde, sagte ich etwas zum Direktor, Dr. Måns Wedelin.

– Na, das ist aber schön, sagte er. Das ist ja sehr erfreulich, daß du dieses Jahr so gute Schüler bekommen hast. Die vorige Klasse war wohl nicht so gut, wie?

Er nahm die Gelegenheit wahr, dieser Scheißkerl, mir zu sagen, ich würde zu hohe Anforderungen stellen.

Es ist ja auch verdammt blöd von mir, zu erwarten, daß dieser beschissene kleine Karriereschinder mit Sitz im Gemeinderat und willfährigen Lehrplänen kapieren sollte, was intellektuelle Disziplin ist, was Mathematik ist, was es mit einer wirklichen mathematischen Begabung auf sich hat.

In letzter Zeit ist es immer schwieriger geworden, mit ihm, ich meine natürlich den Jungen, den kleinen Carlsson, zurechtzukommen.

Nach der Stunde nahm ich ihn beiseite, gerade als er in den Gang hinausschlüpfen wollte, es war ungefähr so, wie wenn man einen Fisch zu fangen versucht, und sagte:

– Es geht doch ganz gut, wie? Arbeitest du jetzt viel zu Hause?

Er sah mit seinen blauen Plattfischaugen zu mir auf, machte einen Ansatz, sich in seinen Pulloverärmel zu schneuzen, besann sich aber eines Besseren, da meine Anwesenheit dies zu einer offiziellen Angelegenheit machte. Ich glaube nicht, daß er überhaupt daran gewöhnt ist, daß sich irgend jemand für ihn interessiert. Er faßt das als eine Art von Aggressivität auf.

Er hat große, drollig abstehende Ohren und massenhaft Sommersprossen um die Nase und ist tatsächlich rothaarig.

Es wurde mir bewußt, daß ich ihn noch nie so nahe vor mir gehabt hatte.

Die Zähne sind weiß, klein und spitz. Er hat etwas von einem Wiesel an sich, genauso, wie er noch vor fünf Minuten etwas von einem Plattfisch hatte, und jetzt kam wieder das Wiesel durch, obwohl es grade eben noch der Plattfisch gewesen war.

– Ja, ich tu schon was.

Ich konnte nicht umhin zu erröten; das Ganze lief gar nicht gut, ich verfiel in eine Art von Lehrerrolle, die es nur in den Biographien großer Mathematiker gibt.

– Was machst du so zu Hause?

– Ich helfe meinem Vater.

– Bei was denn?

– Autos. Mein Vater repariert ziemlich viele Autos. Ich helfe ihm beim Abschmieren und solchen Sachen. Und dann habe ich mir eine alte MC vorgenommen, einen Zweitakter. Ich bohre die Zylinder auf.

– Wie kommst du mit dem Ausmessen klar?

– Das ist keine Kunst. Mein Vater hat die Meßgeräte.

– Gibst du dich auch mit Mopeds ab?

Er sah zu mir auf. Nachdem er eine ganze Zeit lang Plattfisch gewesen war, wurde er plötzlich wieder zum Wiesel, wieselhafter als je zuvor.

– Meistens sind sie schon im Eimer, wenn sie damit ankommen, so abgeklappert, daß man nicht mehr viel dran machen kann. Manchmal kommt irgendein Typ und will den Zylinder von seinem Moped aufgebohrt kriegen, damit es schneller fährt.

Und er fügte hinzu, mit einer so außergewöhnlichen Frechheit, daß es mir fast die Sprache verschlug:

– Klar. Sehn'se, so ist das.

Sobald er eine Gelegenheit sah, flitzte er ab, die Treppe hinunter. Herrgott, was verlangt denn diese Rolle von mir? Soll ich ihm dazu verhelfen, daß er eine Eins in Algebra bekommt?

Ich spürte, daß mir einige Schwierigkeiten bevorstanden und daß sie ebenso mich selbst betrafen wie ihn.

Warum zum Teufel wird unentwegt von mir verlangt, daß ich mich ändern soll?

Warum geschieht nie etwas, das mich verändert?

Später am Tag hellte es sich auf. Es hörte auf zu schneien. Eine gelbe und zaghafte Sonne kam hervor.

Ich hatte recht. Mir standen einige Schwierigkeiten bevor.

Ich möchte nun von meinem Onkel Knutte erzählen

Wenn die Verwandtschaft diese Papiere zu sehen bekäme, würde es eine unheimliche Aufregung geben, und falls ich irgendwann einmal wieder zu sterben versuche, werde ich sie natürlich nicht vernichten. Dazu bin ich viel zu hochmütig. Und eine unheimliche Aufregung wird es geben. Darauf pfeife ich. Ich habe schon zuviel erzählt.

Ich werde bald weitererzählen von dem, was im Herbst 1969 geschah, nach jenem großen Herbststurm also, der die Dächer von den Einfamilienhäusern der Angestellten riß, nachdem ich dem kleinen Carlsson meinen Arm um die Schultern gelegt und ihn in meine schulmeisterliche Väterlichkeit, meine väterliche Schulmeisterlichkeit einzuschließen versucht hatte, um ihn auf seine geniale Laufbahn zu führen.

Ich werde weitererzählen, das verspreche ich!

Aber im Augenblick habe ich keine Lust dazu. Im Augenblick habe ich Lust bekommen, von Onkel Knutte zu erzählen.

Verdammte Wolle, Wolle, die wärmt und schützt, Wolle, die isoliert! Wieder zurück! Und eingesperrt in den Ausgangspunkt!

Da ist es doch nicht so furchtbar erstaunlich, daß ich sterben wollte. Übrigens ist es mit der Hand kaum besser geworden, sie ist blau und geschwollen, und ich lebe von Schmerztabletten. Ich habe es abgelehnt, mich wieder krank schreiben zu lassen, und der Klassensprecher muß nach meinem Diktat an die Tafel schreiben.

Als kleiner Junge, es war in den dreißiger oder vierziger Jahren, habe ich einmal in dieser Gegend hier gewohnt. Vielleicht ist es das, was mich veranlaßt hat, mich um die Stelle in Trummelsberg zu bewerben.

Es war ein paar Dutzend Kilometer weiter südlich, in Ramnäs am See Norra Nadden. Ich war natürlich nie den Winter über dort, für mich ist das Gebiet von Bergslagen in Västmanland zu jener Zeit ein Sommerparadies gewesen – ja, es war wirklich ein Paradies.

Ich erinnere mich daran, daß es dort einen Strand mit schönen runden kleinen Steinen gab, nicht diese gräßlichen glitschigen Brokken, wie sie alle Ufer des Åmänningen säumen, sondern schöne runde kleine Steine, die einem durch die Hände glitten.

Meine Familie war eigentlich ganz lustig, glaube ich. Wenn mein Vater mit dem Stock hinter mir herjagte, pflegte ich immer zum Gartentor hinaus auf die Straße zu rennen und sie ein Stück weit entlangzulaufen.

Wo ist all der weiße Staub hin, den es zu jener Zeit gab? Ich weiß noch, wie er um die Füße stob. Und diese kleinen Jungens vom Hüttenwerk, die heraufkamen, um mit meinem Luftgewehr zu spielen: sie hatten ja ihre Schirmmützen fast bis über die Augen heruntergezogen und waren mit so vielen sonderbaren Sachen beschäftigt, von denen ich überhaupt nichts verstand.

Im Sommer 1943 oder 1944 kommt jedenfalls mein Onkel Knutte zu Besuch.

Das war aufregend. Wir wurden Freunde von Anfang an. Onkel Knutte – er ist übrigens erst in den späten fünfziger Jahren gestorben – war Alkoholiker, und in der Familie wurde ziemlich viel gemunkelt und getuschelt, bevor er kam.

Er war bei einer Wäschereifirma in Stockholm angestellt, und jetzt war also vorgesehen, daß er für drei oder vier Wochen zu uns kommen sollte, weil man der Ansicht war, er müsse für eine Weile wegkommen von der Großstadt mit ihren Kneipenketten und Katzenragouts und den mit Holzgas betriebenen Omnibussen und ihrem Tauschhandel mit den Rationierungsheften für Spirituosen.

Ich hatte keine Ahnung, wie Onkel Knutte aussehen mochte oder was das für ein Typ war, und es wurde recht lustig, als wir am Bus waren, um ihn abzuholen. Der Dreiuhrbus aus Västerås bog immer am Bahnhof unten in einem feierlichen Bogen ein, und heraus kamen all die Mütterchen mit großen Markttaschen und die Kleinbauern, die Branntwein und neue Sägeblätter und Spielzeug für die Kinder eingekauft hatten. Es war eine richtig gemütliche Omnibuslinie, wo alle einander kannten und die Fahrer mit der ganzen Gegend auf du und du waren. Mein Vater versuchte immer schwarzzufahren. Entweder tat er so, als hätten wir den Fahrschein schon abgegeben, als wir einstiegen, wenn wir ausstiegen, oder aber, wenn wir einstiegen, als wollten wir ihn abgeben, wenn wir ausstiegen, und da die Fahrer halb benebelt waren von all dem Holzgas, das sie einatmeten, und im übrigen keinen besonderen Grund dazu hatten, sich als Polizisten zu fühlen, gab es zwar einiges Hin- und Hergerede in den ersten Jahren, die wir das Sommerhäuschen hatten, aber dann ging es wirklich ganz hervorragend, und ich glaube kaum, daß wir während des ganzen Zweiten Weltkriegs auch nur einen einzigen Busfahrschein bezahlt haben.

Also: der Bus bog vor dem gelben Bahnhofsgebäude ein, gelb auch er und vor Holzgas schnaubend, daß der Kies nur so aufspritzte, und heraus strömten alle Samstagspassagiere aus der fernen Stadt, und wir standen da und warteten. Aber kein Onkel Knutte. Wir hatten die Hoffnung fast aufgegeben, als der Fahrer sagte, er hätte tatsächlich noch jemanden dabei. Aber der war so leicht nicht von der Stelle zu bringen. Er schlief ziemlich fest ganz hinten im Bus.

Papa und der Fahrer trugen ihn jedenfalls schließlich heraus und seinen schicken großen Reisekoffer aus brauner Pappe dazu. Er schlief und schnarchte wie ein Flußpferd, an der netten braunen Glatze klebten verschwitzte dünne braune Haarsträhnen, und die Backen waren von jener Art, die aussehen wie Säcke. Man kann sie schütteln, wenn man den Kopf schüttelt.

Ich weiß nicht mehr genau, wie wir ihn heim ins Sommerhäuschen bekamen. Gab es damals Taxis in Ramnäs, in der Zeit von 1942–43? Vielleicht gab es welche!

Ich war, glaube ich, der einzige, dem das nicht besonders peinlich war. Es gab einige Kommentare in moralisierender Richtung, als wir mit ihm zu Hause bei Mama ankamen, aber er wurde jedenfalls im Gästezimmer untergebracht.

Schon am nächsten Morgen war er munter wie ein Zeisig, eine strahlende Sonne schien von einem wolkenlosen Himmel herab, und kaum war ich aufgewacht, da sah ich den Onkel schon wie einen Delphin im Nadden schwimmen.

Er war ein magerer, glatzköpfiger Mann mit lieben braunen Augen und – wie ich schon sagte – schlottrigen Hängebacken.

Er trug ziemlich viel zur Belebung dieses Sommers bei. Es dauerte eine Weile, bis ich dahinterkam, daß er ein paar Halbliterflaschen in einem geheimen Versteck im Holzschuppen hatte. Da es im Schuppen nicht einen Kubikzentimeter gab, den ich nicht genau kannte, fand ich sie ziemlich rasch. Mein erster Impuls war, zu Mama zu gehen und zu petzen, aber nach einigem Nachdenken versteckte ich sie wieder, diesmal in meinen eigenen Verstecken.

Er, der Onkel, sagte nichts, aber er wirkte etwas unruhig an diesem Nachmittag. Er bekundete ein sonderbares Interesse fürs Holzhacken, was mein Vater für ein recht gutes Zeichen hielt. Es war offensichtlich, daß ihm die Landluft gar nicht so schlecht bekam.

Damals war es nicht gerade leicht, an Holz zu kommen. Mein Vater und ich pflegten zu abgelegenen bewaldeten Stränden zu rudern und das Strandholz aufzulesen, das irgendein Sturm heraufgeschleudert hatte. Ja, um bei der Wahrheit zu bleiben, es konnte wohl vorkommen, daß wir ein bißchen weiter landeinwärts gingen, wenn das Strandholz nicht reichte, und ein paar Wipfel und andere Kleinigkeiten mitnahmen, um die sich ohnehin kaum jemand scherte.

Das Hüttenwerk von Ramnäs, das eine selbst für ein Bergbauunternehmen ungewöhnlich brutale feudalistische Beziehung zu seinem riesigen Grundbesitz hat, hatte zumindest damals den Einheimischen eine Heidenangst davor beigebracht, ihre heiligen Kiesgruben, heiligen Holzabfälle und heiligen Gott weiß was noch alles anzurühren. Sogar mein Vater pflegte bei diesen Expeditionen etwas ängstlich zu sein, und er sah sich in der Regel vorsichtig nach erzürnten Förstern um, wenn er in der Dämmerung mit seiner Holzlast heimruderte.

Natürlich mußte Onkel Knutte schon am Nachmittag des nächsten Tages zu einer solchen Expedition antreten. Wir wurden auf die übliche Weise mit Äxten und Sägen und anderem Kram ausgerüstet und machten uns auf zu einem ziemlich abgelegenen und waldigen Strand, wo es für gewöhnlich massenhaft Reisig und solches Zeug gab.

Es mußte jemand vor uns dagewesen sein, denn diesmal gab es kaum Grund zum Jubeln. Onkel Knutte zog und zerrte an ein paar Tannenästen herum, bis mein Vater ihn darauf hinwies, daß es tatsächlich kaum der Mühe wert sei, sie ins Boot zu laden.

– So, meinst du, sagte er.

Es war um sieben oder acht Uhr herum an einem von diesen außergewöhnlich schönen västmanländischen Sommerabenden im Jahre 1942 oder möglicherweise 1943. An solchen Sommerabenden, wenn völlige Windstille herrscht, hört man in dieser Gegend jeden Laut kilometerweit in allen Richtungen. Man hört einen Bootsmotor und ein paar Stimmen, die ihn zu übertönen versuchen, und es dauert eine ganze Weile, bis einem klar wird, daß dieses Boot auf einem anderen See in der gleichen Seenkette unterwegs ist. »Es hallt«, pflegt man auf västmanländisch zu sagen, oder: es ist »hallig« heute abend. Man hört die Kühe an irgendeinem weit entfernten Ufer muhen, ein paar lachende Mädchen gehen in einer anderen Gemeinde den Weg entlang, und man hört ihr Lachen so deutlich, als wären sie nur ein paar Meter weit von einem entfernt.

In einer solchen Stille hört man das Geräusch unserer behutsamen Sägen und Äxte; ich selbst war wohl noch so klein, ungefähr zehn Jahre alt, daß ich den andern wahrscheinlich meist im Wege gestanden haben muß.

In dieser Stille ist plötzlich ein ungeheures Krachen zu hören, und wir sehen einen riesigen Kiefernwipfel schwanken und fallen.

Das ist Onkel Knutte, der die Geduld verloren hat.

Wir brauchten ein paar Abende, um die Kiefer vorsichtig nach Hause zu verfrachten. Ihr Holz reichte für drei Sommer.

Wo die Flaschen lagen, bekam er nach und nach zu wissen. Natürlich verlangte ich einige kleine Gegenleistungen in Form von Gummibärchen – zu der Zeit war ich ganz verrückt auf Gummibärchen –, aber das beeinträchtigte unsere Freundschaft überhaupt nicht.

Allmählich gingen die Flaschen natürlich trotzdem zu Ende. Er trank so diskret und brachte es fertig, zwischendurch so viele Pfefferminzplätzchen zu futtern, daß kein Mensch dahinterkam, daß es nicht die frische Landluft war, die ihn bei Laune hielt, sondern etwas völlig anderes.

Er unternahm kleine Spaziergänge und machte sich mit den Leuten in der Umgebung bekannt. Mein Vater und meine Mutter hatten nach acht Jahren so etwa drei Bekannte, denen sie auf der Landstraße guten Tag zu sagen pflegten. Papa und Mama haben sich nämlich nie sonderlich für andere Leute interessiert, am allerwenigsten dann, wenn sie in der gleichen Gegend wohnen wie man selbst. Sie könnten »aufdringlich« werden, pflegt meine Mutter zu sagen.

Onkel Knutte brachte es innerhalb von einer Woche so etwa auf vierzig Bekannte. Waldarbeiter, Häusler, bei denen er vorbeischaute, wenn er zum Beerenpflücken im Wald unterwegs war, eine Dame, die mit ihrem Fahrrad eine Panne hatte – eine alte Dame, wohlgemerkt, Onkel Knutte war keine Don-Juan-Natur –, ein paar Schulkinder, die Bonbons bekamen, ich meine natürlich die Kinder aus dem benachbarten Ferienlager, und sie alle lud er großzügig zu uns nach Hause ein. Das brachte meine Mutter ein wenig aus der Fassung; der einzige Mensch, der uns zu besuchen pflegte, war ein alter Maurer, der Ramsberg hieß, nach dem Kirchspiel Ramsberg, in dem er geboren war. Er pflegte mit mir und Papa zusammen die Grundangel auszulegen und dann ganze Nachmittage lang Schafkopf zu spielen.

Ich habe gesagt, daß meine Mutter aus der Fassung geriet. Das heißt möglicherweise, sie als ungeselliger hinzustellen, als sie es tatsächlich ist. Es stimmt, daß sie etwas fassungslos war, aber es schmeichelte ihr auch.

Sie war ganz einfach nie auf den Gedanken gekommen, glaube ich, daß eine solche Menge von Leuten Lust haben könnten, bei uns hereinzuschauen.

Kurzum, es herrschte Jubel und Trubel bei uns, seit Onkel Knutte gekommen war. Aber nach ungefähr zehn Tagen veränderte er sich auffallend. Die Flaschen waren zu Ende. Es begann eine von diesen Gewitterperioden mit heftigen Regenfällen, wie sie Anfang Juli in Bergslagen vorkommen können, und das machte ihn noch nervöser. Bei den Mahlzeiten fing er an zu schwitzen – ich weiß das noch genau, weil ich mich daran erinnere, wie er sich mit einem weißen Taschentuch mit blauen Streifen über die Glatze fuhr und mit großen braunen Augen unruhig umhersah. Im Zimmer schwirrte es von Fliegen, unruhigen Gewitterfliegen.

Kurz und gut, es begann deutlich zu werden, daß er sich in einer Krisensituation befand. Er machte lange Spaziergänge im Regen und traf sich mit niemandem mehr. Er spielte Schafkopf mit dem alten Ramsberg, aber lustlos, so lustlos, daß er immerzu verlor. Und der Alte blickte auf und sah ihn über den Rand seiner Nickelbrille hinweg richtig erstaunt an.

Am Abend fragte er mich:

– Hör mal, Lars, du weißt wohl nicht, wo die Fahrradtaschen und die Luftpumpe zu diesem Rad hier sind?

Und nun ereignet sich eine Geschichte, die die Familie Herdin für lange Zeit in der ganzen Umgebung bekannt machen wird.

In aller Stille und ohne von irgend jemand dazu ermuntert worden zu sein, hat Onkel Knutte beschlossen, mit dem Rad die sechzig Kilometer zu dem Spirituosenladen in Västerås zu fahren, auf einem Damenrad mit zweifelhaften Reifen und mit einem Rationierungsheft, das er sich von einem Bauern in der Umgebung ausgeborgt hat. (Sein eigenes war seit den dreißiger Jahren einbehalten worden.) Die Straße sieht so aus, wie solche Straßen damals eben aussahen: Schotter, mit Öl und Leim gebunden und mit schrecklichen Löchern von den Wolkenbrüchen und tiefen Spurrillen von den Holzfuhren darin. Das kümmert ihn einen Dreck. Ich frage mich, ob er sich überhaupt klar darüber ist, daß er hundertzwanzig Kilometer fahren muß, um noch am selben Tag zurück zu sein.

Er steht früh am Morgen auf, von niemandem bemerkt. Er macht sich Kaffee, bevor irgend jemand aufgewacht ist, er trinkt ihn mit Wohlbehagen und sieht den Spatzen zu, die im Gras herumhüpfen, er hat Knickerbocker an und einen blaugestreiften Pullover, den er sich von meinem Vater ausgeborgt hat.

Er faltet die graublaue Generalstabskarte zusammen und steckt sie in die Tasche, pumpt die Reifen mit der Bakelitpumpe auf, zieht die Naben nach und schleicht sich zum Zauntor hinaus, noch bevor es sieben geschlagen hat.

Es ist ein außergewöhnlich schöner Morgen.

Er sieht sich vorsichtig um, aber niemand scheint ihn bemerkt zu haben. Das ist natürlich eine Erleichterung, dann braucht er nur zu sagen, er sei auf einer langen Radtour an den Seen entlang unterwegs gewesen, wenn er zurückkommt. Aber zugleich gibt es ihm natürlich ein gewisses Gefühl von Verlassenheit, daß niemand auf ihn aufpaßt, daß es ihm freisteht, zu fahren, wohin er will.

Er hat natürlich in den letzten Tagen ein paar Leute in der Umgebung um Rat gefragt. Onkel Knutte fragt immer um Rat. Das ist eine schlechte Angewohnheit, davon wird man nicht stärker.

Irgendein Trottel hat ihm eingeredet, er solle die außerordentlich eintönige Straße zwischen Ramnäs und Skultuna benutzen. Es ist eine wirklich schlechte Wegstrecke – ich habe bereits erzählt, wie sie heute, in den siebziger Jahren, aussieht, und damals war sie wahrhaftig nicht besser.

Sie führt durch einen riesigen, dichten Wald, der voll ist von bemoosten Findlingen und Sümpfen. Die einzige Abwechslung auf dem ganzen Weg sind diese kleinen Moore, die sich für eine kurze Weile auftun, wo vereinzelt ein schläfriger Elch steht und an der Heidemyrte knabbert und entweder davonläuft oder zum Angriff übergeht, wenn ein einsamer Radfahrer die Straße entlangkommt.

Der Rest ist Wald, riesiger Wald, verdammt düsterer Wald.

Und all diese Moore gleichen sich aufs Haar. Das macht die Sache auch nicht erfreulicher.

Die Vögel zwitschern, die Hochsommerflora leuchtet am Wegrand, Johanniskraut, Glockenblumen, Schellenblumen, Ackerkamille und natürlich Windröschen und das Feuerkraut an allen trockenen Halden. Es färbt alle Kahlschläge rot.

Es ist noch ziemlich kühl. Er fegt los wie ein Rennfahrer, die Hänge nach Kyrkbyn hinunter. Hier kommt Onkel Knutte. Es kommt ihm in den Sinn, daß er nie Buchhalter bei der Wäschereigesellschaft hätte werden sollen, statt dessen wäre er natürlich besser Rennfahrer geworden, ein neuer Svängis Johansson. Er hat eine karierte Sportmütze auf dem Kopf, die jungen Bengel, die immer am Kiosk der Tankstelle von Kyrkbyn herumstehen, wo es kein Benzin mehr gibt, weil es in den vierziger Jahren ist, betrachten ihn mit einer Mischung von Neid und Verachtung. Er winkt ihnen stolz zu.

Verdammt, wie sie glotzen! Sie haben natürlich noch nie einen Stockholmer gesehen! Und vor allem keinen, der noch dazu Sportler ist und sich trimmt.

Auf der Fahrt bergabwärts bewältigt er ein paar Kiesbuckel, die einen bedeutend jüngeren Mann hätten auf die Probe stellen können, Gott sei Dank herrscht nur wenig Verkehr, dann und wann ein Kieslaster mit qualmendem Gasgenerator. Auf der Höhe der Kiesgruben, die das Hüttenwerk von Ramnäs nach Süden zu begrenzen, quetscht sich ein Taxi mit Holzvergaser mit einem Pfarrer auf dem Rücksitz an ihm vorbei, zu dieser Zeit tragen die Pfarrer noch dunkle, breitrandige Hüte.

An einem Telegraphenmast klebt ein etwas mitgenommenes Exemplar des bekannten Plakats EIN SCHWEDISCHER TIGER, und mitten in der hellichten stockenden Vormittagshitze gelangt Onkel Knutte auf den langen, gewundenen Waldweg zwischen den Hüttenwerken von Ramnäs und Skultuna.

Aber schon tauchen dunkle Wolken am südlichen Horizont auf.

Ihm fällt ein, daß er keinen Regenmantel dabeihat, und daß er vielleicht doch einen hätte mitnehmen sollen. Ihm fällt ein, daß er noch einen ziemlich langen Weg vor sich hat. Ihm fällt ein, daß er allein ist und daß es eigentlich viel lustiger wäre, wenn er jemanden zur Gesellschaft dabeigehabt hätte. Es ist ja ungeheuer langweilig, ganz allein so lange zu radeln.

Er tritt weiter in die Pedale, aber jetzt schon etwas verbissener, und es ist nicht zu leugnen, daß er sogar ein klein wenig Muskelkater hat.

Ringsumher liegen schweigend die Moore, es wird dunkel von gewaltigen Wolkenbänken, die sich von Süden heranwälzen, jetzt klatschen sogar vereinzelt große nasse Regenspritzer auf die Mücken an Onkel Knuttes rötlichem Nacken.

Wird er es wirklich schaffen, noch vor dem großen Gewitter in Västerås zu sein? Man müßte schon verdammt optimistisch sein, um sich das einzureden.

Auf jeden Fall tritt er weiter hartnäckig in die Pedale, und es kommt ihm so vor, als führe er im Kreis herum: die gleiche verflucht melancholische Lichtung, die gleiche bedrohliche flechtenbehangene Birke kehren mit einer geradezu teuflischen Eintönigkeit nach jeder zweiten Kurve wieder.

Kleine aggressive Windböen kommen auf, sie fegen ihn fast vom Weg.

Er hat tatsächlich schon seit Jahren kein richtiges Gewitter, kein Gewitter im Freien mehr erlebt; nur solche, vor denen man sich in Sicherheit bringen kann, indem man in den erstbesten Hauseingang in der Stockholmer Südstadt tritt. Onkel Knutte wohnt nämlich in der Südstadt.

Nachdem es eine Weile vorbereitend gegrollt, getröpfelt und geweht hat, kommt die richtige Gewitterbö.

Mit den Gewittern der vierziger Jahre im nördlichen Västmanland war nicht zu spaßen. Einige davon werden noch heute als Beispiele für extreme Fälle in metereologischen Abhandlungen angeführt, wie etwa das große Gewitter am 14. Juli 1941, das das Zentrum von Fagersta fast völlig überschwemmte, das Gewitter im August 1944, das auf einen Schlag vier Scheunen in Brand setzte und in dessen Verlauf eine Windhose das alte Röhrenwerk von Virsbo völlig zerstörte. Ganz zu schweigen von dem berühmten Gewitter im Jahre 1953, das seinen Kern in einem sehr begrenzten Gebiet um Brattheden und das Seglingsberger Hüttenwerk herum hatte und mit einem Hagelschauer endete, bei dem einige Hagelkörner 600 Gramm wogen, wie sich herausstellte. Von den Windhosen wollen wir gar nicht erst reden. 1934 wurden drei Rentner beim Fischen mit ihrem Kahn und allem drum und dran in eine Höhe von 200 Metern emporgehoben, und das seltsame daran ist, daß sie in dem Kahn mit dem Kiel voraus und sogar fast ohne einen Knoten in der Angelschnur auf einem See abgesetzt wurden, der ein paar Kilometer weit von dem entfernt war, auf dem sie ihre Angeltour begonnen hatten. Über die Windhose, die in der Mitte der sechziger Jahre den Kolonialwarenladen in Ängelsberg um einen halben Meter verfehlte und statt dessen ein Gemeindehaus entfernte, das ohnehin abgerissen werden sollte, kann man in der *Vestmanlands Läns Zeitung* nachlesen, deren verschlafene alte Reporter wieder jung werden und sich mit Jagdfieber im Blick ins Taxi werfen, sobald Meldungen über ein wirklich verheerendes Gewitter eintreffen.

Dies war keins von den ganz großen Gewittern, es ist nicht in die Geschichte eingegangen. Aber es war auch kein so ganz kleines.

Onkel Knutte bemerkt plötzlich, daß die großen hohen Föhren, die sich ungefähr siebenhundert Meter weiter südlich in seiner Fahrtrichtung auf einem Bergrücken gegen den dunklen Himmel abzeichnen, sich fast so wie Ähren biegen, die im Wind schwanken.

Und einen kurzen, panikerfüllten Augenblick lang spürt er, daß der Luftdruck so niedrig ist, daß er tatsächlich ernsthafte Schwierigkeiten beim Atmen hat.

Dann kommt die Gewitterbö.

Er beschreibt sie mir später als »eine einzige verfluchte Wand aus Wasser«, die ihm quer über den Weg entgegenkam.

Er fährt natürlich schnell vom Weg herunter, gelangt auf einen kleinen Forstweg, der kaum mehr ist als ein Pfad, mit einem hohen

Wall in der Mitte, auf dem alle möglichen Gräser und Kräuter wachsen, und noch während er darauf entlangholpert, verwandeln sich die beiden Furchen jeweils in schäumende Bäche.

Er sucht, so gut es geht, Schutz vor dem tosenden Regen unter einer mächtigen Tanne, deren unterste Äste sich meterweit um den Stamm herum ausbreiten.

Es zeigt sich, daß es dort drinnen ganz trocken ist, er sitzt wie in einer kleinen Höhle, abgeschlossen und geschützt vor der bösen Welt.

Die Blitze zucken, der Regen strömt draußen herunter, die Wolken sind so dicht, daß es aussieht, als wäre es Dämmerung und Abend mitten am Tag.

Nein. Etwas Derartiges hat er wirklich noch nie erlebt.

Und es kommt der Augenblick, da er sich fragt, ob er nicht eigentlich sein Leben mißverstanden habe. Was wäre, wenn es eigentlich zu etwas ganz anderem bestimmt war? Und wenn es so wäre, ist es dann nicht schon zu spät, um es noch zu ändern?

Warum ist es eigentlich nötig, daß er ist, der er ist, und nicht jemand ganz anders? Warum muß ausgerechnet er ein dem Alkohol verfallener Buchhalter bei einer Wäschereifirma in der Stockholmer Südstadt sein?

Und einen Augenblick lang, umgeben von Regen, Sturm und Blitzen, ist er nüchterner, als er es je zuvor gewesen ist.

Es kommt ihm so vor, als habe er etwas Wichtiges vergessen, etwas von der Art, was einen dazu bringt, sich zu sagen:

– Herrgott noch mal, was bin ich dumm! Warum habe ich daran nicht gedacht?

Aber er kommt nicht darauf, und schon bald läßt der Regen etwas nach. Er ist natürlich völlig durchnäßt, er beginnt mit den vier verschiedenen Ameisenkolonien unter der Tanne Bekanntschaft zu machen, die ebenfalls herausgefunden haben, daß dies ein ungewöhnlich trockener und günstiger Platz ist; es wird Zeit, daß er weiterkommt und wenigstens wieder warm wird, damit er sich keine Lungenentzündung holt.

Endlich! Jetzt tropft es nur noch vereinzelt von den Bäumen.

Er schleppt sein Fahrrad zur Landstraße hinauf, schwingt sich auf den durchnäßten Sattel und tritt in die Pedale, bis er nicht mehr vor Kälte zittert.

Das gleiche dämliche kleine Moor mit seiner vereinzelten Birke zieht alle zehn Minuten mit abscheulicher Eintönigkeit vorbei, der gleiche Hang mit scheußlich bröckeligen Kiesrändern, die sich jetzt nach dem Wolkenbruch noch dazu in komplizierte Serpentinenmuster gelegt haben – es ist wirklich der eintönigste Weg in ganz Västmanland.

Nun, er radelt tapfer drauflos, obwohl ihn seine Waden und Leisten jetzt wirklich spüren lassen, daß er nicht mehr im Radfahralter ist. Der Donner ist jetzt nur noch als fernes Grollen zu hören, es beginnt sich aufzuhellen, es ist schon wieder recht warm, und von Onkel Knuttes Kleidern dampft es richtig.

Bunte Schmetterlinge flattern über die großen Kahlschläge.

Jetzt müßte er bald in Skultuna sein. Und tatsächlich, der Wald tut sich auf, der Wald ist wirklich zu Ende, ein Bahnübergang, ein paar Häuser tauchen auf, dann eine Kirche. Haben alle Kirchen in Västmanland Zwiebeltürme?

Noch einen Hügel hinauf und dann an einem Bahnhof vorbei, wie eigentümlich sich die Bahnhöfe in Västmanland gleichen!

Und dann wieder bergauf und über eine Brücke, und da tut sich ein hübscher See auf, aber aus irgendeinem Grund sträubt er sich, er ist gar nicht so sicher, ob er diesen See sehen möchte.

Und dann, das Ende; ich stehe, ein noch recht kleiner Knirps, in kurzen Hosen und Baumwollhemd am Zaun und spähe auf die Straße hinaus, das pflegte ich damals ziemlich häufig zu tun, und ich sehe ihn schnaufend den letzten Berg heraufkommen, mit einem unsicheren, unbestimmten Ausdruck im Gesicht, und ich freue mich natürlich und rufe:

– Onkel Knutte, du bist schon wieder da! Das ist ein Weltrekord!

Und es müßte schon einiges passieren, um mich jemals seinen Gesichtsausdruck vergessen zu lassen, als er mich entdeckt, und wie er durch das geöffnete Tor hereinfährt und das Fahrrad mit einem verzweifelten Wutschrei hinschmeißt und sich düster grübelnd ins Gras setzt.

Onkel Knutte, versteht ihr, das bin in gewisser Weise ich selbst, Lars Herdin.

So einfach ist das also.

Die rätselhaften Widerstände

Wolle? Leichter Geruch nach nasser Wolle.

Wolle hat zwei Eigenschaften, wißt ihr. Sie schützt vor Kälte, vor Winter und Sturm. Aber sie isoliert auch.

Wolle schützt und isoliert. Wollsachen hatte sie immer an, dieses Mädchen.

Das Mädchen. O dieses verdammte Mädchen!! Wenn ich nur an sie denke ... Verdammtes Gör. Und hier sitze ich mit drei gequetschten blauen Fingerspitzen und lebe noch. Nasse eklige Wollsachen, die im Regen draußen gehangen haben, das ist das Ganze.

Ich kann mich ziemlich gut an diese Tage erinnern. Es war also Mitte November, im Herbst 1969, und es gibt da einen ganz bestimmten Samstag, und das ist der Samstag, an dem alles begonnen hat.

Es fing damit an, daß ich mich dazu entschlossen hatte, mit dem Direktor zu reden. Völlig idiotisch. Er hatte jedenfalls Zeit für mich, zwischen ein paar Studientagen und einem Vortrag über die Funktion der Schule in der freiheitlichen Gesellschaft. Konferenztisch mit Glasplatte, schwarzer knarrender Ledersessel, Zigaretten zum Anbieten in einem schwarzen Holzbecher:

– Ist etwa eins von den Mädchen schwanger?

– Nicht daß ich wüßte. Es geht um diesen kleinen Carlsson.

– Um welchen kleinen Carlsson?

– Das ist ein kleiner Kerl aus Tibble, er sieht aus wie die Kreuzung aus einem Hecht und einem Wiesel oder aus einem Plattfisch und einem Wiesel, meine ich, der Vater hat eine Art Autowerkstatt dort draußen, jedenfalls nimmt er Autos zur Reparatur an.

– Kenne den Jungen nicht. Geht es um Diebstähle?

– Er ist eine ganz unglaubliche mathematische Begabung. So etwas ist mir noch nie untergekommen.

– Das ist aber erfreulich.

– Ich habe mir nichts Besonderes dabei gedacht, als er immer alle Aufgaben in den Klassenarbeiten richtig gelöst hat, denn man kann ja immer damit rechnen, daß dies das Ergebnis einer gewissen Mischung aus rechnerischem Talent und Glück und Geschicklichkeit im Pfuschen ist. Meine Klassenarbeiten richten sich nach den Standardaufgaben.

– Mja.

– Es handelt sich also nicht um irgendeinen widerlichen kleinen Karrieristen, ganz im Gegenteil, er ist eine echte Begabung.

– Hmm.

Er schaute so mißbilligend drein, daß ich hätte schwören können, daß er mich verstanden hatte, oder vielmehr, daß er mich nur zu gut verstanden hatte.

– Du meinst, daß er nicht besonders ehrgeizig ist? Du weißt doch ganz genau, daß Begabung an und für sich kaum etwas wert ist. Die neue Schule ist nicht nur für die Begabten da.

– Es interessiert ihn überhaupt nicht, was in der Schule mit ihm passiert. Ich möchte fast annehmen, daß er sie als ein notwendiges Übel betrachtet, als einen Ort, zu dem er den Winter über sehr früh am Morgen zu fahren hat.

Das interessante an dem Jungen ist, daß er selbständig Gleichungen austüftelt, die eigentlich zum schwierigsten Pensum der Algebra gehören. Er wendet sie an, um Aufgaben, die ich ihm stelle, in einer halben Minute zu lösen statt in zwanzig. Das ist ein bißchen erschreckend.

– Finde ich auch. Benimmt er sich sonst ordentlich?

– Er macht sich sehr wenig bemerkbar. Das meiste von dem, was ihn interessiert, scheint er woanders zu tun.

– Hast du das Gefühl, daß er die Klasse demoralisiert?

– Demoralisiert? Wieso denn?

Ich saß so, daß ich zum Fenster hinaussah. In der Eisenhütte wurde ein Abstich gemacht, eine riesige Wolke, dunkelrot und von Eisenoxyden geschwängert, breitete sich über ganz Trummelsberg aus, der See verschwamm in einem weißen Winternebel, und ruhelose Elstern flogen quer über den Schulhof. In den Morgennachrichten hatte ich gehört, daß in den Gruben von Kiruna irgendein Streik ausgebrochen war, ein wilder Streik. Es ist doch nicht so erstaunlich, daß die Arbeiter sich organisieren, das haben sie schon Ende des vorigen Jahrhunderts getan.

Offenbar hat sich der Streik jedoch nicht bis hierher ausgebreitet. Im übrigen würde ein Streik hier wohl nur zur Stillegung des Hüttenwerks führen.

– Ein begabter Schüler, sagte diese ausgesuchte karrierelüsterne Null, dieses Schulreformluder, dieser Studientags- und Lehrplanpäderast, der in seinem gestreiften Anzug vor mir saß, ein begabter Schüler muß in die normale Arbeit der Klasse eingegliedert werden, sonst wird er zu einem Störfaktor. Die andern könnten den Eindruck bekommen, es lohne sich nicht zu arbeiten.

Es lohnt sich ja auch nicht. Leichter Geruch nach nasser Wolle. Warum zum Teufel riecht neuerdings die ganze Welt nach nasser Wolle? Habe ich irgendeinen Gehirnschaden bekommen, der bei mir Geruchshalluzinationen hervorruft? Das würde mich nicht wundern. Ich schaute auf die Uhr. Bald würden die Mittagsnachrichten von TT fällig sein, und dann würden wir erfahren, wie es mit diesem Streik in Kiruna gelaufen war.

Samstag nachmittags gehe ich gewöhnlich zu Ingrid nach Hause. Manchmal schlafen wir miteinander, manchmal auch nicht. Das Kind ist nicht von mir. Unsere Beziehung hat mit Unterbrechungen all die Jahre lang bestanden, die ich hier wohne. Sie ist sehr unberechenbar. Bei ihr ist die Sexualität losgelöst von allem übrigen.

Ingrid war der erste Mensch, mit dem ich mich getroffen habe, als ich hier ankam. In diesem Herbst war sie sehr schüchtern, ich erinnere mich, daß ich den halben Herbst lang mit ihr ins Kino gegangen bin, bis ich sicher war, daß sie lesbisch sein müsse oder völlig frigide.

Das war sie nicht. Später hatte sie eine Affäre mit dem Direktor. Daraus kann sie jetzt noch manchmal Nutzen ziehen, wenn es mit der FNL-Gruppe der Schule Krach gibt. Das haben sie sehr nötig. Ein Aushilfslehrer wurde letztes Jahr in Blitzesschnelle von hier wegbefördert, weil er etwas zu viele Erdkundestunden dazu benutzte, um über Südostasien zu sprechen. Geldsammlungen sind in der Schule prinzipiell verboten. Die Gruppe sammelt trotzdem Geld, und ich pflege demonstrativ zehn Kronen in die Büchse zu stecken, mit einer möglichst großen Geste, fast wie ein richtiger alter Kirchendiener nach der Kollekte.

– Für diesen Jungen gibt es zwei Möglichkeiten. Entweder es wird nichts Besonderes aus ihm, und er landet schließlich wie all die andern als Automechaniker in einer umgebauten Scheune an irgendeiner Straßenbiegung, oder er bekommt Gelegenheit, sich weiterzuentwickeln. In diesem Fall wird er Professor, und wenn er drumherum kommt, Professor zu werden, und somit Zeit für die Forschung hat, dann ist es sehr wohl möglich, daß er zur Entwicklung der modernen Mathematik beitragen wird.

– Du gehst aber tüchtig ran.

– Aber so ist es doch. In einer richtigen Schule, also nicht in einem solchen Freizeitheim für die ältere Jugend mit ihrer Wassersuppe von Unterricht, würde diese Chance genutzt werden.

– Ja, ich kenne deine Reden, und ich habe nicht die Absicht, mit dir darüber zu diskutieren. Du weißt, daß ich über die neue Schule nicht so denke wie du.

– Natürlich nicht. Dann wärst du ja nicht Direktor. Aber jetzt sag mir doch, ob es etwas gibt, was ich tun kann. Gibt es irgendwelche Extramittel, von denen ich ihm Fernkurse besorgen könnte? Kann ich ein paar Stunden im Monat dafür bekommen, um noch zusätzlich mit ihm zu arbeiten? Ich würde es anregend finden, und es würde mich aufmuntern, aber ich sehe nicht ein, warum die Schule mir das nicht bezahlen sollte.

Ich erinnere mich an diesen ersten Herbst in Trummelsberg. Es war ein ziemlich trostloser Herbst. Zu Anfang saß ich meist in einem von den beiden Restaurants der Stadt, die abends unbeschränkten Alkoholausschank haben, und trank lustlos astronomisch teuren Whisky. Aber ich habe mir nie viel aus Alkohol gemacht, er wirkt wie ein zusätzlicher Bremsklotz, neben all den andern. Ich bin zu alt für die Haschgeneration, und diesem dämlichen Alkoholkult habe ich nie etwas abgewinnen können. Schon allein das Gekicher einer Schnapsrunde deprimiert mich.

Und diese jungen Burschen vom Trummelsberger Lokalblatt und von der Lokalredaktion der überregionalen *Läns-Zeitung*, die Abend für Abend dort saßen, nachdem die Zeitung in Druck gegangen war, ungebildet, leicht grinsend und lauthals von Steuern und Automarken redend und davon, zum *Expressen* überzuwechseln und Starreporter zu werden, die langweilten mich noch mehr. Sie wurden immer so schrecklich aggressiv im Laufe des Abends.

Wie ich schon sagte. ich mache mir nicht viel aus Alkohol. Aber es gab dort absolut nichts zu tun. Um die Weihnachtszeit herum war ich schon ziemlich versumpft, und ich kam etwas ins Schwimmen mit der Einhaltung der Zeiten und der Korrektur der Klassenarbeiten, und mir wurde allmählich klar, daß dies ein böses Ende nehmen würde, wenn ich mich nicht zusammennähme.

Also nahm ich mich zusammen.

An einem Abend um das Luciafest herum setzte ich mich auf dem Heimweg einfach in eine Schneewehe. Ich hatte keine Lust weiterzugehen. Und natürlich wollte ich sterben, aber das habe ich schon gewollt, seit ich drei Jahre alt war, das ist also nichts Besonderes. Es ist ein altes Lied, das mir schon mein Leben lang im Kopf herumgeht.

Ich meine damit, daß mein Wunsch zu sterben in diesem Augenblick nicht stärker war als gewöhnlich. Aber es wäre jetzt ganz leicht gewesen, denn ich saß in dieser Schneewehe und nickte ein.

Nein, sagte der Direktor, indem er durchblicken ließ, daß das Gespräch allmählich etwas ermüdend, etwas zu intellektuell zu werden begann, ja, weiß Gott ob er nicht sogar argwöhnte, es verberge sich irgendeine radikale Teufelei hinter meinem Einfall, daß man etwas tun könnte für die größte mathematische Begabung, die Trummelsberg je gesehen hatte und die unglücklicherweise in einem kleinen sommersprossigen und ungewaschenen Kerl von einem der Höfe in der Gegend von Virsbo ihren Sitz hatte, nein, weißt du, es gibt keine solchen Mittel. Aber du kannst ihm natürlich Aufgaben stellen. Er darf der Klasse vorausarbeiten.

Ich glaube fast, er verdächtigte mich einer Art von »Gefühlsduselei«. Diese Bestien mit ihren Rotary-Abzeichen und Gipsgesichtern haben ja den gesellschaftlichen Bereich mit Beschlag belegt, in dem es in einer andersgearteten Gesellschaft Unterricht, Anregung und Anleitung für junge Menschen geben würde. Davon haben sie Besitz ergriffen mit ihrem verwässerten Wohlfahrtsstaat. Und folglich mögen sie es nicht besonders, daran erinnert zu werden, daß sie eigentlich nichts anderes sind als eine Art Besatzungsmacht.

Und wenn man einen Augenblick lang so redet, als gäbe es einen Intellekt, als existierten Reifungsprozesse, harte, gediegene Gedankenarbeit und Ideen, dann sehen sie einen an mit ihren kühlen blauen wohlfahrtsstaatlichen Augen, voller Entsetzen natürlich, aber sie kaschieren dieses Entsetzen so gut es geht und fühlen sich »peinlich berührt«.

Niemand übernimmt die Verantwortung für uns, und wenn ich nicht so ein verdammt blöder Narr wäre, hätte ich mir schon von vornherein denken können, daß es für diesen Jungen nicht das geringste zu holen gab in ihrer Spülwasserschule, ihrem beschissenen Vorbereitungsinstitut für die Werksverwaltung.

Ich war ganz allein auf mich gestellt, bevor wir noch das Gespräch zu Ende gebracht hatten. Es gab niemanden außer mir, der die Verantwortung für den Jungen gehabt hätte, und ich fühlte mich verflucht mickrig, als ich das begriff.

Wer mich rettete, ich meine damals im ersten Trummelsberger Herbst in der Schneewehe, das war komischerweise der Maler Ebbeling, der alte Landschaftsmaler, der auf einer Landzunge draußen am Åmänningen wohnt.

– Was ist los mit dir, Junge, sagte er. Was bist du denn für einer?

Er muß mich besser verstanden haben, als ich mich selbst verstehe, denn er fuhr mich in seinem zuverlässigen alten Volvo – nicht heim zu mir, das wären wohl etwa dreihundert Meter gewesen, sondern gut zwanzig Kilometer zu sich nach Hause. Dort steckte er mich einfach ins Bett. Ich blieb das ganze Wochenende über dort, und bevor ich am Sonntag abend mit einem Taxi nach Hause fuhr, hatte er mich ein paar Dinge gelehrt, von denen ich keine Ahnung gehabt habe.

Über Imprimituren und Lasuren und die Brüder van Eyck und die Venetianer Schule und Fadenkorn und Schummern und verschiedene Arten von Farben. Er brachte mir bei, das weiß ich noch genau, daß das Licht auf tiefe blaugrüne oder graugrüne Schichten unter den sichtbaren Farbschichten gleichsam aufprallen muß, um die geheimnisvolle Leuchtkraft zu erhalten, die die Venetianer haben. Und er zeigte mir seine Bilder – er arbeitet offenbar vom frühesten Morgen an bis spät in die Nacht hinein und hat schon seit Jahren keine Ausstellung mehr gehabt, auch in der Zwischenzeit nicht. Ich habe sie als ungeheuer schön, leuchtend, stark in Erinnerung.

– Dann ist da diese Sache mit den Fahrraddiebstählen, sagte der Direktor abschließend. Wenn dir darüber etwas zu Ohren kommt, was dazu beitragen könnte, die ganze Sache aufzuklären, dann setz dich um Gottes willen so schnell wie möglich mit mir in Verbindung.

Solche Sachen lassen ihn natürlich wieder munter werden.

Ingrid, ein blondes, mageres, geschmeidiges Mädchen. Früher einmal Jugendmeisterin im Turnen. Kurzgeschnittenes blondes Haar. Mit einem Kind. Etwas unregelmäßige Zähne. Als wir uns kennenlernten, war sie in der Trummelsberger FPU, der Jugendorganisation der Volkspartei, heute, am Ende der sechziger Jahre, gehört sie zur FNL-Gruppe, und im Herbst 1969 ist sie so verstrickt in diese Auseinandersetzungen zwischen verschiedenen extremistischen Splittergruppen, daß man sie kaum noch zu sehen bekommt.

Ich spiele ihr manchmal auf meiner Stereo-Anlage Gesualdo vor. Mein einziges wirklich wertvolles Besitztum. Eine kalte, sinnliche, ganz teuflische Musik.

Ich weiß nicht recht, paßt sie zu ihr?

Doch, in gewisser Weise schon. Dieses eigentümlich schöne, kühle, geschmeidige Mädchen. Manchmal kalt und manchmal warm.

Wir haben immer zueinander gesagt: ach was, das bedeutet nichts, das ist nur eine praktische Angelegenheit.

Nach neun Jahren oder wie viele es jetzt sind kann man sich allmählich fragen, ob es nicht doch etwas bedeutet hat. Etwas vorbereitet hat, mir eine Sache klargemacht hat.

Natürlich hat es das, verdammt noch mal.

Sie war die ganze Zeit über für mich der Vorwand, um mich fernzuhalten. Von wem? Von den andern Frauen.

– Schönes Wochenende, sagt er.
– Ebenfalls, sage ich.

Ich bin 1961 von Uppsala hierher nach Trummelsberg gekommen. Ich hatte im gleichen Frühjahr mit einer Arbeit über harmonische Funktionen promoviert.

Ich hätte gar nicht mehr viel daran zu tun brauchen, vermute ich, um Dozent zu werden. Und manch einen hat es wohl ein bißchen überrascht, als ich so ohne weiteres abhaute. Ich habe es mir selbst nie erklären können, warum ich nicht geblieben bin.

Mein Vater war Vertreter für Staubsauger in Västerås, in den vierziger Jahren sah man ihn mit dem großen Musterkoffer unterwegs auf einem überladenen Fahrrad mit Ballonreifen, in seinem grauen Trenchcoat, mit ganz Västmanland bekannt, beim Kaffeetrinken in den Höfen, beim Reparieren von Fahrradpannen im Nieselregen draußen im Flachland, und später im Auto, ein zurückhaltender und doch witziger Geschichtenerzähler.

Ich meine, daß ich es lernte, mich im Universitätsmilieu zurechtzufinden, aber richtig heimisch habe ich mich nie darin gefühlt. Ich hatte ständig das Gefühl, daß es für eine andere Art von Menschen bestimmt war und daß lediglich meine mathematische Begabung der Grund dafür war, daß man mich dort so freundlich behandelte, wie es tatsächlich der Fall war.

Ich hatte ein Naturalstipendium, etwas ganz Hervorragendes, was es damals für minderbemittelte Studenten gab und was nun schon seit langem durch Studiendarlehen ersetzt worden ist, die man nach einem Indexlohn zurückzahlen muß. Ein Naturalstipendium bedeutete, daß man ein paar Jahre lang freie Unterkunft und freie Verpflegung bekam. Mit meinen Gutscheinen ging ich in Dagnys Kantine essen und lernte das kennen, was später das Uppsala der fünfziger Jahre genannt wurde. Jacob Branting und Sven Delblanc, Delblanc immer mit einem langen schmalen Zigarillo, Professor Hedenius und Thorild Dahlquist, die man mir auf der Straße zeigte, Lars Gustafsson mit flatterndem Gang, immer gehetzt auf der Övre Slottsgatan unterwegs, Sven Hamrell, der Diskussionen über Afrika in der Aula veranstaltete, aber all das nur so im Vorüberhuschen.

Gustafsson kannte ich ja von der zwölften Baracke beim Uppländischen Regiment, wo er ein paarmal eine psychologische Arbeitsgemeinschaft im Lesezimmer veranstaltete, und ich weiß noch, wie maßlos ich mich über ihn geärgert habe, als wir uns in Uppsala wiedersahen. Es war auf einem von diesen widerlichen Tanzabenden des Studentenverbands, Fleischmarkt, weiß der Teufel, wie man es nennen soll, wo die Jungens in der einen Ecke des Raums stehen und die Mädchen in der andern, und alle sich auf das richtige Mädchen einstellen. Er kommt vorbei und sagt: na sowas, du bist hier?

Danach haben wir lange Zeit nicht mehr miteinander geredet. Hochnäsiges Ekel! Das ist er schon immer gewesen.

Nein. Uppsala. Ein Zimmer in Untermiete draußen in Sala Backar, abscheuliche Wintertage, die Hinterhöfe in der Dragarbrunnsgatan mit ihren unbeschreiblichen Fahrradwerkstätten. Und diese etwas komischen, vergammelten Typen, die man Jahr für Jahr dort sah, in einem Sessel im Clubraum versunken, wo sie den halben Tag lang Zeitung lasen und sich zwanzig Piepen liehen, um abends in die Kneipe zu gehen. Und diese Angst, daß aus einem selbst etwas Ähnliches werden könnte!

Und diese verschwitzten lärmenden Gesellschaftsabende der Studentenverbände, wo es später in der Nacht im Lesezimmer für die Senioren Whisky-Soda gratis gab, und dieses ganze etwas widerliche Getue um die Heimatprovinz (man erkannte sie überhaupt nicht wieder, wenn sie darauf anstießen, sie schien aus Birkenalleen und schmucken roten Häuschen mit einem Fahnenmast davor zu bestehen, und warum muß man im übrigen so ein Geschrei um die Heimatprovinz machen, wenn Uppsala nur achtzig Kilometer von Västerås entfernt ist. Sie könnten doch einfach den Trolleybus nehmen, zum Teufel).

Alte rotgesichtige Betriebsleiter von den Hüttenwerken, die gerade zu Ehrenmitgliedern im Vorstand ernannt worden waren, damit sie den Baufonds aufbesserten, unterhielten sich lauthals und voll jugendlichem Enthusiasmus mit beflissenen Jünglingen, die sehr genau wußten, was es bedeutete, mit ihnen bekannt zu sein, wenn man in das sogenannte Berufsleben hinauskam. Damals, in den fünfziger Jahren, war Uppsala noch ein Ort, wo alle Leute fest davon überzeugt waren, daß sie einer Elite angehörten. Sie würden Oberärzte und

Staatssekretäre und Ministerialräte werden, und die Hälfte ihrer Zeit verbrachten sie damit, sich Beziehungen zu schaffen, selbst wenn sie nur glaubten, sie würden sich Freunde machen.

Ein Bordell des Erfolgs, bevölkert mit wirren, unfertigen Menschen, und einige davon so unglücklich, daß sie dem Tode nahe waren.

Und diese Fahrradwerkstätten in den Hinterhöfen an der Dragarbrunnsgatan! Wenn ich nur wüßte, warum ich so oft an sie denke!

Jedenfalls, in dem Augenblick, als mir klar wurde, daß dieser verrückte kleine Carlsson mit seinen Wieselaugen und seinem frühreifen seltsamen Mathematikergehirn Gefahr lief, nach Uppsala zu kommen, ja, daß er überhaupt irgendwelche Gefahren lief, da stürzte die Verantwortung auf mich ein, schwer und endgültig wie ein eiserner Vorhang.

Ich entschloß mich, die Eltern aufzusuchen. Morgen war ja Sonntag.

Der Duft nach altem trockenen Holz

Im Obergeschoß, wo ich meine zwei Zimmer und meine Kochnische habe, gibt es einen Geruch nach altem Holz. Am intensivsten ist er an der Dachschräge in dem Zimmer, das ich als Arbeitszimmer benutze und in dem ich meine Bücher habe.

Etwa fünfhundert Bände (einige davon sind schon seit Jahren nicht mehr aus dem Regal genommen worden), mathematische und physikalische Fachliteratur, Strindberg und Dostojewskij, unzählige Science-Fiction-Romane, die ich gewöhnlich vor dem Einschlafen lese, ein großes Musiklexikon, Dagerman und Jan Myrdal, ziemlich viel Lyrik, das eine oder andere politische Paperback. Ablagerungen aus verschiedenen Jahren.

Und mein Schreibtisch (Flecken von roter und blauer Tinte, kreisförmige Spuren von Teetassen) und meine Stereo-Anlage (zwei Carlssonlautsprecher, keine solchen dämlichen Würfel, sondern richtige Lautsprecher, ein Cambridgeverstärker und ein Plattenspieler der Marke Era, Hunderte von Schallplatten).

In der Garderobe habe ich nicht nur meinen Ausgehanzug (ich besitze nur zwei Anzüge, und seit Mitte der sechziger Jahre unterscheide ich zwischen dem »neuen Anzug« und dem »alten Anzug«, man kann den Unterschied nur an den Ellbogen sehen), auch Wintermantel und Anorak und Wollschals und Mützen und ein Paar solide Stiefel, die ich bei Skitouren und Spaziergängen trage (ich würde mir gern einen Hund kaufen, aber es wird nie was daraus). Und auf dem Boden des Garderobenschranks liegen in Kartons alte Spiralblöcke mit dem gesamten Material für eine Habilitationsschrift (große krumme und gerundete Buchstaben in meiner Schrift), ein kaputter Tennisschläger (habe eine Zeitlang mit Ingrid gespielt, gab es aber auf, als sie aufhörte, es war niemand anders da, der mit mir spielen wollte, und die Angestellten vom Hüttenwerk schnappen einem alle festen Zeiten weg) und eine Schmalfilmkamera mit Projektor (die ich nie benutze) und zwei alte Fotoalben. Das eine hat meinem Vater gehört, der mittlerweile tot ist, und es macht mir Spaß, weil es so viele Bilder von mir als kleinem Kind enthält. Es gibt da zum Beispiel ein Bild, auf dem ich in einem Garten im westlichen Teil von Västerås sitze, es muß 1939 aufgenommen worden sein, oder: in dem Jahr, in dem der Zweite Weltkrieg ausbricht, und ich spiele mit einem kleinen Lamm aus Lammfell, lustigerweise erinnere ich mich noch an dieses Lamm.

Weiß der Teufel, was da noch alles in der Garderobe liegt.

Aber das Wichtigste an dieser Garderobe ist der Geruch. Er erinnert mich an etwas aus meiner Kindheit, etwas Muffiges und Tristes, etwas mit Treppenhäusern, Kellern, wo eine Glühbirne lose an der Decke hängt, alten Badewannen, wo sich um das Ventil herum ein brauner Rand gebildet hat, Studentenkantinen in Uppsala, wo eine Katze unter dem Tisch der Wirtin liegt. Es kommt vor, daß ich die Tür des Garderobenschranks offenlasse, nur um diesen Geruch zu spüren. Ich muß ihn mir manchmal in Erinnerung rufen.

Ihr haltet mich für verrückt, aber ich habe das Gefühl, daß es ihn überall in Schweden gibt. In den fünfziger Jahren war er sehr stark, er war mal hier, mal da zu spüren, aber am stärksten war er in Uppsala.

In der Mitte der sechziger Jahre war er für ein paar Jahre fast verschwunden, da roch es statt dessen überall nach nassem Zement, nach Kaufhausbaustellen und Parkhäusern, und nur ganz vereinzelt, wenn ein Abbruchhaus unter den Greifzähnen eines Baggers zusammenstürzte, konnte er in einem gewaltigen Windstoß daherkommen. O Gott!

Dann war es, als wäre er zurückgekrochen gekommen, dieser Geruch, aus allen Winkeln und Ecken, Kellerluken, alten Garderoben, Treppenhäusern, wo Visitenkarten mit Reißzwecken auf einer vergilbten Tapete befestigt sind, Geruch aus Zeitungsredaktionen, aus den Wartezimmern des Arbeitsamts.

Jetzt kommt er wieder angekrochen, dieser Geruch. Von 1968 an ist er, hol's der Teufel, wieder überall zu spüren.

Plötzliche Ströme von zögerndem Glück

Am nächsten Morgen, es war ein Sonntag morgen mit einer Temperatur von minus zwanzig Grad: Ich erinnere mich, wie ich an der Bushaltestelle mit dem gelben Schild der Schwedischen Eisenbahn stehe. Ich stapfe darum herum und schlage mir die Arme um den Leib, um warm zu werden, und schlage sie Ingrid um den Leib, deren Wagen in der Kälte gestreikt hat, die mich aber trotzdem zur Haltestelle begleitet hat.

Dies ist, verdammt noch mal, meine letzte richtig deutliche Erinnerung an sie, denn später kommt sie zwar in diesem Bericht noch vor, aber da ist sie mir schon gleichgültig geworden.

Ingrid, die ganze Nacht über abwechselnd heiß und kalt, und jetzt am Morgen frisch wie immer, in einem raffinierten Wildledermantel, mit sorgfältig gekämmten, frisch gewaschenen und sehr kurzen blonden Haaren, und durchaus imstande, unentwegt zu reden, über Busfahrpläne oder den Mangel an Turnhallen oder Rezepte aus der Femina. Und ich weiß nicht, was noch alles.

Die Sonne, schräg, griesgrämig, in ihrem winterlichen Tiefstand, und die Bäume werfen dementsprechend lange blaue Schatten in der Komplementärfarbe, solche dreihundert Meter langen Baumschatten, wie man sie eigentlich nur im Dezember sieht.

Sie begleitete mich also zur Bushaltestelle, und dann kam der Bus.

Es war nicht so weit, wie ich es mir vorgestellt hatte. Sechzehn oder siebzehn spiegelglatte Kilometer (hier oben denken sie gar nicht daran, Viehsalz zu streuen, und das ist auch gut), dann wieder ein Haltestellenschild. Kräftiger, hochstämmiger Kiefernwald mit hundert Meter langen Schatten und ein verwitternder Milchkannenständer.

Nur etwa fünfzig Meter weiter im Wald drinnen lag ein kleines rotes Blockhaus mit einem sorgfältig bis zum Treppenaufgang freigeschaufelten Weg und einem großen, ordentlich geschichteten Holzstapel an der Längswand des Klohäuschens.

Ich ging den Pfad hinauf, wo ein großer wütender Kettenhund wie eine Explosion aus seiner Hütte herausgeschossen kam, der erst einen halben Meter vor mir von der Kette abgefangen wurde, die an seinem Hals befestigt war und die wiederum an einem alten rostigen Eisendraht entlanglief, der zwischen ein paar Bäumen gespannt war. Ich fragte mich flüchtig, was wohl passieren würde, wenn dieser Draht entzweiginge, aber das tat er ja nicht.

Der Hund setzte sich abrupt auf sein Hinterteil und starrte mich an, und in seinen Augen sah ich Trauer.

Die Gardine bewegte sich heftig am Fenster, und ich ging die Stufen zum Treppenabsatz hinauf, wo sogar ein großer Besen stand, mit dem man sich den Schnee von den Schuhen bürsten sollte.

Dies konnte ja nicht Carlssons Haus sein, das war mir schon klar, aber da ich keine Ahnung hatte, welchen Weg ich nehmen sollte, klopfte ich an. Zwischen Außen- und Innentür roch es nach Katzen und altem Holz, und drinnen in der Küche saßen ein alter Mann und eine alte Frau sich am Küchentisch gegenüber und tranken Kaffee. Die späten Sonntagmorgennachrichten im Radio waren so laut aufgedreht, daß es fast in den Ohren schmerzte. Er war glatzköpfig und dünn, eine Brille mit schmaler Stahlfassung war an seinen großen roten Ohren festgehakt, die er sich mehr als einmal beim Holzfällen erfroren hatte, denke ich mir, und vor ihm auf dem Tisch ausgebreitet die *Vestmanlands Läns Zeitung*. Sie, rundlich wie ein Luftballon, in einem geblümten Kleid von der Sorte, wie man sie im Kaufhaus Domus in Trummelsberg findet.

Die Küche roch nach frisch gewaschenen Flickenteppichen und dünnem Kaffee und frisch gebackenem Brot, und sie begrüßten mich, als wäre meine Ankunft eine Selbstverständlichkeit.

– Ich bin auf der Suche nach einer Familie, sagte ich. Es sind Leute, die Carlsson heißen.

– Haben Sie ein Auto? Der Weg dorthin ist sicher nicht freigepflügt. Es ist denen seit ein paar Tagen sicher nicht besonders gut gegangen.

– Nein, ich bin mit dem Bus gekommen.

– Aha.

– Was fehlt denn den Carlssons?

– Ach, es ist wohl nichts Besonderes, aber er hat einen kaputten Rücken, der Carlsson.

Eine fette Katze kam am Boden entlanggeschlichen und sprang in die Sofaecke hinauf. Und das ganze Fensterbrett war tatsächlich vollgestellt mit Topfpflanzen, so liebevoll gepflegt wie Babys.

– Dürfen wir Sie zu einer Tasse Kaffee einladen?

Es war noch nicht sehr spät. Diesen Menschen war eine Mischung aus Neugier und Freundlichkeit eigen, die ganz unwiderstehlich war. Oder vielleicht spürten sie auch ganz einfach, daß ich das brauchte.

– Ja, eigentlich habe ich keine Zeit, aber das wäre natürlich sehr gut.

Ich heiße Herdin, sagte ich. Ich komme aus Trummelsberg. Es ist nämlich so, daß ich der Lehrer von einem der Carlssonbuben bin. Und heutzutage ist man der Ansicht, daß die Lehrer mindestens einmal im Schuljahr versuchen sollen, jeden Schüler zu Hause zu besuchen, wenn sie es schaffen, sagte ich.

– Soso, ja, zu unserer Zeit war das anders.

– Wie ist das eigentlich, sagte ich. Die Carlssons haben eine Art Werkstatt?

– Nein, das kann man wohl nicht sagen, sagte der Mann zögernd. Sie reparieren ein paar Autos und Traktoren, aber das tun meist die Jungens. Sie interessieren sich sehr für sowas.

– Carlsson hat einen sehr bösen Rücken, fügte sie hinzu. Vor ein paar Jahren ist im Wald eine Kiefer auf ihn gefallen, und seitdem ist er meist krank geschrieben.

Dann redeten wir ein bißchen davon, wie teuer alles zu werden begann, besonders Butter und Fleisch, und daß es mit einer Katastrophe enden würde, und von Buslinien, die eingezogen werden, und von Eisenbahnverbindungen, die stillgelegt werden, und wie kalt und gefährlich und rheumatisch es für alte Leute ist, auf spiegelglatten Straßen in der winterlichen Dunkelheit Moped zu fahren, und wir fragten uns, warum es so sein mußte.

Sie waren der Ansicht, daß die Amerikaner den Krieg in Vietnam hätten gewinnen müssen, wenn sie sich wirklich dafür stark gemacht hätten.

Ich erklärte ihnen, daß Vietnam tatsächlich viel größer sei, als die meisten annehmen.

– Asien lernen wir immer auf Karten mit kleinem Maßstab kennen, sagte ich.

Es kann nicht später als elf Uhr gewesen sein, als ich wieder in den glasklaren, windstillen Wintervormittag hinauskam. Die Sonne schien und warf ihre irrsinnig langen Schatten.

Ich arbeitete mich ein paar Wegbiegungen weit durch den Pulverschnee. Und dann lichtete sich der Wald, und da standen tatsächlich einige Häuser auf einem Hügel, mit schlecht geräumten Wegen und mit sehr wenig Farbe. Eins davon hatte übrigens überhaupt keine Farbe abbekommen, man hatte es grau werden lassen, so wie es war, und genauso war es mit dem Treppenaufgang.

Man hatte die Treppe zwar repariert, aber niemand hatte sich die Mühe gemacht, sie anzustreichen.

Ich hätte natürlich meine Zeit darauf verwenden sollen, darüber nachzudenken, was ich eigentlich sagen sollte, wenn ich dort hineinkäme, aber statt dessen dachte ich natürlich an etwas ganz anderes.

Ist Liebe überhaupt möglich in dieser Gesellschaft, in diesem Zeitalter? Und dieses weißhaarige alte Ehepaar in dem Häuschen dort unten, liebten sie einander? Wahrscheinlich nicht. Sie akzeptierten einander, der eine war bestimmt ganz unfähig, ohne den andern zu leben, sie waren bestimmt so vertraut miteinander, wie man mit einem alten Hund vertraut ist, wenn der eine von irgendeinem schwerbeladenen Lastzug beim Mopedfahren in der winterlichen Dunkelheit überfahren würde, dann würde der andere ihn bestimmt nur um einige Wochen überleben. Aber ist das Liebe? Was ist Liebe? Wenn es sie nicht gibt, ja, dann müssen wir sie erfinden, nicht wahr?

Ein paar Autos oder Autowracks standen ganz verschneit neben dem Haus, und das Hauptgebäude mit dem ungestrichenen Treppenaufgang war gelb und ziemlich groß, und Rauch stieg daraus auf – ich meine natürlich: Rauch stieg aus dem Schornstein auf, und ich wurde beinah aufgefressen von zwei fürchterlich wütenden Bracken, die so ungestüm auf mich lossprangen, daß die Leinen, an die sie gelegt waren, ihnen eigentlich den Hals hätten brechen müssen.

Was ich als erstes sah, als die Augen sich an die Wärme und den Dunst in dem Zimmer gewöhnt hatten, war der kleine Carlsson, Lars Carlsson, der am Küchentisch saß und in einer Zeitung blätterte, so behutsam, als wäre es ein Weltatlas.

Jemand, es mußte die Mutter sein, fett, rundlich, mit sich selbst beschäftigt, in einer zerschlissenen blauen Kittelschürze mit roten Punkten, wie ich sie nicht mehr gesehen habe, seit meine eigene Mutter in den dreißiger Jahren solche Kittelschürzen trug, stand über einen ziemlich großen Waschkessel gebeugt, mitten am Sonntag vormittag. Ihre dunklen Haarsträhnen hingen so tief herunter, daß man ihr Gesicht nicht sah, und entweder pflegte sie sich nicht darum zu kümmern, wenn jemand zur Tür hereinkam oder hinausging, oder sie war ganz einfach etwas taub, denn sie drehte nicht einmal den Kopf, um mich anzusehen.

In der Küche war es unangenehm warm und unangenehm feucht von dem Dunst aus dem Waschkessel, der sich an den Fenstern kristallisierte und bewirkte, daß die gelbgestrichenen Wände eine matte, gleichsam erstickte Oberfläche bekamen. Direkt über dem Küchentisch hing einer von diesen Wandkalendern, die manche Traktoren- und Baggerfirmen zu verteilen pflegen, mit flotten liegenden nackten Mädchen darauf.

Und auf dem Sofa neben dem Eßtisch lag jemand und schlief, das Gesicht mit einer anderen Zeitung bedeckt, es mußte der *Expressen* von gestern sein, mit großen Schlagzeilen über Schneeglätte und den Streik in Kiruna.

Und an der gegenüberliegenden Wand ein paar schmutzige Monteuranzüge an Nägeln und ganz überraschend ein Wandbehang, auf dem stand: DIE VERHEISUNGEN KÖNNEN NICHT TRÜGEN
Und es kam mir seltsam vor, daß man auf einem Wandbehang falsch buchstabieren kann, wo man doch so ungeheuer viel Zeit dazu hat, über das nachzudenken, was man stickt.

– Tag, sagte ich.

– Tag, sagte der Junge und sah auf.

Er schien nicht sehr überrascht zu sein, er hatte mich natürlich durchs Fenster gesehen.

– Tag, sagte der Vater und nahm die Zeitung vom Gesicht. Was wollen Sie?

Er hatte eine Nickelbrille, ein ziemlich feines, sehr müdes, mageres Gesicht, das rot war vom häufigen Aufenthalt im Freien, mit deutlich hervortretenden blauen Adern an der Nase. Vielleicht hatte er sie sich einmal erfroren.

Ich nahm einen von den gelben Stühlen.

– Ich bin also der Lehrer von Lars in Trummelsberg, sagte ich. Lars ist einer von meinen besten Schülern, besonders in Mathematik, sagte ich.

– Dann sind Sie also nicht gekommen, um sich über ihn zu beschweren, sagte der Vater mit einem kleinen Lachen, das nicht ganz echt klang.

– Nein, um Himmels willen, ganz und gar nicht. Ich dachte nur, ich sollte hereinschauen, da ich nun mal grade in der Gegend unterwegs bin.

Ich hoffte, daß mich niemand fragen würde, warum ich denn dann den Bus genommen hätte.

Es wurde wieder still, und in diesem Augenblick kam der kleine Bruder des Jungen in die Küche getrapst, neugierig schnuppernd wie ein kleines Tier. Er mochte wohl so sieben oder acht Jahre alt sein, in einem viel zu großen Wollpullover, den er sich von einem seiner Geschwister geborgt hatte, und näherte sich mir zutraulich. Ich mochte ihn gleich gern. Hätten wir der gleichen Generation angehört, dann wären wir Freunde fürs Leben geworden.

Der Pullover und auch er selbst hatten einen undefinierbaren Geruch, so einen Geruch, wie man ihn bei einem kleinen, ziemlich ungewaschenen Jungen mit hellen Haaren finden kann, und aus dem einen Ärmel des Pullovers schaute eine kleine bräunliche Schnauze heraus, wie die einer Ratte, gelbe Schnurrhaare, zwei klare Rattenaugen, die mich musterten, und das Tier, was für eine Art Tier es nun war, guckte aus dem langen Pulloverärmel heraus, so daß es aussah, als hätte der Junge statt der Hand noch ein Schnäuzchen. Es war so spaßig und entwaffnend, daß ich einfach lachen mußte. Und vor allem deshalb, weil mir William Blakes Gedicht über den Tiger einfiel:

»Tyger! Tyger! burning bright
In the forests of the night«

Das Lachen breitete sich in der Küche aus, und der Junge zog das kleine Tier aus dem Ärmel und ließ es mich halten. Es blieb bereitwillig in meinen hohlen Händen liegen, zitterte aber leicht, und der

Junge stand etwas schüchtern neben mir und strich dem Tier mit seinen schmutzigen kleinen Fingern über das Fell.

Er ist soweit, dachte ich. Er hat es geschafft. Um ihn braucht man sich keine Sorgen zu machen, er wird ein Mensch werden. Vielleicht ein bißchen derb und klobig, vielleicht schwer ausgebeutet, vielleicht vorzeitig pensioniert wegen eines allzufrüh ruinierten Rückens. Vielleicht wird er als Achtzehnjähriger sterben, vielleicht wird er zuletzt als alter hoffnungsloser Mann im Aufenthaltsraum irgendeines Altersheims sitzen und in einen Spucknapf husten.

Aber das Wesentliche ist gelungen. Er ist draußen. Er ist frei. Er kann Liebe empfinden.

Und mit einem plötzlichen Schmerz im Zwerchfell erkannte ich, daß ich selbst im Alter dieses kleinen verschnupften Jungen niemals einen Goldhamster hätte haben können, so ein braunes und weiches und wehrloses kleines Tier, ohne es zu Tode zu quälen.

Nachdenklich und behutsam gab ich ihm das kleine Tier zurück, und er stopfte es schweigend wieder in den Pulloverärmel und verschwand die Treppe hinauf. All das war so schnell vorübergegangen wie eine Erscheinung.

– Ein netter kleiner Junge, sagte ich.

– Er ist ganz vernarrt in seine Tiere, sagte die Mutter.

– Sie haben keine eigenen Tiere, im Stall, meine ich?

Der Vater sah mich an. Er hatte sehr müde, ganz leuchtend blaue Augen.

– Nein, wir haben nie welche gehabt.

– Es gibt einen Stall.

– Ja, es ist sicher fünfzehn Jahre her, daß er benutzt worden ist.

– Sie wohnen schon lange hier?

– Wir sind Ende der vierziger Jahre von Söderbärke hierhergezogen. Damals gab es ja hier ein Sägewerk. Aber das ist ja verschwunden.

– Sie haben ein paar tüchtige Jungens.

– Da haben Sie recht.

– Lars ist sehr tüchtig, besonders in meinem Fach, in Mathematik.

– Sein älterer Bruder war auch sehr gut im Rechnen.

Es beunruhigte mich, daß der Junge die ganze Zeit über dabeisaß und zuhörte. Nicht, weil wir etwas gesagt hätten, bei dem es irgendeine Rolle spielte, ob er es hörte. Es war ganz einfach sein aufmerksames Zuhören, das mich störte. Es brachte mich irgendwie in eine lächerliche Lage. Ich konnte nicht sein Lehrer sein und zugleich kameradschaftlich mit seinem Vater umgehen.

– Was ist denn aus ihm geworden, sagte ich.

– Er ist Hauptgefreiter beim 3. Panzerregiment gewesen.

– Und was macht er jetzt?

– Ja, das weiß ich wirklich nicht so genau.

Der Vater antwortete so rasch, daß ich fast befürchtete, ich hätte an einen wirklich wunden Punkt gerührt.

Ein richtig ernsthaftes Schweigen begann sich um den Tisch herum auszubreiten.

– Sie machen ein bißchen Autoreparaturen, wie ich sehe?

– Jaa, das ist nur zum Hausgebrauch.

– Da kommt jemand, sagte der Junge, der weiter in seiner Zeitung geblättert hatte, und sah aufmerksam zum Fenster hinaus.

– Es ist Claire, sagte die Mutter. Ich schaute von meiner Seite aus durchs Küchenfenster, sah aber nichts. Es begann schon zu dämmern. Mir fiel ein, daß ich wohl so allmählich den Bus zurück nehmen sollte.

Das Mädchen namens Claire kam ins Zimmer herein, ohne anzuklopfen. Sie trug einen Wollpullover, Jeans und eine Art Jacke mit einer Pelzkante, die nur lose mit einer Kordel zusammengeknotet war. Sie muß ungefähr siebzehn sein, dachte ich. Als sie die Mütze abnahm, floß ihr langes rotes Haar über die Schultern, und ich erkannte sie. Sie ging in die letzte Klasse, sie war mir auf dem Schulhof aufgefallen. Ich hatte einen Fünfkronenschein in eine FNL-Sammelbüchse gesteckt, mit der sie an einem Samstag nachmittag im letzten Winter auf dem Markt vor dem Kaufhaus Domus stand. Ich erinnerte mich daran, weil ich den Fünfer fallengelassen hatte und wir uns beide gleichzeitig danach gebückt hatten, so daß unsere Köpfe zusammengestoßen waren, ganz leicht.

Ich hatte mich oft gefragt, was sie wohl für eine war. Sie hatte ausgeprägte Gesichtszüge für ihr Alter, kurzsichtige Augen, die jetzt, als ich sie zum ersten Mal von nahem sah, ein bißchen lustig wirkten, und eine viel zu spitze Nase. Es war überhaupt etwas Lustiges an ihr, ich wußte, daß ich sie wiedererkennen würde.

– Guten Tag, sagte ich schulmeisterhaft.

– Hallo, sagte sie.

Ich wurde ungeheuer, unsinnig wütend. Natürlich kannte sie mich von der Schule her, und ich fand schon, daß sie ein bißchen höflicher hätte sein können. Sie ließ sich in der Sofaecke nieder, wo Lars' Vater vorhin gelegen und geschlafen hatte, und strich sich das Haar aus der Stirn. Die Schneeflocken waren geschmolzen und hingen jetzt als klare Wassertröpfchen in dem roten Haar.

Dann begann sie auf eine so leise Art mit Lars zu sprechen, daß ich kein Wort verstand, und alle übrigen übersah sie völlig.

Demonstrativ nahm ich meinen Stuhl und setzte mich neben den Vater.

– Was ich noch sagen wollte, sagte ich, ja, der Junge ist so begabt, daß man ihn studieren lassen sollte.

– Meinen Sie wirklich, sagte der Vater.

– Ja, sagte ich.

– Mag sein, sagte er. Es wird ihn sicher niemand daran hindern, falls er das möchte, wenn es soweit ist.

– Neein, sagte ich. Was macht er in seiner Freizeit?

– Er steckt meist in der Werkstatt draußen. Er ist ganz fabelhaft im Reparieren von Motoren. Ich begreife einfach nicht, wie er das schafft.

Jetzt kümmerte sich niemand mehr um mich, und ich dachte: habe ich etwas Falsches gesagt, aber das hatte ich gar nicht. Sie ließen mich einfach links liegen. Ich gehörte nicht hierher.

ICH GEHÖRTE NICHT HIERHER

Ich nahm mir eine Nummer der von der Konsumgenossenschaft herausgegebenen Zeitschrift »Vi«, die auf dem Sofa lag, und begann, darin herumzublättern. Patente Tips für Lampen und Reportagen über Angola. Fein, dachte ich, patente Reportagen und Lampentips, so macht man Nägel mit Köpfen. Ihre Lampe war alt, eine Kugel aus gelbem Glas, voll von toten Fliegen. »Vi« lag zuoberst auf einem Stoß von alten Illustrierten. Auf dem Lande, im nördlichen Västmanland, kann man heute noch so mit den Leuten verkehren. Man setzt sich in eine Ecke ihres Sofas und blättert in ihren Illustrierten. Sie haben eine alte braune Uhr an der Wand, und man sagt niemals »er ist gestorben«, sondern »er ist totgegangen«, wenn irgendein alter Mann auf der Straße überfahren wird. Die Uhren im nördlichen Västmanland sind braun und groß, mit schwingenden Pendeln, sie wandern von Haus zu Haus, von einer Auktion zur andern, und sie ticken immer wie Totenkäfer.

Es gibt Reichstagsabgeordnete, Finanzminister, Provinziallandtagsräte, große Zeitungen, die im Namen dieser Leute sprechen, und sie haben nicht die geringste Ahnung, wovon sie sprechen. Es könnte ebensogut ein fremdes Volk sein, mit einer fremden Sprache und fremden Bräuchen: man sieht sie nicht.

Sie fallen langsam durch die Jahre, und man läßt sie fallen.

ES GIBT NIEMANDEN, DER DIE VERANTWORTUNG FÜR UNS ÜBERNÄHME. Das joviale Gesicht des Journalisten Lennart Hyland auf dem Fernsehschirm, der Frost, der die Fensterscheibe knacken läßt, die Einsamkeit um fünf Uhr früh an einem Wintermorgen, steigende Butterpreise, drei junge Burschen aus Norberg, die mit einem Kasten Bier auf dem Gepäckträger eines Fahrrads erwischt werden, riesige Kiefern, die unter der Last von nassem Schnee umstürzen. Es gibt keinen Zusammenhang. Es treibt im Wind, es fällt, diese Fontäne von Leben plätschert durch die Jahrzehnte, die Illustrierten stapeln sich auf den Sofas, die Totenkäfer klopfen, die Seen frieren zu und tauen wieder auf, und lieblos leben wir und lieblos sterben wir. Und vielleicht wird der Junge eine Ausbildung machen und vielleicht auch nicht, und was auch immer er tut, ein glücklicheres Leben kann ich ihm nicht versprechen. ES GIBT NIEMANDEN, DER DIE VERANTWORTUNG FÜR UNS ÜBERNÄHME.

Es war in diesem Augenblick, genau in diesem, auf dem Grund eines Strudels, im Mittelpunkt eines Orkans von Einsamkeit, als ich etwas bemerkte.

DAS MÄDCHEN SASS DA UND SCHAUTE MICH INSGEHEIM AN.

Ich lächelte ihr zu. Sie lächelte zurück, mit einem unendlich zögernden Lächeln.

– Wollen Sie nach Trummelsberg, sagte sie. Der Bus geht bald.

– Willst du auch dahin?

– Nein, ich bleibe hier, sagte sie.

Brief an einen Hauptgefreiten

Hauptgefreiter und Freund, wir müssen miteinander ins Gespräch kommen! Ich bin nicht sicher, ob ich dich gesehen habe, denn ich habe in meinem Leben so entsetzlich viele Hauptgefreite gesehen, daß ich sie nicht mehr so genau auseinanderhalten kann. Aber zugleich ist es ganz klar, daß ich dich gesehen *habe*.

Das Königl. Södermanländische Panzerregiment hat Herbstmanöver, und der Wald dröhnt von Traktoren, die dabei sind, sich an den ihnen zugewiesenen Plätzen unter den Tarnnetzen zu gruppieren, und es stinkt nach nassen Wollsachen, Wollsachen, auf die es seit mehreren Tagen geregnet hat, und nach Dieselöl und nach nassem Wald mit einer Menge von ekligen Flechten wie Bärte an den Kiefernstämmen. Du selbst sitzt auf einem Baumstumpf und ißt gebratene Leber aus dem Deckel eines Kochgeschirrs, und es ist eine verdammt angebrannte Leber, aber das wagst du dem Küchenchef nicht zu sagen, weil du ihm noch fünfzehn Kronen vom Schafkopfspielen vorgestern abend schuldest, und außerdem würdest du überhaupt nicht daran denken, dich über eine solche Nebensächlichkeit wie eine angebrannte Leber zu beklagen. Und blauer Rauch liegt mittlerweile über den Baumstümpfen, wo du sitzt. Und du kneifst die Augen zusammen, die ein klein bißchen blutunterlaufen sind vom Absolut Reinen Branntwein und vom Kaminrauch, um zwei zusammengekrümmte Männer zu beobachten, zusammengekrümmt unter der Last von Kabelrollen, die grade zwanzig Meter von dir entfernt eine Telefonleitung verlegen.

Und du blinzelst mit den gleichen etwas blutunterlaufenen Augen zu dem niedrigen, dem bleigrauen, dem verfluchten Bleihimmel hinauf, der so dicht an dich herankriecht, um zu sehen, ob der Regen vielleicht etwas nachlassen wird, so daß du eine Chance bekommst, diese Socken zu wechseln, die schon seit Montag naß sind.

So kann ich dich mir vorstellen, oder so: auf einem Baumstumpf im öffentlichen Park hockend, an einem Sommertag beim Königl. Uppländischen Regiment, wenn die ganze Bastei staubt unter den Kehrtwendungen der Exerzierenden, dem Antreten im Zugrahmen, den Märschen im Stechschritt und im Laufschritt, Robben, Antreten in Rotten, Übungen im Nachrücken. Wenn du einer Schar von Rekruten die Pflichten eines Wachtpostens erklärst, die die ganze Zeit über höhnisch lächeln, weil du, armer Teufel, *legimitieren* sagst statt *legitimieren*, und du kannst nicht verstehen, warum zum Teufel sie so verflucht höhnisch lächeln, diese verdammten Rotzbengel.

Aber sieh mal an! Bald wird es regnen! Schon steigt eine ungeheure Gewitterwolke, blau wie die aristokratische Nase des Regimentskommandeurs, über den Sumpfwiesen hinten bei Föret auf, die Esse bei Ulleråker steht wie eine weiße Säule vor dem Dunkelblau, und das Kanzleigebäude wird rot und riesig und respekteinflößend mit seiner dreizüngigen Fahne ganz oben auf dem Dach. Und der Staub wird immer weißer, immer unheilverkündender, je mehr das Gewitter sich nähert. Jetzt mußt du dich aber sputen, wenn du nicht zusammen mit der Truppe in einen Sturzregen geraten willst. Und darauf kann man sich verlassen, daß du mit der Truppe im Sturzregen stehenbleiben und weiterreden wirst, nur um diesen Affen ein Beispiel dafür zu geben, wie ein richtiger Soldat sich verhält, obwohl es nichts gibt, was du mehr verabscheust, als naß zu werden.

Paß auf, es blitzt schon am Horizont, und da kommen solche Windstöße, daß die dreizüngige Fahne auf dem Dach des Kanzleigebäudes die Luft leckt wie drei böse Drachenzungen. Die Luft ist voller Unruhe, und die Möwen schreien.

Und diese jungen Flegel, Scheißlandser mit Brillen auf der Nase und mit den affektierten Vokalen aus der Stockholmer Gegend stehen einfach da und lächeln höhnisch über dich. Und zuinnerst sind sie stolz darauf, daß sie dir gegenüber so tolerant sind, weil sie dir in den Pausen Zigaretten anbieten und dir mit geheucheltem Interesse zuhören, wenn du von den Orientierungsmärschen erzählst, bei denen du die höchste Punktzahl erreicht hast, und von großen Explosionen, an deren Vorbereitung du beteiligt warst.

Und natürlich finden sie dich lächerlich, weil du dich für Orientierungsmärsche und für große Explosionen interessierst, und du kannst Gift darauf nehmen, daß sie dich Spreng-Heini oder irgend sowas Blödes nennen, Punkteschinder natürlich, wenn sie wieder in die Baracke gegangen sind.

Und zugleich suhlen sie sich förmlich in ihrer eigenen Vortrefflichkeit, ihrer *Volkstümlichkeit*, wie man sich vorstellen kann, weil sie dich ertragen und mit dir reden, obwohl du keine Ansichten über die Russen und die Okkupation Ungarns hast oder über was auch immer man in diesem Sommer eine Ansicht haben soll.

Daß vielleicht im Grunde genommen du es bist, der toleranter ist als sie, obwohl du deine Jugend auf Kasernenhöfen vergeudet hast und auf zweitausend verschiedenen häßlichen Baumstümpfen in dreihundert häßlichen verregneten Manöverwäldern Konservenfraß gefuttert hast, wo der Dieselrauch der Traktoren zwischen den Bäumen hängt, das werden sie so bald nicht verstehen.

Tatsächlich könnte nichts auf der Welt dich daran hindern, diesen jungen Schlappschwänzen zu befehlen, über den ganzen riesigen Exerzierplatz zur Baracke zurückzu*kriechen*. Du könntest sie ohne weiteres vor dem Mittagessen mit einem großen Rucksack eine Runde auf der großen Geländebahn laufen lassen. Das würde dich beim Kompaniechef im Ansehen steigen lassen, der dich ein bißchen schlapp findet. Aber es würde dir niemals einfallen, so etwas zu tun.

Früh genug wirst du mit diesen Knaben draußen auf dem Schießplatz in Håga das Werfen mit scharfen Handgranaten üben, und du weißt aus Erfahrung, daß mindestens zwei oder drei von ihnen, wahrscheinlich vier oder fünf, sich ungefähr zu dem Zeitpunkt in die Hosen machen werden, wenn sie den Zünder eingeschraubt haben und du den Sicherungsring über dem Zünder für sie herausgezogen hast.

Du könntest dann ohne weiteres hinterher die ganze Truppe zum Appell antreten lassen, der ganzen Truppe erzählen, welche von ihnen sich in die Hosen gemacht haben und welche nicht, und das Ganze als warnendes Beispiel dafür anführen, wie es einem gehen kann, wenn man sich einzureden versucht, man könne ohne physischen Mut leben. Aber auch dies würdest du auf keinen Fall tun.

Das tut man ja nicht. Bei der Schießübung des Chefs im Winter wirst du etwas maulend für einen dieser jungen Lümmel das Fertigmachen der Handgranate übernehmen, wenn er sich aufgrund von Zigarettenkonsum und übertriebenen Bumsereien und einem stark vernachlässigten Konditionstraining 500 m westlich des Wäldchens bei der Almungen-Kirche in eine Schneewehe setzt.

Du würdest niemals im Frack in der Schwedischen Akademie mit einer brennenden Kerze vor dir sitzen und schöne Reden über den Humanismus und die Menschlichkeit halten können, das könnte ich schwören. Die Leute würden wahrhaftig laut loslachen, wenn du es versuchtest, und du würdest niemals über dieses entsetzliche Gelächter hinwegkommen, das aus der Königl. Familie, dem versammelten diplomatischen Korps und dem ganzen literaturbeflissenen Östermalmspublikum aufsteigen würde, wenn du die Hacken zusammenschlügest und »Ende« sagtest.

Du bist, kurz gesagt, ein Prolet, der noch dazu dieses heiße Eisen mit dem Militarismus angefaßt hat.

Denn ein Militarist bist du ja. Fünf Jahre lang hast du nichts anderes getan, als Kommandos zu brüllen, um drei Uhr nachts in Zelte hineinzurennen, die von qualmenden Petroleumlampen beleuchtet sind, mit Schneeklumpen auf den Schultern und nassem Schnee von einer Tanne im Kragen, um völlig verschlafenen Rekruten, die gehofft hatten, bis zum Morgen durchschlafen zu können, »fertig machen zum Abmarsch!« zuzubrüllen, du bist mit Kartentasche und Trillerpfeife auf Exerzierplätzen herumgelaufen und hast herumgeschimpft und bist an der Spitze des Zuges auf feuchten herbstlichen Wegen durchs nördliche Uppland geradelt und hast die Stellungen für die Feldposten eingeteilt und den richtigen Umgang mit der Panzerfaust demonstriert.

Aus dir wird niemals ein befrackter Humanist werden, darüber sind wir uns im klaren, nicht wahr?

Das einzige, was noch fehlt, um deinen Mangel an Humanismus ins rechte Licht zu rücken, ist natürlich ein Krieg. Weiß der Teufel, ob du nicht zum Sergeanten befördert werden könntest, wenn es ein einigermaßen sportlicher Krieg wäre.

Du bist ja, verdammt noch mal, wie geschaffen dazu, »vorwärts marsch« zu brüllen und im Schneetreiben auf der Trillerpfeife zu blasen, während die Schrapnells an dir vorbeisausen.

Ich kann mir dich in massenhaft Situationen vorstellen, die sich alle mit derselben Eintönigkeit gleichen, weiß der Himmel, ob es nicht im Grunde immer dieselbe Situation ist, an die wir die ganze Zeit über denken:

Beispielsweise gleich hinter Tannenberg, du weißt, die Schützengräben sind nicht mehr so besonders belebt, Kilometer für Kilometer fast nur noch Leichen, die mit Wasser durchtränkt sind und um die es meilenweit stinkt, und einige davon sind schon im Schlamm versunken, und all das ist bedeckt von einer schwirrenden, brummenden, summenden schwarzen Schicht von Schmeißfliegen, und wenn man einen von denen umdreht, die dort mit dem Rücken nach oben treiben (aber das sollte man nicht tun, wenn man nicht gegen Rattenbisse geimpft ist), und das bißchen vom Gesicht ansieht, was noch übrig ist, dann kann man sicher sein, daß du es bist.

Beispielsweise früh am Morgen, du weißt, wenn du über den Rand des Schützengrabens bei Verdun kletterst, wo in diesem Moment grade dreihundert Leute pro Minute draufgehen, und du bringst deinen ganzen Zug mit über den Rand und dreißig Meter weiter durch den Schlamm, eine phantastische Leistung, bevor ein hartnäckiges Maschinengewehr euch abfängt und euch alle drankriegt.

Stalingrad, du weißt, es ist eine Frostnacht mit uralten Sternen am Himmel über der gezackten Ruine von etwas, das früher einmal eine Traktorenfabrik gewesen ist, und du bist nur ein Paket, ein sehr hartes tiefgefrorenes Paket in einer Ecke dieser Ruine, und das Paket liegt einfach da und ist hart, und die Sterne leuchten mit ihrem uralten Glanz. Du bist so viele Male gestorben, daß du ruhig noch ein paar millionenmal sterben kannst. Du bist daran gewöhnt, von Fliegen aufgefressen zu werden, daß Fliegen dich fressen, ist genaugenommen völlig in Ordnung. Das Proletariat ist daran gewöhnt, dorthin geschickt zu werden, wo es sich nützlich macht, gewöhnt, aufgefressen zu werden. Es würde dir niemals in den Sinn kommen, darüber nachzugrübeln. Grübeln, das tun nur langhaarige Typen mit schlechter Kondition.

Sieh mal einer an! Es scheint, als würde das Gewitter auch diesmal an uns vorbeiziehen, und jetzt ist die Dritte Kompanie mit ihren Strohsäcken von Rekruten im Zugrahmen angetreten, und der Himmel über dem Kanzleigebäude beginnt blau zu werden.

He, Hauptgefreiter! Wir haben es auch diesmal wieder geschafft! Hab ich's nicht gesagt? Daß wir es schaffen würden? Aber klar! Alter Junge!

Wir schaffen es immer.

Teufel auch! Kommt da nicht das leibhaftige Musikkorps des Königl. Uppländischen Regiments und stellt sich an dem Dreiecksplatz auf! Sie wollen natürlich für die Hauptwache üben.

Jetzt werdet ihr was zu hören kriegen, Leute! Beethovens Zapfenstreich Nummer 3. Das kann sich hören lassen, mit Posaunen, Trompeten und Zimbeln.

Stell dir vor, von der Entwicklung des preußischen Militärmusikkorps könnte ich dir eine ganze Menge erzählen, Hauptgefreiter! Weißt du zum Beispiel, woher dieses Glockenspiel stammt? Nein, das weißt du nicht. Und du weißt auch nicht, daß diese Pauken, die so dröhnen, daß es von den Kasernenwänden widerhallt, und die Zimbeln aus der türkischen Musik stammen.

(Das Osmanische Reich, das ist schon was, der gleiche Schliff in den Polizeirevieren von Jaffa bis Zagreb, und dieser zähe kleine Teufelskerl Lawrence hockt in der Wüste über seinem famosen Zündapparat und bekommt fast eine Zehe abgeschlagen, als ein halbierter Lokführer und ein dreihundert Kilo schweres Lokomotivrad zwischen seinen Füßen landen. Die anatolischen Bauernrekruten hatten es wahrlich nicht ganz leicht zur Zeit des Beduinenkorps, aber wer zum Teufel hat denn auch gesagt, daß anatolische Bauernrekruten es leicht haben sollten, wenn sie sich aufmachen, um in einem Truppentransportzug von Jaffa nach Deraa zu fahren?)

Wo war ich stehengeblieben?

Ach ja, die türkische Musik im preußischen Militärmusikkorps. Der Orient mitten in Europa, das ist es. Was zum Teufel hat denn der Orient mitten in Europa zu suchen?

Und wann ist übrigens der Dudelsack verschwunden, um diesem scheußlichen türkischen Glockenspiel Platz zu machen?

Bei Lützen hat es noch Dudelsäcke gegeben, verdammt noch mal. Wo sind sie hin? Sind sie etwa verlorengegangen?

Was zum Teufel hat man aus unseren Dudelsäcken gemacht?

Ich finde, du müßtest eine Notiz auf gutem Papier schreiben und sie in dieses demokratische Wunschkästchen im Inneren des Kanzleigebäudes werfen. Der Dudelsack muß wieder bei der Militärmusik eingeführt werden. Das ist doch klar, zum Teufel, klar wie Kloßbrühe!

Wir leben doch schließlich in einem demokratischen Land, nicht wahr! Wir haben doch mindestens genauso viele Renten und Krankenversicherungen wie die Leute zur Zeit Bismarcks!

Und du, Hauptgefreiter, Freund und Hauptgefreiter, bist doch kein gräßlicher Militarist, das weiß ich genausogut wie du. Du bist Sozialdemokrat. Was zum Teufel solltest du sonst sein? Vielleicht Mitglied der Zentrumspartei? O nein! Du glaubst an den Fortschritt, genau wie ich auch, an den maßvollen Fortschritt natürlich, aber jedenfalls an den Fortschritt, und es würde dir nicht einfallen, abfällig über das Königtum zu reden. Und natürlich würde es dir ebensowenig einfallen, die Sozialdemokraten auf irgendeine Weise schlechtzumachen, wir haben ja schließlich nur die eine Sozialdemokratie, nicht wahr?

Sind in den sechziger Jahren die Gefreitengehälter etwa nicht gestiegen?

Meint vielleicht jemand, sie hätten mit Hilfe von *Kambodschademonstrationen* erhöht werden können!

Verzeih mir, Hauptgefreiter. Wir fangen noch einmal an. Wir geben nicht auf.

Ich habe mit den besten Vorsätzen angefangen. Ich habe wirklich nicht *gewollt*, daß es sich so anhört, aber jetzt hört es sich jedenfalls so an.

Du bist es, der am meisten weiß. Du bist es, der am geduldigsten ist. Du bist es, der die Erfahrung hat.

Ich werde niemals so erfahren sein wie du. Denk nur an die Schießübung des Chefs im Jahre 1955, als sich das halbe Bataillon die Gesichter erfror, nur weil es dem Regimentsarzt Wibbling Spaß machte, ein Experiment durchzuführen.

Er selbst fuhr ja im Auto.

Für mich ist es leicht, dazusitzen und darüber zu schimpfen, daß du so verflucht geduldig bist, ohne deine Erfahrung zu haben.

Das Verfluchte daran ist nur, daß ich das Gefühl habe, es sei ganz unmöglich, einen Unterschied zu machen zwischen dem, was deine Stärke ist, und dem, was deine Schwäche ist. Deine Tugenden sind deine Laster, deine Geduld ist dein Verhängnis, deine Erfahrung macht dich dumm und klug zugleich. Du bist stark, furchtbar stark, und bei all deiner Stärke bist du ein verdammter Holzklotz. Jawohl, das bist du, ein verdammter Holzklotz!

Du brauchst dir übrigens gar nicht einzubilden, daß ich für mein Teil feige wäre. Du hättest mich 1968 in Paris sehen sollen (wenn ich 1968 in Paris dabeigewesen wäre). Wenn ich mich recht erinnere, hast du in jenem Sommer mitgeholfen, die Funkverbindung der Polizei vor dem Präsidium sicherzustellen. Zusätzlicher Verdienst, natürlich. Ins Unendliche sind die Gefreitengehälter nicht gestiegen.

Entschuldige bitte vielmals. Wir fangen noch einmal an. Wir müssen wieder ins Gespräch kommen, verstehst du.

Es handelt sich also darum, was wir mit deinem nächstjüngeren Bruder anfangen sollen. Du hast ihn bestimmt nicht vergessen, obwohl du erheblich älter bist. Und der Kleinste, der ist ja ein Nachkömmling, das arme Kerlchen, und der Goldhamster spitzt rührend aus dem Ärmel seines abgetragenen Pullovers heraus, und noch weiß er nicht, ob er ein Kind ist oder ein Mann, er weiß überhaupt nicht das geringste bißchen und hat keine Ahnung davon, was noch vor ihm liegt.

Nun ist es so, verstehst du, Hauptgefreiter:

Gott weiß, wie es sich zugetragen hat. Aber irgendein schlaues kleines Gen von einem Knecht, der Ende des achtzehnten Jahrhunderts im Berger Sprengel gehängt worden ist, hat sich an der richtigen Stelle, genau an der richtigen Stelle, über das Gen einer freundlichen Zigeunerin aus der Gegend von Moheda gelegt, die im Jahre 1810 gestorben ist, und das sind zwei Karten im Kartenspiel, die nicht gerade oft in derselben Hand zusammenkommen. Aber das Phantastische ist, daß ein langer Lulatsch von einem Riesenmolekül seiner Mutter, gewunden wie ein Korkenzieher und so inhaltsreich wie die Königliche Universitätsbibliothek in Uppsala, zufällig ein kleines Gen von einem Schreiner in Haggars enthielt, der ziemlich jung gestorben ist und bis nach Norberg hin als etwas wunderlich bekannt war. Und als diese Karte mit ins Blatt kam, verstehst du, da war es keine gewöhnliche Pokerhand mehr.

Kurz gesagt, ein verflixt glücklicher oder verflixt unglücklicher Zufall hat den jungen mit einem Gehirn ausgestattet, das es ihm ermöglicht, komplexe Zahlen zusammenzusetzen und auseinanderzunehmen, als wären sie Spielsachen für kleine Kinder. Wo du und ich nur Dunkelheit sehen, eine Spirale, die sich in den gewaltigen Galaxien der Zahlenwelt verliert, da sieht er klar wie am hellichten Tag. Es braucht nicht viel, nur ein paar vernünftige Lehrbücher, bis er es selbst kapiert.

Und dann fängt es an!

Wo Abel aufgehört hat, und Gauss.

Ich frage dich, denn irgend etwas sagt mir, daß du ihn nicht im Stich lassen wirst. Was zum Teufel sollen wir bloß tun?

Man wird ihn benutzen. Aber wozu? Man wird ihn loben, ihn eitel und hochmütig machen. Man wird ihm keine Chance geben, sich wie andere Menschen zu entwickeln. Man wird ihn einsam werden lassen, kühl und egozentrisch. Man wird ihn im Stich lassen.

Wenn jemand etwas für ihn tun kann, dann bist du es, und möglicherweise ich, denn mit seinen Eltern, die auch deine Eltern sind, kann man, ehrlich gesagt, kaum rechnen. Sie haben aufgegeben, schon vor sehr langer Zeit, sie glauben nicht daran, daß irgendwas auf der ganzen Welt verändert werden wird.

Du mußt mich verstehen. Ich habe Angst. Du fragst, wovor ich Angst hätte. Ich weiß nicht so genau.

Es hängt damit zusammen, *daß man das Licht in seinen Augen auslöschen wird*.

Hauptgefreiter, schreib mir, gib mir einen Rat. Wir müssen uns um deinen Bruder kümmern, nicht um der Mathematik willen, sondern um des Menschen willen.

Wir müssen zur Tat schreiten. Zu den Waffen, Hauptgefreiter!

Die Schönheit, das einzige, was besteht

Die Schönheit. Die Schönheit ist das einzige, was besteht, dachte ich.

Alles übrige geht nur kaputt. Alles übrige, das sind nur häßliche Würstchenbuden, Dunkelheit, Pappschnee, Tage, die kommen, und Tage, die gehen, Gipsgesichter auf dem Fernsehschirm, die uns weiszumachen versuchen, daß alles in Ordnung sei, während die Risse sich unter unsern Füßen erweitern, harte kalte Gewalt, schallendes Gelächter und das Lachen der Dämonen, Gleichgültigkeit und Frost, Frost, Frost ... Aber in Gesualdos Messen, in Monteverdis Madrigalen, da ist etwas, eine Art von Gold, das alles Gold wertlos macht, und das ist das einzige, was wirklich ist, das einzige, was besteht.

Arvidsson vom Trummelsberger Lokalblatt, fett und verdrossen, sitzt wie üblich an den Tagen, an denen die Zeitung erscheint, in der letzten halben Stunde, in der noch Alkohol ausgeschenkt wird, in der Kneipe.

Ich sage zu ihm, daß die Schönheit das einzige ist, was besteht, und er wird nur wütend und behauptet, ich würde Scheiße quatschen. Ich mache den Vorschlag, daß er etwas über das Vorgehen des Direktors gegen die Trummelsberger FNL-Gruppe schreiben soll – neuerdings hat er den Schülern verboten, in ihrer Freizeit mit Sammelbüchsen auf dem Markt zu stehen, weil das angeblich den Verkehr im Zentrum behindert, das hat er schwarz auf weiß vom Polizeipräsidenten – und da fragt er mich, ob ich auch so einer sei.

Ich frage ihn, was er mit auch so einer meine.

Es zeigt sich, daß er nicht besonders gut zu erklären versteht, was er mit auch so einer meint.

Ich sage ihm, daß ich sehr bürgerlich sei: ich glaubte, daß die Schönheit das einzige sei, was besteht.

Er wird so zornig, daß er Aufsehen erregt, und sagt, er habe eigentlich immer schon den Verdacht gehabt, daß ich auch so einer sei.

Ich sage ihm, daß er mir immer noch nicht richtig klargemacht habe, was er am meisten haßt, die Schönheit oder die FNL-Bewegung.

Wenn er so weitermacht, wird bald der Portier kommen und uns in die dunkle Winternacht hinauswerfen, der Oberkellner umkreist schon unseren Tisch. Ich sehe Arvidsson an: das Gesicht ist fett, aufgedunsen, rot vom Schnaps, die kleinen mißmutigen Augen sind blutunterlaufen, schwere Säcke unter den Augen. Er ist bemitleidenswert. Warum zum Teufel soll ich mich mit ihm anlegen? Dann zanken wir uns noch ein Weilchen, aber zurückhaltender, da der Oberkellner sich geräuspert hat, und es endet damit, daß ich seine Rechnung bezahlen muß, um ihn wieder aufzuheitern. Es ist teuer, sich Ansichten zu leisten, sagt Arvidsson und lacht mir ins Gesicht. Vermutlich hat er recht. Auf jeden Fall müßte er darin Erfahrung haben.

Das Firmenzeichen aus Neonröhren oben auf dem Verwaltungshochhaus des Hüttenwerks, ein rotes »H«, drehte sich langsam in dem dichten Schneegestöber, vor der Upplandsbank an der Würstchenbude summte es von Mopeds, ein Haufen von Jugendlichen war grade aus der Spätvorstellung des Kinos gekommen, und da stand auch Lars Carlsson zusammen mit dem Mädchen namens Claire. Sie trug eine alberne, völlig idiotische Jacke aus Schafsfell und eine grüne Zipfelmütze, und beide nickten mir zu, und ich nickte zurück. Und auf dem ganzen Heimweg kam es mir sonderbar vor, welche Fähigkeit diese beiden hatten, mir Flöhe ins Ohr zu setzen.

Die Schönheit ist das einzige, was besteht.

Erst kürzlich begann es mir aufzugehen, wie sonderbar einsam ich bin. Da ist nur Ingrid, mit ihren Turnvereinen und Korbballmannschaften. Mein Vater ist tot. Meine Mutter sehe ich selten. Seit meiner Studienzeit habe ich kaum mehr jemand von meiner Verwandtschaft gesehen. Es ist schon lange her, seit Onkel Knutte starb. Ich hatte den Plan, über Weihnachten zu verreisen, aber es wird mir bewußt, daß ich nicht wüßte, wohin. Nach Stockholm fahren und in Konzerte gehen? Wozu denn? Wintersport? Aber hier gibt es doch auch Schnee, massenhaft Schnee.

Daran ist nichts Eigenbrötlerisches oder besonders Originelles. Die Verhältnisse im modernen Schweden laden nicht dazu ein, Beziehungen zur Verwandtschaft zu unterhalten.

Ich werde mich mit meinen Platten und meinen Büchern einschließen, und Ingrid, dieses langbeinige, kühle Biest, wird auch nicht hier sein, denn solange ich sie kenne, besteht sie darauf, an Weihnachten immer zu ihrer Mutter zu fahren.

In der letzten Lehrerkonferenz hat es sich ein wenig zugespitzt. Die Geschichte mit der FNL-Gruppe wurde von den alten Drachen Hoflund und Petrén aufs Tapet gebracht, die es zu einer Frage der Sittlichkeit erklären wollten, wenn Jugendliche gegen den Massenmord an Frauen und Kindern protestieren, der in Erdteilen geschieht, die noch nicht mit Frieden und Wohlstand und gesicherter Vollbeschäftigung gesegnet sind.

Ich brachte es fertig, mich ausnahmsweise mal ein bißchen aufzuraffen, und sagte, Völkermord sei auch nicht grade besonders sittlich, und wer das Protokoll der Geschichte durchblätterte, der würde ja sehen, wer recht hätte, die Jugendlichen oder die Weibsbilder Petrén & Co., allerdings in etwas höflicheren Worten, leider, und daß ich im wesentlichen der Auffassung sei, die Jugend könnte ihre Freizeit zu schlimmeren Dingen benutzen als dazu, gegen die Verbrennung von Frauen und Säuglingen mit Napalmbomben zu protestieren.

Nicht besonders mutig. Ich bin fest angestellt, außerdem kümmert sich sowieso niemand so recht darum, was ich sage.

Der Direktor beachtete mich überhaupt nicht und ging dazu über, von den Mopeddiebstählen auf dem Schulhof zu reden. Sie schienen ihm Sorgen zu machen. Er hatte wieder eine Besprechung mit dem Polizeipräsidenten gehabt. Er scheint dauernd Besprechungen mit dem Polizeipräsidenten zu haben.

Früher wurden pro Schuljahr zwei bis drei Mopeds gestohlen. Jetzt haben die Diebstähle einen geradezu serienmäßigen Umfang angenommen, ich weiß einfach nicht mehr, was ich dagegen unternehmen soll. Wir können das nicht zulassen. Ich überlege mir, ob ich nicht im nächsten Halbjahr Lehrer zur Bewachung abkommandieren soll (er benutzt gern solche Wörter wie »abkommandieren«), dann wollen wir sehen, ob wir dem nicht ein Ende machen können.

– Wäre es nicht einfacher, den Schülern zu verbieten, mit Mopeds zur Schule zu kommen, schlug jemand vor.

– Das ist bei diesen Entfernungen nicht zu verantworten, sagte ein anderer.

– Das würde unter Umständen größere Anforderungen an die kommunalen Beförderungsmittel für die Schüler stellen, sagte der Direktor. Die finanzielle Lage der Gemeinde ist nicht danach, daß sie das verkraften könnte, so wie die Dinge heute stehen.

– Wie viele sind denn weggekommen, sagte ich.

– Zweiunddreißig in einem Halbjahr.

– Da ist natürlich eine Bande am Werk, sagte das Weibsbild Petrén.

– Sie verschwinden gewöhnlich um die Mittagszeit, wenn die Schüler in der Schulkantine sind, sagte der Direktor.

– Wenn es eine Bande ist, sagte ich, müßten die Mopeds ja irgendwo wieder auftauchen.

– Sie brauchen sie nicht am gleichen Ort zu verkaufen, sagte der Direktor.

– Außerdem kann es nicht unsere Aufgabe sein, Kriminalrätsel zu lösen, sagte Andreasson.

Am Montag kam der Junge nicht.

Ach ja, übrigens doch, ich habe mich getäuscht. Er kam, aber nur ganz kurz, um zu sagen, daß er eigentlich keine Zeit hätte. Mit seinem Vater war irgendwas los, es war offenbar sehr schlimm geworden mit seinem Rücken, und er mußte so schnell wie möglich nach Hause, um zu helfen.

Und obwohl der Junge es eilig hatte, oder vielleicht grade deshalb, entdeckte ich, daß wir zum ersten Mal miteinander reden konnten.

Verstehst du, sagte ich, ich weiß nicht recht, wozu das führen kann, daß ich angefangen habe, dir Unterricht zu geben. Aber es kommt selten vor, daß man einen so begabten Schüler hat, und ich habe Spaß daran. Ich habe mir gedacht, daß wir jetzt in den Weihnachtsferien die Gelegenheit wahrnehmen sollten, ein paar Dinge durchzugehen. Ich hoffe nur, daß du das nicht allzu langweilig findest.

Er dachte gründlich nach, bevor er antwortete.

– Ich finde das prima. Aber ich weiß nicht recht, zu was es gut sein soll.

Er sah mir mit seinen blauen Plattfischaugen starr in die Augen. Es fiel mir auf, wie alt, fast uralt sie wirkten. Sie hätten ebensogut zu einem Reptil gehören können wie zu einem Menschen.

– Es gibt nicht viel, was du sinnvoll findest, sagte ich.

– Ich weiß nicht, wieso sinnvoll? Nein, das finde ich übrigens nicht.

– Du wirst älter werden. Nicht alles wird so sein wie jetzt. Vieles kann sich ändern, sagte ich. Wir wissen sehr wenig über die Zukunft.

– Das weiß ich, sagte er.

– Wie ist Claire, sagte ich. Ist sie in Ordnung?

– Sie ist schüchtern, sagte er.

– Die meisten Leute hier in der Gegend sind schüchtern, sagte ich.

– Sie versucht, es zu überwinden.

– Sie ist nicht schüchterner als andre auch, sagte ich.

– Aber Sie haben doch nur ein einziges Mal mit ihr geredet.

– So, hab ich das, sagte ich.

– Sie kommt aus Virsbo, sagte er.

– Sie scheint ein nettes Mädchen zu sein, sagte ich. Gib gut auf sie acht. Geh behutsam mit ihr um.

– Ich muß jetzt gehen, sagte er.

Der Onkel und die Kinder

Es wurde ein seltsames, ein verworrenes Weihnachtsfest. Noch heute fällt es mir ziemlich schwer, Klarheit hineinzubringen, und jetzt ist es wohl zu spät. Ja. Es ist zu spät.

Es fiel Schnee, der Streikführer Luspa sprach im Fernsehen, und es fiel mir auf, daß der Streik in Kiruna irgendwie den Tonfall der Streikenden verändert hatte. Sie hatten keine Lust mehr, ihre Arbeiterrolle zu spielen. Sie redeten mit erwachsener und entschlossener Stimme.

Es fiel also Schnee, ungeheuer viel Schnee eigentlich, die Bauern kamen in ihren Felljacken mit kleinen scharfen Beilen aus den Wäldern und begannen, auf dem Markt im Zentrum Christbäume zu verkaufen, ein betrunkener Kerl stand vor dem Spirituosenladen und grölte, auf einem Parkplatz droschen zwei hysterische Frauen mit Plastikkörben aufeinander ein.

Und die sechziger Jahre gingen ihrem Ende zu. Das konnte mir gleich sein. Nach dem Wehrdienst hatte ich den Doktor der Mathematik gemacht und meine Kenntnisse über die Madrigale der Renaissance und über den Krieg in Vietnam und über Südamerika mit Hilfe einiger Paperbacks vertieft. Das war alles. Ich gehörte nicht der Geschichte an.

Am Abend vor Heiligabend saß ich da und sah hinaus auf die geparkten Autos im dichten Schneetreiben draußen auf der Straße. Die Kirchenglocken läuteten aus irgendeinem Grund den halben Abend lang, in den Fenstern der Mietshäuser leuchtete es von den Tannen und Adventssternen. Kurt Gödel verkündete hartnäckig in einem Aufsatz aus dem Bücherregal, daß es in jedem bestehenden algebraischen System einige Sätze geben müsse, die sich nicht innerhalb des Systems beweisen ließen.

Um neun Uhr abends klingelte das Telefon. Das kommt bei mir zu Hause ziemlich selten vor, und wenn es vorkommt, dann ist es Ingrid oder es sind irgendwelche Eltern oder einmal im Vierteljahr der Maler Ebbeling, der über das Leben reden will.

Es war keiner von ihnen.

Es war das Mädchen namens Claire. Sie war so schüchtern, und es fiel ihr so schwer, am Telefon zu reden, daß ich eine ganze Weile brauchte, bis ich endlich kapierte, wer es war.

– Na sowas, Claire, sagte ich. Wie nett, daß du anrufst!

– Ich mache mir solche Sorgen, sagte sie.

– Warum denn, sagte ich.

– Lars ist verschwunden. Er ist gestern abend nicht heimgekommen.

– Er war doch bei mir und wollte so schnell wie möglich nach Hause fahren, um zu helfen, sagte ich. Bist du sicher, daß er nicht heimgekommen ist? Hast du bei ihm zu Hause nachgesehen?

– Da habe ich ja auf ihn gewartet, sagte sie, mit einer Stimme voller Verzweiflung.

– Wir wollen die Ruhe bewahren, Claire, sagte ich. Es braucht ja kein Unglück passiert zu sein. Vielleicht hat er in Trummelsberg übernachtet, bei irgendwelchen Bekannten.

– Ich kann mir nicht vorstellen, wer das sein sollte, sagte sie.

Sie rief von einer Telefonzelle aus an, man konnte sie nicht zurückrufen. Wir machten aus, daß ich bei der Polizei anrufen und nachfragen würde, ob irgendein Verkehrsunfall passiert wäre. Sie würde in zwanzig Minuten wieder anrufen. Ich konnte sie mir vorstellen, verfroren und voller Angst vor der Telefonzelle herumstapfend, und das gab mir ein schreckliches Gefühl davon, wie furchtbar leid einem alle Menschen tun könnten.

Ich rief die Polizei an, und es dauerte eine Weile, bis ich mit der richtigen Dienststelle verbunden wurde. (Ich habe das Gefühl, daß man heutzutage in den Telefonzentralen die Leute länger warten läßt als früher, aber das ist vielleicht nur eine paranoische Vorstellung.)

Schließlich erwischte ich jemanden, dessen Aufgabe es war, über diese Dinge Bescheid zu wissen, und soweit es der Polizei in Fagersta bekannt war, war kein Junge dieses Namens verletzt oder getötet oder gefunden worden. Es klang fast, als nähmen sie es mir übel, daß ich auf so einen Gedanken kommen konnte.

Sie rief wieder an, wie sie gesagt hatte, aber erst eineinhalb Stunden später.

– Ist er wieder aufgetaucht?

– Ja. Ich weiß, wo er ist. Er lebt.

– Wo ist er denn?

– Das spielt doch keine Rolle.

– O.K., sagte ich. Schau doch irgendwann mal hier vorbei.

– Ja, sagte sie.

Ich hatte das Gefühl, wir würden uns plötzlich ungeheuer gut verstehen. Ich lag lange wach und konnte nicht einschlafen, als wäre ich ganz einfach viel zu müde, um die Schwelle des Schlafs zu überqueren. Ungewohntes Gelächter und Stimmen waren draußen auf der Straße zu hören. So kurz vor Weihnachten waren natürlich ungewöhnlich viele Leute unterwegs. Zwei Lastzüge waren von der Straße abgekommen, die Fahrer waren nur geringfügig verletzt, ein Volkswagenbus war mit einem Auto mit zwei betrunkenen Jugendlichen frontal zusammengestoßen, vier Personen waren gestorben.

Aber um Lars Carlsson brauchte man sich, wie gesagt, keine Sorgen zu machen.

Ich wachte spät am Vormittag auf. Draußen begann es schon hell zu werden, der Horizont war ganz rot.

Große Schwärme von Möwen kamen angeflogen und schwebten über die Felder hin, und es war mir unverständlich, woher sie in solchen Mengen gekommen sein konnten, sie mußten weither vom Mälaren kommen. Sie kreisten über den Dächern wie unselige Geister.

Ich hatte das Gefühl, mich von einem Kreis zum anderen zu bewegen, oder als bewegten wir uns alle von einem Kreis zum andern.

Verschiedene Umstände hatten dazu geführt, daß ich am Weihnachtsabend ganz allein war. Die sechziger Jahre waren abgelaufen, die Weihnachtsglocken dröhnten, es leuchtete in den Christbäumen, die Möwen kreisten wohl immer noch in der Dunkelheit dort oben, und nach und nach begann Onkel Sven im Radioprogramm Weihnachtstänze mit den Kindern zu tanzen, und ich ließ mich unter meiner alten gelben Stehlampe nieder,

(leicht angesengter Schirm aus pergamentartigem Papier, ich erinnere mich, wie ich als Junge dazuliegen und in ihn hinaufzusehen pflegte, besonders, wenn ich ein schlechtes Gewissen hatte, weil ich fand, ich hätte irgendwas Dummes gemacht) und nach und nach wurde es ein bißchen lustiger, denn ich fand meine Flasche Gordons Dry Gin, die ich schon Ende November gekauft hatte, und ich weiß nicht, wie viele Entschlüsse ich in ziemlich kurzer Zeit zu fassen wußte, wie ich etwas an meinem Leben zu ändern versuchen wollte.

Ich holte mir Papier und Bleistift und beschloß, meine Briefsammlung zu vermehren. Es kam wenigstens einer zustande, an Ingrid.

Und die ganze Zeit über führte der ältliche Onkel Sven die Weihnachtstänze im Radio an.

Sie machten einen Höllenlärm, der Onkel und die Kinder.

Brief an eine siebenunddreißigjährige Lehrerin für Englisch und Schwedisch, geschrieben am Weihnachtsabend 1969

Ingrid, liebe Freundin, ich frage mich, womit du wohl grade beschäftigt sein magst?

Wenn ich richtig geraten habe, tust du nichts Komplizierteres, als daheim bei deiner Mutter in ihrem Reihenhaus Weihnachtsgrütze zu essen. Sie ist natürlich viel zu senil, um den angebrannten Geruch zu bemerken, und dir ist natürlich viel zu sehr zum Weinen zumute, um ein Aufhebens davon zu machen.

Deshalb, weil dieser etwas milde, fast jesushafte Geschmack der Weihnachtsgrütze (und des Ingwers und der lauwarmen Milch) dich natürlich schon um dreißig Jahre zurückversetzt hat, in die Zeit deines idealen Alters von sieben Jahren, und du bist bestimmt nicht gewillt, diesen Zustand so schnell wieder vorübergehen zu lassen.

Die Sentimentalität ist, davon bin ich überzeugt, unter allen Umständen die Mutter der Empfindungslosigkeit, und ich wüßte nicht, warum du die Ausnahme von dieser Regel bilden solltest. Folglich bist du zu diesem Zeitpunkt viel zu aufgewühlt und zu sentimental, um zu schmecken, daß sie angebrannt ist.

Was für ein Ton, sagst du. Was für ein gräßlicher Ton! Und das nur, weil ich versuche, aufrichtig zu dir zu sein!

Das Leben ist unter allen Umständen eine Hölle. Und nicht zuletzt deshalb, weil es von Lüge durchdrungen ist, und jetzt möchte ich wenigstens ein paar Wahrheiten sagen.

Das Leben ist ja nicht nur eine Hölle. Es ist auch überbevölkert. Genau das: überbevölkert.

Erinnerungen! Fotoalben, Seite für Seite, Zeugnishefte, in denen die Noten von bereits emeritierten Professoren eingetragen sind, Wehrpässe mit zweifelhaften Dienstzeugnissen, zweifelhaft deshalb, meine ich, weil sie nicht eben viel über die wirkliche Persönlichkeit ihres Besitzers aussagen, Pässe mit blauen Anilinstempeln von verschiedenen Ferienorten, an denen man gewesen ist, ohne daß eigentlich etwas besonders Interessantes passiert wäre. Ideologien, die versucht haben, einen zu überreden, Mädchen, mit denen man geschlafen hat, und Mädchen, mit denen man nie hat schlafen dürfen oder mit denen zu schlafen man nicht die geringste Lust gehabt hat, Blamagen, die man erlebt hat und die man nicht vergessen kann. Und diese Gewißheit, daß man betrogen worden ist, ohne recht zu wissen, um was man betrogen worden ist. Die müßtest du doch wenigstens wiedererkennen.

Na ja, mag es sein, wie es will, ein bißchen solltest du doch immerhin selbst nachdenken. Ich glaube nicht, daß du, ein gescheites und kühles und auf Väter fixiertes Mädchen, besonders lange nachzudenken brauchst, um zu erkennen, daß das Verhältnis zwischen uns eine einzige große Lüge ist.

Daß du samstags hierherzukommen und mit mir zu schlafen pflegst, wenn nicht grade Weihnachtsabend ist, weil es dir da natürlich viel wichtiger ist, mit deiner Mutter zusammenzusitzen und zu schluchzen und Weihnachtsgrütze zu essen, das kann man ja verstehen.

Daß du also an gewöhnlichen Samstagen, d. h. an solchen, an denen nicht Weihnachtsabend ist, hierherzukommen und mit mir zu schlafen und am Vormittag darauf mit mir in der freien Natur spazierenzugehen pflegst, wenn du nicht grade aus irgendeinem Grund eingeschnappt bist, das finde ich richtig und gut, ja, wirklich nett von dir.

Ich habe unter anderem den Verdacht, daß du das einzige bist, was mich davon trennt, in einer totalen sexuellen Hölle zu leben, denn ich kann eigentlich nicht besonders gut mit Mädchen umgehen und habe es eigentlich noch nie gekonnt. Und nach diesem Brief

– tja.

Nein, es ist etwas anderes. Wir tun so, als seien wir miteinander vertraut, wir tun so, als hätten wir »viel miteinander gemein«. Und das ist ja gelogen. Wir wissen nichts voneinander, außer daß wir eine gewisse (mittelmäßige?) erotische Anziehungskraft zueinander spüren und daß wir in derselben Schule arbeiten.

Aber diese Dinge sind doch um Gottes willen im Grunde völlig uninteressant. Belanglos. Wieviel Leute kann es nicht am gleichen Arbeitsplatz geben? Von wie vielen Leuten kann man sich nicht im Laufe eines Tages erotisch angezogen fühlen? Ich für mein Teil kann kein Konzertpublikum von dreihundert Personen sehen, ohne das Gefühl zu haben, daß es darunter mindestens dreißig Damen gibt, mit denen ich gern schlafen würde, und ich sehe keinen Grund dafür, warum es all den andern Leuten nicht genauso gehen sollte.

Was ich damit meine, ist, daß du mich im Stich läßt. Du kümmerst dich einen Dreck darum, wie ich mich eigentlich fühle, wer ich eigentlich bin und wohin ich eigentlich unterwegs bin, das interessiert dich nicht für fünf Pfennig.

Für dich bin ich eine Schablone, der Liebhaber, der Kumpel, vielleicht gradezu der Junge, das Kind, ein Gegenstand, eine Sache, genau das bin ich, ein Dingsbums, eine Affäre, eine Geschichte. Aber ich bin fest davon überzeugt, wenn ich dich wirklich bräuchte, wenn es für mich eine Frage auf Leben und Tod wäre, ob du da bist, und wenn dieser Tod oder dieses Leben dich auch nur das geringste kosten würden, dann würdest du keinen Finger rühren, um mir zu helfen.

Ich habe, bei Gott, nie gesagt, daß ich dich liebe. Und du würdest, bei Gott, nie auf die Idee kommen zu sagen, daß du mich liebst.

Wenn ich eine Frau liebte, dann wäre sie für mich Erde, lichte Dämmerung, blauer Rauch, Heimstatt, Heimatland, Wiege, Meer, ich weiß nicht, was alles. Und selbstverständlich verlangt kein Mensch, und ich zuallerletzt, daß du etwas Derartiges für mich sein solltest.

Und ich weiß nicht einmal, ob eine solche Liebe möglich ist in der Zeit, in der wir leben, die unter allen Umständen eine Zeit der Vorbehalte, der feuchten Strümpfe, des Angstschweißes, des Pappschnees ist.

Aber du mußt verstehen, liebe Freundin, so darf eine Beziehung zwischen zwei Menschen einfach nicht sein. Es ist nicht etwa so, daß ich irgendwie sauer auf dich wäre, es ist nichts, was du gesagt oder getan hast, es ist keineswegs so, daß ich dich sexuell weniger befriedigend fände als damals vor ein paar Jahren, als wir uns kennenlernten: du bist, um die Wahrheit zu sagen, besser und besser geworden.

Es ist nur so, daß ich mir plötzlich darüber klargeworden bin, daß ich ein eigenes Leben brauche, ein richtiges Leben, oder wie man das nun nennen soll.

Und es ist nicht möglich, ein eigenes Leben zu leben, wenn man nach dem Vorbild sexueller Aufklärungsartikel miteinander schläft. Denn die wollen uns etwas verkaufen. Uns weismachen, daß es »Befriedigung« sei, was wir brauchen.

Ich werde nicht mehr auf diesen alten Streit über den vaginalen Orgasmus zurückkommen, das verspreche ich dir. Laß mich nur zum millionsten Mal feststellen, daß es ihn gibt, daß es all die Leute gibt, die nahe darangewesen sind, und daß in dieser unserer Gesellschaft eine Propaganda im Gang ist, die darauf hinauswill, daß es ihn nicht gibt. Und das kommt daher, weil man uns hereinlegen will. Man will uns weismachen, die Liebe sei eine Ware, die sich organisieren ließe, genau wie sich auch fast alles übrige in dieser Gesellschaft organisieren läßt.

Aber sie läßt sich nicht organisieren. Nichts läßt sich organisieren.

Du verstehst schon. Was ich zu sagen versuche, ist, daß ich dich nicht mehr sehen möchte, und das liegt keineswegs daran, daß ich dich nicht leiden könnte oder daß ich gemein zu dir sein wollte.

Es ist nur so, daß ich mir nutzlos, dumm, idiotisch, blöd vorkomme, sobald ich an dich denke.

Man organisiert nichts mehr. Die Zeit des Organisierens ist vorbei. Jetzt ist die Zeit der Wahrheit gekommen. Die Menschen müssen anfangen, einander ernst zu nehmen.

Folglich müssen sie damit beginnen, sich selber ernst zu nehmen.

Das Leben ist natürlich unter allen Umständen eine Hölle. Und überbevölkert, wie verdammt überbevölkert es ist.

Stell dir nur vor: Mütter, Vaterland, Väter!

Große schreckliche Väter, die kleine ängstliche Mädchen anschreien, wenn sie am Mittagstisch aufs Tischtuch kleckern.

Wer zum Teufel kann es wagen, es mit solch einem Vater aufzunehmen?

Wie jämmerlich müssen nicht all die gewöhnlichen netten kleinen Männer, denen man in den nächsten vierzig Jahren begegnet, im Vergleich mit so einem richtig schneidigen Grobian erscheinen!

Und Muttis! Und das Vaterland!

Das Vaterland, zum Beispiel. Das ist Schweden, und es ist plötzlich so verflucht *fremd* geworden. Ist dir das aufgefallen? Zugewachsene Äcker, auf denen Tannen in ordentlichen Reihen stehen, Bahnhöfe, an denen die Züge nicht mehr halten, Schotterstraßen, auf denen alte Waldarbeiter mit der Nase durch den Kies pflügen, wenn sie auf ihren Mopeds eingeschlafen sind, Fernsehkameras, die die Märkte abschwenken und nach besoffenen Finnen und Rauschgiftgesindel Ausschau halten. Finanzminister Sträng auf dem Fernsehschirm, der uns erklärt, wieviel er für uns getan hat, während die Slums wachsen und die Oberschicht auswandert. Schweden, das ist unser kleiner Prinz, der mittlerweile gelernt hat, wie ein richtiger Generaldirektor oder Reserveleutnant zu sprechen, mit tiefer und männlicher Stimme.

Schweden, das ist eine Schlägerei auf einem Schulhof im November, Freundin.

Und vor allem, Freundin, ist Schweden eine Mutti. Und die Muttis, die verändern sich auch mit den Jahren. Sie sind ganz einfach nicht mehr das, was sie einmal waren, das ist die schlichte Wahrheit. Siehst du.

Man ist auf der Suche nach der guten alten Mutti, und man bekommt ein angebranntes Pappzeug von einer Weihnachtsgrütze, das überhaupt keine Ähnlichkeit hat mit dieser wunderbaren, sanften, feinen weißen, die man bekam, als man klein war.

Und eine ganze Weile lang versucht man, sich selbst etwas vorzumachen und sich einzureden, das sei doch wohl egal und man habe sich nur selbst ein wenig verändert, und dann dreht sie sich um, wie sie da am Küchenherd steht, das Frauenzimmer, die Mutter, und es zeigt sich, daß sie keineswegs das ist, wofür du sie hieltest,

denn statt des starken Windes über blauem Eis, statt der rauschenden Wälder und des sanften Rauchs, der im Mai durch die Gärten zieht, ist da etwas anderes, da steht die widerlichste Hexe, mit herunterhängenden Haarsträhnen und grinsenden Hauern und einer entsetzlichen, aufgelösten, syphilitischen Nase

und grinst dich höhnisch an

da weißt du, was los ist, was die Stunde geschlagen hat. Es gibt keine Muttis. Es gibt kein Heimatland mehr.

Und darum, liebe Freundin, sollst du einsehen, ganz ruhig und freundlich und ohne dich zu sträuben, daß es jetzt an der Zeit ist, einen Dreck auf das zu geben, womit wir uns bisher beschäftigt haben

(*surge*)

die netten lauen Gespräche, die netten kleinen Spaziergänge im netten Neuschnee, der nette Sternenhimmel über den netten verlassenen Straßen und Märkten, die netten kleinen Schlangen vor den Abendzeitungsständen, das nette kleine Geknatter der Mopeds an der Ecke bei der Post

(surge, das bedeutet steh auf)

die netten kleinen Erzählungen von deinem Vati, wie lustig er war, und was er dann gemacht hat und was er dann gemacht hat, die netten Abendspaziergänge, wenn man dich zum Handball begleitet und dich danach wieder abholt

(surge amica mea, das bedeutet also, steh auf, meine Freundin, das ist das Hohe Lied) die nette Nichtigkeit, die nette Hoffnungslosigkeit, die nette Selbstverachtung, der nette Winter, die nette Nettigkeit

Iam hiems transiit
(Bald ist der Winter vorbei)
imber abiit et recessit.
(nun hat es sich bald ausgeregnet für diesmal.)
Surge amica mea et veni
(Steh auf, liebe Freundin, und komm)

aber nicht mit mir, nicht mit mir, nicht mit mir. Denn ich gehe woanders hin.

TOD DEN VATIS
TOD DEN MUTTIS
TOD DEN VATERLÄNDERN

Surge

Die Ruhe vor dem Sturm: die Guten nahen

Es vergingen ein paar Tage, die so ruhig waren, daß ich noch heute nicht weiß, womit ich mich beschäftigt habe, der erste Weihnachtstag, der zweite und der dritte Weihnachtstag.

Doch, ich erinnere mich: am dritten Weihnachtstag ging ich ins Zentrum, es hatte aufgehört zu schneien, es war kalt und klar, und es war kein Kunststück, einen Tisch im Speisesaal des Stadthotels zu bekommen. Genaugenommen waren außer meinem eigenen nur zwei Tische besetzt. Irgendeine Gruppe von Leuten, die mit dem Auto gekommen waren und an einem der größten Tische saßen und johlten und lachten, undefinierbare Leute, die ich in keiner Weise einordnen konnte, ein wenig lässig elegant und mit einem dämlichen Jargon. Das waren wahrscheinlich Stockholmer, die auf dem Rückweg aus dem Norden waren. Heutzutage ist es populär, Weihnachten in einer Pension zu feiern. Es wurde mir bewußt, daß ich eigentlich keine Leute mag, die lachen.

Der andere Gast war ganz allein. Er war einer von denen, die ich brauchen würde, aber das wußte ich damals noch nicht. Die Guten sind selten leicht zu erkennen, sie tauchen auf, wenn sich ernstlich was zusammenbraut, sie sind da mit ihrer diskreten Anwesenheit. Aber sie überlassen es uns selbst, sie zu entdecken.

Er saß, gedrungen, breit und fett an einem einsamen Tisch mitten im Speisesaal. Er hatte noch nichts weiter als sein Helles und seinen Schnaps serviert bekommen und wartete offenbar geduldig darauf, daß auch das Essen käme, um dann mit gutem Gewissen den Schnaps kippen zu können. Ein Luftzug von dem großen Ventilator an der Decke, der sich dort aus irgendeinem mysteriösen Grund dreht, als wäre es ein Hotel in den Tropen, fächelte ein bißchen in seinem großen roten Schnurrbart.

Ich war grade feierlich an das große kalte Buffet getreten und hatte begonnen, mir von den verschiedenen Sorten von eingelegten Heringen zu nehmen, als ich eine Stimme hinter mir hörte. Sie lag irgendwo zwischen erstem Baß und Bariton, und es war genau die Art von Stimme, die unbezahlbar ist, wenn es darauf ankommt, die Damen in der Taxizentrale zu verführen, weil man einen Wagen haben will, obwohl eigentlich kein Wagen abkömmlich ist. Warm, klar, mit einer Art von sanft beschwörender Modulation, Gott weiß, ob diese Stimme nicht auf einer Schallplatte millionenfach hätte verkauft werden können.

– Heda, Putte!

– Ich heiße nicht Putte, brüllte ich zurück, da ich ein wenig gekränkt war. Obwohl ich der erste wäre, es abzustreiten, wenn das jemand in einer Diskussion behaupten würde, so halte ich doch ziemlich auf Formen. Besonders wie hier im Speisesaal eines Hotels. Ich mag es nicht, wenn Leute mich ansehen. Man soll sich nicht aufspielen.

Aber die andere Gruppe war so sehr mit ihren infantilen Scherzen beschäftigt und jetzt beim dritten Schnaps dermaßen in ihre eigene Lustigkeit vertieft, daß nur eine Bombe sie hätte aus der Ruhe bringen können.

– Ich nenne alle Leute Putte, die ich nicht kenne, rief er zurück. Obwohl er das nicht besonders laut rief, hatte seine Stimme eine solche Tragkraft, daß es in einem der Kristallüster des Speisesaals ganz leicht klirrte und ein Prisma sich unstet hin und her bewegte.

Der Kellner begann schon herüberzuschauen.

Wie auch immer, aus irgendeinem Grund ging ich zu seinem Tisch hinüber, um ihn mir etwas näher anzuschauen. In dieser Stimme war irgend etwas, dem man einfach nicht widerstehen konnte.

– Wenn das so ist, sagte ich, gedenke ich dich ebenfalls Putte zu nennen.

– Ja, das ist ganz recht so, sagte er. Das tun alle meine Bekannten, obwohl ich eigentlich Peter heiße. Sie nennen mich Putte Jonsson.

– Ich heiße Herdin.

– Guten Tag, Putte Herdin, hör mal, willst du dich nicht hierher setzen? Das hat doch keinen Sinn, da drüben zu sitzen und zu schmollen.

– Ich sitz doch nicht da und schmolle.

– Das seh ich doch, daß du dasitzt und schmollst.

– Und was ist mit dir? Wohnst du hier im Hotel?

– Ich wohne oft hier. Ich verkaufe Traktoren für die landwirtschaftliche Genossenschaft vom Bezirk Norrköping. Ich bin mindestens viermal im Jahr hier und werbe für meine Traktoren.

– Geht das eigentlich gut, am dritten Weihnachtstag in Trummelsberg Traktoren zu verkaufen?

Er überlegte gründlich, schluckte noch einen Bissen von dem Lachsbrot herunter, betrachtete mißvergnügt das leere Schnapsglas und sagte dann nachdenklich:

– Es ist ein bißchen leer und traurig geworden daheim. Meine Dakkelhündin hat im Herbst ein bißchen komisch zu laufen angefangen. Ich dachte, es wäre nicht so schlimm, ab und zu passieren ihnen ja irgendwelche Sachen. Aber der ganze Rücken war kaputt. Ein paar Tage vor Weihnachten mußte ich sie töten. Ich bin so daran gewöhnt, sie in der Wohnung herumtrapsen zu hören, daß ich es nicht mehr ausgehalten habe, morgens in aller Frühe in meinem Bett zu liegen und auf Pfötchen zu horchen, die nicht mehr da waren. Kann man denn in diesem Lokal nicht endlich einen neuen Schnaps bestellen?

– Ich verstehe, sagte ich, ohne ganz sicher zu sein, daß ich wirklich verstanden hatte.

– Und dieser Dackel, sagte ich vorsichtig, der war also das einzige, was du gehabt hast?

– Aber nein, sagte Putte. Was ist das für ein sentimentaler Quatsch? Ich habe eine Frau und vier Kinder. Aber die Kinder haben Abitur gemacht und den Magister der Philosophie und sind verlobt und unter der Haube und schon lange fortgezogen zu einer Filiale der Kugellagerfabrik in Valparaiso. Und meine Frau ist zu einer Tante gefahren, die todkrank ist.

Ich wäre grade an diesem Weihnachtsfest mit dem Dackel allein geblieben. Begreifst du jetzt?

– Nein, sagte ich offenherzig. Du sagst doch, der Dackel sei tot.

– Wenn ich sage »mit dem Dackel allein«, dann meine ich damit, daß ich nicht dasitzen und mich nach dem Geräusch der Pfoten auf dem Linoleum sehnen möchte. Ist der Kellner nach Hause gegangen, oder kann man vielleicht doch noch einen Schnaps in diesem Lokal kriegen?

– Wie ist es denn, Traktoren zu verkaufen?

– Es ist schon leichter gegangen. Die Leute haben kein Geld mehr. Ich nenne gewöhnlich die Bauern auch Putte. Sie sind entzückt darüber.

– Tatsächlich?

– Heutzutage kommt so selten jemand vorbei und spricht mit ihnen. Nur wenn sie zur Bank fahren und über ihre Kredite reden, dann sprechen sie mit Leuten.

Wir saßen eine Weile stumm da. Die Lichter an dem großen, dürren Weihnachtsbaum im Speisesaal funkelten matt. Draußen im Vorzimmer spielte jemand hektisch an diesem blöden Apparat an der Wand herum, mit dem man sein Reaktionsvermögen testen kann. Der Kellner mit dem Schnaps ließ sich unendlich viel Zeit. Er war es nicht gewöhnt, daß jemand es eilig hatte, und wir hatten es auch nicht eilig.

Draußen hatte es aufgehört zu schneien.

Schließlich bekamen wir unsere Schnäpse. Der, der darauf bestand, sich Putte zu nennen, wandte sich mir vertraulich zu und sagte:

– Jetzt glaube ich oft, daß ich ein beinah vollkommen glücklicher Mensch bin.

– Wie meinst du das, um Gottes willen, sagte ich.

– Die Kinder sind erwachsen. Ich kann mich meiner Frau widmen, wir können wieder tun, was wir wollen.

– Das muß schön sein, sagte ich.

– Klasse.

Und 1966 habe ich mir einen Mercedes für nur zwölftausend gekauft, ziemlich alt. Ich mußte die vorderen Kotflügel auswechseln, das habe ich selbst gemacht. Und dann habe ich ein paar Buchsen erneuert. Und einen von den Sitzen habe ich ausgetauscht gegen einen, den ich in einer alten Garage gefunden hab. Damals hatte er zweihunderttausend oder dreihunderttausend Kilometer drauf. Man kann es auf dem Zähler nicht sehen. Seitdem bin ich bestimmt noch mal zweihunderttausend gefahren.

Ich hörte ihm zu wie verhext. Ich hatte so etwas noch nie erlebt. Er konnte über Spiegeleier reden oder über Dieselantrieb bei Autos oder über was auch immer, und es klang wie die tiefste Weisheit. Kein Wort durfte mir entgehen. Manchmal glaube ich, daß alle Weisheit aus dem *Inneren* des Menschen kommt, daß nichts, ich sage nichts und ich meine nichts, sich in Worten ausdrücken läßt.

– Dieselantrieb, verstehst du, das ist das einzig Wahre. Das macht einen Unterschied von zwei- oder dreitausend Kronen im Jahr.

– Ich für mein Teil habe noch nie einen Wagen gehabt, weil ich eigentlich nicht wüßte, wohin ich fahren sollte.

– Verstehst du, fast alles, was ich für den Wagen ausgegeben hab, habe ich wieder hereingekriegt.

– Wie denn das?

– Durch Reisespesen.

– Ach ja, das ist klar.

Wer Traktoren verkauft, bekommt natürlich Reisespesen.

– Das war wirklich ein phantastisches Jahr.

– Welches Jahr?

– 1966 natürlich. 1966 lief alles unwahrscheinlich gut. Es fing damit an, daß ich eine Tante, die Schwester meines Vaters, ausfindig machte, von der ich gar nicht gewußt hatte, daß es sie gab. Meine Verwandtschaftsverhältnisse sind ein bißchen kompliziert, verstehst du. Meinem Vater zum Beispiel bin ich nie begegnet.

Sie wohnte in Skåne. Anfang Mai, oder war es Anfang Juni, ich hatte grade diesen Wagen in Ordnung gebracht, jedenfalls war Pfingsten. Und da fuhren wir bis nach Skåne hinunter und besuchten die Tante.

Sie hatte ein schönes altes Haus am Meer, überall duftete es nach Apfelblüten. Wir saßen auf ihrer Veranda und sprachen über meinen Vater, den ich nie gesehen habe, und über die Verwandtschaft meines Vaters. Es war phantastisch, verstehst du, ganz phantastisch.

Als wir da saßen, meine Frau und ich, entdeckten wir, daß dies etwas Schönes war, daß es der Anfang von etwas Neuem war: jetzt fängt das Leben noch einmal an, du verstehst, was ich meine.

– Ich verstehe genau, was du meinst, sagte ich. Seit drei oder vier Tagen habe ich selbst das gleiche Gefühl.

Es ist sonderbar, wenn wir leben wie gewöhnlich, haben wir überhaupt nicht das Gefühl, daß wir auf eine andere Art leben könnten, und wenn dann so ein Tag kommt, wo man fühlt, jetzt kann ich auf eine andere Art zu leben anfangen, ja, dann kann man es einfach nicht fassen, warum man nicht schon die ganze Zeit auf eine andere Art gelebt hat. Was hindert uns eigentlich daran?

Das war die längste Äußerung, die ich seit mehreren Wochen getan hatte.

– Dann kamen wir wieder hin, mehrere Male. Die Tante ist 1968 gestorben, hat mir aber das Haus vermacht, und ich benutze es als Sommerhäuschen. Im Herbst und im Frühjahr fahre ich oft übers Wochenende hinunter. Im Herbst grabe ich die Erde um die Apfelbäume herum auf und sowas, du weißt schon.

– Das klingt schön.

– Unheimlich schön.

Jetzt glaube ich, daß ich ein vollkommen glücklicher Mensch bin.

– Ich wünschte, ich könnte dasselbe sagen, sagte ich.

– Dann bist du also nicht besonders glücklich?

– Das ist ein bißchen schwer zu erklären. Ich kriege sozusagen kein Bein auf die Erde.

Aber um die Wahrheit zu sagen, in den letzten Tagen ist es mir schon etwas bessergegangen.

– Wieso denn? Hast du im Lotto gewonnen?

– Nein. Aber ich habe etwas gefunden, für das ich mich interessieren kann. Das muntert mich auf.

– Ansonsten findest du es beschissen?

– Ich finde es nicht schön, in Trummelsberg zu wohnen. Ich hatte ein Mädchen, aber mit dem mag ich mich nicht mehr treffen. Das einzige, woraus ich mir wirklich etwas mache, ist Musik, oder das einzige, woraus ich mir bis vor kurzem wirklich etwas gemacht habe, war Musik. Jetzt gibt es noch etwas, woraus ich mir etwas zu machen begonnen habe. Ich weiß nicht, wie das gehen wird, aber ich habe beschlossen, für eine Weile ich selbst zu sein, und das bin ich so selten gewesen, daß es mir vorkommt, als würde ich einem völlig fremden Menschen begegnen.

– Was willst du denn nun anfangen?

– Ich will herausfinden, ob es die Liebe gibt.

– Natürlich gibt es sie.

– Da bin ich nicht so sicher.

Wir schwiegen eine Weile. Dann sagte ich:

– Ich finde, daß die Gesellschaft beschissen ist, daß es eine brutale, kalte und vor allem verlogene Gesellschaft ist, die Humanität und Anteilnahme heuchelt, während in Wirklichkeit kein Mensch auch nur in einer einzigen Sekunde seines Lebens das Gefühl hat, daß jemand für ihn oder für sie Verantwortung übernimmt. Eine Lügengesellschaft, in der eigentlich nur eines passiert, daß nämlich Menschen immer mehr ausgebeutet werden.

– Aber Geld hast du doch wohl.

– Das ist es nicht. Es geht darum, daß niemand eine Verwendung für mich hat. Ich bin hier …

(Dieses letzte muß ich herausgeschrien haben, denn da war nicht einer von den drei Kellnern, der nicht mißbilligend zu mir herübergeschaut hätte. Die lärmende Runde dagegen schien keinen einzigen Laut gehört zu haben.)

Ich bin hier. Es ist nichts Besonderes an mir, aber auf alle Fälle bin ich hier, mit all meinen Sinnen, mit der Erfindungsgabe, der Schläue, der Sensibilität, die ich habe, mit der Wärme und Nettigkeit, die ich aufbringen kann – und dies wird natürlich immer weniger, je mehr Zeit vergeht –, und niemand nimmt mich in Anspruch, niemand hat eine Verwendung für mich. Ich verleihe meine Kenntnisse in der Mathematik. Das ist alles. Das ist das einzige, was ich zu verkaufen habe.

Und nicht einmal der Teufel selbst kann mir sagen, was ich mit dem übrigen anfangen soll.

Aber jetzt – ja, weiß der Teufel, was passieren wird, denn jetzt haben die Dinge sich zu verändern begonnen. Es weht irgendwie ein schärferer Wind, verstehst du, ich sehe die Risse im Lügengewebe.

Putte dachte angestrengt nach. Dann sagte er in seinem freundlichen, etwas lässigen Stockholmer Dialekt (und der ließ mich an etwas denken, was früher einmal in den Stimmen meiner Onkel gewesen war):

– Hör mal, du bist völlig fertig. Du mußt es erst mal mit der Ruhe nehmen. Du darfst nichts überstürzen.

– Ich habe nicht gesagt, daß ich vorhabe, hinzugehen und mich aufzuhängen, sagte ich. Ganz im Gegenteil. Was ich sage, ist, daß ich anfange, die Risse im Gewebe zu sehen.

Hier wurden wir dadurch unterbrochen, daß einer der Herren am anderen Tisch seiner Tischdame in den Schoß kotzte. Es gab ein großes Hallo, und der Oberkellner kam mit Putzeimer und Lappen herbei, aber aufwischen mußte einer von den Kellnern. Es müssen Stammgäste gewesen sein, denn niemand machte Miene, jemanden rausschmeißen zu wollen. Ganz im Gegenteil. Man nahm es ziemlich gelassen hin.

– Hör mal, Putte, sagte Putte.

– Ja, sagte ich.

– Diese Sache mit dem Sex, man denkt doch kaum mehr an was anderes, oder?

– Ja, das kommt wohl drauf an. In meiner Schule hatte ich einen nazistischen Deutschlehrer, der immer behauptete, an das Sexuelle dächte man nur, wenn man sich nicht genug im Freien aufhalten und zu wenig Sport treiben würde.

– Der wußte sicher nicht viel vom Leben.

– Ich sage ja, daß er ein Nazi war. Ein verdammter Schuft.

– Aber warum sind alle Leute so vollkommen wahnsinnig mit dieser Sache beschäftigt? Warum spielt sie eine so ungeheure Rolle?

– Aber das ist doch nicht so erstaunlich?

– Verstehst du, ich habe allmählich den Verdacht, daß sich die Leute da hineinflüchten, weil sie nicht wissen, wo sie sonst hinsollen.

Und ich tat alles, um zu verbergen, daß ich von seiner Idee eigentlich ziemlich ergriffen war.

Die Ozeane der Verworrenheit in mir kamen sozusagen für einen Augenblick ins Schwappen.

Dann wurden wir immer betrunkener und betrunkener und fingen an, einander alle möglichen absonderlichen Geschichten zu erzählen.

Putte Jonsson war einmal sehr verdutzt gewesen, als er an einem regnerischen Augustabend mit der U-Bahn zwischen den Stationen Hötorget und Medborgarplatsen unterwegs war. Es waren ziemlich viele Leute in der Bahn.

Ein Mädchen mit schönem dunklen Haar hatte ganz nah neben ihm gestanden und sich an der Haltestange festgehalten, und er hatte sich auch mit einer Hand an der Stange festgehalten, so nah an ihrem Haar, daß er die Wärme davon spüren konnte. Und er hatte vorsichtig die Hand näher und näher herangerückt. Und einen Augenblick bevor sie ausstieg, hatte sie ganz einfach die Wange an seine Hand gelehnt, freundlich und völlig ohne Furcht, hatte die Wange einen Augenblick lang an seiner Hand gerieben und war dann einfach ausgestiegen.

Ihr Gesicht hatte er gar nicht gesehen.

Ein Junge verschwindet

Wieder kamen und gingen ein paar vollkommen ereignislose Tage. Nicht einmal Zeitungen gab es, in denen man etwas über den Bergwerkstreik und über irgendwelche Berühmtheiten hätte lesen können.

Ein spanisches Flugzeug stürzte über dem Stockholmer Flughafen Arlanda ab, und es brauchte fast einen ganzen Tag, bis jemand dort hinauskam, um sich der zum größten Teil toten oder erfrorenen Insassen anzunehmen.

Es fiel wieder Schnee. Es begann, richtig kalt zu werden.

Ich half meinem Hauswirt mit dem Schneeschippen, damit er wenigstens seinen alten Wagen aus der Garage herausbekommen konnte. Er wollte über Neujahr mit seiner Familie zum Skilaufen in irgendeine Hütte im Sälenfjäll fahren, die ein Bekannter ihm zur Verfügung gestellt hatte.

Ich überlegte mir ernstlich, ob ich nicht im Stadthotel anrufen und nachfragen sollte, ob Putte Jonsson noch da wäre. Aber ich machte es nicht.

Es waren nicht mehr viele Tage übrig von den sechziger Jahren. Sie gingen ihrem Ende entgegen. Ich sah mich jeden Morgen feierlich im Spiegel an und sagte zu mir selbst: mein Ziel muß es sein, jetzt wie früher, die nächste Woche zu überleben, die nächste Woche, die nächste Woche.

Wir fangen noch einmal an. Wir geben nicht auf.

Wer in Trummelsberg spazierengehen will, muß sehr viel Phantasie haben, denn es gibt nur zwei Richtungen, in die man gehen kann; die Straße hinab oder die Straße hinauf. Ich spazierte an verschiedenen Tagen in beide Richtungen, und es sah genauso aus, wie man hätte erwarten können, daß es aussehen würde.

Am Tag vor Silvester, vormittags um elf Uhr herum, hatte ich gerade einen Spaziergang, beendet, diesmal die Straße hinunter, war heimgekommen und hatte den ziemlich zerfressenen Kessel auf den Herd gestellt, als die Dinge ins Rollen kamen.

Es war die letzte richtig ruhige halbe Stunde in meinem Leben, und sie würde mir nicht fehlen, wenn ich mein Leben noch einmal leben könnte.

Kaum hatte das Wasser zu kochen begonnen, als es an der Tür klingelte. Da stand das Mädchen, das Claire hieß. Sie blieb auf der Schwelle stehen, war außer Atem und die Backen waren rot, sie hatte irgendeine blöde Sportjacke aus Plastik an, mit einem imitierten Pelzkragen. Heute sah sie viel jünger aus. Wir sahen einander an und wußten schon Bescheid über alles, was geschehen war, und alles, was geschehen würde.

– Wie nett, daß du hergekommen bist, sagte ich. Komm herein, ich habe grade Teewasser aufgestellt.

Sie trat sehr zögernd über die Schwelle. Ich hätte fast Lust gehabt, sie zu fragen, wovor zum Teufel sie sich denn fürchtete. Bildet sie sich vielleicht ein, ich würde Mädchen aus der Parallelklasse von der, in der ich Klassenlehrer bin, zu verführen versuchen. Dann irrt sie sich.

– Komm herein, sagte ich, und schau dich bei mir um. Wie steht's mit Lars?

Ich legte ihr den Arm um die Schultern und führte sie in die Küche. Mir fiel auf, was für einen festen, warmen, kräftigen Rücken sie hatte unter ihren Jacken und all der Wolle.

– Komm mit raus in die Küche und erzähl mal, sagte ich. Wie gesagt, ich bin grade dabei, etwas Tee zu machen.

Sie setzte sich ziemlich apathisch an den Küchentisch.

Ich holte die Teetassen hervor und das kleine viereckige Päckchen mit Flora-Margarine und eine Blechbüchse, auf deren Boden sich ein paar Pfefferkuchen befanden, und als ich die Sachen auf den Tisch stellte, begriff ich, daß sie abgrundtief verzweifelt war.

Die Schultern zuckten dann und wann. Sie weinte oder schluchzte vielmehr in sich hinein. Ich setzte mich neben sie auf's Sofa und legte ihr noch einmal den Arm um die Schultern. Das schien sie zu beruhigen.

Aus der Tasche zog sie plötzlich ein Stück zerknittertes Zeitungspapier und steckte es mir wortlos in die Hand.

Ich faltete es auseinander, massenhaft Tabakskrümel fielen aus den Kniffen, und las:

17 JÄHRIGER BEWUSSTLOS

Es war offenbar ein Stück aus der *Vestmanlands Läns Zeitung*.

NACH SCHNÜFFELN AN VERDÜNNUNGSMITTEL EINGELIEFERT

In den Feiertagen wurde ein 17jähriger Junge aus Trummelsberg ins Bezirkskrankenhaus von Västerås eingeliefert, nachdem er ein Verdünnungsmittel inhaliert hatte. Der Zustand des Jungen war kritisch, als er ins Krankenhaus kam, hat sich aber am Sonntag etwas gebessert. Das Verdünnungsmittel hatte er sich in einem Freizeitheim in der Umgebung verschafft. Als die Polizei in dem Heim eintraf, standen mehrere der anwesenden Jugendlichen unter dem Einfluß von Alkohol oder hatten sich an Verdünnern berauscht.

Im Zusammenhang mit dem Schnüffeln von Verdünnungsmitteln hat es bereits mehrere Todesfälle in der Gegend von Fagersta gegeben.

– Mein Gott, sagte ich. Mein Gott. Ist er noch im Krankenhaus?

– Ich glaube schon, sagte sie. Er ist auf jeden Fall nicht zurückgekommen.

Du bist wohl nicht ganz bei Trost, du verdammte Närrin, sagte ich. Hast du denn nicht dort angerufen?

– Kann man das, sagte sie. Ich hab mich nicht getraut.

Ich rannte zum Telefon, überlegte es mir aber im letzten Moment anders. Ich hatte einfach nicht den Mut dazu.

– Wir fahren zum Krankenhaus, du und ich.

– Geht denn ein Bus?

– Darauf pfeifen wir. Wir nehmen ein Taxi.

Der Fahrer dachte zuerst, einer von uns wäre krank, und fuhr wie ein Wahnsinniger, bis er kapierte, daß wir nur einen Krankenbesuch machen wollten.

Als wir bei den Hüttenwerken von Virsbo waren und über die Brücke fuhren, sagte sie:

– Glauben Sie, daß er sterben wird?

– Das ist nicht ausgeschlossen, sagte ich und staunte über meine eigene Grausamkeit.

Sie weinte nicht mehr. Sie wirkte ruhiger und saß da und schaute in die Scheinwerfer der entgegenkommenden Autos, die im Zwielicht auftauchten. Es war schon gegen ein Uhr mittags.

– Wie zum Teufel ist das passiert, sagte ich. Wieviel weißt du eigentlich darüber?

– Die Polizei war am dritten Feiertag dort draußen und hat ihn zu einem Verhör mitgenommen.

– Die Polizei? Warum denn das um Gottes willen?

– Es war irgendwas wegen geklauter Mopeds.

– Herrgott noch mal, hat er damit auch was zu tun gehabt?

– Sie haben ziemlich viele davon in einem der Schuppen dort draußen gefunden. Ich weiß, daß er sie nicht gestohlen hat, aber er hat sie für ein paar Typen, die sie klauen und sie in Ludvika verkaufen, aufgebohrt und umgeändert.

Er hat den ganzen Vormittag bei der Polizei gesessen, dann bei mir zu Hause. Er war ziemlich fertig.

– Was hat er gesagt?

– Daß sie seine Mopeds gefunden haben und behaupten würden, er wäre der Anführer von dem Ganzen, und daß sie ihn nicht einlochen können, weil er sie nur aufgebohrt hat und ein bißchen was dran geändert hat.

Und dann hat er gesagt, es hätte alles keinen Wert.

– Was?

– Ja, es hätte alles keinen Wert. Dann ist er abgehauen. Wir hatten ausgemacht, daß ich nach Haggars ins Freizeitheim mitkommen sollte. Aber als ich mir die Stiefel angezogen hatte, war er schon weg. Am nächsten Tag hab ich dann alles erfahren, von ein paar Typen, die ich kenne.

– Hat er davor schon mal was mit Verdünnungsmitteln zu tun gehabt?

– Sie spinnen wohl.

Plötzlich sah sie aus wie ein kleines verkniffenes, mürrisches altes Weib, das daran gewöhnt ist, mißverstanden zu werden, gewöhnt, daß ihr niemand zuhört, und es kam mir in den Sinn, daß hinter ihr ganze Generationen von solchen mürrischen kleinen Weibern stehen müßten.

Das Taxi kostete einhundertfünfundsiebzig Kronen, und sie sah voller Bewunderung zu, wie ich bezahlte. In der Gegend, wo sie wohnt, können die Leute sich so etwas nicht grade oft leisten. Das kann ich auch nicht.

– Jetzt gehen wir rein, sagte ich.

– Ist es hier, sagte sie.

Im Bezirkskrankenhaus leuchtete die Empfangshalle, oder wie man das nennen soll, wie ein Luxushotel in der winterlichen Dunkelheit. Nicht weniger als vier Weihnachtsbäume erstrahlten in verschiedenen Ecken, und da war ein starker Geruch nach nassen Wollsachen von alten Weibern, und hier und da saßen die Leute in langen Reihen und warteten. Ich hatte keine Ahnung, daß es so viele Leute gab, die mitten in der Weihnachtszeit krank waren.

Ein Junge, der den ganzen Fuß in Gips hatte, hüpfte auf Krücken vor dem Zeitungsstand herum, auf einer Bahre war undeutlich das unendlich schmale, bläuliche Gesicht eines Greises zu erkennen, der sicher sterben würde, er lag vor einem Aufzug und wartete geduldig.

Die Dame am Informationsschalter machte keinen besonders interessierten Eindruck. Lars Carlsson, sagte sie, ja, der liegt auf der Intensivstation. Den können sie nicht besuchen.

– Wir scheißen auf das Weib, sagte Claire, wir gehen hin.

– Gut, sagte ich.

Man mußte sich durch einen Wald von Wegweisern und Schildern, gestrichelten Linien und Gott weiß was für Anordnungen hindurchfinden. Wir fuhren ein paarmal mit dem Aufzug und schlüpften durch ein paar Durchlässe. Plötzlich war kein Mensch mehr zu sehen, nur noch große Türen aus Milchglas und eine Klingel.

Die Schwester kam und machte die Tür auf. Ich sah sofort, daß sie ein anständiger Mensch war. Sie war klein und dunkelhaarig, mit auffallend sinnlichen Lippen und klugen braunen Augen. Sie sprach einen ausgeprägten gotländischen Dialekt.

– Aber Sie müssen verstehen, auf einer Intensivstation kann man nicht einfach kommen und gehen, wie man will.

– Dieses Mädchen ist die Freundin des Jungen, sagte ich. Und ich bin sein Lehrer. Wir wohnen ein paar Dutzend Kilometer weit von hier und sind mit einem Taxi hierhergefahren, um zu sehen, wie es ihm eigentlich geht.

Wir sind nicht erkältet, und die Schuhe können wir uns ausziehen.

– Kommen Sie hier herein, sagte sie, nahm uns mit ins Schwesternzimmer und begann, in den Krankenberichten herumzusuchen.

– Ist er noch am Leben, sagte Claire.

– Hat er einen Gehirnschaden, sagte ich.

Die gotländische Schwester steckte den Bleistift in den Mund.

– Ja, das ist ein ernster Fall, sagte sie. Von einem Gehirnschaden weiß ich nichts, aber er ist immer noch bewußtlos. Er scheint eine ziemlich starke Dosis abbekommen zu haben. Er bekommt eine intravenöse Tropfinfusion.

– Was ist das, sagte Claire.

– Er bekommt Flüssigkeit und verschiedene Nährstoffe durch einen Schlauch direkt in die Armvene geleitet, sagte die Schwester.

– Dürfen wir ihn nicht sehen, sagte Claire.

– Ziehen Sie sich die Holzschuhe da an, dann dürfen Sie ihn durch ein Fenster sehen.

Wir taten, was sie uns gesagt hatte, und konnten ihn durch die Glasscheibe der Tür sehen.

Die Infusion wurde aus einer Flasche gemacht, die in einem Gestell über ihm hing, und auf irgendeine idiotische Art war ich so darauf fixiert, daß es eine ganze Weile brauchte, bis ich den Jungen richtig wahrnahm.

Die Flüssigkeit in der Flasche war pißgelb, ich hoffe, daß sie trotzdem gut für ihn war. Claire atmete neben mir, und plötzlich nahm sie mich bei der Hand. Der Körper unter der blauen Decke dort drinnen bewegte sich überhaupt nicht. Er hätte ebensogut tot sein können. Das ist es natürlich, was den Unterschied zwischen Bewußtlosigkeit und Schlaf ausmacht, dachte ich.

Im Schlaf bewegt man sich die ganze Zeit, man wälzt sich hin und her.

Wer bewußtlos ist, liegt regungslos da. Ich konnte das Haar erkennen und etwas vom Gesicht. Alles sah so unheimlich bleich aus.

Wer bewußtlos ist, hat Würde. Der Junge sah klein aus, die Wölbung, die sein Körper unter der Decke verursachte, wirkte nicht größer, als wenn es ein Zehnjähriger gewesen wäre, und doch hatte er eine Riesenhaftigkeit, eine Größe, die nicht physisch war.

Da liegt einer der großen Mathematiker unserer Zeit und stirbt, dachte ich, und es wurde mir heiß im Zwerchfell. Ich fühlte mich flau und einer Ohnmacht nahe und hatte kalten Schweiß auf der Stirn.

– Kann ich mich irgendwo hinsetzen, sagte ich.

– Was ist los, sagte Claire.

– Ich glaube, ich werde ohnmächtig, sagte ich.

– Hier, Sie spinnen ja, sagte sie.

Ich tastete mich in das Zimmer der Schwester hinein.

– Ich fühle mich halb ohnmächtig, sagte ich. Darf ich mich einen Augenblick hinsetzen.

– Legen Sie sich hier auf die Liege, sagte die Schwester, die nicht im geringsten erstaunt zu sein schien.

Sie brachte mir sogar ein Glas Wasser. Claire stand daneben, und ich hatte die ganze Zeit über das widerliche Gefühl, daß sie mich ablehnte, daß sie hinter etwas gekommen war, was sie als eine Schwäche, einen Verrat auffaßte, und ungefähr in diesem Augenblick spürte ich, daß ich nicht mehr die geringste Lust dazu hatte, ohnmächtig zu werden.

Danke, es war nur ein vorübergehendes Unwohlsein, sagte ich. Es hat mich so mitgenommen, den Jungen da drinnen zu sehen, so ein junger Kerl und so völlig kaputt.

Es ist viel besser geworden mit ihm in den letzten vierundzwanzig Stunden, sagte die Schwester.

– Inwiefern?

– Der Puls ist gleichmäßiger geworden, das EKG und das EEG sind viel besser.

– Ich lasse meine Telefonnummer da. Rufen Sie mich an, wenn es ihm besser oder schlechter geht.

Sie versprach, daß sie das tun würde.

– Wir nehmen den Bus heim, sagte Claire, als wir aus der Vorhalle des Krankenhauses herauskamen.

– O. K., sagte ich, aber wann geht denn ein Bus?

– Wir rufen beim Busbahnhof an und fragen.

Der nächste Bus ging abends um neun. Es war kurz vor drei Uhr.

– Was sollen wir in der Zwischenzeit machen, sagte Claire.

– Wir fahren mit dem Stadtbus in die Stadt, dann sehen wir weiter, sagte ich.

Eine große Wolke von Dohlen schwebte um den Turm des Doms. Der Markt war vollkommen leer und ausgestorben. Das Café Blå Bandet drüben auf der anderen Seite des Marktplatzes war erleuchtet.

– Ich hasse diese Konditoreien, sagte ich.

– Die an der Brücke hat ganz anständige Plunderhörnchen, sagte Claire.

Unentschlossen ließen wir uns einfach von unserem Schwung weitertreiben, vorbei an der Konditorei an der Brücke und die Hauptstraße hinauf. Ich erzählte ihr, daß der Oxbacken früher einmal ungefähr doppelt so abschüssig gewesen war und daß es nicht selten passierte, daß die Erzfuhren verunglückten, wenn sie den steilen Hang hinunterfahren sollten. Noch in meiner Kindheit konnte man die Gehwege sehen, die hier oben auf einer Art von hohem Damm mit Eisengattern entlangführten, sagte ich. Ich erinnere mich daran, weil ich mir an einem solchen Eisengatter einmal fast die Zunge festgefroren habe, als ich klein war.

– Hier ist es genauso leer wie in Trummelsberg, sagte sie.

– Meinst du, er hat wirklich Mopeds gestohlen, sagte ich.

– Er hat an ihnen herumgemacht und sie aufgebohrt, sagte sie.

– Das kann kein so schlimmes Verbrechen sein, sagte ich. Dafür kommt man nicht ins Fürsorgeheim, daß man Mopeds aufbohrt.

– Aber dafür, daß man sie klaut, sagte sie.

– Aber er hat ja bei dem Diebstahl gar nicht mitgemacht, sagte ich. Er hat sie ja nur aufgebohrt.

– Das wird ihm niemand glauben, sagte sie. Es spielt keine Rolle, er wird sowieso nicht am Leben bleiben.

– Du spinnst, sagte ich. Die Schwester hat doch gesagt, daß es ihm viel besser geht.

– Sie haben doch gesehen, wie blaß er war, und diese Schläuche im Arm.

– Aber woher hat er das Verdünnungsmittel bekommen?

– Sie haben da schon jahrelang Verdünner gehabt.

– In Haggars?

– Er hat nur bis jetzt noch nie welche genommen.

– Verdammter Narr, sagte ich. Verdammter, dummer Narr.

– Er hat gesagt, er findet, daß nichts mehr einen Sinn hat.

– Aber warum denn? Das kapiere ich ja eben nicht! Weil die Polizei da war?

– Das hat er schon gemeint, bevor sie dagewesen sind. Ich glaube, es war, weil ich mit ihm Schluß gemacht habe.

– Du spinnst. Wann war das?

– Ein paar Tage vor Weihnachten.

– Warum hast du das denn gemacht?

– Ich weiß nicht, sagte sie. Es klang ganz aufrichtig.

Sie ging und starrte vor sich hin auf die Straße hinunter, klein und zusammengekrümmt wie so ein altes Mütterchen, und ich legte ihr den Arm um die Schultern. Es schien, als würde sie das mögen, denn nach ein paar Minuten hörten die Schultern auf zu zucken. Sie schmiegte sich an mich.

Ich habe keine Tochter, dachte ich, keine Töchter, überhaupt keine Kinder.

Wir trotteten zurück zu der Konditorei an der Brücke. Dort saßen ein paar Jugendliche in einer Ecke, ziemlich ruhig. Die Konditorei hatte auch einen Weihnachtsbaum.

Es kam mir in den Sinn, daß ein Besucher von einem fremden Planeten sich über all diese Weihnachtsbäume wundern würde.

Während wir da saßen, kam dieses eklige brennende Gefühl im Magen wieder und die gleiche eklige Empfindung, daß ich kurz davor wäre, ohnmächtig zu werden.

Es ging diesmal etwas schneller vorüber, aber es begann mich wirklich zu beunruhigen. War ich dabei, ein Magengeschwür zu kriegen, oder was um Gottes willen war los?

– Was ist los, sagte sie.

– Ich fühle mich wieder scheußlich, sagte ich.

– Ich auch, sagte sie.

– Du, sagte sie, warum versuchen wir nicht, nach Hause zu trampen?

Wir lächelten uns mit einem plötzlichen Lächeln an. Es war nur so ein Gefühl, wie wenn man ein klein wenig aufwacht.

Der Planet der Wolle kreist um eine Sonne von niederer Spektralklasse

Es war kein Kunststück, jemanden zu finden, der uns mitnahm. Zuerst war es ein Typ, der nach Köping wollte, um mitten in den Feiertagen Kurbelwellen für das Volvo-Werk zu holen, und der ziemlich besorgt war, weil ja zu dieser Jahreszeit während der Feiertage keine Fernlaster fahren dürfen, aber andererseits gibt es nie irgendwelche Kontrollen.

Er setzte uns an der Industriestraße nach Fagersta ab, und es ging mir einen Augenblick lang durch den Kopf, daß es nicht besonders gut wäre, wenn einer von den Lehrern unserer Schule vorbeikommen und uns mitnehmen würde. Wie erklärt man, daß man in den Feiertagen mit Mädchen aus der Parallelklasse beim Trampen unterwegs ist?!

Es war kein Bekannter, der uns mitnahm, sondern ein netter Kerl in einem Volvo Duett.

Wir setzten uns hinter ihn, weil er auf dem Vordersitz ein paar Kartons gestapelt hatte. Gott weiß, wozu er die brauchte.

Vielleicht fuhr dieser Typ ein ganz, ganz klein wenig unvorsichtig. Das ist übrigens gar nicht so sicher, er war wahrscheinlich ein sehr erfahrener Autofahrer und hatte daher ein sehr ausgeprägtes Gefühl für den Spielraum, in dem man sich bewegen muß, um in der Winterzeit Unfälle zu vermeiden. Aber schon nach seinem ersten Überholmanöver bekam ich furchtbare Angst, daß etwas passieren würde, ein entsetzlicher Frontalzusammenstoß, bei dem wir alle umkommen würden oder etwas ähnliches. Er hielt wohl etwa eine Geschwindigkeit von hundertzwanzig und überholte die meisten Autos, die in der Winterdämmerung auftauchten, und das ging auch ganz hervorragend, aber dennoch saß ich die ganze Zeit über schreckensbleich auf meinem Platz und wartete darauf, daß wir unwiderruflich ins Schleudern geraten würden.

So kam es, daß ich nicht besonders viel mit Claire reden konnte, ich saß da und drückte mich in den Kurven an sie und hielt jedesmal ganz fest ihre Hand, wenn wir wieder zum Überholen ansetzten, aber sie muß mich sehr gut verstanden haben, denn sie verlor kein Wort darüber.

Natürlich ging alles ganz hervorragend; der Typ setzte uns an der Einfahrt nach Trummelsberg ab, und wir stapften durch den Schnee davon.

Ich kaufte Zigaretten im Kiosk, der sich schräg gegenüber auf der anderen Straßenseite befindet, Zigaretten und Abendzeitungen.

Zur Winterzeit strömt eine muffige Wärme, die nach Tabak, Bonbonpapier und Druckerschwärze riecht, aus dem Inneren des Kiosks. Ich stand da und spürte diesen Geruch, der mich nachdenklich machte. Sehr nachdenklich.

– Jetzt gehen wir rauf zu mir, sagte ich.

(... und die Weihnachtsdekorationen in der Köpmangatan in Västerås, und die Schwärme von Dohlen um die Turmspitze und der rote Rauch des Hüttenwerks, der sich über den ganzen Ort ausbreitet, wenn in den Öfen der Abstich gemacht wird, und der Geruch nach heißem Metall in diesem Rauch, und der Geruch nach Bohnerwachs und scharfen, vielleicht giftigen Reinigungsmitteln und nach nassen Wollsachen in den langen Gängen der Schule, und der Geruch nach Kreide und »Scheuerhexes« Scheuerpulver in den vierziger Jahren, und der Geruch nach junger nasser Erde im April – und glaubt mir, das war einer der *einsamsten* Augenblicke meines Lebens.)

Ich legte sehr langsam die Stirn an ihr rechtes Schlüsselbein, und die Wolle, ich meine die Wolle ihres Pullovers über ihrer rechten Brust, strahlte eine geheimnisvolle Wärme aus, wie eine Sonne (es muß eine Sonne von niederer Spektralklasse sein, eine rötliche, dachte ich, wir sind unterwegs in ein fremdes Planetensystem hinein, seit Lichtjahren unterwegs zum Planeten der Wolle, der um eine rote Sonne kreist).

Ich legte also sehr langsam die Stirn an ihr rechtes Schlüsselbein und hörte ihr Herz schlagen, und die Wolle strahlte eine geheimnisvolle Wärme aus, ich legte beide Hände auf ihre Hüften, auf ihre beiden Hüften. Sie wollte mir ihr Gesicht nicht zeigen und senkte den Kopf. Und ich küßte sie und spürte ihre kleine flinke Zunge, die sich wie eine Schlangenzunge bewegte, und als ich mich schließlich zurückzog, folgte sie nach und wollte immer mehr haben.

Und während mein Arm über ihren starken Rücken kreiste, bewegten wir uns in mein Arbeitszimmer hinein, und ich machte die grüne Lampe auf dem Schreibtisch an, sonst keine Lampe, und sie ließ sich in eine Ecke meines Sofas sinken, als sei das die natürlichste Sache der Welt, und schleuderte ihre Stiefel weg, schleuderte sie ein Stück weit in eine Ecke hinein, und all das wäre unwiderruflich entsetzlich verdorben worden, wenn sie auch nur einen Augenblick lang diesen verbissenen, fast aggressiven Ernst verloren hätte, den sie in diesem Augenblick hatte.

Ich bohrte mein Gesicht in diese geheimnisvolle Wolle hinein, die mich schützen und mich von der ganzen verfluchten Welt isolieren konnte, irgendwo in der Gegend ihres Nabels begann ich meine Reise.

Und ich spürte all ihre Düfte, die alle fremd waren und von jugendlicher Herbheit und ungeheuer aufdringlich, und endlich zog ich ihr all diese elende Wolle aus und löschte – kindischerweise – die Lampe auf meinem Schreibtisch und war auf der ganzen Welt allein mit ihr.

(Nach den ungeheuren Belastungen während des Bremsvorgangs, den die Atmosphäre eines fremden Planeten bewirkt – ich rede von dem, was gewöhnlich in SF-Romanen passiert –, pflegt immer eine fieberhafte Aktivität an Bord auszubrechen, sobald das silberglänzende Raumschiff gelandet ist und die rotbraune Staubwolke vom Bremsmanöver sich wieder gelegt hat: Wie ist die Zusammensetzung der Atmosphäre? Quecksilberdämpfe? Jodide? Flüssiger Salpeter? *Kann man darin atmen?*)

Ich konnte atmen. Ich atmete, den Mund sehr nah an ihrem Bauch, ihre widerspenstigen Schamhaare an meinem Ohr. Ich bewegte mich mit der größten Leichtigkeit. Ich war frei. Sehr frei. So frei, daß ich tatsächlich alles um mich her vergessen hatte, bis auf sie.

Wenn ich gewollt hätte, aber das wollte ich natürlich nicht, hätte ich zur Decke hinaufschweben können, so langsam und majestätisch wie eine buntschillernde Seifenblase.

– Jetzt gibt es nur dich und mich, sagte ich und leckte ihr die Achselhöhle. Sie lachte, ja, *sie lachte*, und zum ersten Mal in meinem Leben entdeckte ich, daß man aus purem Glück lachen kann.

Es war, als hätte ich mein ganzes Leben lang in einer Art von abscheulichem, abnormalem Zustand gelebt und wäre jetzt zum erstenmal in die normale Wirklichkeit zurückgekehrt.

Ich biß sie leicht in die Achselhöhle und sagte:

– Ich werde dir eine rote Decke bringen. Wir wollen aufstehen und Kaffee kochen.

Die Ratten nagen an den Zwischenböden

Ich brauchte nicht weiter zu gehen als bis hinaus in die Küche, um zu entdecken, daß ich mich in einer anderen Gangart bewegte. Ich hatte körperliche Konturen bekommen.

Es gibt die Freiheit. Und du, du verdammter Klotz, du blöder Hammel, du schwerfälliger alter Lastkahn hast gelebt, als ob es sie nicht gäbe. Jahrzehntelang! Dein ganzes Leben lang!

Wir schliefen in der dichten morgendlichen Dunkelheit ein, alle möglichen Düfte in den Nüstern, und hatten nicht die geringste Lust, wieder aufzuwachen.

Es war der Neujahrsmorgen des Jahres 1970, und in der Gegend von Trummelsberg fiel in dieser Nacht ungeheuer viel Schnee. Sehr früh, um fünf oder sechs Uhr, kam irgendein Traktor durch die Straße gefahren, um den Schnee zu räumen. Seine Lichter flackerten über die Hauswand. Ich wachte auf und sah sie neben mir, und es wurde mir bewußt, wie unheimlich jung sie war, als sie da lag, sehr winterblaß, eine Strähne ihres roten Haares im Mundwinkel, sehr ähnlich einer schlafenden Hexe.

Ich horchte auf das Traktorengeräusch, das sich immer mehr entfernte, und brachte es fertig, mir zu sagen: Ich empfinde Angst. Zum ersten Mal seit sehr langer Zeit empfinde ich wieder Angst. Ich lebe also wieder. Ich empfinde Trauer. Zum ersten Mal seit ich weiß nicht wie langer Zeit empfinde ich wieder Trauer. Ich lebe wieder.

Es gibt eine Art von Gefühlen, die zu groß sind für uns. Wir können sie nur ahnen, sie streichen über uns hin, wie der Schatten einer Wolke über eine Landschaft streicht. Es dauert lange, bis wir überhaupt entdecken, daß sie dagewesen sind.

Und so sagte ich mir ganz einfach:

Ich empfinde Angst. Das tu ich wirklich, zum ersten Mal seit sehr langer Zeit empfinde ich Angst.

Und das Wissen darum, daß es so war, machte mich ganz ruhig, so daß ich einfach wieder einschlief.

Das war auch eine Art, ein neues Jahrzehnt zu beginnen, die siebziger Jahre.

Es knackte ganz leise in den Hauswänden, als würde die Kälte langsam nachlassen. Um uns herum Dunkelheit, ein leichter Geruch nach moderndem Holz, das gedämpfte Summen vom Uhrwerk einer elektrischen Uhr in der Dunkelheit. Die dunklen Zwischenräume zwischen den Büchern im Regal. Das Geräusch eines Traktors, der Schnee pflügt und sich immer mehr entfernt.

Um uns herum vermoderte eine alte Monarchie, veränderten sich die Muster, wurden die äußeren Bedingungen der Wirklichkeit ausgehöhlt, entvölkerten sich die ländlichen Gebiete, zog die Macht sich immer weiter in unsichtbare Kreise zurück, die keiner von uns würde durchbrechen können.

Und tiefer unten, im Dunkel des Unterbewußtseins, gab es Bilder. Die verbrannten Kinderkörper, die Mißgeburten, die die Pflanzengifte in Asien hervorgebracht hatten, die Stahlkugeln in den mageren Wangen der Säuglinge.

All diese Bilder waren da und drehten sich langsam um irgendeinen geheimnisvollen Mittelpunkt, den wir noch nicht kannten. Es führte kein Weg zurück. Für keinen von uns würde es jemals so etwas geben können wie ein selbstverständliches Geborgensein in der Wirklichkeit, eine Vertrautheit mit ihr.

Und das war auch das einzige, was uns verband, und vielleicht war das genug.

Noch einmal sah ich, wie fremd sie war, als sie da schlief, eingehüllt in ihr rotes Haar.

Der elektrische Wecker schrillte im Dunkeln. Ich verdammter Hornochse hatte vergessen, ihn abzustellen, ich meine, das Läutwerk abzustellen.

Sie schlug die Augen auf, stützte den Kopf auf den Ellbogen und sah mich sehr lange forschend an.

– Wir spinnen ja, sagte sie.

– Ich bin froh, sagte ich. Was auch immer jetzt passieren wird, ich bin froh.

Als ich das nächstemal aufwachte, war das Licht im Zimmer

Tageslicht, gedämpft und flaumig. Die Schneepflüge waren wieder da.

Ich muß wieder eingeschlafen sein und sogar eine von diesen Halluzinationen gehabt haben, die dem Einschlafen vorausgehen, denn ich bildete mir ein, streitende, erregte Stimmen draußen in meinem Arbeitszimmer gehört zu haben, und zwar so überdeutlich, daß ich sogar aufstand und hinausging, um nachzusehen, ob möglicherweise das Radio lief.

Das tat es natürlich nicht.

Wir schliefen noch einmal miteinander. Sie hatte massenhaft kleine rote Sommersprossen auf den Schultern. Sie hatte eine Art von kleinen, raschen Schreien, bevor es ihr kam. Das erregte mich auf eigentümliche Weise; ich glaubte, ich würde ganz einfach verrückt werden vor sexueller Erregung.

Sie erinnerten mich irgendwie an einen Schwarm von schreienden Möwen, und diese verrückten schreienden Vögel verfolgten mich bis tief in die kristallklare Leere des Orgasmus hinein.

Was für rätselhafte Düfte, wie viele Geheimnisse, wie viel geheimnisvolles Leben ein solches ...

Ein Einschub über einen Hindu namens Ramanujan

– Du, da ist eine Sache, über die ich nachgedacht hab, sagte sie.

– Was denn, sagte ich.

Wir lagen auf eine ziemlich sonderbare Weise da, Seite an Seite, aber die Wangen aneinandergelehnt, die Beine ineinander verschachtelt, und betrachteten die Lichtreflexe eines anderen Schneetraktors, der die Straße entlangkam und dessen Signallampe zum Fenster hereinleuchtete. Das Musikprogramm im Radio tönte vom anderen Zimmer herüber.

– Ich denke an Lars, sagte sie.

– Ja, mein Gott, sagte ich. Ich werde anrufen, wenn sie Sprechstunde haben, und fragen, wie es steht.

– Glaubst du wirklich, daß aus ihm ein großer Mathematiker werden kann?

– Ja, wenn er sich nicht für alle Zukunft mit diesem verdammten Verdünner kaputtgemacht hat. Daran ist nicht zu zweifeln.

– Meinst du wirklich, sagte sie.

– Um 1910 herum lebte in Madras ein Hindu namens Ramanujan, einer unter Millionen. Er trug eine kleine dünne Brille, sprach ein lückenhaftes Englisch und hatte einigermaßen europäische Tischmanieren. Er war Büroangestellter.

Hardy in Oxford bekam einen Aufsatz von ihm, den zwei andere englische Professoren ungelesen zurückgeschickt hatten, weil er so unbeholfen und amateurhaft geschrieben war.

Hardy las ihn.

Sie holten Ramanujan mitten im Krieg nach England. Die Übersiedlung bekam ihm nicht recht, und er starb ziemlich bald darauf an Tuberkulose, aber vorher hat er es geschafft, in der modernen Mathematik einige Veränderungen zu bewirken.

Das eigenartigste daran war, daß er sich in der Mathematik kaum auskannte. Hardy mußte ihm alles beibringen. Er mußte sozusagen das, was Ramanujan über das Zahlenuniversum wußte, in eine mathematische Sprache übersetzen.

Davon, wie man es ausdrückt, hatte er nicht besonders viel Ahnung.

– Aber wie konnte er dann ein großer Mathematiker sein, sagte sie.

– Als er schon auf dem Totenbett lag, kam Hardy einmal zu Besuch. Mein Taxi hatte so eine blöde Nummer, sagte er, 1729. Nein, Hardy, sagte Ramanujan. Das ist keine blöde Zahl. Das ist die kleinste Zahl, in der die Summe der Rauminhalte zweier Würfel auf zwei verschiedene Arten ausgedrückt werden kann.

– Ich verstehe, sagte sie.

– Ja, sagte ich.

– Das freut mich für ihn. Ich habe immer solche Angst gehabt, daß er zu nichts taugen würde.

– Wie meinst du das, sagte ich.

– Ich meine es so, sagte sie. Daß er zu nichts taugen würde.

Später, tief in der Dunkelheit des nächsten Abends, schon unter anderen Verhältnissen, sozusagen im Bereich einer anderen Schwerkraft, einer anderen Luft zum Atmen, sprachen wir wieder von ihm.

– Ich habe geglaubt, ich hätte ihn sehr gern, aber das stimrnt nicht, sagte sie.

Ich verstand nicht, was sie meinte.

Auf diese Weise wurde es wieder Abend.

Wir waren sehr wirklich.

Um uns herum vermoderte langsam eine alte Monarchie. Man hörte schon das vorsichtige, nagende Geräusch der Ratten in den Zwischenböden.

Und durch alle Ventile, alle Luftkanäle, alle Treppenhäuser hindurch der schwache, aber durchdringende Geruch nach nasser Wolle.

Die Bedingungen fürs Glücklichsein

Er kommt jetzt allmählich zu Bewußtsein.

Es nahm ziemlich viel Zeit, an den Arzt heranzukommen, der für die Station verantwortlich war, am Telefon schien es so, als würde er von einem Unfall zum andern laufen, aber schließlich erwischte ich ihn jedenfalls.

Es besteht immer die Gefahr, daß ein Gehirnschaden zurückbleibt, sagte er. Die Gefahr eines solchen Gehirnschadens ist eine ernste Sache, aber man weiß darüber noch nicht allzuviel. Verschiedene Gehirne reagieren ganz unterschiedlich auf ein und dasselbe Gift, und im übrigen ist es noch viel zu früh, um etwas darüber zu sagen. Er kommt jetzt allmählich zu Bewußtsein. Wir lassen ihn ständig beobachten. Er sollte keinen Besuch haben.

Nach zwei Tagen ging sie von mir fort. Sie müsse mit dem Bus nach Hause fahren und ihre Eltern beruhigen, sagte sie. Sie seien es nicht gewöhnt, daß sie so lange an einem Stück wegbliebe. Sie wirkte ein bißchen gehetzt, als sie abzog, ein klein wenig gehetzt. Aber das war auch alles.

– Diese Tage vergessen wir nicht, sagte ich.

– Nein, diese Tage vergessen wir nicht so leicht, sagte sie und drehte den Kopf weg und verschwand.

Ein Verbrechen also:

Einem seiner Schüler, dem einzigen Schüler, der einem das Leben lebenswert gemacht hat während der ganzen fragwürdigen Karriere als Lehrer, diesem Schüler also sein Mädchen wegzunehmen, in dem einzigen Augenblick, in dem er sie jemals wirklich gebraucht hätte, sie in all ihrer mehr oder weniger minderjährigen Süße zu verführen, ihrer in Wolle gehüllten, stummen, unfaßbaren Süße.

Sich mit ihr die halben Weihnachtsferien über einzuschließen, sich die ganze Welt den Buckel runterrutschen zu lassen und vor der ersten richtig ernsthaften Verantwortung, die ich je gehabt habe, zu versagen. Wenn das jemand anders passiert wäre, ich bin sicher, alles wäre ins Lot gekommen.

Bei mir konnte es nur auf eine Art ausgehen.

Aber noch war ich vollkommen glücklich. Ich hatte wieder Kontakt mit den Menschen, die Welt um mich herum lebte auf, die rauhe Winterluft hatte wieder einen Duft bekommen, die roten Rauchwolken vom Hüttenwerk stiegen festlich und feierlich zum Januarhimmel auf. Mir war, als wäre ich aus einem langen, verdammt langen Schlaf erwacht.

Auf ein paar sonderbaren Wegen war es mir geglückt, wieder in die Wirklichkeit hineinzuschlüpfen.

Natürlich empfand ich eine Art Schuld oder Unbehagen, aber auch nicht stärker, als ich es immer schon getan hatte. Für den, der sich immer schuldig fühlt, ist das Verbrechen nur eine äußerliche Formalität, eine Bestätigung für etwas, was er die ganze Zeit über gewußt hat.

Fast hätte ich gesagt: das bringt ihn nicht aus dem Gleichgewicht. Ich war völlig sicher, daß die Angst hinter der nächsten Ecke lauerte, aber ich war ebenso sicher, daß es die übliche alte Angst sein würde.

Und solange ich die übliche alte Angst nicht spürte, sondern mich sozusagen in einem begnadeten Zustand befand, konnte ich überhaupt keine Angst empfinden. So einfach war das.

Dies alles

Mitten in alldem fing die Schule wieder an. Ich hatte sie sozusagen fast vergessen.

Ich war zum Beispiel nicht darauf gefaßt, Claire in der Aula zu sehen, aber das tat ich natürlich, als wir hineingingen. Sie sah mich sehr ernst über achtzehn Bankreihen hinweg an, und es war ein reiner Zufall, daß ich ihr nicht zuwinkte.

Sie hatte versprochen, an diesem Abend oder am nächsten bei mir vorbeizuschauen.

Es kam mir in den Sinn, daß man von Rechts wegen tatsächlich suspendiert wird, wenn man sexuelle Beziehungen mit seinen Schülern hat. Das brachte mich auch nicht aus dem Gleichgewicht.

Der Direktor hielt eine Rede darüber, was es bedeutet, eine kritische Einstellung zu haben. Es sei gut, eine kritische Einstellung zu haben, sagte er. Aber eine kritische Einstellung dürfe keine schlampige oder schlappe kritische Einstellung sein. Sie müsse eine wirklich kritische Einstellung sein.

Wenn ich ihn recht verstand, kam er ziemlich rasch zu dem Schluß, daß eine wirklich kritische Einstellung vor allem kritisch gegenüber kritischen Einstellungen sein müsse.

Es war sowieso nicht so wichtig, da die halbe Aula schlief und die andere Hälfte munter miteinander plauderte.

Dann versammelte sich die Klasse. Ich teilte ihnen mit, Lars sei krank geworden, es sei ihm ein Unglück zugestoßen, er läge im Krankenhaus, und wir sollten von jedem eine Krone einsammeln, um ihm Blumen zu kaufen. Sie nahmen die Mitteilung ernster auf, als ich gedacht hätte. Ich konnte mir denken, daß sie schon über alles Bescheid wußten, einige von ihnen mußten in diesem Freizeitheim dabeigewesen sein.

Wie verdammt armselig sie sind, dachte ich. Nette, gute Kinder, aber so verdammt armselig. Sie können keinen einzigen Gedanken zusammenhängend in einem Satz ausdrücken, sie wissen nichts über ihre eigenen Gefühle, weil sie es niemals gelernt haben, sie irgendwie zu benennen. Sie wissen genau, daß eine Vergiftung durch Verdünnungsmittel sehr wohl zum Tod und zu unheilbaren Gehirnschäden führen kann, aber sie sind so verdammt armselig, daß sie sich nicht einmal eine einfachere Art ausdenken können, dem Leben zu entkommen, das sie führen.

Auf jeden Fall schleppte sich die Doppelstunde hin – an diesem Tag machte mir das Unterrichten keinen besonderen Spaß –, und danach schaute ich ins Lehrerzimmer hinein. Offenbar wußte niemand über das Bescheid, was dem Jungen zugestoßen war, und ich vermied es, über die Sache zu reden.

Ein netter Gewerbelehrer aus Virsbo namens Jansson, so ein netter kleiner Västmanländer, der am ganzen Körper nach Harz zu riechen scheint und so langsam spricht, daß man hinausgehen und eine Zigarettenpause einlegen kann, während er redet, ohne etwas Wesentliches zu verpassen, kam dann doch spontan auf mich zu und fing an, über die Sache zu reden.

– Hör mal, wie steht es mit dem Jungen Carlsson? Das ist ja eine verdammte Geschichte. Ja, weißt du, ich habe dafür gesorgt, daß es im Werkraum überhaupt kein Verdünnungsmittel gibt. Ich bin sicher, daß es in den Werkräumen war, wo das ganze Teufelszeug angefangen hat, Anfang der sechziger Jahre in den Werkräumen, mit den viel zu großen Klassen.

Ja, du weißt, welchen Jungen ich meine.

Ich kenne seinen Vater. Mein Vater und er haben in den vierziger Jahren für die Straßenverwaltung Sand gefahren, bei einer Sandgrube in Ramnäs.

– Ich muß hinfahren und mit ihnen reden, sagte ich. Vielleicht kann ich sie irgendwie aufmuntern. Ich weiß nicht. Aber ich habe das Gefühl, daß ich mit ihnen reden müßte. Aber ich habe ja kein Auto.

– Ich fahr dich hin. Du brauchst sicher nicht so lange zu bleiben.

Wir fuhren los. Er hatte ruhige, angenehme Bewegungen am Lenkrad, dieser Jansson. Wenn man mit ihm fuhr, bekam man keine Autoangst. Aber er legte ja auch jeden Winter die Strecke von hier bis nach Südafrika zurück, da er in Virsbo wohnte und in Trummelsberg arbeitete. Er redete viel über sein Sommerhäuschen bei Ennora am nördlichen Ufer des Åmänningen. Er wohnt den ganzen Winter über samstags und sonntags dort und verfügt über einen kolossalen Holzvorrat. Er findet nicht, daß es besonders viel Grund dafür gibt, in einer Wohnung in Virsbo herumzuhängen. Man würde passiv werden, wenn man nichts zu tun hätte.

Ich stellte mir seine Wohnung vor, voll von geschickt geschreinerten Werklehrermöbeln.

Über die Familie Carlsson sagte er nichts weiter, als daß er sie kenne. Man redet in dieser Gegend nicht allzuviel über Leute, die man kennt. Es sind die Menschen, die man kennt, mit denen man den größten Teil seines Lebens auszukommen hat, falls man nicht notgedrungen von hier fortgezogen ist, natürlich.

– Hier hat früher einmal eine Mühle gestanden, sagte Jansson und deutete auf einen tieferen Schatten mitten in der Dunkelheit.

Als ich ein Junge war, ist sie noch in Betrieb gewesen. Wir haben dort unten am Weiher gewöhnlich viele Krebse gefangen.

Früher einmal, dachte ich, früher einmal haben die Menschen in dieser Gegend selbst über sie verfügt. Sie haben sich die örtlichen Energiequellen zunutze gemacht, Wasserkraft in kleinen Mühlen, der Hafer, den die Pferde fraßen, war am Ort gewachsen. Die Motorsägen werden mit Benzin betrieben, das von weither für teures Geld gekauft werden muß.

Früher haben sich die Menschen in dieser Gegend selbst die Natur nutzbar gemacht, den Wald, die Äcker. Jetzt dienen sie nur als Werkzeuge, um Rohwaren von hier wegzubefördern, irgendwohin, wo sie von Nutzen sind.

Diese Menschen leben hilflos in ihrem eigenen Land.

Im Fenster war auf alle Fälle Licht. Sie saßen, wie gewöhnlich, in der Küche. Tag, sagten wir. Wie steht es mit Lars?

– Es soll ihm etwas besser gehen, sagte die Mutter. Wir wollen ihn am Samstag besuchen, bis jetzt durfte er noch keinen Besuch haben.

– Das ist schon eine verdammte Geschichte, daß sowas passieren mußte, sagte der Vater. Er hatte seine Arbeitskleidung an und saß in Wollstrümpfen am Küchentisch. Sein Gesicht war schwer und hatte noch mehr Falten als gewöhnlich. Im übrigen machte er einen ganz ruhigen Eindruck.

– Ich kapiere nicht, was in ihn gefahren ist, sagte ich. Ist irgendwas Besonderes passiert?

– Die Polizei war hier und hat herumgeschnüffelt, sagte die Mutter. Es war irgendwas mit gestohlenen Mopeds.

– Ich glaube nicht, daß es darum ging, sagte der Vater. Das wissen doch alle, daß wir hier Motoren reparieren, zum Teufel. Es ist klar, er hat keine Mopeds gestohlen.

– Wenn er jetzt nur wieder gesund wird, sagte die Mutter.

Mitten in diese Unterhaltung kam das Brüderchen die Treppe herunter, fröhlich und schmutzig wie üblich.

– Komm, ich zeig dir was, sagte er zu mir und zog mich in die riesige Speisekammer neben der Küche.

– Ich habe ein Rad für den Goldhamster gemacht.

Der Hamster, der genauso aussah wie das letzte Mal, hauste in einer blaugestrichenen Kiste mit einem Deckel aus Maschendraht und mit Maschendraht vor der einen Seitenfläche.

Er hatte ein Laufrad bekommen, das geschickt zusammengelötet war aus einer in Streifen geschnittenen Konservendose und einem Drahtgestell.

Die Kanten der Streifen waren sorgfältig heruntergebogen, damit das Tier sich nicht in die Pfötchen schnitt. Es lief in seinem Rad unentwegt aufwärts, wie ein Verrückter.

– Schön, sagte ich. Hast du das selbst gemacht? Kannst du löten?

– Na klar, sagte der Junge. Bald kriegt er eine größere Kiste.

– Hättest du Lust, noch einen Hamster zu haben, sagte ich.

– Das muß dann ein Männchen sein. Wenn es zwei Weibchen sind, beißen sie sich tot.

Guck mal, sie kommt ans Gitter, wenn man hier kratzt.

– Ich seh schon, sagte ich. Vielleicht kann ich ein Männchen für dich auftreiben.

– Die kosten sechs Kronen.

– Die kannst du von mir bekommen.

– Guck mal, sie kommt, wenn ich hier kratze.

– Ich seh schon, sagte ich. Ich sehe es, mein Kleiner. Aber ich glaube, ich muß jetzt zu den andern rausgehen.

– Ich muß wieder in die Werkstatt gehen, sagte der Vater und stellte die Kaffeetasse weg.

– Wir können doch mitkommen, sagte ich.

Wir gingen über den Hof. Ein kleiner gelber schmutziger Pfad hatte sich zum Stall hinunter gebildet. Überall in der Dunkelheit tauchten Autokarosserien auf, in unterschiedlichen Stadien des Verfalls oder der Instandsetzung. An der Ecke hatten sie eine Hebebühne gebaut, sie war ungefähr dort, wo bei einem Stall der Misthaufen sein müßte.

– Ich finde wirklich, daß das ganz beschissen ist, sagte der Vater. Er ging in seinen Stiefeln mit langen Schritten durch das Dunkel oder Halbdunkel.

– Das schlimmste ist, daß ich nichts verstehe, sagte ich.

– Glauben Sie, daß er Mopeds gestohlen hat, sagte der Vater.

– Das ist nicht ausgeschlossen, sagte ich. Jungens sind Jungens.

– Ich glaube auf keinen Fall, daß er das getan hat. So war er nicht.

– Ich weiß nicht, sagte ich. Wenn er jetzt nur gesund wird.

Wir gingen in die Werkstatt. An der Decke gab es ein paar Leuchtröhren. Die ganze Wand vor mir war sorgfältig mit Werkzeug vollgehängt, ein Steckschlüsselsatz stand auf dem fettigen Arbeitstisch, und jemand hatte einen Abzieher liegengelassen, ohne ihn wieder aufzuhängen.

Wenn man genauer hinsah, waren die Werkzeuge das einzige, was einigermaßen in Ordnung war.

– Sie hätten nicht anfangen sollen, ihm Unterricht zu geben, sagte der Vater. Ich weiß, daß Sie es gut gemeint haben. Aber es war nicht gut, glauben Sie mir.

– Meinen Sie, daß es ihm irgendwie zu Kopf gestiegen ist?

– Nein. Im Gegenteil. Er hat angefangen, alles wertlos zu finden.

– Wertlos? Was denn?

Der Vater stand ganz still vor der ölgefleckten Arbeitsbank. Das ganze Gesicht lag im Schatten. Er sah alt und gebeugt aus. Statt zu antworten, deutete er mit einer hilflosen Geste um sich herum, während er eine heruntergefallene Schraube vom Boden aufhob.

Wenn ich ihn richtig verstand, wollte er sagen:

Dies alles.

Dialog

Jansson fuhr mich zurück.

Ich war um sieben Uhr herum zu Hause. Als ich den Schlüssel ins Schloß steckte, hörte ich das Telefon klingeln. Es war Claire. Sie hatte eine sonderbare kleine Stimme.

– Ich kann nicht kommen.

– Wie schade. Kannst du nicht oder willst du nicht? Es wurde ganz still am andern Ende der Leitung.

– Bist du noch da, sagte ich.

– Ich denke nach, sagte sie.

Übrigens geht es ihm schlechter. Ich habe mit dem Krankenhaus gesprochen. Er hat eine Art Lungenentzündung bekommen.

– Verdammt, sagte ich.

– Lars, sagte sie.

– Ja, sagte ich.

– Hast du mich wirklich gern?

– Warum fragst du, sagte ich.

– Ich habe solche Angst. Ich finde, es fängt alles an, so schrecklich zu werden.

– Ich habe dich gern.

– Glaubst du, daß er sterben wird?

– Ich habe auch schreckliche Angst. Aber es muß doch um Himmels willen Penicillin geben. Wenn du Angst hast, könntest du doch hierher zu mir kommen? Kannst du nicht heute abend herüberkommen?

– Ich kann nicht.

– Dann komm, wenn du kannst.

– Ja.

– Tschüß.

Das Mädchen, das im Schilf schläft

Nun vergingen die kurzen Tage sehr schnell. Ich tat meine Arbeit in der Schule so gut ich konnte, ein wenig mechanisch, ein wenig zerstreut, aber immerhin einigermaßen ordentlich.

Außer Lars hatte ich noch einen Schüler im Krankenhaus, es war Kent, der Bier getrunken hatte und auf dem Moped mit einem Personenwagen zusammengestoßen war, aber er lag in Fagersta. Ein kleiner speckiger Kerl mit massenhaft Pickeln, aus dem ich nie besonders viel herausbekommen hatte, der aber trotzdem seine Aufgaben und Klassenarbeiten den ganzen Herbst über mit mürrischer Hartnäckigkeit bewältigt hatte. Er hatte einen Schlüsselbeinbruch.

Es kam vor, daß Claire und ich einander in den Pausen und auf den Gängen begegneten. Das war ein bißchen seltsam, keiner von uns konnte es so recht ertragen. Natürlich versuchten wir so zu tun, als wären wir einander völlig gleichgültig und wüßten auch nicht besonders viel voneinander.

Das komische daran war, daß wir, wenn wir auf diese Weise Gleichgültigkeit vortäuschten, das Gefühl hatten, einander völlig gleichgültig zu sein.

Opfer eines Systems, könnte man sagen, oder Schachfiguren, die außerhalb des Schachbretts gelandet sind, oder Schlösser, zu denen ein Schlüssel fehlt.

Ein einziges Mal begegneten wir uns ganz allein in einem Gang; ich kam mit einem Stapel von Heften unter dem Arm an, streckte eine Hand aus und berührte die ihre, wir lachten einander zu, und schon nach einer Sekunde sahen wir uns nicht mehr, aber den ganzen Nachmittag über (in dem Raum, wo es unter den weißen Neonleuchten nach nassen Schülern roch) legte die Erinnerung eine kleine dünne blutrote Schicht, eine Lasur, über alles, was geschah.

Am vierzehnten Januar war in der Zeitung zu lesen, daß das Hüttenwerk die halbe Belegschaft entlassen würde. Es war die *Vestmanlands Läns Zeitung*, die die Nachricht zuerst brachte, und am Nachmittag wurde es den Angestellten mitgeteilt. Die Gewerkschaft und das Bezirksarbeitsamt nahmen an dem Treffen teil. Man hoffte, daß die meisten zum Bereitschaftsdienst beim Bau des letzten Stücks der neuen Industriestraße eingesetzt werden könnten, die jenseits des Sees zwischen Virsbo und Ramnäs verlaufen sollte, es war übrigens eine Straße, die durch einige der schönsten Vogelgebiete von Västmanland führen sollte, über Moore, zu denen man sich in meiner Kindheit hinschlich, um nach Kranichen Ausschau zu halten, vorbei an den kleinen verlassenen Katen, Rulltorpet, Naddtorpet, wo in meiner Kindheit noch Leute wohnten. Sie haben seit den vierziger Jahren leergestanden, weil die Waldbesitzer ungern Pächter haben wollten, die sich ihren Holztransporten und ihrem Raubbau widersetzten und auf gemeinsamer Wartung der Straßen im Winter bestanden. Kleine Häuschen am Waldrand oben, mit Fenstern, die seit zwanzig Jahren zertrümmert sind, Türen, die hin- und herschwingen, Tapeten, die in Fetzen von den Wänden hängen, einem Geruch nach verfaultem Holz und zerschlagenen Flaschen auf den Fußböden.

Und durch das Kranichgebiet dort oben soll die neue Straße führen.

Es ist seltsam: ich träume oft von dieser Gegend, und immer den gleichen Traum. Ich rudere im Schilf umher, genau dort, wo der Kolbäcksån in den See Norra Nadden einmündet und wo es riesige Schilfwälder gibt. Eine Art Deltagebiet, wir befinden uns hier viel tiefer als an der Wasserfläche des Åmännigen oben, drei Schleusen weiter unten. Das Schilf breitet sich nicht gleichmäßig aus, es gibt eine Art von offenen Kanälen darin, Windbrunnen würde man dazu sagen, wenn es Winter wäre, aber das ist es ja nicht.

Seevögel flattern ringsumher auf, wenn man dort drinnen in den Kanälen herumrudert, jedenfalls taten sie das, als ich noch ein Junge war, wie es jetzt ist, weiß ich nicht so genau, weil ich nicht dagewesen bin, seit ich in dem Alter war. Wir pflegten im Frühjahr dort herumzurudern und dort drinnen Reusen für die Hechte auszulegen, als ich ein Junge war. Und als ich aufs Gymnasium ging, pflegte ich in den Sommerferien auf dem Boden eines driftenden Kahns zu liegen und Bücher zu lesen.

Von diesen Kanälen im Schilf jedenfalls träume ich immer noch, es ist ein Traum, der immer wiederkehrt und der etwas so Melancholisches und Erschreckendes an sich hat, daß er jedesmal, wenn er kommt, auf den ganzen Tag abfärbt, bis weit in den Nachmittag hinein.

In einer der Öffnungen im Schilf, man hört die ganze Zeit das Geräusch des Windes, der durch die tiefgrünen, harten Blätter streicht, und das Geräusch der Ruderschläge und der Vögel, die ein Stück weiter weg sind, in einer der Öffnungen im Schilf stoße ich auf einen dunklen, nach Teer duftenden Kahn, der dahintriftet. Auf seinem Boden liegt ein totes junges Mädchen, ganz unberührt von der Zeit und von allem, was ihr hätte schaden können. Sie liegt dort, und ein paar Spinnen haben ihre Netze über ihr Gesicht gespannt, aber das ist auch alles.

Zuerst bekomme ich immer ein wenig Angst, wenn ich im Traum dort auf sie stoße, aber dann beruhige ich mich, denn ich erinnere mich: *ach ja, sie ist ja schon immer dort gewesen.*

Ich frage mich oft, wer sie ist. Ich habe von ihr geträumt, fast so lange, wie ich mich zurückerinnern kann. Ist sie etwas, was beweist, daß ich auf dem Weg bin, irrsinnig zu werden? Ich finde oft, daß es wie ein irrsinniger Traum klingt. Nichts würde mich übrigens weniger wundern, nach diesem letzten Jahr, als wenn ich tatsächlich irrsinnig würde. Ich habe mich selbst genug überrascht, um das als ganz natürlich zu empfinden.

(Und während ich schreibe, beginnt tatsächlich dieses verdammte Pochen in meiner gequetschten und zerfetzten Hand, als wollte es mich wieder an etwas erinnern, Gott weiß woran.)

Oder ist sie etwas, das immer in mir gewesen ist, das eines Tages *aufwachen* könnte? Und was geschieht dann, wenn sie aufwacht?

Oder ist sie ein Bild für die Landschaft selbst, etwas, was dort ist und eines Tages erwachen wird? Zum Laut der trompetenden Kraniche? Die geheimnisvolle, schlafende Jungfrau der Landschaft?

Vielleicht werde ich aufhören von ihr zu träumen, wenn die Straße fertig ist, vielleicht wird diese bewirken, daß sie dann für immer wegbleibt?

Jedenfalls hoffte man, daß bei diesem Straßenbau zwischen Schilf und Mooren, der einen gewaltigen Schnitt durch die Landschaft machte, ein paar Leute Arbeit bekommen würden. Und die anderen? Ein bißchen Holzfällen, siebzig oder achtzig Kilometer mit dem Auto pendeln, fort von Haus und Hof, das Häuschen würde zu einem Ort werden, an dem man das Wochenende über wohnt, weiß der Teufel.

Das ganze Werk war in Aufruhr, das heißt, in Aufruhr war es keineswegs, aber es war verzweifelt. Vor dem Trummelsberger Anzeiger und dem Spirituosenladen standen sie in Gruppen und redeten. Gerüchte gingen um, daß an der gesamten Finanzlage etwas faul sei, daß das Ganze vielleicht stillgelegt und der Rest auch noch aufgekündigt werden würde.

Es war so ein Tag, an dem es nicht leicht war, die Klasse für Logarithmen zu interessieren. Die meisten von ihnen waren auf irgendeine Weise in das verwickelt, was geschah.

Schließlich sagte ich in aller Deutlichkeit – wir hatten Physik und wollten eigentlich Berechnungen mit Hilfe der Wheatstone-Brücke anstellen –, jetzt müßt ihr entweder aufhören, miteinander zu reden, und euch auf das konzentrieren, was hier vorn an der Tafel gerechnet wird, oder aber wir machen die Bücher zu und diskutieren alle über das, was in Trummelsberg passiert ist.

Sie waren einverstanden, es brauchte nicht eigens eine Abstimmung gemacht zu werden, und ich sagte:

– Also, ein großer Teil von euch wird auf verschiedene Art und Weise davon betroffen sein, daß dreihundertfünfzig Mann im Werk nicht mehr beschäftigt werden. Dies wird so formuliert, wie ihr es in der heutigen Zeitung lesen könnt, daß es für dreihundertfünfzig Mann keine *Arbeitsmöglichkeit* mehr gibt. O. K. Das ist es, worüber ihr diskutieren wollt. Gut, wir wollen dieses Problem so zerlegen, wie man ein mathematisches Problem zerlegt. Was fehlt also? Ist es so, daß es hier im nördlichen Västmanland keine Arbeit mehr gibt, die getan werden müßte? Ist die Landschaft fertig? Befindet sich alles in einem vollendeten Zustand? Haben wir all die Krankenhäuser, die Schulen, die Fernsprechleitungen, die wir brauchen?? Sind alle Kanäle gereinigt, alle kaputten Häuser repariert, alle Äcker urbar gemacht?

Hat jemand eine Idee?

– Nein, sagte eins von den fleißigen Mädchen auf der ersten Bank.

– Gut, sagte ich, dann schreiben wir hier ein Nein hin. Aber was fehlt denn dann, sagte ich.

– Sie wollen kein Geld investieren, rief jemand.

– Gut, sagte ich. Hier schreiben wir hin: *Investitions-Kapital.* Na, was ist das? Wo gibt es das? Warum?

Es war ein Glück, daß es gleich danach zur Pause läutete, weiß der

Teufel, wo wir hätten landen können, wenn wir weitergemacht hätten. Es würde natürlich trotzdem früher oder später dem Direktor zu Ohren kommen, daß ich politischen Unterricht gäbe, aber es würde wohl nicht so schlimm sein, da ich der letzte von den Lehrern an der Schule war, den jemand im Verdacht haben konnte, politischen Unterricht zu geben.

– Lars, der ist knochentrocken. Der tut seine Pflicht.

An diesem Abend kam Claire zu mir nach Hause. Es klopfte, dann stand sie einfach da.

Sowohl ihr Vater als auch ihr Bruder sollten entlassen werden, und das war das erste, was sie mir erzählte.

Das war das erste, worüber wir redeten, und wir redeten ziemlich lange darüber. Von dem Jungen im Krankenhaus redeten wir nicht so viel.

Ich sagte: es ist klar, daß ich niemals angefangen hätte, mich für ihn zu interessieren und ihm Unterricht zu geben, wenn ich mich nicht selbst in ihm wiedererkannt hätte. Ich bin früher einmal in einem gewissen Alter genauso gewesen wie er, und aus mir ist, wie du siehst, nichts geworden. Ich habe gemeint, daß er eine Möglichkeit wäre, noch einmal anzufangen.

Sie schüttelte den Kopf und rutschte von dem Stuhl, auf dem sie saß, herüber auf das Sofa unter der gelben Leselampe, auf dem ich saß, klein und rund wie ein Ei, und weinte, und ich ließ sie weinen, und mitten in ihrem Weinen bemerkte ich, daß sie keinen Büstenhalter trug.

Später am Abend brachte sie mir die unglaublichsten Dinge über Jugendheime und Verdünnungsmittel bei und wie es an solchen Orten zugeht, so daß mir klar wurde, daß ich zu einer Generation gehörte, die überhaupt nichts erlebt hatte, als wir im gleichen Alter waren wie sie, und ich einen Augenblick lang das Gefühl hatte, mit jemandem zu reden, der aus einem fremden Land hierhergekommen ist. Aber das Land war mein eigenes.

Und dann:

Die Uhr, die die Stunden schlägt. Ruhiger Atem im Wechsel mit unruhigem Atem, Gold, das im Dunkel alles Licht an sich zieht, und matte kleinen Sonnen, die leuchten und mitten im Schneetreiben zu großen weißglühenden Sonnen anwachsen.

Ein Junge verschwindet

Der Junge starb am 18. Januar.

Er war nicht wieder zu Bewußtsein gekommen, und unterdessen hatte die Lungenentzündung ihr Werk getan.

Vielleicht hätte ein anderes, ein weniger fabrikmäßiges Krankenhaus es besser machen können. Vielleicht wäre es ihm besser ergangen, wenn er jemand anders gewesen wäre. Aber er war nur ein hoffnungslos durch Verdünnungsmittel vergifteter, sommersprossiger kleiner Kerl aus Trummelsberg, mit Wieselaugen, die das Tageslicht nicht mehr erblickten. Sie konnten ja nicht wissen, wer er war. Sie konnten ja nicht wissen, was für Geheimnisse unter dieser dünnen, schmalen kleinen Schädeldecke ruhten. Sie konnten ja nicht wissen, was für ungeheure Einblicke ins Zahlenuniversum sich ihm schon in ein paar Jahren eröffnet hätten. Sie konnten ja nicht wissen, daß irgend etwas sich vielleicht um zweihundert Jahre verspäten wird, jetzt, da er tot ist. Vielleicht haben sie ihr Bestes getan, vielleicht bin ich nur mißtrauisch, vielleicht versuche ich, anderen die Schuld zuzuschieben, weil ich weiß, daß ich selbst meinen Anteil daran habe. Ich habe nicht vor, ans Sozialamt zu schreiben.

Es ist nur so, daß ich es niemals richtig ernst genommen habe, daß er sterben könnte. Es ist alles so schnell gegangen. Ich hätte sicherlich alles viel besser verstanden, wenn ich ein wenig Zeit gehabt hätte.

Wenn dies alles jemand anders passiert wäre, er hätte es sicher ins reine gebracht. Das ganze Unglück war, daß es mir passieren mußte.

Vielleicht hätte er selbst durch die allerbeste, intensivste Pflege nicht gerettet werden können. Vielleicht war es wirklich so, daß er sterben wollte.

Und auf irgendeine Weise ist es meine Schuld, alles meine Schuld, es ist nur so, daß ich nicht dahinterkommen kann, auf welche Weise.

Als ich es erfuhr: es war der Direktor, der in einer Pause davon berichtete, rannte ich zum Telefon und rief das Krankenhaus an. Ich mußte natürlich warten und warten, bis irgendein Idiot kommen und den Hörer abnehmen würde, und während ich dastand und wartete, wurde mir klar, daß sie nichts würden sagen können, was ihn wieder lebendig machen könnte. Genaugenommen hatte ich nichts mehr mit der Sache zu tun.

Nichts war übriggeblieben.

Ich hatte ihn aufgeweckt, und er hatte gesehen, wer er war. Und er hatte es nicht ertragen. So einfach war das.

In einer mächtigen Wand war irgendwo ein Riß entstanden, und mit dem, was hereinströmte, konnten wir nicht fertig werden. So war das.

Ich habe ausgerechnet, daß er im Jahre 1986 genauso alt geworden wäre, wie ich es jetzt bin. Ich denke viel darüber nach, was mit ihm geschehen wäre. Ich bin zu dem Schluß gekommen, daß er entweder Professor am Michigan Institute of Technology wäre oder im Wald draußen Autos zusammenschweißen würde oder daß er im Gefängnis säße. In gewisser Weise könnte man sagen, daß niemand ihm eine Chance hätte geben können. Es ist überhaupt niemand da, der uns eine Chance gibt. Wir fallen kopfüber, und niemand fängt uns auf.

Also müssen wir selbst etwas tun. Herrgott noch mal, wie sollen wir aus dieser Passivität herauskommen!

Und ich komme auf jeden Fall immer wieder auf die gleiche Frage zurück: Was ist in ihn gefahren?? Was hat er sich wohl gedacht? Oder hat er überhaupt nicht nachgedacht?

Mein Gott, wir meinen, daß unsere Mitmenschen so klar wären, so leicht zu verstehen, wir meinen, daß wir so einsichtig wären. Und dieses Gefühl hält nur so lange an, bis sie zu handeln beginnen, niemals länger.

Der Rest ist so verdammt trivial

Der Rest ist eine so verdammt triviale Geschichte. Ich suchte drei Tage lang nach Claire, ich versuchte sogar, ihr telefonisch über die Nachbarn ihrer Eltern eine Nachricht zukommen zu lassen. Es half alles nichts. Sie war wie vom Erdboden verschluckt.

Sie war ja sozusagen das einzige, was mir geblieben war.

Plötzlich taucht diese verflixte Ingrid auf, schaut abends bei mir herein, munter und neugierig, und sagt:

Warum läßt du nie was von dir hören, du hast Kummer gehabt, wie ich erfahren habe, dieser Junge ist gestorben.

Ja, über Weihnachten hat es einigen Kummer gegeben, sagte ich.

– Du siehst ziemlich kaputt aus. Sie reden über dich im Kollegium.

– Was denn, sagte ich.

– Sie sagen, es sei dir sehr nahegegangen, daß so etwas in deiner Klasse passieren mußte.

– Es ist nett von dir, daß du gekommen bist, sagte ich, aber es gibt nicht viel, was du für mich tun könntest. Über solche Sachen muß man allein hinwegzukommen versuchen, dabei kann einem niemand anders helfen.

– Daß du es aber auch so schwernimmst.

– Ja.

Usw.

Am dritten Tag tauchte Claire in der Schule auf. Ich sah sie in ihr Klassenzimmer gehen. Ich versuchte, ihren Blick zu fangen, aber es gelang nicht. Ich sah sie zweimal an diesem Vormittag, aber sie entwischte so flink, daß sich mir keine Chance bot.

Ich bekam sie auf dem Weg in die Schulkantine zu fassen, es führt ein Gang mit einem gewellten Kunststoffdach drüber dorthin, das hat sich der Architekt so ausgedacht, damit man an Regentagen nicht naß wird, und es waren nur ein paar kleine Jungens da, die Ball spielten.

– Claire, sagte ich, ich muß mit dir reden.

– Es geht nicht, sagte sie. Ich kann nicht mit dir reden. Ich kann nicht.

– Um Gottes willen, sagte ich.

– Ich kann nicht. Es geht nicht mehr. Nicht jetzt. Geh weg!

Es wurde mir allmählich bewußt, daß der eine oder andere vielleicht zu uns hersah, aber das war mir jetzt vollkommen egal. Ich wäre bereit gewesen, auf meinen Knien über die Betonplatte zu rutschen, wenn es sich so ergeben hätte. Sie hatte heute Stiefel an, richtig gediegene, etwas abgetragene Skistiefel, denen anzusehen war, daß sie sehr lange nicht mehr mit Schuhcreme in Berührung gekommen waren, Stiefel und Skihosen und wieder diese unmögliche Jacke. Ich bemerkte plötzlich, wie klein und zerbrechlich sie eigentlich war, das ließ mich zittern vor Zärtlichkeit. Ich nahm sie ganz einfach bei der Hand.

Das rote Haar sah müde und naß aus, die Augen waren rot, ich weiß nicht, ob sie geweint oder ganz einfach lange nicht mehr geschlafen hatte. Alles in ihrem Gesicht floß in einer jugendlichen Unbestimmtheit, einer Verworrenheit ineinander, die die ganze Welt zu erfüllen schienen. Demütigung, Verwirrung, Trauer, Zärtlichkeit, brutaler Trotz, Zynismus und Wärme, und all das zugleich und durcheinander.

Ob ich lange leben werde oder kurz, dieses Gesicht werde ich niemals vergessen. Es versuchte mir etwas zu sagen, und es war mir nicht möglich, zu erkennen, was es zu sagen versuchte. Etwas, was eine Wahrheit über mich selbst war, solch eine Wahrheit, bei der man nicht mehr weiß, ob man es überleben wird oder nicht, wenn man sich ihr öffnet und sie in sich aufnimmt.

Wir gingen ein paar Schritte, Hand in Hand, in einer Art von vollkommener Leere. Wenn wir uns auch noch so sehr angestrengt hätten, es wäre doch keinem von uns etwas eingefallen, was wir hätten sagen können. Bestimmt waren Leute rings um uns her. Sie zerflossen in einer Art von Nebel. Sie hätten sich auf meine Zehen stellen können, ohne daß ich sie bemerkt hätte.

Und in dieser Leere war eine solche Erniedrigung, aber auch ein so intensives Gefühl von versteckten Möglichkeiten, von möglichem Leben, das niemals verwirklicht werden würde, daß es mir darüber schwindlig wurde, daß eine Leere so inhaltsreich sein kann.

Wir gingen ein paar Schritte, wie ich sagte, in dieser Leere, und ich hielt immer noch ihre Hand fest.

Plötzlich, ganz blitzschnell, machte sie sich los. Sie tat es auf eine so eigentümliche und gehässige Weise, daß ich vor Schmerz laut aufschrie. Sie nahm zwei meiner Finger und riß sie mit einer blitzschnellen Bewegung nach hinten. Es tat entsetzlich weh, aber seltsamerweise gab es keinen Bänderriß.

– Laß mich in Ruhe, schrie sie. Ich will dich nie mehr sehen.

Dunkelheit.

Dunkelheit.

Noch dunklere Dunkelheit.

Und das gleiche abscheuliche Gefühl wie früher einmal, als ich zehn Jahre alt war und mir einfach aus Versehen in einer Turnstunde in die Hosen geschissen hatte. Die ganze Klasse folgte mir alle Treppen hinunter, von der Turnhalle an, die ganz oben in der riesigen alten Schule lag, bis hinunter aufs Klo, eine lange, lachende, fröhliche, ausgelassene Prozession, und ihr Lachen wie schreiende Möwen über einem Schiff auf hoher See.

Und das Erstaunen: *Warum nimmt sich niemand meiner an?* Warum kümmert sich niemand um mich, obwohl es mir so schlechtgeht? Eingesperrt in diese Leidenschaft wie eine Maus in der Mausefalle. Ich sah diesen blassen Körper, diese roten Haare überall um mich her, wo ich ging und stand, und es wuchs sich zu einem Schmerz im Zwerchfell aus, zu einem Schmerz im Hinterkopf, der nicht einmal im tiefsten Schlaf nachließ.

Erst jetzt, als sie einfach nicht mehr da war, erfüllte sie die ganze Welt mit ihrem Schweigen, ihrer Abwesenheit, ihrer Weigerung, mit mir zu reden.

Ich sagte zu mir selbst: es ist doch nur ein Schulmädchen, zum Teufel, ein ganz gewöhnliches Mädchen. Du hast doch vorher auch ohne sie leben können!

Die Erde hat zur Zeit etwas mehr als vier Milliarden Einwohner. Wenn wir drei Milliarden für Männer, Greisinnen, Kinder und Kranke abziehen, bleibt eine Milliarde Frauen, die in Frage kämen. Wie groß ist die Wahrscheinlichkeit, daß du dich in irgendein beliebiges Mädchen oder in irgendeine Frau unter ihnen wahnsinnig verlieben könntest? Eins zu tausend? Weniger! Eins zu zehntausend? Weniger! Eins zu hunderttausend? Eine von hunderttausend Frauen im normalen Alter mit normalem Aussehen! Wenn du eins zu einer Million sagtest, wärst du homosexuell, sagen wir also eins zu hunderttausend, und das ist immer noch eine ungeheure Übertreibung, denn kein Mensch hat jemals die Chance, in seinem Leben mit hunderttausend Frauen lange genug zusammenzusein, um wissen zu können, ob er sich in eine von ihnen verlieben könnte oder nicht.

In Wirklichkeit ist deine Auswahl auf einen Kreis von höchstens tausend Frauen beschränkt, daran ist nicht zu zweifeln, aber sagen wir trotzdem eins zu hunderttausend. Wir wollen es mit der Genauigkeit übertreiben, so wie es die Astrophysiker tun, wenn sie zu berechnen versuchen, welche Chancen es für intelligentes Leben auf fremden Planeten geben könnte. Eins zu hunderttausend!

Das bedeutet, daß es 10 000 Frauen auf der Erde gibt, in die du dich sterblich, abgrundtief verlieben könntest, zehntausend Frauen, die für dich die ganze Welt mit Schweigen oder mit Leben erfüllen könnten.

Und von den zehntausend ist jede vierte eine Chinesin! Und mindestens zwanzig davon sind Tscherkessinnen! Und etwas weniger als vier sind Schwedinnen!

Die einmalige Liebe ist also ein verdammter Mythos! jawohl! Und hier sitze ich auf meinem Stuhl und winde mich vor Schmerzen, die ebenso handgreiflich sind, als wenn jemand einen meiner Eckzähne bis auf die Wurzel aufbohren würde, weil ein kleines, rothaariges, noch nicht ganz reifes, noch nicht ganz ausdrucksfähiges Mädchen sich weigert, mit mir zu reden!

Ich bin in sie eingesperrt wie in eine Mausefalle! Die ganze Welt ist eine Mausefalle! Und ich werde in dieser Falle wie eine übergeschnappte Maus die Wände entlangrennen und alles zerbeißen und zerkratzen, bis ich vor Erschöpfung sterbe.

Warum zum Teufel, habe ich daran glauben müssen! Ich habe doch gewußt, daß der, der so etwas versucht, in der Mausefalle landet!

– Ich verstehe das, sagte er.

Es wurde mir bewußt, daß ich mich nach langer Zeit wieder ruhiger fühlte, es war eine Ruhe der Verzweiflung.

Vor allem aus einer Art Instinkt heraus, ungefähr wie ein Reh, das sich im Winter auf seinen wunden Beinen durch die verharschte Schneedecke zu einer Stelle hinschleppt, wo jemand auf einer Lichtung Futter ausgelegt hat, schleppte ich mich zu Ebbeling hinaus. Ich war für den Rest des Monats krank geschrieben, alle waren sich in rührender Weise darüber einig gewesen, daß ich Ruhe brauchte.

Es war nicht leicht, einen von den beiden Taxifahrern, die es noch in Trummelsberg gab, dazu zu überreden, mich auf der schlecht geräumten Straße bis hinaus zur Landzunge zu Ebbeling zu fahren. Mehrmals war ich ganz sicher, daß wir im Schnee steckenbleiben oder vom Weg abkommen würden, aber wir kamen trotzdem durch. Fährt er selbst nie Auto? Oder will er, daß es schwierig ist, mit dem Auto dorthin zu kommen? Vielleicht hat er Angst vor fremden Autos, alt und einsam wie er ist?

– Du hättest es selbst genauso gemacht, sagte ich. Du hättest mit ihr geschlafen, wenn du eine Gelegenheit dazu gehabt hättest.

– Selbstverständlich, sagte er.

– Wenn du es getan hättest, hätte es nur bedeutet, daß du ihr Bedürfnis nach einem Vater ausgenützt hättest.

– Ich pfeife darauf, was ich ausgenützt hätte, sagte er. Dein Fehler ist, daß du versucht hast, ein Schulmädchen zu deiner Mutter zu machen und gleichzeitig ein Vater für sie zu sein.

– Das fängt an, etwas zu kompliziert für mich zu werden, sagte ich. Es geht über meinen Horizont.

– Ich habe geglaubt, daß du Mathematiker bist.

– Wenn du so wütend auf mich bist, kann ich ja wieder gehen.

– Nein, geh nicht. Aber du hast dich verdammt blöd benommen.

– Das weiß ich.

– Man soll anderen Menschen nicht so etwas aufbürden, wenn sie nicht stark genug sind, um es zu ertragen.

– Ich habe gesagt, daß ich gleich gehen werde. Kannst du für mich nach einem Taxi telefonieren?

– Nein. Wart ein bißchen.

Wir saßen in den Korbstühlen unter den Leuchtröhren im Atelier. Es gab dort sogar eine Infrarot-Heizung, die von der Decke her eine angenehme Wärme ausstrahlte.

Das große Bild »Interieur 1969« war jetzt ein ganzes Stück weiter gediehen.

Es stellte eine Waschküche dar, eine von diesen Waschküchen im Keller eines Hauses, mit Zementwänden und Waschkessel. Aus einem hoch angebrachten Fenster zur Linken fiel blaugrünes Licht über die Wände.

– Ich werde dir etwas zeigen, sagte er und begab sich zu einem von den großen Schränken im Atelier, zog die Schiebetür auf und begann, in dem Haufen von Gegenständen dort drinnen herumzuwühlen.

Er kam mit einem altmodischen Fotoalbum zurück, rückte den Korbstuhl näher an meinen heran und zeigte es mir. Die meisten Fotografien machten einen völlig nichtssagenden Eindruck.

Eine Dame im schwarzen Kleid mit einem hohen Kragen, der von einer Brosche zusammengehalten wurde.

– Das ist meine Mutter, sagte er.

Und das ist mein Vater.

Ein hochgewachsener Mann mit einem kräftigen Schnurrbart wie der von Wilhelm II. und mit hohen, kahlen Schläfen. Eine große Nase, die von fern an Ebbelings eigene erinnert, harte, fast stechende Augen, die direkt in die Kamera hineinstarren.

– Dieses Foto muß etwa um 1903 gemacht worden sein. Damals war er Direktor beim Stadtreinigungsamt von Sundbyberg.

Er verlor sich in Gedanken.

– Er war es, der mich dazu brachte, Ekelund zu lesen. Wenn ich nicht angefangen hätte, Vilhelm Ekelund zu lesen, wäre ich nicht Maler geworden: »Für manche Wunden ist es am besten, wenn sie offengehalten werden.«

– Ich verstehe den Zusammenhang nicht, sagte ich.

– Der ist auch nicht ganz leicht zu verstehen.

Herrgott, was für ein entsetzlicher Tyrann. Wir hatten übrigens ein phantastisches Klo in dieser Wohnung. Stuck an der Decke und eine kleine Erhöhung aus Kacheln für das eigentliche Klosett. Es sah tatsächlich aus wie ein Thron.

Es war ein Haus in der Birger Jarlsgatan, ich habe keine Ahnung, wann es gebaut worden ist, im ersten Jahrzehnt dieses Jahrhunderts vielleicht, ich weiß nicht, ob dieses Klo von Anfang an da war oder ob es später eingebaut worden ist, vielleicht vor der Kreuger-Katastrophe, jedenfalls war es ganz unglaublich. Mit geschliffenen Spiegeln und mit Lampen im Jugendstil an der Decke.

Dort saß er auf alle Fälle die letzten Jahre den ganzen Morgen lang, von halb sechs Uhr bis um acht. Mit seinem Magen war irgendwas nicht in Ordnung, er hatte irgendeine entsetzliche Verstopfung, und da saß er und stank wie eine Art Scheißkaiser auf seinem Thron. Dorthin wurden wir morgens zu Gerichtsverhandlungen bestellt. Immer gab es irgendwas, was schiefgelaufen war, und er brüllte, daß es von den Kacheln widerhallte. Wir sollten richtig angezogen sein, was immer das heißen mochte, denn wir bekamen niemals neue Kleider und sahen so aus, daß uns die Klasse auf dem Schulhof hänselte. Wir sollten saubere Fingernägel haben und unsere Schulaufgaben können.

Und da saß er wie ein richtiger Scheißkaiser und beschimpfte mich und meine Schwester, die Hosen heruntergezogen, das Gesicht blau vor Anstrengung, und die Stimme hallte immer lauter und lauter zwischen den Kachelwänden. Er erfüllte die ganze Welt, verstehst du! Die ganze Welt!

Meine Schwester kam mit schlechten Noten aus der Schule heim; sie war anämisch und unglücklich und schwach, das arme kleine Ding, und kam nicht besonders gut mit. Er schimpfte sie aus, bis die Tränen nur so strömten und sie vor lauter Weinen einen Schluckauf bekam.

Dann kam ich dran. Ich war ein Taugenichts, der sich nur in seinem Zimmer einschloß und das Grammophon laufen ließ, ich hatte ein Koffergrammophon, das ich durch einen Tauschhandel von einem Kameraden erworben hatte, ein onanierender Schwachkopf, aus dem niemals etwas werden würde. Mein Gehirn würde zerschmelzen. Frau Sjögren hatte wieder Flecken auf dem Laken gesehen. Ich onanierte. Wenn man onaniert, läuft das Rückenmark aus, das Gesicht wird schwarz, langsam, aber sicher, man büßt seinen Verstand ein. Bald würde ich in der Schule nicht mehr mitkommen, wenn ich mit dem Onanieren weitermachte, und mit der Zeit würde ich in der Irrenanstalt landen.

Die Irrenanstalt war die einzige Zukunft, die ich hatte.

Ich stand natürlich da und bebte vor Wut und Furcht und errötete vor Scham und wurde bleich vor Verzweiflung.

Und die ganze Zeit über hoffte ich, daß der Scheißkaiser auf seinem Thron einen Schlaganfall bekommen und herunterfallen würde, aber das tat er nicht.

Statt dessen wurde er bei der Kreuger-Katastrophe ruiniert, und wir wurden fortgejagt und in Sörmland einquartiert, das war natürlich unsere Rettung.

Ganz hinten in der Wohnung gab es einen langen schwarzen Korridor. Es war sozusagen die abgewandte Seite der Wohnung, hinter dem Salon und dem Eßzimmer und der guten Stube, und dort roch es nach altem, verschimmelten Brot. Die Schlafzimmer lagen wie kleine Zellen an diesem Korridor. Wenn er dort nach uns schrie, funktionierte er wie eine Art Verstärker, eine Tuba.

Dann gab es auch Tage, an denen er kein einziges Wort sagte. Wir bekamen durch Frau Sjögren kleine Zettel. In meinem Zimmer gab es außer dem Grammophon ein Eisenbett und ein Bücherregal. Malen durfte ich nicht, denn das machte den Fußboden schmutzig.

Es war erstaunlich, daß wir überhaupt etwas zu essen bekamen. Aber verstehst du, dieses Klo ..., nein, zum Teufel, darüber kann ich nicht reden ...

Er schlug mit einem Knall sein Fotoalbum zu. Eine Staubwolke kam heraus.

– Magst du einen Whisky?

– Ja, danke.

– Du bist noch ziemlich jung, weißt du. Dies mit den Wegen der Freiheit ist eine Sache, die man ziemlich langsam lernt. Ich verstehe mich eigentlich überhaupt nicht auf das Zeitalter, das dabei ist, deine Schüler zu prägen, ich verstehe mich sogar kaum auf das Zeitalter, das dich geprägt hat. Aber das, welches mich geprägt hat, hatte seine schauderhaften Seiten, und trotzdem war es möglich, auch aus solchen Kindheiten auszubrechen. Du verstehst, was ich meine?

Auch du wirst aus der Mausefalle herausfinden, wenn du nur ruhig bleibst, so ruhig, wie du kannst.

Ich will nicht zuviel sagen, sagte ich, aber soviel ist klar, deine Zeit hatte greifbarere Feinde als meine. Ihr habt euch nicht mit einem Nebel herumgeschlagen, ihr hattet sichtbare Tyrannen, Scheißkaiser, Päpste auf ihren Thronen. Aber wir, wir schlagen uns mit Schemen herum. Ihr hattet die Macht sichtbar auf ihrem Thron, wir haben sie als Schmerz im Hinterkopf, als Spinnwebennetz von Halbwahrheiten rings um uns her.

– Zerreiß doch das Netz!

– Dann bleibt man nur besser hängen!

Er ging für eine Weile zum Fenster hinüber. Es war wirklich ein riesiges Fenster, ich glaube, ich habe eine solche Scheibe noch nie gesehen. Zwischen den Bäumen schimmerte der Åmänningen wie ein weißes Nichts. Jenseits davon, zehn Kilometer weiter weg auf der Landstraße, tauchte ein matt blinkendes Licht auf und verschwand wieder. Der letzte Zug, der im Ängelsberger Bahnhof um Viertel nach neun ankommt, war durchgefahren.

Es schien draußen vollkommen still zu sein. Das Mädchen war bei mir in diesem Zimmer, ganz gegenwärtig, obwohl sie nicht anwesend war. Sie war da wie ein Schmerz, ganz einfach. Ein Schmerz, aber ich hätte doch nicht ohne ihn sein wollen.

Sie war der einzige Inhalt, den ich hatte, und sie sollte es lange bleiben.

– Das Dümmste, was du jetzt tun könntest, wäre, daß du dich ihr aufzudrängen versuchst. Es kann sein, daß sie loskommt aus den – wie soll ich sagen – den rätselhaften Widerständen – und wieder mit dir reden kann. Das wahrscheinlichste ist, daß sie das nicht tut, aber du sollst jetzt auch nichts tun.

– Wie ist es deiner Schwester ergangen, sagte ich, denn ich spürte eine Lust zu fragen, die so stark war, daß es mir egal war, ob ich verletzte.

– Sie hat es nicht geschafft.

Sein Gesicht war völlig ausdruckslos, und er drehte sich wieder zum Fenster um. Das ferne Auto war verschwunden. Über Trummelsberg war der Himmel matt erleuchtet, auch über Fagersta sah man einen helleren Fleck.

Die Glocken von Västerås

Der Abend des sechzehnten September 1970 brach an, sehr warm und mild. Ich kam mit dem Bus von Trummelsberg, und erst als ich ausstieg, merkte ich, daß eine große Anzahl von den Mitgliedern der FNL-Gruppe der Schule ganz hinten im Bus gesessen hatte, ohne daß es mir aufgefallen war. Sie hatten in den Gepäcknetzen Spruchbänder und Stangen dabei, und ich blieb stehen und wartete auf sie, bis sie ausgeladen hatten. Zwei davon waren aus meiner eigenen Klasse, Håkansson und Lind.

Daß ich hierhergefahren war, war mein eigener Entschluß gewesen, ganz und gar mein eigener. Es war sozusagen meine eigene, ganz private Demonstration, und sie hatte auf eine schwerverständliche Weise etwas mit dem Schmerz zu tun, der in jeder wachen Stunde des Tages und der Nacht an mir nagte, der Sehnsucht nach Claire.

Die Rücksichtnahme dem Kollegium und dem Direktor gegenüber konnte ich getrost zum Teufel jagen. Es war doch nur eine Frage der Zeit, wie lange ich noch bleiben würde. Natürlich war die ganze Geschichte mit Claire nach dieser Episode auf dem Schulhof mehr oder weniger verzerrt und aufgebauscht herausgekommen.

Es war noch Sommer in der Luft, die Bäume des Vasaparks ragten mit schweren Laubmassen über dem kleinen Lokal auf, wo ein paar Saufbrüder in den Beeten herumkugelten. Die höchsten Blätter zitterten ein wenig in der abendlichen Brise. Wir fragten uns, ob es möglicherweise regnen würde oder ob wir dem Regen zuvorkommen würden, und wir waren besorgt, ob wir uns möglicherweise im Zeitpunkt für den Besuch des Botschafters geirrt hätten. Sollte es um sieben Uhr sein oder um acht Uhr?

Ihr mögt mir glauben oder nicht, aber als wir da durch den Park gingen und das Geräusch unserer eigenen Schuhe im Kies hörten, wurde es mir zum ersten Mal in diesem Jahr bewußt, daß wir einen Sommer, einen ganzen langen warmen Sommer hinter uns hatten. Tag für Tag war er gekommen und gegangen, aber ich hatte mich nie so recht dazu entschließen können, ihn ernst zu nehmen. Ich hatte das Gefühl, daß ich die Sommerferien über auch nicht an besonders vielen Tagen nüchtern gewesen war. Nicht sternhagelvoll, nur angetrunken. Abend für Abend hatte ich auf einer Brücke unten an der Schleuse von Virsbo gesessen und hatte zugeschaut, wie Jansson langsam und sicher ein Boot fertig baute und es zu Wasser ließ.

Ich weiß nicht, ob es mich sonderlich froh gemacht hat, aber ich bin sicher, daß es mich auf irgendeine Weise davon abhielt, verrückt zu werden. Dort zu sitzen und zuzuschauen, wie er die Spanten einfügte, gab mir auf irgendeine Art *einen Inhalt*, und ohne diesen Inhalt wäre ich über den See hin entschwunden wie ein Wollgrasflaum.

Boote zogen mit tuckernden Motoren vorbei und legten an der Gästebrücke unten an der Schleuse an. Rings um uns her wuchsen Wollgras und Feuerkraut, ich saß mit meiner Pfeife und einer Schnapsflasche im Gras, und dann und wann warf mir Jansson ein Stück Papier mit ein paar Maßen zu, damit ich die Krümmung der Spanten für ihn berechnete. Er nannte mich seinen *Computer*, seine Rechenmaschine, und ermahnte mich, nicht zuviel zu trinken, denn dann wäre die ganze Bauerei zum Teufel.

– Immer mit der Ruhe, sagte ich und warf ihm die Antworten zu. Das wird auf alle Fälle schon recht werden, du wirst sehen.

Er hatte eine große Trommel, auf der er die Bretter für die Bordwände zurechtbog, sie war aus einem Eternitrohr gemacht und wurde mit einem Bunsenbrenner erhitzt, und dann mußte ich aufspringen und ihm allen Ernstes helfen, aber sonst saß ich meistens da und schaute ihm bei der Arbeit zu.

Es fiel uns ziemlich leicht, einander zu verstehen. Er kam den ganzen Sommer über jeden Abend, wenn schönes Wetter war, und holte mich ab, wie ich da auf meinem Sofa lag.

– Na, was willst du mit dem Boot anfangen, wenn es fertig ist, sagte ich an einem Abend Anfang August.

– Ich werde mir einen Tomos mit vier PS besorgen und mich davonmachen, hinauf nach Smedjebacken, den ganzen weiten Weg durch den Kanal, sagte er.

Die alte Brücke, die über den Kanal führt, bebte jedesmal, wenn ein Lastzug darüberfuhr.

– Na sowas, sagte ich. Ich weiß noch, wie ich als Junge davon geträumt habe.

– Und dann werde ich zum Mälaren hinunterfahren, sagte er.

– Aha, sagte ich. Sieh mal an, das wäre mir nie eingefallen, daß man in die Richtung fahren kann.

Ein Spant nach dem anderen wurde gefräst und gesäubert und eingefügt, zuletzt kamen die Bordwände an ihren Platz; es wurde ein ganz ansehnliches Boot, das wir Ende August firnißten.

– Es ist nicht zu fassen, sagte Jansson, jetzt ist ja schon die Zeit, wo man langsam daran denken muß, die Boote wieder an Land zu ziehen.

Es ist schön, dazusitzen und Holz anzusehen, das eine Form bekommt. Es ist schön, zuzuschauen, wie Dinge geformt werden. Es ist schön, zu sehen, daß man etwas mit der Welt machen kann.

Es tat weniger weh, dort zu sitzen und das Boot anzusehen.

Jetzt war es September, und noch hatte keine Probefahrt stattgefunden. Dort, wo zwischen den Sägespänen auf der Böschung das Feuerkraut geblüht hatte, gab es jetzt wohl vor allem Rotschwingel. Und die Samen der Windröschen flogen über den See hinaus wie tausend wollige kleine Räusche.

Wir gingen die Köpmangatan hinauf, und allem Anschein nach waren ziemlich viele Leute auf den Beinen.

Nun trafen zwei Dinge zusammen. Oder genaugenommen waren es drei Dinge, die zusammentrafen, denn der Botschafter der Vereinigten Staaten, Mr. Holland, der dazu aufgefordert worden war, am Abend des 16. September im Dom von Västerås eine Rede zu halten, war genaugenommen auch eine wichtige Sache.

Im blauen Licht des Septemberabends raste der Kirchturm Nicodemus Tessins des Jüngeren 102 Meter hoch ins All hinauf, ohne auch nur einen Augenblick lang Luft zu holen. Törneros hat ihn einen Blitzstrahl genannt, der hinaufschießt, um sich mit den Blitzen des Himmels zu vereinen. Es ist der steilste, der kühnste Kirchturm, den ich kenne, und an einem solchen Spätsommerabend rotieren die Dohlen um ihn herum wie Planeten oder kleinere Satelliten um eine Sonne, und mitten drin der schrille, durchdringende Laut der Heimchen im Turm.

Wir müssen bei dieser Turmspitze einen Augenblick lang verweilen. So wie die Sonne jetzt steht, das heißt, etwa eine Bogensekunde unterhalb des Horizonts, leuchten die vergoldete Kugel und der Hahn immer noch wie Gold hoch dort oben in der Luft, während der übrige Turm eine dunklere Farbe annimmt. Diese Turmspitze war für lange Zeit, ich meine, von dem Alter an, in dem ich erstmals sehen konnte, bis zum Alter von etwa elf oder zwölf Jahren, das höchste, das endgültigste Ergebnis menschlicher Anstrengungen, das ich kannte. Man sah sie aus einer Entfernung von zwanzig Kilometern draußen auf der Ebene von Skultuna, es gab neblige Tage, an denen sie in den Wolken verschwand, und ich erinnere mich, daß ich mir als Kind darüber große Sorgen machte. Darüber, wo sie stecken mochte, wenn man sie nicht mehr sah? Und was passieren würde, wenn sie umfiele: würde von der Stadt noch etwas übrigbleiben?

Unter der Turmspitze breitet der Dom sich aus, mit einem breiten Rücken wie bei einer ruhenden Kuh und einem soliden Hintern, dort, wo der Orgelchor ist und der Altar, und die Vorderseite einem perfekten Triangel zugewandt, dessen übrige zwei Seiten vom Domkapitelhaus und vom Bischofshof gebildet werden.

Dies sei einer der schönsten Plätze Europas, sagen alle, die etwas von Architektur verstehen, ein vollendetes Monument des siebzehnten Jahrhunderts mit seiner Strenge, seinem brutalen Zentralismus, seinem feinen Gespür für die Proportionen des Menschen.

In der einen Ecke des Triangels steht Carl Milles' Statue des Bischofs Johannes Rudbeckius, der seine politische Karriere dadurch ruinierte, daß er sich beim Reichstag von 1610 für den hungernden Bauernstand einsetzte. Und im allgemeinen ist dies der ruhigste Platz auf der Welt, man hört gewöhnlich das Geplätscher einer kleinen Trinkwasserfontäne, die sich direkt an der Vorderfront der Kirche befindet.

Diesen Dom habe ich immer als eine Art Mutter betrachtet, vielleicht deshalb, weil meine Mutter mich an Markttagen für ein Weilchen dort hineinzuführen und mir den leuchtenden Flügelaltar aus Lübeck zu zeigen pflegte, wenn wir in der Nähe etwas zu besorgen hatten.

Jetzt ist beinahe das letzte Licht von der goldenen Kugel an der Spitze des Turms verschwunden.

Die zweite Sache war ein Sturm, der sich schon seit langer Zeit zusammengebraut hatte. Wie eine Flutwelle war die Protestbewegung gegen den Krieg, den Völkermord in Vietnam um die Welt gegangen. In den Hauptstädten von Japan, Kalifornien, Asien und Afrika hatte sie die Menschen zu Hunderttausenden versammelt. In Harvard und Cornell, in Paris und Amsterdam die gleichen Szenen, die gleichen Spruchbänder. Ein Riß war durch die Lügenmauer gegangen, aus dem etwas hinausquoll, was nicht mehr aufzuhalten war. Die Tränengaswolken in Paris, die Knüppelschläge in Berlin, der Hinterhalt auf der Barnhusgatan in Stockholm am 20. Dezember 1967, überall Teile ein und derselben Welle, die gleichen schwarzen Polizeibrigaden, die mit ihren Wasserwerfern, Tränengasbomben und Panzerwagen Sturm liefen.

An diesem schönen Spätsommerabend des 16. September erreichte die Welle den Domplatz von Västerås. Da war es schon in den siebziger Jahren, und doch war es dieser Abend, an dem die sechziger Jahre endeten.

Als wir durch die Köpmangatan auf den Platz kamen, war es dort schon schwarz vor Leuten, wehenden Spruchbändern, geparkten Polizeibussen. Es gingen Gerüchte um, daß der Botschafter, der aufgefordert worden war, im Dom zu sprechen, schon angekommen wäre und daß kein Demonstrant hineingelassen werden würde. Polizisten in Zivil standen am Kirchenportal und stießen Leute mit FNL-Abzeichen weg. Übrigens brauchte man gar kein FNL-Abzeichen zu haben, ein Bart reichte schon aus, um auf das Steinpflaster geschmissen zu werden. Ein Silberschmied namens Bertil Kempe hatte den Arm verdreht bekommen, als Strafe dafür, daß er einen koketten kleinen Schnurrbart trug; die Mitglieder eines kirchlichen Jugendvereins wurden aufgefordert, das Maul zu halten und sich zum Teufel zu scheren.

Einen Augenblick lang sah ich nichts anderes als Rücken. Es war zu eng, als daß man einen Überblick hätte bekommen können. Die Jungens von meiner Schule waren irgendwohin verschwunden, die Volksmenge vibrierte vor Gerüchten, und Sprechchöre und »Befreit den Süden« und metallisches Gegröle aus den Lautsprechern der Polizei versuchten den Gesang zu übertönen.

Als nun diese beiden Dinge zusammentrafen, die große Welle, die um die Welt geht, und diese Kirche, die ich immer als meine Mutter betrachtet habe, da war es, als hätten sich zwei Bilder übereinandergeschoben. Und einen Augenblick lang wurde die stechende Trauer in meinem Hinterkopf ganz still. Ich hatte mich selbst eingeholt, meine eigene Kindheit, meine eigene Stimme. Es währte nur einen kurzen Augenblick, aber in diesem Augenblick war es da, und es war ein Augenblick des reinsten Glücks.

Drei Sekunden lang war die Welt nicht geteilt, sondern eins. Drei Sekunden lang war auch ich nicht geteilt, sondern eins.

Die politische Geheimpolizei, die die Behörden immer häufiger einzusetzen begannen und gegen Ende der sechziger Jahre verstärkten, stand also in derben zivilen Windjacken vor dem Portal des Doms zu Västerås, um mich und die Gemeindemitglieder dieses Pfarrbezirks, in dem ich selbst einmal in dem mittelalterlichen Taufbecken getauft worden war, daran zu hindern, in die Kirche ihrer eigenen Gemeinde hineinzukommen.

In meiner eigenen Sprache bedeutete das, daß man mich daran zu hindern versuchte, zu meiner eigenen Mutter zu kommen, zu all der Mütterlichkeit in der Welt, daß kalte Hände in schwarzen Handschuhen dabei waren, das letzte zu erwürgen, was es an Wärme, Wiege und Ruhe in der Welt gab.

Die Volksmenge bewegte sich in unregelmäßigen Bewegungen, es war ganz unmöglich, sich Gehör zu verschaffen, ich drängte mich voller Wut nach vorn und wurde wieder zurückgedrängt, ich begriff, daß die mit den Knüppeln dort vorn zuschlugen. Durch eine Art von Strudelbewegung in der Menge, die entstand, als einige nach vorn wollten und andere in Panik flüchteten, wurde ich langsam zur Nordseite des Platzes gedrängt. Die Dunkelheit brach jetzt schneller herein.

An der Mauer des Konsistorialgebäudes war eine Lücke in der Volksmenge. Irgendwelche Sperrgitter waren umgestoßen worden und lagen neben einem Fahrradständer.

Einige der Polizisten in Zivil hatten ein paar Jugendliche gegen die Mauer gedrängt, ich sah ihre weißen Gesichter im Dämmerlicht und wie sie mit dem Mund nach Luft schnappten.

Zwei von denen in Zivil hatten ein junges Mädchen zu fassen bekommen. Der eine hielt sie an den nach hinten gedrehten Armen fest, der andere war dabei, ihr sein Knie in den Unterleib zu rammen.

Ihr rotes Haar leuchtete vor der weißen Mauer auf. Er trat wieder und wieder zu.

Sie sprangen zur Seite, bevor ich dort ankam, und mit einem blöden Gefühl des Erstaunens wurde mir klar, daß ich von ihnen aus gesehen nicht als einzelner Mensch erschien, sondern als ein weißer Gesichtsfleck unter all den anderen in einer tobenden Volksmenge, die über die umgeworfenen Gitter und Fahrradständer heranstürmte und -schwankte.

Ich fiel fast kopfüber auf sie. Sie blutete leicht aus einer Wunde über der Augenbraue, sie krümmte sich vor Schmerzen, aber sie erkannte mich. Sie erkannte mich! Die Leute fielen fast über mich, ich hatte furchtbare Angst, sie würde zertreten werden, wie sie da lag, die Lautsprecher der Polizei dröhnten, Scheinwerfer wurden eingeschaltet und strichen über die Volksmenge hin, Schreie und Flüche und Sprechchöre.

Und über alldem dröhnten plötzlich die Glocken des Doms mit ihrem tiefen Baß über ganz Västmanland hin und verkündeten, daß es keine Zuflucht gebe, daß es auf der ganzen Welt keine Mütter mehr gebe, auf die Verlaß gewesen wäre.

Ich schleppte und trug sie um die Ecke herum, an einem weiteren Sperrgitter vorbei. Ein paar Polizisten schienen uns aufhalten zu wollen, aber es waren offensichtlich gewöhnliche anständige uniformierte Polizisten vom Streifendienst, die erschrocken aussahen; sie würden uns nicht mißhandeln, niemand würde uns an diesem Tag mehr mißhandeln. Ich setzte sie behutsam am Stamm einer mächtigen Esche auf dem Hof der Oberschule ab, sie hatte noch immer kein einziges Wort gesagt. Es war ungewiß, ob sie jemals wieder willens sein würde, ein Wort zu mir zu sagen, aber jetzt konnte das einerlei sein.

Ich beugte mich über sie und sagte, so deutlich, wie ich konnte:

– Wir sind jetzt durch, glaube ich. Das Schlimmste ist jetzt vorüber.

Und die Glocken dröhnten, und der Schmerz in meiner brennenden, zerquetschten Hand nimmt wieder zu, und die Nacht brach an, mit ein wenig Wind in den Bäumen.

Berlin-Schöneberg 1973

Das Familientreffen

Roman

Ausgangspunkte

Und je vollkommener diese Organisation ist, je mehr es ihr gelingt, die größten Talente aus allen Schichten der Gesellschaft an sich zu ziehen und für ihre Zwecke auszubilden, desto vollständiger wird die Knechtschaft aller, die Mitglieder der Bürokratie eingeschlossen.

John Stuart Mill

Es ist die schwierigste Aufgabe einer vorausschauenden Politik, zu wissen, wann eine Macht, die vor ihrem Fall steht, tatsächlich fallen wird.

Honoré de Balzac

Er war übrigens schwer zu düpieren, denn er gab vor, nichts zu verstehen, und verlangte eine einfachere Darstellung, immer einfacher und einfacher, bis man ihm entweder die unverfälschte Wahrheit präsentierte oder eine krasse Lüge, die er sofort durchschaute.

Henri Michaux

Wir werden so angewiesen, die Verknüpfung zwischen Trieb und Objekt in unseren Gedanken zu lockern.

Sigmund Freud

Die ersten tastenden Versuche

Das Familienfest

Sie hatten draußen gedeckt, unter den Ahornbäumen. Mein Gott, die alten Ahornbäume! Es hatte sich kaum etwas an ihnen verändert.

Nur etwas größer, etwas älter waren sie geworden, und die Stämme etwas bemooster. Aber sonst noch genauso, wie ich sie in Erinnerung hatte, mit den falschen Nasen und allem drum und dran, ein einziges, mächtiges grünes Gewölbe, das sich von der Ecke des Häuschens bis hin zum Brunnen erstreckt.

Dort hatten sie Fensterläden über Holzböcke gelegt, und so war ein einziger langer Tisch unter den Bäumen entstanden.

Es war Anfang Juni 1972, der heißeste Juni, den ich seit langem erlebt hatte. Tag für Tag dieselbe flimmernde Hitze.

Der Tisch war schon gedeckt, als wir ankamen, mit einem weißen Papiertischtuch, er war wirklich enorm lang. Da gab es den Kartoffelauflauf »Janssons Versuchung« mit goldgelber Kruste, verschiedene Sorten von Anchovis, Heringshappen nach Glasmästarart, mit Zwiebeln und in Gewürztunke, Fleischklößchen (August baut selbst Kartoffeln an, er hat riesige Mengen von Gemüse zwischen seinem Häuschen und dem Land des Bauern, Kohlköpfe, Möhren und Kürbisse, groß wie Kinderköpfe, Stachelbeerbüsche, schwarze Johannisbeeren, meterweise Rhabarberstauden und Erdbeerbeete, aus denen die Pflanzen wie Köpfe aus einem hübschen, glänzendschwarzen Plastikmantel hervorgucken. Schon damals, als ich noch ein Junge war, hat er mich manchmal beiseite genommen, um mir die ganze Pracht zu zeigen, es war in der Zeit der Wirtschaftskrise und der Rationierung, und dann pflegte er zu sagen: Lars, das alles kann einmal dringend benötigt werden, eher, als du denkst. Es können *Zeiten kommen*, wo es keine Lebensmittel mehr zu kaufen gibt. Es können Zeiten kommen, verstehst du!), Kasseler, nicht fix und fertig aus dem Supermarkt, sondern richtiges fettes, goldbraunes Kasseler. Und all die Flaschen in dem Wassereimer an der Hausecke, vor allem Korn, und ein Kasten Bier im Schatten unter dem Regenrohr.

Die beiden jungen Leute, das Brautpaar also, Vera und Hans, Vera ein bißchen blaß vom vielen Stillen und Hans mit Hörgerät und Wuschelhaaren, lieb und nett wie immer, waren im Haus und schauten sich die Geschenke an, die sie bekommen hatten. Es war so heiß, daß Siskan, meine Frau Cäcilia also, und ich es kaum schafften, uns in das kleine Zimmer zu quetschen, wo alle Gratulanten sich unter der braunen Wanduhr drängelten und wo es so heiß war zwischen den Tapeten und alle so naßgeschwitzt in ihren dunklen Anzügen, daß ich mich wieder hinauszwängte.

Das Kind lag schlafend in seinem Kinderwagen im Flur, ein kleiner, rosiger, kräftiger Junge, der heranwachsen und groß werden würde. Er lag auf dem rechten Arm, und ich lockerte im Vorbeigehen die Bänder der Strickmütze unter dem Kinn, die offenbar viel zu stramm saßen in dieser Wärme.

Ich ging um die Ecke und pinkelte. Obwohl es schon sechs Uhr abends war, herrschte noch eine solche Hitze, daß die Luft flimmerte. Die rote Wand des Häuschens war so heiß, daß man deutlich die Wärme spürte, die sie ausstrahlte, und ich, der ich Hitze noch nie besonders gut vertragen habe, hatte einen Moment lang das Gefühl, ich würde gleich umkippen, alles drehte sich vor meinen Augen. Es war natürlich ein Fehler gewesen, zwei ordentliche Whiskys zu kippen, bevor ich von zu Hause aufbrach. Siskan hatte mich hergefahren, und auf dem Rückweg würde sie natürlich auch fahren. Sie ist ein bißchen unsicher beim Autofahren, die liebe Siskan, sie bleibt immer so dicht am Mittelstreifen, daß es in den Kurven lebensgefährlich wird, das ist so eine typisch weibliche Ängstlichkeit, die einen wahnsinnig machen kann, genau wie bei den Frauen in Betrieben oder öffentlichen Ämtern, die sich nie trauen, auch nur die kleinste Entscheidung auf eigene Faust zu treffen, sondern immer erst einen Vorgesetzten fragen müssen.

Vielleicht lag es nicht nur an der Hitze. Es kam mir alles etwas sonderbar vor. Ich war ja jahrelang nicht mehr hiergewesen, inzwischen war allerhand passiert, und dann kommt man zurück und stellt fest, daß sich eigentlich gar nichts verändert hat, nicht das geringste.

Die alten Walzwerkarbeiter aus Surahammar, Kumpel von August, sahen schon genauso alt aus, als ich noch ein Junge war, nur ihre Haare sind ein bißchen weißer und ein bißchen dünner geworden. Die Pumpe auf dem Hof ist frisch gestrichen, aber es ist noch dieselbe Pumpe, mit der ich als Kind gespielt habe. Margareta geht in ihrem rotgepunkteten Kleid herum, läuft auf ihren kurzen, stämmigen, krampfaderlosen Beinen zwischen der Küche und dem großen Tisch unter den Ahornbäumen hin und her. Die falschen Nasen des Ahorns und der Grasbuckel in der Mitte des Weges.

Und der Wind, der durch die Felder des Bauern ging und genau solche Wellen machte, wie ich sie schon als Kind gesehen hatte.

Es war mein erster Besuch in der Gegend von Kolbäck, in der Nähe von Västerås, auf dem flachen Land, wo der Wald endet und die Ebene beginnt, seit über fünfzehn Jahren.

Und es war alles noch da! Es war die ganze Zeit über dagewesen! Nur ich war woanders gewesen.

Ich hatte eigentlich einen ziemlichen Horror davor gehabt herzukommen, nach allem, was geschehen war, und all dem Schmutz, der Monat für Monat in den Zeitungen gestanden hatte. Aber Hillevi hatte angerufen und gesagt, alle würden so enttäuscht sein, wenn wir nicht kämen, wir müßten unbedingt kommen, und da ich mich ohnehin darauf einstellen muß, auch in meinem restlichen Leben noch mit Leuten zu verkehren, konnte ich ja genausogut gleich damit anfangen.

Siskan denkt nie daran, das Abblendlicht auszuschalten, bevor sie aus dem Wagen steigt, und deshalb ging ich zum frisch gemähten Stoppelfeld des Bauern hinunter, wo tiefe Risse von der Trockenheit hier und da zwischen den Stoppeln zum Vorschein kamen, um danach zu sehen. Dort stand ein ziemlich bunter Haufen von Autos, mein Volvo Sport, Timhagens alter PV, der Mercedes des Schrotthändlers, drei, vier Volkswagen, der Lieferwagen des Gemüsehändlers, und in diesem Moment kommt noch ein verbeulter alter VW in einer riesigen Staubwolke an, und heraus klettert Lennart, der Volksschullehrer, und lächelt sein schiefes, dämliches Lächeln, das ich nun auch schon seit fünfzehn Jahren nicht mehr gesehen habe. Dieselbe mit Leukoplast reparierte Brille wie in den fünfziger Jahren – oder vielmehr eine neue, natürlich, aber auch sie mit Leukoplast repariert.

Wie zum Teufel bringt er es nur fertig, seine Brille immer wieder kaputtzumachen? Das sieht ihm ähnlich! Und dieselbe komische Sportmütze, derselbe komische Mund, der manchmal gleichsam verrutscht.

Ich muß ihn wohl 1959 zum letztenmal gesehen haben, oder um die Zeit.

– Was! *Du* bist hier, sagte er.

Einen Moment lang war ich etwas sauer. Hatte ich denn etwa nicht das Recht, zur Hochzeit meiner eigenen Kusine zu kommen? Dann entdeckte ich, daß er sich aufrichtig freute, mich zu sehen.

Dieser Volksschullehrer ist ohne Falsch.

Aber warum muß sein Mund denn nur immerzu verrutschen, auf diese komische Art?

Wir fangen noch einmal an. Wir geben nicht auf.

Gleich hinter Kolbäck, einem kleinen Ort, der in Västmanland liegt, wo der träge und anspruchslose Kolbäckbach in den Mälarsee mündet, beginnt ein Bergrücken, der sich dann viele Meilen weit nach Norden erstreckt. Auf dem Bergrücken verläuft einer der ältesten Wege dieser Landschaft, der ursprünglich aus der Steinzeit stammt und heutzutage mit einer neuen, schmucken Asphaltdecke und einem Mittelstreifen versehen ist, und an dieser Straße liegt ein kleines rotes Haus unter großen Ahornbäumen, mit einer Pumpe im Hof, einer Scheune und einem riesigen Gartengelände, das vom Land eines Bauern abgestückelt ist, der gleich nebenan einen mittelgroßen landwirtschaftlichen Betrieb hat.

Es gehört meinem Onkel, August Carlson, nun schon seit fünfundzwanzig Jahren, er hat es repariert und renoviert, ausgebaut und tapeziert, hat dort den Gemüsegarten bestellt und die Kartoffeln gehäufelt, seit der Zweite Weltkrieg zu Ende ist.

Mein Onkel ist ein Walzwerkarbeiter aus Surahammar, und außerdem war er ziemlich lange Chorleiter des örtlichen Arbeitergesangvereins. Aus diesem Amt hat er sich mittlerweile zurückgezogen.

Er ist jetzt pensioniert, dabei aber noch recht vital und querköpfig, jedenfalls für einen Walzwerkarbeiter aus Surahammar. Und er ist mit Maggan verheiratet. Die kleine rundliche Maggan, an die ich mich seit meinem fünften Lebensjahr erinnere, immer in den gleichen rotgetupften Baumwollkleidern, immer genauso aufgescheucht mit ihren Fleischklößchen unterwegs, während immer gerade irgendwas auf dem Herd überkocht.

Und jetzt hier unterwegs, unter den Ahornbäumen, weil ihre

jüngste Tochter Vera, die also nach menschlichem Ermessen meine Kusine ist, heute heiratet. (Sie hat im Februar einen Jungen bekommen, und die beiden jungen Leute waren heute vormittag im Rathaus und haben sich trauen lassen, da es ganz so aussieht, als hätten sie sich nun dazu entschlossen zusammenzuziehen. Ich habe den Verdacht, daß Maggan hinter dieser Geschichte mit der Trauung steckt, denn schließlich weiß doch jeder, daß es heutzutage aus steuerlichen Gründen und unter fast allen nur erdenklichen sozialen Gesichtspunkten vorteilhafter ist, unverheiratet zusammenzuleben. Aber das ist eine Angelegenheit, in die ich mich nicht einmischen will.)

Meine eigene Mutter, die schon sehr früh als Adoptivkind zum Propst von Romfartuna kam und auf diese Weise ein bißchen Einblick in das Leben der höheren Gesellschaftsschichten erhielt und einige Ambitionen in dieser Richtung entwickelte, spricht immer ein wenig mitleidig über Maggan und August.

Es ist typisch, daß sie nicht hier ist.

Und ich selbst bin zum erstenmal wieder hier, seit ich ein Junge war. Das letztemal muß ich etwa zwölf gewesen sein. Und es hat sich doch bei Gott auch nicht die kleinste Kleinigkeit an »Janssons Versuchung« unter den Ahornbäumen verändert. Sie stellen die Bierflaschen immer noch auf genau dieselbe Art in der Regentonne an der Ecke kalt.

Damals, als sie dieses Häuschen kauften, gingen Gerüchte um, sie seien durch einen Lottogewinn zu diesem Geld gekommen, aber das habe ich nie geglaubt. Ich glaube, daß August jeden einzelnen Groschen selbst zusammengeschuftet hat, und schließlich wissen wir ja alle, daß Maggan verdammt tüchtig und sparsam ist. Und was kann so ein Häuschen damals schon gekostet haben. Fünfhundert Kronen, wenn's hoch kommt!

Das Lotto spielt in der Vorstellungswelt mancher Leute eine eigentümliche Rolle. Es ist ein Gebiet, auf dem alle die gleichen Chancen haben.

Der Volksschullehrer war anscheinend der einzige, der auch nur das kleinste bißchen erstaunt war, mich hier zu sehen. Fast alle anderen waren ja alte Tanten und Onkels, und für die war ich doch nur Lars, Troängs Bub.

Ich heiße nämlich Lars Troäng. Der Name Troäng ist natürlich wallonisch und muß sich früher einmal Troin geschrieben haben, es gibt bestimmt Hunderte von Troängs in der Gegend zwischen Kolbäck, Surahammar und Ramnäs.

Das Wallonische ist uns zwar kaum mehr anzusehen, aber wir sind sehr stolz darauf.

Wir alle sind Nachkommen von klugen Meisterschmieden, die Gustav II. Adolf sich aus Belgien kommen ließ, damit sie die Hüttenwerke dieser Gegend ein bißchen in Ordnung brächten. Und das haben wir ja dann auch getan, im Laufe der Zeit. Wie gesagt, für die Alten war ich nur Troängs Bub, und das reichte.

Als ich vom Acker zurückkam, zusammen mit dem Volksschullehrer, der nur immer über die Trockenheit klagte und offen gesagt noch genauso flapsig und unsicher wirkte wie damals in den fünfziger Jahren, als wir zusammen in Uppsala studierten, waren noch mehr alte Leute eingetroffen.

Da saßen sie auf den Bänken hier und da unter den Bäumen, hatten sich feingemacht mit ihren Sonntagsanzügen oder ihren besten Kleidern und Hüten aus lackiertem Bast und verschnauften sich in der Wärme.

Aus irgendeinem unbegreiflichen Grund kamen alle jungen Leute erst eineinhalb Stunden später, einige in verbeulten alten Volkswagen, einer in einem roten Volvo, die meisten aber in einem VW-Bus, auf dem SÖRSTAFORS VULK stand.

Sie mußten wohl schon irgendwo anders gewesen sein, um sich ein bißchen in Stimmung zu bringen, denn sie wirkten schon bei ihrer Ankunft etwas angesäuselt. Ich kam gerade vom Speicher herunter (ich mußte mir doch den niedrigen alten Speicher ansehen; als Junge hatte ich oft dort gespielt, aber er war viel kleiner geworden und roch viel stärker nach altem trockenen Holz als in meiner Erinnerung), da begegnete ich einem Typ, den ich nicht kannte, in Blue Jeans und irgendeinem Sporthemd mit einem großen Mao-Abzeichen am Kragen.

– Jetzt mußt du Platz machen, sagte er, denn du bist nur ein Bürokrat, und hier kommt ein ehrlicher schwedischer Arbeiter.

Er trug einen großen Karton – weiß der Himmel, was er darin haben mochte, jedenfalls schien er furchtbar schwer zu sein. Und er sagte das so freundlich, fast zärtlich, daß ich nicht anders konnte, als über ihn zu lachen.

Da war das Fest schon richtig in Schwung gekommen.

Aber jetzt, eineinhalb Stunden früher, saßen die Alten mit ihren Strohhüten und ihrem Sonntagsstaat da und verschnauften sich in der Nachmittagswärme, das Leben war für sie fast zu Ende, und das Sonnenlicht rieselte durch die Blätter der Ahornbäume auf sie herab und da saßen sie, ganz still, die klobigen Hände im Schoß gefaltet, und redeten über Gewitter, Heuernten und Beschwerden, unendlich viele Beschwerden, steife Knie, rheumatische Handgelenke, schmerzende Rücken, abgenutzte Wirbel, zu hohen Blutdruck und Schwindel

und der Wind ging durch den trockenen, noch ungemähten Roggen hinter dem Graben des Bauern, und ich dachte: Dies ist das Land. Dies ist das Land, das sie bewohnen.

Und sie wissen nicht, wie sehr es sich verändert hat.

Es war ein willkommener Wind, denn er zeigte an, daß es endlich Abend wurde, daß der schier unendliche Junitag zur Neige ging.

Wir setzten uns unter die Ahornbäume, jemand hatte alte Trinklieder vervielfältigt, die schon auf zehntausend Hochzeiten, Betriebsfesten und fünfzigsten Geburtstagen zu hören waren, das Bier kam aus der Regentonne und der Schnaps aus dem Keller herauf

und die Braut war nun mit dem Stillen fertig, das Kind schlummerte, klein und rot, in seinem Kinderwagen

und »Janssons Versuchung« war ganz hervorragend gelungen.

Die oberste, überbackene Kruste war braun, aber nicht braunverbrannt, sondern mit einer zartgoldenen Oberfläche. Es gab mindestens zehn Schüsseln davon, das Messer machte eine kleine Mulde, wenn man es in das Goldbraune steckte, die fein geschnetzelten Kartoffelstücke waren durchgebacken und leicht zu zerteilen, und aus der Öffnung stieg der gediegene Wohlgeruch von richtig heißem Anchovis.

Spieleröffnung

Ich kam irgendwo an der Längsseite des einen Tisches zu sitzen. Es gab keine genau festgelegte Tischordnung. Das ist ja nie üblich gewesen bei uns da draußen auf dem Lande. Siskan kam an einen ganz anderen Tisch.

Ich landete zwischen dem Volksschullehrer und einer rotbäckigen, rundlichen kleinen Tante um die Fünfzig, die ich nicht kannte. Sie schwitzte in der Wärme stark unter den Achselhöhlen. Später erfuhr ich, daß sie Bezirksschwester in Berg war. Das war sie fast ihr ganzes Leben lang gewesen, Bezirksschwester in der Gemeinde Berg.

Sie wußte nicht gerade übermäßig viel zu sagen, um aufrichtig zu sein.

Sie war der Ansicht, daß es im Sommer fünfundsechzig mehr Gewitter gegeben habe, und ich sah keinen Grund, ihr zu widersprechen. Sie hatte Dauerwellen, massenhaft kleine rote Sommersprossen um die Nasenwurzel herum, rote Ellbogen und einen weißen Strohhut auf dem Kopf, der aussah wie irgendein Gebäck.

Der Gesprächsstoff war schon recht bald erschöpft, erst später am Abend fand ich heraus, daß sie mit meiner Mutter verwandt sein mußte, aber da saß sie schon in der guten Stube des Häuschens beim Kaffeetrinken mit irgendwelchen Rentnern, und da war es zu spät, um noch mit ihr zu reden.

Da die Unterhaltung mit ihr nicht besonders ergiebig war, begann ich mich umzusehen. Links von mir saß der Volksschullehrer. Er schluckte ganz ordentlich was, war schon hochrot im Gesicht und grinste auf seine besondere Art. Er hat schon genauso gegrinst, als er noch ein Junge war.

Als ich acht Jahre alt war und er sieben, habe ich ihm mal einen flachen Stein an den Kopf geworfen, weil er auf diese Art grinste. Es war am Strand des Sees Norra Nadden in Ramnäs, wo es ganz besondere, hervorragende flache Steine gibt, die man auch Leuten an den Kopf werfen kann.

Der Junge gegenüber von mir hatte mich nun schon über eine halbe Stunde lang fasziniert.

Er saß zwischen zwei Gleichaltrigen, einem blonden Mädchen, das recht hübsch war, aber ein etwas zu längliches Gesicht hatte, wodurch sie ein unnötig tantenhaftes Aussehen bekam. Sie strich sich immer wieder die blonden Haare hinters Ohr und schaute mich neugierig an, fast als würde sie mich kennen. Ich hätte gern irgendwas Nettes gesagt, aber mir fiel nichts ein.

Der Typ zur Linken war sehr dunkelhaarig, braunäugig, schön, ein bißchen ungewaschen. Er interessierte mich nicht besonders.

Aber der in der Mitte, der war interessant. Er war ziemlich hoch aufgeschossen, unbeholfen, blond, mit Jeans und einer Wolljacke bekleidet (an der Wolljacke steckte ein FNL-Abzeichen). Er hatte sehr kalte, sehr klare blaue Augen, und ich war sicher, daß sie mich schon eine ganze Weile betrachtet hatten, bevor ich ihn entdeckte. Sie hatten einen ironischen Ausdruck.

Ich wollte gerade etwas sagen, über das Wetter oder die Unwetter oder über die Jungverheirateten, als er mir direkt in die Augen sah, nicht ohne Verachtung, und sagte:

– E2-E4

Zuerst kapierte ich nicht, was er meinte, sprach er vielleicht von Europastraßen? Dann verstand ich natürlich, daß das, was er sagte, die Aufforderung zu einer Schachpartie war.

Schach ohne Schachbrett zu spielen ist eine Sache für sich, es erfordert eine ganz bestimmte Begabung. Mir, der ich selbst mit Brett nie ein besonders guter Schachspieler gewesen bin, fehlt entschieden die Begabung dazu. Ich pflege alle Figuren nach drei Zügen durcheinanderzubringen, Läufer vor meine eigenen Bauern zu stellen und dem Gegner mit seinem eigenen Springer Schach bieten zu wollen.

Aber wo er mich nun schon mal herausforderte. Dieser große blonde Typ hatte so eine verflixt überlegene Art, die typisch ist für die Jugend: Er glaubte natürlich, nur weil er zur FNL gehörte und die Klassengesellschaft durchschaut hatte und voll von jugendlichem Unfug und jugendlichen Energien war und noch dazu blind Schach spielen konnte, würde er mich aufs Kreuz legen.

Ich konnte ganz einfach nicht anders, als die Herausforderung dieses Grünschnabels anzunehmen. Hätte er mich zu einem Elefantenrennen herausgefordert, dann hätte ich auch diese Herausforderung angenommen.

Ich brachte es fertig, mir ein Schachbrett vorzustellen. Schon als kleiner Junge bin ich ziemlich visuell veranlagt gewesen, oder wie man das nennt, ich kann mich noch heute an bestimmte Straßenecken aus dem Västerås der vierziger Jahre erinnern, wo jetzt kein einziges Haus mehr im gleichen Zustand erhalten ist, und wenn ich anfange, mir meine Erinnerungsbilder ein bißchen genauer anzusehen, kann es geschehen, daß ich eine Einzelheit entdecke, ein Ladenschild oder ein abgestelltes Fahrrad, von der ich nicht wußte, daß sie auf dem Erinnerungsbild vorhanden war, oder sogar jemanden, der dort entlanggeht, das habe ich von meiner Mutter geerbt, es ist eine Begabung, von der ich eigentlich wirklich nicht weiß, wozu sie gut ist.

Ich habe sie bisher noch nie zum Schachspielen verwendet, aber wie ich da sitze, schwitzend, denn es ist immer noch recht heiß unter den Ahornbäumen, die Gitarre klimpert, und die Schnapsflaschen machen die Runde, die Jungverheirateten lächeln glücklich und tuscheln dort unten am Tischende miteinander, dann und wann steht die Braut auf, um nach dem Kind zu sehen, das immer noch schlummernd im Kinderwagen liegt, der jetzt in die Diele gebracht worden ist, wie ich da sitze, geht mir auf, daß es natürlich möglich sein müßte, ein solches – visuelles – Bild auch zum Schachspielen zu benutzen.

NEIN, VERDAMMT NOCH MAL: ES HEISST NICHT VISUELLES, ES HEISST EIDETISCHES BILD

Siskan redet drüben am anderen Tisch mit August, meinem letzten Onkel mütterlicherseits. Sie redet und redet, ich kann von hier aus nicht hören, was sie sagt. Ich habe sie immer beneidet: Es fällt ihr so leicht, mit den Leuten zu reden. Obwohl sie doch eigentlich ein schüchterner und kühler Mensch ist. Ein Mensch kann also nüchtern und kühl sein, und trotzdem kann es ihm leichtfallen, mit anderen zu reden.

Es ist schon komisch, daß es mir, der ich doch bei diesen Leuten zu Hause bin, viel schwerer fällt, mit ihnen zu reden. Vielleicht ist das gerade ein Zeichen dafür, daß ich bei ihnen zu Hause bin. Es ist typisch für sie, daß es ihnen schwerfällt, miteinander zu reden. Oder ist das vielleicht etwas, das ich mir mein ganzes Leben lang nur eingebildet habe?

Nun habe ich also schon so lange fern von ihnen gelebt, sie in einem großen verschwommenen Abstand gesehen, und wenn ich zurückkomme, ist nicht das Gefühl dominierend, daß sie sich nicht verändert haben, sondern daß ich mich in Wirklichkeit nicht im geringsten verändert habe.

Als Junge war ich schüchtern. Als junger Mann war ich schüchtern. Dann gab es eine sehr lange Zeit, wo ich überhaupt nicht schüchtern war.

Jetzt, wo ich zu ihnen zurückkehre, bin ich wieder genauso schüchtern, wie ich es als Junge war.

So etwas kann einem schon zu denken geben.

– G6, sagte ich, denn jetzt sah ich das Schachbrett ganz deutlich vor mir, das eidetische Bild war fertig.

Seine Mundwinkel bewegten sich ein bißchen, es gab dort schon ein paar Fältchen, wie man sie gewöhnlich nur bei sehr viel älteren Leuten erwartet.

– D4, sagte er.

– Den Läufer nach G7, sagte ich.

Was machst du eigentlich so?

– Nichts. Ich bin arbeitslos. Den Springer nach C3.

– D6, sagte ich.

– F4, sagte er. Na ja, ich werde jetzt einen Schweißerlehrgang anfangen, bei der Arbeitsmarktbehörde.

Soweit ich das Brett überschauen konnte, war es eine äußerst konventionelle Eröffnung, sie verlief genau nach den Regeln. Man könnte sich jetzt beispielsweise vorstellen, daß es eine sizilianische Partie werden würde.

– Wo kommst du her, sagte ich.

– Aus Västerås.

– Gehörst du auch zu meiner Verwandtschaft, sagte ich.

– Hör mal, ich hab keine Ahnung, sagte er und sah mit sehr ernsten Augen zu mir auf, als hätte ich etwas ungeheuer Komisches gefragt, das weiß ich wirklich nicht.

– Den Springer nach F6, sagte ich.

– Den Springer nach F3.

– Rochade!

– Den Läufer nach D3.

– Den Läufer nach G4.

– H3.

– Ich nehme F3 mit dem Läufer.

– Dann nehme ich ihn mit der Dame.

– Den Springer nach C6.

Dann ging es verflixt schnell. Er ging mit dem Läufer nach E3, ich reagierte darauf, indem ich mit dem Bauern nach E5 ging. Er schlug den Bauern auf E5, und ich schlug seinen Bauern. Da geht doch dieser Mistkerl nach F5!

Natürlich hatte er mich ausgetrickst. Mein Läufer war schlecht dran. Er hatte zwei starke Läufer und einen Springer.

Ich fing an, mich eingeengt zu fühlen, wie ich da saß. Jetzt spielte Maggan, ich weiß nicht zum wievielten Mal schon, »Auf der blühenden Insel in Roslagens Schoß« auf der Gitarre, und immer mehr Leute sangen mit.

Es kam ein Heuduft von den Feldern.

1968, während der ersten großen Dollarkrise der letzten Jahre, als der Internationale Währungsfonds auf Lidingö tagte, war ich dabei, eingeschleust als *technical personality*, eigentlich aber, um das Ganze für das Ministerium ein bißchen zu überwachen.

Es war das erstemal in meinem Leben, daß ich mit Demonstranten konfrontiert wurde. Sie tauchten ungeheuer überraschend auf, kein Mensch hatte auch nur im entferntesten daran gedacht, daß es dort draußen im Hotel Foresta Demonstrationen geben könnte. Ich war nicht zum Flughafen Arlanda mitgekommen, wo die wichtigsten Abgeordneten in Empfang genommen wurden, die größtenteils mit derselben Maschine eintrafen.

Statt dessen war ich auf eigene Faust hinausgefahren und stand oben im Hotel, als ich sie herandrängen und ihre Eier auf die Autos werfen sah.

Ich habe sogar gesehen, wie die Polizei anfing, sie wegzuschleppen.

Es sah wirklich recht brutal aus. Ich erinnere mich, daß ich überrascht war.

Ich stand mit ein paar Typen von der Reichsbank zusammen, die ich ganz gut kenne, einer davon ist übrigens Schwedens jüngster Reichsbankkommissar.

– Pfui Teufel, das ist doch einfach widerlich, sagte er. Das sind doch kleine Mädchen, die sie da an den Haaren wegschleifen.

– Wirklich scheußlich, sagte ich.

– Was werden die Ausländer nur denken.

– Das könnte man doch auf eine etwas humanere Art erledigen.

– Aber, sagte ich und sah ein großes Schiff den Sund überqueren, das wohl vom Värtahafen aus unterwegs zum Meer sein mußte, man sah es nicht besonders deutlich, denn die Bäume waren schon sehr grün, frühlingshaft grün, und verdeckten ziemlich viel von dem Kippfenster, *aber was zum Teufel haben sie denn mit uns zu tun?*

– Ja, das kann man sich ja nun wirklich fragen, sagte der Reichsbankkommissar. Er hieß übrigens Görling.

– Es ist wohl so, daß sie diese Sache hier mit dem Vietnamkrieg in Verbindung bringen, sagte jemand.

– Glaubst du?

– Ja, das ist wohl die einzige Erklärung.

– Dann geh doch raus und mach ihnen klar, daß die Milch verdammt viel teurer wird, wenn der Dollar noch ein bißchen fällt, daß ihre Väter arbeitslos werden und Volvo Arbeitskräfte entläßt! Geh doch raus und sag ihnen das!

– Ich finde, das solltest du selbst tun, sagte Görling.

Er war ein ganz ulkiger Kerl. Er ist später nach Washington gegangen. Er pflegte den Scientific American zu abonnieren, weil er manche Artikel darin so spannend fand. Ich weiß noch, daß er mir einmal einen ganzen Artikel referiert hat. Es ging dabei um Zugvögel und ihren Orientierungssinn.

Man hatte das Experiment gemacht, sie in große Kuppeln einzusperren, wo Sternbilder an die Decke projiziert waren.

Sie hatten sich nach den Sternbildern orientiert.

Ich erinnere mich, daß ich so etwas wie Staunen und Furcht empfand. An der ganzen Geschichte stimmte irgendwas nicht. Da hatten wir nun eineinhalb Jahre lang daran gearbeitet, eine Tagung des Weltwährungsfonds zustande zu bringen, man hatte sich beeilt, weil der Dollar offensichtlich in Gefahr war, und dann mußte sich diese groteske Szene mit den behelmten Polizisten abspielen, die kleine Mädchen an den Haaren in die bereitstehenden Busse schleiften, hier draußen auf dem Rasen des Foresta.

Es hätte mich nicht mehr erstaunt und sehr viel weniger erschreckt, wenn jemand gerannt gekommen wäre und erzählt hätte, daß ein Walfisch da draußen auf der Wiese läge.

Es war schon ziemlich viel Grün da, die Laubschatten flirrten über all das hin, aber zu uns drang kaum ein Laut herein, als wir da auf der Veranda standen.

Wenn ich mich recht erinnere, war dies der Moment, in dem mir jemand auf die Schulter schlug.

Ich drehte mich um. Da stand, in einem tadellosen, metallisch glänzenden amerikanischen Kunstfaseranzug, eine häßliche kleine Nickelbrille vor seinen kurzsichtigen, gleichsam vorzeitig eingesunkenen Augen, Thorstein, ein Typ, den ich bereits von ähnlichen Konferenzen her kannte.

Er vertrat natürlich das Finanzministerium. Auch er lief hier unter *technical personality*. Er ist die geborene technical personality. Nach etwa zwanzigjähriger Amtszeit ist er nun Ministerialrat, läßt sich aber immer noch auf solchen Konferenzen sehen.

Ein bißchen zu mager, ein bißchen zu schmallippig, recht früh schon glatzköpfig oder vielmehr fast glatzköpfig, schleicht er auf den internationalen Konferenzen herum, die einen Anlaß für die Teilnahme seines Ministeriums bieten, spricht sein perfektes, absolut formvollendetes Französisch und scherzt mit den Abgeordneten aus Tunesien oder Kanada, daß sie sich nur so biegen vor Lachen.

Man sieht ihn manchmal neben dem Staatssekretär, dem er irgendwas zuflüstert, immer mit diesem wirklich teuflischen Lächeln, mit dem er zeigt, daß er alles, was um ihn her passiert, ganz unverhohlen verachtet. Und was soll denn bloß diese verdammte Nickelbrille!

– So, hier stehst du also herum, Lars? sagte Thorstein und klopfte mir auf die Schulter. An diesem Tag hatte er einen von diesen vierekkigen, mit Leichtmetallkanten verstärkten Aktenkoffern dabei, die schon 1968 allmählich aus der Mode gekommen waren.

Wer wirklich zum inneren Kreis gehörte, trug seine Papiere schon damals statt dessen in einer alten abgewetzten Ledermappe herum. Ich könnte Gift drauf nehmen, daß er das auch ganz genau wußte.

– Hier stehst du also herum, Lars? Das findest du wohl interessant, wie?

– Ich finde es ziemlich unheimlich. Ich begreife es nicht.

Er zuckte die Schultern.

– Ich will dir eins sagen: In meiner Jugend habe ich Romane von Zola und Balzac gelesen. Dabei ist mir aufgefallen, daß diese Schriftsteller die Kunstwelt als korrupt darstellen, das Geschäftsleben als von Habgier vergiftet und die Obrigkeit als machtlüstern.

– Soso. Und was willst du damit sagen?

– Ich habe angenommen, daß diese Schriftsteller übertreiben! Ich habe mir gedacht, daß sie wohl gute literarische Gründe dafür hätten, die Wirklichkeit vereinfacht darzustellen. In diesem Glauben habe ich viele Jahre gelebt.

– Soso. Und was glaubst du jetzt?

– Ich habe gelernt, daß diese Schriftsteller völlig realistisch sind. Die Obrigkeit ist korrupt und machtlüstern. Aus Gründen, die etwas zu kompliziert sind, als daß ich hier darauf eingehen könnte, haben diese jungen Leute da wahrscheinlich recht. Was wir hier machen, kann man wohl schon so sehen. Letzten Endes tun wir nichts anderes, als einen Teil der Kosten des Vietnamkriegs auf Europa abzuladen. Es wird natürlich die Bundesrepublik unvergleichlich viel stärker treffen als uns, aber im Prinzip haben sie ganz recht, wenn sie demonstrieren.

Und außerdem hat auch das Innenministerium ganz recht, wenn es versucht, ihnen von der Polizei einen Denkzettel verpassen zu lassen. Wenn ich die Verantwortung hätte, würde ich etwas mehr Härte empfehlen. Es sei denn, ich wäre der Ansicht, daß ein grundlegendes Interesse bestünde, den Krieg zu beenden.

Deshalb solltest du dir das auch nicht ansehen, Lars. Es ist nicht gut für dich. Übrigens habe ich da noch verschiedene Fragen an dich. Hast du eine Tagesordnung?

Er legte mir sogar brüderlich den Arm um die Schultern und führte mich durchs Foyer in den Konferenzsaal. Das war ungefähr ein Gefühl, als hätte mir eine Spinne von entsprechender Größe den Arm um die Schultern gelegt.

Es war an einem Tag im Mai 1968. Ich möchte nur wissen: Ob er wohl immer noch auf diesen Konferenzen herumläuft, als *technical personality*.

Das Grinsen dieses Burschen erinnerte mich plötzlich an ihn. Oder richtiger gesagt, es erinnerte mich an eine Wahrheit über mich selbst:

Daß ich im Grunde genommen so verdammt leicht hereinzulegen bin, verglichen mit den meisten anderen Leuten meines Schlages.

– Entschuldigung, ich muß mal pinkeln, sagte ich.

Die Bezirksschwester sah mich mißbilligend an. Da fiel mir ein, daß man ja sowas bei einfachen Leuten nicht sagt.

Am unteren Ende des Tisches begannen die Leute schon aufzustehen. Ich ging den Weg zur alten Scheune hinunter. An der Vorderseite waren ein paar junge Leute dabei, mit Pfeilen nach einer sehr abgenutzten Zielscheibe an der Wand zu werfen; sie hatte sich fast schon aufgelöst von all den Treffern, die sie abgekriegt hatte.

Wiesenkerbel wuchs am Weg, riesengroß.

An der Rückseite der Scheune war eine ganze Reihe von alten Männern beim Pinkeln. Es sah fast so aus wie ein kommunaler Springbrunnen, vom Kulturausschuß einer mittelgroßen Gemeinde in Auftrag gegeben.

Ich war fertig und wollte gerade zum Weg zurückgehen, als Larsson, der Autohändler, sich ebenfalls aus der Skulptur löste.

Er war recht schwer und rotgesichtig geworden seit den vierziger Jahren. Damals saß er ganz vorn rechts in Lehrer Skoglunds Klasse in der Herrgärds-Schule in Västerås, und fast immer war Winter, und riesige Holzstöße waren im Schulhof aufgeschichtet. Damals war er nur ein dicker kleiner Kerl, der schreckliche Schwierigkeiten mit der Rechtschreibung hatte und der im Herbst immer mit einem Zettel von seinem Vater zur Schule kam, mit der Bitte um »Freitisch und Schuhe«. Um »Freitisch und Schuhe« zu bekommen, mußte man schon sehr arm sein damals. Ich erinnere mich deshalb daran, weil ich damals das Wort »Freitisch« überhaupt noch nicht kapierte. Ich dachte, er würde einen freien Tisch bekommen oder sowas.

Seitdem habe ich ihn nur hin und wieder in der *Vestmanlands Läns Tidning* entdeckt. Er hatte eine Art Autofriedhof in Sörstafors, auf einem eingezäunten Grundstück direkt an der Landstraße, und verkaufte hauptsächlich Ersatzteile aus den Autowracks. Mindestens einmal pro Jahr gab es ein paar böse Leserbriefe, weil das Schrottlager die

Aussicht verdeckte. Und mindestens einmal pro Jahr bekam er von der Bezirksverwaltung die Auflage, das Ärgernis zu entfernen. Es ging sogar so weit, daß die Regionalzeitungen anfingen, in ihren Leitartikeln kleine ironische Sticheleien gegen ihn anzubringen.

Es war recht lustig, das zu verfolgen. Larsson unternahm ganz einfach gar nichts. Vermutlich warf er die Briefe der Bezirksverwaltung ungeöffnet in den Papierkorb. Das Gesundheitsamt von Hallstahammar kam zur Inspektion, um nachzuprüfen, ob nicht die Chance bestünde, daß das Öl aus den geborstenen, verrosteten Ölwannen das Grundwasser verschmutzen könnte. Larsson war natürlich verreist (nach Västerås ins Krankenhaus, um einen ganz dringenden Arztbesuch zu machen), ein hoher Maschenzaun mit mehreren Schichten von Stacheldraht obendrauf umgab seine Schätze, wütende Schäferhunde kläfften hinter dem Verhau, und die Leute vom Gesundheitsamt kehrten traurig zu ihren Autos zurück.

Wie mir der Sekretär der Provinzialregierung irgendwann im Herbst 69 bei einem Essen des Gemeindeverbands einmal sagte, war er für die Bezirksverwaltung und die Kommunalbehörde ein praktisch unbesiegbarer Feind.

Er pflegte ein Jahreseinkommen von 6400 Kronen bei der Steuer anzugeben. Sein eleganter Buick (der jetzt draußen auf dem Acker geparkt war) hatte eine quadrophonische Anlage und einen eingebauten Fernseher. Auffallend junge und aufgetakelte Mädchen pflegten von Zeit zu Zeit bei ihm in der großen Villa am Waldrand zu wohnen.

– Na sowas, Lars, sagte er. Servus!

Er war sehr rot im Gesicht und betrunkener, als es zuerst den Anschein hatte.

– Ich hab noch gar nicht mitgekriegt, daß du hier bist, verdammt! Traust dich also unter normale Leute, wie?

Das ganze große, hochrote Gesicht grinste mich an, und einen Augenblick lang hatte ich wirklich das Gefühl, etwas Mittelalterliches vor mir zu sehen, eins von diesen Dämonengesichtern, wie sie gewöhnlich die Regenrinnen an gotischen Kathedralen zieren, oder ein Teufelsbild aus einer Kirche draußen in der uppländischen Ebene.

Vor die Wahl gestellt, ihm entweder eine in die Fresse zu hauen, was vielleicht nicht unbedingt zum Erfolg geführt hätte – er pflegte mich früher auf dem Schulhof ganz fürchterlich zu vertrimmen, er ist so einer, der sich gern den Leuten auf den Bauch setzt und ihnen mit Kies vermischten Schnee ins Gesicht reibt – oder ihn ganz einfach links liegen zu lassen, entschloß ich mich für das letztere.

Ich ging davon, den Weg hinunter. Es duftete jetzt bei Sonnenuntergang wunderbar von allen Blumen am Wegrand. Der Wiesenkerbel begann weiß im Sommerlicht zu leuchten.

Ich war noch keine paar Schritte gegangen, als ich hörte, daß er hinter mir herkam, der Autohändlerdämon.

– Hör mal, Troäng, warum hast du's denn so verdammt eilig? Wie? Kennst wohl einen alten Kumpel nicht mehr, was?

Ich antwortete nicht.

– Troäng!

– Ja, was denn zum Teufel, sagte ich.

– Ich hab doch in der Zeitung von dir gelesen, Troäng! Läuft wohl nicht mehr so gut, wie?

– Leck mich am Arsch, sagte ich.

– Troäng! Komm her, ich will mit dir reden!

Ich beschleunigte meine Schritte. Jetzt war schon die Ziehharmonika unter den Ahornbäumen zu hören. Ich begegnete ein paar jungen Leuten, die ich nicht kannte; sie mußten später gekommen sein.

– Wer hat denn diesen verfluchten Schrotthändler hergebracht, sagte ich. Den dürfte man ja gar nicht frei herumlaufen lassen.

– Welcher Schrotthändler, sagte der Junge.

Sie waren zu zweit, ein Junge und ein Mädchen. Das Mädchen war blond, mit phantastisch langen Haaren, die weit über die Schultern ihres weißen Sommerkleides herabhingen. Sie hätte von Edvard Munch gemalt sein können. Sie sah aus wie eine Waldfee. Eine Waldfee von ungewöhnlich kleiner Statur.

Der Typ hatte seinen Arm um ihre Taille gelegt. Es sah irgendwie nicht so aus, als ob sie zusammengehörten, eher, als ob er sie gerade eben erst hier aufgegabelt hätte. Sie wand sich geschickt aus seinem Griff und kam etwas näher.

Sie hatte lebhafte, intelligente Augen, aber ein etwas zu unregelmäßiges Gesicht, um wirklich schön zu sein. Sie muß noch sehr jung sein, dachte ich. So um die sechzehn, siebzehn Jahre.

Sie sah einem Mädchen ähnlich, das ich kenne. Ein anderes Mädchen, das Siv heißt. Siv ist jahrelang meine Geliebte gewesen. Sie wohnt in der Nähe der U-Bahn-Station am Skärmarbrink.

Der Typ war eine Niete. Dünn, bebrillt. Etwas pickelig.

– Welcher Schrotthändler wohl, sagte ich. Larsson natürlich, dieser verdammte Idiot aus Sörstafors.

– Den kenne ich nicht, sagte der Typ.

– So ein blöder Kerl, sagte ich. Gerade hätte ich ihm fast eine gewischt.

Der Typ zog vorsichtig ein Fläschchen aus der Tasche.

– Magst du einen Schluck? sagte er.

– Ja danke, sagte ich.

Wir setzten uns auf die Hintertreppe des Häuschens, unter den Faulbaum. Der Schrotthändler war offenbar verschwunden. Der Faulbaum bewegte sich sacht im Wind. Wir tranken der Reihe nach. Das Mädchen saß zwischen uns. Sie roch gut.

– Das Leben kann doch ganz schön sein, sagte ich. An einem solchen Abend jedenfalls.

– Ja, sagte der Typ. Natürlich ist es schön. Wer bist du eigentlich?

– Ich bin Maggans Neffe, sagte ich.

– Dann sind wir um ein paar Ecken herum verwandt, sagte das Mädchen und lachte ein nettes kleines Lachen. Es rieselte herab wie Erbsen. Sie war wirklich nett.

– Kommst du auch aus der Gegend von Berg, sagte ich.

– Nein, ich bin in Västerås geboren.

– In welchem Jahr, sagte ich.

– 1955, sagte sie.

– Mein Gott, in dem Jahr hab ich Abitur gemacht!

Der Schrotthändler ließ sich nicht blicken. Vielleicht war er in irgendeinen Graben gefallen. Ich hoffte es. Es raschelte in dem dichten Gestrüpp, als hätte sich dort ein Vogel verfangen. Vielleicht war es auch eine Feldmaus. Aus dem Häuschen waren schrille Frauenstimmen zu hören. Immerzu kamen Autos an und fuhren wieder ab. Die gelben Scheinwerferlichter wirkten ungeheuer warm gegenüber dem Licht der Sommernacht, das so kühl und rein war.

– Wessen Tochter bist du denn, sagte ich zu dem Mädchen.

– Die von Tord und Amy, sagte sie.

– Amy? Nein, die kenne ich nicht, sagte ich. Es ist schon möglich, daß ich mit dir verwandt bin, aber diese Namen kenne ich nicht. Wo wohnst du denn in Västerås, sagte ich.

– In der Floragatan, sagte sie.

– Welche Nummer, sagte ich.

– 19

– Nummer zwanzig kenne ich gut, sagte ich. Dort hat früher einmal meine Großmutter gewohnt. Das waren schöne Wohnungen damals.

– Jetzt sind sie nicht mehr ganz so schön, sagte das Mädchen.

– Ihr habt natürlich Kachelöfen? Ich erinnere mich, daß es in der Nummer zwanzig große weiße Kachelöfen gab.

– Ich bin mal kurz weg, sagte der Typ.

Ich habe den Verdacht, daß er ein bißchen sauer war. Ganz in der Nähe hörte ich Siskans Stimme. Sie ging da mit Maggan herum und schaute sich irgendwas an. Vermutlich ein Blumenbeet. Es war immer noch hell genug, um die Blumen in den Beeten zu erkennen, aber mehr auch nicht.

Die anderen Gäste waren weiter weg zu hören, und auch Ziehharmonika war noch immer irgendwo unter den Ahornbäumen, hatte sich aber ein Stückchen weiter nach rechts bewegt.

Das Gesicht des Mädchens leuchtete mir im Halbdunkel weiß entgegen. Weit entfernt hörte ich die Stimme des Schrotthändlers. Es klang, als ob er irgendwas brüllte.

Sie war ein Stückchen näher an mich herangerückt.

– Es gibt sie noch, aber man kann kaum mehr damit heizen, sagte sie. Der Wirt hat sie verkommen lassen. Ich habe im Winter einen Elektroofen in meinem Zimmer.

– Ach so, sagte ich.

Es entstand ein kleines Schweigen zwischen uns. Ich dachte darüber nach, ob der Typ wohl zurückkommen würde, und über den Schrotthändler, der immer noch ungeheuer weit weg mit heiserer Stimme in den Büschen herumgrölte. Ich dachte über die Sommernacht nach, über Siskan und darüber, wie sonderbar es war, daß hier alles noch genauso war wie früher. Daß alle Leute noch genauso waren wie früher und daß sich eigentlich kaum etwas verändert hatte.

Das Mädchen sah mich aufmerksam an. Ich nahm ihre Hand. Es

war eine ganz gewöhnliche Mädchenhand, schmal, ein bißchen kalt. Sie zog sie wenigstens nicht zurück. Es war ein nettes Mädchen.

– Du bist ganz schön fertig, sagte sie nüchtern.

– Ja. Ich bin ganz schön fertig. Aber es ist schon schlimmer gewesen.

– Warum eigentlich, sagte sie.

– Das ist eine ziemlich lange Geschichte, sagte ich. Du hast natürlich keine Ahnung, wer ich bin?

– Nein, aber du bist doch mit Maggan verwandt, hast du gesagt?

Ich mußte ein bißchen lachen. Und jetzt war auch die Ziehharmonika wieder zu hören.

Nach der Katastrophe

DER DÜSTERE MARSCH mit seinen taktfesten Paukenschlägen, seinen dumpfen Trompeten, seinem stolzen Trotz, seinen plötzlichen, tiefen Verzweiflungsausbrüchen durchzieht die tiefen Februarnächte. Es muß Jahre her sein, seit dieser Marsch von Berlioz zuletzt auf meinem Plattenteller lag, und nichts könnte mich jetzt dazu bringen, ihn zu spielen, aber in den Nächten taucht er auf, in den Träumen, und ich erwache in Schweiß gebadet und drehe das Kissen um. Die Zeit pocht wie ein Puls in meinen Ohren, die Uhren stehen, die Nacht könnte beliebig lange währen, es würde doch nichts ändern. Ich wälze mich unruhig hin und her, schaue Siskan an, die schwer wie ein Stein unter der Decke liegt, und verabscheue ihre tiefen Atemzüge, ihren schwachen, säuerlichen Geruch (und doch ist sie der einzige Mensch, den ich noch habe). UND BALD WIEDER IN DEN TRAUM HINEIN, in unbestimmte Welten hinein, und ich denke mir diesen Marsch als Fahnen (schwarze), weiß Gott, wohin wohl diese Fahnen unterwegs sind, aber ich glaube, daß sie auf dem Weg durch die Nacht sind. Was bedeuten Fahnen, die im Wind flattern? Sie sind der Wind selbst, *der sichtbar gemachte Wind*, dieser Wind hat wieder zu wehen begonnen, und ich weiß nicht, wohin er will oder wohin er mich treibt, aber er hat wieder zu wehen begonnen, und das genügt mir. Ich stehe auf und taste mich in die Küche hinaus, die Kinder schlafen jetzt sehr ruhig hinter ihren Türen, um sie braucht man sich keine Sorgen zu machen, es ist sehr still hier draußen in Kungsängen in solchen Winternächten, um vier Uhr morgens fahren hier gewöhnlich nicht einmal mehr Autos vorbei, ich schaue aufs Eis hinaus, wo ein Fuchs seine schmale Spur hinterlassen hat, als er über den Mälarsee lief, und ich weiß, daß die Landschaft mir nichts sagt heute nacht. Und endlich kommt dieser verdammt langsame Kaffee auf seiner Platte zum Kochen, ich trinke ihn in raschen Zügen – weiß der Himmel, warum, aber nur mit großen Portionen von starkem Kaffee bin ich fähig, nachts zu schlafen, ich kenne sonst niemanden mit einer so sonderbaren, so *verdrehten* Konstitution wie meiner, ich bin durchaus imstande, von einem Glas Milch und ein paar Brötchen Magenkrämpfe zu bekommen, in den letzten Wochen hätte ich vermutlich Zyankali als Aufputschmittel schlucken können, und jetzt liegt das Eis wieder genauso leer und still in der Dunkelheit da, nichts als die Spur weist darauf hin, daß es dort einen lebendigen Fuchs gegeben hat, der auf schmalen, flinken Pfoten über den glasharten Harsch lief.

Und wieder in den Traum hinein, wo keine Ordnung herrscht. Es ist noch in den fünfziger Jahren, in den frühen fünfziger Jahren, Uffe und ich sitzen in einer Küche in der Drottninggatan in Västerås, es ist ein altes Holzhaus, eins von den Häusern, in denen Werkmeister und Vorarbeiter wohnen, mit einem abgetretenen Läufer auf der Treppe und mit Türen, von denen die Farbe, eine Art Marmorimitation, abblättert, und es riecht nicht nur nach altem Holz, sondern auch ziemlich stark nach Kohlsuppe, wir sitzen in der Küche und schleifen diese lästigen Kaktusnadeln des Grammophons, um an den Nachmittagen nach der Schule Beethoven zu hören. Draußen große, freundliche Bäume, Linden, die dem Herbst noch nicht zum Opfer gefallen sind, Bäume, die im Traum noch immer grün dastehen, und Beethovens Leonoren-Ouvertüre Nr. III, die Trompeten vor den Gefängnismauern, ein Freiheitstraum, den wir an langen Nachmittagen in den fünfziger Jahren wie einen wunderbaren gläsernen Gegenstand durch die Hände gleiten ließen, ohne zu wissen, was er eigentlich bedeutete oder wie er bei uns gelandet war.

Das Seltsame ist, daß ich inmitten der Katastrophe unbeschwert schlief, ich war ruhig und gefaßt, pfiff morgens beim Zähneputzen, meldete mich munter am Telefon, absolvierte Pressekonferenzen und IT-Interviews mit einem Übermut, der zumindest einige Leute erstaunt haben muß; ich brachte recht elegante Bonmots zustande und sah mit überlegener Ruhe in die Kamera, mit der überlegenen Ruhe, die man nur bei jemand findet, der sich entschlossen hat, alles, was um ihn herum geschieht, als unwirklich zu betrachten. Die AFFÄRE war wie das Zentrum eines Gewitters, ringsumher lud sie die Luft mit Elektrizität auf, brachte die Leute dazu, sich sonderbar zu benehmen, über die Worte zu stolpern, sich ganz anders zu geben als sonst, den einen lähmte sie die Zunge und ließ andere nervös daherreden wie ein Wasserfall. Ich, der ich mich im Zentrum befand, war vollkommen ruhig. Ich möchte sogar behaupten, daß es für mich während dieser ganzen Zeit keinen Augenblick der Unruhe oder des Zögerns gab, geschweige denn der Verzweiflung, ich fühlte mich aufgekratzt und konnte mir selbst nicht erklären, warum. Den Oktober und den November, wo es am schlimmsten zuging, habe ich in Erinnerung als eine Zeit des Chaos, des tiefen nächtlichen Schlafes, der Pressekonferenzen und Krisenberatungen, vor allem aber der Unwirklichkeit und der schönen langen Geländeläufe frühmorgens hier draußen in Kungsängen. Das war die chaotische Zeit. Das war die beste Zeit.

Erst irgendwann zur Neujahrszeit 1972 hat mich die Wirklichkeit eingeholt. Seitdem schlafe ich schlecht. Ziemlich lange hatte ich das Gefühl, noch im Zentrum zu sein, und nur unter tiefstem inneren Widerstreben fand ich mich schließlich mit dem Gedanken ab, daß ich es nicht mehr war. Daß all das wie weggeblasen war. Es wurde ganz still. Die Wirklichkeit holte mich langsam ein, sie war um Jahre hinter mir zurückgeblieben. Zuerst die Stille. Dann DER DÜSTERE MARSCH, immer vernehmlicher, immer dunkler, immer trotziger. Es ist der Aufmarsch der Erinnerungen, und ich habe nichts, um mich gegen sie zu wehren. Nicht einmal eine Arbeit. Einmal, ganz am Anfang der AFFÄRE, bevor sie noch all ihre Zähne gezeigt hatte, wurde mir der Posten des Reichsbankpräsidenten angeboten. Gegen Ende wurde mir eine Archivtätigkeit angeboten. Nicht einmal davon habe ich mehr etwas gehört. Die schlichte Wahrheit ist, daß ich seit drei Monaten auf Siskans Kosten lebe, die Gott sei Dank genug Geld hat, um uns gut über die Runden zu bringen. Wenn nur nicht DIESES VERDAMMTE UMHERSTREIFEN wäre, diese verfluchten Spaziergänge, die ich in- und auswendig kenne, diese Kioske, an denen arbeitslose Jünglinge herumhängen, diese Supermärkte, wo Hausfrauen ihre Einkaufswagen mit eingemummelten, aufgeputzten kleinen Kindern herumschieben, die eifrig ihre Arme ausstrecken, nach den Konserven an den Seiten greifen und immer wieder mit harter Stimme ermahnt werden, das doch bleibenzulassen, diese müden Alkoholiker mit bläulichen Lippen, die im Wartesaal des Lokalbahnhofs sitzen und schlafen, FEBRUAR UND IMMER NOCH KEIN SCHNEE IN DER LUFT, Februar 1972, und wieder beginnt DER DÜSTERE MARSCH.

Ich habe eine Eigenschaft, ein Talent. Ich habe ein – wie man es nennt – eidetisches Gedächtnis. Alles, woran ich mich erinnere, kann ich mir auf einer Art Bildschirm vergegenwärtigen, einen Text, den ich gelesen habe, bringe ich noch nach Jahren an der richtigen Stelle unter, ganz unten auf der rechten Seite oder ganz oben auf der linken Seite. Ich erinnere mich an einzelne Straßenecken in Västerås, nicht wie sie jetzt aussehen, sondern 1940 oder 1952, zu dem Zeitpunkt, als das Bild haftenblieb. Auf meinem Bild gibt es Häuser, die schon lange abgerissen sind, Automodelle, die nicht mehr hergestellt werden, hohe Trottoirs mit Eisengeländern in den Steigungen, die schon lange von vierspurigen Schnellstraßen verdrängt worden sind. Und die Gesichter, die Gesichter sehen noch genauso aus, wie sie damals aussahen. Es gibt Gesichter, die mich erstaunt anglotzen, noch nach zwanzig Jahren.

ES IST DER DÜSTERE MARSCH. Gerade jetzt zum Beispiel erinnere ich mich, unheimlich klar, an mein Abitur. Es wird mich den ganzen Vormittag über verfolgen, das weiß ich.

Tante Tora steht in unserer Küche, als ich zum Lunch heimkomme, sie ist extra aus Stockholm angereist. Sie brät gerade Fleischklößchen. Meine Mutter und sie sind so sehr mit den Fleischklößchen beschäftigt, daß keine von beiden Zeit hat, mir einen kleinen Imbiß zu machen. Die mündlichen Prüfungen am Vormittag sind prima gelaufen – wie sollten sie nicht prima laufen, bei meinem eidetischen Gedächtnis? Es ist Mai, all die großen Bäume in der Kristiansborgsallee, Linden und Eichen, fangen schon an, grün zu werden, aber Blumen sind noch keine zu sehen. Ich bin mit dem Fahrrad heimgekommen, aber zurückfahren werde ich mit dem Bus, weil sie mich nach Hause tragen werden, wenn ich das Examen bestehe. Es ist klar, daß ich das Examen bestehe. Es ist ganz einfach das mir zugrundeliegende Prinzip, Examina zu bestehen. Tüchtig zu sein ist meine Natur.

Ich kann mich immer noch an die Wasserkaraffe auf dem Tisch des Prüfers erinnern und wie das Frühlingslicht sich darin bricht. Ein Zittern geht durch dieses Wasser, ein winziges Zittern, als wenn ein langsamer, sehr schwer beladener Lastzug in der Ferne eine Straße entlangführe, oder wie von einem winzigen Erdbeben. Aber es ist keins von beiden. Ich selbst bin es, der das Wasser in der Karaffe in eine leichte Schwingung versetzt, im Abstand von zwanzig Jahren – ich bringe meine eidetischen Bilder oft ein klein wenig in Bewegung. Sie sind stabiler als irgendein Dia, aber wenn ich mich richtig anstrenge, kann ich manchmal irgendein kleines Detail auf diese Weise in Schwingung versetzen. Es ist, als könnte man die Vergangenheit beeinflussen, zwar nur um einen Zehntelmillimeter, aber dieser Zehntelmillimeter gibt mir ein Gefühl der Freiheit. Vielleicht wird es jemand anders irgendwann einmal besser gelingen. Meine Freiheit besteht darin, daß ich das Wasser in einer Wasserkaraffe in eine leichte Schwingung versetzen kann. Aber eine Karaffe vor zwanzig Jahren!

Andere lösen das Problem dadurch, daß sie keine eidetischen Bilder haben. Sie verändern die Wirklichkeit oder lügen vielmehr, um die Sache beim rechten Namen zu nennen. Sie überleben dadurch, daß sie vage, verschwommene, veränderliche Erinnerungsbilder haben, Bilder, die sich beliebig ein bißchen zurechtbiegen lassen, Bilder, die sich den Meinungen der Leitartikel, ihren eigenen Wünschen anpassen, Bilder, die von ihrer eigenen Feigheit, ihren eigenen Wünschen geformt sind. Meine Bilder sind wahrhaftig.

Das ist es, was sie lebensgefährlich macht, sowohl für mich selbst wie für andere.

Ich will nicht damit protzen. Es ist keine Tugend. Es ist nur eine Seite meiner Tüchtigkeit.

DER DÜSTERE MARSCH: Gerade als ich zur Schule zurückfahren wollte, kam ein Anruf vom Bahnhof. Es war Holger Vilhelm, der beschlossen hatte, an der Abiturfeier teilzunehmen. In diesem Augenblick wurde mir klar, daß der Tag verdorben war, unwiderruflich verdorben.

Ich hätte es vermutlich verhindern können, wenn ich es wirklich darauf angelegt hätte. Ich hätte ja immerhin damit drohen können, nicht zu den mündlichen Prüfungen zurückzufahren, wenn Holger Vilhelm und seine Frau dabeisein würden, ich hätte mich weigern können, mich zu Hause sehen zu lassen. Statt dessen machte ich einen Fehler, den ich schon ein bißchen zu oft in diesem Leben gemacht habe: Ich nahm die Sache als gegeben hin. Wenn er anrief und sagte, er wolle dabeisein, dann war er schon dabei.

Nun kam er jedenfalls, und das Fest verlief dann auch entsprechend. Er hielt eine Rede über den drohenden Weltkommunismus und die nordische Rasse, die Reinheit der Jugend und insbesondere meine eigene Sittenreinheit, sie dauerte fünfunddreißig Minuten, und ein paar von meinen jüngeren Kameraden, denen es nicht ganz leicht fiel, das durchzustehen, begannen erst zu kichern und dann loszuprusten, und Holger Vilhelm wurde nur immer bleicher, magerer und widerlicher und redete immer drohender von der mangelnden Sittenreinheit und der allgemeinen Verkommenheit der Jugend, und obwohl es mir und den jüngeren Kameraden gelang, ein bißchen früher abzuhauen, war das Ganze doch so peinlich, daß es das einzige ist, was mir gewöhnlich einfällt, wenn ich an mein Abitur denke.

Holger Vilhelm hatte lange ein Herrenmodengeschäft in Flen; wenn wir mit dem Zug unterwegs waren und Aufenthalt hatten, pflegten wir ein paarmal an seinem Geschäft vorbeizugehen, um zu sehen, ob er da war. Wenn nicht, gingen wir hinein, um die unglückliche Schwester meiner Mutter zu besuchen, die mit ihm verheiratet war. Aber das ist eine andere Geschichte.

DER DÜSTERE MARSCH: Auf meinen einsamen Spaziergängen hier draußen in Kungsängen, die mittlerweile den ganzen Vormittag in Anspruch nehmen, weil ich gelernt habe, immer langsamer zu gehen und sie auf immer kompliziertere Art auszudehnen, kann ich es nicht vermeiden, diesem oder jenem Bekannten zu begegnen, diesen oder jenen Nachbarn zu treffen. Es ist nicht ganz so schlimm, wie ich es mir vorgestellt habe: Der Oberst von gegenüber, der den Verteidigungsbereich leitet, hat zwar aufgehört, mich zu grüßen, aber er war auch vorher nicht besonders freundlich. Die Dame im Tabakladen liest die Abendzeitungen und weiß alles – was die Abendzeitungen wissen – über die AFFÄRE. Infolgedessen ist sie von einer fast schleimigen Freundlichkeit, fragt mich, wie es mir denn so gehe ZUR ZEIT.

Aber das wirklich Sonderbare ist, daß es so scheint, als hätten die meisten Leute nicht die geringste Erinnerung an diese Sache. Noch vor wenigen Monaten verging kein Tag, an dem nicht Neuigkeiten über mich in allen Zeitungen standen, an dem die Tagesschau nicht mein Bild brachte, es gab kein Feuilleton, das nicht eine Ansicht über mich hatte.

Nicht einmal dieser Kerl, der am Bahnhof Fahrkarten verkauft und immer zweimal nachfragen muß, während er sich langsam mit der Hand hinter dem Ohr kratzt, nicht einmal er scheint von der Sache eine Ahnung zu haben. Es ist, als hätte sie überhaupt nicht existiert, und das merkwürdige daran ist, daß nichts mich so quält und demütigt wie gerade das. Es macht die ganze Sache irgendwie unwirklich. Ich habe aufgehört zu existieren. Die ganze Sache hat aufgehört zu existieren.

Vor drei Tagen wollte der Reichstag die AFFÄRE abschließend behandeln. Ich hatte erwartet, daß wieder die Hölle los sein würde. Ich frage mich, ob ich nicht sogar auf eine Direktübertragung im Fernsehen gefaßt war.

Um halb eins saß ich wie festgenagelt am Radio in der Küche, fast gierig, mit zwei Butterbroten und einer Tasse Kaffee vor mir, um nicht weggehen zu müssen, falls es länger dauern würde.

Es kam an vierter Stelle im Echo des Tages. Der konservative Abgeordnete im Verfassungsausschuß erhob einen Einwand. Zwei kommunistische Abgeordnete äußerten ihre Besorgnis über die Behandlung der AFFÄRE. Das war alles. Die Opposition hatte all ihre Einwände zurückgezogen.

Ich saß ein bißchen betäubt mit meinen Butterbroten da. Wenn man bedenkt, daß diese Sache vor nur sechs Wochen einige Minister fast ihre Posten gekostet hätte, daß sie scharfe Protestnoten von vier fremden Mächten veranlaßt und Demonstrationen mit zwanzigtausend Menschen auf Sergels Torg provoziert hatte, ist das unbestreitbar etwas dünn.

Ich kann es nicht fassen. Ich kann es einfach nicht fassen.

Ich glaube wirklich nicht, daß ich kurz davor bin, verrückt zu werden. Aber dieser Gedanke beunruhigt mich doch ein bißchen, weil er gar so verrückt ist und immer wiederkehrt. Ich unterdrücke ihn, ich lasse DEN DÜSTEREN MARSCH wieder und wieder darüber hingehen.

Manchmal wird es trotzdem still, und dann kommt er aus seiner Ecke hervor wie ein abscheuliches Gespenst und lacht mich höhnisch aus. (Ich kann diesen Gedanken wirklich körperlich vor mir sehen, als einen kleinen abscheulichen, rattenhaften Dämon mit scharfen Zähnen, richtigen Rattenzähnen, der auf einem Hocker in der anderen Ecke der Küche neben Siskans Gewürzregal sitzt, mit einem leisen, hartnäckigen Lachen.) Und was er sagt, ist: VIELLEICHT HAT DAS ALLES NUR FÜR DICH EXISTIERT.

Ich begreife kurz gesagt immer noch nicht das geringste bißchen. Und was ich vor allem nicht begreife: Warum das alles vor sechs Wochen so spektakulär und bemerkenswert war, und warum es heute überhaupt nichts mehr bedeutet. Außer für mich selbst, natürlich.

DER DÜSTERE MARSCH: Natürlich verplempere ich ziemlich viel Zeit mit dem Versuch zu begreifen, WIE DAS GANZE EIGENTLICH

PASSIERT IST; wenn ich ehrlich sein soll, bleibt nur wenig von meiner wachen Zeit, in der ich nicht darüber nachdenke.

Ich weiß es. Und ich weiß es nicht.

Es ist klar, daß alles im Winter 1969 angefangen hat. Es beginnt mit dieser Konferenz in Ronneby, auf der ich erfuhr, daß die KBU gegründet werden sollte. Dann gibt es einen unklaren Punkt, als nämlich Ove Hultling nach zwei Wochen den Vorsitz niederlegt. Das ist etwas, worüber ich mir nie Klarheit verschaffen konnte. War er klug genug, um zu erkennen, was passieren würde? Oder war es ein Zufall?

Ich kann mir beim besten Willen nicht vorstellen, daß er schlau genug dazu war. Ein kleiner Typ mit einem ordentlichen Haarschnitt und einer Glatze ganz oben auf dem Kopf, immer nach Herrenparfüms duftend, eifrig bemüht, den letzten Tonfall des Ministers nachzuäffen; ich kann mir beim besten Willen nicht vorstellen, daß er schlau genug war zu erkennen, daß etwas wirklich Gefährliches, etwas Ungewöhnliches passieren könnte.

Worauf ich in den letzten Tagen nach und nach gekommen bin, ist etwas viel Interessanteres: Angenommen, die ganze KBU hätte von Anfang bis Ende nur eine einzige Aufgabe gehabt: einen Sündenbock herbeizuschaffen! Es läßt sich keine perfektere Theorie denken, alles kommt ins Lot, wenn man sich daran hält, aber auch ALLES, verdammt noch mal!

Die KBU war ein unabhängiger Ausschuß, völlig unabhängig vom Ministerium, das war ja der Zweck der Sache. Der Zweck – aber das bedeutet ja auch, daß das Ministerium nicht dafür verantwortlich war! Ein guter Platz, ein feines Eckchen, um ein heißes Eisen abzustellen. Und wenn die Sache wirklich brenzlig würde, dann hing ich drin!

Nehmen wir also an, die KBU wäre nur deshalb eingerichtet worden, um den Stoß abzufangen! Aber das ergibt doch auch keinen Sinn, verdammt noch mal! Was hätte in diesem Fall Professor Johansson dort zu suchen gehabt? Oder war er nur da, um das Ganze vorzubereiten. War ich es, den sie schon von vornherein ausersehen hatten?

Aber im Herbst 1969 hat doch noch kein Aas an mich gedacht! Ich saß als Sekretär in einem Untersuchungsausschuß, aus dem die Luft schon fast heraus war, bevor er überhaupt eingesetzt wurde, es war eine von diesen Untersuchungen, die gerade deshalb angesetzt werden, damit die Luft herausgeht. Ich war mit ein paar absolut harmlosen Sachen im Ministerium beschäftigt – Industriestatistik. Ich war dafür bekannt, ein verdammt *gutes Gedächtnis* zu haben, jeder wußte, daß ich hier und da private Beraterverträge bei harmlosen Firmen mit harmlosen Produkten hatte, ich galt als nicht besonders interessiert an der richtig großen Karriere. SIE KÖNNEN MICH NICHT SCHON 1969 ZUM SÜNDENBOCK AUSERSEHEN HABEN.

Irgendwas stimmt hier nicht. Das ist eben das Unheimliche, ich kann die Puzzlestücke noch so sehr herumschieben, es will ganz einfach nicht zusammenpassen. ES GEHT NICHT AUF.

Als es mir dämmerte, daß sich etwas wirklich Gefährliches zusammenbraute, das war übrigens, kurz bevor dieses Scheißblatt seinen Artikel brachte, eine Reportage, die sonderbarerweise als Notiz durch alle Zeitungen ging, ohne daß sich irgend jemand darum zu kümmern schien – ich werde nicht so schnell vergessen, wie erleichtert wir waren –, beschloß ich, mich ein bißchen nach der allgemeinen Stimmung umzuhören. Ich telefonierte hier und da bei verschiedenen Kontaktleuten und Bekannten herum. Ich schaute sogar beim Staatssekretär des Verteidigungsministeriums vorbei. Ich versuchte zu erklären, was mich beunruhigte, wobei ich natürlich zugleich vorfühlen mußte, wieviel von der ganzen Sache schon durchgesickert war. Ich wollte ganz einfach sehen, wie man zu uns stand.

Ich hatte alle möglichen Reaktionen erwartet, nur diese nicht.

Man verstand einfach nicht, wovon ich redete. Ich erklärte. Man setzte eine unschuldsvoll erstaunte oder zerstreute Miene auf, als hätte man nicht richtig zugehört. Ich erklärte noch einmal, natürlich ohne in die Einzelheiten zu gehen, aber erklärte immerhin, versuchte meine bösen Ahnungen zu beschreiben, ohne allzu besorgt zu wirken. Aha, sagten sie, du, das ist wirklich interessant, und dann gingen sie zu einem anderen Thema über. Es sah ganz so aus, als glaubten sie, ich erzählte das alles nur, um selbst ein bißchen Propaganda für die Kommission zu machen und meine Verdienste herauszustreichen.

Bei einem Planungsseminar in der Forschungsanstalt der Landesverteidigung, FOA, auf einem Studientag in Ramnäs, an dem der Finanzminister und der Gemeindeverband teilnahmen, immer wieder –

ich weiß nicht, wie oft – habe ich so deutlich wie möglich zu erklären versucht, womit wir uns beschäftigen, und habe gefragt, was man von der Sache halte.

Die einzige Antwort, die ich bekam, war ein Nicken, das zeigte, daß man mich nicht verstanden hatte.

Eine solche Isolierung kann einen ja verrückt machen.

Wenn ich jetzt hier draußen auf dem Ängsvägen herumspaziere und gedankenverloren den Rauhreif von den Briefkastendeckeln der Nachbarn kratze, immer der Reihe nach, auf dem Weg hinunter zur zugefrorenen Bucht, regt diese Verständnislosigkeit mich viel mehr auf als damals.

War sie nur gespielt? Haben sie denn alle erkannt, worauf das Ganze hinauslief, und es vorgezogen, sich aus der Sache herauszuhalten, indem sie nichts begriffen?

Sehr lange, ich würde sagen, fast eineinhalb Jahre lang, umgab uns ein undurchdringlicher Nebel von Gleichgültigkeit. Was wir auch tun mochten, niemand sprach davon. Wenn wir eine Pressekonferenz abhielten, waren kaum Journalisten da. Die norwegische Note wurde auf höchster Regierungsebene als ein Kuriosum abgetan. Wenn man sie jetzt wieder liest, ist es ja offensichtlich, daß sie tatsächlich ungeheuer scharf formuliert ist.

Es sieht ganz nach einer Intrige aus, besonders weil der Nebel, wenn er sich allmählich lichtet, sich überall zugleich lichtet – als hätte eine unsichtbare Hand plötzlich beschlossen, es sei jetzt erlaubt, über die Sache zu reden, es sei jetzt an der Zeit, sich damit auseinanderzusetzen.

Aber eine unsichtbare Hand, die soviel arrangieren könnte, gibt es nicht!

DER DÜSTERE MARSCH! Als kleines Kind fand ich die Welt ziemlich unbegreiflich; die Eltern verändern sich unerklärlich von einem Augenblick zum anderen: Freundliche Wichtelmännchen, die die Wichtelmaske fallenlassen und sich aus scheinbar völlig unbegreiflichen Gründen in große, brüllende Bestien verwandeln.

Dann kommt ein Alter, in dem man glaubt, alles durchschaut zu haben. Man wird richtig hochmütig! Was ist schon dabei! Es gibt ja gar nicht so viele Rätsel! Man lernt, den Bootsmotor seines Vaters auseinanderzunehmen, und entdeckt, wie lächerlich simpel er eigentlich ist unter dem schützenden Gehäuse. Man lernt gewisse Tricks, die es einem erleichtern sollen, im Leben voranzukommen, man gewinnt die Anerkennung seiner Lehrer, seiner Vorgesetzten, man macht sich die Spielregeln klar. Man schließt sich Studentenvereinen an und entdeckt, daß es bei der Jahresversammlung eigentlich nicht so zugeht, wie es in der Satzung steht, sondern ein bißchen anders, denn innerhalb der Regeln gibt es andere Regeln, die nicht ganz dieselben sind. Man lernt, wie es in der Gesellschaft zugeht. Man glaubt, es recht gut kapiert zu haben, verdammt gut sogar. In aller Bescheidenheit hat man die Sache im Griff.

Und dann, im Alter von siebenunddreißig Jahren, entdeckt man eines Tages, daß die Wichtelmasken schon wieder flötengehen! Daß man nichts kapiert hat: ÜBERHAUPT NICHTS!

Dann beginnen die Fenster der Hochhäuser gleichsam zurückzustarren, wenn man sie ansieht. Dann krabbelt es im schizophrenen Kellergeschoß! Dann ist es Zeit, zum Psychiater zu gehen, um sich Beruhigungspillen für die Nerven geben zu lassen.

Zu meinem Fall sagte die Psychotherapeutin, eine sehr beruhigende Dame, dick und blond, Ende der mittleren Jahre, erst vor drei Tagen habe ich sie aufgesucht, es handele sich im Grunde genommen lediglich um eine ziemlich große Überanstrengung, in Verbindung mit der ganz natürlichen Enttäuschung darüber, mitten in der Karriere, in meinen Ambitionen, gestoppt worden zu sein.

Und möglicherweise, sagte die Blondine, kann auch das eine oder andere aus der Kindheit mitspielen.

Die Beruhigungspillen habe ich ins Klo gespült. Es gefällt mir nicht, ruhig zu sein. Ich habe es nie gemocht.

Jetzt fängt es wieder an zu schneien. Aber nur ganz wenig, sehr langsam, in großen, behutsamen Flocken. Und ich stehe immer noch da und zeichne im Rauhreif auf den Briefkastendeckeln der Nachbarn herum.

Was sind das für sonderbare Zeichen, die ich male? Es sieht aus wie eine Schlaufe, es sieht aus wie ein Kreuz. Es sieht aus wie beides zugleich, Schlaufe und Kreuz. Oder ist es ein Mensch mit einer Schlaufe als Kopf und den Armen des Kreuzes als menschliche Arme.

Es wäre nicht gut, wenn jemand sähe, wie ich hier herumkritzele. Aber es ist nichts Besonderes dabei. Ich habe immer schon beim Nachdenken Figuren vor mich hin gekritzelt, die ich selbst nicht verstehe. Auf den Telefonblock, auf den Konferenzblock, auf beschlagene Scheiben im Zug.

Aber so, wie die Situation jetzt ist, könnte es mißverstanden werden. Es ist am besten heimzugehen, bevor der Schnee dichter wird.

Wenn sie dieses komische Männchen auf ihrem Briefkastendeckel finden, falls es bis dahin nicht weggetaut ist, werden sie nicht verstehen, was es bedeutet. Aber ich weiß es:

Wir fangen noch einmal an. Wir geben nicht auf.

Im Porzellanlicht

In der riesigen Baugrube direkt hinter der Hötorgs-City lärmte, dröhnte und hämmerte es, als hätte die Stadt ein Unterbewußtsein. Die Gardinen waren dunkelrot und fast ganz zugezogen, trotzdem konnten sie das Geräusch nicht dämpfen.

Es war ziemlich früh an einem Vormittag im Oktober 1969. Da ich ziemlich weit unten an dem großen Tisch saß, war ich sehr nahe am Fenster. Obwohl es ein gutes Stück bis zur Baugrube war – der Untersuchungsausschuß tagte in einem Haus in der Drottninggatan, ein Stockwerk über dem damaligen Kanzleramt der Universitäten –, hörte man die Rammen und Preßluftbohrer so deutlich, daß niemand auf den Gedanken gekommen wäre, ein Fenster zu öffnen.

Ich weiß nicht einmal, ob sie überhaupt zu öffnen waren.

Die Gardinen waren sehr schwer und rochen nach abgestandenem Tabakrauch. Da ich dort unten am Tischende saß, konnte ich sie ein klein wenig auseinanderschieben. Es war kein besonders schöner Tag. Das Licht, das durch den Spalt hereindrang, war weiß. Es war ein Porzellanlicht. Es sah aus wie durch dünnes Porzellan gefiltert.

Porzellanfilter verwendet man, um die Größe bestimmter Viren zu bestimmen, fiel mir ein. Das hatte ich kürzlich im Scientific American gelesen.

Das Porzellanlicht fiel einen Augenblick lang quer über den Tisch.

Obwohl es nicht später als halb elf gewesen sein kann, sah er schon aus wie ein Schlachtfeld. Stöße von vervielfältigten Papieren, von denen die obersten ins Rutschen geraten waren, weil sie auf den allzu glatten Umschlägen der amtlichen Veröffentlichungen lagen, Notizblöcke, vollgemalt mit Quadraten, Würfeln, Kreisen, ja sogar Dreiecken, leere Kaffeetassen, Mineralwasserflaschen, Bleistifte. Das einzige, was fehlte, waren Zigarettenstummel, aber in diesem Untersuchungsausschuß wurde nicht geraucht. Ich hatte ein starkes Bedürfnis nach einer Zigarette, es war tatsächlich so stark, daß ich schon die Finger am Commercepäckchen in meiner Westentasche hatte. Die Uhr der Jakobskirche schlug mit einem fast tonlosen Schlag halb elf. Ich ließ die Gardine zurückfallen und drehte mich wieder zum Raum um, in dem das Licht jetzt trüb erschien.

Das Porzellanlicht verschwand.

Der Vorsitzende, Regierungspräsident Frithiof Svensson, ein glattrasierter Mann mit einem lustigen, viereckigen Gesicht, kurzgeschnittenen, schlohweißen Haaren und einem Anzug aus dicker hellbrauner Wolle, nahm das nächste Papier von dem gewaltigen Stoß, der vor ihm lag. Der ehemalige Reichstagsabgeordnete des Regierungsbezirks Kristianstad und ehemalige Chefredakteur, Vorsitzender bei unzähligen staatlichen Untersuchungsausschüssen, Frithiof Svensson, hatte ein Gesicht, das mich schon immer fasziniert hat.

Er hatte so sonderbar große, gleichsam flattrige Lippen, daß es beim Reden so aussah, als bewegten sie sich selbständig in der ganzen unteren Gesichtshälfte hin und her. Diese Lippen verbargen ausgesprochen unregelmäßige Zähne. Sie erinnerten mich an die Abbildung eines Nilpferds in einem alten englischen Tierbuch, das Großmutter Emma mir als Kind zum Angucken geborgt hatte.

Er hatte ein Gesicht, das absolut nichts ausdrückte. Er war imstande, so langsam zu sprechen, daß man es tatsächlich geschafft hätte, hinauszugehen, sich eine Zigarette anzuzünden, eine Tasse Kaffee im Automaten draußen zu holen, in aller Ruhe den Zucker zu verrühren, die Zigarette zu Ende zu rauchen, ein bißchen in den ausliegenden Tageszeitungen zu blättern und noch rechtzeitig zurück zu sein, bevor er bei der Pointe angekommen wäre.

Ich dachte gar nicht daran, etwas dergleichen zu tun.

Da ich selbst ungeduldig bin, so ungeduldig, daß ich mit dem Fuß auf den Boden stampfe, wenn eine Telefonzentrale mich zu lange warten läßt, und einen metallischen Geschmack im Mund spüre, wenn ein Zug ohne ersichtlichen Grund auf freier Strecke stehenbleibt, fiel es mir schwer, all diese langsam sprechenden Männer zu ertragen.

Er kann nicht dumm sein, dachte ich. Es kann sich unmöglich um Begriffsstutzigkeit handeln. Man kann nicht die Grundlage für das Abrechnungssystem der Rationierungsämter in den Krisenzeiten schaffen, zweiundzwanzig Jahre lang im Auswärtigen Ausschuß und fünfzehn im zweiten Gesetzgebungsausschuß sitzen, den Streit um die Sozialversicherung in den fünfziger Jahren schlichten, die Verwaltung der Reichspolizei in den sechziger Jahren umorganisieren, wenn man begriffsstutzig oder dumm ist.

Seine Langsamkeit ist etwas ganz anderes. Sie ist eine Form von Klugheit. Dadurch, daß er sehr langsam ist, zwingt er die anderen, sich zu äußern. Dadurch, daß er langsam ist wie eine Schnecke, läßt er die Situation sich erst so weit entwickeln, bis er sie überblicken kann. Dadurch, daß er langsam ist wie der Stundenzeiger einer Uhr, kann er Ansichten, die ihm nicht passen, so rasch vorbeigleiten lassen, daß es scheint, als hätte niemand sie so recht zur Kenntnis genommen.

Dadurch, daß er langsam ist wie das Tropfen von der Decke einer Höhle, baut er Stalaktiten. Langsamkeit zwingt die anderen, ihre Karten zuerst auf den Tisch zu legen.

In den zwanziger Jahren Erdarbeiter in Brösarp. Anfang der dreißiger Jahre als Agitator der Landarbeiter mit dem Fahrrad auf lehmigen Landstraßen in Skåne unterwegs. In der ersten Zeit der Koalitionsregierung Reichstagsabgeordneter des Vierstädtekreises.

Er ist genauso langsam, genauso schwerfällig wie die Partei, aus der er stammt und die er verkörpert, dachte ich. Seine Langsamkeit ist eine Art, wirklicher zu sein als die anderen.

Die ursprünglichste Form der Wirklichkeit ist, daß etwas Widerstand leistet, wenn man es berührt, daß es handgreiflich ist.

Die Wirklichkeit ist eine Form von Trägheit. Schnelligkeit ist eine Form von Unwirklichkeit. Deshalb werde ich nie richtig wirklich sein, jedenfalls nicht so wirklich wie der Regierungspräsident Frithiof Svensson.

An diesem Punkt angelangt, wollte ich gerade wieder durch den Gardinenspalt gucken, um zu sehen, ob dieses Porzellanlicht sich wirklich halten würde, als mir bewußt wurde, daß er seit etwa einer Minute tatsächlich von mir redete, der Herr Regierungspräsident.

So hatte er mich doch noch überlistet:

– Dann haben wir hier noch ein Sondergutachten. Es stammt von unserem Experten Troäng. Es muß – lassen Sie mich sehen – es muß also – die Nummer – 69 – 817 sein.

Es gab ein Rascheln, als die Teilnehmer anfingen, nach der richtigen Zahlenkombination zu suchen, die mit einem verstellbaren Handstempel in die rechte obere Ecke geprägt war.

Ich muß mir ein bißchen mehr Langsamkeit angewöhnen, dachte

ich. Alle Ausschußmitglieder, Sekretäre und Experten sahen mich jetzt an. Diese Untersuchung sollte ziemlich rasch durchgezogen werden. Sie war schon im Februar des letzten Jahres angesetzt worden und hatte die Aufgabe, den gesamten Organisationsbereich zu überprüfen, unter besonderer Berücksichtigung der Haushaltsplanung. Es war eine von den wichtigen Untersuchungen, und es eilte damit. Sie sollte vor dem Einkammerreichstag abgeschlossen sein.

Diese Arbeit nahm seither ziemlich viel von meiner Zeit in Anspruch, und das hatte mir im Ministerium natürlich eine Sonderstellung verschafft. Ich wurde sozusagen ausgeborgt und bezog bei Chefs und Arbeitskollegen Ansehen aus einer neuen, geheimnisvollen Machtsphäre.

War es gut, daß ich mich mit einem Sondergutachten in die Schußlinie begeben hatte? Oder war es gar nicht gut? Ich hielt es für gut.

– Ja – die meisten von uns haben es – wohl schon durchgelesen. Aber vielleicht gibt es – etwas – das – du in diesem – Zusammenhang noch sagen möchtest?

Das war kein guter Anfang. Ich sah schon ein leises Zucken um die Mundwinkel der beiden Ausschußmitglieder von der Zentrumspartei, Antonsson und Hultén.

Jetzt gilt es, sich nicht hereinlegen zu lassen, dachte ich. Jetzt gilt es wirklich, sich kein verdammtes bißchen hereinlegen zu lassen. Nur immer schön langsam. Mit jeder Minute, die du gewinnst, wirst du wirklicher werden. Du mußt jetzt nur diese hektische kleine Kugel in der Magengrube im Zaum halten.

– Jaa, sagte ich zögernd. Ja, Herr Vorsitzender, ich kann vielleicht – (Papiergeraschel, Geblätter, sie sind also aufgewacht, ich existiere) – vielleicht doch ein paar Worte zu diesem Punkt sagen, in aller Kürze, um darzustellen, welche – Gedanken – diesem Sondergutachten zugrunde liegen.

– Ja, sagte der Vorsitzende desinteressiert.

Es war echte Interesselosigkeit. Der Vorsitzende des Gemeindeverbands hatte schon bei der ersten Begutachtung sein Mißfallen an meinen Vorstellungen von der Arbeitsweise des Ausschusses geäußert. Die Interesselosigkeit des Ausschußvorsitzenden hatte nichts mit Sympathie oder Antipathie zu tun. Was dem Vorsitzenden des

Gemeindeverbands nicht gefällt, büßt allein schon dadurch ziemlich viel von seiner Existenz ein. So einfach ist das.

In Wirklichkeit hat es sich ungefähr so abgespielt: Seit dem schönen Junitag im Jahre 1573, an dem Gustav Eriksson Vasa in Stockholm einritt, um das Reich in Besitz zu nehmen, ist Schweden von Beamten regiert worden. Die ersten Schreiber in Gustavs Kanzlei waren kleine krumme, schwarzbärtige Deutsche mit Tintenspritzern bis über die Spitzenmanschetten. Sie schlugen sich wacker mit dem Problem herum, die schwedische Sprache in etwas zu verwandeln, das man mit guten deutschen Buchstaben schreiben könnte, und kamen darauf, an manchen Stellen einen Buchstaben über den anderen zu setzen. So entstand das å.

Die Beamten entwickelten sich ziemlich rasch zu einem recht selbständigen Stand mit eigenen Gewohnheiten, einem eigenen Kontaktnetz und eigenem Ehrenkodex. Lange Zeiten hindurch regierten sie das Land viel wirkungsvoller, als irgendein Herrscher es vermocht hätte. Sie stammten aus einer Adelsschicht, die eine simple, aber sehr ausgeprägte Moral besaß. Fleiß und Redlichkeit. Ein fester Zusammenhalt nach außen, alle Konflikte nach innen gerichtet. Eine einheitliche Ausbildung, einheitliche Sprache, einheitliche Gewohnheiten. Gut abgeschirmt gegen Einblicke von außen. Eine Obrigkeit.

Der Verwaltungsapparat, den diese Obrigkeit nach und nach aufbaute, beruhte auf einem ganz einfachen, simplen und im Grunde genommen äußerst gesunden Prinzip: Wenn eine Behörde ganz offensichtlich etwas leisten mußte, sollte sie diese Leistung auch erbringen können. Und wenn sie nichts zu tun hatte, sollte sie sich passiv verhalten. Wenn jemand einen Landvermesser brauchte, sollte er nach einem vorschriftsmäßigen Antrag auch einen bekommen können. Die Ämter berechneten, wie viele Landvermesser, Professoren und Richter man sich pro Jahr allenfalls leisten könnte und stellten entsprechende Etatforderungen, die nach und nach in der Haushaltsvorlage landeten. Wenn Geld übrigblieb, war es gut, wenn die Ausgaben dafür zu hoch waren, gab es einen Skandal. Ein kompliziertes Netz von Fonds und Sonderetats bildete die Schleusenkammern und Abflußkanäle in diesem komplizierten System.

Irgendwann in den frühen sechziger Jahren begann sich das langsam zu ändern. Das gesamte Finanzierungssystem nahm sich allmählich wie eine steinzeitliche Einrichtung aus, je weiter der öffentliche Sektor in das Wirtschaftsleben des Landes eindrang und immer größere Teile davon eroberte.

Man begann davon zu sprechen, daß ein Ministerium der Öffentlichkeit »seine Dienstleistungen verkaufe«. Es hat einen Markt, genau wie eine Autofirma. Es hat Zielsetzungen, Pläne, neue Absatzmärkte für seine Produkte.

Ein Ministerium muß wie ein Unternehmen geführt werden, nur mit dem Unterschied, daß das Ministerium seine Dienstleistungen verkauft, nicht Waren. Und das erfordert eine ganz neue Haushaltspolitik.

Deswegen saßen wir hier.

Der Staat besitzt beispielsweise unzählige Liegenschaften, vom Kanzleigebäude bis zu meteorologischen Meßstationen in Lappland. Bisher waren sie nicht als echte Kosten behandelt worden.

Das einzig Vernünftige wäre natürlich, den gesamten Grundbesitz einer Zentralbehörde zu überschreiben, und diese Behörde würde dann allen Ämtern die Gebäude zu einem festen Quadratmeterpreis vermieten. Die Stifts- und Landesbibliotheken hatten das Recht, Dienstpost für Hunderttausende von Kronen pro Jahr zu verschikken, ohne sie als Akivposten in ihrem Etat aufzuführen.

Die Kostenerhebung diente dazu, eine realistischere Einschätzung des Kostenbegriffs im Staatshaushalt zu bewirken, ihn der ökonomischen Praxis anzupassen, wie sie durch die Märkte und das Wirtschaftsleben repräsentiert wurde.

Man könnte sagen, daß es ein praxisbezogenes Untersuchungsprojekt war.

Es würde unweigerlich die gesamte Entwicklung beeinflussen. Bis weit in die Tiefenstruktur hinein würden die Auswirkungen reichen, wenn man das Kostendenken realistisch gestaltete.

Tatsächlich bedeutete es den Anfang vom Ende für die Ämter im alten Sinn.

– Ja, Herr Vorsitzender, sagte ich. Es ist also meiner Meinung nach so, daß die Behandlung der Probleme in Abschnitt 10 des Untersuchungsberichts große Mängel aufweist. Und das hängt damit zusammen, daß man für das gesamte Untersuchungsprojekt einen Ausgangspunkt gewählt hat, der ungeeignet ist für die besonderen Problemstellungen, die in diesem Abschnitt erörtert werden.

Es gibt meines Erachtens zwei verschiedene Wege, ein solches Untersuchungsprojekt anzugehen. Man kann interessante Ideen und analytische Methoden aktualisieren, um schließlich Erkenntnisse zu präsentieren, die auch im Hinblick auf ihre begriffliche Präzision so hohen Ansprüchen gerecht werden, daß sie als Referenzrahmen für die kontinuierlich fortschreitende Reformarbeit der kommenden Jahrzehnte dienen können.

Bei der Kostenerhebung wurde statt dessen ein anderer Weg eingeschlagen. Sie orientiert sich an dem, was unmittelbar praktikabel ist und hält sich infolgedessen an formale Verwaltungsvorgänge.

Der Mangel an wirtschaftlicher Analyse und rationalen Begründungen überhaupt wird im Untersuchungsbericht unter 10.6 offen dargelegt, wo es ganz klar heißt, daß von den ursprünglichen Ambitionen als vorrangige Ziele nur noch »verwaltungsmäßige Praktikabilität« und »gesteigertes Kostenbewußtsein« übriggeblieben sind.

Zu diesem Schluß hätte man aber genaugenommen doch auch kommen können, ohne eine Untersuchung anzusetzen. Daß es gut ist, Geld zu sparen, und daß praktikable Entscheidungsprozesse nützlich sind, ist doch wirklich genauso selbstverständlich wie, daß es besser ist, reich und gesund zu sein, als arm und krank.

(Es dauerte fast zwanzig Sekunden, dann gab es ein paar mühsame Lacher. Ich kann es mir einfach nicht abgewöhnen, Witze zu machen. Sie mögen das nicht. Es macht einen *überheblichen* Eindruck.)

Da man mit dem Hinweis auf die ersten Reaktionen der Gutachter einen Kostenbegriff abgelehnt hat, der sich eindeutig an pragmatischen ökonomischen Vorstellungen orientiert, also an der ökonomischen Praxis, ist das Wort »Kosten« im Untersuchungsbericht ein nicht weiter definierter Begriff, den man mit beliebigem Inhalt füllen kann.

Ich machte eine Pause und sah auf. Einige saßen da und malten, andere lasen in dem vervielfältigten Papier mit. Es war ja nicht gerade eine Neuigkeit, daß die Untersuchung in die Binsen gegangen war. Das war ja schon ziemlich früh passiert. Der Widerstand seitens verschiedener Interessengruppen war zu groß.

Nun war es an mir, die Sache beim Namen zu nennen. Ein Sondergutachten ist ein gutes Mittel, um darzustellen, was ein Untersuchungsausschuß eigentlich hätte erreichen wollen. Wenn man ihn nur hätte arbeiten lassen.

Ich saß da und sah mir ihre Gesichter an. Das Weibsbild Vivebrandt, mit frischer Dauerwelle und verkniffener Miene. Sie sah mißbilligend drein. Sie hat mich von allem Anfang an nicht leiden können, weil sie so deutlich spürt, daß ich mich ihr überlegen fühle. Sie kann diesen Überlegungen nicht folgen, kommt aber trotzdem gut zurecht. Sie hat ein perfektes musikalisches Gehör. Sie hört es am Tonfall, wenn etwas nicht stimmt. Ziemlich viele Politiker, denen ich in meinem Leben begegnet bin, darunter ein paar von den Erfolgreichsten, waren genauso. Sie bewegen sich in einer Stilebene, einer Sprache. Sie lernen sie sprechen. Sie machen ihre Veränderungen mit. Sie hören sofort jeden falschen Ton heraus.

Professor Höglund saß da und lächelte vor sich hin, ließ die Uhrkette kreisen, als wäre sie der Propeller eines altmodischen Flugzeugs, das gerade startet. Er war alt genug, um wegen so etwas nicht die Geduld zu verlieren.

Ich nahm an, wenn die Reform nicht auf diesem Weg zustande käme, dann eben auf irgendeinem anderen Weg. Schwer zu sagen, auf welchem. Vielleicht durch ein neues Ministerium. Die Luft schwirrte vor Gerüchten. Mir waren erst letzten Dienstag interessante Dinge zu Ohren gekommen, als ich im Cattelin zu Mittag aß.

Ich unterdrückte ein Gähnen und fuhr fort. Ich hatte ein starkes Verlangen danach, es hinter mich zu bringen, um endlich die Gardine zur Seite zu schieben und noch einen Blick auf dieses Porzellanlicht werfen zu können. Es interessierte mich irgendwie.

Ich habe einen Hang zu Tagträumen. Das hängt damit zusammen, daß ich, wie schon gesagt, eidetisch veranlagt bin. Wenn ich mich langweile, aber nicht nur wenn ich mich langweile, sondern manchmal auch mitten in der intensivsten Gedankenarbeit, versetze ich mich irgendwohin, weit weg.

Es macht mir Spaß, mir diese Tagträume so genau auszumalen, wie ich nur irgend kann. Ich glaube, es ist eine Angewohnheit aus der Schulzeit. Es ist ganz schön. Es gibt einem ein Gefühl der Freiheit, obwohl es natürlich eine sehr unwirkliche Freiheit ist.

Und auch der Überlegenheit, könnte man sagen. Obwohl es eine unwirkliche Überlegenheit ist.

Neulich abend las ich ein recht gutes Buch über U-Boot-Kriege.

Jetzt stand ich im Turm eines deutschen U-Boots, das gerade aus einem geheimen Stützpunkt an der französischen Kanalküste ausgelaufen war. Ich hatte Gummistiefel mit ganz dicken Korksohlen an, um mich gegen die durchdringende Kälte von unten zu schützen. Ich lehnte mich an die Gummikante der Windschutzscheibe im Turm und spähte in den Nebel hinaus. Er beschränkte meine Sicht auf einige hundert Meter im Umkreis. Die Dieselmotoren ließen den Rumpf des U-Boots unter meinen Ellbogen vibrieren, die das Fernglas stützten. Eine Heulboje tauchte im Nebel auf.

Niemand von den Anwesenden konnte wissen, daß ich das Ende meiner Rede in Wirklichkeit vom Turm eines deutschen U-Boots aus hielt. Das Brummen der Dieselmotoren entfernte sich langsam.

– Ich möchte mich für diese sehr *klare* Zusammenfassung bedanken, sagte der Vorsitzende. Und da es schon halb eins ist, meine ich doch, daß es Zeit wird für eine Stunde Mittagspause.

Ich hatte gedacht, ich würde es schaffen, in der Mittagspause auf mein Zimmer zu gehen und ein paar Telefongespräche zu führen. In der Garderobe setzte ich mich von den anderen ab und sauste die Drottninggatan hinunter. Das Porzellanlicht war noch da, aber es regnete nicht. Ich stieg in den Aufzug und ließ das altmodische Ziehharmonikagitter hinter mir zuschnappen, das mich immer an die vierziger Jahre erinnert, vielleicht, weil ich solche Aufzüge zum erstenmal in den vierziger Jahren gesehen habe, als ich bei Verwandten in Stockholm zu Besuch war.

Ich war spät dran. Kein Mensch war mehr in meinem Korridor, nur eine ferne Schreibmaschine ratterte hinter irgendeiner Tür. Auf meinem Schreibtisch lagen ein paar Zettel, ich sollte hier und da anrufen und mich mit verschiedenen Leuten in Verbindung setzen.

Mein Zimmer war damals ziemlich klein. Ich hatte ein recht stabiles Bücherregal für meine Handbibliothek anbringen lassen. Da standen die amtlichen Schriften in langen Reihen, darunter vor allem amerikanische Handbücher, glänzende, kunststoffbeschichtete große Paperbacks, deren Rücken im Licht der Schreibtischlampe lustige

Reflexe warfen, und zuunterst Aktenordner, endlose Reihen von Aktenordnern.

Ich warf einen Blick auf das Bild von Siskan auf meinem Schreibtisch.

Ich mußte sie unbedingt anrufen. Sie war ganz hysterisch, als ich heute morgen wegging, und da ich es eilig hatte, zum Zug zu kommen, hatte ich nichts gesagt. Ich hatte einfach die Aktenmappe genommen und war gegangen. Hatte die Tür ganz leise zugemacht.

Ich mußte auch beim Allmänna Verlag anrufen. Da war jemand beim Allmänna Verlag, den ich sprechen mußte, dringend. Und richtig, dann lagen noch ein paar Zettel da.

Börje möchte dich um drei Uhr sprechen. Börje, zum Teufel noch mal, das war nämlich der Staatssekretär. Alle anderen pflegte man beim Nachnamen zu nennen, auf solchen Zetteln, manche sogar beim Vor- und Nachnamen. Aber den Staatssekretär nannte man immer Börje.

Es war demokratischer so. Und was um Himmels willen war denn das: Mr. Wittfogel anrufen, Grand Hotel. Wer zum Kuckuck ist Wittfogel? Ich kenne keinen verdammten Wittfogel! Und auch noch im Grand Hotel!

Der Name faszinierte mich. Wittfogel! Was ist denn das für ein Bursche.

Ich nahm den Hörer ab.

– Wittfogel, sagte ich, während ich darauf wartete, daß das Knistern im Hörer aufhörte und ein richtiges Freizeichen käme.

– Jawohl, Herr Kommandant. Ich hörte das Geräusch der Dieselmotoren im Hintergrund.

– Wittfogel, sagte ich. Ich rechne damit, daß wir um 14 Uhr 30 den Sperrgürtel passiert haben. Um 15.00 Uhr Probetauchen.

– Jawohl, Herr Kommandant, sagte Wittfogel.

– Und keine Schlamperei, Wittfogel! Wenn es länger als vier Minuten dauert, wiederholen wir es so oft, bis auch der letzte Matrose kapiert hat, daß ich es ernst meine.

– Jawohl, Herr Kommandant, sagte Wittfogel. Er hatte eine jugendliche Stimme, voller Enthusiasmus und Zielstrebigkeit.

Wittfogel, dachte ich, ist ein hervorragender Erster Offizier. Er hat rasch gelernt, obwohl er doch erst kürzlich vom Kreuzergeschwader hierher versetzt worden ist.

Ich mußte es mindestens fünfmal klingeln lassen, bis Siskan sich meldete. Ihre Stimme klang sehr matt, wie manchmal an solchen Tagen.

– Ach so, du bist es, sagte sie.

Hinaus auf die See

Und jetzt: Hinaus auf die See.

– Wittfogel, volle Kraft voraus, einen Ausguck an jede Seite des Turms, Kurs 235 Grad, sagte ich zu meinem unsichtbaren U-Boot-Offizier und ging in den leeren Korridor hinaus, um meinen Mantel zu suchen.

Dort war es immer noch ganz menschenleer, nur die einsame Schreibmaschine ratterte hinter ihrer Tür. Im Allmänna Verlag hatte sich niemand gemeldet, obwohl ich dreimal angerufen hatte.

Nicht genug damit, daß ich noch Verschiedenes erledigen mußte, auch essen mußte ich rasch noch irgendwas, bevor ich um drei wieder hiersein würde, um mich mit Börje zu treffen. Ich hatte keine Ahnung, was er von mir wollte.

Das Mittagessen hatte sich nun schon drei Tage hintereinander auf warme Würstchen beschränkt, und langsam war ich es wirklich leid. Stockholms warme Würstchen sind auch nicht mehr das, was sie mal waren.

Außerdem habe ich immer diese Schreckvorstellung, es wäre der Daumen des Würstchenverkäufers, reichlich mit Senf und Ketchup bestrichen, in den ich beiße. Würstchenverkäufer, die in der Kälte draußen stehen und frieren, kriegen ja etwas rötliche Daumen. Und wenn ich mir einen Daumen vorstelle, der in so einem grauen Wollhandschuh steckt, der die Fingerspitzen frei läßt, werde ich ganz wahnsinnig. Es kribbelt mir in den Zähnen, wenn ich daran denke.

Ich mag Daumen nicht, habe sie noch nie gemocht.

Übrigens habe ich nie so recht den Schock von damals überwunden, als ich zusammen mit einigen jüngeren Beamten der Provinzialregierung in Östersund Würstchen kaufte. Es war an einem stürmischen Wintertag im Jahre 1967.

Wir waren hinausgefahren, um uns ein staatliches Industrieprojekt anzusehen; nichts als ein paar verschiedenfarbige Landvermesserstöcke in einer grauen, weiträumigen arktischen Landschaft. Etwas dünner Schnee in der Luft, scheußliche Eiswülste quer über den Straßen, die die beiden großen Pkw's auf eine widerliche Art hin-

und herschleudem ließen. Große Karten mit dünnen Linien in Blau, die zeigten, wo Gießereien, Walzwerke und Drahtziehereien liegen sollten, Karten, die im scharfen Wind nicht leicht unter Kontrolle zu halten waren und von denen ich ehrlich gesagt nicht viel verstand.

Es war ein sehr trister Morgen im Februar. Als die Sonne um neun herum aufging, war sie ganz rot. Sobald die Straße durch eine Senke führte, landeten wir in einer Nebelbank.

Auf dem Rückweg nach Östersund hielten wir in einem kleinen Ort, da wir uns ziemlich verspätet hatten, um Würstchen zu essen. Der Würstchenverkäufer war riesig, mit extrem großen Ohren und einer Schürze vor dem Bauch, die so fleckig und widerlich war, daß sie sofort an einen Schlächter denken ließ. Unter der Schürze kam eine altmodische Jacke hervor, an den Ellbogen mit diesen Lederflekken verstärkt, die als Schutz gegen den Verschleiß dienen sollen. Die Augen waren sehr groß, etwas blutunterlaufen. Er hatte ein komisches, etwas hundeähnliches Aussehen, ein recht freundlicher, aber wortkarger Würstchenverkäufer mit Pausbacken, die von großen Frostflecken verunstaltet waren.

Während wir da im Schneegestöber herumstapften und warteten, bis die Würstchen fertig mit Senf und Ketchup bestrichen waren, nahm mich der Sekretär der Provinzialregierung, ein gemütlicher Mann, ein richtig umgänglicher Mensch, beiseite und sagte:

– Der da, weißt du, das ist eine richtige Sehenswürdigkeit. Das ist kein gewöhnlicher Würstchenverkäufer. Er hat Anfang der fünfziger Jahre zur Södertälje-Bande gehört. Er war der, der die Leichen zerstückelt hat und so. Er war fürs Gröbste zuständig. Die anderen hielten ihn für etwas blöd. Aber in gewisser Weise ist er noch am besten davongekommen.

Es ist sonderbar, aber sowas vertrage ich überhaupt nicht. Hungrig wie ich war, ließ ich den größten Teil der Wurst auf dem Weg zur Regierungskanzlei heimlich in einem Papierkorb verschwinden. Ich glaube, damals hat es angefangen mit meiner fixen Idee von den Daumen der Würstchenverkäufer.

Oder ist es etwas anderes? Ich habe nie so verflucht viel Zeit für mein Seelenleben gehabt, um darüber nachdenken zu können.

Spirituosenladen und Bank stand auf dem zerknitterten kleinen

Zettel in der linken Brusttasche des Blazers. Ich habe die Angewohnheit, mir solche kleinen Zettel zurechtzumachen, bevor ich morgens von zu Hause weggehe.

Es waren so viele Leute im Postamt des fünften Hochhauses am Hötorget, daß an den Schreibpulten kaum Platz war. Vor mir standen zwei Mädchen, mit irgendwelchen kurzen, wattierten Jacken bekleidet. Die eine hatte einen langen, hellen Zopf, der von einem Gummiband zusammengehalten wurde. Es wirkte irgendwie recht schlampig. Die andere, die nicht älter als vierzehn, fünfzehn Jahre gewesen sein kann, hatte so hart geschminkte Augenbrauen, daß sie aussah wie eine kleine Nutte. Es schien nicht so, als würden sie das Schreibpult besonders ernsthaft benutzen. Sie trieben da irgendwelchen Unfug, alberten und kicherten herum und nahmen immerzu neue Formulare aus dem Formularkasten. Ich hatte drei, vier, vielleicht fünf Minuten lang mit ihnen Geduld, aber dann begann ich zu hüsteln und mich zu räuspern.

Sie nahmen mich nicht zur Kenntnis.

Ich habe eine Eigenschaft. Nichts auf der Welt macht mich so irrsinnig wütend, wie wenn man mich nicht sieht. Das ist schon seit meiner Kindheit so gewesen. Ich vertrage es ganz einfach nicht.

Ich stand da, vor mir die tickende Uhr an der Wand, und dachte daran, daß ich noch zum Spirituosenladen wollte und daß ich es schaffen mußte, unterwegs irgendeine widerliche Pizza zu essen, wo immer ich eine auftreiben konnte, die nicht allzu vergammelt wäre, räusperte mich und hüstelte und wurde immer röter im Gesicht.

Offenbar waren die Mädchen dabei, irgendwas an jemand namens Loffe zu schreiben, und das war zum Schreien komisch.

– Jetzt müßt ihr euch beeilen. Es gibt auch noch andere Leute, die was schreiben müssen!

Brüllte ich, daß es in dem Raum nur so widerhallte. Wenn ich wütend werde, brülle ich ganz schön, Siskan pflegt es immer unheimlich peinlich zu sein, wenn ich auf diese Weise die Beherrschung verliere, und das macht mich gewöhnlich nur noch wütender, so daß ich noch mehr loslege.

Die Mädchen fuhren zusammen und sahen ungeheuer erstaunt aus, als hätten sie es mit einem Verrückten zu tun. Fünfzig erboste Gesichter starrten mich an, einige davon sahen aus, als wären sie ganz sicher, daß dies das Vorspiel zu einem Postraub sei. Ich errötete noch tiefer.

Die Dame rechts von mir, also am rechten Pult, trug einen eleganten schwarzen Pelz, hatte sorgfältig hochgestecktes Haar und einen langen, schönen Nacken. Ich hatte bereits den Duft eines diskreten, aber angenehmen Parfüms wahrgenommen, der von ihr ausging.

Jetzt drehte sie sich langsam um und sah mich aufmerksam an.

Ich kannte sie recht gut. Sie hieß Agneta Tillich und war Expertin für Volkswirtschaft in unserer Abteilung B. Sie mußte ein oder zwei Jahre über die vierzig sein. Sie war nicht eigentlich schön, aber sie hatte ein Gesicht, das einem auffiel. Hohe Backenknochen, große intelligente Augen, die sie halbwegs hinter so einer leicht getönten Brille verbarg. Eine dezente Perlenkette auf dem schwarzen Pullover. Eine ruhige, angenehme berufstätige Frau. Sie strahlte eine solide Atmosphäre von Selbstvertrauen, Kenntnissen und wahrscheinlich auch Reichtum aus. Ich mutmaßte, daß sie nicht im Ministerium arbeitete, weil sie es nötig hatte, sondern weil es ihr Spaß machte. Ich wußte, daß sie Tennis spielte. Ich hatte mich manchmal mit ihr über Verschiedenes unterhalten, aber nie über etwas anderes als unpersönliche Dinge.

Sie gehörte zu der Art von berufstätigen Frauen, die mich sonderbar schüchtern machen. Ich glaube nicht, daß es ihre Selbständigkeit ist, sondern vielmehr ihr Selbstvertrauen, das mich etwas einschüchtert.

Sie schaute mich mit einem etwas ironischen Lächeln an, und ich spürte, wie meine ganze Aggressivität gegen diese verflixten Schulgören sich allmählich auf sie übertrug. Sie war irgendwie eine würdige Gegnerin in diesem Augenblick.

Der Pelz war offen, und ich sah, daß sie immer noch sehr schön geformte Brüste unter diesem schwarzen Pullover hatte. Wie so oft in solchen Situationen spürte ich, daß die Aggressivität in einen starken erotischen Kontakt überging (ich habe mich noch nie in jemand verliebt, ohne zuvor einen Augenblick, eine Zehntelsekunde lang tiefsten Haß zu empfinden).

Sie musterte mich mindestens eine Minute lang mit demselben interessierten, ironischen Lächeln, und ich konnte nicht umhin, an das lateinische Sprichwort zu denken, das besagt, daß »zwei Auguren einander nicht begegnen können, ohne zu lächeln«. Sie sagte:

– Ja grüß dich, du bist hier? Hör mal, du kannst hierhin kommen.

Der schwarze Pullover ging in eine ebenso elegante schwarze Hose über. Ich bemerkte die Linie ihrer Hüften. Sie waren schmal, schön.

Ich wußte über sie, daß ihr Mann Direktor von irgendeinem Bauunternehmen war, das offenbar ungeheuer gut ging. Der phantastische Baumarkt der sechziger Jahre mit seinen fast unwahrscheinlichen Spekulationen und seiner unglaublichen Korruption ging gerade seinem Höhepunkt entgegen.

Sie wohnte draußen in Djursholm. Man sah sie selten mit den Kollegen von der Abteilung zu Mittag essen. Sie war Anfang der sechziger Jahre über die Steuerkommission dorthin gekommen. Ich fragte mich, ob sie nicht eigentlich Ungarin sei, trotz ihres fehlerlosen Schwedisch. Das würde diese hohen Backenknochen erklären. Siskan hatte sie einmal bei einem Liederabend in der Konzerthalle zusammen mit dem australischen Kulturattaché gesehen.

Plötzlich erschien sie mir als der aufregendste Mensch auf der ganzen Welt. Mein Erröten, das bis über beide Ohren ging, wollte nicht weichen.

Ich nickte ihr zu, da mir nichts Besseres einfiel, und stellte mich an das Pult. Sie verschwand in Richtung einer der Warteschlangen.

Immer noch atemlos vor Wut nahm ich mir die Zahlkarten vor.

Eine Betriebsberatungsfirma namens Einab beauftragt mich manchmal mit verschiedenen kleinen Expertisen. Es ist eine Firma, die sich vor allem mit der Beratung im Verwaltungsbereich beschäftigt; sie sind nicht gerade zahlreich da draußen in Lidingö, wo sie sich einquartiert haben. Ich entwerfe manchmal ein paar Pläne und Skizzen für sie (ich habe es damals gemacht, meine ich, Ende der sechziger Jahre. Dann habe ich natürlich damit aufgehört), und da ist weiter nichts dabei. Zuletzt ging es um die Rationalisierung eines Metzgereiverbandes, wenn ich mich recht erinnere.

Von Einab waren 3.800.– Kronen nach Abzug der Steuern eingegangen. Davon mußten ungefähr 1.200.– für Zinsen und die Tilgungsrate des Hauses eingezahlt werden. Ich habe 1966 ein recht hübsches frei stehendes Haus in einem Gebiet von Kungsängen gekauft, das Skånska Cement in diesem Jahr bebaute.

Da es ein Eckgrundstück an einer der neuen Straßen war, die die Firma baute, während die Häuser montiert wurden, kam es ziemlich teuer, 230.000. Noch ein paar Jahre davor hätte ich das Haus um vierzigtausend Kronen billiger bekommen, aber ich zögerte bis zuletzt, nach Kungsängen zu ziehen, weil ich der Ansicht war, daß es ein bißchen zu weit draußen läge und daß es für Siskan dort ein bißchen zu einsam sein würde.

Damals hatte ich keine nennenswerten Geldmittel, ich kam direkt von Uppsala, und Siskan hatte kein Barvermögen, obwohl sie Teilhaberin eines großen Hofes, fast eines Gutes in Uppland war, und so war ich gezwungen, eine ziemlich große Hypothek über die erste Hypothek hinaus aufzunehmen. Skånska Cement stellte sie auch, richtig wohlwollend, durch das Finanzierungsinstitut SIGAB zur Verfügung, das die Firma zusammen mit der Svenska Handelsbanken besitzt. Beide Hypotheken sind Annuitätsdarlehen, und folglich sind die monatlichen Unkosten ein bißchen hoch geworden, aber natürlich keineswegs so hoch, wie wenn ich eine anständige Wohnung in der Stadt mieten würde.

Bisher haben diese komischen flachen Dächer den Winterschnee gut überstanden, obwohl es im ersten Winter fast etwas unheimlich war, weil es tatsächlich recht viel Schnee gab.

Dann sind da noch die Rückzahlung des Studiendarlehens, Siskans Reitstunden, Heizöl extraleicht, die Autoversicherung und verschiedene andere Kleinigkeiten. Es bleibt tatsächlich gar nicht so viel Geld übrig, und es sind eine ganze Menge Formulare auszufüllen.

Damals, 1969, war der Geldwert ja noch nicht so erbärmlich, wie er es später werden sollte, obwohl alle sich über die Inflation beklagten, und man kann wohl sagen, daß wir recht gut über die Runden kamen. Ich dachte ernstlich daran, mir zum Frühjahr den neuen großen Volvo zu kaufen, aber jemand riet mir davon ab, er meinte, die Vorderräder kämen zu leicht ins Schwimmen, und so behielt ich meinen PV.

Obwohl ich Wirtschaftswissenschaftler bin, hat Geld, ich meine Geld für den privaten Konsum, mich nie sonderlich interessiert. Wenn ich es statt dessen mit Sprachen zu tun hätte, würde mich vermutlich Wortreichtum auch nicht mehr interessieren als Wortkargheit.

Seit Keynes Ideen sich durchgesetzt haben, ist es den meisten westlichen Industriestaaten gelungen, den Arbeitsmarkt intakt zu halten, indem sie der Bevölkerung erlaubten, etwas mehr Konsumgüter zu kaufen, als es theoretisch gesehen gerechtfertigt gewesen wäre. Das ging so vor sich, daß man immerzu ein klein wenig log, oder wenn man so will, ein bißchen Geldfälschung betrieb. Wenn diese Lüge zu groß wurde, hatte sie unkontrollierte Preissteigerungen zur Folge, und diese konnten zu Stagnation und Arbeitslosigkeit führen. Wenn die Lüge zu klein ausfiel, drohten ebenfalls Stagnation und Arbeitslosigkeit. Das nannte man Inflation, und ich war seit Jahren von den Behörden angestellt, um diese Lüge auf einem Niveau zu halten, wo sie noch glaubwürdig war. Das Ganze hatte eine gewisse Ähnlichkeit mit einem Mann, der versucht, einen spiegelglatten Abhang hinunterzugehen. Er entdeckt, daß er ein bißchen laufen muß, um nicht hinzufallen, und fängt auch damit an, aber dann merkt er, daß er noch schneller laufen muß, und das hat er nun davon.

Mich interessierte es nicht so sehr, ob ich ein Auto oder zwei in der Garage hatte, einen Farbfernseher oder nur einen gewöhnlichen Fernseher besaß; mich interessierte viel mehr der subtile Betrug, der dies ermöglichte und der es möglich machte, eine industrielle Notwendigkeit so darzustellen, als hätte sie etwas mit dem Wohlbefinden der Bevölkerung zu tun.

Konsumenten waren ganz einfach nötig. Wenn die Konsumenten nicht konsumierten oder daran gehindert wurden, es zu tun, würden sie sich rasch in unkontrollierbare, hungernde, Schlange stehende, streikende Massen verwandeln.

Meinen wirklichen Lebensstandard konnte ich beurteilen, wenn ich einen Schreiner kommen ließ, damit er eins von Siskans antiken Möbelstücken reparierte: Dann wurde der wirkliche Wert des Geldes für einen Augenblick sichtbar.

Kurz gesagt: Mich legte man nicht herein. Dafür war ich ausgebildet.

Es ist eigentlich sonderbar, daß ich Wirtschaftswissenschaftler geworden bin. Ich bin ja 1955 nach Uppsala gekommen, um Philosophie zu studieren.

Dann begegnete ich Sven Hamrell, einem lustigen, lebhaften kleinen Mann, der Tingsten damals ungeheuer bewunderte und zum Vorstand des liberalen Diskussionsclubs Verdandi gehörte.

Er fragte mich, ob ich mich dem Verein nicht anschließen wolle. Ich muß gestehen, daß ich nur ziemlich vage Vorstellungen davon hatte, worum es dabei eigentlich ging, aber es schmeichelte mir, daß man mich dabeihaben wollte.

Wir veranstalteten große Diskussionen in der Aula. Herbert Tingsten kam und diskutierte mit Ingemar Hedenius und Victor Svanberg. Der Verein war in gewisser Weise eine Filiale des Feuilletons von *Dagens Nyheter.*

Es war eine sehr lehrreiche Zeit. Damals begann ich mich ernstlich für Volkswirtschaft zu interessieren.

Die Ideologien, pflegte man zu sagen, sind tot. Marx, Mill, Bentham, Ricardo. Das alles ist tot. Was von ihrer Arbeit bleibt, ist ein Werkzeugkasten, eine »box of tools«.

Ich vermute, daß meine Lehrer im großen und ganzen recht hatten.

Das ist nun schon erstaunlich lange her.

Von der Volkswirtschaft kam ich zur Organisationstheorie. So um die Drehe herum begegnete ich Siskan. Es war im Café Flustret, an einem Frühlingstag des Jahres 1961. Sie schüchterte mich durch ihre Selbstsicherheit ein.

Von der Organisationstheorie kam ich zur Planung. Es war in den Jahren, als die Futurologie zum erstenmal emstlich den Anspruch erhob, eine Wissenschaft zu sein.

1967 besuchte ich meinen ersten Futurologenkongreß. Es war ein ganz lustiges Erlebnis, denn ich entdeckte, daß ich eine ganze Menge der dort vorgetragenen Gedanken schon selbst gedacht hatte.

Allerdings mit dem Unterschied, daß ich sie schon vor ziemlich langer Zeit als kindisch, reichlich optimistisch und äußerst begrenzt durchschaut hatte. Es war eine Art studentische Spielerei.

Nun war es ermöglicht worden, Kongresse über Wachstumstendenzen zu veranstalten, die man unbegrenzt bis zum Jahre 2300 weiterwachsen ließ.

Aber die Bäume wachsen nicht in den Himmel.

1962 wechselte ich zum sozialdemokratischen Club Laboremus über. In diesem Zusammenhang begegnete ich zum erstenmal Olof Palme. Es war bei irgendeiner Konferenz in einer Volkshochschule draußen in der uppländischen Ebene. Er saß mit einem nachlässig gebundenen Schlips auf einer Tischkante und rauchte. Auf mich machte er einen nervösen Eindruck.

Seit einigen Jahren war ich nicht mehr überzeugt von dem, was ich tat. Es gab zu viele Unklarheiten, zu viele Einschränkungen und Spielregeln. Die Chance, eine Idee bis zu ihrer Verwirklichung durchzusetzen, war zu gering, als daß sie irgend jemanden hätte anspornen können.

Ich begann mich statt dessen für das Spiel zu interessieren.

Als ich auf den Sveavägen hinauskam, nahm ich zweihundert Meter vor mir etwas Schwarzes wahr, in Richtung der großen Baugrube, wo das neue Reichstagsgebäude langsam Form anzunehmen begann, etwas Schwarzes, das Agneta Tillich sein konnte. Ich überlegte einen Augenblick lang, ob ich sie einholen und etwas Scherzhaftes über das Intermezzo im Postamt sagen sollte, aber kaum war mir der Gedanke gekommen, fiel er herab wie ein Stein.

Im Büro pflegten wir oft miteinander zu scherzen, wir konnten uns ganze Mittagessen lang mit allerlei Schwänken und Späßen unterhalten. Aber sie bewegten sich immer innerhalb eines sehr begrenzten Jargons. Und der schloß nicht alles ein.

Man legte den Sekretärinnen den Arm um die Schultern. Man legte gewissen Ministerialrätinnen den Arm um die Schultern, besonders wenn sie klein, häßlich und rundlich waren.

Aber um Schultern wie die von Frau Tillich legte man den Arm nicht. Manche Schranken können unsichtbar sein, aber man spürt sie, wenn man dagegenrennt.

Ich werde nie das Gelächter vergessen, das im ganzen Ministerium ertönte, als ein junges Talent aus Uppsala im Herbst 67 mitten in der allerdrängendsten, hektischsten Arbeit an der Haushaltsvorlage zum Staatssekretär ging, um sich darüber zu beschweren, daß es abends immer so spät wurde. Als der Staatssekretär, der zu dieser Zeit des Jahres auf einem Sofa in seinem Arbeitszimmer übernachtete und gewöhnlich vier verschiedene Leute im Zimmer sitzen hatte, die darauf warteten, an die Reihe zu kommen, während ein Fünfter referierte, sich so weit erholt hatte, daß er wieder zu Atem kam, sagte dieser junge Spund:

– Aber du hast doch selbst gesagt, daß wir zu dir kommen sollen, wenn wir Probleme haben! Und das ist ein Problem für mich.

So macht man nicht Karriere. Ich habe ziemlich schnell herausgefunden, wie man sie macht. Auf vielerlei Arten, aber so nicht.

»Box of tools«. Plus Tüchtigkeit, einer ganz speziellen.

Vor dem Spirituosenladen auf der Mäster Samuelsgatan herrschte ein Höllenlärm. Nicht nur der übliche von den Maschinen der Straßenarbeiter, vom Verkehr und dem Dröhnen der großen Baustellen, sondern noch ein anderer, ein menschlicher. Ein menschliches Piepsen, könnte man sagen, das durch den Lärm drang. Vor der Ladentür stand ein Kreis von Menschen, der rasch wuchs, und aus dem Mittelpunkt des Kreises kamen diese schrillen Stimmen.

Ich konnte es mir nicht verkneifen, etwas näher heranzugehen. Plötzlich hatte einer der Zuschauer genug bekommen, er grinste ein bißchen und verschwand aus dem Kreis, und so bekam ich genügend freie Sicht, um zu erkennen, daß sich dort eine Schlägerei zwischen einem Mann und einer Frau abspielte.

Sie war ziemlich klein, hatte einen grünen Lodenmantel oder irgend etwas Ähnliches an. Ihr Alter mochte irgendwo zwischen Dreißig und Fünfzig liegen.

Das blonde, schmutzige Haar hing ihr in Strähnen in die Stirn. Der Mund war groß, unruhig, schlaff.

Aus ihm kam ein langer, wirrer Wortschwall hervor, von dem ich nur das eine oder andere Schimpfwort sexueller Art verstand. Das alles richtete sich an einen Mann in einer schmutzigen schwarzen Jacke – er mußte in ihr auf der Straße geschlafen haben, so schmutzig war sie – mit hochrotem Gesicht und außergewöhnlich großen, etwas hervortretenden Augen.

Dann und wann gab er ihr eine kräftige Ohrfeige, die den ganzen kleinen Körper erzittern ließ. Dann und wann gelang es ihr, mit teuflischer Zielsicherheit seiner Nase einen Kratzer zu verpassen. Die Zuschauer starrten fasziniert hin, aber keiner schien auch nur einen Finger rühren zu wollen, um diesen Auftritt zu beenden. Einige glotzten nur, andere feixten.

Es schien um irgendwelches Geld zu gehen, das dem Mann anvertraut worden war, um Schnaps davon zu kaufen, und das hatte er verloren.

Die beiden kümmerten sich offenbar einen Dreck um die Menschen in ihrem Umkreis. Sie waren in ein Duell vertieft, das so gewalttätig und so total war, daß die Außenwelt für sie nicht existierte.

Die Frau redete. Etwas Spucke lief ihr aus einem Mundwinkel. Fasziniert und angeekelt konnte ich ganz einfach nicht anders, als bewegungslos dazustehen und zuzusehen.

Ebensowenig wie die anderen hatte ich die geringste Lust, mich in die Sache einzumischen. Wer möchte sich schon vollsabbern lassen?

Was mich faszinierte, war die Nacktheit. Die schamlos preisgegebene Offenheit der Szene. Diese Menschen verbargen nichts von ihrer Schande, ihrer Verzweiflung, weil es nichts zu verbergen gab.

Einen Augenblick lang stellte ich mir Siskan und mich selbst in derselben Situation vor. Das machte mich etwas schwindlig, weil es mir so leicht fiel, mir das vorzustellen.

Wer behauptet, es sei schwer, andere Menschen zu verstehen, weiß nicht, was er sagt. Sie sind nur allzu leicht zu verstehen, und wir bemühen uns nach Kräften, es zu vermeiden.

Es war allen klar, daß hier früher oder später irgendwas passieren mußte, und natürlich passierte es auch.

Eine weitere Ohrfeige von diesem Mann mit den Glupschaugen schlug die Nase der Frau blutig. Tränen und Blut vermischten sich und liefen ihr in einem widerlichen, schmutzigen Strom übers Kinn. Sie setzte sich, von Schluchzen geschüttelt, einfach auf den Bürgersteig.

In diesem Moment geschah etwas, das ich irgendwie nicht erwartet hatte.

Dieser Mann mit dem hochroten Gesicht und der schmutzigen schwarzen Jacke setzte sich neben sie, und mit einem Fetzen von Taschentuch versuchte er das Schlimmste wegzuwischen. Er tröstete sie – jetzt war sie es, die schwieg – hör mal, es war nicht so bös gemeint – hör mal, tu doch nicht weinen – tröstete sie tatsächlich wie ein Kind, strich ihr über das eklige, strähnige Haar, streichelte ihr die Backen, ja, in diesem Augenblick war sie sein Kind und er ihr strenger Vater, aber doch ihr Vater.

– Mein Gott, woher kommen bloß all diese sonderbaren Menschen, dachte ich.

Es war schon recht spät geworden. Das letzte, was ich von dem Paar sah – ich hätte gern noch mehr gesehen, denn all das gab mir zu denken – war, daß ein ziemlich großer Streifenwagen am Bürgersteig hielt und die Polizisten herausstürmten, fast als handelte es sich um einen Bankraub.

Ich kam zehn Minuten zu spät zur Ausschußsitzung zurück. Der nächste Experte war jetzt an der Reihe, sein Sondergutachten in der endgültigen Fassung vorzulesen. Es handelte von Buchführungsmethoden und war sehr langweilig.

Ich musterte den Horizont ein letztes Mal, Grad um Grad, jederzeit bereit, das Kommando zum Schnelltauchen zu geben. Aber es war sonst nichts zu sehen. Wir waren allein mit dem Schiffsrumpf, der sich jetzt immer deutlicher etwa eine Seemeile voraus abzeichnete. Er verschwand hin und wieder in einer leichten Nebelbank, tauchte aber bald wieder auf.

– Wittfogel, sagte ich. Klarmachen zum Tauchen! Auf Sehrohrtiefe! Und die Bugrohre eins und fünf fertig machen. Aufschlagsdetonation!

– Jawohl, Herr Troäng, sagte Wittfogel.

Der Tanz beginnt

Zu der Ziehharmonika war eine Gitarre gekommen, von irgendwoher. Ich vermutete, daß sie zu tanzen angefangen hatten. Aber wo um Himmels willen tanzten sie denn? Doch wohl nicht auf dem harten kiesbestreuten Hof?

Und wo mochte Siskan nur stecken? Mir fiel ein, daß es über eine Stunde her sein mußte, vielleicht auch länger, seit ich sie zuletzt gesehen hatte.

Die Ziehharmonika und die Gitarre kamen aus einer anderen Richtung. Waren sie wirklich zum Tanzen zur alten Scheune hinuntergegangen? Aber war sie denn nicht voll von lauter altem Gerümpel?

– Hast du genug vom Zuhören, sagte ich zu dem Mädchen. Sie saß etwas vorgebeugt da, den Kopf nachdenklich zwischen den Händen. So konnte man sehen, wie schmal ihre Taille war.

Sie zuckte ein wenig zusammen.

– Ich? Nein, wieso? Ich höre gern zu.

– Aber möchtest du nicht lieber tanzen gehen?

Und der Autohändler? Diesen Scheißkerl hatte ich ja fast vergessen! War er immer noch sauer auf mich? Lag er irgendwo in den Büschen auf der Lauer, oder war er inzwischen irgendwo eingeschlafen?

– Nein, ich habe nicht genug vom Zuhören, sagte das Mädchen, aber es wird allmählich ein bißchen kalt, hier zu sitzen. Können wir nicht etwas spazierengehen? Wir könnten doch zur großen Landstraße laufen und wieder zurück?

– Wir machen einen Abstecher zum Haus und schauen, ob wir einen Whisky kriegen, sagte ich. Ich muß sowieso nachsehen, wo zum Teufel Siskan steckt.

– Wer ist Siskan?

– Sie heißt eigentlich Cäcilia, aber ich nenne sie Siskan, sagte ich. Sie ist meine Frau.

– Liebst du sie, sagte das Mädchen überraschend.

– Schwierige Frage, sagte ich. Eigentlich nicht, glaube ich, aber jedenfalls ist sie es, die mich heimfahren soll.

Das Mädchen ging eine Weile still neben mir her. Unsere Füße knirschten ein bißchen im Kies. Sie müssen den Weg für die Hochzeit mit Kies bestreut haben, dachte ich. Hier hat es gewöhnlich nichts anderes gegeben als diesen weißen, festgetretenen Lehm mit einem Grasbuckel in der Mitte.

– Wenn du sie so siehst, liebst du sie bestimmt nicht, sagte das Mädchen.

– Woher willst du das wissen, sagte ich.

– Du redest so zynisch von ihr. Wenn du von deiner Frau schon so zynisch redest, gibt es dann überhaupt irgend jemand, den du nicht so zynisch beurteilst?

– Gut, sagte ich. Keine schlechte Frage.

Ich versuchte den Arm um ihre sehr schmale Taille zu legen, aber sie schüttelte ihn ab.

Dafür stellte sie mir flink und überraschend ein Bein. Es ging so schnell, daß ich gar nicht mitkriegte, was los war, und auf den Knien im Kies landete.

Sie kringelte sich förmlich vor Lachen und streckte dann die Hände aus, um mir aufzuhelfen.

– Verdammt, meine Hosenbeine, sagte ich.

– Scheiß drauf, sagte sie, jetzt laufen wir zum Haus und sehen nach, wo die anderen stecken.

Ich mochte sie. Ich hoffte, der Typ, der vorher mit ihr zusammengewesen war, würde nicht wieder auftauchen.

Unter den alten Ahornbäumen war es ganz leer. Kein Mensch war mehr da. Einige Reste standen auf den Tischen herum, Pappteller voller Zigarettenasche, ziemlich viel von »Janssons Versuchung« war übriggeblieben, hier und da ein umgeworfenes Schnapsglas, ziemlich viel Ketchup auf dem Papiertischtuch.

Auf einer Tischecke lag ein johannisbeerfarbenes Polohemd, das jemand dort abgelegt hatte.

Ich fragte mich nur, wie es dazu gekommen war und wie derjenige, der sich ausgezogen hatte, wohl zurechtkäme: Es war ein Abend mit ziemlich vielen Mücken in der Luft.

Aber wo zum Teufel waren sie denn alle abgeblieben? Und wo steckte Siskan?

Das Haus war erleuchtet. Der gelbe Schein bildete einen eigentümlichen Kontrast zu dem kalten, gleichförmigen Licht des Sommerabends. Durch das gelbe, warme elektrische Licht aus dem Häuschen wurde offenbar, wie ungeheuer viele Blautöne es im Abendlicht hier draußen gab, wo die Büsche sich über den Weg neigten.

Das Mädchen fröstelte.

– Laß uns reingehen und fragen, sagte ich.

Im Flur waren ein paar ältere Leute, vor allem vom Hüttenwerk, gerade dabei, sich zu verabschieden.

Ich hatte den Eindruck, daß sie das schon eine ganze Weile taten.

Ich kannte sie flüchtig, konnte mich aber nicht mehr an ihre Namen erinnern. Sie redeten über Balkonkästen, also diese Kästen, in denen man Blumen auf dem Balkon hat.

– Wo sind die andern abgeblieben? fragte ich.

Ich mußte dreimal fragen, bevor sie Notiz von mir nahmen, so sehr waren sie mit ihren Blumenkästen beschäftigt.

– Die andern, sagte eine kleine Frau. Sie war weißhaarig, dick und rund und großmütterlich. Ich vermutete, daß sie daheim in Surahammar bestimmt massenhaft Pflanzen in ihren Blumenkästen hatte. Die andern, ja, das weiß ich wirklich nicht.

In der Kammer drinnen saß die Braut und stillte friedlich das Kindchen. Sie hatte sehr schöne Brüste. Neben ihr saß der Bräutigam und schaute ganz verzückt zu. Sie sahen aus wie Josef und Maria auf einem gotischen Altarbild, und das Mädchen und ich waren beide einen Augenblick lang sehr verlegen.

– Wo sind die andern abgeblieben, sagte ich schüchtern.

– Du, ich hab keine Ahnung, sagte der Bräutigam. Ich glaube, sie sind den Weg runtergegangen, um nachzusehen, ob sie in der Scheune tanzen können.

– Ich weiß nicht, warum, sagte ich, aber ich mache mir ernstlich Sorgen um Siskan.

– Hast du ein schlechtes Gewissen, sagte das Mädchen.

– Wenn sie ein paar Gläser intus hat, hab ich nicht die geringste Chance, heute nacht noch heimzukommnen, sagte ich.

– Und wenn schon, sagte das Mädchen. Hast du morgen soviel Wichtiges zu tun? Ich finde es ziemlich verletzend, daß du die ganze

Zeit von nichts anderm reden kannst als von dieser Siskan. Was gibt es eigentlich an ihr auszusetzen?

– Das Dumme ist einfach, sagte ich, daß sie mich nicht sieht.

– Das könnte ja dann daran liegen, daß sie das Gefühl hat, du würdest ihr verbieten, dich zu sehen.

Jetzt war ich ernstlich interessiert. Dieses Mädchen war nicht dumm, das hatte ich schon die ganze Zeit geahnt. Das war nicht einfach nur irgendein Mädchen, das da neben mir mit leichten, tänzelnden Schritten in diesem weißen Sommerkleid den kiesbestreuten alten Weg hinunterging.

Übrigens waren Gitarre und Ziehharmonika jetzt immer deutlicher zu hören.

– Ich bin gar nicht so sicher, ob du recht hast, sagte ich. Aber nehmen wir jetzt mal an, du hättest tatsächlich recht. Warum verbietet man denn den Leuten, einen zu sehen?

– Es könnte doch sein, daß man sie zum Beispiel einen Schmerz nicht sehen lassen will, den man empfindet.

– Können sie denn wirklich da unten tanzen, dann müssen sie ja die alte Egge und die Traktoren rausgeschoben haben, die da drin waren.

– Die hat irgendein Schrotthändler schon letzten Winter abgeholt, sagte das Mädchen. Die Frage ist wohl eher, ob die Bohlen halten. Es gibt massenhaft Mäusenester überall unter dem Fußboden.

Die Scheune war wirklich sehr verfallen. Sie lehnte sich an einen ziemlich großen Baum, der in dem dämmrigen Licht tatsächlich aussah wie ein Fliederstrauch, vielleicht aber auch etwas anderes war. Ich hatte keine Ahnung, daß Fliedersträuche so groß werden können, aber vielleicht können sie das.

Da stand ein Grüppchen am Scheunentor, einer der Torflügel war übrigens schon vor langer Zeit aus seinen Angeln gefallen und lag jetzt modernd auf der Wiese neben dem Schuppen. Gras wuchs mitten durch ihn hindurch.

Sie hatten ein paar Handlampen an der Decke aufgehängt, es wimmelte von Leuten, die tatsächlich dort tanzten, auf die verschiedensten Arten, Junge und Alte durcheinander. Der Ziehharmonikaspieler und der Gitarrist schienen nicht mehr ganz nüchtern zu sein; sie stimmten im Takt nicht besonders gut überein, aber die Leute waren es offenbar trotzdem ganz zufrieden. Die Jüngeren tanzten diese freien Tänze, auf die ich mich nicht so gut verstehe, ohne einander zu berühren.

Eine Friseuse in mittleren Jahren, mit der ich durch meinen Onkel verwandt bin, Siv heißt sie wohl, tanzte sehr heiß, sehr eng umschlungen mit diesem Typen, mit dem ich Schach gespielt hatte. Sie schienen es beide sehr zu genießen.

In einer Ecke tanzten zwei dicke alte Leute Bauernwalzer, ohne jeden Zusammenhang mit der Musik. Auch sie schienen es sehr zu genießen, auf ihre Art.

Maggan und August, die Eltern der Braut also, standen an einem der grob behauenen Stützbalken, der noch widerstandsfähig genug war, um das Dach über den Tänzern an seinem Platz zu halten. Sie sahen ein bißchen atemlos aus, hatten doch tatsächlich auch getanzt, und lachten mir zu, als ich hereinkam.

Sie waren ja ganz glücklich, die alten Leutchen!

– Habt ihr Siskan gesehen, sagte ich.

– Sie war gerade eben hier, ich glaube, sie ist dich suchen gegangen.

– Du machst dir wohl Sorgen, wie, sagte August ein bißchen frotzelnd.

– Sie ist bestimmt jeden Moment wieder da.

– Komm, laß uns tanzen, sagte ich zu dem Mädchen.

Sie ging willig mit mir auf den rauhen Scheunenboden hinaus. Ihre Fingerspitzen waren nicht mehr so kalt. Aber sie war jetzt etwas stiller, als hätte sie angefangen, über etwas nachzudenken, oder als hätte sie irgendeinen Entschluß gefaßt.

Durch die Tür sah ich, daß das Auto noch draußen auf dem Feld stand. Jedenfalls hatte sie sich nicht nach Hause abgesetzt, die gute Siskan.

Genau das wäre ihr sonst zuzutrauen gewesen.

Später in diesem Winter

Später in diesem Winter ist es eine Zugfahrt, an die ich mich besonders deutlich erinnere. Es muß im Dezember gewesen sein, oder vielleicht auch nach Weihnachten, ganz am Anfang des neuen Jahres.

Es gab recht viel Schnee. Es war dunkel.

Im Ministerium herrschte eine starke Unruhe, eine gewisse Nervosität griff von einer Ebene zur anderen über, es wurde getuschelt, ohne daß irgend jemand wirklich wußte, wovon die Rede war.

Ganz offensichtlich war irgendwas im Gange. Aber es war erst der Anfang, niemand wußte genau, was los war.

Bei uns war in diesem Winter eine ganze Menge schiefgegangen. Die Organisations- und Haushaltsüberprüfung war nur eine Sache. Der Generalplan für den Raum Västerbotten, an dem meine alten Widersacher Holtmann und Brink recht lange und ziemlich hart gearbeitet hatten, war stillschweigend in irgendeiner Schublade verschwunden.

Überall stießen wir auf Widerstand, und zwar an Stellen, wo wir es nicht erwartet hatten. Daß der Minister, ein großer bleicher ehemaliger Friseur-Ombudsmann aus Eskilstuna, im Kabinett eine recht klägliche Rolle spielte, wußten wir ja. Das konnte wohl kaum die Erklärung sein. Er gab eine farblose Figur ab, weil man eine farblose Figur haben wollte.

Ein profilierter und interessanter Minister, der ständig auf Pressekonferenzen und im Fernsehen auftauchte und der Boulevardpresse sensationelle Statements über seine Pläne lieferte, wäre das allerletzte gewesen, was man sich gewünscht hätte.

Ein solcher Minister hätte die Aufmerksamkeit auf das gelenkt, womit wir uns beschäftigten, und die regionalpolitischen Konsequenzen von einigen Sachen, mit denen wir zu tun hatten, waren solcherart, daß sie leicht hitzige Debatten hätten auslösen können.

Oder auch *Abendzeitungsknüller*, wie unser Staatssekretär, Börje, zu sagen pflegte.

Am Minister lag es nicht, die Sache ging tiefer. Es gab Leute, die uns nicht haben wollten, Leute, die uns bremsen wollten, und das

Ganze war bisher noch »unklar« genug, »undurchschaubar« genug, um der Phantasie Spielraum zu lassen.

Unsere Tätigkeit hatte zu sechzig oder siebzig Prozent mit langfristiger regionaler Industrieplanung zu tun. Man könnte natürlich behaupten, daß wir mächtig seien, da wir uns dazu äußerten, welche Gebiete für künftige Investitionen lohnend wären, und bei welchen es sich nicht lohnte.

Aber diese Macht war ja in Wirklichkeit äußerst begrenzt, da es in der gesamten Verwaltung niemanden gab, der zu anderen Ergebnissen hätte kommen können als wir.

Blieb noch der Teil unserer Arbeit, der aus Noteinsätzen, Rettungsaktionen, künstlicher Beatmung, Bluttransfusionen bestand ...

Es war nicht die schlechteste Art, sich Feinde zu machen. Aber die Feinde waren ja immer dieselben.

Es kam für niemanden ganz überraschend, als ein Rundschreiben über eine Tagung in Varberg eintraf, auf der unsere »Kontaktflächen« diskutiert werden sollten, wie es hieß.

Ich hatte eigentlich das Flugzeug nach Göteborg nehmen wollen, aber am Abend davor hörte ich zufällig in den Nachrichten, daß der Flugverkehr im ganzen Land mehr oder weniger eingestellt worden war, wegen des äußerst dichten Nebels. Ich bestellte also das Flugticket ab und bekam statt dessen eine Fahrkarte für einen D-Zug Richtung Süden.

Es schneite jetzt ganz ordentlich, der eiskalte Winternebel, der einige Tage geherrscht hatte, war schließlich doch verschwunden, aber das nützte mir jetzt auch nichts mehr. Ich hatte keine Ahnung, wie die anderen da hinzukommen gedachten.

Da ziemlich viele Reisende es offenbar genauso gemacht hatten wie ich, gab es nicht die geringste Chance, in einem Raucherabteil der 1. Klasse einen Sitzplatz zu bekommen.

Ich rauche nicht besonders viel, hin und wieder mal eine Zigarette, aber ich finde, daß es in den Nichtraucherabteilen irgendwie noch widerlicher riecht (ich glaube, es sind die Apfelsinenschalen), und im übrigen habe ich ganz und gar nichts dagegen, in der 2. Klasse zu fahren, es gibt dort viel lustigere Leute.

Als wir am Riddarholmen, am Reichsarchiv und am Norstedt Verlag vorbeiglitten, herrschte schon pechschwarze Dunkelheit, und ich, der ich direkt von der Arbeit kam und nur einen leichten Koffer dabeihatte, kam im Gang ziemlich gut voran. Hier und da standen Leute mit Koffern, und wie üblich, wenn man in überfüllte Züge steigt, kam es bald zu einer Art Kollision zwischen zwei Strömen von Reisenden; denen, die schon etwas weiter vorn im Zug gewesen waren und gesehen hatten, daß es auch da keine Plätze gab, und denen, die noch hoffnungsvoll dorthin unterwegs waren.

Gerade als ich die Hoffnung aufgegeben hatte und mich damit abfand, daß ich gezwungen sein würde, bis hinunter nach Söderköping oder vielleicht sogar bis nach Flen im Gang zu stehen, fand ich ein Abteil, das überraschend leer war. Nur drei Personen waren darin.

Zwei Erwachsene und ein Kind, ein Junge, der so um die Dreizehn, Vierzehn sein mochte.

Die Erwachsenen sahen etwas heruntergekommen aus. Er war ein magerer, vielleicht fünfundvierzigjähriger Mann, mit dünnen blonden Haaren über den Schläfen. Er war alles andere als nüchtern. Er saß in einer Ecke des Abteils, und die Frau, die wohl seine Frau war, groß, mollig, mit einem etwas geschwollenen roten Gesicht, hatte den Kopf in seinen Schoß gelegt und versuchte offenbar einzuschlafen.

Ich nickte kurz und ließ mich an der Tür nieder. Ich wollte nicht stören. Am Fenster, auf meiner Seite, saß ganz todernst der Junge. Er trug so eine blaue Steppjacke mit irgendwelchen Klubabzeichen, Blue Jeans und sehr abgetretene Schuhe. Auch er war blond.

Er sah mich prüfend an, und mir fiel auf, wie ernst, wie erwachsen sein Gesicht war.

Ich hatte den Eindruck, daß ich irgendeinen Streit unterbrochen hatte, als ich hereinkam, einen Streit, der offenbar schon die ganze Zeit mit einem wechselnden Maß von Heftigkeit im Gange war.

– Säufer, sagte der Junge und sah die Eltern ernst an, Säufer seid ihr trotzdem.

– Ach halt doch die Klappe, sagte der Vater. Ich will schlafen.

– Aua, kreischte die Mutter mit hoher, schriller Stimme. Mein Ellbogen!

Offenbar hatte er einen wirklich empfindlichen Punkt an ihrem Ellbogen berührt, als er versuchte, das Gesicht von der Lampe wegzudrehen.

Es war etwas wirklich Unsympathisches an ihrem Schrei, er wirkte übertrieben und vor allem deshalb ausgestoßen, um mir und der ganzen Welt mitzuteilen, wie entsetzlich schlecht sie behandelt würde.

Ich fand die ganze Szene auf eine unbestimmte Art abstoßend und überlegte mir ernsthaft, das Abteil zu wechseln, um nicht in diese groteske Familie und ihre Auseinandersetzungen hineingezogen zu werden, als der Sohn sehr ernsthaft sagte:

– Du darfst sie nicht wieder schlagen, hörst du! Du weißt, daß ich gesagt hab, was dann passiert.

Plötzlich starrten sie alle mich an, als hätten sie mich erst in diesem Moment entdeckt. Und alle genauso feindselig, als sei ich ihr eigentliches Problem.

Ich versteckte mich hinter dem *Expressen*, der an diesem Tag einen außerordentlich schlampigen und schlecht informierten Leitartikel über die Dezentralisierung der Ämter brachte, wobei sie nicht einmal kapiert zu haben schienen, welche Rolle unser Ministerium bei solchen Dingen spielte.

Ich hatte das Gefühl, daß diese Leute jetzt einfach etwas zuviel für mich wären.

Ich hatte mich, aufrichtig gesagt, schon den ganzen Vormittag etwas unwohl gefühlt. Diese Konferenz in Varberg gefiel mir gar nicht, da sie in mir ein Gefühl der Unsicherheit hervorrief. Niemand hatte mich richtig darüber informieren wollen, worum es dabei eigentlich ging, nicht einmal meine guten alten Freunde im Ministerium taten den Mund auf, als ich Genaueres über das Rundschreiben zu erfahren versuchte.

Und dann war da noch dieser Wittfogel. Er hatte wieder bei mir angerufen, es war ganz offensichtlich, daß er mich unbedingt erreichen wollte, daß er wirklich irgendein dringendes Anliegen zu haben schien. Und immer, wenn ich ihn zurückrief, war er gerade nicht da. Von der Telefonistin im Grand Hotel hatte ich nicht mehr erfahren können, als daß er aus San Antonio komme, daß er schon wieder nach Västerbotten gefahren sei und daß ihm offenbar sehr viel daran liege, mich zu erreichen.

Angenommen, es wäre eine wirkliche Chance, die ich jetzt gerade verpaßte! Aber was um Himmels willen konnte ein Mensch aus San Antonio von mir wollen?

Ich hatte schon mit Tagträumen zu spielen begonnen, in denen man mir die Leitung einer großen texanischen Exportfirma anbot, die sich in Schweden niederlassen wollte, und das Beunruhigende an diesen Tagträumen war, daß sie nur allzu deutlich zeigten, wie satt ich meine augenblickliche Tätigkeit hatte. Dieser Überdruß war wirklich unangenehm, er hatte sich in allerletzter Zeit eingeschlichen, und das Schlimmste war, daß ich zu wissen glaubte, worauf er beruhte ...

Der Schaffner riß die Tür des Abteils, die ich zum Schutz gegen den Fahrtwind geschlossen hatte, ziemlich heftig, aggressiv auf.

Seit die Schwedische Eisenbahn einen Einstellungsstopp erlassen hat, sind die Schaffner meist schlurfende alte Männer, die auf müden Füßen durch die Gänge latschen und keiner Fliege was zuleide tun. Angetrunkene Passagiere pflegen sie mit liebenswürdiger Toleranz zu behandeln, für unsichere alte Frauen, die seit zwanzig Jahren nicht mehr mit dem Zug gefahren sind, es jetzt aber tun müssen, weil der Gatte vor einem Monat am Herzinfarkt gestorben ist, bringen sie eine Engelsgeduld auf.

Dieser Schaffner gehörte keineswegs zu der üblichen, anständigen, schläfrigen Sorte. Er hatte ein Kinn wie eine Bulldogge und kleine, knallblaue Augen, die auf sonderbare Weise in Fettpolster eingebettet waren. Er riß die Tür ungefähr so auf, als sei er ein Polizeiinspektor. Vielleicht gefiel es ihm nicht, daß diese Frau sich auf der ganzen Sitzbank ausgestreckt hatte und, den Kopf im Schoß ihres Mannes, zu schlafen versuchte. Oder hatte er vielleicht ihren sonderbar überempfindlichen, affektierten Schrei ein paar Minuten zuvor gehört?

Er bekam meine Fahrkarte und stempelte sie ab. Die Frau kramte schlaftrunken in einer ziemlich umfangreichen Handtasche herum und fischte ihre heraus. Der Mann sah auf, ebenfalls ziemlich schlaftrunken, und sagte:

– Fahrkarte? Die möchte ich gern nachlösen, ich hatte keine Zeit mehr, eine zu kaufen.

Es ist schon möglich, daß es etwas angesäuselt klang, daß er Streit suchte. Wollte er vielleicht seiner Familie zeigen, daß er trotzdem ein Teufelskerl war?

– Man steigt nicht ohne Fahrkarte in den Zug, sagte der Schaffner.

– Dann müssen'se das wohl verdammt noch mal in Ordnung bringen, sagte der Mann.

– Hör mal, sagte der Schaffner, entweder rückst du jetzt eine Fahrkarte raus, oder du fliegst in Södertälje aus dem Zug, dafür sorge ich schon.

– Verdammt noch mal, was is'n jetzt los, sagte der Mann und wurde ganz rot im Gesicht. Darf man denn keine Fahrkarte mehr lösen?

– Du hast gehört, was ich gesagt habe, in Södertälje fliegst du raus. Und wenn du nicht freiwillig gehst, hole ich die Polizei.

– Was! Darf man jetzt nicht mal mehr Zug fahren, sagte die Frau, jedoch in einem so lahmen Tonfall, als hätte sie schon resigniert.

– Entweder zahlst du Zuschlag, oder du fliegst in Södertälje raus! Das wär's dann.

Der Schaffner verschwand.

– Mensch, quengelte der Junge. Warum hast du das nur gemacht. Jetzt bist du dran. Jetzt kommen die Bullen und holen dich.

– Quatsch!

– Du, gib mir doch fünfzig Kronen, dann lauf ich ihm nach und bezahle. Ich werde ihn schon bequatschen.

– Da scheiß ich drauf! Die können mich ruhig holen, wenn sie wollen.

– Hör doch endlich auf!

– Jetzt geht wieder alles zum Teufel.

Es war die Frau, die das feststellte, ganz lakonisch, als ob sie vom Wetter redete.

– Nun gib mir doch schon den Fünfziger, dann bring ich das in Ordnung, drängelte der Junge.

– Da scheiß ich drauf, hab ich gesagt, sagte der Vater, der jetzt offenbar ernstlich abgeschaltet hatte.

Ich tat immer noch so, als ob ich schliefe. DER DÜSTERE MARSCH aus Hector Berlioz' »Symphonie Phantastique« tauchte aus irgendeinem Grund aus dem Strom der vagen Empfindungen und Erinnerungen auf, so trotzig, so stark, so bitter, daß es an eine Halluzination grenzte. Er klopfte wie ein Puls.

Es muß fast ein Jahrzehnt her sein, seit ich ihn zuletzt gehört habe; zur Zeit komme ich ja überhaupt nicht mehr dazu, Musik zu hören.

Bitter, herbstlich, stolz, mit seinen Trompetenfanfaren und seinen tiefen Bässen tauchte er aus der Erinnerung an den Kohlsuppendunst der Küchen in den fünfziger Jahren auf, aus der Erinnerung an Grammophone mit Kaktusnadeln, die bei jedem Fortissimo abbrachen und von Hand mit feinem Schmirgelpapier nachgeschliffen werden mußten, in einem Wirrwarr von Kabeln selbstgebauter Verstärker auf dem karierten Wachstuch des Küchentisches, eine Botschaft aus meinen Jugendjahren, stark, bitter, trotzig genug, um die Schichten des Überdrusses, den Ölfilm der Gleichgültigkeit, Verbindlichkeit und müder Anpassung zu durchstoßen, der alles bedeckte und die Bewegung der Wellen verhinderte, eine Bitterkeit, die zugleich trotzig war, ein Wissen darum, daß alles zum Teufel geht, *und wir lassen es nicht zu!*

Wir fangen noch einmal an. Wir geben nicht auf.

Ich schlich diskret in den Gang hinaus und schlug dieselbe Richtung ein, die der Schaffner genommen hatte. Es waren wirklich eine Menge Leute im Zug; der Schaffner war noch nicht sehr weit gekommen. Er verließ gerade eben ein Abteil.

– Ja, Sie wünschen, sagte er.

– Ich saß zufällig in einem Abteil, wo Sie einem Fahrgast drohten, ihn hinauszuwerfen.

– Ja und, was ist damit?

– Ich habe sehr genau gehört, daß Sie sagten, Sie würden die Polizei holen, wenn er den Zuschlag nicht bezahlt.

Sie wissen ganz genau, daß diese Zuschläge seit ein paar Jahren abgeschafft sind. Sie machen Ihre privaten kleinen Geschäfte mit betrunkenen Zugreisenden. Ich werde dafür sorgen, daß das ein Ende hat.

Er musterte mich sehr gründlich, während sein Gesicht sich langsam grauweiß verfärbte. Einen Moment lang schien es, als wollte er mir eine runterhauen. Ich wich einen Schritt zurück, um genug Platz zur Verteidigung zu haben.

Es war offensichtlich, daß er angestrengt nachdachte. Vermutlich überlegte er, ob ich wirklich zu der Gruppe von Menschen gehörte, die ihren Willen durchsetzen, ihn festnehmen und durch ein einziges

Telefongespräch als Boten in die Eisenbahndirektion versetzen lassen konnten, oder ob ich nur bluffte. Ich sah ihm tief in die Augen.

– Für diesmal will ich's gut sein lassen, aber stecken Sie gefälligst Ihre Nase nicht noch einmal in dieses Abteil, sagte ich, während ich ihm immer noch tief in die Augen sah.

Es ist immer schwer, diese Erfahrung habe ich bisher jedesmal gemacht, Haß zu ertragen, wenn man ihn sozusagen direkt vor Augen hat. Man sieht einen Augenblick lang, daß jemand einem den Tod wünscht, und dies, das *jemand einem den Tod wünschen kann*, macht einen, wenn man es so unmittelbar erlebt, ganz schön fertig. Es ist, als würde dadurch ein Verdacht bestätigt, den man schon immer gehegt, sich aber nie so recht einzugestehen gewagt hat.

Er kuschte, wie ich zu sagen pflege. Offenbar war er zu dem Ergebnis gekommen, daß ich imstande wäre, Briefe an die Behörden zu schreiben, daß ich vielleicht sogar ein großes Tier in der Eisenbahnverwaltung sei, obwohl ich in einem Abteil in der 2. Klasse geschlummert hatte. Ich könnte auch der Anfang eines neuen Kontrollsystems oder etwas ähnlich Niederträchtiges sein, da blickte man ja heutzutage nicht mehr durch, wie sowas gehandhabt wurde.

Er sah weg, als sei es die ganze Zeit nur darum gegangen, wer dem anderen am längsten in die Augen sehen konnte, er hatte verloren, er hatte mir nicht so lange mit Abscheu und Vernichtungswut in die Augen blicken können wie ich ihm. Mit einem Seitenblick, der vielleicht nur zur Kontrolle diente, ob auch niemand uns zugehört hätte, verdrückte er sich, ohne noch ein Wort zu sagen.

Als ich ins Abteil zurückkam, hatte sich dort nichts verändert.

– Säufer, sagte der kleine Kerl verzweifelt, verdammte Säufer, kapiert ihr denn nicht, daß die Bullen kommen und uns alle hops nehmen.

– Du, sagte ich.

Der Junge schaute zu mir hoch, er sah plötzlich alt aus, er hatte ja, verflixt noch mal, in diesem etwas winterblassen Jungensgesicht unter dem blonden Haar uralte Augen, die Augen eines Reptils, könnte man vielleicht sagen. Es war deprimierend, so viel feindseliges Mißtrauen in einem so jungen Gesicht zu sehen. Es war tatsächlich viel schwieriger, sich mit ihm auseinanderzusetzen als mit dem Schaffner.

– Was denn, sagte der Junge.

– Komm mit raus in den Gang, wir müssen was besprechen.

– Worum geht's denn?

– Ach, nichts Schlimmes, sagte ich. Es ist nur etwas, das diesen Schaffner betrifft.

– Dann komm ich mal mit.

Er sagte es ungefähr so, als sei er auf eine neue Gemeinheit gefaßt, resigniert und entschlossen gleichermaßen.

Wir gingen in den Gang hinaus.

– Du kannst ganz beruhigt sein. Ich habe mit dem Schaffner geredet.

– Wieso?

– Ich habe mit dem Schaffner geredet, wegen der Fahrkarte von deinem Alten.

– Was hat er denn gesagt? Kommt die Polizei? Wir sind bald in Södertälje.

– Ich sag dir doch, daß du beruhigt sein kannst.

– Aber was hat er denn gesagt.

– Es ist so: Bis vor etwa einem Jahr mußte man einen Zuschlag bezahlen, wenn man ohne Fahrkarte in den Zug stieg. Das haben sie jetzt abgeschafft, als auch der D-Zug-Zuschlag gestrichen wurde. Es gibt keine solchen Zuschläge mehr. Die Leute haben nur noch nicht richtig gemerkt, daß es wirklich so ist.

Dieser Schaffner spinnt ein bißchen. Er hat versucht, deinen Alten reinzulegen, als er sah, daß er betrunken ist. Das ist natürlich kriminell, und das hat er ja auch eingesehen. Ich habe ihm ganz einfach klargemacht, daß ich durchschaut habe, was er da treibt. Er wird seine Nase bestimmt nicht mehr in dieses Abteil stecken.

Der Junge sah, wie soll ich sagen, ein bißchen ungläubig drein.

– Ganz bestimmt. Du kannst beruhigt sein. Wo wollt ihr denn eigentlich hinfahren?

– Nach Laxå.

– Wohnt ihr in Laxå?

– Meine Mutter und ich wohnen da. Er arbeitet in Stockholm beim Bau. Er wollte heute eigentlich nach Gävle fahren, aber dann sind meine Mutter und ich raufgefahren, weil wir ihn holen wollten. Am Nachmittag haben sie dann mit dem Saufen angefangen.

– Was hatte er denn in Gävle zu tun?

– Er behauptet, er hätte irgend so'n Mädchen da oben, die er besuchen wollte. Ich glaub nicht, daß er wirklich eine hat. Ich glaub, er sagt das nur so, um Mutter fertigzumachen.

Der Junge schlich sich zur Tür des Abteils, wo seine Eltern waren, und guckte hinein. Dann machte er sie sorgfältig von außen zu.

– Jetzt sind sie beide eingeschlafen.

– Wie alt bist du, sagte ich.

– Dreizehn.

– Bei dir ist ja ganz schön die Hölle los, sagte ich.

Darauf antwortete er nicht. Er musterte mich nur kritisch, mit sachlichen, ruhigen Augen.

– Was machen Sie denn, sagte er.

– Ich arbeite für ein Ministerium. Ich habe mit Fabrikstillegungen und solchen Sachen zu tun.

– Nehmen Sie den Leuten die Arbeit weg?

– Nein. Ganz so ist das nicht. Wenn die Unternehmer Fabriken nach Portugal verlegen oder so, versuchen wir, neue Jobs für die Arbeiter zu finden.

– Und schickt sie weg, sagte der Junge, ganz überraschend.

– Du denkst an deinen Alten?

– Ja.

– Führen die sich immer so auf?

– Nee. Aber manchmal ist es gar nicht so leicht, auf sie aufzupassen.

Er sagte tatsächlich »auf sie aufzupassen«. Zum erstenmal in meinem Leben begriff ich, daß man tatsächlich ein väterliches Verhältnis zu seinen Eltern haben kann. Wie war das mit den Lehren der Psychoanalyse zu vereinen? Was ist mit der Rebellion gegen den Vater, wenn das Problem hauptsächlich darin besteht, ihn so weit zu kriegen, daß er nicht zu einem Mädchen in Gävle abhaut?

– Gehst du in Laxå zur Schule?

– Ja.

– Schaffst du das denn?

– In der Woche ist es ruhig. Dann sind ja nur Mutter und ich da.

– Aber ist nicht eigentlich deine Mutter das Problem?

Ich sagte das völlig gedankenlos. Ich habe die Eigenschaft, mich beim Nachdenken meistens zu verrennen, aber wenn ich überhaupt nicht denke, die Wahrheit blitzartig zu erkennen. Das ist ein bißchen sonderbar, aber so ist es nun mal.

Der Junge sah sehr erstaunt aus. Wir waren beide sehr erstaunt, daß ich es so richtig getroffen hatte.

Es war einer von diesen altmodischen Waggons mit Klappsitzen im Gang, die man heutzutage immer seltener antrifft. Ich klappte ganz einfach einen davon herunter und setzte mich. Ich hatte das Bedürfnis nachzudenken, denn mir war etwas in den Sinn gekommen.

An Södertälje mußten wir schon lange vorbei sein. Es hatte wieder zu schneien begonnen, der Schnee fiel ungeheuer dicht, es war fast ein Schneesturm, die Flocken stoben auf den Lichtkreis des Zugfensters zu, fast als führen wir durch schlammiges Wasser oder so, wenn es so weiterschneite, war es wohl doch ein verdammter Glücksfall gewesen, daß ich nicht das Flugzeug genommen hatte. Wenn ich nur begreifen könnte, wozu um Himmels willen diese Konferenz in Varberg gut sein sollte.

– Laß dich nicht von ihnen kaputtmachen, sagte ich zu dem Jungen. Du wirst es nie und nimmer schaffen. Hau ab, solange du noch eine Chance hast. Ich schwör's dir, sie werden dich ruinieren.

– Das kann ich doch nicht, sagte der Junge. Wer soll sich denn dann um sie kümmern? Die werden saufen, bis sie kaputt sind! Ganz bestimmt.

Er hämmerte verzweifelt mit der Hand gegen die Wand.

– Diese Miststücke!

Seine Steppjacke war an den Ärmeln ausgefranst. Natürlich dachte niemand daran, sie ihm zu flicken. Die magere Faust schlug und schlug gegen die Wandverkleidung.

– Beruhige dich doch, sagte ich. Du hast keine Chance, wenn du dich gehen läßt.

– Sie haben gut reden.

Er sah mich voll echter Wut an. Tränen standen in seinen Augen.

– Sie haben gut reden: Sie sitzen ja nicht in der Klemme.

– Woher willst du das wissen, sagte ich, ziemlich kalt. Ist es eigentlich immer schon so gewesen?

– Es war besser, als mein Vater noch zu Hause wohnte. Er hat damals schon genausoviel geschluckt, aber es war irgendwie besser, damals.

Ich nahm eine neue Zigarette.

– Du mußt da raus, sagte ich. Das ist deine einzige Chance.

– Aber Sie kapieren ja überhaupt nichts, ohne mich gehen die doch vor die Hunde, vor die Hunde ...

Mir wurde klar, daß er wieder hysterisch werden würde, wenn ich so weitermachte.

– Redest du denn nie mit irgend jemand darüber? Mit Lehrern, Kameraden ...

– Warum soll ich mit jemand drüber reden?

– Es gibt doch den Antialkoholiker-Ausschuß und so etwas.

– Sie haben doch gehört, daß er schon mal gesessen hat! Wollen Sie denn, daß sie ihn noch mal hops nehmen?

Jetzt war wieder dieses Gehässige da. Der Schnee fiel sehr dicht, und wenn ich mich nicht täuschte, hatte der Zug jetzt auch noch sein Tempo verlangsamt. Würde er etwa in den Schneewehen steckenbleiben?

Während ich mich zum Fenster vorbeugte und es mit den Händen beschattete, um einen Eindruck von dem Schneefall draußen vor dem Fenster zu bekommen, nutzte der Junge die Gelegenheit und verschwand.

Ich ging zu unserem Abteil zurück, um zu sehen, ob er da steckte, aber das tat er nicht. Die Eltern lagen jetzt jeder auf einer Sitzbank und schliefen, und da es ohnehin keinen Platz mehr für mich gab, ergriff ich die Gelegenheit, nahm meine Aktentasche und ging den Gang in entgegengesetzter Richtung hinunter.

Es dröhnte höllisch, Pulverschnee wirbelte durch die Ritzen der Ziehharmonikas zwischen den Waggons herein.

Ich kam in einen Großraumwagen der 1. Klasse. Hier gab es, wie zu erwarten, etwas weniger Leute. Die Leselampen brannten. Sogar die Geräusche des Zuges klangen hier gedämpfter. Unwillkürlich überlief mich ein kleiner Schauer, wie es der Fall ist, wenn man aus einem kälteren Raum in einen wärmeren kommt.

Gewohnheitsmäßig hielt ich Ausschau, ob vielleicht irgendwelche Bekannten im Zug wären.

Der erste Mensch, auf den mein Blick fiel, war Agneta Tillich. Sie saß in einem grauen Pullover und einem schwarzen Rock da und las ein Buch. Die Leselampe beleuchtete die Seiten; der Widerschein verlieh ihr ein frisches, ein warmes Aussehen.

Der Platz neben ihr war frei. Sie spürte, daß ich sie ansah, also blickte sie auf und nickte mir zu, mit einem ungeheuer kultivierten, wiedererkennenden Nicken, genau angemessen, nicht zu kumpelhaft, aber auch nicht zu zurückhaltend, das ganz perfekte Maß an Kontaktaufnahme. Wie unsicher mich solche Menschen, vor allem Frauen, immer noch machen!

Ach, du hast auch den Zug genommen, sagte ich.

Ich fahre immer mit dem Zug, das ist viel angenehmer, es ist irgendwie unmöglich, im Flugzeug ein Buch zu lesen.

– Ich störe doch wohl nicht?

– Ich hab nur dagesessen und zum Fenster hinausgeschaut. Wie angegriffen du aussiehst.

(Und dieses »wie angegriffen du aussiehst« flocht sie so ein, als würde sie über etwas Komisches an der Bahnlinie reden. Es war kein Hauch von Aufdringlichkeit darin.)

– Ich habe zweiter Klasse genommen, sagte ich, nachdenklich. Es war ein ziemlicher Trubel. Viele Leute sind mit dem Zug unterwegs, weil die Straßen zuschneien.

– Sie könnten die Autos ruhig etwas öfter zu Hause lassen. Das wäre besser für die Bahn.

Sie ist eigentlich nicht das geringste bißchen an mir interessiert. Sie möchte nur zu ihrem Buch zurück, dachte ich. Es ist immer dasselbe. Sie interessiert sich nicht für das, was im Ministerium passiert. Für sie ist das nur eine Möglichkeit, nicht zu Hause als Luxusweibchen herumsitzen zu müssen. Sie hat keine Ambitionen. Das macht sie ganz sympathisch. Ihre Brüste zeichneten sich in dem grauen Pullover deutlicher ab. Natürlich trägt sie einen Büstenhalter, dachte ich. Aber bestimmt von dieser modernen Art, die so leicht sind, daß man sie nicht sieht. Sie hat sensible Nasenflügel, sie bewegen sich, hier im Lampenlicht kann man sehen, daß sie sich bewegen, aber nur unendlich leicht, dachte ich. Sie schnuppert irgend etwas. Sie schnuppert die Angst, die ich vorhin empfunden habe. Oder ist es etwas anderes? Spürt sie, daß ich mich für ihre Brüste interessiere? Wahrscheinlich findet sie das etwas irritierend, schmeichelhaft zwar, aber im Grunde genommen irritierend. Sie schert sich einen Dreck um mich.

– Weißt du, ich werde zurückgehen. Ich habe noch einen Koffer in einem Abteil mit einem Haufen Betrunkener. Oder vielmehr zwei Betrunkenen und einem kleinen Jungen, der auf sie aufpaßt.

– Das klingt ja schrecklich?

- Es war auch schrecklich. Irgendwie. Er behandelt sie, als ob sie seine Kinder wären, wenn du verstehst, was ich meine.

– Sind es nicht sonderbare soziale Milieus, die sich in dieser Gesellschaft herausbilden?

– Wie meinst du das?

– Siebenjährige, die Fünfjährige berauben, Kinder, die auf ihre Eltern aufpassen, Rocker, die alte Leute in ihren Häusern verbrennen, ohne daß sie der Polizei auch nur einen Grund dafür angeben könnten.

– Es gilt als konservativ, auf so etwas hinzuweisen.

– Aber ist es denn konservativ? Ist es nicht eine Tatsache?

– Schweden ist ein Bauernland, das jetzt immer schneller industrialisiert wird. Die Industrialisierung bedeutet, daß Leute versetzt werden, oder auch Mobilität, wie es heißt. Mobilität bedeutet, daß ziemlich viel kaputtgeht, daß eine Menge Kinder ihrem Schicksal überlassen werden. Während der russischen Revolution gab es große Banden von Jugendlichen, die umherzogen und wie Räuberbanden hausten. Die jüngsten Kinder waren ungefähr drei Jahre alt. Die Mädchen in der Bande hatten die Aufgabe, auf sie aufzupassen, sich um sie zu kümmern.

– Haben sie das denn getan.

– Natürlich, so gut sie konnten. Untereinander waren sie nicht bösartig. Die Banden hielten zusammen, weil sie sich in einer bösen Umwelt schutzlos fühlten.

– Aber muß es denn in Schweden auch so werden?

– Da darfst du mich nicht fragen. Nicht ich bestimme die Entwicklung. Und überhaupt, weiß der Himmel, was die Entwicklung eigentlich bestimmt.

– Was wird sich denn in Varberg abspielen?

– Das übliche, vermute ich. Wir müssen uns eine Strategie zurechtlegen. Darüber soll wohl diskutiert werden. Und dann diese Sache, daß ein Ministerium wie das unsere sich profilieren muß, es muß seine Dienstleistungen nach außen verkaufen können.

Während wir miteinander redeten, stand ich über die Lehne des Nachbarsitzes gebeugt. Ich hatte also ihr Gesicht unter mir, sie war gezwungen, schräg von unten zu mir aufzusehen, wenn sie redete. Irgendwie mochte ich dieses Gefühl. Es erinnerte mich an irgend etwas.

– Magst du dich nicht ein Weilchen hersetzen?

– Du, ich muß ja noch an meinen Koffer denken. Doch, natürlich, das kann ich schon machen, aber laß mich erst den Koffer holen. Übrigens habe ich keine Fahrkarte für die erste Klasse – ach nein, das spielt ja keine Rolle!

– Warum denn nicht?

– Weil ich mich mit dem Schaffner so gut stehe, sagte ich.

Als ich zu meinem eigenen Abteil zurückkehrte, hatte ich zuerst Schwierigkeiten, es zu finden. Ich ging mehrmals daran vorbei. Schließlich erkannte ich es an dem Koffer, der im Gepäcknetz lag. Das war die einzige Spur. Sowohl der Junge als auch die Eltern waren verschwunden.

Ich nahm den Koffer, der noch genauso verschlossen war, wie ich ihn hineingelegt hatte, und das war ein Glück, denn ich hatte ja tatsächlich verschiedene Papiere darin, und begann sie zu suchen. Keine Spur. KEINE SPUR von dem Jungen, der Mutter und dem Vater.

ER HAT SIE RAUSGEWORFEN, durchfuhr es mich, aber dann wurde mir ja klar, wie idiotisch diese Idee war, da der Zug nicht ein einziges Mal gehalten hatte.

Er sitzt irgendwo im Gang, und die beiden haben sich woanders niedergelassen.

Ich ging im Zug zurück und war ganz sicher, sie irgendwo in der Nähe zu finden.

Aber wie sehr ich auch suchte, sie waren und blieben verschwunden, alle drei, der junge, die Mutter und der Vater mitsamt ihren billigen Papiertüten, was sie nun auch immer darin gehabt haben mochten.

Ich hätte doch wenigstens noch ein Wort zu dem Jungen sagen sollen!

Der Zug hat einen Aufenthalt

Ich suchte nicht weiter. Vielleicht hätte ich es tun sollen, aber es war tatsächlich so, daß der Junge mitsamt seinen Eltern spurlos verschwunden war.

Sie können doch unmöglich aus dem Zug gefallen sein, dann müßte auf jeden Fall irgendwo eine offene Tür auf- und zuschlagen, denn Zugtüren kann man ja nicht von außen schließen, wenn man hinausfällt. Vermutlich hockten sie in irgendeinem Abteil, das ich übersehen hatte. Vielleicht hatten sie sich auch im Klo eingeschlossen.

Oder war der Schaffner doch noch dagewesen? Hatte der Zug einen Aufenthalt gehabt, den ich ganz einfach nicht bemerkt hatte?

Schwer zu sagen. Sie waren jedenfalls verschwunden, und ich hatte keine Lust, weiter nach ihnen zu suchen.

Ich nahm meinen Koffer, ging in den Wagen der 1. Klasse zurück und ließ mich bei Agneta Tillich nieder. Von nahem strömte sie einen angenehmen Parfümduft aus. Ihre Nägel waren mit farblosem Nagellack lackiert, die Finger sahen aus, als würde sie nie abwaschen.

– Wäscht du nie ab, sagte ich.

– Nein, wir haben eine Haushaltshilfe, wieso?

– Man sieht es deinen Händen an, sagte ich. Ich nahm ihre Hand. Ich hatte ganz recht gehabt. Wir hatten einen Kontakt, der bis ins Zwerchfell hinunter zu spüren war. Sie zog die Hand nicht zurück, im Gegenteil, sie schloß sie fest um meine Finger, gar nicht spielerisch, sondern gedankenverloren, mit einem nach innen gekehrten Ernst, als wollte sie wirklich spüren, wie ich mich anfühle. Es dauerte mindestens zwei Minuten, und mein Zwerchfell spürte es die ganze Zeit über.

Meine Erfahrung mit Frauen ist begrenzt. Sie pflegen kein solches Selbstvertrauen zu haben.

– All right, sagte sie. Aber denk dran, daß es vielleicht nur ein einziges Mal sein wird.

Ich kam völlig aus dem Konzept. Ich fühlte mich total unfähig, irgendwas zu sagen. Sie sah mich interessiert an.

– Über dich ist ein Gerücht im Umlauf.

– Was für eins?

– Daß du irgendeinen unabhängigen Ausschuß übernehmen sollst, oder was auch immer. Einen Ausschuß, der unmittelbar der Regierung unterstehen und Zuschüsse für Entwicklungsprojekte bekommen soll.

– Herrgott noch mal, sagte ich, was sind denn das für komische Gerüchte? Woher kommen sie denn?

– Von verschiedenen Seiten.

– Ehrlich, sagte ich. Ich habe keine Ahnung davon. Woher kommen bloß all diese komischen Gerüchte? Ich bin kein Karrieremacher, ich laufe dem Klatsch nicht hinterher. Ich versuche, meine Arbeit einigermaßen anständig zu machen, während andere in den Gängen stehen und quatschen. Ehrlich: Ich versuche, mich aus sowas rauszuhalten.

– Ich glaub's dir. Vielleicht ist das der Grund.

Sie lachte. Es war das erste Mal, daß ich sie lachen hörte. Sie pflegte sich ein klein wenig abseits zu halten, war immer recht still bei Tisch, wenn die Abteilungen zusammen essen gingen.

Ich kannte sie und kannte sie nicht.

Das ist die Voraussetzung, dachte ich. Die Voraussetzung für jede wirklich gute Erotik ist, daß man einander nicht kennt. Dieser Gedanke machte mich so unruhig, daß mir das Stillsitzen schwerfiel.

– Was ist das eigentlich für ein Buch, das du da liest, sagte ich und nahm es, um nachzusehen.

Ich kam gar nicht dazu, es mir anzusehen, ich weiß bis heute nicht, was es gewesen sein könnte, ob es ein billiger Kriminalroman war oder eine Gedichtsammlung von Lars Forssell, denn in diesem Moment begann der Zug sehr langsam, gleichsam holprig zu fahren und blieb stehen.

Es wurde ganz still, dann fingen die Leute an zu reden, ein bißchen beunruhigt.

Wir hatten doch um Himmels willen nicht etwa irgendwas überfahren im Schneetreiben?

Ich beugte mich über sie hinweg, bat sie aber vorsorglich zuerst um Entschuldigung, um nicht herausfordernd intim zu wirken, und zog das Fenster herunter. Draußen sah ich nichts als Dunkelheit und undurchdringliches Schneegestöber.

Auch andere Leute begannen, die Fenster herunterzuziehen. Sie sahen nicht mehr als ich, aber es wurde recht kalt im Wagen.

– Es zieht, rief jemand.

Der Schaffner kam, es war jetzt ein anderer Schaffner, und machte ein ernstes Gesicht.

– Was ist denn passiert?

– Wir sind steckengeblieben. Es hat Schneeverwehungen gegeben. Eine Lok mit Schienenräumer wird so schnell wie möglich aus Hallsberg kommen.

Alle, die eben noch so still dagesessen hatten, begannen jetzt nervös miteinander zu reden.

– Da haben wir's, sagte ich.

Wir waren beide irgendwie befangen, als hätte die plötzliche Stille im Zug uns irgendwie unterbrochen.

– Wo stehen wir eigentlich?

Ich stellte diese Frage zuerst einer Dame, die ein Gesicht machte, als sei das ein plumper, obszöner Scherz, und dann einem Herrn in einem tadellosen Anzug mit schöngelocktem Haar und sehr buschigen braunen Augenbrauen, der ganz so dreinsah, als sei die Frage idiotisch.

– Ein paar Kilometer vor Skövde natürlich, sagte er.

Es dauerte wohl etwa eine Stunde, bis die Schwedische Eisenbahn sich entschloß, es statt dessen mit Bussen zu versuchen. Es war entsetzlich eng in dem Bus, den wir erwischten, Frau Tillich und ich. Wir standen vorn an der Motorhaube zusammengedrängt, um uns herum stapelte sich das Gepäck. Ein kleines Kind sabberte mir dann und wann aufs Hosenbein, aber das störte mich nicht besonders. Wir waren beide, glaube ich, in einer eigentümlich aufgekratzten Stimmung. Der Bus schlitterte beängstigend auf der Straße hin und her. Mit dem linken Arm in einer Schlaufe hängend, fiel ich hin und wieder gegen sie, es war wirklich wie ein Fall.

Noch nie, glaube ich, weder davor noch danach, hat irgend jemand eine so starke Anziehungskraft auf mich ausgeübt wie sie, als wir in diesem Bus standen, sie kam über mich wie eine Verzauberung, sie war unwiderstehlich und ganz und gar wahnsinnig, und irgendwie kam mir der Gedanke, es sei, als habe man eine große Dunkelheit vor sich; ich meine, diese Anziehungskraft war so, als gehe es um Leben oder Tod, eine solche Anziehungskraft, bei der man sich endlich sagt ICH PFEIFE DRAUF, OB ICH DARAN STERBE.

Der Bus fuhr sehr langsam, in einem niedrigen Gang, und machte einen furchtbaren Krach; hin und wieder tauchten die Scheinwerfer entgegenkommender Autos auf, bedrohlich und blendend in der undurchdringlichen Dunkelheit, hin und wieder blinkten die schwächeren Lichter von einem abgelegenen Haus auf.

Hier vorn beim Fahrersitz sah es aus, als rase jede einzelne Schneeflocke auf den Bus zu, und das bewirkte ein Schwindelgefühl, als würden wir fallen und fallen.

Ihr Pelz war offen, und wie wir da standen, jeder mit einem Arm an der Decke hängend, hatte ich den Mund praktisch an ihrem rechten Ohr, ihre Brust an meinem Brustbein, und ich mußte irgendwie intensiv an ihre starken Schenkel unter diesem Pelz denken. Es waren so viele Leute da, daß all das sich auf ganz natürliche Art durch das Gedränge erklären ließe. Und doch so sonderbar selbstverständlich.

Genau wie in diesem immer kälter werdenden Zug, zu dem kein Hilfstrupp gekommen war und in dem die Lampen immer trüber brannten, konnte ich ihr ins Ohr flüstern, in dieses *unbekannte* Ohr, und ihr von mir erzählen.

Ich bin in Västerås geboren. Das ist ein ziemlich sonderbarer Ort, um darin aufzuwachsen, nein, es ist ein ganz natürlicher Ort, um darin aufzuwachsen, der natürlichste auf der Welt, in gewisser Weise. Wir hatten nicht viel zu tun. In den Kriegsjahren wohnte ich in einem Häuserviertel beim Kullen, da stand ein Mietshaus am anderen, sie waren allesamt um 1940 herum fertig geworden, und zwischen den Häusern stapelten sich riesige Holzstöße. Ganz phantastische.

Es war eine recht dürftige Gegend, wenn auch nicht gerade ärmlich, ich meine, es war kein Slum oder sowas. Einen Slum gab es ein paar Kilometer weiter südlich, die Kinder aus dieser Gegend hatten meist komische Ekzeme, wenn sie in der Schule auftauchten. Es war aber auch keine besonders wohlhabende. Ich habe sie als wortkarg in Erinnerung: Wir redeten in einer Sprache miteinander, Kinder wie Erwachsene, die nicht sehr reich an Syntax war.

In diesen riesigen Holzstößen konnte man Gänge und Höhlen bauen, und das gefiel den Hausmeistern dieser Gegend natürlich gar nicht. Sie pflegten uns mit einem sehr gutturalen und einsilbigen Gebrüll davonzujagen. Es waren natürlich keine bösen Menschen; sie hatten nur Angst, daß jemand einen Holzstoß anzünden könnte, oder vielleicht, daß die Holzstöße auf uns herabstürzen und uns zerschmettern könnten.

Sie hatten ja ganz recht, so etwas hätte schon passieren können.

Die meisten Kinder in diesem Viertel schienen immer ein wenig ihrem Schicksal überlassen zu sein. Weiß der Himmel, warum. Manche haben es überlebt, andere nicht. Eins der Kinder wurde von einem zurücksetzenden Lastwagen überfahren, ein anderes ertrank in einem Moor.

Es mag sonderbar klingen, aber die Häuser lagen direkt am Rand eines Waldes, eines richtig großen Waldes, in dem es von kleinen Mooren wimmelte. An diesem Waldrand standen große, mächtige Eichen, das ist ja so im Mälartal, aber im Wald drinnen gab es nichts als Kiefern, Findlingsblöcke und Moore.

Es war so ein richtiger Vorstadtwald, du weißt schon. Oder weißt du's etwa nicht? Die Bäume wurden mit den Jahren ganz blankgescheuert von all den Kindern, die in ihnen herumkletterten, sonderbare Herren in Trenchcoats führten dort ihre Schäferhunde spazieren, die Heimwehr hielt Sonntagsübungen ab, daß es zwischen den Bäumen nur so knallte und wir hinterher die Patronenhülsen auflesen konnten.

Ganz zu schweigen von all den anderen Absonderlichkeiten.

Die Omnibuslinie hatte dort ihre Endhaltestelle, und die Fahrer stiegen gewöhnlich dort aus und zogen in der Pause manchmal mit den Schaffnerinnen eine Nummer ab – denn damals gab es ja noch Schaffnerinnen in den Bussen.

Tolle Nummern – sie hatten es ja immer so eilig! Die kleinen Buben pflegten in den Büschen zu hocken, sich anzuschleichen und sie im entscheidenden Moment anzufeuern. Dieser Wald hatte etwas Herrliches an sich, wenn du verstehst, was ich meine. Wenn man sich in ihn hineinbegab, wußte man nie, was einem passiert sein würde, bevor man wieder herauskam. Manchmal stieß man in diesem Wald auf komische Leute, sehr komische sogar, die einem eine Krone spendierten, wenn man komische Sachen mit ihnen machte.

Direkt am Waldrand bildete der Wald so etwas wie kleine Inseln – dort war früher einmal der Boden des Sees – so ist es eben im Mälartal, der Mälarsee hat früher viel tiefer nach Västerås hineingereicht als es heute der Fall ist, zur Zeit Gustav Vasas verlief die Uferlinie ganz nahe am Schloß –, und auf so einem Inselchen hatten wir eine Zeitlang Kaninchenkäfige, die wir aus Kisten von irgendeiner Baustelle zusammengebastelt hatten.

Die Kaninchen waren übrigens aus einem Loch in irgendeiner Ecke einer richtigen Kaninchenfarm geschlüpft, die ein paar Kilometer weiter weg in einer anderen Richtung lag, im Vegaviertel, aber das ist eine andere Geschichte. Der Besitzer war übrigens wütend, als er nach dreiwöchiger Suche unsere Kaninchenkäfige fand und dahinterkam, was da los war. Er holte sie alle zurück – Kaninchen waren ja damals ziemlich wertvoll, weil sie zu den wenigen Dingen gehörten, die nicht auf Lebensmittelmarken verkauft wurden.

Ich weiß noch, wie traurig ich war, als ich in einer Frühstückspause aus der Vorschule heimkam und entdeckte, daß der Käfig leer war.

Zwischen diesen Kaninchenkäfigen machte ich meine ersten Erfahrungen; ich meine – SEXUELLE – Erfahrungen. Da war ein Mädchen namens Berit, die unheimlich verliebt in mich war, und ich erinnere mich an ein paar lustige Experimente, die wir mit unseren noch unreifen Geschlechtsteilen anstellten.

Sie war mir genauso fremd, wie du es bist. Immer ist es das Fremde an den Fremden, das mich reizt, immer ist es das Unbekannte, das mich anzieht.

Nur weil ich das von den Kaninchen erzählt hab, fällt mir etwas anderes ein, woran ich bestimmt jahrzehntelang nicht mehr gedacht habe, und zwar, daß ich einige Sommer zuvor eine Katze versorgte, die ich gefunden hatte. Sie strich zwischen den Häusern herum, und ich glaube kaum, daß sie einen Besitzer hatte, oder auch war der Besitzer gestorben oder verzogen oder einberufen worden – es wurden ja damals ununterbrochen Leute einberufen –, jedenfalls fand ich die Katze halb verhungert in einem Kellerverschlag bei den Mülleimern, wo sie offenbar wer weiß wie lange eingesperrt gewesen war – es gab ganz labyrinthische, unglaubliche Keller in diesen Häusern, mit Luftschutzräumen, Abstellräumen für die Fahrräder und normalen Kellerräumen, voll von abgestellten alten Wanduhren, aufgehobenen Leinölfässern und Sofas, wo die Sprungfedern aus den Polstern herausragten, und dort war diese Katze.

Es ist eine traurige Geschichte. Ich weiß nicht, ob es eine Geschichte für dich ist. Doch. Ich glaube schon, daß es eine Geschichte für dich ist, trotz allem.

Ich habe seit Jahren nicht mehr daran gedacht.

Verstehst du, ich glaube, daß ich diese Katze zu Tode gequält habe.

Nicht mit Absicht. Übrigens weiß ich gar nicht, was eine *Absicht* eigentlich ist. Eine Absicht muß ja bedeuten, daß man beschlossen hat, von einem Stand der Dinge zu einem anderen zu gelangen. Es gab keinen Stand der Dinge, den ich hätte erreichen wollen.

Die Katze hing an mir. Ich durfte sie natürlich nicht in die Wohnung mitnehmen, aber ich brachte ihr Milch und Essensreste an ein Plätzchen hinter dem Kellereingang. Dorthin kam sie regelmäßig, und ich pflegte mit ihr zu spielen. Sie war ziemlich jung, sehr mager, eine ganz gewöhnliche Katze.

Sie war das erste lebendige Geschöpf, das je von mir abhängig gewesen ist, und das genoß ich unheimlich.

Ich pflegte sie in den Arm zu nehmen und sie so fest zu drücken, daß sie fast erstickte. Die Katze kämpfte natürlich hysterisch, um sich zu befreien, kratzte und biß, und beim nächstenmal war es dann nicht mehr so leicht, sie wieder zu erwischen. Sie lief weg. Ich bekam sie zu fassen. Sie zappelte und kratzte. Ich drückte sie nur um so fester. So ging das immer weiter.

Eines Tages muß irgendwas in ihr kaputtgegangen sein. Sie starb ganz einfach. Ich legte sie in den Mülleimer.

Ich bin behutsamer geworden mit den Jahren.

Wir kommen heute abend nicht mehr weiter. Es besteht nicht die geringste Chance, und ich kann kaum etwas Reizvolles daran finden, im Bahnhof von Skövde herumzuhängen oder in einem schlecht geheizten Wartesaal zu frieren.

Es zeigte sich, daß das Hotel Billingen in Skövde fast gegenüber vom Bahnhof lag, wo einsame Lampen im starken Schneesturm schwankten. Es war so viel Schnee gefallen, daß wir mit Müh und Not den Platz überquerten, uns einen Weg durch den Schnee bahnend. Ich trug ihre Koffer, wir marschierten ins Foyer und fanden uns mitten in einem fürchterlichen Streit zwischen dem Portier, einem freundlichen kleinen Dänen, und zwei unglaublich flegelhaften, angetrunkenen jüngeren Herren, die unentwegt herumnörgelten, daß irgendwas »schlechter Sörrvis « sei.

Ich wartete fünf Minuten (ich kann nicht warten, habe es nie so recht gekonnt), dann verlangte ich ein Doppelzimmer, in einem so entschiedenen Ton, daß sie alle völlig aus dem Konzept kamen und der Portier mir den Schlüssel und das kleine Formular zum Ausfüllen praktisch zwischen zwei Repliken zusteckte. Der jüngere von den beiden Herren hatte mittlerweile angefangen, dem Portier zu drohen, daß es ihm schlecht ergehen würde, wenn er nicht täte, was sie sagten. Der Portier begann jetzt ernstlich wütend zu werden, seine sehr beherrschte Portiermaske hatte sich in etwas erheblich Verbisseneres verwandelt, und das letzte, was ich hörte, als wir die wuchtige Treppe hinaufspazierten, war, daß der zweite der beiden Herren sagte:

– Wie reden'se denn eigentlich überhaupt? Sie können ja noch nicht mal richtig Schwedisch!

– Die schwedischen Provinzhotels sind immer voll von komischen Typen, die unbedingt auf dem Portier rumhacken müssen, sagte ich. Deshalb wird man in schwedischen Provinzhotels auch nicht besonders höflich behandelt. Und etwas so entsetzlich Undemokratisches, wie einem zu zeigen, wo das Zimmer liegt, ist für sie undenkbar. Ich weiß nicht, wie viele Jahre es schon her ist, seit ich zuletzt in einem schwedischen Provinzhotel eine Tasse Tee aufs Zimmer bekommen habe.

– Vielleicht gibt es trotzdem irgendeinen Speisesaal da unten, sagte Agneta Tillich. Ich bin ehrlich gesagt ziemlich hungrig.

Das machte mich für einen Augenblick ganz unsicher, bis mir klar wurde, daß ich selbst genauso ausgehungert war. Sie machte nicht die geringste Bemerkung über diese Sache mit dem Doppelzimmer. Wir stellten das Gepäck hinter der Tür ab. Es war ein ganz normales schwedisches Hoteldoppelzimmer, mit elektrischen Vorrichtungen, um den Wecker zu stellen und das Radio an- und abzuschalten. Ich weiß nicht, in wieviel verschiedenen Hotelzimmern dieser Art ich in meinem Leben zwischen Kalmar und Luleå schon geschlafen habe, und sie sehen alle genau gleich aus. Ich zog sie sanft an mich. Ihr Hals fühlte sich ein bißchen älter an, als ich es mir vorgestellt hatte. Wie alt mochte sie wohl sein. Vielleicht dreiundvierzig? Sie entzog sich mir sanft.

– Du mußt entschuldigen, aber jetzt muß ich wirklich mal einen Moment verschwinden. Sie guckte noch einmal aus der Badezimmertür und sagte:

– Und dann mußt du dich schon damit abfinden, daß ich ein bißchen was zu essen haben will. Kannst du nicht schon runtergehen und einen Tisch besorgen?

Ich suchte mir meinen Weg durch die Gänge. Sie waren wirklich labyrinthisch. Einmal verirrte ich mich eine ganze Weile in irgendwelchen Festräumen, mit goldgerahmten Spiegeln, Stuck an der Decke und plüschbezogenen Stühlen.

Hier hatte natürlich die Garnison von Skövde früer einmal ihre Bälle veranstaltet. Charmante Leutnants tanzten mit klopfenden jungen Mädchenherzen unter langen weißen Spitzenkleidern.

Es waren sehr verlassene Räume. Nicht ohne eine gewisse Gemütlichkeit.

In einem anderen Gang irrten die beiden jungen Dänenhasser umher. Ich spielte mit dem Gedanken, sie gehörig auszuschimpfen, weil sie etwas so Widerliches getan hatten, wie die Sprachschwierigkeiten eines Mannes in einem Streit gegen ihn zu verwenden, sie Nazis, Rassisten und Flegel zu nennen, aber da sie zu zweit waren und doppelt so groß wie ich und da ich wahrlich Wichtigeres vorhatte, verzichtete ich darauf.

Ich bin ziemlich klein. Das irritiert mich nur dann, wenn ich jemand eins aufs Maul geben möchte, der stärker ist als ich, und wenn ich mich durch eine Volksmenge drängeln muß. Ich vermeide es immer, fast unbewußt, in eine Volksmenge hineinzugeraten. Allerdings passiert es, ungefähr im Abstand von zehn Jahren, daß ich jemand eine runterhaue; ich habe ein ziemlich hitziges Temperament.

Ich glitt auf eine recht geschmeidige Art an diesen beiden Lümmeln vorbei, ungefähr wie ein Rechtsaußen an ein paar lästigen Verteidigern vorbeigleitet, die es sich in den Kopf gesetzt haben, ihm ein Bein zu stellen.

Der große Speisesaal war geschlossen. Schonbezüge hingen über den Kristallüstern, die Stühle standen auf den Tischen.

– Warum ist der Speisesaal nicht geöffnet, sagte ich zu dem dänischen Portier.

– Heute abend ist kein Tanz, aber es gibt ein ausgezeichnetes kleines Lokal hier gleich nebenan, wenn Sie durch diesen Gang hier gehen möchten.

Sie wird mich niemals finden. Alles geht zum Teufel! Wir werden die ganze Nacht umherirren und einander in verschiedenen Gängen suchen!

Ich hatte mir einen großen, hell erleuchteten Hotelspeisesaal vorgestellt, am liebsten mit einem Orchester, und mit Kellnern, die mit überladenen Tabletts hin und her liefen.

Das Lokal war klein, in diesem typisch volkstümlichen Stil mit Holztäfelung und karierten Decken auf den Tischen eingerichtet. Ein paar Leute saßen an den Tischen nahe beim Fenster; sonst war kein Mensch zu sehen.

Massenhaft Schnee fiel draußen vor den Fenstern. Zwei hohe Offiziere standen von ihrem Tisch auf und gingen in den Vorraum hinaus. Sie blieben so lange dort, daß ich mich zu fragen begann, was sie da eigentlich trieben, bevor ich dahinterkam, daß sie ganz einfach an irgendwelchen Automaten spielten, die es dort draußen gab.

Am Fenster saß eine Gruppe, die Weißwein nachbestellte – Wein gab es also immerhin – bei einer alten Kellnerin, die gelegentlich auftauchte. Sie fragte mich, was ich haben wolle.

– Danke, ich warte noch etwas. Ich erwarte einen Gast.

Sie sah mich an, als hätte ich etwas unheimlich Merkwürdiges gesagt, und durch die Stille tönte das Gespräch vom Nebentisch herüber.

– Er brauchte innerhalb von vierzehn Tagen einen Kredit von etwa zwanzig-, dreißigtausend, und dieser blöde Hund hat's ihm nicht gegeben. Ist ja klar, daß er dann zur Coop ging.

– Hätt ich auch gemacht.

– Und dann haben sie ihn übernommen?

– Ja, sie wollten ihn als Geschäftsführer behalten.

– Verdammt schwierig mit diesen Sportartikeln.

Es zischte im elektrischen Grillofen. Eine Frau im schwarzen Mantel, die offenbar irgendwie zur Küche gehörte, kam herein, hängte ihren Mantel in einen Schrank und fing an, hinter der Theke herumzufuhrwerken.

In dem ganzen Lokal herrschte eine Art Leere, nichts Feindseliges, nichts Herausforderndes, sondern einfach Leere.

Als sie endlich kam, hatte sie sich umgezogen. Sie trug gelbe Hosen und einen Wollpullover. Sie war schön. Sie lächelte.

– Was für ein Tag, sagte ich.

– Gar nicht so übel. Ich kann mir schlimmere vorstellen.

Die Dame an der Theke begann langsam, sehr langsam zu entdecken, daß wir existierten. Wenn sie nicht innerhalb von zehn Minuten herkommt, gehe ich selbst hin und bestelle, dachte ich. Ich will nicht hier sitzen und reden. Ich habe ganz andere Vorstellungen, wie man die Zeit nützen könnte.

Die Herren am Fenster schielten zu uns herüber. Aus irgendeinem rätselhaften Grund hatten sie angefangen, vom Gemeindeverband zu reden, was der Gemeindeverband zu irgendwas sagen oder nicht sagen würde, das mit einem Industriegrundstück zu tun hatte. Der Gemeindeverband schien allgegenwärtig zu sein.

– Ein komisches Lokal, sagte Agneta Tillich.

– So sehen wohl die meisten Lokale in Schweden aus, sagte ich. Wir aßen unsere gegrillten Koteletts und tranken unsere Karaffe Wein.

– Jetzt sind wir eingeschneit, sagte ich, und fühlte mich dabei ein bißchen dämlich.

– Das ist gut, finde ich, sagte sie.

Im Foyer spielte sich schon wieder ein fürchterlicher Streit zwischen dem Portier und den betrunkenen Jünglingen ab. Sie lehnten sich über die Theke und grölten lauthals, daß der Portier für irgendwas büßen werde, das er getan oder vielleicht nicht getan hatte, er solle sich nur ja in acht nehmen, er werde nicht alt werden als Portier in diesem Hotel, dafür würden sie schon sorgen.

– Wollen Sie mir bedrohen, sagte der Portier, hochrot im Gesicht.

– Was reden'se denn da für'n Stuß, verdammt. Lernen'se erst mal richtig Schwedisch sprechen.

– Jetzt reicht's, sagte der Portier. Jetzt rufe ich die Polizei!

– Probier's nur, du verdammter Däne, sagten die beiden Jünglinge.

Draußen war eine prachtvolle Fehlzündung von einem Motorrad oder Moped zu hören, das sich sonderbarerweise offenbar einen Weg durch das Schneegestöber bahnen konnte. Es klang wie ein Pistolenschuß.

Ohrfeigen lagen in der Luft.

Ich ging zur Theke vor. Agneta Tillich blieb, wo sie war.

– Wie ich höre, haben Sie Schwierigkeiten mit diesen Herren, sagte ich in eiskaltem Ton zum Portier.

– Nanu, was is denn das für'n Scheißkerl, sagte der Kraushaarigste und brachte sein schnapsstinkendes, verzerrtes Gesicht gefährlich nah an meins.

Ich überwand die Versuchung, ihm direkt eine ins Gesicht zu schmettern, was mir nicht leichtfiel, da Hohn mich immer schon wahnsinnig wütend gemacht hat.

Ich ignorierte diesen Calibantypen völlig, fixierte statt dessen den Portier und sagte in einem entschiedenen Ton:

– Ich möchte die Anmeldeformulare dieser Herren sehen.

Der Portier veränderte sich sehr. Er wurde wieder ganz ruhig, verbeugte sich leicht und sagte:

– Einen Augenblick bitte, mein Herr.

– Danke, sagte ich. Noch immer schenkte ich den beiden nicht die geringste Aufmerksamkeit. Ich hörte sie hinter meinem Rücken flüstern.

Einen Augenblick später waren sie draußen im Schneegestöber. Ohne Gepäck und alles.

Als der Portier zurückkam, mit spitzen Fingern die Anmeldeformulare haltend, waren sie so total verschwunden, als wären sie nur ein Traum gewesen.

– Danke, sagte ich, jetzt brauche ich sie nicht mehr. Ich glaube nicht, daß sie wiederkommen.

– Das ist aber merkwürdig, sagte der Portier.

– Gute Nacht, sagte ich.

Agneta Tillich, die offenbar nicht genug gehört hatte, um das Gespräch zu verstehen, sah mich großäugig und etwas ängstlich an:

– Aber wie um Himmels willen hast du das nur gemacht? Wovor haben sie denn solche Angst gekriegt?

– Oh, sagte ich. Das ist nur ein Trick. Ich bin heute nachmittag im Zug darauf gekommen. Er beruht darauf, daß offenbar niemand ein reines Gewissen hat. Jeder, wie betrunken und unangenehm er auch sein mag, scheint nur darauf zu warten, daß es ihn irgendwann mal erwischt.

– Toll, sagte sie. Und auf der Treppe, amüsiert, zögernd:

– Du bist wohl eigentlich ein bißchen verrückt. Oder?

Sie sagte das sehr hoffnungsvoll.

Das Schneetreiben läßt langsam nach

Das schwache Zittern, mit dem der zweite Torpedo Rohr drei auf seinem 1200 Meter langen Weg zu dem hoch aufragenden Schiffsrumpf im Osten verließ, durchlief das ganze U-Boot. Dann wurde es sehr still. Lautlos zählte ich die Sekunden. Die wäßrig blauen Augen des Matrosen am Sehrohr starrten unentwegt in die meinen, ich dachte, was sind das nur für verdammt leere, verdammt wäßrige Augen, und konnte nicht kapieren, was sie eigentlich mitzuteilen versuchten, aber irgendwas war es.

Man sollte eigentlich einen Hund haben, dachte ich. Aber es ist schwierig für den Kommandanten eines U-Boots des Dritten NATO-Geschwaders, sich einen Hund zu halten. Er könnte höchstens jeden vierten Tag auf Deck spazierengeführt werden. Es würde den Hund hysterisch machen, so lange hintereinander unter Deck eingesperrt zu sein. Der Hund könnte leicht bei seinem Spaziergang von Deck gespült werden, der Hund könnte seinen Freßnapf unter der Kapitänskoje haben ...

Wie ein dumpfer Zimbelschlag, gleichsam gedämpft durch meterdicke Watteschichten, kam die erste Detonationswelle durchs Wasser. Der Torpedo hatte getroffen! Und das war noch nicht alles! Jetzt kam ein starker Stoß nach dem anderen durchs Wasser, etwas gedämpfter, etwas ferner.

Wir warten noch drei Minuten, dann gehen wir auf Sehrohrtiefe, dachte ich ...

Agneta Tillichs tiefblaue, sehr ernste Augen sahen in die meinen. Wir lagen in dem Hotelbett. Ich war gar nicht dazu gekommen, ihr den Büstenhalter abzunehmen, der aus sehr feiner brauner Seide war, von dieser neuen, leichten Art. Es war alles sehr schnell gegangen. Ich glaube ehrlich gesagt, daß ich noch nie einer Frau begegnet bin, die so leicht zu befriedigen war. Man brauchte sie fast nur zu berühren – dort, und schon bekam sie lange, saugende Orgasmen. Sie war, genau wie ich vermutet hatte, sexuell total ausgehungert, und zwar auf eine Weise, daß sie zu vergessen schien, mit wem sie zusammen war und wo sie war, sobald sie sich erst einmal darauf eingelassen hatte. Ich wußte nicht, ob eine halbe oder drei Stunden vergangen waren. Ihre schlangenhaften, glatten rhythmischen Bewegungen hatten vor ein paar Minuten aufgehört oder zumindest für ein Weilchen nachgelassen.

Blut sickerte aus meiner Unterlippe, an der sie sich einfach festgebissen hatte. Dieser tiefe, gleichsam fragende Blick machte mich ein bißchen unruhig.

Es schien, als stelle sie mir irgendeine Frage.

Ich habe eine Eigenschaft. Es beunruhigt mich, wenn Menschen ganz nah an mich herankommen. Ich bin bereit, ihnen alles zu geben, aber ich möchte nicht, daß sie mich auf diese Weise ansehen. Das ist irgendwie, als würde man vor Gericht gestellt.

Zutiefst habe ich eine gewisse Scham in mir.

– Oh du, sagte ich und legte die Hand auf ihren Mund.

– Es ist unheimlich schön, sagte sie.

– Was ist so unheimlich schön, sagte ich, ganz ernst und ohne zu lachen.

– Endlich einen richtigen Körper über sich zu haben, sagte sie.

Ich nahm ihr den feinen, weichen Büstenhalter ab. Die Brustwarzen waren straff gespannt. Ich berührte sie behutsam. Es gibt Leute, die von mir gesagt haben, ich sei ein recht guter Liebhaber. Ich habe das nie als eine besondere Eigenschaft von mir betrachtet, sondern eher als etwas, das man mir aus reinem Zufall unterstellt. Gewisse Menschen stimmen zufällig gut mit meinem Nervensystem überein, andere nicht.

Ich brauchte sie nicht länger als einen Augenblick zu berühren, bevor dieses Schlängeln und Stöhnen wieder begann. Ich spürte, daß ich meine gewohnte Kontrolle über die Dinge zu verlieren begann; sie fühlte sich jetzt sonderbar hart an, während ich ihn ihr mit immer heftigeren, immer rücksichtsloseren Bewegungen hineinstieß. Sie umschloß ihn jetzt wie eine Hand, die etwas umschließt. Sie atmete sehr heftig und stieß immerzu kleine rhythmische Schreie aus.

Diese Frau war keineswegs unerfahren. Sie hatte schon manches erlebt, hatte manches begriffen. Ich möchte wissen, was für Menschen schon mit ihr geschlafen haben.

Im selben Augenblick kam er, als schwache, aber deutlich pulsierende Bewegung, überraschend rhythmisch, geheimnisvoll wie ein

Puls tief aus einer Unterwelt, von der wir nicht viel wissen. Der vaginale Orgasmus. Und mein eigener natürlich gleichzeitig.

Es ist sonderbar, dachte ich. Ein paarmal ist er mir in meinem Leben schon begegnet.

ABER NIE BEI JEMAND ANDERS ALS EINER GANZ FREMDEN.

Gegen drei Uhr in der Nacht verließ sie das Bett und ging ins Badezimmer. Ich drehte mich so, daß ich zum Fenster hinaussehen konnte, das heißt, ich mußte zuerst die Gardine zur Seite schieben, bevor ich hinaussah. Eine große altmodische Straßenlaterne, eine von denen, die wie eine Traube aussehen, stand direkt vor dem Hotel. Ich konnte mich beim besten Willen nicht daran erinnern, wo ich mich eigentlich befand. In Skara? In Skövde? In Linköping? Ein Betrunkener torkelte ein paar hundert Meter weiter weg um den Zeitungsstand am Bahnhof herum. Höchstwahrscheinlich hinterließ er Spuren im Neuschnee. Es hatte jetzt aufgehört zu schneien, oder vielmehr fast aufgehört.

Ich hörte die Spülung draußen in der Toilette gehen, sie kam zurück, kroch neben mir ins Bett und schlang wortlos die Arme um meine Hüften.

Sie umschloß ihn mit ihren Lippen, und ich dachte an ihre vollen Lippen, die sie immer mit einem zart violett getönten Lippenstift nachgezogen hatte. Ob von dem Lippenstift wohl noch etwas übrig war?

Bald waren wir wieder mittendrin.

Ein Hund, dachte ich. In jedem Menschen ist ein Hund verborgen. Wir haben Angst vor diesem Hund, denn wenn er zu bellen beginnt, argwöhnen wir, *daß alles viel einfacher sei, als wir es uns vorgestellt haben.* Wenn das rauhe, muntere Gebell eines Hundes von den Lehmäckern des Unterbewußtseins heraufdröhnt, dann ist es, als verstumme die menschliche Stimme, fast als sei sie eine Krankheit. Wir wollen nicht wach sein. Wir wollen nicht bewußt sein. Wir wollen nicht mit harten, trockenen, abstrakten Worten reden, die wie feine Schneeflocken herabfallen, wir wollen eigentlich überhaupt nicht reden. Es ist, als sei die Vernunft eigentlich nur eine Art Krankheit. Im Orgasmus, in den großen Orgasmen, ist etwas von der Weigerung des Geisteskranken zu reden, etwas von der blinden Wut des Mörders, der seine Axt in den Schädel eines Unschuldigen rammt. Wenn die Vernunft nun bloß eine Art Krankheit, eine Mutation wäre. Vielleicht wird die Menschheit sie besiegen, genauso wie sie jetzt dabei ist, die Pocken zu besiegen. Die Menschheit des fünften Jahrtausends, reduziert auf drei oder vier Millionen Exemplare, konzentriert auf die Fidschis, die neuen Hebriden und noch ein paar andere Inselgruppen, die die Radioaktivität am besten überstanden haben, in den Bäumen herumkletternd und unentwegt kopulierend.

DIESER GEDANKENGANG IST EINDEUTIG FASCHISTISCH sagte ich mir. Ich öffnete das Fenster einen Spaltbreit, und die kalte Winterluft drang zaghaft herein. Es war noch viel von ihren Düften im Zimmer. Ziemlich schwere. Eine Dame, eine reife Frau. Bald würde sie winzige Krähenfüße um den Hals herum bekommen und anfangen, ein bißchen geziert, ein bißchen affektiert zu sprechen, wie skandinavische Frauen der höheren Gesellschaft es gern tun, wenn sie in die Wechseljahre kommen. Vielleicht würde es ein bißchen länger dauern, wenn jemand sich ihrer annähme, wenn jemand den Hunger stillen könnte, der in ihr brannte.

SEIT WANN IST ES FASCHISTISCH, FÜR DEN ORGASMUS ZU SEIN.

DER FASCHISMUS IST EIN ERSATZ FÜR DEN ORGASMUS.

Es hallte immerzu in mir wider, und ich dachte an einen Bekannten, der gesagt hat, es sei unmöglich, mit einer Frau zu schlafen, die der konservativen Partei angehört. Ich habe ihm geantwortet, unterhalb des Nabels gebe es keine konservative Partei, und das hat ihm dann lange zu denken gegeben. Es war ein Typ vom volkswirtschaftlichen Institut in Uppsala, ich habe seinen Namen völlig vergessen.

ABER IMMER NUR MIT FREMDEN.

Warum gibt es Erotik nur unter Fremden? Weil das Erotische dem Menschen niemals fremd ist. Nur das andere, stört, wenn es nicht mehr fremd ist. Das Vertrauliche übertönt die Stimmen des Namenlosen von den herbstlichen Äckern des Unterbewußtseins.

Ich machte einen Augenblick das Licht an, um nachzusehen, wie spät es sein mochte, es war immer noch um drei Uhr herum. Ein Streifenwagen las gerade den Betrunkenen drüben am Zeitungsstand auf, der

Schnee dämpfte alle Stimmen und Geräusche, so daß lediglich die Autotür zu hören war, als sie schließlich dezent zugeschlagen wurde.

Als ich mich wieder zum Zimmer umdrehte, lag sie auf dem Ellbogen und sah mich wieder mit diesen neugierigen, fragenden Augen an. Sie sah sehr fremd aus, als sähe ich sie zum ersten Mal, als frage sie sich, wie sie hier gelandet sei.

Es war etwas sonderbar Erregendes an der Art, wie sie mich ansah.

Als Junge war ich ziemlich klein geraten, und ich hatte keinen besonders guten Kontakt zu den Kameraden aus dem Viertel. Als wir dorthin umgezogen waren, von den westlichen Stadtteilen in die östlichen, es war im Jahre 1942, ich erinnere mich, daß das Baumaterial so knapp war, daß man altes feuchtes Stroh als Füllung für die Zwischenböden bei den Neubauten in der Umgebung benutzte, gab es da eine ganze Menge kräftige Burschen, die mich zu ärgern pflegten.

Damals trugen die Gymnasiasten in Västerås eine ganz bestimmte Art von blauen Mützen. Das hatte natürlich eine soziale Bedeutung, es unterschied sie von den anderen Jungens. Und ich erinnere mich, wie ich zum erstenmal mit so einer nagelneuen Mütze im Viertel auftauchte, die ganze Clique stand gerade mit ihren Fahrrädern an der Ecke der Kristiansborgsallee, sprang einer davon sofort vom Rad, stürzte sich auf mich und schlug mir die Mütze vom Kopf. Sie hatte eine schöne blaue Farbe, und es bekam ihr gar nicht, im Schmutz zu landen.

Der Bursche war sommersprossig, etwa doppelt so groß wie ich, er war der Sohn eines protzigen Autohändlers, der in einer Villa mit zwei Garagen auf der gegenüberliegenden Seite der Allee wohnte.

Verteidigte er irgendwelche sozialen Privilegien? Ich weiß nicht mehr, ob er auch aufs Gymnasium ging, aber ich glaube es fast. Er schlug mir die Mütze nicht deshalb vom Kopf, weil er sich von irgend etwas ausgeschlossen fühlte, sondern weil er sie nicht an mir sehen wollte.

Es kann nicht anders gewesen sein.

Dieser Bursche hatte eine gewisse Autorität in der Clique. Es war zu der Zeit, als Fahrräder mit Gangschaltung noch etwas sehr Rares und Schickes waren, und er gehörte zu den wenigen, die eins besaßen.

Das war auch der Grund dafür, daß er eine gewisse Führerposition im Viertel einnahm, wie selbstverständlich. Wenn er mir die Mütze vom Kopf schlug, dann tat er das sozusagen auch im Namen aller anderen.

Er stand nachlässig an das schicke Fahrrad gelehnt, während ich mich bückte und sie auflas. Er würde sie mir bestimmt noch mal vom Kopf schlagen.

Als er sich vorbeugte, um es zu tun, verpaßte ich ihm sehr nachdrücklich einen Schlag genau zwischen die Augen. Er war völlig unvorbereitet und fiel wie ein Baum rücklings übers Fahrrad, kriegte dabei die Lenkstange in die Seite, so daß er minutenlang nicht mehr normal atmen konnte.

Ich dachte, die Clique würde sich nun auf mich stürzen, aber es kam ganz anders. Sie stellten sich im Kreis um ihn herum und lachten ihn aus.

Damals hatte ich Schwierigkeiten, klein wie ich war, solche Sachen zu verstehen. Aber in Zukunft ließ man mich in Ruhe.

In Augenblicken der Gemütsbewegung, sei es nun eine glückliche oder eine unglückliche, lasse ich mich in meine Kindheit zurückgleiten, als gäbe es etwas Ungeklärtes darin, oder manchmal auch, als müßte ich darin Halt suchen, um nicht ganz aus der Wirklichkeit zu verschwinden.

Ich bin in meinen eidetischen Erinnerungen oft auf der Jagd danach, aber ich kann nie richtig dahinterkommen, worauf ich eigentlich aus bin. Es ist nie ein einzelnes Ereignis.

Es ist irgendeine sonderbare – Stimmung, ein Grundton in der Welt, dem ich nachjage, als könnte er mir etwas erklären, etwas, das irgendwie mit diesem Gefühl von damals zusammenhängt, wenn ich an einem Haus hochsah, das mit seinen großen, leeren Fensterscheiben den Himmel widerspiegelte, und mir war dabei, als ob die Fensterscheiben meinen Blick erwiderten.

Aber alles, was ich mit meinen eidetischen Bildern erreichen kann, ist so etwas wie eine Schwingung in einem Glas Wasser.

Es ist, als sei irgendwo etwas erstarrt. Irgendwann einmal.

Sie sagte:

– Was haben sie nur mit dir gemacht.

Ich antwortete:

– Ich weiß es nicht. Ehrlich, ich weiß es wirklich nicht.

Ich habe selten so viel Mitleid in jemandes Augen gesehen, und ich verstand es überhaupt nicht, denn es war ein Mitleid, um das ich nicht gebeten hatte, das ich mir nicht erklären konnte und das unbegreiflich blieb oder bleiben würde, solange ich mich nicht selbst veränderte.

Ich schlief in der allerersten Morgendämmerung ein, als gerade die Schneetraktoren draußen auf der Straße vor dem Hotel zu rattern und zu scheppern begannen, es war eine verflixt schwache Dämmerung, und ich dachte daran, daß wir ziemlich bald aufstehen und uns erkundigen müßten, ob es einen Zug gäbe, um endlich zu versuchen, zu dieser unnötigen Konferenz in Varberg zu kommen.

Und ich fragte mich wirklich, in welchem Tonfall wir wohl miteinander reden würden, wenn es erst heller Tag wäre.

Sensitivity Training

Die Konferenz in Varberg war tatsächlich ein großartiger Reinfall. Nichts stimmte, nichts klappte, nicht einmal die Zimmerreservierungen. Irgendeine sonderbare amerikanische Vertriebsgesellschaft hielt in der einen Hälfte des Hotels ein Sensitivity Training ab, und einige Mitglieder unserer Gruppe vom Ministerium, die sich verliefen, hatten merkwürdige Erlebnisse.

Myhrquist, unser Experte für Statistik, kam in ein Zimmer, in dem Herren mit silbrigen Schlipsen und dunklen Anzügen fasziniert im Halbkreis um einen Teppich herumstanden, auf dem ein weinender Mann mit nackten Oberkörper kniete.

Der Leiter des Sensitivity Trainings, ein Amerikaner mit bemerkenswert langen Haaren, schwarzem Bart und Goldrandbrille schimpfte ihn wegen seines Zuspätkommens in texanischem Dialekt aus und gab ihm dann eine Peitsche, eine richtige Peitsche mit schwarzem Plastikstiel und einer rindsledernen Schnur, in die Hand.

Myhrquist machte natürlich ein etwas erstauntes Gesicht – sein Englisch war noch nie besonders gut –, und da blickte der schwarzbärtige Prophet auch ganz finster und bedeutete Myhrquist ganz unmißverständlich, daß er den knienden Mann auspeitschen solle. Er weinte immer noch bitterlich.

Myhrquist ist das, was man eine etwas pedantische Natur nennt. Er musterte die ganze Szene gründlich von oben bis unten. Dann machte er auf dem Absatz kehrt und marschierte zur Rezeption, wo er unverzüglich die Polizei anrief.

Wir waren alle ein bißchen verstört von seinem Bericht, standen im Foyer herum und warteten auf den Streifenwagen. Die einzige, die lachte, war Agneta Tillich. Sie stand am anderen Ende des Raums und sah mich an. Sie scheint ein Mensch ohne das geringste Schlafbedürfnis zu sein, dachte ich.

Der Streifenwagen traf ein, und respekteinflößende Polizisten in graubraungrünen Uniformen marschierten in den Konferenzraum des Sensitivity Trainings, gefolgt von einem entschlossenen, aschfahlen Myhrquist und dem Hoteldirektor, der bleich, geschniegelt und verbissen war und sich weigerte, mit irgend jemand zu reden.

Die Polizisten drangen in den Raum ein, als einem von den silbrig Beschlipsten gerade ein Stück von einer Umsatzkurve von der mit Flanell bespannten Demonstrationstafel heruntergefallen war, mit deren Hilfe er ein kompliziertes Managementspiel entwickelte.

Zweiundzwanzig silbrig beschlipste, erstaunte Gesichter drehten sich zur Tür. Die Polizisten machten halt. Der Hoteldirektor, so verbissen und schwedisch beherrscht, wie ich es bei niemand für möglich gehalten hätte, flüsterte eine leise Bemerkung in Myhrquists Ohr. Der resoluteste von den Polizeibeamten, mit Pistolenhalfter und Schlagstock, tat einen großen Schritt in den Raum hinein, räusperte sich laut und sagte:

– Was geht hier eigentlich vor?

Das war natürlich ein ziemlich mißlungener Anfang, da ja der letzte Depp sehen konnte, daß hier eine amerikanische Vertriebsgesellschaft ein Marketing-Planspiel durchführte.

Der Redner vorn an der Demonstrationstafel ließ sich nicht aus der Ruhe bringen, er wiederholte, was er eben gesagt hatte – noch dazu auf englisch –, und alle Vertreter, oder was sie nun sein mochten, wandten sich ihm wieder zu. Der Schwarzbärtige ließ sich gerade nicht blicken.

Der Polizeibeamte war etwas verunsichert; wir standen dahinten an der Tür: Abteilungsleiter, Ausschußexperten, Polizisten, Ministerialräte auf einem Haufen, alle die Hälse verdrehend, um zu sehen, ob da drinnen wirklich etwas Interessantes passierte. Wir begannen uns langsam, aber sicher etwas deplaciert vorzukommen.

Aufrichtig gesagt hatten wir den Eindruck, daß wir störten.

Der Hoteldirektor schien im Boden versinken zu wollen und warf Myhrquist sehr finstere, jedoch beherrschte Blicke zu. Myhrquist erwiderte seine Blicke mit einer solchen Würde und einem so vernichtenden Ausdruck moralischer Entrüstung, daß der Hoteldirektor einen Schritt zurückwich.

Der Referent an der Demonstrationstafel fuhr, wenn auch etwas ratlos, mit der Aufzählung von vier Maßnahmen fort, die man unbedingt ergreifen müsse, wenn ein Unternehmen in genau die Situation geraten sei, die er sich für ein fiktives Unternehmen ausgedacht hatte.

Die erste Maßnahme sei, sich mit dem Markt zu befassen und direkt an der Verkaufsfront Informationen zu sammeln.

Ich fand diesen Vorschlag ganz einleuchtend.

Der Einsatzleiter der Polizeistreife, ein rothaariger junger Mann mit Bart, nahm die Mütze ab und fuhr sich nervös mit der Hand durchs Haar. Dann wandte er sich diskret an Myhrquist und sagte leise:

– Vielleicht können wir uns draußen ein bißchen unterhalten. Ich habe den Eindruck, daß wir hier stören.

In diesem Moment tauchte der Schwarzbärtige mit der Goldrandbrille auf. Er sah wirklich ein bißchen halbseiden aus. Offensichtlich war er auf der Toilette gewesen.

Er machte es sich in der letzten Sitzreihe bequem, faltete die kleinen, fleischigen Hände im Schoß und begann andächtig dem Referenten zu lauschen, während ein väterliches Lächeln seine Augenwinkel umspielte.

– Das, sagte Myhrquist mit sehr lauter Stimme, die den Vortragenden schon wieder aus dem Konzept brachte, das ist der Herr, von dem ich Ihnen erzählt habe. Er zeigte mit einer militärischen Geste auf ihn, das heißt mit senkrecht erhobener Handfläche, statt einfach den Zeigefinger zu benutzen.

Der Schwarzbärtige drehte sich um und fixierte uns alle dahinten an der Tür. Er sah ernstlich verärgert aus, legte den Zeigefinger an die Lippen und machte psst!. Einer der Polizeibeamten trat vor und flüsterte ihm diskret, äußerst höflich und rücksichtsvoll irgendwas ins linke Ohr. Der Schwarzbärtige nickte verbindlich und folgte ihm.

Wir versammelten uns nach und nach im Foyer. Der Hoteldirektor war maßlos aufgebracht. Der Schwarzbärtige beantwortete alle Fragen ungeheuer beflissen in seinem texanischen Dialekt:

Freilich, hier in Varberg werde ein Sensitivity- und Verkaufstraining unter seiner Leitung veranstaltet. Eine Gruppe von schwedischen Filialleitern solle eingeschult werden. Ob er irgendwie behilflich sein könne? Er lege großen Wert darauf, die Öffentlichkeit für die Vorträge zu interessieren, und soweit genug Plätze zur Verfügung stünden, seien selbstverständlich auch alle übrigen Hotelgäste als Zuhörer herzlich eingeladen, falls sie wirklich Interesse hätten. Aber es wäre ihm doch sehr lieb, wenn sie sich etwas leiser verhalten würden: Am selben Morgen sei ein Referent tatsächlich mehrmals bei einem zentralen Punkt seines Vortrags unterbrochen worden. Derartige Kurse seien ja auf ziemlich kurze Zeit beschränkt, und deshalb sei ein Höchstmaß an Konzentration erforderlich. Schließlich wisse doch jedermann, wie wichtig es sei, die Zeit optimal zu nutzen. Aha, die Herrschaften kämen von der Polizei: Sehr erfreut, das Hotel habe hoffentlich keine Unannehmlichkeiten, Einbrüche oder ähnliches?

– Jetzt muß ich aber wirklich deutlich werden, sagte Myhrquist. Wie ich Ihnen bereits gesagt habe, komme ich vor einer halben Stunde in diesen Konferenzraum – versehentlich, ich war zum Herrenzimmer unterwegs – und finde einen halbnackten Kerl weinend auf dem Teppich knien. Und dieser Herr hier reicht mir eine Peitsche und fordert mich auf, den Knienden auszupeitschen. Das ist doch widerlich! So was Ekelhaftes, verdammt noch mal! Solche Schweinereien kann man doch nicht einfach dulden. Am allerwenigsten in einem renommierten Konferenzhotel, wo oft wichtige Beratungen auf Ministerialebene stattfinden.

Es sei die Sache des Hotels und der Polizei, herauszufinden, was hier eigentlich vorgehe, und er werde schon dafür sorgen, daß der Staatssekretär erführe, was für Absonderlichkeiten die Arbeit hier störten. Und falls Zweifel an der Wahrheit seines Berichts bestünden, sei er durchaus bereit, seine Aussagen vor Gericht unter Eid zu wiederholen. Das wäre dann wohl alles.

Die Polizeibeamten überlegten offenbar ernsthaft, ob sie die ganze Sache auf sich beruhen lassen sollten, da all das offensichtlich so sonderbar war, daß niemand je imstande sein würde, es einem Vorgesetzten zu erklären, und es außerdem etwas unangemessen schien, Leute aus einem so fragwürdigen Anlaß aufs Revier zu schleppen.

– Sollten wir nicht doch wenigstens irgendwas zu Protokoll nehmen, sagte der eine zum anderen und ließ in diesem Moment eine wasserdichte Taschenlampe auf den Teppichboden fallen.

Er bückte sich, um sie aufzuheben, und beim Bücken fiel sein Blick auf etwas, das auf einem der eleganten weißen Ledersessel im Foyer lag. Mit energischen Schritten ging er auf den Sessel zu und hob es auf.

Es war eine Peitsche mit einer langen Schnur aus geflochtenem Leder.

In diesem Moment kam der Staatssekretär Börje Svanhede zur Tür herein. Er war unwahrscheinlich gereizt und noch dazu völlig heiser.

Er nickte wirkungsvoll in alle Richtungen, ohne überhaupt irgend etwas zu bemerken, und drückte fest auf die Klingel an der Rezeption. Er müsse unverzüglich ein paar wichtige Gespräche führen. Heiser sei er vom Sitzen in einem ungeheizten Wartesaal in Halmstad geworden, als er auf einen Bus wartete, der wegen der Schneeverwehungen einfach nicht kommen wollte.

– Hör mal, sorg doch bitte dafür, daß wir in fünfzehn Minuten anfangen können, sagte er zu mir, den Telefonhörer ungeduldig ans Ohr gepreßt. Ich muß heute abend schon wieder zurück sein, leider. Es sind seltsame Dinge im Gang. Wir müssen später darüber reden. Du kannst doch nach dem Mittagessen einen Spaziergang mit mir machen.

Während er redete und dann und wann der Telefonvermittlung in der Stockholmer Regierungskanzlei ein ermunterndes Wort zurief – er mußte nämlich unbedingt den Industrieminister erreichen, überblickte er mit seinen hellblauen, munteren Eichhörnchenaugen die Szene mit dem Schwarzbärtigen und Myhrquist, der die Peitsche in der Hand hielt und mit ihr herumfuchtelte, als wolle er dem Polizeibeamten etwas demonstrieren.

– Was macht ihr denn hier? Irgend so ein Sensitivity Training? Ja, hallo – hallo, hier ist Svanhede, entschuldige bitte die Störung, aber …

Er wurde ganz still, während der Hörer sehr deutlich und ausführlich über etwas redete.

Plötzlich wurde mir bewußt, daß ich es war, der hier störte.

Wittfogel, lassen Sie die Maschinengewehre sprechen!

Eine einfache, aber vielleicht etwas boshafte Art zu beschreiben, worum es bei der Konferenz eigentlich ging, wäre die Behauptung, daß man hier herauszufinden versuchte, was eigentlich die Aufgabe unseres Ministeriums sei.

Es war 1967 eingerichtet worden, als Reaktion auf eine Untersuchungskommission, die wiederum starke Impulse von ihrer Beschäftigung mit ausländischen Futurologen und Wachstumsexperten bekommen hatte. Ihr Motto war: »Das Wachstum planen«.

Alles hatte sehr vielversprechend ausgesehen. Wir waren zu einem Anziehungspunkt für eine ganze Reihe von jungen Talenten geworden, denen die tagtägliche Routinearbeit im Finanzministerium und anderswo keinen rechten Spaß machte und die sich in einer reineren, eher abstrakten, spekulativen Atmosphäre wohler fühlten.

Anfangs erhielten wir eine sehr starke Unterstützung von der Regierung, da das Kabinett damals gerade ein paar Tennis spielende Freunde hatte, die auch die futurologischen Arbeiten der Professoren Kahn, Tijnbeergen und Ferenc Janossy lasen.

Der erste Minister hatte zum inneren Kreis gehört und konnte uns folglich so ungefähr alle Geldmittel beschaffen, die wir haben wollten. Die Pressekonferenzen zur Gründung des Ministeriums waren großartig, sie füllten *Dagens Nyheter* und *Aftonbladet* mit gepfefferten Schlagzeilen wie *1990 keine Kühe mehr in Schweden* oder *1990 haben wir 30 Kernreaktoren*. Wir bekamen so viele Mittel für Forschungsprojekte, so viele Stellungnahmen von amtlicher Seite und gewannen so viele Freunde, daß es ganz offensichtlich war, daß wir mit unserem gesamten futurologischen und spekulativen Wissen eine neue Macht im gesellschaftlichen Leben darstellten. Die Mitarbeiter fuhren von einer Konferenz zur anderen, nach Wien, Hongkong und Kioto, und trafen dort die altbekannte Futurologenclique. Planspiele und Szenarien nach der Delphimethode füllten den Alltag der Arbeitsgruppen aus.

Es war eine kurze, goldene Zeit.

Das erste wirklich ernste Warnsignal kam im Herbst 1968, gleich nach der sowjetischen Okkupation der Tschechoslowakei. In der Gewerkschaftspresse begannen einige ironische Leitartikel aufzutauchen, in denen die Frage gestellt wurde, womit wir uns eigentlich beschäftigten, und die vor einer Herrschaft der Experten in lebenswichtigen Entwicklungssektoren warnten.

Kurz darauf wurde der bisherige Minister überraschend zum Leiter der schwedischen UN-Delegation in New York ernannt.

Auf dem sozialdemokratischen Parteitag desselben Jahres wurden wir mit keiner Silbe erwähnt.

Der engbegrenzte Rahmen des Aufgabengebiets stand in einem starken Kontrast zu unseren gewaltigen Ambitionen. Dann kam eine neue Behörde nach der anderen und schnitt sich Segmente aus unserem Arbeitsbereich heraus, fast als wären es Tortenstücke.

Was der »physische Reichsplan« nicht schluckte, und das waren keine Kleinigkeiten, nahm sich das neugegründete Industrieministerium. Eine Zeitlang setzten wir große Hoffnungen auf die Umweltprobleme und die Möglichkeit, einen Teil unserer Tätigkeit auf sie zu verlegen – das war ja wirklich eine Form von »Das Wachstum planen« –, bis uns schließlich klar wurde, daß die öffentliche Meinung zu einem eigenen Umweltministerium zu neigen begann.

Nachdem der Minister im Herbst 68 bei den UN gelandet war, wechselten unsere Chefs in rascher Folge. Der zweite Minister ließ sich schon bald ins Reichsbankdirektorium versetzen.

Dann kam ein blondes Mädchen, eine auf Insekten spezialisierte Dozentin aus Uppsala, die offensichtlich dazu da war, die Regierung mit einer weiblichen Komponente zu versehen. Sie war außerordentlich nett und kollegial, wenn sie sich mal im Ministerium blicken ließ, und entwickelte ein beträchtliches Maß an weiblichem Charme, schien aber nicht recht zu begreifen, womit wir uns eigentlich beschäftigten. Kurz darauf wurde sie Familienministerin.

Der vierte Minister kam von gewerkschaftlicher Seite. Er hatte ursprünglich als Ombudsmann der Friseure in Örebro Karriere gemacht, und lustigerweise hatte er etwas krause Haare, genau wie es in den vierziger Jahren bei den Friseuren üblich war. Er war ein großer, stets sorgenvoller, stets ernster Mann, der es fertigbrachte, mit einem total undurchdringlichen Gesichtsausdruck sechsstündige Konferenzen zu leiten, ohne auch nur durch ein Achselzucken oder das Heben einer Augenbraue die geringste eigene Meinung zu verraten.

Wir hatten den Eindruck, daß Svanhede, der Staatssekretär, der die ganze Zeit dabeigewesen war und allmählich alle Rollen vom KÜNFTIGEN FINANZMINISTER bis zum fast vergessenen Staatssekretär in einem Ministerium durchlaufen hatte, über das keine einzige Zeitung mehr etwas schrieb, und der sich dabei seine verbissene Energie, seine Bulldoggeneigenschaften bewahrt hatte, der einzige sei, der noch einen gewissen Kontakt zu unserem selten anwesenden Chef unterhielt. Der Minister schien seine Zeit zwischen einer unendlichen Anzahl von Reichstagsausschüssen und Intrigen im Ortsverband der Gewerkschaft in Örebro aufzuteilen. Er machte nicht den Eindruck, als ob er sich allzusehr mit dem Ministerium identifizierte, was vermutlich klug von ihm war.

Die Tagung in Varberg stand, wie schon gesagt, im Zeichen der Krise, es war eine ausgesprochene Krisentagung. Irgendwas war faul, schon seit Monaten stank es im weiten Umkreis. Daß die Marxisten in *Aftonbladet* seit einem halben Jahr ständig auf unsere Entbehrlichkeit hinwiesen und in uns ein Beispiel für die Verflechtung von Großkapital und Staat sahen, ließ uns ziemlich kalt. Eine Zeitlang waren sie die einzigen, die über uns schrieben, und das förderte nur unser Prestige.

Als aber der sozialdemokratische *Dalademokraten* und das Gewerkschaftsorgan *Metallarbetaren* uns innerhalb ein und derselben Woche in je einem dreispaltigen Leitartikel in Frage stellten, war es auch dem Gutgläubigsten klar, daß hier irgendwas faul war.

Unsere Tage seien gezählt, wenn es uns nicht gelänge, unsere Aufgaben genauer zu definieren, sie fest in der sozialdemokratischen Bewegung zu verankern und solide Mittel zu ihrer Durchführung zu beschaffen, sagte Svanhede ziemlich unverblümt in seiner Eröffnungsrede.

Es war vorgesehen, mit einem Plenum zu beginnen, nach dem Mittagessen dann einzelne Arbeitsgruppen zu bilden, die über verschiedene Spezialgebiete diskutieren sollten, und sich am Nachmittag des zweiten Tages zu einem neuen Plenum zu treffen.

Da Svanhede zu spät gekommen war und wir übrigen den Morgen damit verbracht hatten, diese Leute im anderen Konferenzsaal zu entlarven, die sich als ein rechter Haufen von Spinnern und Fanatikern entpuppten, geriet das Plenum etwas kurz.

Es wurde sehr still, als Svanhede geendet hatte. Dr. phil. Istvan Kortz, in Wien promoviert, als Jude vor den Nazis geflohen, nach Gastprofessuren in Harvard und Wales emeritiert, bei der Gründung des Ministeriums eine unsrer großen Entdeckungen für das Expertengremium, meldete sich zu Wort.

Mit einem starken ungarischen Akzent wies er darauf hin, daß wir der Krisenstrategie mehr Aufmerksamkeit widmen müßten. Die Modellversuche, mit denen wir in den ersten drei Jahren gearbeitet hätten, seien trotz seiner Proteste ausgesprochen statisch-optimistisch geprägt gewesen.

Die Art, wie wir mit Wachstumsprognosen umgingen, habe, notdürftig bemäntelt durch verschiedene statistische Vorbehalte und vorsichtige Einschränkungen, lediglich darin bestanden, bereits sichtbare Tendenzen ins Unendliche zu verlängern.

– Eine Futurologie, die sich ausschließlich mit der Extrapolation von Trends beschäftigt, kann niemals das Maß an Realität erreichen, das es erst ermöglichen würde, sie zur Grundlage politischen Handelns zu machen, sagte er.

In der ersten Zeit waren wir ungeheuer beeindruckt von ihm. Er schien mit all den wissenschaftlichen Kapazitäten befreundet gewesen zu sein, deren Arbeiten wir nur aus Zusammenfassungen in Forschungsberichten kannten. Nach und nach war der Enthusiasmus abgeflaut, da er offenbar nicht imstande war, irgendwelche konkreten Vorschläge zu formulieren.

Er schien das Ministerium als eine Institution zu betrachten, deren Aufgabe es sei, ihn mit Forschungsmitteln für überaus abstrakte Aufsätze zu versorgen, in denen es von stochastischen und spieltheoretischen Gleichungen nur so wimmelte und die pflichtschuldigst jedes Vierteljahr in unserem Bulletin »Mitteilungen aus dem Ministerium für Raumordnung« abgedruckt wurden.

– Nehmen wir beispielsweise an, daß einer meiner Freunde in der zweiten Juniwoche doppelt soviel Schnaps trinkt wie in der ersten Woche desselben Monats. Ich gehe der Sache nach und stelle fest, daß der Verbrauch in der ersten Woche wiederum das Doppelte von dem beträgt, was er in der letzten Maiwoche konsumiert hat.

Welche Schlüsse kann ich daraus ziehen? Wenn ich ganz einfach davon ausginge, daß dieser Trend sich fortsetzt, müßte ich ja folgern, daß er vor Weihnachten ganze Wagenladungen von Whisky trinken wird. Aber das ist ja Unsinn, das bringt kein Mensch fertig, das würde jeden umbringen.

Dieses Beispiel zeigt, daß Trends sich nicht einfach uneingeschränkt verallgemeinern lassen. Gewisse Trends enthalten in sich schon den Beweis dafür, daß sie aufhören werden.

Ich glaube kaum, daß es irgend jemand gab, jedenfalls nicht in meiner Abteilung im Ministerium, der dieses Beispiel nicht schon irgendwann einmal gehört hatte. Wir waren tief beeindruckt, als wir es zum erstenmal hörten. Irgend jemand räusperte sich, in der Hoffnung, er werde es merken und sich bei seinem Vortrag diesmal einigermaßen kurz fassen, aber die meisten hatten schon resigniert.

Außerdem war ja der eine oder andere darunter, der ihn noch nicht so oft erlebt hatte.

Dr. Kortz gehörte nicht zu den Leuten, die sich von einem Räuspern stören lassen. Seine großen Augen hinter den stark gewölbten Brillengläsern blickten ernst in die Runde der Ministerialräte. Er trank in aller Ruhe ein Glas Mineralwasser aus und fuhr fort:

– Ein mit der Planung betrautes Organ muß vor allem für den Krisenfall vorsorgen. Eine Futurologie, die nicht begreift, daß die Krise ein wesentlicher Bestandteil jeder gesellschaftlichen Entwicklung ist, ja, daß die Entwicklung in jeder historischen Phase tatsächlich durch Krisen vorangetrieben wird, sogar geradezu aus Krisen besteht, wird notwendigerweise von den Ereignissen nicht nur überrascht, sondern auch überholt werden.

Es gelang ihm tatsächlich, eine Diskussion in Gang zu bringen. Seine Idee, daß das Ministerium im Grunde weniger für die Raumordnung als vielmehr für die Verhütung von Krisen zuständig sei, ja, daß die Aufgabe eines solchen Ministeriums darin bestehe, Krisen vorauszusehen und Strategien zu entwickeln, um sie in den Griff zu bekommen, weckte bei einigen Teilnehmern ein plötzliches Interesse.

Es kam sogar dazu, daß Svanhede Dr. Kortz um eine Definition des Begriffs »Krise« bat.

– Eine Krise liegt vor, wenn die Institutionen eines Staates vor

Aufgaben gestellt werden, für deren Bewältigung ihnen die adäquaten Mittel fehlen, antwortete Kortz wie aus der Pistole geschossen.

– Was heißt »adäquate Mittel«, sagte der Vorsitzende.

– Das können Machtmittel sein, wie etwa bei einer Revolution, es können aber auch moralische Mittel sein, wie bei den Umweltproblemen, antwortete Kortz mit derselben Entschiedenheit. Wir alle nehmen die Umweltverschmutzung wahr, aber es gibt keine Moralbegriffe, aus denen wir schließen könnten, wie wir darauf reagieren sollen. Wenn jemand einen – sagen wir, einen Singschwan – mit einem Stein erschlägt, dann wissen wir alle, wie wir darauf zu reagieren haben. Wenn aber alle Singschwäne durch ein neues Birkenvernichtungsmittel getötet werden, ja, dann fehlt es einfach an einer moralischen Strategie, um dieses Problem zu bewältigen. Eine Institution, die Krisen verhüten soll, muß auch bereit sein, »moralische Strategien« zu liefern.

Svanhede sah niedergeschlagen aus, wie er da saß und den Vorsitz führte. »Eine Institution zur Krisenverhütung« hörte sich gut an. »Krisenstrategien« auch. Aber »moralische Strategien liefern« war bestimmt nicht gut. Das war wieder einer von diesen komischen Begriffen, mit denen man die Gewerkschaftspresse verärgern konnte.

Das mit den Krisenstrategien war dagegen zweifellos ein Glückstreffer: »Dem schwedischen Staat fehlt es an Krisenstrategien.« Einer nach dem anderen spielte diesen Gedanken durch.

Dann kam das Mittagessen schneller als erwartet, weil wir so spät angefangen hatten. Svanhede blieb gerade noch Zeit, ein bißchen von der Suppe zu kosten, denn inzwischen hagelte es Telefongespräche aus Stockholm. Weiß der Kuckuck, was zum Teufel sie da wieder ausbrüteten!

– Man kann wohl ohne weiteres sagen, daß die Krise, dieses gefährliche Übergangsstadium, ein organischer Teil jedes Staates ist und daß ein Staat nur durch Krisen weiterlebt, weil die Krisen den Staat dazu zwingen, adäquate Mittel zu ihrer Bewältigung hervorzubringen, Mittel, die vorher noch nicht vorhanden waren.

– Genau, sagte Dr. Kortz und merkte gar nicht, daß er gerade etwas Suppe auf seinen Bart verschüttete.

Die Kellnerinnen brachten den gekochten Fisch und ungewöhnlich bleiche Winterkartoffeln.

Kortz schien sehr entzückt darüber zu sein, daß er verstanden worden war. Offensichtlich war dies der erste größere Erfolg, den er seit Jahren geerntet hatte.

– Aber versuchen Sie nur mal, die Regierung für diese Idee zu gewinnen, die gesamte Partei, die öffentliche Meinung, sagte ich. Man wird es auf eine ganz eindeutige Art interpretieren, und zwar als offizielles Eingeständnis, daß wir uns in einer Krise befinden.

– Aber so ist es doch auch, sagte Dr. Kortz erstaunt. Er hatte wirklich gräßlich unappetitliche Tischmanieren.

– Natürlich befinden wir uns in einer Krise. Es ist nur noch eine Frage von Jahren, bis die richtig große Inflation ins Rollen kommt, denn mit Hilfe der Inflation kurbeln wir den Konsum an. Der Wohnungsbau hat seit etwa einem Jahr stagniert, weil die Preise sich der Nachfrage nicht angepaßt haben. Die Gewerkschaften erleben einen Vertrauensschwund, weil sie viel zu sehr in die Produktion integriert sind. Die regionale Industrieplanung ist im großen und ganzen ein Fehlschlag …

– Da bin ich ganz und gar nicht Ihrer Meinung, sagte Myhrquist.

Er schien sich von den Schrecken seiner morgendlichen Begegnung mit dem Sensitivity-Riesen ganz gut erholt zu haben.

– Ich habe den Eindruck, daß die Leute im allgemeinen ganz zufrieden sind. Diese unzufriedenen Massen existieren nur im Feuilleton des *Aftonbladet* und bei einigen jüngeren konservativen Wirtschaftswissenschaftlern. Es gibt eine ganze Menge Unzufriedenheit und verdammt viele Leute, die herummeckern, aber geh nur mal in die Stadt und schau dich um. Sieht so denn wirklich eine Gesellschaft aus, die am Rande der Katastrophe steht? Man kann wohl sagen, daß wir einen gewissen Mangel an politischer Theorie haben, aber hier in Schweden ist politische Theorie noch nie besonders groß geschrieben worden. Wir neigen eher zu pragmatischen Lösungen, und ich glaube, das ist unsere Stärke.

Wenn dieses Ministerium seine Schwächen hat, dann beruhen sie keineswegs auf einem Mangel an politischer Theorie, sondern vielmehr auf einer unzulänglichen Verankerung in der Praxis. Wir lassen uns viel zu wenig von denen beraten, die mit den Problemen an Ort und Stelle befaßt sind. Wir haben zuwenig Kontakt mit den Universitätsinstituten, die wirklich etwas über die Zukunft wissen. Wir haben zuwenig Kontakt mit dem Wirtschaftsleben. Ein Bergwerksdirektor von, sagen wir mal, den Trummelsberger Hüttenwerken, weiß mehr über die Zukunft als ein ganzer Futurologenkongreß in Basel, weil er mitsamt seinem ganzen Hüttenwerk untergehen würde, wenn er nicht wüßte, woher der Wind weht.

Jetzt fehlte nur noch, daß jemand auf den Bergarbeiterstreik in Kiruna zu sprechen käme. Es war ja bisher noch zu keiner richtigen Schlichtung gekommen, und jeden Abend konnte man Luspa und seine Kumpel mit fester Stimme in der Tagesschau reden hören.

Mir war nicht ganz klar, ob sie sich nicht dafür interessierten oder ob das Thema einfach etwas zu heikel war. Gewöhnlich hatten sie keine besonderen Skrupel, auf der Gewerkschaft oder der Regierung herumzuhacken. Und beide Seiten gingen ja bei diesem Streik unglaublich ungeschickt vor.

Aber irgendwie war dieser Bergarbeiterstreik ein bißchen beängstigend. Er war eine Nummer zu groß und war einfach zu überraschend gekommen.

– Und was meinst du, sagte ich zu Agneta Tillich.

Sie sah etwas gedankenverloren, etwas in sich gekehrt aus. Wie gewöhnlich hatte man den Eindruck, daß sie alles, was sich unter diesen Leuten um sie herum abspielte, ganz unterhaltsam fand, daß es ihr aber nicht besonders wirklich vorkam.

Sie schenkte mir ein strahlendes Lächeln und sagte:

– Eins steht jedenfalls fest, wenn wir jetzt, mitten im Bergarbeiterstreik, Kommuniqués herausgeben, daß wir die Krise bekämpfen wollen, dann ist die Gefahr doch wohl recht groß, daß wir mißverstanden werden.

Von der Sensitivity-Gruppe war im Speisesaal nicht die geringste Spur zu sehen. Sie waren wie vom Erdboden verschluckt. Vielleicht waren sie beim Skilaufen im Schnee draußen, der jetzt wieder zu fallen begann. Wie vom Erdboden verschluckt, alle miteinander.

Beim Kaffee fingen wir an, vom Urlaub zu reden.

– Wo machst du denn gewöhnlich Urlaub, fragte ich Agneta.

Ich hatte das unangenehme Gefühl, dies sei die persönlichste Frage, die ich ihr je gestellt hatte, eine fast unverschämte Vertraulichkeit, und sie sah mich auch sehr erstaunt an, als sie antwortete:

– Gewöhnlich bin ich mit meinem Mann in der Nähe von Halmstad. Wir haben da ein Sommerhäuschen.

– Es soll dort sehr schöne Sandstrände geben, sagte ich.

– Aber es ist sehr windig. Letzten Sommer hat es uns fast davongeweht.

Mir wurde klar, daß ich im Grunde genommen immer noch nichts von ihr wußte.

Am Nachmittag sollten wir uns in Gruppen aufteilen, um jeweils ein Arbeitsgebiet zusammenzufassen und zu sehen, was wirklich erreicht worden war und wo wir unsere Pläne ändern müßten.

Das war viel unangenehmer, weil es wie eine Art Prüfung war.

Und wie wir die Sache auch drehten und wendeten, immer stießen wir auf dasselbe Problem.

Das Ministerium befand sich in einem bürokratischen Vakuum. Niemand reagierte auf unsere Vorschläge. Unsere Anregungen brachten keine Diskussionen in Gang. Man überging uns, man ließ uns links liegen, man übertrug uns keine Aufgaben, wenn es nicht unumgänglich war.

Wie stand es eigentlich mit unserer Informationspolitik? War sie erfolgreich? Von unseren Statements gelangten immer weniger in die Zeitungen. Unsere Mitteilungen schienen kein großes Publikum zu haben. Wie sah es eigentlich mit unseren Zielgruppen aus?

Ein Ministerium, sagte Nilén, müsse seine Dienstleistungen verkaufen. Die Zeit der alten Beamtenmentalität sei vorbei. Wir müßten einsehen, daß wir es mit einem Markt zu tun hätten. Diesen Markt müsse man analysieren. Daß unser Markt in Wirklichkeit aus Ministerien, Behörden und Institutionen bestehe, ändere nichts daran, daß es trotzdem ein Markt sei.

Gegen Nachmittag hing eine Dunstwolke von Zigarettenrauch über den Tischen, an denen die Arbeitsgruppen saßen. Svanhede war wieder draußen und telefonierte – sein ständiges Gerenne ging uns allmählich ziemlich auf die Nerven. Die Aschenbecher quollen über von Zigarettenstummeln und den Kronkorken der Mineralwasserflaschen.

Aus dem Sensitivity-Trainingszentrum waren rhythmisch Klageschreie zu hören, fast als werde jemand langsam zu Tode gepeitscht. Wir scherten uns einen Dreck darum. Ich selbst hatte dröhnende Kopfschmerzen, die sich jedesmal verstärkten, wenn ich zu einer der Neonröhren an der Decke hochsah.

Agneta Tillich gehörte zu den wenigen, die immer noch frisch aussahen. In ihrer Eigenschaft als Dame saß sie auf einem der wenigen wirklich bequemen Stühle, fast einem Sessel, und wippte mit übereinandergeschlagenen Beinen.

Mir fiel auf, daß sie heute viel dunklere, viel ernstere Strümpfe anhatte als gestern.

Es wurde hin- und hergeredet. Der Krisenbegriff tauchte wieder in der Diskussion auf, aber jetzt auf eine viel gereiztere Art: Beschuldigungen und Gegenbeschuldigungen, alte Intrigen und alte Wunden kamen allmählich ans Licht, notdürftig bemäntelt.

Myhrquist war sehr unwirsch, sauer und zugeknöpft, weil jemand behauptet hatte, die Statistik sei nicht detailliert genug.

Ich interessierte mich intensiv für Agneta Tillichs Bauch. Er war von der breiten, kräftigen Art und zeichnete sich schwach unter ihrem Pullover ab. Obwohl ich mittlerweile wußte, wie er aussah, fesselte er mich so sehr, daß ich den Blick nicht abwenden konnte.

Svanhede kam zurück und beklagte sich über die schlechte Luft im Raum. Wir machten fünf Minuten Pause, um zu lüften. Die Dunkelheit war schon längst angebrochen. Eiskalte Luft drang herein.

Die Schreie aus der Sensitivity-Abteilung des Hotels hatten nachgelassen, sie waren aber hin und wieder noch zu hören, wenn jemand eine Pause machte. Sie klangen jetzt ein bißchen erschöpfter.

Und Pausen entstanden jetzt immer häufiger. Die meisten von uns begannen sich darüber klarzuwerden, daß wir dabei waren, den Schlußstrich unter eine Niederlage zu ziehen.

ALS ICH DAS TURMLUK ALS ERSTER ÖFFNETE, BOT SICH MIR EIN FASZINIERENDER ANBLICK. RINGSUM WAR DAS MEER MEILENWEIT VON DEM BRENNENDEN SCHIFF ERLEUCHTET. EINE RIESIGE FEUERSÄULE STIEG MITSCHIFFS AUF. ICH RICHTETE DAS FERNGLAS AUF DIE MEERESFLÄCHE ZWISCHEN MIR UND DEM BRENNENDEN RUMPF. DORT WIMMELTE ES VON BOOTEN. ICH MUSTERTE LANGE UND FINSTER DIE

FLAGGE AM ACHTERMAST, DIE NOCH DANN UND WANN IN DEN FLAMMEN ZU SEHEN WAR. ES WAR KEIN ZWEIFEL MÖGLICH: DIES WAR EIN SPANISCHES SCHIFF.

WITTFOGEL, SAGTE ICH: DAS SCHIFF IST NEUTRAL. ES DARF KEINE ZEUGEN DIESES ZWISCHENFALLS GEBEN.

WITTFOGEL, LASSEN SIE DIE MASCHINENGEWEHRE SPRECHEN!

Wittfogel gibt sich zu erkennen

Wittfogel gibt sich zu erkennen

DER DÜSTERE MARSCH, jetzt etwas schneller gespielt, noch schadenfroher, aber mit einem Hauch von Unwirklichkeit in den hohen Bläserstimmen, wie flatternde Wimpel, die sich im Wind entfalten.

Jetzt beginnt der Alptraum, und ich muß mich besser in den Griff bekommen, um erzählen zu können, denn es gibt in meinem Bericht keine einzige Stelle, an der nicht jemand behaupten könnte, ich würde lügen, ich hätte das alles nur erfunden, ich sei übergeschnappt, irgendwas sei wohl in mir kaputtgegangen in dieser Zeit, Mitte Februar, und wie soll ich beweisen, daß es nicht so war?

Es kommt jetzt noch manchmal vor, und in jenem Winter, als ich in Kungsängen herumwanderte, mit dem Finger über die Briefkästen strich und im Rauhreif Spuren hinterließ, kam es sehr oft vor, daß ich tatsächlich mit diesem Gedanken spielte:

Angenommen, ich wäre wirklich übergeschnappt damals, als diese Konferenz in Varberg war – ja, wenn ich übergeschnappt sein sollte, dann muß es in Varberg passiert sein. Und wenn es so ist, dann bin ich immer noch verrückt. Dann haben die Zeitungen recht, der Justiz-Ombudsmann hat recht, die Glossenschreiber der Gewerkschaftspresse haben recht, der Betriebsarzt hat recht, die Regierung hat recht, ja, alle miteinander haben sie recht. Und es gibt nur noch DEN DÜSTEREN MARSCH, den Wind, zerfetzte Wimpel und ein Geräusch wie von Seide, die jemand langsam, fast wollüstig, in lange, unregelmäßige Streifen reißt ...

Der letzte Donnerstag im Februar 1970 war nach mehreren Wochen der erste sonnige Tag. In Kungsängen morgens um halb sieben gab es vorerst nur einen roten Streifen am Horizont, der restliche Himmel war schwarzgrün. Das Thermometer zeigte minus 23 Grad, und Siskan schimpfte mit Tom, weil er trotzdem keine langen Unterhosen anziehen wollte. Ich trank meinen schwarzen Kaffee und blätterte lustlos in *Dagens Nyheter*. Gerüchte über eine Kabinettsumbildung. Es war wohl ziemlich klar, daß unser Ministerium einem anderen einverleibt werden würde, wenn es dazu käme. Aber ich glaubte kaum, daß es vor dem Herbst soweit sein könnte.

Tom ist wirklich lieb, er hat so niedliche abstehende Öhrchen, und wenn er wütend wird, zum Beispiel weil man ihn dazu zwingen will, lange Unterhosen anzuziehen, so daß ihn die Kameraden in der Turnstunde auslachen werden, laufen sie ganz rot an. Er hat ein sonderbares Hobby nach dem anderen. Letzten Winter sammelte er Briefmarken wie verrückt.

In diesem Winter hatte er angefangen, Flugzeuge aus Plastikmodellen zu basteln, und hat ziemlich schnell sämtliche Flugzeugmodelle aus dem Ersten und Zweiten Weltkrieg in Plastik nachgebaut.

Am Abend davor, als ich bei ihm im Zimmer war, um ihm gute Nacht zu sagen – ich komme ja nicht so oft dazu, mit ihm zu reden, wie ich es gern täte –, hatte er mir ausführlich den Unterschied zwischen einer Messerschmidt 109 und einer Focke-Wulf 200 erklärt.

Mir ist sein Interesse für etwas so Militaristisches ein wenig unangenehm, aber vermutlich ist es ganz unschuldig. Ihn interessiert die Systematik, es ist ein Herbarium, was er da anlegt.

Siskan, winterbleich, in einem alten gelben Morgenmantel aus Frottee. Ihr Profil wird mit den Jahren immer magerer und schärfer.

Ich ließ den Volvo warmlaufen, es ging ganz schnell, und fuhr in die Stadt hinein, während die Morgendämmerung langsam heraufzog. Der Himmel war prachtvoll rot, als ich am Norrtull ankam, es gab viel weniger Verkehr als gewöhnlich, das hing bestimmt mit der Kälte zusammen. Der Rauch aus den Ölfeuerungsanlagen stieg kerzengrade in die Luft, es dampfte vom Strömmen herauf, die Möwen flatterten unruhig hin und her, wie sie das in der Kälte zu tun pflegen.

Ich hatte kaum meinen Mantel aufgehängt und mich an meinem Schreibtisch niedergelassen, als auch schon das Telefon klingelte. Ein Mensch, von dem ich noch nie etwas gehört hatte, sein Name war Fryxell, er war offenbar vom Innenministerium, fragte mich, ob ich irgendwann im Laufe des Tages eine halbe Stunde erübrigen könne, um zu einem Gespräch herüberzukommen.

Ich sagte, bei mir stapelten sich die Papiere von einer Konferenz in Varberg, und ob es sehr unhöflich sei, ihn zu bitten, statt dessen mit mir Mittag zu essen.

– Das geht schlecht, sagte er. Es dauert wirklich nicht lange, aber es wäre gut, wenn wir in aller Ruhe miteinander reden könnten.

– O.K., sagte ich. Ich versuche, um Viertel nach elf hinüberzukommen.

Agneta Tillich war schon seit einigen Tagen nicht dagewesen. Sie hatte mich eines Vormittags im Büro angerufen und ein bißchen geplaudert. Sie hatte behauptet, mit einer Grippe im Bett zu liegen, und ich hatte sie sehr ausführlich gefragt, was sie anhabe, wie es in dem Zimmer aussähe, in dem sie lag. Sie hatte sogar die Vögel vor dem Fenster beschrieben.

Aber das alles auf eine sehr wohlerzogene, etwas ängstliche Art. Ich wurde nicht schlau aus ihr.

Der Pförtner begleitete mich rasch durch die Korridore zu Fryxells Zimmer.

Er entpuppte sich als ein großer, blonder, etwas unbeholfener Mann mit beginnender Glatze, der Typ des netten Kerls. Er duftete schwach nach Rasierwasser und gab sich sehr kollegial.

Ich hatte gleich das unbestimmte Gefühl, ihn schon mal irgendwo gesehen zu haben, und das stimmte.

– Ich weiß nicht, ob du dich noch vom Kgl. Uppländischen Regiment her an mich erinnerst, sagte er. Ich war dort 1956 Leutnant bei der Leibgarde, und du hast mal als Funker an einem Manöver teilgenommen. Erinnerst du dich noch an Hauptmann Arnold?

– Ja, der war in Ordnung, sagte ich. Ach, ich glaube sogar, ich erinnere mich, jetzt, wo du es sagst. War es nicht bei der Schießübung des Chefs im Februar 1957? Ich weiß noch, daß es mir ziemlich schlecht ging. Ich hatte irgendeinen scheußlichen Fraß gegessen und mußte mich immerzu übergeben in der ersten Nacht, die wir draußen waren.

– Daran kann ich mich nicht erinnern, sagte er und grinste ein bißchen.

Er schien ein sehr anständiger Kerl zu sein. Ich hatte das komische Gefühl, er habe mich sehr viel genauer in Erinnerung als ich ihn. Oder er interessiere sich überhaupt viel mehr für mich, als ich mich für ihn interessierte. Saß er nicht da und beobachtete mich ein wenig?

– Wie ist es denn im Ministerium für Raumordnung?

– Ziemlich still, sagte ich. Ich bin ja jetzt vor allem mit dieser Untersuchung beschäftigt. Wir werden wohl noch im Frühjahr einen Bericht herausbringen.

– Ich habe davon gehört. Mußt du noch viel daran tun?

– Nein, überhaupt nicht. Ich bin fast fertig. Die Frage ist nur, wieviel sie davon haben wollen.

Ich begann ernstlich zu überlegen, ob er mich aus Höflichkeit fragte oder wirklich aus Neugier.

– Also gut, ich will gleich zur Sache kommen, da ich ja versprochen habe, daß es nicht lange dauern wird.

Er bot mir eine Zigarette aus einem kleinen, sehr verbeulten Päckchen Commerce Filter an. Meine Zigarette hatte fast die Form eines S, aber das schien er überhaupt nicht zu bemerken.

– Es ist so: Wir suchen einen Mann für einen bestimmten Posten. Und zwar brauchen wir eine absolute Spitzenkraft. Er muß bereit sein, sehr hart zu arbeiten, und wird trotzdem in der Öffentlichkeit kaum in Erscheinung treten. Um ihn dafür zu entschädigen, haben wir uns gedacht, daß die Stelle gut dotiert sein sollte. Wir denken so etwa an eine Einstufung nach B3.

Aber das ist dir vielleicht gar nicht so wichtig – ich hatte den Eindruck, daß er mich wieder ein bißchen aufs Korn nahm.

– Entscheidend ist ja, ob es eine interessante Arbeit ist, sagte ich.

– Das ist es ganz bestimmt.

– Und worum geht es dabei?

– Das Ganze ist ein bißchen heikel, und ich wollte nur mal vorfühlen, ob du daran interessiert wärst, die Planungsarbeit aufzugeben. Soviel kann ich wohl schon sagen, daß es sich um eine Institution für Probleme des Umweltschutzes handelt, also Umweltschutz auf höchster Ebene in einem ganz allgemeinen Sinn.

– Wir sollen doch ein Ministerium für Umweltschutz bekommen.

– Ich muß dich leider enttäuschen, aber das ist nicht ganz dasselbe. Hier geht es um eine Kommission mit besonderen Aufgaben, und nun muß jemand für den Posten des Generaldirektors gefunden werden, der sie leistungsfähig macht. Verdammt leistungsfähig.

– Wie soll sie denn heißen?

– Es gibt sie bereits. Sie soll jetzt nur neu organisiert und zu einer festen Einrichtung gemacht werden. Wir nennen sie KBU, Kommission für Besondere Umweltprobleme.

– Davon habe ich noch nie etwas gehört.

– Das wundert mich nicht, denn in der Regierungsvorlage läuft sie unter *Sondervorhaben.*

– Na sowas. Sie hat also irgendwas mit der Gesamtverteidigung zu tun?

– Weißt du, so wie wir hier sitzen, sind mir die Hände gebunden, ich kann dir nicht allzu viele Informationen geben, bevor ich nicht weiß, wie du dazu stehst, und bevor der Minister nicht mit dir geredet hat. Aber soviel kann ich dir wohl schon sagen, daß sie nicht der Gesamtverteidigung angegliedert ist. Sie hat nichts mit Kriegssituationen zu tun, oder jedenfalls nur sehr indirekt. Hier im Innenministerium zählt sie zu den Sondervorhaben.

Damit hat es nichts Besonderes auf sich. Man könnte sagen, daß sie ein Ergebnis der Umweltdiskussion ist, aber auf etwas höherer Ebene. Sie ist eine Krisenkommission mit der Aufgabe, bei Umweltkatastrophen einzuschreiten, vor allem aber, sie zu verhüten.

– Daß sie so geheim ist, liegt also daran, daß sie Panikreaktionen verhindern soll, sagte ich beflissen. Ich könnte mir vorstellen, daß plötzlich irgendein wirklich gefährliches Umweltgift in die Milch der Molkereizentrale gerät, etwas, das die Leute lähmt oder sie für immer erblinden läßt. Dann würde natürlich eine infernalische Panik ausbrechen.

– Du hast es ganz richtig verstanden.

– Das scheint eine enorm viel sinnvollere Arbeit zu sein als die, die ich jetzt mache. An der Verhütung von Umweltkatastrophen beteiligt zu sein.

– Du hast also verstanden, wie wichtig es ist, daß eine solche Kommission nicht gerade in den Zeitungen angepriesen wird?

– Natürlich.

– Tatsächlich sind die Geheimhaltungsvorschriften sehr streng. Du wirst dich in keinem öffentlichen Zusammenhang darauf beziehen können. Offiziell wirst du ein ganz anderes Amt bekommen.

– Darauf pfeife ich dann wohl, sagte ich, wenn mir diese Sache nur wirklich eine Chance gibt, meine Kräfte zu erproben.

– Dank dir. Ich glaube, das reicht erstmal. Du wirst noch vor Ende der Woche von mir hören.

Offensichtlich war die Audienz beendet. Ich verließ das Haus in einem solchen Zustand der Verwirrung, daß ich direkt vor der Reichsbank fast von einem Lastwagen überfahren worden wäre. Es hätte wirklich schlimm ausgehen können. Wenn ich mich nicht zur Seite geworfen hätte, wäre ich überrollt worden. Das Streusalz spritzte mir bis zur Sportmütze hinauf.

Ich ging zum Mittagessen, noch ganz betäubt. Es war ganz klar, daß es nicht mehr viele Monate, vielleicht nicht einmal viele Wochen dauern würde, bis es zu einer Reform der Ministerien käme, der das Ministerium für Raumordnung zum Opfer fallen würde. Wir würden mit allergrößter Wahrscheinlichkeit zwischen einem neugegründeten Ministerium und einer unbrauchbaren Hälfte aufgeteilt werden, die dann diskret irgendwo andershin verschwinden würde.

Solche Krisen sind unangenehm, vor allem für den, der in der unbrauchbaren Hälfte zurückbleibt, die zusammen mit dem alten Ministerium verschwindet. Das ist eine raffinierte Art, jemand für inkompetent zu erklären. Nach so einer Geschichte hat man selten die Chance, wieder hochzukommen.

In letzter Zeit sagte mir irgendwas in den Tonfällen, daß ich in der abgeblitzten Hälfte landen würde. Svanhede war am Ende, totgeredet, daran war nicht zu rütteln. Wie es nun auch gekommen war, jedenfalls wurde ich zu Svanhedes Clique gezählt. Und diese Clique hatte sich als ein Reinfall erwiesen. Sie war einmal mit großen Hoffnungen angetreten und hatte nichts anderes zustande gebracht als Papiere. Kein Hahn würde mehr nach uns krähen.

Aber wer zum Teufel hatte mich für die Kommission für Besondere Umweltprobleme empfohlen?

Das Ganze war zweifellos sehr verlockend. Nicht nur wegen des Geldes. So verdammt reich war Siskan ja nun auch wieder nicht, daß mir eine Verdoppelung meines Gehalts schnurz sein konnte. Im Grunde genommen war es wirklich eine glänzende Idee, mich von der heraufziehenden Krise in eine Sonderkommission für Umweltschutz wehen zu lassen.

Aber wie zum Kuckuck waren sie darauf gekommen, ausgerechnet mich zu fragen?

Abends sagte ich Siskan nichts davon. Es war einer unserer gewöhnlichen Abende, d. h. einer, an dem eigentlich nichts los war.

Auch wenn nichts Besonderes los ist, habe ich das eigentümliche Gefühl, daß sie um sich herum eine nervöse Atmosphäre schafft, die sich auf mich überträgt, so daß ich auch nervös werde.

Sie hat eine Art zu sitzen, zu stehen, sich zu bewegen, die mir immerzu das Gefühl gibt, sie erwarte von mir, daß ich irgendwas tue, weiß der Himmel, was.

– Sollen wir einen Spaziergang machen, sage ich.

– Hu, es ist viel zu kalt, sagt sie.

– Sollen wir in die Stadt fahren und ins Kino gehen, sage ich.

– Wir haben doch niemand, der auf die Kinder aufpaßt. Das hättest du mir heute morgen sagen sollen.

– Was ist es denn dann?

– Es ist nichts.

– Nein, natürlich nicht.

Das nächste Treffen fand schon am folgenden Tag um zwei Uhr statt. Es war ein bißchen feierlicher. Wir befanden uns in einem etwas größeren Raum, und die Verhandlungen wurden von einem Abteilungschef geführt. Fryxell war auch dabei, hielt sich jetzt aber im Hintergrund.

Von den übrigen drei Teilnehmern kannte ich keinen einzigen. Einer davon stellte sich ganz einfach als Hultling vor. Er sah ungefähr aus wie eine Bulldogge, eine außerordentlich bleiche Bulldogge allerdings, Hamlet als Bulldogge, könnte man sagen, und war sehr schweigsam. Wie sich herausstellte, war er mein Vorgänger als Chef der KBU.

Mir fiel auf, daß er während der ganzen Besprechung eigentlich kein einziges Wort sagte, außer daß er sich vorstellte. Darüber hinaus antwortete er noch auf die Frage des Vorsitzenden, er hoffe, mir die ganze Sache so schnell wie möglich übergeben zu können. Das sagte er in einem Ton, als verachte er dies alles oder als habe er andere Aufgaben, die so wichtig seien, daß diese ganze Geschichte dagegen wie die reinste Lappalie erscheine.

Der zweite Unbekannte machte den Eindruck einer absoluten kleinen Niete, ein lächerlich geschniegelter und übertrieben ordentlicher Typ mit dunklen Haaren und koketten Bewegungen, der Löwenstråhle hieß und offensichtlich auch irgendwas mit der Sache zu tun hatte. Der dritte sah aus wie ein langer, schlanker, sehniger Schreiner aus dem nördlichen Uppland. Er trug eine kleine Nickelbrille, hatte einen gediegenen Adamsapfel und tatsächlich auch sehr eckige, ländliche Bewegungen.

Ich konnte ihn nirgends unterbringen, bis jemand erklärte, er sei Professor Klas Johansson vom Reichsmuseum.

Wir bekamen sofort miteinander Kontakt, und ich setzte mich neben ihn. Er schnupfte aus einer silbernen Dose.

Der Vorsitzende stellte mich als »einen hervorragenden Mitarbeiter aus dem Ministerium für Raumordnung« vor, der zugesagt habe, die rein administrative Leitung der KBU zu übernehmen.

Ich war außerordentlich überrascht. So verflixt schnell pflegte es sonst wirklich nie zu gehen.

– Aber, sagte ich ...

Der Vorsitzende ließ mich nicht zu Wort kommen.

– Kollege Troäng ist ja über diese Arbeit noch gar nicht informiert, und es ist also der Sinn dieses Treffens, ihn einzuführen, damit er so schnell wie möglich einsteigen kann. Hultling hat andere, dringende Aufgaben bekommen, und es ist natürlich sehr wichtig, daß die Kommission in ihrem Aufbaustadium nicht ohne einen Chef dasteht.

Was nun die Organisation selbst betrifft, sollten wir uns jetzt vielleicht nicht zu lange damit aufhalten. Es gibt Richtlinien und Arbeitsbeschreibungen, die Löwenstråhle gleich anschließend oder morgen mit dir durchgehen kann. Wichtig ist auch, dich so schnell wie möglich von all deinen Aufträgen im Ministerium für Raumordnung zu entbinden, der Innenminister hat schon versprochen, dabei behilflich zu sein.

– Entschuldigung, sagte ich, aber ich habe ja auch noch meinen Auftrag als Sekretär beim Untersuchungsausschuß.

– Aber du hast doch gesagt, du seist zum größten Teil damit fertig?

– Ja, es geht vor allem noch um die Durchsicht und die Abschlußkonferenzen.

– Meinst du, du bist soweit fertig, daß jemand anders die rein praktische Arbeit übernehmen könnte?

– Ich kann mir doch vielleicht hin und wieder einen Nachmittag dafür freinehmen, sagte ich.

– Das glaube ich nicht. Ich glaube, du kannst überhaupt nicht mit besonders viel Freizeit rechnen, zumindest jetzt am Anfang.

Er sah die anderen bedeutungsvoll an.

– O. K., dann kann ich mich auf das Wesentliche beschränken. Es ist also so, daß das Innenministerium in Zusammenarbeit mit dem Wirtschafts- und Verteidigungsministerium 1968 eine kurzfristige Untersuchung durchgeführt hat, um herauszufinden, welche Vorkehrungen man für ganz bestimmte Umweltgefahren treffen sollte. Die Untersuchung zielte vor allem auf Unfälle mit Atomreaktoren ab, also etwa in der Art eines Reaktorlecks. Dabei war auch die zivile Verteidigung eingeschaltet, vertreten durch ihren Chef. Der Untersuchungsausschuß kam zu dem Schluß, daß man eine Sonderkommission einrichten sollte, die nicht nur imstande wäre, bestimmte Vorkehrungen für einen Reaktorunfall zu treffen, sondern die überhaupt als eine planende und vorbeugende Instanz für alle größeren Umweltkatastrophen dienen könnte. Zu den Gefahren wurden in diesem Entwurf nicht nur radioaktive Brennstoffe gezählt, sondern auch unvorhergesehene Auswirkungen von Umweltgiften, Grundwasserverseuchungen, Luftverschmutzungen und alle möglichen biologischen Nebenwirkungen.

Es wurde viel darüber diskutiert, wo die Kommission hinkommen sollte, und nach einem Tauziehen zwischen dem Verteidigungs- und dem Wirtschaftsministerium ist sie bei uns gelandet. Das ist eine ziemlich lange Geschichte, die du in den Akten nachlesen kannst.

Die Kommission wurde also unmittelbar der Regierung unterstellt und im Etat des Innenministeriums unter dem Titel »Sondervorhaben« geführt.

Grundsätzlich sind alle Dokumente der Kommission geheim, sie steht nicht im Staatskalender und auch nicht auf der Gehaltsliste des Ministeriums. Deshalb wirst du hier auch bei einer ganz anderen Abteilung eingestuft werden.

Daß die Kommission diesen Status hat, ist ja ganz selbstverständlich und dient dem öffentlichen Interesse. Schließlich ist sie dazu da, um solche Katastrophen zu verhüten, so daß sie sich bestenfalls entbehrlich macht. Die Öffentlichkeit könnte ja in einer Weise darauf reagieren, daß es zu einem einzigen großen falschen Alarm käme, mit allen möglichen Konsequenzen für das Wirtschaftsleben, den Staat, die Provinzialregierungen und Gemeinden.

Wir haben bisher sehr streng auf der Geheimhaltung bestanden, und es gehört zu unseren Vorschriften, daß das auch weiter so bleibt. Du mußt also auf die Schweigepflicht vereidigt werden, bevor du auch nur irgendwelche Papiere in die Finger bekommst.

Wir gehen davon aus, daß du damit einverstanden bist.

– Ja, selbstverständlich.

– Der erste Leiter war also Hultling, der jetzt andere Aufgaben im Verband der Provinziallandtage übernimmt. Das Personal umfaßt zur Zeit inklusive Schreibkräfte und Forschungsassistenten sechshundertvierundsiebzig.

– Wie bitte?

– Sechshundertvierundsiebzig.

– Das ist nicht gerade wenig!

Der Vorsitzende schien meinen Kommentar überhaupt nicht komisch zu finden. Ich hatte das eigenartige Gefühl, daß irgendwas faul sei, oder zumindest, daß mir irgendwas allmählich über den Kopf zu wachsen beginne.

– Den verschiedenen Expertengruppen sind teils in der FOA und teils im Reichsmuseum Arbeitsräume zur Verfügung gestellt worden. Klas Johansson führt in seinem Institut eine Reihe von biologischen Untersuchungen durch.

Die Leitung hat ihren Sitz in Stocksund, wo sie unter dem Decknamen Umweltschutz AG einquartiert ist. Die Kontakte zwischen der Kommission und den verschiedenen Behörden laufen über die Poststelle des Innenministeriums. Es gehört also zu den Geheimhaltungsvorschriften, daß der Vorstand keine Briefe direkt mit normaler Post schicken darf. Es wäre gut, wenn du das in diesen ersten Tagen im Gedächtnis behieltest, bis du mit der Arbeitsweise vertraut bist.

Löwenstråhle ist bisher für die Sicherheit in der KBU verantwortlich gewesen, und er kann dich in alle diesbezüglichen Dinge einführen. In aller Freundschaft möchte ich dir den Rat geben, dich zuerst einmal sehr in acht zu nehmen. Man verplappert sich unglaublich leicht, wenn man keine Erfahrungen mit den Sicherheitsmaßnahmen hat.

– Ich verstehe.

– Unter Hultling hat sich die KBU hauptsächlich mit vier Problemkreisen beschäftigt. Mit Katastrophen auf dem Gebiet der Kernkraft, wo sie übrigens sehr gut mit der Gesamtwirtschaft und der FOA zusammengearbeitet hat, auf chemischem Gebiet, das noch nicht ganz soweit gediehen ist, auf biologischem Gebiet, wo Professor Johansson die treibende Kraft war, und schließlich auf psychologischem Gebiet, wo Laborant Heinz Wittfogel von der FOA die Arbeit geleitet hat.

Ich klammerte mich sehr vorsichtig, aber sehr fest an die Tischplatte. Einen Moment lang spürte ich eine sonderbare Panik, ungefähr so, wie man in einer Warteschlange an der Bushaltestelle spürt, daß man gleich umkippen wird, weil man viel zu lange stillgestanden hat.

Ich muß etwas merkwürdig ausgesehen haben.

– Entschuldigung, sagte ich, aber das habe ich nicht ganz mitbekommen, wie war der Name.

– Laborant Heinz Wittfogel von der FOA.

– Und womit beschäftigt sich diese psychologische Arbeitsgruppe?

– Kann einer der Herren uns darüber informieren?

– Ja, wie schade, daß er nicht hier ist, er besucht wohl in dieser Woche einen Kongreß in Bielefeld, sagte Professor Johansson. Ich glaube, er ist vor allem auf Panikreaktionen in verschiedenen Katastrophensituationen spezialisiert. Gibt es von ihm nicht sogar eine Studie über das Flächenbombardement von Dresden im Februar 1945 und die Reaktionen der Zivilbevölkerung, oder etwas Ähnliches?

– Doch, das sind genau die Probleme, mit denen er sich beschäftigt, sagte Löwenstråhle. Panik, Massenflucht, Reaktionen bei Massenevakuierungen von Städten und ähnliches.

Das ist natürlich alles sehr theoretisch, aber auch eine solche Planung gehört zu unserem Arbeitsbereich.

– Verzeihung, wie schreibt er sich genau?

– Heinz Wittfogel, W-I-T-T-F-O-G-E-L.

Die Elche im Moor

An einem der ersten Tage, sobald ich die Zeit dazu fand, fuhr ich zum Naturhistorischen Reichsmuseum hinaus. Ich bin nicht mehr dagewesen, seit ich ein kleiner Junge war. Mein Vater, der immer nett zu mir gewesen ist, hat mich ganz einfach einmal für ein paar Tage nach Stockholm mitgenommen, es war Anfang Juni in dem Jahr, in dem ich die zweite Klasse der Realschule abschloß, das muß 1949 gewesen sein.

Wir wohnten bei einem Verwandten, es muß Onkel Stig gewesen sein, denn ich weiß noch, daß wir abends in der Küche inmitten seiner unbeschreiblichen Erfindungen saßen und diskutierten. Seine Küche da draußen in Midsommarkransen hatte er in eine richtige Werkstatt verwandelt; eins seiner Projekte war die Verbesserung des Fahrrads. Ich glaube nicht, daß er an seinen Erfindungen besonders viel verdient hat.

Wir liefen in dieser herrlichen Frühsommerwoche tagelang in der Stadt herum und besichtigten Museen. Das Reichsmuseum war vielleicht das beste von allen: Ich erinnere mich an zwei riesige Elefanten am Eingang, einen starken Geruch nach Staub und Formalin, ausgestopfte Vögel zu Hunderttausenden und die Riesenseerose Victoria Regia, die gerade in dieser Woche im Gewächshaus des botanischen Gartens aufblühte. Das größte Blütenblatt in der ganzen Natur, wie ein Boot auf dem Wasserspiegel des Gewächshausteichs schwimmend, mit aufgerollten Rändern. Die Farbe der Blume habe ich vergessen.

Übrigens aßen wir da draußen in einer außerordentlich unappetitlichen Gaststätte irgendwas, von dem mir dann die ganze Nacht über schlecht war. Es muß irgendein Fleischragout gewesen sein; die Restaurants hatten sich noch immer nicht ganz vom Krieg erholt. Dieses Gefühl des Ekels verschmolz in meiner Erinnerung mit den Erinnerungen an das Reichsmuseum, an embryonale Säugetiere mit langen, wolkenartigen Nabelschnüren in unterschiedlichen Entwicklungsstadien, in riesigen, flachen Formalinflaschen konserviert, an ungeheure Schränke voller Fächer, in denen Schmetterlinge aufgespießt waren, und an das Rotationsmikroskop, einen Apparat, in dem man Schmetterlingsflügel und Insektenkiefer in enormer Vergrößerung sehen konnte, wenn man eine Kurbel drehte.

In dem Museum, wie ich es in Erinnerung hatte, wimmelte es von Schulklassen, die lärmend die Treppen hinauf- und hinunterrannten, und an diesem Februartag waren tatsächlich auch ein paar Klassen da. Die Elefanten standen noch da, genau wie in meiner Erinnerung. Der eigenartige, etwas ekelerregende Geruch muß mit den Jahren ein bißchen schwächer geworden sein, aber es gab ihn noch, und er bewirkte, daß ich mich wie ein kleiner Junge fühlte.

Ich ging zu der Frau an der Kasse und fragte sie, wo ich Professor Johansson finden könne.

– Möchten Sie eine Eintrittskarte, sagte die Frau, völlig unfähig, sich auf diese Situation einzustellen.

– Nein, ich möchte Professor Johansson sprechen.

– Wollen Sie nun eine Eintrittskarte oder nicht, zischte die Dame.

– Ich bin Generaldirektor Troäng, ich komme zu einer Besprechung mit Professor Klas Johansson. Seien Sie so freundlich, mir zu sagen, wo ich ihn finde.

– Wollen Sie nun eine oder wollen Sie keine, hinter Ihnen warten schon Leute.

– Ich möchte, daß Sie Professor Klas Johansson anrufen und dafür sorgen, daß er jemand herschickt, der mir den Weg zu seinem Büro zeigen kann.

Die Dame wechselte jetzt ihre Taktik. Sie übersah mich einfach. Die nächste Patientin in der Warteschlange hinter mir, eine Mutter mit drei kleinen Kindern, drückte mich fast am Metallgeländer platt, als sie sich vorbeidrängelte, um Eintrittskarten zu kaufen. Mit einer Anzahl von Knurrlauten und spitzen kleinen Flüchen, die zwischen den Zähnen steckenblieben, zog ich mich aus der Schlange zurück.

Im Museum wimmelte es von Wärtern, aber sie befanden sich alle jenseits des Kassenschalters.

Ich ging die Treppe hinunter. Es fiel nasser Schnee. Der Verkehr brummte draußen auf der Landstraße vorbei. Keine Telefonzelle weit und breit. Ich setzte mich ins Auto und überlegte. Ich lief einmal ums Museum herum. Nichts kann mich so verdammt hilflos machen wie Pförtner. Entweder gehorche ich ihnen blind, wie ein Kind, oder ich brülle sie an. Und vor Damen hinter Kassenschaltern habe ich eine Heidenangst.

Ich stieg wieder aus dem Auto, umkreiste das Gebäude, das riesig ist, ohne einen Eingang finden zu können, bekam nasse Füße und hinterließ eine einsame Spur auf dem Weg, der rasch immer mehr zuschneite. Die Luft war voll von nassen, filzigen Flocken, und meine Brille war schon bald total beschlagen.

Auf halbem Weg zum Wennergren Center fand ich einen Tabakladen und rief Professor Johansson an. Nach einem Augenblick hatte ich ihn an der Strippe.

– Hallo, sagte er, kommst du?

– Wenn ich nur in dein verdammtes Museum reinkäme, sagte ich.

– Wieso denn nicht?

– Der einzige Mensch, den ich finden kann, ist ein Weibsbild am Kassenschalter, und sie weigert sich, dich anzurufen.

– Wo bist du jetzt?

– Schon halbwegs am Odenplan, sagte ich. Ich mußte mich auf die Suche nach einem Telefon machen.

– Du hättest mit dem Pförtner sprechen sollen.

– Herrgott noch mal, da sitzt doch das Weibsbild und hindert einen dran, mit dem Pförtner in Verbindung zu kommen. Jetzt sei bitte so gut, komm in die Eingangshalle herunter und warte dort auf mich, denn sonst werde ich deine verdammte Abteilung an einen Ort verlegen, wo sie erreichbar ist.

Johansson klang echt bekümmert.

– Aber weißt du, ich verstehe nicht, wie du das angestellt hast. Hier wimmelt es gewöhnlich von Wärtern. Ich gehe selbst hinunter. Bist du in zehn Minuten hier?

– So ungefähr, sagte ich.

Er stand sicherheitshalber draußen auf der Treppe. Seine Nickelbrille mit der schmalen Fassung erinnerte mehr denn je an einen Schreiner. Ich empfand für ihn die gleiche Sympathie wie beim erstenmal.

– Ich habe mit ihnen geredet, sagte er. Es ist offenbar so gewesen, daß keiner von den Pförtnern in der Pförtnerloge war. Das Frauenzimmer am Schalter sagt, sie habe strenge Anweisungen vom Oberaufseher, niemand ohne Eintrittskarte hereinzulassen. Wir scheren uns nicht weiter drum, es ist eben unmöglich, vernünftiges Personal fürs Museum zu bekommen. Jetzt fahren wir zu mir rauf und trinken eine Tasse Kaffee.

Wir stiegen in einen sehr kleinen Aufzug, der uns an der Rückseite des Museums durch mehrere Stockwerke beförderte. Professor Johanssons Büro lag am Anfang eines sehr langen Korridors, in dem alle Zimmer Glastüren hatten. Im Hintergrund lärmten ein paar Mädchen hinter der offenen Tür von etwas, das wohl das Sekretariat war.

– Hallo, Mädchen, könnt ihr für mich und diesen Knaben hier ein paar Tassen Kaffee machen, sagte Johansson.

Er war bei seinen Mitarbeitern offensichtlich unwahrscheinlich beliebt. Ein junger Mann, der sich ganz einfach als Svenne vorstellte (»Er ist hier Laborant, verstehst du«), sagte:

– Hör mal, ich hau jetzt ab, und verschwand; ein dunkelhaariges Mädchen im weißen Kittel kam herein und fragte nach einer Konferenz, die stattfinden sollte oder die Johansson vielleicht verpaßt hatte, und er antwortete allen so freundlich und zerstreut, als seien sie seine jüngeren Geschwister.

Mir fiel auf, daß er nicht die geringsten Anstalten machte, mich irgend jemand vorzustellen, und da ich nicht genau wußte, wie die Sicherheitsvorschriften hier oben aussahen, machte ich auch von mir aus keinen Versuch, mich vorzustellen.

Das Arbeitszimmer war ziemlich groß, enorme Stapel von vervielfältigten Papieren lagen auf einigen Abstelltischen und sogar auf den Stühlen. Ein großer Pfeifenständer nahm eine Menge Platz auf Johanssons Schreibtisch ein, und daneben standen Dosen mit verschiedenen, recht teuren englischen Tabaksorten.

Kaum ein Buch stand im Regal, sie waren statt dessen in mehreren Haufen gestapelt. Ein Mädchen brachte den Kaffee in diesen amerikanischen Bechern aus Reispapier, die man nach dem Gebrauch wegwirft. Das Zimmer war ganz eingeräuchert von Pfeifentabak, vermischt mit einem schwachen Geruch nach alten Schreibmaschinen. Ich hatte den Eindruck, daß hier nicht besonders gründlich saubergemacht wurde.

Auf jeden Fall war es das Zimmer eines fleißigen Mannes. Das

Schwarze Brett war mit unverständlichen Notizen bedeckt, ich meine, sie waren deshalb unverständlich, weil Johanssons Handschrift es offensichtlich war.

– Setz dich, sagte er und wuchtete einen Papierstapel mit englischem Text von einem Sessel.

Es ist nett, daß du vorbeigekommen bist. Ich weiß schon, daß du viel zu tun hast, aber da ist eine Sache, die ich dir gern zeigen möchte. Wie geht's denn eigentlich so, hast du dich schon einarbeiten können?

– Nein, sagte ich. Ich bin draußen in Stocksund gewesen, hab ein paar Sachen in mein Arbeitszimmer gebracht und mich mit meiner Sekretärin bekannt gemacht, aber ich hab es noch nicht mal geschafft, alle Leute da draußen zu begrüßen. Ich brauche soviel Hilfe, wie ich nur kriegen kann. Verstehst du, ich habe ja noch nicht einmal eine klare Vorstellung davon, welche Strategie wir bisher verfolgt haben. Und im Ministerium für Raumordnung tobt Svanhede, weil ich weggehe, aber der kann mir den Buckel runterrutschen. Ich bin noch nicht einmal dazu gekommen, mein Zimmer zu räumen. Aber jetzt erzähl doch mal, was du so treibst.

Statt zu antworten, tat er etwas sehr Erstaunliches. Er ging zum höchsten Bücherregal und ließ etwas herunter, das ich zuerst für einen sehr klapprigen Rolladen hielt, bis ich entdeckte, daß es eine Filmleinwand war.

Aus einer Lücke zwischen zwei Schreibmaschinentischen rollte er einen Projektor heran.

– Ich möchte dir ein paar Filme zeigen: Hoffentlich hast du Zeit dafür. Sie sind nicht lang, aber sehr aufschlußreich. Sie sagen besser als Worte, was mich gerade beschäftigt. Machst du bitte das Licht an der Tür aus, wenn ich Bescheid sage.

Er fummelte ziemlich lange an dem Projektor herum, fluchte und versuchte es noch einmal, bis er den ersten Film eingelegt hatte.

Schließlich flimmerten dann doch ein paar von diesen Startzeichen über die Leinwand. Der Film war offensichtlich in Farbe.

Die erste Sequenz – ich fand den Lichtschalter erst nach längerem Tasten an der Tür hinter mir – zeigte eine Art Jeep oder Geländewagen und Johansson beim Herumalbern mit zwei sehr dunkelhaarigen Mädchen, die offenbar versuchten, ihm Coca Cola in den Kragen zu schütten. Er trug in dem Film ein sehr buntes Hemd und Shorts. Am

Ende war Johansson der Verlierer. Man sah, wie sein Hemd langsam naß wurde.

– Paß jetzt gut auf, sagte der wirkliche Professor Klas Johansson hinter dem Projektor.

Die Landschaft war exotisch. Ein sehr breites Tal, in dem der Wind sichtbar durch sehr hohes, sehr weiches Gras ging. Hier und da gab es tiefgrüne Baumgruppen. Es kam mir komisch vor, daß einige Bäume die Form von Chiantiflaschen hatten, diesen bastumsponnenen italienischen Weinflaschen, unten dick und sich nach dem Wipfel zu verjüngend. Schwarzblaue Berge zeichneten sich weit hinten am Horizont ab. Ein Schwarm von Vögeln, die aussahen wie sehr große weiße Möwen, überquerte den Himmel, aber es konnten keine Möwen sein, sie bewegten sich eher wie Sperber.

Die Kamera holperte durch die Landschaft, offensichtlich trug der Kameramann sie in den Händen.

– Paß auf, jetzt kommen sie gleich, sagte Johansson aus dem Hintergrund des Zimmers.

Aus dem grünen, hohen Gras lösten sich die Silhouetten einiger friedlich grasender, hellbrauner Tiere. Zuerst dachte ich, es seien irgendwelche Schafe, bis eins davon den Kopf hob und unruhig in Richtung der Kamera witterte, die kleinen, kindlich kleinen Vorderbeine ängstlich erhoben.

– Sind es Känguruhs?

– Es ist eine Känguruhherde in Tidbinbilla in Australien, sagte Johansson. Eine ganz gewöhnliche Herde von wilden Känguruhs. Aber jetzt paß auf!

Eins von den Mädchen, die dem Professor Coca Cola ins Hemd geschüttet hatten, kam jetzt von schräg rechts ins Bild. Neben ihr ging ein Mann in einem karierten Hemd, hoch aufgekrempelten Jeans, einen Schlapphut auf dem Kopf. Beide hielten irgendwas in den Händen, vielleicht Holzstücke, die sie offenbar rhythmisch aneinanderschlugen.

Die Känguruhs wurden immer unruhiger, hoben witternd die Nüstern in alle Richtungen, reckten die Hälse. Als die beiden mit den Holzstücken sich in einem Abstand von etwa zwanzig oder vielleicht dreißig Metern befanden – das war schwer abzuschätzen – und offenbar einen fürchterlichen Lärm mit ihren Holzklappern machten, konnte man sehen, daß ein Fluchtimpuls wie eine Welle durch die ganze Herde ging. Einige von den Tieren waren noch klein, man konnte sogar hier und da ein Junges sehen, das seinen Kopf aus dem Bauch der Mutter streckte, und wie sie unbekümmert weiter nach Grashalmen schnappten, während die Älteren schon längst aufgehört hatten zu grasen.

Das unheimliche, das wirklich erschreckende war, daß man ganz deutlich sehen konnte, wie die Tiere fliehen *wollten*, wie die mächtigen Hinterbeine sich zum Sprung streckten und wie im nächsten Moment ALLES IN IHNEN BLOCKIERT WURDE.

Sie kamen ganz einfach nicht vom Fleck. Ich kann es auf keine einfachere Art beschreiben. Es sah ungefähr so aus, als hätten sie sich's in letzter Sekunde anders überlegt. Der junge Mann und das Mädchen näherten sich ihnen, klopften ihnen freundlich auf den Rücken, kraulten sie zwischen den Rippen, die so schmal und stark waren, daß man sie sogar im Film mühelos zählen konnte; einige davon zitterten am ganzen Körper, aber sie kamen nicht von der Stelle.

– Mein Gott, sagte ich. Was ist los mit ihnen?

– Wenn ich das nur wüßte, sagte Johansson.

– Haben sie irgendein Gift gefressen?

– Wir haben bei sechs von ihnen den Mageninhalt untersucht, das Rückenmark, die Leber, jedes einzelne innere Organ. Es war nichts da, was man vernünftigerweise als Umweltgift bezeichnen könnte. Tidbinbilla liegt zwar in der Nähe von Canberra, aber wie du weißt, ist Canberra eine reine Verwaltungsstadt ohne größere Industrien. Ringsumher ist eine dünnbesiedelte Landschaft, die sogar einem Bewohner von Västerbotten riesig und leer vorkommen würde. Eine Vergiftung ist es also nicht. Es ist etwas anderes. Aber das ist nur der Anfang. Jetzt werde ich dir noch einen Film zeigen, und ich glaube, dann wirst du verstehen, worauf ich hinauswill.

Er brauchte eine Weile, um die Rollen zu wechseln, und bei dieser Gelegenheit fragte ich ihn ein bißchen aus.

– Es sind also keine zahmen Tiere, sie sind nicht irgendwie gehemmt worden?

– Überhaupt nicht.

– Aber wenn es keine Vergiftung ist, was ist es dann?

– Die einfachste und dümmste Erklärung ist, wenn man sagt, es sei eine ethologische Veränderung. Irgendwas ist passiert, vielleicht etwas Genetisches, vielleicht etwas anderes, das ihre instinktiven Reaktionen verändert hat, oder richtiger gesagt, einen Reflex in ihrem Verhalten blockiert hat.

– Aber sie sind nicht irgendwelchen Experimenten ausgesetzt worden, wie beispielsweise Ratten in diesen Käfigen, wo sie einen Nervenzusammenbruch bekommen, weil man sie immer abwechselnd bestraft und belohnt, wenn sie auf denselben Knopf drücken.

– Nicht daß ich wüßte. Aber es ist nicht auszuschließen, daß irgendwas, etwas Unsichtbares in ihrer Umwelt sich so verändert hat, daß die Wirkung dieselbe ist wie bei einer solchen Versuchsanordnung.

– Aber in Australien kann doch die Umwelt nicht besonders verschmutzt sein.

– Die Luft über den Großstädten ist genauso schlecht wie die Luft über Frankfurt am Main, aber vorerst handelt es sich nur um regional begrenzte Erscheinungen. Wie ich schon sagte: Diese Tiere sind nachweislich keinen Giften ausgesetzt gewesen.

– Aber ist es denn so furchtbar schlimm, wenn ein paar Känguruhs in Australien degenerieren und sich sonderbar verhalten? Ich verstehe, daß solche Forschungen ungeheuer wichtig sind, und ich bin sehr daran interessiert, daß du die Möglichkeit bekommst, damit weiterzumachen, aber ich meine – man braucht das doch nicht als besonders alarmierend zu betrachten?

Johansson antwortete nicht. Er putzte sehr sorgfältig seine dünne Brille und benutzte dazu doch tatsächlich ein genauso farbenfrohes Schnupftuch, wie mein Vater es seinerzeit hatte. Diesmal machte er selbst das Licht aus, fast als sei das eine so wichtige Sache geworden, daß nur er selbst es erledigen könne, schaltete den Projektor ein und ließ sich mit einem Grunzen auf den Stuhl dahinter fallen, das klang, als sagte er zu sich selbst, wie verdammt blöd die restliche Menschheit doch manchmal sei.

Diesmal war es ein ganz anderer Film. Ein ziemlich starker Sturm wehte über etwas hin, das ein riesiger Kahlschlag sein mußte, auf dem einige vereinzelte Kiefern stehengeblieben waren, zersplittert oder ohne Wipfel. Kleine weiße Schneeflecken lagen hier und da im Reisig.

Ich will mich nicht weiter hineinvertiefen. Direkt am Waldrand, wo der Kahlschlag mit großen Steinblöcken, unordentlichen Reisighaufen und tiefen, häßlichen Spuren von Forsttraktoren in den normalen Wald überging, stand eine Elchfamilie. Sie schien aus einem Bullen und zwei einjährigen Kälbern zu bestehen. Die Kamera fuhr immer näher heran.

Plötzlich durchzuckte sie der gleiche Fluchtimpuls wie im vorigen Film. Und auch hier wiederholte sich dasselbe erschreckende Verhalten wie in dem australischen Film. Im allerletzten Moment, als man sicher war, daß sie weglaufen würden, verhielten die Tiere und starrten dem Betrachter mit großen, glasklaren Augen entgegen. Sie waren gestellt, ungefähr wie ein Jagdhund Kleinwild stellen kann, und ihr erstarrter Ausdruck hatte etwas ungeheuer Erschreckendes.

Ich hatte vorher noch nie darüber nachgedacht, mit welcher Selbstverständlichkeit wir darüber urteilen, wie Tiere sich zu verhalten haben, und wie felsenfest wir doch davon überzeugt sind, daß sie sich immer genauso verhalten werden, wie wir es gewöhnt sind. Spatzen sollen auffliegen, wenn sich ein Auto auf der Straße nähert, Katzen sollen schnurren, wenn man ihnen den Rücken krault, Hunde sollen bellen, wenn man die Grenze des Grundstückes überschreitet, auf dem sie zu Hause sind.

Das Verhalten dieser Tiere hinterließ einen sonderbaren, erschreckenden Eindruck von *Leere*; als sei Gott tot oder als fließe die Wirklichkeit aus dem Universum, ungefähr wie aus einem Waschbecken, wenn man den Stöpsel herausgezogen hat.

– Pfui Teufel, sagte ich. Wo ist das gemacht?

– In einem Kahlschlag im nördlichsten Klarälvsdalen. Letztes Frühjahr. Eine Meldung in der Nya Wermlandstidningen hat mich auf die Spur gebracht. Zwei Elche sind dort von einem Forsttraktor überfahren worden, stell dir vor, von einem Traktor.

– Wie weit ist es verbreitet?

– Das weiß bis jetzt noch niemand. Vielleicht sind es nur vereinzelte Erscheinungen, vielleicht greift es schon um sich. Mach bitte das Licht an.

Er nahm den Film aus dem Projektor.

– Wir wissen nichts darüber, wie verbreitet es ist. Um das herauszufinden, wäre eine globale Anstrengung nötig, vielleicht durch die

UNO. Der Internationale Wildschutzfonds weiß vermutlich Bescheid, veröffentlicht aber keine Zeile darüber. Es war nicht leicht, die Erlaubnis zu bekommen, diesen australischen Film zu machen, kann ich dir sagen.

Die Wahrheit ist ganz einfach, daß niemand irgend etwas darüber veröffentlicht, außer in der Form von hektographierten Berichten, die in den Instituten kursieren und auch gelesen werden, aber ohne jeden öffentlichen Kommentar. Wie häufig es vorkommt, weiß ich also nicht. Es kann etwas Vorübergehendes sein, es können Umweltgifte sein, die in einer so kleinen Dosis auftreten, daß die üblichen Methoden nicht ausreichen, um sie nachzuweisen.

– Aber was um Himmels willen ist es denn?

– Es gibt da gewisse Theorien. Seit fünf, sechs Jahren sind wir dabei, auf entscheidende Weise in das ökologische Gleichgewicht einzugreifen. Denk doch nur daran, was zum Beispiel mit Mato Grosso passiert. Was der Straßenbau im Dschungel nicht zerstört, wird einfach niedergebrannt. Oder denk an das Wachstum der Städte. Die ganze Tokio-Bucht ist eingerahmt von städtischer Besiedlung, sie wird immer mehr mit Erde gefüllt und wird zum Festland. Die einzigen Gebiete in den USA, wo der Schwefelgehalt der Luft noch niedrig ist, sind Texas und Arizona. Es gibt Tage, an denen die Verschmutzung trotzdem von den Winden heruntergetragen wird, den ganzen Weg von der amerikanischen Ostküste bis nach Yucatan. Oder in kleinerem Rahmen: Nimm die Kahlschläge im nördlichen Värmland und in Dalarna. Sie verändern die Landschaft nach und nach, geben ihr ein Aussehen, das sie in den letzten zehntausend Jahren nicht gehabt hat.

Die Natur beginnt zu reagieren. Und sie weiß ebensowenig wie wir, wie sie eigentlich reagieren soll. Vergiß nicht, daß du genausowenig Ahnung hast wie ein Eichhörnchen, wohin die Biosphäre eigentlich unterwegs ist, worauf sie hinauswill. Wir wissen kaum mehr als die Fliegen darüber, in welchem gewaltigen evolutionären Zusammenhang wir eigentlich stehen. Die Natur weiß es ebensowenig wie wir, aber sie reagiert. Diese Tiere sind dabei, ihr Verhalten zu ändern. Das liegt entweder daran, daß sie völlig inadäquate Verhaltensmuster entwickeln, weil sich keins von den üblichen als tauglich erwiesen hat, oder aber sie befinden sich in irgendeinem genetischen Umbruch. Das ist vielleicht dasselbe. Vielleicht laufen sie ganz einfach nicht mehr davon, weil sie aufgegeben haben.

– Schrecklich.

– Ja. Und das Schrecklichste bleibt noch abzuwarten.

– Was denn?

– Ob es auf die Menschen übergreifen wird. Ob auch sie völlig inadäquate Verhaltensmuster entwickeln werden. Verstehst du, es sind ungeheuerliche Dinge, die uns hier drohen, so groß, daß keine Regierung auch nur wagen kann, daran zu denken, so beängstigend, daß auch keine Feuerwehrkommission damit fertig werden kann.

Ich überlegte. Es gab natürlich eine kleine Möglichkeit, daß dieser Bursche ganz einfach ein Phantast war. Bei manchen von diesen Wissenschaftlern ist die Grenze ziemlich fließend, das hatte ich in der Zeit gelernt, als ich im Auftrag des Ministeriums für Raumordnung alle möglichen futurologischen Seminare besuchte. Es gab Leute, die als Phantasten Karriere machten, nicht zuletzt an den amerikanischen Universitäten.

– Du meinst also, daß du im großen und ganzen einfach nicht weißt, wie ernst die Sache ist?

– Ja, alles hängt davon ab, in welchen zeitlichen Dimensionen wir uns bewegen. Soll die KBU zehn Jahre in die Zukunft sehen oder dreißig Jahre? Bei einer Perspektive von zehn Jahren ist dies ein rein akademisches Problem, es handelt sich um sehr geringfügige marginale Störungen, die nur eine kleine Gruppe von Ökologen in aller Welt interessieren kann. Bei zwanzig Jahren sieht es verdammt ernst aus, und in dreißig Jahren muß irgendwas geschehen.

– Und wie willst du das Problem angehen?

– Zuerst einmal muß man Material sammeln. Schon das ist ziemlich schwierig. Wie ich schon sagte, gibt es Dinge, die nicht in die offiziellen Forschungsberichte aufgenommen werden, Dinge, über die auf den internationalen Konferenzen viel geredet wird, ohne daß sie ins Protokoll kommen. Das Sammeln von Informationen ist also ein bißchen heikel, fast wie bei militärischen Nachrichtendiensten. Man muß sich irgendwie durchwursteln, manchmal gibt es gewisse Möglichkeiten, Informationen auszutauschen. Ich habe hier einen Assistenten, der nichts anderes tut, als solche Berichte zusammenzustellen.

Er warf mir ein dickes hektographiertes Manuskript herüber, das notdürftig von ein paar Heftklammern zusammengehalten wurde.

– Das kannst du mitnehmen und durchlesen. Es ist nur vom letzten Vierteljahr, aber es gibt eine ganze Menge Material darin. Da ist zum Beispiel die Sache mit dem Laub.

– Laub?

Er lehnte sich sehr bedächtig im Stuhl zurück. Diesmal steckte er sich nicht die Pfeife an, sondern kramte statt dessen dieselbe silberne Schnupftabakdose hervor, die ich schon einmal gesehen hatte, und klopfte tatsächlich zweimal auf den Deckel, bevor er sie öffnete, genau wie der Schreiner es zu tun pflegte, der in dem Haus in der Frankegatan in Västerås Hausmeister war, in dem ich als ganz kleiner Junge wohnte. Er verbreitete eine eigentümliche Geborgenheit um sich herum, die mich immer mehr faszinierte und bezauberte. Phantast oder nicht, jedenfalls gab er mir das Gefühl, mit einem wirklich vernünftigen Menschen zu sprechen.

Ich glaube übrigens, der Schreiner hieß Lövberg. Er bot mir Schnupftabak an, als ich ungefähr sieben war, und ich weiß noch, daß es ein phantastisches Gefühl war, weil man gleich am ganzen Körper fror.

– Magst du mir nicht eine Prise anbieten?

– Freilich. Aber es ist kein besonders feiner Schnupftabak.

– Laub, sagtest du?

– Ja. Das ist auch so eine Sache, bei der meine Abteilung kolossal abhängig davon ist, was für eine Strategie du wählst. Zur Zeit reichen unsere Mittel gerade noch dazu, einen Blick auf die Sache zu werfen.

Es geht also um folgendes: 1968 konnte sogar jeder Laie sehen, daß beispielsweise in einem ganz gewöhnlichen Park manche Laubbäume, besonders Espen, schon Mitte Juli anfingen, an einigen Stellen im Wipfel gelb zu werden. Es waren vereinzelte Erscheinungen, und niemand nahm sie besonders ernst. Schon seit Mitte der sechziger Jahre sind verschiedene Zierpflanzen im Handel, bei denen man durch eine Art künstlichen Chlorophyllzerfall sehr schönes rotes und gelbes Laub erzielt hat.

Abgestorbene Blätter sind ja oft sehr schön. Er nahm die Brille ab und drehte ein paar davon hin und her, die vor ihm auf dem Tisch lagen. Man hat das durch die Implantation eines Virus erreicht.

Im Sommer 69 war kein Zweifel mehr möglich. Da die Behandlung von abgeholzten Flächen und Bahndämmen mit Hormoslyr damals schon eingeschränkt worden war, konnte man diesem Unkrautvernichtungsmittel nicht mehr die Schuld geben. Und dabei gab es südlich des Dalälven kaum einen Landstrich, wo nicht hier und da eine Espe oder Birke ein paar gelbe Blätter bekam. Soweit ich es beurteilen kann, nimmt diese Tendenz immer mehr zu, und wenn es so weitergeht, bedeutet das auf längere Sicht eine Katastrophe für bestimmte Arten von Laubbäumen. Falls das Virus nicht unter dem Einfluß von anderen Umweltfaktoren oder natürlichen Prozessen mutiert oder aus der Natur verschwindet. Wenn es das nicht tut, ist natürlich auf die Dauer die Sauerstoffzufuhr der gesamten Atmosphäre bedroht, aber das ist wohl eher eine Science-Fiction-Perspektive.

Wahrscheinlich haben wir in ein paar Jahren einen Laubbaumbestand, der gegen dieses Virus resistent ist.

– Mein Gott, sagte ich. Jetzt wird mir klar, daß das ein ganz verdammter Job ist, den ich mir da aufgehalst habe.

– Kann schon sein.

Ich sah auf die Uhr, und da fiel mir plötzlich ein, daß ich schon seit einer Stunde wieder in meinem Büro in Stocksund hätte sein sollen. Jetzt war es schon Viertel vor fünf. Wenn ich gleich ans Telefon stürzte, hätte ich vielleicht noch eine Chance, wenigstens so viel von meinen Versäumnissen nachzuholen, daß ich so etwas wie eine Ausgangsbasis hätte, wenn ich am nächsten Morgen hinkam.

– Du, ich muß mal eben dein Telefon benutzen, sagte ich.

– Nimm dieses hier, sagte er und grub unter einem Haufen von amerikanischen Zeitschriften eins hervor.

Die Sekretärin, die ich von meinem Vorgänger geerbt hatte, hieß Gunilla. Sie war vermutlich eine gute Sekretärin, nur wußte ich bis jetzt noch nicht so recht, wie ich mit ihr dran war. Sie schien immer ein bißchen Angst davor zu haben, mit dem herauszurücken, was sie sagen wollte, und das machte ihren Ton etwas vorwurfsvoll.

Jetzt war er vorwurfsvoller denn je.

– Staatssekretär Svanhede hat mehrmals angerufen, es war ihm offenbar sehr wichtig, daß du ihn zurückrufst. (Ihr »du« kam immer noch sehr zögernd, nach einer Woche.) Dann hat Laborant Wittfogel von der FOA ein paarmal angerufen, wegen der Konferenz morgen. Er möchte wissen, wie lange sie dauern wird, weil er nachmittags nach Oslo muß. Außerdem möchte der Innenminister dich noch vor Donnerstag sehen. Ja, und dann waren es wohl nur noch ein paar Kleinigkeiten. Eine Frau Tillich, Agneta Tillich, hat mehrmals angerufen. Sie will vor fünf noch mal anrufen.

– Gut, den Rest erledigen wir morgen.

Johansson begleitete mich die vielen Treppen hinunter. Das nächste Stadium, erklärte er, während wir da gingen, sei der Übergang zu Experimenten. Man müsse geschlossene Ökosysteme, vollständige biologische Systeme schaffen, in die man verschiedene Faktoren einbringen könne, um ihre Wirkung zu studieren. Ein gewöhnliches Süßwasseraquarium mit einem guten biologischen Gleichgewicht sei eigentlich das Vorbild für jedes Experiment dieser Art. Unter diesen Bedingungen könne man nicht nur verschiedene Katastrophen in solchen Ökosystemen hervorrufen, sondern auch ziemlich groß angelegte Experimente durchführen, um zu demonstrieren, wie das Gleichgewicht in einem gestörten System wiederherzustellen sei.

In der Eingangshalle des Museums waren die Lichter gelöscht, als wir hinausgingen. Die Mammuts oder Elefanten oder was es nun war ruhten in einem sonderbaren Halbdunkel.

Die gräßliche Frau am Kassenschalter war weg.

Als wir draußen auf der Treppe standen, war es kalt und klar.

– Wovon ich träume, sagte Professor Klas Johansson, ist ein Experiment, bei dem einige Menschen eine Zeitlang, sagen wir ein paar Jahre, in der Gemeinschaft einer biologischen Umwelt mit Tieren und Pflanzen leben, die so organisiert ist, daß jedes Mitglied des Ökosystems sozusagen gleiches Stimmrecht hat. Das ist technisch durchführbar. Eine Umwelt, in der ein Mensch zu einer Maus sagen kann: Hör mal, an diesem Ort gibt es Dinge, die man tun darf, und Dinge, die man absolut nicht tun darf, und du bist jetzt zu weit gegangen, Freundchen.

Wohlgemerkt: Die Maus, oder meinetwegen auch eine Alge, soll in diesem Terrarium dasselbe zum Menschen sagen können. Eine Demokratie, ein neues Verhältnis zwischen dem Menschen und der Natur, wobei er sie zum erstenmal in seiner Geschichte nicht zu zerstören versucht.

– Eine solche Demokratie setzt doch eine Diktatur voraus. Eine totale Diktatur. Jemand muß ja schließlich dieses Terrarium konstruieren.

– Freilich. Es würde einen absoluten, zentralen Willen voraussetzen, vermute ich.

– Hör mal, ich glaube, ich muß jetzt losfahren. Ich habe einen weiten Weg nach Hause.

Es war ein bißchen glatt, aber nicht gefährlich. Die schlimmsten Autoschlangen waren schon vorbei.

Natürlich hatte niemand den Weg zum Haus freigeschaufelt. Siskan stand wie gewöhnlich hinter dem Küchenfenster und hielt nach mir Ausschau, während ich den Wagen in die Garage fuhr.

Damals habe ich mich oft gefragt, woran sie wohl dachte, wenn sie so dastand.

Wittfogels Auge, vergrößert

Es war eine ziemlich große Villa in Stocksund. Sie gehörte wohl zu den ältesten in dieser Gegend, mit ulkigen Konstruktionen an den Ecken, wie angeklebte Türmchen, und einer Eingangshalle, in der es tatsächlich dorische Säulen gab.

Am Eisengitter neben dem Gartentor war ein Messingschild angebracht, das bestimmt viel Geld gekostet hatte. Darauf standen die Buchstaben KBU und eine Telefonnummer, die man nach der Geschäftszeit anrufen konnte. Ich vermute, daß es die des Pförtners war.

Das Eisentor im Gitterzaun war immer verschlossen, es war in der Tat ein recht solides Tor mit einem ungeheuer stabilen elektrischen Schloß, wenn man es sich genauer ansah.

Jeder, der hineinwollte, mußte auf eine kleine elektrische Taste drücken und dem Pförtner über eine Sprechanlage erklären, was er wollte. Die Pförtner, die von der staatlichen Wach- und Schließgesellschaft kamen, sahen ungefähr wie Fallschirmsoldaten in amerikanischen Kriegsfilmen aus, mit Baskenmützen und Uniformen, Schlagstöcken und tragbaren kleinen Funkgeräten, und schienen einander ständig abzulösen. Im Lauf von zehn Tagen war es mir nie gelungen, zweimal denselben Pförtner anzutreffen. Das hatte natürlich jedesmal einige Komplikationen zur Folge.

Ich hatte schon am zweiten Tag gesagt, daß ich einen Schlüssel haben wolle, um nach Belieben kommen und gehen zu können. Die Sekretärinnen hatten einstimmig versichert, sie hätten keine Ahnung, wie das zu machen sei, aber als ich deutlicher wurde, hatten sie versprochen, es wenigstens zu versuchen.

Ich betrat die Halle, die von oben bis unten mit Eiche getäfelt war. Der ursprüngliche Besitzer muß eichengetäfelte Wände geliebt haben, sie reichten die Treppe hinauf bis in mein Arbeitszimmer hinein, das in einem der Türme lag, mit einer sehr schönen Aussicht über Villen vom Anfang des Jahrhunderts und Gärten, in denen man übrigens zu dieser Jahreszeit viele Seidenschwänze in den kahlen Wipfeln der Obstbäume sehen konnte.

Irgendein Barbar hatte die Heizkörper direkt an der Eichentäfelung angebracht, brutale Löcher für Rohre und Halterungen quer durchs Eichenholz gebohrt, das jetzt natürlich hinter den Heizungen ein bißchen grau und rissig aussah.

Ich mochte den Geruch in meinem Zimmer nicht besonders. Die Heizkörper und das Holz wirkten dabei zusammen. Sie riefen einen eigentümlichen, etwas trockenen Geruch nach altem Holz hervor, denselben Geruch, den man auf manchen Speichern finden kann.

Da es Winter war, konnte man ja nicht so leicht lüften, und der Geruch war mir oft lästig. Er machte es einem irgendwie schwer, sich zu konzentrieren.

Der erste Fehler, den ich vermeiden mußte, war allzu große Eile. Die sicherste und schnellste Art, sich auf einem neuen Posten zu blamieren, seine Autorität zu verlieren und sich von den eigenen Experten manipulieren zu lassen, ist eine überstürzte Stellungnahme zu Dingen, in die man sich noch nicht eingearbeitet hat. Dann können einem spielend leicht Fehler nachgewiesen werden, man macht sich von anderen abhängig, und die ganze Arbeit gleitet einem langsam, aber sicher aus den Händen. Man wird zu jemand, der nur noch Papiere unterschreibt.

Man darf aber auch nicht herumgehen und einen passiven Eindruck machen. Es gilt, Initiativen zu ergreifen, aber diese Initiativen dürfen nicht so groß sein, daß man sich dabei eine Blöße gibt. Es gilt, eine entschlossene Miene aufzusetzen, aber sie muß sozusagen ganz allgemein entschlossen sein. Wenn die Leute an einem solchen Ort zu früh zu ahnen beginnen, worauf man hinauswill, bevor man noch richtig vorbereitet ist, und vor allem, bevor man selbst sein Ziel genau kennt, ist man im großen und ganzen geliefert.

Und diese Arbeit schien schlimmer zu sein als alles, was ich bisher erlebt hatte. Abteilungen und Büros über die ganze Stadt verteilt, Geheimniskrämerei, Untersuchungen und Berichte, die mir im allgemeinen unbegreiflich waren, weil ich entweder nicht genug von australischer Zoologie verstand oder zuwenig über Lungenkrebs und Schwefelwasserstoff wußte.

Am Tag zuvor war ich beim Innenminister gewesen. Ich war um Viertel nach neun mit ihm verabredet, aber er kam nicht vor zehn. Er spurtete durch den Korridor, grüßte mit parlamentarischer Liebenswürdigkeit, ließ sich von der Sekretärin zuflüstern, wer ich sei, während er zwei Zettel unterschrieb – ich hatte es eine halbe Minute davor bereits gesagt –, und bat mich herein.

– Na, wie sieht's denn aus?

– Ich habe gerade erst angefangen, sagte ich, und Hultling ist ja nur knapp zwei Monate dagewesen.

Seine Augenbrauen zogen sich zusammen, genau wie die Augenbrauen eines Kartenspielers, der sich zu erinnern versucht, welche Karten schon aufgedeckt worden sind und welche der Gegenspieler noch in seinem Blatt haben könnte.

– Hultling, ja ja. Der ist ja beim Verband der Provinziallandtage gelandet.

– Ja, das kam vielleicht etwas überstürzt.

– Wie meinst du denn das?

– Ich meine, daß Hultling ja noch keine ganz klare Strategie für diese Kommission gefunden hat, und das kann man auch gar nicht verlangen. Es sind ja recht viele verschiedene Tätigkeitsfelder, sie sind ziemlich weit über die Stadt verstreut, und was ich in erster Linie zustande bringen möchte, ist eine Art gemeinsames Programm, eine Koordinierung. Aber das wird seine Zeit dauern.

– Na also, das hört sich doch sehr gut an.

Er klang sehr desinteressiert.

– Nun, die Frage ist doch, wie die KBU sich entwickeln soll. Soll sie eine Art wissenschaftliche Kommission werden? Dann müssen wir uns wohl zusammensetzen und den Etat ansehen. Soll sie so etwas wie eine Polizeibehörde werden, die Industrien und anderes überwacht, was Umweltgefahren hervorrufen könnte, ist es wahrscheinlich nötig, sie völlig neu zu organisieren. In diesem Fall müßte sie ganz andere Möglichkeiten zur Feldforschung bekommen und vielleicht auch andere Richtlinien als die, die sie jetzt hat. Soviel ich sehe, könnten wir nichts dagegen tun, wenn eine chemische Industrie anfinge, Umweltgifte in großen Mengen ins Wasser zu leiten. Wir können natürlich den üblichen legalen Weg gehen, aber wir haben beispielsweise nicht die Befugnis, Inspektionen zu machen.

Er hatte sich merklich verfinstert, während ich redete. Offenbar hatte ich irgendwo einen wunden Punkt berührt.

– Hör mal, im Ministerrat ist ganz deutlich gesagt worden, daß dies nicht irgendeine Polizeiorganisation werden soll. So ist das nicht gedacht. Das Ziel ist, daß ihr auf der Basis der Zusammenarbeit zwischen Behörden, Wirtschaftsleben und der gesamten Gesellschaft funktionieren sollt. Ihr müßt dafür sorgen, daß ihr wißt, was passiert, lange bevor es gefährlich wird, und sollte es zum Schlimmsten kommen, sagen wir zu einem Reaktorleck, müßt ihr dafür sorgen, daß keine Panik ausbricht. Aber irgendeine Polizeiorganisation seid ihr nicht, wie gesagt, und das könnt ihr auch nicht werden. Das würde ja bedeuten, daß ihr größere Kompetenzen bekämt, als es auf ministerieller Ebene möglich ist. In diesem Fall würde es sich um eine Gesetzesänderung handeln.

– Ganz so habe ich es auch nicht gemeint. Es war vielleicht ungeschickt von mir, ein so drastisches Wort wie »Polizeiorganisation« zu benutzen. Aber die Frage ist, wie wir leistungsfähig werden können.

Er machte mit der Schnelligkeit des Politikers eine Kehrtwendung.

– Ja natürlich. Ich weiß, was du meinst. Selbstverständlich wirst du dabei jede nur mögliche Unterstützung bekommen. Wenn es wirklich Probleme gibt, mußt du nur zu mir kommen. Und falls wir dir auf irgendeine praktische Art helfen können, mit Räumlichkeiten oder Kanzleiarbeiten, bist du auch jederzeit hier willkommen.

Also, das läßt sich doch gut an. Viel Glück.

Ich verließ das Kanzleigebäude mit dem Gefühl, möglicherweise einen schlechten Anfang gemacht zu haben, einen verdammt schlechten Anfang. Die Leute haben eine unglaubliche Fähigkeit, sich an Worten zu stoßen.

Ich begriff jetzt allmählich, daß ich gar nicht vorsichtig genug sein konnte. Ich fühlte mich an diesem Morgen verdammt angespannt. Um zehn sollte ich endlich Wittfogel treffen. Ich überlegte mir gerade, ob ich nicht die Sekretärin bitten sollte, genau so eine Kaffeemaschine zu besorgen, wie sie sie im Reichsmuseum gehabt hatte, als das Telefon klingelte.

– Frau Tillich möchte Sie sprechen.

– Oh, sagte ich. Stellen Sie durch.

– Hallo, hier ist Agneta.

Ihre Stimme klang sonderbar.

– Grüß dich, sagte ich. Es tut mir schrecklich leid, ich hätte dich schon längst anrufen sollen, aber ich habe hier wirklich enorm viel um die Ohren gehabt. Es ist ja die erste Woche.

Aber ich habe wirklich sehr oft an dich gedacht.

(Das klang nicht besonders gut, ich hörte es, als ich es sagte.)

– Ich muß mit dir reden, können wir uns treffen?

– Natürlich, aber was ist denn los? Ist irgendein Unglück passiert.

– Ich habe Probleme. Ich muß mit irgend jemand darüber sprechen.

– Aber klar, sagte ich. Kannst du um vier in den Sturehof kommen? Ich will versuchen, es zu schaffen. Ich meine natürlich das Lokal im ersten Stock. Hör mal, was ist denn passiert?

– Ich werde es dir erklären, wenn wir uns treffen.

Ich spürte ein wachsendes Unbehagen. Was war nur los mit ihr? Es konnte doch nicht so einfach sein, daß sie ein Kind erwartete? Das war doch wohl nicht möglich.

Ich rief gleich zu Hause bei Siskan an, um ihr zu sagen, daß ich später kommen würde. Eine unbegreifliche, starke Unruhe überkam mich, als sie sich endlich meldete.

– Wie geht's?

– Ganz gut. Hier ist überhaupt nichts los. Doch, jetzt ist endlich ein Mann dagewesen, um sich die Garage anzuschauen. Sie wollen die Türen noch auf die Garantie umtauschen.

– Wie geht's den Kindem?

– Gut.

– Hör mal, ich komme heute wieder spät. Das ist schon eine verflixte Woche.

– Ja, ich verstehe.

Dies war genau der falsche Augenblick, um Wittfogel kennenzulernen. Als ich den Hörer auflegte, saß er schon im Zimmer.

Das erste, was mir an ihm auffiel, war seine überraschende Kleinheit. Ein kleiner, hagerer Mann zwischen Fünfzig und Sechzig, mit einer schmalen Goldrandbrille, deren Gläser verschieden dick waren. Das eine Auge schielte ziemlich stark und machte einen riesengroßen Eindruck im Vergleich zum linken, da das Brillenglas es so stark vergrößerte. Er trug einen leichten, hellgrauen Flanellanzug, der mindestens eine Nummer zu groß zu sein schien, er schlackerte ein bißchen um ihn herum.

Das Gesicht war ziemlich schmal oder jedenfalls langgezogen, man könnte vielleicht sagen, daß es ein Pferdegesicht war, voll von braunen Leberflecken. Das Haar war leicht ergraut, kurz geschnitten.

Der ganze Kerl machte einen sonderbar unbestimmten Eindruck. Er stand sofort auf, als ich den Hörer aufgelegt hatte – es brachte mich etwas durcheinander, daß er auf diese unmerkliche Art ins Zimmer gekommen war. Im Prinzip hätte er sich ja nur vorstellen müssen, aber ich war verwirrt genug, um ihm entgegenzugehen.

– Troäng, sagte ich.

Auch die Hände waren voller Leberflecken.

– Ja, Tag, ich bin also Wittfogel, sagte er mit einem leichten Akzent, der dänisch oder deutsch sein konnte. Er hatte einen furchtbar schlechten Atem, er stank förmlich nach entzündeten Mandeln und ekligem altem Pfeifenrauch.

– Es tut mir leid, daß ich nicht früher kommen konnte, aber ich war mehrmals hintereinander verreist, es hat so viele Kongresse gegeben in letzter Zeit.

– Setz dich, sagte ich. Ich muß dich zuerst mal was fragen – irgendein Wittfogel hat mich vor einem Monat vom Grand Hotel aus zu erreichen versucht, als ich noch im Ministerium für Raumordnung war.

– Vom Grand Hotel, nein, das ist unmöglich. Das muß jemand anders gewesen sein. Bist du sicher, daß du da keine Namen verwechselst?

– Hör mal, das kann schon sein. Ich verwechsele gewöhnlich keine Namen, aber es ist ja möglich, daß meine Sekretärin da drüben ihn ganz einfach falsch geschrieben hat.

Es war ihm tatsächlich gelungen, mich zu verwirren, ja, fast lächerlich fühlen zu lassen, nachdem er weniger als zwei Minuten im Zimmer gewesen war.

– Ja, sagte ich, ich wollte dich ein bißchen darüber ausfragen, wie du unsere Tätigkeit einschätzt, vor allem die Fragen ihrer Politik. Wie soll also deiner Meinung nach diese Organisation sich selbst und ihre Aufgaben verstehen?

Er antwortete, fast ohne zu überlegen.

– Es spielt keine Rolle, wie sie selbst ihre Aufgabe sieht. Wenn eine richtige Umweltkatastrophe eintritt, und das muß früher oder später passieren, wird sie sich sowieso als vollkommen unzulänglich erweisen. Sie hat keine Chance, eine praktische Rolle zu spielen. Sie ist schwerfällig und akademisch organisiert und hat vor allem keine Kompetenzen.

Aber das ist dir doch wohl klar?

– Du bist jedenfalls sehr aufrichtig. Aber wenn das alles so hoffnungslos ist, muß man sich ja beinahe fragen, warum du dich trotzdem hier abrackerst. Du leitest doch die gesamte Krisenplanung.

– Du hast mich mißverstanden, sagte er. Ich halte die ganze Sache keineswegs für hoffnungslos. Ich versuche nur, sie realistisch einzuschätzen.

Ich glaube, wir könnten eine ganze Menge machen, wenn wir die nötigen Kompetenzen hätten. Aber die bekommen wir erst, wenn etwas wirklich Schlimmes passiert.

– Du meinst, bei uns sei es wie beim Militär: In Friedenszeiten hätten wir nicht viel zu melden.

– Genau. Aber mit einem wichtigen Unterschied. Das Militär hat immerhin die Möglichkeit, wenigstens einen Teil der männlichen Bevölkerung für den Krieg zu trainieren. Die haben wir nicht. Wenn wir so etwas wie eine Zivilverteidigungsübung für eine Epidemie oder eine Reaktorkatastrophe durchführen würden, hätte das eine Panik zur Folge. Die Regierung hätte den Schaden davon, man würde sagen, daß wir ohne begründeten Anlaß mit Schreckvorstellungen spekulieren, und wir hätten in Windeseile andere Behörden über uns.

Ich überlegte. Er saß jetzt lässig im Stuhl zurückgelehnt, und hol mich der Teufel, wenn er nicht die Frechheit besaß, mitten im Gespräch in meinem Exemplar von *Dagens Nyheter* zu blättern, das zuoberst auf dem Posthaufen gelegen hatte. Ich hatte noch nicht einmal Zeit gehabt, sie aufzuschlagen.

– Du prophezeist uns also, daß wir nicht lange überleben werden?

Er warf mir einen sehr langen Blick zu. Das grotesk vergrößerte kurzsichtige Auge, das linke, war wirklich faszinierend, wenn er es so auf jemand richtete.

– Soll ich die Wahrheit sagen, oder soll ich nur förmlich und höflich sein?

– Jetzt werd ich gleich wütend – natürlich sollst du die Wahrheit sagen.

– Du wirst sowieso wütend werden, was ich auch sage.

O. K. Ich werde sagen, was man so redet.

– Tu das.

– Du mußt dir darüber klar sein, daß du ein cleverer Bursche bist, du hast im Ministerium einen guten Ruf. Aber du bist nicht brillant. Und du bist vor allem nicht sonderlich erfahren. Ich glaube nicht, daß es dir wirklich ganz bewußt ist, was man von dir erwartet. Du mußt dir darüber klar sein, daß es eine Schwäche von dir ist, in diesem Punkt nicht feinfühlig genug zu sein – ja, ich rede ganz aufrichtig, wie ich es versprochen habe, unterbrich mich jetzt nicht ...

also: Du mußt dir darüber klar sein, was sie von dir erwarten.

Ich wurde so ungeduldig, daß ich es nicht lassen konnte, mit dem Bleistift auf den Tisch zu klopfen, eine idiotische Angewohnheit, die ich mir komischerweise schon in der Volksschule zugelegt habe, ich erinnere mich, daß ich sogar einmal von einem recht netten Lehrer eine Ohrfeige bekam, weil er mich nicht dazu bringen konnte, damit aufzuhören.

– Was zum Teufel erwarten sie denn von mir? Soll ich diese Kommission demontieren, hat man mich hergeholt, damit ich sie auflöse, oder erwarten sie etwas ganz anderes: Daß ich etwas daraus mache? Was erwarten sie denn, verdammt noch mal?

Er sah richtig mitleidig aus, und nichts kann mich so wütend machen, wie wenn Leute anfangen, sich mitleidig zu geben.

– Du mußt schon selbst versuchen, das herauszufinden. Ich glaube kaum, daß jemand anders das für dich entdecken kann.

Das Mädchen kam mit einigen Papieren aus dem Sekretariat, nichts davon schien besonders eilig zu sein.

Ich habe entdeckt, daß Sekretärinnen mich immer nervös machen. Ich habe lange gedacht, das sei irgendeine Marotte von mir, bis ich herausfand, woher das kommen muß. Es ist natürlich ganz einfach so, daß sie so tief in dem System integriert sind, in einem solchen Maß mit ihm verwachsen und identifiziert, daß sie all die Angst, die in der Nähe der Macht ist, aufsaugen wie Schwämme und sie auch wieder ausstrahlen, ob sie wollen oder nicht. Es gibt Mädchen unter ihnen, die als richtige Generatoren der Unruhe fungieren können.

– Hör mal, wenn es nichts sehr Dringendes ist, sagte ich, solltest du mit solchen Angelegenheiten ein bißchen sparsam sein, wenn ich hier drinnen eine Besprechung habe.

Das Mädchen sah völlig verständnislos drein.

– Jetzt erklär mir mal, wo du dich doch auskennst, wie die internationalen Verbindungen aussehen. Gibt es irgendwelche Organisationen, mit denen wir auf eine vernünftige Art zusammenarbeiten können?

– Ja. Die gibt es.

Und er berichtete eine ganze Menge darüber. Manches von dem, was er zu sagen hatte, machte mich tatsächlich etwas hoffnungsvoller. Es gab eine interessante Gruppe in der ungarischen Akademie der Wissenschaften, und es gab natürlich immer Kontaktmöglichkeiten zu den amerikanischen Forschungsinstitutionen mit ihrer traditionellen Offenheit.

Wir redeten drauflos, bis es fast ein Uhr war und wir entdeckten, daß wir tatsächlich stundenlang zusammengesessen hatten, und er zeigte mir ein ganz ordentliches kleines Lokal, eigentlich kein Restaurant, sondern eine Art Kantine, die irgendeine lutherische Stiftung in Stocksund betrieb.

– Dies, sagte er, ist praktisch das einzige Lokal in dieser Gegend. Freiwillig fährt ja kein Mensch nach Stocksund, und zum Mittagessen schon gar nicht.

Ich sah ihn über den Tisch hinweg an. Er hatte es bereits geschafft, seinen Schlips mit Soße zu bekleckern, ohne es zu merken. Seine Tischmanieren waren genauso unangenehm, wie er auch in jeder anderen Hinsicht unangenehm war. Aber er hatte Humor, einen irgendwie versöhnlichen Humor, das war nicht zu leugnen.

Ereignisse rings um den Stureplan

Ich fuhr zum Stureplan und parkte in dem neuen, teuren Parkhaus an der Hamngatan. Ein paar Minuten nach drei war ich am Sturehof.

Ich kann nicht behaupten, daß es an diesem Platz in den letzten Jahren besonders gemütlich geworden sei. Den Stureplan habe ich noch nie gemocht, die Kungsgatan gehört zu den tristeten, zynischsten Geschäftsstraßen der Welt, mit einem kalten, gleichsam gefrorenen Gangsterleben, das ein bißchen zu phantasielos ist, um irgendwelche versöhnlichen Züge zu haben.

Was den Sturehof angeht, so ist an dem Restaurant selbst nichts auszusetzen. Sie haben sich aber eine äußerst unangenehme Bar im Erdgeschoß zugelegt, bevölkert von allen möglichen verkommenen, langhaarigen Typen, an denen man sich vorbeidrängeln muß, um zur Treppe und in das richtige Restaurant zu gelangen.

Gott sei Dank gibt es in diesem Gang einen ziemlich kräftigen Portier, der die Schlimmsten rauswirft, sonst könnte man ja keine Damen dorthin mitnehmen. Wenn man erst einmal die Treppe hinaufgekommen ist, herrscht dort oben eine paradoxe Ruhe. Die Empfangsdame ist eine hübsche, angenehme Frau, und alle Kellner bis auf einen sind ziemlich schnell. Auf so etwas lege ich großen Wert, weil ich ein sehr ungeduldiger Mensch bin. Ich hasse es, wenn mich eine Telefonzentrale zu lange warten läßt, und ich weiß nichts Widerlicheres als Restaurants, in denen man zu lange aufs Essen oder die Rechnung warten muß. Da gehe ich nie ein zweites Mal hin. Es kann passieren, daß ich in helle Wut gerate, gerade wenn das Essen kommt, falls man mich in einem solchen Lokal zu lange warten läßt.

Als ich eben zur Tür hineinschlüpfen wollte, stieß ich beinahe mit zwei unwahrscheinlich betrunkenen Finnen zusammen. Ich möchte fast annehmen, daß es Matrosen waren, in dieser Gegend wimmelt es von betrunkenen finnischen Matrosen. Sie schwankten wie Schilfrohre in der Morgenbrise und stützten einander, so gut sie konnten.

– Hör mal, sagte der größere von ihnen im schönsten, singenden västerbottnischen Dialekt, hör mal, bist du hier der *Ministerpräsident.*

– Ja, ist schon gut, sagte ich.

– Siehst du doch, sagte der andere. Er ist nicht der *Ministerpräsident*. Das ist kein richtig *feiner* Mann.

– Doch, zum Teufel, sagte ich. Ich bin ein sehr *feiner Mann*, und jetzt laß mich gefälligst durch.

– Dann bist du *Finanzminister*.

– Neein, auch das nicht.

– Doch, du bist *Finanzminister*.

– Das ist ja alles schön und gut, weißt du, aber ich hab's jetzt ein bißchen eilig.

– Hör mal zu, wenn du der Finanzminister bist, muß ich mal mit dir *reden*.

– Ein andermal.

Der andere Matrose, oder was es nun für ein Bruder war, lehnte sich ein bißchen weiter zu mir vor. Ich merkte, daß die Leute auf dem Bürgersteig einen ziemlich großen Bogen um uns machten. In Stockholm herrscht eine enorme Angst vor solchen Gesprächen. Ich glaube, die Leute fürchten sich im Grunde weniger davor, niedergeschlagen oder beraubt zu werden, es ist ja gar nicht so leicht, von jemand niedergeschlagen zu werden, der sich selbst kaum auf den Beinen halten kann. Was sie fürchten, ist dieser klebrige Alkoholikerkontakt. Alkoholiker haben die Fähigkeit, an Leuten klebenzubleiben, sich ihnen mit ihren Problemen, ihrer verdammten Sentimentalität, ihrem kranken, hungrigen Kontaktbedürfnis aufzudrängen.

Ich habe oft das Gefühl, daß sie das nur spielen. Sie schlüpfen in die Rolle des Alkoholikers, weil sie dadurch eine Möglichkeit zum Reden haben, eine Möglichkeit, sich an einen zu hängen, ohne darauf zu hören, was man sagt.

Niemand, da kann man sagen, was man will, ist so verdammt scharf auf mitmenschlichen Kontakt, daß er nicht gern darauf verzichtet, wenn er zu dem Preis hergestellt werden soll, daß der eine Partner das Recht zu haben glaubt, sich einen Dreck darum zu scheren, was man selbst sagt. Das Alkoholikergequatsche ist nichts anderes als eine Form von verzweifelter emotionaler Erpressung. Ich mag das nicht.

– Hör mal, ich bin nicht der Finanzminister, und deine verdammten Probleme interessieren mich nicht im geringsten.

– Aber jetzt hör mal zu, wenn du der Finanzminister bist, kannst du mir doch was erklären.

– ?

– Ja, ich möcht gern wissen, warum alles so verdammt *komisch* geworden ist.

Er sprach dieses *komisch* auf eine Art aus, daß es zu einem völlig ausländischen Wort wurde, mit einem ganz unaspirierten k und dem gesamten Ton auf der ersten Silbe. Es klang ausländisch, aber auch ein bißchen verächtlich, fast als wäre die ganze Welt nur ein Scherz.

– Wieso *komisch*?

– Das siehst du doch, wie verdammt *komisch* alles geworden ist. Und wenn du's nicht siehst, dann bist du ja selber komisch.

– Komm jetzt, sagte sein Kamerad und zog ihn am Arm.

Eine doppelte Polizeistreife kam in raschem Tempo vom Humlegården her. Sie schwankten die Straße hinunter. Ich hätte schwören können, daß sie unfähig wären, zwei Polizisten zu entdecken, die sich aus einem Abstand von zweihundertfünfzig Metern näherten, umgeben von einer Volksmenge, nur hin und wieder auftauchend, aber das waren sie also keineswegs. Besoffenheit ist nichts anderes als eine gesellschaftliche Erfindung. Ich selbst habe nie richtig kapieren können, wie man es schafft, besoffen zu werden.

– *Komisch*.

Ich mußte es einfach noch mal vor mich hin sagen, während ich ins Restaurant hinaufging. Es dauerte eine Weile, bis sich die Augen an das Aquariendunkel im Obergeschoß gewöhnt hatten, und die Tische sind dort so an den Seiten entlang verteilt, daß man tatsächlich herumgehen und nachsehen muß, wenn man Bekannte finden will.

Sie saß ziemlich weit hinten. Ich hatte geglaubt, daß es mich auf unbestimmte Art irritieren würde, sie wiederzusehen, ich hatte einfach keine Zeit für sie, es gab soviel anderes zu bedenken, sie war etwas zu Persönliches, sie erinnerte mich zu sehr an mich selbst, und außerdem gefiel mir nicht, was sie am Telefon gesagt hatte. Was gab ihr denn das Recht dazu, Ansprüche an mich zu stellen.

Als ich sie jetzt wiedersah, freute ich mich ganz einfach. Wie gewöhnlich trug sie einen ihrer Pullover und dazu so eine kunstgewerbliche Kette aus irgendeinem Metall, dessen Aussehen durch Rost oder Riefelung oder auf irgendeine andere Art zu den absonderlichsten Farben verändert worden war.

Und es war ganz unmöglich, nicht auf ihre Hüften zu sehen.

Diese festen, kräftigen und doch nicht ausladenden Hüften übten irgendeine primitive biologische Faszination auf mich aus. Ich sah sie heimlich an, als würden sie ein Geheimnis bergen.

– Hallo.

Sie lächelte ein kleines, müdes Lächeln und hielt meine Fingerspitzen einen Augenblick fest, als die Hand auf dem Tisch lag, fast als wollte sie mich an irgend etwas erinnern.

Sie sah ziemlich erschöpft aus.

– Wie geht's denn? sagte ich.

– Gar nicht gut.

– Aber was ist denn los?

– Es ist mein Mann.

– Ist er eifersüchtig?

Sie blickte auf und sah ernstlich erstaunt aus, ungefähr als wäre dies das letzte auf der Welt, was ihr hätte einfallen können.

– Neein, warum sollte er?

– Aber was zum Kuckuck ist es dann?

– Ich glaube, er ist dabei, verrückt zu werden.

– Verrückt, wieso verrückt?

– Ich bekomme keinen Kontakt mehr mit ihm.

– Redest du denn mit ihm?

– Natürlich. Und er antwortet auch, wenn man ihn etwas fragt. Aber es ist, als sei eine Glaswand zwischen ihm und der Außenwelt.

Man sieht ganz deutlich, daß er da ist. Aber man kann ihn nicht erreichen.

– Habt ihr Kinder?

– Ja, er hat eine Tochter von seiner ersten Frau. Sie wohnt in Malmö, wir sehen sie sehr selten.

– Ich bin nicht ganz sicher, ob ich es richtig verstehe. Du meinst, du bekommst keinen Kontakt mit ihm?

– Weißt du, er hat schon immer viel zu tun gehabt, er hat sich ziemlich abgehetzt, solange ich ihn kenne, und das sind jetzt über zwanzig Jahre. Wir haben geheiratet, kurz nachdem er sich von seiner ersten Frau hatte scheiden lassen. Damals hatte er gerade ein eigenes Architektenbüro bekommen. Man sah ihn nicht oft zu Hause, aber es war trotzdem etwas ganz anderes.

Jetzt ist es irgendwie unheimlich. Weißt du, er sitzt am Frühstückstisch und redet ganz wie gewöhnlich, und mitten in einem Satz ist er weg.

Ja, ich kann es nicht anders beschreiben. Es ist, als dächte er – es lohnt sich nicht, es spielt keine Rolle, was ich sage, es kommt ja doch nichts durch, nichts kann so wichtig sein, daß es sich für jemand anders lohnen würde, mir zuzuhören.

– Glaubst du, daß er geschäftliche Probleme hat?

– Überhaupt nicht. Er hat bei dem großen Bauboom der sechziger Jahre unglaublich viel Geld verdient, und er ist viel zu sicher, auch viel zu vorsichtig, um irgendwelche Fehler zu machen. Außerdem hat er den größten Teil seiner Unternehmen jetzt verkauft. Er ist aus der Gefahrenzone heraus, was die Geschäfte angeht.

Nein. Es muß etwas anderes sein.

Ich überlegte. Es gab Verschiedenes, wonach ich nicht zu fragen wagte. Zudem begann ich eine unvernünftige Eifersucht zu empfinden, die daher rührte, daß sie seinetwegen so offensichtlich verzweifelt war.

Ich empfand sogar Schadenfreude. Eine wilde, barbarische kleine Schadenfreude, die wie ein böses Flämmchen von einem Gedankengang zum anderen sprang. Es kam mir in den Sinn, daß niemand, ich sage niemand, es jemals wagen würde, einem anderen Menschen seine innersten Gedanken anzuvertrauen, aus Angst, ihn total zu verschrecken.

Ist das wahr? Ich weiß nicht, ob es wahr ist, aber damals habe ich es gedacht.

– Trinkt er?

– Nicht mehr als andere Leute. Er schätzt diese schwedische Sauferei nicht besonders. Er hat einmal einem Exportmenschen gekündigt, als er dahinterkam, daß er auf seinen Flugreisen einen Whisky nach dem andern zu trinken pflegte. Man könne keinen Exportkaufmann haben, der nicht wirklich ans Reisen gewöhnt sei. Er hat immer ziemlich viele Prinzipien gehabt.

– Erstens begreife ich nicht so recht, was daran so schlimm sein soll. jeder Mensch hat doch Perioden der Kontaktlosigkeit. Und zweitens ist mir auch überhaupt nicht klar, wie zum Kuckuck ich dir helfen könnte.

Ich dachte an Siskan. Ich frage mich manchmal, was passieren müßte, damit sie merkt, daß ich deprimiert oder besorgt bin. Aber das ist natürlich meine eigene Schuld. Ich habe sie immer so haben wollen. Meine Ehe läßt sich nicht mit anderen vergleichen. Sie basiert auf der grundsätzlichen Übereinkunft, nicht allzu persönlich miteinander zu werden. Daran ist nichts Merkwürdiges. Es gibt solche Übereinkünfte. Sie können ganz gut funktionieren. Die Ehe war natürlich früher einmal eine Realität. Und zwar in einem Bauernstaat, der um 1860 herum zu verschwinden begann. Heute ist die Ehe eine Art Halbwirklichkeit, keine richtige Fiktion (wie die Mitbestimmung), aber auch keine richtige Wirklichkeit (wie die Tarifverhandlungen), irgend etwas dazwischen, eine Inszenierung ritueller Erwartungen, die die Menschen prägen und ihre Handlungen lenken (ungefähr wie die Landeskirche), obwohl der Unterschied zwischen Beschwörung und Wirklichkeit ihnen doch in die Augen springen muß.

Trotzdem spürte ich einen ganz verdammten Stich von Eifersucht. Sie reden zu hören, das war wie einen Blick in eine andere Welt zu tun, eine Welt, in der die Menschen offenbar größere Ansprüche aneinander stellten als in meiner.

Sie sah mich an, sehr forschend, mit großen ernsten Augen. Irgendwas war mit ihnen, ja, das war's, sie weinte doch tatsächlich! So still und so langsam, eine einzige Träne aufs Mal, eine einzige, die so langsam wuchs, daß man sehr lange hinsehen mußte, um zu entdecken, was mit ihr los war. Und sie sah mich nur immer weiter an. Sehr ernst.

– Wenn ich nur begreifen könnte, was sie mit dir gemacht haben, sagte sie.

– Man fühlt sich hier so eingesperrt, sagte ich. Wie in einem Aquarium. Und es ist gar nicht schön, daß du hier sitzt und weinst. Wir gehen lieber ein bißchen spazieren. Wir können uns statt dessen warme Würstchen kaufen.

Wir hatten ja erst ungefähr fünfundzwanzig Minuten dagesessen, also hatte noch kein Kellner für uns Zeit gehabt. Man brauchte nur aufzustehen und hinauszumarschieren.

Ich half ihr in den Pelz und zog sie einen Augenblick an mich, so daß ich ihre starken Schulterblätter spürte. Erst da fühlte ich, wie sehr ich sie mochte.

Wir gingen hinaus, ich behielt den Arm um ihre Schultern. Es war nicht besonders bequem, sie war ein ganz klein bißchen größer als ich. Sie weinte nicht mehr. Wir gingen zum Nybroplan hinunter. Keiner von uns sagte etwas.

Das Wasser dampfte, als hätte es gekocht. Unruhige Möwen flogen über den offenen Eisspalten herum. Im Dramaten-Theater lief irgendein komisches Stück, das offenbar von Mädchen handelte.

– Versuch es mir noch mal zu erklären, sagte ich. Ich möchte gern verstehen.

– Das ist sehr lieb von dir, aber ich glaube nicht, daß du es verstehen kannst.

– Meinst du, daß er dich behandelt, als wärst du gar nicht da?

Sie ging schweigend weiter. Wir waren jetzt zum Strandvägen unterwegs, ohne darüber zu reden, wohin wir eigentlich gingen. Ich fühlte mich allmählich zu hungrig, um noch denken zu können. Ich zog sie näher an mich heran. Sie schien es zu mögen.

Plötzlich wandte sie sich mir in einer Art Wutausbruch zu.

– Kannst du begreifen, wie es ist, wenn jemand, den du dein ganzes Leben lang gekannt hast, plötzlich ganz fremd ist. Dieselbe Stimme, dasselbe Gesicht, sogar derselbe Tonfall – und trotzdem ein ganz fremder, ein erschreckend fremder Mensch dahinter. Kannst du das begreifen?

Die Dämmerung brach jetzt sehr rasch herein. Es fiel ein dünner, scharfer, steriler Schnee. Die Autos hatten schon die Scheinwerfer eingeschaltet. Die meisten hatten wahrscheinlich die Scheinwerfer schon den ganzen Tag über angehabt.

Mich überfiel ein scheußliches Gefühl von Trivialität, von naßkalter, feuchter Trivialität, ein Gefühl, als bestünde die ganze Welt nur aus Schneematsch, leuchtenden Autoscheinwerfern im grauen Dunst und aus Wiederholungen.

Die ganze Welt bestand nur aus Dingen, die sich immerzu wiederholten. UND AUS DEM DÜSTEREN MARSCH.

– Doch, sagte ich. Eigentlich verstehe ich sehr gut, was du meinst. Aber einer Sache solltest du dir nicht so verdammt sicher sein.

– Und das wäre?

– Daß er es ist, der allmählich verrückt wird.

Sie zuckte zusammen, fast als hätte ich ihr eine Ohrfeige gegeben. Sie ging langsamer, den Kopf ein bißchen vorgebeugt. Einen Augenblick hatte sie etwas von einem düsteren alten Weib, etwas, das ich noch nie gesehen hatte und das einen ungeheuren Kontrast zu ihrer gewöhnlichen Haltung der schönen, selbstbewußten und stolzen berufstätigen Frau bildete.

– Du meinst, nein, das meinst du nicht. Warum sagst du so etwas?

– Weil ich mich selbst ganz gut kenne.

Das alte Weib, das völlig fremde alte Weib, ging eine Weile schweigend neben mir her.

– Wir pfeifen auf die Sache mit der Wurstbude. Ich kenne hier in der Nähe ein Lokal. Da gibt es Selbstbedienung.

Sie sah mich von der Seite an, überraschend kühl.

– Ich möchte nicht, daß du so etwas noch einmal sagst, sagte sie. Jetzt nehmen wir uns irgendwo ein Hotelzimmer.

Als ich gegen halb neun nach Hause kam, waren die Kinder schon im Bett. Siskan, ungewöhnlich schick in irgendeinem Strickkleid, blätterte in Broschüren. Das Fernsehen redete gedämpft über die Lage im Sudan. Die Lage im Sudan war offenbar katastrophal. Wir alle müßten einsehen, wie gut es uns gehe im Vergleich mit dem Sudan. Auch darauf wies das Fernsehen hin.

– Was hast du da für Broschüren?

– Ich möchte an der Uni einen Grundkurs in Psychologie besuchen.

– Prima!

– Ich weiß nur nicht, was sich daraus machen läßt.

– Du kannst doch ein richtiges Examen machen, zum Kuckuck. Die Kinder werden ja älter. Das ist eine hervorragende Idee. Ich werde versuchen, mir so viele Abende wie möglich freizuhalten, damit ich für dich auf die Kinder aufpassen kann.

– Das ist aber lieb von dir!

– Also weißt du, das ist doch gar nichts. Es gibt niemand, den ich so sehr vernachlässige wie dich. Ich schäme mich über mich selbst.

– Aber du hast doch jetzt soviel am Hals.

Sonderbar: Da saßen wir einfach und hatten einander gern, und ich glaube, es war ein vollkommen aufrichtiges Gefühl.

Um halb zehn klingelte das Telefon. Es war Professor Johansson. Ich war so guter Stimmung, wie ich es schon lange nicht mehr gewesen war, in einer aktiven, hungrigen Stimmung.

– Hallo, hier ist Johansson.

– Tag, sagte ich. Wie geht's dir zwischen deinen ausgestopften Mamelucken?

– Mamelucken?

– Ja, Mamelucken.

– Es gibt doch nichts, was Mamelucken heißt.

– Das mußt du als Professor doch wissen!

– Du –

(Er hatte immer Schwierigkeiten, sich auszudrücken, oder was es nun sein mochte, jedenfalls machte er immer diese langen, unbegreiflichen Pausen, sowohl am Telefon als auch, wenn man mit ihm im selben Zimmer war. Man kam immer aus dem Konzept, weil sie an so unerwarteten Stellen im Gespräch eintraten.)

– Du, ich glaube, ich bin hier einer Sache auf der Spur. Einer verdammt großen Sache. Es ist eine ziemlich – schreckliche Geschichte.

– Worum geht es denn?

– Das kann ich am Telefon nicht sagen.

– Ich habe morgen um neun eine Etatskonferenz, und die wird wohl den ganzen Tag dauern. Kannst du kurz vor fünf kommen.

– Du – es ist so wichtig, daß ich in diesem Fall vor der Konferenz kommen muß.

(Er sprach plötzlich mit einem Beamtenernst, als stünden die Interessen des Reichs auf dem Spiel. Vielleicht taten sie das auch, aber ich glaubte es kaum. Solange er sich an Känguruhs und Elche hielt, konnte man doch einigermaßen beruhigt sein. Ich jage weder das eine noch das andere.)

Ich antwortete ihm, jetzt sehr viel ernster, daß ich versuchen wolle, schon um halb acht dazusein.

– Mein Gott, sagte ich zu Siskan, was für ein langer Tag. Wir genehmigen uns einen Whisky!

Es war schon Wochen her, seit wir zuletzt so spät am Abend Whisky getrunken hatten. Er machte uns beide ein bißchen beschwipst, und wir lagen noch lange und redeten miteinander, über ihren Psychologiekurs, über die Schwierigkeiten der Kinder mit dem Rechnen – ja, ich weiß nicht was noch alles.

Ach doch, daß wir anfangen sollten, samstags zusammen Tennis zu spielen.

Konzentrische Kreise

Er war so eifrig, daß er kaum Zeit hatte, mich zu begrüßen, als er ins Zimmer kam. Ohne irgendwelche Zeremonien machte er auf meinem Schreibtisch Platz, legte all meine Papiere in einem ordentlichen Haufen rechts außen an den Rand und begann, seine eigenen Akten aus einer riesigen alten Aktenmappe hervorzukramen.

Er holte einen der schicken Stühle vom Konferenztisch in der Ecke, schleppte ihn an meinen Tisch und setzte sich neben mich, um mir alles richtig zeigen zu können. Er putzte seine Brille nervös und sorgfältig mit dem Schnupftuch. Ein schwacher Duft nach Schnupftabak, nach altem Schreiner ging von ihm aus, als er so dicht neben mir saß.

Er machte eine Geste, als wolle er den ersten der Aktenordner öffnen, einen großen gelben, auf dem »Nördliches Värmland« in seiner eigenen, großen kindlichen Schrift stand, schlug ihn aber wieder zu, wie überwältigt von der Ungeheuerlichkeit des Materials.

– Weißt du, was Leukämie ist?

– Ja, so ungefähr. Eine schreckliche Krankheit. Das Blut zerfällt in seine chemischen Bestandteile.

– Ja. Wir haben eine neue, sehr rasch fortschreitende Leukämie entdeckt, von der Ende der sechziger Jahre die Hasen befallen wurden. Die Epidemie schien in Wellen aufzutreten. Alle zwei Winter nahmen die Fälle zu, alle zwei Winter waren sie fast verschwunden. Aber mit jedem Mal waren es mehr Fälle. Ich hatte ein paar Förster, die mir halfen, sie zu sammeln. Die Hasen saßen völlig hilflos da, ohne sich zu bewegen, wenn man sich ihnen näherte. Die Untersuchungen zeigten, daß sie von einer rasch fortschreitenden Leukämie sehr geschwächt oder fast tot waren, die im Knochenmark der Extremitäten begann.

– Pfui Teufel!

– Ich habe eine Karte über die Fälle angefertigt – sie muß hier irgendwo sein, verdammt, doch, hier ist sie. Du siehst, daß ich die Fälle je nach ihrer Dichte in konzentrischen Kreisen angeordnet habe. Sie verdichten sich ziemlich schnell, wie du siehst, das Zentrum liegt hier, im nördlichen Klarälvsdalen. Im Prinzip könnte man von einem weiteren Zentrum sprechen, da, im südlichen Hälsingland. Ich bin natürlich hinaufgefahren und habe es mir angesehen, zusammen mit einem Jungen, einem Doktoranden, der schon einen großen Teil der Funde überprüft hatte. Wir haben eigentlich nichts anderes gefunden als ungeheuer große Kahlschläge. Offenbar hatten sich die Hasen in diesen Kahlschlägen aufgehalten. Wir haben Bodenproben und Proben von der Vegetation mitgenommen, um herauszukriegen, was da für ein Unheil im Gange sein könnte. Wir fanden verschiedene Spurenelemente, aber nichts wirklich Aufregendes, nichts, was direkt in eine bestimmte Richtung wies. Es gab Quecksilber in den Hasenkörpern ...

– Wie stellt man das fest?

– Indem man sie verbrennt und die Asche analysiert. Eine schmutzige und vor allem verdammt schmierige und zeitraubende Arbeit. Es nimmt verflixt viel Zeit in Anspruch, und man macht sich bei seinen Laborgehilfen unbeliebt, wenn man sie das ein paar Monate lang tun läßt.

Es gab also Quecksilber, auch verschiedene fremde Spurenelemente. Die Radioaktivität, die ja seit den fünfziger Jahren erheblich abgenommen hat, war so, daß man sie als normal bezeichnen könnte.

Wir machten bakteriologische Untersuchungen, fanden aber keine abweichenden Bestandteile in der Bakterienflora. Es ist uns nicht gelungen, ein Virus zu isolieren – was aber *nicht* bedeutet, und das muß ich besonders betonen, daß nicht doch ein Virus vorhanden sein könnte – das nachzuweisen ist ungefähr genauso kompliziert wie nachzuweisen, ob Krebs von einem Virus hervorgerufen wird oder nicht.

– Scheußliche Sache!

– Ja, das kann man wohl sagen. Aber du hast das Schlimmste noch nicht gehört.

– Ich ahne es ...

– Bist du sicher, daß uns niemand hören kann?

Ich kontrollierte die Sprechanlage. Es gab einen besonderen Knopf, mit dem man sie ganz abstellen konnte. Ich zögerte einen Moment, dann tat ich es ganz einfach. Stellte sie ab.

– Bist du sicher, daß ich nicht Wittfogel dazuholen soll?

– Hör mal, ich wäre dir aufrichtig dankbar, wenn du so nett wärst, noch ein bißchen damit zu warten. Ich werde dir schon noch erklären, warum, aber es wäre wirklich gut, wenn ich erst mal unter vier Augen mit dir reden könnte.

– O. K. Es hat also auf *Menschen* übergegriffen?

– Acht sichere Fälle, drei unsichere, und von den elf sind fünf im innersten Kreis konzentriert.

– Das ist ja wirklich eine große Sache, verdammt noch mal!

Vor lauter Schreck wollte ich schon zum Telefon greifen, als gäbe es jemand, den man hätte anrufen können. Eine Feuerwehr oder etwas Ähnliches.

Es dauerte tatsächlich einen Moment, bevor mir aufging, daß ich ja der Chef dieser Feuerwehr war. Ich glaube, ich habe noch nie in meinem Leben ein so scheußliches Gefühl gehabt.

– Aber bist du denn sicher?

– Ziemlich sicher. Oder besser gesagt, sicher genug, daß wir weitermachen müssen. Ich habe einen Teil dieses Winters, seit November, damit verbracht, die Jahresberichte der Bezirksärzte durchzugehen. Ich habe medizinische Statistiken hin- und hergewälzt – und das ist weiß Gott nicht meine Stärke – ich habe sogar verschiedene Sachen in den Computer gesteckt, in größter Heimlichkeit – ich habe einen alten Kumpel in der Technischen Hochschule, der mir geholfen hat, das Ganze so hinzudrehen, als hätte es etwas mit Schweißtechnik zu tun, ich bin beim Sozialamt gewesen und habe dort in aller Stille recherchiert, und ich muß dir sagen, wenn es nicht dieselbe Leukämie ist, haben wir ein verdammtes Glück.

– Wie schnell breitet es sich aus?

– Es ist nicht bakteriell, wie ich schon sagte.

– Aber wie gefährlich ist es denn?

– Unendlich gefährlich. Gegen bakterielle Krankheiten gibt es Impfstoffe. Aber gegen dies hier gibt es kein bekanntes Mittel.

– Es sind sehr wenig Fälle.

– Das hat nichts zu sagen. Bei den Hasen sind es schon um hunderttausend.

– Wie sehen diese Fälle aus?

– Wie gesagt liegt das Zentrum im nördlichen Klarälvsdalen.

– Genau wie das Zentrum der Hasen …

– Und es sind recht verschiedene Menschen. Zwei Waldarbeiter, die die Kahlschläge gerodet haben, beide schon ziemlich alt, mit Rückenbeschwerden, bei Korsnäs Marma angestellt und wegen ihrer Rücken zu dieser Arbeit versetzt.

– Du hast noch nicht mit ihrem Betriebsarzt gesprochen?

– Ich bin keine medizinische Autorität. Und vergiß nicht, wenn du ihre Unterlagen verlangst, ist es vorbei mit der Geheimhaltung.

– Unsinn. Ich kriege sie durch das Sozialversicherungsamt.

– Unsinn, sagst du. Du wirst sie bekommen, aber es wird seine Zeit brauchen. Und es wird alle Krankenberichte beeinflussen, die unterdessen geschrieben werden.

– Sind denn alle Betriebsärzte unredlich?

– Das habe ich doch gar nicht behauptet. Aber wenn sie wissen, wonach man in ihren Krankenberichten sucht, wird das zweifellos einen Einfluß darauf haben, wie sie sie abfassen. Wenn sie wissen, daß eine Leukämiediagnose eine äußerst zwiespältige Angelegenheit ist, werden sie natürlich sehr gewissenhaft sein, bevor sie bei einem Patienten Leukämie hinschreiben.

Das kann doch gar nicht anders sein. Das ist keine Frage der Unredlichkeit, im Gegenteil, es ist eine Frage der Gewissenhaftigkeit.

– Kahlschläge, sagtest du?

– Zieh keine voreiligen Schlüsse. Es gibt mehrere Kategorien. In einer der interessantesten sind vier Kinder.

– Mein Gott!

– Vier zurückgebliebene, oder wie es heute heißt, *extraordinäre* Kinder in einem privaten Pflegeheim in Sunne.

– Ist es verwahrlost?

– Wie zum Teufel soll ich denn das wissen? Ich bin noch nie dagewesen. Ich bin kein Arzt.

– Aber wie sollen wir weiterkommen?

– Das zu entscheiden ist deine Sache. Dafür wirst du bezahlt. Du bist hier der Bevollmächtigte. Ich übergebe dir jetzt die Akten. Ein Teil des Materials, d. h. das Material, das ich selbst geschrieben habe, ist mit der Hand geschrieben, ich hoffe, du wirst es lesen können. Ich wollte es niemand diktieren, und aufs Maschineschreiben habe ich mich noch nie besonders verstanden.

Ich saß eine Weile schweigend da. Mir fiel ein, daß mir noch zwölf Minuten blieben, bis die Etatskonferenz anfing. Das Telefon, d. h. die Sprechanlage, war immer noch abgestellt. Ich starrte sie an. Vermutlich hatten massenhaft Leute mich zu erreichen versucht, um mit mir über den Etat zu reden.

– Klas!

– Ja.

Er war wieder intensiv mit seiner Schnupftabakdose beschäftigt.

– Wie ernst ist diese Sache eigentlich?

– Ich weiß es nicht. Es kann eine völlig falsche Spur sein. Kann sein, daß überhaupt nichts mehr passiert, kann sein, daß es der Anfang einer Katastrophe ist. Einer *Riesenkatastrophe*!

– Ich werde veranlassen, daß die Behörden sich das ansehen!

– Davon würde ich dir abraten.

– Warum denn?

– Weil du dann ein für allemal diese Kommission entmündigst, die doch letzten Endes ein Expertengremium ist. Du wirst sehen, wie man sie zu einem Haufen von Laufburschen reduziert, halbwegs geheimen Laufburschen zwar, aber immerhin zu Laufburschen für andere Behörden, und das schneller, als du ein Monatsgehalt beziehen kannst.

– Ich glaube, da hast du ganz recht, zum Teufel.

Ich überlegte. DER DÜSTERE MARSCH, deutlicher jetzt, klarer, näher, könnte man sagen, pochte in einem unsichtbaren Raum. Da war irgend etwas, das mich auf eine unangenehme, aufdringliche Weise *an mich selbst erinnerte*, ohne daß ich richtig dahinterkommen konnte, was es war. Ich sehnte Wittfogel herbei, er würde mir vielleicht erklären können, was um Himmels willen ich tun sollte.

Welcher Wittfogel eigentlich? Der wirkliche oder der aus dem Tagtraum?

Die Kinder,
auch von sich selbst verlassen

Auf dem Flughafen in Bromma herrschte Schneegestöber, und bis zuletzt war es fraglich, ob wir überhaupt starten würden. Schließlich konnten wir doch zur Maschine hinausgehen, mit fünfzig Minuten Verspätung.

Johansson trug einen Anorak und wollene Handschuhe und hatte einen Rucksack dabei. Ich kam mir ein bißchen lächerlich vor im Wintermantel, mit Aktentasche und Hut.

Wie auch immer: Es ging los, und da saßen wir nun und tranken unseren Morgenkaffee, umgeben von jüngeren Männern mit viereckigen Aktenmappen und großen, klotzigen Monogrammknöpfen auf ihren breiten Manschetten.

Gott sei Dank schien Johansson genauso verschlafen und genausowenig gesprächig zu sein wie ich. Ich glaube, wir wechselten während der ganzen Reise kein einziges Wort, bis auf das eine Mal, als er eine viereckige Ledertasche mit Schulterriemen unter seinem Sitz verstaute.

– Was hast du da, sagte ich, nachdem wir die Sicherheitsgurte abgeschnallt hatten.

– Ein Tonbandgerät.

– Wozu brauchen wir das?

– Es wird vielleicht nützlich sein.

– Vielleicht.

Die Herren um uns herum versuchten sich an ein paar blöden Morgenwitzen. Es erstaunt mich immer wieder, wieviel von dem alten Vertreterhumor doch in dieser neuen Klasse überlebt hat, wenn ich an einem solchen frühen Morgen im Flugzeug oder im Zug sitze.

Wie dem auch sei, der Mietwagen war zur Stelle und entpuppte sich als ein Volvo, grün und funkelnagelneu. Ich unterschrieb die Papiere und gab sie zusammen mit meiner Scheckkarte dem Mädchen hinter der Theke. Der Flugplatz in Karlstad machte einen ganz geruhsamen Eindruck. Keine Hetze, sehr wenig Leute, niemand schien sich hier zu überanstrengen.

– Soll ich fahren?

– Das ist wohl am besten, dann habe ich wenigstens nicht die Verantwortung, wenn wir uns totfahren.

Hier lag weniger Schnee. Der Wind hatte die Fahrbahn schön frei gefegt. Dann und wann jagte er kleine Wirbel von trockenem, kristallenen Schnee über den Weg. Es war ein guter Wagen, der ruhig und sicher auf der Straße lag.

– Ich glaube ja nicht, daß wir an einem Tag besonders viel schaffen werden.

– Wieviel Uhr ist es?

– Erst Viertel vor neun.

– Wir fahren zuerst nach Sunne hinauf.

– Ja.

Wir hörten uns das Unterhaltungsprogramm im Autoradio an und sahen, wie sich das Tal um uns verengte. Es gab ziemlich wenig Verkehr. Hin und wieder ein Lastzug, vereinzelte Milchtankwagen und im Gegenverkehr riesige Holzfuhren, mit denen ich nicht gern zusammengestoßen wäre. Johansson saß mit der Karte da. Er schien mit der Gegend vertraut zu sein und nickte manchmal wiedererkennend.

– Es ist doch enorm, wie sehr Winter und Schnee eine Landschaft verändern.

– Ja, nicht wahr.

Ich begann ihn immer mehr zu mögen. Er war schon in Ordnung.

– Hast du keinen Hunger?

– Nein, zum Teufel, wir wollen lieber schauen, daß wir weiterkommen.

– Ich hab sonst Apfelsinen dabei.

– Heb sie auf.

Wie sich herausstellte, brauchten wir gar nicht bis nach Sunne hinein. Es war kurz davor, in einem Viertel mit Mietshäusern, wir mußten ein ganzes Stück zurückfahren. Es schienen ganz hübsche Häuser zu sein, relativ neu, mit Balkons und fröhlichen Farben in den Treppenhäusern. Es roch in ihnen nach einer Mischung aus Farbe und Essensdunst. Massenhaft Kinderwagen, mit und ohne Einsatz, standen in einem eigenen Verschlag neben der Eingangstür. Wir marschierten die Treppen hinauf. Johansson als erster, ich hinter ihm.

An der Tür stand der Name Svensson.

– Ja, hier muß es sein. Dann klingeln wir mal.

Eine sehr magere Frau, die aussah wie Fünfzig, aber vielleicht auch jünger war, öffnete die Tür. Wenn das Gesicht nicht so bleich gewesen wäre, hätte es ganz hübsch sein können. Sie trug irgendein recht schlampiges Kleidungsstück, ich hätte nicht sagen können, ob es eine Kittelschürze war oder ein Kleid.

– Guten Tag, Frau Svensson, ja, ich bin also der Professor Johansson, der angerufen hat, und dies ist Generaldirektor Troäng. Wir wollen nicht lange stören, aber es ist sehr nett, daß wir kommen durften. Können wir hereinkommen?

Frau Svensson strich eine Haarsträhne zurück, ihre Haare mußten einmal braun gewesen sein, wurden jetzt aber offensichtlich gerade grau, und knickste tatsächlich vor uns; ich konnte ihre Bewegung nur als einen Knicks deuten.

Aus irgendeinem Grund sah sie sehr erstaunt aus. Ich konnte nicht verstehen, was sie so erstaunte – sie wußte ja, daß wir kommen würden.

– Bitte sehr.

Die Wohnung bestand aus einem Zimmer mit Küche und war unwahrscheinlich ordentlich. Das ganze Fenster stand voll mit sorgfältig gepflegten Topfpflanzen, auf dem Tisch mit einer sauberen weißen Tischdecke lagen ein Neues Testament und ein paar Nummern des *Evangelii Härold*.

Zwei von den Bildern im Zimmer stellten Elche in einem Moor dar, das dritte einen großen Blumenstrauß. Über dem Sofa, das offenbar auch als Bett diente, hingen zwei Fotografien, hübsch eingerahmt. Die eine zeigte ein Mädchen mit einer Studentenmütze, vielleicht die Tochter, die andere einen sehr ordentlich gekämmten Mann. Ich vermutete, daß er es war, nach dem wir hier fragen gekommen waren.

Johansson war schon dabei, geräuschvoll seinen Anorak an der Garderobe im Flur auszuziehen, und ich zog meinen Wintermantel aus.

– Frau Svensson, ich dürfte wohl nicht mal eben Ihre Toilette benutzen, sagte er liebenswürdig. Wir sind nämlich mit dem Auto von Karlstad gekommen.

– Aber natürlich, sagte die Frau und eilte ihm flink wie ein Wiesel voraus, vermutlich um nachzusehen, ob dort drinnen auch alles in Ordnung war.

Mit Frau Svensson allein gelassen, wußte ich nicht recht, was ich anfangen sollte.

– Sie haben aber eine schöne Wohnung bekommen, sagte ich.

– Nun ja, es geht.

Aber es ist ein bißchen ungewohnt, hier unten in Sunne zu sein.

– Sie sind hierhergezogen, nachdem Ihr Gatte …

Sie schluchzte einen Augenblick auf. Warum mußte ich sie auch daran erinnern? Aber andererseits waren wir ja deswegen hergekommen.

– Darf ich Ihnen eine Tasse Kaffee anbieten?

– Das würde guttun, sagte Johansson, der wieder aus der Toilette gekommen war.

Die Folge war, daß die Frau in der Küche verschwand, während Johansson und ich jeder in seinem Sessel an dem sauberen Tischtuch sitzenblieben und nicht recht wußten, was wir zueinander sagen sollten. Johansson nahm zerstreut das oberste Heft von *Evangelii Härold* und blätterte darin herum. Es schien ihn nicht viel klüger zu machen.

Sie blieb schrecklich lange da draußen. Johansson schaute in die Küche hinein und sagte:

– Können wir Ihnen irgendwie helfen? Aber, liebe Frau Svensson, machen Sie doch wegen uns keine solchen Umstände. Wir wollten doch nur …

Ganz offensichtlich wollte sie keine Hilfe. Ich bin sicher, daß sie eine dreiviertel Stunde brauchte, bis sie ihren Kaffee fertig hatte. Dafür brachte sie dann auch drei Sorten Plätzchen und zwei verschiedene Arten von Hefegebäck. Die eine Sorte war mit Mandeln bestreut. Das Haus hatte dünne Wände, von irgendwoher hörte man das Geschrei eines sehr kleinen Kindes, aus einer anderen Richtung kam ein Geräusch, als sei eine große Wasserleitung kaputtgegangen; es rauschte ununterbrochen sehr laut. Ich konnte mir gar nicht erklären, was es war.

Ich kam mir unwahrscheinlich deplaciert vor.

Als wir bei der zweiten Tasse angelangt waren, fing Johansson ohne jede Vorwarnung an.

– Ihr Gatte ist also letztes Jahr irn Oktober gestorben?

– Ja, am achtzehnten Oktober.

– Ist er lange krank gewesen?

– Nein. Nicht daß ich wüßte. Es ist sehr schnell gegangen. Er kam nach Hause und jammerte, er würde nichts mehr schaffen. Er hatte ja einen kaputten Rücken, und deshalb hat er statt dessen die Kahlschläge gerodet. Er fing an zu jammern und sagte, er würde es einfach nicht mehr schaffen. Er hat sich hingelegt, sobald er nach Hause kam. Manchmal hat er nicht mal mehr was essen können. Und dann ging es ihm immer schlechter, schließlich mußte er mit dem Taxi zum Betriebsarzt fahren. Der hat ihn sofort ins Krankenhaus geschickt. Dann hat es keine zehn Tage gedauert, bis es zu Ende war. Ja.

Sie saß ganz hilflos da, die Hände im Schoß. Es waren große, etwas rötliche Hände. Die Lippen murmelten lautlos irgend etwas. Es dauerte lange, bis ich verstand, daß es ein Gebet war, ein »Stoßgebet«, wie man sagt.

Wir saßen ebenso still da und wußten nicht, was wir tun sollten. Das einzige Geräusch, das ihr Schluchzen unterbrach, war Johanssons nervöses Getrommel auf der Schnupftabakdose. Er wußte offenbar nicht, ob er es wagen sollte, sich zu bedienen.

– Wie wir Ihnen schon geschrieben haben, sind wir unterwegs, um eine wissenschaftliche Untersuchung solcher Fälle zu machen. Wir hoffen ja, anderen Menschen helfen zu können, damit ihnen nicht dasselbe zustößt wie Ihrem Gatten. Ich verstehe, daß es für Sie nicht gerade angenehm ist, wieder daran denken zu müssen, aber wir würden Ihnen doch gern ein paar Fragen stellen.

Sie sah auf, wieder ganz erstaunt.

– Aber ich denke doch an nichts anderes.

Das sagte sie ganz ruhig, plötzlich war sie wieder ganz ruhig.

– Es wäre für uns sehr wichtig zu wissen, ob bei Arbeitskollegen Ihres Mannes ähnliche Symptome aufgetreten sind. Erinnern Sie sich da an irgend etwas, vielleicht an irgendwelche Namen, denen wir nachgehen könnten ...

– Aber sie haben doch alle darüber geklagt, sie seien so müde, daß sie sich kaum auf den Beinen halten könnten!

– Moment, das ist jetzt sehr wichtig. Könnten Sie das bitte noch mal wiederholen, Frau Svensson, und nicht zu schnell, damit ich mitschreiben kann.

– Ja. Wir haben ja da oben zu mehreren Familien im selben Haus gewohnt. Es war so ein Waldarbeiterhaus oder wie man das nennen soll. Und ein paar von den Männern dort machten ja dieselbe Arbeit. Sie haben schrecklich gejammert. Und mindestens noch einer von ihnen ist auch ins Krankenhaus gekommen.

– Wie hieß er?

– Ruotsalainen. Er wohnt noch da oben.

– Jetzt komme ich zu einer sehr wichtigen Frage: Waren sie beide in derselben Rodung?

– Nein. Es waren jede Woche ganz verschiedene Rodungen. Sie sind weitergezogen, sobald sie fertig waren.

– Weitergezogen?

– Ja, sie sind von einer Rodung zur andern gezogen.

– Ich verstehe. Ich habe hier ein paar Karten. Jetzt geht es darum, ob Sie mir diese Rodungen zeigen können.

– Ja wissen Sie, mit Karten kenne ich mich nicht besonders aus ...

– Aber schauen Sie mal her, wenn wir sagen, das hier ist ...

Es war schon lange dunkel, als wir bei dem Kinderheim ankamen. Das Schlimmste von allem, ja, wenn ich es mir jetzt überlege, erscheint es mir als das Schlimmste von allem. Von allem, was passiert ist. Von allem!

Und trotzdem war es nicht besonders dramatisch oder bemerkenswert, nichts in der Art. Nur, daß es mich so nachdrücklich in die Schranken wies. Ja! »In die Schranken wies« – das ist das richtige Wort.

Es war furchtbar schwer zu finden. Die Zufahrt war sehr steil (sie zweigte direkt von der Bezirkshauptstraße ab und war also, als Ausfahrt gesehen, vermutlich sehr gefährlich, wir mußten scharf bremsen, als wir sie endlich fanden, wenn wir einen Wagen hinter uns gehabt hätten, wäre er bestimmt in uns hineingefahren) und enorm glatt, weder mit Sand noch mit Salz bestreut. Wir fuhren an einer Sandgrube vorbei (Johansson konnte noch rasch darauf hinweisen, daß es in dieser Gegend oft massenhaft Uferschwalben gibt, die direkt unter dem Rand der Sandgruben nisten), dann an einer sonderbaren Zerkleinerungsanlage für Steine, kamen durch einen Birkenwald und waren schließlich da, wo wir hinwollten.

Es war eine große, weiße Villa, von hohen Maschendrahtzäunen umgeben. Im zunehmenden Dunkel des Winternachmittags hörte man von drinnen ein Geräusch, als schlüge jemand eintönig und hartnäckig mit einem Löffel auf ein hohles Blechgefäß. Ein Hund begann zu bellen, die Tür öffnete sich (es war so eine richtig große Pensionsveranda mit Säulen und allem drum und dran), und ein ganz junger Typ mit Schnurrbart kam mit entschlossenen Schritten zum Gartentor herunter und fragte, was wir dort zu suchen hätten.

Wir stiegen sogar aus dem Auto, als bräuchten wir wirklich eine Menge Platz:

– Guten Tag. Ich bin Generaldirektor Troäng, Lars Troäng von der KBU, und dies ist Professor Klas Johansson. Wir werden erwartet.

Der junge Mann sah sehr unschlüssig aus.

– Beeilen Sie sich ein bißchen, sagte ich in meinem bündigsten Ton. Wir haben keine Lust, wer weiß wie lange hier draußen zu stehen und zu frieren.

– Ja, Sie müssen aber einen Moment hier warten, mir ist nichts davon bekannt.

– Wer ist hier der Heimleiter? Ich möchte ihn sofort sprechen!

– Das ist Frau Norberg. Ich werde hineingehen und mit ihr reden.

Wenn mich nicht alles täuschte, klang er jetzt schon etwas kleinlauter. Er verschwand, die Tür wurde zugeschlagen.

– Wenn sie uns nicht reinlassen, werden sie ihr blaues Wunder erleben. Ich werde das Sozialamt auf sie hetzen und dafür sorgen, daß dieser Laden schnellstens dichtgemacht wird.

– Du bist aber ganz schön in Rage, sagte Johansson ruhig. Er schälte gerade sorgfältig die letzte unserer Apfelsinen.

– Möchtest du ein paar Schnitze?

– Nein danke, sagte ich. Ich werde jetzt langsam müde und sauer.

Es dauerte mindestens zehn Minuten, bevor die Tür sich wieder öffnete. Zwei Gestalten kamen heraus. Als sie sich näherten, konnte ich im Licht der Scheinwerfer erkennen, daß die eine davon weiblich war. Die andere war ein Kind, enorm dick, mit einem erschreckend großen Kopf. Es war sehr ordentlich gekleidet, hatte eine wattierte Jacke an, einen dicken gestrickten Schal um den Hals, eine Strickmütze Modell Heinzelmännchen und ganz leere, große blaue Augen.

Zwei Rotzfäden liefen von der Nase herunter. Vor so etwas habe ich mich immer schon ein bißchen geekelt.

Die Dame war mager, dunkel, sah nicht besonders gut aus, weil das Gesicht etwas zu pferdeartig in die Länge gezogen war, aber sie war offenbar sehr gepflegt.

– Norberg, sagte sie. Sie müssen bitte entschuldigen. Ich hatte gerade zu tun, und der Pfleger hatte keine Ahnung, daß Sie kommen wollten und wer Sie sind. Ich habe Ihren Brief bekommen, aber ich habe ehrlich gesagt soviel zu tun gehabt, daß ich es nicht geschafft habe zu antworten.

Das Kind, das mich die ganze Zeit über mit unverändert leeren Augen aufmerksam angesehen hatte, kroch in den Wagen und fing an, am Schalthebel und am Steuer herumzufingern. Es gelang ihm, das Licht abzuschalten, so daß wir alle in einer fast totalen Dunkelheit standen. Die einzigen Lichter kamen aus dem Haus. Von drinnen war immer noch das eintönige Geklapper zu hören.

Es dauerte eine Weile, bis die Heimleiterin das Kind auf dem Vordersitz erwischte und es herausziehen konnte. Es schrie und protestierte lautstark mit einer sonderbar winselnden Stimme, hartnäckig genug, um jedes vernünftige Gespräch unmöglich zu machen.

Ich beugte mich hinein und packte meine Aktenmappe. Wir schlossen den Wagen gar nicht erst ab.

Es war eine ziemlich große Diele oder Halle. Ordentliche kleine Kleiderhaken, genau wie in einer Schule, sehr gleichartige wattierte Jacken in Blau und Rot an den meisten Haken, über jedem davon ein Name. Der Raum erschien einem ungeheuer warm, wenn man aus der Kälte draußen kam, und es gab dort einen Geruch, den ich nicht mochte, einen unverkennbaren Anstaltsgeruch: nach Putzmitteln, Haferbrei und noch etwas drittem, das mir vorkam wie der Geruch nach altem, trockenen Holz.

Das Geklapper hatte sich ganz enorm verstärkt.

– Sie essen jetzt gerade. Vielleicht gehen wir ein Weilchen zu mir hinein, damit wir in Ruhe miteinander reden können, dann können Sie sich nachher umsehen.

Sie setzte den schreienden Wasserkopf ab und gab ihm oder ihr einen freundschaftlichen Klaps auf den Popo. Eine Pflegerin, die gerade aus einem Raum gekommen war, der der Speisesaal sein mußte, freute sich sichtlich, als sie das Kind erblickte, und begann es auszuziehen. Es war ein schwerfälliger, unbeholfener Ringkampf, und mit einer Art Erleichterung merkte ich, daß die Pflegerin das Kind vollkommen unsentimental, aber nicht unfreundlich behandelte. Sie hatte etwas von den entschiedenen, sicheren Bewegungen einer Hebamme.

Frau Norbergs Zimmer war kein gewöhnliches Büro, sondern ein Zimmer in ihrer eigenen Wohnung, im rechten Seitenflügel des Gebäudes, voller Topfpflanzen, mit einem Schreibtisch, einem Aktenschrank und einem Bücherregal. Sie hat ja fast alle Telefonbücher des Landes in dem Regal, fiel mir auf. Brauchte sie sie, um mit den Eltern der Kinder sprechen zu können?

– Die Leukämiefälle im letzten Jahr waren ein schreckliches Unglück. Es war schwer für uns, darüber hinwegzukommen. Verstehen Sie, man hat ein anderes Verhältnis zu entwicklungsgestörten Kindern als andere, wenn man Jahr für Jahr mit ihnen arbeitet. Man sieht in ihnen Persönlichkeiten, Menschen. Man hängt an ihnen, oft mehr als die Eltern. Die Eltern sind ja in diesem Fall Leute, die sich aus verschiedenen Gründen nicht selbst um die Kinder kümmern können oder es nicht wollen, und sie sind ja nicht kontinuierlich mit ihnen zusammen wie wir ...

Sie unterbrach sich mitten im Satz. Um ihren Mund lag ein bitterer Zug.

– Es sind ja drei verschiedene Untersuchungen gemacht worden. Zuerst durch den Bezirksarzt, er ist jetzt nicht mehr in dieser Gegend, er war nur als Stellvertreter hier, aber die Akten muß man ja durchs Sozialamt bekommen können. Dann die Untersuchungen im Krankenhaus, sie sind ja eins nach dem anderen ins Zentralkrankenhaus in Karlstad gebracht worden. Und dann gibt es noch das Protokoll des Sozialamts. Das hat ja hier eine sehr gründliche Inspektion durchgeführt.

Aber eine richtige Erklärung gibt es nicht, soviel ich weiß. Für uns persönlich war es jedenfalls so etwas wie eine Katastrophe. Ja. So war es.

– Ich bin kein medizinischer Experte, sagte Johansson. Ich bin Ökologe. Ich kann mich nicht in die medizinischen Fragen einmischen, sondern mich interessiert, ob es irgendwelche Umweltfaktoren in dieser Gegend gibt, die die Kinder beeinflußt haben könnten. Ich möchte beispielsweise wissen, woher die Milch kommt, die Sie verwenden, und ob Sie an einer bestimmten Stelle Beeren oder Pilze oder so etwas gesammelt haben. Wenn Sie erlauben, würde ich gern alle Ihre Lebensmittellieferanten durchgehen.

– Das müßte wohl möglich sein. Die Rechnungen sind hier in den Aktenordnern.

Sie machte eine Geste.

– Dürfte ich sie nach Stockholm mitnehmen, selbstverständlich gegen eine Quittung, und sie ein paar Wochen lang auswerten? Ich kann die vom letzten Jahr nehmen. Ich schicke sie natürlich per Einschreiben zurück.

– Ja, das geht wohl in Ordnung, wenn es nötig ist. Es kann sein, daß ein Teil davon noch bei dem Wirtschaftsprüfer Strömberg ist, der mir bei der Steuererklärung hilft. Aber ich kann ihn morgen anrufen.

Jetzt muß ich aber wirklich gehen und ein bißchen nach den Kindern sehen. Kommen Sie mit? Wir können doch nachher weitermachen? Sie müssen schon entschuldigen, aber es ist schrecklich viel zu tun.

Der Speisesaal hatte einen gekachelten Fußboden. Einer von den Pflegern, es war übrigens der mit dem Schnurrbart, säuberte ihn gerade mit Hilfe eines Wasserschlauchs und eines langstieligen Schrubbers.

– Sie sind beim Essen nicht sehr reinlich, wissen Sie.

Wir nickten. Ein Kind wurde gerade in einer Ecke gefüttert. Es mochte wohl etwa fünf, sechs Jahre alt sein. Die Ärmchen zuckten in heftigen spastischen Bewegungen und stießen ab und zu gegen den Löffel, so daß der Haferbrei, oder was man ihm nun einzuflößen versuchte, weit über den Fußboden hinausspritzte.

Die Schlafzimmer waren ziemlich klein, mit je vier Betten. Die meisten waren von sehr hohen Metallstäben umgeben, was ihnen das Aussehen von Käfigen verlieh. Es war natürlich ungerecht, aber einige Kinder waren so sonderbar und erschreckend mit ihren riesigen Köpfen, ihren spastischen Bewegungen oder eigentümlichen kleinen Schreien, daß man sich nicht ganz von dem Eindruck freimachen konnte, in einem zoologischen Garten gelandet zu sein.

Sie wurden gerade ausgezogen. Eigenartig geschwollene Bäuche, halslose Köpfe, die direkt auf dem Brustkorb saßen, Hasenscharten, spitze kleine Gesichter, die nichts Kindliches an sich hatten, sondern eher an unruhige kleine Reptilien denken ließen. Nachthemden oder Schlafanzüge wurden über widerspenstige Ärmchen gezogen, rührende Teddybären über die Gitterstäbe geworfen, und das alles unter einem Winseln, Piepsen und Schreien, das mich fast wahnsinnig machte.

Einige Kinder trugen offenbar noch Windeln und schliefen auf Unterlagen aus weißem, unangenehmen Plastik, obwohl sie im Alter von zehn oder elf Jahren waren.

Alles war außerordentlich hygienisch, außerordentlich praktisch eingerichtet. Die weißgestrichenen Metallgitter der Betten konnten herauf- und heruntergelassen werden, waren offenbar aber nur von außen zu schließen.

Das Schreckliche war der unbeschreibliche Eindruck von Einsamkeit, von Verlassenheit, den diese Kinder machten, als sie nun schlafen gelegt wurden. Man war nicht unfreundlich zu ihnen. Ich sage es noch einmal. Das nicht.

Nur, daß sie so entsetzlich verlassen waren. Sind das nicht auch andere Kinder, wenn man sie schlafen legt und sie für die Nacht allein läßt?

Nein. Nicht auf dieselbe Art. Denn andere Kinder haben wenigstens sich selbst zur Gesellschaft, ihre eigenen Gedanken, ihre eigene Furcht, aber trotzdem das geborgene, ja zutiefst geborgene Gefühl, daß sie zumindest von sich selbst gesehen werden. Aber diese Kinder sah *niemand*.

– Frau Norberg, sagte ich, wie oft kommen denn die Eltern sie gewöhnlich besuchen?

– Das ist ganz verschieden. Es gibt Eltern, die jeden oder jeden zweiten Sonntag zu Besuch kommen, Sommer wie Winter, die vielleicht jedesmal vierhundert oder fünfhundert Kilometer weit fahren müssen. Und dann gibt es Eltern, die am Anfang vielleicht ziemlich oft kommen, und dann immer seltener. Sie vergessen sie. Vielleicht gibt es zu Hause Geschwister, die besser dran sind, vielleicht verkraften sie es nicht oder verdrängen sie ganz einfach. Viele von ihnen scheinen erleichtert zu sein, wenn die Kinder sterben.

– Sterben?

– Viele von ihnen sterben sehr früh. Die Hydrocephalen zum Beispiel.

Wir waren in eine Art Spielzimmer gekommen. Frau Norberg räumte ein paar vergessene Klötze in einen mit fröhlichem Gelb gestrichenen Holzkasten. Die Wände waren mit Sprossenwänden versehen, wie in einer Turnhalle.

– An regnerischen Tagen, und natürlich vor allem jetzt im Winter, verbringen wir hier den größten Teil der Zeit mit ihnen. Aber wir versuchen natürlich dafür zu sorgen, daß sie mindestens ein oder zwei Stunden draußen sind, wenn das Wetter nicht ganz unmöglich ist. Manchmal machen wir auch Ausflüge. Ich kenne ein Busunternehmen hier in der Gegend, die Fahrer sind sehr freundlich und hilfsbereit.

– Wohin machen Sie denn Ihre Ausflüge?

– Nur in die Nähe der Orte in der Umgebung, an Plätze, wo wir Spiele veranstalten und ihnen etwas von den Vögeln und Pflanzen zeigen können. Wir machen sehr simple Wettspiele und so etwas.

– Ich weiß, sagte ich, meine Kinder machen oft …

– Entschuldigen Sie mal eben, sagte Johansson, der lange schweigend im Spielzimmer auf und ab gegangen war und zugehört hatte.

Sagten Sie, daß Sie öfters Ausflüge mit den Kindern machen?

– Aber ja. Sie müssen doch schließlich sehen, daß die Welt ein bißchen größer ist als dieser Garten.

– Haben Sie solche Ausflüge auch mit den Kindern gemacht, die Leukämie bekommen haben?

– Nach ihrer Erkrankung? Nein.

– Ich meine: Waren die Kinder, die später Leukämie bekamen, auf so einem Ausflug dabei?

– Es ist nicht leicht, sich daran zu erinnern, aber das müssen sie wohl gewesen sein. Ist das so wichtig?

– Es kann ungeheuer wichtig sein. Frau Norberg, können Sie versuchen, sich zu erinnern, wohin Sie in diesem Herbst gefahren sind und wo Sie sich genau aufgehalten haben?

– Ich glaube, ich habe ein Tagebuch darüber.

– Gibt es in dieser Gegend ein Hotel, in dem wir übernachten können?

– Das ist schwierig. Vielleicht können Sie oben beim Kaufmann ein Zimmer mieten. Früher hat er jedenfalls Fremdenzimmer gehabt. Aber sie sind möglicherweise nicht geheizt.

– Es tut mir leid, Frau Norberg, daß wir Ihnen soviel Mühe machen, aber ich glaube, die Sache mit den Ausflügen kann ungeheuer wichtig sein. Ich meine, wir dürfen nicht lockerlassen, bevor wir das nicht irgendwie geklärt haben.

– Dann rufe ich jetzt den Kaufmann an.

Wir verließen das Kinderheim gegen neun Uhr abends. Frau Norberg konnte uns zu ihrem Bedauern nichts anderes anbieten als Eierkuchen – den gleichen, den die Kinder immer donnerstags bekamen. Ich ekelte mich unwahrscheinlich vor dem fetten, mehligen Pfannkuchen.

Die Fremdenzimmer des Kaufmanns waren tatsächlich ganz eiskalt, und wir hatten schwer mit einem qualmenden Kachelofen zu kämpfen. Frau Norberg war besorgt und betrübt, als wir sie verließen. Aber man konnte ja unmöglich darüber reden, wohin diese Ausflüge geführt hatten, ohne irgendwie anzudeuten, daß da ein Zusammenhang bestehen könnte.

Um zwei Uhr nachts hatten wir unsere Karten fertig.

– Da kann kein Zweifel bestehen, sagte Johansson und erhob sich steifbeinig. Er hatte sich bis zum Kinn in eine der Reisedecken gehüllt. Er trug lange Unterhosen. Er ging im Zimmer auf und ab und sah mehr denn je wie ein trauriger Kleinbauer aus.

– Es besteht kein Zweifel. Es ist dieselbe Stelle. Im nördlichen Klarälvsdalen gibt es einen Kahlschlag, der eine nicht bakterielle Leukämie verbreitet. Absolut tödlich.

Ich selbst hatte mich mittlerweile in ein einziges pochendes, dröhnendes Kopfweh verwandelt.

Racket Ball

– Wenn du so weitermachst, wird es total schiefgehen, sagte Wittfogel mit ungewöhnlicher Aufrichtigkeit. Er putzte mit unverdrossener Hartnäckigkeit seine Brille, bekam aber offenbar den unsichtbaren Fleck, der ihn irritierte, nicht weg. Vielleicht befand er sich auf seiner Hornhaut?

Es wird total schiefgehen. Johansson ist bestimmt ein prima Kerl, aber er hat etwas von einem Phantasten, darüber mußt du dir im klaren sein. Ich habe oft den Verdacht, daß er ein bißchen zuviel Science Fiction liest. Eine Epidemie mit insgesamt dreizehn Fällen, was ist das schon? Wie gut kennst du dich mit medizinischer Statistik aus? Wie viele Epidemien kommen und gehen nicht jedes Jahr.

Offensichtlich konnte er mich mittlerweile gut leiden. Sonst hätte er niemals so aufrichtig gesprochen. Ich kann nicht leugnen, daß ich stolz darüber war.

– Dreizehn Fälle, ja, aber angenommen, es greift um sich.

– So etwas kann passieren. Das ist ganz richtig. Es werden noch mehr solche Sachen passieren. Keiner von uns ist glücklich darüber. Das ist der Preis, den wir für unseren Lebensstandard, für die petrochemische Entwicklung, für die Entwicklung auf dem Gebiet der Atomenergie bezahlen müssen. Ich sage nicht, daß mir das gefällt. Ich sage nicht, ich sei unmenschlicher als du. Aber es ist ebensogut, wenn die Bevölkerung lernt, sich solchen Dingen anzupassen. Das sind nicht die Sachen, auf die wir aus sind.

– Aber worauf sind wir denn dann aus?

– Unsere Aufgabe ist es, die Katastrophen vorauszusehen, Alarm zu schlagen, bevor sie eintreffen.

Du kennst doch sicher die Geschichte von dem Jungen, der ein bißchen zu oft gerufen hat »der Wolf kommt«.

– Ja aber ...

– Vergiß das nicht.

Ich versuchte es mit einer anderen Spur, auf die ich am Tag zuvor gestoßen war.

– Seit gestern weiß ich mit Sicherheit, daß es in dieser Gegend eine militärische Anlage gibt. Sie untersteht dem Kommando der Luftwaffe. Ich bin fest entschlossen herauszufinden, worum es sich handelt.

– Vermutlich ist es eine Radarstation. Die pflegen gewöhnlich keine Leukämie hervorzurufen, wenn du mal einen Moment darüber nachdenkst.

– Es gibt Radarstationen, die kleinere Vögel in ihrer Nähe töten.

– Ganz recht. Sie gehören zum amerikanischen *Distant Early Warning System*, jede Station ist etwas größer als der Dom zu Lund. Wenn du so etwas in Värmland finden kannst, bist du zu beglückwünschen. Der Verteidigungsminister wird überglücklich sein.

– Ich werde mit dem Kommando der Luftwaffe sprechen.

– Willst du eine Menge Papiere losschicken?

– Ich werde einen Brief schreiben.

– Der wird an ziemlich vielen Stellen gelesen werden. Die Leute werden den Eindruck bekommen, daß bei der KBU alles ganz schiefgeht. Sie werden sagen, daß wir die Sache anpacken, als wären wir die Polizei. Das ist ein bißchen heikel, weil wir ja doch eine geheime Kommission sind.

– Prinzipiell unterstehen wir direkt der Regierung.

– Und gerade das macht uns für die Regierung zu einer etwas heiklen Angelegenheit.

– O.K. Wir machen es so: Du arrangierst für mich ein Gespräch mit jemand, der mir erklären kann, worum es sich eigentlich handelt. Ich werde nicht lockerlassen, bevor ich nicht eine einigermaßen beruhigende Erklärung bekommen habe. Sprich mit dem Luftwaffenkommando oder mit der FOA. Laß deine Beziehungen spielen und sorge dafür, daß ich jemand spreche, der mir eine klare Antwort geben kann. Es spielt keine Rolle, wer es ist, aber ich möchte eine Auskunft haben. Vorher kann ich Johansson nicht nahelegen, die Sache fallenzulassen.

Er überlegte lange. Er schien es endlich satt zu haben, seine Brille zu putzen. Das vergrößerte Auge starrte düster auf den Rand meines Schreibtisches. Offenbar hatte er auch dort einen Flecken gefunden, denn er begann energisch mit dem Nagel seines Zeigefingers an einer Tischecke zu kratzen.

Schon eine halbe Stunde nach dem Mittagessen rief er mich von der FOA aus an. Er klang jetzt bedeutend ruhiger.

– O. K., sagte er. Hier ist Wittfogel. Ich habe ein Treffen für dich arrangiert. Du sollst Tennishosen und Tennisschuhe mitbringen. Die Adresse gebe ich dir gleich durch.

– Wozu brauche ich denn Tennisschuhe, um Himmels willen?

– Du sollst Racketball spielen lernen.

– Racketball?

– Das edelste Ballspiel der Welt. Du spielst doch Squash?

– Ja. Ein bißchen. Svanhede war sehr für Squash.

– Hast du heute schon die Zeitungen gelesen?

– Nein. Ich habe heute ehrlich gesagt noch gar nichts geschafft: Ich lese gerade Johanssons Material.

– Svanhede ist Regierungspräsident von Kalmar geworden.

– Das freut mich sehr. Ich weiß es schon seit ein paar Tagen. Aber jetzt sag doch mal, warum zum Teufel ich Racketball spielen soll und was das mit Squash zu tun hat.

– Also, es ist das edelste Ballspiel der Welt. Man spielt es gegen die Wand, genau wie beim Squash, aber der Ball ist schwerer und sehr viel schneller, der Schläger ist also auch bedeutend kürzer und schwerer. Den Aufschlag macht man von einer Linie im Mittelfeld aus. Du kannst nur Punkte machen, wenn du hart bedienst. Das Spiel ist absolut unübertrefflich, wenn es gilt, Reaktionsgeschwindigkeit und schnelle Entscheidungen zu trainieren. Du hast oft hintereinander drei oder vier Chancen, den Ball zu kriegen, während er springt, aber man muß sich entscheiden, welche dieser Chancen man wahrnehmen will. Und außerdem ist es ein enorm intellektuelles Spiel. Du kannst den Ball praktisch in die entgegengesetzte Richtung schlagen zu der, in die du ihn haben willst, wenn du die Winkel richtig berechnest.

– Ich glaub's dir ja, aber ich hab keine Zeit, noch mehr Ballspiele zu lernen.

– Und ob du die hast.

– Aha.

– Ja. Ein Oberst vom Luftwaffenkommando schickt um vier einen Wagen, der dich abholt. Er ist ein sehr guter Lehrer. Er hat einen Vorteil, den ich persönlich bei Tennislehrern immer sehr schätze. Er nörgelt nicht dauernd herum, wie man den Ellbogen halten soll oder so. Er zeigt einem, wie man schlagen muß, um gute Bälle zu kriegen.

– Hat er es dir beigebracht?
– Ja. Zum Teufel. Wir spielen oft zusammen.

Den ganzen Tag über versuchte ich Agneta Tillich zu erreichen, aber es meldete sich niemand. Das heißt, es meldete sich doch jemand; kurz vor vier, als ich einen letzten Versuch machte, sie zu Hause anzurufen, nahm ihr Mann ab. Das brachte mich etwas aus der Fassung, mit dieser Möglichkeit hatte ich einfach nicht gerechnet, aber es war ja noch so früh am Tag, daß ich mich geschäftlich geben konnte.

– Hier ist Lars Troäng, Generaldirektor Lars Troäng. Ich habe Agneta Tillich ein paar Tage lang an ihrem Arbeitsplatz zu erreichen versucht, aber sie war jedesmal ausgegangen. Ich möcht gern wissen, ob sie vielleicht zu Hause anzutreffen ist?

(Ich legte mir die ganze falsche Würde zu, die man in Schweden in solchen Situationen hat, mit »anzutreffen« usw., im vollen Bewußtsein, daß er möglicherweise ebensoviel über mich wußte wie ich über ihn.)

– Nein. Sie ist leider nicht zu Hause. Sie ist für ein paar Tage verreist.

(Es hörte sich an wie die alltäglichste Stimme der Welt, sehr kultiviert, vielleicht eine Idee spöttisch.)

Aber sie kommt wieder. Sie kommt bestimmt wieder . . .

(Er klang jetzt sonderbar zögernd. Vielleicht hatte sie doch recht gehabt?)

Soll ich ihr ausrichten, daß sie Sie zurückrufen soll, wenn sie wieder da ist, Herr Generaldirektor?

(Die ganze Situation war mir ungeheuer peinlich.)

– Das wäre nett, sagte ich. Sehr freundlich von Ihnen.

– Ja, nicht wahr, sagte er.

– Wie bitte?

– Das wäre freundlich von mir.

– Ja, wirklich. Vielen Dank, auf Wiedersehen . . .

(Meine Handflächen schwitzten ein bißchen, während ich den Hörer umklammert hielt.)

– Ach, übrigens . . .

(sagte ich, da ich einsah, daß ich nichts zu verlieren hatte)

ich könnte sie wohl nicht woanders telefonisch erreichen?

Er antwortete einfach nicht mehr. Ich wiederholte die Frage sicherheitshalber, nur um festzustellen, daß er offenbar den Hörer aufgelegt hatte. Verdammter Idiot, dachte ich.

Der Wagen hatte einen uniformierten Chauffeur, und beide, Chauffeur und Wagen – es war ein riesiger Plymouth, erwarteten mich draußen auf der Straße. Der Chauffeur, der übrigens keine militärische Uniform trug, sondem irgendeine andere, mir völlig unbekannte, war nicht besonders gesprächig, aber außerordentlich höflich.

Die ganze Zeit hielt er über einen UKW-Sender mit jemand Kontakt, genau wie ein Taxifahrer, aber mit sehr knappen Sätzen. Mir fiel plötzlich ein, daß mir jetzt auch ein Dienstwagen zustand. Ich hatte eine der Sekretärinnen gebeten, sich um die Sache zu kümmern, es dann aber wieder vergessen. Wahrscheinlich mußte dazu irgendein Formular ausgefüllt werden. Weiß der Teufel, ob mir nicht sogar ein Chauffeur zustand – oder waren sie in letzter Zeit dezimiert worden?

Ungeheuer geschmeidig und sanft fädelte der Fahrer uns durch die zentralen Stadtteile. Ich war so in Gedanken versunken, daß ich zusammenschrak, als ich merkte, daß wir schon weit draußen auf der Straße nach Värmdö waren.

– Wie weit ist es eigentlich noch?

– Nicht sehr weit.

Er bog am Industriegelände von Ulvsunda ab, kam auf eine Seitenstraße zwischen Lagern und kleineren Fabriken und hielt vor einer mit einem hohen Maschendrahtzaun.

– Was für ein riesiger Zaun, sagte ich. Spielen Sie auch hier Tennis?

Der Fahrer antwortete nicht. Statt dessen sprang er aus dem Wagen, öffnete einen kleinen Kasten neben dem Tor und sprach in ein Telefon. Die Türen öffneten sich, wir fuhren zwischen einigen flachen Gebäuden durch.

– Ist das eine militärische Anlage, fragte ich.

– Nein, ich glaube nicht, sagte der Chauffeur ruhig. Es ist wohl irgendeine Fabrik. Ich weiß es nicht genau. Ich bin noch nie hiergewesen.

Ich sah weit und breit keinen Menschen, offenbar hatten die Arbeiter schon Feierabend gemacht. Ein Gabelstapler war ordentlich vor einer Laderampe geparkt, dies war fast das einzige Zeichen von Aktivität, was ich entdecken konnte. Doch an einer kleinen Seitentür aus blaugestrichenem Metall stand ein Herr und winkte uns zu. Er war sehr leicht bekleidet in Anbetracht dessen, daß es ein kalter, spätwinterlicher Nachmittag bei Sonnenuntergang war. Er trug graue Flanellhosen, Turnschuhe und einen weißen Tennissweater. Die Haare waren sehr kurz geschnitten. Er hatte ein helles, offenes Gesicht, ja, er sah wirklich aus wie einer dieser Sportler, die *Svensk Filmindustri* in ihren Wochenschauen aus den dreißiger Jahren zu interviewen pflegte, norrländische Läufer, die gerade die Schwedische Meisterschaft im Stadion gewonnen haben, der Segelflugmeister des Jahres in Alleberg 1932, der Sieger im Wasalauf von 1929.

– Hallo, sagte er. Ich schätze, du bist Lars Troäng.

– Tag, sagte ich. Das hat wohl seine Richtigkeit.

– Ja, also ich heiße Tom Olofsson. Meine Freunde nennen mich Tommy.

Er mochte älter sein, als er aussah, vielleicht sogar etwas über vierzig, war aber so enorm durchtrainiert, daß er insgesamt den Eindruck eines Mannes unter Dreißig machte. Nur ein paar Fältchen um die Augen und auf der sonnverbrannten Stirn deuteten darauf hin, daß er vielleicht ein bißchen älter war, als es seinen Bewegungen nach den Anschein hatte.

– Wittfogel sagte, du wärst daran interessiert, Racketball zu lernen. Leider haben es ja hierzulande noch nicht sehr viele Leute entdeckt, und du kannst dir vorstellen, daß wir uns über jeden neuen Spieler freuen, den wir kriegen können. Du hast schon viel Squash gespielt, wie ich hörte.

– Na ja, du darfst nicht zuviel erwarten

– Ach was, wir gehen jetzt erst mal ein paar einfache Sachen durch. Wir machen heute sowas wie ein Demonstrationsspiel, damit du ein Gefühl für den Ball kriegst. Und für den Aufschlag.

Hör mal, komm doch bitte herein. Es sieht vielleicht nicht sehr einladend aus, aber es sind die einzigen Räume, die wir bis jetzt in Stockholm haben.

Es sah wirklich nicht einladend aus. Die Tür schwang auf – in enorm schweren, etwas verrosteten Angeln, die jeden Geldschrankknacker hätten abschrecken können. Eine Zementtreppe führte, erstaunlich steil und tief, in das hinunter, was der Keller des Gebäudes sein mußte. Der Verputz blätterte hier und da von den Wänden.

– Geh nur vor, sagte Tommy. Aber halt dich am Geländer fest, die Treppe ist schon ein bißchen abgetreten.

Es waren mindestens vierzig oder fünfzig Stufen, und am Fuß der Treppe wieder eine Tür, die offenbar aus Masonit war oder vielleicht aus irgendeinem feuerfesten Material. Tommy stieß sie auf, und wir befanden uns in einem erleuchteten, angenehm warmen Korridor mit frisch gestrichenen Wänden und Türen rechts und links. Mir fiel auf, daß an einigen Stellen die Türen durch kleine Luken ersetzt worden waren, ungefähr fünfundsiebzig Zentimeter im Quadrat. An jeder Luke befand sich ein Stromschalter, daneben stand die Aufforderung EINMAL MIT DEM LICHT BLINKEN. ERST NACH ZEHN SEKUNDEN ÖFFNEN.

Der Korridor machte eine Biegung. Gerade als wir um die Ecke bogen, prallte ich zurück. Eine gewaltige Salve von Schüssen hallte von fern, offenbar durch dicke Wände gedämpft, durch den Korridor, und dann noch eine.

Was zum Teufel! dachte ich.

Tommy legte schützend einen muskulösen Arm um meine Schultern.

– Was denn! Hast du dich erschreckt! Das ist ein Pistolenschützenverein, der auch hier unten trainiert. Aber am anderen Ende des Kellers.

UMKLEIDERAUM stand auf einem Schild. Wir gingen hinein. Warme, dampfgeschwängerte Luft schlug uns entgegen. Dicke, angenehme Bastmatten bedeckten den Boden. Metallschränke standen in einer langen Reihe an der Wand. Duschen, große Stapel von weichen Frottiertüchern, eine Waage, ein Sandsack, der an einer Feder von der Decke hing, bequeme Bänke, auf die man sich setzen konnte, wenn man sich die Schuhe auszog. Ein unwahrscheinlich athletischer Jüngling war gerade dabei, einen Unterleibschutz anzulegen.

– Servus, Roffe.

– Servus, Tommy, wie geht's?

– Leidlich. Und dir?

– Man lebt.

Tommy fummelte das Schloß des Kombischranks mit ein paar

leichten Drehungen des Handgelenks auf. Er schien es schon tausendmal gemacht zu haben.

– Hast du keine Schuhe und Hosen dabei?

Er musterte mich kritisch. Ich entschuldigte mich, war aber mit meinen Erklärungen noch nicht sehr weit gekommen, als er mir schon ein Paar Tennishosen zuwarf. Auf Schuhe mußt du eben verzichten. Du wirst zwar nicht ganz so gut federn können, aber das ist ja heute nur zum Warmwerden. Wenn du nächstesmal kommst, solltest du ein Paar ordentliche Tennisschuhe mitbringen. O. K., hier hast du einen Schläger.

Er sah wirklich ungewöhnlich aus; kurz und dick, ziemlich schwer zu halten. An dem kurzen Stiel hing eine Lederschlaufe.

– Es besteht eine gewisse Gefahr, daß der Schläger sich in manchen Situationen selbständig macht. Wenn man nicht gerade mit seinem Zahnarzt spielt, wie ich es samstags tue, ist es ratsam, die Schlaufe ein paarmal ums Handgelenk zu wickeln, nachdem du reingeschlüpft bist. Gut (er musterte mich noch einmal; zugegeben, physisch bin ich nicht besonders imponierend, ich bin klein und breit gebaut, dafür aber auch recht stark), gehen wir!

Wir liefen wieder durch den Korridor. Erneut ertönten Salven aus dem hinteren Teil des Kellers. Der kurze, harte Schlag eines Balles, der scharf gegen die Wände prallt, hallte aus einem der nächsten Räume.

– Hier ist es, sagte Tommy und stieß eine Luke auf. Kletter schon mal rein.

Die Luke war unbequem eng. Dahinter ein absolut nackter Raum, etwa zwölf mal sechs Meter groß. An der hinteren Wand war der Verputz an mehreren Stellen abgefallen. Es sah aus, als wären es Schußspuren, als hätte jemand mit einem Gewehr oder einer Pistole auf die Wand geschossen.

Ich sah hinauf. An der Decke, die überraschend hoch war, gab es nichts als zwei riesige Eternittrommeln, die in Ventilatoren mündeten. Natürlich braucht man eine gute Ventilation in einem Raum, in dem die Leute sich so heftig bewegen, dachte ich.

Die Wände waren weiß und blank, mit Ausnahme der beschädigten Rückwand. Hier und da gab es schwarze Spuren von Bällen, die sie gestreift hatten. Es kam mir in den Sinn, daß ich nicht die geringste Chance hätte, da hinaufzuklettern. Es müssen mindestens sechs

Meter bis zur Decke gewesen sein, vielleicht auch mehr. In diesem Augenblick begann ich mich zu fragen, wo Tom Olofsson abgeblieben war.

– Was ist denn jetzt los, zum Teufel?

Die Luke hinter mir war ordentlich geschlossen. Sie hatte einen Schließmechanismus, einen Metallring, der aus einer Halterung herausgeklappt werden konnte und den man offenbar herumdrehen sollte. Ich drehte ihn und stemmte mich aus Leibeskräften gegen die Luke. Nichts geschah. Ich wurde ein bißchen unruhig, aber nicht ernstlich, und trat so fest ich nur konnte dagegen. Der Fuß tat mir verdammt weh, da ich keine Schuhe anhatte.

– Was soll das, zum Teufel, schrie ich. Was ist denn das für eine verdammte Falle!

Panik kroch mir wie Eiswasser die Wirbelsäule hoch. Und diese scheußlichen Spuren im Verputz an der Wand gegenüber, was zum Teufel waren das eigentlich für Spuren? Stammten sie wirklich nur von Bällen?

Ich fing an, wie ein Wahnsinniger gegen die Luke zu treten und zu hämmern. Von draußen war nichts zu hören. ICH MUSS MICH BERUHIGEN, dachte ich.

Ich muß mich vor allem erst mal beruhigen. Wer weiß denn alles, daß ich hier bin? Der Chauffeur, der mich hergefahren hat. Ja, das ist klar. Aber wer sonst noch? Wittfogel, natürlich. Der immer herkommt, um hier Ball zu spielen. Mit seinen Freunden.

NIEMAND AUSSER WITTFOGEL WEISS, DASS ICH HIER BIN.

Ich setzte mich auf den Fußboden und machte eine gewaltige Anstrengung, ruhig zu atmen. Ruhig atmen. Ruhig atmen. Die rechte große Zehe schmerzte. Der Nagel, den ich schon eine ganze Weile nicht mehr geschnitten hatte, war umgeknickt, ziemlich weit unten. Ich hasse es, wenn die Nägel der großen Zehen umknicken. Ich starrte ihn düster an.

ICH GLAUBE, IN DIESEM AUGENBLICK GING ETWAS IN MIR KAPUTT.

Nein. So war es nicht. Das stimmt überhaupt nicht. Ich habe an gar nichts gedacht. Es war so:

Die Luke öffnete sich so unmerklich hinter mir, daß ich es nicht hörte. Herein kam Tom Olofsson. Diese Scheißluke ging nach *innen* auf.

– Entschuldige bitte, sagte er. Ich habe gerade gemerkt, daß ich noch scheißen gehen mußte, bevor wir anfangen. Hast du den Ball schon ein bißchen ausprobiert? Macht Spaß, wie?

In *diesem* Augenblick ging etwas kaputt. Mir wurde eine Angst bewußt, die ich schon die ganze Zeit empfunden haben mußte, aber diese irrsinnige Episode machte sie deutlich. SIE WAR SCHON DIE GANZE ZEIT DAGEWESEN.

– Was ist denn, sagte Olofsson ein bißchen besorgt.

– Ach, weißt du, sagte ich, ich habe mir einen Zeh an der Wand angestoßen.

– O verdammt, sagte er mitleidig. Willst du ihn nicht lieber verbinden?

– Ach was, es ist schon vorbei. Laß uns jetzt spielen.

– O.K., wie du willst. Diese beiden Linien markieren den Aufschlagsbereich. Der Aufschlag muß zuerst gegen die Rückwand prallen, und wenn er zurückkommt, auf den Boden. Prallt er gegen die Vorderwand, dann war er zu fest, trifft er im Aufschlagsbereich auf oder davor, war er zu schwach.

Er ließ den Ball fallen und hochspringen, dann schlug er zu. Mit einem sonderbar festen, fast harten Knall prallte er von der Rückwand ab. Ich begriff, daß ein harter Schlag den Verputz von der Wand lösen konnte.

– Hol ihn dir, los, schnell!

Natürlich waren meine Reflexc viel zu langsam, ich rannte wie ein Verrückter hinter dem Ball her, der in immer überraschenderen Winkeln weitersprang.

Es machte wirklich recht viel Spaß, es war ein intellektuelles Spiel. Die Bewegungen des schwarzen Balles vor den weißen Wänden erinnerten mich an die Brechungswinkel eines Lichtstrahls in einem Kristall; die Möglichkeiten, den Gegenspieler zu überrumpeln, waren offenbar praktisch unbegrenzt.

Meine Ungeschicklichkeit und fehlende Übung zwangen mich, etwa viermal soviel zu laufen wie mein Lehrer, und nach zwanzig Minuten lief mir der Schweiß herunter und brannte in meinen Augen. Ich habe schon immer einen ganz wirkungsvollen Volleyschlag gehabt, und ein paarmal gelang es mir tatsächlich, den Ball volley zu treffen, was den Gegenspieler in den hinteren Teil des Feldes zurücktrieb. Ich begriff, daß es darum ging, ins Vorderfeld zu kommen; wer es beherrschte, hatte die Möglichkeit, die Schläge offensiv zu führen, vom hinteren Feld aus konnte man nur defensiv spielen.

Nach zwanzig Minuten war ich fertig. Das Herz klopfte, ein kräftiges Kopfweh pochte in einem meiner Stirnlappen, mein Zeh schmerzte.

– Gar nicht übel, sagte Tommy. Die meisten Anfänger klappen nach einer Viertelstunde zusammen. Du hast einen guten Volleyschlag. Aber du mußt lernen, länger auf den Ball zu warten, nicht so ungeduldig zu sein. Es ist immer noch mehr Zeit, als du denkst. Jetzt gehen wir duschen.

Wir waren die einzigen im Duschraum. Für warmes und kaltes Wasser gab es je einen Hahn. Ich merkte, daß Tommy nur den Kaltwasserhahn benutzte. Ich machte es genauso. Es war wirklich angenehm.

– Jetzt gehen wir mal kurz ins Dampfbad. Das tut gut.

Er öffnete eine schmale Metalltür. Das Dampfbad erwies sich als eine unheimlich heiße Sauna, in der die Luft aber nicht trocken war, wie sie es in einer richtigen Sauna sein soll, sondern voll von dichtem Dampf. Sie brannte in den Lungen.

– Setz dich vorsichtig hin, damit du dich nicht verbrennst. Er spülte die Holzbank mit einem Wasserschlauch ab.

– Ich werde es hier höchstens zwei Minuten aushalten. Laß uns am besten schnell reden.

Meine Stimme klang sonderbar. Das lag entweder an der Luft ringsum, die so dick war, daß man sie mit einem Messer hätte schneiden können, oder an meinen Lungen, die vielleicht schon ins Kochen geraten waren.

Die Tür ging auf und Roffe, der Typ mit dem Unterleibschutz, trat ein. Er setzte sich uns gegenüber.

– Na, sag mal, was wolltest du eigentlich fragen?

Ich warf einen Blick auf Roffe.

– Das ist schon O. K. Roffe ist dabei, weil er ein Spezialist ist.

– Ach so, sagte ich. Ja dann. Es geht um folgendes: Ein Typ in meiner Kommission, ein Professor, hat sich in den Kopf gesetzt, daß es in einer Gegend im nördlichen Värmland ein Umweltgift gibt, das eine entsetzliche Blutkrankheit hervorruft, eine Leukämie.

Er hat eine Karte angefertigt, auf der er die Fälle eingekreist hat, so daß er die meisten Fälle im Zentrum hat. Dieses Zentrum liegt dreißig Kilometer westlich von Rörbäcksnäs.

Genau an dieser Stelle habt ihr eine Anlage, die aus einem Metallbau besteht und von sieben Meter hohen Zäunen umgeben ist. Neben dem Gebäude gibt es auch noch eine Betonplatte.

Dieser Professor hat nun die Vorstellung, daß die Platte der Deckel irgendeines Reservoirs ist und es dort vielleicht etwas gibt, das durchs Grundwasser verbreitet wird und eine umweltschädliche Wirkung hat.

Wenn ich dieser Sache nun auf den üblichen Wegen nachgehe, dauert es über ein Jahr, und in der Zwischenzeit weiß ich nicht, ob der Professor nun mit seinem Projekt weitermachen soll oder nicht. Es kostet Geld. Und außerdem, falls er recht haben sollte, riskieren wir das Leben von Tieren und auch von Menschen, wenn nichts dagegen unternommen wird.

Deshalb möchte ich ganz genau wissen, was ihr da habt. Wenn es etwas Harmloses ist, lege ich die Sache zu den Akten, wenn es aber gefährlich ist, unternehmt ihr schleunigst etwas dagegen, und zwar ohne daß wir einen Papierkrieg anfangen.

Roffe sprach als erster. Ich bewunderte seine Fähigkeit, sich noch genau wie ein etwas schnoddriger Sportler zu geben.

– Ja, ich habe herausgekriegt, was es ist. Es fällt in meine Zuständigkeit. Oder sollte es jedenfalls tun. Du kannst aufatmen. Es ist die harmloseste Sache der Welt. Es ist ein Funkfeuer der Luftwaffe.

– Und was ist mit dem Betondeckel?

– Das ist das Fundament eines Langwellensenders zu seiner Verteidigung. Er wird erst bei verschärfter Alarmbereitschaft aufgestellt. Es ist nur ein Sockel, eine Betonplatte. Es ist nichts darunter.

– Und das Funkfeuer, woraus besteht das?

– Aus elektronischen Geräten. Im Prinzip ist es ein Rundfunksender mit einem Leitstrahl. Nur ein bißchen komplizierter, natürlich. Für einen Menschen ist es auf keinen Fall gefährlicher als der nächste Fernsehsender. Eher umgekehrt. Es ist wirklich nur ein ganz gewöhnlicher Radiosender, allerdings komplizierter.

Tommy griff in die Diskussion ein.

– Daß eine solche Sache einer so großen Geheimhaltung unterliegt, ist eigentlich blödsinnig. Ich wünschte, ich könnte dir den Plan zeigen, um deinen Professor zu beruhigen. Aber es ist eine internationale Angelegenheit. In den Verträgen zur gegenseitigen Verteidigungshilfe zwischen Schweden und den USA vom 30. Juni und dem 1. Juli 1952 sowie dem 30. Januar 1961 verpflichten wir uns zu absolutem Stillschweigen über die Konstruktion sämtlicher Ausrüstungen, die wir importieren. Daher müssen wir sehr zurückhaltend sein …

– *So* verdammt pingelig brauchen wir doch nun auch wieder nicht sein, sagte Roffe.

– Das ist gar nicht nötig, sagte ich. Ihr meint also, es ist ein Funkfeuer, das auf keinen Fall irgendwelche Umweltgifte verbreiten kann.

– Ganz bestimmt. Es muß reiner Zufall sein, daß es in dem Gebiet deines Professors liegt.

– Es muß irgendein verdammtes Forstunternehmen sein, das Hormoslyr verspritzt, schlug Roffe vor.

– Vermutlich, sagte ich. Oder der Professor muß sich auf andere Weise geirrt haben. jetzt halte ich es keine Sekunde länger aus.

Wir gingen hinaus und duschten. Diesmal war das eiskalte Wasser die reinste Wohltat.

– Nett von euch, daß ihr da mitgespielt habt, sagte ich.

– Hör mal, du kannst gern jederzeit zum Spielen herkommen, sagte Tommy. Ich werde dir meine Privatnummer geben. Ich wohne in Bromma. Dann kannst du einfach anrufen und sagen, wann es dir paßt. Ich spiele gern mit, wenn ich Zeit habe.

– Er steht unheimlich auf Racketball, sagte Roffe. Er möchte einen schwedischen Racketballverein gründen.

Es herrschte natürlich pechschwarze Dunkelheit, als ich hinauskam. Das Auto stand da und erwartete mich. Mit einem neuen Chauffeur.

Das Kontaktnetz

Die Monate rasen vorbei, oder sind es vielleicht nur Wochen – mein Gott – ich kann mich nicht mehr daran erinnern, ob es Monate waren oder Wochen, und dabei ist es doch erst ein Jahr her. Ich fange ganz einfach an zu vergessen, und das wäre ja ganz unnatürlich, ein so schlechtes Gedächtnis kann ein Siebenunddreißigjähriger nicht haben, wenn nicht irgend etwas in mir gern vergessen *wollte.* Vielleicht ist es das Zeichen, das allererste Zeichen dafür, daß ich die ganze Geschichte überlebe.

(Ich versuchte das Gesicht des Mädchens im Schatten unter den Bäumen zu erkennen, ich wollte wissen, ob es sommersprossig war oder nicht, ich weiß nicht, warum es so wichtig war, aber irgendwie war es wichtig, daß sie Sommersprossen hatte. Ich hätte sie fragen können, nur um die Sache zu klären, aber alles, was ich jetzt sah, wo es auf Mitternacht zuging und das Licht abnahm, war ein gespannt lauschendes, ein ganz offenes, aufmerksames Gesicht: Wir fangen noch einmal an. Wir geben nicht auf.)

Es begann Frühling zu werden, jetzt kamen diese phantastischen Märztage mit Tauwetter und Glatteis unter den Füßen, wenn es dämmerte, die Birken vor dem Haus in Kungsängen draußen begannen ein bißchen violett auszusehen, und Siskan beklagte sich darüber, daß wir nie Zeit hätten, etwas Nettes zu unternehmen, wenigstens einen kleinen Ausflug mit dem Auto oder sonntags eine Fahrt in die Stadt mit den Kindern, um in den Tierpark Skansen zu gehen. Sie wirkte jetzt fröhlicher, sie hatte tatsächlich ihr Psychologiestudium angefangen und suchte per Inserat eine Haushaltshilfe. Es ist heutzutage entsetzlich teuer, eine Haushaltshilfe zu haben, aber warum sollten wir uns das nicht leisten können?

Sie bekam mich natürlich nicht oft zu sehen, meine Arbeit nahm mich ganz schrecklich in Anspruch, aber es gab eine alte Übereinkunft zwischen mir und Siskan, eine Übereinkunft, über die wir wenig redeten, die aber trotzdem bestand: einander niemals, was auch geschah, mit unseren Sorgen zu behelligen.

Entgegen allem, was man so sagt, ist das eine ganz solide Basis für eine Ehe. Wenn man einander nicht allzu deutlich sieht, kann man es ziemlich lange aushalten.

Ich hatte wirklich eine Menge zu tun. Wir sollten eine Untersuchung über Atomkraftwerke begutachten, und ich hatte nicht genug Experten. Ganz überraschend tauchte eine Geschichte über die Wirkung von giftigem Kinderbrei auf, die sich als reiner Bluff entpuppte. Mit Hilfe einiger amerikanischer Untersuchungen konnten wir beweisen, daß es sich nur um eine Zeitungsente handelte. Die Sache mit den Atomkraftwerken war gravierender, weil es ein heißes Eisen war. Die Zeitungen konnten jederzeit anfangen, sich das Untersuchungsmaterial zu beschaffen, und mindestens sechs Professoren würden warnende Artikel schreiben.

Und dann war da noch der Etat. Ich tat mein Bestes, um zu betonen, daß wir unmöglich weiterkommen und vor allem nicht leistungsfähiger werden könnten, wenn wir nicht Geld für Untersuchungsprojekte bekämen, für richtige, ordentliche große Untersuchungen, Untersuchungen, die vielleicht Jahre in Anspruch nehmen würden.

Gerüchte kamen und gingen. Ich lief in unserem eigenen Ministerium herum und versuchte, hier und da ein Samenkorn zu säen. Es ließ sich gut an, alle waren sehr verständnisvoll, alle waren völlig überzeugt davon, daß unsere Arbeit wichtig sei, aber niemand konnte auch nur das geringste versprechen. Ich hatte das unangenehme Gefühl, mich im dunkeln zu bewegen. Jeden Moment konnte ich in dieser Dunkelheit gegen irgend etwas stoßen.

Dann hagelte es wieder Gerüchte. Gerade als ich herausfand, daß wir niemals vom Fleck kormnen würden, weil das Innenministerium in Wirklichkeit über unseren Etat als Teil seines eigenen entscheiden würde, verlautete plötzlich, daß wir einen ganzen Haufen Geld kriegen sollten. Es hörte sich immer überzeugender an. Ein paar Tage lang atmete ich auf. Ich streckte mich richtig und meinte, die KBU sei auf dem besten Wege, es zu etwas zu bringen.

Dann kamen gegenteilige Gerüchte: Einige Mitarbeiter schnappten sie hier und da auf, alte Kumpel aus verschiedenen Ecken hatten alles mögliche zu berichten.

Es war offensichtlich, daß in unserem Mutterministerium etwas im Gange war. Wir würden nicht die Hälfte von dem bekommen, was wir verlangt hatten, wenn die Gerüchte stimmten.

Für jemand, der ein bißchen Erfahrung in solchen Dingen hatte, war eins ganz klar: Irgend jemand war dabei, uns in aller Stille im Inneministerium schlechtzumachen.

Es war unmöglich zu sagen, wer es war und auf welche Weise er uns schlechtmachte, aber es war ganz offensichtlich, was sich da abspielte.

Ich hatte während meiner Jahre im Ministerium für Raumordnung so etwas oft genug mitbekommen, um zu wissen, daß es völlig zwecklos wäre, zum Minister oder seinen engsten Mitarbeitern zu gehen und darüber zu reden. Es würde nur als Anbiederungsversuch aufgefaßt werden, als einer von all den Kotaus wegen des Etats. Man würde mir höflich, aber bestimmt die Tür weisen und mich auffordern, nicht so ungeduldig zu sein. Es sei ja erst März, man könne sich unmöglich schon zum Etat des nächsten Jahres äußern, es gebe noch keine klare Linie, es sei sicher besser, nach dem Sommer wiederzukommen. Und nach dem Sommer würde es natürlich zu spät sein, um auch nur das geringste zu unternehmen, wenn nicht etwas Unerhörtes passierte.

Unser großes Manko war natürlich unser geheimer Status. Wir hatten keine Möglichkeit, mit Pressekonferenzen an die Öffentlichkeit zu treten, meinungsbildend zu wirken, uns ein markantes Profil zurechtzubasteln.

Die KBU begann nach einer Falle auszusehen.

Wittfogel ging mit einer mürrischen Miene herum, wenn er draußen in Stocksund war. Er ließ sich nicht oft sehen. Entweder hatte er angefangen, mir aus dem Weg zu gehen, oder auch war ich derjenige, der ihm aus dem Weg ging. Mitte März hatte er eines Tages offenbar einen Entschluß gefaßt. Er kam gleich nach dem Mittagessen zu mir, unterwegs vom Flughafen Arlanda zu irgendeiner Konferenz in der FOA, die offenbar drei Tage dauern sollte. Sein vergrößertes Auge leuchtete so unheilverkündend wie nie.

– Wir müssen uns mal darüber aussprechen.

– Über was denn, sagte ich, um ein bißchen Zeit zu gewinnen.

– Du weißt genau, wovon ich rede.

– Die Bewilligung unseres Etats?

Das Auge wuchs fast zu doppelter Größe.

– Du mußt doch selber sehen, zum Teufel, daß das hier alles schiefgeht, verdammt schief.

– Wieso meinst du das?

– Ich möchte Johansson nicht schlechtmachen. Er ist ein netter Kerl, das habe ich dir schon gesagt, und sogar interessant, wenn er in aller Ruhe seinen Kram machen kann. Aber so kann das nicht weitergehen. Du hast ihn wieder auf diese verdammte Leukämie angesetzt und läßt dich tagelang für seine Värmlandreisen und seine Science-Fiction-Projekte von ihm in Anspruch nehmen, während die ganze Katastrophenplanung für die Atomkraftwerke praktisch stagniert. Laß ihn sich doch zum Teufel mit seinen Känguruhs und Viren beschäftigen, soviel er will, aber mach es nicht zu unserer Sache.

– Ich habe seine Arbeit ein paar Wochen lang ziemlich intensiv verfolgt. Ich bin nicht der Ansicht, daß er sich mit Lappalien abgibt. Es kann um Menschenleben gehen: Wenn er ...

– Das kann es bei der Kernkraft auch.

– O. K., aber dann mach doch deine Evakuierungspläne.

– Es genügt nicht, Pläne zu machen. Wir müssen darüber berichten, natürlich auf einer vernünftigen Ebene, daß wir daran arbeiten.

– Dann tu das doch.

Ich war ernstlich wütend auf ihn, weil er sich in meine Kompetenzen einmischen wollte.

– Jetzt hör mal zu.

– Ich höre.

– Man kann das nicht irgendwie beliebig planen. Wir brauchen Unterstützung, von der Gesamtverteidigung, vom Industrieministerium, vom Verband der Provinziallandtage und vom Gemeindeverband. Wir müssen eine ökologische Verteidigungsorganisation aufbauen, bis hinunter auf die kommunale Ebene.

– Da werden wir uns ja sehr beliebt machen.

– Nein. Aber wenn wir auf die richtige Weise vorgehen, werden wir unseren Willen durchsetzen.

– Und dann geht es los mit den Demonstrationen gegen den Ausbau der Kernkraft. Im Stockholmer Ortsverband der Gewerkschaft wird es Stunk geben. Wir werden der ganzen Sache einen Riegel vorschieben ...

– Ganz im Gegenteil. Denn sobald eine solche Organisation besteht, entfällt ein Argument gegen den Ausbau.

Wir zankten uns noch ziemlich lange herum. Wittfogel meinte, Johansson sei im Grunde ein Wirrkopf. Er sei früher einmal ein guter

Ökologe gewesen, bevor er sich total auf diese Geschichte mit den künftigen Naturkatastrophen fixiert habe.

– Eigentlich wäre ihm nichts lieber, als daß sie passierten. Das würde ihn zu einem großen Mann machen.

Er hatte früher einmal einen internationalen Ruf, das war in den fünfziger Jahren. Dann kriegte er seine Schrullen und stürzte sich auf seine biologischen Katastrophentheorien. Er schreibt heute nicht mehr in den Fachzeitschriften, vergiß das nicht. Seine Katastrophenartikel werden in *Dagens Nyheter* veröffentlicht.

Außerhalb Schwedens gilt er als *Nut*, vergiß das nicht. Wann hast du zuletzt gesehen, daß er zu einem wirklich internationalen Symposium eingeladen wurde? Die Kollegen lachen sich ins Fäustchen, außerhalb der Expertenkreise hat er einen Namen, weil er in der DN schreibt. So einfach ist das. Laß ihn nur machen. Er ist uns auf vielerlei Weise nützlich. Er hat einen gewissen Einfluß bei der Regierung. Aber laß ihn um Gottes willen nicht die ganze Sache übernehmen.

– Du mußt mir Zeit lassen, darüber nachzudenken.

– Gut, aber nicht zu lange.

Ich überlegte. Das war alles verdammt schwierig, weil mir jegliche Expertenkenntnisse abgingen. Ich rauchte fast zwei ganze Päckchen Zigaretten. Ich trank drei Tassen Kaffee aus der neuen Kaffeemaschine, die die Sekretärinnen jetzt endlich zu bedienen gelernt hatten, nach zwei Wochen mit horrenden Fehlschlägen.

Ich rief im Reichsmuseum an. Johansson war tatsächlich da. Nach zehn Sekunden hatte ich ihn an der Strippe.

– Grüß dich, sagte ich. Wie geht's dir? Ich wollte nur mal anrufen, um zu hören, wie es dir geht. Ich habe kein besonderes Anliegen.

– Prima, sagte er. Er klang sehr munter.

– Ich habe angefangen, Mäusen ausschließlich Schmelzwasser vom Kahlschlag in Rörbäcksnäs zu geben. Zu trinken also, zu fressen ...

– Um Gottes willen, sagte ich. Das ist eine ganz gewöhnliche offene Telefonleitung.

– Ja, ich weiß, was du meinst. Und dann habe ich natürlich eine Kontrollgruppe. Die kriegen nur gewöhnliches Wasser. Jetzt kommt es drauf an. Wenn es da irgendwas gibt, wird es sich vermutlich zeigen.

– Wie bald?

– Das weiß kein Mensch. Wir wissen ja nicht, was es für eine Inkubationszeit oder Wirkungszeit hat. Wir wissen nicht, wieviel davon nötig ist. Es kann Monate dauern, vielleicht auch über ein Jahr. Ich habe mir zwölf Kästen mit Oberflächenschnee schicken lassen.

– Wer zum Teufel schickt dir Schnee?

– Eine meiner Doktorandinnen. Ein gescheites Mädchen, sie war letzte Woche da oben. Es wurde höchste Zeit. Sie wollen gleich daneben mit einem neuen Kahlschlag anfangen.

– Du, mir sind da einige Zweifel gekommen.

– Weshalb denn?

– Ach, darüber kann ich jetzt nicht reden. Komm doch Anfang nächster Woche mal vorbei.

Er nahm es viel schwerer, als ich je gedacht hätte. Er saß wie üblich im Besucherstuhl und klopfte hilflos mit dem Knöchel auf seine Silberdose.

– Du willst also sagen, daß ich nicht weitermachen darf? Aber warum denn zum Teufel?

– Es geht einfach nicht. Es ist zu vage.

– Aber wer kann denn beurteilen, was hier zu vage ist, du oder ich?

– Es tut mir leid, wahnsinnig leid. Aber ich muß die Dinge aus einer größeren Perspektive sehen als du. Wir haben große, verdammt große Projekte, auf die wir uns konzentrieren müssen. Die gesamte Kernkraftplanung. Du bist eine große Autorität auf biologischem Gebiet. Es geht jetzt nur um die Ausnützung der Kapazitäten. Darauf müssen wir die Kommission und dich ausrichten.

Ich wurde immer trauriger, als ich sah, wie bestürzt er war. Seine große, hilflose Knechtshand klopfte unablässig auf die Silberdose. Verdammt noch mal, immerhin war er doch der einzige Mensch, den ich hier wirklich mochte.

– Ich kann dir gar nicht sagen, sagte ich, wie leid es mir tut. Aber ich trage die Verantwortung, die gesamte Verantwortung für alles, was hier geschieht. Ich bin nicht machthungrig. Ich habe mich nicht um diese Arbeit gerissen. Ich denke genauso oft an diese Menschen wie du. Aber man muß auch an andere Menschen denken. Und du hast wirklich keinen einzigen konkreten Anhaltspunkt geboten, nichts, was handgreiflich wäre. Bei deinen Mäusen spielt sich ja nichts ab.

Reg dich bitte nicht auf. Versuch doch mal, die ganze Sache von meinem Standpunkt aus zu sehen.

In der folgenden Woche legten wir die Richtlinien für die Gesamtplanung fest. Ich übernahm Wittfogels Idee einer regionalen und kommunalen, natürlich geheimen Organisation für Katastrophen bei einer Verseuchung durch radioaktives Material und bei Reaktorunfällen. Johansson war dabei. Alles lief unwahrscheinlich gut. Ich erkannte, daß man den Verwaltungsapparat der Kommission aktivieren konnte, wenn man nur sozusagen einen Stein unter das Brecheisen legte.

Wir beschlossen, schon am 10. April ein vorbereitendes Treffen mit Vertretern des Provinziallandtags und Gemeindeverbands abzuhalten. Wir brauchten dazu natürlich die Einwilligung des Ministers, aber das war kein Problem.

Wir dachten an eine Organisation mit Kontaktleuten in allen Gemeinden ab einer bestimmten Größe und regionalen Kontaktleuten an anderen Stellen. Die Kontaktleute könnten in Zusammenarbeit mit der Polizeidirektion ernannt werden. Das polizeiliche Nachrichtennetz und der gesamte Polizeifunk würde in Katastrophensituationen eingesetzt werden können. Normalerweise würden die Kontaktleute natürlich völlig unabhängig arbeiten, nur uns unterstellt. Sie sollten monatliche Berichte schicken und eine Anzahl von Dosimetern kontrollieren, die an verschiedenen Punkten in dem regionalen Überwachungsgebiet aufgestellt waren.

– Ich bin froh, daß du es so aufgenommen hast, sagte ich in der Garderobe zu Johansson.

– Was zum Teufel soll ich denn sonst tun. Ich mache auf eigene Faust weiter, im Reichsmuseum.

– Deinen Mäusen geht es gut?

– Im großen und ganzen, ja. Eine ist neulich von den andern aufgefressen worden.

– Bad luck.

– Kann man wohl sagen. Aber mir bleiben noch ein paar Hundert.

– Schlag nur Lärm, wenn du etwas entdeckst.

Er war schon an der Tür. Er sah mich ein bißchen sonderbar, ein bißchen zwinkernd über den Rand seiner Brille hinweg an. Es war ein merkwürdiger Blick. Ich hatte ihn noch nie an ihm gesehen.

– Das werde ich schon tun, verlaß dich drauf.

Die zweite Märzwoche in jenem Jahr. Ich werde sie nicht so leicht vergessen. Jetzt begann eine Reihe von diesen ganz klaren, sonnigen Tagen, richtig warm und so schön, daß es weh tat.

Eins der ersten Dinge, die ich an einem der ersten Morgen tat, war, Agneta Tillich anzurufen.

– Wie geht es dir?

– Es ist jetzt vorbei.

– Was ist vorbei?

– Er ist jetzt in die Nervenklinik eingeliefert worden.

– Dein Mann?

– Er hat aufgehört zu reden. Er saß nur ganz still in einem Stuhl und starrte vor sich hin. Es war nichts zu machen.

– Wäre es gut, wenn wir uns sehen würden?

– Ich weiß nicht. Ja, vielleicht doch. Ich fahre nach Skåne hinunter. Ich hab mich auf unbestimmte Zeit beurlauben lassen. Ich möchte bei Freunden auf dem Land draußen wohnen.

– Warum nur?

– Ich weiß es nicht, Lars. Ich weiß es einfach nicht. Ich habe Tag und Nacht darüber nachgegrübelt, ohne zu einem Ergebnis zu kommen. Es ist so unheimlich. Als hätte er es einfach satt bekommen. Er ist doch so aktiv und erfolgreich gewesen. Er hat ein enorm aktives Leben geführt. Und dann auf einmal ...

Die Stimme verschwand gleichsam unter der Oberfläche. Ich glaube nicht, daß sie weinte, ich glaube, sie fing ganz einfach an zu denken, statt zu reden.

– Wann fährst du?

– Ende der Woche, glaube ich.

– Ich will versuchen, dich vorher da draußen zu besuchen.

– Tu das nur, das wäre gut.

– Kannst du schlafen?

– Ja, ein bißchen. Ich nehme übrigens Schlaftabletten.

– Diese Freunde in Skåne ...

– Ja.

– Sind sie nett?

– Es ist eigentlich nur einer, ein einziger. Ein alter Freund, den ich schon lange vor meiner Heirat gekannt habe. Er ist jetzt auch allein. Seine Frau ist letztes Jahr gestorben.

– Ich verstehe.

Ich versprach, sie wieder anzurufen. Ich konnte nicht umhin, eine aggressive, blödsinnige Eifersucht zu empfinden. Warum hat sie sich nicht an mich gewandt? Warum hat sie nicht mich um Hilfe gebeten?

Niemand bittet mich je um Hilfe. Es ist, als seien sie ganz sicher, daß ich ihnen keine zu bieten hätte.

Am Dienstag ging ich die vorläufigen Richtlinien für unsere Bereitschaftsplanung und unsere Konferenz mit Regierungsvertretern durch. Es waren ganz wenige und einfache Fragen. Wir waren ganz offensichtlich auf dem richtigen Weg, wir würden grünes Licht bekommen. Es brachte mich in eine richtig gute Stimmung, daß man unsere Maßnahmen und Pläne offenbar als Selbstverständlichkeit ansah. Wir trafen, kurz gesagt, auf das, was man einen positiven Geist nennt. Fryxell, mein alter Kumpel vom Kgl. Uppländischen Regiment, der auch dabei war, zeigte sich richtig respektvoll. Er fand, wir hätten in dieser kurzen Zeit verdammt viel erreicht.

Als ich vom Kanzleigebäude zurückkam, saß Johansson unangemeldet da und erwartete mich. Er war ganz rotäugig, ungefähr als hätte er im Rauch eines offenen Kamins mit feuchtem Holz gesessen.

– Was hast du denn für schrecklich rote Augen, sagte ich, um die Stimmung ein bißchen aufzuheitern.

Hast du eine Sauftour gemacht?

– Nein. Ich habe fast sechzehn Stunden lang am Mikroskop Blutkörperchen gezählt.

– Au weh!?

– Fünf von den Mäusen sind jetzt tot. Ich bin kein Experte, aber ich sehe keine andere Möglichkeit, als daß es Leukämie ist. Ich habe sie ans Staatliche Institut für Tiermedizin weitergeschickt.

– Mein Gott! Aber bist du denn ganz sicher?

– Sicher bin ich nicht, aber in ein paar Tagen bekomme ich das Ergebnis von dort. Es wird interessant sein zu hören, was du dann sagst.

Ich überlegte, daß mir der Kopf rauchte. Ich kam zu keinem Schluß.

– Ich weiß, daß du darauf pfeifen wirst. Wie das Ergebnis auch aussehen mag, du wirst darauf pfeifen, denn jetzt hast du dich entschieden.

Wenn ich mich nicht täuschte, war er ein bißchen bleich, als er das sagte.

– Deshalb habe ich beschlossen, die ganze Sache zu veröffentlichen, wenn du nichts unternimmst.

– Herrgott noch mal, sagte ich. Das kannst du doch nicht machen. Du weißt ganz genau, daß deine Arbeitsergebnisse uns gehören. Du kennst die Spielregeln. Außerdem unterliegst du der Schweigepflicht. Es wäre ein Verstoß gegen das Grundgesetz, unsere Forschungsergebnisse zu veröffentlichen. Du kannst dafür sogar Gefängnis ohne Bewährung kriegen.

Er sprach sehr langsam und sehr entschlossen.

– Es gab einmal eine Zeit, da dachte ich, wir könnten Freunde werden. Ich habe große Hoffnungen in dich gesetzt, weil ich glaubte, du verstündest, worum es mir geht. Die Zeiten sind jetzt vorbei.

Ich habe keine Familie. Ich habe in meinem Leben schon genug Ruhm geerntet. Jetzt bin ich nur noch an einer einzigen Sache interessiert, und zwar, die Natur vor dem Menschen zu schützen, oder vielmehr den Menschen vor dem Menschen zu schützen. Die Erde ist eine Kugel, aber das haben die meisten Leute noch nicht begriffen. Das bedeutet, daß wir in einem begrenzten, geschlossenen System leben. Dieses System vergiftet man uns allmählich – durch tausend und abertausend solcher Sachen macht man es unbewohnbar. Früher oder später passiert dann etwas Endgültiges. Ich glaube nicht, daß diese Leukämie eine besonders große Sache ist, aber wenn ich nicht ihre Wurzeln aufdecke und wenn ich die Leute nicht darauf aufmerksam machen kann, daß so etwas tatsächlich passiert, dann weiß ich, daß auch niemand anders es machen wird.

– Allright, sagte ich. Auch ich habe geglaubt, daß wir Freunde werden, und ich bedaure, daß es nicht so ist.

Ich habe keinerlei Schwierigkeiten, dein Denken – oder wie ich es nun nennen soll – zu verstehen.

Aber über eins mußt du dir im klaren sein: Wenn du das veröffentlichst, verstößt du gegen die Spielregeln. Dann müssen wir gegen dich vorgehen. Du wirst uns all unsere Arbeitsmöglichkeiten verderben. Man wird uns verdächtigen, es wird eine Riesenaffäre geben. Unsere Existenz wird bekannt werden, und das bedeutet, daß wir nicht weiterarbeiten können. Statt mit uns bekommst du es mit einem schwerfälligen staatlichen Amt zu tun. Du gewinnst nichts dabei, verlierst aber jegliches Gehör bei den Behörden. Für uns bedeutet es das Ende einer mühsam aufgebauten Organisation. Was die Umweltprobleme angeht, bedeutet es eine Verzögerung um mehrere Jahre. Wir werden nicht die notwendige Vorsorge für Reaktorunfälle treffen können.

Entscheide dich, wie du willst, zum Teufel, aber versprich mir wenigstens eins.

– Was denn?

– Das du diese Kommission und deine Arbeit darin nicht an die Öffentlichkeit bringen wirst.

– Ich will es mir überlegen.

– Tu das. Und noch etwas: Wäre es nicht ganz vernünftig, das Ergebnis dieser Untersuchungen abzuwarten? Du bist kein medizinischer Experte, das hast du selbst gesagt.

– Ich werde warten, bis ich die Ergebnisse bekommen habe.

– Ich wäre froh, wenn wir diese Sache auf eine faire Art behandeln könnten, da es nun schon einmal so weit gekommen ist.

Er gab keine Antwort, aber er lächelte ein wenig. Es war wie ein Schatten unserer alten Freundschaft, und dieses Lächeln rührte mich irgendwie an.

Danach, als er gegangen war, hatte ich das Gefühl, meine Sache ganz gut gemacht zu haben.

O. K., laß es nur kommen, sagte Hocke Westin, einer von den gescheitesten Leuten in der Kommission.

Eigentlich war es Wittfogel, der vorgeschlagen hatte, ihn über die Situation zu informieren.

Er war ein schlanker, rothaariger ernster Mann von etwa zweiunddreißig Jahren mit einer schmalen Goldrandbrille. Ein guter Tennisspieler. Er pflegte einen von diesen modernen Leichtmetallschlägern in seiner schmalen harten Aktentasche mit sich herumzutragen. Ich hatte ihn unter dem beflissenen Jubel der Sekretärinnen im Korridor ausprobiert und mit einem schiefen Aufschlag fast eine der Neonröhren durchlöchert.

– Laß es nur kommen. Es gibt doch massenhaft Professoren, die über seine Tätigkeit schreiben und darauf hinweisen können, daß er nichts Konkretes vorzuweisen hat. Es wird einer der üblichen Gruselartikel in *Dagens Nyheter* oder *Svenska Dagbladet* werden, und dann werden ein paar andere Professoren sagen, erstens sei er eigentlich kein Experte, und zweitens wisse man nichts Genaues.

– O. K., sagte ich. Das ist nicht das Problem. Schwierig wird es erst, wenn er über uns zu reden anfängt, und schlimmer noch, wenn er sagt, wir seien an dieser Geschichte drangewesen und hätten sie wieder fallenlassen. Dann wird es Anfragen im Reichstag geben.

– Darauf wird der Minister eben antworten müssen, sagte Wittfogel. Er muß sagen, daß es eine Kommission gibt, die sich mit solchen Problemen beschäftigt, daß sie diese Sache auf Johanssons Anraten untersucht hat und daß sie nicht genügend konkretes Material gefunden hat. Es fällt mir schwer, die Schwierigkeit zu sehen.

Ich ging im Zimmer auf und ab. Irgend etwas stimmte hier nicht, etwas, das ich vergessen hatte und das mir um alles in der Welt nicht mehr einfallen wollte, wie sehr ich mich auch anstrengte. Begann ich schon verkalkt zu werden, mit meinen siebenunddreißig Jahren? Es wurde bestimmt höchste Zeit, daß ich wieder mit dem Tennisspielen anfing, auch ich.

Ich schüttelte das alles ab, ungefähr wie ein Hund nach dem Schwimmen.

– O. K., sagte ich.

Ich ging zu den Mädchen im Sekretariat hinaus.

– Wie sieht's denn bei euch aus, Mädchen? Habt ihr viel zu tun? Habt ihr ein bißchen Kaffee für mich da?

Vera, paß mal auf, wir haben eine Menge neuer Briefe zu schreiben ...

Es war so, wie wenn man aus einem ungewöhnlich lebhaften Traum aufwacht, einem Traum, der einem wichtig erscheint, und man weiß, daß man sich an eine bestimmte Einzelheit darin erinnern *muß*. Aber wie sehr man sich auch anstrengt, es will einem nicht gelingen; genau an dieser Stelle ist so etwas wie ein weißer Fleck.

An der Stelle, wo der Traum wichtig ist.

Wenn die Farben langsam wiederkehren

Wenn die Farben langsam wiederkehren, in einer solchen västmanländischen Frühsommernacht, dann kommt die weiße Farbe zuerst. Grün und Rot kommen zuallerletzt, und wenn das Blau kommt, ist es schon Morgen. Genau wie beim Filmentwickeln.

Es war jetzt viel stiller, nur hier und da ein Vogel draußen in den Feldern; die Menschen hatten sich gleichsam zurückgezogen und waren nur als vereinzeltes Gelächter gegenwärtig.

Das Kleid des Mädchens war weiß.

Wir saßen in der Laube, ich hatte meine Jacke geöffnet, so daß sie mit daruntersaß, davon gewärmt, sie lehnte den Kopf an meine Brust, und ich wärmte sie. Ein angenehmer Duft stieg aus ihren Haaren auf. Auch ihre Schuhe waren weiß. Sie bewegte eine Fußspitze langsam auf und nieder.

Ich hätte gern mit ihr geschlafen, hier und jetzt, gerade jetzt im allerersten Licht, wußte aber nicht recht, wie ich ihr das klarmachen sollte, und selbst wenn ich es gekonnt hätte, war ich doch nicht sicher, ob sie es auch wollte.

Eins war sicher: Siskan hatte sich auf einen Spaziergang mit diesem Typen begeben, mit dem ich am frühen Abend Schach gespielt hatte. Ich war überhaupt nicht eifersüchtig, im Gegenteil, ich war richtig erleichtert, als ich feststellte, daß sie nicht irgendwelche Eskapaden mit dem Auto unternommen hatte, so etwas kann böse enden. Ich habe einen großen Respekt vor Autos. Ich habe nicht das geringste Verständnis für Trunkenheit am Steuer und solche Geschichten. Man setzt nicht das Leben anderer Menschen aufs Spiel …

Oder tut man das vielleicht doch?

– Ja, den Rest hast du sicher in den Zeitungen gelesen, sagte ich.

Sie hatte hübsche kleine Brüste. Ich legte die Hand auf eine davon, ohne daß sie protestierte.

Daß Siskan so etwas anfing, war im Grunde genommen ebenso befreiend wie erfrischend, und ich hoffte wirklich, daß es ihr Spaß machte. Er war bestimmt ein prima Kerl, intelligent und nett. Wenn ich jetzt mit diesem Mädchen schlafen würde, dann keineswegs aus Rachsucht, keineswegs aus einer blöden Lust, dasselbe zu tun.

Es wäre eine Möglichkeit, zurückzukehren. Ja, wieder heimzukehren, dachte ich. Heim nach Västmanland. Heim zu den Farben. Zu den Farben, die langsam wiederkommen (das Weiß von allen Farben zuerst), heim zu einer Art des Redens, die ich fast vergessen hatte, HEIM ZUR WIRKLICHKEIT.

Wir fangen noch einmal an. Wir geben nicht auf.

Nichts anderes würde es bedeuten. Ich ließ die Hand auf ihrer festen, jungfräulichen Brust liegen, zog die Jacke noch weiter über sie, und sie protestierte nicht.

– Ich bin trotzdem nicht sicher, ob ich es begriffen habe. Ich habe es zwar auch in den Zeitungen und im Fernsehen verfolgt, so ist es nicht. Vielleicht bin ich dumm. War es wirklich bakteriologische Kriegsführung?

– Ich habe keine Ahnung. Der Beweis dafür ist nie erbracht worden. Johansson hat eine Gruppe von jungen Bakteriologen in Lund aufgetan, die das in der Zeitschrift Folket i Bild/Kulturfront behauptet haben, aber sie haben es nicht geschafft, es zu beweisen.

– Bist du sicher?

– Ich habe alles erzählt, was ich weiß. Wir werden es nie erfahren. Kann schon sein, daß es so war, aber wer die Bakterien ausgestreut hat und warum, das werden wir nie erfahren. Wahrscheinlich ist die Gefahr jetzt vorüber.

– Du hattest keine Ahnung, was passieren würde.

– Ich hatte keine Ahnung. Ich schwöre es dir. Natürlich haben wir gelogen, natürlich hat ein Minister auf unseren Rat hin nicht einmal, sondern mindestens dreimal gelogen, aber vergiß nicht, daß das auch *davor* war.

– Wenn du gewußt hättest, was passiert, dann hättest du dich ganz anders verhalten.

Ich überlegt lange.

– Ich mag dich, sagte ich. Ich mag dich ein bißchen zu gern, um dich anzulügen oder dir etwas vorzumachen. Deshalb will ich dir sagen, wie es ist: Ich weiß es nicht. Es ist sehr wohl möglich, daß ich auf demselben Weg weitergemacht und bis zuletzt gelogen hätte. Das hätte für mich keinen Unterschied gemacht.

Du mußt das verstehen: Es war kein Heroismus, daß ich schließlich ausgestiegen bin und mich geweigert habe, nach ihren Regeln zu spielen. Es war kein bißchen mutig. Es war ganz einfach eine Situation entstanden, in der das Spiel für mich aus war, was ich auch tat. Ich wußte, daß sie mich opfern würden. Ich fand, es sei besser, das selbst zu tun. Erinnere dich an die Situation Anfang Mai: Über hundert Tote, über dreihundert Kranke, Schlagzeilen in der gesamten Weltpresse und ein Professor wie das Jüngste Gericht, der sagt, das alles liege an der Nachlässigkeit irgendeiner Geheimkommission, aus der er gerade ausgestiegen sei. Die Regierung hatte nur noch eine einzige Chance, nämlich die Schuld auf mich zu schieben.

Ich begriff, daß sie das tun würden, und beschloß, den Ball zurückzuschlagen. Das ging natürlich nicht. Sie hatten mehr Erfahrung als ich.

Sie hatten ganz andere Mittel als ich.

Du darfst mich um Gottes willen nicht zu einem Helden oder Märtyrer machen, meine ich. Ich wußte, worum es ging. Ich spielte nach den Spielregeln, bis es sinnlos wurde, sie noch länger zu befolgen.

Danach wollten verschiedene linke Gruppen, daß ich zu ihren Treffen kommen und Reden halten sollte.

Ich habe es nicht getan.

– In gewisser Weise bist du schuldig.

– Diese Geschichte ist kein Problem für mich. Sie belastet mich nicht. Wenn ich nachts wach liege, dann nicht aus Schuldgefühlen, falls du das glaubst, sondern nur, weil ich mir Sorgen um die Zukunft mache.

Ich bin schuldig. Und ich bin nicht schuldig.

So ist das eben.

– Du, sagte sie.

– Ja, sagte ich. Sie zog mich an sich. Vielleicht wäre es doch möglich, dachte ich.

– Was beunruhigt dich eigentlich?

– Die Angst davor, verrückt zu werden, sagte ich. Ich habe den ganzen Winter lang nichts gemacht, bin nur spazierengegangen und habe unten im Keller immer wieder einen Tennisball an die Wand geschlagen, habe Bücher gelesen, Radio gehört und diesen Ball wieder an die Wand geschlagen. Im Prinzip, d.h. unter einem gesellschaftlichen Gesichtspunkt, bin ich schon verrückt. Als Mitglied der Gesellschaft bin ich am Ende. Sozial gesehen funktioniere ich nicht mehr. Ich bin ganz und gar von Siskan abhängig. In dem Moment, in dem sie sich entschließt, mich abzuschütteln – und dafür hat sie ja gute Gründe – wegen der Kinder, meine ich –, ist meine gesellschaftliche Existenz zu Ende. Dann bleibt nur noch eine Anstalt der einen oder anderen Art. Irrenanstalt oder Nervenklinik, das ist ja dann schon gleich.

– Jetzt übertreibst du aber, sagte das Mädchen. So ist es doch nicht. Du bist doch ganz klar und ausgeglichen ...

– Du redest wie ein Buch ...

– Und im übrigen wird Siskan dich nicht im Stich lassen.

– Warum nicht?

– Das hätte sie doch schon längst gemacht, wenn es einen Sinn haben sollte.

– Wenn du es sagst, wird es wohl so sein.

Jetzt hatte sich ein neuer Vogel in den Chor gemischt. Das Licht war nun schon viel heller. Doch der erste rote Schimmer, der rechts neben der Laube erscheinen mußte, war noch nicht da.

Ihre Brüste waren noch nie so lebendig wie jetzt. Jetzt oder nie, dachte ich.

– O du, sagte sie. Ich mag dich. Man muß dich einfach gern haben.

Sie war schon ganz naß, feucht, und ich zog ihr behutsam das Höschen herunter. Ich war darauf bedacht, es sehr langsam zu tun. Wenn sie nein sagen wollte, sollte sie die Möglichkeit dazu haben.

– O du, sagte sie.

Irgendwie bekam ich den Gürtel auf. Sie strampelte sich das Höschen ab. Ich machte ihr klar, daß sie sich rittlings auf meine Schenkel setzen sollte. Sie war sehr leicht, ihre Schenkel waren schmal, fest, muskulös. Aber so leicht, so überraschend leicht.

Die weiße Farbe des Kleides war über den Schenkeln ausgebreitet. Ich hatte ihr langes Haar überall im Gesicht, auch im Mund. Langsam, beide Hände unter ihren festen Hinterbacken, hob ich sie ein wenig hoch und zog sie langsam, langsam zu mir her, stülpte sie über mich.

– O du, sagte sie.

Ich bin eigentlich jemand anders, dachte ich. Ich bin gar nicht der, von dem ich erzählt habe. Der, von dem ich erzählt habe, hat nie existiert, er ist nur ein Phantasiegebilde, ein Tumor, ein Geschwür, eine Fistel, ein Karbunkel, eine Schrulle im Gehirn eines anderen. Es war DER DÜSTERE MARSCH, nichts anderes, DER DÜSTERE MARSCH, der mich irregeführt hat. Ich bin jemand anders –

– O du, o du,

es war nur ein Oktoberwind, ein Oktoberwind, der mich erfaßt –

– o du

erfaßt hat, wie wenn der Sturm ein Stück Papier in einem Hof herumwirbelt, als sei es ein Gespenst. Ich bin nicht Lars Troäng, doch, ich bin Lars Troäng, aber nicht der da, ich könnte genausogut irgendwas Beliebiges sein, König Sigismund III. von Polen, ja, König Sigismund mit seinen Pluderhosen, mit langen engen Seidenstrümpfen und seinem Penisfutteral aus rotem Samt

– du, du, du

ich hob ihren starken, festen Hintern nicht mehr auf und nieder, er bewegte sich von selbst, sie schwebte, au, verflixt noch mal, sie biß mich in die Unterlippe, daß das Blut mir salzig wie das Meer in den Mund floß, und ich mochte das unheimlich gern und ließ Speichel und Blut über ihr Gesicht strömen, ihr jungfräuliches Gesicht

– o du

auf einem Schulausflug nach Gripsholm haben wir einmal König Sigismund gesehen, es gab mindestens fünf verschiedene Porträts von ihm, ich erinnere mich an seine großen, fragenden blauen Augen, die Augen der Macht, die alles sehen und doch nichts sehen, die Augen der Macht, die in ein Dunkel der Geschichte hineinsehen, das wir nicht sehen, das vielmehr nur die Macht sehen kann, König Sigismund, warum rede ich von ihm? – da draußen in Gripsholm gab es übrigens auch KANONEN, riesige, bronzene, verzierte russische Kanonen, gewaltige Kanonen, die durch die Sümpfe an der Neva geschleift worden sind

– o du, o du,

es ist phantastisch WIR KÖNNEN SO LANGE WEITERMACHEN WIE WIR WOLLEN, wir schweben, das bin wirklich nicht mehr ich selbst, es ist jemand anders. WIR FANGEN NOCH EINMAL AN WIR GEBEN NICHT AUF,

– o du

sie ist sehr schmal, nein eng, und gleichsam gerillt, sie saugt ihn ein, sie hat ihn umklammert, sie hat ihm einen Namen gegeben, sie hat MICH ZU FASSEN GEKRIEGT

SIE MACHT MICH WIRKLICH

und jetzt, mein Gott, was für ein WAHNSINNIGES TEMPO, sie bewegt sich, sie PULSIERT, MEIN GOTT, so geht es nicht weiter, das ist der Tod, DER TOD, SEI MIR WILLKOMMEN, TOD, mein Gott ICH STEEERBE

– o duuuuu

und im allerletzten Augenblick meine beiden Handflächen fest um ihre Taille.

Noch mehr Farben

All das so überraschend, wie wenn man von einem kleineren Raum in einen größeren kommt.

Wir hatten uns noch nicht weit von der Laube entfernt, als wir auf jemand trafen, der ein bißchen schwankend zwischen den Stachelbeerbüschen umherging. Er blieb hin und wieder stehen und sah sich etwas an, wahrhaftig, hielt er nicht Ausschau nach irgendwelchen Insekten oder Würmern, im schwachen weißen Licht des Morgens um Viertel nach zwei.

Es konnte natürlich kein anderer sein als der Volksschullehrer.

Weder ich noch das Mädchen hatten Lust, gerade jetzt irgend jemand zu begegnen, aber wenn man schon unbedingt jemand begegnen mußte, war der Volksschullehrer natürlich der Beste, auf den man kommen konnte.

Daß er auf dem Gartenweg ein bißchen hin- und herschwankte, hing bestimmt nicht damit zusammen, daß er getrunken hatte. Er hat sich schon immer auf diese Art bewegt.

Der Volksschullehrer mit seiner ewig geflickten Brille, seiner schmalen Stirn, seinem dünnen Haaransatz, seinen hilflosen, kurzsichtigen Augen, seinem schüchternen Lächeln. Bienenzüchter, Insektennarr, heißgeliebt von den Kindern und in einer ständigen Fehde mit der Schulleitung, die ihn darauf zu verpflichten versucht, sich an die Lehrpläne zu halten. Immun gegen den Rheumatismus nach über tausend Bienenstichen, die er in seinem Leben schon abgekriegt hat. Beständig freundlich und zerstreut. Einer, der sich von der Welt nicht stören läßt.

Mein ganzes Leben lang habe ich ihn schon gekannt.

Jetzt hatte ich ihn so viele Jahre nicht mehr gesehen, und ich hatte wirklich gedacht, daß ich heute abend mit ihm reden würde, d. h. gestern abend, aber daraus ist natürlich nichts geworden. Er sieht um kein Jahr älter aus als damals, als ich ihn zuletzt getroffen habe, hier in Västmanland, irgendwann Anfang der sechziger Jahre, auf einem Sonntagsausflug, den Siskan und ich mit den Kindern unternahmen.

(die Kinder, verflixt noch mal, ich möchte wissen, wie lange es unser Babysitter wohl daheim im Sommerhäuschen aushalten würde).

Er war natürlich der unmöglichste Mensch, den man sich überhaupt vorstellen kann. Daß er es geschafft hat, sich im Lehrerseminar in Uppsala einzunisten und es dort lange genug auszuhalten, um eine Stelle in der Dorfschule von Väster Våla zu bekommen, bevor das Ausbildungssystem reformiert wurde, ist natürlich ein Wunder. Damals in Uppsala war er ziemlich heruntergekommen. Er begann mehr oder weniger zu so einem Universitätsoriginal zu werden, bei jedermann in der Unibibliothek Carolina bekannt, bei Hinz und Kunz verschuldet, ziemlich versoffen, las unwahrscheinlich viel, aber nie gezielt für ein Examen. Hilflos wie ein Insekt, das gerade aus seiner Puppe schlüpft, immer grenzenlos in irgendein unmögliches Mädchen verliebt, immer dasselbe schüchterne Lächeln, als hüte er ein richtig nettes Geheimnis, das er uns eines schönen Tages verraten würde, aber erst, wenn er meinte, die rechte Gelegenheit sei gekommen.

So kann man es sehen. Unmöglich oder nicht, ich kenne trotzdem kaum einen Menschen, vor dem ich soviel Respekt habe. Ich hätte gern gewußt, was er von der ganzen Sache hielt, aber als wir uns am Anfang des Festes dort unten bei den Autos begegneten, hatte er die Affäre mit keinem Wort erwähnt.

Es würde mich nicht wundern, wenn er der einzige in ganz Västmanland wäre, der nicht darüber Bescheid wußte. Er hat die Zeitungen nie besonders gründlich gelesen, er liest nicht einmal die *Vestmanlands Läns Tidning*, hat hingegen eine unglaubliche Menge von amerikanischen populärwissenschaftlichen Zeitschriften abonniert, in denen er sich über Galaxien und Rotverschiebungen informiert und über neue Erkenntnisse, wie die Insekten sich miteinander verständigen.

Er hat natürlich nie geheiratet. An etwas so Kompliziertes und Furchterregendes hätte er sich niemals herangewagt.

Außerdem ist er nicht besonders attraktiv. Oder ist er das vielleicht doch? Er hat außergewöhnliche Augen.

Das Mädchen fing sich sofort, und nicht nur das, es zeigte sogleich Interesse.

– Hallo, sagte er. Ich sehe mich hier ein bißchen um. Die Insekten sind sehr interessant im ersten Morgenlicht. Bei bestimmten Arten ist das eine der aktivsten Zeiten des Tages.

– Aha, sagte ich.

– Wer bist du denn, sagte das Mädchen.

– Ich heiße Lennart, sagte er. Lars Lennart Westin, geboren am 17. Mai 1936. Ich bin der Volksschullehrer von Väster Våla. Aber ich weiß nicht, wo ich nächstes Jahr lande, denn dann wird die ganze Schule nach Trummelsberg verlegt.

– Dann seid ihr im selben Jahr geboren, sagte das Mädchen.

– Stimmt, sagte ich. Du mußt ein fabelhaftes Gedächtnis haben. Ich legte dem Mädchen vertrauensvoll den Arm um die Taille und kitzelte sie am Bauch, so fest ich nur konnte. Sie machte einen Luftsprung und zog mich am Ohr. Sie war sehr fröhlich. Sie hakte sich bei uns beiden ein und sagte:

– Jetzt gehen wir zum Haus und schauen, was die andern machen.

– Die meisten sind heimgefahren. Aber es sind trotzdem noch recht viele da. Siskan hat mich übrigens gebeten, nach dir zu suchen. Sie sitzt in der Küche und unterhält sich. Sie scheint unheimlich munter zu sein.

– Sie ist immer sehr munter, log ich enthusiastisch.

Das Mädchen hüpfte zwischen uns, wir hüpften und hopsten alle drei den Kiesweg entlang. Zum erstenmal seit sehr langer Zeit empfand ich so etwas wie Glück.

Es war gut, daß ich dieses Mädchen getroffen hatte. Es war gut, daß ich von diesem Kerl Abschied genommen hatte, der ich bis vor wenigen Monaten gewesen war. Es war gut, daß der Volksschullehrer aufgetaucht war. Ich brauchte ihn als eine Art Zeugen.

Zuerst waren wir zu dritt; der Volksschullehrer, Bertil und ich. Bertil ist sehr früh gestorben, er hat sich in einer Frühlingsnacht des Jahres 1957 nach einer unglücklichen Liebesgeschichte vor einen Zug geworfen. Der Volksschullehrer und ich sind übriggeblieben.

Wir pflegten immer nach der Schule zusammen nach Hause zu radeln: Wir wohnten ungefähr in der gleichen Gegend, nach der Kristiansborgsallee zu. Wir waren unzertrennlich. Wenn zwei von uns einen Film gesehen hatten, gingen wir ihn uns in Begleitung des dritten noch einmal ansehen, denn es reichte nicht, daß alle ihn gesehen hatten, alle mußten ihn zusammen gesehen haben, damit wir richtig darüber diskutieren konnten. Wir pflegten uns in der Bomansgatan Ecke Kristiansborgsallee, neben unseren Rädern stehend, zu unterhalten, oder halb auf unseren Rädern sitzend, weil das natürlich auch flotter aussah, und vereinzelte Autofahrer zu verhöhnen, die die Kurve zu nehmen versuchten und uns wütend anhupten. Dieses Reden an der Straßenecke hatte etwas Rituelles an sich. Es war nicht irgendein Gerede, es war DAS SPRECHEN, die Kommunikation zwischen Menschen, so etwas wie Mütterlichkeit, Wärme und Wiege.

Es war in der Krisenzeit, große Holzstapel türmten sich zwischen den Häusern. Per Albin Hansson war Ministerpräsident. Der Ombudsmann für Wohnungsfragen, Alwestrand, war der erste in unserer Straße, der sich nach dem Krieg ein Auto zulegte. Ich weiß noch, wie wir bewundernd im Kreis herumstanden und zuguckten, als er es startete. Das würde heute kein Kind mehr tun.

Wir machten zusammen die Pubertät durch, die sich bei mir zuerst so äußerte, daß ich, nachdem ich für ungewöhnlich träge, schlapp und schläfrig gehalten worden war, plötzlich zum besten Schüler der ganzen Realschule wurde, ich wachte gleichsam auf. Das nächste, was passierte – in jenen Jahren passierten ununterbrochen seltsame Dinge

(aber das ist doch heute noch genauso, sagte das Mädchen, als sie da den Weg entlangtanzte)

war, daß Bertil wahnsinnig musikalisch wurde. Er brauchte nicht länger als einen Winter, um das gesamte klassische Repertoire durchzuhören, auf einem Grammophon mit diesen Kaktusnadeln, von denen ich schon erzählt habe. Sie gingen bei jedem Fortissimo kaputt. Ein vierter Junge, P., der übrigens physikalisch sehr begabt war – er wäre viel später fast zu *Karl XII.* herangezogen worden, also zum Plan für eine schwedische Atomwaffe, machte aber in letzter Sekunde einen Rückzieher und wurde im Laufe der Zeit Lehrer für Barocklaute in der Akademie –, baute uns einen Verstärker aus Teilen, die er in Kellern und auf Müllhaufen fand. P. ist mir als dick, schwerfällig, lustig in Erinnerung.

Damals pflegten wir an den Frühlingsabenden nach Björnön zu radeln, unterwegs über Musik zu diskutieren und Brahmssinfonien aufzuführen, indem wir die Melodien auf die Lenkstangen klopften und die Klingeln betätigten. Es muß einen merkwürdigen Eindruck auf die Leute gemacht haben, denen wir begegneten.

Dabei brausten ganze Sinfonieorchester in uns.

Es ist ja irgendwie sonderbar mit den Toten. Man glaubt ja nicht an ein Leben nach diesem; ich tue es zumindest nicht, aber sie leben trotzdem.

In der KBU hatte ich ein Sofa, es war ein richtiges Chefsofa, auf dem man sich manchmal zwischen den Entscheidungen ausruhen oder seine Sekretärin verführen sollte, oder weiß der Himmel was, ein richtiges Chefsofa, das ich fast nie benutzte. Aber einmal, gerade als die KBU-Affäre sich ernstlich zusammenbraute und ich gerade beim Racketballspielen gewesen war

(ja, um ehrlich zu sein, ich bin noch ein paarmal zum Spielen dagewesen, es hat mir wirklich Spaß gemacht, ich habe diese Möglichkeit im letzten Winter vermißt, es ist das unterhaltsamste und beste Konditionsspiel, auf das ich je gestoßen bin)

ich hatte ziemlich hart gespielt und kam kurz vor vier ins Büro in Stocksund zurück, vor allem um Briefe zu unterschreiben und zu hören, ob jemand angerufen hatte. Es war so eine Ruhe mitten im Sturm, kein Mensch hatte angerufen, der Sturm tobte ganz fürchterlich, aber er tobte um mich herum, für alle Beteiligten war es verdammt wichtig, so wenig wie möglich mit mir zu tun zu haben, vor allem weil sie allmählich argwöhnten, daß ich so etwas wie einen VERZWEIFELTEN AUSFALL machen würde, und das habe ich ja zwei Tage später auch tatsächlich getan, als ich in einem Interview in den Fernsehnachrichten »auftrat«, wie es heißt, zum Ministerpräsidenten sagte, daß er lüge, und alle Papiere vor der Nase der Zuschauer auf den Tisch legte,

EIN KLASSIKER SEINER ZEIT

denn das habe ich ja wirklich gemacht, aber jetzt, also zwei Tage vor dem Sturm, als ich von einem dieser Racketballspiele zurückkam und feststellte, daß es keinen einzigen Anruf gegeben hatte, keinen einzigen Brief zu beantworten, wurde ich plötzlich sehr müde, legte mich auf dieses Sofa und nickte ein.

Ich fiel in Schlaf. Ich träumte, komischerweise träumte ich von Musik. Ich träumte von der Passacaglia in Brahms' Vierter; aber das wirklich Sonderbare daran war, daß ich träumte, nicht ich sei der Zuhörer, sondern Bertil. Versteht ihr?

Dabei hatte ich bestimmt seit zwanzig Jahren nicht mehr an ihn gedacht. Noch eine halbe Stunde, nachdem ich aufgewacht war, lief ich mit dem Gefühl herum, ich erlebte alles *auf seine Rechnung, an seiner Stelle,* oder wie ich es nun ausdrücken soll.

Er war da. Die Toten sind bei uns, aber nur, wenn wir uns an sie erinnern.

– Du hast recht, sagte der Volksschullehrer.

– Weißt du noch, sagte ich, damals verkehrten wir in allen *feinen* Familien von Västerås. Wir spielten mit ihren Söhnen Tennis und luden ihre Töchter zum Schulball ein.

Wir verkehrten in Familien, wo es einen *Diener* gab, in den riesigen Villen der ASEA-Direktoren.

Dahin werden wir heute nicht mehr eingeladen, ich wenigstens nicht.

– Ich auch nicht, sagte der Volksschullehrer.

– Das kam natürlich von der TÜCHTIGKEIT.

– Ich verstehe, was du meinst, sagte das Mädchen.

– Man schätzte unsere Tüchtigkeit. Du hast dir nichts daraus gemacht. Bertil, der arme Kerl, ist ja so früh gestorben, daß die Sache für ihn nicht mehr richtig akut wurde. Aber ich, ich dummer Hund, habe angebissen. Ich habe geglaubt, es würde einem helfen, wenn man tüchtig ist.

Der Volksschullehrer blieb stehen. Er machte sich einen Augenblick von uns beiden los und sah vom einen zum anderen.

– Du bist oft dumm gewesen, sagte er, sehr ruhig und sehr ernst. Deine Dummheit ist ein Teil deiner schrecklichen Ungeduld. Es war zum Beispiel verdammt dumm von dir zu meinen, du könntest dieses amerikanische oder möglicherweise schwedische Virus in Rörbäcksnäs geheimhalten. Du bist der Dümmste von meinen alten Freunden. Bertil zum Beispiel hätte nie sowas Saudummes gemacht. Aber es ist gut, daß du dich schließlich geändert hast. Du hast also gelernt, daß man keine Geheimnisse haben soll. Jetzt habe ich es gesagt. Und nun kann ich sagen, was ich eigentlich sagen wollte. Ich bin verdammt froh, daß du lebend aus dieser Geschichte herausgekommen bist. Ich meine, lebendig im moralischen Sinn, oder wie man das nun nennen soll. Du bist im Grunde ein prima Kerl. Du machst Fehler, aber du siehst sie auch ein. Du fängst noch einmal an, du gibst nicht auf. Jetzt gehen wir in die Küche und schauen nach, ob sie etwas Morgenkaffee haben. Dann holst du Siskan und fährst nach Hause. Du bist nur an der Oberfläche ruhig.

Ich spürte, fast physisch, wie ein uralter Respekt für ihn wiederkehrte; die Rollen wurden vertauscht, die Vorzeichen änderten sich. Lennart war trotz allem der große Bruder, wenn es darauf ankam, klüger als das ganze Gymnasium mit dem Lehrerkollegium und dem Ephorus zusammen.

– Du, und noch etwas.

– Ja, Lennart, sagte ich.

– Jetzt, wo du diese Tüchtigkeit abgelegt hast, wird es allmählich Zeit, finde ich, daß du dich ein bißchen mehr um Siskan kümmerst. Ich bin die halbe Nacht mit ihr spazierengegangen, ehrlich gesagt habe ich sogar mit ihr geschlafen. Ich glaube, sie hatte es nötig. Sie ist ziemlich traurig.

Es war solch ein Augenblick, in dem alle dastehen wie Statuen oder wie Schauspieler bei einer Theaterprobe, wenn sie nicht wissen, welche Anweisungen der Regisseur ihnen als nächstes geben wird.

Der schwache rote Schimmer am Horizont hatte sich zusehends verstärkt.

Es war sehr still, nur ein Kuckuck in weiter Ferne. Es fiel mir nicht ein, darüber nachzudenken, aus welcher Himmelsrichtung.

In diesem Augenblick wurde die Stille von einem fürchterlichen Krachen durchbrochen, wie von zersplitterndem Glas. Gutturales Gebrüll war zu hören, Flüche, erstaunte Rufe von Leuten, die herbeiströmten.

– Du lieber Himmel. Es kommt aus dem Gewächshaus, sagte ich.

Caliban, endlich sichtbar

Wenn es etwas gibt, daheim bei Maggan und August, das man wirklich heilig nennen könnte, einen Augenstern, ein Kleinod, dann ist es das Gewächshaus.

Ich weiß nicht, an wieviel Sommerabenden, Frühlingsabenden, Herbstabenden August nach langen, entsetzlich heißen Schichten im Walzwerk von Surahammar hinausgeradelt ist, um nach diesem Gewächshaus hinter dem Plumpsklo zu sehen, um zu kontrollieren, ob die Lüftung ausreichend war, ob der Ofen brannte, ob ein Fenster auf oder zu war.

Es gibt nicht viele Dinge in dieser Welt, die einem so schrecklich viel Kopfzerbrechen bereiten können wie ein Gewächshaus. Unwissende Leute meinen, man könne Apfelsinen, Trauben, Kürbisse, Mais und große, herrliche schwedische Tomaten praktisch im Freiland ziehen, wenn man nur so ein Treibhaus hat, mit Glas von abbruchreifen Gebäuden und einem Ofen, der an den Frühlingsabenden hübsch vor sich hin brennt und eine dünne blaue Rauchfahne zum Himmel schickt.

Aber nein, aber nein. Die Lüftung ist ebenso wichtig wie die Wärme, man kann eine ganze Reihe vielversprechender Schößlinge im obersten Regal ruinieren, wenn man nicht begreift, daß man das unterste nie genauso warm halten kann, die Verteilung der Pflanzen ist ungeheuer wichtig, vor allem aber muß man an die Lüftung denken. Pflanzen brauchen die Luft ebensosehr wie die Wärme. Es gibt Jahreszeiten, beispielsweise Ende April, da besteht der Unterschied zwischen schwärzlichen, erfrorenen Krauthaufen in den Töpfen und munter rankenden Tomatenstauden darin, ob eine halbe Stunde zu lange gelüftet wurde oder die halbe Stunde, die nötig ist.

Ich glaube, es war während des Krieges, daß August damit angefangen hat. Damals gab es ja kein Plastik, Gott weiß, wie er sich all das Fensterglas besorgt hat, das benötigt wurde, aus Abbruchhäusern, aus alten Katen, aus Fabrikgebäuden, die abgerissen und durch neue ersetzt wurden. Er hat sein Glas zusammengekriegt, und beim Glas ist es dann auch geblieben. Die Rahmen der einzelnen Fenster passen nicht recht zusammen, weil sie aus völlig verschiedenen Gebäuden stammen. Er hat eine sehr geschickte Arbeit geleistet, indem er sie mit Bretterstücken, Leisten und solchem Zeug zusammengebosselt hat. Es sieht nicht gerade nach moderner Architektur aus, oder vielleicht gleicht es mehr als allem anderen der modernen Architektur, aber es funktioniert.

Das ursprüngliche Gewächshaus war sehr klein, ich selbst war damals – in den vierziger Jahren – so klein, daß es mir groß vorkam, ich pflegte schwitzend da drinnen im Grünen zu sitzen und vor mich hin zu grübeln, und dann, wenn es dort unerträglich heiß wurde, rannte ich hinaus und badete in der Regentonne. Der Onkel und Maggan fanden es jedesmal wieder genauso lustig – mir erschien es an den langen, warmen Sommertagen als ein ganz natürliches Vergnügen, ich hatte oft alte Nummern von Reader's Digest dabei – *Das Beste* hieß es wohl, und las von Liberatorbombern und der Marshallhilfe; der Kinseyreport über das sexuelle Verhalten der Frau faszinierte mich ungeheuer, da in dem Artikel niemand sich die Mühe machte, zu erläutern, was das Wort *Orgasmus* eigentlich bedeutete.

Aber objektiv betrachtet kann es kaum größer als eine gewöhnliche Hundehütte gewesen sein. Dann kam die Nachkriegszeit mit den goldenen fünfziger Jahren, in denen August nicht mehr hinausradeln mußte, weil er sich sogar die Anschaffung einer Husqvarna 125 Kubik leisten konnte (auf der ich manchmal eine Probefahrt machen durfte; ich erinnere mich noch an das wunderbare Gefühl, wenn einem der Wind um die Ohren brauste, fast wie eine Erinnerung ans Paradies), und da begann das Gewächshaus etwas länger zu werden. Er errichtete den Anbau, oder wie man es nennen soll, in einem Winkel von neunzig Grad zum ursprünglichen Treibhaus, um dem Schatten des Klohäuschens an den Frühlingsnachmittagen zu entgehen, legte Gurkenbeete und Regale an und begann ernstlich mit Weintrauben zu experimentieren, aber es brauchte Zeit, bevor bei diesen Experimenten etwas herauskam. Sehr lange sahen sie aus wie Erbsen, saure Erbsen.

In den fünfziger Jahren ging es ihm so gut, daß er es sich sogar leisten konnte, aus einem Sägewerk in Ramnäs etwas Bauholz zu beziehen und ordentliche Leisten anzufertigen.

Mein Gott, welche Massen von jungen Frühkartoffeln, Kürbissen in Essigsud, Gurken, Tomaten und Möhren haben wir nicht im Laufe der Jahre aus diesem Gewächshaus bekommen! Wie ein Füllhorn, eingepflanzt in die västmanländische Erde, hat es Sommer für Sommer die erlesensten Zuckererbsen, eingemachte Früchte, Mixed Pickles und eingelegte Tomaten für eine ganze Sippschaft hervorgebracht. Dinge, die von sich aus zu produzieren derselben västmanländischen Erde niemals eingefallen wäre, zu denen sie sich jetzt aber willig hergab, mit Hilfe der Kunst und der Sorgfalt zweier alter Menschen, die nicht davor zurückschreckten, mitten in der Nacht aufzustehen und hierherzufahren, wenn sie merkten, daß die Temperatur in einer Frühlingsnacht zu schnell fiel oder daß eine Herbstwoche plötzlich so unwahrscheinlich warm wurde, viel wärmer, als zu erwarten war.

Bauvorschriften – sie sind ja damals nach dem Krieg viel strenger geworden, als Jahr für Jahr massenhaft neue Verordnungen auf einer Menge von neuen Gebieten herauskamen – besagen, daß man für alles eine Genehmigung braucht, was höher als einssiebzig ist, also höher als ein Meter und siebzig Zentimeter, und meinem Onkel, der ein sehr gesetzestreuer Mann ist, besonders weil er in der Gewerkschaft der Baubehörde von Surahammar ein paar alte Feinde hat, ist es in all den Jahren gelungen, den gesamten Gebäudekomplex – seit 1959 gibt es einen dritten Flügel, so daß das Gewächshaus jetzt U-förmig ist – unter einssiebzig zu halten.

Infolgedessen sieht es recht lustig aus, und man bekommt ziemliche Rückenschmerzen, wenn man sich länger dort drinnen im Grünen aufhält. Er ist zwar schlau genug gewesen, sich ein Stück unter die Erdoberfläche einzugraben, aber die Querbalken der Dachstühle sind trotzdem ziemlich niedrig geraten. Obwohl man hier und da aufrecht gehen kann, muß man sich doch alle drei Meter bücken, man muß lange Gurkenranken zur Seite schieben, und Gurkenranken haben eine unglaubliche Fähigkeit, an allem hängenzubleiben, was man anhat. Dazu sind sie da. Das wollen sie: hängenbleiben.

Daß das Gewächshaus so niedrig ist, bedeutet natürlich, daß man es in der Dunkelheit nicht so leicht entdecken kann. Ich sage das nicht als Entschuldigung – denn welches Rindvieh könnte schon einen Grund haben, hinter dem Klohäuschen herumzutrampeln –, sondern als eine Art naturwissenschaftliche Erklärung.

In dem Moment, als wir das Klirren, Brüllen und das wirklich tierische Wutgeheul von dort unten hörten, wußten wir alle drei, das Mädchen, der Volksschullehrer und ich, daß die Katastrophe da war. Irgendein verdammter Tolpatsch war ins Gewächshaus getrampelt oder gefallen.

– Schnell, sagte ich und rannte los.

Wie ich schon erzählt habe, kehrte das Licht zurück, nicht nur ein Vogel, sondern viele waren zu hören, und der rote Schimmer am Horizont wurde immer breiter. Man mußte also wahnsinnig ungeschickt oder einfach wahnsinnig betrunken sein, um das Gewächshaus nicht zu erkennen. Die Umrisse des Gebäudes begannen jetzt immer deutlicher aus der Sommernacht hervorzutreten.

Aus dem Haus kamen massenhaft Leute gerannt. Das warme Licht der Fenster bildete einen sonderbar starken Kontrast zum kühlen weißen Licht der Dämmerung. Ich erkannte August und Maggan, und mitten in all dem Gerenne nahm mich jemand bei der Hand. Es war Siskan.

– Grüß dich, sagte sie. Sie lächelte mir glückich zu, Tränen in den Augen. Sie kann manchmal etwas blöd sein, aber man kann nie aufhören, sie liebzuhaben.

August mußte alle anderen überholt haben, denn ich hörte ihn ein solches Wut- und Trauergeheul in der Gegend des Klohäuschens ausstoßen, daß mir richtig unheimlich zumute wurde.

Als wir endlich am Ziel waren, jetzt also zu viert, denn Siskan war auch dabei, fiel es uns etwas schwer zu erkennen, was eigentlich los war.

– Hierher, schrie August und winkte mich zur anderen Seite herüber. Komm her! Hier ist es!

Ein riesiges Loch mit zerschlagenen Scheiben, und damit nicht genug, auch mit zersplitterten Fensterrahmen, zeigte, daß irgendein großes, tolpatschiges Geschöpf in das Haus hinein- und hinuntergestolpert war, da der Boden einen halben Meter in die umgebende Erdoberfläche eingegraben war.

Wer oder was nun auch um Himmels willen da drinnen sein mochte, jedenfalls bewegte sich das Untier offenbar in blinder Panik in der grünen Dunkelheit hin und her, ohne hinausfinden zu können. Man hörte das leise Knirschen von Blumentöpfen, die aus den Regalen fielen, das Knirschen von Glas und Ziegelstein unter schweren Füßen, das leisere Knistern von Gurkenranken, die zerrissen wurden, von zehnjährigen Weinstöcken, die abgeknickt wurden.

– So tut doch was, um Gottes willen, schrie Maggan. Sie war zum erstenmal in ihrem Leben, glaube ich, hysterisch.

– Ich könnte schwören, daß es der Autohändler ist, sagte ich. Ich habe es im Gefühl.

– Ist er nicht längst nach Hause gefahren, sagte der Volksschullehrer.

– Ich spüre es. Ich *weiß* es.

Wer es nun auch immer war, er versuchte offenbar blindlings, dort herauszukommen, und je mehr er sich bemühte, je verzweifelter er wurde bei seinen wilden Versuchen, eine Richtung zu finden, um so schlimmer verrannte er sich anscheinend.

– So tut doch was: JETZT GEHT ES UM LEBEN ODER TOD, kreischte Maggan.

Sie war tatsächlich völlig hysterisch; nach einem Leben der Selbstbeherrschung und des geizigen Umgangs mit Kraftausdrücken, nach einem langen västmanländischen Leben, voll von dem, was man »sich durchschlagen« nennt, d. h. aus allen Situationen das Bestmögliche zu machen, unter denkbar schlechtesten Voraussetzungen, mit der schlechtesten Ausrüstung, beim schlechtesten Wetter, bei schlechtesten Möglichkeiten, nach einem Leben voll unglaublicher Hartnäkkigkeit und der beharrlichen Gewohnheit, das Maul zu halten und noch einmal anzufangen, nicht aufzugeben, erlaubte sie sich tatsächlich den Luxus eines großen hysterischen Auftritts.

Ich glaube, wenigstens ein paar von uns, die da ratlos in der Dämmerung herumstanden, spürten einen kleinen Stich von Neid.

– LEBEN ODER TOD, LEBEN ODER TOD, kreischte die gute alte Maggan im Falsett und tanzte herum wie ein ekstatischer Derwisch in der Gegend von Deera oder Akkaba.

August, der ein bißchen anders veranlagt ist und jede Form von Luxus ablehnt, brüllte mit dröhnender Stimme.

– Komm heraus, du Schweinehund, ich schlag dich windelweich!

Für einen Augenblick wurde es ganz still. Einzig ein munterer Kuckuck ließ sich als die hoffnungsvollste, deplacierteste idiotische Geräuschkulisse, die es je gegeben hat, aus der Richtung von Kolbäck hören.

Niemand wagte auch nur ein Wort zu sagen. Aber ich glaube, wir alle hatten in diesem Moment ein sehr kompliziertes Verhältnis zu diesem Kuckuck. Wir wußten nicht, ob wir ihn hassen oder lieben sollten, aber für ein paar kurze Augenblicke beherrschte er die ganze Szene.

Dann begann erneut das Knirschen der Töpfe. Und plötzlich schwankte die ganze Wand, Fensterrahmen aus trockenem alten Holz barsten auseinander, Fensterscheiben fielen eher, als daß sie zerbrachen, und dann kam er heraus, Caliban, das Ungeheuer, der Zerstörer, der Grobian, der verdammte Autohändler.

Er war nicht gerade schön. Offenbar war er unsinnig betrunken, das Haar hing ihm in die Stirn, er blutete aus mehreren Schrammen im Gesicht, die Haare waren blutverklebt. Am Hemd war kein einziger Knopf mehr, es zeigte Spuren von Erbrochenem. Sogar in diesem Licht konnte man sehen, daß die Augen blind waren, leer vor Wut und Besoffenheit; die Pupillen, die aus diesen blutunterlaufenen Augäpfeln herausglotzten, hatten nichts zu *enthüllen*, nichts zu berichten. Nur Leere war darin.

Er war kaum draußen, da nahm er schon einen Stein, der etwa fünfzig Kilo wiegen mußte, und warf ihn mit Nachdruck in das hinein, was noch von der Fensterwand übrig war.

– Aber jetzt, du Scheißkerl, brüllte August und hob einen Pfahl vom Boden auf.

Wirklich erschreckend war das Blinde, gleichsam Mechanische in den Bewegungen des Autohändlermonsters. Er war wie ein Roboter, ein Roboter allerdings, in dessen Gleichgewichtsapparat ein technischer Fehler entstanden war, ein Roboter, der hin- und herwackelte aber doch ein Roboter, der immer im letzten Moment das Gleichgewicht wiederfand. Blindlings wackelte dieses Monstrum auf uns zu, und ich glaube, es war kein einziger unter uns, der nicht dasselbe scheußliche Gefühl hatte, daß sozusagen kein Autohändler mehr in dem Autohändler war, daß ETWAS ANDERES von ihm Besitz ergriffen hatte und jetzt seinen klobigen, riesenhaften, Schnaps ausschwitzenden Körper als Waffe benutzte, gegen uns gerichtet. Es war ein haarsträubendes Gefühl, irgendwie ähnlich dem, das man mit Geistern, Gespenstern und Spukgestalten verknüpft, mit dem Gedanken, daß etwas, das eigentlich kein Leben besitzt, Leben *simuliert*.

Alle standen völlig versteinert da.

Es ist überhaupt keine Frage, daß mein Onkel Kraft hat. Man arbeitet nicht dreiunddreißig Jahre lang im Blechwalzwerk von Sura Bruk, ohne ganz beträchtliche Muskeln zu bekommen.

Noch als Siebzigjähriger ist er durchaus imstande, mit zwanzigjährigen Amateurringern an den Tankstellen dieser Gegend Armdrücken zu machen.

Es ist nur so, daß er kein Talent für, wie soll ich es ausdrücken, Kampfhandlungen hat. Und dieses scheußliche Spukgefühl lähmte ihn natürlich genauso wie uns andere.

Das Ganze hatte etwas Erschreckendes, fast Übernatürliches; ich glaube zwar, dieses Gefühl hat uns alle dann später wieder verlassen, aber niemand, mit dem ich geredet habe, hat es je vergessen, alle sehen einander ein bißchen verlegen an, wenn man, auf einer Haustreppe sitzend, über diese Nacht und ihren Ausgang redet und den Sommerabend genießt.

In diesem Augenblick entdeckte mich der Autohändlerdämon. Genaugenommen war ich es ja, nach dem er den ganzen Abend gesucht hatte. Er sonderte mich genauso sicher aus der versteinerten Schar dort unten am Weg zum Klohäuschen aus, wie ein Sperber sich eine bestimmte Beute aus einem Spatzenschwarm heraussucht. Er steuerte mit denselben gräßlichen, unwirklichen Schritten geradewegs auf mich zu, und niemand zweifelte auch nur einen Moment daran, daß er *mich meinte.*

Vier Schritte vor mir blieb er stehen. Es war, als ob irgend etwas in dieser leeren, haarsträubend spukhaften Gestalt es genösse, einfach nur *bedeutungsvoll dazustehen.*

Das reichte völlig, um mich einen Tennisball von Angst mitten im Zwerchfell spüren zu lassen.

Plötzlich redete er, mit ganz deutlicher, fast leiser Stimme, redete durch den Rausch *hindurch*, mit der kalten Präzision, der entsetzlichen Deutlichkeit, die nur dem absoluten Haß, der absoluten Nichtigkeit eigen ist:

– Jetzt aber. Jetzt ist es soweit, siehste wohl. Jetzt hab ich dich. Jetzt geht's los, siehste wohl.

Ich glaube, ich hätte mir in diesem Augenblick vor Schreck ganz einfach in die Hosen gemacht, wenn ich nicht auf eine Idee gekommen wäre. Es war eine ganz kleine, ganz dünne Idee, eine Idee, scharf wie die Spitze einer Nähnadel, aber sie wuchs in mir mit der Geschwindigkeit einer expandierenden Supernova, der Geschwindigkeit einer Galaxis, die sich von allen anderen Galaxien entfernt, der Geschwindigkeit eines Gasplasmas in der Corona einer explodierenden Sonne.

Das – so die Idee – das ist es ja, was mich die ganze Zeit verfolgt hat. DAS IST DER, VOR DEM ICH ANGST GEHABT HABE.

Sogar der Kuckuck war verstummt. Niemand wagte zu atmen. Maggan hatte mit ihrem entsetzlichen Gewimmer aufgehört. Sie lag auf der Erde und weinte ganz leise.

Der Schrecken sank wie das Niedrigwasser des Åmänningen im Juni, ja, er sank wirklich wie ein Wasserspiegel sinkt, bis die Steine, die großen schwarzen Steine unter dem Wasser sichtbar werden.

Ich bückte mich langsam, systematisch, und fand einen kurzen, aber ganz hervorragenden Pfahl. Er war etwas morsch, also würde er es vermutlich überleben. Er hatte ein dickeres und ein dünneres Ende und lag sehr gut in der Hand. Ich bemerkte, daß das Holzstück diese schöne Silberfarbe hatte, die Holz in dieser Gegend oft bekommt, wenn es auf dem Boden liegt, jahrelang dem Regen ausgesetzt.

Ich atmete tief ein, die kühle Morgenluft hatte eine Frische, eine Rauheit, die die Lungen bis zum Bersten füllte. Eine neue Luft.

– Das ist gut, sagte ich. ICH HABE LANGE AUF DICH GEWARTET. Ich komme.

Ein ganz leichter Wind, aber doch ein Wind, ein Wind wie mit der Verheißung des Sommers, ein Wind, der irgendwo niemals aufhört zu wehen, regte sich in den Wipfeln der alten Ulmen vor mir, in den Wipfeln der Ahornbäume hinter mir, in den Wipfeln der Birken über mir.

Es war fast heller Tag.

Berlin-Charlottenburg – Västerås –
Austin, Texas 1973–74

Sigismund

Aus den Erinnerungen eines
polnischen Barockfürsten

»Ist es denn so vortrefflich?« fragte Don Quijote.
»Es ist so vortrefflich«, antwortete Ginés, »daß Lazarillo de Tormes bei einem Vergleich schlecht wegkommen würde, und ebenso alle übrigen Bücher dieser Art, die je geschrieben wurden oder noch geschrieben werden. Ich kann Euch nur sagen, mein Herr, daß es wirkliche Verhältnisse darstellt, und zwar so unterhaltsam und lustig, daß es keine Lügengeschichten gibt, die sich damit messen könnten.«
»Und wie heißt dieses Buch?« fragte Don Quijote.
»Ginés de Pasamontes Lebensbeschreibung«, antwortete derselbe.
»Ist es denn abgeschlossen?« fragte Don Quijote.
»Wie könnte es abgeschlossen sein«, erwiderte er, »wo doch mein Leben noch nicht beendet ist? (– – –)«

Miguel de Cervantes:
»Don Quijote de La Mancha«

Meiner Freundin Zwatt

I
Memoiren aus dem Fegefeuer

Die Birkhühner, gegen die Wand gepreßt

Während meiner Zeit in Uppsala gab es dort einen netten, sympathischen Professor, der aus einer russischen Emigrantenfamilie stammte. Er lebte ein ganz normales und allgemein geachtetes Professorenleben, mit einer Villa am Thunbyvägen, mit Habilitanden, Doktoranden, Veröffentlichungen, Sonderdrucken und Gastvorlesungen, und machte oft interessante psychologische Beobachtungen an seinen Hunden. Das führte manchmal dazu, daß die Hunde sich immer weniger wie Hunde verhielten und dafür mehr und mehr wie Menschen. Sie lernten, bei rotem Licht an der Ampel stehenzubleiben, Türen zu öffnen, Gott weiß, ob sie zuletzt nicht sogar Eier kochen konnten, aber das bemerkte er überhaupt nicht.

Manchmal, spätabends, nach einem gelungenen Vortrag im Verein für Angewandte Interdisziplinäre Wissenschaft oder nach einem Wettkampf im Akademischen Ruderclub konnte es geschehen, daß er die eine oder andere Geschichte aus seiner Kindheit erzählte, die er in der allerhöchsten Moskauer Gesellschaft verbracht hatte.

In diesen Anekdoten kam eine Welt zum Vorschein, die so unglaublich, so verrückt, so fremd war, daß die Zuhörer sich an den Kopf faßten.

War es wirklich Professor W., der das alles erlebt hatte?

Eine seiner Lieblingsgeschichten handelte von einem Bankett beim Fürsten Igor W., einem Nachkommen der ersten Ritter von Moskau.

Im Speisesaal des Fürsten, wo die Wände vom Boden bis zur Decke mit Spiegeln verkleidet sind, summt es von Hunderten von Gästen, die Kandelaber leuchten, Smirnoff Vodka steht auf Beistelltischen neben riesigen Schüsseln mit dem köstlichen schwarzen Kaviar bereit, der Champagner fließt in Strömen, das Licht bricht sich rubinrot in den Tiaren der Damen, die Glatzen der Herren glänzen, die Uniformen schimmern mit ihren Gardeepauletten.

In diesem Augenblick werden die Doppeltüren des Speisesaals aufgestoßen, und die Diener kommen in einer langen Reihe mit dem nächsten Gang herein, gebratenen Birkhühnern, die sie elegant auf Silbertabletts auf dem ausgestreckten rechten Arm balancieren, in dessen Armbeuge eine blendendweiße Serviette hängt.

Auf jedem der riesigen Silbertabletts liegen an die dreißig gebratene Birkhühner, schwimmend in ihrer Morchelsoße, mild und angenehm duftend.

Da geschieht etwas Unglaubliches.

Einer der Lakaien verliert das Gleichgewicht, die Platte mit den Birkhühnern gleitet ihm fast aus der Hand. Immer noch hält er hartnäckig den linken Arm auf dem Rücken, aber er schwankt mit seinem Tablett hin und her wie ein unsicherer Zirkusjongleur.

Das muntere Geplauder im Speisesaal verstummt immer mehr. Die Gardeoffiziere klemmen das Monokel ins rechte Auge, die Damen heben die Lorgnetten an ihre schmalen weißen Nasen, ihre Nasenflügel vibrieren. Es geht eine seltsame Stille durch den Raum.

Einsam kämpft der Diener mit seinem Silbertablett. Es neigt sich mal zur einen, mal zur anderen Seite. Er gleicht die Schwankungen aus, indem er kurz in verschiedene Richtungen spurtet.

Jetzt ist er zweifellos der Mittelpunkt des Festes. Einen schrecklichen Augenblick lang sieht es so aus, als würde einer dieser Spurts in einer Bauchlandung auf der Bankettafel enden, mit allen Birkhühnern auf den glänzenden Seidenkleidern der Damen, aber im letzten Moment richtet er sich wieder auf, ungefähr wie ein schlingerndes Segelboot.

Das Gesicht ist in Angstschweiß gebadet, er ist zugleich blaß und erhitzt.

Und jetzt fällt die Platte wirklich, jetzt fällt sie!

Nein. Das tut sie nicht, denn im letzten Moment gelingt es ihm, die ganze Platte mit den Birkhühnern und allen Zutaten flach gegen eine der Spiegelwände zu pressen.

Birkhuhn und Spiegelbild werden eins. Da steht der Leibeigene des Fürsten W., die Haare schweißnaß an der Stirn klebend, und ruft mit einem eigentümlichen, wahnsinnigen Triumph in der Stimme:

– Ich habe sie! Ich habe sie!

Der leibeigene Lakai des Fürsten W., das bin ich. Ich bin es, über den ihr lacht. Ich bin es, der da steht, leichenblaß und verschwitzt, ein schweres Silbertablett mit gebratenen Birkhühnern gegen eine Spiegelwand pressend, so daß das Brathuhn und das Bild des Brathuhns für einen Augenblick eins zu sein scheinen.

Ich bin es, über den ihr lacht, aber wenn ihr genug gelacht habt, werdet ihr mich in die Küche hinausschicken zum Küchenmeister, um mich prügeln zu lassen.

Was ist denn jetzt los? Mein Gott, er wird doch nicht noch einmal anfangen, zum vierten Mal, und gleich mit dem Schwierigsten überhaupt, mit dem Paradies? Doch.

Wir fangen noch einmal an. Wir geben nicht auf.

Und wie das Fegefeuer beschreiben? Das gehört nicht gerade zum Einfachsten. Wenn wir sagen, die Hölle sei der Ort, wo die Lügen am dicksten sind, dick wie Schmeißfliegen, die im Herbst auf einer bläulichen toten Krähe herumkrabbeln, wenn wir sagen, das Fegefeuer sei ein Ort, wo es feucht ist (wider alle Regeln), ein Ort, wo überall das Geräusch von Wasser ist (und der Geruch von nassen Wollsachen), weil die Dämme brüchig geworden sind, dann müßte das Paradies demnach ein Ort sein, wo es trocken ist. Trockene, klare Luft unter einem schmerzend grellen blauen Himmel. Starkes Licht, scharf umrissene Schatten.

Alle großen Konflikte müßten deutlich formuliert sein, alle Gefühle groß und klar, rein und unversöhnlich. Ist es so? Mein Gott, was weiß denn ich?

Wenn es ein Paradies gibt, muß es noch erfunden werden. Trokkene klare Luft, Bäume, die sich in einem hartnäckigen Wind bewegen, irgend etwas mit einem Handgelenk, einem schmalen, sehr deutlichen Handgelenk ...

Das Paradies ist ein Ort, wo es trocken ist, ein Ort der Sonne und der scharf umrissenen Schatten.

Es paßt jedenfalls überhaupt nicht zur Zeit und zum Ort dieser Geschichte. BERLIN 1973. Dünner, endloser Regen durchzieht die Parks. Autobahnen, Gastürme, Parkplätze über endlosen Trümmergrundstücken, stickige Luft voller Steinkohlengeruch. Windstöße von den Toten, die in der Dämmerung vorüberstreifen. Und genau wie jene shakespeareschen Könige, die mitten in der Nacht davon aufwachen, daß ein kalter Hauch durchs Zimmer weht, ein Hauch von Vorwürfen, von Reue, von Erinnerungen, erwache nicht selten auch ich.

Und spätabends, aus besonders dunklen, engen Gassen, in denen die Straßenlaternen mit einem gelben, sehr trüben Schein leuchten, kommen auch kalte Windstöße, ruhelose Tote, die nicht schlafen wollen. In dieser Stadt gibt es viele Tote, viel Vergangenheit. Sie ruhen Schicht für Schicht übereinander, in Trümmern, die niemals ausgegraben wurden.

In meiner Wohnung gibt es zwei kalte Luftzüge. Der eine weht durch die Küche, plötzlich, wenn ich mit einer Decke um die Beine am Küchentisch sitze und meinen abendlichen Tee trinke. Ich habe lange geglaubt, er käme von der Speisekammertür oder von einem offenen Fenster in einem der inneren Räume, aber so war es nicht.

Der andere, im Schlafzimmer, kommt mitten in der Nacht, zwischen zwei und drei, weckt mich und macht mich so ängstlich und nervös, daß ich aufstehen und eine Zigarette rauchen muß. Er weht durch dicke Ziegelmauern, und dann helfen keine Decken, er bringt die Gardinen in Bewegung, blättert in dem Buch, das auf meinem Federbett liegt, wo ich darüber eingeschlafen bin.

Der Hauswirt erklärt, das Haus sei während einer der großen Luftangriffe im Frühjahr 1944 ins Wanken geraten, es habe sich gesetzt, im Keller seien Risse entstanden, ja, noch tief unter dem Keller, und niemand habe sich je darum gekümmert oder sei auf den Gedanken gekommen, etwas dagegen zu unternehmen. Nun zirkuliert kalte Luft in unberechenbaren Wirbeln, mit einem ständigen Störungszentrum da unten im Keller. Das Haus hat ein instabiles Mikroklima.

Berlin. Februar 1973. Das Zimmer hat vier weiße Wände, weißgekalkt, nicht tapeziert. Ein großer weißer Tisch mit einer Eternitplatte, ein großes Bücherregal, in dem die Reihe der Bücher wie eine Art Pilzvegetation wächst, um ein oder zwei Dezimeter pro Woche.

Vor dem Fenster liegt der Schöneberger Volkspark. Wieder mit der Säge durchgeputzt, aufgeräumt und ordentlich nach dem großen Oktoberorkan, oder war es im Dezember? Ein paar unruhige Stadtmöwen schweben über den noch nackten Baumkronen.

SO SCHEINT AUF MICH DIE TOTE ZEIT

Am Fenster eine blaue Hyazinthe. An den Wänden sieben von meinen eigenen Aquarellen. Sechs davon stellen Häuser und Plätze in Berlin dar, das siebte den See Åmänningen in Västmanland.

(Juninacht: die weite bleiche weiße Wasserfläche spiegelt das letzte Licht wider.)

Und hier, hier habe ich ein Plakat von der Turner-Ausstellung in der Nationalgalerie im letzten Herbst. Es ist eine ganz hervorragende Reproduktion von einem von Turners allerbesten Gemälden.

SKLAVENSCHIFF WIRFT TOTE UND VERLETZTE ÜBER BORD, WIRD VON EINEM TAIFUN ÜBERRASCHT

Auf dem Tisch eine Schale mit Schreibzeug, eine Schale mit Pfeifen, ein Topf mit feinen Marderhaarpinseln, ein Stück Marmor aus den römischen Thermen in Salamis, ein lustiges Spiel mit vierundzwanzig Glaskugeln, die eine Hälfte rot, die andere schwarz (sie sollen miteinander den Platz wechseln), ein Kalender, der Tag für Tag umgestellt werden muß, und jetzt ist es der vierundzwanzigste Februar 1973, ein Manuskript, auf dem die letzte Zeile unten auf Seite 86 lautet:

TOPFPFLANZEN, SORGFÄLTIG GEPFLEGT WIE SÄUGLINGE

Ich muß schon monatelang hiergewesen sein, ohne es zu merken. Ich muß hier mit irgend etwas eifrig beschäftigt gewesen sein, aber Gott weiß womit, alles trägt die Spuren des Arbeitszimmers eines emsigen und geschäftigen Menschen, alles trägt Spuren von Leben, aber dennoch ...

Ich weiß nicht, wie viele Perioden meines Lebens ich gelebt habe, ohne es zu merken, aber zusammen müssen es viele Jahre sein.

Als hätte jemand anders an meiner Stelle mein Leben in die Hand genommen, während ich irgendwo anders war.

In solchen Zeiten sehe ich so aus, als nähme ich am normalen Leben teil. Nur jemand, der mit mir zu reden versucht, merkt, daß ich nicht zuhöre. Der Stellvertreter wirkt täuschend echt.

Er kann zu Konferenzen gehen, pfiffige Zeitungsartikel über einfältige Gegner schreiben, die darüber erbost sind und ihrerseits pfiffige Artikel über mich schreiben. Ich stelle mir vor, daß sie richtig zufrieden sind, wenn sie ihre Artikel fertig haben, daß sie hoffen, sie würden eine ganze mörderische Wirkung auf mich haben.

Ach ja. Genauso mörderisch wie ein polemischer Artikel gegen König Sigismund III. von Polen. Denn in solchen Zeiten bin ich ungefähr so wirklich wie das vertrocknete Skelett von König Sigismund, wie es da in seinem Kalksteinsarkophag im Dom unterhalb des Krakauer Schlosses liegt. Spinnweben bedecken mein Gesicht, das mumifizierende Harz dringt tief in meine Adern ein, mein Herz ist ein altes, dünnes, sprödes und bräunliches Blatt unter den Mumienbinden. Ich schlafe unter schweren Kalksteindeckeln, auf meinem Epitaph ruht in schönem Marmor mein Bild mit Krone und Zepter, die Schulklassen gehen flüsternd vorbei.

Mich findet niemand.

MICH FINDET NIEMAND

Der Stellvertreter kann unterdessen eine ganze Menge erledigen. Er reist zu Kongressen und macht neue Übersetzer für meine Bücher ausfindig, so daß sie in völlig überraschenden und ausgefallenen Sprachen herauskommen und meine Kollegen daheim in Schweden krank werden vor Ärger und Neid. Er spricht mit illusorisch schleppender, schläfriger Stimme im Westdeutschen Rundfunk. Er geht zur Bank. Er fährt einen Sportwagen, den er von einer schönen Dame in Grunewald geborgt hat. Er verbringt einen ganzen Nachmittag damit, einer Malerin in Kreuzberg die Pinsel zu reinigen. Er geht in den Zwiebelfisch am Savignyplatz, läßt sich von der schönen Frau Carola mit den langen roten Haaren Zwiebelsuppe servieren und frotzelt die Theaterkritiker. Er tobt, wenn er mit Stockholm telefoniert, so daß Stockholm den völlig illusorischen Eindruck bekommt, es gäbe mich noch.

Und am Zoll in Frankfurt am Main tastet der Wachtmeister des Grenzschutzes mit harten Polizistenfingern meine Rippen ab, auf der Suche nach meinem terroristischen Revolver (Polizisten haben eine gute Nase und ahnen unfehlbar, daß irgendwas wirklich faul ist, wann immer der Stellvertreter einen Zoll passieren will).

Ach ja, er ahnt nicht, daß seine Finger Rippen abtasten, unter denen seit dem siebzehnten Jahrhundert kein Herz mehr geschlagen hat, daß unter dem Rollkragenpullover ein paar braune, vertrocknete Skelettreste sind, die in einem Grab in Krakau ruhen.

Ich beherrsche, kurz gesagt, eine sonderbare Kunst. Ich muß sie sehr früh gelernt haben, im Alter von drei oder vier Jahren. Wenn die Welt zu ermüdend, zu anstrengend oder ganz allgemein zu beschissen ist, verlasse ich sie ganz einfach. Ich lebe, ohne zu leben. Ich bin wach, ohne wach zu sein. Ich höre zu, ohne zu hören.

Ich beherrsche eine sonderbare Kunst.

ICH WÜNSCHTE, ICH HÄTTE SIE NIE ERLERNT

Bei alten Russen (warum reden wir nur immerzu von Rußland) gibt es eine gute, abergläubische Furcht vor Verrückten, eine Furcht, die ebenso Menschenliebe ist wie Ehrfurcht. Der sabbernde Idiot, der sich so besabbert, daß das ganze Kinn naß wird, und seinen schweren Kopf von einer Seite auf die andere wirft, diese alte Frau mit dem wilden Gesichtsausdruck und den grauen, schmutzigen, strähnigen Haaren, die an einer Straßenecke steht und heftige Selbstgespräche führt, irgendwelche Tiraden, die niemand verstehen kann, von ihnen sagt man, daß wir ihnen Ehrfurcht schulden: Denn ihre Seelen sind bei Gott.

Ich möchte nur wissen, in wessen Obhut meine Seele ist?

Irgendwo ist sie, sie schaut interessiert zu und gibt dem Stellvertreter ermunternde Winke. Und der schuftet lustig drauflos, dieser arme Teufel, der in einer Fernsehdiskussion mit Frisch, Canetti und Johnson zusammensitzen und so tun soll, als habe er etwas Wichtiges zu sagen. Im Scheinwerferlicht in eine Sofaecke gezwängt! Er ist doch nur ein Junge, der eben noch im letzten Holzstoß der vierziger Jahre gespielt und den Mädchen nachspioniert hat, und nun soll er also wirklich Farbe bekennen, zusammen mit Frisch, Canetti und Johnson, er soll für jemand, der monate- oder jahrelang verreist sein kann, die Steuererklärung machen, seine ziemlich chaotischen Geschäfte regeln und sich sogar um sein exzentrisches Privatleben kümmern, soll sich verstellen, sich entschuldigen und erklären.

Man könnte darüber einen groß aufgemachten Skandalartikel in der Sonntagsausgabe des *Expressen* schreiben, mit einem Bild von dem armen, kaputten, unbezahlten Stellvertreter, der es endlich wagt, an die Öffentlichkeit zu treten, auszusteigen und auszupacken, und daneben den grausamen Arbeitgeber, starr in seinem Marmor, mit dem polnischen Reichsschwert, dem Apfel und dem Zepter in den Händen, majestätisch und unergründlich auf seinem Sarkophag ruhend.

SIGISMUNDUS REX

Jetzt bin ich doch noch aufgewacht. Schlaftrunken und gähnend schaue ich aus meinem Katafalk hervor, strecke mich, daß die Spinnweben in alle Richtungen auseinanderreißen, mit einem spröden Geräusch, wie wenn man Seide zerreißt. Ich möchte nur wissen, welcher Tag und welches Jahr es sein mag? Aha, Frühjahr 1973. Mein Gott, das ist doch gar nicht der richtige Ort! Als ich zuletzt hellwach war, ist das doch in diesem Turm in Cannobio gewesen, im nördlichsten Italien, nahe der südlichen Grenze der Schweiz. Ein sonderbar turmförmiges, dreistöckiges Haus, ganz oben die Schlafzimmer, im Zwischengeschoß ein Wohnzimmer und eine kleine Bibliothek, in der immerzu Verputz von der Decke auf die Schreibmaschine fiel...

Frühjahr 1970. Die Schneestürme tobten durch Nordeuropa. Eine matte, milde Frühlingssonne schien auf die Südseite des Alpenkamms. Ich weiß noch, daß ich oft in einem kleinen Café nahe am Lago Maggiore zu Mittag aß. Ein Ofen aus solidem Gußeisen stand mitten im Raum und murmelte auf seinen vier gußeisernen Beinen vor sich hin. Die Angestellten der örtlichen Bank spielten während der ganzen Mittagspause Karten. Es gab eine sehr gute Vorspeise. Sie bestand aus irgendwelchen kleinen marinierten Fischen.

Aber da war auch noch etwas anderes, etwas von der Zeit und daß man nicht verzweifeln darf. Ha! Jetzt schieben wir den Marmordekkel mit dem Alten beiseite. Er ist schwer, aber es geht!

ZYGMUNT SPACRUJE ZNOWU

Fragment aus einem bürgerlichen Seelenleben

Es ist spät geworden. Wir haben uns sozusagen verschlafen. Eben noch war Vorfrühling 1970, und jetzt soll plötzlich Februar 1973 sein.

So etwas wirft eine Menge Probleme auf. Ich stehe wie ein ausgesperrter Untermieter vor meiner Erzählung und frage mich, wie ich mich denn um Gottes willen wieder hineinstehlen soll.

Eine Möglichkeit wäre natürlich, in diesem Turm in Cannobio anzufangen, zu erzählen, wie ich verschwand und wie ich in einem Marmorsarkophag im Krakauer Dom gelandet bin.

(»Durch das halboffene Fenster drang ein lauer Wind herein. Über den fernsten Alpengipfeln sah ich, wie die Gewitter sich über Nordeuropa zusammenbrauten. Kleine gelbe Hunde bellten in den Dörfern, die am Berghang hochkletterten. Von einer fernen Gendarmeriekaserne hörte ich um die Mittagszeit herum eine Trompetenfanfare. Ein Briefträger kam auf einem Moped an und gab einen Brief ab. Er war in Berlin abgestempelt und kam von Johanna Becker, einer rothaarigen, eigentlich gar nicht besonders häßlichen Philosophiedozentin an der Freien Universität, deren Bekanntschaft ich im Herbst gemacht hatte.

Es war kein sehr langer Brief, aber er war voller Klammern und Randbemerkungen. Ich las ihn sehr sorgfältig zweimal hintereinander, zerriß ihn dann in winzige Schnipsel, die ich in den Papierkorb warf.

Ich hatte jetzt wahnsinnigen Hunger. Ich nahm meinen Mantel vom Garderobenhaken, ging in den Sonnenschein hinaus und schloß die Tür sorgfältig hinter mir ab.

Ihr Brief war ein Verrat, und daher mußte er früher oder später die alten Verhältnisse wiederherstellen. Und die alten Verhältnisse waren unerträglich.«)

Ihr seht, was für eine langweilige, kokette, egozentrische, unerträglich *literarische* Prosa das geworden wäre! Pubertät, Pickel, Lebensrätsel, *Seelenleben*, wie Vetter Jan Fredrik aus Mariefred zu sagen pflegt, wenn er seine allerbissigste Laune hat.

INTENSIVE ERLEBNISSE LAUFEN GEFAHR ZU ERSTARRTEN ERINNERUNGSBLÖCKEN ZU WERDEN SAGTE JAN DAVOR SOLLTE MAN SICH IN ACHT NEHMEN SAGTE JENNY

Ein anderer Anfang ist San Franzisko, im Frühjahr 1972. Da draußen im eiskalten Wasser der Bucht liegt eine Insel, Alcatraz, auf Alcatraz liegt ein Gefängnis, ganz tief unten in den Kerkerlöchern gibt es ein besonders tiefes Verlies, und in diesem Verlies ist mein, Sigismunds, Herz:

»Ich hatte die Kreolen tanzen sehen, Hand in Hand über den grünen Rasen des Parks, zum Klang einer kleinen Flöte oder Hirtenpfeife. In die Kabelstraßenbahn stieg am Union Square ein chinesisches Mädchen ein, so redselig, so munter, so lustig, daß sie den ganzen Wagen zum Lachen brachte. Sie war sehr kokett, trug schwarze Hosen, einen schwarzen Pullover mit einem lila Baumwollbändchen um die Taille und ging lachend und scherzend von einem Passagier zum anderen.«

Auf Anhieb ist es nicht so leicht zu erkennen, aber eine Geschichte, die auf diese Weise beginnt, wird uns mit unerbittlicher Logik in das västmanländische Winterdunkel hineinführen, zu einem kleinen, unglücklichen Ort, der Trummelsberg heißt, und deren Hauptperson ein Lehrer an der Zentralschule ist, dessen einziger begabter Schüler von der erbarmungslosen Mechanik des schwedischen Wohlfahrtsstaates umgebracht wird. Aber so ist es nun einmal.

Es gibt nur eine Möglichkeit anzufangen, und zwar hier und jetzt. Verlorene Zeit kann man niemals wiederbekommen, man kann sie höchstens zurückerobern, und auch dann nur auf die vage Art, die der Dichter meint, wenn er (im Auftrag der Schwedischen Akademie) sagt, daß wir innerhalb der schwedischen Grenzen Finnland zurückerobern sollen.

Ich lernte Miroslav letzten Herbst im Keller kennen.

Es gibt hier in Berlin einen Keller, in der Görresstraße, wo der Verein der jungen radikalen Buchhändlergehilfen Mittwoch abends Lesungen zu veranstalten pflegt. Ein kalter, schrecklich ungeheizter und unbequemer Raum mit einem Schulpult hoch oben auf einer Plattform, wo der Vortragende auf einem Stuhl balanciert, ständig in Gefahr, ins Publikum hinabzufallen.

Dort kann man die Männer des Jahres 1968 antreffen, die nicht Abteilungsleiter in einem Ministerium, Ministerialräte, Forschungsassistenten oder Projektleiter der bundesrepublikanischen Bildungsreformprojekte geworden sind. Es sind braunbärtige nette Kommunisten mit Goldrandbrille, Mädchen in schwarzen Ledermänteln mit langen offenen Haaren. Nach den Lesungen, die oft fürchterlich schlecht sind, gibt es eine kleine Diskussion, bei der meist festgestellt werden soll, ob das Vorgetragene mit den letzten Erkenntnissen des Marxismus übereinstimmt, und in der Regel tut es das nicht, denn ist es im Sinne von Lukács, dann ist es nicht im Sinne von Benjamin, und ist es im Sinne von Benjamin, dann ist es nicht im Sinne von Adorno, und ist es im Sinne von Adorno, dann ist es nicht im Sinne von Engels, und all das ist entsetzlich kompliziert, und wenn es eine intelligente Alternative zum Marxismus gäbe, dann müßte sie morgen eingeführt werden, aber alle Alternativen sind noch unintelligenter, und dann geht man gewöhnlich in eine sehr gemütliche kleine Kneipe am Friedrich-Wilhelm-Platz, die Bundeseck heißt.

Dort habe ich Miroslav letzten Herbst kennengelernt. Ich entdeckte ihn, kaum daß ich zur Tür hineingekommen war, und bemerkte mit diesem speziellen Gefühl von Unbehagen, das man nur in solchen Situationen hat, daß er mir auf eine ärgerliche Weise ähnlich sah.

(Kürzlich bekam ich eine Postkarte. Er schreibt, daß er wieder in Sofia ist und daß alles sich ganz gut anzulassen scheint. Es sieht so aus, als würde er einen Redakteurposten im Naturwissenschaftlichen Jugendverlag bekommen. Und eine Wohnung hat er auch bekommen, ein Zimmer mit Kochnische in einem der neugebauten Stadtteile.)

Aber letzten Herbst saß er da allein in einer Ecke und schmollte, ein kleiner Mann in einer Lederjacke, mit einem großen braunen Bart, Goldrandbrille, freundlichen, aber etwas verwirrten braunen Augen.

Ich setzte mich mit einem winzigen Glas Schnaps zu ihm und sagte, es sei ein ungewöhnlich teuflischer Smog, den wir in den letzten Tagen gehabt hätten. Das habe mit dem Eindringen von Polarluft zu tun. Man könnte meinen, kalte und klare Luft aus Skandinavien müsse die Luft verbessern, aber das ist keineswegs der Fall. In Wirklichkeit verhindert die kalte Polarluft in großer Höhe, daß der atmosphärische Mülleimer, der Berlin ist, sich entleert. Das nennt man eine Inversionssituation.

An sogenannten klaren, kalten Tagen sieht man deshalb nicht einmal die Busse an der Haltestelle ankommen, man erwacht mit verstopfter Nase und mit unbestimmten Schmerzen im Rücken und in allen Gliedern. Es ist ein verdammtes Pech, ausgerechnet in der kurzen historischen Epoche geboren zu sein, in der fossile Brennstoffe vorrätig sind. Ich weiß kaum etwas über meine Enkel und deren Kinder, aber mit Sicherheit weiß ich, daß sie bessere Luftröhren haben werden als ich.

Da saß er in seiner Lederjacke, mit seinem übertrieben großen braunen Bart und seinen kurzsichtigen Augen hinter der Goldrandbrille, und sah mich erstaunt, fast erschrocken an.

– Sie sind also Meteorologe?

Das war das einzige, was er in diesem Moment herausbringen konnte, und es klang richtig eingeschüchtert.

Ich erklärte ihm, daß ich durchaus kein Meteorologe sei, sondern ein Lyriker, ein schwedischer Lyriker, aber das sei ungefähr dasselbe, da die schwedische Poesie zu neunzig Prozent von verschiedenen Wetterlagen handele.

Er erklärte sofort, er sei Miroslav Bogdanov, ein bulgarischer Lyriker im Exil in Westberlin.

Ich kann manchmal rüde sein, besonders wenn ich abwesend bin, und so fragte ich ihn, warum ein Schriftsteller aus der Volksrepublik Bulgarien schmollend hier in Westberlin herumsäße, statt sich an der literarischen Aufbauarbeit seines Heimatlandes zu beteiligen.

Das brachte ihn ganz schön in Rage.

Er holte tief Luft, bestellte einen doppelten Kirsch, blitzte mich mit seinen schönen braunen Augen an und zeigte seine sehr unregelmäßigen Zähne in einem sogenannten verkniffenen Lächeln:

– Das Ganze hat angefangen, als ich Redakteur bei der Neuen Poesie war.

Ich schrieb eine positive Rezension über Mylov. Das war noch zu der Zeit, als kein Mensch ein gutes Wort über Mylov schrieb. Daß

Mylov seine Gedichtsammlungen überhaupt herausbringen konnte, lag daran, daß seine Mutter in zweiter Ehe einen Direktor aus dem Vorstand der Neuen Literatur geheiratet hatte. Sonst hätte er kein Wort gedruckt bekommen. Und das wäre ehrlich gesagt das einzig Richtige gewesen.

Damals gab kein Mensch etwas auf Mylov. Mylov war ganz einfach eine Niete. Die Varkova schrieb im Pionier Rezensionen über seine Gedichte, in denen sie ihn wie einen ekligen Frosch behandelte, etwa so (er machte mit dem Fuß eine unbeschreibliche Bewegung, es sah ungefähr so aus, als trete er zuerst mit dem Absatz auf und drehe ihn dann halb herum, mit einem Ausdruck unsäglichen Widerwillens).

Und Garoviak, Garoviak vom Tageblatt – ja, der machte nur so, wenn eine neue Gedichtsammlung von Mylov herauskam. Er hielt sich ausdrucksvoll mit dem Finger das eine Nasenloch zu und brachte es fertig, aus dem anderen einen prachtvollen Schleimbatzen zu rotzen. Er verfehlte die Dame hinter der Theke um einen halben Zentimeter, und es läßt sich nicht leugnen, daß man an den Tischen ringsum auf uns aufmerksam zu werden begann.

Damals habe ich mich für Mylov eingesetzt. Als einziger (er schlug sich mit einer großartigen Geste an die Brust, alle Gespräche um uns her verstummten, das halbe Bundeseck betrachtete uns mit wachsendem Interesse) habe ich mich für einen verfolgten, verachteten – und wie ich es jetzt sehe, wirklich mit gutem Grund verachteten Dichter eingesetzt.

Dann kamen die neuen Direktiven. Da wurde Mylov groß, verdammt groß. Das war nach dem Fall der Simplizisten.

Und was glauben Sie, was er jetzt macht?

Ich versicherte ihm, daß ich keine Ahnung hätte, was Mylov wohl getan haben mochte, nachdem er groß geworden war.

Er verbündet sich mit den Großen!

Er tut sich unverzüglich mit der Varkova zusammen, dieser verdammten lesbischen Hexe! Er überredet Garoviak, im Tageblatt zu schreiben, Die Neue Poesie sei keine sozialistische Zeitschrift mehr! Und Garoviak, dieser verfluchte Grobian, geht natürlich hin und schreibt das tatsächlich im Tageblatt!

Es hat natürlich nicht lange gedauert, bis wir eine Kampagne am

Hals hatten, alle mußten Farbe bekennen und erklären, wie sehr sie sich von den Zionisten in der Neuen Poesie distanzierten. All die alten Simplizisten fielen wie ein Mann über uns her. Die Neoklassizisten waren sofort dabei. Mit denen hatten wir ja schon dreiundsechzig abgerechnet. Die Linguisten, oh, diese verfluchten Linguisten, die sahen natürlich ihre Chance und haben sie auch wahrgenommen, das kannst du mir glauben! Sogar alte Stalinisten wachten auf und erklärten, warum ich ein beschissener Typ sei!

Wie ein Mann …

Ich ließ ihn kurz allein, um an der langen bekleckerten Zinktheke der Kneipe etwas mehr Kirsch zu holen, während er fortfuhr, immer schrecklichere Beleidigungen gegen völlig unbekannte bulgarische Größen auszustoßen, er hörte und sah nichts mehr. Als ich zurückkam, war er gerade dabei angelangt, enthusiastisch zu schildern, wie jemand die Frau eines anderen um drei Uhr nachts vor der Tagung des Schriftstellerverbands angerufen und ihren Mann einen »masturbierenden Schreibtischaffen« genannt habe.

Ich war mir nicht klar darüber, ob Miroslav das für eine gute Sache hielt oder nicht, und so unterbrach ich ihn, vielleicht etwas abrupt, und sagte:

– Danke, mein Lieber, ich verstehe vollkommen. Du brauchst es nicht weiter zu erklären.

– Also, sagte Miroslav nachdenklich, mehr zu sich selbst als zu mir, also hat Mylov mir nie verziehen, daß ich ihm als einziger geholfen habe, daß ich als einziger im Jahre 1964 zu seiner Verteidigung angetreten bin. Er konnte es mir nicht verzeihen, daß ich ihm einen selbstlosen Dienst erwiesen habe.

– Das ist die selbstverständliche Logik der Ereignisse, sagte ich. Da du der einzige bist, der anständig zu ihm war, wurdest du natürlich zum Symbol für alles, was er verabscheute.

Es ist ganz klar, daß er sich an dir rächen mußte. Du mußt ihm irgendwas ganz Gemeines antun, damit ihr wieder Freunde werdet. Verkauf seinen letzten kümmerlichen Roman an einen Emigrantenverlag in Paris und schreib dazu in einem Vorwort, wie verfolgt er ist!

– Das wäre niederträchtig, sagte Miroslav. Außerdem ist er gar nicht verfolgt. Er sitzt seit März im Zentralkomitee. Es gibt keine Akademie, kein Komitee, wo er nicht Mitglied ist.

– Schreib doch im Vorwort, es sei typisch für die Verhältnisse in Sofia, daß selbst ein solcher Mann verfolgt ist!

Danach haben wir uns erst zu Beginn des Frühlings wiedergesehen. Er rief eines Nachmittags an und lud mich zu sich nach Hause ein. Er wohnte in einem Zimmer mit einer Kochplatte auf einer sehr abgestoßenen Biedermeierkommode über einem schwerhörigen Schreinerehepaar in Hermsdorf, das sein Zimmer mit lustigen Banderolen von Wandervereinen und sonderbaren bordierten Tischdecken dekoriert hatte, schwerhörig genug, um nicht von seinen schrecklichen bulgarischen Festen aufzuwachen, mit Hammelschwanzsuppe, Slibowitz und Pionierliedern aus dem Jahre 1948, als Miroslav ein kleiner Junge mit einem roten Halstuch war.

Aber jetzt ist er also wieder in Sofia. Ich habe überhaupt nicht bemerkt, wann er abgereist ist.

Intrigen. Die ganze Theorie der Intrigen ist eigentlich eine Form von Optimismus, ein rührender Versuch, sich Mut zu machen. Wenn man entdeckt, daß alles läuft, wie es läuft, und daß alles ist, wie es ist, obwohl es eigentlich gar keine Intrigen gibt, dann wird es wirklich unheimlich, denn dann nähert man sich der Wirklichkeit.

Das ist es, womit ich gerade angefangen habe.

Etwa ein Jahrzehnt lang habe ich in einem mittleren Unternehmen der intellektuellen Branche gearbeitet. Wenn ich an diese Zeit zurückdenke, fällt mir auf, daß ich mich auf keine einzige richtige Intrige besinnen kann, wenn man mit Intrige einen rationalen Plan meint, mit dem man seinen Willen durchsetzen oder jemand anders daran hindern möchte, seinen Willen durchzusetzen.

Es gab natürlich ein nervöses, halb hysterisches Bewachen von Revieren zwischen den Abteilungen, den Direktoren, den Angestellten.

Dieser Revierkampf, der sich in all den zehn Jahren, die ich in dem Unternehmen war, im Prinzip über Sommer, Herbst, Winter und Frühjahr hinzog, führte während der ganzen Zeit meiner Anwesenheit eigentlich nie zu irgendwelchen sichtbaren Veränderungen. Die einzelnen Parteien oder Fraktionen waren in Wirkliclikeit absolut gleich stark, oder weiß der Himmel, ob sie nicht im Grunde machtlos waren.

Immer wieder einmal, im Abstand von drei oder vier Jahren, erschien ein Verwaltungsexperte von außerhalb und schlug die Einstellung eines neuen Direktors vor, der die Aufgabe haben sollte, irgendein bis dahin überhaupt nicht beachtetes Problem zu lösen.

Der neue Direktor traf ein und wurde vorgestellt. Nach ein paar Monaten hatte die Organisation ihn mit der gleichen unfehlbaren Sicherheit abgestoßen, mit der ein Nierenpatient gewöhnlich eine eingepflanzte Niere abstößt.

Der Neue konnte ein äußerst tüchtiger Mann sein, der sich in den Unternehmen vier verschiedener Länder in dieser Branche qualifiziert hatte, oder ein Vollidiot von der Handelshochschule. Das spielte überhaupt keine Rolle, denn das Endergebnis war immer dasselbe. Er brauchte nicht unfähig zu sein, aber er wurde rasch und zielsicher in eine Situation gebracht, in der er unfähig wurde.

Seine Unfähigkeit zu entdecken, überließ man ausnahmslos dem Unfähigen selbst, und er kündigte im allgemeinen mit ehrlicher Erleichterung.

Das Prinzip war äußerst einfach.

Der Neue durfte dieselben Protokollmappen einsehen wie seine Kollegen, bekam dieselben Rundschreiben zugeteilt, aber *man weihte ihn nicht in den Tonfall ein*. Das genügte. Er verstand nicht, was er las, und wenn er auf Konferenzen sprach, begriff niemand, wovon er eigentlich redete. Wenn er eine Frage beantwortete, war es eine andere Frage als die, die ihm gestellt worden war.

Intrigen spielen eine verschwindend kleine Rolle im öffentlichen wie im privaten Leben. Man braucht sie nicht. Ein Tonfall genügt.

Ich frage mich, ob ich nicht eigentlich so ein neu eingestellter Direktor ohne Tonfall bin. Trotz allem. Eines Tages werde ich meine Unfähigkeit entdecken. Die Clique auf dem Schulhof. Die großen Jungens, die in den Büschen hinter dem Fußballplatz onanieren.

Geheime Gesellschaften. Die Mysterien des Mithras. Ich kann mir vorstellen, wie der Novize sich fühlt, wenn er unter eigentümlich schrillen Zimbelschlägen und Flötentönen in das dampfende Stierblut getaucht und ins Mysterium aufgenommen wird.

Die Clique auf dem Schulhof. Ja, die Welt ist ein Schulhof (unter vielem anderen), und einer meiner ersten Eindrücke von den geheimen Gesellschaften innerhalb der Gesellschaft muß natürlich dieser gewesen sein: die Sexualität als geheime Gesellschaft.

In einem bestimmten Alter, in den vierziger Jahren, zwischen den Holzstößen an der Bomansgatan, ich glaube, es war etwa mit zwölf, kam man dahinter, daß die etwas älteren Jungens irgendein Geheimnis auf Lager hatten, das man selbst nur erahnen konnte. Man wußte natürlich im Prinzip, was es mit dem Bumsen auf sich hatte, aber zugleich wußte man es auch wieder nicht, weil man keine Gelegenheit zu praktischen Experimenten gehabt hatte. Und das machte den ganzen Unterschied aus.

Wenn man nun mit den älteren Jungens über die Sache redete, glaubte man, daß man über dasselbe redete wie sie, während sie natürlich begriffen, daß man, obwohl man über dasselbe redete, es im Grunde doch nicht tat.

Durch alle Ebenen, alle Grade der Öffentlichkeit in der Gesellschaft, von der tiefsten Intimität bis zur Eishockeyreportage, zieht sich eine Art Vieldeutigkeit. Die Dinge bedeuten das eine, aber zugleich auch etwas anderes. Wissen ist Macht in dem Sinne, daß jeder, der noch mehr Bedeutungen eines Wortes kennt als die übliche, noch mehr Bedeutungen einer Handlung als die übliche, dem anderen überlegen ist.

Endlich beginnt ihr zu verstehen, worauf ich hinauswill. Die halbe Literatur basiert auf diesem Spiel. Der Romanautor öffnet dem schaudernden bürgerlichen Leser die Tür einen Spaltbreit, läßt ihn mit erhöhtem Puls, keuchendem Atem und hochgezogenen Augenbrauen durchs Schlüsselloch gucken. Einer von den Burschen, die wirklich dabei waren, plaudert aus der Schule. Die Privatsphäre wird für einen Augenblick in die öffentliche Sphäre übertragen. Das Mysterium schaut hervor. Der Romanautor ist ein Verräter. Er verliert wie alle Verräter ein bestimmtes Prestige, aber dafür gewinnt er natürlich sofort ein anderes, das des Schamanen, des Zauberers. Man beherrscht nämlich in der Eigenschaft als Schriftsteller/Verräter ein besonders geheimnisvolles Kunststück, einen magischen Akt: das Private öffentlich und das Öffentliche privat zu machen.

Ich glaube nicht, daß es einen einzigen Schriftsteller gibt (ich rede von richtigen Schriftstellern, nicht von dilettantischen Selbstbetrügern und auch nicht von diesen Schmierenkomödianten, die nur schreiben, um ihres Seelenlebens wegen geliebt zu werden), der nicht irgendwann einmal einen ehrlichen Abscheu vor der sozialen Funktion des gesamten Berufs empfunden hätte. Seine Perversität ist eng verwandt mit der der Gesellschaft selbst.

Ich meine mit anderen Worten, wenn es das ist, worauf ihr spekuliert, dann seid ihr an den Falschen geraten. Nie und nimmer werde ich euch als eine Art Schlüsselloch dienen. Keine Sekunde lang werde ich euch einzureden versuchen, es gäbe irgend etwas, das euch fremd wäre, mir aber nicht. Die Lektüre meines Buches wird euch zu keiner Clique Zugang verschaffen. Nicht ein Zentimeter Stierblut wird in eure Haare geschüttet werden, hört ihr, nicht ein Zentimeter! Ihr kommt keinen Meter weiter in die Büsche hinein. Hier werden keine Freikarten verteilt! Hier wird nichts passieren, bevor nicht die Gleichberechtigung eingeführt ist, wie Pastor Ahlunder in Bromma zu sagen pflegt.

Was ich unter anderem sagen will ist, daß es für jeden Geheimbund, und also auch für die Gesellschaft, die ein ganzes System von Geheimbünden ist, wie Kreise ineinandergelagert, etwas *Schmeichelhaftes* hat, hin und wieder entlarvt zu werden. Das stärkt ihre Identität.

Immerzu die Wahrheit enthüllen, das ist ja genauso, als wenn man immerzu gegen die Regierung anschreibt. Das führt ja dazu, daß man sich von der Regierung regieren läßt!

Hier wollen wir als Gleichberechtigte miteinander reden. Mit anderen Worten: Es gibt kein Laster, keine Niederträchtigkeit, keine Schäbigkeit, keine Gemeinheit, die ich euch nicht zutraue. Ich denke nicht daran, euch mit diesem ewigen, beflissenen, liederlichen Schriftstellergeschmeichel zu kommen und zu sagen: Es gibt da, meine Lieben, einen Punkt, in dem wir uns verstehen.

ES GIBT KEINEN EINZIGEN PUNKT, IN DEM WIR UNS NICHT VERSTEHEN

Zygmunt rumort im Katafalk. Ich werde mich ihm bald widmen müssen. In den letzten Tagen hat er immer vernehmlicher da drin herumgezappelt. »Flash Gordon nimmt Diana an die Hand. Ming, dieser Schurke, sieht ganz apoplektisch aus auf seinem Stuhl. Nur fort von hier, Diana! Die Chemikalien in diesem Behälter dort werden gleich in Flammen stehen.« Wird sie nicht frieren da draußen, so dünn wie sie angezogen ist?

WENN MAN DIE HAND HIERHIN LEGT, HÖRT MAN DEUTLICHE KLOPFZEICHEN

Neulich abend saß ich mit meiner klugen Frau vor dem Fernseher und schaute mir ein Programm über die Weimarer Republik an. Wir diskutierten darüber, ob Schweden nicht im Grunde erstaunliche Ähnlichkeiten mit der Weimarer Republik habe. Werden auch wir eines Tages davon überrascht werden, daß ein Adolf Johansson aus Mörshult bei einer Versammlung in Kalmar zwanzigtausend Anhänger um sich schart, werden wir sehen, wie Adolf Johansson in einem schlechtsitzenden Frack den Auftrag des Königs entgegennimmt, 1979 die Regierung zu bilden?

Diskutieren kann man ja allemal. Und das taten wir denn auch, eine, zwei, drei Stunden lang, und als es Zeit zum Schlafengehen war, hörte ich mich sagen:

– Man muß Möglichkeiten der Produktion finden, ohne den Umweg über die Leute zu machen, die die Produktionsmittel kontrollieren. Erst dann wird der Mensch frei sein.

Erst nachdem ich das gesagt hatte, wurde mir klar, daß ich Marx erfunden hatte, ohne ihn auch nur einen Augenblick wiederzuerkennen.

Und zwar mit gutem Recht:

Wenn ich eine Frage stelle, ist es *meine* Frage, auch wenn sie genau wie *deine* Frage klingt.

Wer das nicht versteht, der wird auch nie verstehen, was es heißt zu leben.

Ein Frühstück mit Frau und Kindern

HÄTTE ICH DOCH NUR NICHT DIESE UNGLÜCKSELIGE SIGISMUND-METAPHER EINGEFÜHRT; sie verfolgt mich

Ein Montag in der Karwoche, milder, dunstiger Regen, sieben Uhr morgens, Hektik bei Tee und Morgenzeitung, die Kinder singen das ganze Frühstück über sehr melodisch, zweistimmig: »Deutschland, Deutschland über alles«, und das macht es meiner Frau und mir etwas schwer, über das zu reden, was wir in der Zeitung lesen. Willy Brandt ist zu einem Staatsbesuch in Jugoslawien, und auf einem Waldweg ganz in unserer Nähe, im Grunewald, gleich nördlich vom sogenannten Teufelsberg, der aus Milliarden und Abermilliarden von Ziegelsteinen besteht, die zu einem bestimmten historischen Zeitpunkt, nämlich in den Jahren 1945 bis 48 dort abgeladen wurden, ein zweihundert Meter hoher Berg aus lauter Ziegelsteinen, ganz kahl, mit widerlichen Eisenstäben, die hier und da aus dem dürren Gras des Vorjahrs aufragen, ein richtiger Fegefeuerberg, oder wenn man so will, ein Höllenberg, nackt, häßlich, umgeben von einem Wald mit unsäglich struppigem Unterholz, so dicht, daß man kaum eine Hand zwischen die Tannen stecken kann, ein Wald voll von weggeworfenen Autoreifen, Damenschlüpfern von niemals aufgeklärten Vergewaltigungen, ein einsamer rechter Handschuh, der auf einem Zweig ruht, als wolle er ihn an seinem Platz halten, ein riesiger Metzgerkühlschrank, der ganz einfach in diesem struppigen Wald abgestellt worden ist (ich würde es nie wagen, die Tür zu öffnen und nachzuschauen, was drin ist), und in einer Höhe von neunzig Metern über alldem schwebend ein einsamer Turmfalke, auf einem solchen Waldweg, gleich nördlich des Berges, hat die Polizei am Sonntag morgen die verkohlten Überreste eines Mannes gefunden, der sich selbst verbrannt hat, mitten auf dem Weg sitzend.

Ich stelle mir vor, wie er da sitzt, verkohlt, und versuche zugleich meiner Frau die Bedeutung von Brandts Staatsbesuch in Jugoslawien zu erklären (auf den nächtlichen Straßen zwischen Ljubljana und Zagreb die Kolonnen eines Militärmanövers, und darin eingekeilt die mächtigen Lkw-Kolonnen auf dem Weg in die Bundesrepublik und zurück, lustige runde Heuhaufen längs der ganzen Strecke, eine Erinnerung aus dem Jahr 1971), der Nieselregen fällt, ich versuche meiner Frau die Zeitung zu erklären, und immerzu die sanften, melodischen Stimmen der Kinder, die »Deutschland, Deutschland über alles« singen.

– »Deutschland, Deutschland über alles« dürft ihr nicht verachten, sage ich. Es mag ja sein, daß dieses Lied einmal oder auch mehrmals in der Geschichte zu minder edlen Zwecken mißbraucht worden ist, aber eigentlich ist es ein gutes altes liberales Gedicht aus dem vorigen Jahrhundert und stammt, wenn ich mich recht erinnere, von Hoffmann von Fallersleben.

Vor allen Dingen darf man nicht den nur allzu üblichen Fehler machen,»über alles« so zu interpretieren, als bedeute es »über alles andere«. Der Dichter meint nicht, daß alles, was nicht Deutschland ist, Scheiße sei. Er meint, daß man Deutschland »über alles« stellen soll. In seinem historischen Kontext, kurz nach den Napoleonischen Kriegen, im Schatten des Wiener Kongresses, ist das ein fast progressiver Gedanke.

Wenn ein tansanischer Lyriker Ende der fünfziger Jahre ein Gedicht geschrieben hätte, das mit den Worten beginnt: »Tansania, Tansania über alles«, dann würde sich dieses Gedicht natürlich in erster Linie gegen die britischen Kolonialinteressen in Afrika richten. Es wäre ein Gedicht, das klarmachen möchte, daß es Wichtigeres gibt als unmittelbare Interessen, nein, verdammt noch mal, ich merke, daß ich selbst gar nicht glaube, was ich da sage, entweder habe ich bewiesen, daß es ein schlechtes Gedicht ist, oder ich habe bewiesen, daß aus Tansania eine scheußliche, rassistische Diktatur werden wird, mit Pressezensur und immer gräßlicheren Verfolgungen hinduistischer Kaufleute. Zuerst wird man Zeichen an die Fensterscheiben der Hindus malen, dann wird man versuchen, sie rauszuschmeißen, und schließlich, wenn Großbritannien sie nicht mehr aufnehmen will, wird man Vernichtungslager bauen. Dann kommt die Kriegshetze, und alle edlen Jünglinge, die Zierde der Nation, werden von der Notwendigkeit überzeugt werden, sich beim Überschreiten der unrechtmäßigen Grenze nach Uganda von Maschinengewehrsalven zerfetzen zu lassen. Ich weiß schon, wie es kommen wird.

Noch immer dieser milde, dunstige Regen, und ein polnischer Freund, der am anderen Ende von Berlin wohnt, ruft an und möchte einen Sonderdruck zurückhaben, den ich vor fünf Monaten von ihm geborgt habe (wahrscheinlich ist er beim letzten Umzug weggekommen), er erzählt, daß heftige Gewitter über Hermsdorf niedergehen. Man kann sich wirklich nicht an eine Stadt gewöhnen, die so groß ist, daß es an ihrem einen Ende einen milden Nieselregen und am anderen heftige Gewitter geben kann, Gewitter in derselben Stadt, die man nicht hört!

Madeleine fragt:

– Was hast du eigentlich gegen Tansania?, worauf ich antworte:

– Ich habe nichts gegen Tansania, genausowenig wie gegen Byzanz zu Kaiser Konstantins Zeit, Rom zu Neros oder gegen Albanien im Zweiten Weltkrieg oder Västmanland in der korporativen Epoche. Ich liebe Menschen, Landschaften, Seen, Bergketten, breite Flüsse, auf denen träge Schleppkähne dahingleiten, Tabakreiter, Großstädte, wo es am einen Ende nieselt und am anderen blitzt und donnert. Ich habe nichts gegen Tansania: Ich bin nur traurig über das, was in Tansania passieren wird. Und wenn es nicht in Tansania passiert, wird es bestimmt irgendwo anders passieren. Mir mißfallen nicht die Länder und Völker. Mir mißfällt nur, was die Geschichte mit ihnen macht.

Die Kinder singen jetzt auf schwedisch und entdecken dabei, daß in der ersten Zeile eine Silbe fehlt, wenn man zu singen versucht:

»Tyskland, Tyskland framför allt!«

Da ich unbestritten der metrische Experte an diesem Frühstückstisch bin mit meinen sechs oder sieben Gedichtsammlungen im Rükken (mein Gott, ich habe sie wirklich noch nie gezählt), bittet man mich, eine Lösung zu finden. Das ist ganz einfach, sage ich. Statt »Tyskland« müßt ihr natürlich »plikten«* singen. Dann braucht ihr nicht zu einer Menge schwieriger historischer Fragen Stellung zu nehmen, braucht euch nicht einer Hetzkampagne gegen ein armes, harmloses afrikanisches Entwicklungsland wie Tansania schuldig zu machen, ihr spart euch wirklich wahnsinnig viel Ärger, wenn ihr

* »Deutschland« – »Die Pflicht« (Anm. der Übers.)

euch über bestimmte Sachen gar nicht erst aufregt und euch statt dessen an etwas einigermaßen Abstraktes haltet.

– Jetzt singen wir alle miteinander:

»Plikten, plikten framför allt!«

Und das tun wir dann auch, bis die Kinder entdecken, daß für sie der allerletzte Moment gekommen ist, noch den Bus zu erwischen, der sie zehn oder zwanzig Kilometer weit in die Stadtlandschaft hineinbringen wird, damit sie rechtzeitig zur ersten Stunde in die kleine schwedische Schule in der Landhausstraße kommen.

Und wieder der Verbrannte auf seinem Weg. Neben ihm fand man, nach dem Polizeibericht, zwei Benzinkanister und ein abgebranntes Streichholz.

MAN SCHAFFT ES NICHT MEHR, ES IN DIE SCHACHTEL ZURÜCKZUSTECKEN

Es war ein warmer, klarer März. In diesem März hat es ganz wunderbare Tage gegeben. Ich erinnere mich zum Beispiel an diesen Nachmittag in der Mitte des Monats, als wir draußen in Grunewald bei Katrin und Arwed zu Besuch waren, in dem hübschen Pförtnerhäuschen eines Schlosses am Hundekehlensee, was da für ein sanfter, schöner Sonnenschein über der Stadt lag. Aber das ist eine andere Geschichte.

Ein kreisförmiges Zimmer mit Fenstern in allen Himmelsrichtungen ist eigentlich die denkbar schönste Form für einen Raum. Das Licht verteilt sich so gleichmäßig.

Jetzt herrscht schon seit drei Wochen Nieselregen. In der Dämmerung hängt der Kohlenrauch bläulich über den Straßen. Die Linden wollen nicht ausschlagen, sie stehen da mit ihren schweren, klebrigen Knospen und glotzen. Aber es fliegen Zugvögel über die Stadt. Heute habe ich in aller Frühe Wildgänse gesehen. Ich hoffe nur, daß sie nicht in die Luftkorridore geraten und von den Ansaugschächten einer Boeing 727 geschluckt werden. Dieser Turmfalke da schwebt so oft über dem englischen Soldatenfriedhof an der Heerstraße, daß ich mich fast frage, ob er nach etwas Bestimmtem Ausschau hält.

Weiß der Teufel, was sie bloß mit dieser Gegend machen (ach ja, sie lassen sie verrosten, die landwirtschaftlichen Geräte stehen rostend draußen auf den Feldern, das machen sie damit), aber in meiner Kindheit war sie noch ganz schön.

Woran ich mich am besten von allem erinnere, ist der Duft von Seen; von braunen, humushaltigen Seen. Seen, über die der Sommerwind streicht. Seen, wo im April die Zugvögel über den feingekräuselten Windbrunnen schreien.

Nichts vermisse ich hier in Berlin so sehr wie solche Seen. Diese dunkelgrünen preußischen Mergelgräber von Seen mit ihrem dichten Buchenwald rings um die Ufer machen mir angst.

Wenn ich am Schlachtensee oder am Nikolassee spazierengehe, im Schatten der hohen grünen Bäume, meine ich immer, ich würde gleich von den Hunden einer feudalen Jagdgesellschaft mit einem rotberockten Master im Gefolge eingeholt und von ebendiesen frischen, lebhaften Hunden zum Klang munterer Jagdhörner in Stücke gerissen werden.

Preußische Seen riechen nach nichts.

Im Plumpsklo in Ramnäs vermischte sich der Duft der humusreichen västmanländischen Seen, an deren Ufer kurze, lebhafte Wellen schlagen, mit dem Klogeruch und dem Geruch von frischem Kiefernholz.

Da waren große Risse, viertelzollbreite Risse in der Wand, so daß der Seewind hereinblies. Die Sonne zeichnete ein tigerfarbenes Muster auf die Klobrille.

Nach ländlichem Brauch war dieses Klohäuschen mit Bildern dekoriert, die aus der Zeitung ausgeschnitten waren, farbenprächtige Comics vom Anfang der vierziger Jahre, als das Haus gebaut worden war.

Kronblom – die Karikatur des schwedischen Kleinbauern – sägt ein Loch ins Eis, ich kann mich nur noch daran erinnern, daß er da steht und ein Loch sägt. Ich glaube, ich habe mich als Kind nicht besonders für Kronblom interessiert. Es gab ihn überall in meiner Umgebung.

Aber an der anderen Wand, genau da, wo das Tigermuster der Sonnenstrahlen die Kiefernbretter mit ihren Astlöchern sprenkelt, ein paar Ausschnitte aus dem Comic Flash Gordon. Man befindet sich auf einem ungeheuer gefährlichen Planeten, eingesperrt in etwas, das offenbar Kaiser Mings Privatlaboratorium ist. Flash Gordon, mit Handschuhen und Stulpenstiefeln, und dieses Mädchen, das er immer dabei hat, in ein Negligé gehüllt, das wahrscheinlich perfekt in die Suite eines New Yorker Luxushotels passen würde, aber weniger angebracht wirkt, wenn man in einen Glasbehälter eingeschlossen ist (die beiden Liebenden, eingeschlossen in einer Glasblase: Hieronymus Bosch: Der Garten der Lüste), in einem Laboratorium auf einem feindlichen Planeten.

Auf einer Art Thron sitzt der boshafte Kaiser Ming mit seinem langen schwarzen Bart und seinem schmalen Kopf (polnischer Aristokrat) und betrachtet das Paar.

Auf dem nächsten Feld (ein Feld muß wohl verlorengegangen sein, als die Serie Anfang der vierziger Jahre aufgehängt wurde) sind die beiden, das Mädchen in dem hübschen, geschlitzten blauen Negligé, das ihre schönen schlanken rassigen Beine bis zu den Hüften hinauf sehen läßt (sie ist eine richtige Dame), und Flash Gordon schon auf der Flucht aus diesem Raum. Eine gefährliche chemische Flüssigkeit hat sich über den Boden ergossen, Kaiser Ming (Sigismund?) hat sich halb von seinem Thron erhoben, er sieht ziemlich blaß aus. Der Fußboden brennt.

– Diana, schnell fort von hier, gleich steht das ganze Haus in Flammen!

Dieses Bild ist wirklich unerschöpflich. Muß ich noch betonen, daß Kaiser Ming eine Vaterfigur ist und daß eine ödipale Deutung der Situation sich wirklich fast von selbst versteht? Muß ich noch erklären, welche Bedeutung dieser rasch um sich greifende Brand hat?

Muß ich darauf hinweisen, daß dieser väterliche böse König, der die beiden in der Glasblase eingeschlossenen Liebenden bewacht, tatsächlich zu einer weitverbreiteten alchimistischen Szene gehört? Kaiser Ming ist der Alchimist, der zwei Homunculi, Adam und Eva, in seinem Kolben erzeugt hat. Das ist ein Zwischenschritt in dem Prozeß, der zum Stein der Weisen führen soll.

Und jetzt wird der Alptraum jedes Alchimisten Wirklichkeit: Sie brechen aus.

(Warum gibt kein Verleger den *Mutus Liber* in einer Volksausgabe heraus, es ist das einzig wirklich brauchbare Buch, wenn man sich selbst und seine Träume verstehen will.)

Dieser verdammte Sigismund, der mich schon seit sechs Wochen verfolgt, ist gefährlicher, wichtiger als ich dachte!

Dieses Bild, dieses wirklich bemerkenswerte Bild, das schon vor fünfzehn Jahren von diesem windumbrausten Klohäuschen im seenreichen, waldigen Västmanland abgeblättert sein muß, hätte sich mir nie wieder gezeigt, wenn es mir nicht passiert wäre, mal wieder in diesen Schlamassel mit der marxistischen Literaturkritik zu geraten.

Meine Ansicht über die marxistische Literaturkritik ist, daß sie gar nicht existiert. Es gibt nur Schulen, Richtungen, Häresien. Es gibt Lukács, der nicht mit Brecht übereinstimmt, Brecht, der nicht mit Mehring übereinstimmt, Mehring, der nicht mit ...

Während der letzten Jahre meiner Zeit als Redakteur von Bonniers Litterära Magasin habe ich massenhaft marxistische Literaturkritik abgedruckt. Ich betrachtete es als heilige Pflicht, die trägen opportunistischen, schmeichlerischen Geister aufzurütteln, die seit einigen Jahrzehnten jedesmal in hysterisches Schluchzen ausbrechen, wenn ein neuer Poet sein kosmisches Herzeleid, seine Einsamkeit und sein Mitgefühl herausplärrt, indem ich etwas veröffentlichte, das sich ausnahmsweise mit der Literatur beschäftigt, als habe sie etwas mit dem Leben, mit unserem eigenen Leben zu tun.

Das führte zu ein paar fürchterlichen Angriffen in der Provinzpresse und zu einigen ungewöhnlich gemeinen Versuchen, die Herausgabe unserer Zeitschrift zu stoppen: Kurz gesagt, nichts Gravierendes, aber hier sitze ich immer noch, mehrere Frühjahre danach, und zerbreche mir den Kopf darüber, ob nicht vielleicht doch mit ein paar veränderten Prämissen ...

Es wäre eine so ungeheure Erleichterung, wenn man die Kunstwerke, ihre geheimnisvolle, satanische Anziehungskraft auf eine ganz natürliche, gesunde, rationale Art erklären könnte, als endgültiges Ergebnis der Produktionsverhältnisse einer Zeit.

Ich schlage mich seit Jahren mit diesem Problem herum und bekomme hin und wieder einen neuen Impuls.

Zur Zeit ist es Walter Benjamin. Es ist die Frage, ob er ein marxistischer Literaturkritiker ist. Er ist ein bißchen zu empfänglich gerade für das, was vom Kunstwerk übrigbleibt, wenn das materialistische Grobsieb sich das seine genommen hat, ein bißchen zu dialektisch, ein bißchen *zu* häretisch. Und genau das lockt mich.

Also:

Nachdem die Kinder mit ihrem Bus zur Schule losgefahren waren und Madeleine sich mit der Übersetzung eines Theaterstücks, ihrer albernen Bonbonniere und ihrer Kladde am Küchentisch niedergelassen hatte, versank ich in Benjamin. Das sogenannte »Passagenwerk«, nie vollendet, da die Nazis ihm keine Chance gaben, ein genialer Versuch, mit Hilfe von Baudelaires Lyrik und gewisser labyrinthischer Züge im Pariser Stadtbild der achtziger Jahre, der Menschenmenge auf den Trottoiren, des Großstadterlebnisses das ganze vorige Jahrhundert aufzurollen.

Nun verhält es sich mit Benjamins Passagenwerk so, daß es verschiedene Textversionen gibt, eine sehr kuriose Geschichte.

Später am Nachmittag fuhr ich deshalb Zwatt besuchen, um mich von einem intelligenten Menschen, der wirklich etwas von der Sache versteht, über die verschiedenen Textversionen unterrichten zu lassen.

Ich schwöre bei allem, was mir heilig ist, daß ich dort nichts weiter tat, als in einem schönen grauen Sessel zu sitzen und mich ein paar Stunden lang über die Textversionen des Passagenwerks aufklären zu lassen. Dabei trank ich zwei oder drei Kannen Tee, aber das tut wenig zur Sache.

Es ist schon merkwürdig, daß bestimmte Menschen, wenn sie zusammentreffen, die sonderbarste Wirkung aufeinander ausüben, ohne daß auch nur ein Schatten davon an der Oberfläche des Gesprächs sichtbar wird. Das ist genauso, wie wenn ein Hundebesitzer auf dem Lande einen anderen Hundebesitzer besuchen geht und mit ihm ein Schwätzchen hält.

Die Hunde liegen inzwischen draußen in der Küche an der Leine, jeder fest an ein Bein des Küchentisches gebunden, und jaulen, winseln, knurren einander an.

Während Zwatt und ich uns in ihrer schönen Bibliothek über die Benjamin-Versionen unterhielten, lagen ihr und mein Unterbewußtsein jaulend draußen in der Küche.

Die Folge ist, daß mir, als ich in den Frühlingsabend hinauskomme, es ist schon dunkel geworden, bis ich an dem kleinen Markt an der S-Bahnstation Schöneberg bin, als ich in den dämmernden, dunstigen, nach Steinkohlenrauch riechenden Frühlingsabend hinauskomme, gar nicht mehr Walter Benjamin im Kopf herumgeht, sondern dieses alberne alte Serienbild mit den Liebenden, eingesperrt in die Glasglocke und bewacht von diesem schrecklichen Greis mit dem schwarzen, geteilten Bart und den grausam heruntergezogenen Mundwinkeln. Mit seltsamer Kraft leuchtet es mir durch den Nieselregen entgegen, und dabei habe ich an dieses Bild, ich schwöre es, seit zwanzig Jahren nicht mehr gedacht, ich habe bei meinem Besuch nicht davon geredet, und nun ist es, als habe dieser ganze Besuch nur den Sinn gehabt, dieses Bild wieder in mir zum Leben zu erwecken. Es hat ganz still in einem dunklen Winkel hinter dem Auge gelegen; das sozialdemokratische Nachkriegsprogramm, der Koreakrieg, das gesamte Werk von Pär Rådström, Lars Forssells Debüt, die langen sechziger Jahre, die fünfziger Jahre der nuklearen Bedrohungen und die sechziger Jahre des Vietnamkriegs sind vorbeigezogen, ohne daß sich dieses Bild auch nur einen Millimeter von seinem Platz hinter dem Auge wegbewegt hätte.

Aber jetzt, in einer freundlichen Bibliothek, in einem grauen Sessel, mit dem Nieselregen wie große nasse Wollhandschuhe an den Fensterscheiben und den verschwommenen Kreisen der Gaslaternen draußen, beim Geklapper der Teetassen und einem leisen, ruhigen Gespräch über Dinge, die weit zurückliegen,

JETZT HAT ES SICH BEWEGT

Ein intergalaktischer Krieg I

Die 15. Flotte patrouillierte seit einigen Jahrzehnten im Raum A 2811 – B 16791 – C 632, d. h. dicht an den äußersten Spiralarmen der Milchstraße. Daß es sich um eine Aufklärungsflotte handelte, die den Auftrag hatte, günstige Stellungen für einen Angriff zu kartieren, war seit Jahrtausenden bekannt.

Vermutlich war sie seit ebenso vielen Jahrtausenden als roter Punkt, oder vielleicht auch als rotes Dreieck, auf etlichen Plottingboards eingezeichnet, in tiefen unterirdischen Räumen auf scheinbar leblosen, nach Salpetersäure riechenden Riesenplaneten in toten Sonnensystemen an der Peripherie der Heimatgalaxis.

In anderen Kommandozentralen auf dichter bevölkerten und vor allem besser verteidigten Planeten der alten Zentralsonnen im Zentrum der Galaxis war sie ebenfalls in den riesigen Glastanks der Lagepläne eingetragen. Das Dreieck bewegte sich langsam, unendlich viel langsamer als der Stundenzeiger einer Uhr, Monat für Monat, Jahr für Jahr auf seiner hyperboloiden Bahn auf der Karte entlang.

Nur mit dem Unterschied, daß man in den riesigen Glastanks der zentralen Lagepläne noch mehr solche Dreiecke sehen konnte, in ganz anderen Randgebieten der Galaxis. Sie bewegten sich mit derselben Trägheit und waren auch schon seit ungefähr zwanzigtausend Jahren da.

Was auf den Lageplänen der vorgeschobenen Beobachtungs- und Frühwarnstationen nicht zu sehen war, wohl aber auf denen der Zentralsonnen, waren die unsichtbaren Truppen (blaue Kreise), die die Eindringlinge bewachten.

Unerschütterlich folgten die blauen Kreise Jahrzehnt für Jahrzehnt den roten Dreiecken auf ihrer pfeilschnellen Fahrt durch das Dunkel der äußersten Spiralarme, durch intergalaktische Staubwolken, die monate- und jahrelang jeden Funkverkehr verhinderten, auf dem Weg durch die Buchten und Schrunden der Spiralnebel und ihrer seltsamen Tunnel aus sternarmem, ödem Raum. Unsichtbar, ohne Funkverbindung, körperlos, sendeten die Einheiten des Sonderspähtrupps einen nie versiegenden Strom von Meßdaten, Koordinaten, detaillierten Diagrammen, Bildern, biologischen Analysen der Eindringlinge direkt an die wichtigsten Kommandozentralen.

Es gab keinen Zweifel, daß die Eindringlinge von der Andromeda kamen. Es war keine zufällig umherstreifende Räuberbande, keine Gruppe auf dem Marsch hinter einer zerschlagenen primitiven, peripheren Zivilisation, die aus irgendeiner Supernova herausgeschleudert worden war. Es handelte sich wirklich um die zentrale Zivilisation aus den geheimnisvollen innersten Bereichen der fernen Galaxis, die aus einem unbegreiflichen Grund die Tiefe des Raums jenseits der äußersten Spiralarme der Heimatgalaxis erkundete und vermaß.

Die Haltung der Führungszentrale war hauptsächlich von kühler Neugier bestimmt, in die sich leise Hoffnungen mischten. Auf der Ebene, in der wir uns jetzt bewegen, existiert keine Furcht, weil es im Grunde nichts gibt, wovor man sich fürchten müßte. Aber dafür gibt es Neugier, genau wie Liebe und Haß.

Angesichts des *wirklich Fremden* ist es fast unmöglich, zwischen Liebe und Haß zu unterscheiden.

Intergalaktische Kriege haben nicht so sehr die Zerstörung zum Ziel – wie sollte man eine Galaxis zerstören können – und auch nicht die Vernichtung von Leben – denn die Vernichtung von Leben führt in der kosmischen Skala unweigerlich dazu, daß anderswo neues Leben entsteht und sich zielstrebig entwickelt, und wenn es Milliarden von Jahren dauert, bis hin zu dem Punkt, wo es mit speziellen Fähigkeiten ausgerüstet ist, um einen selbst zu vernichten. Alte galaktische Zivilisationen haben genügend Fehler gemacht, um diese Lektion zu lernen.

Intergalaktische Kriege sind nicht unbedingt Kriege, sie sind ebensosehr etwas Sexuelles, ungeheure Befruchtungsakte, bei denen reife, reiche, überschwere Zivilisationen Millionen von Lichtjahren überspringen und einander berühren. Und das ist ernst genug. Wozu ein solcher Befruchtungsakt führen kann: Nichts ist mehr wie zuvor.

Auf der galaktischen Ebene ist die Veränderung, nicht der Tod, das große Problem; die Neugeburt, nicht der Orgasmus, ist das Erstrebenswerte.

Was nun geschah, vor etlichen Zeitaltern, läßt sich am ehesten damit vergleichen, was passiert, wenn zwei Dackel sich auf einem Bürgersteig begegnen und einander mit größter Vorsicht zu beschnuppern beginnen.

Eine exzentrische Natur hat uns so konstruiert, daß es uns nicht bekommt, in konzentrierter Schwefelsäure bei einem Druck von zweihundert Atmosphären und einer Temperatur von 183 Grad Celsius zu leben.

Das ist schade, denn im Plottingraum auf dem Planeten Melahim, nahe einer der uralten Zentralsonnen der Milchstraße, der nach seiner Masse und Spektralklasse ein gutes Stück über dem unseren liegt, obwohl er bedeutend älter ist, im Plottingraum, sechshundert Meter unter der Oberfläche von Of, unter dieser friedlichen Provinz auf dem sagenumwobenen Kontinent Agfa, sorgt eine genial einfache, ohne bewegliche Teile konstruierte und nicht reparaturanfällige Konditionieranlage dafür, daß der Druck der Schwefelsäure exakt auf zweihundert Atmosphären und die Temperatur auf 183 Grad gehalten wird.

Es ist nämlich eine altbewährte Erfahrung, daß das Personal dieser Zentrale, das Schichten von 163 Tagen macht, wonach dann einige hundert Tage dem Vergnügen (zum Teil raffinierter Art) und dem Schlaf gewidmet sind, sich bei 183 Grad tatsächlich am wohlsten fühlt und am besten arbeitet.

Das Leben auf Melahim, wie auch auf allen anderen Planeten bis zum Abstand von mehreren Lichtjahren, ist nämlich etwas konservativ organisiert auf der Basis eines Schwefel-Wasserstoffzyklus und recht solider Massenverhältnisse, es hat nichts von unserem abenteuerlichen und schmetterlingsleichten Flattern in einem Sauerstoff-Kohlendioxydzyklus unter Druckverhältnissen, die ans Vakuum grenzen, und Temperaturverhältnissen, bei denen ein Bewohner von Melahim sich binnen weniger als einer Sekunde in ein sprödes Stück Kristall verwandeln würde.

(Übrigens kann ich erwähnen, daß die Taschenuhr meines Großvaters, die so brav hier auf meinem Schreibtisch vor sich hin tickt, auf Melahim tatsächlich ganze 208 Kilo wiegen würde.)

Also, wir müssen uns vorstellen, daß wir in der Schwefelsäure dahinschweben (wie eine bläuliche, prachtvolle Qualle mit einem Umfang von etwa zwölf Metern an ihrer dicksten Stelle und Tausenden von Flimmerhärchen, die von dem glockigen Körper herabhängen, manche davon träge und zerstreut in der Schwefelsäure wedelnd, andere aktiv, umherspähend, plaudernd, an den vielen hundert Lichtpunkten des Kontrollpults herumfingernd), auf eines der zentralen Kontrollpulte zu, und über ein paar Kontakte streichen, um mit der Blauen Einheit Ygris 15 verbunden zu werden, die seit Oktober die 15. Flotte der Andromeda im Auge behält (daß beide mit 15 beziffert sind, ist kein Zufall).

Es braucht ein wenig Zeit, bis die Signale ankommen; wären es normale ordinäre Radiowellen, dann würden wir ja dreieinhalb Jahre darauf warten müssen, aber jetzt beginnt der Bildschirm tatsächlich aufzuleuchten.

Da haben wir den riesigen Schatten des Flaggschiffs der 15. Flotte, groß wie der Erdumfang am Äquator, aber ohne eine einzige Öffnung. Es sieht aus wie eine ziemlich platt gedrückte Pflaume, die mit nach oben und unten gerichteten Schmalseiten durch den Raum schwebt.

Jetzt wollen wir doch mal sehen, wir drehen ein bißchen an diesem Knopf, der ein skorpionartiges Zeichen trägt, nein, wir drehen nicht an dem Knopf, wir legen nur ein Flimmerhärchen mit einer streichelnden Bewegung um ihn herum, hier scheint es überhaupt keine beweglichen Teile zu geben, jetzt wollen wir doch mal sehen, ob wir nicht ein paar gute Innenaufnahmen kriegen können.

Was zum Teufel ist denn das? Es sieht aus wie ein schmaler Stab oder wie eine Röhre mit ein paar kleinen farbsprühenden Körpern oder Punkten in einem Kanal inmitten des Stabs. (Ein fabelhafter Farbempfang übrigens, aber woher weiß man, daß es die richtigen Farben sind?) Im Inneren der Röhre bewegt sich immerzu etwas Glitzerndes, aber was ist es denn bloß, was sich da glitzernd bewegt?

Jetzt hab ich's. Das ist ja *ein Virus*! Oder etwa nicht? Es ist vielleicht zwölf Meter lang. Was haben wir für einen Maßstab?

– Ja, sagt der Hauptgefreite Is-Izt, der sich gerade über unsere Schultern beugt und ebenfalls den Bildschirm betrachtet, es ist gar nicht so leicht zu sagen, was das eigentlich ist. Andromeda ist eine weit entfernte Galaxis, das ist wirklich ein sehr fremdes Leben, man kann nicht verlangen, daß unsere Apparate es *veranschaulichen*, falls Sie das erwartet haben, Herr Professor Gustafsson, Verzeihung, Herr Doktor Gustafsson. Was wir hier sehen, ist in der Tat ein Virus. Viren sind in unserer Galaxis eine Grundform des Lebens, nicht wahr, was der Apparat auf dem Bildschirm zeigt, ist nicht eigentlich ein Bild, es ist ein Symbol, ein Schriftzeichen, wenn Sie so wollen.

Er sagt nicht, dieses Schiff sei von Viren bevölkert, er sagt lediglich, daß das, was er sieht, ihn am ehesten an Viren erinnere. Jedes Wissen setzt doch voraus, daß man etwas Unbekanntes mit etwas Bekanntem vergleicht, nicht wahr?

Was dieses dunkle Schiff eigentlich birgt, wissen wir nicht. Nur daß es Leben ist. Es ist das Flaggschiff einer Aufklärungsflotte, die von der zentralen Zivilisation der Andromedagalaxis kommt. Sie erkundet systematisch das Aufmarschgebiet für einen Angriff.

Wir haben keine Ahnung, was sie eigentlich will.

– Wie sieht es denn zwischen den Viren aus? Wie ist die *Einrichtung*?

– Völlig kompakt. So kompakt wie ein Basaltfelsen.

Der Obergefreite streichelt wieder diensteifrig seinen Knopf.

Was jetzt erscheint, sieht aus wie das Röntgenkristallogramm eines Kristalls. Mehr oder weniger verschwommene Kreise mit genau demselben Abstand dazwischen.

– Viren in einen Basaltblock eingefroren?

– Ja, erwidert der Hauptgefreite und lächelt ein unfaßbar raffiniertes Lächeln, indem er ein paar blaßblaue Flimmerhärchen in eine entschlossene kleine Wellenbewegung versetzt, es sieht ganz so aus, als ob unsere Freunde es nicht besonders eilig hätten.

Man braucht auch ganz schön solide Sachen, um durch den intergalaktischen Raum zu reisen. Gravitationswellen, die ein paar einsam gelegene Sonnen ungefähr genauso leicht wegblasen wie Sie Ihren Pfeifenrauch, riesengroße dunkle Staubwolken, die weiß der Teufel was enthalten.

Ich meine, mit Ihrer Erlaubnis, daß dieses Flaggschiff ungefähr so vernünftig konstruiert ist, wie ein Flaggschiff dieser Art es sein sollte. Wie wäre es übrigens mit einer Tasse Tee? Wir pflegen nachmittags um diese Zeit immer ein wenig Tee zu trinken, um die Gedanken klar zu halten.

Haben Sie genug gesehen? Es ist, wie Sie aus der Kristallstruktur ersehen, ein einziger kompakter, ungeheuer harter Felsbrocken, ein Turm aus Basalt, wenn Sie so wollen, und irgendwas in diesem Felsen denkt und lebt und will etwas. Nehmen Sie Zucker? Wie viele Stücke? Ah, drei.

Er schlenkerte über das Kontrollpult, das Bild verschwand und wurde durch eine purpurrote, monotone Fläche ersetzt.

– Wissen Sie, das Interessante an der 15. Flotte ist nicht ihr Aussehen. Was uns verblüfft, ist ihr Verhalten. Sie sendet Signale zur Andromeda zurück. Passen Sie mal auf. Ein paar weitere Schlenker am Kontrollpult ließen nicht nur einen, sondern zwei, drei, vier Bildschirme aufleuchten. Auf dem ganz links erschien etwas, das wie ein wahnsinnig kompliziertes Kathodenstrahloszillogramm aussah, mit einer so hohen Frequenz und so dicht, daß es die gesamte Bildfläche mit seinen weißen, wahnwitzigen Linien füllte. Es hatte eine gewisse Ähnlichkeit mit der Stimme einer verrückten Amateursopranistin.

– Ja, sagte der Hauptgefreite Is-Izt, was Sie hier sehen, ist ein ziemlich dichtes Signal. Wir haben ausgerechnet, daß es eine Informationsdichte von etwa 148 000 BITs pro Sekunde hat. Für die Universitätsbibliothek von Uppsala würde es sicher nur ein paar Stunden brauchen. Das Signal ist ein Superpuls, der auf einen Gammastrahl gelegt ist, er ist etwa zehntausendmal schneller als die Lichtgeschwindigkeit. Natürlich existiert dieses Signal nicht in einem physischen Sinn, dann würde es ja nicht schneller sein können als das Licht, es existiert ungefähr auf dieselbe Weise wie die Bedeutung eines Gedichts von Gunnar Ekelöf existiert, ob man es nun in Fraktur druckt oder nicht.

Es ist eine für intergalaktische Verhältnisse ziemlich übliche Anordnung. Wir haben nur ein paar hundert Jahre gebraucht, um es zu dechiffrieren. Das meiste davon haben wir auf Band aufgenommen.

Auf den ersten Kilometern des Bandes befaßt sich die Flotte mit ganz selbstverständlichen Dingen. Je mehr sie sich den äußeren Spiralarmen unserer Galaxis nähert, desto mehr interessiert sie sich für die Masse und Spektralklasse der verschiedenen Sterne. Sie vermißt sie, kontrolliert ihr Spektrum, analysiert die Stoffe, die die Sonnen enthalten. Die Aufklärungsflotte bewegt sich auf eine Art, die plausibel wirkt, wenn man sich über solche Dinge informieren will.

Aber dann geschieht etwas ganz Sonderbares.

Und das macht uns jetzt Kopfzerbrechen.

– Was ist denn so sonderbar?

– Uns ist der Verdacht gekommen, daß sie einen Spion in den äußeren Regionen der Heimatgalaxis hat.

– Einen Spion?

– Ja, einen Spion.

Sie tauscht jetzt nämlich Signale mit einer Stelle in einem Feld, na ja, das spielt keine Rolle, jedenfalls liegt dieses Feld weit draußen. Wir haben es zuerst überhaupt nicht begriffen, weil wir uns nicht denken konnten, was für eine Signalquelle es dort draußen im Halbdunkel geben könnte, aber jetzt haben wir die Sache aufgeklärt.

Sehen Sie sich dieses Diagramm an – Es ist der Kurs der 15. Flotte bis, ja was ist das in Ihrer Zeitrechnung, es muß wohl 1632 sein, ja, 1632.

Nach 1632 schlägt sie dort draußen eine sonderbar elliptische Bahn ein, sehen Sie, es ist fast, als sei sie *paralysiert*, und zugleich empfängt sie ein neues Signal. So sieht das aus.

Schauen Sie sich bitte den vierten Schirm von links an, von hier aus gerechnet. Können wir es noch ein bißchen größer haben, Gefreiter Ygel-Agel? Vielen herzlichen Dank! Das ist sehr liebenswürdig von Ihnen! Oh, es ist mir ein Vergnügen! Aber nein, nicht doch! (Ich dachte schon, dieser Austausch von Höflichkeiten und die fast kokette Begeisterung, mit der die Herren ihn betrieben, würde noch eine halbe Stunde andauern, aber es klang tatsächlich langsam ab.) Ganz im Gegenteil, es war mir ein besonderes Vergnügen, gerade Sie, Gefreiter Ygel-Agel, um eine Gefälligkeit zu bitten! Nicht der Rede wert! Oh, ich bitte Sie! Ach nein, Sie übertreiben!

Schließlich bekamen wir das Bild doch noch vergrößert. Es war ein viel einfacheres Signal, dünner, mit einer niedrigeren Frequenz. Es sah aus, als würde jemand ein Kinderlied summen, ein richtig wehmütiges, altmodisches Kinderlied, wieder und wieder.

– Wir haben natürlich die Möglichkeit in Betracht gezogen, daß es eine Art Leitfeuer sein könnte, ein Automat, den jemand dort placiert hat, um ihnen eine Positionsbestimmung zu geben, aber was um Himmels willen sollen sie denn damit anfangen?

Er stellte den Ton an. Es klang wirklich wie ein leises Summen, wie wenn ein alter Mann in Kindheitserinnerungen versinkt und ein kleines Wiegenlied vor sich hin summt. Es waren keine Worte herauszuhören, es war ganz einfach ein Summen.

– So klingt das also. Seit 1632 nach Ihrer Zeitrechnung wird es mit einer Frequenz von 2,567 Minuten wiederholt.

– Wie sonderbar!

– Oh ja, aber das eigentlich Sonderbare ist die Wirkung, die es auf die 15. Aufklärungsflotte der Andromeda ausübt.

– Wieso?

– Es lähmt sie. Es treibt sie zum Wahnsinn. Schauen Sie sich das mal auf dem großen Lageplan an. Könnten wir die Kurse der 15. Flotte von 1100 an eingelegt bekommen? Danke. Oh, ich bitte Sie (usw.). Sehen Sie. Bis 1632 bewegt sie sich ganz normal, d. h., sie steuert einen für ein intergalaktisches Unternehmen normalen Kurs. Ab 1632 bildet sie eine Kolonne. Und was für einen Kurs zeigt die Karte seitdem?

– Ich finde, es sieht aus wie eine Acht, die einen Knick bekommen hat.

– Genau, eine Acht, sie bewegt sich in einer propellerförmigen Acht herum, nur mit dem Unterschied, daß sie immerzu einem bestimmten Punkt ausweicht. Und zwar dem Punkt, von dem seit 1632 dieses Signal ausgeht. Daher rührt diese ärgerliche kleine Delle in der Acht.

– Es ist also irgendeine Panne passiert?

– Eine Panne? Das kann man wohl sagen. Diese Flotte ist wahnsinnig! Sie ist gelähmt! Total übergeschnappt! Das ist es, was uns Sorgen macht. Wissen Sie, woraus dieses Signal besteht?

– Nein.

– Seit 1632 besteht es aus dem schiersten Wahnsinn.

– Tatsächlich?

– Aus dem schieren nackten Wahnsinn.

– Sind Sie ganz sicher? Kann es nicht ein Code sein?

– Ein Code! Ich muß mich doch sehr wundern, mein Herr. Ich greife mal ein paar Stücke von den Aufnahmen dieses Morgens heraus, dann können Sie es selbst hören. Was sagt man dazu?

EINE VERSTÄRKUNG DES MITTELFELDS IST NÖTIG

– Das ist doch nicht besonders komisch?

– Nein?

– Nicht im geringsten. Sie haben natürlich wegen irgendeiner Einzelheit im Aufmarschplan mit dem Hauptquartier in der Andromeda Krach bekommen! jetzt ist eine Diskussion im Gange, ein bißchen langwierig vielleicht. Kann ich es noch einmal hören? Ich werde Ihnen bestimmt helfen können.

Ich sah, daß die Geduld des Hauptgefreiten mit seiner angeborenen, für unsere Verhältnisse enormen Höflichkeit kämpfte, er wurde in den oberen Teilen leicht blaßblau, aber immerhin fügte er sich meinem Wunsch.

– Nichts kann uns wichtiger sein als Ihre liebenswürdige Hilfe, mein Herr!

EINE VERSTÄRKUNG DES MITTELFELDS IST NÖTIG, DENN SELBST MIT EINEM INGVAR FLINK IN NORMALER SPIELFORM SOLLTE SAAB DAS SPIEL IN ZUKUNFT VON DER MITTE HER AUFBAUEN

– Danke, das genügt, sagte ich.

– Oder was sagen Sie dazu:

DOCH WAS DAS ZEICHEN DAS ICH HIER BESINGE
ZUVOR GEWIRKT UND SPÄTER WIRKEN SOLLTE
IM IRDISCHEN REICHE DAS IHM UNTERWORFEN
DAS WIRD DOCH NUR GERING UND DUNKEL SCHEINEN
WENN MAN'S BEIM DRITTEN KAISER RECHT BETRACHTET

– Das ist der Kanal 2348 um 0604 Uhr heute morgen, nach Ihrer Zeitrechnung. Das übrige klingt ungefähr genauso, seit vierzehn Stunden. Und was bedeutet »spie lin«?»Spie lin«! Das ist doch Blödsinn!

– Ein wenig exzentrisch, nicht wahr, fügte der Gefreite hinzu, der in diesem Moment herangeschwommen war.

– Absoluter Wahnsinn!

– Sie meinen also, daß dieses seltsame Wiegenlied sie wahnsinnig gemacht hat, sie unter einer Art paralytischer Kontrolle hält.

– Genau.

– Aber das würde ja bedeuten …

– Genau.

– Das ist doch gefährlich!

– Was heißt schon gefährlich, aber es bedeutet genau das, was Sie vermuten. *Jemand anders*, eine bösartige Macht in unserer eigenen Galaxis, hat das Kommando über die Flotte der Andromeda übernommen, und auch über *alle anderen Flotten.* Sie hält sie auf eigene Rechnung unter hypnotischer Kontrolle. Die Zentralregierung ist ziemlich verblüfft. Sie hat um einen kurzen Bericht gebeten.

– Das kommt nicht oft vor, oder?

Der Hauptgefreite nickte geduldig.

– Nein, mein Herr. Das kommt nicht oft vor.

– Aber woher stammt dieses seltsame Signal?

– Wir haben diesem Problem eine ganze Menge Aufmerksamkeit gewidmet. Wenn Sie sich den Lageplan anschauen wollen, könnten Sie dieses Feld bitte vergrößern, Herr Gefreiter, danke, noch ein bißchen, danke, maximale Vergrößerung, aber ich bitte Sie (usw.), dann sehen Sie ungefähr hier, nein, nicht hier, sechs Lichtjahre weiter weg, da, genau an der Bleistiftspitze, ja *da*. Es ist eine ganz normale Sonne, mit einer normalen Masse und einer normalen Spektralklasse. Die Planeten sind ohne Mikroskop nicht zu erkennen, und das Mikroskop benutzt gerade der Waffenmeister Ibn-If auf der anderen Seite der Karte, aber jedenfalls gibt es dort ein paar Planeten. Dieses System ist noch ziemlich neu, aber der dritte Planet von der Sonne aus gerechnet hat eine Art vorübergehendes Leben auf der Basis des Sauerstoff-Kohlendioxydzyklus entwickelt. Sehr, sehr anfällig. Nichts Entwicklungsfähiges. Nur Bewegungen an der Oberfläche. Es gibt dort irgendwelche Primaten, markante Backenzähne, sexuelle Fortpflanzung nach dem Prinzip äußere Geschlechtsorgane bei der einen Hälfte der Bevölkerung und innere bei der anderen, bewegliches Hüftgelenk, empfangen Lichtsignale innerhalb eines begrenzten Spektrums, vermutlich gibt es noch andere Sinnesorgane, sehr schwache Psistrahlen, vor allem bei verliebten Exemplaren. In ein paar tausend Jahren werden sie das übliche Schicksal erleiden.

– Aha. Was ist das übliche Schicksal?

– Selbstvergiftung natürlich. Vergiftung der Atmosphäre ihres eigenen Planeten durch überbiologische Aktivitäten (er hob nicht einmal den Kopf von der Karte), Verdreckung, Erstickung, radioaktive Vergiftung.

Auf jeden Fall haben diese Primaten eine Art primitive Zivilisation, bei der es natürlich vor allem darum geht, sich gegenseitig auszurotten. Sie essen noch nicht einmal die toten Exemplare. Eine klare Fehlentwicklung, hoffnungslos natürlich, seit einer Million Jahren. Nichts als Dreck. Aber es gibt immerhin Ansätze einer Zivilisation, auf bestimmten Kontinenten etwas dichter konzentriert. Die Kontinente schwimmen in einer Schicht von vulkanischem Magma und sind von hauchdünnen Schichten von Diwasserstoffoxyd umgeben, das bei ihrer biologischen Synthese eine Rolle spielt.

Jedenfalls gibt es auf einem der Kontinente ein Objekt, das dieses

Signal sendet. Das hat unsere Signalempfangsanlage eindeutig festgestellt.

– Was ist das für ein Objekt?

– Es scheint ein Sarg aus Kalkstein zu sein, ungefähr vier Meter lang und einen Meter breit. Die Oberseite ist geschmückt mit dem Abbild eines männlichen Primaten mit behaartem Gesicht. In seinen vorderen Extremitäten hält das Bildnis zwei nicht identifizierte Gegenstände. Das eine ist ein Stab und das andere eine Kugel. Die Hypothese, daß es sich um Sendeantennen handeln könnte, hat sich nicht bestätigt.

– Könnten Sie mir diesen Kontinent bitte zeigen, sagte ich.

Das tat er, nach langwierigen Instruktionen am Computerterminal.

– Und der Ort auf dem Kontinent, sagte ich. Wenn Sie so liebenswürdig sein wollen?

– Aber ich bitte Sie (usw.).

Er zeigte mir den Kontinent. Er sah aus wie gewöhnlich, mit dem italienischen Stiefel ganz unten und dem springenden Löwen Skandinaviens ganz oben.

– Und der Punkt auf dem Kontinent?

Ein Lichtpunkt leuchtete auf.

– Sagten Sie, daß das Mysterium 1632 begonnen hat, fragte ich.

– Ja, genau, erwiderte der Hauptgefreite, der zum erstenmal wirkliches Interesse zu zeigen begann.

Er verfärbte sich in ein zartes Rosa, besonders in den oberen Teilen.

– König Sigismund III. von Polen, sagte ich, wurde im Jahre 1632 in einem Sarkophag im Krakauer Dom neben dem Wawelschloß begraben.

– Verzeihung, jetzt kann ich Ihnen nicht ganz folgen, sagte der Hauptgefreite.

Er war schon sehr undeutlich, da ich seit einigen Minuten fest entschlossen war, ihn und sein altes Zentralsonnensystem aus der Erzählung zu streichen. Das letzte, was ich sah, war sein Ausdruck von äußerst sanftem Erstaunen, als er begriff, daß er eigentlich nur in der Vorstellungswelt eines Geschöpfs mit einem Sauerstoff-Kohlendioxydzyklus existierte. Mit ihm verschwand eine glanzvolle galaktische Zentralkultur, Städte, Erinnerungen, uralte Bilder ...

Das Lebende vom Toten trennen

Winter und Frühjahr jagen immer schneller über die Seen. Die Wolken ziehen niedrig dahin und sehr schnell. So niedrig, daß man sie fast erreichen könnte, wenn man sich strecken würde.

Mein Leben ist ein getarntes Bauernleben, ein Landleben. Ich schleppe es mit, tief in die Millionenstädte hinein.

Ich habe die Industrialisierung nie ganz ernst genommen. Und auch den Kapitalismus nicht.

Es sind unangenehme Phänomene. Sie werden meine Zeit überdauern. Und auch die meiner Kinder. Aber sie werden vorübergehen. Daran habe ich nie eine Sekunde gezweifelt. Das habe ich gewußt, seit ich sieben Jahre alt war. Die Landschaft wird sich von alledem genauso befreien, wie sich das Knie eines Jungen vom Schorf befreit.

Ein Habicht, der über einem tiefliegenden Moor mit vergilbtem Schilf dahinschwebt, ist wirklicher als ein Großflughafen.

Hin und wieder treffe ich auf Menschen, die es bedauern, daß der Vorrat an fossilen Brennstoffen auf der Erde einmal erschöpft sein wird. Ich bedaure das keinen Augenblick lang. Ich finde es natürlich. Es ist etwas lästig, genau wie die Zeit, in der wir leben. Aber er wird sich erschöpfen, und das ist ganz natürlich.

Die Wahrheit über die Welt sind nicht die Bombergeschwader über Dresden und Hanoi. Die Wahrheit über die Welt sind nicht die Wolkenkratzer von Manhattan, nicht diese Dunstschwaden, die frühmorgens in der Fifth Avenue aus den Luftschächten der U-Bahn steigen. Die Wahrheit über die Welt ist ein Habicht, der über einem weiten Moor dahinschwebt.

Es ist gut, solche Wahrheiten zu kennen. Das macht einen geduldig. Man ist gefeit gegen Hieb und Stich. Gefeit sogar gegen die Aphasie, die Sprachvergiftung, die dazu führt, daß man kaum noch sprechen kann, nur noch lallen, in kurzen, wirren Sätzen, wie ein Betrunkener, der sich an eine Hauswand lehnt.

Durchlaufgeschwindigkeit

Kulturelles Angebot

Raumordnungspolitik
Wilder Streik
Verbraucherinteresse

(Ihr habt was gegen meine Art zu reden? Es paßt euch nicht, daß ich so viel von mir selbst spreche? Ihr mißbilligt meinen Wirklichkeitsanspruch? Nun gut, *das* ist es, was man euch statt dessen anbietet. Dies sei kein richtiger Roman, sagt ihr? Was verlangt ihr denn von einem Besoffenen, der gerade eine ganze Flasche Alltagsprosa ausgekotzt hat und nun schwitzend und fröstelnd zugleich die Stirn an eine rauhe Hauswand lehnt und zu den Wörtern zurückzufinden versucht?)

Die Malerin Laura G. ist gestern hiergewesen. Sie brauchte fast eine Stunde, um herzukommen, mit der U-Bahn und dem Bus. Sie wohnt ganz oben in einem Slumhaus in Kreuzberg, einem Gebäude, das in diesem Jahrhundert nicht mehr renoviert worden ist, im dritten Hinterhaus von der Straße aus gerechnet, man geht wie durch chinesische Schachteln, wenn man sie besuchen will. Höfe mit dünnem Gras, in denen sehr deutliche Schilder auf deutsch und türkisch verkünden, daß es den Kindern verboten ist, hier zu spielen. Es ist ein sonderbar stiller Slum, ganz mohammedanisch. Schweigende Frauen mit schwarzen Schleiern über dem Kopf gehen die Treppen hinauf und hinunter. Nie hört man Kindergeschrei, es gibt keinen einzigen Betrunkenen im Haus, Männer mit großen schwarzen Schnurrbärten schleichen lautlos in Filzpantoffeln durchs Treppenhaus. Hierhin, ins dritte Hinterhaus, kommt nicht viel Sonne, vor allem nicht an einem Wintertag.

Die Klos bilden eine unbeschreibliche Reihe am Ende jedes Korridors. Jedes Klo hat eine braune Tür, einen eigenen Schlüssel, ein hölzernes Gitterwerk ganz oben in der Türfüllung.

Laura G.'s Wohnung besteht aus einem schmalen Flur, in dem mehrere Besucher nicht gleichzeitig die Mäntel anziehen können, einem sehr kleinen Zimmer und einer Küche. Das Küchenfenster ist etwa einen halben mal einen halben Meter groß.

An einem Wintertag hat sie kaum länger als eine Stunde volles Tageslicht.

Diese Küche ist ihr Atelier. Dort drinnen im Halbdunkel leuchten ihre Bilder wie ebenso viele wunderbare Edelsteine. Immer ist es ein kalter Vordergrund und ein warmer Hintergrund wie bei Chardin, wundervolle schwerelose Wolken schweben über blaugrünen, sanften Renaissancelandschaften. Eine fliehende Daphne verwandelt sich in einen Lorbeerbaum, scheu an die Mauer eines antiken Tempels geduckt. Ihr Mantel fällt in weichen Falten über eine Marmortreppe.

Für G. ist es ganz natürlich, daß Gemälde Fenster sind. Es würde ihr niemals einfallen, das Glas vollzukleksen, wie die Informalisten es tun. Sie will die größte Durchsichtigkeit erreichen, damit die andere Welt sichtbar wird.

Seit sie ein kleines Mädchen war, hat sie in solchen Zimmern gesessen und ihr Fenster zur gleichen sanften Renaissancelandschaft geöffnet.

Sie kommt uns manchmal besuchen und erschreckt die ausländischen Gastprofessoren im Aufzug. Sie ist sehr dunkel, sehr groß. Sie sieht aus wie eines dieser russischen Mädchen um 1860, die geduckt durch das Schneetreiben auf dem Nevskij Prospekt von einer billigen Mietskaserne zur anderen laufen, eine große Sprengladung unter dem Mantel verborgen.

Laura hat auf dem Kunstmarkt keinen Namen. Sie muß ihre Bilder immer verkaufen, bevor sie es zu einer Ausstellung bringt. Sie sind über die ganze Welt verstreut, eins hängt in einer Villa am Genfer See, eins in einer Wohnung in London, eins in New York. Besucher bleiben vor den Bildern stehen, stutzen, fragen, wer sie gemalt habe. Und bekommen einen Namen zur Antwort, den sie nicht kennen. G. stellt keine Handelsware her. Sie sucht die Wahrheit.

Jetzt arbeitet sie seit acht Monaten an Daphnes Verwandlung.

Sie kommt an, sehr bleich, sehr müde, sehr spät abends, und behauptet, sie habe genau vierundzwanzig Stunden lang gemalt.

– Woran denn?

– An der Unterseite der Wolke.

Unter allen Künstlern, die ich in meinem ganzen Leben getroffen habe, ist sie die einzige, die allen Ernstes und in der festen Überzeugung, es sei für sie durchaus erreichbar, nach Vollendung strebt.

– Wenn du einen Pakt mit dem Teufel schließen könntest, sage ich, bei dem es darum geht, daß er deine Seele bekommt und du dafür die Vollkommenheit erreichst, würdest du ihn unterschreiben?

– Auf der Stelle, sagt sie.

– Aber du mußt dafür sorgen, daß du ein paar Zusatzklauseln bekommst, sage ich. Eine für den Ruhm und eine für den Reichtum, mindestens um die dreißig Millionen Mark (Picasso verlangte 200 und bekam sie), und eine Produktivitätsklausel. Drei Bilder pro Tag, frisch wie Äpfel.

– Damit ist er sofort einverstanden. Das sind doch nur Unkosten. Das Wichtige ist die Seele.

– Was macht er eigentlich mit den Seelen?

– Vielleicht brät er sie in Öl?

– Ein ziemlich teures Fondue. Ich glaube, daß er einen viel intelligenteren Gebrauch davon macht. Du mußt bedenken, daß der Teufel äußerst elitär ist. Gott scheint sich für alle Seelen zu interessieren, ohne Unterschied, das deutet auf eine eher industrielle Art der Verwertung. Der Teufel ist ein viel größerer Feinschmecker. Genaugenommen ist es ja ungeheuer schmeichelhaft, von ihm besucht zu werden. Es sind nur ganz bestimmte Seelen, die ihn interessieren. Das läßt auf eine ganz andere Verwertung schließen. Aber auf was für eine?

– Schau mal, da gibt es doch einen sehr interessanten Aspekt. Gott erhebt auf alle Seelen Anspruch, und zwar mit gelinde gesagt sehr vagen und unverbindlichen Versprechungen, mindestens genauso unverbindlich wie die Äußerungen der britischen Regierung zur Balfour-Erklärung. Und vergiß nicht, daß Gott bisher noch niemandem künstlerische Vollendung, Macht, Reichtum und Ehre versprochen hat, um dafür seine Seele einzutauschen.

Es könnte doch sein, daß die Zeiten sich langsam ändern. Er hat es ein bißchen zu leicht gehabt. Wir sind nicht geschäftstüchtig genug gewesen.

– Man müßte natürlich für jeden einzelnen Fall eine kleine Auktion veranstalten, sagt meine Frau, die sehr klug ist. Das würde den Markt stabilisieren.

– Es ist doch einfach lächerlich, daß wir seit Jahrtausenden hereingelegt worden sind.

– Und wie verhält es sich übrigens, sage ich, mit diesem Gerede über die Bosheit des Teufels und die Güte Gottes? Ich habe das Gefühl, daß wir uns in einer – Zone – befinden, in der Gott den Propagandaapparat total beherrscht. Aber wie können wir wissen, ob all das stimmt, was so gesagt wird? Der Teufel wird verantwortlich gemacht für den Krieg, für den Nazismus, für den Völkermord und ich weiß nicht was noch alles. Aber wo sind die Beweise? Ihr müßt euch fragen: Wer könnte den Krieg, den Völkermord usw. verhindern? *In wessen Interesse* liegt es, daß wir glauben, der Teufel sei für alles verantwortlich? Und die Verhältnisse in der Hölle? Haben wir den geringsten Beweis dafür, daß es dort wirklich so aussieht, wie man behauptet? Jede Beschreibung, die mir bekannt ist, stammt von der anderen Seite. Die einfachsten quellenkritischen Regeln sagen, daß man so nicht vorgehen darf. Man muß fragen: *Für wen* ist die Hölle eine Hölle, für wen bedeutet sie eine Verbesserung? Was wissen wir über die Slums im Himmel?

– Psst, sagt meine Frau. Nicht so laut. Bei solchen Fragen haben die Wände wirklich Ohren.

Kaum waren diese Worte gefallen, hörte man natürlich schon sonderbare Geräusche aus dem Flur. Es klang wie das leise Knurren eines dösenden Löwen, den irgend etwas in seinem Schlaf gestört hatte.

– Das ist der Eisschrank, sagte Madeleine nach einer kurzen Pause, als wir alle am Küchentisch zusammengerückt waren. Der Eisschrank in dieser Wohnung macht komische Geräusche, wenn der Thermostat sich einschaltet.

– Man müßte verschiedene Aktionen starten, sage ich. Man sollte beispielsweise eine Studiendelegation dort hinschicken können, wie nach China und Albanien. Und wenn diese Studiendelegation zurückkommt, kann sie ein hervorragendes Reportagenbuch herausgeben, als Paperback. Wie kriegt man eine Studiendelegation zustande?

Die Malerin G. sah mich bedächtig mit ihren großen, dunklen, eigentümlichen Augen an.

– Vielleicht gründet man eine Freundschaftsgesellschaft? Natürlich! Auf einer ganz unpolitischen Basis. Die irdisch-höllische Freundschaftsgesellschaft, mit der Aufgabe, für einen besseren Informationsaustausch und eine Erweiterung der kulturellen und theoretischen Beziehungen zu sorgen.

Die Augen der Malerin waren dunkler und unergründlicher, als ich sie je gesehen hatte.

– Du vergißt, daß es eine solche Freundschaftsgesellschaft gegeben hat. Die ganze Renaissance war davon erfüllt. Ihren Mitgliedern ist es nicht sehr gut ergangen. Sie wurden unter Foltern verhört, sie wurden auf Scheiterhaufen verbrannt, nach peinlichen Verhören.

Sie überrascht mich manchmal. Es gibt Momente, in denen ich glaube, daß sie keine ganz alltägliche Person ist.

Das Lebende vom Toten trennen. Die Phantasie von der Wirklichkeit zu trennen interessiert mich nicht besonders. Auch meine Träume sind Produkte dieser Zeit. Aber das Lebende vom Toten!

Weiter unten an der Heerstraße gibt es eine Wohnsiedlung wie Tensta oder Vällingby. Ich gehe nur hin, wenn ich neue Pfeifenreiniger brauche, und ich bin jedesmal wieder genauso erschrocken.

Zwei- oder dreihundert Meter lange, dreißigstöckige Mietshäuser türmen sich zum Himmel auf, Apotheke, Lebensmittelgeschäft, Tabakladen bilden am Markt eine ordentliche Reihe. Kleine Kinder spielen in Sandkästen mitten im Einkaufszentrum, während die Mütter in ihre Läden gehen, Kinder, die schon ganz verbitterte kleine Gesichter haben.

Mein Gott, das ist die normale Welt! Ich möchte wissen, wie viele solche Orte ich in meinem Leben schon gesehen habe.

Mit einem grauen, regnerischen Himmel darüber.

Wo, in einem solchen Straßenzug, findet man Romanhelden?

Es ist kein Zufall, daß alle guten Romane bürgerlich sind. Romane können fast auf alles verzichten, nur nicht auf die Möglichkeit einer Handlung.

Es ist keine Kunst, einen Roman zu schreiben, der so beginnt: Mein Onkel war Kommandeur des dritten kaiserlichen Ulanenregiments. Zu der Zeit, als Sebastopol belagert wurde ...

Ein Roman setzt ein bestimmtes Maß an Freiheit voraus, bestimmte Dimensionen, in denen die Handelnden sich bewegen können. Balzac: das Geld, die Macht. Ein Ersatz ist die Erotik, aber sie hält nicht ganz so lange vor, wie man glaubt. Die Erotik endet allzu leicht damit, daß wir wieder an das Einkaufszentrum erinnert werden. Ist der Held des Vorstadtzentrums jemand, der einen Homunculus in seiner Badewanne züchtet? Jemand, der in seiner Küche Gold macht? Jemand, der seine Frau zerstückelt und sie Stück für Stück in den Müllschlucker steckt?

Es gibt fast nur eine einzige Möglichkeit, ein Einkaufszentrum als einen interessanten Ort darzustellen, und zwar, indem man es als Schauplatz eines Verbrechens schildert. Aber das ist ja eine Lüge. Hier stecken die Helden wie Nägel in einer Wand.

Aber lieber Himmel, hinter diesen Fenstern wird doch ein Leben gelebt! Familienväter kommen von der Arbeit heim, fragen nach dem Wecker, der morgens kaputtgegangen ist, setzen sich mit ihrer Abendzeitung hin …

Die Freundschaftsdelegation

Durch das mehrmalige Umsteigen zwischen Bussen und U-Bahn brauchte die Malerin G. über eine Stunde, um in ihre dunkle, enge Wohnung ganz oben in einer Mietskaserne in Kreuzberg zu gelangen.

Es war ein etwas kühler Abend Anfang April: Der Frühing hatte schon begonnen, aber es war ein zögernder, ein unberechenbarer Frühling mit plötzlichen Hagelschauern, die nachmittags die eben erst ausgeschlagenen Kastanienknospen aus den Baumkronen fegten.

An diesem Tag war in der Dämmerung Regen gefallen, dann hatte es sich wieder aufgehellt, und bevor es ganz dunkel wurde, hatte der ganze Himmel eine eigentümlich rote Farbe angenommen, die sich im blanken Asphalt der Straße des 17. Juni widerspiegelte, so daß die riesige, breite Straße einen Augenblick so aussah, als sei sie in Blut getränkt.

Als Laura auf die Heerstraße hinauskam – es muß gegen elf Uhr abends gewesen sein –, mußte sie ziemlich lange an der Haltestelle der Buslinie 94 warten. Es war schon sehr dunkel geworden, und die Baumkronen des Grunewalds gleich hinter der Haltestelle bewegten sich unruhig im aufkommenden Nachtwind.

Sie fror in ihrem dünnen, fadenscheinigen schwarzen Mantel, band das Kopftuch fester und zog sich immer mehr in den kleinen Windschutz aus Plexiglas zurück, der an der Haltestelle Scholzplatz den Buspassagieren zur Verfügung steht.

Die Wolken trieben auseinander, und ein großer runder Vollmond wurde am unruhigen Himmel sichtbar. Mit ihren eigentümlich abwesenden, leidenschaftlichen dunklen Augen sah sie zum Mond auf, der ein sonderbar *zerfurchtes* Aussehen hatte, fast als sei er sehr müde.

Als sie den Blick wieder zur Erde senkte, entdeckte sie, daß sie in dem Wartehäuschen nicht mehr allein war. Auf der Holzbank saßen drei Herren, die Ausländer zu sein schienen und in ein lebhaftes, aber sehr leises, halb geflüstertes Gespräch vertieft waren.

Sie mußten ganz unauffällig gekommen sein.

Der Mond schien jetzt über den ganzen Scholzplatz. Sie konnte sich nur schwer erklären, warum die Fremden einen so auffallend ausländischen Eindruck machten. Die drei unterschieden sich sehr stark voneinander, sie hatten eigentlich nur eins gemeinsam, nämlich daß sie alle sehr gut angezogen waren. Vielleicht waren es ausländische Professoren aus dem Gästeheim der Technischen Universität in der Heerstraße 131?

Es sah aus, als hätten sie sich am selben Morgen in einem eleganten Laden am Kurfürstendamm eingekleidet, oder vielleicht in New York, denn ihre dunkelblauen Anzüge schienen amerikanisch zu sein, sie bestanden aus einem dunklen, leicht glänzenden Kunstfasermaterial – hin und wieder, wenn einer von ihnen eine Bewegung machte, schimmerte sein Anzug mit fast metallischem Glanz im Mondschein.

Alle drei trugen genau die gleichen Frühjahrsmäntel aus schottischem Tuch, lässig über die Schultern geworfen, und unter der Bank, zwischen ihre unwirklich blankgeputzten Schuhe geschoben, standen drei völlig identische, harte, flache Diplomatenköfferchen mit Monogramm und eingelassenen Leichtmetallschlössern.

– Ich kann bloß nicht verstehen, dachte die Malerin G., warum sie kein Taxi nehmen, wenn sie so reich sind. Aber vielleicht sind die Taxis gerade knapp. Im gleichen Moment fiel ihr ein, daß sie selbst vielleicht kein Fahrgeld mehr hatte, und sie begann ängstlich in ihrem Portemonnaie zu kramen, wo sich nur ein paar kleine Münzen zwischen Pfandscheinen und einem sehr abgenutzten Lippenstift in einem dunkelroten Farbton versteckten.

In diesem Augenblick war sie ganz sicher, daß sie überhaupt kein Geld mehr für den Bus hatte (sie erwartete seit mehreren Tagen Geld von einem Herrenmagazin, das auf seiner »Kunstseite« eine ihrer Grafiken veröffentlichen wollte, die eine nackte Frau darstellte, aber anscheinend hatte die Redaktion sie völlig vergessen), und sie begann gerade zu überlegen, ob sie nicht zu Madeleine und mir zurückgehen sollte, um sich das Fahrgeld zu leihen, als sie einen nagelneuen Fünfzigmarkschein entdeckte, der zusammengefaltet in einem Winkel des Portemonnaies lag.

Das überraschte sie sehr. Sie konnte einfach nicht begreifen, wie sie ihn dort hatte vergessen können. Er mußte mindestens drei Wochen dort gelegen haben, denn vor drei Wochen hatte sie zuletzt Geld von ihrem Bruder geliehen.

Mit der selbstverständlichen Überzeugung, daß die Welt eigentlich die Aufgabe habe, ihnen zu dienen, zu ihrer Verfügung zu stehen, die bei genialen Menschen so häufig ist, ließ die Malerin G. den Schein in ihre Hand gleiten und hoffte, daß der Schaffner freundlicherweise bereit sein würde, ihn ihr zu wechseln.

Von den drei Ausländern waren jetzt fast nur noch die Füße und ihre eleganten harten Aktenkoffer zu sehen, da das Dach des Windschutzes den herabflutenden Mondschein in ihrer Ecke zum größten Teil überschattete, aber das Gesicht des Herrn, der ganz links auf der Bank saß, war gerade noch zu erkennen.

Es war ein bemerkenswert schöner, bleicher junger Mann von vielleicht fünfundzwanzig Jahren. Er hatte eine hohe schmale Stirn mit etwas vorspringenden Schläfen, ungefähr wie ein spanischer Adliger, einen kurzen schwarzen Bart und eine Goldrandbrille, die ihm einen gelehrten und zugleich entschlossenen Gesichtsausdruck verlieh. Hätte er nicht auf diese unbestimmte Art *ausländisch* gewirkt, so hätte er ein netter junger Dozent von der Freien Universität Berlin sein können. Ein Atomforscher, ein Gastdozent an der TU, dachte die Malerin G. Ein brillanter junger Atomforscher, der bei Experimenten mit dem neuen Zyklotron der Technischen Universität in Wannsee mitarbeitet. Bestimmt hat er eine spanische Mutter, die einmal so eine richtig strahlende spanische Schönheit gewesen ist.

Die Gesichter der anderen waren im Schatten nicht zu erkennen.

So beschäftigt war die Malerin G. damit, den Philosophiedozenten anzuschauen – er könnte Minetti, Canetti oder Seglio heißen, dachte sie –, so beschäftigt damit, den schönen jungen Spanier heimlich zu betrachten, daß sie gar nicht bemerkt hätte, daß der 94er schon angekommen war und an der Haltestelle stand, wenn die drei Herren sich nicht rasch erhoben hätten.

Sie ließen ihr mit einer Höflichkeit, die entschieden eher ausländisch als berlinerisch war, den Vortritt. Der zweite der Herren sah aus wie ein kleiner stämmiger Engländer, etwa in der Art von Kirk Douglas, mit rotem Haar, einem kräftigen, vorspringenden Kinn, ganz hellblauen Augen und einem kurzen roten Spitzbart. Er hätte ein Offizier der britischen Besatzungstruppen sein können – in der

Heerstraße draußen hat die R.A.F. ja sehr viele ihrer Offiziere wohnen –, wenn er sich nicht auf eine so ausgesprochen zivile und entspannte Weise bewegt hätte.

Der dritte Herr, der die beiden anderen um einen Kopf überragte, wirkte ein wenig – aber nur ein ganz klein wenig – älter. Er sah aus wie ein polnischer Landadliger, mit einem kurzen grauen, viereckig geschnittenen Bart, kurz geschorenen Haaren und braunen, freundlichen Augen. Seine Augenlider hingen schwer herab, und er hatte einen Anflug von feiner, sanfter Spleenigkeit, der die Malerin G. an einen alten Millionär denken ließ, Aufsichtsratsvorsitzender eines mächtigen Dollarkonzerns mit Wolkenkratzern in Chicago, Brüssel und Frankfurt am Main. Aber irgend etwas stimmte nicht, er wirkte zu lebendig, zu geistreich, um seine Zeit an Direktionsschreibtischen und in Privatjets verbracht zu haben.

Irgend etwas stimmte ganz und gar nicht, und die Malerin begann sich sehr müde, fast schwindlig zu fühlen, als sie die Treppe des Doppeldeckers hinaufkletterte.

Oben setzte sie sich auf einen der vordersten Plätze, wo das Rauchen erlaubt war. Bis auf ein verliebtes junges Paar, das praktisch total ineinander verschlungen und taub für die Welt war, und einen Herrn in Lederjacke mit großen hundeähnlichen Ohren war sie im Obergeschoß des Busses allein.

Sie fühlte sich immer noch ganz weich in den Knien und hoffte, daß sie nicht in Ohnmacht fallen oder irgendwie krank werden würde, als der Schaffner erschien.

Die Malerin G. hielt ihm ihren Fünfzigmarkschein hin, worauf der Schaffner etwas Unverständliches knurrte und den Kopf schüttelte.

Wer Berlin auch nur ein bißchen kennt, der weiß, daß jeder Berliner Busschaffner sich genauso verhalten hätte. Ein Busschaffner in Ankara, Stockholm oder Damaskus steht im Dienst der Öffentlichkeit. Er kann guter oder schlechter Laune, mehr oder weniger hilfsbereit und zuvorkommend sein, aber grundsätzlich ist er eine Person, der es obliegt, das Fahrgeld zu kassieren und alten Damen sowie Frauen mit Kinderwagen beim Ein- und Aussteigen zu helfen.

Ein Berliner Busschaffner ist etwas ganz anderes.

Er ist ein Kommandant. Die Passagiere, zu denen übrigens nur sehr arme und sehr alte Menschen zählen, da alle übrigen mit dem Taxi oder im eigenen Auto fahren, sind ein zwielichtiges Gesindel, das er in Zucht halten muß. Er verachtet sie und verständigt sich nur durch unartikuliertes Knurren mit ihnen. Wehe dem, der mit größerem Geld als einem Zehnmarkschein ankommt! In den Vorschriften steht, daß der größte Schein, den ein Schaffner wechseln muß, ein Zehner ist, und daran hält er sich auch, selbst wenn seine Tasche von Scheinen und Münzen überquillt.

Das wußte die Malerin G., sie hatte ja schon daran gedacht.

Sie versuchte trotzdem, ihm mit einem schüchternen kleinen Lächeln ihren Fünfziger hinzuhalten.

Der Schaffner ließ sein kehliges Knurren in ein kehliges Gebrüll übergehen, das besagte, sie solle ihr Fahrgeld jetzt ordnungsgemäß zahlen, andernfalls würde sie an der nächsten Haltestelle rausfliegen. Damit begnügte er sich aber nicht, sondern packte sie sogar mit harten, knochigen Fingern am Ellbogen, um sie zum Ausgang zu bringen.

Die Malerin G. war überhaupt nicht gekränkt, sie gehörte zu den Menschen, denen in ihrem Leben so viele Kränkungen dieser Art widerfahren sind, daß sie sie als Teil der normalen Lebensumstände hinnehmen, aber da sie wirklich sehr müde war und außerdem eine leichte Übelkeit empfand, oder jedenfalls ein überraschendes Schwindelgefühl, dachte sie:

– Oh Gott, jetzt muß ich nach Hause laufen, ich werde nicht vor vier heimkommen! Vielleicht ist irgend jemand hier im Bus, der mir wechseln kann? Diese verliebten Jugendlichen haben vielleicht Geld? Wahrscheinlich nicht. Oh Gott, wie mich dieser Mensch anödet.

Und sie machte sich bereit, die harten Finger des Schaffners schon im Polizeigriff um ihren Ellbogen, zum Treppenabsatz zu gehen, als einer der ausländischen Herren ganz überraschend neben ihr stand. Es war der schöne junge Mann mit dem spanischen Aussehen.

– Mademoiselle, sagte er, belästigt Sie dieser Mann?

Nun geschah etwas äußerst Seltsames. Bevor irgend jemand, und am wenigsten die Malerin G., es sich versah, war der Schaffner spurlos verschwunden.

Aber dafür flatterte ein verängstigter Spatz im ganzen Obergeschoß des Busses herum, schlug verzweifelt mit den Flügeln gegen die Fenster und erschreckte den hundeähnlichen Mann mit den großen Ohren und der Lederjacke und das verliebte Pärchen, das nun wirklich aus seinem Doppelegoismus erwacht war und ängstlich dem Geschehen folgte, fast zu Tode.

Alle miteinander begannen sie nun den Vogel zu jagen, der ruhelos und hysterisch zwischen den Fensterscheiben herumflatterte, und alle schwankten hin und her, während der Bus durch die Kurven schlingerte.

Bevor irgend jemand richtig gesehen hatte, wie es geschah, hatte der junge Spanier den Vogel schon in den Händen.

– Mademoiselle, was wünschen Sie, daß ich mit ihm mache?

Die Malerin G., der die Frage sonderbar vorkam und die Mitleid mit dem armen Vogel hatte, sagte:

– Wir müssen ihn hinauslassen.

– Natürlich, sagte der schöne Spanier, der arme Vogel kann einem leid tun.

Er machte ruhig eine der kleinen Lüftungsklappen auf und ließ den Vogel hinaus, der mit einer Reihe von einsamen Piepsern in der Frühlingsnacht verschwand.

Die Malerin stieg am Theodor-Heuss-Platz aus, überquerte ihn und ging zur U-Bahn, immer noch etwas verwirrt. Aber der kühle, frühlingshafte Duft der Rasenflächen nach dem Regen ließ es ihr bald wieder bessergehen. Klarer Mondschein beleuchtete den ganzen Platz, der Aufzug im Funkturm oben fuhr immer noch auf und ab, wie ein Lichtkügelchen, zwischen Himmel und Erde unterwegs.

Die drei Ausländer mußten mit dem Bus weitergefahren sein, und sie vermißte sie ein ganz klein wenig, als hätten sie das Leben für einen Augenblick unterhaltsamer gemacht und die ganze Atmosphäre des Abends knisternder, als sie es sonst gewesen wäre.

Als sie in die U-Bahn hinunterkam, fühlte sie sich wieder in den Alltag zurückversetzt. Die kleinen grünen Bonbonautomaten an den Säulen der U-Bahnstation machten einen *beruhigenden* Eindruck, es sind gerade solche Dinge, die einem sagen, daß die Welt weder schlechter noch besser sei, als sie es tatsächlich ist, vertraute Kleinigkeiten, die uns bestätigen, daß wir uns immer noch in der normalen Welt befinden.

Ein großes Plakat mit einer fröhlichen Familie beim Baden machte Reklame für Ferienreisen nach Sylt, die Deutsche Oper veranstaltete eine Ballettwoche, es kam ihr in den Sinn, daß sie es sich vor Jahren zum letztenmal leisten konnte, in die Deutsche Oper zu gehen, und eine Gruppe von japanischen Freistilringern sollte in der Sporthalle auftreten.

Dann fuhr die Bahn ein, es war eine sehr leere Bahn, nur vereinzelt saßen hier und da alte Damen im Wagen und strickten (in Berlin sieht man selbst um ein Uhr nachts oft strickende alte Damen in der U-Bahn, Berlin ist eine sehr ordentliche Stadt, in der sogar betrunkene Jugendliche sehr anständig in ihrer Ecke sitzen und sich leise unterhalten), aber das war nicht das erste, was der Malerin G. auffiel, sondern etwas anderes, das sie ungeheuer erstaunte und sie dieses tiefe Gefühl von Unwirklichkeit empfinden ließ, bei dem man sich unwillkürlich fragt, ob man tot ist oder lebendig, ob man wach ist oder ganz einfach träumt.

Ganz am Ende des Wagens saßen die drei Ausländer ordentlich aufgereiht, dieselben schicken viereckigen Aktenkoffer standen in einer Reihe vor den blankgeputzten Schuhen.

– Aber das ist doch ganz unmöglich, dachte die Malerin G. Ich habe doch *gesehen*, daß sie mit dem Bus weitergefahren sind. Sie müßten mittlerweile am Savignyplatz sein. Oder sind sie ausgestiegen, haben sich in ein Taxi geworfen, sind zurückgefahren und haben sich in die U-Bahn gestürzt? Aber es gibt doch wohl kein Taxi, das sowas in zwei Minuten schafft! Mein Gott, ich weiß doch, daß ich nicht länger als zwei Minuten zwischen dem Bus und der U-Bahn unterwegs gewesen sein kann.

Es gab nicht das geringste Anzeichen dafür, daß die drei Fremden sie erkannt hatten. Zwei von ihnen waren in ein flüsterndes Gespräch über etwas vertieft, das der eine dem anderen in einer Ausgabe der *Financial Times* zeigte, der dritte schien ganz versunken zu sein in eine deutsche Taschenbuchausgabe von Bulgakovs »Der Meister und Margarita«, und einen Augenblick spielte die Malerin G. wirklich mit dem Gedanken, daß die Stadt vielleicht voll sei von solchen Gruppen von Ausländern, die zu dritt herumfuhren, mit diesen harten, viereckigen Aktenkoffern und lässig über die Schultern geworfenen schottischen Paletots. Vermutlich machen sie für irgendwas Reklame, dachte sie und nickte ein, viel zu müde, um sich noch weiter über alle Eigentümlichkeiten der Stadt den Kopf zu zerbrechen.

Aus alter Gewohnheit wachte sie kurz vor der Turmstraße auf, rieb sich den Schlaf aus den Augen und sah mit einer gewissen Erleichterung, daß die drei Ausländer noch in der Bahn saßen, immer noch lesend und leise miteinander redend, als diese sanft aus der U-Bahnstation Turmstraße hinausglitt, auf dem Weg zum Kottbusser Tor.

Es war jetzt windstill geworden, eine dünne Rauchsäule stieg von der großen, schloßartigen Schultheissbrauerei in der Stromstraße auf, und die beiden Innenhöfe (in denen Kindern das Spielen verboten ist) waren in Mondschein getaucht.

Die Malerin G. schreckte an den dunklen Torwegen zurück, als habe sie erwartet, daß dort im tiefen Schatten jemand stehen würde, aber es war natürlich kein Mensch da. Das ganze Haus schlief, auf türkisch, auf serbisch und auf deutsch, die schweren Menschenkörper regten sich im Schlaf und träumten in drei Sprachen Träume von fernen Landschaften, die kleinen Kinder lutschten an ihren Stoffpuppen und träumten von einem Platz zum Rennen und zum Spielen, von dem kein Hausmeister sie verjagte. Ein Geruch nach Schweiß, Kohlsuppe und seltsamen moslemischen Gewürzen erfüllte die hohe gewundene Treppenspirale bis obenhin, eine Katze schlich geschmeidig die Treppe hinunter und streifte ihr Knie, und als sie hoch oben unter dem Dachboden den Schlüssel in das Schloß ihrer Wohnungstür steckte und Licht durch das Schlüsselloch fallen sah, fragte sie sich, ob sie wirklich beim Weggehen so schusselig gewesen war, daß sie vergessen hatte, das Licht in der Wohnung auszumachen.

Im selben Augenblick ahnte sie die Zusammenhänge und empfand kein Erstaunen mehr, sondern nur Ruhe, eine eisige Ruhe.

Der ausländische Herr, der wie ein englischer oder vielleicht irischer Offizier aussah, saß in der Sofaecke. Vor sich hatte er ihre Teekanne und ihre größte Frühstückstasse. Wo er die warmen, mit Butter bestrichenen Hörnchen herbekommen hatte, die er hin und wieder genüßlich in den Tee stippte, konnte sie sich schwer erklären. Als sie wegging, war ihre Speisekammer leer gewesen.

Der englische oder irische Gentleman blätterte lässig in einigen Kunstzeitschriften, die vor ihm auf dem Tisch lagen.

Aus der engen Küche, die ihr als Atelier diente und in der sie sogar schon ein paarmal über der Gasflamme Radierungen angefertigt hatte, ein Zimmer, in dem man sich kaum umdrehen konnte vor lauter Bildern, Flaschen mit Chemikalien, riesigen, mit Pinseln vollgestopften Tontöpfen, der Marmorplatte, auf der sie ihre Farben mischte, der altmodischen Staffelei mit ihren Holzschrauben, dem Glasmörtel, in dem sie ihre Farben rieb, verkorkten Saftflaschen, in denen sie ihre speziellen Malmittel verwahrte, die auf Bienenwachs basierten wie die der alten Meister, hörte man nur den Wasserhahn tropfen.

Vor der Staffelei, auf der Daphnes Verwandlung nach der Arbeit des Tages ruhte, standen die beiden anderen Ausländer. Der Ältere rauchte eine Zigarette aus einer fast feminin wirkenden, langen Bernsteinspitze, diskutierte laut und enthusiastisch und tat hin und wieder einen so großen Schritt zurück, daß er sich den Hinterkopf am Küchenschrank anschlug, was ihn wieder in seine vorherige Position zurückbrachte. Der andere Herr, der schöne junge Spanier, nahm eine sehr nachdenkliche Haltung ein, er stützte das Kinn in beide Hände und betrachtete gründlich ein Detail an Daphnes Mantel.

– Seht ihr, ich habe es doch gesagt, eine wunderbare Künstlerin, eine Meisterin. Sie arbeitet nach der Art der van Eycks, mit einer graugrünen Imprimitur aus Eieröltempera und Bienenwachs.

– Aber ist es denn wirklich eine Imprimitur?

– Ich schwöre es! Ihr verlangt doch wohl nicht, daß ich an diesem wundervollen Kunstwerk *herumkratze*, um euch zu beweisen, was ich sage?

Die Malerin G., die mittlerweile die Situation erfaßt hatte, hängte rasch den Mantel in ihre Garderobe und betrat die Küche. Sie fühlte sich jetzt weder müde noch schwindlig, sie war hellwach und entschlossen.

– Natürlich haben Sie recht, sagte sie zu dem älteren Herrn. Ich habe eine Eierölimprimitur verwendet, allerdings nicht, wie Sie glauben, auf der Basis von Bienenwachs, sondern mit einem etwas komplizierten Malmittel nach meinem eigenen Rezept.

– Mein Kompliment. Aber erlauben Sie bitte, daß wir uns Ihnen vorstellen: Ich heiße Baal B. Zvuvim, ich möchte vorschlagen, daß Sie mich Belo nennen, das tun alle meine Freunde, und dies sind meine Freunde, Herr Uriel und Herr Azaar. Wir bilden, könnte man sagen, eine Freundschaftsdelegation.

– Ich habe schon verstanden, sagte die Malerin G. Ich bin ganz auf dem laufenden. Ich habe mir das Abkommen so ähnlich gedacht wie das mit Picasso. Drei Bilder pro Tag, ein Alter von neunzig Jahren, fünfzig Millionen Dollar, davon drei Millionen Vorschuß am Tag nach Vertragsabschluß, ein Atelier in Dahlem – Sie werden verstehen, daß ich diese enge Küche wirklich sehr satt habe –, die fünfzig Millionen sollten natürlich dem Geldwert von 1973 angepaßt werden, ja, so etwa habe ich mir das vorgestellt. Ach ja, da ist übrigens noch eine kleine Zusatzklausel.

– Oh, diese kleinen Bedingungen sind für uns ganz nebensächlich, sagte Belo und strich sich seinen kurzgeschnittenen Bart. Ich bin ganz einverstanden mit dem Gedanken an einen Indexlohn, aber sollten wir nicht lieber gleich Nägel mit Köpfen machen und den Betrag auf, sagen wir, 200 Millionen Dollar erhöhen? Die Preise für französische Schlösser sind ja in den letzten Jahren entsetzlich gestiegen. Ich möchte wirklich vorschlagen, daß Sie die Summe auf 250 festsetzen. Und was war mit dieser Zusatzklausel?

– Ich möchte so gern, sagte die Malerin G., wenigstens für vierundzwanzig Stunden meines Lebens ein anderer Mensch sein.

– Aber warum denn?

– Weil ich glaube, daß ich auf diese Weise mehr über die Geschichte und über mein eigenes Leben lernen könnte als durch irgend etwas anderes.

– Oh, sagte Herr Belo. *Das* ist sehr schwierig, ein komplizierter Wunsch. Sagen Sie, haben Sie vielleicht ein Glas kalte Milch im Eisschrank?

Der Schwarm von Weißfischen

Die Teetassen klapperten gemütlich auf dem Frühstückstisch. Vor dem Fenster tobte dasselbe Wetter wie an den Tagen davor, Hagelschauer wechselten sich mit einem kalten, zögernden Sonnenschein ab.

Ein Flugzeug aus Hamburg mußte den Weg durch die morgendlichen Windstöße gefunden haben, denn ein armer durchnäßter, verfrorener Briefträger erschien und brachte schwedische Zeitungen von zehn Tagen, die mit Nässe vollgesogen und schwer aufzublättern waren.

Manche Leute glauben, ich hätte ein manisches Interesse für das Wetter und es stelle in meinen Romanen ein subtiles Symbol für irgend etwas dar. In Wirklichkeit hasse ich das Wetter, und es ist überhaupt kein subtiles Symbol, sondern vielmehr ein einfaches und offenkundiges Symbol für das, was man nicht ändern kann, und worunter man trotzdem leidet.

– Ich bin etwas deprimiert, wenn ich Zeitungen aus Schweden lese, sagte Madeleine. Sie hacken so schrecklich aufeinander herum.

– Vati, wie ist das, wenn man im hinteren Geschützturm einer Heinkel III sitzt, sagte Joen.

– Frag doch Professor H., wenn er nächstes Mal herkommt. Er hat seine halbe Jugend in einer Heinkel III verbracht. Wenn ich ihn richtig verstanden habe, hat er es nicht gerade genossen.

– Komisch, sagte Madeleine. Ich rufe immer mal wieder die Malerin G. an, aber sie meldet sich nicht. Ob sie wohl verreist ist? Oder ob das Telefon gestört ist? Sie sollte eigentlich nicht verreist sein.

– Wahrscheinlich hat sie die Rechnung nicht bezahlen können.

– Ich kann nicht verstehen, warum sie so furchtbar aufeinander herumhacken. Es ist, als seien die Horizonte enger geworden, sie haben keine Ideen mehr, nur Zank und Streit.

Wie in einer kleinen Firma, die auf den Konkurs zusteuert. Alle rechnen mit der Entlassung, alle rennen herum, beschimpfen einander und versuchen, den Schuldigen zu finden.

Und das sonderbare ist, daß sie es nicht sehen. Sie haben einen blinden Fleck im Auge. Die Schriftsteller können es nicht beschreiben, die Kritiker können es nicht analysieren.

– Kein Grund zur Aufregung, sagte ich. Das Bewußtsein einer Zeit entsteht nicht innerhalb von fünf Minuten. Es ist auch nicht gesagt, daß es im Feuilleton der Tageszeitungen entsteht. Vielleicht sind es die Wartezimmer der Arbeitsämter, in denen die großen neuen befreienden Romane geschrieben werden.

Nur banale Geister glauben, eine Gesellschaft und ihre geheimen Kräfte durch und durch zu kennen. Entweder ist es schon viel zu spät, um zu verzagen, oder noch viel zu früh.

– Vati, warum legt sich eine Messerschmitt 109 nach jedem Angriff auf den Rücken?

– Das ist eine genau kalkulierte Jagdfliegertaktik. Die Messerschmitt 109 war an der Unterseite enorm stark gepanzert. Kannst du dich nicht für etwas Friedliches interessieren, junger Mann? Warum baust du nicht ein Klärwerkmodell?

– Es gibt keine Klärwerkmodelle im KDW.

– Wenn die Mehrwertlehre im »Kapital« stimmte, würde die Bevölkerung der DDR jetzt drei Stunden pro Tag arbeiten. Das tut sie aber nicht. Das ist ein Argument, das man nicht übergehen kann. Wenn die Bevölkerung der DDR drei Stunden pro Tag arbeitete, würde ich alle meine Kräfte dafür einsetzen, eine kommunistische Revolution zu verwirklichen. Ich sehe nicht den geringsten Anlaß, alle meine Kräfte dafür einzusetzen, daß die Leute acht Stunden pro Tag in Fabriken arbeiten, die genau wie alle anderen Fabriken aussehen, und denen man noch dazu einredet, sie würden dabei eine besondere Freiheit genießen oder etwas besonders Sinnvolles tun.

Nichts macht mich so fertig und wütend wie das ungeheure Maß an Verlogenheit, das es in der heutigen Welt gibt, und wenn den Leuten erst mal die Augen dafür aufgehen, wie groß die Lüge tatsächlich ist, dann bricht ein Sturm los, der nicht nur den Kapitalismus und den osteuropäischen Staatskapitalismus wegfegt. Er wird den gesamten Industrialismus mitreißen.

– Du sprichst mit jedem Tag mehr und mehr wie John Ruskin.

– Wohlgemerkt glaube ich nicht, daß der Industrialismus durch Flugblätter abgeschafft wird. Er wird sich selbst abschaffen. Durch

Erstickung, durch Selbstvergiftung. Durch Energieverluste. Es ist nicht der Kapitalismus, der uns regiert. Es ist die Technik insgesamt.

Bisher hat ja jeder revolutionäre Staat im zwanzigsten Jahrhundert nur eine schlechte Kopie des vorhergehenden zustande gebracht. Das Kulturhaus in Warschau ist ein Abklatsch der Wolkenkratzer von Manhattan. Tobaljev oder Concorde – das ist mir doch egal. Das Übel sitzt tiefer, als man je gedacht hätte. Das ist die schlichte Wahrheit, und bevor sie sich nicht allgemein durchgesetzt hat, sehe ich nicht ein, wozu Erlösungsversuche gut sein sollen.

– Erlösungsversuche! Das mußt gerade du sagen? Wenn das jemand hörte, würdest du dir Feinde machen.

– Und wenn schon. Es kann nicht meine Aufgabe sein, populär zu werden. Das ist was für Leute wie den Talkmaster Lennart Hyland. Ein ernsthafter Mensch vermeidet die Popularität und begnügt sich mit einer angemessenen Zahl von Freunden und Feinden.

– Bist du sicher, daß G.'s Telefon gestört ist?

– Sie könnte ja auch verreist sein.

– Deine politischen Analysen werden mit jedem Tag sonderbarer.

– Ja. Es gefällt mir sehr, gläubig zu sein. Es gefällt mir sehr, mit Leuten zusammenzusitzen, die alle finden, daß ich recht habe, aber meine Wißbegier ist größer als meine Genußsucht.

– Magst du noch eine Tasse Tee?

–

– Warum antwortest du nicht? Woran denkst du?

– Ich denke an König Sigismund den Dritten von Polen. Er ist im Krakauer Dom begraben. Ich habe den Sarkophag dort einmal gesehen. Und außerdem denke ich an einen Fischschwarm.

– Wenn man die Leute fragt, woran sie denken, und wirklich eine aufrichtige Antwort bekommt, ist man immer wieder überrascht, an was für sonderbare Dinge sie denken.

– Nein danke. Ich möchte keinen Tee mehr. Wenn man zuviel Tee trinkt, kann man Halluzinationen kriegen.

– Was ist das für ein Fischschwarm, von dem du sprichst?

– Ich denke an einen Schwarm von Weißfischen.

– An einen Schwarm von Weißfischen?

– Ja. Er steht nahe am östlichen Ufer des Sees Norra Nadden, im seichten Wasser, an einem Nachmittag in meiner Kindheit. Im seichten Wasser draußen wimmelt es von runden braunen Steinen, abgeflacht und gerundet, oval von den Schleifbewegungen des Wassers, das kristallklar ist. Dort steht der Weißfischschwarm. Wenn man sich auch nur das kleinste bißchen bewegt, verschwindet er wie ein Schatten, wie etwas Geistiges, Immaterielles, ein einziger klarer Silberglanz.

– Und?

– Ich habe fast dreißig Jahre gebraucht, bis ich erkannt habe, wie exotisch dieses Erlebnis ist. Was glaubst du, wie viele Kinder in den Großstädten Europas und Amerikas und übrigens auch auf dem Land heute noch die Chance haben, so etwas zu erleben? Es ist gut, als Kind am Ufer eines Sees zu sitzen. So ein bräunlicher, västmanländischer Binnensee ist ein guter Lehrmeister. Man fällt nicht so leicht auf jeden Blödsinn herein, wenn man als Kind einen solchen Lehrer gehabt hat.

– Wie meinst du das?

– Einfach so.

– Aber wie meinst du das?

– Nimm es beispielsweise als erotisches Bild. Wer einmal gesehen hat, wie ein solcher Schwarm von Weißfischen auftaucht und wieder verschwindet, der läßt sich nicht einreden, daß es erotische Techniken gibt. Ebensowenig wie es etwas gibt, das einem garantiert zu Ideen verhilft. Entweder kommen sie, oder sie kommen nicht.

– Woran denkst du noch?

– An ein ausgeschnittenes Comicbild in einem Klohäuschen. Widerlicher alter Herrscher auf fernem Planeten versucht schönes junges Paar daran zu hindern, aus einer sonderbar geformten Glaskugel auszubrechen. Was passiert eigentlich auf diesem Bild?

– Vielleicht ist es umgekehrt. Nicht jemand, der sie zu hindern versucht, sondern jemand, der die beiden aus dem Paradies vertreiben will. Adam und Eva, vom Engel aus dem Paradies vertrieben.

UND DANN WIEDER: DIE TELEFONGESPRÄCHE AUS SCHWEDEN

Vorschriften für Fußgänger, Universitätsreformen, linke Gruppen, die einander zerfetzen, ungefähr wie junge Hunde die Pantoffeln ihres Herrchens zerfetzen. Blinde Teenageridole singen in Kirchen. Die Baugruben im Zentrum von Stockholm füllen sich mit Parkplätzen. Die Bilderbergkonferenz tagt auf Lidingö. Der Mythos von der geheimen Gesellschaft unter der Gesellschaft gedeiht. Verschwörungen werden aufgedeckt. In den Wartezimmern der Arbeitsämter entstehen die Romane dieser Zeit. Auf den Feldern rosten die Autowracks. Und das alles auf eine sehr unpersönliche, sehr uninteressante Weise.

DIESE SCHWÄRME VON WEISSFISCHEN

Sie gehören zum Paradies. Das Paradies besteht aus silbrigen Weißfischen in seichtem Wasser. Im Paradies bewegen sich die Seelen wie silbrige Weißfische im seichten Wasser. Für mich gehören sie zu Franz Berwalds »Symphonie singulière«, in einer Juninacht über weißen Wasserflächen am 60. Breitengrad gespielt, Berwald über Wiesen voller Wollgras gespielt, über humusduftenden Gewässern gespielt. Tintomara schleicht die Treppe der Oper hinauf und duftet nach Wald.

Und da ist ein Fliederduft, die Fliederlauben vor den Häuschen und der weiße Staub der Landstraßen, die alten Leute, die um 1950 herum gestorben sind und noch vom »Deutschen« und vom »Russen« redeten, wenn sie die Rundfunkberichte vom Zweiten Weltkrieg kommentierten, sitzen in ihren Fliederlauben. (Gunder Hägg läuft gegen Dries, und alle verfolgen den Lauf in ihren Lauben.)

Du hast ganz recht. Ich gehöre zu den Leuten, die schon mit siebenunddreißig Jahren zu meinen beginnen, daß die Welt einmal unvergleichlich viel besser gewesen sein muß, als sie es heute ist, zu den Anhängern der Paradiesmythen also.

Es ist natürlich das Erlebnis der Kindheit, das da herumzugeistern beginnt, das Erlebnis, daß es ein Alter gab, in dem man fähig war, viel stärkere, viel verrücktere, viel perversere Wünsche zu haben als heute.

Es war kein glückliches Alter, aber hinterher erscheint es einem glücklicher, weil es die Fähigkeit einschloß, sich viel größere, viel radikalere Formen des Glücks vorzustellen.

Die Neumalklugen stellen in den Zeitungen die Frage, wozu wir eigentlich die Kunst bräuchten. Wozu brauchen wir die Kunst? Eine Trompetenphrase bei Strawinskij, ein unendlich dissonanter Akkord bei Gesualdo, eine lachende Bläserpassage bei Berlioz, der Zopf der Simonetta Vespucci auf Botticellis Porträt ... ja, mein Gott, wozu brauchen wir die Schönheit? Um daran erinnert zu werden, wer wir sind, natürlich. Um uns an die Kindheit zu erinnern. Um uns an den blinden, klugen Hunger der Kindheit zu erinnern, wir selbst zu sein.

O Gott, welcher Idiot ist bloß als erster auf die Idee gekommen, es sei das Höchste im Leben, sich für ein Kollektiv zu opfern? In seiner langen Geschichte hat Europa eine einzige intellektuelle Tugend besessen, und die besteht darin, daß seine Philosophen, Schriftsteller, Maler und Komponisten uns immer wieder daran erinnert haben, daß wir Individuen sind.

Also: uns an unsere wirklichen Dimensionen, an unsere Kindheit erinnert haben.

Als ich sieben Jahre alt war, saß ich einmal hoch oben auf einem Balken unter dem Dach einer Scheune. Es waren mindestens vier Meter bis zum Boden.

Du traust dich ja doch nicht zu springen, sagten meine boshaften kleinen Kameraden, die unten standen, klein wie Münzen mit ihren im Dämmerlicht emporgewandten weißen Gesichtern. Du traust dich ja doch nicht zu springen. Du brichst dir die Knochen.

Aber ich *will* springen, sagte ich.

Und ich sprang. Nur hatte keiner die alte Schrotsäge bemerkt, die da unten im Halbdunkel stand und mich leicht hätte töten können, wenn es nicht so gekommen wäre, daß sie mir einen ganz imponierenden Schnitt am rechten Oberschenkel beibrachte, aus dem das Blut herausspritzte.

Ich regte mich nicht besonders auf, und damals nähte man selten Wunden, die von selbst heilen konnten. Ich wußte ja, daß man immer bezahlen muß.

Aber, und das ist das Wichtige, ich sprang nicht, um die erwartungsvollen kleinen Gesichter des Kollektivs da unten zu befriedigen. Ich sprang, weil dieser Sprung mein eigenes geheimnisvolles Kunststück war, meine eigene Art, mir zu sagen, daß das Leben herrlich ist, und wie herrlich es ist, weiß nur ich selbst.

WIR HABEN ES NOCH NIE UND NIE WIEDER SO GUT GEHABT WIE IN DEN FÜNFZIGER JAHREN

sagt mein Vater oft. Die Koreakonjunktur, einigermaßen überschaubare Steuern, einen ganz anständigen Geldwert, Mieten, die erträglich waren. Irgendwann im Jahre 1952 kaufte er ein Motorrad, eine Husqvarna 125 Kubik, und ich, der ich noch viel zu klein war, um Motorrad zu fahren, half ihm beim Einfahren. Es dauerte etwas, bis man sich mit der Gangschaltung auskannte, aber dann war es ein phantastisches Erlebnis loszubrausen, als Fünfzehnjähriger, verbotenerweise, auf der Landstraße, mit neunzig Stundenkilometern, und den Wind vorbeibrausen zu spüren, den Renaissancewind, den gleichen Wind,

im Grunde genommen,
der in Monteverdis Opern weht.

WARUM HABE ICH NICHT SO WEITERGELEBT?

Die Geschichte von Onkel Stig

Die Tüchtigkeit natürlich. Die Tüchtigkeit hat mich daran gehindert. Man kann ja so nicht leben, wenn man zugleich tüchtig sein und wegen seiner Tüchtigkeit bewundert werden will.

In unserer Familie ist die Tüchtigkeit eine wahre Pest. Wir treiben sie immer ein bißchen *zu* weit. Wir entdecken früh, daß wir tüchtig sind, die Leute machen uns höflich ein Plätzchen in der ökologischen Nische frei und finden sich damit ab, daß wir so sind, und dann müssen wir natürlich gleich ganz besonders tüchtig sein, und es dauert nicht lange, bis wir völlig fanatisch sind in unserer Tüchtigkeit.

(Neulich habe ich nachgerechnet und herausgefunden, daß ich in einem guten Jahrzehnt mehr als zwanzig Bücher geschrieben habe, ohne zu bedenken, was für einen *schrecklich* schlechten Eindruck das in einer feinen, schreibgehemmten, empfindlichen Nation wie Schweden macht, wo Dichtung und Geistigkeit stets »dem Schweigen nah verwandt« waren.)

Das ist nicht gut. Tüchtig soll man schon sein, aber mit Maßen.

In unserer Familie entwickelt sich die Tüchtigkeit immer auf die gleiche Weise zur Katastrophe hin.

Ich bin sicher, daß ich der neunte oder zehnte Fall werde.

Onkel Stig ist ein gutes Beispiel.

Wenn ich mich recht erinnere, fing er als Berufssoldat bei der Gardekavallerie an, aber das ist schon so lange her, daß niemand mehr eine genaue Vorstellung davon hat, was er da trieb. Soviel steht jedenfalls fest, daß er nicht zum Oberstleutnant befördert wurde, und ich bin überzeugt davon, daß ihn das im Grunde genommen ungeheuer wurmte. Nach diesem Schnitzer der Gardekavallerie konnte er sie nicht mehr leiden, und danach war er tatsächlich ein paar Jahrzehnte lang Kommunist, damals, als es nicht gerade opportun war, Kommunist zu sein. Ich erinnere mich, daß er etwa zur Zeit des kommunistischen Umsturzes in Prag Stalins Werke subskribiert hat, und er subskribierte sie nicht nur, er las sie auch und schätzte sie.

Ich erinnere mich an einen wirklich unterhaltsamen Spaziergang auf dem Lande im Jahre 1947 im nördlichen Västmanland, bei dem wir ein Glühwürmchen sahen – es war das erste Mal in meinem Leben, daß ich ein Glühwürmchen sah, einen kleinen grünen Punkt, der sich am Straßenrand bewegte und den wir behutsam ins Gras setzten, damit er nicht überfahren würde – und er versuchte mich davon zu überzeugen, daß Stalins philosophische Schriften der höchste Ausdruck des jahrtausendelangen Strebens der Menschheit seien, während ich ihn davon zu überzeugen suchte, daß er sich irre, tatsächlich sei der höchste Ausdruck des jahrtausendelangen Strebens der Menschheit keineswegs Stalins Denken, sondern vielmehr Gustav Mahlers Siebente Symphonie.

Im Jahre 1947 durchlebte ich eine meiner großen Dekadenzperioden und liebte alles, was schön, todgeweiht und weltabgewandt war.

Auf der Basis einer so grundsätzlichen Meinungsverschiedenheit muß man ja einfach Freundschaft schließen.

Ich tat mein Bestes, um ihn davon zu überzeugen, daß es keinen tiefen Widerspruch zwischen Stalinismus und Todessehnsucht gebe (ich argwöhne, daß ich damit ganz recht hatte), und er tat sein Bestes, um mich davon zu überzeugen, daß es keinen Widerspruch zwischen den stalinistischen Prinzipien in der Musikkultur und den Symphonien Gustav Mahlers gebe (es war gerade zu der Zeit, als Stalins Antisemitismus ernstlich zum Durchbruch kam, aber es mag ja sein, daß er trotzdem recht hatte), und ich kann mich noch genau erinnern, daß dieser Spaziergang uns beide überraschte. Keiner von uns hatte sich richtig klargemacht, daß es so viele sonderbare Ansichten auf der Welt gab, und keiner von uns verfügte über wirklich brauchbare Methoden, die Ansichten anderer zu zerpflücken. Deshalb verkündeten wir, daß sie durchaus miteinander zu vereinbaren seien, und suchten weiter nach Glühwürmchen.

Viel früher, gleich nach der Gardekavallerie, begann Onkel Stig sein eigentliches Talent zu entfalten.

Er war Erfinder. Er wohnte zur Miete und hatte seine Werkstatt meist in der Küche, was zu einigen Problemen mit den Nachbarn führte, da er in einer sehr hellhörigen Einzimmerwohnung lebte, aber das war ihm schnurzegal.

Aus seiner Wohnung ergossen sich die Erfindungen einige Jahrzehnte lang über die Welt.

Er war ein regelrechter Stammkunde beim Patentamt, seine Prozesse gegen verschiedene Lizenznehmer hielten mehrere Abteilungen des Stockholmer Amtsgerichts ständig in Trab, denn wie immer er seine Lizenzverträge abfaßte – stets wurde ihm die ganze Erfindung abgeluchst, wenn es Ernst wurde.

Nehmen wir zum Beispiel die Zeit, als er sich für Wasserhähne interessierte!

Er erfand verschiedene raffinierte Drehverschlüsse, wie sie gebraucht werden, wenn man den Schlauch der Waschmaschine an den Wasserhahn in der Küche anschließt oder den Gartenschlauch an den Gartenhahn.

Es gibt etwa zwanzig solcher Drehverschlüsse auf dem Markt, und mindestens fünfzehn davon lassen sich auf Onkel Stigs Küchenwerkstatt in der Stockholmer Südstadt zurückführen. Wie er es auch anstellen mochte – stets klaute ihm jemand in letzter Sekunde das ganze Patent, und obendrein wurde er meist noch dazu verurteilt, die gesamten Prozeßkosten zu tragen. Kein Wunder, daß Onkel Stig Stalinist war! Bei mir hätte es weniger gebraucht, um Wagnerianer zu werden!

Stets fing es damit an, daß ein paar elegante Herren in amerikanischen Luxuswagen in seine Straße in der Südstadt einbogen, sich im Treppenhaus zwischen Kinderwagen, kleinen Rotznasen und dem Geruch von Kohlsuppe ihren Weg suchten und an seiner Tür klingelten. Allerhand Lärm war zu hören, als Onkel Stig Sachen wegräumte, die die Tür versperrten, er hatte immer ziemlich viel im Flur herumstehen, die Sachen türmten sich da; dann betraten sie seine Küche und ließen sich auf dem Küchensofa nieder, während der Onkel ganz sachlich und mit infernalischem Getöse an der Spüle an einem komplizierten Werkstück weiterfeilte.

Ungefähr nach einer halben Stunde tat er dann gewöhnlich so, als habe er sie eben erst bemerkt, und fragte sie nach ihren Wünschen, und da stellte sich stets heraus, daß seine Erfindertätigkeit ihre Aufmerksamkeit erregt hatte und daß sie ein Syndikat gründen wollten, um seine Erfindungen endgültig auf den Markt zu bringen.

Da Onkel Stig Geschäfte im allgemeinen und die kapitalistischen im besonderen verabscheute, pflegte er jedesmal darauf hereinzufallen.

Gewöhnlich bekam er ein paar Tausender als Vorschuß, und die Aktentaschen voll von revolutionierenden Drehverschlüssen und Hähnen zogen die Herren in die Welt hinaus. Es dauerte meist etwa ein Jahr, bis er entdeckte, daß es von seinen Drehverschlüssen nur so wimmelte, unter irgendeinem fremden Patent, das den Patentinhabern Millionengewinne einbrachte. Er selbst fuhr fort, sich durch den Anti-Dühring zu buchstabieren und neue Bereiche zu finden, in denen der Weltgeist sich manifestierte.

Kinderwagen, die auf Treppen fahren konnten, Patentschloßkonstruktionen, Dosenöffner, an denen man sich nicht verletzen konnte – weiß der Himmel, was er nicht alles aus dem Dunkel der Nichtigkeit hervorholte und zu verblüffenden Realitäten machte.

Damals, kurz nach dem Krieg, gab es nicht besonders viele Autos auf den Straßen, überhaupt nicht besonders viele Kraftfahrzeuge. Der Import war noch nicht richtig in Gang gekommen. Und noch immer war das Land voller Radfahrer, die jeden Nachmittag um fünf herum die Straßen vor den Fabrikgeländen füllten.

Onkel Stig hatte schon lange sein Augenmerk auf das Fahrrad gerichtet.

– Denk daran, mein Lieber, pflegte er zu mir zu sagen, dein Onkel wird in die Geschichte eingehen als der Mann, der das Fahrrad zur Vollkommenheit gebracht hat.

Seine Theorie war ganz schlüssig. Früher oder später, so argumentierte er, kommt der Zeitpunkt, wo die fossilen Brennstoffe der Erde erschöpft sind. Dann wird sich zeigen, welche Erfindungen vorübergehende Modelaunen waren und welchen die Zukunft gehört. Das Auto ist typisch für das, was verschwinden wird. Ebenso das Flugzeug. Die Schubkarre ist das typische Beispiel einer echten Erfindung, einer Erfindung, die beliebig lange verwendet werden kann. Ursprünglich von einem chinesischen General erfunden, damit die Soldaten ihr Gepäck bei langen Märschen leichter transportieren konnten, hat sie sich als eine der vortrefflichsten und dauerhaftesten Erfindungen aller Zeiten erwiesen: ein einfacher Hebel, dessen Drehpunkt sich ständig vorwärts bewegt und dadurch den Träger oder den Hebenden entlastet.

Ein weiteres Beispiel für eine Erfindung, die die Zeiten überdauern wird, ist der Heißluftballon. Eine Flugmaschine, die eigentlich nichts auf der Welt am Fliegen hindern kann, solange man die Kunst beherrscht, ein Stück Seide zu weben und es zu firnissen.

Ein drittes Beispiel für eine wirklich große Erfindung ist das Fahrrad. Unsere Autos, Busse und Lastwagen sind eigentlich nichts anderes als verkappte Fahrräder, dem zeitweiligen Vorrat an fossilen Brennstoffen angepaßt; sie werden ungefähr genauso schnell verschwinden, wie sie aufgekommen sind.

Aber das Fahrrad wird bleiben, es wird noch Jahrtausende überdauern.

Deshalb wird es Zeit, daß wir etwas daran tun, sagte Onkel Stig.

Das Fahrrad war das Gebiet, auf dem er seine Tüchtigkeit steigern wollte.

Jahrelang dachte er über das Fahrrad nach.

Er sprach mit uns kaum über die Sache, erst gegen 1947, als seine Theorien zum Teil zu reifen begannen.

– Es ist absolut lächerlich, sagte er, noch niemand ist darauf gekommen, daß ein Fahrrad es natürlich sehr wohl mit der Geschwindigkeit eines Autos aufnehmen könnte. Das ist nur eine Frage der Kräfteverteilung.

An Onkel Stigs Fahrrad sollte es keinerlei hinderlichen Luftwiderstand geben. Deshalb placierte er den Radfahrer in liegender Haltung auf einem komplizierten System von Ellbogen- und Schenkelstützen, das Gesicht hinter einer kleinen Windschutzscheibe. Das bedeutete, daß der Radfahrer beim Auf- und Absteigen ein bißchen auf die Hilfe seiner Freunde angewiesen war und daß es vielleicht nicht ganz leicht sein würde, bei Rot anzuhalten, aber du lieber Himmel, damals gab es noch kaum Ampeln außer an der Kreuzung von Kungsgatan und Sveavägen, also spielte das keine größere Rolle.

Die Pedale mußten natürlich an einen entsprechend hochgelegenen Punkt verlegt werden, ungefähr dorthin, wo bei einem normalen Rad der Gepäckträger sitzt.

– Das ist so ein typischer Schwachsinn, sagte Onkel Stig, daß die Kraft der Beine bei einem normalen Fahrrad nur auf einem Drittel des Tretwegs genutzt wird. Die Kraft muß natürlich gleichmäßig auf die gesamte Umdrehung verteilt werden.

Also steckte er die Füße des Radfahrers in zwei kräftige Lederriemen und montierte zwei vordere Zahnkränze, einen für jeden Fuß. Er gab ihnen eine elliptische Form, aus Gründen, die so kompliziert sind, daß ich sie hier nicht erläutern kann, und stellte die Ellipsen rechtwinklig zueinander.

Ein solches Fahrrad anzutreten ist etwas schwierig. Deshalb versah er es mit einer Gangschaltung, die nicht weniger als fünfzehn verschiedene Gänge hatte. Das größte Zahnrad war so groß wie ein Dessertteller, und das kleinste so klein wie ein Zwei-Öre-Stück.

Die Lenkstange sah recht imponierend aus mit all ihren Griffen und dem ganzen Klimbim, als er es uns an einem Sonntag im März 1949 in seiner Küche zeigte. Vor der Nase hatte der Pilot oder wie man ihn nun nennen soll, der Radfahrer, Testfahrer, einen ziemlich großen, stabilen Tachometer.

Was uns auffiel, als er uns den Prototyp zeigte, war die Skala des Tachos, die bis zu 150 Stundenkilometern reichte.

– Ist das nicht ein bißchen viel, fragten wir.

– Die Frage ist, ob es reicht, sagte Onkel Stig. Niemand kann voraussagen, wie schnell dieses Fahrrad sein wird. Bei sehr hohen Geschwindigkeiten treten neue aerodynamische Gesetze in Kraft. Niemand weiß, wie sie sich auswirken. Ihr müßt bedenken, daß bisher kein Mensch sich aus eigener Kraft mit einer solchen Geschwindigkeit bewegt hat.

– Doch, sagte ich.

– Wer denn, fragte Onkel Stig erbost.

– Die Leute, die sich vom Katarina-Aufzug stürzen.

– Hm.

Die Felgen waren sehr schmal, es war ein umgebautes Rennrad, ohne Schutzbleche und mit diesen schmalen Reifen, die man blitzschnell wechseln kann. Die Lenker waren, abgesehen von den Ellbogenstützen, gewöhnliche, nach unten gebogene Rennlenker. Es mag wohl an die dreißig Kilo gewogen haben, fünf davon allein die Gangschaltung mit all ihren Antriebsketten, Zahnkränzen und was noch so dazugehörte. Ich überlegte angestrengt, ob ich ihn um eine Probefahrt bitten sollte, aber mir wurde klar, daß er das niemals erlaubt hätte, und außerdem befanden wir uns ja in seiner Küche.

Am ersten Sonntag im April 1949 fand die Probefahrt statt, auf der Landstraße nach Södertälje, die damals noch nicht besonders stark befahren war.

Ich selbst bin nicht dabeigewesen, aber ich habe viel davon erzählen hören. Er hatte Briefe an die Presse geschickt und *Ny Dag*, *Morgon-Tidningen* und *AT* eingeladen, aber ich weiß nicht, ob überhaupt irgendein Journalist gekommen ist. Jedenfalls habe ich in keiner der Zeitungen je eine Meldung gefunden.

Es war ein recht naßkalter Aprilmorgen, wie Aprilmorgen in diesen Breitengraden häufig sind.

Zum Startplatz – ich weiß nicht genau, wo er lag – wurde der Prototyp mit einem Taxi gebracht. Wie sich zeigte, trug er einen roten Wimpel mit Hammer und Sichel an einer eigenen kleinen Fahnenstange am Lenker, und vielleicht war es das, was ihn bei einem Teil der Zeitungen unbeliebt machte.

Ein paar Freunde hatten sich versammelt, Parteigenossen, alte Spezis, einige Verwandte und ein Mädchen, das Onkel Stig kannte. Die meisten Spezis gehörten zum Fahrradclub Sofia, wo Onkel Stig immer eine Menge Freunde gehabt hatte.

Onkel Stig, zu Ehren des Tages in Turnschuhen, Turnhosen, dem Trikot des Fahrradclubs Sofia, mit Lederkappe und einer dicken Motorradbrille, überwachte das Ausladen des Fahrrads und bezahlte das Taxi. Der Fahrer war etwas sauer, weil er so wenig Trinkgeld bekam, knapp fünf Prozent.

Er richtete eine kurze Ansprache an die Versammelten:

Genossen!

Ihr wohnt einem historischen Ereignis bei, dem ersten Versuch, auf einem freien Fahrrad 120 Stundenkilometer zu erreichen. Ich weiß, daß mein Fahrrad noch höhere Geschwindigkeiten erzielen könnte, ich weiß aber nicht, bis zu welcher Geschwindigkeit die Felgen durchhalten. Deshalb werde ich diesmal meinen Versuch auf 120 Stundenkilometer beschränken. Wenn er mir glückt, bedeutet das einen Fortschritt für die Menschheit, für den Sozialismus, für den Weltfrieden, denn meine Erfindung soll dem Frieden dienen. Wenn der Versuch scheitert, werden andere die Fackel aufnehmen, die ich verloren habe.

Mein Prototyp, den ihr hier seht, das Ergebnis jahrelanger harter Arbeit unter widrigen äußeren Umständen, bedeutet einen Schritt in die Zukunft hinein, in eine Zukunft, wo der Kampf um die versiegenden Treibstoffvorräte der Erde den Weltfrieden gefährden wird. Meine Erfindung wird dazu beitragen, diesen Frieden zu sichern. Sie wäre nie zustande gekommen, wenn ich nicht durch meine alten Kameraden vom Fahrradclub Sofia an der Sache Interesse bekommen hätte.

Deshalb heißt mein Versuchsfahrrad *Josef Sofia*.

Nun muß ich zwei Mann bitten, mir beim Anfahren zu helfen. Vorwärts! Für den Weltfrieden!

Ein etwas trockener Freiluftapplaus folgte diesen Worten.

Manch einer stellte beiläufig fest, daß Onkel Stig wohl immer schon ein bißchen gesponnen habe. Einige jüngere Mitglieder der vertretenen Vereine machten sich ein wenig über die Maschine lustig.

In der Zuschauerrunde kam hier und da etwas undiszipliniertes Gelächter und Gerede auf, das jedoch zum Schweigen gebracht wurde. Der Zwanzigste Parteikongreß war noch in weiter Ferne.

Eiskalter Regen brachte heftige Windstöße mit, es war wirklich ein scheußlich kalter Morgen, und alle fanden, daß man ebensogut anfangen könnte.

Einige Zeitnehmer aus dem Fahrradclub Sofia verschwanden auf ihren Rädern die Straße hinunter, sie sollten, wenn sie den in die Luft gefeuerten Startschuß gehört hätten, ihre Stoppuhren in Gang setzen, um die Geschwindigkeit nach 1000, 2000 und 3000 Metern zu messen und den Rekordversuch zu Protokoll zu bringen.

Onkel Stig zupfte sich die Strümpfe zurecht, zwei der Kameraden vom Sofiaclub hoben ihn hoch und legten ihn auf das komplizierte System von Arm-, Schenkel- und Bauchstützen, das den Sattel bildete. Es sah fast so aus, wie wenn man einen Innenbordmotor in ein Boot hebt.

Der Bauchgurt wurde angeschnallt, die Füße an den Pedalen befestigt.

– Was machst du, wenn du absteigen willst, sagte jemand.

– Ich bremse natürlich ab, schnalle die Gurte los, sagte Onkel Stig, und das war ja eine so selbstverständliche Antwort, daß alle wirklich einsehen mußten, es sei recht blöd von ihnen gewesen, nicht von selbst auf etwas so Einfaches zu kommen.

Trotzdem war es irgendwie etwas unheimlich. Wie er da lag, an Bauch und Füßen an seine schimmernde Konstruktion festgebunden, sah er aus wie ein Gefangener des Fortschritts, auf Leben und Tod an seine blinkende Maschine gefesselt.

– Die Produktion ist für den Menschen da, und nicht der Mensch für die Produktion, sagte ein altes Original ein bärtiger Pazifist mit Nickelbrille in den hinteren Zuschauerreihen. Aber er wurde zum Schweigen gebracht.

– Das geht bestimmt nicht gut, sagte ein Mädchen zu einem der Kameraden vom Fahrradclub Sofia. Sie war nicht Clubmitglied, hatte aber die Aufgabe, sich um den Kaffee in den Thermosflaschen zu kümmern.

Aber sie schoben ihn an. Es schien nicht ganz leicht zu sein, auf einem solchen Monstrum von Fahrrad das Gleichgewicht zu halten, besonders am Anfang, bevor es beschleunigt hatte; Onkel Stig wakkelte praktisch von einer Straßenseite zur anderen, aber dann bekam sein schrecklich schwer anzutretendes Fahrrad soviel Schwung, daß er den nächsten Gang einlegen konnte, und plötzlich ging es los, und die Tachonadel kroch langsam, langsam vor seiner Nase hoch, fünf, sechs, sieben, acht Stundenkilometer.

Wegen der gigantischen Übersetzung zog es zuerst viel langsamer an als ein normales Fahrrad, und Onkel Stig schwitzte schon, obwohl es so windig und kalt war.

Er entdeckte, daß es tatsächlich einen großen Unterschied macht, wenn der Fuß bei der ganzen Umdrehung treten muß.

Jetzt war er auf der geraden Strecke, und nun ging es schneller und schneller, die Kette hüpfte munter von einem Zahnkranz der Gangschaltung zum anderen.

Der Wind begann ihn zu umbrausen,

der Wind.

In einer Minute von zehn Stundenkilometern auf sechzig, nicht übel!

Hin und wieder brachte eine Unebenheit der Fahrbahn das Rad fast zum Abheben, ein Fahrrad von dreißig Kilo, mit einem Reiter von sechzig, zusammen also neunzig Kilo, ist ja bei sechzig Stundenkilometern nicht ganz dasselbe wie ein Auto, das mehr als eine Tonne wiegt.

Der Wind,

ein Monteverdi-Wind,

ein Freiheitswind,

nahm jetzt mit jeder Sekunde zu, und die Nadel des Tachos schnellte auf immer unglaublichere Werte hoch.

Ha, ha, da taucht das erste Auto auf! Es war ein ziemlich schwer beladener Kieswagen, aber immerhin ein Auto. Er muß ungefähr siebzig Stundenkilometer gefahren sein.

Onkel Stig überholte es, leicht wie ein Schatten, wie ein Geisterhauch, und er sah im Rückspiegel, wie der Fahrer bedenklich schleuderte, während er sich hinter seinem Steuer von dem Schock zu erholen versuchte.

Achtzig Stundenkilometer, das Fahrrad macht bei jedem Buckel auf der Straße weite Sprünge, es ist immer noch kein bißchen anstrengend, der Zeiger kriecht immer höher, und der Regen, der fällt, ist nun kein kalter Regen mehr, sondern ein erfrischender, und der Monteverdi-Wind umbraust ihn voller geheimnisvoller Verheißungen, und der Gefangene des Fortschritts ist ganz frei in der Glasblase seines Fortschritts, seiner Inspiration, seiner Tüchtigkeit,

UND DER REGEN SPÜLT DIE MÜDIGKEIT VON JAHRZEHNTEN WEG

der Wind ist schon ein Sturm, und jetzt sind es hundert Stundenkilometer, hundert Stundenkilometer! Und diese beiden Personenwagen überholt er so schnell, daß er kaum etwas von ihrem Benzingeruch spürt, und auch sie kommen wahnsinnig ins Schleudern, als sie überholt werden,

ZEITNEHMER MIT BLEICHEN GESICHTERN WIRBELN VORBEI

und bei 110 Stundenkilometern kommt eine Windbö daher, erfaßt *Josef Sofia* und seinen todesverachtenden Fahrer und schleudert sie beide im hohen Bogen auf die Felder hinaus, und er mußte drei Monate im Krankenhaus bleiben, bis seine Oberschenkelbrüche einigermaßen verheilt waren, und alle alten Rentner in den Nachbarbetten lachten sich fast tot, als sie erfuhren, was ihm passiert war, und dann erholte er sich wieder, sehr gut sogar, aber seine Erfindungen nahm er nie wieder auf, und er wurde etwas dicker und ruhiger und sprach immer einsilbiger vom Stalinismus und kaufte sich mit der Zeit ein Reihenhaus in Hägersten, und wenn man ihn dort seinen Rasenmäher schieben sah, einen sehr dicken, schweigsamen Durchschnittsingenieur, der Stalins philosophische Schriften auf dem Speicher verstaut hatte, dann begriff man natürlich, daß irgendwo irgendwas schiefgelaufen sein mußte, es war nur nicht so leicht zu sagen, was, aber ganz schrecklich schiefgelaufen war es irgendwo – sein Leben hatte sozusagen seinen Höhepunkt überschritten – und die Tulpen wuchsen und wuchsen in seinem Garten, und der Rasen wurde von Jahr zu Jahr grüner

UND IRGENDWO WAR ALLES SCHIEFGELAUFEN

und das ist das Ende der Geschichte von der Tüchtigkeit.

Ein intergalaktischer Krieg II

Die riesigen, parabolischen Antennenschalen auf dem Planeten Ygal-Ygal, sechs oder sieben Kilometer von Rand zu Rand, schwenkten nervös von einem Himmelssektor zum anderen.

Das tiefrote, matte Dämmerlicht der sterbenden alten Sonne Ham-Ofad schaffte es kaum mehr, die eigentümlichen, vom Wind geschliffenen Steinblöcke der trostlosen Wüste noch Schatten werfen zu lassen. Seit einigen Jahren war auf dem Planeten Nachmittag, und eine frische südwestliche Brise von minus 120 Grad Celsius fegte mit einer Windstärke von 240 Metersekunden über seine Oberfläche. Kein Staubkorn regte sich in dieser Wüste, wofür es eine ganz natürliche Erklärung gab: Jedes hatte nämlich eine Masse von etwa dreißig bis vierzig Tonnen.

Ygal-Ygal ist ein ungewöhnlich großer Planet, besonders für die Verhältnisse in unserer Galaxis. In dieser scheinbar uninteressanten, dämmrigen roten Wüste, wo der Horizont Tausende von Kilometern entfernt zu sein schien, hatten selbst die erfahrensten Weltraumgeologen aus uralten Zivilisationen manches entdecken können, worüber ihnen Hören und Sehen verging.

Mit gutem Grund. Ygal-Ygal ist kein ganz alltäglicher Riesenplanet.

Er liegt nämlich gar nicht in unserer Galaxis.

Kiirk-Fa machte nicht die geringsten Anstalten zu bremsen, als er in die Atmosphäre von Ygal-Ygal eintauchte. Im Gegenteil: Er faltete die kurzen, aggressiv geformten Flügel zusammen und ließ sich Tausende von Metern ins Innere des Planeten hinabfallen. Sein kurzer, vorspringender Schnabel spaltete die Bergmassen, die wie ein erfrischender Wind, wie ein Monteverdi-Wind, an ihm vorbeiströmten, und mit einem Krachen wie von tausend Bomben ließ er sich lustvoll durch den Granit fallen. Der frische Wind aus kristallinischem Stein, das Gefühl, sich wieder in der kargen, vertrauten Landschaft seiner Heimat zu befinden, das alles versetzte ihn in eine strahlende Laune. Er vermied mit knapper Not einen Zusammenstoß mit einem anderen Blip, der langsam und bedächtig in den Bergmassen aufwärts kreiste. Sie tauschten männlich barsche Grüße, und jeder folgte weiter seinem Kurs.

Mit einer Retardation, die einen fallenden Meteor innerhalb von einer Sekunde in leuchtendes Gasplasma verwandelt hätte, fing ihn das äußere Magnetfeld der Stadt auf, und in elegantem Gleitflug durchbrach er die Wand des Instituts.

– Willkommen!

– Willkommen, Kiirk-Fa!

– Willkommen!

– Ja. Leider. Das Signal ist unverändert. Alle unsere Versuche, es auszuschalten, sind gescheitert.

– Herr Dozent (ich übersetze hier einen Titel, der vielleicht nicht ganz leicht zu übersetzen ist, mit »Dozent«. Andere Übersetzer würden möglicherweise »Privatdozent« vorziehen, aufgrund der etwas schwerverständlichen Gesellschaftsstrukturen auf Ygal-Ygal, wieder andere würden »kleine Schwester« sagen, aber ich kann nicht näher darauf eingehen, denn dann komme ich nie mehr zur Pointe meiner Geschichte), haben Sie einen Kontakt hergestellt?

Kiirk-Fa schüttelte mit einigen energischen, kurzen Flügelschlägen etwas Granitstaub aus den Flügeln.

Blips werden in Stein geboren, leben in Stein, fliegen in Stein, wie unsere Lerchen in der Frühlingsluft, und trotzdem haben sie offenbar einen uralten, tiefverwurzelten Widerwillen dagegen, sich staubig zu machen.

– Nur bruchstückhaft, Herr Laborant. In den letzten Tagen gab es ungewöhnlich viele intergalaktische Störungen. Dadurch verstärkt sich die Zeitverschiebung.

– Ich verstehe, Herr Dozent. Spielen Sie uns bitte ein Stück davon vor?

– Sofort.

Der Dozent tippte an einen blauroten Kreis, der mit phosphoreszierendem Schein inmitten der granitenen, dichten Dunkelheit des Raums hing.

– Etwas lauter bitte, ich bin wohl bei der Landung ein bißchen schwerhörig geworden. Ich war zu lange da draußen im leeren Raum.

Beflissen tippte der Dozent erneut an den Kreis.

tönte es dreistimmig aus dem Lautsprecher, einem schimmernden Plasma an der Decke.

– Das sagt mir nichts, meinte Kiirk-Fa.

– Die ersten Male hat es mir auch nichts gesagt. Aber unsere Bearbeitungsabteilung im System 203 hat es herausgefunden. Es ist Adam Jarzebsky.

– Verdammt, sagte der Laborant Kiirk-Fa. *Verdammt!* Das ist sein Hofkomponist!

Der Dozent nickte.

– Da wären wir wieder am Nullpunkt. Total blockiert! Verflucht noch mal!

– Ja, Herr Laborant, es sieht ganz so aus, als ob er die Flotte hätte. Verdammter Mist!

– Aber was zum Teufel will er nur damit?

– Wenn wir das wüßten.

– Herr Dozent, rufen Sie bitte Abteilung A an? – Sofort.

– Es gibt nur einen Ausweg.

– Welchen?

– *Infiltration.* Die Abteilung A muß uns helfen, einen Spion einzuschmuggeln. Mit allen Mitteln. Einen Spion.

Zu einer Lautstärke aufgedreht, die eine Armada von startenden Jets wie einen Geisterhauch hätte erscheinen lassen, mit abnorm vergrößerten, silbernen Trompeten, schallte Adam Jarzebskys feierliche alte Hymne an König Sigismund, *Vivat et floreat rex*, durch einen Raum, der gar keiner war.

Die Malerin G. faßt einen Entschluß

Es müßte eigentlich schon später in der Nacht sein, aber seit einer Stunde ist die Uhr tatsächlich auf eins stehengeblieben, dachte die Malerin G.

Die Teetassen klapperten gemütlich in ihrem Arbeitszimmer. Der zarte, zarte Schimmer, der das erste Zeichen dafür war, daß ein Frühlingsmorgen heraufzog, hing seit einer Stunde – oder waren es mehrere – unbeweglich am Horizont.

Die Herren Belo, Uriel und Azaar saßen in einer Reihe auf dem Sofa unter dem Bücherbord, wohlerzogen wie junge Diplomaten aus einem Entwicklungsland, die zu einer Cocktailparty in Bonn eingeladen sind, und schauten die Malerin verliebt an.

War sie während der letzten halben Stunde nicht schöner geworden? Leuchteten ihre Augen nicht mit einem neuen, einem tieferen Glanz?

– Liebe Laura, sagte Belo (sie hatten beschlossen, einander Laura und Belo zu nennen), ich glaube, daß all die kleineren Punkte sich ganz leicht erledigen lassen. Ein Atelier im Grunewald, etwa zehn Millionen Dollar in bar, den Rest in monatlichen Raten, als Indexlohn. Weltruhm und schließlich die künstlerische Vollendung, die jedoch eine sehr viel schwierigere Sache ist.

Eigentlich ist es nur eine von deinen Klauseln, die mir Sorgen macht, daß du nämlich unbedingt für vierundzwanzig Stunden ein anderer Mensch sein willst, zu einem von dir selbst gewählten Zeitpunkt.

Weißt du, das entspricht nicht dem normalen Vertrag.

– Aber Belo, du hast doch meine Gründe gehört?

– Ich habe deine Gründe gehört, und ich habe großes Verständnis dafür. Ich glaube wirklich, daß du auf diese Weise mehr Wissen erwerben wirst als auf irgendeine andere, die einem Menschen in seinem Leben zur Verfügung stehen kann. Es ist nur so, daß dein Wunsch etwas ungewöhnlich ist. Er stellt unsere Möglichkeiten auf eine außerordentliche Probe.

– Aber Belo, denk doch an den Preis! Du bekommst dafür meine Seele, meine unsterbliche Seele, auf unbegrenzte Zeit.

(Sie konnte nicht verhindern, daß ihre Stimme ein klein wenig zitterte, als sie diese letzten Worte sprach.)

Belo lehnte sich im Sofa zurück und blickte seine beiden Gehilfen einen Augenblick mit einer gewissen müden Resignation an.

– Laura, du bist ein kluges Mädchen, ein sehr kluges Mädchen. Daher gibt es allen Grund auf der Welt, aufrichtig mit dir zu reden. Du hast einen klaren, gesunden Verstand, du hast das Herz auf dem rechten Fleck, du bist eine wunderbare Malerin, und bevor du fertig bist (er schloß einen Moment die Augen und lehnte sich nachdenklich im Sofa zurück, ungefähr wie es jemand tut, der sich an etwas Angenehmes erinnert), werden die großen Museen der Welt sich wie die Verrückten um deine Bilder reißen. Es wird eine Zeit kommen, wo eine kleine Silberstiftzeichnung von dir bei Sothebys in London für fünfzigtausend Mark weggeht. Aber weißt du, liebe Laura – er ließ seine Hand einen Augenblick väterlich auf ihrem Arm ruhen, und Laura zog ihn erschrocken zurück, da die Hand eine überraschend sinnliche Wärme durch ihren Wollpullover ausstrahlte –, deine Erfahrungen sind trotz allem begrenzt.

– Natürlich, sagte Laura, ein klein wenig pikiert.

– Ja, sie sind begrenzt, fuhr Belo väterlich fort, darüber mußt du dir klar sein. Du sprichst davon, daß »wir« deine »unsterbliche Seele« dafür »bekommen« werden, und ich habe den Verdacht, daß du mit diesen Worten die unangenehmsten Vorstellungen verbindest. Du erkennst nicht, daß deine Sprache von einer zweitausendjährigen feindlichen Propaganda geprägt ist. Ohne dir dessen bewußt zu sein, benutzt du eine Sprache, die ganz und gar von Haß durchdrungen ist, von einem abgrundtiefen Haß auf uns, auf unser Gesellschaftssystem, auf unsere Lebensform, auf alles, was wir darstellen. (Er schien einen Augenblick richtig empört zu sein, verfiel aber dann sofort wieder in seinen onkelhaft-altväterlich-professoralen Ton.) Du sprichst davon, daß »wir« deine »unsterbliche Seele« dafür »bekommen« werden.

– Was heißt wir? warf Uriel ein.

– Genau. Was heißt wir? Und was heißt »bekommen«? Ich kann mir schon denken, welche Vorstellungen du damit verbindest. Riesige Meere aus kochendem Schwefel, blutiger Regen, echsenhafte

Monster, die dir schrecklich schamlose Angebote machen, Eidechsen mit Menschenkörpern, die darauf bestehen, dir mit ihren rauhen Zungen die edelsten Körperteile zu lecken, abscheuliche fliegende Ungeheuer, die dich durch hundert Grad heiße Wüsten verfolgen, wo du bis zu den Waden durch kochendes Pech gehst, widerliche alte Weiber, die unter irrem Gekicher versuchen, dir mit Hutnadeln die Augen auszustechen …

– Belo, sagte Uriel, versuche bitte deine Phantasie zu zügeln, siehst du denn nicht, daß sie ganz bleich ist?

– Verzeihung, sagte Belo. Ich wollte nur ein paar Kostproben von dem geben, was uns jahrtausendelang nachgesagt wurde. Aber natürlich nur, um deutlich zu machen, was für abscheuliche Propagandalügen man über uns verbreitet hat.

– Kann man sich wirklich darauf verlassen, daß es Lügen sind, fragte Laura. Denk nur an Hieronymus Bosch und Pieter Brueghel und …

– Liebe Laura (er konnte erst im letzten Moment den Impuls unterdrücken, die Hand noch einmal väterlich auf ihren Oberarm zu legen), laß mich ein für allemal feststellen, daß das alles Lüge ist. Eine dreckige, genial gesteuerte, hartnäckige, systematische Lügenpropaganda.

Es muß dir doch wohl klar sein, daß dieselben Personen, die diese Lügen verbreitet haben, nicht davor zurückschreckten, Hunderte von jungen Frauen wie dich auf dem Scheiterhaufen zu verbrennen, Katharer zu pfählen, Wiedertäufer im Fluß zu ertränken, kleinen Kindern in Dalarna (einer skandinavischen Provinz) mit glühenden Zangen Bekenntnisse abzuzwingen. Und was bekannten die Kinder? Daß man ihnen Süßigkeiten angeboten hatte!

Von solchen Personen kannst du keine korrekten Angaben über eine fremde Welt erwarten, das mußt du doch einsehen.

Laura nickte kurz, sah aber noch so bleich aus, daß Azaar ihr schnell brüderlich mit dem Taschentuch über die Stirn fuhr – das verwirrte sie ein wenig, denn sie hatte gerade gedacht, er sei doch *wirklich* ein ungewöhnlich schöner Mann – und sich erbot, ihr ein Glas Whisky zu holen, was sie ablehnte, da sie ganz genau wußte, daß sie seit Monaten kein Geld gehabt hatte, um Whisky zu kaufen. Herr Azaar gab sich nicht damit zufrieden, sondern zog rasch eine Taschenflasche Haig aus seiner eleganten Aktenmappe, und die Malerin G. stellte beiläufig fest, daß sie im steuerfreien Spirituosenladen auf dem Flughafen in Frankfurt am Main gekauft worden sein mußte.

Uriel lief bereitwillig in die Küche hinaus, um ein Glas zu holen, und die vorübergehend etwas gedrückte Stimmung wurde rasch aufgelockert, als sich der erlesene Whiskyduft im Zimmer ausbreitete. Schmeckte Haigs Whisky wirklich immer so gut?

– Damit möchte ich nur sagen, fuhr Belo erleichtert fort, daß niemand darauf aus ist, dich in einem Meer von Blut zu ertränken oder dich in Schwefel zu kochen. Wir stellen ganz einfach ein anderes Weltsystem dar, ein anderes Reich, wir führen seit sehr langer Zeit einen ungleichen, harten Kampf mit den Mächten, die diesen Planeten gewöhnlich beherrschen, und daraus hat sich nach und nach ein empfindliches Gleichgewicht des Terrors entwickelt.

Es ist ein harter, unsentimentaler Krieg, bei dem die Mittel nicht immer die saubersten sind, das kannst du mir glauben. Agenten dringen von beiden Seiten ein, es ist eine schmutzige, harte und kalte Arbeit, bei der beide Parteien ihre Pflicht gegenüber der ihren erfüllen, ohne jede sentimentale Regung.

Aber eins verspreche ich dir, von Schwefelseen kann keine Rede sein. Und es gibt auch niemand, der darauf aus wäre, deine Seele zu »bekommen«. Das sind doch nur Vorstellungen, die sich in der Kindheit festsetzen, wenn man im Dunkeln liegt und darauf wartet, daß jemand einen »holen« kommt, nicht wahr?

Er hatte so lange und so eifrig geredet, daß ihm beinah der Atem ausging, und Uriel fiel fast ohne Unterbrechung ein, mit der gleichen etwas müden Stimme, als habe er dieselbe Sache schon Hunderte von Malen wieder und wieder erklärt.

– Es geht nicht um solche Dinge, sondern es handelt sich vielmehr darum, gewisse – Begabungen – heranzuziehen, die uns in Zukunft nützlich sein können und die für unendliche Zeit bei uns leben und arbeiten können. Wir sind in unserer Auswahl etwas elitär, und das liegt daran, daß wir niemals ein solches Interesse an einer Massenwirkung gehabt haben wie gewisse andere Leute. Wir sind ein mächtiges Reich; die Art, wie wir die Dinge organisieren, unser gesamtes System, unterscheidet sich etwas von dem hiesigen. Es ist sehr wohl möglich, daß ein Neuling bei uns Anpassungsschwierigkeiten hat, daß er oder sie manches vermißt, woran er oder sie gewöhnt ist, und daß der Neuling dies und jenes neu und fremd finden wird. Aber von Schwefelseen kann wirklich keine Rede sein, höchstens mal in einem entlegenen Naturpark, und da nur als Ziel für Touristenausflüge.

Was uns interessiert, ist deine Arbeit, deine Begabung, liebe Laura, nichts anderes. Und das bedeutet, verstehst du, daß der Preis, den du bezahlst, gar nicht so hoch ist, wie du es dir jetzt einbildest, irregeführt durch eine jahrtausendelange Greuelpropaganda.

– Ich verstehe, sagte Laura. Aber wie kann ich wissen, daß ihr die Wahrheit sagt?

– Man pflegt dem Wort ehrenhafter Männer zu vertrauen, sagte Belo. Wie Uriel gerade gesagt hat, ist der Preis, den du bezahlst, gar nicht so furchtbar hoch, wie du glaubst, und daher scheint die Sache mit deiner ungewöhnlichen Zusatzklausel doch ein wenig überzogen.

Es stimmt natürlich schon, daß du die Ewigkeit an einem Ort verbringen wirst, der dich für immer der Möglichkeit beraubt, sie an jenem anderen Ort zu verbringen, aber erstens mußt du ja auch in der Ewigkeit irgendwo bleiben, und zweitens kannst du vielleicht auch nicht absolut sicher sein, daß dieser Ort wirklich so wunderbar ist, wie es die vieltausendjährige Lügenpropaganda behauptet.

Ich finde, ehrlich gesagt, du solltest jetzt zugreifen und darauf verzichten, den Preis unnötig in die Höhe zu treiben.

Die Malerin G. lehnte sich in ihrem Stuhl zurück. Die Uhr stand immer noch auf eins, und der rote Schimmer am Horizont hatte sich nicht verstärkt.

– Es ist sonderbar, sagte sie. Solange ich mir Schwefelseen und blutigen Regen und diese – lasziven – Eidechsengestalten vorgestellt habe, schien alles schon beschlossene Sache zu sein. Aber wenn ihr jetzt sagt, es sei gar nicht so schlimm, denke ich gleich an lange Schlangen vor den Lebensmittelläden, an den Geruch von billigen Waschmitteln und an bürokratische Formulare, die ausgefüllt werden müssen, an überfüllte Busse, vor denen man im Schneeregen anstehen muß, und dann ist es gar nicht mehr so verlockend.

Wie ist das Klima? Es ist doch hoffentlich nicht feucht und kalt?

Belo, der sie in den letzten Minuten ganz verliebt angeschaut hatte, zuckte zusammen, als sei ihm jetzt erst bewußt geworden, wovon sie redete.

– Das Klima? Ach ja, das Klima. Nun, es ist ein sehr großer Kontinent, größer als Afrika und Asien zusammen, und das Klima dort ist sehr unterschiedlich. Du müßtest dich eben in einer Gegend niederlassen, wo dir das Klima behagt. Sicherlich gibt es einige Orte, an denen recht extreme Verhältnisse herrschen. Es mag ja sein, daß nicht alles Lügenpropaganda ist und daß die Berichte zum Teil auf die Beobachtungen mittelalterlicher Reisender zurückgehen, die allerdings eine sehr überhitzte Phantasie hatten, aber im großen und ganzen bin ich davon überzeugt, daß du keinerlei Schwierigkeiten haben wirst, dich an das Klima zu gewöhnen und einen Ort zu finden, wo die Luft lau und trocken ist und das Frühjahr zeitig beginnt.

– Sonderbar, sagte die Malerin G. Je mehr du erzählst, desto unschlüssiger werde ich.

In diesem Moment fiel ihr etwas auf. Es war heller geworden im Zimmer. Der rote Schimmer am Horizont hatte sich merklich verstärkt: Das Ticken der Uhr war wieder deutlich zu hören. Und plötzlich war es halb vier.

Die Malerin G. fühlte sich sehr müde. Das Ticken der Uhr kam ihr plötzlich so laut vor, daß sie meinte, es sei doch sonderbar, daß die Nachbarn nicht schon längst aufgewacht waren.

Der Herr, der Belo genannt werden wollte, erhob sich mit einer gewissen Schwerfälligkeit vom Sofa.

– O. K., sagte er. Wir sind ja an sich keine Verhandlungsdelegation, sondern eine Freundschaftsdelegation.

– And so what, sagte die Malerin G.

– Ich sehe keine andere Lösung, als daß Sie uns für eine Woche begleiten und sich selbst ein Urteil über die Verhältnisse bilden, bevor wir einen Vertrag schließen.

– Aber geht das denn?

– Selbstverständlich geht das, liebes Kind. Wir haben nichts zu verbergen. Im Gegenteil, wir bemühen uns sehr darum, die kulturellen Kontakte zu erweitern.

– Muß ich irgendwas mitnehmen, fragte G. ängstlich.

– Ja, eine Zahnbürste, und vielleicht etwas – zum Wechseln – und einen warmen Pullover. In gewissen Gegenden können die Abende ein wenig kühl sein.

– Aber kann ich denn sicher sein, daß ich zurückkomme?

– Selbstverständlich. Es ist bei uns nicht üblich, Mitglieder einer Freundschaftsdelegation verlorengehen zu lassen, sagte Belo ein wenig beleidigt.

– O.K. Ich werd's mir ansehen. Nur einen kleinen Moment noch, ich muß der Hausmeisterin einen Zettel hinlegen, daß sie mir die Blumen gießt. Meint ihr wirklich, es soll jetzt sofort losgehen?

– So schnell wie möglich! Wir müssen fort sein, bevor die Sonne aufgeht.

– Moment, ich muß nur noch einen Zettel finden. Offenbar klaut mir ständig jemand die Bleistifte.

Die Schrotladung, im Flug vor der Flinte des Jägers gefangen

Seit einigen Monaten war Nachmittag.

Das äußerte sich auf unterschiedliche Art.

Ich zog zum Scholtzplatz um. Der Scholtzplatz liegt fast nicht mehr in Berlin, nur einen Steinwurf von Spandau entfernt, in einem Winkel, einem sehr verwilderten zwar, aber immerhin in einem Winkel des großen Grunewalds, durch den muntere Reiterscharen galoppieren, und in dem die Buchen mit jedem Tag grüner wurden.

Ein leichter Nieselregen lag in diesen Tagen über Berlin.

Ich verließ ohne Bedauern die riesige Wohnung in Schöneberg, mit ihren plötzlichen Windstößen aus den Garderoben, ihren pensionierten Militärchirurgen, ihren kleinen, scharfzüngigen Offiziersgattinnen in den oberen Etagen, und installierte mich und meine Familie in einer bequemen kleinen Dreizimmerwohnung am Scholtzplatz.

Ich mag Randbezirke. Ich habe sie schon immer gemocht. Durch das Fenster zum Scholtzplatz sah ich eine Bushaltestelle und zwei seltsam geformte Kiefern.

Sie erinnerten mich an Väster Våla, besonders dann, wenn große Regenwolken hinter ihnen vorüberzogen.

Meine nächste Nachbarschaft bestand aus einem sehr lehmigen Übungsplatz für britische Panzer (es war immer wieder ein Erlebnis für mich, wenn sie mit ohrenbetäubendem Lärm morgens um sieben die Heerstraße entlangdonnerten, mitten in einem Feuilletonartikel), einem Supermarkt mit Phantasiepreisen und einem britischen Soldatenfriedhof aus dem Zweiten Weltkrieg:

»A British Navigator. Died on the 16th of December 1943. Known unto God.«

und linkerhand ein grüner, kompakter Buchenwald, der fast zwei Stunden weit reichte.

Ich unternahm verschiedene kleine Ausbruchsversuche.

Ich machte eine Reise nach Stockholm, um in einer Fernsehsendung aufzutreten, aber es endete nur damit, daß ich bei einem Kneipenbesuch, während ich mit Jan Myrdal und Jan Stolpe über romanische Steinskulpturen diskutierte, vierzig Grad Fieber bekam.

Ich machte eine Reise nach Wien, saß im Café Landtmann am Ring und diskutierte mit Dr. Reinhard Urbach über die byzantinische Kultur, und mitten im Café Landtmann bekam ich vierzig Grad Fieber und fuhr wieder heim.

Wohin ich auch reiste, stets bekam ich vierzig Grad Fieber.

Immer wenn ich es geschafft hatte, mich wieder nach Hause zum Scholtzplatz zu schleppen, wurde ich gesund, sobald ich in die Küche hinausging und eine Tasse Kaffee trank.

Ich zog daraus den Schluß, daß ich am Scholtzplatz daheim sei.

Es war schon ein lustiger Ort für ein Zuhause. Ich stand gewöhnlich um sieben Uhr auf, sorgte dafür, daß die Kinder ihr Frühstück bekamen und brachte sie zum Bus, der sie durch die gewaltigen Schleifen und Biegungen der Stadtautobahn in einer guten halben Stunde in die Stadt fuhr, und dann an den Schreibtisch bis etwa drei Uhr nachmittags, nur mit Pausen für kleine Tassen eines konzentrierten Kaffees, wie nur ich ihn zubereiten kann.

Eigentlich verlange ich nichts anderes vom Leben, als in Frieden schreiben zu können.

Manchmal fuhr ich in die Stadt, ging in Buchhandlungen und traf Leute.

Den Nachmittag pflegte ich meist mit einem langen Spaziergang durch den Grunewald zu verbringen, durch den frühlingsgrünen Wald bis zum Hundekehlensee. Der kleine, grüne, algenstrotzende Hundekehlensee mit seinen Enten, seinen umhertreibenden Tetrapak-Tüten, seinen grünen Stränden, seinen falschen, vor der Jahrhundertwende von Industriemagnaten erbauten Renaissanceschlössern.

Am Hundekehlensee habe ich Freunde.

Auf dem Weg dorthin kommt man an zwei Hügeln vorbei oder vielmehr zwischen zwei Hügeln durch, die mitten in der verworrenen Vorstadtlandschaft liegen wie bizarre Frauenbrüste. Der eine ist sonderbarer als der andere.

Der rechte ist ein natürlicher Hügel, mit Gras, Bäumen und Büschen bedeckt, der auf seiner Kuppe eine Art Gralsburg trägt – eine amerikanische Radarstation. Die Gralsburg hat riesige weiße Kuppeln, und bewacht wird sie von bis an die Zähne bewaffneten amerikanischen Soldaten mit großen Bestien von Wachhunden.

Wenn man doch bloß sicher sein könnte, daß es nur eine Radarstation ist und nichts Schlimmeres! Vermutlich überwacht sie den gesamten osteuropäischen Luftraum von hier bis Novgorod, aber kann man denn sicher sein, daß sie nicht auch unsere Gespräche abhört, unsere Gedanken liest, irgendeine entsetzliche Katastrophe vorbereitet?

Vielleicht ist es eine geheime Forschungsstation, die sich mit bisher unbekannten magischen Waffen beschäftigt? Vielleicht macht sie etwas mit unserer Sprache, mit unseren Träumen?

Der linke Hügel ist ganz kahl bis auf das smaragdgrüne Gras, das ihn zu dieser Jahreszeit bedeckt.

Man überlegt ein wenig, wo man ihn schon einmal gesehen hat, und plötzlich kommt man drauf.

In Westasien, in Kleinasien gibt es solche Hügel.

Sie enthalten die verwüsteten Städte.

Die Fundstellen der Archäologen.

Man dringt durch die einzelnen Schichten vor. Zuerst Ziegel, dann Stein, dann wieder Ziegel, und schließlich die Überreste primitiver Pfahlbauten, wo die Toten auf dem Müllhaufen begraben wurden und wo verbrannte Knochen in der Asche eines Herdes liegen, der vor Tausenden von Jahren erloschen ist.

Und unter dem primitivsten Lehmboden ein Marmorboden mit einem wunderbaren Mosaik.

So geht es immer weiter.

Dieser ist zweihundert Meter hoch. Auf der Kuppe weht ständig ein Wind. Hier und da schaut eine alte Badewanne zur Hälfte hervor, als sei der Berg gerade dabei, sie zu gebären, hier und da verheddert der Fuß sich in irgendwas, man zieht und zerrt, und plötzlich hält man ein großes Stück von irgendeinem hübschen wilhelminischen Ornament aus Gußeisen in der Hand.

Es klirrt, und ein paar blaue Kacheln gleiten ein Stück den Abhang hinunter und legen sich in einem Brennesselhaufen zurecht.

Hier ist nie ein Mensch zu sehen, nur die Spuren einer alten Bobsleighbahn, und die wird nur im Winter benutzt, aber es weht ein starker, hartnäckiger Wind. Schon der erste Windstoß erinnert mich an meinen Freund Sigismund

ABER ER SCHLÄFT NOCH

und von der Kuppe aus schlage ich die Richtung zum Hundekehlensee ein, immer zum Hundekehlensee, der weit hinten im Nordwesten wie ein kleiner Lichtreflex im Grünen schimmert, der Weg führt durch Schrebergärten, dann kommt wieder Wald, wieder Schrebergärten, wieder Wald, und richtig sicher fühlt man sich nie, bevor man nicht das Geräusch der Autobahn nach Dreilinden hört und die alte, mit Spinnweben überzogene S-Bahnstation in all dem Grün auftauchen sieht.

Dieser Wald macht mir immer ein bißchen angst.

Es liegt, wie soll ich sagen,

JAGD IN DER LUFT

Jagdhörner unter den grünen Wipfeln der Bäume, ich habe das Gefühl, jeden Moment könnte mich eine bizarre Jagdgesellschaft auf ihren Pferden einholen – Jäger in roten Jacken, die Damen in roten Röcken, von Hunden umgeben, einer Meute von schwarzgefleckten, munteren Dalmatinern, und die Gesichter der Herren und Damen sehen etwas *sonderbar* aus, ein wenig deformiert, wie Gesichter, die lange in der Erde gelegen haben – und eine Parforcejagd über Stock und Stein veranstalten. Mit kläffenden Hunden auf den Fersen würde ich gejagt werden, bis die Luftröhre schmerzte und ich keinen Schritt weiterkönnte, und in einer hellen Lichtung würde man Jahre danach meine Armbanduhr finden, etwas zertreten, mit einem spinnwebartigen Muster auf dem Zifferblatt

UND DER ZEIGER STEHT AUF HALB VIER

es ist Zeit zum Teetrinken.

Seit einigen Monaten war Nachmittag.

Und jetzt, ein immer tieferes Grün, eine immer tiefere Dämmerung unter den Bäumen, wo die Busse der Linie 17 in einem Aquarium aus Laub und flirrendem Nachmittagslicht auf ihrem langen Weg zwischen Grunewald und Lichterfelde unterwegs sind.

Und ich sitze auf einer Steinbank am Ufer des Wannsees und sehe, wie sich ein großes, dumpfes, drückendes Gewitter über dem nördlichen Horizont, über der Stadt auftürmt. Der große Wasserspiegel vor mir wimmelt von unruhigen Segelbooten, die hierhin und dorthin kreuzen, in den Fliederbüschen des riesigen, verlassenen Gartens hinter mir ein einsames Rauschen, und der Duft des Flieders erinnert mich an gewisse Frühsommernachmittage meiner Kindheit in Ramnäs, die auch monatelang anhalten konnten, und zum erstenmal seit langer Zeit denke ich an das jüngste von den Geschwistern meiner Mutter. Die meisten waren Brüder, Onkel, aber das jüngste war eine Schwester, Tante Clara, und die mochte ich lieber als alle anderen zusammen, sie war begabter, exzentrischer als all die anderen.

Ich möchte nur wissen, was aus ihr geworden ist?

DER ERSTE WINDSTOSS BLÄTTERT IN MEINEM BUCH, BLÄTTERT

so daß es sich selbst liest, wie eine tibetanische Gebetsmühle sich selbst betätigt, und ich sitze ganz aufrecht da, ohne eine Zeile zu lesen, und schaue über den See zum Gewitter hinüber, das sich jetzt über dem neuen, abscheulichen Dampfkraftwerk im Lichterfelder Raum aufplustert und Blitze schleudert.

Heute morgen, als ich in meinem Zimmer aufwachte, zwischen Bücherstößen, Manuskripten und Joens Modellen von Flugzeugtypen aus dem Ersten Weltkrieg – er baut diese Flugzeugmodelle mit einer solchen Geschwindigkeit, daß kein Mensch weiß, wo man sie unterbringen soll, außer in meinem Zimmer, und nicht selten erwache ich mit den Überbleibseln einer Handley Page 0/4000 unter dem Rücken. Heute morgen, als ich aufwachte und an die Decke starrte, wo eine Messerschmitt in einem fortwährenden Kampf mit einer Bristol begriffen ist, beide an Fäden von der Deckenlampe herabhängend, fiel mir ein, daß ich einen sonderbaren, einen völlig wahnsinnigen Traum gehabt hatte.

Es war ein Traum von mir.

Es war ein Traum vom Jahre 1968.

Es war ein Traum von uns.

(was heißt »wir«?)

Ein Jäger hat seine Beute eingeholt, einen Hasen, der so angstvoll davonrennt, daß seine Hinterbeine absurd lang erscheinen. Jetzt zielt der Jäger, jetzt schießt er, jetzt wird den Hasen schließlich sein Schicksal ereilen.

Aber da geschieht etwas völlig Überraschendes.

Etwas Größeres fängt sie beide ein.

Die ganze Szene ist eingeschlossen in Kristall oder in solch einen durchsichtigen, polierten Plastikblock, in den man gewöhnlich Blumen oder Muscheln eingießt.

Der Wind über den Hügeln bringt einen Geruch von Steinkohlenrauch, Autoabgasen, Pommes frites, erhitztem Metall mit. Es ist die Stadt, die aus sich selbst herausweht, über den grünen Buchenwald hin.

Und ganz weit hinten, wie ein weißes Blinken: der Hundekehlensee.

Jetzt hab ich's:

DIE SCHROTLADUNG, IM FLUG VOR DER FLINTE DES JÄGERS GEFANGEN

Die Geschichte von Tante Clara

Sie war den Onkeln überhaupt nicht ähnlich. Die Onkel waren ziemlich große, etwas klobige Männer, manche davon häßlich, wie Onkel Knutte mit seiner Glatze und seinen Hängebacken, andere wieder recht ansehnlich, wie Onkel Stig mit seinem viereckig geschnittenen Bart und seinen hohen Schläfen, die ihn manchmal fast wie einen polnischen Landadligen aussehen ließen.

Sie hatten etwas Vierschrötiges, Derbes. Sie gehörten zu den Männern, die einen Kahn ordentlich zum Schaukeln bringen, wenn sie sich hineinsetzen. Sie bewegten sich mit schweren, entschlossenen Schritten, so daß die Fußböden knarrten, wenn sie darüber gingen. Sie redeten bedächtig und legten die Stirn in tiefe Falten, und wenn man sie etwas fragte, entstand immer eine Pause, bevor sie eine Antwort fanden.

Tante Clara, die jüngste von den Geschwistern, war von ganz anderer Art.

Sie war klein, dunkel, lebhaft, mit großen Augen, viel zu großen, wie einmal jemand sagte.

Ihr etwas widerspenstiges, dunkles Haar fiel weit über die Schultern herab. Besonders am frühen Morgen konnten ihre Augen ein wenig rotgerändert sein, und wenn sie einen über den Frühstückstisch hinweg ansahen, konnten sie eine eigentümliche Vornehmheit haben – man fühlte sich nicht so *fein* wie sie.

Sie war eine ziemlich kleine Frau, die sich mit tänzelnden Schritten durch die Welt bewegte und mit einer dunklen, sehr schönen Altstimme sprach.

Wenn sie uns im Sommer besuchte, pflegte sie ein rotgepunktetes Strandkleid zu tragen, das ihre schönen Schultern frei ließ. Eine richtige Sonnenbräune bekam sie nie. Sie war immer ein ganz klein wenig blaß.

Sie redete schnell und ungeheuer viel, und ihre Stimme war so schön, daß ich als Junge fast nie mitbekam, was sie eigentlich sagte, denn alles, was sie sagte, klang wie Musik.

Einige von Béla Bartóks Streichquartetten können mir noch

heute einen Schauer den Rücken hinunterjagen, weil sie mich so stark an Tante Claras sanfte, schnurrende Altstimme erinnern, wie sie in der Morgensonne in Ramnäs auf der Treppe sitzt und ihren Morgenkaffee trinkt.

Es verstand sich von selbst, daß Tante Clara feiner war als wir, und es war immer eine große Ehre, wenn sie zu Besuch kam. Sie wurde stets mit einem Taxi am Bahnhof vom Dreiuhrbus abgeholt, und mein Vater hatte immer so etwas wie einen Sommeranzug an, wenn sie kam, von Bierflaschen war dann keine Rede mehr, und sie mußte stets ein Glas und eine Wasserkaraffe in ihrem Schlafzimmer haben, nicht, weil sie es brauchte, sondern weil sie so fein war.

Ich liebte sie unsäglich. Wenn sie sich mir manchmal zuwandte, mich mit ihren großen, blauen, forschenden Augen ansah und sagte:

– Lars, magst du mir nicht zeigen, wie weit du mit dem Boot gekommen bist?

dann lief mir vor unverhohlener Freude ein Kribbeln bis in den Magen hinunter. Es war eine Bestätigung, daß es mich gab, daß wir in irgendeiner fernen Welt ebenbürtig waren, und sie ließ die Sonne den ganzen Tag etwas heller scheinen.

Ich versuchte ihr immer so nahe zu kommen, daß ich den Duft ihrer schmalen weißen Oberarme spüren konnte. Selbst dieser Duft war anders, irgendwie feiner, als der anderer Leute.

Ich war in der Frühpubertät, ein wenig stumpf, ein wenig dumm, und von einer Unruhe erfüllt, die sich darin ausdrückte, daß ich ganze Sommer lang ein eigenes Boot aus Sperrholz zu bauen versuchte. Diese Boote fielen etwas zusammengestückelt und komisch aus, teils, weil man keine großen Sperrholzstücke bekommen konnte, teils, weil ich einfach so schrecklich dumm war, und sie sanken immer, wenn sie zu Wasser gelassen werden sollten, unter dem furchtbaren Gelächter meines Vaters.

Dann begann ein emsiges Abdichten und Bosseln mit verschiedenen Teersorten, Pech und Leim und weiß der Himmel was noch alles. Und es war immer dasselbe Elend. War es mir endlich gelungen, das Boot so abzudichten, daß es das Wasser drei Minuten lang abhielt, dann brach dafür plötzlich der ganze Boden heraus.

Tante Clara war die einzige, die nicht lachte. Sie pflegte in einem Liegestuhl am Strand zu sitzen, mit einem großen weißen Sonnenhut auf ihrem braunen Haar, nach verschiedenen Sorten von Sonnenöl duftend, und manchmal blickte sie über den Rand der Femina und musterte mich mit ihren großen, geheimnisvollen Augen, wie ich da mit meinen nackten Jungensschultern schuftete und mich mit Hobel, Hammer und Säge an meinen widerspenstigen, verflixten Sperrholzstücken abmühte.

Es war ein sonderbares Gefühl. Ein gutes. Ein verwirrendes.

Tante Clara hatte ein Geheimnis. Es war in ihren Düften, in ihrer Stimme, es war wie eine Frage, die immer in ihren großen Augen stand.

Sie war umgeben von einer Aura der Behutsamkeit. Man redete nie über sie, wenn sie gerade in einem anderen Zimmer war.

Bei den Onkeln tat man das immer. Man sagte:

– Er wird doch nicht schon wieder getrunken haben?

oder

– Ist er schon wieder am Erfinden? Er *wird* doch wohl die Pumpe nicht noch mal auseinandernehmen? Ich werd' verrückt!

Wenn Tante Clara kurz hinausging, um ihr Sonnenöl zu holen oder ihre Zigaretten (sie rauchte ununterbrochen, ihre schmalen kleinen Fingerspitzen waren gelb vom Rauch, meine Mutter fand es scheußlich, wenn Damen rauchten, verlor aber nie ein Wort darüber), entstand nur ein höfliches Schweigen.

Sie *bekrittelte* man nicht.

Und manchmal kamen Anrufe. Ziemlich oft sogar.

Auf der anderen Straßenseite wohnte ein ehemaliger Sägewerksvorarbeiter namens Isaksson, ein großer, schwerer Mann mit melancholischen Augen, viel zu langen Armen und einem sonderbar vorgebeugten Gang.

Er hatte zeitweise das gesamte Sägewerk geleitet, aber wie er selbst sagte, hatte er es dort nicht »recht gemacht«, hatte dann freiwillig gekündigt und lebte nun von der Bienenzucht, die hübsche Gläser mit der blaugelben Bauchbinde des Reichsverbands der Schwedischen Bienenzüchter abwarf.

Niemand hatte so gute Kartoffeln wie er.

Von seiner Zeit als Vorarbeiter im Sägewerk war ihm noch das Telefon geblieben. Es stand sehr ordentlich in seiner guten Stube auf einem kleinen Häkeltuch auf einem Tischchen aus Mahagoni, das ursprünglich für eine Topfblume gedacht gewesen sein mußte. Weiß der Himmel, wozu er es brauchte. Wir benutzten es bei ganz seltenen Anlässen, wenn irgend etwas besonders Wichtiges und Eiliges zu erledigen war. Zum Beispiel das ewige Elend, wenn ich einen dieser teuflischen Zahnwehanfälle in meinen morschen Milchzähnen bekam, was jeden Sommer ein- oder zweimal zu geschehen pflegte, und man telefonisch beim Zahnarzt in Västerås einen Termin bestellen mußte. Heulen und Zähneklappern, Jammern und Klagen auf der Hinfahrt im Bus, eine Tüte Bonbons zum Trost und vielleicht ein Buch und eine noch schlimmere Höllenpein auf der Rückfahrt, wo es noch ärger weh tat und man dasitzen mußte, als ob gar nichts sei, weil man schon so alt war, daß es sich nicht gehörte, einfach loszuheulen.

Wenn Tante Clara bei uns war, kam jeden oder jeden zweiten Tag ein Anruf. Isaksson, der ehemalige Sägewerksvorarbeiter, kam mit langen hängenden Armen und einer unsäglichen Melancholie im Blick an und sagte:

– Da ist wieder ein Anruf für das Fräulein.

Und sie strahlte und lief tänzelnd Isakssons Gartenweg hinunter.

Sie redete, solange sie wollte. Tante Clara hatte keinen besonderen Respekt vor Telefonen. Sie war selbst Telefonistin, das vergaß ich zu erzählen. Und zwar nicht einfach irgendwo.

Sie war Telefonistin in der Schwedischen Reichsbank, wo ihre tiefe Altstimme wirklich zur Geltung kam. Das tiefrote Gold ihrer Stimme, wenn sie sich gleichbleibend unpersönlich mit »Sveriges Riksbank« meldete, war ein Abglanz des geheimnisvollen und etwas beängstigenden Goldes, das in unendlichen Mengen in den unterirdischen Kammern lagerte, als Garantie für den schwedischen Geldwert, den Dritten Verteidigungskredit und die staatlichen Prämienanleihen des Jahres 1945.

Europa lag in Trümmern. Die Armeen von Marschall Schukow und Marschall Montgomery hatten sich siegreich vom Kaukasus bis zum S-Bahnhof Bornholmerstraße, vom Monte Cassino bis zur Akazienstraße durchgeschlagen, die Berliner liefen lustlos herum, räumten ihre Steinhaufen auf und aßen ihre Kartoffelsuppe, der Marshallplan nahm in Washington schon Gestalt an, und hin und wieder war noch Franklin D. Roosevelts sonore Stimme im Radio zu hören. Per Albin Hansson spielte mit dem Gedanken, die Koalition mit den bürgerlichen Parteien fortzusetzen, da es jetzt in der Nachkriegszeit keine wirklichen Probleme mit den Parteien mehr gab, die befreiten Brudervölker hatten ihren Jubelsommer gehabt, und über seinem großen, spartanisch einfachen Mahagonischreibtisch im Kreml zündete sich Generalissimus Josef Stalin die achtzehnte kurze, breite Dunhillpfeife dieses Tages an, gestopft mit feinem kaukasischen Tabak, und blätterte mit kurzen, derben Fingern in einem Bericht über Probleme mit Güterwagen und Lokomotiven an der Dritten Weißrussischen Front.

Über dem Stillen Ozean summten noch immer die Kamikazeflieger, die armen Teufel, mit ihren weißen Binden, und wußten, daß kein Mensch es je wagen würde, anders als respektvoll von ihnen zu reden, denn so beschissen ist ja nun mal das Leben, daß man sich durch nichts anderes Respekt verschafft als dadurch, auf alles zu pfeifen, und die Bomben, die über Hiroshima und Nagasaki abgeworfen werden sollten, existierten schon als Teile in den Fabriken, und die Geschichte war überhaupt viel zu groß für die Menschen.

– Was wird der Russe jetzt nur machen, sagte der alte Lindvall, der seine Fliederbüsche an der Straße nach Kyrbkyn goß.

Er sprach stets vom Russen und vom Deutschen, als sei es jeweils ein einziger Mensch, der eine mit schwarzem Bart, der andere mit schwarzem Schnurrbart, boshaft grinsendem Mund und einem Leutnantsmonokel im Auge.

Die Leute waren stumm vor Staunen über alles, was die Welt sich einfallen ließ, damit der Kommentator Sven Jerring im Radio davon berichten konnte, und mit der Zeit scherten sie sich einen Dreck darum. Sie züchteten lieber Kohl und sahen nach den Johannisbeerbüschen.

August 1945. Ich glaube, noch nie sind Kohlrüben, Johannisbeeren und Rhabarber in Västmanland so gut gediehen wie in diesem Jahr. Der Malermeister Nisse Eklund aus Seglingsberg (er brachte mich übrigens dazu, Science-Fiction-Romane zu lesen, er hatte ganze Stöße mit Heften des *Äventyrsmagasinet* auf dem Speicher) sagte, es müsse irgendwas mit dem Krieg zu tun haben, ein subtiles biologisches Gleichgewicht sei gestört worden und müsse nun wiederhergestellt werden, und weiß der Teufel, ob er nicht recht hatte.

Anfang August, noch bevor die Atombomben gefallen waren, kam Tante Clara zu ihrem letzten Sommerbesuch nach Västmanland. Das heißt, damals wußten wir nicht, daß es der letzte sein würde.

Sie war ein wenig hektisch. Die Anrufe kamen etwas öfter als gewöhnlich, und sie dauerten etwas länger als gewöhnlich.

Dann entdeckten wir allmählich, daß irgend etwas Merkwürdiges im Gange war.

Sie kam nach einigen dieser Anrufe so verweint zurück, daß der ehemalige Sägewerksvorarbeiter Isaksson ihr sogar seine geblümten Schnupftücher zu leihen begann. Und dabei war er nicht gerade ein Gefühlsmensch.

Sie kam zurück, klein und am ganzen Körper vor Wut und Trauer zitternd, schlug mit der Faust auf den Tisch, lief in ihr Zimmer und warf sich aufs Sofa oder rannte zur Brücke hinunter, saß dort klein und zusammengekauert und starrte stundenlang in den Sonnenuntergang, so daß wir wirklich nicht wußten, was wir mit ihr anfangen sollten.

Ganz offensichtlich war irgendwas schiefgegangen.

Tante Clara hatte ein trauriges Geheimnis. Die Familie war sich nie ganz sicher, ob sie es als etwas betrachten sollte, worauf man stolz ist, oder als etwas, wofür man sich schämt.

Mein Gott, nach all diesen Jahren weiß ich kaum mehr, wie es sich genau verhielt; so kann es gehen, wenn man ein Geheimnis allzulange hütet! Es ist schon so, wie August Strindberg sagt: Man soll keine Geheimnisse haben. Und die anderen auch nicht, was das betrifft.

Wie ich schon erzählt habe, war sie Telefonistin in der Reichsbank, und an einem so bedeutenden Ort, so hoch erhaben über die alltägliche Welt, konnte es ja nicht ausbleiben, daß sie mit der Art von Leuten in Kontakt kam, die so bedeutend, so hochgestellt waren, daß sie für uns fast nur als etwas existierten, von dem man im Echo des Tages sprach.

Eine solche wirklich hochgestellte Persönlichkeit mußte ein Auge auf Tante Clara geworfen haben.

Das Ganze war, wie ich schon sagte, sehr geheimnisvoll, sehr mystisch, und man sprach nur im Flüsterton davon.

Vielleicht war es der Vorsitzende des Reichsbankdirektoriums? Oder der Präsident des Revisions-Prüfungsgerichts? Ich weiß, daß ich es gewußt habe, aber ich kann mich um alles in der Welt nicht daran erinnern.

Ich weiß nur noch, daß es jemand war, der jederzeit zum Mitglied der neuen Regierung berufen werden konnte, die jetzt zu erwarten war, nachdem die Koalitionsregierung das ihre getan hatte; eine sehr hochgestellte Persönlichkeit.

Tante Clara war also auf dem besten Weg, Ministergattin zu werden.

Es fehlten nur noch ein paar kleine Formalitäten, z. B., daß diese wirklich hochgestellte Persönlichkeit sich endlich zur Scheidung entschloß, und das war offenbar gar nicht so einfach. Es ist nicht so einfach, sich in den höchsten Kreisen scheiden zu lassen; man muß den richtigen Augenblick abwarten, damit man sich nicht die Karriere verbaut.

Sich scheiden zu lassen, wenn es gerade um eine Regierungsbildung geht, und man selbst als Nachfolger von Finanzminister Wigforss oder Sozialminister Möller vorgesehen ist, das ist natürlich nicht gut möglich. Das muß schließlich jedem einleuchten.

Bestimmt war das der Grund für Tante Claras Traurigkeit.

In der Gegend von Ramnäs gab es damals einen sehr sonderbaren alten Lumpensammler, weiß der Himmel, wie er wirklich hieß, denn ich glaube, es war zuerst im Scherz, daß alle ihn Gottwold nannten.

Ich hatte damals den Eindruck, daß Gottwold sehr alt sein müsse, ungefähr um die Siebzig, aber möglicherweise war er ein wenig jünger.

Er war ein ziemlich kräftiger Mann und völlig blind. Vor seinen blinden Augen trug er eine uralte, blaugrüne Brille mit Stahlfassung, und vom Kinn hing ihm ein unbeschreiblich langer, grauschwarzer Bart herab, klebrig von schlecht verwerteten Eiresten und aus dem Mundwinkel triefendem Kautabak und Gott weiß was alles. Ich glaube, daß er bei einer Sprengung erblindet war – er hatte irgendwann in seiner Jugend im Hüttenwerk von Ramnäs gearbeitet.

Jetzt zog er auf den Landstraßen umher, blind und tastend, und ständig lief ein mit Kautabak vermischter Speichelfaden aus seinem Bart. Hinter sich her zog Gottwold stets eine Karre, die aussah wie ein kleiner Heuwagen, beladen mit seinen Sachen, Schrott, den er sammelte und wieder verkaufte, leeren alten Flaschen, Fahrradspeichen, weggeworfenen Thermosflaschen, seinem unbeschreiblich durchlöcherten und zerrissenen Regenmantel, einem Regenschirm, einem riesigen, in Gummituch gehüllten Paket, in das niemand je einen Blick werfen durfte.

Gottwold war gut zu Kindern. Wenn er den Weg entlangkam, auf eine eigentümliche Art schwankend und vor sich hin summend und brummend, und hinter ihm der Wagen im Kies knirschte, während er mit seinem weißen Stock nach dem Grasbuckel in der Mitte des Weges tastete (er mied die großen Landstraßen), kamen die Kinder in Scharen angelaufen. Aber niemand kam auf die Idee, ihn zu ärgern.

Wir pflegten in seinem Wagen zu sitzen und mit all den sonderbaren Sachen herumzuspielen, die es dort gab, mit allem außer dem geheimnisvollen Paket im Gummituch, wir durften ihn am Bart zupfen und an den langen strähnigen weißen Haaren und die alte Zinnuhr mit den eigentümlichen Figuren angucken – statt der Zahlen war eine Reihe von Tieren auf dem Zifferblatt: ein Krebs, ein Stier, ein komischer Mann, der Wasser trug, ein Ochse mit gebogenen Hörnern – die er unter dem alten braunen Wollpullover mit den weißen Stopfstellen hervorzog.

Und dann die Puppen. Zu den Waren, die er in den Höfen verkaufte, gehörten lustige kleine Stoffpuppen, richtige kleine Puppenfräuleins, die er aus Sackleinwand, alten wollenen Strümpfen und Lumpen zu sonderbar naturgetreuen kleinen Frauengestalten zusammennähte.

Sie pflegten immer ganz hinten in dem kleinen Leiterwagen zu sitzen und ihre Arme rührend über den Rand baumeln zu lassen, wenn er ihn über den Schotter zog.

Er verkaufte sie an die Kinder in den Höfen, wo er hin und wieder einen Schluck Kaffee in der Küche bekam, wenn die Leute sich nicht allzusehr vor seinem Geruch ekelten, der ihn wie die Aura eines Heiligen umgab.

Die Nase war groß, mit einer starken Krümmung in der Mitte, fast einem Buckel, die Oberlippe dagegen überraschend sensibel.

Wenn man ihn sah, dachte man sofort: Dies ist das zerstörte Kellergeschoß von etwas anderem, einem anderen Menschen als dem, der er geworden ist.

Ohne diese Sprengung wäre vielleicht etwas Besonderes aus ihm geworden.

Und man könnte ja sagen, daß er auch so etwas Besonderes war.

Meine Mutter pflegte ihm immer Kuchen und Saft auf der Treppe zu servieren, wenn er mit seinem Karren vorbeikam, ungefähr einmal in jedem Sommer. Und all unsere leeren Flaschen durfte er mitnehmen.

Der Sommer erschien uns nicht vollkommen, bevor er nicht dagewesen war.

In diesem Jahr, 1945 also, dauerte es lange, bis er kam, bis Mitte August.

Es war gerade der Tag, an dem Tante Clara den letzten Anruf von dem künftigen Minister bekam.

Das Gespräch war katastrophal und sehr ausgiebig.

Ich glaube, sie telefonierte so lange, daß der ehemalige Sägewerksvorarbeiter Isaksson vier Bienenstöcke leeren und säubern konnte, bevor es beendet war, und es nahm wirklich ein Ende mit Schrecken, denn Tante Clara legte den Hörer mit einem solchen Knall auf, daß die Metallgabeln dem Stoß mit knapper Not standhielten, und rannte hinaus, ganz rot vor Wut und Tränen.

Der künftige Minister hatte sich nämlich endlich entschlossen, auf das politische Risiko zu pfeifen, die Gefühle zu ihrem Recht kommen zu lassen und sich wieder zu verheiraten, nur nicht mit Tante Clara.

Es war einer von diesen trübwarmen Sommertagen, wo es die ganze Nacht geregnet hat und die Sonne gerade dabei ist, die Wolkendecke zu durchbrechen. Die Johannisbeeren hingen dicht in den Büschen in Isakssons Garten. Vereinzelte Krähen hüpften zaghaft um die phantasievoll konstruierten Vogelscheuchen herum.

Ein Zug fuhr unten auf der Eisenbahnlinie vorbei, mit einer endlosen Reihe von klappernden leeren Erzkippern, und Tante Clara fragte zwischen den Schluchzern, warum denn um Gottes willen so viele Güterwagen unterwegs seien.

Ein Hühnerhabicht segelte auf den Luftströmungen über dem großen Wald jenseits des Sees dahin. Ein Baum zitterte in einem fast unmerklichen Wind und schüttelte schwere Tropfen auf Tante Claras runde, schmale, sehr weibliche Schultern.

Die Hände vors Gesicht geschlagen und ganz allein auf der weiten Welt, ging sie den Weg entlang und weinte offen und verzweifelt vor aller Augen.

Der blinde Landstreicher Gottwold hatte inzwischen seinen Wagen in unseren Hof gezogen, ihn ordentlich hinter dem Zaun geparkt, und saß jetzt auf unserer Veranda, trank Kaffee, daß ihm der Kaffee nur so in den Bart sickerte, und aß von den besten Napoleonsplätzchen meiner Mutter. Die großen blauen Gläser seiner Blindenbrille leuchteten leer ins Zimmer hinein, und er konversierte ziemlich einsilbig mit ihr, über Wind und Wetter, Kreuzwege und Kahlschläge.

Das ging so zu, daß meine Mutter, klein, rundlich und freundlich in ihrem weißen Kattunkleid mit blauen Punkten, einen Monolog hielt, den Gottwold hin und wieder unterbrach mit einem

– Ja, so ist das eben

und dieses

»– Ja, so ist das eben« kam mit einer so schrecklichen Monotonie, daß man wirklich mit gutem Grund annehmen konnte, daß er sich überhaupt keine Gedanken darüber machte, was er sagte.

Und das wäre ganz schön dumm von ihm gewesen, denn die Monologe meiner Mutter können wirklich verdammt unterhaltend sein, wenn man genau darauf hört, was sie sagt.

Den einen Schuh hatte er so ungeschickt an den Elektroofen auf der Veranda gelehnt, daß es stark nach verbranntem Leder roch, aber das schien er überhaupt nicht zu bemerken.

Ich, der ich abwartend dabeistand, dem eintönigen Gespräch zuhörte und mich an seine Seite zu manövrieren versuchte, um hinter diese blaue Brille zu schielen und zu sehen, wie es dahinter aussah,

(waren die Augen noch da?)

entdeckte es als erster, und es dauerte lange, bis ich ihm klarmachen konnte, was sich da abspielte.

Er zog den Schuh, der stark verbrannt war, mit einer Miene zurück, als gehöre er gar nicht zu ihm.

In diesem Augenblick kam Tante Clara zur Tür herein, klein und zitternd und ganz weiß im Gesicht.

Draußen lärmten die Krähen in den Beeten.

Gottwold blickte einen Moment auf, ja er *blickte* tatsächlich auf, und richtete kurz seine leeren, blaugrünen Brillengläser auf Tante Clara.

Er glich ein wenig einem großen, zottigen Tier, das plötzlich auf eine Fährte gestoßen ist. Er bewegte seinen schweren Kopf witternd hin und her.

Und nun geschah das Unglaubliche: Tante Clara stürzte auf ihn zu, fast als wäre der verlauste, blinde Landstreicher ihr Vater, verbarg ihr weinendes Gesicht irgendwo an seiner schrecklichen Jacke, verschwand mit ihren sanften, zitternden Schultern irgendwo in seinem langen Bart.

Staunend und unseren Augen nicht trauend standen wir da und sahen Gottwolds große, etwas bläulichrote Hand Claras schmalen kleinen Kopf mit dem feinen braunen Haar streicheln, nur väterlich streicheln, immer wieder nur streicheln ...

Meine Mutter und ich, wir begriffen beide, daß sich vor unseren Augen etwas Wunderbares, etwas Schreckliches und Wunderbares ereignete, und wir brachten kein Wort über die Lippen.

Das war Mitte August. Gegen Nachmittag. Ja, wenn ich genau darüber nachdenke, brach genau in diesem Moment die Sonne hervor. Sie ließ die Spuren des Regens verdunsten.

Clara folgte Gottwold noch an diesem Nachmittag. Sie ließ den größten Teil ihres Gepäcks zurück, denn auf Gottwolds Karren war ja nicht viel Platz.

Meine Mutter und ich konnten nicht viel dazu tun. Wir standen am Zaun, beide ganz ergriffen, und sahen sie in der Wegbiegung verschwinden, Hand in Hand. Der Karren klapperte und schlitterte im losen Schotter der Kurve.

– Willst du nicht wenigstens die Zahnbürste mitnehmen, rief meine Mutter, mit einer berechtigten Verzweiflung in der Stimme.

– Nein danke, rief Tante Clara zurück. Die brauche ich nicht.

Ich glaube, das war das erste Mal in meinem Leben, daß ich ein Beispiel dafür sah, wie grenzenlos die Freiheit eines Menschen sein kann, wenn man nur daran glaubt, und das hat mich viel gelehrt.

Mein Vater wurde, um die Wahrheit zu sagen, ziemlich wütend, als er gegen Abend nach Hause kam. Er war in Västerås gewesen, um dringende Geschäfte zu erledigen.

– Um Gottes willen, du mußt sofort zu Isaksson laufen und den Ortspolizisten anrufen, sagte mein Vater, blaurot im Gesicht. Er neigt dazu, manche Dinge ernst zu nehmen, und das habe ich leider von ihm geerbt. (Wäre ich nur nach meiner Mutter geraten, dann wäre ich ein viel amüsanterer Schriftsteller geworden.)

Es war meiner Mutter überhaupt nicht eingefallen, daß man natürlich den Ortspolizisten anrufen sollte.

– Du mußt ihm eine genaue Personenbeschreibung geben. Von allen beiden, sagte mein Vater.

– Aber ...

– Kein Aber, wer weiß, was da passieren kann.

– Aber es ist doch kein Verbrechen geschehen, sagte meine Mutter ruhig.

Er versank fast eine Stunde lang in eine tiefe metaphysische Grübelei, bevor er erkannte, daß weder Gottwold noch Tante Clara etwas getan hatten, das ein größeres Polizeiaufgebot mit Spürhunden und Streifenwagen rechtfertigen würde. Der Liebe zwischen erwachsenen Personen von offensichtlich verschiedenem Geschlecht legten auch in den vierziger Jahren die Gesetze keine Hindernisse in den Weg.

Und daran taten sie natürlich gut.

Sie waren in Surahammar gesehen worden. Etwa einen Monat darauf kursierten Gerüchte, sie hätten in einer Scheune in Söderbärke übernachtet. Sie wurden zu einer Legende, die in aller Munde war. Sie tauchten überall auf, grenzenlos glücklich, grenzenlos verliebt, Clara führte den Blinden durch den Herbstregen, über die schlammigen

Wege, und sie übernachteten unter Bahnüberführungen und in Scheunen. Überall wurden sie mit einer eigentümlichen Würde aufgenommen, mit dieser tiefen Würde, die nur die totale, die vollkommene Liebe in den Menschen wecken kann. Ohne zu übertreiben, könnte man sagen, daß sie ein Licht über die ganze herbstliche Gegend warfen.

Leider waren Tante Claras Lungen ziemlich anfällig. Sie vertrug es nicht, im Winter unter Bahnüberführungen und in feuchten Scheunen zu schlafen. Sie erkrankte während der Schneeschmelze im März an Lungenentzündung und starb in der Kammer eines freundlichen Bauern in Haraker. Gottwold saß bis zuletzt bei ihr, er fing ihren letzten Blick in seinen blauen, unergründlichen Brillengläsern auf.

Ich glaube, sie ist vollkommen glücklich gestorben.

Und sie wurden zu einer Legende, die man sich noch heute an den Kaminfeuern in Västmanland erzählt, spät an den Winterabenden, wenn die letzten Fernsehprogramme des Tages zu Ende sind.

Das Märchen von Clara und Gottwold. Und Clara, das war wirklich meine Tante!

Gottwold überlebte sie um mehrere Jahrzehnte. Er starb in der Krankenstation des Altersheims von Nibble (die Gemeinde Hallstahammar konnte als einzige dazu gebracht werden, ihn aufzunehmen, weil er ein unleserliches Dokument bei sich trug, das beweisen sollte, daß er aus der Gemeinde Berg stammte, die jetzt zur Großgemeinde Hallstahammar gehört), am selben Tag, an dem Präsident Kennedy ermordet wurde. Meine Großmutter Tekla, die im Laufe der Zeit, nach einem weiteren Jahrzehnt, in demselben Altersheim ihren hundertsten Geburtstag feiern sollte, kannte ihn sehr gut und pflegte ihm hin und wieder eine Tüte zuzustecken, wenn er sabbernd im Aufenthaltsraum der Krankenstation saß.

– Gottwold ist ein so lieber und feiner Mensch. Weißt du, er ist ein bemerkenswerter Mann, ein bemerkenswerter junger Mann, pflegte Großmutter Tekla zu sagen und mich dabei mit ihren uralten weisen Augen anzublicken, die seit den Tagen der Pariser Kommune das Tageslicht gesehen hatten und die nichts mehr erstaunen konnte.

Ich glaube, Tekla wußte so manches über seine Rolle in der Familiengeschichte, denn sie zwinkerte ein wenig mit den Augen.

– Ein so feiner junger Mann, und so früh gestorben, sagte sie bei einem Telefongespräch an jenem Morgen, an dem Präsident Kennedy ermordet wurde, und klang dabei richtig empört.

– Präsident Kennedy?

– Wie bitte?

– Der amerikanische Präsident?

– Was ist mit ihm?

– Ich dachte, du hättest von ihm gesprochen?

– Ich rede von Gottwold, dem Blinden. Er ist tot.

Und das Paket im Gummituch? Das so sorgfältig eingewickelte? Frau Bergkloo, die Leiterin des Altersheims, öffnete all seine Sachen. Es zeigte sich, daß das Paket zwei umfangreiche Manuskripte enthielt, auf Papier von sehr unterschiedlichen Qualitäten und Formaten niedergeschrieben. Sie umfaßten beide etwa tausend Seiten, und offensichtlich handelte es sich um Romane.

Durch einen glücklichen Zufall bekam Frau Bergkloo an demselben Tag, an dem sie sie durchgesehen hatte und sie in den Heizkessel des Altersheims werfen wollte, Besuch von einem jungen Mann aus Västerås. Sein Name war Dr. Björn B. Håkansson, er war übrigens der jüngere Bruder des großen Dichters und kam im Auftrag des Landesantiquars Sven Ohlsson aus Västerås, als ein Glied in der großen västmanländischen Archivinventur jenes Jahres.

Frau Bergkloo kam auf die Idee, daß Gottwolds Manuskripte vielleicht etwas für ihn sein könnten, und er nahm sie unschlüssig in seinem Volkswagen mit.

Die beiden Manuskripte Gottwolds des Blinden werden im Landesarchiv von Västerås aufbewahrt, unter der Signatur GHG (Hallstahammar und Umgebung, Volkskunde) 23467992 A bzw. 23467992 B.

Ich habe die beiden umfangreichen Manuskripte gelesen. Mühsam, denn das Papier besteht zum Teil aus zerknitterten alten Tüten. Und der Speichelfaden mit dem Schnupftabak hat seine Spuren darauf hinterlassen. Es handelt sich um zwei Romane. Und sie sind etwas ganz Besonderes.

Der eine handelt von der Belagerung und der endgültigen Eroberung einer Stadt.

Das alles sehr lebendig, farbenfroh, reich an lebensnaher Phantasie. Ein Meisterwerk.

Der zweite, der eine Art Fortsetzungsroman darstellt und zumindest in seinen letzten Teilen wahrscheinlich während des glücklichen Herbstes und Winters mit Clara entstanden ist, handelt von einem der Helden dieser Belagerung, der auf einer langen Seereise heimwärts in immer neue Abenteuer und Bedrängnisse gerät. Auch dies ein Meisterwerk. Ungeheuer lebendig, mit enormen philosophischen und allegorischen Exkursen.

Zuletzt landet der Held in seinem Heimatort, den er ohne jede Hoffnung auf ein Wiedersehen verlassen hatte.

Das Haus seiner Gattin ist von Freiern belagert. Er besiegt sie alle durch List und ungeheure Kraft. Am Ende sind sie wieder vereint.

Der Name der Gattin ist Clara.

Ich glaube nicht, daß Tante Clara etwas von der Existenz dieser Romane geahnt hat.

Eine andere Welt

Ein frühlingshafter Nebelschleier lag in jenen Tagen über Berlin. Schwere, klebrige Kastanienzweige streiften über die Dächer der Doppeldecker. Die Luft war feucht und schwer von Düften und voller Unruhe.

Die Mampestube am Kurfürstendamm stellte die Tische und Stühle ihres Gartenlokals auf. Immer mehr hübsche Mädchen in langen Jeans waren auf den Straßen zu sehen.

Ein alter Droschkengaul fiel mitten im Verkehr am Tempelhofer Damm tot um. Ein Spatz saß auf seinem Kopf, als die Polizei in einem Streifenwagen kam, um zu sehen, was mit dem Kadaver geschehen sollte.

In den stillen, freundlichen Türkenvierteln von Kreuzberg begannen die Obst- und Gemüsehändler ihre Tische auf die Straßen zu stellen, so daß es dort bald aussah wie in orientalischen Basaren; dichtverschleierte Frauen drängten sich vor den Ständen und befühlten die Früchte mit der erfahrenen Miene anatolischer Bäuerinnen.

Durch den Grunewald galoppierten die Reiter. Lautlos fing der weiche, unbemooste Boden die Hufschläge auf.

Im U-Bahnnetz gab es in diesem Frühjahr zwischen dem Ernst-Reuter-Platz und dem Heidelberger Platz eine sehr große unterirdische Baustelle.

Wenn man in der Bahn daran vorbeifuhr, sah man, daß der Tunnel sich plötzlich zu einem riesigen Gewölbe erweiterte, in dem gewaltige Eisenträger von plötzlich aufflackernden Feuerflammen beleuchtet wurden. Jugoslawische und türkische Gastarbeiter kletterten in diesem verwirrenden Raum ohne klare Dimensionen herum, schwere Kranwagen schwenkten die großen Träger an ihren Platz, und ein fürchterlicher Lärm von Bohrmaschinen, Pumpen und Raupenschleppern hallte durch die mächtigen Gewölbe, in denen es stark nach heißem Metall und frisch gegossenem Beton roch. Ein scharfer Geruch, fast wie nach Krieg oder Naturkatastrophen, dachte die Malerin G., als die Bahn, die erste U-Bahn dieses Morgens, plötzlich an dieser Stelle stehenblieb.

Belo, Uriel und Azaar erhoben sich munter, mit unbegreiflich frisch rasierten, ausgeruhten Gesichtern, als sei es ihre Absicht, hier auszusteigen.

Sie waren es, die vorgeschlagen hatten, die Reise mit der U-Bahn zu beginnen, und bei diesem Vorschlag war sie in eins ihrer seltenen, offenen, direkten Gelächter ausgebrochen, weil das so haargenau mit den Vorstellungen übereinstimmte, die sie sich von der ganzen Reise gemacht hatte.

Und jetzt blieb die Bahn an dieser Stelle stehen, ausgerechnet. Der Lärm der Preßluftbohrer draußen ließ fast die Fensterscheiben des U-Bahnzugs vibrieren.

– Liebe Freundin, sagte Belo, und bot ihr ritterlich den Arm, während Uriel ihre Reisetasche unter dem Sitz hervorzog (sie war ein wenig unsicher gewesen, was man auf einer solchen Reise brauchen könnte, Zahnbürste, Wollpullover, nach einigem Zögern einen kleinen Torchon-Aquarellblock und ein paar Farbtiegel, und dann noch etwas, wobei sie wirklich lange gezögert hatte), wir müssen hier umsteigen!

– Aber hier ist doch keine Haltestelle, sagte die Malerin G., die für Lärm nichts übrig hat und diesen Ort überhaupt ziemlich unangenehm fand.

– Es ist ein Sonderzug, sagte Belo.

Und tatsächlich, jetzt gingen die Türen auf. Sie stiegen aus (offensichtlich waren sie die einzigen Passagiere in dem ganzen Wagen) und betraten etwas, das kein Bahnsteig war, sondern nur eine schmale Laufplanke oder Brücke, die auf einem Eisengerüst ruhte. Das Getöse war ohrenbetäubend, und durch die Ritzen zwischen den Planken sah sie tief unter sich einen Bagger, der mit höllischem Lärm im Licht zweier starker Scheinwerfer in dem feinen, gelben, postdiluvialen Sand von Berlin herumstocherte, mindestens vierzig Meter unter ihnen.

– Vorsicht, es kann rutschig sein, brüllte Belo ihr ins Ohr. Es ist nur ein kleines Stück.

Sie begegneten Arbeitern mit gelben Sturzhelmen und Ingenieuren mit Rechenschiebern hinter dem Ohr, aber niemand schien sie auch nur im geringsten zu bemerken. Die Malerin G. fand das eigentümlich, hatte aber während der vergangenen Nacht und im Laufe des Morgens schon zu viele Eigentümlichkeiten erlebt, um sich noch richtig wundern zu können.

– Wäre es nicht bequemer gewesen, von Tempelhof aus zu reisen, rief sie laut in Belos Ohr.

– So früh am Morgen kann man noch keine Flüge buchen, und außerdem ist es kein Vergnügen, sich an den Ausgängen mit fetten alten Weibern zu drängen, erwiderte Belo schreiend. Er schien strahlender Laune zu sein.

Sie mußten mindestens dreißig Meter auf dem schmalen Steg gehen, der nur auf einer Seite durch ein Geländer gesichert war. Instinktiv wich die Malerin G. jedesmal ans Geländer zurück, wenn ihnen Arbeiter entgegenkamen. Mein Gott, wie können es die Leute nur aushalten, in einer so abscheulichen Umgebung zu arbeiten, dachte sie und warf einen erschrockenen Blick auf die kleinen, kurzbeinigen, stämmigen Türken mit ihren Schnurrbärten und ihrem gelben Ölzeug, denen sie immerzu begegneten oder die ihnen entgegenkamen, riesige Schraubenschlüssel in den Händen.

Am Ende des Laufstegs war ein Eisengitter, davor eine Art Schutztür, mit Maschendraht überzogen. Belo drückte auf einen gelben Knopf, der am Rahmen angebracht war. Alle warteten. Uriel, der es offenbar leid war, ihre Reisetasche zu tragen, stellte sie zwischen seine Beine.

Sie fragte sich, worauf sie denn um Himmels willen warten mochten. Der ohrenbetäubende Lärm und die blauen Flammen der Schweißapparate begannen ihr Kopfschmerzen zu machen. Hier war es völlig unmöglich, sich verständlich zu machen, und so mußte sie sich damit begnügen, ihren drei Begleitern besorgte und fragende Blicke zuzuwerfen. Sie sahen alle sehr ruhig, sehr energisch aus, ungefähr wie drei jüngere Attachés auf dem Weg zu einer Konferenz, dachte sie. In dieser Umgebung erschienen sie alltäglicher als oben an der Erdoberfläche.

Plötzlich bewegte sich etwas vor ihr, und sie begriff, daß das, worauf sie hier warteten, ganz einfach ein Aufzug war, ein großer Lastenaufzug mit Türen aus einer Gitterkonstruktion, von einfachem Maschendraht geschützt, einer von diesen Aufzügen, die gebraucht werden, um Arbeiter und Material zu den tiefer gelegenen Ebenen zu transportieren.

Das Schutznetz vor ihnen glitt an seinen Drahtseilen auf, und sie betraten den Aufzug.

Wir verlassen sie für einen Augenblick, denn es wird mir bewußt, daß ich gerade einen Abstieg zur Hölle beschreibe, und nicht nur das, sondern ich tue es sogar in einem wohlwollenden, den unparteiischen Standpunkt betonenden Geist.

Vom Fenster aus, an dem ich schreibe – es ist ein wunderschöner Augustmorgen in Väster Våla, der Tau verdunstet gerade aus dem Gras, und ich habe eine ganze Stunde zwischen sechs und sieben damit verbracht, die verdammten Stiere von Per Brusling aus meinem Gemüsegarten zu verjagen, abwechselnd mit wildem Gebrüll und väterlich ermahnenden Hieben meines Spazierstocks auf ihren Hintern – vom Fenster aus also sehe ich die weiße Kirche von Väster Våla durch die Bäume schimmern. Und es kommt mir in den Sinn, daß mein Freund, der Vikar, nicht ganz einverstanden wäre mit dem, womit ich mich beschäftige. Es ist die Frage, ob nicht Seine Ehrwürden, der Bischof von Västerås, umgehend in diese Angelegenheit eingeschaltet werden sollte. Wenn man dem Teufel den kleinen Finger reicht . . ., und im übrigen wissen wir ja, wie es damals in Mora ausgegangen ist. Können wir einen *Unparteiischen* in der Diözese dulden?

Man kann sich fragen, ob die Stiere nicht eine Warnung waren: Ist es denn ganz *normal*, daß dreißig schwarze Stiere plötzlich im Gemüsegarten einer Privatperson herumtrampeln, und zwar nur in diesem einen, weder in dem des Werklehrers Jansson noch in dem des Baumeisters Sundelin, sondern nur in meinem Gemüsegarten?

Jetzt fehlt nur noch, daß Brusling anruft und sagt, er habe dreißig Stiere zu viel!

In meiner Jugend, als die Ideen der Aufklärungszeit einen starken Einfluß auf mich ausübten, was sie übrigens heute noch tun, denn danach sind kaum bessere Ideen aufgetaucht, habe ich es als meine Aufgabe betrachtet, das Irrationale in der religiösen Vorstellungswelt aufzuzeigen.

Die Hölle, haha! Wo soll die liegen? Unter der Erde? Aber jedes Schulkind weiß doch, daß es unter der Erdoberfläche nur Magma gibt und im Inneren einen Eisenkern! Oder irgendwo anders? Wo denn? In einer Galaxis im Sternbild des Schwans? Sie wollen also allen Ernstes behaupten, mein Herr, daß es im Sternbild des Schwans kleine Männchen mit Hörnern und Feuerhaken gibt, die die Seelen in Schwefel kochen, und Ungeheuer mit schuppigem Glied, die ältliche Geschäftsführerinnen von Massageinstituten vergewaltigen? Wie war doch die Nummer der Notrufzentrale? Einen Krankenwagen bitte, ja, es sieht böse aus, und am besten auch gleich einen Arzt mit Spritze und Zwangsjacke. Ja. Genau. Sehr bedauerlich.

Und was den allmächtigen, gütigen Gott betrifft, so habe ich da ebenfalls meine Bedenken. Ich will gar nicht behaupten, daß alles ideal sein würde, wenn ich allmächtig und gütig wäre. Ich würde auf keinen Fall der Versuchung widerstehen können, bei dem einen oder anderen Literaturkritiker stark juckende Ekzeme hervorzurufen, General Franco einen Stierkopf und Präsident Nixon eine Pappnase aufzusetzen, und ein Teil meiner Tätigkeiten in dieser Rolle würde sicher mehr oder weniger wie ein Rückfall in die mutwilligen Sitten und Gebräuche der griechischen Götter aussehen.

Aber ich glaube dafür einstehen zu können, daß wir, wenn ich allmächtig und gütig wäre, weder Sombreil noch Verdun gehabt hätten, weder Auschwitz noch Hiroshima, weder die Niederschlagung des Sepoy-Aufstands noch die Kinderarbeit in den englischen Gruben um 1860.

Ich könnte die Liste noch ein bißchen länger machen, wenn du es wolltest, du alter masturbierender Galaxisklempner, aber ich glaube, du kennst sie selbst!

Jawohl, ich habe gesagt: masturbierender Galaxisklempner, und das ist mein Ernst. Und komm mir jetzt bloß nicht mit einem Donnerkeil, um mich in einen kurzen Nachruf im *Expressen* zu verwandeln; es wäre zwar sehr imponierend, sehr stilvoll und zweifellos ein Argument für Pastor Stanley Sjöberg, wenn man mich in drei Minuten als ein Häufchen wimmernder Asche fände, über meine zusammengeschmolzene Schreibmaschine gebeugt, aber bilde dir bloß nicht ein, das wäre ein Argument.

Man argumentiert nicht mit Gewalt, und schon gar nicht, wenn man allmächtig und gütig ist.

– Wie bitte? Auf einer höheren Ebene?

– Hast du wirklich höhere Ebene gesagt?

– Na, ich muß schon sagen. *Höhere Ebene*, hast du das wirklich gesagt? Nicht mal der Finanzminister hätte sich eine so einfältige Ausrede erlauben können.

– Sei doch mal ganz ehrlich. Du hast nicht die geringste Ahnung, wohin du unterwegs bist, du fällst genauso blind in das bodenlose Brunnenloch der Zeit wie wir alle, und die fernen Galaxien fallen mit dir. Du bist ein blindes Tier hinter dem fernen Radiohorizont des Universums, intelligenter als wir, das ist wahr, da du uns erschaffen hast, aber deshalb weißt du noch lange nicht, wer du bist, vertieft in das jahrmillionenweise wiederlehrende Schlagen deines großen dunklen Herzens, atemlos dem Wasserfall von Quasaren lauschend, der in deinem Inneren ruscht, erstaunt wie eine junge Mutter über die ersten sporadischen Regungen des Bewußtseins in deiner riesigen Gebärmutter.

Natürlich bist du eine junge Mutter! Ich weiß, wer du bist. Ein schwachsinniges junges Mädchen, das jemand geschwängert hat und das nun im Aufenthaltsraum der Irrenanstalt sitzt, von allen verachtet in deinem häßlichen Anstaltskittel, der sich über deinem großen unförmigen Bauch spannt, und verständnislos, mit großen leeren Augen, spürst du das ungeborene Leben in dir zappeln. Nur so kann ich dich lieben.

Es ist nicht schwer, gegen die Götter Sturm zu laufen. Aber dabei übersieht man leicht etwas Wesentliches: den historischen Aspekt.

In meiner Jugend, im Seminar von Professor Hedenius, hatte ich das deutliche Gefühl, es sei meine Pflicht, junge Theologen zum Atheismus zu bekehren.

Wenn ich damit Erfolg gehabt hätte, wären eine Menge netter Leute, die keiner Fliege etwas zuleide getan haben, heute vergrämte Archivare bei der Arbeitsmarktdirektion, mit einem Existenzminimum, statt in hübschen Landhäusern zu sitzen, wo sie Schafe und Hühner haben und anständige Privatbibliotheken und sich am Freitagnachmittag ein bißchen anstrengen müssen, um ein paar vernünftige Zeilen über Markus 5,2 zu Papier zu bringen.

Wenn ich konsequent gewesen wäre, hätte ich ja auch nach Mekka fahren müssen, am Ende des Ramadan, um junge Mohammedaner zu Professor Hedenius' Standpunkt zu bekehren.

Warum macht man das nicht? Aus Angst vor den saudi-arabischen

Gefängnissen und mangels Reisestipendien für solche Expeditionen, vermute ich.

Aber es gibt noch einen anderen Grund.

Nehmen wir einmal an, Mohammed sei zur Zeit seiner Flucht von Mekka nach Medina ein hysterischer Scheich gewesen, epileptisch, griesgrämig, streitsüchtig, egozentrisch, sich in konvulsivischen Offenbarungen wälzend. Ein unausstehlicher Mensch, der wirklich nicht in Mekka bleiben durfte.

Es gibt ziemlich vieles, was für eine solche Theorie spricht.

Jesus ist für mein historisches Empfinden eine Baader-Meinhof-Figur; ein desperater Radikaler von der Sekte der Essener – kann nicht in Kumran bleiben, hält Einzug in Jerusalem und bringt die gesamte karge Okkupationsexistenz des jüdischen Volkes in Gefahr, indem er mitten in der Osterwoche einen Tempelaufstand entfacht, ruft sich zum König der Juden aus und wird um des öffentlichen Friedens willen von einflußreichen politischen Kreisen geopfert, die erkannt haben, daß es ein schlimmes Ende nehmen würde, wenn ein so unvorbereiteter Aufruhr ausbräche. Auf diese Weise verschiebt sich der unvermeidliche Zerfall bis zum Jahre 66, und das mag uns als geringer Gewinn erscheinen, aber das gleiche Argument ließe sich genausogut gegen die Kommunistische Partei Frankreichs im Jahre 1968 verwenden.

Jesus bietet ein ausgezeichnetes Beispiel für das, was im allgemeinen als »kleinbürgerliche Ungeduld« und »abenteuerlicher Anarchismus« bezeichnet wird.

Aber zurück zu Mohammed. Nehmen wir einmal an, er sei ein epileptischer Scheich, der sich mit Schaum vor dem Mund in Krämpfen windet und mit dem Stock die Frauen zwischen den Zelten herumjagt.

Eineinhalb Jahrtausende danach ist er das nicht mehr. Eineinhalb Jahrtausende lang haben Hunderte Millionen von Menschen ihr Leben, ihren Atem, ihre besten Ideen, ihre höchsten Erwartungen, ihre sublimsten Kunstwerke in ihn hineingeliebt.

Für Millionen von Menschen ist er der Sinn der Geschichte, der Inhalt ihres Lebens. So viel Liebe, so viel guter Wille ist nicht vergeblich.

Küsse die einfache, auf ein Stück schwarzes Olivenholz gemalte

Ikone (ich denke an ein Gedicht von Gunnar Ekelöf) oft genug, und sie wird heilig werden. Liebkose den schwarzen Stein, den du einmal von einer jungen Hexe in Ohrid bekommen hast, oft genug mit deiner Hand in der Tasche, und er wird zu leben beginnen.

Der Mensch selbst ist ein Gottesmacher, die Geschichte selbst erschafft die Götter, und ihre Kraft rührt von der Liebe her, die wir ihnen gegeben haben.

Wären die einfachen Bethäuser aus blutrotem Holz im nördlichen Västmanland jemals entstanden, wenn sie nicht etwas ausdrückten? Sollte die innerste Sehnsucht von tausend mageren, blaugefrorenen Kätnersfrauen sinnlos und ganz ohne Kraft gewesen sein?

Das könnt ihr mir nicht weismachen.

Der Professor irrt sich. Es gibt den Himmel ebenso wie die Hölle, weil es die Geschichte gibt, und der Versuch, sie mit ein paar flott zusammengebastelten Rundfunkvorträgen aus der Welt zu schaffen, ist weniger gescheit, als wenn Thor versucht, die Midgardschlange hochzuheben, weil er meint, sie sei eine alte Bauernkatze.

Das schwachsinnige junge Mädchen mit den leeren Augen sitzt noch genauso still im Tagesraum wie zuvor. Es regt sich in ihrem dicken Bauch.

Wie gern würde ich nicht die Hand darauflegen, um das zu spüren!

– Er sinkt sehr schnell, und wenn du nicht absolut schwindelfrei bist, rate ich dir, mich an der Hand zu halten.

Es war Belo, der das sagte. Die Malerin G. war von der ganzen Situation so verwirrt, daß sie seinen Rat befolgte. Bei der Berührung mit dieser glühendheißen Hand breitete sich eine eigentümliche Erregung in ihrem Körper aus.

Der Lärm und die stickige Luft bekamen ihr schlecht.

– Lieber Gott, laß es wenigstens schnell gehen, dachte sie mit einer Panik, wie sie einen überkommen kann, wenn die Motoren eines Flugzeugs auf Hochtouren laufen und man erkennt, daß es kein Zurück mehr gibt: Der Start muß gelingen, oder man stürzt ab.

Nicht ohne eine gewisse Dankbarkeit umklammerte sie die dargebotene Hand, die sehr heiß war, fast wie eine Dusche, die so warm aus der Leitung kommt, daß man sich daran zu verbrühen droht, und sie hatte das seltsame Gefühl, sie würde mit jedem Augenblick heißer.

– Lieber Gott, laß es wenigstens schnell gehen, dachte sie noch einmal.

Aber zunächst fuhr der Aufzug genauso langsam wie jeder gewöhnliche Lastenaufzug. Sie durchquerten die einzelnen Ebenen der riesigen U-Bahn-Baustelle. Erstaunte Arbeiter mit Schubkarren und Eisenträgern auf kleinen Wagen standen hier und da wartend am Aufzug. Geduldig sahen sie ihn vorübergleiten. Als sie die unterste Ebene passierten, stutzten die türkischen Arbeiter. Sie schienen ihnen etwas nachzurufen, aber sie konnte es über dem Lärm der Gesteinsbohrmaschinen nicht verstehen.

Und jetzt sauste der Aufzug los, innerhalb von wenigen Sekunden beschleunigte er kolossal, und die Malerin G. bekam ein Gefühl, wie es so ähnlich die Astronauten haben müssen, wenn ihre riesigen Raketen von Cap Kennedy abheben, nur mit dem Unterschied, daß es hier zweifellos abwärts ging.

Aber was heißt schon aufwärts und abwärts? Ist das Sternbild des Schwans über uns oder unter uns?

Als das scheußliclie Gefühl im Zwerchfell ein wenig nachgelassen hatte, war ihr erster Gedanke, daß sie wohl eher durch die Zeit reisten als durch den Raum. Glasklare, leere Zeit in allen Richtungen.

Nicht nur die Zeit, die gewesen ist, sondern auch die Zeit, die gewesen sein könnte, all die alternativen Zeiten.

– Wir befinden uns jetzt in dem, was wir den geschichtslosen Zustand zu nennen pflegen, sagte Belo mit leiser, kultivierter Stimme und ließ ihre Hand los.

Ihr wurde bewußt, daß der Lärm aufgehört hatte. Rings um sie her herrschte tiefe Stille. Draußen vor dem Aufzug war nichts zu sehen, keine Dunkelheit, kein blauer Himmel, buchstäblich nichts.

Es war ein merkwürdiges Erlebnis, und es kam ihr in den Sinn, daß sie versuchen müßte, das zu malen, falls sie es je überleben sollte.

– Hier finden sich alle Ereignisse, die nicht verwirklicht worden sind, sagte Belo im verbindlichen Ton eines Fremdenführers und beugte sich ganz nah an ihr Ohr. Hier hat Hannibal die Schlacht bei Cannae verloren. Europa ist voll von Pagoden mit kleinen, glasklaren Messingglocken, die Große Mutter Kybele wird in allen Hauptstädten Europas verehrt, mit Drachen verzierte Ballons schweben über den Wäldern, und in Schweden spricht man den dänischen Dialekt einer semitischen Sprache, die keine Möglichkeit hatte, sich zu entwickeln.

Hier hat Thomas Münzer den Bauernkrieg in Thüringen gewonnen, die sozialen Revolutionen in Europa haben vor sechzehnhundert stattgefunden, hier blühen in einer reifen, befreiten, etwas langweiligen Welt nicht die Künste, sondern die Selbständigkeit, die Güte, die sanfte Fürsorge aller Menschen zueinander.

In diesem Europa gibt es keine Großstädte, keine Industrien, keine Autobahnen, keine türkischen Gastarbeiter, dafür Leinenwebereien, Zeppeline, weite grüne Täler voll von reichen Dörfern, solide Universitäten, die auf nützliches Wissen ausgerichtet sind.

– Ich sehe nichts, sagte die Malerin G. etwas enttäuscht.

– Nein, natürlich kann man nichts sehen, sagte Belo in einem Tonfall, der sie ungeheuer diskret und doch sehr deutlich fühlen ließ, daß sie etwas Dummes gesagt hatte. Hier ist die Welt, in der 1848 der Wille des Volkes gesiegt hat, eine problematische, äußerst schwierige, aber doch eine notwendige Welt, die sich von der unnötigen Welt, in der du lebst, viel stärker unterscheidet, als du es dir je vorstellen kannst. Und hier ist das moslemische Europa. Saragossa ist die große Weltstadt, London und Paris sind Marktflecken. Hier herrschen Wohlstand und Gerechtigkeit unter dem Zepter weiser Kalifen, öffentliche Hinrichtungen finden auf den Märkten statt, aber sie betreffen nur die Missetäter. Mathematik und Philosophie, kurz gesagt, die abstrakten Wissenschaften, kommen zur Blüte. Von Caravaggio und van Eyck, von Cranach und Botticelli hat noch niemand etwas gehört, und alle öffentlichen Gebäude sind mit blauen Kacheln gepflastert.

– Pfui Teufel, entfuhr es der Malerin G.

– Fremd, gewiß, aber nicht viel schlechter, nicht viel unnötiger als die Zeit, in der du lebst.

– Wie lange werden wir noch in dem geschichtslosen Zustand bleiben?

In dem Nichts vor dem Metallgitter des Aufzugs war etwas, das sie beunruhigte. Sie hatte jede beliebige Antwort zwischen »noch zehn Sekunden« und »für immer« erwartet, aber Belo sah nur auf seine dunkle moderne Armbanduhr vom teuersten Modell, wo sich die

Zahlen leuchtend auf einem pechschwarzen Zifferblatt abzeichneten und weitersprangen, und sagte sehr höflich und präzise:

– Noch dreiundzwanzig Minuten.

Aber auch dreiundzwanzig Minuten erschienen ihr als eine lange Zeit.

Sie mußte mehr Angst gehabt haben, als sie es sich selbst einzugestehen wagte, denn plötzlich wurde ihr bewußt, daß ihre eigene Hand, gewöhnlich eine kluge und lebendige Malerinnenhand, krampfhaft einen Griff im Aufzug umklammert hielt, und zwar so fest zusammengeballt, daß sie ganz weiß war.

Sie hatte nicht mehr die geringste Lust, mit ihren Begleitern zu reden; die Sympathie, oder sagen wir besser: das wohlwollende Interesse, das besonders Belo in der vergangenen Nacht in ihr geweckt hatte, war verflogen.

Auch die Begleiter wirkten aus irgendeinem Grund konzentriert und angespannt. Man konnte fast den Eindruck bekommen, eine Art fröhliche Ausflugsstimmung, in der sie ein paar Tage lang gelebt hatten, verflüchtige sich jetzt, und sie bemühten sich, in ihre sozusagen offiziellen oder professionellen Rollen zurückzuschlüpfen.

Belo war immer noch sehr schön, wie er da abseits in einer Ecke des Aufzugs stand, ein Knie lässig angewinkelt, so daß die Sohle seines eleganten italienischen Schuhs gegen die Wand gestützt war, aber gab es nicht unter seiner schönen Maske einen anderen Zug, der mit jeder Minute deutlicher hervortrat? Etwas Uraltes, etwas von der jahrhundertealten Erfahrung und Müdigkeit einer Riesenschildkröte, etwas von ihren unendlich langsamen Herzschlägen?

Weiter war sie in ihren Gedanken nicht gekommen, als der Aufzug plötzlich heftig zu vibrieren begann. Einen panischen Augenblick lang dachte sie, es würde etwas wirklich Schlimmes passieren, bevor ihr klar wurde, daß der Aufzug ganz einfach bremste.

Er mußte eine sehr viel höhere Geschwindigkeit gehabt haben, als man hätte meinen können, denn der Bremsvorgang, der mindestens zehn Minuten dauerte, war eine so turbulente und überhaupt schwindelerregende Angelegenheit, daß sogar Belo ein wenig bleich aussah.

Plötzlich hörten die Erschütterungen auf, und sanft glitt der Aufzug dem Erdgeschoß entgegen. Die letzte aller Etagen, dachte die Malerin G.

Draußen sah sie nur einen spärlich beleuchteten, ziemlich langen Gang, und an seinem Ende ein starkes Licht, das an den Sonnenschein eines italienischen Hochsommertags erinnerte.

Belo hielt ihr höflich die Tür auf.

Mit raschen Schritten durchquerte sie den Gang, auf das Schlimmste gefaßt. Die Wände schienen aus einem sehr groben, uralten Gestein gehauen, das kaum etwas anderes sein konnte als schwarzer Basalt.

Lieber Gott, dachte sie. Laß es schnell gehen, was auch immer es sein mag. Und zugleich durchfuhr sie der Gedanke:

– Ich werde nicht einmal sterben können.

Sie hörte die taktfesten Schritte ihrer Begleiter im Halbdunkel des Korridors hinter sich. Die Wände schienen völlig trocken zu sein. Offenbar trug Uriel immer noch ihre Tasche. Er lächelte ihr ermunternd zu, als sie sich kurz umdrehte, um sich zu vergewissern, daß sie noch da war.

Am Ende des Gangs veränderte die Luft sich merklich. Sie hätte schwören können, es sei frische Luft, wenn das nicht so ganz unmöglich gewesen wäre.

Eine solche Angst wie in diesem Augenblick hatte sie noch nie gespürt und würde sie nie wieder spüren, das wußte sie. Sie fühlte eine uralte Furcht in sich aufsteigen, kämpfte tapfer gegen die Panik an, schloß die Augen und trat aus dem Korridor hinaus, in das hinein, was ein hell erleuchteter Raum sein mußte.

Der Wind, den sie in diesem Augenblick an ihrer Stirn spürte, brachte einen unverkennbaren Duft von großen Laubwäldern mit, von Wasser, von allen Düften, die man mit einem gewöhnlichen Sommertag irgendwo in der Gegend des Lago Maggiore verbindet.

Mit einer großen Willensanstrengung öffnete sie die Augen.

Sie war auf alles gefaßt gewesen, nur darauf nicht.

Sie befand sich in einer Art Loggia, einem Säulengang, der zu einem sehr alten Palazzo, oder vielleicht zu einer Villa, gehören mußte.

Auf dem gewürfelten Marmorboden stand eine bequeme Marmorbank, und darüber war ein Mantel oder eine Art Decke in einer schönen, dunkelroten Farbe gebreitet, nachlässig hingeworfen, als hätte eine saloppe und etwas faule Person eben erst das Zimmer verlassen.

Durch die Gewölbe strömte frische Frühlingsluft. Eine Landschaft mit Seen, sanft gewellten, blaugrünen Hügeln und steil aufragenden Bergen ganz hinten am Horizont, die sich im bläulichen Dunst verloren.

Es war ein hinreißend schönes Bild. Eine leichte Brise strich über den großen See, der mehrere Kilometer entfernt sein mußte, und sie sah deutlich, wie der Wind Bahnen ins Wasser zeichnete.

Und an der Westseite des Sees gab es tatsächlich Häuser, hübsche kleine Häuser mit Ziegeldächern, nicht viele, aber es war ein richtiges kleines Dorf.

Eine Hummel summte mit einem leisen, melodischen Geräusch durch die Loggia.

– Na, was sagt man dazu, sagte Belo, der in aller Stille hinter sie getreten war und sie jetzt leicht am Ellbogen faßte.

– Es ist – es ist ganz anders, als ich es mir vorgestellt habe.

– Oh, sagte Belo.

– Es ist, ehrlich gesagt, sehr schön, sehr friedlich.

– Man darf natürlich nicht alles danach beurteilen, sagte Belo. Es gibt auch sehr häßliche Landschaften, furchtbar langweilige und eintönige. Aber hier ist es schön, ja, Sie haben wirklich recht ... Hier ist es sehr schön.

Er stieß einen kurzen Seufzer aus, wie ein müder Konzernchef. Seine Eidechsenaugen waren nicht mehr Jahrhunderte, sondern Jahrtausende alt.

Flüchtig dachte die Malerin G., die wie die meisten deutschen intellektuellen Frauen eine kindliche Schwäche für etwas ältere Männer hatte, daß sie eine so ungeheuer alte Hand wie die, die gerade ihren Ellbogen berührte, vielleicht nie wieder spüren würde.

Sie fröstelte ein wenig.

Vorsichtige Rückkehr zum Hauptthema: Die Aufrichtigkeit wird geprüft und aufs neue verworfen

WELCHE LUFTSCHICHTEN DURCHQUERT JETZT DIE SONNE, DIE SIE GELB FÄRBEN?

Wir verlassen sie jetzt für eine Weile. Ich weiß aufrichtig gesagt nicht genau, was ich mit ihnen anfangen soll. Ich bin kein Moralist, aber wenn sich die Beziehung zwischen diesen Geschöpfen noch etwas vertieft, wird mich das vor Aufgaben stellen, die noch niemand in der Weltliteratur hat lösen können.

Daß die Malerin G. in die Hölle geschickt wurde, hatte ja den Zweck, diese schwierige Klausel in den Vertrag hineinzubekommen, die einzig wichtige Klausel: für vierundzwanzig Stunden ein anderer Mensch sein zu können.

Das ist es ja, wozu ich sie brauche.

Wenn sie es auf keine andere Art schaffen kann als durch Liebe, ist mir das auch recht, aber die Klausel muß sie durchsetzen.

Armes Mädchen! Was wird dann aus ihr werden? Wird sie nach dieser Erfahrung je wieder mit einem irdischen Mann zusammensein können?

Ach, was für ein dummes Gerede! Mit nichts anderem verdienen doch die Autoren in den Illustrierten ihr Geld, wegen nichts anderem kaufen doch die Schwestern in Tensta und Farsta ihre Illustrierten. Nur mit dem Unterschied, daß ich, vom Schriftstellerfonds subventioniert, die Sache etwas deutlicher machen kann:

Der Traum von der Liebe zu einem Dämon.

Das wäre ja noch schöner, wenn ich nicht etwas ganz Flottes daraus machen könnte!

SEINE PECHSCHWARZE HAND, DIE AUF DER LINKEN SCHALE IHRES FAST VÖLLIG ZERFETZTEN BÜSTENHALTERS RUHTE, WAR JETZT SO HEISS, DASS SIE VOR SCHMERZ AUFSCHRIE

(Die Liebe, die uns Freude schenken sollte, die höchste Freude, wird hier mit der tiefsten Unterwerfung verbunden. Das Peinliche an der Pornographie ist ja nicht, daß man an seine Lust erinnert wird oder an die Lust, die einem vielleicht entgangen ist. Das Peinliche ist, daß sie uns überdeutlich daran erinnert, daß in der Welt, in der wir leben, die Lust der Macht unterworfen ist. Nach dem armen Marquis, der doch nur sah, ohne zu begreifen, was er sah, hat sich niemand mehr darangewagt. Encore un effort, citoyens!)

GANZ VERNICHTET SPÜRTE SIE, WIE EINE WARME FLÜSSIGKEIT AUS IHREM WIMMERNDEN SCHOSS QUOLL: IHRE HÜFTEN GERIETEN GEGEN IHREN WILLEN IN EINE RHYTHMISCHE BEWEGUNG, SCHMERZHAFT STARK SPÜRTE SIE, WIE IHRE GEBÄRMUTTER STEIF WURDE UND SICH ZU IHRER HOCHGEZOGENEN LAGE AUFRICHTETE. IMMER NOCH RUHTE DIE SCHWARZE HAND, UNENDLICH VIEL SCHWÄRZER ALS EINE NEGERHAND, SCHWARZ WIE ANTHRAZIT, AUF DER SCHALE IHRES BÜSTENHALTERS. ES WAR UNGEHEUER STILL IM ZIMMER

Wir fangen noch einmal an. Wir geben nicht auf.

Ich war also so weit gekommen, daß ich mich in Berlin befinde, schon seit Monaten unverändert stumm und taub, in einem ebenso tiefen Schlaf wie die sorgfältig einbalsamierte Leiche König Sigismunds III. in ihrem Sarkophag im Krakauer Dom. Solche Todeszustände habe ich schon ziemlich oft erlebt, aber dieser gehörte zu den schlimmeren. Der Abstand zwischen diesem vernünftigen Schlauberger, der Artikel schrieb und im Rundfunk Vorträge hielt, und mir selbst, war einige Wochen lang astronomisch groß.

Und dann dieses verdammte Bild auf dem Klohäuschen in Ramnäs, das ist wichtig. Ein leicht bekleidetes, appetitliches Paar flieht aus einer zerschlagenen Glasglocke in einem brennenden Laboratorium, verfolgt von einem langbärtigen Kaiser Ming, der es sich offenbar in den Kopf gesetzt hat, sie mit seiner Laserpistole niederzuschießen.

Meine eigene Situation begann mich zu belasten. In der U-Bahn brach mir manchmal der kalte Schweiß aus. Ein paar Wochen lang hatte ich eine seltsame Phobie, die sich darin äußerte, daß ich meinte, ohnmächtig oder verrückt zu werden, wenn ich auf der Straße unterwegs war. Die Panik war nicht mehr fern.

Meine Tagträume beschäftigten sich immer öfter mit diesem alten Bild.

(Ist »sich beschäftigen« das richtige Wort für das, was der Ertrinkende mit dem Strohhalm macht?)

Das Bild, das aus einem Wochenblatt ausgeschnitten sein muß, ist mit vier blanken Reißzwecken an der Wand aus harzigem Kiefernholz befestigt. An der rechten Seite ist es etwas eingerissen.

Es hing dort bis weit in die fünfziger Jahre hinein.

Dann wurde das Haus verkauft.

Es ist interessant zu sehen, wie das Kleinbürgerliche jeden Zoll von einem selbst durchdringt, auf Lebenszeit, obwohl man längst die eigenen Voraussetzungen durchschaut zu haben glaubt.

Ich frage mich oft, in welchem Jahr der Kleinbürger in mir vollendet war, in welchem Alter ich gelernt hatte, gehorsam und tüchtig zu sein. Als ich zehn war? Als ich fünf war? In welchem Alter die *Tüchtigkeit*, ich meine, das Bedürfnis, im Wertsystem der anderen etwas darzustellen, entstanden ist.

Irgendwann zur Zeit der Schlacht von Stalingrad, d.h. im Dezember 1942, bin ich in ein Beet getreten. Das Beet war natürlich von dickem, festem Schnee bedeckt, es war so hart gefroren, daß eine Panzerkolonne hätte darüberfahren können, ohne die geringste Spur zu hinterlassen.

Das Beet gehörte zur Herrgärdsschule, wo ich damals die Grundstufe besuchte, und es war streng verboten, die Beete zu betreten, auch mitten im Dezember.

Ich geriet mit meinem Stiefel einen Dezimeter weit hinein und wurde sofort von einer Gruppe ehrgeiziger, munterer kleiner Kameraden aus einer anderen Klasse geschnappt, die mich festhielten und mich zu ihrer Klassenlehrerin schleiften. Sie packte mein Handgelenk fest mit ihrer mageren, eiskalten Hand

JETZT WURDE IHR BEWUSST, DASS DAS LEISE KLOPFGERÄUSCH, DAS SIE HÖRTE, DAS SCHLAGEN EINES HERZENS WAR, DAS SICH NUR ZWEI- ODER DREIMAL IN DER MINUTE ZUSAMMENZOG. SIE KONNTE EINEN HEFTIGEN SCHAUDER NICHT UNTERDRÜCKEN, DER IHR EINE GÄNSEHAUT ÜBER DIE NACKTEN SCHULTERN JAGTE und brachte mich zu meiner Lehrerin, und diese widerlichen alten Weiber ließen doch tatsächlich nicht locker, bevor sie nicht durchgesetzt hatten, daß ich im nächsten Zeugnis ein »Ungenügend« in Betragen bekam, nur weil ich mit einem Fuß auf ein hartgefrorenes Beet getreten war. Der Schrecken war natürlich groß, als ich heimkam.

Das Ganze ist ja eine Bagatelle. Es passierte zu einer Zeit, als in den Ländern um uns her Menschen zu Tode gepeitscht wurden, ohne das Geringste getan zu haben. Eine von diesen Lehrerinnen traf ich etwa fünfundzwanzig Jahre danach wieder, als ich ein Aquarell von ihrem Bruder kaufte, der ein ausgezeichneter Landschaftsmaler war. Es zeigte sich natürlich, daß sie eine höchst sympathische alte Dame war, mit gestärkten Manschetten und einem Tropfenfänger an der Tülle der Teekanne. Aus Höflichkeit tat sie so, als habe sie lebhafte Erinnerungen an die Zeit, als ich zur Schule ging, aber an mich erinnerte sie sich überhaupt nicht.

Das Interessante daran liegt auf einer völlig unpersönlichen Ebene. Erstens wollte man keine Füße in den Beeten haben. Zweitens brauchte man ein paar »Ungenügend« in Betragen, damit die Statistik nicht sonderbar aussähe.

Das interessante war, daß man mich *ausgewählt* hatte. Ich bin der richtige Typ, um ausgewählt zu werden.

Mit ein bißchen Pech hätte daraus eine Karriere werden können. Dieses »Ungenügend« wäre mir durch die Volksschule gefolgt, man hätte mich als etwas schwererziehbar eingestuft. Jugendliche Banden, Motorraddiebstähle in den fünfziger Jahren, ein richtig clever geplanter Raubüberfall auf eine Tankstelle Anfang der sechziger Jahre. Knast. Ein Postraub Mitte der sechziger Jahre, als das gerade in Mode kam. Isolierhaft, schwarze Schlagzeilen im *Expressen*.

Ich lese immer mit einer Art kollegialem Interesse von Bankräubern, die ganze Banken mit einem Maschinengewehr in Schach halten und mit einer Millionenbeute verschwinden oder von schwerbewaffneten Männern vor den Fernsehkameras abgeführt werden.

Ich will gar nicht behaupten, daß ich sie besonders mag. Ich bin sehr dafür, daß Verbrechen bekämpft werden, besonders wenn sie so eiskalte und inhumane Formen annehmen wie letzten Herbst am Norrmalmstorg, wo so ein Bursche ein paar Menschen eine ganze

Woche lang in einem Kellergewölbe gefangenhielt und drohte, sie in Schlingen zu erhängen, falls die Polizei versuchen sollte, ihn mit Gas einzuschläfern. Er war natürlich verrückt.

Aber den Typ an sich verstehe ich sehr gut. Ich bin selbst so einer, den man *ausgewählt* hatte. Nur war ich in dem Alter viel zu dickhäutig, um diesen Wink überhaupt zu verstehen.

Was ich damit sagen will: Es muß in diesem Alter gewesen sein, daß man den Grund zu meiner Angst, meiner Kleinbürgerlichkeit legte. Man lehrte mich, daß man es ernst meinte.

Seitdem werde ich von zwei Ängsten beherrscht – der Angst, verrückt zu werden, und der Angst, kein Geld zu haben.

Im Herbst 1972 in Berlin hatte ich viel Geld, mehr, als ich in meinem ganzen Leben besessen hatte, und das trug vielleicht dazu bei, daß meine Angst, verrückt zu werden, so stark in den Vordergrund trat.

Die Angst, verrückt zu werden, ist bei mir nicht einfach eine Angst, verrückt zu werden, sondern die Angst davor, daß ich anfangen könnte, *mich komisch zu benehmen.*

Ich sitze in der U-Bahn, ein Buch vor mir aufgeschlagen, um mich herum sitzen alle Berliner, die kein eigenes Auto haben, d. h. die Türken mit ihren großen, feschen anatolischen Schnurrbärten und die alten Offizierswitwen mit ihren Klöppelkissen im Schoß.

Jetzt, denke ich, jetzt werde ich gleich verrückt, eingesperrt in diesen Wagen. Es wird mit einem komischen Zucken im rechten Arm anfangen, das nicht zu kontrollieren ist. Dann werde ich aufspringen und mit eigentümlichen Lauten im Wagen hin und her rennen, der nächsten Offiziersgattin den Schlüpfer herunterziehen, mit ihrer Schere diesem türkischen Meisterringer an der Tür den halben Schnurrbart abschneiden, mich in Krämpfen am Boden wälzen, weiß der Teufel, was noch alles. Und diese ganze Angst ist die Angst davor, aus der Rolle zu fallen, komisch auszusehen.

Wenn ein Komitee, zusammengesetzt aus hervorragenden Psychiatern, mir versichern könnte, daß der endgültige Ausbruch des Wahnsinns sich bei mir auf eine sehr diskrete, unmerkliche, zurückhaltende Art vollziehen werde, dann würde ich mich weiß Gott ganz zuversichtlich, fast sicher fühlen angesichts dieser Perspektive.

Die Angst, kein Geld zu haben. Sie war in meinem Kindheitsmilieu stets gegenwärtig, sie saß wie eine Pest in den Wänden. Es gehörte damals, ich spreche von den vierziger Jahren, zu meinen Ehrenpflichten, allen Onkels, die mit Rechnungen ankamen, zu erzählen, mein Vater sei einberufen und meine Mutter ausgegangen. Manche glaubten mir, andere nicht.

Meine Tanten und Onkel, alle außer Tante Clara, redeten ständig vom Geld. Bis auf Clara gab es keine einzige Tante, die nicht jede Woche im Lotto spielte und jedesmal wieder genauso hoffnungsvoll war, wenn sie mit ihrem Los vom Kiosk in Kyrkbyn zurückkam. Von den Onkeln trieb Stig es natürlich am tollsten. Er träumte nicht wie die Tanten von hunderttausend Kronen. Er träumte von Hunderten von Millionen bei jedem neuen Patent, das er anmeldete. Und er war fest davon überzeugt, daß jemand anders sie immerzu auf seine Kosten einstriche. Daher seine Patentprozesse.

Die ganze Familie saß wirtschaftlich gesehen in einer Falle. Keiner von ihnen konnte hoffen, während seines ganzen Lebens mehr als zehntausend Kronen auf dem Sparbuch zusammenzukriegen.

Keiner hatte eine Chance, je aus seinen bescheidenen Verhältnissen, den niedrigen Löhnen und kleinen Wohnungen, aufzusteigen.

Es wäre besser für sie gewesen, wenn sie ihre Träume aufgegeben hätten, wenn sie aufgehört hätten, sich mit dem Gedanken an Geld herumzuquälen. Sie konnten es einfach nicht lassen, in dieser Sache mit dem Geld herumzustochern, genau wie jemand, der einen bösen Zahn hat, es nicht lassen kann, ständig mit der Zunge daran herumzustochern.

Ich habe in meinem Leben bestimmt mehrere sehr reiche Menschen getroffen. Claude Gallimard, einen Baron von Bohlen. Einige Verleger, ein paar Industrielle.

Ich bin fest davon überzeugt, daß sie nicht mehr als fünf Prozent der Zeit darauf verwenden, von Geld zu reden und an Geld zu denken, die meine Familie darauf verwandte.

Ich bin ganz genauso. Ich habe ihre ganze armselige, wahnwitzige Fixierung mitbekommen.

Geld ist für mich das beste Nervenberuhigungsmittel. Man kann nie genug davon kriegen. Nichts (außer vielleicht verrückt zu werden) könnte so schlimm sein, wie eines Tages ohne Geld dazustehen.

Wohlgemerkt stelle ich das nicht als eine Wahnidee dar. Ich glaube, es ist ein ziemlich genaues Bild von der Wirklichkeit. Geld ist nun mal das beste Beruhigungsmittel für die Nerven, *nichts* ist so beschissen, wie arm zu sein, es sei denn, man hätte eine schreckliche Krankheit, aber sogar bei Krebsschmerzen hilft Morphium ein wenig, und man hat ja immer die Hoffnung zu sterben, doch welche Betäubungsmittel gibt es gegen die Armut?

Es ist keine Kunst, Selbstbekenntnisse abzulegen und Bücher von »radikaler Offenheit« über sich selbst zu veröffentlichen, solange man von seinen »Problemen«, seinen Perversionen und seinem Seelenschmerz reden kann.

Es ist ein sehr viel größerer Schritt, wenn man anfängt, von seinen Tagträumen zu reden. Das tut nicht jeder.

Die Malerin G., die richtige Malerin G. also, die ich neulich in ihrer Slumwohnung besuchte, in der das Atelier schmal wie eine Garderobe ist und ein spärliches Licht aus dem dreißig Meter tiefen Schacht einer türkischen Mietskaserne in Moabit bezieht, vertraute mir an, es sei ihr Lieblingstagtraum, hinter einem Vorhang eine Tür zu finden, die sie nie zuvor bemerkt hat.

Wenn sie müde ist, kann sie stundenlang einfach dasitzen und sich ausmalen, wie sie diese Tür aufmeißelt, und wenn sie sie schließlich aufbekommen hat, liegt ein großes, ganz leeres, fensterloses Zimmer dahinter. Der Vermieter hat es nie entdeckt, niemand weiß etwas davon. Es gehört ihr ganz allein.

Sie behauptete, sie könne während ganzer Busfahrten dieses Zimmer möblieren, so daß sie schließlich ihre Haltestelle verpasse.

Meine Tagträume sind zu vierzig Prozent sexueller Art. Ich stelle mir vor, wie ich die eine oder andere von meinen Freundinnen und Bekannten – Mädchen, die ich ganz flüchtig oder seit Jahren kenne – verführe, oder kurz gesagt: mit ihnen schlafe. Ein wenig erinnert das an die Simulationsläufe, die Computer beispielsweise für das Verhalten von Raumflugkörpern ausführen, denn manchmal, wenn ich mir einen solchen Tagtraum bis in die kleinste Einzelheit ausgemalt habe, beschließe ich, in Wirklichkeit nicht mit diesem Mädchen oder dieser Freundin zu schlafen, auch wenn sie vielleicht gar nicht so viel dagegen hätte.

Der restliche Teil meiner Tagträume handelt davon, wie ich zu Geld komme, ohne mich anzustrengen.

In meinen Tagträumen habe ich alle Literaturpreise vom Nobelpreis bis zu Eva Thulins Gedächtnisfonds mindestens fünfmal bekommen (in Wirklichkeit habe ich seit 1963 keinen einzigen Literaturpreis mehr bekommen; ich fürchte, das ist die gerechte Strafe). Es gibt keine einzige amerikanische Gastprofessur von Anchorage bis Austin, die man mir nicht zu akzeptablen Bedingungen angeboten hätte. Manchmal mache ich in meinen Tagträumen clevere, unblutige und humane, aber sehr elegante Banküberfälle.

Ich stelle mich dabei keineswegs so ungeschickt an wie diese dämlichen Hitzköpfe mit ihren Maschinengewehren und ihren lächerlichen Teenagerallüren, die jetzt im Gefängnis von Hall sitzen.

O nein! Ich betrete die Hauptgeschäftsstelle der Skandinaviska Enskilda Banken in der Hamngatan, in einem tadellosen, maßgeschneiderten Anzug aus der französischen Abteilung des Warenhauses NK und mit einem Schlips aus der Via Condotti, nicke dem Portier zu, schlendere zur Hauptkasse und sage:

– Weißt du, wir haben da am Sveavägen ein riesiges Problem, wir brauchen drei Millionen Dollar für eine Ventilatorenfirma, die ein Geschäft mit Kuwait abschließt. Kannst du mir die bis morgen leihen?

– Mjaa, sagt der Prokurist. Ich kann mich nicht erinnern, daß wir uns schon mal begegnet sind.

– Aber gewiß doch, im Club, in Stora Sällskapet, sage ich, aber das hast du vielleicht vergessen. Ich bin Lars Gustafsson, der neue Leiter der Filiale am Sveavägen. Ob du wohl ein paar Dollar für mich zusammenklauben könntest?

Und so weiter. Wenn ich meinen Coup gelandet habe, mache ich nicht diesen Unfug mit Autos, Zügen und Flugzeugen, wie Clark Olofsson und diese Burschen im Gefängnis von Hall. Ich zahle sie bei der Upplandsbanken ein und fahre nach Hause.

Niemand würde je auf den Gedanken kommen, einen so unpraktischen Menschen wie mich zu verdächtigen. Sollte man tatsächlich so weit gehen, mich ins Verhör zu nehmen, dann werde ich mit der Faust auf den Tisch hauen und sagen: Jetzt ist aber wirklich Schluß mit dem Blödsinn. Wollt ihr nicht gleich Alva Myrdal den letzten Stilettmord in die Schuhe schieben?

– Meine Fingerabdrücke? Tatsächlich? Habt ihr Staub auf euren Mikroskopen?

– Ach, so ist das also. Bah! Ich war doch am gleichen Vormittag dort und habe fünfzehn Kronen für die Erdbebenopfer in Peru eingezahlt, das ist doch leicht nachzuprüfen.

– Der Prokurist? Lassen Sie ihn doch mal beschreiben, wie ich angezogen war! Glauben Sie, daß ich mir NK's französische Abteilung leisten kann? Ach so, die englische. Ich dachte, die gäbe es nicht mehr. Sie müssen schon entschuldigen, von maßgeschneiderten Anzügen verstehe ich nicht viel. Ich bin ein arbeitender Mensch, kein Snob. Wenn Sie noch eine Weile so weitermachen, mein Guter, schreibe ich an den Justiz-Ombudsman. Modeschneidereien, lächerlich! Morgen nachmittag werde ich im *Expressen* eine Erklärung veröffentlichen, in der ich mal was über Ihre Verhörmethoden erzähle. Und dabei werde ich besonders darauf eingehen, daß man verpflichtet ist, über die Schließung von NK's englischer Abteilung Bescheid zu wissen.

Wie bitte? Ich möge bitte entschuldigen? Aha. Ja. Na dann, auf Wiedersehen.

Was ich mit dem Geld machen will? Nichts. Ich will es haben, um meine Nerven zu beruhigen. Vielleicht werde ich was am Heißwasserbereiter machen lassen. Er funktioniert so schlecht.

Tagträume. Man kann diese Zivilisation nicht verstehen, wenn man nicht begreift, daß sie zum größten Teil aus Tagträumen besteht.

UND DASS DIESES LAND OKKUPIERT IST: MAN HAT MEINE TAGTRÄUME INFIZIERT, IN EINEM URSPRÜNGLICHEREN ZUSTAND SEHEN SIE GANZ ANDERS AUS

Mein Freund B., der junge, vielversprechende Dramatiker, ruft mich um ein Uhr nachts an und erzählt, ein äußerst skrupelloser Theateragent habe ihn um mehrere tausend Mark betrogen. Er habe sich an einen Anwalt gewandt, aber der meinte, es sei zwecklos. Die Gesetze seien nicht dazu da, um Gerechtigkeit zu üben, sie dienten vielmehr zur Sicherung des öffentlichen Friedens. Das heißt, sie seien dazu da, um Theateragenten zu schützen.

– Ist dir das denn noch nicht klar gewesen, sage ich. Ich dachte, das lerne man schon als Kind, in unserer Gesellschaftsschicht.

B. sagt, er habe anderen gegenüber immer behauptet, daß es so sei, es aber selbst nie ernst zu nehmen gewagt. Das heißt, er habe nie damit gerechnet, selbst davon betroffen zu werden.

B. hat jetzt seit elf Uhr wach gelegen und überlegt, was er tun soll. Man hat ihn um etwa zehntausend Mark geprellt. Nun hat er beschlossen, ganz unpersönlich und leidenschaftslos den doppelten Betrag zusammenzuklauen, wo er nur kann, in Banken, in Geschäften, überall, wo es keinen einzelnen trifft.

Mein erster Impuls ist, ihn zu warnen. So etwas kann nie gut gehen. Dann sehe ich ein, daß man ihm diese Entscheidung zweifellos selbst überlassen muß. Wahrscheinlich wird es hervorragend klappen, wie die meisten Delikte dieser Art, und es wird für seine persönliche Entwicklung sehr gut sein. Es wird ihm ein neues Gefühl der Freiheit geben.

Verbrechen zahlen sich in der Regel aus, wenn sie nur in einem genügend großen Maßstab begangen werden. Ein paar Tage nach dem Zusammenbruch des Kreugerkonzerns betrat ein junger Staranwalt Kreugers Bank in Stockholm, wo die verwirrte und total verängstigte Direktion auf die Polizei wartete und an Selbstmord dachte.

– Ich komme als Vertreter der staatlichen Untersuchungskommission. Ich möchte Sie bitten, mir alle Unterlagen auszuhändigen. Und dann, meine Herren, empfehle ich Ihnen, nach Hause zu gehen.

Nicht genug damit, daß es diesem Herrn wahrscheinlich gelang, einen großen Teil des Konzernvermögens zu beschlagnahmen. Es dauerte knapp zwei Monate, bis die Regierung sich tatsächlich dazu überreden ließ, ihn zum Leiter der staatlichen Untersuchungskommission zu ernennen.

Später setzte sich dieser Herr mit den Guthaben von Zehntausenden von schwedischen Kleinsparern diskret zur Ruhe. Ich glaube kaum, daß es einen einzigen Orden gibt, ausgenommen vielleicht den Serafimerorden, mit dem dieser Herr nicht ausgezeichnet worden ist.

Ich bin fest davon überzeugt, daß er für Recht und Ordnung eintritt.

Der Rentner, der im Supermarkt ein Paket mit tiefgefrorenen Fischstäbchen unter seiner Jacke verstecken will, stellt sich dabei so ungeschickt an, daß er auf der Straße geschnappt wird, und bekommt einen Herzschlag aus lauter Angst vor der Verhandlung im Amtsgericht.

Sein eigentlicher Fehler liegt natürlich in seiner Anspruchslosigkeit.

Es besteht kein großer Unterschied zwischen ihm und diesen Burschen aus Hall, mit ihren Gummimasken, ihren albernen Maschinenpistolen, ihrem rührenden Proletarierslang und ihrer Froschperspektive auf die Gesellschaft.

Keiner von ihnen hat eine Ahnung davon, wie man die Kriminalität erfolgreich organisiert. Letzte Woche hat eine Bande über Nacht Chiles legitim gewählte Regierung gestürzt, den Präsidentenpalast mit Jagdflugzeugen in Schutt und Asche gelegt, die halbe Beamtenschaft verhaftet, etwa tausend Menschen ermordet, und bevor am nächsten Morgen die Sonne aufging, übte sie eine absolute, totalitäre Herrschaft über den Staat aus.

Was schrieb *Der Abend* am nächsten Tag?

ALLENDES REGIERUNG IST GESCHEITERT

So macht man Nägel mit Köpfen. Mit etwas Glück wird dieses Buch vielleicht eines schönen Tages in der Gefängnisbibliothek von Hall oder Tillberga landen (es ist ja der Bibliotheksdienst in Lund, der darüber entscheidet, und wie man weiß, gibt es keine Verrücktheit, zu der diese Leute nicht fähig wären), und dann hoffe ich wirklich, daß ihr Jungens diesen Abschnitt mit Bedacht lest.

O. K. Ihr sitzt da und plant schon das nächste Ding? Ihr habt es praktisch fix und fertig ausgetüftelt, nicht wahr? Ich will euch nicht stören, aber laßt mich nur das eine sagen: Wahrscheinlich wird euer nächstes Ding genauso jämmerlich anspruchslos und proletenhaft ausfallen wie das letzte. Genau wie damals von der letzten amerikanischen Fernsehserie abgeguckt, dieselben Albernheiten mit Strümpfen überm Gesicht und Autos, die auf dem Bürgersteig warten, derselbe lächerliche Versuch, die Autofähre nach Hälsingborg zu nehmen.

Auf diese Art kommt ihr nie vom Schulhof herunter, Freunde.

Ich habe keine Ahnung, wie ihr euer nächstes Ding aufziehen wollt, aber immerhin kann ich schon eins sagen: Es gibt sichere Anzeichen dafür, daß es ein großes Ding wird, untrügliche Anzeichen.

Wenn ihr das nächste Ding in der Skandinaviska Enskilda Banken dreht, dann wird am nächsten Tag in allen Zeitungen stehen:

SKANDINAVISKA ENSKILDA BANKEN IST GESCHEITERT

Wenn ihr das wirklich schafft, dann müßt ihr unbedingt weitermachen, finde ich. Dann sehen wir uns bei der nächsten Premiere im Oscarstheater oder beim nächsten Diner des Königs, und dabei werden wir uns unter den Kristallüstern zublinzeln. Wir werden uns beim Pferderennen in Jägersro treffen und einander zuwinken, falls nicht die großen blauen Hüte der Damen im Weg sind.

Wenn ihr aber nicht sicher seid, daß ihr es schafft, dann meine ich, daß ihr unbedingt einen Job als Fahrer bei der Wäschereifirma »Förenade Tvätt« annehmen solltet, wenn ihr wieder rauskommt. Schicke Uniformen und recht akzeptable Arbeitszeiten. Mein Onkel Knutte hat dreißig Jahre lang dort gearbeitet und fand die Arbeitsbedingungen in dieser Firma sehr angenehm.

Zwei Tage, oder richtiger gesagt, zwei Nächte darauf ruft B., der vielversprechende junge Dramatiker, wieder an. Er spekuliert auf Rembrandts »Der Mann mit dem Goldhelm« in der Neuen Nationalgalerie. Es hängt so dicht neben der Tür.

– Erstens ist das gemein wegen der Schulkinder, sage ich, und außerdem ist dahinter eine raffinierte kleine Alarmanlage angebracht, sehr empfindlich, mit einem Hebel zwischen der Rückseite des Bildes und der Wand. Du brauchst nur die Fingerspitze auf den Rahmen zu legen, und schon geht der Alarm los. Ich habe darüber nachgedacht. Es geht, wenn du einen Stromausfall arrangieren kannst. Du mußt herausfinden, wo die Hauptsicherungen des Museums sind, und einen schnellen Sportwagen mieten.

Du hast doch wohl schon einen Käufer, denke ich? Ich meine, bei Sothebys in London wäre es ja denkbar, daß der eine oder andere Kunde den »Mann mit dem Goldhelm« schon mal gesehen hat. Aber du kannst ihn natürlich auch auf dem Speicher haben und ihn den Mädchen zeigen.

Vier Tage darauf ruft er wieder an, der dumme B.

– Jetzt ist es geschafft, sagt er, freudestrahlend, jetzt habe ich endlich Rache genommen.

– Bravo, sage ich, dann können wir es morgen in der Zeitung lesen. Hast du die Hauptsicherung gefunden?

– Hauptsicherung? Zeitung?

– Ja.

– Ach was. Ich bin ganz einfach in eins von diesen großen teuren Radiogeschäften am Kudamm gegangen und habe die Preisschilder an zwei Apparaten vertauscht. An der Kasse hat niemand was gemerkt. Ich habe einen Grundig, der dreihundert gekostet hätte, für 182,50 gekriegt.

– Toll! Genial! Ein einzigartiger Coup! Und nächste Woche nimmst du dir die Zahnstocher im Selbstbedienungsrestaurant vor, vermute ich?

Ich fürchte, der Dramatiker B. hat keinen Sinn für Humor.

Worauf ich hinauswill, Freunde: Im Grunde genommen hat man uns von vornherein kleingekriegt. Kleingekriegt, versteht ihr? Sie haben uns auf dem Schulhof zu sehr erschreckt, als wir klein waren.

Sie haben uns gelehrt, daß Jesus kommt und uns holt, wenn wir auf die Beete treten, und weiß der Teufel, so ist es dann ja auch passiert.

Kaum hat man die Fußspitze auf ein Beet gestellt, schon ist Jesus da und sieht einem tief in die Augen.

Und dann ist es eben so gekommen mit meinen Tagträumen. Sie bleiben bei Mädchen und Geld stehen.

Ich kenne wenige Menschen, die ein so ausgesprochen kümmerliches Seelenleben haben wie ich. Es riecht schon von weitem nach Mietshaus mit viel Kohlsuppe im Flur. Mich hat man von vornherein kleingekriegt. Ich gehöre zu diesen armen Teufeln, die meinen, Tüchtigkeit zahle sich aus. Die versuchen, sich aufzuspielen.

Sieben Bände Seelenleben!

Diese sieben Bände enthalten nicht mein Seelenleben. Sie enthalten das Seelenleben, das ich gehabt hätte, wenn ich mich nicht hätte kleinkriegen lassen. So ist es! Wenn sie mich nicht kleingekriegt hätten, wäre dieses Seelenleben nicht in zwanzig albernen Bänden verrostet. Es wäre hier gewesen. *Hier*, meine ich. (Drücke den Zeigefinger mit einer eher romanischen als skandinavischen Geste zwischen die Augenbrauen.)

DIESE BEIDEN, DIE AUS DER GLASBLASE IM KLOHÄUSCHEN IN RAMNÄS FLIEHEN: WO WOLLTEN SIE HIN? WOHIN SIND SIE UNTERWEGS?

Ihr erinnert euch an diesen Jungen, der eines Tages Motorrad fahren lernt und plötzlich spürt, daß der Wind, der ihn umbraust, ein Freiheitswind ist, ein Monteverdi-Wind. Ich habe so eine Ahnung, daß dieser Wind das erste Zeichen dafür ist, daß unsere lange, düstere Erzählung sich allmählich der Gegend nähert, wo das Fegefeuer aufhört und wo endlich höhere Kreise beginnen.

Versteht ihr, ich beginne zu ahnen, daß irgendwo

DIESER WIND IMMERZU WEHT, MIT DEN LANGEN GOLDENEN HAARSTRÄHNEN DER VENUS SPIELT

Ein intergalaktischer Krieg III

Der Doppelstern B 8744 (Smith-Katalog) im Orion hat ein bescheidenes Planetensystem, das nur sehr fortgeschrittenen astronomischen Kulturen bekannt ist. Die Planeten sind ausschließlich mit verschiedenen primitiven Flechten bewachsen, die übrigens mit dem bloßen Auge nicht zu erkennen sind. Sie bilden leichte Farbschattierungen in den tiefroten Felsen, in denen sie sich verstecken, vor allem in den Rissen des Gesteins.

Um den größten der Planeten kreisen jedoch drei Monde. Der mittlere stimmt so genau mit den Rotationsphasen des Doppelsterns überein, daß er zwei völlig voneinander unabhängige Lebensformen besitzt.

Die eine lebt in vollem Tageslicht, ist geradezu in das starke, ultraviolette Quarzlampenlicht der hellen Sonne des Doppelsterns getaucht.

Um was für eine Lebensform es sich eigentlich handelt, ist nicht leicht zu sagen. Die Bilder der besten Sonden zeigen etwas, das großen Lerchenschwärmen gleicht, die über einer purpurroten Ebene umherschwirren.

Nach genau dreiundzwanzig Monaten stirbt diese Art aus und überwintert zwei Jahre lang in der Form von mikroskopisch kleinen Eiern tief in dem purpurroten Felsboden.

Die starke Sonne geht für dreiundzwanzig Monate unter, und dafür geht die schwache, schwache rote auf. Alle Schatten werden sehr lang, alles, was eben noch so klar und deutlich hell war, wird plötzlich zu einer einzigen Schreckenswelt.

Dann taucht die Lebensform Nummer zwei auf dem Planeten auf. Sie hat das Aussehen von riesigen, feuchten Decken. Ihre Nahrung sind Kleintiere, die sie jagen, indem sie sich auf sie legen, sie ersticken und verdauen.

Schon wenige Wochen nach der neuen Phase sind sie ausgewachsen und rascheln im trüben Licht zweier irrer, mattgrüner Monde herum.

Sie orientieren sich mit hohen, pfeifenden Lauten, von denen man sagt, sie hätten manchen der Forscher, die diesen Ort besuchten, zum Wahnsinn getrieben.

Hier, im Rotdunkel, in einer rasch aufgebauten Kuppel aus unzerstörbarem Quarzkristall, versammelte sich das Galaktische Verteidigungskomitee, um einen endgültigen Plan auszuarbeiten.

Der Ort war nicht gerade ideal. Die hell erleuchtete Kuppel übte, wie sich zeigte, eine enorme Anziehungskraft auf die jetzt voll entwickelten Decken aus, und mit blindem Eifer flatterten und krochen sie über das Quarzdach.

Es war nur ein leises Geräusch, aber darum nicht weniger störend.

– Der Generalquartiermeister hätte wirklich einen nicht ganz so idiotischen Ort aussuchen können, seufzte der Erste Raumlord und beugte sich zum zehntenmal über den Papierstapel, der vor ihm lag.

– Also, fuhr der vortragende Offizier mit einem ungeduldigen Blick zur Kuppel fort, *das Friedensrennen* ist ein osteuropäisches Fahrradrennen, das jedes Jahr Mitte Mai zwischen Prag, Berlin und Warschau gefahren wird.

Hunderte von Radfahrern nehmen daran teil. Am siebten Tag kommen sie immer durch Krakau, direkt am Königsschloß und der Kathedrale vorbei. Auf diesem Tatbestand baut sich mein Plan auf.

Wir nehmen vorübergehend einen Fahrer aus dem Rennen und tauschen ihn gegen einen unserer Agenten aus. Wir werden dafür sorgen, daß er genau in der Spitzengruppe landet.

Wenn die Gruppe am Hügel mit der Kathedrale und Sigismunds Sarkophag vorbeikommt, schlagen wir zu.

Es kann einfach nicht schiefgehen.

Der Erste Raumlord blickte nachdenklich zur Kuppel hoch.

VON SOLCHEN EKELHAFTEN DECKEN HABE ICH IMMER GETRÄUMT, ALS ICH NOCH EINE LARVE WAR, DACHTE ER

Ein Brief an meine Freundin Zwatt

Liebe Zwatt, ich kann dich genau vor mir sehen, wie du den Brief liest, den ich dir gerade schreibe. Du sitzt in dem bequemen Sessel deiner Großmutter im kleinen Salon in Grunewald, wo es immer sonnig zu sein scheint, weil es so viele Fenster in so vielen Richtungen gibt, du sitzt da, umgeben von deinen Büchern, deinem Telefon und deiner roten Teekanne, die nie kalt wird. Deine schönen schlanken Beine hast du im Sessel unter dir angezogen, und zwischen deinen großen lebhaften Augen bildet sich gerade ein Unmutsfältchen, ungefähr als sei die Sonne hinter den Wolken verschwunden, aber nur für einen kurzen Moment.

Ich kann mich genau daran erinnern, wie ich zum erstenmal deine großen, außergewöhnlichen Augen bemerkte.

Es war auf einer Art Vernissage, im Frühherbst 1972. Ich unterhielt mich gerade mit dem polnischen Exilschriftsteller W., einem vierschrötigen kleinen Mann, der noch dazu einen viereckigen weißen Bart und diese hohen Schläfen hatte, wie man sie nur bei polnischen Aristokraten und bei meinem Onkel Stig findet.

An wen erinnert er mich? Jetzt hab ich's! An König Sigismund III. von Polen natürlich, wie er auf den sechs Sigismundporträts abgebildet ist, die sich in der Sammlung von Schloß Gripsholm befinden.

– Sieh an, sagte W. zu mir, da haben wir eine ungewöhnlich schöne Frau.

– Sag es lauter, sagte ich. Wenn wir Glück haben, hört sie uns!

– Voilà une beauté merveilleuse, brüllte W., so daß es noch draußen auf der Straße zu hören sein mußte.

Ich glaube, du hast uns tatsächlich einen Augenblick lang nachdenklich angesehen.

Es sollte indessen noch bis zum nächsten Jahr dauern, bis wir Freunde wurden.

Liebe Zwatt, jetzt schreibe ich dir.

In Schweden gibt es im Dezember eine Zeit, in der das Gras spröde wird wie Glas. Es ist noch kein Schnee gefallen, aber der Frost sitzt schon im Boden, und tief in der Nacht, lange vor Sonnenaufgang, wenn alles von einer dünnen Reifschicht bedeckt ist, raschelt es, wenn man durch das schon längst abgestorbene Gras geht.

An einem solchen Dezembermorgen im Jahre 1956 nahm ich an einem Militärmanöver in einer flachen, einsamen Ebene teil, die Norra Uppland heißt. Wir waren um zwei Uhr nachts geweckt worden und machten jetzt an einem Kreuzweg weit draußen in der Ebene Rast.

Ich war in einen Graben gekrochen, um ein bißchen zu schlafen, es war ein ganz trockener, bequemer, hartgefrorener Graben. Ich lag auf dem Rücken, die Arme unter dem Kopf verschränkt, und schaute ins Sternenlicht hinauf, das sich manchmal im Reif der Grashalme brach, und dachte, wie unendlich dünn der Mensch doch sei.

Ja, genau: *dünn*. Um mich her ein ungeheures, bodenloses Dunkel voller Sterne, im Inneren ein bodenloses, langsam pulsierendes Dunkel. Zwischen diesen beiden Dunkelheiten die seifenblasendünne Schicht, in der die Träume entstehen.

Und nur dort sind wir, in dieser dünnen Schicht.

Und zugleich sind in dieser Schicht irgendwie auch alle anderen Menschen.

Mein Gott, was für unpraktische Gedanken! Und doch sind es nur solche Gedanken, die mich letztlich davon überzeugen können, daß mein Dasein einen Sinn hat. Diese ganze kümmerliche Kleinbürgerlichkeit, dieser Geiz, diese verdammte Tüchtigkeit, die die Geschichte mir aufgezwungen hat und das Schicksal, in einer Mietskaserne am Stadtrand von Västerås aufgewachsen zu sein, das alles sagt mir, ich dürfe solche Gedanken nicht denken. *Sie stehen mir nicht zu.*

G., ein Mädchen, das ich flüchtig kenne, bekam neulich eine scheußliche Wurzelentzündung im Oberkiefer. Sie ging zum Zahnarzt. Er schaut es sich an. Das ist eine ziemlich unangenehme Sache, sagt er, man muß den Kiefer operieren, und das ist eine sehr komplizierte Operation. Haben Sie Geld?

G. hatte kein Geld. Ja, dann kann ich leider nichts machen, sagt der Zahnarzt. G. rennt seit ein, zwei Tagen im Sozialamt herum, um die drei-, vierhundert Mark zusammenzukriegen, die man von ihr verlangt, bevor man sie von einem unerträglichen Schmerz befreit.

Was für einen Unterschied macht es, moralisch gesehen, ob man einen Menschen mißhandelt, um zu vierhundert Mark zu kommen, oder ob man einen Menschen unerträgliche Schmerzen leiden läßt, um zu vierhundert Mark zu kommen?

Ich war in derselben Woche beim Zahnarzt.

– Es ist eine Kavität in einem Molaren, links oben sieben, sagte ich, als ich hereinkam. Niemand verlangte im voraus Geld von mir, die Rechnung war lächerlich niedrig, alles lief wie geschmiert.

Ich glaube, es hat mehr als drei Jahrzehnte gebraucht, bis ich erkannt habe, daß manche Menschen von einem Schutznetz umgeben sind, das den meisten fehlt.

Selbstverständlich sind es nicht meine bescheidenen finanziellen Mittel, die man belohnt. Man belohnt meine Sprache, meine korrekte Grammatik.

Selbstverständlich ist es nicht so, daß diese Sprache als Signal dient oder als Abzeichen für die Mitgliedschaft in dieser kleinen Gruppe, die immer gut behandelt wird.

Der Grund dafür, daß man meine Sprache belohnt, ist die Möglichkeit der Kontrolle, die sie vermittelt.

Es ist eine Sprache, die es einem ermöglicht, selbst zu formulieren, was mit einem geschieht.

Ich erinnere mich genau, wie es war, als ich noch in die Grundschule ging und sie noch nicht beherrschte.

Was wir formulieren können, wird uns in der Regel nicht angetan. Was wir nicht formulieren können, wird uns angetan.

Mir hat man etwas angetan, das ich nicht formulieren kann.

Deshalb liegt dieser Sigismund, über den ich nun schon so lange gescherzt habe, trocken und tot und von Spinnweben umhüllt in seinem Grab.

Auffallend oft sieht man bei jüdischen Frauen, daß sie ihre Haare auf eine besondere Art nach hinten stecken, wobei die Ohren frei bleiben. Das machst du manchmal auch, ohne darüber nachzudenken.

Nun ja, meine Großmutter Emma, die keineswegs eine Jüdin war, trug ihr Haar ganz genauso.

Es ist schon etwas Sonderbares mit diesen Zeichen, die wir selbst erfinden, diesen Strukturen, die sich wiederholen, weil wir selbst wollen, daß sie sich wiederholen, diesen austauschbaren Dingen.

Mit Frauen, die ihr Haar auf diese Art tragen, spreche ich immer mit der höchsten Aufrichtigkeit und dem tiefsten Ernst, weil Großmutter Emma der einzige Mensch war, dem es gelungen ist, mein Vertrauen zu gewinnen, als ich sechs oder sieben Jahre alt war.

Das ist doch gar nicht verwunderlich, sagst du, es gibt eben solche Prägungen. Natürlich.

Aber das sonderbare daran ist, weißt du, daß es stimmt. Sie funktionieren.

Es *sind* dann auch die richtigen Menschen, zu denen man geht. Auf diese Weise erschaffen wir eine Welt, wo eben noch keine war, produzieren wir Werte, funktionsfähige Formen, Grammatik und Logik aus Zufällen heraus, und nach einer Weile sind es keine Zufälle mehr, sondern die reine Wirklichkeit.

Ich erinnere mich, daß ich vor einigen Jahren in einem Café saß, es war übrigens hier in Berlin, und davon sprach, wie schwierig, wie fern das Glück sei, und wie ungeheuer klein der Teil unseres Lebens, von dem wir wirklich sagen können, daß er glücklich sei.

In diesem Augenblick ging ein vollkommen glücklicher Mensch vor den mit grünen Wollgardinen halb verhangenen Fenstern vorbei. Eine sehr dicke Frau zwischen Fünfzig und Sechzig, mit verrutschten, verwurstelten Strümpfen an ihren unförmigen Beinen. Und mit einem so glücklichen Lächeln, wie ich es kaum je gesehen habe.

– Verlangen wir nicht zuviel, wenn sie glücklich sein kann und wir es nicht sind, sagte ich zu meiner Gesprächspartnerin – es war übrigens Johanna Becker, diese lustige rothaarige Philosophiedozentin, du hast sie vielleicht schon mal getroffen.

– Du irrst dich, Lars, sagte sie. Man kann sein eigenes Glück oder Unglück nicht mit dem der anderen vergleichen. Jeder Mensch schafft sich sein eigenes Maß.

Ich habe viel über das nachgedacht, was Johanna sagte. Für einen so ausgeprägt demokratischen Menschen wie sie ist das eine bemerkenswerte Äußerung, und ich glaube, sie hat ganz recht.

Liebe Zwatt, du weißt genausogut wie ich, wie es in der Welt aussieht. Unsere Städte werden immer unwohnlicher, die Freiheiten, von denen das vorige Jahrhundert träumte, immer utopischer, immer ideengeschichtlicher; nicht einmal eine so einfache Sache wie die parlamentarische Demokratie hat noch die geringste Bedeutung für die Menschen, die von ihren Entscheidungen betroffen sind. Unerbittlich verschlingt ein immer blinderer, immer mechanistischerer Kapitalismus einen Lebensbereich nach dem anderen. Diese schreckliche Maschine rast davon wie ein Lastzug, dessen Fahrer eingeschlafen ist, wobei der Druck aufs Gaspedal sich ständig verstärkt.

Inmitten dieser Katastrophe leben wir im Grunde genommen ganz zufrieden, solange unsere fundamentalen Bedürfnisse nach Zärtlichkeit, nach Vertrauen, nach jemandem, der uns zuhört, befriedigt werden.

Wir würden viel schlechter in einer utopischen Gesellschaft leben, wenn es dort niemanden gäbe, der uns liebt.

Ist es also so, liebe Zwatt, daß der wahre Zustand, das Paradies oder die Hölle, letztlich etwas ist, worüber wir selbst bestimmen?

Und welch ein Zynismus ist es doch, eine solche Frage zu stellen!

Ich muß immer wieder kichern, wenn ich diese religionspsychologischen Theorien lese, die besagen, verschiedene Völker und Kulturen hätten Gott als eine Art Verlängerung oder Projektion des Vater-Ichs erfunden.

Der große Papa mit der Rute und der Bonbontüte! Was für ein lächerlicher, völlig überflüssiger Umweg, um eine einfache Sache zu erklären.

Warum sollten wir das Vater-Ich vergrößern müssen? Es ist doch so selbstverständlich, finde ich, daß es unser eigenes Ich in kosmischer Vergrößerung ist, das wir meinen, wenn wir Gott sagen.

Jeder einzelne von uns nennt sich »ich«, und zwar mit dem gleichen Recht. Nur ein einziger Mensch hat das Recht, sich »ich« zu nennen: der Redende.

Es gibt nur eine Möglichkeit, dieses Problem zu lösen, und zwar durch ein Ich, das die Welt umfaßt, die Welt erschafft.

Das souveräne Ich, eingesperrt in seine Strukturen, die sich ständig wiederholen. Das gelähmte Ich, eingesperrt in die Geschichte, die auch nicht einen Millimeter Spielraum läßt für Handlungsfreiheit, Souveränität, Glück. Irgendwas stimmt da nicht! Es gibt da etwas, das ich ganz und gar nicht verstehe. Das Leben besteht in der äußersten Analyse aus unseren Träumen vom Leben, aus der Bedeutung, die wir ihm selbst zu geben vermögen. Das Leben besteht letzten Endes aus allem, ich sage allem, außer dem einen: unseren Träumen.

Armer König Sigismund, schon so lange in seinem schweren Kalksteinsarg eingesperrt. Zwatt, meine Freundin, ich weiß, was wir tun! Wir geben ihm eine Chance! Wir lassen ihn raus!

Ja. Das machen wir. Es geht so:

Das Friedensrennen 1973: Siebente Etappe

In den Dörfern und Kleinstädten Mittelpolens war schon den ganzen Morgen ein eisiger Sprühregen gefallen.

Trotzdem säumten eine Menge Zuschauer die Weidenalleen, als die siebente Etappe des Friedensrennens vorbeisauste. Besonders gegen Mittag, als die Fabriken und Geschäfte Pause machten, konnte es an den Straßenrändern fast schwarz werden vor Leuten.

Der jüngste der Brüder Fåglum hatte an diesem Morgen aufgeben müssen: Er war einfach zu erkältet. Drei Tage lang hatte er sich abgequält, mit klopfendem Herzen und fiebertrüben Augen, vor denen die Alleen zu einem einzigen, verdammten grünen Korridor verschwammen. Der kalte, dünne Regen, der Tag für Tag fiel, machte den Asphalt schwer befahrbar, das Kopfsteinpflaster der Dörfer schüttelte die Blaubeersuppe in den Mägen der Radfahrer durch.

Manchmal mußte die ganze Kolonne, mit ihren Begleitwagen, Friedensbanderolen, dem Reparatur- und Ersatzteilauto, den Motorradpolizisten, der Spitzengruppe, noch mehr Motorradpolizisten, der langgezogenen Kette von Fahrern hinter der Spitzengruppe, diese ganze lebhafte, ausgedehnte Friedensmanifestation, vor einem Bahnübergang bremsen, wo eine schnaufende, qualmende Dampflok mit unzähligen Wagen an den Schranken vorbeirumpelte.

Wenn das Ungetüm dann endlich verschwunden war, in einer Wolke von Steinkohlenrauch einsam vor sich hin ratternd, starteten die Motorradfahrer ihre Motoren, und die Spitzengruppe (die Hosen an den nassen Schenkeln klebend) steigerte wieder ihr Tempo. Jedesmal, wenn das Rennen auf diese Weise an einem Bahnübergang stockte, erstarrte alles in der Lage, in der es sich gerade befand, regungslos wie auf einem Foto, um sich dann weiterzubewegen wie zuvor.

Die Oberschenkelmuskeln der Fahrer schmerzten höllisch nach jedem dieser Aufenthalte im strömenden Regen, und manch einer fragte sich, was ihn eigentlich dazu bewogen habe, Rennfahrer zu werden.

Der jüngste Fåglum hatte wie gesagt aufgegeben, die übrigen befanden sich noch immer in der Spitzengruppe. An der Spitze lagen außerdem noch der Jugoslawe Michailov Bogomile, die große Hoffnung seines Landes, der Ungar Stanko Raikowicz und Ferdinand Forsche aus der DDR, der Sieger der gestrigen Etappe.

Die Gruppe war gegen zehn Uhr morgens ausgerissen, man hatte sich in der Führung ganz gut abgewechselt, ohne allzuviel Zank und Streit, und hatte den Sog des regennassen Asphalts geschickt zu nutzen gewußt, um einen ordentlichen Abstand zwischen die Spitzengruppe und das Hauptfeld zu legen.

Alles lief nun sehr gut zwischen den Bahnübergängen, die mit tödlicher Monotonie wiederkehrten. Die Wechsel in der Gruppe gingen ruhig vonstatten, keiner machte eine Dummheit, der Regen fiel ununterbrochen, manchmal winkte ein Fahrer auf einer sehr einsamen Strecke den Betreuerwagen heran, klammerte sich am Haltegriff fest und pinkelte trostlos in den Regen hinaus.

Längs der Straße duftete es nach frisch ausgeschlagenen Kastanien, es war Frühling, aber – wie so oft in Polen – ein kalter, ein erkältungsträchtiger Frühling.

Es war noch lang bis zum Nachmittag und noch weit bis Krakau, dem Endziel der Etappe.

Ein Kilometer folgte dem anderen, ohne daß etwas Besonderes passierte.

Niemand hatte den neuen Fahrer in den schwarzen Hosen und dem goldschimmernden Trikot mit dem Clubzeichen ANDROMEDA richtig bemerkt, bis er schon eine ganze Weile in der Spitzengruppe hinten gelegen hatte. Er trug die Nummer 666 auf dem Rücken und fuhr mit einem kräftigen, ruhigen Tritt. Wo mochte er herkommen? Er hatte sich offenbar in der letzten langen Birkenallee an die Spitzengruppe herangekämpft.

– Wer zum Teufel ist denn das, fragte man im Wagen der Rennleitung. Ach ja, da gab es doch eine Nummer 666.

Withold Gork vom Fahrradclub ANDROMEDA in Kattowitz. Niemand von den Veranstaltern hatte je etwas von einem Fahrradclub ANDROMEDA in Kattowitz gehört. Aber in Polen gibt es viele Fahrradclubs.

Der schwarze Fahrer trug eine Schutzbrille und hatte eine

schwarze Clubmütze bis zu den Augenbrauen heruntergezogen, wie die Journalisten feststellten.

Er schien in ausgezeichneter Form zu sein, hatte aber offenbar nicht den Ehrgeiz, die Führung zu übernehmen, sondern ließ sich als letzter in der Gruppe mitziehen.

Nach einer Weile bekam er trotzdem ein Zeichen vom Betreuerwagen, die Spitze abzulösen, und das tat er dann offenbar mit der größten Leichtigkeit. Dafür fiel Ferdinand Forsche erleichtert auf seinen Platz zurück, und der Mann von ANDROMEDA übernahm die Führung. Der Wind war jetzt ein wenig stärker geworden, die Kronen der Weidenbäume bewegten sich unruhig. Die Schulklassen am Straßenrand wurden immer spärlicher und sahen immer wehmütiger aus mit ihren kleinen Wimpeln in den Händen.

Der Neue führte ausgezeichnet. Er hatte eine Fähigkeit, die Rennfahrer ganz besonders bei jemand schätzen, der die Führung einer Gruppe übernimmt: Er hielt ein ganz phantastisch gleichmäßiges Tempo. Er lag genau an der oberen Grenze dessen, was die Fahrer bei diesem Wetter leisten konnten, er machte nicht den geringsten, nicht einmal einen mikroskopisch kleinen Ruck, und als der Gruppe die letzte halbe Stunde angezeigt wurde, stellte sich heraus, daß sie ihr Tempo seit der vorhergehenden halben Stunde um fünf Kilometer erhöht hatte.

– Phantastisch, sagte Herr Gerber, der Leiter der DDR-Mannschaft. Gegen Nachmittag wird er gefährlich werden. Aber wer zum Teufel ist Withold Gork? Von diesem Burschen hab ich doch noch nie was gehört? Und was ist das überhaupt für ein Fahrradclub, ANDROMEDA aus Kattowitz?

Er blätterte hektisch in seinem Programm, aber da stand nichts weiter, als daß Withold Gork als Nummer 666 eingetragen war. Was hatte er denn, verdammt noch mal, in den anderen Etappen gemacht?

Gork hatte an jeder der fünf vorhergehenden Etappen teilgenommen und war komischerweise jeweils genau die Durchschnittszeit der Etappe gefahren. Welch sonderbarer Zufall, dachte Herr Gerber.

Gegen drei Uhr nachmittags wurde es allmählich ganz offensichtlich, daß Gork aus Kattowitz die Sensation des Tages war und daß er in dieser Etappe den Sieg davontragen würde. Die letzten fünfundzwanzig Kilometer hatte er ununterbrochen die Führung gehabt, in einem eisigen, immer stärker werdenden Wind, und hatte alle mehr oder weniger großzügig gemeinten Angebote eines Führungswechsels nur mit einem Kopfschütteln zurückgewiesen. Dieser Bursche mußte unglaublich hartnäckig und enorm durchtrainiert sein. Was zum Teufel hatte er in den vorhergehenden fünf Etappen getrieben, wo er sich offenbar immer damit begnügt hatte, genau in der Mitte zu landen, und zwar so genau, daß es sich mit dem mathematischen Mittelwert deckte? Selbst alte Friedensrennenprofis schüttelten den Kopf.

– Das wird er nie bis zum Endspurt durchhalten, meinten sie.

Später am Nachmittag, kurz vor Krakau, kam endlich die Sonne durch, und es hörte auf zu regnen. Ziemlich viele Leute standen am Wegrand, und über der Zufahrtsstraße nach Kattowitz, die sich an jenem Hügel mit dem Schloß und dem Dom vorbeischlängelt, hingen feierliche rote Spruchbänder mit Texten wie:

KRAKAU HEISST DIE TEILNEHMER DES FRIEDENSRENNES WILLKOMMEN

und da waren viele Schulklassen versammelt und kleine Pioniere mit hübschen roten Halstüchern. Der Rundfunk hatte in seinen Nachmittagsnachrichten eine Meldung über die spannende Wendung gebracht, die die siebente Etappe genommen hatte, als ein junger Pole, Withold Gork vom Fahrradclub ANDROMEDA aus Kattowitz, ganz überraschend die Führung übernahm, und mehrere Kommentatoren hatten prophezeit, daß nun wieder eine große Zeit für Polen anbrechen würde – auf dem Gebiet des Radsports. Die Rundfunkkommentatoren hatten sogar ein wenig über Gorks Arbeitsplatz in einer Maschinenfabrik in Kattowitz berichten können, und das Fernsehen zeigte Gorks Kollegen an ihren Drehbänken, wo sie begeistert im Radio die Erfolge ihres Arbeitskameraden verfolgten. Dadurch waren noch besonders viele Leute zur Rennstrecke geströmt, und die Verkehrspolizei war gerade dabei, die Zuschauer davon abzuhalten, zu weit auf die Straße hinauszugehen.

Am Ziel stand schon ein Mädchen in Volkstracht mit dem Siegeskranz bereit, dunkel, mit märchenhaften braunen Augen, und die aufgestellten Lautsprecher dröhnten plötzlich los und berichteten mit schrecklichem, metallischem Echo von dem phantastischen Ausbruch, den Withold Gork sechs Kilometer vor dem Ziel gemacht hatte. Es war ganz unglaublich, er lag schon einen Kilometer vor den anderen.

Das Fernsehen zeigte dramatische Silhouettenbilder von dem Wunder aus Kattowitz, noch immer triefend naß vom Regen, jetzt aber im Sonnenschein, bei einem phantastischen Endspurt. Würde er durchhalten? Es sah ganz so aus, er schien nicht im geringsten erschöpft zu sein, vielmehr wuchs der Abstand zwischen Gork und der Spitzengruppe jetzt überraschend schnell.

Eine neue große Epoche in der Geschichte des polnischen Radsports stand offenbar kurz bevor.

Gork steigerte immer noch das Tempo. Schon jetzt war klar, daß er die beste Etappenzeit in der Geschichte des Friedensrennens machen würde, wenn er durchhielt.

Bei jeder neuen Meldung brandete am Ziel unterhalb des Schloßbergs von Krakau der Jubel auf, und den einsamen Helden Withold Gork, der sich die langen Steigungen nach Krakau hinaufkämpfte, umbrauste ein Frühlingswind mit immer größerer Kraft, die Sonne schien immer wärmer, und begann sich nicht der Frühling trotz allem einen Weg durch die rasch aufreißende Wolkendecke zu bahnen?

Jetzt war es nur noch ein Kilometer bis zum Ziel, unten von der Landstraße her hörte man schon den frenetischen Jubel der Zuschauermassen anschwellen.

Withold Gork aus Kattowitz war dabei, einen Rekord bei der siebenten Etappe des Friedensrennens aufzustellen.

Was nun folgte, ist als einer der großen Skandale in der Geschichte des edlen polnischen Radsports bekannt geworden.

Die siebente Etappe des Friedensrennens im Mai 1973 in Krakau gewann bekanntlich der mehrfache Sieger Ferdinand Forsche aus der DDR, der in dieser Etappe einen neuen Streckenrekord aufstellte.

Wie einer Reihe von Leuten bekannt ist, kam es am Ziel zu unangenehmen Demonstrationen gegen Forsche, die später in einem ausführlichen, streng geheimen Briefwechsel zwischen den Außen- und Sportministerien der jeweiligen Volksrepubliken behandelt wurden, um mit der Zeit als böswillige Gerüchte zurückgewiesen zu werden.

Fest steht jedoch, daß Forsche nicht als Etappensieger erwartet wurde und daß sein Erscheinen am Ziel eine gewisse Verwirrung auslöste, wobei Forsche offenbar so unglücklich über sein Fahrrad stolperte, daß die Lenkstange ihn unterm rechten Auge traf, was aber nur zu einem kräftigen Veilchen führte.

Polens Favorit, der junge Withold Gork, mußte leider wegen einer überraschenden Sehnenzerrung wenige hundert Meter vor dem Ziel aufgeben, wie alle Zeitungsleser wissen.

Wenige Tage, nachdem das Friedensrennen in Krakau gelaufen war, verbreitete sich ein sonderbares Gerücht in der Stadt: Withold Gork habe sich in Wirklichkeit auf der Schlußstrecke verfahren und sei, statt zum Ziel, in einem »Wahnsinnstempo« den Hügel hinaufgespurtet. Dieses Gerücht konnte eindeutig dementiert werden. Und zwar hat das Gork persönlich getan, noch am selben Tag, in einem Interview mit der Abendzeitung:

ES WAR NAHE DRAN, ABER LEIDER HAT ES NICHT GEKLAPPT, SAGT GORK

Selbstverständlich kann niemand »in einem Wahnsinnstempo« den Schloßberg von Krakau hinauffahren, und am allerwenigsten würde das jemand tun, der dabei die Chance verpaßte, eine neue Epoche in der Geschichte des polnischen Radsports einzuleiten.

Aber viele Fernsehzuschauer werden das Bild dieses entschlossenen jungen Polen im Gedächtnis behalten, wie er mit seiner schwarzen Schutzbrille und der heruntergezogenen schwarzen Mütze im starken Frühlingswind für Polen und den Fahrradclub ANDROMEDA kämpft, Kilometer für Kilometer im gleichen unerbittlichen Tempo, um dann nur durch einen blöden Muskelriß in den allerletzten Minuten der Etappe um den Siegeskranz gebracht zu werden.

Zygmunt spacruje znowu?

ZYGMUNT SPACRUJE ZNOWU?

Peinlicher Zwischenfall in Krakau
Sigismunds Sarkophag leer

Krakau, Donnerstag – Einen ebenso sonderbaren wie unerklärlichen Vorfall im Krakauer Dom meldete am Donnerstag morgen Domverwalter Dr. Zbigniev Lanovsky der örtlichen Polizeibehörde. Im Laufe einer Inventur, die eine Restaurierungskommission im Dom vornimmt, wurde am Donnerstag der Sarg geöffnet, der schon so lange die irdischen Überreste von König Sigismund III. beherbergt hat. Dabei stellte sich heraus, daß der Sarkophag leer ist.

»Das merkwürdige ist«, erklärt Kommissar Pryzbyzevski, Chef der Kriminalabteilung des dritten Bezirks, »daß der Sarg nicht die geringsten Spuren einer Gewaltanwendung von außen zeigt. Wahrscheinlich handelt es sich um die Tat einer revisionistischen Extremistengruppe. Wir haben gute Aussichten, den Tätern bald auf die Spur zu kommen. Im günstigsten Fall kann bereits innerhalb der nächsten Stunden mit einer Verhaftung gerechnet werden.«

»Glücklicherweise«, sagt Professor Piatowski, Leiter des Universitätslabors für die Restaurierung sakraler Kunstwerke, »haben die Täter den Sarkophag, ein Meisterwerk barocker Bildhauerkunst, nicht im geringsten beschädigt.«

»Die Spuren sind tatsächlich so unauffindbar«, fügt Professor Piatowski hinzu, »daß man meinen könnte, der Sarkophag sei von innen geöffnet worden.«

(Trybuna ludu, 16.5.1973)

Porträt eines liberalen Seelenlebens: Mitte der sechziger Jahre

O.K. Immer mit der Ruhe, Jungs! Nicht schießen! Er kommt jetzt offenbar freiwillig raus. Nur ruhig. Ihr könnt wieder sichern, Jungs! Hoch die Visiere! Knöpft die kugelsicheren Westen auf! Achtung! Gewehr bei Fuß! Her mit der Feldküche und den Handschellen!

Er kommt jetzt freiwillig raus.

O.K., Jungs! Ich komme raus.

ABER WAS ZUM TEUFEL WILL ER DENN MIT DEM SILBERTABLETT? MEINT ER VIELLEICHT, ER SEI EIN KELLNER? DER TYP IST JA ÜBERGESCHNAPPT, TOTAL ÜBERGESCHNAPPT:

O.K. Ich will ganz aufrichtig sein. Zwischen dieser Seite und der vorhergehenden habe ich mehrere Wochen lang ernsthaft überlegt, ob ich nicht vielleicht aussteigen sollte. Es gibt auch andere Dinge zu tun. Man könnte zum Beispiel eine kleine Werkstatt in Norberg eröffnen. Dort würde all das repariert werden, was niemand sonst mehr reparieren mag, wo doch heutzutage alles gleich weggeschmissen werden soll, wenn es kaputtgegangen ist, vom Fernseher bis zur Lunge.

Ich könnte alte Standuhren aus Dalarna annehmen, die die Sommergäste auf Auktionen gekauft haben, und sie vom Rost befreien, und auch Pumpen, elektrische Brunnenpumpen, kann ich reparieren und mechanisches Spielzeug. Ich bin sogar recht geschickt darin, rostige kleine Maschinerien behutsam auseinanderzunehmen, sie zu ölen und hier und da eine Feder oder ein Sicherungsblech einzusetzen, um sie wieder in Gang zu bringen.

Davon könnte ich mich genausogut ernähren, und richtige gesellschaftliche Ambitionen habe ich ja nicht mehr. Ich weiß doch schon, wie es in Luxushotels und Direktionsspeisesälen aussieht, und es gibt keine Botschaft, in der ich nicht schon mal Kaviar gegessen habe.

So hatte ich mir das also überlegt. Aber jetzt habe ich mich doch dazu entschlossen, wieder mit der Schriftstellerei anzufangen. Mit dem Schriftstellern.

Gerade jetzt kann man doch allmählich erkennen, verdammt

noch mal, wie die Erzählung enden könnte, das ist doch sonnenklar, oder nicht?

Neulich abend besuchte ich ein paar nette deutsche Studenten; wir saßen in der üblichen Wohngemeinschaft unter den üblichen Riesenplakaten von Che Guevara, die jetzt immer häufiger gegen ebenso große Reproduktionen von Zeichnungen Aubrey Beardsleys ausgetauscht werden. (Die Schönheit ist das einzige, was besteht.)

Wir saßen da, wie gesagt, und tranken ein paar Flaschen Wein, deren Bezahlung man mir, aufrichtig gesagt, zur Ehrenpflicht gemacht hatte – ich beginne in das Alter zu kommen, in dem man von mir erwartet, daß ich die Flaschen bezahle, wenn man sich mir zu Füßen setzen soll – und ich hatte gerade die hervorragende Geschichte vom Studienrat Janeberg aus Västerås erzählt.

Der Studienrat Janeberg aus Västerås, ein kleiner, lebhafter Mann, steht an einem schönen Herbstmorgen an der Tafel und erläutert Skånes Wirtschaftsgeographie, als er plötzlich einen scheußlichen schwarzen Punkt an seinem Handgelenk entdeckt. Er geht nicht weg, wenn man daran herumdrückt, im Gegenteil, er tut höllisch weh und scheint irgendwie mit Flüssigkeit gefüllt zu sein.

Janeberg, der etwas hypochondrisch ist, geht in der Mittagspause zum Schularzt. Der schüttelt den Kopf. In seiner dreißigjährigen Praxis hat er so etwas noch nie gesehen. Es geht sicher wieder weg, sagt er, aber wenn du willst, kann ich dich ja ins Zentralkrankenhaus schicken. Ja, gut, sagt Janeberg, der etwas ängstlich ist.

Im Krankenhaus muß er einen ganzen Vormittag warten, bis er drankommt. Der Oberarzt blinzelt hinter seiner Goldrandbrille mit den Bifokalgläsern, zupft an seiner großen roten Nase und sagt: Seltsam. Es gibt nur eine Diagnose dafür, aber die ist so unglaublich, daß ich sie nicht zu stellen wage. Es ist sicher etwas Harmloses, aber ich will jedenfalls eine Probe entnehmen und sie dem Bakteriologischen Institut in Uppsala schicken. Und als er merkt, daß Janeberg ganz blaß wird, fügt er hinzu: Ich bin fest davon überzeugt, daß es eine Lappalie ist, es ist lediglich eine Routinemaßnahme.

– Ist es . . ., sagt Janeberg, das kann es doch wohl nicht sein?

– Nein, ach so, nein, *das* ist es auf gar keinen Fall, sagt der Oberarzt. Das nicht. Haben Sie denn irgendeinen Grund, so etwas zu vermuten?

Acht Tage vergehen. Janeberg bekommt noch drei bläuliche Bläschen. Im Bakteriologischen Institut in Uppsala beugt sich ein Assistent zum siebentenmal über sein Mikroskop und sagt sich: Ich muß verrückt geworden sein, ich muß verrückt geworden sein.

Er ruft den Professor herbei. Der Professor beugt sich über das Mikroskop, er atmet schwer, er ist ein asthmatischer alter Mann und gerade ziemlich verärgert über die Störung, aber auf seinem Gebiet eine der größten Kapazitäten der Welt.

Er stößt einen Pfiff aus, zieht die Schärfe nach, schmunzelt und murmelt eine ganze Weile vor sich hin. Als er endlich vom Mikroskop aufblickt, lächelt er den Assistenten strahlend und jungenhaft an und sagt:

– Würden Sie bitte so freundlich sein, ein paar Anrufe zu machen? Beim Innenminister, bei der Landesregierung von Västmanland, beim Befehlshaber des vierten Wehrbereichs, beim Gesundheitsamt, bei der Schulbehörde und beim Justizminister. Sie sollen mal eben hier vorbeikommen.

– ? ? ?

– Wir haben hier nämlich den Schwarzen Tod vor uns.

Was Janeberg betrifft, so wurde er nach einer strengen, zehntägigen Penizillinkur völlig gesund, und kein anderer Mensch in Västmanland hat seit dem fünfzehnten Jahrhundert je wieder die Pest gehabt.

Aber es wäre immerhin denkbar, meine ich, als kleine Erinnerung an das, was einem zustoßen kann.

Das fanden die jungen Leute auch, und dann machten wir Musik, das heißt, jemand ging zum Plattenspieler und spielte etwas auf der ungeheuer starken Anlage ab. Es war Beethovens dritte Leonoren-Ouvertüre.

Ich muß ein wenig müde oder betrunken oder auch ein wenig müde *und* ein bißchen betrunken gewesen sein, denn als wir zu diesem Trompetensignal kamen, ihr wißt schon, dieses ferne befreiende Trompetensignal, das die Befreiung der Gefangenen aus dem Kerker ankündigt, das große liberale Trompetensignal, könnte man sagen, das ursprüngliche, unverdorbene Signal der Individualisten und Liberalisten in der europäischen Kunst, ein Signal, das nicht das geringste über die Notwendigkeit sagt, die Kulaken auszumerzen, um das

Glücksreich auf Erden zu verwirklichen, ein Signal, das völlig unberührt von Parteidisziplin, Fünfjahresplänen und Nackenschüssen sagt, daß die Freiheit existiert: DU KANNST, WENN DU WILLST, mein Gott, dachte ich, davon habe ich ja die ganze Zeit geredet! Das ist es, was ich meine! Mein Gott, im Grunde bin ich ja *liberal*!

LOVE ME, I AM A LIBERAL!

Um die Ecke wartet ein besseres Leben auf uns alle. Ja.

Ich fürchte nur, daß das nicht viel hilft.

In Indien gibt es immer noch Gegenden, in denen alle erstgeborenen Kinder einer moslemischen Priestersekte überlassen werden müssen, die sie mit Binden einschnüren, so daß sie bewegungsunfähig werden und das Gehirn sich nicht entwickelt. Diese Sekte verkauft sie dann als Bettler, weil sie so leicht herumzutragen sind. Die indische Regierung unternimmt nicht die geringste Anstrengung, um etwas daran zu ändern.

Die jüngsten Untersuchungen haben gezeigt, daß die Lage der arbeitenden Klassen in England im großen und ganzen noch die gleiche ist, wie sie Engels beschrieben hat. In den Arbeitervierteln von Manchester und Leeds wimmelt es noch genauso von Ratten wie um 1860. Gibt es einen einzigen Punkt auf der Welt, wo man einen sozialen Fortschritt nachweisen könnte, der nicht schon am Ende des 19. Jahrhunderts verwirklicht worden wäre?

Die Freiheitsideen, die die großen Parteien in England und Preußen um 1890 vorbringen konnten, würde heute keine politische Partei mehr ernstlich zu vertreten wagen: Höchstens ein paar langhaarige Extremisten wagen auf Flugblättern zu behaupten, man habe das Recht, seine Meinung unbehelligt von der polizeilichen Registrierung zu vertreten.

Technischer Fortschritt! Pah! Ich sage mit John Stuart Mill: Gibt es ein einziges Beispiel dafür, daß eine Maschine auch nur einem einzigen Menschen das Leben erleichtert hätte?

Ich beginne mich wie der Erdkundelehrer Janeberg zu fühlen. Die Pest ist überall um uns, aber nur mich befällt sie.

Aus dem Sudan kommen Bilder von verhungerten Kälbern. Sie liegen auf dem ausgetrockneten, rissigen Lehm, die langen, faltigen Hälse in rührenden Stellungen verrenkt.

Die kleine Clique von Planungsexperten, Gastreferenten und Schriftstellern, die zu Schriftstellerkongressen unterwegs sind, fliegt in ihren Jumbojets herum, steigt in ihren mit Klimaanlagen versehenen Hiltonhotels ab und sitzt in ihren Konferenzen. Sie treffen immerzu Bekannte auf den Flugplätzen, und das läßt sie glauben, die Welt sei winzig klein, was sie zweifellos auch ist, wenn man mit »Welt« einen kleinen Gesellschaftskreis von einigen zehntausend Personen meint. Und wenn sie da in ihren Kongreßhallen und in ihren Hiltonhotels sitzen, begreifen sie nicht, daß all das nur eine Kulisse ist, daß hinter dieser Kulisse die Welt vermodert, daß es noch dieselbe chaotische, brutale, zerfallende Welt ist wie am Ende des Römischen Reiches, nur daß sie tausendmal größer, tausendmal brutaler ist und daß in Wirklichkeit die Dunkelheit naht, schnell, schnell wie eine Flutwelle.

LOVE ME, I AM A LIBERAL

Neulich habe ich einen sympathischen deutschen Professor getroffen, einen Philosophieprofessor aus Heidelberg, netter Bursche, sehr gebildet, konnte Hegel praktisch auswendig.

Er wollte im November nach Calcutta. Es ist ja nichts Besonderes dabei, daß jemand nach Calcutta fährt, ich selbst fahre im März nach Australien, er wollte also im November nach Calcutta, in diese Stadt, wo der schmutzigbraune Fluß voller halbverbrannter, von Hunden und Ratten angenagter Leichen an den Kais entlangfließt, Calcutta, wo Bettler wie Blumenkohl gezüchtet werden, damit sie das richtige Format bekommen, um von ihren Arbeitgebern bequem herumgetragen werden zu können ... dieses Calcutta also wollte er besuchen, um Vorlesungen über die deutsche idealistische Philosophie zu halten.

LOVE ME, I AM A LIBERAL

Ich kritisiere ihn nicht, wohlgemerkt. Ich überlege nur. Irgend etwas in dieser Zeit bringt mich immer mehr zu der Überzeugung, daß wir uns in einem Irrenhaus befinden. Ich bin viel zu nüchtern, zu phantasielos, berechnend und klug, um mich in der geschlossenen Abteilung eines Irrenhauses richtig wohl zu fühlen. Lieber schlafe ich einen vielhundertjährigen Schlaf in einem Sarkophag, eingehüllt in Decken aus Spinnweben und Kalkstaub, tote Spinnen unter den Augenlidern, als daß ich mich in dieses kreischende, schreiende, seufzende, schreckliche Irrenhaus hineinziehen lasse.

IHR HÄTTET MICH NICHT WECKEN SOLLEN. ES WAR GEMEIN VON EUCH, MICH ZU WECKEN

Ungefähr an dieser Stelle kommt dieses Trompetensignal aus der Leonora III ins Spiel. Die Stimme der Vernunft, ein Signal, das offenbar von außerhalb des Gefängnisses kommt (aber nicht von Gott, sondern von der Vernunft), ein Signal, das sagt: jetzt reicht's aber, Leute, Schluß jetzt mit diesen Scherzen, jetzt müßt ihr euch verdammt noch mal zusammennehmen, so kann es ja nicht weitergehen. Seht doch endlich mal ein, zum Teufel, was ihr verschwendet, Jungs, was aus euch hätte werden können, wenn ihr es wirklich gewollt hättet.

An der alten Schleuse in Färmansbo hört man das Wasser überall. Es ist ein uralter Kanal, schon Anfang des 18. Jahrhunderts gebaut, zerstört und zerfallen, dann wieder neu aufgebaut. Zur Zeit ist er in Gebrauch, im Sommer fahren Touristenboote durch die mächtigen, hohen, kupfergrünen Schleusentore, die in riesigen, in schweren schwarzen Stein eingelassenen Eisenkrampen hängen.

In meiner Kindheit zum Beispiel wurde die Schleuse nicht benutzt, die Tore waren zu morsch, zwischen dem Ende der vierziger und dem Anfang der sechziger Jahre kam kaum ein Boot durch.

Ich pflegte manchmal auf dem Landweg zur Schleuse vorzudringen, durch das kompakte Grün, durch das Reisig mit all den Kreuzottern, durch das hohe Gras, unter den großen Bäumen entlang, bis zu der Stelle, wo der Fluß sich teilt, in einen kanalisierten und einen unkanalisierten Arm (mit riesigen schwarzen Steinen, um die das Wasser herumstrudelt), mich dort auf einen großen, abgeschliffenen Steinpoller zu setzen, das Wasser ringsum zu hören, und zu sehen, wie es schwarze Strudel bildet und wie ein humusduftender Schaum sich wie eine Art Schlagsahne auf die oberste Treppenstufe legt, ich meine die Treppe, die zur Schleuse hinunterführt: Der Weg, den die Schiffer früher einmal gingen.

Da pflegte ich zu sitzen, stundenlang, mit oder ohne Angel, und in die schwarzen Strudel hinunterzustarren, mit schwarzen, vierzehnjährigen Augen, und mich zu fragen, was zum Teufel man eigentlich von mir erwarte, das ich in dieser Welt noch tun oder ausrichten solle.

UND DAS IST DAS EINZIG LIBERALE AN MIR

O. K. Leute. Immer mit der Ruhe. Er kommt jetzt raus.

Die Malerin G. macht einen Fortschritt

– Es ist wirklich unglaublich, sagte sich die Malerin G., während sie sich über den klobigen, rustikalen Schreibtisch aus dunkler Eiche beugte, der in dem ländlichen Gasthaus, wo sie gerade wohnte, den Platz vor ihrem Fenster zierte, es ist wirklich unglaublich, daß diese sonderbare Zivilisation es fertiggebracht hat, sich so weit zu entwikkeln und so originelle Lösungen für alle möglichen Probleme zu finden, ohne je auf etwas so Einfaches zu kommen wie zum Beispiel, daß Schreibpapier nicht unbedingt aussehen muß wie eine verfilzte alte Decke. Ich verstehe einfach nicht, wie sie das schaffen!

Sie hatte allen Grund, unzufrieden zu sein. Das gräuliche, sehr rauhe Schreibpapier, das vor ihr lag, war wirklich so filzig, daß es fast nicht zu ertragen war. Sie verfluchte den unglücklichen Zufall, der schuld daran war, daß sie nicht wenigstens einen Kugelschreiber mitgenommen hatte, als sie in jener Nacht ihre Wohnung in Moabit verließ …

… wie lange war sie überhaupt fortgewesen? Drei Tage, vierzehn Tage, zehn Jahre, es war ganz unmöglich, das zu beurteilen, da sie sich in einer anderen Zeit befand, die nicht den normalen Gesetzen gehorchte.

Nun mußte sie notgedrungen einen abscheulichen Federhalter mit einer Stahlfeder benutzen, wie sie ihn seit der Volksschule nicht mehr angerührt hatte, und bei jeder neuen Faser in dem filzigen Papier spritzte die widerliche Tinte in einem weiten, eleganten Bogen über das Blatt.

Es ist wirklich nicht leicht, unter solchen Bedingungen ein Reisetagebuch zu führen.

Dabei hätte sie so vieles beschreiben wollen: Die sonderbaren, altertümlichen Dörfer mit ihren engen Straßen und hohen Treppengiebeln, die düsteren Kneipen mit ihren schweigsamen, dicken Kellnern, den eigentümlichen Geruch von einem unglaublich starken Bohnerwachs, den sie in dieser Art nicht kannte und der durch alle Gebäude zu dringen schien und übrigens auch hier in diesem Raum war.

Würde man sich je daran gewöhnen können, wenn man wirklich hier wohnen müßte?

Sonst schien alles nicht ganz so schlimm zu sein, wie sie es sich vorgestellt hatte. Die Landschaft war lieblich, wenn auch etwas monoton in all ihrer Lieblichkeit, offenbar voller Seen, ganz normalen Seen also, sie hatte vor ein paar Tagen sogar ein paar Herren in hohen Gummistiefeln an einer Bachmündung Forellen mit der Trockenfliege angeln sehen, ganz normale Forellen, wie es schien. Der Laubwald, offenbar vor allem Eichen und Ahornbäume, bestand offensichtlich aus einem kompakteren Grün als daheim in Berlin, aber es war ja auch ganz klar, daß sie sich in viel südlicheren Breitengraden befand. An manchen Tagen, besonders wenn der Wind von Süden kam, konnte es wirklich sehr heiß werden. Vielleicht lag weiter südlich ein Wüstengebiet?

Es kam ihr immer wieder in den Sinn, daß sie nicht einmal ahnte, wieviel sie tatsächlich schon von diesem Land gesehen hatte, oder wie repräsentativ die Gegend war, die sie ein paar Tage lang in einem uralten Buick besichtigt hatte (mit einer riesigen Beule in einem der Kotflügel und einem schrecklichen Benzingeruch im Wageninneren), der von einem schweigsamen Chauffeur gefahren wurde, einem riesigen, wortkargen Mann in einer Lederjacke und mit sehr großen Ohren, die ihm ein seltsam hundeähnliches Aussehen verliehen.

Er war wirklich nicht besonders gesprächig, dieser Chauffeur, und offenbar kutschierte er sie nach einem festgelegten Programm für offizielle Gäste herum, das vor allem auf historische Denkmäler und pittoreske Landschaften ausgerichtet war.

Immer standen in den Gasthäusern schon vorbestellte Zimmer bereit, mit ordentlich hergerichteten Betten und weichen Daunendecken, und in kleinen dunklen Wirtschaften mit einer bezaubernden Aussicht auf die Berge war genau um ein Uhr ein Mittagessen aufgetischt. Es wäre ein recht ermüdendes touristisches Besichtigungsprogramm gewesen, wenn es sich nicht um ein so eigentümliches Land gehandelt hätte.

Und dazu ein wenig ungemütlich, trotz allem. Beispielsweise diese uralten Städte hoch oben in den Gebirgspässen, wo man den Buick vor zwanzig Meter hohen Kupfertoren abstellen mußte, auf denen seltsame Ornamente in Hochrelief sich über das Kupfer wanden, Bilder von Märchenungeheuern und sonderbaren Drachen, die bestimmt nicht in der Biologie zu Hause waren. Der Chauffeur hielt wie gesagt vor den zwanzig Meter hohen Toren und drückte auf einen kleinen Klingelknopf, und nach einer Wartezeit von mehreren Minuten glitten sie in ihren ungeheuren Angeln auf, ohne daß man überhaupt sehen konnte, wer sie öffnete oder von wo aus sie geöffnet wurden.

Dann kam man in eine kleine Stadt, die so aussah, wie es in dieser Gegend üblich war: Hohe, schmale Häuser, enge Gassen, Fassaden, die der Straße einen sehr feindseligen Ausdruck zeigten, aber hier und da saß immer ein strickendes oder häkelndes altes Mütterchen auf einem Stuhl, der nach der Art der Mittelmeerländer auf den Bürgersteig hinausgestellt war.

Sie hatte nicht das Gefühl, wirklich mit der Bevölkerung ins Gespräch zu kommen, Der Chauffeur, der ein ausgezeichnetes Deutsch sprach – weiß der Himmel, wo er es gelernt hatte, es war sehr idiomatisch, überraschte aber manchmal durch etwas altertümliche Wendungen – übersetzte auf eine trockene und pedantische Art all ihre Unterhaltungen mit den Einwohnern; es waren fast immer die gleichen, nichtssagenden Gespräche. Nicht etwa, daß man unhöflich gewesen wäre, ganz im Gegenteil, alle schienen sehr entgegenkommend und freundlich zu sein, aber nichtssagend, so schrecklich nichtssagend.

Gestern hatte sie beispielsweise versucht, mit einigen Damen und Herren ins Gespräch zu kommen, untersetzten, etwas ländlichen Typen mit ausgeprägten Kartoffelnasen, die im lärmenden Schankraum eines Wirtshauses mit Pfeilen nach einer Zielscheibe warfen, und es war genauso eine nichtssagende Unterhaltung geworden, wie sie sie nun allmählich schon gewohnt war, nach etwa einem Dutzend dieser Art:

– Kommen Sie aus dieser Gegend?

– Ja, wir wohnen gleich hinter dem Dorf.

– Schauen Sie oft hier herein?

– Nein, nicht besonders oft. Nur ab und zu. Meistens Freitag abends.

– Die Gegend ist sehr hübsch.

– Ja. Kann man sagen.

– Sind die Lebensmittel hier teuer?
– Gemüse ist sehr billig. Hammelfleisch ist etwas teurer.
– Habt ihr eine Inflation?
– ?
– Steigen die Preise oft?
– Wieso steigen?
– Werden die Preise von Jahr zu Jahr erhöht?
– Nein. Davon haben wir noch nie was gehört. Die Preise sind immer gleichgeblieben.
– Aha. Habt ihr Schwierigkeiten im Umgang mit den Behörden?
– Es gibt hier nicht viele Behörden.
– Ich meine, mit dem Finanzamt und – und der Polizei und – den Forstbeamten und so weiter.
– Na ja. Es geht so. Wir sehen sie nicht besonders oft.
– Ihr fühlt euch also wohl hier?
– Das kann man schon sagen.

Sie konnte sich sozusagen nie mit dem Gedanken abfinden, daß es für diese Menschen ganz selbstverständlich war, in einer so sonderbaren Welt zu leben. Es schien für sie nicht im geringsten problematisch zu sein. Irgendwas stimmte nicht, irgendwas stimmte ganz und gar nicht, aber es war nicht so leicht herauszufinden, was es eigentlich war.

Nun wehte wieder so ein heißer Wind da draußen durch die Nacht, raschelte in den Baumkronen vor ihrem Fenster und ließ die Gardinen unruhig flattern.

Es muß weiter südlich wahnsinnig heiße Wüsten geben, dachte sie. Ich muß unbedingt versuchen, einen Blick darauf zu werfen.

Vor zwei Tagen, als sie in einer Kleinstadt spazierenging, vor allem, um sich ein paar lustige kunstgewerbliche Gegenstände aus Kupfer anzusehen, die auf einer einfachen Holzbank vor einem Laden ausgestellt waren, fiel ihr plötzlich etwas anderes auf.

Auf dieser Straße herrschte kein sehr starker Verkehr. Am einen Ende saßen zwei häkelnde alte Frauen mit schwarzen Kopftüchern auf ihren Holzstühlchen und unterhielten sich von einem Bürgersteig zum anderen, mit ziemlich schrillen und greisenhaften, aber doch melodischen Stimmen. Und am anderen Ende der Straße einige Herren in den mittleren Jahren, die offensichtlich mit großem Vergnügen Boccia spielten, mit sehr schweren, pechschwarzen Bocciakugeln. Einer von ihnen las hin und wieder zwischen den Würfen in einem Buch, so daß die anderen ihn mahnen mußten, wenn er wieder dran war. In diesem Augenblick wurde es ihr bewußt, und es war so einfach, daß sie überhaupt nicht begreifen konnte, warum sie nicht schon längst darauf gekommen war.

In diesem ganzen Straßenbild gab es kein einziges Kind! Blitzschnell ging sie all ihre Erinnerungen durch, an Städte, Dörfer, Menschen auf den Feldern, Forellenfischer an schnellen Gebirgsbächen, auf glitschigen Klippen, Gesichter, Volksmengen, Gespräche.

Es stimmte tatsächlich! Nirgends ein einziges Kind!

– Ach, ich möchte Sie gern etwas fragen, sagte sie zu dem hundeähnlichen Chauffeur, während der Buick, wie üblich nach Benzin riechend und mit sonderbar knarrenden Geräuschen in der Karosserie, durch eine sehr schmale und gefährliche Pappelallee raste: Mir ist da etwas durch den Kopf gegangen.

Der Fahrer schien sie kaum gehört zu haben, er trat im letzten Moment zweimal scharf auf die Bremse, daß es nur so quietschte, und schaltete hinter einem Heuwagen herunter, der unglücklicherweise gerade in der Kurve am Ende der Allee einem zweiten begegnete, und da gab es keine Chance mehr, sich Gehör zu verschaffen.

Als sie sich wieder auf einer geraden Strecke befanden, machte sie nochmals einen Versuch, aber gerade da mußte ein klappriger alter Bus mit massenhaft Spankörben und Hühnerkäfigen auf dem Dach überholt werden, und sie hatte das subtile Gefühl, er wolle ihr klarmachen, ohne es direkt auszusprechen, daß er sich für eventuelle Unfälle nicht verantwortlich fühle, falls sie ihn weiterhin mit ihren dummen Fragen störte.

Dieser Mann schien überhaupt außerordentlich primitiv zu sein.

Nur ein einziges Mal gelang es ihr, mit ihm ins Gespräch zu kommen, als sie in einer einfachen Reparaturwerkstatt hinter einem Kaufladen darauf warteten, eine Panne behoben zu bekommen, und da entwickelte er eine merkwürdige geographische Theorie. Die Menschen, meinte er, lebten in Wirklichkeit im Inneren einer Kugel mit den Sternen im Zentrum, und das hatte sie ganz schön erschreckt, bevor ihr klar wurde, daß dies natürlich in einem Erdteil, der tatsächlich irgendwo im Inneren der Erde liegt, das normale Weltbild sein mußte.

Kinder gab es jedenfalls nicht. Sobald man das erst einmal bemerkt hatte, fehlten sie einem überall.

»Vermutlich«, schrieb sie, während die Tinte wild hierhin und dorthin über das filzige Papier spritzte, das man ihr als einziges hatte anbieten können, »vermutlich ist das Fehlen der Kinder in dieser Gegend nur ein anderer Aspekt des Phänomens, daß man nie, selbst wenn man kreuz und quer durch diese Landschaft fährt, einen Friedhof sieht. Desselben Phänomens, das bewirkt, daß der Butterpreis in diesem Dorf seit neuntausend Jahren der gleiche ist; vor neuntausend Jahren wurde er um ein halbes Prozent gesenkt, weil ein Straßenzoll abgeschafft worden war. Desselben Phänomens, das sich darin ausdrückt, daß die Behörden nicht die geringste Rolle zu spielen scheinen.«

Und da sie unten auf der Seite angekommen war und fand, es sei an der Zeit, den Reisebericht dieses Tages mit einer hübschen Pointe abzuschließen, fügte sie hinzu:

»Was die Hölle vor allem auszeichnet, ist eine idyllische, leicht hügelige Seen- und Laubwaldlandschaft, durch die hin und wieder glühendheiße Winde aus dem Süden wehen, und der total erstarrte, utopische Charakter des gesellschaftlichen Lebens.«

Höchst zufrieden mit sich selbst, zog sie sich aus, putzte sich sorgfältig die Zähne, entfernte ihr Make-up mit einer Reinigungscreme und blies die Petroleumlampe aus.

Sie schlief einen tiefen und traumlosen Schlaf.

Als sie aufwachte, bemerkte sie zu ihrem Erstaunen, daß sie nicht mehr allein im Zimmer war. Belo saß auf dem Schreibtischstuhl, in einem eleganten hellen Sommeranzug, die Beine lässig übereinandergeschlagen, blätterte in ihren Aufzeichnungen und kicherte hin und wieder zufrieden vor sich hin. Er rauchte eine Zigarette in einer langen Bernsteinspitze, und das ärgerte sie ein bißchen.

Warmes Sonnenlicht schien seit mehreren Stunden durch die Gardinen und warf einen breiten Lichtstrahl quer über den Fußboden.

– Guten Morgen, sagte Belo.

– Guten Morgen, sagte die Malerin G. Könnten Sie nicht freundlicherweise diese scheußliche Zigarette ausmachen? Ich kann den Rauch im Schlafzimmer nicht gut vertragen, besonders wenn ich noch nicht richtig aufgestanden bin.

– Entschuldigung, sagte Belo. Daran hätte ich denken müssen.

– Ich kann mich nicht erinnern, daß ich Ihnen die Erlaubnis gegeben hätte, meine Aufzeichnungen zu lesen, aber da Sie nun schon dabei sind, muß ich gleich sagen, daß es noch etwas gibt, das ich gestern aufzuschreiben vergessen habe, das aber eigentlich auch dort stehen müßte.

– Aha, sagte Belo auffordernd.

– Ja, und zwar, daß man in der Hölle nie einen Radfahrer sieht, sagte die Malerin G. trocken.

– Da haben Sie völlig recht, sagte Belo. Nein, hier sieht man nie einen Radfahrer.

Die äußerste Vertragsklausel

– Nun? sagte Belo und wippte mit der rechten Fußspitze, die er meditativ betrachtete, auf und ab.

– Was, »nun«?, fragte die Malerin G. in einem etwas gereizten Tonfall, den man fast für mütterlich hätte halten können, wenn etwas so Sonderbares möglich gewesen wäre.

– Ich meine: Wie gefällt es dir?

– Es ist eine sehr schöne Landschaft, die Bevölkerung ist wortkarg, aber sonst in Ordnung. Abgesehen von einigen Kleinigkeiten, wie dem Briefpapier, ist der industrielle Standard höher als ich dachte.

– Du darfst nicht vergessen, daß wir seit Milliarden von Jahren Krieg hatten, warf Belo pflichtschuldigst ein. Die Wiederaufbauarbeit …

– Die hat die andere Seite doch auch gehabt, verflixt noch mal, fuhr die Malerin G. ihn an. Sie hatte wirklich einen ungewöhnlich gereizten Tag.

– Du hast keine Ahnung, welch ungeheure Arbeit hier investiert worden ist. Du hättest sehen sollen, wie es nach den letzten Kämpfen mit dem Himmel aussah. Die Steigerung unseres Lebensstandards entspricht zur Zeit den Zuwachsraten der USA hoch drei.

– I believe you, Sir, sagte die Malerin G. Aber darum geht es gar nicht.

– Du bist also enttäuscht.

– Ja.

– Aber wovon denn?

– Hier ist alles so furchtbar statisch. Hier passiert in Wirklichkeit überhaupt nichts. Es gibt hier nicht einmal ein einziges Kind.

– Und keine Revolution, keine Pest, keine Verkehrsunfälle, keine Fabrikstillegung, keine Inflation, sagte Belo. Was meinst du wohl, wovon die Utopisten aller Zeiten geträumt haben, wenn nicht genau davon?

Er holte mit der Hand zu einer großartigen Geste aus und warf fast die Petroleumlampe um, die gefährlich nahe neben ihm auf dem Schreibtisch stand. Nicht nur fast, sie fiel tatsächlich von der Schreibtischkante, und die Malerin G. stellte fest, daß er eine lustige Art hatte, sie aufzufangen. Er gab ihr einfach einen leichten Stoß mit der Fußspitze, ungefähr wie ein geschickter Mittelstürmer es mit dem Ball macht, und da schnellte die Lampe doch tatsächlich elegant hoch und stellte sich brav wieder an ihren Platz auf dem Tisch.

Ganz offensichtlich wäre Belo als Linksaußen bei Hertha oder Arsenal mehrere Millionen Lire wert gewesen.

– Wie gesagt, wonach haben die Utopisten aller Zeiten geschrien, angefangen mit Plato bis zu diesem außerordentlich dicken Herrn aus Trier, wie hieß er noch, Max oder Maks oder Mach? Sie wollten doch eine Gesellschaft, in der sich nichts mehr verändert, weil alles schon fertig ist. Entspricht das nicht dem, was wir hier haben? Hast du hier vielleicht schon jemand mit einer Münze bezahlen oder einen Scheck ausschreiben sehen?

– Nein, tatsächlich, das habe ich nicht.

– Ganz recht. Wir sind eine Gesellschaft ohne Geld. Das haben wir vor viertausend Jahren eingeführt, als wir entdeckten, daß alle Konten am Ende des Jahres mit genau demselben Betrag abschlossen, mit dem sie am Jahresanfang begonnen hatten, und daß es eine völlig überflüssige Arbeit war, sich jedes Jahr hinzusetzen und alle Transaktionen durchzurechnen.

– Eine Gesellschaft ohne Geld, ja. Aber es ist auch eine Gesellschaft ohne Zeitungen.

– Nun, das ist doch nicht so verwunderlich. Wir haben keine Kriege mehr, keine Streiks, keine Schlägereien und Mordfälle, keine Firmenschließungen, von denen man berichten könnte. Wozu bräuchten wir dann die Zeitungen? Zu philosophischen Diskussionen? Aber wir haben ja keine philosophischen Probleme. Philosophische Probleme kann es ja nur dann geben, wenn die Leute etwas haben, das sie beunruhigt, aber was sollte sie hier schon beunruhigen?

– Daß sie sich so langweilen.

– Glaube mir, liebe Freundin, ich will wirklich nicht naseweis sein, aber glaube mir: Du bist keineswegs typisch für die Menschen im allgemeinen. Du bist eine typische unruhige europäische Intellektuelle. Du fühlst dich unwohl, wenn du nichts hast, worüber du dir Sorgen machen kannst. Wenn es beim Frühstück nichts über eine neue Militärjunta in Chile zu lesen gibt, gegen die du abends auf dem

Kurfürstendamm demonstrieren kannst, kriegst du ganz einfach eine schlechte Verdauung. Wenn du das Dasein nicht als einen Kampf mit undurchdringlichen Rätseln empfinden kannst, findest du nicht die richtige Lasur für dein letztes Bild.

Das ist ja alles schön und gut, aber du mußt einsehen, daß du nicht von dir auf alle anderen Menschen schließen kannst. Was die Leute im allgemeinen haben wollen, ist ganz einfach Ruhe. Frieden und Ruhe. Vier, fünf Arbeitsstunden pro Tag, nicht allzufrüh aufstehen müssen und abends etwas Bier und Pfeilwerfen. Kein Fernsehen, keine brutalen Filme, keine Massenbombardements auf arme Länder, die man in den Abendnachrichten konsumieren könnte, keine halbjährliche Erhöhung der Benzinpreise. Nur ein wenig Frieden und Ruhe. Wir führen hier ein gesundes Leben, mußt du wissen. Gesünder, als es das Leben in Berlin oder in der gesamten Bundesrepublik je sein könnte.

– Soviel kann ich sagen, sagte die Malerin G., und jetzt klang ihre Stimme schon ziemlich überzeugt, ich für mein Teil werde mich hier nie wohl fühlen können. Ich würde verrückt werden, das ist die einfache Wahrheit.

Belo schwieg. Er hatte jetzt aufgehört, mit seiner Fußspitze auf diese alberne Art auf und ab zu wippen, und das war wirklich eine Erleichterung, denn er machte es auf eine sehr irritierende Weise.

Er betrachtete sie aufmerksam, ohne Aggressivität oder Freundlichkeit. Ihr wurde bewußt, daß noch niemand sie je so betrachtet hatte, es war eher der neutrale Blick einer Eidechse oder einer Schildkröte, die sich hinter der Glaswand eines Terrariums befindet und die Zuschauer draußen züngelnd betrachtet, als der Blick eines intelligenten Geschöpfs.

Mit einem leichten Schauder wurde ihr bewußt, daß dieser Herr von einer so tiefen Müdigkeit befallen sein mußte wie kein anderes Wesen, das ihr je begegnet war. Die Sympathie, die sie anfangs für ihn empfunden hatte, verflog allmählich. Sie begriff plötzlich, daß sie für Belo nicht mehr und nicht weniger interessant war, als es ein lustig gesprenkelter Stein auf dem Weg oder eine bizarr geformte Astgabelung für jemand sein können, der gerade auf einem Spaziergang unterwegs ist.

Sein wohlwollendes Interesse war lediglich ein gespieltes, das routiniert und geschickt gespielte Interesse eines gewieften alten Diplomaten, der schon seit langer Zeit gelernt hat, wie man Menschen beeindruckt und gerade genug Kontakt mit ihnen hält, um sie dahin zu bringen, wo man sie hinkriegen will.

Das ärgerte sie um so mehr, als ihr völlig klar war, daß er sie im Grunde ungeheuer faszinierte.

Sie spürte, daß sie sehr böse werden würde, wenn dieses Gespräch nicht bald zu einem Ende käme, furchtbar böse, es würde eine Szene geben, eine ihrer großen, das wußte sie.

– Es tut mir leid, daß dieses Experiment so schrecklich fehlgeschlagen ist, sagte Belo. So ganz und gar fehlgeschlagen.

Und in diesem Moment sah er natürlich aufrichtig traurig drein.

– Politisch oder wirtschaftlich spielt es ja wohl keine größere Rolle, selbst wenn wir es uns nicht leisten können, beliebig viele Chancen der Verpflichtung großer Begabungen zu verpassen. Etwas anderes macht mich trauriger, und zwar, daß wir keine Gelegenheit mehr haben werden, uns zu sehen. All unsere interessanten Gespräche haben mir soviel Vergnügen gemacht.

Soso, du alter Schuft, dachte die Malerin G. Sie war in Moabit aufgewachsen und wußte schon seit dem Volksschulalter darüber Bescheid, wie ältere Onkels sein können. Jetzt war sie so wütend, daß sie beschloß, nicht mehr die geringste Spur ihres Zorns zu zeigen.

Irgend etwas, vielleicht eine unmerkliche Veränderung in seiner Haltung, ließ die Malerin G. verstehen, daß Belo das Gespräch mehr oder weniger als beendet betrachtete. Sie fing gerade an, sich über die Heimreise Sorgen zu machen – würde er überhaupt die geringste Anstrengung unternehmen, damit sie je wieder heimkäme? –, als er sagte:

– Offenbar findest du, daß du genug gesehen hast. Das ist schade, in mancherlei Hinsicht. Es gibt noch soviel Interessantes hier, was ich dir gern gezeigt hätte. Landschaften, die ganz anders aussehen, richtig extreme Landschaften. Aber ich sehe ein, daß es nicht sehr viel nützen würde. In letzter Zeit habe ich mich gefragt, ob du nicht eigentlich eher eine Porträtmalerin als eine Landschaftsmalerin bist.

– In gewisser Weise, ja, sagte sie.

– Menschen interessieren dich mehr als die Natur, nicht wahr?

– Ja.

– Eine Sache hat mich sehr interessiert, und ich würde dich gern danach fragen, wenn es nicht zu aufdringlich wirkt, nachdem unsere Verhandlungen jetzt praktisch abgeschlossen und anscheinend gescheitert sind. Darf ich dich etwas fragen?

– Was denn?

– Du hast in Berlin gesagt, du wolltest eine ganz spezielle Vertragsklausel haben?

– Ja.

– Und sie sollte besagen, daß du einen einzigen Tag und eine einzige Nacht lang ein anderer Mensch sein kannst. War es nicht so?

– Ja.

– Weißt du, das ist ein sehr ungewöhnlicher Wunsch, viel ungewöhnlicher, als du glaubst.

– Tatsächlich?

– Es ist wirklich so, daß ich im Laufe meiner langen Erfahrung noch nie auf einen Menschen gestoßen bin, der etwas so Sonderbares gewollt hat. Nicht einmal Gefolterte, die sich in den schlimmsten Schmerzen winden und jeden Augenblick das Ende herbeiwünschen, wollen etwas so Seltsames.

– Aber ich will es.

– Warum eigentlich?

– Weil ich glaube, daß es mir einen Schlüssel zur ganzen Geschichte, fast zur ganzen Schöpfung geben würde.

– Wie meinst du das?

(Belo wirkte jetzt ernsthaft interessiert. Es schien wirklich so, als sei es ihr ausnahmsweise gelungen, auf einen Gedanken zu kommen, den er noch nie gedacht hatte.)

– Aber das ist doch ganz klar. Das ganze Leben lang sieht man die Welt durch ein einziges Schlüsselloch, aus einer einzigen Perspektive: seiner eigenen. Angenommen, man könnte sie vertauschen! Dann würde man natürlich entdecken, daß einige Dinge, die man immer für selbstverständliche Eigenschaften der Wirklichkeit gehalten hat, nichts anderes waren als kleine Schrullen des eigenen Gehirns, daß diese sonderbare kleine Angst, die man manchmal empfindet, ohne sich ihre Herkunft erklären zu können, tatsächlich keineswegs eine individuelle Eigenschaft ist, sondern eine Eigenschaft der Wirklichkeit, eine Art dumpfer, brummender Orgelton, den alle Geschöpfe im tiefsten Inneren empfinden, der leise Ton der Angst, der dem Universum eigen ist. Nach diesem Tag würde man sich ja frei fühlen, man würde endlich die Geschichte begreifen, verstehst du das nicht?

Belo sah sie lange nachdenklich an. Tief auf dem Grund seiner unendlich müden, eisblauen Reptilienaugen sah sie einen Funken aufblitzen, den sie nie im Leben dort vermutet hätte, einen kurzen, blitzschnellen Funken von etwas, das durchaus keine Kälte war, keine grenzenlose Müdigkeit, einen Funken von etwas, das sie zugleich erschreckte und glücklich machte.

Denn in diesem kurzen, winzigen Augenblick sah sie, daß sie irgendwo, in einer unendlich fernen Zeit jenseits dieser Zeit, doch einmal miteinander verwandt gewesen waren.

Belo sprang von der Tischkante herunter.

– Du bist doch ein Teufelsmädchen, sagte er kurz.

Der Flötenspieler von Kreuzberg

WAS WILLST DU?
ICH MÖCHTE STERBEN UND DOCH ÜBERLEBEN
ICH MÖCHTE JEMAND ANDERS SEIN UND TROTZDEM DER SEIN, DER ICH BIN
ICH MÖCHTE GELIEBT WERDEN, ABER NICHT UM MEINER VERDIENSTE WILLEN
SONDERN AUS ZUFALL?
ES ERSCHRECKT MICH, WENN NIEMAND MICH LIEBT
ES ERSCHRECKT MICH NOCH MEHR, WENN JEMAND MICH LIEBT
WENN WIDERSPRÜCHLICHKEITEN DIE EXISTENZ VON ETWAS VERHINDERN WÜRDEN
DANN WÜRDE ICH NIEMALS EXISTIEREN GENAU:
WOHER WEISST DU ÜBERHAUPT, DASS DU EXISTIERST?
ICH DENKE, ALSO BIN ICH
BIST DU GANZ SICHER, DASS NICHTS ANDERES AN DEINER STELLE DENKT?

Ihr habt ganz recht. Ich habe die Möglichkeit erwogen, meine Probleme zu lösen, indem ich verrückt werde.

Ha! Einfach, sagt ihr! Als erstes wird folgendes passieren: Man bringt mich nach Schweden zurück und sperrt mich an einem Ort ein, wo man mich mit so vielen schädlichen Chemikalien vollpumpt und so viele Watt oder Kilowatt oder Megawatt durch mein armes vernarbtes Gehirn schickt, daß ich einfach nicht mehr das intellektuelle Niveau halten kann, auf dem man einen anständigen Wahnsinn einigermaßen artistisch ausspielen kann. Bald werde ich durch das Schutznetz der Tranquilizers auf die Ebene hinunterfallen, wo man mir wieder einen anständigen Job als Korrektor anbieten kann. Diese Gesellschaft kann es sich nicht leisten, die Menschen ihre Verrücktheiten in Ruhe ausleben zu lassen. Ein voll ausgelebter Wahnsinn ist etwas für einen reichen Privatmann mit einer netten unverheirateten Schwester, die sich um den Aufwasch kümmert. Wenn Nietzsche in unserer Zeit leben würde, müßte er ein Stipendium beantragen.

Also vergessen wir's! Menschlich und biologisch gesehen scheint es wirklich günstiger zu sein, ein paar Polizisten zusammenzuschlagen, und ich argwöhne, daß es dem gesellschaftlichen Prestige weniger schaden würde.

DIE MAUER TÜRMT SICH AUF, HOCH UND GRAU

Die Mauer türmt sich auf, hoch und grau, am äußersten Rand von Kreuzberg. Sie ragt zwischen schrecklich verfallenen Mietskasernen, Zigeunerlagern und Autofriedhöfen auf, mit ihren hohen Wachttürmen, Scheinwerfern und Sperrzonen hinter der Hügelkuppe. Und eigentlich fällt sie gar nicht besonders auf.

Hier draußen, wo die Häuser aussehen, als sei ihr Verputz von Aussatz befallen, wo kleine Zigeunermädchen, dunkel und lebhaft in ihren farbenprächtigen Kleidern, zwischen Autowracks und Müllhaufen spielen, hier, wo die Häuser sich fast gegen sie lehnen und wo es geheimnisvoll in den Fenstern der düsteren, lärmenden Textilfabriken blinkt, hier wirkt die Mauer völlig natürlich.

Sie ist ganz einfach die Grenze der Welt.

Ist das denn so unbegreiflich? Warum sollte die Welt keine Grenze haben?

Ist es nicht viel schwieriger, sich ein grenzenloses, ständig expandierendes Universum vorzustellen, in dem die Galaxien schneller als die Splitter einer explodierenden Granate auseinanderrasen?

Ich argwöhne, daß ich Grenzen zutiefst ablehne, wie ich schon sagte. Aber Grenzen sind praktisch.

An dieser Grenze werden hin und wieder Menschen erschossen, dann hört man im Dunkel der Nacht kurze, deutliche Maschinengewehrsalven. Jemand schreit. Nach einer Weile ertönen die Sirenen der Krankenwagen auf der anderen Seite.

Die Leute, die dort sterben, bezahlen den Preis für den Sozialismus, den Preis dafür, daß die Währung der DDR nicht auf ein unhaltbares Niveau absinkt.

O. K. Ihr sagt, daß ihr dagegen seid, Leute zu erschießen, um eine Währung auf einem vernünftigen Niveau zu halten.

Das bin ich auch. Ich bin entschieden dagegen, daß überhaupt auf Menschen geschossen wird. Noch vor etwa einem Jahr hat man Vietnamesen bombardiert, und trotzdem ist der Dollar auf ein gefährliches Niveau abgesunken.

Ich bin dagegen, daß man Menschen bombardiert.

Aber so geht es zu in der Welt, versteht ihr. Ob wir nun dagegen sind oder nicht, so geht es zu.

Da ist es doch nicht so verwunderlich, daß man Lust bekommt, in einen richtig schönen, richtig seiltänzerischen Wahn zu fliehen?

Wenn ihr das sonderbar findet, deutet das nur darauf hin, daß ihr privilegiert, dumm, phantasielos und ein bißchen boshaft seid.

Ich argwöhne, daß der überwiegende Teil meiner Leser privilegiert, dumm, phantasielos und ein bißchen boshaft ist. Ich kann jedoch nicht sagen, wen ich nun genau meine.

Das ist schade.

Hier draußen an dieser Stelle in Kreuzberg wirkt die Mauer sehr viel freundlicher, weil jemand mit roter Farbe in halbmeterhohen Buchstaben draufgepinselt hat:

MADE IN GERMANY

Das ist gar nicht so dumm. Ich weiß, wer es war.

An einem schönen Nachmittag Ende Mai, als alle Kastanien ausgeschlagen sind und ein feiner, frühlingshafter Nieselregen durch die Luft fällt, als ich nach Kreuzberg hinausgefahren bin, um türkisches Hammelfleisch zu kaufen – die Türken in Kreuzberg haben ganz hervorragendes Hammelfleisch –, steht er plötzlich mitten auf einer Straßenkreuzung, riesig und bärtig, ein richtiger Faun, und spielt dem Verkehr auf seiner Flöte etwas vor.

Die Autofahrer hupen wie wild und weichen aus, daß die Reifen nur so quietschen. Er läßt sich nicht stören. Die spröden Töne seiner Querflöte durchdringen den Lärm der wütenden Hupen und lebensgefährlich kreischenden Reifen. Als die Ampel auf Rot springt, hört man ihn besser. Er spielt, wenn ich mich nicht sehr täusche, eine Chaconne von François Couperin dem Großen. Der feine, kastanienduftende Regen wird ein wenig stärker.

Eine der wenigen alten deutschen Damen von Kreuzberg, weißhaarig, mit sehr geradem Rücken, eine verkniffene Majorswitwe, überquert den Zebrastreifen.

Der Flötenspieler kneift sie neckisch in die Wade.

Es muß das erste Mal seit mindestens vierzig Jahren sein, daß jemand sie neckisch in die Wade kneift.

Ihr Mienenspiel, als sie ihm mit dem Regenschirm droht, ist unbeschreiblich.

Wie geheimnisvoll kreuzt nicht Eros den Weg aller Prozessionen von der Seite.

Die Dame sagt aber irgendwas wie: Man sollte eigentlich die Polizei holen.

Dieser Flötenspieler ist der Zauberer von Kreuzberg.

Ich nenne ihn so, weil auf einem Fest mal jemand allen Ernstes behauptet hat, jeder Stadtteil von Berlin habe seinen eigenen Zauberer.

Der Zauberer von Dahlem ist ein feiner alter Herr mit professoralem Aussehen, der in den U-Bahnwagen herumgeht und höflich ein Pamphlet verteilt, in dem geschrieben steht, daß die Atome im Universum sich rasch von innen her auflösen und daß das zu einer Katastrophe führen wird.

Der Zauberer von Moabit ist ein fröhlicher Harlekin mit Schellen an seiner Mütze, der auf dem Bürgersteig vor der Schultheissbrauerei in der Turmstraße zu tanzen pflegt. Mit flatterndem schwarzem Mantel wirft sich der Zauberer von Lichterfelde in Vollmondnächten den Hügel hinunter, auf dem Otto Lilienthal seine Drachen erprobte. Aber der Drachen des Zauberers stürzt nicht ab, er segelt davon und verschwindet als Punkt vor der Scheibe des Mondes.

Der Zauberer von Kreuzberg fliegt nicht. Er spielt auf seiner Flöte. Jetzt hat er sich auf dem Rasen eines Parks niedergelassen und spielt dort für einen Kreis von kleinen Kindern, die um ihn herumstehen und sich rasch in zwei Parteien gespalten haben.

Die eine Partei liebt ihn, mit weit geöffneten Augen und Mündern. Die andere Partei haßt ihn.

»Du Doofer«, sagt ein kleines Zigeunermädchen und sieht ihn mit ganz schwarzen, haßerfüllten Augen an. Und jetzt, als es aufhört zu regnen, hört man wieder das Vogelgezwitscher.

An einigen Berliner Straßenecken gibt es sonderbare Apparate, die aussehen wie mißgestaltete Briefkästen mit einer blauen Lampe obendrauf. Sie sind dazu da, daß man auf den Knopf drückt, wenn man von einem Räuber überfallen wird oder wenn ein Verkehrsunfall passiert, oder weiß der Himmel was. Dann beginnt das Blaulicht dort oben zu rotieren und zu blinken, und eine metallische Stimme vom Polizeirevier fragt durch den Lautsprecher, was los sei, und dann soll man berichten, daß man gerade ermordet wird oder etwas Ähnliches, und daraufhin soll ein Streifenwagen zu dem Platz kommen und sich an dem blinkenden Blaulicht orientieren.

Nun steht der Flötenspieler auf, geht mit federnden Faunschritten zu solch einem Blinkapparat und drückt munter auf den Knopf. Das Blaulicht beginnt zu kreisen und zu blinken, die Leute bleiben stehen und bilden einen kleinen Kreis um ihn.

Wie ich schon erzählt habe, ist die Luft voller Vogelgezwitscher. Amseln, Drosseln, sogar eine Lerche sind von einem Ruinengrundstück in der Nähe zu hören.

Und jetzt beginnt der Flötenspieler, den Gesang der Vögel zu imitieren. Täuschend echt und so laut, daß es dröhnt, pfeift er alle Triller der Lerchen, Amseln, Drosseln in diesen blöden Apparat.

Es ist ein ganz unglaubliches Pfeifkonzert.

Er wiederholt dieses Konzert, noch brillanter, jubelnder, mit noch komplizierteren Läufen und Kadenzen als zuvor. Dann nimmt er die Flöte, spielt eine fröhliche kleine Melodie und flüstert ironisch und glücklich in den Apparat, der noch immer vor lauter Staunen den Schluckauf zu haben scheint:

KEINE LEICHE IN DIESER ECKE
KEINE LEICHE IN DIESER ECKE

Es ist ein sehr hübscher Moment, und alle, die um ihn herumstehen, brechen in Beifall aus.

Genau in diesem Augenblick wird mir bewußt, daß ich schon seit einer Weile einen jungen Mann angeschaut habe, der im Kreis mir gegenübersteht, und daß wird uns ganz gedankenverloren gegrüßt haben.

Erst als dieser junge Mann, mager, dunkelhaarig, mit großen, klugen, etwas ironischen Augen, wieder im Gewühl verschwunden ist, fällt mir etwas ein, das mich meinen Verstand fester in den Griff nehmen läßt, während ich meine Schläfen hart mit den Fingerknöcheln massiere.

Der junge Mann, den ich vor einer Sekunde gesehen habe, ist mir völlig unbekannt. Ich habe ihn noch nie zuvor gesehen.

Und trotzdem könnte ich schwören, daß ich ihn gegrüßt habe, weil ich ihn kannte, weil ich ihn sehr gut kenne.

Der junge Mann in der hübschen Lederjacke, mit diesen großen klugen Augen, ist niemand anders als die Malerin G.!

Niemand anders als die Malerin G.

Oder sollte ich mich doch getäuscht haben?

KEINE LEICHE IN DIESER ECKE

II
Sigismund geht wieder um

Die Sache und doch nicht die Sache

Endlos sind die Kartoffeläcker im Fegefeuer, wie ein lehmiges Preußen im November, auf das ein milder Regen herunterprasselt.

Das Eckhaus zwischen Kantstraße und Fasanenstraße: ein bißchen Nuttengegend, Neonlichter, hin und wieder ein verirrter Türke oder Jugoslawe, der sich in der Abenddämmerung zum Pinkeln in den Torweg stellt. Er hat sich etwas zu weit vom Bahnhof Zoo entfernt, der sonst der bergende Mutterschoß ist, das Tor zur Heimat, Versammlungsort und Clubraum, wo die Kameraden sind.

Und neulich abend sah ich zwei Gestalten den Bürgersteig entlangschwanken, die mir so sonderbar vertraut erschienen, der eine etwas größer als der andere, und erst als wir uns unter einer Straßenlampe begegneten, erkannte ich sie mit einem Schlag. Mein Gott! Das waren ja die betrunkenen finnischen Matrosen, ich meine, die beiden betrunkenen finnischen Matrosen, die in einer Winternacht 1970 versuchten, in das Haus in der Hagagatan einzudringen, worauf ich mich von einem ängstlichen Frauenzimmer dazu verleiten ließ, sie wieder rauszuschmeißen. *Mein Gott, wie sind die denn bloß hier gelandet?*

Der eine winkte mir unbegreiflicherweise mit einem Zettel zu, als wir uns begegneten, und einen Augenblick lang hatte ich fast den Eindruck, es könnte eine Mitteilung für mich sein, aber da er nicht darauf zu bestehen schien, ging ich weiter.

Eine Botschaft für mich, was für eine alberne Idee, von wem sollte sie denn kommen? Sie mußten ziemlich lange unterwegs gewesen sein.

WENN SIE AN MEINER TÜR KLINGELN, MACHE ICH NICHT AUF

Oder: Die Sache und doch nicht die Sache, wie Goethe sagt, wenn er von Symbolen spricht.

Die Küche. Es ist verdammt mühselig, hier sauberzumachen. Frau und Kinder seit zwei Wochen wieder in Schweden; Teller mit erstarrtem Eigelb, Fett, diese Kaffeetasse, in der ein französischer Kritiker vor drei Tagen seine Zigaretten ausdrückte, die ganze schlampige Trostlosigkeit der einsamen Mahlzeiten.

(Es ist nicht unappetitlich, wenn ein Mensch ißt, wohl aber, wenn er allein ißt.)

Brotkrümel auf dem Boden, gebündelte *Dagens Nyheter* in der Ecke (jetzt ist alles so gekommen, wie es kommen mußte, wie wir es schon in dieser Oktobernacht 1969 haben kommen sehen, als der große Sturm losbrach. Und mein Freund E., der mir an jenem nebligen, naßkalten Abend, an dem Johanna Becker mir mit ihrer sommersprossigen Hand durchs Haar fuhr und ich so lange im Nebel in Tempelhof wartete, bis sie in ihrem verbeulten Volkswagen auftauchte, E. also, der mir damals eine wärmende Tasse Tee gab, als ich in seinem großen warmen Wohnzimmer meinen Schal ablegte, hat neulich einen Brief an den Ministerpräsidenten mit unterschrieben, in dem der Ministerpräsident höflich ersucht wird, nicht mehr ganz so viele Journalisten zu verhaften. Mein Gott, wir wußten ja, daß es so kommen würde, schon als dieser Sturm irgendwann gegen Ende Oktober losbrach: Daß man allmählich anfangen würde, Journalisten zu verhaften.)

und hier ein alter *Scientific American*, die Septembernummer, zwischen den Seiten mit Butter vollgeschmiert

HERGOTT NOCH MAL, WER SCHMIERT DENN BLOSS BUTTER IN MEINE ZEITUNGEN

mit einem großen populärwissenschaftlichen Artikel über Asymmetrien in der Arithmetik, und in der Anmerkung 23 wird auf einen bahnbrechenden Aufsatz von *Herdin* (*University of Upsala*), 1956, hingewiesen. Ich möchte nur wissen, ob es derselbe Herdin ist,

und der Fußboden ist voll von Brotkrümeln, die unter den Fußsohlen knistern, picksen, Spuren hinterlassen und im Teppich im Flur hängenbleiben. Und gerade als ich den Schrubber unter den Wasserhahn halte, gurgelt es kurz, und es kommt kein Wasser mehr. Im ganzen Haus abgestellt! Kein Tropfen mehr!

Die Sache und doch nicht die Sache, wie der schlaue Goethe sagt, und Professor Kennedy, der gegenüber auf der Etage wohnt und mir manchmal seinen Staubsauger leiht, ist natürlich nach Tokio gefahren, um über Städteplanung zu referieren, und kommt erst irgendwann in der nächsten Woche zurück.

Ich kann es nicht besser beschreiben, aber so kann es wirklich manchmal aussehen. Vergeßt um Himmels willen nicht, daß dies von einem Stellvertreter geschrieben ist. Mein eigentliches Ich hätte es viel besser beschreiben können.

Aber er versteckt sich ja in einem Sarkophag in Krakau, der alte Schuft! Was zum Teufel soll ich denn anderes tun, als an seiner Stelle zu schreiben!

Und das alles wie ein verdammter Stein, der einen Abhang hinaufgerollt werden soll. Man packt zu, daß die Adern auf der Stirn zu Bleistiften anschwellen und man blaue Ohren kriegt, und jetzt bewegt er sich wieder, dieses Ungeheuer, und rollt ein Stückchen weiter, bis es Zeit für ihn ist, auf dem nächsten Absatz stehenzubleiben.

Es ist so tief im November, daß es in der Küche schon dämmrig wird, oder liegt das daran, daß ich allmählich alt werde und meine Augen nachlassen?

Warum kommt er nicht? Sigismund, wenn du jetzt hier wärst, würde ich dir eins aufs Maul geben, du Siebenschläfer, du Faulpelz, du verschlafenes Mistvieh!

Wie Hiob. Jawohl, genau wie Hiob. Wie Hiob auf seinem Haufen, auf seinem Stoß von Zeitungen, die alle über das berichten, was wir haben kommen sehen; einen trockenen, kläglichen Schrubber in der Hand und knisternde Brotkrümel unter den Füßen. Und Kartoffeläcker! Bis zum Horizont diese verdammten preußischen Kartoffeläcker, mit ihrem herbstlichen Geruch nach verfaulenden Rüben und nach Kartoffelkraut, das man zusammengerecht hat und in kleinen Haufen verbrennt, so daß die Ebene von einem warmen Feuerschein erleuchtet ist, und die Weidenalleen, die auf den Horizont zutrippeln.

WIE LANGE SOLL ICH MICH NOCH IN DIESEN ENDLOSEN KARTOFFELÄCKERN AUFHALTEN?

Da gluckert und rumort es plötzlich in der Wasserleitung. Es rauscht in dem trockenen Hahn, rauscht und gluckert, und mit einem letzten Gluckern kommt das Wasser wieder, es spritzt aus dem voll aufgedrehten Hahn, daß die halbe Küche naß wird.

Es spritzt auf meine Brille, die Welt sieht aus wie hinter einem Aquarium, der Schrubber wird ganz von selbst naß, und der zwei

Meter hohe Stapel alter *Dagens Nyheter* auch, Wasserspritzer auf der Stirn, und jetzt ist überall das Geräusch von Wasser zu hören.

Das ist das Zeichen. Wir fangen noch einmal an. Wir geben nicht auf.

Und unten auf der Straße schwanken, mitten am Vormittag, zwei betrunkene Kerle daher, von einer Seite des Bürgersteigs zur anderen.

Wo habe ich sie bloß schon gesehen?

Ich lehne mich lebensgefährlich weit aus dem Fenster, um zu sehen, ob sie auch hier in der Kantstraße versuchen werden, in mein Haus einzudringen. Aber plötzlich sind sie wie vom Erdboden verschluckt.

Ein Windstoß schlägt das Fenster mit einem Knall zu. Ein anderer Wind, ein komischer Wind, den ich fast schon vergessen hatte.

WENN ES AN DER TÜR KLINGELT, MACHE ICH NICHT AUF

Im nächsten Moment klingelt es natürlich an der Tür.

Spiegelwelten

Wachtmeister Reinhardt Klotz, Angehöriger der Volkspolizeitruppen der Deutschen Demokratischen Republik, ein gutmütiger kleiner Mann mit rotgeränderten Augen, dünnem rotblondem Haar und viel zu großen Ohren, kratzte sich gerade hinter dem rechten.

Ein für November äußerst ungewöhnliches Phänomen, ein heftiges Gewitter mit starken Hagelschauern, fegte über die beiden Hälften der Stadt. Die Grenzpolizisten, die die Aufgabe hatten, durchreisende Wagen am Checkpoint Charlie zu kontrollieren, waren schon völlig durchnäßt, ihre Regenmäntel knatterten unter den bereits erbsengroßen Hagelkörnern.

Ein exzentrischer Herr in einem alten amerikanischen Buick mit dem Kennzeichen von Panama konnte auf diese Weise nicht weniger als zwölf Exemplare von Pseudodionysius Areopagitas' Schrift »Von der himmlischen Hierarchie« einschmuggeln, die er elegant in den Radkappen des Wagens versteckt hatte.

Der Hagel machte es ganz einfach unmöglich, längere Zeit in den Wagen herumzustöbern.

In dem schmalen Gang des Wartezimmers am Checkpoint roch es scharf nach Bohnerwachs und Desinfektionsmitteln. Zwei nicht mehr ganz nüchterne finnische Matrosen kamen immer wieder mit ihren mehr oder weniger sonderbar ausgefüllten Valuta-Erklärungsformularen zum Schalter, wurden vom Hauptgefreiten Alexander Kluge zurechtgewiesen und trabten ganz geknickt zu dem kleinen Schreibpult zurück. Sie hatten schon Formulare zu einem beträchtlichen Wert verbraucht, und ihre finnische Konversation wurde jedesmal etwas lauter.

Wachtmeister Klotz, der Enkel des beliebten Kartoffelhändlers und Sonntagsmalers Walter Klotz aus Magdeburg, aufgewachsen in Bitterfeld als siebenter Sohn des Maurerpoliers Henzel Klotz und seiner Ehefrau Edeltraut Klotz, hatte oft Mühe, richtig polizeilich auszusehen. Es bereitete ihm oft Schwierigkeiten, die Reisenden auf die korrekte, vorschriftsmäßige Weise mit starrem Blick zu fixieren. Wenn er sie so anstarrte, hatte er das Gefühl, die Reisenden würden dafür seine Ohren anstarren.

Das verunsicherte ihn oft.

Wachtmeister Klotz fixierte nun schon zum viertenmal den jungen Mann in der schwarzen Lederjacke und den dunkelblauen Kordjeans, der vor ihm stand und Einlaß in sein Heimatland begehrte.

Der junge Mann hatte ein scharfgeschnittenes Profil, kurze dunkle Haare, einen diskreten, ebenso dunklen Schnurrbart und sehr große, intelligente Augen. Er sah nicht aus wie ein Agent des Imperialismus. In den Instruktionen wird jedoch davor gewarnt, übereilte Schlußfolgerungen aus dem Aussehen einer Person zu ziehen.

Der junge Mann sah wohlerzogen und sehr einnehmend aus, und es war eigentlich gar nicht er selbst, das dem Wachtmeister Klotz Kummer machte, sondern vielmehr der eigentümliche Paß mit dem violetten Einband, den er zur Kontrolle vorgelegt hatte.

Wachtmeister Klotz war ein erfahrener Mann. Durch seine Hände gingen täglich farbenprächtige Stapel von saudi-arabischen, australischen, britischen, monegassischen, dänischen und finnischen Pässen. Ein paarmal im Monat tauchte ein Paß aus dem Königreich Bhutan oder der Republik Tschad auf. Das war weiter kein Problem. Sie wurden kontrolliert, Paßbild, Haarfarbe, Augenfarbe und die Form der Ohren wurden mit denen der Reisenden verglichen, die Pässe wurden stapelweise zu einem Vorgesetzten hineingetragen, der nachprüfte, ob sie nicht gefälscht waren und ob die Betreffenden nicht in der Liste der unerwünschten Personen aufgeführt waren. Nach einer kürzeren oder längeren Wartezeit konnten sie am Schalter zurückgegeben werden.

Das war wirklich nichts Besonderes. Aber mit diesem Paß konnte selbst der Teufel nichts anfangen. Die Innenseite zierte ein ungewöhnlich schönes Wappen, es stellte einen Ritter in einer Rüstung dar, der in der rechten Hand eine nach unten gekehrte Fackel hielt. Eine altertümliche Schrift, vermutlich gotischen Ursprungs, in der von jedem Aufstrich eine Linie wie eine Feuerflamme wegflatterte, wies den Inhaber des Passes offenbar als Bürger von Thinth aus. Zugleich baten die Behörden von Thinth alle anderen Behörden, mit denen der Betreffende in Kontakt kommen würde, ihm behilflich zu sein und ihm seine Reise nach besten Kräften zu erleichtern.

Klotz begab sich zum viertenmal zu Unteroffizier Reichenbach hinein, der schon hektisch in seinen Dienstvorschriften blätterte.

– Thinth, ist das eine Monarchie oder eine Republik, brüllte Reichenbach.

Das stand nicht im Paß.

In diesem Augenblick bemerkte Klotz eine erstaunlich große, schwarze Krähe, die sich offenbar endgültig auf dem schmalen Schreibpult des Unteroffiziers niedergelassen hatte.

– Wie zum Teufel ist die denn hier reingekommen, kreischte der Unteroffizier. Jagen Sie sie weg!

– Das ist wegen dem Hagel, sie hat natürlich hier Schutz gesucht, sagte Klotz, der in seiner Freizeit ein engagiertes Mitglied von Köpenicks ornithologischer Gesellschaft war und viel für Vögel übrig hatte.

– Wir könnten vielleicht das Fenster aufmachen, sagte Klotz vorsichtig, eingedenk der schlechten Laune seines unmittelbar Vorgesetzten.

– Sie sind wohl nicht ganz bei Trost! Das Fenster aufmachen? Bei diesem Wetter würden alle Papiere davonfliegen! Nehmen Sie das Tier und bringen Sie es raus, verdammt noch mal!

Klotz machte einen ernsthaften Versuch, sich der Krähe so ornithologisch wie möglich zu nähern. Sie flatterte herum und ließ sich auf einem braungestrichenen Aktenschrank nieder.

Vom Korridor drang ein langsam anschwellendes Gemurmel herein. Seit einer ganzen Weile war kein einziger Reisender mehr abgefertigt worden, und jetzt stauten sich die Leute an den verlassenen Schaltern. Die betrunkenen finnischen Matrosen hatten ihren vergeblichen Kampf mit den Formularen aufgegeben und schliefen einträchtig aneinandergelehnt auf einer Bank. Nichts schien sie mehr stören zu können.

– Mein Gott, hier ist ja noch eine, sagte der Unteroffizier und sprang hinter seinem Schreibpult auf. Irgend etwas flatterte fürchterlich um seine Füße herum, der Unteroffizier begann nervös an seinem Pistolenhalfter herumzufingern, erkannte aber zum Glück, daß es einen schweren Verstoß gegen die Dienstvorschriften bedeuten würde, in der Wachstube Krähen zu schießen, und konnte sich mit einem kräftigen Tritt von dem Untier befreien, das zur Decke hinaufflatterte. Und nun vollführten die beiden Krähen dort oben einen höchst sonderbaren Tanz, so daß die Deckenlampe ins Schwanken geriet und die Papiere von den Schreibtischen wirbelten.

Wieder fegte ein kräftiger Hagelschauer über den Checkpoint, und plötzlich flatterten die Krähen auf einer eigentümlich zielbewußten Flucht durch die Tür, durchquerten das Wartezimmer und verschwanden durch die offene Eingangstür in den regnerischen Novembertag hinaus.

– Schon komisch, sagte Reichenbach, verdammt komisch, was so ein Wetter alles anrichten kann.

– Thinth, wo ist das, sagte Klotz. Mit einem verdrossenen Grunzen gab Reichenbach den Paß aus Thinth wieder heraus: *Muß man mich denn immerzu mit diesem Kleinkram behelligen?* Schließlich weiß doch jeder, wo Thinth liegt. jetzt machen Sie sich doch endlich mal an die Arbeit!

– Haben Sie vielen Dank, sagte der junge Mann mit einer angenehmen Baritonstimme und steckte den Paß in die Tasche.

Wenige Minuten danach überquerte er mit raschen Schritten den Alexanderplatz. Es stürmte so heftig, daß der Würstchenverkäufer an der Weltzeituhr in einer Ecke des riesigen Platzes sich ernstliche Sorgen zu machen begann, was mit seiner Würstchenbude passieren würde, wenn der Wind noch mehr zunähme. Der junge Mann in der Lederjacke ging ruhig, offenbar vor sich hin pfeifend, auf die riesigen neuen Hochhäuser an der Fischerinsel zu.

Aber unter der Lederjacke ... Unter der Lederjacke befand sich ein drahtiger, durchtrainierter Körper, der vergeblich sich selbst zu verstehen suchte.

KEIN EINZIGES DING WAR MEHR VERTRAUT

Die Malerin G. hatte in den ersten Stunden das gleiche Gefühl, wie wenn man einen Aufzug betritt und überraschend feststellt, daß alle Knöpfe mit japanischen oder arabischen Buchstaben beschriftet sind.

Sie hatte schon herausgefunden, daß sie wahrscheinlich in den vergangenen acht Jahren an einem chronischen Rheumatismus im linken Knie gelitten hatte, denn sie merkte plötzlich, daß ein intaktes linkes Knie sich ganz anders anfühlt, als es früher bei ihr der Fall war. Außerdem hatte sie entdeckt, daß sie in den letzten Jahren kurzsichtig geworden sein mußte, denn es gab kein einziges Schild, das sie nicht mit diesen hervorragenden neuen Augen entziffern konnte.

Aber das waren nur Lappalien, lächerliche Kleinigkeiten, im Vergleich mit allem anderen, was sie entdeckte.

Ganz offensichtlich waren DIE FARBEN NICHT MEHR GENAU DIESELBEN. Blau sah aus wie »blau«, »rot« wie rot, das schon, aber es war nicht mehr dasselbe Rot, nicht mehr dasselbe Blau. Das neue Blau hatte einen Stich ins Metallische, das neue Rot hatte eine ganz klein wenig höhere Farbtemperatur als sonst bei ihr.

Und ganz schön machte ihr dieses sonderbare Ding zu schaffen, das sich gerade im linken Hosenbein ihrer Kordjeans befand.

Es hatte einen eigentümlichen Hang, ein Eigenleben zu führen. Und es strahlte eine ständige, keineswegs unangenehme Unruhe aus. Es schien immerzu irgendwas zu wollen, schien immerzu mit ihr zu reden.

Sie hätte nie gedacht, daß es sich so anfühlen würde.

Was sie vor allem beunruhigte und sie immer wieder dazu brachte, sich selbst am Kragen zu nehmen, um nicht in Panik zu geraten, war etwas ganz anderes. Es war diese eigentümliche Angst vor *dem Fremden*, dieselbe Angst, die wir manchmal empfinden können, wenn es in der U-Bahn sehr eng ist und alle plötzlich verstummen, weil die Bahn irgendwo mitten auf der Strecke stehenbleibt, dieselbe lustvolle, merkwürdige Angst, die wir empfinden können, wenn wir spät abends in einer kleinen Bar ein aufregendes Mädchen kennengelernt haben und in einem Taxi mit ihr *weit in die Nacht hinausfahren*, während der Regen auf die Straßen fällt und den Asphalt schimmern läßt.

Diese lustvolle Angst spürte die Malerin G. oder vielmehr die Person, die eben noch die Malerin G. gewesen war und die jetzt jemand anders war, die ganze Zeit. Nur viel stärker, viel intensiver.

Aber wer war sie eigentlich? Und was bedeutet es, ein Mensch zu sein?

(Ein hebräischer Lyriker, der zu meinen besten Freunden zählt, wurde im Herbst 1973 gezwungen, am Krieg gegen die Ägypter teilzunehmen. Er sah die gewaltigen Panzerschlachten, die weißen Blitze aus den klobigen Langrohrgeschützen, er sah zu schwarzen Klumpen verkohlte Menschen am Lenkrad der ausgebrannten Lastwagen sitzen. Er kehrte zurück und schrieb ein Gedicht, das auf hebräisch nur fünf Worte umfaßt:

» – Was ist das?

– Das war ein Mensch.«)

Es gibt Ängste und Ängste. Wenn ein Auto dir mit hoher Geschwindigkeit auf der falschen Fahrbahn entgegenkommt, bewirkt das eine Art von Angst. Wenn deine Frau dir sagt, daß sie dich verlassen will, bewirkt das eine andere, die sich gänzlich von der ersten unterscheidet. Es gibt auch eine Angst, die man Grauen nennt.

Grauen ist die uralte Angst davor, daß etwas, das nicht lebendig ist oder nicht lebendig sein sollte, es am Ende doch sein könnte. Grauen ist das, was Gespenster uns einjagen.

Grauen ist die Art von Angst, die wir empfinden, wenn wir uns vorstellen, daß unser eigenes Leben simuliert sein könnte.

Dieses Grauen empfand sie jetzt: Wer bin ich? Und in das Grauen mischte sich die wildeste Lust: *Weit in die Nacht hinaus.*

Die Hochhäuser auf der Fischerinsel haben die kompliziertesten Aufzüge von ganz Ostberlin. Sie war schon seit Jahren nicht mehr hiergewesen, all diese Häuser waren ihr völlig neu. Sie mußten irgendwann im Herbst oder Winter 1970–71 gebaut worden sein.

Sie brauchte eine ganze Weile, um herauszufinden, daß man in diesen neuen Häusern erst auf einen Türschließerknopf drücken muß, bevor der automatische Aufzug in Gang kommt. Das ist eine sehr vernünftige Einrichtung in einem Haus mit vielen Kindern.

Margret war ihre Kindheitsfreundin. Sie erinnerte sich, wie sie auf den Tanzabenden im Gymnasium gewesen war: Ein sehr blasses Mädchen, immer in etwas zu kurzen, schwarzen Kleidern, mit außergewöhnlich großen blauen Augen. Und jetzt wohnte sie hier.

Sie hatten ein wenig Kontakt gehalten in all den Jahren. Margret hatte in Ostberlin geheiratet und war schon wieder geschieden.

Jetzt stand sie in ihrer Wohnungstür und schaute erstaunt den jungen Mann in der Lederjacke an. Plötzlich lächelte sie.

– Sie sind ein Bruder von G., der Malerin, nicht wahr? sagte sie. Kommen Sie doch herein!

Sie hatte sich in all den Jahren kaum verändert. Sie war immer noch sehr schön. Die Malerin G. fühlte sich plötzlich sehr ruhig.

Sie begriff, daß es das war, was sie schon immer gewollt hatte.

Sie hängte ihre Lederjacke über einen Stuhl und setzte sich. Unter ihrem schwarzen Rollkragenpullover zeichneten sich leicht die kräftigen Schultermuskeln ab.

Sie war zweifellos ein ziemlich schöner Mann.

– Darf ich Ihnen vielleicht einen Vodka anbieten, sagte ihre alte Kindheitsfreundin und ließ einen Augenblick lang ihre sehr weiße, gepflegte Hand auf der Stuhllehne hinter G. ruhen.

Es war eine sehr hübsche, sehr ordentliche Wohnung. Ein Transistorradio stand in einem gläsernen Regal. Bücher drängten sich an den Wänden. Das Radio berichtete von großartigen Produktionssteigerungen in der Fahrradindustrie. Honecker hatte den neuen Schriftstellerkongreß eröffnet. Auf der Uhr war es Viertel nach vier.

Das sanfte Winterlicht dämmerte allmählich in einen frühen Winterabend hinüber. In den Häusern am Alexanderplatz gingen nach und nach die Lichter an.

Und siehe da, jetzt fielen die ersten, zögernden Schneeflocken des Winters 1973 auf die Deutsche Demokratische Republik.

Das ist es, was ich gewollt habe. Das ist es, was ich schon immer gewollt habe, sagte sich die Malerin G.:

EINE SPIEGELWELT

EINE SPIEGELWELT, UM ZU ERKENNEN, WAS EIN MENSCH IST

– Danke, ich nehme gern ein Glas, sagte sie.

Immer wärmer, immer freundlicher erschien ihr das Licht hinter den Gardinen, die ihre Kindheitsfreundin jetzt zuzog, eine nach der anderen.

Die Rückkehr des Königs

NEIN, ICH MACHE NICHT AUF, WENN ES AN DER TÜR KLINGELT

sagte ich vor mich hin und fuhr fort, in meiner Küche in der Kantstraße die seit drei Tagen ungespülten Teller von alten Eiresten zu säubern. Mit diesen Matrosen will ich nichts mehr zu tun haben. Es wäre kleinbürgerliche Sentimentalität, zu glauben, die Welt würde besser, wenn sie ein paar Mark für Bier bekommen. Sie würden sich ja doch nur kaputtsaufen.

Jetzt klingelte es zum dritten Mal. Und da ich nicht daran dachte aufzumachen, begann ein heftiges Klappern am Briefkastenschlitz.

Ich ging in die Diele hinaus und schwang drohend das Küchenhandtuch. Schließlich gibt es doch noch Recht und Ordnung, dachte ich.

Tatsächlich – die Briefkastenklappe war von außen geöffnet worden. Zwei blaue Augen starrten unverwandt in die Diele hinein. Der schmale Briefkastenschlitz mit den starren blauen Augen erinnerte auf eine so komische Weise an die beiden Augen im Warenzeichen auf den Kakaopackungen der Firma Marabou, daß ich laut loslachen mußte.

– Mach auf, sagte die Stimme hinter dem Briefkastenschlitz mit einem starken, singenden finnischen Akzent, mach auf, zum Teufel!

– O nein, sagte ich.

– Du sollst dem König die Tür aufmachen.

– Was für einem verdammten König?

– Dem König.

– Versuch bloß keine dummen Tricks, sagte ich.

– Ich komme aus Savolaks, und ich mache keine Tricks, sagte die Stimme auf der anderen Seite. Ein enormer Alkoholdunst drang durch den Briefkastenschlitz.

– Nein, sagte ich.

Und siehe da, die Briefkastenklappe wurde mit einem Knall wieder geschlossen. Ich hörte hinter der Tür ein paar ärgerliche Repliken auf finnisch, dann liefen die beiden die Treppe hinunter.

Ich kehrte zu meinem Aufwasch zurück und entdeckte, daß das Wasser im Spülstein übergelaufen war, weil ein paar Kartoffelreste den Abfluß total blockiert hatten. Der ganze Küchenfußboden stand schon mindestens einen halben Zentimeter unter Wasser.

– Sonderbar, sagte ich vor mich hin, entweder gibt es zu wenig Wasser oder zu viel, entweder ist es trocken wie in der Wüste, oder alles ist gleich überschwemmt – es herrscht einfach keine Ordnung mehr in diesem Haus, das ist die reine Wahrheit.

Ärgerlich kehrte ich an meinen Schreibtisch zurück und versuchte, ein bißchen zum Arbeiten zu kommen. Kaum hatte ich ein paar Zeilen geschafft, als ich von einem schauerlichen Lärm auf der Kantstraße dermaßen gestört wurde, daß ich das Fenster aufmachen und nachsehen mußte, was um Gottes willen da draußen los war. Nach dem wilden Hupen zu schließen, das von dort unten aufstieg, mußte offenbar die ganze Straße blockiert sein.

Ich machte das Fenster auf. Der Krach war wirklich ohrenbetäubend. Eine Autoschlange schien sich von meiner Straßenkreuzung praktisch bis zum Savignyplatz zu stauen.

Einige von den Autofahrern waren sogar ausgestiegen, sie standen auf der Straße und drohten mit den Fäusten.

Die Notrufsäule an der Ecke Kantstraße-Fasanenstraße ließ wild ihr Blaulicht kreisen, und eine kleine Gestalt tanzte ganz begeistert um den Apparat herum. Ich lehnte mich so weit hinaus, wie ich nur wagte, und siehe da, es war doch tatsächlich der Zauberer von Kreuzberg, der glücklich herumtanzte und abwechselnd auf seiner Flöte spielte und mit hoher und höhnischer Stimme sang:

KEINE LEICHE IN DIESER ECKE, KEINE LEICHE IN DIESER ECKE

Zuerst dachte ich, er sei der Anlaß für diesen ganzen Verkehrsstau (die Schlange der wild hupenden Autos und die Reihe der fäusteschwingenden und fluchenden Fahrer erstreckte sich jetzt allem Anschein nach bis zum Ernst-Reuter-Platz).

Als ich mich ein letztes Mal lebensgefährlich weit aus dem Fenster lehnte, entdeckte ich, daß die Ursache vor meiner eigenen Haustür stand.

Ein riesiger, glänzendschwarzer Buick Oldsmobile, mit der Hupe außerhalb der Fahrerkabine und einem in Leder gekleideten Chauffeur, war ganz einfach mitten auf der Straße vor meiner Tür stehengeblieben.

Vier Motorradpolizisten in weißer Lederkleidung umgaben den Wagen von allen vier Seiten und standen jetzt lässig an ihre Motorräder gelehnt, die Handschuhe auf den Sätteln und eine Zigarette im Mundwinkel, völlig gleichgültig gegenüber dem Höllenlärm hinter ihnen.

Von den glänzendschwarzen, blankgeputzten Kotflügeln des Oldsmobiles ragte zu beiden Seiten eine Standarte auf.

Ein Windstoß brachte die beiden Standarten in Bewegung – es war überhaupt ein Tag mit sonderbar viel Bewegung in der Luft – und mit einem kleinen Schauder des Unbehagens sah ich bestätigt, was ich schon die ganze Zeit geargwöhnt hatte: Der Wagen führte das mittelalterliche polnische Reichswappen mit seinen charakteristischen Adlern.

Ich beschloß, so zu tun, als hätte ich mit der ganzen Sache nichts zu schaffen.

Eine Minute darauf klingelte es wieder an der Tür. Ich sah ein, daß ich nichts anderes erreichen würde, als eine peinliche Situation noch peinlicher zu machen, wenn ich jetzt nicht aufmachte.

Als erstes sah ich die finnischen Matrosen. Diesmal trugen sie aber schwarze Samtanzüge mit Spitzenrüschen an Kragen und Ärmeln, Lackschuhe und um die Taille charmante purpurrote Schärpen aus Seidenmoiré. Fast wie junge Prinzen schwangen sie ihre Zeremonienmeisterstäbe aus schwarzem Ebenholz mit ziselierten Silberknäufen. Sie rochen stark nach Pfefferminzplätzchen und Eau Sauvage, und ein geschickter Friseur hatte an ihren Haaren Wunder vollbracht.

Wortlos stellten sie sich in strammer Haltung rechts und links neben der Tür auf.

Der Herr, der jetzt aus der Tür des Aufzugs trat, in einen eleganten Anzug aus erstklassigem englischen Kammgarn gekleidet, war eher klein als hochgewachsen.

Er sah kein bißchen älter aus als Sechzig und bewegte sich mit unbeschreiblicher Würde.

Jede Einzelheit – der viereckige weiße Bart, die stark hervortretenden Backenknochen, die großzügig bemessene Nase – alles stimmte haargenau mit den sechs Porträts überein, die im Schloß Gripsholm aufbewahrt werden.

Ich machte einen ironisch tiefen Diener.

Ohne mich eines Blickes zu würdigen, stolzierte er in mein Wohnzimmer und betrachtete in aller Ruhe die Szene vor dem Fenster. Eine Dampflok mit vielen Güterwagen im Gefolge fuhr gerade über die Eisenbahnbrücke an der Kantstraße. Die Autofahrer hupten da draußen immer noch wie verrückt. Er warf einen Blick auf die Uhr am Turm der Gedächtniskirche und verglich sie umständlich mit seiner eigenen, brillantenbesetzten Taschenuhr, die er aus der Weste hervorzog. Er schüttelte den Kopf. Offenbar stimmten die Zeiten überhaupt nicht überein.

Langsam wandte er sich vom Fenster ab und maß mich mit einem Blick. Die Augen waren wundervoll, tiefblau, leuchtend. Es waren die Augen eines weisen Mannes. Ohne die geringsten Zeremonien begann er zu reden:

– Du Mistkerl! Holzkopf! Stümper! Lügenmaul! Wurde allmählich Zeit, daß ich dich zu fassen kriege, du Blödhammel! Das Weltall – bäh! (Er machte eine unbeschreibliche Grimasse, in der irgendwie etwas von der ganzen bäuerlichen Aufrichtigkeit des Vasageschlechts zum Ausdruck kam.) Und was zum Teufel hast du dir dabei gedacht, mich auf einem Bild in einem Scheißhaus in Ramnäs unterzubringen? Meinst du vielleicht, ich sei eine Klofigur, was?

Junger Mann, es wird Zeit, daß Er sich aufrafft! Die Schlange der Zeit häutet sich, versteht Er das, junger Mann?

Die Schleuse von Färmansbo – richtig, da hat Er's gehabt, junger Mann, aber dann hat Er's wieder verloren! Wasser, das fließt, das ist wichtig! Alles ist Wasser, das fließt, schwarze Strudel, Stromschnellen, weißer Schaum an alten Schleusentoren, aber weiterfließen muß es.

Hat Er seine Vorsokratiker parat? Da steht, alles fließe, alles sei Wasser, das weiterströmt, alles sei eine alte Schleuse, mit großen Erlen über dem Wasser und schwarzen Strudeln, in denen die Hechte stehen. Das muß Er doch wohl begreifen, daß das Wasser nicht von ungefähr fließt.

Bäh –

Er streckte die Zunge heraus, in einer unsagbar bäurischen Grimasse. Sie war mittelalterlich und war zugleich fürstlich, sie war von ebenso ursprünglicher Ausdruckskraft wie die Grimasse, mit der diese zu mythologischen Ungeheuern ausgeformten Regenrinnen an gotischen Kathedralen ihre Zungen herausstrecken.

– Eure Majestät, erwiderte ich, Eure Majestät, in Eurer Abwesenheit habe ich mein Bestes getan.

Berlin-Charlottenburg 1973
Austin, Texas, 1974
Väster Våla 1975

Inhalt

Inhalt

Der Tod
eines Bienenzüchters

Roman

Ihr Schweinehunde! Ihr Henkersknechte!
Ihr fürstlichen Foltermeister!
Habt ihr denn nicht begriffen?
Die ihr Zangen im Kohlenfeuer zum Glühen bringt!
Ich bin eigentlich ein Esel!
Mit dem Herzen eines Esels und dem Schrei eines Esels!
Ich gebe niemals auf!

Aus der Lyriksammlung
Warme Zimmer und kalte, 1972

Vorspiel: An einem Morgen in den Chisosbergen nimmt der Erzähler Abschied

Das Sonnenlicht hatte die Schlucht noch nicht erreicht. Ein Kaktuszaunkönig weckte mich mit seiner klaren, durchdringenden Stimme. Es war bitter kalt. Ich kroch aus dem Schlafsack, ertastete meine Schuhe in der Dunkelheit und schlüpfte durch das Mückennetz.

Als ich hinauskam, drangen gerade die allerersten, nadelspitzen Sonnenstrahlen über die östlichen Gipfel. Ich blinzelte zur riesigen, wuchtigen Silhouette des Casa Grande hinauf.

Das ungeheure Licht, das sich jetzt über den Kamm tastete, ließ das gewaltige Felsmassiv wie eine düstere Burg erscheinen, von größeren Dimensionen als die, die Menschen bauen, ein Festungswerk für Engel oder Dämonen, das die Besatzungstruppen längst verlassen haben.

Als das Licht ein wenig höher gestiegen war und sich nun frei auf der gegenüberliegenden, westlichen Wand des Plateaus entfalten konnte, verwandelte es die Säulen, die einsamen, aufragenden Säulen dieser Sandsteinformationen in ein Orgelwerk, in die Fassade einer Barockorgel, in eine Lichtorgel.

Zu der klaren kleinen Stimme des Kaktuszaunkönigs im Dickicht der stämmigen Kakteen neben dem einfachen Reitweg gesellte sich nun ein Chor von seltsamen Vogelstimmen: Baumläufer, Inkatauben und das höhnische Krächzen großer schwarzer Krähen. Und ohne einen Laut schwebten zwei riesige Truthahngeier über der Schlucht. Zweihundert Meter über uns hingen sie reglos in der Morgenbrise.

John Weinstock, Professor für Altisländisch an der Universität von Austin und begeisterter Marathonläufer, saß schon in zerschlissenen Shorts und einem Netzhemd am Spirituskocher.

Er reichte mir einen Blechnapf mit schwarzem, bitterem Kaffee.

Der eigentliche Morgen war schon vorüber. In wenigen Stunden würden wir dreißig, vielleicht sogar fünfunddreißig Grad in der Schlucht haben. Die mexikanische Hochebene begann sich langsam aus dem Sonnendunst zu schälen, hinter der einzigen Lücke in den Berggipfeln, die uns den Blick darauf freigab – das »Fenster«.

Dort drüben auf der mexikanischen Seite mußte es schon sehr heiß sein. Die Ebene lag mehrere tausend Meter unter uns. Es war ein Morgen im Oktober 1974. Ich trank den bitteren, heißen Kaffee. Wie ein dünner Draht aus weißleuchtendem Silber schimmerte der Rio Grande tief unten durch den Sonnenrauch.

Ich dachte:

Wie sonderbar. Ich spüre nicht mehr viel von einem Seelenleben. In mir ist alles ganz klar und ruhig und leer. Da sind die Vogelstimmen und das flirrende rote Licht an diesem Orgelfelsen, da ist der bittere, kräftige Geschmack des reinen, ungezuckerten Kaffees. Aber keine Vorwürfe, keine Erinnerungen, keine Unruhe. Ich hänge in einem Gyroskop. Ich bin leer, rein und klar.

Vielleicht ist es mir am Ende doch noch gelungen.

Vielleicht habe ich es *wegerzählt.*

– Would you like some more coffee?

Der Wind ist jetzt abgeflaut. Der Sturm ist vorüber. Es weht nicht mehr. Oder vielleicht habe ich es auch gelernt, mich mit der Geschwindigkeit des Windes zu bewegen, und spüre ihn daher nicht mehr.

Ihr freundlichen Leser, ihr sonderbaren Leser. Wir fangen noch einmal an. Wir geben nicht auf. Wir beginnen mit der fünften und letzten der fünf Erzählungen. Wie schlaue alte Stöberhunde bei einer Elchjagd in Västmanland – übrigens ist im Oktober in Västmanland Saison für die Elchjagd – nehmen wir die Spur dort wieder auf, wo wir sie verlassen haben, und folgen ihr bis zur blutigen Beute.

Wir fangen noch einmal an. Es ist Vorfrühling 1975, es beginnt mitten in der Schneeschmelze. Ort der Handlung ist das nördliche Västmanland.

Der frühere Volksschullehrer von Väster Våla, er heißt Lars Lennart Westin, wurde aber oft »Wiesel« genannt, ist vorzeitig pensioniert worden, als man die Schule geschlossen hat, die örtliche Volksschule in Ennora am nördlichen Ufer des Sees. Er verdient sich seinen Lebensunterhalt mit allen möglichen Dingen, vor allem mit dem Verkauf des Honigs, den seine Bienenzucht erbringt. Sie ist zeitweise ganz beachtlich gewesen. Seit seiner Scheidung wohnt er in einer Kate auf der Landzunge in Höhe der Dörfer Vretarna und Bodarna, aber natürlich an der Ostseite des Sees. Er hat einen kleinen Garten, einen Kartoffelacker, einen Hund. Manchmal kommen Verwandte ihn besuchen. Er hat ein Telefon, einen Fernseher und ein Abonnement auf die *Vestmanlands Läns Tidningen.* Seit er sich scheiden ließ, hat er keine nennenswerten Beziehungen zu Frauen gehabt.

Das »Wiesel« ist noch nicht besonders alt. Er wurde am 17. Mai 1936 geboren. Aber er sieht schon viel älter aus als Vierzig, verbraucht, mit schütteren Haaren, dünn. Er trägt eine von diesen Brillen mit schmalem Stahlrand, die den Eindruck der Magerkeit verstärken. Er lebt unter äußerst bescheidenen finanziellen Bedingungen, aber das ist nicht sein Problem.

Was nun folgt, sind seine hinterlassenen Aufzeichnungen. Hinterlassen: denn in diesem Frühjahr 1975 findet er mitten in der Schneeschmelze heraus, daß er den Herbst nicht mehr erleben wird. Er hat ein tödliches Krebsgeschwür, das mit der Zeit, viel zu spät, in der Milz lokalisiert worden ist, mit starken Metastasen im umgebenden Gewebe.

Die Stimme, die ihr von jetzt an hören werdet, ist seine, nicht meine, und deshalb nehme ich hier von euch Abschied.

Quellenübersicht

1. Das gelbe Notizbuch

Gefunden auf dem Regal über dem Spülstein, unliniert, Format 16 × 6 cm, 80 Blatt, davon 76 voll beschrieben. Gelber Umschlag mit der Aufschrift: REICHSVERBAND DER SCHWEDISCHEN IMKER.

Enthält sehr persönliche und sehr unpersönliche Aufzeichnungen. Zu den letzteren gehören eine Reihe von monatlichen Abrechnungen der Haushaltsausgaben, Anmerkungen und Notizen über verschiedene Vorkehrungen an den Bienenstöcken. Davon konnten natürlich nur einige andeutende Stichproben in diese redigierte Fassung aufgenommen werden.

Begonnen im Februar 1970.

2. Das blaue Notizbuch

Gefunden auf der obersten Buchreihe im Bücherregal. Format A 4, liniert, blauer Umschlag mit dem Aufdruck Buchhandlung Sjöberg Västerås. Enthält 112 Blatt, davon 97 beidseitig benutzt.

Enthält verschiedene eingeklebte Zeitungsausschnitte, Auszüge aus Westins Lektüre und seine eigenen Erzählungen.

Begonnen nicht vor Sommer 1964.

3. Das beschädigte Notizbuch

Sogenannter Telefonblock. Die untere Hälfte des Umschlags ist abgerissen. Aufdruck: WER HAT [ANGERUFEN?]. Gefunden neben dem Telefon auf der Ablage gegenüber dem Spülstein in der Küche. Enthält örtliche Telefonnummern, einige wenige Nummern anderer Ortsnetze und eine kleinere Anzahl von Notizen, die sich auf den Krankheitsverlauf beziehen.

Begonnen nicht vor 1970.

I

Der Brief

... Wind kam auf, ja, es wehte ein ganz warmer Wind. Es war Ende August im vorigen Jahr, der Hund war weggelaufen, er fing damals gerade mit dem Ausreißen an, und ich ging ihn gegen elf Uhr abends suchen. Der Himmel war bedeckt, es war so dunkel, daß man die Baumkronen nicht mehr sehen konnte, aber man hörte den Wind ständig hindurchstreichen. Es war immer derselbe, gleichbleibend starke, eigentümlich warme Wind. Ich erinnere mich, schon einmal etwas Ähnliches erlebt zu haben, aber ich weiß nicht mehr genau, wann.

Als ich auf den Pfad zu den Sundblads kam, der ja am See entlangführt, den Duft des Wassers roch und die Wellen schlagen hörte, ohne sie in der Dunkelheit zu sehen, spürte ich deutlich, wie ein kleiner Frosch über meinen Schuh hüpfte.

Da tat ich etwas, was ich bestimmt seit den fünfziger Jahren nicht mehr gemacht habe. Ich bückte mich rasch und streifte kurz vor der Stelle, wo er sein mußte, mit meinen zur Schale geformten Händen durch das Gras.

Dieser alte Trick funktioniert immer. Er hüpfte mir direkt in die Hände, und ich konnte ihn in der Rechten wie in einem Käfig gefangenhalten, so klein war er.

Einen Augenblick hockte er wie gelähmt da, und ich verschränkte die Hände zu einem größeren Käfig.

Da stand ich nun und horchte auf den Wind, einen Frosch in meinen Händen wie in einem Käfig eingeschlossen, und immer strich derselbe warme Wind unablässig durch die Bäume. Ein säuerlicher Duft kam von den Sümpfen im Uferwald. Ich spürte deutlich, wie der Frosch in meinen Händen zitterte.

Und dann pinkelte er mir plötzlich direkt auf die Hand.

Ich glaube, das ist eine Erfahrung, die nicht viele Menschen gemacht haben.

Die Pisse eines Frosches ist eiskalt. Ich war so überrascht, daß ich die Hände öffnete und ihn davonhüpfen ließ. So stand ich ganz ergriffen da, über mir den Wind, der durch die Baumkronen strich, und die Hand kalt von der Pisse eines Frosches.

Wir fangen noch einmal an. Wir geben nicht auf.

(Das gelbe Buch I:1)

Den Hund fand ich bei den Sundblads. Er war den ganzen Nachmittag über dort gewesen, hatte Pfannkuchen und Wasser bekommen. Das wirklich Peinliche war: Als ich ihn mitnehmen wollte, mochte er überhaupt nicht. Er sträubte sich und stemmte die Pfoten gegen den Flickenteppich in der Küche.

Das war peinlich. Sie hätten ja den Eindruck bekommen können, ich behandelte den Hund so schlecht, daß er es nicht wagte, mit mir nach Hause zu gehen. Aber das stimmt ja gar nicht.

Es ist etwas anderes, und ich begreife einfach nicht, was es sein kann. Es sieht wirklich so aus, als sei der Hund auf eine sonderbare Weise erschreckt worden, und zwar nun schon zum drittenmal innerhalb weniger Wochen. Ich behandle ihn doch genauso, wie ich es seit elf Jahren getan habe. Mag sein, daß ich manchmal ein bißchen kurz angebunden bin, aber erschreckend kann ich dadurch doch auf keinen Fall wirken. Der Hund kennt mich in- und auswendig, er hat mich schon gekannt, als er noch ein Welpe war.

Es gibt nur eine einzige vernünftige Erklärung: Der Hund wird allmählich so alt, daß in den Geruchsempfindungen, die in seinem Gehirn gespeichert sind, irgendwelche subtilen Veränderungen vorgehen. Und dann erkennt er mich ganz einfach nicht mehr.

Zum einen glaube ich, daß er furchtbar schlecht sieht, zum anderen ist das Sehvermögen für ihn überhaupt nicht wichtig.

In einem Winter Anfang der sechziger Jahre lief ich einmal in einer Skispur auf den Hügeln am See Märrsjön entlang. Damals war ich noch Volksschullehrer in der alten Schule von Ennora, bevor sie nach Fagersta verlegt wurde, und konnte nur samstags und sonntags Ski laufen. Es war ein schöner Sonntag im Februar, eine ganze Menge Leute waren in der Spur unterwegs, und als ich über einen Hügelkamm kam, sah ich einen Mann in einem blauen Anorak, der sich nur dreißig Meter vor mir befand.

Der Hund war die ganze Zeit einige Meter vor mir hergelaufen, und er wußte ganz genau, daß dieser Mann da war, schon seit einigen Kilometern war er als Geruchsprofil, als Witterung im Riechzentrum des Hundegehirns registriert.

Nun fährt der Mann, der schon ein wenig älter ist, zur Seite, um irgendwas zu richten oder auch nur um mich vorbeizulassen, da ich so dicht hinter ihm bin.

Hol mich der Teufel, wenn der Hund nicht direkt in ihn hineinläuft, so daß der Mann sich in der Spur fast auf den Hintern gesetzt hätte!

Für den Hund existiert kein blaugekleideter Mann, es gibt nur eine interessante Witterung, der er folgt und die immer stärker wird, und er verläßt sich so blindlings darauf, daß er nicht einmal den Kopf hebt, als er den Mann fast umrennt.

Es hängt bestimmt mit dem Geruchssinn zusammen. Und daran ist nichts zu ändern. Er ist immer ein netter Hund gewesen. Und ich hoffe, daß er noch lange durchhält.

Ich begreife nicht, was in ihn gefahren ist. Es scheint wirklich so, als würde der Hund mich nicht mehr erkennen. Oder richtiger gesagt: Er erkennt mich, aber nur ganz aus der Nähe, wenn ich ihn dazu bringen kann, mich wirklich zu *sehen* und auf mich zu *hören*, statt nur nach der Witterung zu gehen.

Es gibt natürlich noch eine andere Erklärung, aber die ist so verrückt, daß ich nicht daran glauben kann.

Daß ich ganz plötzlich einen anderen Geruch bekommen habe, auf irgendeine verdammt subtile Art, die nur der Hund wahrnehmen kann.

(Das gelbe Buch I:2)

Im letzten Herbst hätte eine Menge an den Bienenstöcken getan werden müssen, neues Holzfutter, neue Fluglöcher an einigen davon, Reparatur der Rahmen, Isoliermaterial, aber aus irgendeinem unbegreiflichen Grund habe ich mich nicht dazu aufraffen können. Ich verstehe nicht ganz, wie das kommt. Aus einem unklaren Grund muß ich in diesem Herbst sehr träge und passiv gewesen sein. Gott sei Dank scheint der Winter jetzt, Ende Januar, außergewöhnlich warm zu werden. Es regnet Tag für Tag, und ich bleibe ein bißchen länger als gewöhnlich in der Winterdunkelheit im Bett liegen, einfach weil es schön ist, den Regen aufs Dach fallen zu hören.

Aber angenommen, es wird im Februar über Nacht wieder kalt? Was zum Teufel soll ich dann tun? Die Holzverschalung der Stöcke ist mit Wasser durchtränkt, die Teerpappe auf den Dächern ist an vielen Stellen beschädigt. Sie werden ganz einfach erfrieren. Zur Strafe für meine Faulheit im letzten Herbst werde ich drei, vier Stöcke verlieren.

Finanziell würde das keine Rolle spielen, da ich endlich das Wohngeld von der Gemeinde erhöht bekommen habe, aber dann sterben lebendige Geschöpfe, und das tut mir irgendwie weh.

Eine merkwürdige Sache, über die ich letzte Woche mit Isaksson aus Ramnäs am Telefon sprach:

Wenn ein Bienenvolk stirbt, ist das ungefähr so, als wäre ein Tier gestorben. Man vermißt eine Persönlichkeit, fast wie bei einem Hund oder zumindest wie bei einer Katze.

Eine tote Biene ist einem völlig gleichgültig; man fegt sie einfach weg.

Das Sonderbare ist, daß die Bienen genau die gleiche Einstellung haben. Einen so totalen Mangel an Interesse für den Tod der anderen gibt es nicht bei vielen Tierarten. Zerdrücke ich ein paar Bienen, wenn ich einen Rahmen zu nachlässig einsetze, dann schleppen die anderen sie weg, als handele es sich um irgendwelche kaputten Maschinen. Aber zuerst holen sie sich immer die Pollen, falls welche da sind.

Wenn sie es nun selbst auf die gleiche Art empfinden? Daß es der Schwarm ist, der die Individualität, die Intelligenz darstellt.

Es gibt enorm persönliche Völker. Es gibt faule und fleißige, aggressive und sanfte Bienenvölker. Es gibt sogar leichtsinnige und unsolide, und weiß der Teufel, ob es nicht Völker gibt, die Sinn für Humor haben, und andere, denen er fehlt.

Zum Beispiel das Schwarmfieber! Das ist genau wie bei einem nervösen, launischen, ungeduldigen Menschen. Schlechter Liebhaber; keine Geduld.

Und die einzelne Biene ebenso unpersönlich wie ein Rädchen oder eine Schraube in einem Uhrwerk.

(Das gelbe Buch I:3)

Im August, als die Kinder hier waren, wollten sie mit mir Federball spielen. Für Kinder aus einer geschiedenen Ehe haben sie, glaube ich, wirklich sehr angenehme Sommerferien gehabt. Sie waren ja mehrmals hier. Im Juni und im August.

Bei dieser Gelegenheit jedenfalls, als wir Federball spielten, fühlte es sich *ganz genauso* an.

Aber damals war ich ganz sicher, daß es ein Hexenschuß war, und vergaß die ganze Sache wieder. Ich glaubte natürlich, daß ich einen Rückenmuskel gezerrt hätte. Ich mußte sofort mit dem Spiel aufhören.

Aber gibt es einen Hexenschuß, der so verdammt weh tut, daß man davon einen Blutgeschmack im Mund kriegt?

(Das gelbe Buch I:4)

Ist das schwedische Volk geduldiger als andere Völker? Ich weiß nicht viel darüber. Ich habe in meinem Leben das Reisen versäumt. Zwei Radtouren durch Dänemark Anfang der fünfziger Jahre, ein Tischtennisturnier in Kiel und mehrere Wanderungen über die Grenze nach Norwegen, ganz oben beim Femundsee über Orsa und Idre, das ist ja nicht gerade viel. Ich neige dazu, die Welt außerhalb Schwedens als etwas Literarisches zu betrachten, etwas, das in Büchern und Zeitschriften vorkommt.

Sehr große Entfernungen erschrecken mich. Paris ist etwas, das in den Tagebüchern der Brüder Goncourt existiert, das modernste London ist das der frühen Romane von Aldous Huxley.

Wenn ich wirklich an diese Orte käme, würde ich mich vermutlich nicht zurechtfinden. Ich würde sie als belanglos empfinden. In der *Länszeitung* sehe ich gerade, daß es inzwischen Wolkenkratzer in Paris gibt.

In meinem System herrschen verschiedene Zeiten an verschiedenen Orten. In Paris beispielsweise hat sich der Mörtelstaub der Kommune noch kaum gelegt. Was herrscht hier für eine Zeit? Die Jetztzeit.

Ob also das schwedische Volk geduldiger ist als andere Völker? Vorgestern das Wartezimmer der Röntgenstation im Bezirkskrankenhaus von Västerås. Starker Geruch von Wollsachen, nassen Wollsachen. Alles voll mit Leuten, auf Stühlen, auf Bänken, überall. Ein Junge mit einem fürchterlichen Bluterguß auf der ganzen rechten Gesichtshälfte. Er war am Abend davor mit dem Moped verunglückt und hatte Schmerzen. Ein alter Mann aus Kolbäck, der mit dem Morgenbus gekommen war. Er hoffte sehr, daß er den letzten Bus am Abend noch erreichen würde. »Das geht langsam hier.« Er war in derselben Woche schon einmal dagewesen. Alle hatten einen Nummernzettel in der Hand. Die Mysterien der Reihenfolge; manchmal holt die Krankenschwester zwei oder drei Patienten auf einmal herein, manchmal nur einen einzigen. Manchmal hört der gesamte Verkehr für eine Stunde auf. Und wie alle jedesmal *aufschauen*, wenn die Schwester hereinkommt.

Wie ein mechanisches Glockenspiel, bei dem sich die Figuren einmal in der Stunde bewegen; eine Tür geht auf, jemand kommt heraus, jemand geht hinein. Ein stockbesoffener Kerl mit massenhaft

Pflastern auf der Stirn, unter den Augen, auf dem Kinn, wird von zwei Polizisten hereingeführt. Er kommt gleich dran.

Von den sechzig oder siebzig Menschen im Raum müssen die meisten mehr oder weniger starke Schmerzen haben. Bei einigen ist es an der Art zu sehen, wie sie sitzen, an der Art, wie sie aufstehen und unruhig im Zimmer auf und ab laufen.

Aber kaum jemand redet darüber, sie sagen noch nicht einmal, daß ihnen etwas weh tut (und dieses »weh tun« kann alles bedeuten, in einem Spektrum von leichten Beschwerden bis zu stechenden Schmerzen). Sie reden vielmehr über schlechte Busverbindungen, über Schienenbusse, über Besuche und Gegenbesuche. Es scheint so, als lebten manche nur dafür, hin und wieder ins Krankenhaus zu gehen. Sie fühlen sich dort gar nicht so unwohl. Ihre Krankheit gibt ihnen eine Identität. Das gilt für einige der Ältesten und Anspruchslosesten.

Durch ihre Krankheit wecken sie ein Interesse, das ihnen niemand je in gesundem Zustand entgegengebracht hat.

Irgendwas an ihrer Geduld reizt mich fürchterlich, macht mich aggressiv. Sie sollten sich nicht damit abfinden ... Womit? Damit, daß sie so lange warten müssen, bis sie mit dem Röntgen drankommen, mit der sonderbar unpersönlichen, fast fabrikmäßigen Behandlung, wobei es niemanden kümmert, daß sie den ganzen Tag da sitzen, nachdem sie so frühmorgens an winterlichen Bushaltestellen gewartet haben, daß sie da sitzen und darauf warten, an die Reihe zu kommen, ohne etwas gegessen zu haben, vor lauter Angst, ihren Platz auf der Warteliste zu verlieren?

Und trotzdem immer eine Art kameradschaftlicher Zusammenhalt, immer jemand, der sich bereit findet, einen zu alarmieren, falls die Schwester gerade dann den Namen aufruft, wenn man zum Rauchen auf dem Klo ist. Oder meine ich, daß es der Schmerz selbst ist, gegen den sie protestieren sollten, mit dem sie sich nicht abfinden sollten? Proletarier der Schmerzen, vereinigt euch!

(Das gelbe Buch I: 5)

WAS MICH NICHT UMBRINGT, MACHT MICH STÄRKER. (Friedrich Nietzsche, deutscher Philosoph, 1844–1900)

(Das gelbe Buch I:6)

Februar 1975

Kaufmann	– 375,40	
Zucker	– 42,90	
Tabak	– 32,50	
Nägel und Beschläge	– 16,00	
Arztbesuch	– 7,00	
Öl und Benzin	– 75,00 (cirka)	
Ausgaben insgesamt	– 548,80	
Reichsverband der Imker, Bonus		+ 16.–
Kaufmann, Honig		+ 255.–
Krankenkasse		+ 304.–
Sundblads Pumpenmotor repariert		+ 50.–
Bruttoeinkommen im Februar		+ 625.–
Saldo		76.–

(Das gelbe Buch I:7)

Als der Brief vom Bezirkskrankenhaus in Västerås endlich kam, mochte ich ihn nicht aufmachen, sondern legte ihn zur Seite, blätterte Zeitungen und Zeitschriften durch, sah mir ein paar Rechnungen an und stellte fest, daß ich es mir ohnehin erst im nächsten Monat leisten könnte, sie zu bezahlen, und nahm schließlich den Hund zu einem ordentlichen, langen Spaziergang mit.

Es war ein graues, angenehmes Februarwetter, ziemlich kalt und daher nicht allzu feucht, und die ganze Landschaft war wie mit Bleistift gezeichnet. Ich weiß nicht, warum ich sie eigentlich so gern mag, sie ist ziemlich karg, und doch bekomme ich es nie satt, mich darin zu bewegen. Einen nicht unbeträchtlichen Teil meines Lebens habe ich hier verbracht.

Solange ich verheiratet war, wohnte ich in Trummelsberg und fuhr mit dem Auto zu den Schulen; sie haben ja im Laufe der Jahre öfter gewechselt. Da ich sowohl zum Volksschullehrer als auch zum Werklehrer ausgebildet bin, konnte ich mir die Arbeit in den letzten Jahren ziemlich frei aussuchen, als eine Schulzusammenlegung auf die andere folgte. Und ich wurde immer mehr zum Werklehrer. Ich fand, die Klassen wurden allmählich zu groß, und außerdem hatte ich dadurch bessere Arbeitszeiten.

Als ich mich dann hatte scheiden lassen, bin ich hergezogen, bin tiefer in die Landschaft hineingezogen, könnte man sagen, und habe zugleich den Lehrerberuf aufgegeben. Es blieb sowieso kein Geld übrig, nachdem der Unterhaltsbeitrag bezahlt war, und daher habe ich einfach aufgehört, Geld zu verdienen, und habe mir statt dessen dreißig Bienenvölker angeschafft.

Zu meinem Erstaunen hat es sich gezeigt, daß das genauso gut geht. Krisen entstehen nur dann, wenn ich irgendwo hinfahren muß, wie jetzt zum Krankenhaus.

Als der Brief vom Bezirkskrankenhaus endlich kam, legte ich ihn ganz einfach zur Seite und machte einen Spaziergang. Ich fühlte mich ganz ruhig und betrachtete sehr gründlich all die kahlen Laubbäume am Weg. Ich bin ganz verliebt in dieses kahle Geäst vor einem bleifarbenen Himmel. Es ist, als seien es Buchstaben in einer fremden Sprache, die etwas mitzuteilen versuchen.

Die ganze Gegend mit ihren verrammelten Sommerhäuschen, schneebedeckten Gärten, aufgebockten Booten ist jetzt eigentlich unvergleichlich viel schöner als im Sommer. Dann wimmelt es hier von Leuten, eine ganze Reihe davon habe ich im Laufe der Jahre kennengelernt, manche laden mich sogar zu sich ein, auf ein Kartenspiel oder um ein Gläschen auf der Veranda zu trinken, und das ist ein angenehmes Gefühl. Ich bin keineswegs ein ungeselliger Mensch. Aber das hier, das ist das eigentliche Leben. Ob gut oder schlecht, ob einsam oder schön, es ist mein eigentliches Leben. Und jetzt versucht etwas, das stärker ist als ich, stärker als alle Gerichte und Regierungen und Behörden, es mir wegzunehmen.

Gerecht ist das nicht.

Als ich um die ganze Landzunge herumgelaufen war und dabei übrigens eine Elchfamilie aufgestört hatte, die direkt hinter der Scheune auf Bruslings Wiese herumschnupperte, war ich zu folgender Überlegung gekommen:

Entweder steht in diesem Brief, daß es nichts Schlimmes ist. Oder es steht darin, daß ich Krebs habe und sterben werde. Und natürlich steht höchstwahrscheinlich darin, daß ich welchen habe.

Das Klügste für mich wäre, ihn nicht aufzumachen, denn wenn ich ihn nicht aufmache, wird es immer noch eine Art Hoffnung geben.

Und durch diese Hoffnung bekomme ich einen Bewegungsspielraum. Einen kleinen, gewiß, denn es wird deshalb nicht aufhören weh zu tun, aber es wird ein ganz allgemeiner Schmerz sein, er wird mich an nichts Besonderes erinnern, ich werde ihn in mein Leben integrieren können, warum sollte ich das nicht schaffen? Ich habe mich ja schon mit so vielen anderen Dingen abfinden können.

Als der Brief schließlich eintraf, machte ich mit dem Hund einen Spaziergang um die ganze Landzunge herum, und als ich zurückkam, hatte ich einen Entschluß gefaßt: Ich werde ihn niemals aufmachen.

Er stand neben dem Essensgedeck auf dem geblümten Tischtuch in der Küche, die Vögel pickten draußen auf dem Vogelbrett wie zuvor, es hatte inzwischen noch mehr getaut, es tropfte tatsächlich schon von der Dachrinne. Ein brauner Umschlag mit einem Fenster, in der linken oberen Ecke stand: Bezirkskrankenhaus Västerås, Zentrallaboratorium. Ich befühlte ihn. Es war nur ein einziges Blatt darin, offenbar in der Mitte gefaltet. Ich hielt ihn gegen das Fenster. Man konnte nicht hindurchsehen.

Wenn ich ihn aufmache, dachte ich, wie wird er mich dann verändern? Wenn darin steht, daß ich nur noch einige Monate zu leben habe, werde ich dann wie versteinert sein? Gelähmt? Werde ich mich in irgendein Krankenhaus legen müssen? Wahrscheinlich, und die letzten Monate in einem Bett verbringen, mit immer stärkeren Schmerzen, immer magerer und kraftloser werden und nicht mehr Herr meiner eigenen Lage sein.

Aber wenn ich ihn jetzt aufmache, und es steht darin, die Laboruntersuchung habe gezeigt, daß die entnommenen Proben von gutartigen Geschwulsten stammen? Daß es ein Magengeschwür ist, ein Gallenstein, und mit einer Operation und der entsprechenden Diät behandelt werden muß und daß es lebensgefährlich ist, mit einem Gallenstein herumzulaufen, ohne sich von einem Arzt behandeln zu lassen?

Wenn es mir nun immer schlechtergeht, falls ich diesen Brief nicht aufmache? Vielleicht kommt mit der Zeit ein neuer Brief, aber dann wird es wahrscheinlich schon viel zu spät sein.

Als der Brief kam, machte ich ihn nicht auf, sondern ging zunächst lange mit dem Hund spazieren.

Als ich wieder nach Hause kam, hatte ich mit dem Gedanken zu spielen begonnen, ihn überhaupt nicht aufzumachen.

Irgendwie spielte ich ein wenig zu lange mit diesem Gedanken, nur eine Zehntelsekunde zu lang, aber das genügte.

Wenn dieser Brief meinen Tod enthält, dann verweigere ich ihn.

Mit dem Tod soll man sich nicht einlassen. Ich hatte das Glück, das schon ziemlich früh zu lernen, es ist eine Regel, die mir in meinem ganzen Leben schon viel Nutzen gebracht hat.

Nach Wilhelm Wundt, der zu seiner Zeit einen ganz beachtlichen Ruf als Psychologe hatte, wie ich dem Nordischen Konversationslexikon entnehmen kann, gibt es drei Arten von Schmerzempfindungen. Es gibt dumpfe, stechende und brennende Schmerzen.

Im Unterschied zu den Bezeichnungen für den Farbensinn hat die Sprache keine speziellen Wörter entwickelt, um diese verschiedenen Empfindungen zu kennzeichnen. Sie haben keine eigenen Namen.

Vielleicht liegt das daran, daß zwei Menschen dieselbe Farbe sehen können, daß aber zwei Menschen unmöglich denselben Schmerz empfinden können?

Meiner ist dumpf. Nicht nur dumpf. An manchen Tagen ist er auch brennend, aber meist ist er dumpf.

Ich glaube, es fing tatsächlich in jener Nacht an, als der Hund weggelaufen war, denn tief in meinem Schlaf spürte ich zum erstenmal diese sonderbare, dumpfe Spannung in der Nierengegend, ungefähr als würde jemand einen Fußball aufpumpen, den er dort hineingeschmuggelt hatte, pulsierend, langsam, ohne jede Rücksicht darauf, ob ich mich bewege oder nicht.

Jedenfalls bemerkte ich ihn zum erstenmal in der Nacht, als der Hund weggelaufen war.

Er beginnt meist in der Nacht, ich träume von ihm, lange bevor er mich geweckt hat, er existiert als etwas Bedrohliches in meinem Traum, und ich versuche mich ständig davon *abzuwenden*, nicht hinzusehen, ich drehe im Traum buchstäblich den Kopf von ihm weg, und er kommt trotzdem immer näher, zwingt mich *ihn zu sehen* und weckt mich.

Noch bis Weihnachten haben die Tabletten ganz gut geholfen – ich bekam sie zuerst in Fagersta, als sie noch glaubten, es sei ein Nierenstein. (Ganz zu Anfang dachte ich übrigens, es sei ein Hexenschuß, und später, es sei die Prostata, aber wie sich herausstellte, hatte ich nicht die geringste Ahnung davon, wo es bei einer Prostataentzündung weh tut.)

Jetzt, eine Weile nach Weihnachten, zeigt es sich, daß die ziemlich starken Tabletten gegen den Nierenstein – ich bekomme sie Gott sei Dank ständig neu verschrieben – ihn nicht mehr dämpfen können. Nicht der Schmerz ist stärker geworden, sondern die Tabletten, d.h. mein Nervensystem, haben ihn irgendwie aus dem Griff verloren.

Er gibt mir wieder einen Körper; seit der Pubertät habe ich nicht mehr so stark empfunden, daß ich einen Körper habe. Ich bin intensiv darin anwesend.

Nur ist dieser Körper der falsche. Es ist ein Körper, in dem es glüht.

Und dann natürlich die Hoffnungen. Letzte Woche war ich einige Tage lang ganz sicher, er würde wirklich langsam verschwinden, alles war wie sonst, ich hatte fast vergessen, wie normal mein Körper sein konnte, bevor der Schmerz da hinten am Rücken ernstlich begann. Ich wagte natürlich kaum zu hoffen, hoffte aber doch.

Ich machte kleine Spaziergänge und merkte, daß der Schmerz in den letzten Monaten tatsächlich die ganze Landschaft sonderbar gefärbt hat. Hier steht ein Baum, an dem es besonders weh tat, dort ein Zaun, gegen dessen Pfosten ich im Gehen mit der Hand schlug. Kam ich an diesen schmerzfreien Tagen zurück, war der Schmerz sozusagen am Zaun hängengeblieben.

Der Schmerz ist eine Landschaft.

Dann kehrte er natürlich zurück, am Sonntagabend, nicht auf einmal, sondern langsam, in kleinen Anläufen, ungefähr wie ein Hund, der schnuppernd eine Spur verfolgt.

Es brauchte ziemlich viele Arztbesuche, bis sie sich die Frage stellten, ob es möglicherweise Krebs sein könnte. Und dann noch eine Menge weiterer Arztbesuche und viele Tage in Wartezimmern mit diesem Proletariat der Schmerzen, bis sie sich dazu entschlossen, alle möglichen Gewebeproben und Blutproben zu entnehmen und Kontrastuntersuchungen zu machen. Es dauerte ziemlich lange, bis alle Proben entnommen waren. Es wurde November, es wurde Dezember.

Dann hörte ich überhaupt nichts mehr von ihnen, erst gestern, also am letzten Februar.

Als der Brief schließlich kam, machte ich ihn nicht sofort auf. Stattdessen machte ich einen langen Spaziergang mit dem Hund und dachte über die Situation nach. Die Landschaft war unverändert, sehr grau, nackte Bäume mit rührenden Bleistiftzweigen. Auf dem See dickes Eis mit feuchtem Schnee darauf, jetzt endlich, im Februar.

Ich saß eine ganze Weile da und starrte den Brief an, fühlte nach, wie dick und wie schwer er war, bis es in der Küche viel zu kalt wurde, weil der Küchenofen mangels Holz ausging. Als ich endlich aufschaute, wurde es draußen schon dunkel. Es war schon tiefer Nachmittag, ein typischer Nachmittag im Februar, an dem die erste Dämmerung bereits gegen vier beginnt.

Schließlich ging ich doch noch hinaus, holte Holz und brachte den Ofen wieder in Gang.

Diesen Brief benutzte ich als Fidibus.

(Das gelbe Buch I:8)

2
Eine Ehe

... zu diesem Thema fällt mir übrigens die recht merkwürdige Geschichte einer Begegnung ein. Es gibt in dieser Gegend eine jüngere Dame, fast noch ein Mädchen, die sehr gut aussieht und eine attraktive Figur hat. Ich hatte sie immer nur aus einem Abstand von mindestens fünfzig Metern gesehen und fand sie ganz schön. Sie hatte eine auffallend frische Gesichtsfarbe, ihre großen Augen waren sehr dunkel, ihr Hals lang und weiß. Ich hatte schon lange eine sehr zärtliche, verlockende Vorstellung, mich in sie zu verlieben; aber ich sah sie nirgendwo anders als bei den Orgelkonzerten in der Kirche von Väster Våla. In den Jahren nach meiner Scheidung verkehrte ich außerhalb meiner Arbeit nur mit sehr wenigen Menschen.

Dann wollte ich doch endlich einmal sehen, ob es stimmte, was ich mir über sie einbildete, und fand eine gute Gelegenheit dazu. Bei einem Konzert des Köping-Quartetts ging ich in der Pause in der Vorhalle der Kirche zu ihr und begrüßte sie.

Ich hatte keinen anderen Plan, keine andere Absicht, als einfach nur zu hören, was sie sagen würde. Ich sprach sie also auf eine neutrale, höfliche Art an, aber in dem Moment, als ich den Mund aufmachen wollte, um mich ihr vorzustellen, und sie dabei zum erstenmal richtig ansah, hätte ich am liebsten geschwiegen.

Ich sah eine Menge von scheußlichen kleinen Pickeln oder Pusteln in ihrem Gesicht, als hätte sie eine eigentümliche Hautkrankheit, und das ließ mich sofort meine Absichten ändern. Trotzdem setzte ich das Gespräch fort, und sie antwortete im Plauderton, auf eine sehr nette und höfliche Art. Um die Wahrheit zu sagen: Es ist nicht auszuschließen, daß ich ihre Bekanntschaft zufällig gerade an einem dieser lästigen und unpassenden Tage machte, an denen der Sex sich von selbst verbietet; sie gilt in dieser Gegend wirklich als eine Schönheit.

Trotzdem fühlte ich mich nach dieser Begegnung irgendwie erleichtert. Ich wurde dadurch von etwas befreit, das nach dem nicht ganz angenehmen Beginn einer Beunruhigung aussah. Und das vielleicht etwas mit der schlechten Gewohnheit zu tun hatte, mich an alle möglichen Objekte zu fixieren, die meine unruhige Aufmerksamkeit fesseln.

…

Aber man muß sich natürlich fragen: Wenn wir jemanden lieben, oder besser gesagt uns in jemanden verlieben, in was verlieben wir uns dann eigentlich?

Lieben wir unsere Vorstellung von einem Menschen oder den Menschen selbst?

Vielleicht können wir nur mit unseren eigenen Vorstellungen in Beziehung treten? Vielleicht sind wir immer nur in unsere eigenen Vorstellungen verliebt?

…

Liebe und geographische Entfernung. Wenn ein Mensch, den man liebt, mit dem Zug wegfährt, empfindet man manchmal ganz deutlich eine Art von Erleichterung. Man entrinnt der Wirklichkeit und kann ruhig wieder dazu übergehen, mit einer Vorstellung zu leben.

Was ist die maximale Entfernung, aus der man einen Menschen lieben kann? Ein Mädchen, das ich in meiner Schulzeit innig liebte, sie hieß Monica, wanderte nach Kalifornien aus. Wir haben uns viele Jahre lang Briefe geschrieben, aber dann schlief das Ganze natürlich ein.

Existierte sie damals (für mich)? Oder war es schon längst nur noch eine Vorstellung, mit der ich in Beziehung stand?

Was ist die maximale Entfernung, aus der man einen Menschen lieben kann? 1000 Kilometer? 25 Kilometer? Es ist ein alter Wunschtraum von mir, eine Geliebte in Skultuna zu haben. Das ist eine ganz wunderbare Entfernung, man fährt genau eine halbe Stunde dorthin. Im Sommer vielleicht ein bißchen schneller, wenn es glatt ist, dafür ein bißchen langsamer.

Was ist die maximale Entfernung, aus der man einen Menschen lieben kann?

Antwort: Weniger als ein Millimeter. Und namenlos.

…

Als die Scheidung schließlich beschlossen war und Margareth schon allmählich überlegte, wie sie sich eine Wohnung in Västerås beschaffen sollte, geschah etwas Merkwürdiges. Wir gingen in der

Wohnung herum, schauten uns verschiedene Sachen an und überlegten, welche Bücher ihr gehörten, welche mir, wo sie dies und jenes gekauft hatte, ob sie diesen alten Aktenschrank mitnehmen sollte oder nicht.

Wir bekamen beide eine richtig gute Laune, waren fast ausgelassen. Wir alberten herum und redeten miteinander, wie wir es seit über zwei Jahren nicht mehr getan hatten, wir waren beide irgendwie erleichtert und erstaunt darüber, wie wirklich sich der eine für den anderen ausnahm.

Wir brauchten nicht mehr mit Vorstellungen zu leben.

(Das blaue Buch I:1)

... Februar 1968 oder 1969, ich war – ich weiß bis heute nicht warum – zum stellvertretenden Vorsitzenden des Verbands Schwedischer Feldbiologen gewählt worden. Wir hatten unsere Jahresversammlung im Medborgarhuset in der Stockholmer Südstadt abgehalten, und als ich in den Februarabend hinauskam, es muß gegen sechs gewesen sein, war es schon ganz dunkel. Ich wohnte im Hotel Malmen auf der gegenüberliegenden Straßenseite, aber da ich nicht recht wußte, was ich machen sollte, entschloß ich mich zu einem Spaziergang, obwohl es zehn Grad unter Null war.

Ich ging die Folkungagatan hinunter; kaum ein Mensch war unterwegs, obwohl Sonntag abend war, der Neumond stand am Himmel, eine dünne Schneeschicht lag sogar auf den Fahrspuren.

Ich ging bis zum Hafen hinunter und dann die Stigbergsgatan hinauf, auf dem Weg zur Sista Styfverns Trappa, durch gleichsam vergessene Viertel, die sich seit August Strindbergs Tagen nicht im geringsten verändert haben, eine eigentümliche, kalte Stadt hoch oben in Skandinavien, rote Holzhäuschen am Berghang, Holztreppen, Häuser mit einem Teerduft, Namen, die an die Ostsee erinnern, an Esten und Finnen, eine Stadt in der Stadt, die genauso aussieht wie die Städtchen meiner Heimatprovinz und ebenso ausgeliefert ist wie sie, eine Stadt, in der alles von oben gekommen ist, Verordnungen, Steuern, Einberufungen zu Armeen, die in slawischen Sümpfen erfroren sind, sogar die bürgerliche Revolution ist von oben gekommen.

Ich war etwas erschöpft, nachdem ich den ganzen Tag in einem verräucherten, schlecht gelüfteten Raum im Medborgarhuset gesessen hatte, es hatte ziemlich schwierige Debatten über den Etat der Feldbiologen gegeben, und außerdem hatte ich ständig über etwas anderes nachgegrübelt, worüber ich hier nicht reden möchte.

Wie ich hinauskomme, habe ich keinen anderen Gedanken mehr im Kopf als den, daß ich die Folkungagatan hinuntergehen will. Ich gehe mechanisch, meine Schaffellmütze weit über die Ohren gezogen. Block für Block, ohne eigentlich an irgendwas Bestimmtes zu denken.

Als ich bei den Lagerhäusern am Stadsgården ankomme, wird mir plötzlich klar, daß ich doch an etwas gedacht habe: *an meine Kindheit in Stockholm.*

Es ist Winter, irgendwann um 1880 herum, sehr kalt, viel Schnee. Wir wohnen in den niedrigen Holzhäusern unten am Karlbergskanal, der ganz zugefroren ist, und nachmittags nach der Schule fahren wir Kinder auf dem gefrorenen Kanal Schlittschuh, mit diesen altmodischen Schlittschuhen, deren Spitzen wie Schürhaken nach oben geschwungen sind. All das ist sehr anschaulich. Meine kleine Schwester hat Schwierigkeiten, die Schlittschuhe an ihren derben Knöpfstiefeln zu befestigen, und ich helfe ihr mit den Riemen. Wir gleiten durch das matte, schräge Licht zwischen Nachmittag und Abend. Große, nach Teer riechende Lastkähne sind im Eis festgefroren, wir gehen an Deck und schauen uns um, obwohl das verboten ist. Wir finden einige Bierflaschen, die die Ablader auf dem Deck zurückgelassen haben, von dieser flaschengrünen, richtig altmodischen Art mit den hohen Hälsen.

Und in den Büschen am Kanal entdecke ich eines Nachmittags die festgefrorene Leiche einer Frau, nur ein Arm ragt aus dem Eis, es ist eine junge Frau, die sich irgendwann im letzten Herbst im Kanal ertränkt hat, und jetzt ist der Körper im Eis festgefroren. Es ist gar nicht erschreckend, sondern fast natürlich, daß eine junge Frau dort im Eis festgefroren ist, nur sehr traurig, und sie tut mir sehr leid.

Als ich aber nach Hause komme und von meiner Entdeckung berichte, herrscht große Aufregung, Leute rennen hinaus, Eissäger kommen mit ihren langen Sägen aus der Stadt, wir Kinder dürfen nicht zuschauen ...

Als ich an diesem Punkt angelangt bin, blicke ich auf, und es durchfährt mich: MEIN GOTT, ICH HABE DOCH GAR KEINE KINDHEIT IN STOCKHOLM GEHABT. Und schon gar nicht in der Zeit um 1880!

Ein leichtgläubiger Mensch würde jetzt sofort von Seelenwanderung reden und von Erinnerungen an eine frühere Existenz. Aber solch komplizierte Erklärungen sind natürlich gar nicht nötig.

Wenn das Unterbewußtsein für eine Weile sich selbst überlassen ist, fängt es einfach an, sich etwas auszuspinnen. Es schafft sich eine Identität, paßt sich der Umgebung an, produziert bereitwillig neue Formen, um die plötzliche Leere auszufüllen, die entsteht, wenn wir den Alltag vergessen.

Offenbar fürchtet das Unterbewußtsein nichts so sehr wie das Gefühl, *überhaupt niemand zu sein.*

Dieser diensteifrige Schuft war schon dabei, eine Biographie für mich zusammenzustellen!

(Das blaue Buch II:4)

Menschen, die uns künftig etwas bedeuten werden, treffen wir nicht nur einmal, sondem bei mindestens zwanzig Gelegenheiten, bis wir den Fingerzeig allmählich ernst nehmen.

Mir ist es jedenfalls stets so gegangen.

Und wir weichen ihnen aus, solange wir nur können.

Margareth muß ich zum erstenmal irgendwann in der Realschule in Västerås gesehen haben. Ich ging in den fünfjährigen Zweig der Realschule und sie in den vierjährigen. Im vierjährigen waren vor allem Schüler vom Lande; weil es so lästig und schwierig für sie war, das ganze Schuljahr über mit Bussen und Zügen hin- und herzufahren, versuchten ihre Eltern natürlich, ihnen die Schulzeit möglichst zu verkürzen.

Daher waren alle Schüler, die aus Surahammar und Hallstahammar, aus Kolbäck, Rytterne und Strömsholm in die Oberschule nach Västerås kamen, vielleicht ein bißchen frühreifer und selbständiger als wir anderen, die in der Stadt wohnten, und sie hielten sich auch ein wenig abseits, bildeten eine eigene Gruppe.

Aus dieser Zeit ist sie mir als ein mageres, ziemlich schweigsames kleines blondes Mädchen in Erinnerung, offenbar immer sehr verfroren, da sie den ganzen Winter über eine gestrickte Zipfelmütze trug, die eine lächerliche Form hatte und ihr bis weit über die Ohren reichte. Daß sie blonde Haare hatte, war erst tief im Frühjahr zu sehen.

Sie schien recht schüchtern zu sein.

Damals interessierte ich mich ausschließlich für ein anderes Mädchen in ihrer Klasse, eine Tennisspielerin mit langen dunklen Haaren, großen Augen, früh entwickelten Brüsten und hohen Backenknochen, wie sie die Mädchen in Västmanland seltsamerweise manchmal haben. An ihren Namen kann ich mich beim besten Willen nicht mehr erinnern. Diese beiden, Margareth und sie, waren Freundinnen oder jedenfalls sah man sie oft zusammen, ein etwas ungleiches Paar, wie man es oft bei solchen Freundinnen findet, wo die eine attraktiv ist und die andere überhaupt nicht.

Ich glaube, sie versuchte manchmal ein bißchen mit mir zu reden, jedenfalls hat sie das im Laufe der zehn Jahre behauptet, die ich mit ihr verheiratet war, aber sie sagt, ich hätte sie wie Luft behandelt.

Wenn ich darüber nachdenke, habe ich das schreckliche Gefühl, daß ich sie einfach ein ganz klein wenig abstoßend fand. Sie hatte eine etwas unangenehme Ausstrahlung, oder zumindest habe ich das so empfunden, wenn ich sie sah.

War dieses Unangenehme im Grunde anziehend? Oder kann es eine Ahnung davon gewesen sein, daß sie später einmal ungeheuer viel wichtiger für mich sein würde, als sie es damals war?

Das einzige, woran ich mich aus jener Zeit noch ganz genau erinnere, war ein wilder, aber total unterdrückter Haß, den ich fast gegen die gesamte Außenwelt empfand: gegen die Lehrer, die Schule, selbst gegen die Kameraden, ja, gegen die ganze Außenwelt, da sie ganz und gar darauf eingestellt zu sein schien, mich so feindselig wie möglich zu behandeln, mich in die Knie zu zwingen, mich zurechtzuweisen, und zwar stets mit dem Recht des Stärkeren.

Und dieses kleine, ziemlich blonde, irgendwie hilflose Mädchen wirkte ebenso unterdrückt wie ich, war vermutlich genauso verbittert wie ich. Kein Wunder, daß ich sie nicht besonders interessant fand! Was ich brauchte, waren ausgeglichene Menschen.

Als ich nach Uppsala kam und mich am Volksschullehrerseminar einschrieb, waren die meisten meiner Kameraden schon eine ganze Weile dort, ich war ziemlich lange beim Militär gewesen, hatte eine Unteroffiziersausbildung bei der Flotte gemacht, und während ich ins Seminar ging, waren alle, die ich aus Västerås kannte, an der Universität.

Margareth kam ein Jahr später ans Seminar.

Bei einem Tanzabend sah ich sie wieder. Ich glaube nicht, daß ich vorhatte, sie aufzufordern, aber aus irgendeinem Grund tat ich es trotzdem. Und dabei entdeckte ich, was für eine eigentümlich sinnliche Wärme sie ausstrahlte. Ich tanzte sehr eng mit ihr.

Aber nur ein einziges Mal.

Danach ging ich zu einem ganz anderen Mädchen nach Hause, von der ich übrigens nur noch weiß, daß sie sehr viel größer war als ich, und ich glaube, ich schlief sogar mit ihr.

Mit Margareth zu schlafen wäre mir irgendwie *banal* erschienen.

Während meiner Zeit in Uppsala habe ich ziemlich herumgeschlampt. Das Lehrerseminar war wirklich sehr anspruchslos, ich hatte lediglich ernsthafte Schwierigkeiten, Orgelspielen zu lernen, diese verdammten Pedale wollten mir nicht recht gehorchen, und als ich dann etwa zehn Jahre später Autofahren lernte, beklagte sich der Fahrlehrer darüber, daß ich die Pedale des Autos behandelte, als seien es Orgelpedale. Abgesehen von den Pedalen war das Seminar in Uppsala die reinste Kinderei, ein Kinderspiel oder wie man sagt, und ich verbrachte die meiste Zeit damit, Mädchen zu jagen.

Ich weiß nicht, warum, es war eine Art Unruhe, nehme ich an, aber mich interessierte die Verführung.

Ein etwas zu hochtrabendes Wort, gewiß ... aber Verführung war genau das, worum es mir ging.

Ich wollte beweisen, daß ich *wirklich* war. Und das kann man nur auf eine einzige Art beweisen: indem man eine Wirkung auf einen anderen Menschen ausübt.

Je stärker diese Wirkung ist, um so stärker empfindet man seine eigene Wirklichkeit als bewiesen.

Ich hatte in jenen Jahren ein sehr großes Bedürfnis, gesehen zu werden. Und wenn es einem gelingt, jemanden zu verführen, dann gelingt es einem auch, gesehen zu werden.

Damals gab es fabelhafte Tanzabende in Uppsala, besonders die Mittwochspartys des Studentenverbands Västmanland-Dalarna waren phantastisch; ein irrsinniges Gedränge, ein Duft von billigem Parfum, die Mädchen auf der einen Seite des Tanzsaals und die Jungens auf der anderen. Es war ein Wunder, daß die Hitze nicht den Lack auf den Porträts der alten Ehrenvorsitzenden zum Schmelzen brachte.

Man brauchte eigentlich nur zuzugreifen. Auf eine sonderbar unpersönliche Weise.

Mich interessierten jedoch die etwas schüchternen, etwas zugeknöpften Mädchen am meisten; diejenigen, die auf die eine oder andere Weise verändert werden konnten.

Die Mädchen, die ein wenig zitterten, wenn man mit ihnen tanzte. Die ihren Körper irgendwie ein bißchen verkrampften.

Ich glaube, ich habe das alles sehr mechanisch aufgefaßt; ich meine: Ich setzte einen Prozeß in Bewegung, und dieser Prozeß diente ausschließlich dazu, mir etwas über mich selbst zu beweisen.

(»Mich selbst« – »ich selbst«: Inzwischen finde ich, daß dieser sprachliche Ausdruck irgendwie blödsinnig ist. Ihm fehlt einfach jeder Sinn.

Ich kann aber nicht genau erklären, wie ich das meine.)

Damals hatte ich schrecklich wenig Geld. Der Geldwert war zwar besser als heute, aber dafür mußte man mit den Studiendarlehen, die man bekam, auch viel länger auskommen, und wenn man sein Pensum nicht schaffte, war man wirklich schlecht dran.

Am Anfang waren wir zu dritt, Bertil, Lennart und ich, wir hatten uns zwei große Zimmer im Svartbäcken-Viertel gemietet. Aber schon nach einem Semester begannen Bertil und Lennart sich zurückzuziehen.

Sie gingen ja zur Universität und fanden allmählich ihren eigenen Freundeskreis. Aber das war wohl nicht der einzige Grund. Da beide fleißig waren – Bertil starb einige Jahre darauf, aber das ist eine andere Geschichte –, da beide fleißig und ehrgeizig waren, hatten sie das Gefühl, ich würde sie ein bißchen zu oft in die Kneipen locken, und das konnte sich eigentlich keiner von uns leisten.

Ich weiß noch, daß wir bis tief in den November hinein ohne Mäntel in die Lokale gingen, um die paar Kronen zu sparen, die man dort gewöhnlich dem Garderobier zahlen mußte.

Bekannte, die mich etwa fünfzehn Jahre später wiedersahen, pflegten mir immer zu sagen, ich hätte mich sehr verändert, ich sei enorm viel ruhiger geworden.

Ich habe nie so recht verstehen können, was sie damit meinten. Ich selbst hatte nie das Gefühl einer Veränderung.

Aber offenbar galt ich damals für ziemlich unsolide und ein bißchen draufgängerisch. Ich glaube sogar, daß es verschiedene Leute gab, die tolle Geschichten über mich erfanden.

Woran ich mich am besten erinnere, ist das ewige Problem mit dem Geld, das ganze Elend mit der Borgerei hier und da; Schulden, die man zurückzahlen mußte, und Schulden, auf die man möglicherweise pfeifen konnte, und dieses unangenehm Abweisende, was Leute kriegten, von denen man ein bißchen zu oft Geld geborgt hatte, ohne es zurückzuzahlen.

Gegen Ende, im letzten Jahr, war es am schlimmsten. Es war ein chaotisches Jahr. Es ist mir bis heute ein Rätsel, daß ich das Abschlußexamen so gut gemacht habe, wie ich es tat.

Ich war damals eine Weile mit einem Mädchen namens Kerstin befreundet. Es muß im Frühjahr 1958 gewesen sein. Ich glaube heute noch, daß sie mich wirklich sehr gern hatte, mich beinahe liebte, oder zumindest gab es irgendwas an mir, was sie fasziniert haben muß. Aber zugleich glaube ich, daß ich noch nie einen Menschen gekannt habe, der so offensichtlich Angst vor mir hatte.

Angst wovor? Weiß der Himmel!

Ich habe sehr viel später darüber nachgedacht und habe mir alle möglichen subtilen Erklärungen zurechtgelegt, ich habe ihre Briefe gelesen und ihre jungmädchenhaft feinsinnigen Analysen meines Seelenlebens gesehen (Egoist, Egozentriker, unfähig, eine Beziehung zu einem anderen Menschen einzugehen, etc.), aber schließlich bin ich zu einem ganz anderen Schluß gekommen: Die Gründe müssen sozialer Art gewesen sein.

Sie stammte aus einer recht netten Arztfamilie in Lidingö, keine von den ganz erfolgreichen, aber immerhin, ein sehr »kultiviertes« Elternhaus, und studierte mit dem Ziel, Magister der Philosophie in Literaturgeschichte und nordischen Sprachen zu werden.

Es war ganz klar, daß ich ihr keine besondere Zukunft bieten konnte.

Sie fand mich anziehend, aber sozial gesehen war ich ein ziemlich zweifelhafter Typ.

Ich glaube, die anderen hielten mich für heruntergekommener, als ich selbst es tat.

An einem Sonntag morgen, als ich bei ihr zu Hause aufwachte, gerieten wir über irgendwas in Streit, ich weiß nicht mehr, worum es ging, es war ein strahlender Sonntagmorgen. Die Wohnung lag in der Östra Ågatan, dem Schloß gegenüber, und dieses Schloß war im Morgenlicht immer eigentümlich schön. Ich ging zur Wohnungstür, um die *Dagens Nyheter* zu holen, sonntags morgens kam sie gewöhnlich zu dieser Stunde durch den Briefkastenschlitz, es war übrigens gerade die Zeit im Frühjahr, als die Zeitungen anfingen, Reklame für Badeanzüge zu machen; ich erinnere mich daran, weil ich lauter Anzeigen für Badeanzüge in der Zeitung sah, als ich wieder zurückkam, aber dann setzten wir diesen Streit fort, und sie sagte etwas, woran ich mich beim besten Willen nicht mehr erinnern kann, aber es brachte mich dazu, ganz einfach wegzugehen.

Das ist eine schreckliche Geschichte. Ich glaube, ein Teil meines Lebens endet mit ihr.

(Der restliche Teil geht in diesem Winter seinem Ende entgegen.)

Ich war sehr verzweifelt.

Drei Wochen später, einige Tage vor dem letzten April, traf ich Margareth. Ich hatte sie damals lange nicht mehr gesehen ...

(Das gelbe Buch II:1)

Plötzliches Tauwetter, langer Spaziergang mit dem Hund, die Schmerzen in den letzten Tagen ganz gut unter Kontrolle, meist gegen vier oder fünf Uhr morgens, aber nicht schlimmer, als daß ich wieder einschlafen konnte.

Ich muß einige Tage lang ein wenig abwesend gewesen sein, denn inzwischen hat sich die ganze Landschaft schon verändert. Es herrscht feuchter Nebel, am Weg entlang duftet es stark nach Erde und modernden Birkenstämmen, und auf unbegreifliche Art ist ein Krähenschwarm mit richtigen großen Krähen, die sich sonst unten beim Eisenbahnviadukt an der Landstraße 251 aufzuhalten pflegen, hierher zum Waldrand gekommen. Sie sitzen da unten in den Bäumen neben dem Zaun, und ich höre den ganzen Morgen lang ihre rauhen Stimmen. Es wird jetzt auch schon etwas früher hell. Ich möchte wissen, wie der Sommer in diesem Jahr werden wird? Feucht und kühl wie der letzte oder vielleicht einer von den ganz heißen?

Ich frage mich auch oft, ob ich ihn noch werde erleben dürfen. Jedenfalls muß das Boot ordentlich abgedichtet werden. Im letzten Herbst hat es am Heck geleckt wie ein Sieb. Es hat blödsinnig lange am Bootssteg gelegen und ist dagegen geschlagen, noch bis zum Beginn der Herbststürme. Damals ging es mir noch einigermaßen gut, aber offenbar war ich im letzten Herbst nicht besonders unternehmungslustig.

... Ich habe wieder über Margareth nachgedacht. In diesem Nebel oder diesem frühlingshaften Dunst, wie man vielleicht sagen könnte, fehlt sie mir irgendwie wieder. Ihre behutsamen Schritte auf dem Teppich früh am Morgen – sie ist immer zuerst aufgestanden und hat Kaffee gekocht –, ihre Gewohnheit, die Zeitung immer sehr ordentlich und sorgfältig auf den Zeitungshaufen im Schrank unter dem Spülstein zu legen, bevor ich Gelegenheit hatte, sie zu lesen, ihre fast unerträgliche Gewohnheit, um zehn oder halb elf Uhr abends mit der Arbeit anzufangen. Es sind solche Dinge, die einem in Erinnerung bleiben.

Und jetzt, besonders wenn die Schmerzen einsetzen, vermisse ich sie sehr.

Zugleich ist es ja ganz klar, daß die ganze Geschichte völlig unmöglich war. Es ist das reinste Wunder, daß es überhaupt so lange dauern konnte.

All das, unser ganzes Zusammenleben, gründete sich auf ein einziges, sehr einfaches Prinzip, auf eine Übereinkunft:

Es war verboten, einander zu sehen. Ich meine, einander wirklich zu sehen.

Es ist ein recht kompliziertes Spiel, sich ganze zwölf oder dreizehn Jahre lang an eine solche Übereinkunft zu halten und die Maske nicht einmal dann fallenzulassen, wenn man wütend oder sehr unglücklich ist; als sei man sehr lange mit jemand in einem ganz engen Raum eingeschlossen, und zwar unter der Bedingung, einander permanent den Rücken zuzukehren.

Man muß sich natürlich fragen, was hinter einer solchen Übereinkunft steckt.

Ich glaube, es ist der Schmerz. Eine Art von ursprünglichem Schmerz, den man von Kindheit an mit sich herumträgt und den man um keinen Preis sehen lassen darf. Viel wichtiger als das Vorhandensein des Schmerzes ist, ihn versteckt zu halten.

Aber warum ist es denn so wichtig, ihn zu verbergen?

Manchmal haben wir an derselben Schule gearbeitet, manchmal an verschiedenen. Am besten ging es, wenn wir uns auch tagsüber sahen. Wenn der eine den ganzen Tag über fort gewesen war und wir uns erst abends wiedersahen, trat immer ein kritischer Moment ein. Das geschah stets irgendwann nach dem Abendessen, wenn der erste Bericht von den Ereignissen des Tages beendet war, kurz nach dem Kaffee, kurz vor den Fernsehnachrichten, es entstand eine Art Ebbe, das Wasser zog sich zurück, die Steine wurden sichtbar.

(Das blaue Buch II:2)

Sie war ziemlich klein, bewegte sich immer leicht, fast tänzelnd und sprach mit einer angenehm leisen Stimme. Sie hatte eine schöne, eine sehr anregende Neugier auf die Menschen, auf die Welt, sie las viele Bücher, es machte Spaß, sich mit ihr zu unterhalten. Sie interessierte sich ernsthaft für fast alles, was ihr über den Weg kam, außer vielleicht für mich.

Dieser letzte Frühling in Uppsala war schon in den Frühsommer übergegangen. Es waren nicht mehr viele Leute in der Stadt, ich war dageblieben, weil ich einen Job als Schwedischlehrer für ausländische Studenten bekommen hatte, und war ins Zentrum umgezogen, in ein Zimmer im Bäverns Gränd, das mir ein Freund überlassen hatte, der den Sommer über verreist war.

Sie kam mit irgendeiner Freundin an und setzte sich auf die Terrasse dieses kleinen Cafés gleich neben dem Dom, das gewöhnlich ein paar Tische herausstellt, wie hieß es noch, Domtreppenkeller glaube ich. Ich erinnere mich noch an die Schlagzeilen auf den Zeitungsplakaten an dem kleinen Tabakladen gegenüber, es ging um eine neue, komplizierte Phase im Streit um die Rentenreform, der damals, Ende der fünfziger Jahre, gerade am heftigsten tobte. Ich erinnere mich so genau daran, weil ich sie immerzu betrachtete, während wir miteinander redeten.

Ihre Freundin war ein dünnes, spitzes kleines Mädchen, sehr schmales Gesicht, Brille.

Eine Kopie von Margareth, könnte man sagen. Sie redete nicht viel, aber ich erinnere mich, daß ich immerzu dabei war, die beiden im stillen zu vergleichen, als sei dieser Vergleich irgendwie wichtig. Und ohne genau zu wissen, was ich eigentlich damit bezweckte.

Alles schien von vornherein klar zu sein, als sei es schon seit Jahren so abgesprochen. Wir saßen da und unterhielten uns, übrigens über diese Gegend hier, saßen da und erkannten uns einer im anderen. Es gab keinen Ort, keinen See, keine Hüttenwerksruine, keine stillgelegte alte Eisenbahnlinie in dieser Gegend, die sie nicht kannte. Sie hatte ihre Sommerferien im nördlichen Västmanland verbracht, seit sie ein kleines Mädchen war.

Ich saß im Licht des Sommerabends da, und die ganze Landschaft wurde mir durch sie gegenwärtig.

Ich glaube, so fing es an.

Sie ist immer das gewesen, was man ein recht hübsches Mädchen nennt, an ihrem Aussehen war nichts auszusetzen. (Ihre Augen sind mit den Jahren immer interessanter geworden.)

Deshalb ist es mir völlig unverständlich, warum ich mich immer ein bißchen genierte und mich bloßgestellt fühlte, wenn ich mit ihr auf der Straße unterwegs war und einen Bekannten traf. War es einfach die Tatsache, daß wir unsere Zusammengehörigkeit zeigten, die mich peinlich berührte?

(Das gelbe Buch II:2)

Es war ein recht ruhiges Leben. Jahrelang war es wirklich ruhig, nicht mehr oder weniger, und sehr idyllisch. Wir wohnten hier und da in Västmanland, waren an verschiedenen Schulen als Lehrer angestellt, richteten das Innere alter Dienstwohnungen her, bis sie richtig gemütlich wurden, mit Margareths handgewebten Teppichen und meinen Schränken und dem ganzen Zeug, das ich zum größten Teil selbst in verschiedenen Werkräumen angefertigt hatte.

Vielleicht zogen wir ein bißchen zu oft um, und immer blieben wir auf dem Land draußen – das war schon so etwas wie ein Lebensstil; wir hatten ja beide irgendeine (recht vage) Protesthaltung gegen die Gesellschaft, die uns umgab. Ein Protest von Gemüseanbauern, sozusagen. Ein Protest gegen die Industriegesellschaft, gegen ...

Ich kann mich nicht mehr so genau erinnern. Es ist merkwürdig, aber jetzt vergrößert sich der Abstand zu dieser Zeit mit jedem Tag: Ganz andere Dinge treten in den Vordergrund, das Lied einer Amsel vor dem Fenster, kurz nachdem ich aufgewacht bin, und etwas weiter weg die Krähen in den Bäumen, ein Wassertropfen an einem Zweig mitten am Tag, wenn das Tauwetter begonnen hat. All das erscheint jetzt in einem anderen Licht, und alles, was hinter mir liegt, empfinde ich als bedeutungslos.

Sie webte immerzu; wenn wir umzogen, war es immer das größte Problem, diesen Webstuhl auseinanderzunehmen und wieder zusammenzusetzen. In der letzten Wohnung, die wir zusammen hatten, reichte er fast bis an die Decke. Sie stellte ihre Textilfarben selber her, aus alten Pflanzenfarben.

In Uppsala hatte ich ja ein ziemlich wildes Leben geführt, mit Mädchen und Kneipen und Schulden. Dieser neuorganische Lebensstil auf dem Lande war eine Art, endgültig damit Schluß zu machen.

Bestimmt spielte da auch ein romantischer oder vielleicht anarchistischer Hang eine Rolle. Wir hatten beide einen Widerwillen gegen Behörden, gegen den Zentralismus dieses Landes, gegen die massenhaften Umsiedlungen von Menschen aus ihrer natürlichen Umgebung in unpersönliche, kasernenartige Vororte der Großstädte. Wir hatten einen Widerwillen gegen die Schulbehörden, die es sich nicht einmal leisten konnten, die vorhandenen Mittel zu verwenden, um die Schulhöfe ein wenig angenehmer und fröhlicher zu machen, sondern sie statt dessen für protzige kommunale Skulpturen ausgaben.

Ganze Frühstücke hindurch jammerten wir über die Zusammenlegung von Gemeinden, über die Schließung von Schulen in dünnbesiedelten Gebieten, über Kahlschläge, die fast überdeutlich zeigten, daß die ganze Gegend wie ein Rohstofflager behandelt wurde, wie eine Art Speisekammer, aus der man sich bediente, und sonst nichts.

Ich meine: Das waren Realitäten, das waren Dinge, die uns auf einer ganz praktischen, handgreiflichen Ebene etwas bedeuteten, vielleicht war auch ein Zug von Snobismus darin, ein Gefühl, überlegen zu sein, besser zu erkennen, welche Bedeutung die Geschehnisse hatten.

Aber es war auch noch etwas anderes: Es gab uns eine Art inneren Zusammenhalt. Wenn man alles besser weiß als die anderen, fällt es einem leicht zusammenzuhalten.

Und wir hielten zusammen: auf eine unsentimentale, nicht besonders sinnliche, aber angenehme und gute Art. Wir empfanden uns als zwei Einzelgänger, die einander gefunden hatten und denen das Einzelgängertum selbst etwas Gemeinsames gab; wir waren also keine Einzelgänger mehr, weil wir einander hatten.

Daß Margareth und ich zusammenhielten, war eine Art zu sagen:

Wir fangen noch einmal an. Wir geben nicht auf.

Sie war die jüngste Tochter einer unglaublich tyrannischen Oberarztfamilie aus Falun. Alle ihre Brüder waren Reserveoffiziere, schwedische Meister im militärischen Fünfkampf, Justitiare, weiß der Teufel was noch alles. Ich habe sie nicht besonders oft getroffen, hatte aber den Eindruck, daß sie mich mit unverhohlener Verachtung betrachteten. Einer von ihnen fragte mich sogar einmal, ob man wirklich davon leben könne, Volksschullehrer zu sein – damals hieß es ja noch Volksschullehrer. Wir waren einander gegenseitig genauso unbegreiflich.

Der Vater – er ist übrigens, glaube ich, noch am Leben – war ein abscheuliches Monstrum, gefürchtet von seiner Familie, von Krankenschwestem, Unterärzten und Assistenten, im ganzen Land bekannt für seine medizinischen Äußerungen, die vor allem besagten, daß Mädchen im Winter Wollstrümpfe tragen sollten, daß Abtreibungen die militärische Schlagkraft des Landes verringerten und daß die Bevölkerung in Geschlechtskrankheiten und Jugendalkoholismus zu versinken drohe.

Die jüngste Tochter war in diesem Haushalt irgendwie ins Abseits geraten. Ich habe den Eindruck, daß sie den größten Teil ihrer Jugend damit verbrachte, sich in der Küche nützlich zu machen. In Todesangst vor dem Vater, von den Brüdern unterdrückt, blaß, dünn und sommersprossig, hatte sie einen Weg zu den Büchern gefunden, zu einer Welt außerhalb dieser Zwölf-Zimmer-Villa am Rand von Falun. Ich glaube, er führte über die moderne Lyrik, die sie neugierig zu lesen begann, weil irgendwann am Mittagstisch darüber gelästert wurde, und quer durch die höhnisch verlesenen Zitate von Ekelöf und Lindegren entdeckte sie, daß das irgendwie von ihr handelte.

»Ich suche ein Gold, das alles Gold wertlos macht.«

Ich glaube, sie wurde sehr spät zur Frau. Sie sollte gerade in einen Haushaltskurs geschickt werden, als sie zum ersten Mal in ihrem Leben richtig wütend wurde, aufbegehrte, sich ein Zimmer in Uppsala besorgte und sich an der Universität einschrieb.

Es war eine so unbeschreiblich *schwedische* Großbürgerfamilie. Noch zehn Jahre danach konnte ich Spuren davon in ihrer Sprache hören.

Dieser ganze enorme, verächtliche Widerwille gegen alles, was nach persönlicher intellektueller Arbeit aussah, diese feindselige Einstellung gegenüber der Philosophie. »Bildung« bestand darin, französische Wörter korrekt aussprechen zu können. Dagegen galt es als »halbgebildet«, sich für Marx, Kierkegaard oder Freud zu interessieren. Das war volksschullehrerhaft.

Bei ihr war noch etwas davon vorhanden, als eine Art vorsichtiger Widerwille gegen alles, was den geringsten Anschein von »Grübelei« hatte.

Ich erinnere mich, daß ich mich einmal tatsächlich so sehr mit ihr zerstritten habe, daß ich mehrere Tage lang nicht mehr mit ihr reden mochte. Es war während einer Zugfahrt nach Kopenhagen. (Wir machten in den Ferien manchmal solche Reisen.)

Es fing damit an, daß ich einen Gedanken skizzierte, der mir bei meiner Lektüre gekommen war.

– Wenn es nun so wäre, sagte ich, daß das Wort »ich« eigentlich ein völlig sinnloses Wort ist. Das Wort »ich« wird ja im alltäglichen

Sprachgebrauch auf genau die gleiche Art verwendet wie die Wörter »hier« und »jetzt«. Alle Menschen haben das Recht, sich »ich« zu nennen, und zugleich hat nur ein einziger Mensch das Recht dazu, nämlich derjenige, der in diesem Moment redet.

Niemand würde behaupten, daß »hier« oder »dort« etwas Besonderes bedeutet, daß es bedeutet, hinter diesen Begriffen *verberge* sich irgend etwas. Warum sollten wir uns dann einbilden, wir hätten ein Ich?

Es denkt in uns. Es fühlt. Es redet. Das ist alles. Oder: Es denkt *hier*, sagte ich und drückte den Zeigefinger gegen die Stirn.

– Wenn du dich auf solche Grübeleien einläßt, wirst du noch verrückt, sagte sie.

(Das gelbe Buch II:8)

Was für ein wunderschöner Morgen. Tief im Schlaf, übrigens träumte ich, ein gutmütiger, jedoch im Grunde ungeheuer gefährlicher Elefant jage mich über ein endloses Feld – aber keine Schmerzen heute nacht – tief im Schlaf spürte ich, daß der große, blaue Hochdruck gekommen war. Er lag wie eine riesige Blase über der ganzen Gegend, als ich um sieben Uhr morgens aufstand, und bisher ist noch keine einzige Wolke aufgetaucht, obwohl jetzt schon Nachmittag ist.

Das ist im März sehr ungewöhnlich.

Heute morgen habe ich schon alle Bienenstöcke durchgesehen und Zuckerlösung nachgefüllt, tatsächlich ist nur ein einziges Volk erfroren, jedoch ist es eins, das schon vorher nicht besonders viel Haltung bewiesen hat, hätte ich fast gesagt. Ich habe nie recht begriffen, was sie trieben. Sie bauten nur etwa jede zweite Wabe aus, und zwar auf eine zögernde, fast kokette Art, als wollten sie sagen, sie durchschauten zwar diese Kunstwachswaben, aber sie könnten trotzdem ein bißchen bauen, nur um zu zeigen, daß sie immerhin die Geometrie beherrschten.

Kokette Biester! Ich bin froh, daß sie erfroren sind. Im Sommer hätte sie sicher das Schwarmfieber überkommen, und dann hätten sie sich ohnehin selbst vernichtet. Die Idee der permanenten Revolution sozusagen.

Marengo, Austerlitz, Leipzig ... Ich kenne wenige Dinge, die in einem solchen Maß dem Cäsarenwahn Vorschub leisten wie die Bienenzucht. Man kann alle Erlebnisse eines Napoleon haben, ohne grausam zu Pferden zu sein und ohne einen einzigen Menschen sterben zu sehen.

Dafür sieht man eine ganze Menge Bienen sterben.

Das hätte alles beliebig lange so weitergehen können: Es war gut, es herrschte eine Harmonie in der ganzen Sache, eine Harmonie um den Preis von etwas, aber immerhin eine Harmonie, ja, es hätte so weitergehen können.

Wenn nicht gegen Ende der sechziger Jahre etwas zu geschehen begonnen hätte. Es kam so unerwartet, daß ich fast Jahre brauchte, um zu erkennen, was passiert war. Mir stieß ganz einfach ein radikal neues, ganz unerwartetes Ereignis zu: die Liebe.

Es nahm natürlich einen katastrophalen Verlauf, das hatte ich von Anfang an gewußt, aber mich konnte eigentlich keine Katastrophe schrecken. Wenn ich darauf zurückblicke, wie ich gehandelt habe, sieht es tatsächlich so aus, als hätte ich die ganze Zeit eine Katastrophe *gewollt.* Es läßt sich kaum anders deuten.

Es ist eine unglaublich komische Geschichte, denn sie enthält so enorm viele unwahrscheinliche und sonderbare Zufälle.

Ich nahm ja manchmal an diesen Hauptversammlungen der Feldbiologen in Stockholm teil. Und da ich einige Jahre lang stellvertretender Vorsitzender war, bekam ich die Reise bezahlt. Ich pflegte also im Hotel Malmen zu übernachten und abends in ein Konzert oder in die Oper zu gehen. Das war ein kleines, heimliches Vergnügen, und da war nichts weiter dabei.

Einmal jedoch, als wir im Oktober '69 eine solche Tagung hatten, beschloß ich, nicht zu übernachten, sondern mit dem letzten Zug nach Hause zu fahren. Ich kann mich wirklich nicht erinnern, warum.

Ich hatte meine Aktentasche in der Garderobe der Oper abgegeben, machte mich in der letzten Pause davon und kam gerade noch rechtzeitig zum Hauptbahnhof, um in den Zug einzusteigen, der um 22 Uhr 40 über Hallsberg und Västerås nach Oslo geht und gewöhnlich mit amerikanischen Touristen besetzt ist, die nach Norwegen reisen, und mit einer Menge von mehr oder weniger nüchternen Leuten, die in Enköping und Västerås aussteigen. Später wird er ja dann mehr und mehr zu einem Schlafwagenzug.

Ich gehe in ein fast voll besetztes Abteil und setze mich hin. Links von mir schläft ein nach Schnaps stinkender Kerl, einen von diesen häßlichen Kamelhaarmänteln übers Gesicht gezogen, gegenüber sitzen einige magere kleine Mädchen, vielleicht Studentinnen, und rechts von mir auf dem Fensterplatz eine ziemlich große blonde Dame in den mittleren Jahren, anscheinend unverheiratet, die häßlich gewesen wäre, hätte sie nicht einen solch wundervoll schönen Kopf gehabt.

Sonderbarerweise begann ich mit ihr zu reden, kaum daß ich hereingekommen war, ohne eigentlich von dem Buch aufzusehen, das ich aus der Aktentasche genommen hatte, davon zu reden, wie unbequem die Wagen in diesem Zug seien, von Fahrplänen, von Schlafwagen nach Oslo, weiß der Himmel von was noch alles – und das merkwürdige ist, daß ich kein einziges Mal aufsah. Ich redete lebhaft mit ihr und las dabei weiter in meinem Buch.

Erst als wir in Kungsängen hielten und ich in den Korridor gehen wollte, um nachzusehen, wo wir eigentlich waren, sah ich sie an.

Sie ... wie soll ich sagen – sie strahlte Mütterlichkeit aus. Äußerlich gesehen war nichts Besonderes an ihr, sie war eher ein bißchen dick, aber als ich ihre Augen entdeckte, muß etwas Merkwürdiges ... *geschehen* sein. Diese Augen *wollten* etwas von mir, sie machten mich wirklicher, es war etwas mit ... *(zwei Zeilen mit Tinte durchgestrichen)*

Und dann in Enköping, als ich feststelle, daß es um diese Zeit keine Verbindung mehr nach Tillberga gibt, und nur den Bruchteil einer Sekunde zögere, bevor ich ihr ungeheuer rasches und freundliches Angebot annehme, mich trotz der späten Stunde mit dem Auto hinzufahren – sie war Assistenzärztin im Krankenhaus von Enköping und daher an sonderbare Zeiten gewöhnt –, und der fast ebenso rasche Entschluß, *nicht* von Enköping wegzufahren, und dann Küsse, Zärtlichkeiten (eine banale Geschichte, nein, überhaupt nicht banal) und das Gefühl, von etwas völlig Fremden überwältigt worden zu sein, sich tatsächlich zu *verändern*, und dieses eigentümliche Erlebnis, daß es plötzlich ganz ruhig wurde.

Als sei man heimgekommen.

Ob ihr mir nun glaubt oder nicht, es verging ein ganzes Frühjahr, bevor ich sie wiedersah, obwohl wir nur sechzig, siebzig Kilometer entfernt voneinander wohnten. Darin lag eine Art von Verschwendung oder ein Gefühl von verschwenderischem Reichtum.

Dafür pflegten wir spät abends miteinander zu telefonieren und uns von den Ereignissen des Tages zu erzählen. Wir schrieben uns Briefe, ganz sachliche, kurze Briefe mit kleinen Scherzen darin.

Ich kannte bald die Namen aller Ärzte und Krankenschwestern und sogar die der interessantesten Patienten auf ihrer Station im Krankenhaus von Enköping, und sie wußte über fast alles Bescheid, was bei mir zu Hause passierte. Bei mir zu Hause passierte nicht viel.

Ich führte so etwas wie ein Doppelleben, da ich einem anderen Leben so nahe war, das sich an einem anderen Ort und in einer anderen Umgebung abspielte, und vielleicht hatte ich gerade ein solches Doppelleben schon immer gebraucht, ohne es zu wissen.

(Hatte schon immer die Vermutung, daß alle Lösungen irgendwo zwischen meinem und einem anderen Leben liegen.)

Die ganze Geschichte hätte sich vielleicht beruhigen und einschlafen können. Wir hatten einmal miteinander geschlafen, das war in Ordnung. So etwas passiert eben mal, manchen Menschen passiert es häufiger, anderen weniger häufig. Wir hatten einmal miteinander geschlafen, es war sehr schön gewesen, es hatte mich ruhig gemacht; ich schließe die Möglichkeit nicht aus, daß sie es wenigstens ursprünglich in der Absicht getan hat, mich wirklich ruhig zu machen. Und dabei hätte es bleiben können.

Aber diese Augen erinnerten mich an etwas. Sie riefen ganz einfach etwas in mir wach.

Sie riefen das Gefühl in mir wach, es gebe etwas ungeheuer Wichtiges, was ich bisher stets vernachlässigt hatte. (Eine banale Geschichte, nein, überhaupt nicht banal.) Ich entdeckte in mir etwas, wovon ich nichts gewußt hatte. Und das empfand ich wie einen neuen Anfang, es gab allem einen neuen Sinn.

Ich machte natürlich einen wirklich interessanten Fehler: Ich erzählte Margareth von dieser Geschichte. (Man könnte selbstverständlich sagen, daß es mit der Zeit praktisch unumgänglich war, denn es gab keine besonders plausible Erklärung dafür, daß ich jeden zweiten Abend eine halbe Stunde lang am Telefon saß und leise und ausführlich zwischen langen Pausen mit jemandem redete, der unmöglich zu unseren gewöhnlichen Bekannten zählen konnte.)

Ich hatte alle möglichen Reaktionen erwartet bis auf die, daß sie sich freuen würde. Aber genau das tat sie. Sie war froh und erleichtert, als sei ihr endlich eine allzu große Verantwortung abgenommen worden.

– Lade sie doch einmal hierher ein, sagte sie und meinte damit Ann. Sie würde bestimmt gern wissen, wie es hier oben aussieht. Sie könnte doch irgendwann in diesem Sommer vorbeikommen. Hat sie ein Auto?

Das war natürlich der Anfang vom Ende, obwohl ich es damals nicht begriffen habe.

Ich lud sie für einen Sonntag im Juni ein. Es war ein ungewöhnlicher schöner Junisonntag. Ich holte Ann am Bahnhof ab.

– Der See ist sehr schön, sagte sie. Ich hatte keine Ahnung, daß er so groß ist.

– Ich bin froh, dich wiederzusehen, sagte ich.

– Ich weiß nicht. Ich fühle mich etwas unsicher.

– Warum müssen die Leute sich immer wie in Romanen benehmen, sagte ich.

– Ja, vermutlich hast du ganz recht, sagte sie.

Es war ein sehr eigentümlicher Anblick, diese beiden Frauen zusammen zu sehen, Margareth klein und mager, kühl, Ann mütterlich besorgt und ernst, als sei sie zu einer Patientin gekommen, die sie zu versorgen hatte. Sie wußten nichts voneinander, ich war das einzige, was sie verband.

In den ersten zwei Minuten schienen sie sich ein wenig voreinander zu genieren. Das kann nicht gutgehen, dachte ich. Es wird ein schrecklicher Nachmittag werden, hoffentlich bringen wir ihn rasch hinter uns. Es ist ein wahnsinniges Unternehmen, auf das ich mich da eingelassen habe.

Wie gesagt: Es war ein strahlend schöner Sonntagmorgen im Juni 1970. Um uns herum lag Västmanland. Von einem Waldbrand auf einem der blauen, bewaldeten Bergrücken im Norden wehte ein schwacher, sehr aromatischer Duft von Brandrauch herüber. (Waldbrände haben die Eigenschaft, aus der Nähe einen stechenden, unangenehmen Geruch zu haben und im Abstand von einigen Kilometern einen aromatischen, angenehmen.)

Über den großen See Åmänningen zogen leichte kleine Windböen, die das Wasser kräuselten. Im Nordwesten verrosteten die Fördertürme stillgelegter Zechen; die Erzbergwerke in der Gegend von Norberg rentierten sich nicht mehr, seit die Fracht für das afrikanische Erz billiger geworden war. Im Norden stieg eine rote Rauchwolke von einem Abstich im Stahlwerk von Trummelsberg auf. Vom Kanal und von der ganzen Seenkette im Süden drang das Geräusch von Motorbooten herüber, die auf den vielen Seen hin und her fuhren.

Es war die Jahreszeit, in der die ganze Gegend sich plötzlich belebt und bevölkert. Wer die winterliche Stille erlebt hat, kann nicht glauben, daß es dieselbe Gegend ist. Im Winter ist der nächste Nachbar das ferne, blinkende Licht eines Fensters sechs Kilometer weiter weg, auf der anderen Seite des Sees.

Im Süden der Gürtel von immer feuchteren, immer sumpfigeren Wäldern, die uns von der Talsohle des Mälarsees trennten, die Kirche von Ramnäs mit ihrem eigentümlichen Zwiebelturm, Ramnäs, wohin mein armer, alkoholsüchtiger Onkel Knutte stets zurückzukehren pflegte, wenn er wieder mal versucht hatte, im Gewitterregen durch den Wald zu radeln, um zum Spirituosenladen in Västerås zu kommen, die Ebene, die sich schließlich an dem schwarzen stillen Flüßchen Kolbäcksån nach Sörstafors und Kolbäck hin öffnet, die Gegend, in der meine unglückliche, romantische Tante Clara in einem denkwürdigen Herbst kurz nach dem Zweiten Weltkrieg mit einem alten, blinden, bärtigen Landstreicher herumzog, in den sie sich Hals über Kopf verliebt hatte – sie starb kurz darauf an einer Lungenentzündung, das arme Ding. Wir sind eine sonderbare Familie. Wir machen sonderbare Dinge.

Und da stand ich nun und stellte meiner Frau eine Dame vor, die offenbar die große Liebe meines Lebens war.

Sie gingen beflissen die Gartenwege entlang und schauten sich die Blumenbeete an. (Dieses Haus war damals, im Jahre 1970, ein Ferienhäuschen.)

– Nehmt euch vor den Bienen in acht, sagte ich. Sie haben gerade eine unruhige Zeit. Sie sind ziemlich aggressiv.

Sie lachten nur.

Der Garten ist ja recht klein. Man braucht nicht lange, um ihn zu besichtigen. Sie nahmen sich Zeit.

Sie kamen zurück, kichernd und ein wenig ausgelassen. Sie hatten einander gefunden.

Bienen und Hummeln summten herum, die Kirchglocken läuteten drüben in Väster Våla, es war wie gesagt ein ganz wunderbarer Sommertag.

– Eine Utopie, dachte ich. Eine Utopie ist Wirklichkeit geworden. Ich habe es schon immer vermutet. Nichts hindert uns eigentlich daran, außerhalb der normalen Regeln zu leben. Daß ich das nicht schon längst begriffen habe!

Dann folgte eine ziemlich sonderbare Zeit. Ich glaube, sie hat uns sehr verändert, mich, Ann, aber am meisten von uns allen Margareth.

Ich hatte ja nie begriffen, daß sie eigentlich eine Mutter brauchte.

(Das gelbe Buch II:10)

Jeder kennt wohl aus eigener Erfahrung das unangenehme Gefühl, das man auf Bahnhöfen hat. Man will sich von jemandem verabschieden. Der, von dem man sich verabschieden will, ist schon eingestiegen, aber der Zug fährt einfach nicht ab. Da steht man nun, der eine auf dem Bahnsteig, der andere hinter dem Fenster, und beide versuchen miteinander zu reden, aber plötzlich ist kein einziges Wort mehr zu sagen.

Das hängt natürlich damit zusammen, daß wir nicht mehr empfinden dürfen, was wir wollen. Die Situation schreibt uns ein Gefühl vor. Und wer hat nicht schon mal diese ungeheure Erleichterung empfunden, wenn der Zug endlich abfährt?

Oder auf Begräbnissen? Wenn jemand stirbt, krank wird, wenn es Enttäuschungen gibt, dann werden ganz bestimmte Gefühle von uns erwartet. In jeder Situation außer in den alltäglichsten, neutralsten, wird Druck darauf ausgeübt, wie wir uns zu verhalten haben, wie wir uns zu fühlen haben. Und wenn man ein bißchen genauer hinsieht, entdeckt man nicht selten, daß Romane, Filme und Theaterstücke, die man irgendwann einmal gesehen oder gelesen hat, uns diese Rollen vorschreiben.

Wenn wir in der Wirklichkeit mit ungewöhnlichen Situationen konfrontiert werden (beispielsweise damit, daß eine von uns erwartete Rivalität ausbleibt und sich statt dessen in eine Liebe verwandelt, die uns allein läßt), greifen wir zuerst nach diesen romanhaften Gefühlsschablonen.

Sie geben uns nicht viel Halt. Sie machen uns einsamer als zuvor, und kopfüber stürzen wir in die Wirklichkeit hinaus.

(Das blaue Buch II: 5)

Ich habe ziemlich lange gebraucht, in jenem seltsamen Sommer 1970, bis ich dahinterkam, wie Ann mir weggenommen wurde.

(Und ich glaube, damit nahmen sie mir meine letzte Chance, zu einer Selbständigkeit, zu einer Klarheit über mich selbst und meine eigenen Dimensionen zu kommen, für die ich mein ganzes Leben lang bestimmt gewesen war, auf die alles hingedeutet hatte.

Was sie zu verhindern wußten, war ein Durchbruch von Wirklichkeit, von Persönlichkeit.)

Ich stelle mir die Sache so vor:

Die Tatsache, daß ich verheiratet war, löste bei Ann ein ganzes Knäuel von verschiedenen Schuldgefühlen aus. Diese waren unvereinbar mit der Tatsache, daß sie mich ebensosehr liebte wie ich sie. Gleichzeitig war sie durch ihre ganze Erziehung und all ihre Ideale darauf eingestellt, daß Schuldgefühle etwas Schädliches, etwas Verwerfliches seien.

Sie wandelte sie in »Sympathie« für Margareth um. Margareth erkannte ihrerseits sofort ihre Chance, und zusammen verwandelten sie mich in etwas Unverantwortliches, in ein Kind, auf das kein rechter Verlaß war.

Sie führten mich vollkommen hinters Licht, denn diese Triade von verschiedenen mütterlichen und schwesterlichen Beziehungen schuf eine solche Wärme, einen solchen Frieden, wie ich es noch nie erlebt habe, weder früher noch später.

Wie die Wärme in einem Vogelnest.

(Das blaue Buch II:6)

3
Eine Kindheit

Seit die Schmerzen ernstlich begonnen haben, geschieht etwas sehr Sonderbares:

Ganz andere Altersstufen, ganz andere Erinnerungen bekommen jetzt die größte Wichtigkeit für mich.

Ehe, Berufsleben, ach Gott! All das versinkt, als wäre es eine Lappalie, eine kurze Episode, alles, was eben noch die ganze Welt erfüllte und mich in den Nächten manchmal mit Grübeleien wach hielt. All das wird nur zu einer Episode in einer viel wichtigeren Erzählung, in der die Kindheit bisher das einzig wirklich starke Kapitel ist.

Ich begreife nicht recht, woran das liegen mag. Die Kindheit ist ja ein einsames, ein egozentrisches Alter, und vielleicht macht der Schmerz mich wieder einsam und egozentrisch wie ein Kind.

Diese ständige Beschäftigung mit einem unbestimmten, gefährlichen Geheimnis im eigenen Körper, dieses Gefühl, es finde irgendeine dramatische Veränderung statt, ohne daß man sich darüber klar werden kann, was es eigentlich ist, das erinnert mich alles auf eine perverse Art an die Vorpubertät. Sogar dieses leise Schamgefühl erkenne ich wieder.

Als ich diesen verdammten Brief verbrannte, habe ich irgendwie die ganze Sache auf mich genommen. Ich werde allein kämpfen müssen, und ich werde meinen eigenen Tod haben.

Und trotzdem glaube ich nicht an ihn. Es ist gut möglich, daß sich im April schon alles verändert haben wird. Wenn es Nierengrieß ist, wird er früher oder später abgehen. Wenn es eine Entzündung ist, kann sie durchaus abklingen, sobald das Wetter etwas wärmer und freundlicher wird.

Ich fühle mich einfach viel zu vital für einen Sterbenden. Das Sterben denke ich mir als etwas viel Nebelhafteres, viel Kraftloseres.

Ein Sterbender kann zwischen den Schmerzanfällen keine langen Spaziergänge mit dem Hund machen.

Oder ist es vielleicht eine neue Art des Sterbens, die ich gerade erfinde?

Um das Maß des Unglücks vollzumachen, hat die Außenwelt sich zu melden begonnen, zum erstenmal seit Monaten.

Der Vorsitzende der regionalen Steuerbehörde, Schreiner Söderkvist, hat angerufen, sehr freundlich und zuvorkommend übrigens, um mich darauf hinzuweisen, daß eine Strafgebühr fällig ist, wenn ich keine Steuererklärung einreiche. Mein Vetter und seine Familie, die Manngårdhs, wollen zu Ostern auf dem Weg nach Sälen vorbeikommen, hier übernachten und »sich mal bei mir umsehen«, wie es heißt.

Das kann schlimm werden.

Zu Söderkvist habe ich gesagt, daß ich mich gerade ziemlich schlecht fühle. Er hat versprochen, an einem der nächsten Abende vorbeizukommen und mir zu helfen.

Es ist ja, wie er am Telefon sagte, keine besonders schwierige Steuererklärung. Wir werden sie bestimmt in weniger als einer Stunde geschafft haben.

»Um das Maß des Unglücks vollzumachen« – solche Redensarten versetzen mich schlagartig in meine Kindheit zurück. Darin hat es davon nur so gewimmelt.

»Um das Maß des Unglücks vollzumachen« bedeutet natürlich, daß zu dem Unglück noch etwas dazugekommen ist, ein Übermaß. Es ist soviel Unglück da, daß es überzufließen droht.

UM DAS MASS DES UNGLÜCKS VOLLZUMACHEN – das gehörte zu den Dingen, die meine Mutter immer sagte.

Tante Svea hätte es ganz anders ausgedrückt. Sie hätte gesagt:

ES KANN PASSIEREN, DASS MAN EIN NIGGERKIND KRIEGT.

DA HAT DER TEUFEL DIE HAND IM SPIEL– Papa.

LECK MICH DOCH AM ARSCH– Onkel Stig.

TEUFELSBLUT UND DIE TRÄNEN DER UNGEBORENEN

FLUCH UND VERDERBEN

ALSO NEIN, JETZT HAT ER DEN OPA INS BEIN GEBISSEN

Ich sehe sie im Sommer auf dem Lande am Frühstückstisch, gewöhnlich sind ein paar Verwandte dabei, DIE SICH AUFGEDRÄNGT HABEN. Onkel Knutte, ein wenig glatzköpfig, mit wabbligen bebenden Hängebacken, beim Frühstück stets etwas schwitzend, als vertrüge er es eigentlich nicht, immer recht schweigsam, abgesondert. Onkel Stig mit kurzem, eckig geschnittenen Bart und Goldrandbrille redet nur von Metallegierungen und den jüngsten Erfolgen der russischen Technologie im Koreakrieg. Von Panzern, die trotz ihrer Dünnwandigkeit den amerikanischen Raketenbomben standhalten. Von der Möglichkeit, sich die Wärme im Inneren der Erde zunutze zu machen, wenn die fossilen Energiequellen zu schwinden beginnen.

Tante Svea, groß, mit hochroten Wangen und rauhen Händen, die sich wie Sandpapier anfühlen, wenn sie einem die Backen tätschelt, erzählt phantastische Geschichten von den Restaurantküchen der Krisenzeit: von mageren bläulichen Fuchskörpern mit abgehackten Pfoten, die ganz diskret um sieben Uhr morgens am Kücheneingang abgeliefert werden, von der schweren Pfanne mit dem Bauernfrühstück, die herumgereicht wird, bis sich an ihrer Oberfläche langsam eine dicke, graue Schicht von erstarrtem Fett bildet, und vom betrunkenen Holzhändler, der einen seiner Hosenträger ins Klo fallen läßt und ihn dann ordentlich über sein elegantes Nylonhemd vom Schwarzmarkt legt, ohne etwas von der Sache zu bemerken, und diskret im Taxi nach Hause gebracht werden muß.

Tante Clara – nein, die ist schon nicht mehr da. Großmutter Emma war nie dabei, gehörte nicht dazu, war nicht einmal eine richtige Großmutter, sondern nur eine Adoptivgroßmutter, und ist gestorben als ich drei Jahre alt war. Ich kenne sie nur vom Hörensagen. (Wie um alles in der Welt bin ich darauf gekommen, an sie zu denken – es geschieht etwas mit meinem Gedächtnis, etwas Seltsames, was ich nicht für möglich gehalten hätte, Dinge beginnen darin aufzutauchen, von denen ich nicht gedacht hätte, daß sie dort sein könnten. Seit einigen Tagen verfolgt mich eine Erinnerung, die aus der Zeit vor meinem dritten Geburtstag stammen muß; ich gehe mit Großmutter Emma, die mich an der Hand hält, unter kolossal hohen, grünen Bäumen auf dem Djäkneberg in Västerås spazieren, Laubschatten flirren in Strudeln, ja wirklich in Strudeln auf der Erde. Und daß dies alles in einer ungeheuer frühen Zeit stattfindet, läßt sich nur daran erkennen, daß die Parkbänke so unglaublich hoch sind.)

EIN ANDERER

Dieser Ausdruck gehört zu den eigentümlichsten, sonderbarsten Arten der schwedischen Sprache, »ich« zu sagen. Es ist Umgangssprache, aber viel interessanter als das Umgangssprachliche ist natürlich das Philosophische daran. EIN ANDERER – das ist ja ein Florettfechter, der im letzten Moment zur Seite springt und den Degen seines Gegners die leere Luft durchbohren läßt, wo eben noch jemand stand.

Ich kann mir keine seltsamere, gespenstischere Sprache vorstellen als eine, in der es möglich ist, von sich selbst zu reden, als wäre man jemand anders.

– »EIN ANDERER« HAT SICH JA MEIST ALLEIN DURCHSCHLAGEN MÜSSEN.

Das bedeutet: Ihr habt ja nicht besonders viel getan, um mir zu helfen, ihr habt eigentlich einen ziemlich großen Anteil an meinen Problemen, es ist gar nicht so sicher, ob sie ohne euch überhaupt entstanden wären. Deshalb seid ihr mir auch eine Menge DANK SCHULDIG.

– JEDER IST SEINES GLÜCKES SCHMIED (wettert Onkel Stig vom anderen Ende des Tisches her).

Das bedeutet: Es ist deine eigene Schuld, daß du ein halber Alkoholiker bist.

UM DAS MASS DES UNGLÜCKS VOLLZUMACHEN

Es ist sonderbar, aber wie oft ich auch in meinen Erinnerungen an all die Gespräche herumkrame, die ich in meiner Kindheit gehört habe, fällt mir kein einziges ein, bei dem nicht alle Gesprächspartner immerzu mehr oder weniger subtile Schuldgefühle gegeneinander ausspielten. Sie bedeuteten für ihren Umgang miteinander etwa dasselbe wie der Ball für das Tennisspiel.

Ohne diese Schuldgefühle wären sie in ihrem Verhältnis zueinander stehengeblieben, starr wie Statuen. Es hätte keine treibende Kraft, keine Motivation mehr gegeben.

Das Schuldgefühl war die gespannte Feder, die Replik das Häkchen, das sie löste.

Diese Schuldgefühle umfaßten ein riesiges, ein wahrhaft kirchenorgelhaftes Register, angefangen mit

GIBST DU MIR BITTE DAS SALZ

im höchsten Register, über

ES WÄRE NETT, WENN DU NOCH EIN BISSCHEN WAS VOM ZUCKER ÜBRIGLASSEN WÜRDEST

irgendwo zwischen der Salzionalstimme und der zweifüßigen Rohrflöte, bis hinunter zu grollenden, tiefen, zweiunddreißigfüßigen Bässen wie

WO ICH DOCH ALLES FÜR DICH GEOPFERT HABE

oder

WENN DU NICHT GEWESEN WÄRST, HÄTTEN WIR UNS SCHON NACH DEM ERSTEN JAHR SCHEIDEN LASSEN

Diese letzteren, extrem tiefen Stimmen wurden natürlich nur eingesetzt, um ganz besondere Effekte zu erzielen. Sozusagen für kirchliche Feiertage.

Was für seltsame Fugen, Toccaten, Ricercari, Passacaglien konnten sie nicht auf dieser sonderbaren Schuldorgel spielen, was für Abgründe an Kleinbauernangst, an infamem Tauschhandel mit schmutziger Wäsche beschworen sie nicht herauf. Ein einziger Lauf über das Manual, und schon hing jemand zappelnd im Netz, wenn sie geendet hatten.

WEISST DU, PAPA HAT MICH VON ALLEN GESCHWISTERN IMMER AM LIEBSTEN GEHABT

WEISST DU, STIG WAR SCHON IMMER MAMAS LIEBLING, ER WAR EIN SO TÜCHTIGER KLEINER JUNGE

Sie hatten kein leichtes Leben hinter sich, auch kein besonders dramatisches und schon gar keine tragischen Schicksale (es war immerhin in den vierziger Jahren, in denen eine ganze Menge echter Tragödien in der Welt ausgelöst wurden; man sollte den Sinn für die Proportionen wahren), aber es war ihnen weiß der Teufel nie etwas zugestoßen, was sie einander nicht irgendwie zur Last legen konnten. Und dadurch erhielten sie eine glänzende Möglichkeit, einander ein bißchen Dampf zu machen, sich gegenseitig in die gewünschte Position zu bringen.

Die untere Mittelschicht in Schweden lebt von Schuld und Selbstverachtung, sie kennt nur eine einzige Form der Rhetorik, nämlich das Jammern.

BEFREIE DOCH ENDLICH DEINE LEIDENDE MENSCHHEIT

ABER ZUALLERERST MICH, DENN ICH HABE AM MEISTEN GELITTEN

Man braucht nur einige Kilometer mit dem Schienenbus zu fahren, um zu sehen, wie es sich verhält. Wenn sie keinen anderen Grund zum Jammern haben, jammern sie über ihre verfluchten Krankheiten, ihre schmerzenden Knie, ihre Gallensteine und Magengeschwüre, ihre entzündeten Venen, ihren Schluckauf und ihr Sodbrennen, ihren Durchfall und ihre steinharten Scheißwürste, die in den Nachttopf klirren

und dabei bilden sie sich immerzu ein, *irgend jemand würde sich schon um sie kümmern*, wenn sie nur jammern. DIESE VERDAMMTEN IDIOTEN

In diesem Augenblick spüre ich beispielsweise einen pulsierenden Schmerz, der mich in wenigen Minuten daran hindern wird, diese Sätze zu Ende zu schreiben. Er beginnt ziemlich weit unten am rechten Schenkel, wo er sich ungefähr wie flüssiges Metall anfühlt, oder wie irgendwas, das sich in der Muskulatur verfangen hat, ein goldener Draht könnte man vielleicht sagen. Dann strahlt er zur rechten Leiste aus, schickt ein ganzes Bündel von weißleuchtenden Golddrähten zum Nabel und zur Hüfte, an der Rückseite des Beins entlang, und ein Fächer dieses leuchtenden Goldes breitet sich bis zum Zwerchfell hin aus. Wenn ich mich hinlege, tut es noch mal so weh; wenn ich sitzenbleibe, wandert es zum Rücken hinauf, es behält nicht immer die gleiche Tonlage bei, die Frequenzen, die Schwingungszahlen dieses weißleuchtenden Goldes wechseln ständig, sie bilden Akkorde, ganz saubere Akkorde, bis sie sich plötzlich irgendwie verheddern und *schneidend* werden.

Aber das mache ich doch verdammt noch mal niemandem *zum Vorwurf! Niemandem!*

Seit drei Tagen viel besser. Es schmerzt noch ein wenig, das ist alles.

Komisch, gestern habe ich zwei Freunde gewonnen. Das ist mir schon lange nicht mehr passiert.

Der eine heißt Uffe, der andere Jonny. Uffe ist zwölf Jahre alt, Jonny wird demnächst zwölf.

Uffe kommt aus Skinnskatteberg und Jonny aus Borgå in Finnland. Gerade als ich hinausging und nach der Post schauen wollte, standen sie vor der Tür, fast zum Verwechseln ähnlich in ihren blauen Anoraks, ein bißchen sommersprossig, langmähnig wie Ardennerpferdchen.

Ich glaube, sie wohnen in dieser Waldarbeitersiedlung oben in Sörby; ihre Eltern sind im letzten Herbst hergezogen. Sie gehen in die Zentralschule von Trummelsberg, aber sie hatten natürlich keine Ahnung, daß ich dort einmal Lehrer gewesen bin.

Sie waren auf irgendein Abenteuer aus, nach Schulschluß, wie ich hoffe, es ist aber auch nicht ausgeschlossen, daß sie bei dem schönen Wetter ganz einfach einen Tag geschwänzt haben und dann Durst kriegten und Wasser haben wollten.

Aber ich vermute, daß sie vor allem aus reiner Neugier angeklopft haben. Sie wollten einfach nur wissen, was für ein sonderbarer Mann das ist, der in dem Häuschen hinter den vielen Büschen und den langen Reihen von grünen Bienenstöcken wohnt.

– Kommt herein, sagte ich.

Sie waren ein wenig schüchtern. Ich erzählte ihnen was von den Bienen, aber das schien sie nicht besonders zu interessieren.

Dann redeten wir eine Weile von ihren Eltern: Offenbar haben die Väter bei einigen der großen Kahlschläge Arbeit bekommen, mit denen jetzt begonnen werden soll.

Von der Schule hatten sie nicht viel zu erzählen; doch, das Essen in der Kantine sei angenehmer als in ihren früheren Schulen, denn hier seien die Tabletts nicht aus Metall, und deshalb gebe es nicht so einen Heidenlärm. Der eine von ihnen wollte Eishockey spielen lernen, der andere interessierte sich für Korbball.

Nach und nach tauten sie in der Wärme meiner Elektroheizung auf und begannen vorsichtig mit dem Hund herumzuspielen. Jonnys Strümpfe waren völlig durchnäßt, wahrscheinlich hatte er Löcher in seinen Stiefeln (es ist mir überhaupt schleierhaft, wie er zu dieser Jahreszeit in Gummistiefeln herumlaufen kann), und ich schlug vor, ihm ein Paar alte Wollsocken von mir zu borgen oder zu schenken. Ein wenig zögernd akzeptierte er das Angebot und öffnete seinen Schulranzen, um seine eigenen, nassen hineinzulegen (ich hatte sie ihm in ein Stück Zeitungspapier eingewickelt).

Auf diese Weise entdeckte ich, daß er eine enorme Menge von Groschenheftchen mit sich herumschleppte, alle schon ziemlich zerlesen. Ich bat ihn, sie mir anschauen zu dürfen; es war ein überraschend großer Stapel für einen so kleinen Schulranzen, lauter Horrormagazine der schaurigsten Art: DER GRABMENSCH, KUNG FU, EISKALTE THRILLER, DIE PHANTASTISCHEN VIER und wie sie alle hießen.

Wir blätterten zusammen darin herum. Es war richtig interessant.

– Warum lest ihr sowas?

Das konnten sie nicht erklären.

Ich glaube fast, ich könnte es erklären. Es ist die vage summende Angst der Vorpubertät, die sich irgendwo verdichten muß. Sie sucht Kristallisationspunkte. Man könnte es das Horroralter nennen. So saßen wir da, während die Uhr tickte, und redeten über Gespenster und dänische Torfmoorleichen und über die mögliche Existenz von schrecklichen Monstern auf fremden Planeten, bis der Hund zu jaulen begann, weil er so nötig pinkeln mußte, und ich merkte, daß ich meine gewohnte Essenszeit verpaßt hatte.

Sie waren sehr glücklich, glaube ich. Bevor sie gingen, versprachen sie, bald wiederzukommen. Und ich versprach ihnen, daß ich bis dahin eine viel bessere Horrorgeschichte für sie erfinden würde, als diese jämmerlichen kommerziellen Heftchen sie bieten.

Diese kleinen Burschen haben mich irgendwie aufgemuntert. Sie haben mich an mich selbst erinnert. Außerdem frage ich mich allmählich, ob es nicht ein übereilter Entschluß war, als Lehrer aufzuhören. Aber erstens ist es nicht besonders lustig, jeden Wintermorgen um sechs Uhr aufzustehen und zu versuchen, den Wagen zu starten, und zweitens ist es reichlich spät, um jetzt noch darüber nachzudenken.

(Das gelbe Buch III: 1–4)

Die große Orgel auf der Insel OG

Bisher ist folgendes geschehen: Die Bruderschaft auf dem Festland von Tinth hat Dick Roger in einem Boot zu den Nebelinseln geschickt. Diese werden seit über einem Jahr von dem bösen Zauberkaiser Ming beherrscht, obwohl alle geglaubt hatten, er sei in Flammen und Rauch untergegangen, als sein schwarzer Turm am Ende der letzten Geschichte in ein von ihm selbst geschaffenes Loch im Universum stürzte. Nun sind Schiffe in der Meerenge bei Tinth verschwunden, ein düsterer, unnatürlicher Nebel hüllt die Inseln ein, und die Bruderschaft fürchtet, daß die Nichte des Großmeisters, die schöne Diana Din, die kürzlich von einigen furchterregenden, schwarzgekleideten Männern mit Ledermasken entführt worden ist, möglicherweise dort gefangengehalten wird.

Auf einer der entlegensten Inseln findet Dick Roger zwei zu Tode verängstigte finnische Seeleute, deren Schiff mitten in einer Windstille von einem eigentümlichen Zyklon in die Luft gewirbelt worden ist. Er versorgt sie mit Essen und mit trockenen Strümpfen. Die Matrosen haben schreckliche Dinge zu berichten.

Ming hält die Inseln mit der Hilfe seiner unmenschlichen Helfershelfer besetzt. Alle Flüchtlinge haben berichtet, sie seien unbesiegbar und besäßen übernatürliche Kräfte; wahrscheinlich sind es Dämonen. Die Inseln selbst sind in einen magischen Nebel gehüllt.

Vermutlich hält er Diana Din in seinen unterirdischen Sälen gefangen, wo er seine jüngste, grauenhafte Erfindung vorbereitet: eine riesige Orgel, die mit eigenartigen hochfrequenten Tönen die Psyche der Menschen beeinflussen und ihnen vor allem durch elektromagnetische Schwingungen selbst über große Entfernungen hinweg Schmerzen zufügen kann.

In einem Häuschen auf einer kleinen Felseninsel kurz vor der Küste finden Dick Roger und seine Begleiter einen sonderbaren, weißbärtigen alten Mann namens Sigismund, der behauptet, ein unfehlbares Heilmittel gegen die schrecklichen Wirkungen der Riesenorgel zu besitzen.

Das Heilmittel ist mit einer magischen Schlange verknüpft, und der Alte besteht hartnäckig darauf, sie in einem Tonkrug mitzunehmen.

Nach einem gewaltigen Sturm gelangen die Seefahrer zu der nebelumwobenen Küste von OG.

Obwohl jetzt schon längst Vormittag sein mußte, herrschte noch immer tiefe Dunkelheit. Zwischen den Nebelschleiern, die sich ständig unruhig hin und her bewegten, als seien sie lebendige Wesen, tauchten hohe schwarze Uferklippen auf. Über ihren Kamm zog ein endloser Strom von niedrig und rasch dahinfliegenden Wolken – wie eine Heerschar, dachte Dick, eine Heerschar von ruhelosen Geistern.

Die Brecher flachten jetzt langsam ab. Der Sturm, der in der Nacht so heftig getobt hatte, ging allmählich in eine Dünung über.

Er blickte für einen kurzen Moment zurück. Die erschöpften Matrosen in ihren zerfetzten und zerschlissenen Jacken aus gegerbtem Leder bargen gerade die Reste an Proviant und Segeln von dem Schiff, das den Strapazen offensichtlich nicht mehr lange standhalten würde.

Der einzige, der einen völlig ruhigen Eindruck machte, war Sigismund; er hatte sich mit seinem Tonkrug und seinem Teppich auf einen Flecken von trockenem Sand ganz nahe an der schwarzen, steilen Uferböschung hingesetzt. Der Ort, die Zeit und die Situation schienen ihn nicht stärker zu beunruhigen, als wenn er sich auf einem schönen Sonntagsspaziergang befunden hätte.

In diesem Augenblick zog er gerade eine schöne silberne Flöte aus einem verborgenen Winkel des zerschlissenen, mantelartigen Gewandes, das er trug. Er putzte die Flöte sorgfältig an einem Ärmel des Mantels, bis sie selbst in dieser eigentümlichen Novemberdämmerung mit einem sonderbaren Glanz leuchtete.

Offenbar hatte er den Deckel des Tonkrugs geöffnet, der bei der gewaltsamen Landung wunderbarerweise nicht zerbrochen war. Er setzte die Flöte an die Lippen. Eine klagende, seltsame Melodie tönte durch das Brausen des Windes.

– Er spielt für die Schlange, dachte Dick.

Die beiden finnischen Matrosen, ja, sie hatten kurz vor der so unverhofften Strandung erzählt, sie seien tatsächlich finnische Matrosen und nach einem Schiffbruch vor einigen Jahren in diesem Erdteil zurückgeblieben, trugen gerade Treibholz für ein Feuer zusammen.

– Ich frage mich, ob das klug ist, sagte Dick und zeigte auf das

Holz. Es könnte sein, daß irgend jemand es sehr deutlich durch den Nebel sieht.

Die finnischen Matrosen nickten nachdenklich. Der Kopf der Schlange erschien jetzt über dem Rand des Tonkrugs. Sie wiegte ihn hin und her.

– Sie tanzt, sagte Dick eher zu sich selbst als zu den anderen. Ja, sie tanzt wahrhaftig!

Im gleichen Augenblick spürte er einen schneidenden, messerscharfen Schmerz. Er ging von einem Punkt in der Gegend der rechten Leiste aus. Dick schaute sich rasch um. Er sah, wie sich rechts und links auch die anderen vor Schmerzen krümmten. Einer der finnischen Matrosen wand sich offenbar in Krämpfen auf der Erde. Das einzige Geschöpf, das ganz unversehrt zu sein schien, war die seltsame Schlange in ihrem Krug.

Die Schmerzen waren schlimmer, als er je gedacht hätte.

– Es gibt nur eine Möglichkeit, sagte Dick, der all seine Kraft aufbot, um überhaupt sprechen zu können. Die furchtbare Orgel muß mindestens zwei Wochen früher fertig geworden sein, als wir erwartet hatten.

Wir müssen den Ort ausfindig machen, von dem die Schwingungen ausgehen!

(Das blaue Buch III:1)

»Bösartige Geschwulste entstehen dadurch, daß eine Zelle, eine Zellgruppe oder ein Gewebe sich aus dem Verband lösen und eine selbständige Einheit bilden, die am übrigen Organismus schmarotzt. Morphologisch zeigen diese Geschwulste eine ungeordnete und ziellose Struktur, ähnlich der von embryonalem Gewebe, ihre Zellen einen von dem normalen abweichenden Bau von unregelmäßigem, sehr unterschiedlichem Aussehen. Eine bösartige Geschwulst wuchert rasch und selbständig, unabhängig vom übrigen Organismus. Bei ihrem Wachstum zerstört sie das umgebende normale Gewebe, teils durch den Druck, der durch die expansive Vergrößerung entsteht, vor allem aber durch unmittelbare Destruktion. Die Geschwulst dringt in die benachbarten Interzellularräume, in die Blut- und Lymphgefäße teils durch haarfeine Plasmafortsätze ein, teils aber auch dadurch, daß sie einzelne Zellen oder kleine Partikel in die Blut- und Lymphbahn streut. Diese setzen sich in einem entfernteren Organ fest und bilden hier neue Geschwulstherde, welche die gleichen destruktiven Eigenschaften haben wie die Muttergeschwulst.«

(Das blaue Buch: Abschrift aus einem
nicht identifizierten Buch, III:16)

Nach dem, was gestern geschehen ist, wird mir klar, daß ich die Schmerzen bisher nicht richtig ernst genommen habe. Ich habe nur mit ihnen gespielt. Man könnte fast sagen, daß ich mir von ihnen einen neuen Lebensinhalt habe geben lassen – der Wechsel zwischen den Tagen, an denen es nicht weh tat, und den Tagen, an denen es weh tat, war sehr dramatisch.

Es gab ja etwas, worauf man jeden Morgen beim Aufwachen hoffen konnte, und jeden Abend beim Schlafengehen war man immer wieder genauso gespannt, ob die Nacht schmerzfrei sein würde. Manchmal vergingen ja Perioden von zwei, drei bis zu vier Tagen, ohne daß ich das geringste von dieser sonderbaren Stelle an der rechten Leiste spürte.

Der Schmerz hob dramatisch die Tatsache hervor, daß ich einen Körper habe, nein, daß ich ein Körper bin, und aus dieser Tatsache, daß ich ein Körper *bin*, ließ sich ein eigentümlicher Trost, fast eine Geborgenheit schöpfen, ungefähr wie ein sehr einsamer Mensch aus der Gegenwart eines Haustiers Geborgenheit schöpft.

Dieses Haustier war sehr problematisch und glich vor allem gegen Morgen eher einem wilden Tier, aber es gehörte jedenfalls irgendwie *mir*, genau wie der Schmerz *mir* gehörte und keinem anderern.

Aber jetzt beginne ich mich zu fragen, worauf ich mich eingelassen habe, als ich beispielsweise diesen Brief verbrannte, ohne ihn aufzumachen.

Was ich heute in der späten Nacht und in den Morgenstunden erlebt habe, *hätte ich einfach nicht für möglich gehalten*. Es war absolut fremd, weißglühend und völlig überwältigend. Ich versuche, sehr langsam zu atmen, aber solange es anhält, ist selbst dieses Atmen, das mir wenigstens auf eine sehr abstrakte Art zwischen dem Schmerz als Empfindung und der Panik unterscheiden helfen soll, eine fast übermächtige Anstrengung.

Nichts mehr von einem Haustier. Eine furchtbare, unerhörte, weißglühende, unpersönliche Kraft läßt sich in meinem Nervensystem nieder, okkupiert es bis aufs letzte Molekül und versucht, jeden Nerv in eine Wolke von blendendweißen Gasen zu zersprengen, wie in – in der Sonnenkorona (ich habe die ganze Nacht lang an Sonnenprotuberanzen gedacht, wie sie pulsieren, wie sie in Kaskaden auf der Oberfläche der Sonne hervorbrechen).

Ich erkenne, daß ich mit der ganzen Sache gescherzt habe. Ich habe sie ebensowenig ernst genommen wie irgendwas anderes in diesem Leben.

Aber dies kommt von außen! Mein Gott, woher kommt es? Und welche ungeheuren, geheimnisvollen Kräfte kann nicht ein armes, geplagtes Nervensystem produzieren. Kräfte, die ausschließlich gegen mich gerichtet sind. Ausgerechnet gegen mich!

Jetzt ist es wieder etwas besser geworden. Seit ein paar Stunden ist es tatsächlich besser. Aber mir läuft immer noch der kalte Schweiß herunter, und der Stift zittert in meiner Hand, wenn ich zu schreiben versuche.

Ich hoffe, nein, ich bin ganz sicher, daß es niemals wiederkommt, es ist bestimmt etwas zerstört worden, so endgültig zerstört, daß es nie mehr weh tun wird.

Aber vielleicht kommt es schon in wenigen Stunden wieder?

Was ich erlebe, ist ja die totale Auflösung, die totale Verwirrung.

Ich hatte ja bisher nie so recht begriffen, daß die Möglichkeit, uns selbst als etwas fest Umrissenes, Geordnetes, als menschliches Ich zu empfinden, davon abhängt, daß eine Zukunft möglich ist. Die gesamte Vorstellung vom Ich gründet sich darauf, daß es auch morgen noch existieren wird.

Dieser weißglühende Schmerz ist natürlich im Grunde nichts anderes als ein genaues Maß der Kräfte, die diesen Körper zusammenhalten. Er ist ein genaues Maß der Kraft, die mir meine Existenz ermöglicht hat. Tod und Leben sind eigentlich UNGEHEUERLICHE Dinge.

(Das gelbe Buch III:23)

»Asta Bolin behauptete nicht, eine Antwort darauf zu wissen, ob das Leiden einen Sinn hat. Das Thema des Vortrags war vielmehr um der Frage willen formuliert worden.

Dennoch hatte sie viele gute Worte zu geben, Worte des Trostes, Worte über den Sinn.

Sie erzählte, wie sie einmal, als ein Freund in tiefer Trauer das Gefühl absoluter Sinnlosigkeit hatte, in ihrer Ratlosigkeit einige Worte gesagt habe, die ihm eine wirkliche Hilfe waren. Diese Worte lauteten: ›Alles bekommt doch wohl den Sinn, den wir ihm selbst geben.‹

Asta Bolin wollte diese Worte nicht als irgendeine philosophische oder sonstige Wahrheit verstanden wissen, aber sie meinte, sie drückten doch etwas Wesentliches aus: daß man nämlich seiner Trauer gegenüber aktiv sein kann, daß man sie bearbeiten kann.«

(Das gelbe Buch: Zeitungsausschnitt aus der
Vestmanlands Läns Tidningen, 10. März, III:26)

Moorland. Sumpfland. Langsame, träge Gewässer, die sich in viele kleine Kanäle auffächern. Vögel, die hastig in einer einzigen Wolke davonstieben, wenn man sich nähert. Sanfte Winde, die das tiefe braune Wasser kräuseln. Wolken.

Einen großen Teil meiner Kindheitssommer habe ich südlich des Waldes verbracht, bei den Hüttenwerken von Ramnäs.

Es ist sonderbar, aber immer, wenn ich Trost brauche, keinen flüchtigen, leichten, sondern einen tiefen Trost, einen Trost, der dir sagt, daß nichts besser werden wird und daß du dich trotzdem getröstet fühlen mußt – dann kommt mir diese Gegend wieder in den Sinn.

Und alles ist ein einziges Geräusch von fließendem Wasser, fast überall. Von den schwarzen Strudeln der Schleuse bei Färmansbo bis hinunter zu den sonderbar wehmütigen, vogelreichen Sumpfgebieten am See Norra Nadden.

Der Fischschwarm, der ganz still im seichten Wasser steht und blitzschnell verschwindet, wenn ein Schatten darüberfällt.

In dem Flüßchen Kolbäcksån irgendwo zwischen den Seen wären mein Vater und ich einmal fast ertrunken, als wir versuchten, an einem Tag tief im November 1943 hinüberzurudern, um bei einem Bauern Butter zu kaufen. Es war ein alter, brauner Kahn von der Art, wie die Bauern ihn benutzen – aber nur südlich vom See Åmänningen, wo der Boden von den dort wachsenden Algen spiegelglatt ist, woanders sind sie spitzer – in einem solchen Kahn kann man sich den Hals brechen, wenn man sich beim Herumlaufen nicht in acht nimmt, und obendrein leckt er wie der Teufel. Der Kahn, den wir uns geliehen hatten, leckte ganz fürchterlich, viel stärker, als wir erwartet hatten, und wir mußten uns immerzu beim Ausschöpfen ablösen, wie die Verrückten, mit schmerzenden Armen, bevor wir im letzten Moment in einer Schlammbank am anderen Ufer landeten. Das Wasser war eiskalt, und meine Hände waren ganz blau.

Dieses Ausschöpfen erschien mir, wie ich jetzt meine, als ein Bild des Lebens, so klein ich auch war.

Der Schwarzmarkthandel spielte in meinem Leben als kleiner Junge eine enorme Rolle. Ich hatte den Eindruck, wir seien ständig auf nächtlichen Expeditionen unterwegs, um Butter ohne Essensmarken zu kaufen oder um zerstückelte Teile eines Elchs zu erwerben.

Seit drei Tagen fließt der Schmerz schwächer. Es ist, als habe er irgendeinen entsetzlichen Wasserfall durchquert und wir seien jetzt wieder im Stauwasser angelangt, in den schwarzen, trägen Strudeln auf der anderen Seite. Gestern bin ich wieder ein bißchen spazierengegangen. Ich habe es nicht gewagt, Auto zu fahren, dazu fühle ich mich ein bißchen zu schwach, aber da Sundblad über die Februarferien hier ist und weiß, daß es mir nicht besonders gut geht, habe ich jeden Tag beim Kaufmann Besorgungen gemacht bekommen. Ich frage mich nur, wie es gehen wird, wenn die Sundblads wieder weg sind. Wahrscheinlich komme ich wieder auf die Beine. Zutiefst habe ich das Gefühl, eine Art Krise überstanden zu haben: Ich fühle mich jetzt eigentlich nur noch zerschlagen. Ich rede mir ein, ob zu Recht oder Unrecht, daß es etwas wie ein Geschwür ist, das aufbrechen mußte und aufgebrochen ist, und jetzt, da es aufgebrochen ist, muß ich automatisch auf den Weg der Besserung kommen. Ich hoffe, das stimmt.

Jedenfalls muß es mich viel Kraft gekostet haben. Das, was letzte Woche geschah. Was immer es gewesen ist. Den ganzen Morgen lang habe ich überlegt, ob ich die Leiter zum Dachboden aufstellen soll, um ein paar Rahmen für die Bienenstöcke herunterzuholen, die abgeschmirgelt und neu lackiert werden müssen. Dann hätte ich etwas Sinnvolles zu tun gehabt; dieses Schreiben macht mich nur noch deprimierter. Aber nachdem ich den halben Morgen lang überlegt hatte, bin ich zu dem Schluß gekommen, daß ich es ganz einfach nicht schaffen würde.

Vielleicht morgen.

Die Wolken zogen immer niedrig über dieses Sumpfland hin und spiegelten sich im Wasser, in den Kanälen.

Zuweilen hatte ich in diesen Sommern – besonders in den Sommern der vierziger Jahre – das Gefühl, unter einem Dach zu gehen. Als sei ich in irgendeine komplizierte Falle geraten.

Damals in den vierziger Jahren gab es noch diese Bauernküchen mit den riesigen, weißgekalkten Herden. An jedem Feiertag wurden sie mit einer neuen Kalkschicht übertüncht, sie müssen mit den Jahren durch all diese Kalkablagerungen gewachsen sein.

So ein riesiger, weißgekachelter, warmer Herd muß es gewesen sein, an dem mein Vater und ich damals unser Abenteuer beendeten. Ich erinnere mich noch an den Geschmack des dünnen, wie angebrannt schmeckenden Kaffees, den wir damals gewöhnlich tranken.

Auf der Kuppe eines jener hohen Hügel an der Westseite des Sees Åmänningen, wo damals eine alte, steile, geschotterte Straße von Fagersta nach Virsbo führte, hatte mein Onkel Sune einen Kaufladen.

Ein grünes Haus mit einer Tanksäule davor, einer großen, roten Tanksäule von dieser wirklich faszinierenden Art mit einer Glasglocke obendrauf, in der man sah, wie das gelbe Benzin eine Schraube antrieb. In den vierziger Jahren war natürlich kein Benzin in der Säule, aber flott war sie trotzdem. Im Obergeschoß wohnte der Onkel zusammen mit seiner unglaublich fetten Frau Ruth, die man nie draußen sah; ich glaube, sie hatte sogar Schwierigkeiten, die Treppe zum Laden hinunterzukommen, wo sie mit einer riesigen, etwas blutbefleckten Metzgerschürze vor dem runden Bauch präsidierte.

Der Laden war innen ganz braun, braune Wände, braune Theke, aus der braunen Theke kam eine braune Schnur aus einem Loch hervor, das jemand mit einem Stemmeisen herausgebrochen haben mußte. Das war lange vor der Zeit der Plastiktüten. Eine Fleischtheke aus Glas, wo einige grünliche Leberscheiben in einer undefinierbaren, organischen Brühe herumschwammen. Hinten ein kleines Zimmer, in dem Onkel Sune halbe Nächte lang Lebensmittelmarken zählte, die Brille mit der Stahlfassung in die Stirn geschoben, auf dem Hof ein Schuppen mit Petroleum, Eisenwaren, einigen der streng rationierten Fahrradreifen und anderen Kleinigkeiten.

Er rauchte immer kleine braune Zigarillos, und da er einen Schnauzbart von einem ähnlichen Modell wie Nietzsche oder Stalin hatte, war man immer etwas besorgt, daß dieser Schnurrbart Feuer fangen würde, wenn der Zigarillostummel langsam wie eine altmodische Zündschnur darin verglimmte.

Er hatte vielleicht noch andere Ähnlichkeiten mit Nietzsche. Er war Individualist. Er ließ sich nicht beeindrucken. Bei den Gesprächen über das Kriegsgeschehen, die sich vor seiner Theke abspielten, während er mit dem Zigarillostummel im Mundwinkel hin- und herrannte, hinter jedes Ohr einen Bleistift geklemmt, und eine Schere für die Lebensmittelmarken mit einer Schnur am Gürtel befestigt, immer in Eile, pflegte er den Stummel nur für einen Augenblick aus dem Mund zu nehmen und zu zischen:

– Ist doch alles nur die gleiche Scheiße!

»Ist doch alles nur die gleiche Scheiße« war für ihn fast so etwas wie ein Motto, ein Kommentar, dessen er sich in allen etwas dramatischeren Momenten bediente.

Er hatte einen Lastwagen, einen Volvo, mit einem angeschlossenen Holzvergaser in einem der Schuppen auf dem Hof hinter diesem Haus an der Schotterstraße. Manchmal lief der Wagen, manchmal nicht. Es brauchte Stunden, um das Holz für den Vergaser zurechtzusägen, kleine Klötze von einer speziellen Form, die man aus runden, mit der Schrotsäge vorbereiteten Stücken hackte. Es war höllisch mühsam, das Feuer im Kessel zu entfachen, es war die reinste Geduldsprobe, bis das Gas vorschriftsmäßig in die verschiedenen Kanäle und Hohlräume des sonderbaren hohen Topfes hinter dem Fahrerhäuschen strömte. Manchmal begann es richtig darin zu brennen, und dann mußte man sofort am nächsten Seeufer halten – es gab gottlob viele – und Wasser über die ganze Anlage schütten. Und die Zylinder waren immer mit dunkelbraunem Teer verklebt und verschmiert.

Aber er brauchte den Wagen unbedingt, um Mehl und Zucker und Milchkannen herbeizuschaffen, und sonderbare Dinge aus Västerås und Kolbäck, die nur nachts in aller Stille transportiert wurden.

Onkel Sune befaßte sich mit vielerlei Dingen. Das tat er übrigens noch bis weit in die sechziger Jahre hinein, aber da war er natürlich schon längst ins Baugewerbe übergewechselt und gehörte zu denen, die sich staatliche Darlehen für Mietshäuser beschafften. Diese wurden dann auf ganzen Feldern in Hallstahammar und Virsbo aus dem Boden gestampft und zu schwindelnden Preisen an finnische Industriearbeiter vermietet; sie schossen in jener Gegend wie die Pilze aus dem feuchten västmanländischen Lehm. Aber das ist auch eine ganz andere Geschichte. Da war er schon nach Västerås in eine Achtzehn-Zimmer-Villa mit Swimmingpool und Kupferdach gezogen und nannte sich Baumeister.

Aber jetzt war es also in den vierziger Jahren.

Im Sommer 1940 trieb Sune drei große Fässer mit erstklassigem Benzin auf. Er bekam sie ausgerechnet aus Norwegen, ich weiß nicht genau wie das möglich war, aber wahrscheinlich hat er sie für etwas anderes eingetauscht.

Der Motor des Lastwagens war zu kaputtgefahren, als daß es sich gelohnt hätte, ihn wieder auf Benzinbetrieb umzustellen, aber er hatte ja noch seinen alten Plymouth, ein Vorkriegsmodell, der zwei ganze Jahre lang im Schuppen eines benachbarten Bauernhofes aufgebockt gewesen war.

Er schleppte ihn mit zwei Pferden nach Hause und verbrachte einen Samstag und einen Sonntag damit, ihn wieder auf Touren zu bringen. Der Motor schnurrte wie eine Katze mit dem kostbaren deutschen Flugbenzin, das auf irgendeine seltsame Weise über die norwegische Grenze gelangt war, die damals nicht einmal Flüchtlinge überqueren konnten.

Nun war es natürlich ganz klar, daß er nicht ohne weiteres mit normalem Benzin herumfahren konnte. Das hätte ihn in kürzester Zeit hinter Schloß und Riegel gebracht. Die Nachbarn waren auch so schon neidisch und mißgünstig genug.

Obwohl er ihnen doch monatelang Kredite gewährt hatte, fast jedem von ihnen. Ganz zu schweigen von allen möglichen Schiebereien mit den kostbaren Lebensmittelmarken, bei denen er immer beide Augen zudrückte. Dieses undankbare Pack, das ihn nur immer verleumdete. Alles nur die gleiche Scheiße!

Er fand eine kleine Autowerkstatt in der Nähe von Sörstafors, die einen Holzvergaser für Personenkraftwagen hatte. Dieser war auf einem kleinen Anhänger installiert und wurde durch ein kompliziertes System von Schläuchen, Leitungen, Stangen und Kugelgelenken mit dem Wagen verbunden. Es war ein völlig verrosteter und brandgeschädigter Holzvergaser, der aber noch eine Eigenschaft hatte: Er konnte auf seinen Rädern rollen.

Onkel Sune kaufte ihn als Schrott für fünf Kronen, brachte ihn auf dem Lastwagen nach Hause und verbrachte ein ganzes Wochenende damit, dieses Monstrum mit Silberbronze anzustreichen. Solange man nicht an der Bronze herumkratzte, sah es fabelhaft aus.

Der Wagen lief mit seinem Benzin wie ein Uhrwerk, und der Vergaser holperte auf dem Anhänger hinterher, so gut es ging. Natürlich verlangsamte er das Tempo ein wenig, aber sonst war es genauso, wie in einem Vorkriegsauto zu fahren.

Onkel Sune fuhr in halb Västmanland herum, genoß seine neue Bewegungsfreiheit in vollen Zügen, führte seine rundliche Frau zum Kinobesuch in Västerås aus und fand das Leben auf der ganzen Linie angenehm. Übrigens war es eine Zeit, in der die Geschäfte hervorragend gingen.

Diese alte Landstraße zwischen Virsbo und Fagersta war ja nicht besonders gut in Schuß. Heute führt eine Asphaltstraße quer durch Onkel Sunes Hof, von dem grünen Kaufladen ist nichts mehr übrig geblieben, die einzige Erinnerung an das Anwesen ist eine ungewöhnlich schöne alte Esche, die auf wunderbare Weise den Raupentraktoren und Sprengungen standgehalten hat und sich jetzt über die rechte Fahrbahn neigt.

Jedesmal wenn ich daran vorbeifahre, denke ich an diese Zeiten. Und noch belaubt sich die Esche in jedem neuen Frühling.

Das sind starke Bäume, die Eschen.

Die alte Straße hatte nach den Holztransporten des Winters ganz fürchterliche Buckel in der Mitte. Im Vorfrühling konnte es manchmal passieren, daß ganze Stücke vom linken Straßenrand (ich sehe die Landschaft immer von Norden nach Süden, aber ich bin daran gewöhnt, daß wir meist in die andere Richtung fuhren) in den See Åmänningen stürzten, und dann verkündeten die Warnstöcke der Straßenverwaltung mit ihrer leuchtendroten Farbe, hier müsse man vorsichtig sein. Es gab unglaubliche Steigungen, die längste davon war bestimmt fünf Kilometer lang, ein Wunschtraum für jeden Radfahrer, der von Norden kam, und ein Alptraum für den, der von Süden kam.

Die neue Straße ist fast ganz eben. In diesen mächtigen Hügelketten, den Ausläufern des Landsbergs, verläuft sie durch riesige, herausgesprengte Einschnitte, und die schilfbewachsenen alten Sümpfe in der Umgebung des Sees Södra Nadden mit ihren windgekräuselten Kanälen, ihren Wildenten und geheimnisvollen Labyrinthen von trägen, schwarzen Gewässern hat man zum Teil mit Tausenden von Wagenladungen dieses Füllmaterials von den Sprengungen zugeschüttet. Man hat die Landschaft umgekrempelt.

Vielleicht hat diese Landschaft ihre Seele verloren. Vielleicht versteckt sie sich auch nur. Ich glaube, daß sie eines Tages zurückkehren wird.

Wie auch immer: Die Straße war damals, im Frühjahr 1942 oder 1943, in einem schrecklichen Zustand, und nach einem Briefwechsel, der ein halbes Jahr dauerte, brachten die beiden Gemeinden Virsbo und Västanfors die Provinzialregierung in Västerås dazu, eine Straßenbesichtigung zu machen.

Die Herren von der Provinzialregierung brachen frühmorgens in zwei vollbeladenen Autos auf, mit Holzvergasern wie zu vermuten ist. An der Straßenkreuzung nördlich von Virsbo traf die Abordnung mit Repräsentanten der Gemeinde Virsbo zusammen (ich zitiere nach der *Vestmanlands Läns Tidningen*), die sich in einem dritten Wagen anschlossen.

Auf diese Weise war es eine außerordentlich geglückte Demonstration, daß dem letzten Wagen, besetzt mit dem Direktor der Straßenverwaltung und dem Sekretär der Provinzialregierung, der gleichzeitig eine ebenso hohe Position bei der Rationierungsbehörde innehatte, drei Kilometer südlich von Onkel Sunes Hügel die Hinterachse brach. Zusammen mit zwei Assessoren der Provinzialregierung mußten sie durch den Schneematsch des Vorfrühlings waten, bis sie zu Onkel Sunes Haus kamen. Zu ihrem Pech waren sie ja auch noch am Ende der Kolonne gefahren, als das Unglück passierte, und die Leute in den beiden anderen Wagen hatten offenbar nichts davon gemerkt.

Sie stapften also durch den Schneematsch und diskutierten lebhaft darüber, ob sie in Richtung Fagersta gehen oder nach Virsbo zurückkehren sollten, und mitten in der Debatte erblickte der Sekretär der Provinzialregierung Onkel Sunes rote Tanksäule oben auf dem Hügel.

Mittlerweile lief ihm der Schweiß über sein hochrotes Gesicht, und sein Wollschal, den er in die Tasche gesteckt hatte, schleifte wie eine Schleppe hinter ihm her. Die Aktenmappe hatte gottlob einer der Assessoren an sich genommen.

Onkel Sune kannte ja sowohl den Direktor der Straßenverwaltung als auch den Sekretär der Provinzialregierung aus der *Vestmanlands Läns Tidningen* und erbleichte für einen Moment. War irgendeins seiner besseren Geschäfte in der letzten Zeit vielleicht doch zu gewagt gewesen?

Als er sah, in welchem Zustand sie sich befanden, beruhigte er sich rasch wieder und lächelte unter dem Stalinschnauzbart sein gewinnendstes Lächeln.

Bald saßen die Herren in Unterhosen an einem gedeckten Kaffeetisch im Obergeschoß, während Ruth nebenan in der Küche ihre Hosen mit einem dampfend heißen Bügeleisen bearbeitete. Man sprach über den schrecklichen Zustand der Straße, tatsächlich brachen den Wagen ja jeden zweiten Tag die Hinterachsen, und über die Schwierigkeiten, die ein armer Kaufmann in diesen Krisenzeiten mit der Abrechnung der Lebensmittelmarken hatte, und selbstverständlich hatten die Herren Verständnis dafür, unter uns gesagt, Herr Jansson, so einfach ist es schließlich auch nicht, in der Rationierungsbehörde zu sitzen, und ist vielleicht noch ein ganz, ganz kleiner Kognak gefällig?

Es war urgemütlich und hätte noch bis tief in den Abend so weitergehen können. Dem Direktor der Straßenverwaltung war es völlig klar, daß die Straße in Windeseile asphaltiert werden mußte, wenigstens bis zu diesem wirklich netten kleinen Laden hin, und alles war Friede und Freude, bis einer der Herren zufällig einen Blick auf seine Uhr warf.

Panik! Rasch die Hosen an, vielen herzlichen Dank, und jetzt ist nur die Frage, lieber Herr Jansson, ob Sie uns freundlicherweise fahren könnten – nach Virsbo oder nach Västanfors – ja, was ist denn übrigens näher?

– Ach so, nach Västanfors? Aber lieber Herr Jansson, wo Sie schon *soo* freundlich gewesen sind, und jetzt wollen Sie uns auch noch bis hinunter nach Västanfors fahren. Sie haben gerade Ihren neuen Holzvergaser in Ordnung gebracht, wie ich hörte?

Onkel Sune schlich in den Petroleumschuppen hinaus und tankte den Plymouth voll.

Die Autofahrt war genauso nett wie der ganze Nachmittag. Onkel Sune war allerbester Laune, der Zigarillo wippte munter im Nietzscheschnauzbart, und auf der Höhe der Trinkerheilanstalt von Sundby war es ihm praktisch gelungen, bei der Rationierungsbehörde eine Sonderzuteilung von Textilien für seinen Laden zu erwirken. Im Triumph fuhr der Wagen vor dem alten Gemeindehaus von Fagersta vor, wo ein düsteres Empfangskomitee sich ein wenig aufheiterte, als es die Herren auf dem Rücksitz erblickte. Es waren Gemeinderäte von drei Orten, Herren vom Provinziallandtag und von der Straßenverwaltung und der Polizeidirektor von Västanfors.

Die Herren stiegen aus und bedankten sich für die Fahrt. In diesem Moment entdeckte jemand, daß der Holzvergaser fehlte. Er war ganz einfach nicht da! Entweder hatte Onkel Sune ihn in der Eile anzuschließen vergessen, oder das Scheißding hatte sich unterwegs losgerissen, was noch wahrscheinlicher war.

Er war ebenso ehrlich erstaunt wie alle anderen.

– Ja du liebe Güte, sagte Sune, wo ist denn mein Holzvergaser geblieben?

Der Wagen tuckerte munter im Leerlauf, aber niemand war – gottlob – geistesgegenwärtig genug, um das zu bemerken.

– Wir müssen das Scheißding unterwegs verloren haben, sagte Sune.

Aber wie sind wir dann um Himmels willen hergekommen? fragte der Direktor der Straßenverwaltung.

– Das ist doch ganz einfach, sagte der Sekretär der Provinzialregierung mit dem ganzen Nachdruck und dem überlegenen Wissen des höheren Beamten. *Es gab doch so enorme Hänge.*

– Aber die sind wir doch hinaufgefahren, sagte der Direktor der Straßenverwaltung matt. Wir sind doch verdammt noch mal die ganze Zeit bergauf gefahren.

– Tja, ist doch alles nur die gleiche Scheiße, sagte Onkel Sune nicht ohne eine gewisse Nachdenklichkeit.

(Das gelbe Buch III:30)

Alles nur die gleiche Scheiße. Während man in die Volksschule, ins Gymnasium, ins Lehrerseminar ging, wurde man Schritt für Schritt in eine feinere Sprache eingeschleust. Und in eine abstraktere. Man war ja nur allzu willig, sie zu lernen. Im Gymnasium konnte man den Unterschied zwischen Kindern aus der Unterschicht und Kindern aus der Mittelschicht feststellen. Die Kinder, deren Eltern zur Unterschicht gehörten, hatten eine härtere, illusionslosere Sprache. Die gleiche Erfahrung machte ich, als ich selbst Lehrer wurde.

Eine Froschperspektive, in der alle Motive für alle Handlungen hart, egoistisch, zynisch wurden.

Die Sprache der Mittelschicht: die unsicherste von allen. Sie geht von dem Grundsatz aus, um eine höhere Stufe in der gesellschaftlichen Hierarchie zu erreichen, müsse man so auftreten, als sei man schon dort angelangt. Das schafft eine eigentümliche Unsicherheit im gesamten System. Man weiß, was die Worte bedeuten, und weiß es doch nicht.

Seit einigen Monaten habe ich zum Beispiel »Scheißangst«. In einer anderen Sprache würde das heißen, daß ich Todesangst habe. Todesangst gibt der Sache eine ganz andere Dimension, als liege eine höhere Einsicht darin, wenn man »Todesangst« statt »Scheißangst« sagt.

Ich kann nicht sehen, daß es diese höhere Dimension gibt.

Nichts hat mir so klar wie die Erfahrung der letzten Monate gezeigt, daß die Gesellschaft ein Unterbewußtsein hat. Das mag daran liegen, daß die Angst mich von all den Sprachen befreit, die man mir einmal beigebracht hat, um mich dagegen zu wehren. Ich beginne mit der schrecklichen Klarheit des Knabenalters zu sehen, mit seiner angstvollen Klarheit.

Das Unterbewußtsein der Gesellschaft. Die Versuchstiere, die in den Laboratorien langsam zu Tode gequält werden, Schläuche in Halsvenen und Magen eingeführt, Krebszellen, die lebendigen Hunden mit langen, schmalen Kanülen in die Leber gepflanzt werden. Die Aufenthaltsräume der Nervenkliniken, die mageren, zitternden Alkoholiker an der großen Brücke in Västerås.

Fortwährend wird ein entsetzlicher Preis bezahlt. Aber an wen? Und wofür? Was ist bisher für meine Existenz bezahlt worden?

...

Jetzt ist schon so viel Schnee weggeschmolzen, daß die nassen Steine und das vermoderte Laub des Vorjahrs überall sichtbar werden.

Das Paradies habe ich mir immer trocken und heiß vorgestellt, auf keinen Fall feucht.

Im Paradies gibt es keine Lügen.

(Das blaue Buch III: 5)

Vier vollkommen schmerzfreie Tage. Uffe und Jonny waren gestern wieder hier. Ich habe ihnen meine Horrorgeschichte vorgelesen. Sie waren nicht so beeindruckt, wie ich es mir vorgestellt hatte. Sie meinten, es sei ein guter Anfang, aber es müsse noch eine Menge Action hinein. Wir diskutierten über verschiedene Fortsetzungen. Werden die Helden aus eigener Kraft zu diesem Turm kommen und die schmerzerzeugende Überschallorgel zerstören, oder brauchen sie irgendwelche Hilfe von außen?

Sollen sie versuchen, den Turm zu umzingeln? Soll ein einziger Mann sich opfern, um die Aufmerksamkeit abzulenken? Kann man diesen schmerzerregenden Tönen dadurch entgehen, daß man sich Wachs in die Ohren stopft?

Uffe hat einen Verband um die ganze Stirn. Er hat einen Eishockeypuck auf die eine Augenbraue gekriegt.

Sie hatten Brenngläser dabei, saßen lange auf meiner Treppe und versuchten, Schnürsenkel damit anzuzünden. Aber die Frühlingssonne ist noch viel zu schwach.

Sie unterhalten und zerstreuen mich sehr, diese Bürschchen. Sie sind irgendwie so selbstverständlich.

(Das gelbe Buch III:31)

Gerade geschieht etwas, wovon ich kaum zu sprechen wage, aus Angst, das Sprechen selbst würde es wieder unwahr machen.

Die Schmerzen sind seit zwölf Tagen verschwunden. Ich fühle mich oft etwas matt, etwas schwindlig, aber das kann genausogut einfach die normale Frühjahrsmüdigkeit sein. Ich bin viermal zum Laden gefahren und habe eingekauft.

Dann war es vielleicht doch nichts so Schlimmes? Ein Nierenstein? Nierengrieß, der abgegangen ist? Die Symptome stimmen eigentlich ganz gut mit Nierenkoliken überein.

Übrigens werden sie zu den stärksten Schmerzen gerechnet, die es gibt. Stärker als die Schmerzen bei der Entbindung, steht in einer alten Nummer des *Scientific American.*

Ich habe mich entschlossen, noch eine Woche zu warten, bevor ich zu hoffen beginne.

(Das gelbe Buch III:32)

Als ich selbst noch klein oder in diesem Alter war: der seltsame, etwas muffige Schweißgeruch der Turnhalle ganz oben unter dem Dach, die Sprossenwände, das Gefühl, Dinge tun zu wollen, für die man nicht genug Kraft hatte, gleichzeitig Mann und Knabe zu sein. Und dieser gleichsam vegetative Halbschlaf während der Unterrichtsstunden damals in der Vorpubertät, wie man dasaß und eigentümliche Spiele mit seinen eigenen Fingern spielte, sie auf verschiedene Arten ineinanderzuflechten versuchte, als sitze man in seinem eigenen Gehirn und flechte darin herum: um seine Labyrinthe zu verstehen.

Ich habe lange geglaubt, dieser sonderbare, schläfrige Zustand habe etwas mit der Eintönigkeit der Schule zu tun, aber das stimmte wohl nicht.

Ich erlebe jetzt wieder dasselbe: Es ist, als sei die Vitalität gebremst, als bereite sie sich auf eine große Veränderung vor.

In meinem Fall ist das so, weil ich eine Krankheitskrise hinter mir habe.

Die eigentümliche, stille Wehmut des Knabenalters.

So werde ich dieses Alter wohl aufs neue durchleben müssen.

(Das gelbe Buch III:33)

4
Zwischenspiel

– – –
(dreiunddreißig Tage lang überhaupt keine Aufzeichnungen)

6. April. Die Schmerzen lassen nach. Nur eine Leere.

(Das beschädigte Notizbuch IX)

8. April. Den ganzen Tag über war das Gebell eines Hundes zu hören, der in dieser Gegend neu sein muß. Es kommt von Süden her, ungeheuer klagend und eintönig. Ob er vielleicht angekettet ist?

Mein Problem: Obwohl ich überhaupt keine Schmerzen mehr habe, quält mich jetzt dafür etwas anderes; ich beginne zu hoffen, und zugleich wage ich nicht zu hoffen, aus lauter Angst, es könnte jederzeit wiederkommen.

Ich denke sehr viel über eine Sache nach: Das Bezirkskrankenhaus hat seit diesem Brief, den ich verbrannt habe, kein Wort mehr von sich hören lassen. Wenn es wirklich Krebs gewesen wäre, hätten sie sich logischerweise wieder gemeldet, als sie nichts von mir hörten; es ist doch klar, daß sie ihre Patienten im Auge behalten. Also war es eine Bagatelle, irgendeine Entzündung. Eine Bauchfellentzündung?

Aber wenn sie mich nun einfach verschlampt haben?

Ich habe begonnen, den Briefkasten zu meiden.

(Das gelbe Buch IV: 1)

9. April. Das Hoffen ist fast ebenso schwierig wie das andere. Aber man ist mehr daran gewöhnt, zu hoffen und zu fürchten, als sich mitten in dem zu befinden, was man erhofft oder gefürchtet hat.

Was ich gelernt habe: daß es keinen wirklichen Ausweg aus dem Leben gibt.

Man kann die Entscheidung nur hinausschieben, mit Geschick und List. Aber es führt kein Weg hinaus. Es ist ein total geschlossenes System, und am Ausgang ist nur der Tod. Und der ist natürlich überhaupt kein Ausgang.

Ich bin ein Körper. Nichts als ein Körper. Alles, was getan werden muß, was getan werden kann, muß innerhalb dieses Körpers geschehen.

(Das gelbe Buch IV:2)

Ich habe über das Paradies nachgedacht, ausgerechnet. Ich habe auch angefangen, die Haustür abzuschleifen, sie muß neu gestrichen werden, die Farbe ist in diesem Winter abgeblättert und hängt in Fetzen herunter. Überraschend fand ich in einem Küchenschrank drei Dosen mit Farbe, sie müssen seit Anfang der sechziger Jahre dort gestanden haben, seit ich verheiratet war.

Das Paradies wirft interessante Probleme auf. Was ist ein endlos anhaltender Glückszustand?

Man denkt natürlich an den Orgasmus. Ein Orgasmus, ein großer, glücklicher Orgasmus, der einen plötzlich damit überrascht, daß er nicht aufhört. Er hält Minute für Minute, Stunde für Stunde an. Er ist so intensiv, so weißglühend, daß man nicht denken kann, aber man spürt, daß sich etwas Ungeheuerliches ereignet, man beginnt, sich nach einer winzigen Atempause zu sehnen, nur für den Bruchteil einer Zehntel Sekunde, um nachdenken zu können, aber dieser ungeheure Genuß geht einfach weiter, er läßt nicht mit sich reden, er hält Stunde für Stunde an …

Das Paradies? Das alles habe ich kürzlich erlebt.

Das Paradies muß darin bestehen, daß ein Schmerz aufhört. Aber das bedeutet doch, daß wir im Paradies leben, solange wir keine Schmerzen haben! Und wir merken es nicht!

Glückliche und Unglückliche leben in derselben Welt, und sie erkennen es nicht!

Ich habe das Gefühl, als sei ich in den vergangenen Monaten in einem phantastischen, geheimnisvollen Labyrinth um mein eigenes Leben herumgegangen und sei jetzt genau zu dem Punkt zurückgekehrt, an dem ich war, als es anfing. Nur haben sich bei mir, da ich mich außerhalb der normalen Dimensionen bewegte, rechts und links irgendwie vertauscht. Meine rechte Hand ist jetzt eine linke, meine linke Hand eine rechte.

Wieder in dieselbe Welt zurückgekehrt und sehe sie als eine glückliche.

Die Fetzen der abgeblätterten Farbe an der Tür gehören zu einem geheimnisvollen Kunstwerk.

(Das gelbe Buch IV: 3)

Ich hätte die Zeit besser nutzen sollen, als sie als Volksschullehrer in Väster Våla zu verplempern und jetzt hier als freiwilliger Frührentner Bienen zu züchten.

Verzeichnis der Kunstarten nach ihrem Schwierigkeitsgrad

1. Erotik
2. Musik
3. Lyrik
4. Drama
5. Feuerwerkskunst
6. Philosophie
7. Surfing
8. Die Kunst des Romans
9. Glasmalerei
10. Tennis
11. Aquarellmalerei
12. Ölmalerei
13. Rhetorik
14. Die Kochkunst
15. Architektur
16. Squash
17. Gewichtheben
18. Politik
19. Hohes Trapez
20. Fallschirmspringen
21. Bergsteigen
22. Bildhauerei
23. Kunstradfahren
24. Jonglieren
25. Die Kunst des Aphorismus
26. Springbrunnen bauen
27. Die Fechtkunst
28. Die Artilleriekunst

Eine kann ich nicht einordnen: die Kunst, Schmerzen zu ertragen. Das hängt damit zusammen, daß bisher niemand eine Kunst daraus machen konnte. Wir haben es also mit dem einzigartigen Fall einer Kunstart zu tun, deren Schwierigkeitsgrad so hoch ist, daß es niemanden gibt, der sie ausübt.

(Das blaue Buch IV: 1)

Auf dem Planeten Nummer 3 im System 13 des Aldebaran gibt es eine Zivilisation, die sich unmittelbar, ohne symbolische Verbindungsglieder, mit der Wirklichkeit befaßt.

Die Vorstellung, daß beispielsweise eine Figur auf einem Papier etwas anderes darstellen könnte als sich selbst, ist den außerordentlich kräftigen, vielgliedrigen Tausendfüßlern, die die höchste Zivilisationsstufe auf dem Planeten repräsentieren, völlig fremd.

Daß sie kräftig sind, ist ihr Glück. Da sie kein anderes Symbol für ein Ding kennen als das Ding selbst, müssen sie ziemlich viele Sachen mit sich herumschleppen. Auf diesem Planeten hat der Ausdruck »eine kraftvolle Rhetorik« wirklich einen Sinn.

Wenn man zum Beispiel sagen will: »Ein sonnenwarmer Stein«, gibt es nur eine Möglichkeit. Man legt der Person, mit der man redet, einen sonnenwarmen Stein in die Hand oder richtiger gesagt in die Klaue.

Wenn man sagen will: »Ein riesiger Stein auf der Spitze eines Berggipfels«, gibt es nur eine Möglichkeit, diesen Satz auszudrücken. Nämlich die, einen riesigen Stein auf einen Berggipfel zu schleppen.

Unter diesen Bedingungen wird die Schöpfung eines lyrischen Gedichts zu einer Kraftprobe, die noch für Generationen in all ihrer heroischen Deutlichkeit bestehen bleibt.

Die meisten Sonette, die diese Zivilisation geschaffen hat, sehen ungefähr aus wie Stonehenge: riesige, feierliche Reihen von Steinen, die die Helden der Vorzeit stöhnend und ächzend mit geschwollenen Adern nach einem uralten Schema an ihren Platz gebracht haben.

In dieser Zivilisation sind Lügen selbstverständlich etwas ganz Unmögliches. Wenn man sagen will: »Ich liebe dich«, gibt es nur eine Möglichkeit, nämlich daß man es tut. Wenn man sagen will: »Ich liebe dich nicht«, gibt es ebenfalls nur eine Möglichkeit, und die besteht darin, daß man vermeidet, es zu tun. Wenn man das kann.

In einer Welt, in der das Symbol sich stets mit dem Ding deckt und in der dieses daher niemals durch lächerliche kleine Laute oder durch eine Reihe von komischen kleinen Zeichen auf einem Papier ersetzt werden kann, Zeichen, die genaugenommen nichts mit anderen Dingen zu tun haben, außer in unseren brüchigen, zufälligen gesellschaftlichen Konventionen, werden natürlich Wahrheit und Sinn, Lüge und Unsinn zusammenfallen.

Der einzige Ersatz für eine Lüge besteht in einer solchen Welt natürlich darin, so verworren, so unsinnig zu reden, daß man sich nicht verständlich machen kann.

Normale Konversation, Geplauder, spielen sich auf diesem Planeten so ab, daß die Einwohner aus mitgebrachten Lederbeuteln eine Menge von winzigen Gegenständen hervorholen: Glaskugeln, verschiedenfarbige Steinchen, schön polierte Holzstäbe, und sie munter miteinander tauschen.

Der Preis der Wahrheit ist hoch. Von allen wirklich hoch entwikkelten Zivilisationen im Bereich der alten Zentralsonnen im Mittelpunkt der Milchstraße gibt es keine, die so isoliert lebt wie diese.

An Astronomie ist natürlich nicht zu denken. Man redet nicht von Galaxien, wenn man sie bewegen muß, um sie zu benennen. Schon der Begriff »Planet« ist natürlich ganz unvorstellbar.

Diese Wesen leben in einer rötlichen Ebene, die von hohen Bergen gesäumt ist.

Für die Ebene selbst, die theoretisch dasselbe ist wie »die Welt«, haben sie selbstverständlich keinen Begriff.

(Das blaue Buch IV:4)

Als die Schmerzen vor vierzehn Tagen aufhörten, war das für mich die Rückkehr in eine Art ursprüngliches Paradies. Aber die Voraussetzung dafür war der Schmerz. Er war eine Form der Wahrheit.

Also das Gegenteil von Onkel Sunes »alles nur die gleiche Scheiße«.

Jetzt könnte man wieder so etwas wie Werte aufbauen.

(Das blaue Buch IV:8)

Alles ging gut. Die Verwandten kamen am Dienstag, hatten mehr Kinder dabei, als ich befürchtet hatte, belegten das ganze Haus, jedes Fleckchen, mit Schlafsäcken, Decken und provisorischem Kram.

Sie meinten, ich sähe ein wenig blaß aus, die Frauen fanden das Haus ein bißchen verkommen, zu viele Kaffeetassen mit diesem unmöglichen Bodensatz. Es ging trotzdem gut.

Niemandem fiel etwas Ungewöhnliches auf.

Sie blieben einen Tag kürzer, als ich befürchtet hatte. Möglicherweise hatte ich eine kindische Angst davor, daß die Schmerzen wieder beginnen würden, nur weil sie da waren.

Es geschah nichts anderes, als daß ich ein wenig müde wurde.

Ich merke, daß ich es nicht mehr mag, in meinen Gewohnheiten gestört zu werden. Am Mittwoch kamen beispielsweise die beiden kleinen Buben vorbei, erschraken über den ganzen Trubel im Häuschen. Ich sah sie scheu hinter dem Zaun verschwinden.

Und ich habe es nicht einmal geschafft, ein neues Kapitel für ihre Horrorgeschichte zu schreiben.

Ich hatte mir natürlich vorgestellt, daß diese schrekliche Orgel, die durch Ultraschall Schmerzen erzeugt, im nächsten Kapitel in die Luft gesprengt werden sollte; es würde sich zeigen, daß diese Flöte sehr bemerkenswerte Eigenschaften hatte. Sie würde imstande sein, den ganzen Spuk wegzuspielen.

Jetzt muß ich es für eine Weile ruhen lassen. Hoffentlich kommen sie wieder. Sie sind ja sozusagen das einzige literarische Publikum, das ich habe.

Ich spürte immerzu eine Art Neugier auf die Reaktionen der Manngårdhs, wagte aber nicht so viele Fragen zu stellen, wie ich eigentlich gewollt hätte.

Betrachten sie mich als einen ganz normalen Verwandten, bei dem man übernachtet, statt Geld für ein teures Hotel auf dem Weg nach Sälen rauszuschmeißen, oder halten sie es für ihre Pflicht, *bei mir vorbeizuschauen?* Mir wurde klar, daß es schon sehr lange her ist, seit ich mich wirklich darum geschert habe, *was die Umwelt von mir denkt.*

Ich habe nichts wirklich Asoziales daran entdecken können, außer daß ich den üblichen Lebensstandard nicht mehr beanspruche. Ich lebe ohne jegliches Einkommen, was sehr leicht ist, da ich auch keine Ausgaben habe.

Jan und ich redeten über alte Bekannte. Wir kamen auf Troäng zu sprechen. Er kannte ihn ja, da er bei der Provinzialregierung in Västerås mit ähnlichen Dingen befaßt war. Dieser ganze Skandal mit den Leukämiefällen im nördlichen Västmanland und mit dieser Sonderkommission für Umweltschutz.

Weder Manngårdh noch ich hatten die geringste Ahnung, was er zur Zeit treibt. Vor einem Jahr gab es irgendein Gerücht, er habe sich der Bruderschaft vom Heiligen Kreuz in Barkarö angeschlossen, aber das ist natürlich ein Gerücht, das in einer Situation wie seiner einfach aufkommen muß. Es fällt mir schwer, ihn mir als einen strengen, asketischen Ordensbruder vorzustellen. Im Gegensatz zu mir, der ich tatsächlich immer schon ein recht asketischer Typ gewesen bin, war er ziemlich sinnlich veranlagt.

Das zeigte sich während der Schulzeit beispielsweise an seiner Beziehung zu Mädchen.

Worüber Manngårdh und ich diskutierten, war eigentlich viel interessanter. Wir redeten darüber, wie dieser Typ des Bürokraten – natürlich nur, wenn er sensibel genug ist – früher oder später kaputtgeht, weil er ganz einfach zu viel von den inneren Widersprüchen der Gesellschaft absorbiert, *in sich aufnimmt.*

Das braucht nicht immer so drastische Formen anzunehmen wie bei Troäng, der den ganzen Konflikt förmlich auskotzte, als er am Ende der Affäre zusammen mit dem Ministerpräsidenten für die Fernsehnachrichten interviewt wurde.

Man kann es manchmal als Unruhe in ihren Augen sehen. Es bricht als Magengeschwür durch oder äußert sich in einer plötzlichen Erschöpfung, in einer Scheidung, aber es bricht durch. Man kann nicht mit allzu starken inneren Spannungen leben, und diese Leute nehmen ja den gesamten Konflikt der Gesellschaft in sich auf, da sie gleichzeitig auf beiden Sprachebenen zu leben versuchen.

Nachdem sie abgefahren waren, wurde mir klar, wie interessant es ist, daß gerade Manngårdh diese Sache angesprochen hat. Er ist ja tatsächlich bei der Arbeitsmarktbehörde angestellt. Hoffentlich haben sie es in Sälen gut getroffen.

Troäng: Mir würde so etwas nie passieren können, da ich seit dem Erwachsenenalter stets ein so deutliches Gefühl gehabt habe, *außerhalb zu stehen*, im Grunde asozial zu sein, obwohl ich meine Steuern bezahlt habe. Seit dem Streit um die Rentenversicherung habe ich an keiner Wahl mehr teilgenommen.

Sogar meine Art, auf die Krankheit zu reagieren, ist natürlich asozial. (Das gelbe Buch IV: 12)

M. hatte eine lustige Eigenschaft: Sie log gern in Kleinigkeiten. Nie irgendein großer Betrug; ich war imstande, sie jahrelang in wesentlichen Punkten hinters Licht zu führen, wenn ich wirklich wollte. Sie log nur im Kleinen.

Sie konnte sagen, sie sei zum Einkaufen in Gamleby gewesen, während sie tatsächlich in Fagersta eingekauft hatte. Sie konnte sagen, sie habe einen einsamen Abend mit Weben verbracht, während es ganz offensichtlich war, daß sie ihn damit verbracht hatte, die Erdbeerbeete zu jäten.

Ich habe sehr viel darüber nachgedacht, bis ich auf die Lösung kam, die wirklich sehr einfach war:

Mit diesen kleinen Lügen schaffte sie sich eine Art Freiheit.

Obwohl es keine praktische Bedeutung hatte, machte es mich natürlich unsicher, nicht zu wissen, in welchem Laden sie nun gewesen war, und das gab ihr ein klein wenig Kontrolle über mich. So entstand ein Bereich, in dem sie uneingeschränkt entscheiden konnte.

Das ist natürlich auf keinen Fall ein Zeichen dafür, daß sie einen schlechten Charakter hätte, sondern es zeigt nur, daß ich sie – ohne es zu wissen – in einem schrecklichen Abstand gehalten haben muß.

Woran liegt es, daß ich nichts mit den Menschen zu tun haben will?

Daran, daß ich ihnen keinerlei *Kontrolle* über mich geben will. Aber das haben sie ja trotzdem! Finanzamt, Einwohnermeldeamt, gewiß. Aber noch viel mehr die Leidenschaften, die in meinem eigenen Körper eingeschlossen sind, denn da beginnen schon *die anderen.*

Beispielsweise die erotische Unruhe (die jetzt allmählich wiederkehrt, da die Schmerzen im Bauch nachlassen), dieser dumpfe, unbestimmte Hunger, dieses Gefühl, uns fehle etwas, das uns ob wach oder schlafend fast in jedem Augenblick unseres Lebens verfolgt.

Was ist es? Die Möglichkeit der Liebe in unserem Körper. Die Gegenwart, die mögliche Gegenwart eines anderen Menschen.

Die erniedrigende, ständige Erinnerung daran, daß Einsamkeit nicht möglich ist, daß es so etwas wie einen einsamen Menschen nicht geben kann.

Daß das Wort »ich« das sinnloseste Wort der Sprache ist. Der tote Punkt in der Sprache.

(So wie ein Mittelpunkt stets leer sein muß.)

(Das gelbe Buch IV: 14)

Ich habe mich entschlossen, M. nicht anzurufen. Ich habe also über zwei Monate gebraucht, um zu diesem Entschluß zu kommen! Ich beginne wirklich ein bißchen *langsam* zu werden.

(Das gelbe Buch IV:21)

Ich bin der Meinung, daß die Seele kugelförmig ist (falls sie überhaupt eine Form hat), eine Kugel, in der ein schwaches Licht ein Stück weit unter die regenbogenschimmernde Oberfläche dringt, wo Empfindungen und Regungen des Bewußtseins wie Seifenblasen umherwirbeln und ständig ihre Farbe ändern, aber nur ein kleines Stück weit.

Tiefer im Inneren gibt es nur noch schwache Lichtspuren, ungefähr wie in sehr großen Meerestiefen, und dann Dunkelheit. Dunkelheit, Dunkelheit.

Aber kein bedrohliches Dunkel. Eine mütterliche Dunkelheit.

(Das blaue Buch IV:9)

In letzter Zeit habe ich oft einen eigentümlichen Traum gehabt. Er handelt von einem der Bienenstöcke. Ich hebe den Deckel ab und beginne die Rahmen abzubürsten, um den Stock auszunehmen. Als ich gerade eine Biene von der Rahmenkante streifen will, entdecke ich, daß sie irgendwie merkwürdig aussieht, gleichsam bläulich schimmernd. Zuerst kapiere ich überhaupt nicht, was los ist, dann schaue ich genauer hin und merke, daß keine einzige von den Bienen eine Biene ist.

Es handelt sich um eine ganz andere Art, um irgendwelche sehr intelligente, technisch ungeheuer weit fortgeschrittene Wesen aus dem äußeren Weltraum, aus einer fernen Galaxis. Sie haben den Bienenstock ganz einfach in Besitz genommen – weiß der Teufel, was mit den normalen Bienen passiert ist, aber auch diese Wesen scheinen es gewohnt zu sein, in wachsartigen Zellen zu leben.

Sie unterhalten sich ohne die geringsten Schwierigkeiten mit mir, und ich begreife nicht recht, wie das möglich ist. Sie stammen aus einer Zivilisation von klugen Insekten. Ihr gesamter Planet ist von einer explodierenden Supernova zerstört worden, sie haben keine Raumschiffe, sondern fliegen mit Lichtgeschwindigkeit mit ihren eigenen Körpern, wenn sie wollen. In der Erdatmosphäre können sie das aber nicht tun, es würde zu einer zu großen Erhitzung führen.

Ihre glänzenden Panzer leuchten wie Ritterrüstungen. Was sagen sie?

WIR FANGEN NOCH EINMAL AN, WIR GEBEN NICHT AUF.

(Das blaue Buch IV: 10)

5
Als Gott erwachte

Ungefähr so, wie eine kleine Spinne zuweilen in einer Ecke des Netzes schläft, das sie sich gebaut hat, schlief Gott zwanzig Millionen Jahre lang in einem fernen Winkel des Universums.

Diese Region war sehr arm an Galaxien. Nichts störte ihren Schlaf. Sie schwebte dort wie eine riesige Schirmqualle, dreizehn Parsek im Querschnitt, wunderbar anzusehen mit ihren ständig wechselnden rosa, grünen und tiefblauen Farbtönen, die unter der durchsichtigen Oberfläche des Schirms schillerten.

Dem gesamten bodenlosen All, das sich Lichtjahre weit in allen Richtungen um sie her ausbreitete, verlieh sie eine Art Frische. Ohne daß sie greifbar gewesen wäre, hätte ein Reisender ihre Nähe doch spüren können, ungefähr so wie man es spürt, wenn man sich an einem sonnigen Sommertag vom Landesinneren her der Küste nähert oder unbekümmert durch einen frischen Frühlingsregen geht und sich das Wasser übers Gesicht laufen läßt. Sie verlieh dem leeren Raum ein eigentümliches Gefühl von Frische, von jungem Grün, ja von Verliebtheit.

Aber während dieser zwanzig Millionen Jahre kam kein Reisender in diese fernen Gegenden, die nicht nur weit unter unserem optischen Horizont, sondern auch weit unter dem Radiohorizont liegen.

Für dieses wunderbare und einzigartige Wesen, das älter als das Universum und gegenüber Raum und Zeit eigentlich fremd war, das zugleich älter und jünger als alles Erschaffene, größer als der gesamte Weltraum und kleiner als das kleinste Elementarteilchen war, bedeuteten zwanzig Millionen Jahre Schlaf weniger als Schlaf. Ein Augenblick der Abwesenheit, so wie wenn ein Autofahrer für einen Moment den Blick von der Straße nimmt, um etwas zu überdenken.

Als das höchste Wesen seine Aufmerksamkeit wieder auf die Welt richtete, waren alle Wahrnehmungen noch die gleichen. Das tiefe, pulsierende Rauschen einiger periodischer Radioquellen in der nächsten Galaxis bildete den Hintergrund für eine unendliche Menge von feineren Empfindungen. Die leichten Energieveränderungen der Sonnen kamen und gingen wie der Wind im Laub eines Espenwäldchens, und wie der dumpfe Aufprall der Wellen an einem nächtlichen Kai ertönten aus fernen Regionen die Gravitationskollapse zusammenstürzender Supernovae.

Und als höchste aller Frequenzen, etwa wie Tausende von Grillen und Heuschrecken auf einer Wiese, die Gedanken aus all den bewohnten Welten.

Unter all diesen Geräuschen gab es einen Ton, einen sehr fernen, sehr schwachen, den sie zuerst überhaupt nicht wahrnahm. Aber bei all seiner Schwäche und Winzigkeit war dieser Ton so durchdringend, daß er ihre Aufmerksamkeit erregte, als sie ihn erst einmal bemerkt hatte. Noch einen Augenblick zuvor war er nicht dagewesen. Er war so klagend, daß er einen Schauer von etwas, das mit menschlichen Begriffen als mütterliche Besorgnis bezeichnet werden könnte, durch den ungeheuren Körper jagte.

Gott hatte die Gebete der Menschen wahrgenommen.

Es dauerte drei Tage, bis die Menschheit merkte, was im Gange war.

Der erste, der die Veränderung bemerkte, war ein fünfzehnjähriger Guerillasoldat in einem Dschungelgebiet gleich südlich von Tansania. Er und seine ausgemergelte, halb verdurstete Truppe, mit langen, eitrigen Narben an den Beinen, waren gerade von einem Hubschrauber ausfindig gemacht worden, als sie sich im Schatten einer einsamen Baumgruppe inmitten einer Steppe zu verbergen suchten, die ein unbarmherziges Mittagslicht überflutete.

Der Junge lag zitternd neben einer Munitionskiste und sah den Hubschrauber näher kommen. Das Mündungsfeuer der Maschinengewehre war schon deutlich sichtbar. In einem Augenblick würde er sterben. Er war in einer Missionsstation erzogen worden. Als er nun den Hubschrauber ankommen sah und hörte, wie das dumpfe Geräusch der Flügelblätter von dem härteren Knattern der Schnellfeuerwaffen übertönt wurde, ließ er sich einen Gedanken entschlüpfen:

Gott, vernichte sie!

Der weiße Blitz, der den Hubschrauber und seine Besatzung in eine Menge von stark ionisierenden Teilchen verwandelte, die in einer Wolke mit dem Wind davontrieben, war bis zum Horizont zu sehen.

Der zweite Hubschrauber, der sich schon im Anflug befand, stürzte wenige Kilometer weiter weg mit einem Krachen ab. Die durchgerüttelte Besatzung tappte, noch ganz geblendet von dem ungeheuren Lichtschein, hilflos umher.

Gott, laß dies endlich ein Ende haben, betete ein Krebspatient in einem Krankenhaus. Die Wirkung des Morphiums flaute gerade ab, und die weißglühenden, pulsierenden Schmerzen im rechten unteren Teil seines Magens, gleich über der Leiste, kehrten, mit jedem Pulsschlag stärker werdend, allmählich zurück.

In diesem Augenblick hörte der Schmerz auf und wurde von etwas abgelöst, das sich wie eine ohrenbetäubende Stille ausnahm. In der Magengegend spürte er nur ein leichtes Ziehen, als sei etwas Hartes entfernt worden, das ihn dort gedrückt hatte. Er konnte wieder normal atmen. Fünf Minuten später versuchte er unendlich vorsichtig, sein Bein anzuziehen.

Nach weiteren fünf Minuten drückte er wie wild auf die Alarmklingel. Als die Nachtschwester sehr verspätet zur Tür hereinkam, stand er mit einem scheuen Lächeln mitten auf dem Fußboden.

Schenke uns, o Gott, einen dauerhaften Frieden, beendete der Erzbischof von Åbo seine Morgenandacht im Radio. Er sagte es in tiefem Ernst und meinte wirklich jedes Wort, das er sprach.

Hätte er dieses Gebet eine Zehntelsekunde früher gesprochen, dann wäre er ein gewöhnlicher Bischof geblieben, wenn auch ein Erzbischof.

Da er es aber gerade in diesem besonderen Augenblick sprach, wurde er zu einer Gestalt von weltgeschichtlicher Bedeutung, ja tatsächlich zur größten weltgeschichtlichen Gestalt.

Drei Zehntel Sekunden nachdem der Erzbischof von Åbo die letzte Silbe des Wortes »Frieden« ausgesprochen hatte, entdeckte das Kontrollpersonal in einem der riesigen unterirdischen Raketenbunker, die eine Kette in der Äußeren Mongolei bilden, daß all die kunstvollen Instrumente, die den Zustand einer Rakete mit multiplem Gefechtskopf überwachen – sie kann gleichzeitig sechs Wasserstoffbomben über sechs verschiedenen Städten niedergehen lassen –, auf Null zeigten. Das führte zu Verzweiflung, Alarm, Notmaßnahmen. Nach sechs Stunden harter Arbeit konnte ein Spezialistenteam nur noch feststellen, daß nichts mehr zu retten war. Die achtzig Meter lange Rakete in ihrem tiefen Silo bestand von der Spitze bis zum Sockel aus ungeheuer schwerem, wunderbar glänzendem 24-karätigem Gold. Weichem, biegsamem, solidem Gold.

Es dauerte noch einen weiteren Tag, bis die Welt entdeckte, daß dasselbe für das gesamte spaltbare Material auf der Erde galt, und nicht nur für das spaltbare. Jede Waffe, jedes Projektil, bis hin zu den Schwertern der Eisenzeit in den Museen, hatte sich im selben Augenblick in Gold verwandelt.

Am nächsten Tag um achtzehn Uhr wurden drei durch Psychopharmaka stark gedämpfte Mitglieder des nationalen Sicherheitsrats der Vereinigten Staaten in eine psychiatrische Privatklinik überführt. Die übrigen Mitglieder beobachteten ihre Abfahrt an einem Fenster in einem der oberen Stockwerke des Pentagon. Sie hatten den leeren Blick von Menschen, die nichts mehr sehen und hören wollen.

Die erste der ungeheuren Börsenkrisen, die innerhalb von zwei Tagen zuerst zur Abschaffung des Geldverkehrs und dann zur Abschaffung des gesamten Finanzwesens, jeder finanziellen Verpflichtung, führen sollten, erschütterte bereits seit zehn Stunden die Börsen der Welt.

Der Sturz des Goldpreises war zunächst enorm. Gegen Mittag war er auf den Tonnenpreis der Kohle im Jahre 1934 gesunken.

Die chaotische Flucht zum US $, die zugleich einsetzte, hatte gegen ein Uhr den Dollarkurs auf zwölftausenddreihundertvierzig Unzen Gold hochgetrieben. In der nächsten halben Stunde begann infolge eines unbestätigten Gerüchts ein panisches Rennen auf die norwegische Krone, wobei diese innerhalb von fünfundzwanzig Minuten den zehntausendfachen Wert des Vortags erreichte.

Der Chef der norwegischen Reichsbank gab um zwei Uhr in einer Sondersendung der Tagesschau in düsteren Worten die Nachricht vom nationalen Bankrott bekannt.

Die Fernsehsendung fand nur äußerst wenige Zuschauer. Die Bürger von Norwegen waren zu diesem Zeitpunkt nämlich mit privaten Entdeckungen einer solchen Größenordnung beschäftigt, daß ein nationaler Bankrott sie völlig kalt ließ.

Seit Jahrtausenden waren die Gebete mancher Menschen sehr genau, sehr präzise gewesen, die anderer dagegen so vage und verschwommen, daß sie sich fast nur in ihren Träumen artikulierten.

Im nördlichen Västmanland, zwischen Ängelsberg und Ombenning, saß ein pensionierter alter Sägewerksarbeiter in seinem Häuschen und blätterte zerstreut in der *Vestmanlands Läns Tidningen* vom Vortag. Er war auf der Schwelle zum Halbschlaf. Seine Augen blinzelten schon ins Licht, die Fliegen summten durchs Zimmer.

Ein diskretes Klopfen an der Tür ließ ihn zusammenzucken. Als er daraufhin die Augen öffnete, ein gedämpftes »Herein!« rief und dann sechs tadellos befrackte Kellner riesige Körbe mit frisch gekochten Krebsen in Dill, Kümmelkäse groß wie Traktorenräder und kistenweise eisgekühlten Branntwein hereinschleppen sah, nahm er das seelenruhig hin und folgerte, er sei tatsächlich eingeschlafen.

Die erste Zimbel und der Ton der kleinen Flöte ließen ihn wieder zusammenzucken. Die Kellner waren verschwunden.

Angetan mit einem blauschimmernden, durchsichtigen Gewand, eröffnete die erste der fünf Tänzerinnen den Reigen. Ihr wunderbar beweglicher Nabel kreiste unter einem schweren Schmuck, der zwischen ihren festen kleinen Brüsten hing. Sie lächelte ein unendlich einladendes Lächeln.

Mit festen Schritten ging der Sägewerksarbeiter zur Tür und schloß sie ab. Auf dem Rückweg merkte er, daß der Rheumatismus in seinem linken Knie spurlos verschwunden war.

Zu diesem Zeitpunkt machten Milliarden von Menschen auf der ganzen Welt die gleiche Entdeckung. Der Gott, der ihre Gebete so überraschend zu erhören begonnen hatte, schien keinerlei moralische Hemmungen, keine Spur von Anstand zu besitzen. Die Macht, die imstande war, auf einen Schlag die mit Kernwaffen beladenen Riesengeschosse in Türme aus solidem Gold zu verwandeln, zeigte sich bald ebenso gewillt, die verrunzelte Gattin eines ältlichen Oberstleutnants in einen schönen blonden Jüngling zu verwandeln oder das Tagesheim der Sozialfürsorge in der Appelbergsgatan in Stockholm mit einem Orkan von Strauß-Walzern und knallenden Sektkorken zu überfluten.

Die ganze Welt wimmelte von einer offenbar unermeßlichen Heerschar flinker Diener, die plötzlich Gestalt annahmen, um jeden Menschen mit allem zu versehen, was er sich insgeheim wünschte. Das Gedränge, das Tanzen, das öffentliche Kopulieren auf den Straßen Europas war an jenem zweiten Tag unbeschreiblich. Sporadische, vage Rundfunkberichte aus den benachbarten Kontinenten ließen erkennen, daß dort ähnliche Verhältnisse ausgebrochen waren.

Faszinierend war es, den Zusammenbruch der Kirche oder vielmehr der Kirchen zu verfolgen. In der Mitte des dritten Tages, ungefähr zur gleichen Zeit, als Seine Majestät der König mitteilte, sämtliche Parteien hätten es abgelehnt, sich die Last der Regierung aufzubürden, als Moskau und Washington meldeten, alle offiziellen Handlungen seien eingestellt worden, und die Kommunistische Partei Chinas den planmäßigen Anbruch der utopischen Phase verkündete, traf der seit mehreren Tagen erwartete Hirtenbrief der Bischofskonferenz ein.

Es war ein Meisterstück vorsichtiger Formulierungskunst. Er begann mit der Feststellung, Gottes Wege und die Tiefe der Natur seien unerforschlich, und niemand könne dem Allmächtigen vorschreiben, welcher Mittel er sich bedienen solle.

Weiter wurde angedeutet, es gäbe auch eine dämonische Macht in der Welt, und ein wahrer Christ müsse stets mit seinem eigenen Gewissen ausmachen, welche Gebete mit dem Willen Gottes in Einklang stünden.

Selbst wenn dieser Anbruch einer neuen Ära in der Geschichte ein Beweis für die Güte und Allmacht Gottes sei, dürfe die Bischofskonferenz es nicht versäumen, auf die neuen Versuchungen hinzuweisen, die dieser veränderte und gewiß nicht in alle Ewigkeit anhaltende Zustand der Dinge notwendigerweise für jeden guten Christen mit sich bringen müsse. In dieser von großen Umwälzungen geprägten Zeit sähe die Bischofskonferenz sich genötigt, die Gläubigen zu äußerster Enthaltsamkeit in ihren Gebeten zu ermahnen.

Diese Worte waren in den Wind gesprochen.

Die Menschheit hatte zum erstenmal in ihrer Geschichte eine ganz neue Art von Großzügigkeit kennengelernt, das grenzenlose Wohlwollen, die indolente, ja völlig nihilistische Liebe zu allem Erschaffenen, die nur das Wesen aufbringen kann, das es erschaffen hat.

Man kann es auch anders ausdrücken:

Die Menschheit, jahrtausendelang von der sonderbaren und unglücklichen Wahnvorstellung gequält, eine fordernde und nahezu bösartige Vaterfigur über sich zu haben, hatte innerhalb von wenigen Tagen ihren Irrtum erkannt.

Statt dessen gab es eine Mutter.

Während das Dasein sich mit jedem Augenblick immer schneller von jeder sprachlichen Beschreibung entfernte und sich auf ein

Reich zubewegte, für das es keine Worte gab, begann DAS STERBEN DER SPRACHE.

Eines der letzten Sprachfragmente enthielt die Botschaft:
WENN GOTT LEBT, IST ALLES ERLAUBT

(Das blaue Buch V: 1)

6
Memoiren aus dem Paradies

Birkenwald. Sumpfland. Die allerersten Anzeichen dafür, daß die Bäume sich belauben werden. Wie schrecklich schnell der Winter vergangen ist! Ich bin gar nicht so sicher, ob ich den Frühling überhaupt schon will. Ich bin noch nicht bereit dafür. Die Einsamkeit wächst in mir wie Kompost. Die seltsamsten Pflanzen sprießen daraus hervor. Zweifel.

Und jeden Morgen die gleiche Angst, daß diese Schmerzen wiederkommen werden. Den ganzen Winter über habe ich Schmerzen gehabt. Jetzt leide ich genausosehr unter der Angst vor dem Schmerz. Ich beobachte mich selbst genau: Ob ich schwächer geworden bin, ob das Laufen mich mehr anstrengt, ob der Gang zum Kaufmann mich mehr ermüdet als zuvor. Ich lasse den Wagen stehen, weniger um Benzin zu sparen, als um mich selbst auf die Probe zu stellen. Das bedeutet, daß ich einen ganzen Vormittag verliere, aber ich weiß nicht so genau, was ich sonst mit dieser Zeit angefangen hätte.

Der Mensch, diese sonderbare Kreatur, zwischen animalischem Dasein und Hoffnung schwebend.

Ich weiß tatsächlich nicht mehr über den Sinn des Universums, nicht mehr darüber, was all das bezweckt: die Moleküle, die Molekularketten, das Bewußtsein, Sonette und Sestinen, die unterirdischen, mit Atomwaffen beladenen Raketen, die Fresken des Michelangelo, das Binominaltheorem und Monteverdis Madrigale, über den Zweck all dessen weiß ich nicht mehr, als jeder bemooste alte Stein hinter den Bienenstöcken im Garten weiß. Als eine Mücke weiß. Als eine Amöbe in einer stagnierenden Pfütze weiß.

Die Geschichte der Menschheit ist noch nicht weit fortgeschritten. Tatsächlich ist sie noch in ihren Anfängen.

Die Angst davor, verrückt zu werden, ist im Grunde die Angst davor, ein anderer zu werden:
aber das werden wir doch immerzu.

Was mich nicht umbringt, macht mich stärker.
(Nietzsche)

Sumpfland. Birken. Huflattich blüht am Grabenrand. Die meisten der Bienenstöcke sind wieder zum Leben erwacht. Mein Freund Nicke zum Beispiel, der von einem Lastwagen überfahren wurde, als er an einem Septembertag 1952 in der Frühstückspause nach Hause radeln wollte. Ich denke oft an ihn, wenn ich etwas Ungewöhnliches sehe, etwas, das mich wirklich interessiert. Dann frage ich mich, was Nicke dazu gesagt hätte. »Jetzt sehe ich das an deiner Stelle, Nicke.« Es ist ein ungeheuer starkes Erlebnis. Man *ist* irgendwie identisch mit den Menschen, die man gekannt hat.

Die fünfziger Jahre. Was fällt mir dazu ein? Kleine blaue Straßenbahnen fuhren durch Stockholm. Herbert Tingsten redete im Fernsehen. Die Volksabstimmung über die Zusatzrente, mit der ich mich nie besonders beschäftigt habe. Die Volksabstimmung über Links- oder Rechtsverkehr, bei der sich herausstellte, daß alle Leute den Linksverkehr behalten wollten.

Wie waren die Mädchen in den fünfziger Jahren angezogen? Trugen sie nicht Baumwollkleider, die weit über die Waden reichten, und breite Gürtel dazu? Redeten sie nicht irgendwie anders? Ich erinnere mich nicht mehr genau.

Als kleine Buben, ja sogar noch als Gymnasiasten saßen wir im Sommer oft an der Schleuse von Färmansbo und angelten. Der träge, zähe, nein, nicht zähe, sondern melancholische Kolbäcksfluß bildet dort einen kleinen Wasserfall. An dieser Stelle gibt es ein Inselchen mit den Überbleibseln eines alten Hüttenwerks. Früher wuchsen dort massenhaft Morcheln.

Am südlichen Ende der Insel liegt die Schleuse von Färmansbo. Zu ihr führt ein Pfad, der von so hohen Bäumen beschattet ist, daß sich alles in einen grünen Tunnel verwandelt. Uralte Algen bewegen sich an der steinernen Einfassung des Kanals.

An der Schleuse selbst ist das Wasser tief, kohlschwarz – der Kolbäcksfluß trägt nicht von ungefähr diesen Namen – , und bei Hochwasser bildet es schwarze Strudel, von denen wir als Buben immer fasziniert waren.

Schon im Mai verbrachten wir ganze Nachmittage dort, zu dieser Zeit waren die Hechte sehr aktiv. Einige von uns wohnten in Sommerhäuschen, die ihre Eltern in dieser Gegend hatten, andere waren die Kinder der eigentlichen Einwohner.

Hin und wieder kam es natürlich vor, daß wir einen Fisch an die Angel bekamen, dramatische Episoden mit Riesenhechten, die den goldglänzenden Blinker abrissen und mit dem ganzen Ding im Maul verschwanden, große Hechte, die sich noch im Gras wie Schlangen wanden, und manchmal fiel auch einer von uns in das schwarze, stets kalte Wasser, wenn er auf einem nassen Stein ausgerutscht war.

Aber ich glaube nicht, daß das Angeln die wichtigste Sache an dieser Schleuse war.

Das schwarze, dahinfließende Wasser war mit der schwarzen Dunkelheit in unseren eigenen Pupillen verwandt.

Wir saßen dort, sahen darauf hinunter und beredeten sonderbare Dinge miteinander.

Die Fahrräder lagen in einem Haufen hinter irgendeinem Gebüsch, es war immer schwierig, am Schleusenwärterhaus vorbeizukommen, denn der Schleusenwärter, ein älterer Mann, hatte nicht viel Verständnis dafür, daß eine Schar von kleinen Buben zur unteren Schleuse lief. Er befürchtete immer, daß sie an den Schleusenluken herumfummeln und den Wasserstand verändern würden, was für ihn nicht besonders angenehm war, da es einen Fußmarsch von einem halben Kilometer bedeutete, wenn eine der Schleusenluken offenstand, die eigentlich geschlossen sein sollte.

(Übrigens spielten die Fahrräder damals eine enorme Rolle für uns; sie waren so etwas wie Haustiere.)

Nicke war ein sehr lustiger Junge. Er hatte etwas von einem Eichhörnchen. Er war stets hellwach. Ich hatte den Eindruck, daß er einfach mehr sah als die anderen. Daß er besser hörte als die anderen. Er war es auch, der entdeckte, daß man bei Sonnenuntergang die Otter an der Uferböschung hören konnte. Ein ungeheuer schwacher Laut, den niemand von uns bemerkt hatte, obwohl er immer schon dagewesen war.

Ein kleiner magerer, braungebrannter, ungeheuer drahtiger Junge, der die höchsten Kiefern erkletterte, indem er einfach die Knie gegen die Rinde stemmte und sich hinaufhangelte. Ich glaube nicht, daß er wußte, was Schwindelgefühl heißt. Einmal verschluckte er einen lebendigen kleinen Weißfisch, nur um zu beweisen, daß man das machen konnte.

Er legte großen Wert darauf zu beweisen, daß es Dinge gab, die man machen konnte, obwohl niemand es für möglich gehalten hätte. Hätte er im fünfzehnten Jahrhundert gelebt und wäre nicht von einem Lastwagen überfahren worden, dann hätte er bestimmt mit der Zeit einen neuen Kontinent entdeckt.

Er war das, was ich als einen gewitterfühligen Menschen bezeichne. Er wußte schon Stunden im voraus, wenn noch kein einziges Wölkchen am Himmel zu sehen war, daß ein Gewitter im Anzug war. Gewitter machten ihn nicht unruhig, nicht müde wie andere Leute. Ich habe das Gefühl, daß sie ihn ganz einfach aufpulverten, ihn fast in Ekstase versetzten.

Wenn der Hagel auf das Schleusenbecken hinunterpeitschte, bis die Strudel des schwarzen Wassers in einer Schaumwolke verschwanden, unsere Angelruten und die Dosen mit den Würmern verlassen dalagen und wir selbst atemlos in einer verlassenen Schmiede zwischen altem Schrott, Kreuzottern und Brennesseln kauerten, konnte man ihn draußen im Sturzregen wie einen kleinen Derwisch herumtanzen sehen, oft halbnackt, da er von seiner Mutter Prügel kriegte, wenn er mit nassen Sachen nach Hause kam.

Ich kann ihn noch vor mir sehen, wenn ich die Augen schließe, einen wilden kleinen Derwisch, im Hagelschauer ekstatisch auf den grob behauenen, vom Regen glänzenden Steinen aus dem achtzehnten Jahrhundert herumtanzend, dort draußen an der Schleuse von Färmansbo.

Als sei der Gewitterregen sein Vater gewesen.

Ein kleiner Mensch, in sein eigenes Geheimnis eingeschlossen.

Ich denke oft darüber nach, was aus ihm geworden wäre. Ein Sägewerksarbeiter, wie sein Vater es war? Ein Entdeckungsreisender zu den Mornington Islands? Aber was gibt es noch zu entdecken?

Er machte immer den Eindruck, für etwas ganz Besonderes bestimmt zu sein.

Wir alle waren für etwas anderes bestimmt.

Wenn ich mich unter den Menschen umsehe, die ich im Laufe meines Lebens kennengelernt habe: Lehrer, Freunde, Mädchen, Zufallsbekanntschaften, treue alte Gefährten, Verwandte, dann wird mir klar, daß ich keinen einzigen von ihnen, ich sage keinen einzigen, nicht einmal meine ehemalige Frau und auch nicht meine Geliebte, wirklich gekannt habe.

Man trifft einen neuen Menschen, einen, den man interessant findet. Man versucht, ihn »unterzubringen«, wie es heißt. (Ich versuche das sogar bei diesen Herren und Damen, die im Fernsehen die Nachrichten verlesen.)

In seinen Erinnerungen sucht man nach Gesichtern, die dem gleichen, das man vor sich sieht. Die langsamen Bewegungen der Augenlider stimmen mit denen überein, die man einmal bei einem Redner im Verein der Feldbiologen gesehen hat, die Mundwinkel sind die gleichen wie die eines Chemiedozenten im Uppsala der fünfziger Jahre. Kurz gesagt: Man holt sich hier einen Tonfall, dort einen Gesichtsausdruck.

Man legt sich das Unbekannte mit Hilfe des Bekannten zurecht. Der Psychoanalytiker in seinem Analysezimmer (oder wie das heißt; ich bin noch nie in einem gewesen) macht im Prinzip das gleiche: Er trägt Erfahrungen und Erinnerungen zusammen, um den Schlüssel zu dem Neuen, Unbekannten zu finden, womit er konfrontiert wird.

Aber das, was wir uns zurechtlegen, worauf wir zurückgreifen, dieser Schlüsselbund von einst gesehenen Gesichtern, mit dem wir klappern, besteht ja aus ebensoviel Unbekanntem. Wir erklären Rätsel mit Rätseln.

Das ist doch verdammt noch mal genau dasselbe, als würde man sich ein zweites Exemplar der *Länstidningen* kaufen, um eine Meldung nachzuprüfen, der man keinen Glauben geschenkt hat, als man sie in seinem eigenen Exemplar der Zeitung fand.

Jeder Mensch birgt zutiefst ein nachtschwarzes Rätsel in sich. Das Dunkel der Pupille ist nichts anderes als die sternenlose Nacht, die Dunkelheit tief im Auge ist nichts anderes als die Dunkelheit des Universums.

Nur als Rätsel ist der Mensch groß und deutlich genug. Nur eine mystische Anthropologie wird ihm gerecht.

Es war natürlich typisch für Nicke, daß er schwamm und tauchte wie ein Fisch. Er tauchte bis auf den Grund des tiefen Schleusenbekkens und machte Schleppangeln los, die sich dort unten im Schrott von drei Jahrhunderten verfangen hatten. Er klammerte sich an alten Baumwurzeln und Drahtseilen fest, seine Haare wogten ihm wie Seegras um den Kopf, der magere Körper legte sich horizontal in die Strömung; er sah aus wie jemand, der mit ungeheurer Geschwindigkeit fliegt, wie ein Engel, der sich nur im Schwebezustand in der normalen Wirklichkeit aufhalten kann.

Die Wasserfläche über ihm war ein fernes, glitzerndes Dach. Das leise Knacken und Ächzen, das die gewaltigen Wassermassen der Schleuse stets in den wuchtigen, geteerten Eichenpfählen der Schleusentore verursachen, drang wie das Ticken einer fernen, riesigen Uhr zu ihm. Die Stimmen der Kameraden waren nicht mehr zu hören. Er war vollkommen furchtlos. Die langen Wasseralgen in der Tiefe, wo die Steine in den Boden übergingen, flatterten wie lange Frauenhaare.

Die Gesichter der Kameraden, schmale kleine Ovale, die sich andächtig über den Rand des Beckens beugten, sah er nicht. Wieviel Zeit verging, wußte er nicht. Vielleicht würden sie weg sein, wenn er wieder an die Oberfläche kam, vielleicht würde es auch eine ganz neue Zeit sein.

Er schwebte. Er bewegte sich mit großer Geschwindigkeit. Er dachte: Ich halte mich fest. Behutsam lockerte er den Griff seiner einen Hand, weil er ausprobieren wollte, ob der andere Arm stark genug war, um ihn festzuhalten, aber er spürte, daß die Strömung zu stark war, sie trieb ihn in Richtung der Schleusenluke, die als silberne, quadratische Öffnung ganz hinten in dem tiefgrünen Raum schimmerte, in dem er sich jetzt befand.

In diesem Moment entdeckte er den Blinker, nach dem er getaucht war. Oder besser gesagt einen Gegenstand, der der Blinker hätte sein können.

Er glitzerte ungefähr einen Meter unter ihm wie Gold im Bodenschlamm.

Und für einen Augenblick stellte er sich vor, die langen, gekräuselten Algen seien die Haare der Kolbäckstöchter, die diesen glitzernden Schatz bewachten.

Er begriff, daß es nur eine Möglichkeit gab, sich den Blinker zu angeln, ohne daß ihn die Strömung haltlos auf die Schleusenluke zutrieb (und die war gefährlich, denn man konnte sie nicht durchqueren, wohl aber darin steckenbleiben und ersticken), nämlich die Beine langsam herumzuschwenken und zu versuchen, dieses glitzernde Ding – was immer es sein mochte – mit den Zehen des rechten Fußes zu packen.

Sobald er sich querlegte, wurde er von der Strömung erfaßt. Jedesmal wenn er diesen goldglänzenden Flecken, der der Blinker sein mußte, zu ertasten versuchte, wirbelten seine Zehen kleine Schlammwolken auf, die ihn völlig verdeckten. Seine Lungen schmerzten vom Sauerstoffmangel.

Wir fangen noch einmal an. Wir geben nicht auf, dachte er.

Über ihm war der ganze Sommer. Ein sanfter Wind ging durch die Bäume. Eine Wasseramsel schwebte auf der anderen Seite der Insel im offenen Teil der Stromrinne über dem Wasser. Von fern war das Geräusch eines EPA-Traktors zu hören, eines dieser billigen Traktoren, die aus dem Vorderteil eines Lastwagens gemacht waren und die damals in der Kriegszeit von den Bauern benutzt wurden, wenn sie sich keine richtigen Traktoren beschaffen konnten.

Schwärme von Möwen folgten dem Traktor auf seinem Weg.

Es war unsere Landschaft und war doch nicht die unsere. Es waren unsere Leben, die begonnen hatten, und waren doch nicht die unseren.

Ich bin nie so klug gewesen wie damals. Ich wußte, wie fremd ich war, aber ich wußte auch, daß die anderen genauso fremd waren. Im Universum ist niemand zu Hause.

Als Nicke wieder an die Oberfläche kam, war er durch den Sauerstoffmangel fast blau im Gesicht. Er konnte nur mit Mühe zum Rand schwimmen, und nachdem wir ihn über die steinerne Einfassung hinaufgezogen hatten, dauerte es fast fünf Minuten, bis er reden konnte. Er lag da und schnappte nach Luft wie ein kleiner, sehr schlammiger Fisch. Ein Geruch von grobem Bodenschlamm, von uralten Steinen, von verblichenem Seegras und fauligem Matsch umgab ihn.

Allmählich begriffen wir, warum er so schlecht geschwommen war, als er an die Oberfläche kam, und warum er soviel Mühe gehabt hatte, sich allein am Rand hochzuziehen. Er hielt die rechte Hand immerzu krampfhaft um etwas geballt.

Wir dachten, er würde sterben. Mitten an diesem warmen Junitag zitterte er vor Kälte.

– Was ist passiert? fragten wir ihn.

Seine einzige Antwort war zunächst, mit den Zähnen zu klappern. Schließlich versuchte er etwas zu sagen, und nach einer Weile gelang es ihm, so deutlich zu sprechen, daß wir ihn verstehen konnten.

– Der Blinker war nicht da, sagte er. Ich habe ihn nicht gefunden.

– Aber was hast du denn dann in der Hand?

Er sah seine Faust an, als habe er völlig vergessen, daß die Hand geballt war.

– Was hast du da drin? Was hast du da drin?

Vor Aufregung tanzten wir förrnlich um ihn herum. Daß es nicht der Blinker sein konnte, war uns klar, denn sonst hätten ihm die Angelhaken längst tief in die Hand geschnitten.

Er öffnete sie langsam, als sei sie viel zu lange geballt gewesen. Er schien genauso neugierig darauf zu sein wie wir, was nun eigentlich drin sein würde.

Wir wurden ganz still, atemlos.

Vom Grund der Schleuse von Färmansbo hatte Nicke eine schwere Goldmünze heraufgeholt, einen Golddukaten aus der Zeit von Carl XIV. Johan, den einzigen, der jemals dort gefunden worden ist.

(Das blaue Buch VI:1)

7
Das beschädigte Notizbuch

Der Blick von Großmutter Teklas Augen, dieser uralte Blick. Dieselbe Dunkelheit wie die des Universums draußen zwischen den Galaxien.

Sie war 1870 in der Gemeinde Berg geboren und hat bis zum vorigen Jahr gelebt. Ein kleines, watschelndes Mütterchen im Altersheim von Hallstahammar, ganz präsent, wenn man sie besuchen kam, eine schöne Glasschale mit Bonbons auf der Kommode, die aus Nußbaum war, eine völlige Geborgenheit in der Welt.

Während der hundert Jahre, die sie lebte, hat sie, glaube ich, niemals einen Grund dafür gesehen, sich zu fragen, warum sie existierte. Ja gewiß, sie hatte ihre Religion, und die erklärte natürlich alles.

Habe begonnen (sogar beim Kaufmann), den Menschen in die Augen zu sehen, als habe ihr Blick irgendwas Besonderes zu sagen, ich meine, als könne man irgendeine Antwort daran ablesen.

Das hat seinen Grund in der eigentümlichen Idee, sie könnten vielleicht etwas sehen, was ich nicht sehe.

Gestern kam eine kleine Eidechse auf den rückwärtigen Balkon und wärmte sich im Aprillicht.

Sie saß ganz still. Ich weiß nicht, ob ich mich geirrt habe, aber ich hatte den Eindruck, sie verändere tatsächlich ihre Farbe je nach den verschiedenen silbergrauen Schattierungen der Bretter.

Ich legte mich auf den Bauch und sah sie mir ein bißchen genauer an. Da entdeckte ich das winzige Auge.

Es hatte eine Schwärze anderer Art, die hellwache, nüchterne Schwärze der Reptilien.

Verglichen mit dem Auge eines Reptils wirkt das Auge eines Säugetiers verschwommen, halb berauscht von den warmen Kräften des Lebens.

Ein Reptil schaut mit nüchternem Blick direkt in die Dunkelheit hinaus.

Weiß der Himmel, was es sieht. Etwas – anderes?

(Das blaue Buch VII:12
[die letzte Aufzeichnung])

... seit drei Uhr nachts immer intensiver von dem alten Punkt aus, mit Ausläufern zu den Schenkeln und zum Zwerchfell hin, zuerst in den gewohnten Stärkegraden, dann bis zu »weißglühenden«.

Ich habe gewußt, daß ich nur eine Pause bekommen hatte.

Sonderbarerweise habe ich das Gefühl, sie gut genutzt zu haben.

(Das beschädigte Buch II:1)

Krankenwagen 90 000.

Zentralklinik 13 71 00 (Zentrale)

(Das beschädigte Buch II:2)

Erbreche alles mit einer Art hartnäckiger Regelmäßigkeit. Sogar Honigwasser. Aber in sehr kleinen Schlucken geht es. Leichtes Fieber.

Gang zum Briefkasten – wie eine Polarexpedition.

(Das beschädigte Buch II:3)

Habe den Hund zu den Olssons im Skrivar-Hof gegeben. Kurzer, eigentümlicher Abschied. Er hatte einen halben Käse als Abschiedsgeschenk bekommen, schien trotzdem irgendwie zerstreut und uninteressiert zu sein. Schleppte den Käse von einer Ecke des Zimmers in die andere. War unruhig, jaulte. Wird es gut haben.

(Das beschädigte Buch II:4)

Good night, ladies. Für drei Tage war es verschwunden, kommt aber jetzt wieder, in immer kürzeren Abständen.

Die unangenehme Ähnlichkeit zwischen Schmerz und Lust. Beide erobern die gesamte Aufmerksamkeit, man sieht nichts anderes mehr. Er ist wie eine geliebte Frau. Nachrichten, Wetter, die Veränderungen in der Natur, sogar die Angst vermag er auszulöschen. Er ist ein Reich, in dem endgültig Wahrheit herrscht.

Jetzt schauen ein wenig öfter Leute herein, sie sprechen ganz aufrichtig davon, daß ich ins Krankenhaus fahren sollte. Sie sind praktisch, die Leute im nördlichen Västmanland. Man sagt auf västmanländisch nie: »Er ist gestorben«. Man sagt: »Er ist totgegangen«. Sie haben Angst, daß ich »totgehen« werde.

Kann nicht mehr Zeitung lesen. Ich lese, d.h. ich lasse den Blick von Wort zu Wort wandern, aber jedes Wort enthält nichts als Schmerz. Schlimmer ist das Gefühl, daß es mich nichts angeht. In den letzten Tagen reden sie von etwas, das sie »Informationsbüro«* nennen. Ihre Probleme sind nicht mehr die meinen. Ich möchte wissen, was dieses »Informationsbüro« ist. Ich stelle mir ein Büro vor, das alle Fragen beantworten kann:

Warum gerade ich?

Warum gerade ich sterblich?

Warum gerade ich diesen Schmerz?

Warum gerade ich identisch mit diesem Schmerz?

Warum gerade ich identisch mit jemand, der diesen Schmerz empfindet?

Warum?

(Das beschädigte Buch 11:5)

* »Informationsbyrån«:der schwedische Geheimdienst (Anm. d. Ü.)

Das Problem mit diesen Frauen: Sie haben gespürt, daß ich viel zuwenig wollte. Frauen sind zu allem bereit, wenn sie spüren, daß man es will.

Ich habe viel zu wenig gewollt. Mein ganzes Leben lang. Die Leute haben nie das Gefühl gehabt, ich hätte irgendein *Anliegen* an sie. Die letzten drei Monate haben mich *wirklich* gemacht. Das ist furchtbar.

(Das beschädigte Buch III:1)

Die ganze Nacht lang erbrochen. Der letzte April. Verfärbungen der Haut an den Unterarmen. Große braune Flecken.

Heute wurde mir klar, wie lächerlich die ganze Idee des Selbstmords ist.

Es gibt überhaupt keine Auswege. Wir sind *ganz und gar* in die Wirklichkeit, in die Geschichte, in unsere eigene Biologie hineingetaucht. Die Möglichkeit, sich seinen eigenen Tod vorzustellen, beruht auf einem sprachlichen Mißverständnis. Ähnlich wie die Möglichkeit, sich selbst »du« zu nennen. Oder wie die Möglichkeit, sich selbst bei einem Namen zu nennen.

Die Schwärze der Pupille ist identisch mit der Schwärze zwischen den Galaxien.

(Das beschädigte Buch III:2)

1–8: gereinigt, die Königinnen in gutem Zustand.
9–11: erfroren, nicht gereinigt.
12–14: gut in Schuß, die Königinnen möglicherweise zu alt, die Rahmen müssen nachgesehen werden, neue Waben.
15–16: stehen seit Herbst 1971 leer. Nichts daran gemacht.

(Das beschädigte Buch IV: 1)

Frühjahr, Frühsommerwind, der Duft der Fliederbüsche. Der Schlag kurzer, unruhiger Wellen am Strand, der Schwarm von Weißfischen. Die vergilbten kleinen Stengel der vertrockneten Schilfhalme.

So ein Schwarm von Weißfischen steht ganz still, als sei er ein einziger Körper. Wie kann der einzelne Weißfisch wissen, daß die anderen genauso still stehen?

Dann fällt ein Schatten darauf, der Schatten von jemand, der sich über das Wasser beugt, und der Schwarm stiebt in einer Explosion von blitzschnellen Reflexen auseinander, jeder in eine andere Richtung, genauso schnell wie die Lichtreflexe im Wasser über ihnen.

Nichts deutet mehr darauf hin, daß sie dagewesen sind.

Wenn sie fort sind, kann man gar nicht glauben, daß sie eben noch da waren.

(Das beschädigte Buch V: I)

Was jetzt mit mir geschieht, ist widerlich, abscheulich und erniedrigend, und niemand wird mich dazu bringen, es zu akzeptieren oder mir einzureden, daß es irgendwie gut für mich ist.

Es ist abscheulich, einem idiotischen, blinden Schmerz, Brechanfällen und diesem ganzen geheimnisvollen inneren Zerfall ausgeliefert zu sein, der blödsinnig und unverschämt ist und bleibt, was er auch immer für eine Erklärung haben mag.

Die gewöhnliche Ketzerei besteht darin, die Existenz eines Gottes zu leugnen, der uns erschaffen hat. Eine viel interessantere Ketzerei ist es, wenn man sich vorstellt, möglicherweise habe uns ein Gott erschaffen, und dann sagt, es gebe nicht den geringsten Grund für uns, davon beeindruckt zu sein. Und schon gar nicht dankbar dafür.

Wenn es einen Gott gibt, ist es unsere Aufgabe, nein zu sagen.

Wenn es einen Gott gibt, ist es die Aufgabe des Menschen, seine Negation zu sein.

Wir fangen noch einmal an. Wir geben nicht auf.

Meine Aufgabe in diesen Tagen, Wochen oder schlimmstenfalls Monaten, die es noch dauern kann, besteht darin, ein großes, deutliches NEIN zu sein.

(Das beschädigte Buch VI: 1–3)

Ich, ich, ich, ich, ... schon nach dem vierten Mal ein sinnloses Wort.
(Das beschädigte Buch VI:4)

Obwohl es schon die zweite Woche im Mai ist, schneit es heute in ganz Västmanland. Der Krankenwagen kommt mich um vier Uhr holen. Ich hoffe, daß die Straßen nicht zu glatt sind.

Man kann immer noch hoffen, daß kein Unglück passiert. Man kann immer noch hoffen.

(Das beschädigte Buch VII:0)

Väster Våla 1975

Inhalt

Veröffentlicht im Fischer Taschenbuch Verlag,
einem Unternehmen der S. Fischer Verlag GmbH,
Frankfurt am Main, Mai 2006

Lizenzausgabe mit freundlicher Genehmigung
des Carl Hanser Verlag München Wien

Herr Gustafsson persönlich
Titel der Originalausgabe: *Herr Gustafsson själf*, Albert Bonniers, Stockholm 1971

Wollsachen
Titel der Originalausgabe: *Yllet*, Albert Bonniers, Stockholm 1973

Das Familientreffen
Titel der Originalausgabe: *Familjefesten*, Albert Bonniers, Stockholm 1975

Sigismund. Aus den Erinnerungen eines polnischen Barockfürsten
Titel der Originalausgabe: Sigismund. *Ur en polsk barockfurstes minnen*, Norstedt, Stockholm 1976

Der Tod eines Bienenzüchters
Titel der Originalausgabe: *En biodlares död*, Norstedt, Stockholm 1978

Satz: Fotosatz Reinhard Amann, Aichstetten
Druck und Bindung: Ebner & Spiegel, Ulm
Printed in Germany
ISBN-13: 978-3-596-17217-7
ISBN-10: 3-596-17217-9